U0115917

中國文學史初稿

（增訂版）

下 冊

王忠林　左松超　皮述民　金榮華
邱燮友　黃錦鋐　傅錫壬　應裕康

合著

第五編　宋代文學

第一章　宋代的散文

一般來說，「散文」是和「韻文」相對的名稱，也是「非韻文」的總稱，包括了文言文和白話文。這裡的「散文」一詞，則專指在文句組織上不拘泥於駢文之「四六相間」的文言文，也稱爲「古文」。「古文」的名稱，始於唐時韓愈柳宗元等所倡導的古文運動，指的是三代兩漢的散文。古文運動的目的是要排除六朝以來的駢文，恢復三代兩漢的散文，因爲在時間上三代兩漢的散文早於六朝駢文，所以就稱之爲「古文」。

第一節　古文運動的再起

中唐時期韓愈柳宗元所領導的古文運動，雖然取得了相當的成就，但由於後繼人才的缺乏，所以不夠普遍和深入，到了晚唐，李商隱段成式等在詩文上的卓越表現，使他們所喜好的駢體文又蔚爲風氣。這情形一直影響到了宋初的文壇，於是有了第二次的古文運動。

這次古文運動的產生，可以從三方面來看：㈠西崑體的衰微。㈡理學家的影響。㈢古文家的提倡。玆將各點分述於次：

一、西崑體的衰微

宋朝初年，楊億編了一本西崑酬唱集。書中所載，是楊億、劉筠等十七人的相互唱和之作。由於他們都以李商隱爲宗，詩求艷麗，文用駢體，因此這一流派的詩文就被稱作「西崑體」。

西崑諸人中，以楊億、劉筠、錢惟演三人最傑出。

楊億（九七四～一〇二〇）字大年，福建蒲城人。早有文名，十一歲應詔試詩賦，任秘書省正字，後賜進士第，歷官知制誥、工部侍郎、翰林學士兼史館修撰。

劉筠（九七一～一〇三一）字子儀，河北大名人。第進士後，累遷御史中丞、知制誥、翰林承旨兼龍圖閣大學士。

錢惟演（九六二～一〇三四）字希聖，吳越王錢俶之子。歸宋以後，歷任翰林學士、樞密使諸職。

西崑結集時，楊、劉、錢三人正在翰林院，主盟文壇，聲名甚著。其餘唱和諸人，也大多是在朝之士，因此西崑體爲人爭相倣效，風行一時。實際上，楊、劉等都是飽學之士，詩文有根柢，雖尙華靡，還不失典型，玆錄楊億的謝賜衣表一篇，以見大略：

「解衣之賜，猥及於下臣。挾纊之仁，更均於列校。光生郡邸，喜動轅門。伏以皇帝陛下，誕膺玄符，恭臨大寶。惠務先於逮下，志惟在於愛人。鳥獸氄毛，俯及嚴凝之候。衣裳在笥，爰推賜予之恩。在渙汗之所沾，雖容光而必照。如臣者，任叨符竹，地僻甌吳。奉漢詔之六條，方深祇畏。分齊官之三服，忽荷頒宣。纂組極於纖華，純綿加於麗密。璽書下降，切窺雲漢之文。驛騎來臨，更重皇華之命。但曳婁而增惕，實被服以難勝。矧於戎行，亦膺天寵。干城雖久，皆無汗馬之勞。守土何功，獨懼濡鵜之刺。仰瞻宸極，惟誓糜捐。」

當時倣效西崑體的人雖多，但是才學能和楊、劉等人相比的却很少，賦詩作文，祇是修飾詞藻，堆砌典故，所以作品的內容空洞，徒具形式而已。甚至竊取李商隱的語句以爲己用，以致被伶人所取笑。劉攽的中山詩話有這樣的一條記載：

「祥符天禧中，楊大年、錢文僖、晏元獻、劉子儀以文章立朝，爲詩皆宗李義山，後進多竊義山句。嘗內宴，優人有爲義山者，衣服敗裂，告人曰：『吾爲諸館職撏撦至此。』聞者歡笑。」

所以西崑體在宋初文壇盛行了三四十年之後，就日漸衰微，針對這一類弊病而發的古文運動也就應時再起了。

西崑體的沒落，除了上面所說的原因外，和朝廷的禁令也有關係。西崑酬唱集中有楊億、劉筠、錢惟演三人的宣曲詩：

「宣曲更衣寵，高堂荐枕榮。十洲銀闕峻，三閣玉體橫。鸞扇裁紈製，羊車插竹迎。南樓看馬舞，北埭聽雞鳴。綵縷知延壽，靈符爲避兵。粟眉長占額，蓬髮俯侵纓。蓮的沈寒水，芝房照畫楹。麝臍薰翠被，鹿爪試銀箏。秦鳳來何晚，燕蘭夢未成。絲囊晨露濕，椒壁夜寒輕。綺段餘霞散，瑤林密雪晴。流風秘舞罷，初日靚妝明。雷響金車度，梅殘玉管清。銀鐶添舊恨，瓊樹怯新聲。洛媛迷芝館，星妃滯斗城。七絲絙絲綺，六箸鬥明瓊。漬聽端明漏，愁聞上苑鶯。虛廊偏響屧，近署鎖嚴更。剉蘗心長苦，投籤夢自驚。雲波誰託意，蟾月久含情。海潤桃難熟，天高桂漸生。銷魂璧臺路，千古樂池平。」（楊億）

「八月收民算，三千異典章。天機從此淺，國艷或非良。驪姬初悔泣，飛燕近專房。蓮小纔承步，梅新競試妝。盡知春可樂，終歎夜何長。取酒臨邛遠，呑聲息國亡。難銷守宮血，易斷舞鸞腸。……背枕多幽怨，登樓更遠傷。下陳無自媿，人彘豺狼。」（劉筠）

絳縷初分後，銀鐶未解時。已障紈扇笑，猶捧玉壺悲。乞巧長生殿，迎風太液池。雕扉涵火齊，寶帳隔琉璃。欲買詞人賦，空傳狎客詩。……魂怨惟愁斷，腸柔已自危。璧檔螢影度，瓊戶蘚花滋。掩鼻讒難訴，披圖悔豈追。祇應金帶枕，聊為達微詞。」（錢惟演）

「宣曲」這個詩題不知道是指什麼，詩意也閃爍迷離，似乎都是指宮廷裏的事。尤其是劉筠的「取酒臨邛遠，呑聲息國亡」，更像是影射當時正得寵的兩位妃子，他們都是蜀人。祥符二年（一〇〇九）有詔令禁止文體浮艷，若是「屬文之士有辭涉浮華、玷於名教者，必加朝典，庶復古風」（石介祥符詔書記）。有人以為就是因為這幾篇宣曲而起的。

依據歐陽修在子美文集序中所記：「天聖之間（一〇二三～一〇三二），予舉進士於有司，見時學者，務以言語聲偶擿裂，號為時文，以相誇尚。而子美獨與其兄才翁及穆參軍伯長作為古歌詩雜文，時人頗共非笑之，而子美不顧也。其後天子患時文之弊，下詔書諷勉學者以近古，由是其風漸息，而學者稍趨於古焉。」那麼，禁止文體浮艷的這一類詔令，實際上不止下了一次。但無論詔令是因何而起的，對於盛行的西崑體來說，總是一個很大的打擊。

二、理學家的影響

宋代理學盛行，理學家重視的是聖道和經學，對文學的要求是「明道」和「致用」。他們並不重視文藝，也無意提倡古文，但是雕琢艷靡的文風對聖道和經學有害，這是他們要排斥的。在明道和致用的觀點上，駢文比不上散體古文，所以他們反對駢文而尊重古文，宋朝的古文運動因此得到了助力。

理學家最早對西崑派提出嚴厲指責的是石介（一〇〇五～一〇四五），他針對西崑領袖楊億寫了一篇怪說：

「昔楊翰林欲以文章爲宗於天下，憂天下未盡信己之道，於是盲天下人目，聾天下人耳。使天下目盲，不見有周公、孔子、孟軻、揚雄、文中子、韓吏部之道。使天下人耳聾，不聞有周公、孔子、孟軻、揚雄、文中子、韓吏部之道。周公、孔子、孟軻、揚雄、文中子、韓吏部之道，堯、舜、禹、湯、文、武之道也，三才九疇五常之道也。反厥常，則爲怪矣。夫書則有堯舜典、皋陶、益稷謨、禹貢、箕子之洪範；詩則有大小雅、周頌、商頌、魯頌；春秋則有聖人之經；易則有文王之繇、周公之爻、夫子之十翼。今楊億窮妍極態，綴風月，弄花草，淫巧侈麗，浮華纂組，刓搜聖人之經，破碎聖人之言，離析聖人之意，蠹傷聖人之道。使天下不爲書之典謨、禹貢、洪範，詩之雅頌，春秋之經，易之繇、爻、十翼，而爲楊億之窮妍極態，綴風月，弄花草，淫巧侈麗，浮華纂組，其爲怪大矣。」（徂徠集卷五）

這篇文章對楊億的攻擊是有點過份的，所表現的文學觀念也是屬於「文道合一」式的，但它是宋朝古文運動最早在理論上反抗西崑的文學，在當時是有影響力的，是有積極意義的。

三、古文家的提倡

古文運動的再起，一方面固然是由於西崑體本身缺點所導致的沒落，以及理學家在理論上對西崑派的首先發難，但主要的力量還是在於古文家堅定不移的立場和不斷創作的精神。因爲在西崑體流行的時候，以古文寫作是被認爲迂怪的，是招致譏笑的，是遭受打擊的。當時古文家穆修的一封信，頗能說明這種情形：

「今世士子，習尚淺近，非章句聲偶之辭，不置耳目。浮軌濫轍，相跡而奔，靡有異塗焉。其間獨取以古文語者，則與語怪者同也。衆又排詬之，罪毀之，不目以爲迂，則指以爲惑，謂之背時遠名，濶於富貴。先進則莫有譽之者，同儕則莫有附之者。其人苟失自知之明，守之不以固，持之不以堅，則莫不懼而疑，悔而思，忽焉且復去此而即彼矣。」（穆修答喬適書）

在這些意想不到的困擾中，早期的古文家清淡自守，以嚴肅的態度，堅持用質樸平易的散文創作，終於促成了古文的再興。他們雖然稱不上是古文大家，但是提倡之功，影響之遠，在文學史上是有其地位的，其中最重要的人物是柳開和穆修。

柳開（九四七～一〇〇〇）字仲塗，河北大名人，開寶六年進士。起初因爲喜歡韓愈的文章，就自己取名肩愈，號紹元。「肩愈」的意思是要肩負起韓愈所未完成的工作，「紹元」的意思是要繼承柳宗元的志業。後來又改名開，字仲塗，表示要開聖道之塗。宋代以全力用古文寫作的，柳開是第一人。

穆修（九七九～一〇三二）字伯長，鄆州（今山東鄆城）人，曾任泰州司理參軍，潁州、蔡州文學參軍。主張作文應闡揚仁義，以提倡韓柳文自任，宣揚不遺餘力。五朝名臣言行錄記載他的事說：「老益貧，家有唐本韓柳集，乃丐於所親厚者，得金，募工鏤板，印數百帙，携入京師相國寺，設肆鬻之。伯長坐其旁，有儒生數輩至其肆，輒取閱。伯長奪取，怒視謂曰：『先輩能讀一篇，不失一句，當以一部爲贈。』自是經年不售。」（卷十）

第二節　主要作家

在古文方面，穆修是歐陽修的先導，因爲歐陽修的老師尹洙（一〇〇一～一〇四六）是穆修的學生。

北宋初朝的古文家，在古文運動方面的主要功績是提倡。眞正使古文的寫作蔚爲風氣的，則是後來的歐陽修。歐陽修在古文的創作上有很高的成就，並且也極力推行古文，據說他在主持考政時，凡是雕琢之作，一概不取，於是文風爲之一變。明茅坤將唐朝的韓愈和柳宗元，加上歐陽修和稍後於歐陽修的曾鞏、王安石、蘇洵、蘇軾、蘇轍等六人，合稱爲「唐宋八大家」。雖然有人並不是很贊同這張名單，但列名其中的宋代六人，在古文上確實是卓然成家的。茲分別介紹於次：

歐陽修（一〇〇七～一〇七二）字永叔，廬陵（今江西吉安）人。四歲喪父，家境窮困，母親鄭氏以荻桿畫地教他識字。二十四歲中進士後，和梅堯臣、蘇舜欽等爲友，唱和詩歌，提倡古文，逐漸成爲著名的文章家。他在政治上站在主張革新的范仲淹這一面，並且直言敢諫，所以屢遭誣陷和挫折，出任地方官多年，但也擔任過樞密副使、參知政事等重要職務，是北宋中葉的重要政治人物。他在文學方面的成就是多方面的，並且樂於獎引後進，曾鞏、王安石、蘇洵父子等，都是經他拔識而立身成名的。他晚年自號「六一居士」，自己解釋說：「吾家藏書一萬卷，集錄三代以來金石遺文一千卷，有琴一張，有碁一局，而常置酒一壺，……以吾一老翁，於此五物之間，是豈不爲六一乎。」（六一居士傳）

歐陽修的文學主張，是「道」「文」並重，而兩者之間，則先道後文。他以爲道勝者，文不難而自至。若但以文勝，則文雖工麗，欲求其不朽，不可得也：

「學者當師經，師經必先求其意，意得則心定，心定則道純，道純則充於中者實，中充實，則發爲文者輝光。」（答祖擇之書）

「予讀班固藝文志、唐四庫書目，見其所列，自三代秦漢以來，著書之士，多者至百餘篇，少者猶三四十篇，其人不可勝數，而散亡磨滅，百不一二存焉。予竊悲其人，文章麗矣，言語工矣，無異草木榮華之飄風，鳥獸好音之過耳也。方其用心與力之勞，亦何異衆人之汲汲營營，而忽焉以死者，雖有遲有速，而卒與衆人同歸於泯滅。夫言之不可恃也蓋如此。今之學者，莫不慕古聖賢之不朽，而勤一世以盡心於文字間者，皆可悲也。」（送徐無黨南歸序）

「夫學者未始不爲道，而至者鮮，非道之於人遠也，學者有所溺焉爾。蓋文之爲言，難工而可喜，易悅而自足，世之學者往往溺之。一有工焉，則曰吾學足矣。甚者至棄百事不關於心，曰：『吾文士也職於文而已。』此其所以至之鮮也。昔孔子老而歸魯，六經之作，數年之頃爾，然讀易者如無春秋，讀書者如無詩

，何其用功少而能極其至也。聖人之文，雖不可及，然大抵道勝者文不難而自至也。」（答吳充秀才書）

歐陽修的文章，不僅文采橫逸，語句圓融，並且委婉曲折，無不達意，作爲當時古文運動的領袖，是毫無愧色的。著有新五代史，又與宋祁合撰新唐書，所爲詩文，除六一居士集是他晚年自編的以外，其餘都是後人所輯集，名歐陽文忠集。茲錄其醉翁亭記於次：

「環滁皆山也，其西南諸峯，林壑尤美，望之蔚然而深秀者，瑯琊也。山行六七里，漸聞水聲潺潺，而瀉出於兩峯之間者釀泉也。有亭翼然，臨於泉上者，醉翁亭也。作亭者誰？山之僧智仙也。名之者誰？太守自謂也。太守與客來飲於此，飲少輒醉，而年又最高，故自號曰醉翁也。醉翁之意不在酒，在乎山水之間也。山水之樂，得之心而寓於酒也。若夫日出而林霏開，雲歸而巖穴暝，晦明變化者，山間之朝暮也。野芳發而幽香，佳木秀而繁陰，風霜高潔，水落而石出者，山間之四時也。朝而往，暮而歸，四時之景不同，而樂亦無窮者。至於負者歌於塗，行者休於樹，前者呼，後者應，傴僂提攜，往來而不絕者，滁人游也。臨溪而漁，溪深而魚肥。釀泉爲酒，泉香而酒冽。山肴野蔌，雜然而前陳者，太守宴也。宴酣之樂，非絲非竹，射者中，奕者勝，觥籌交錯。坐起而喧譁者，衆賓懽也。蒼顏白髮，頽乎其中者，太守醉也。已而，夕陽在山，人影散亂，太守歸而賓客從也。樹林蔭翳，鳴聲上下，游人去而禽鳥樂也。然而禽鳥知山林之樂而不知人之樂，人知從太守游而樂，而不知太守之樂其樂也。醉能同其樂，醒能述以文者，太守也。太守謂誰？廬陵歐陽修也。」

曾鞏（一〇一九～一〇八三）字子固，江西南豐人。三十九歲登進士，官至中書舍人。爲文以「古雅平正」

見稱，敘事簡潔，議論鋒利，而尤長於目錄之序。今錄其戰國策目錄序於次：

「劉向所定戰國策三十三篇，崇文總目稱十一篇者闕。臣訪之士大夫家，始盡得其書，正其誤謬，而疑其不可考者，然後戰國策三十三篇復完。序曰：向敘此書，言『周之先，明教化，修法度，所以大治。及其後，謀詐用，而仁義之路塞，所以大亂。』其說既美矣。卒以謂此書戰國之謀士，度時君之所能行，不得不然。則可謂惑於流俗而不篤於自信者也。夫孔孟之時，去周之初已數百歲，其舊法已亡，舊俗已熄久矣。二子乃獨明先王之道，以爲不可改者，豈將強天下之主以後世之所不可爲哉？亦將因其所遇之時，所遭之事，而爲當世之法，使不失乎先王之意而已。二帝三王之治，其變固殊，其法固異，而其爲國家天下之意，本末先後，未嘗不同也。二子之道，如是而已。蓋法者，所以適變也，不必盡同。道者，所以立本也，不可不一。此理之不可易者也。故二子者守此，豈好爲異論哉？能勿苟而已矣。可謂不惑乎流俗，而篤於自信者也。戰國之游士則不然，不知道之可信，而樂於說之易合，其設心注意，偷爲一切之計而已。故論詐之便而諱其敗，言戰之善而蔽其患，其相率而爲之者，莫不有利焉，而不勝其害也；有得焉，而不勝其失也。卒之蘇秦商鞅孫臏吳起李斯之徒，以亡其身，而諸侯及秦用之者，亦滅其國。其爲世之大禍明矣，而俗猶莫之寤也。惟先王之道，因時適變，爲法不同，而考之無疵，用之無弊，故古之聖賢，未有以此而易彼也。或曰：『邪說之害正也，宜放而絕之。則此書之不泯，其可乎？』對曰：『君子之禁邪說也，固將明其說於天下，使當世之人，皆知其說之不可從，然後以禁，則齊；使後世之人，皆知其說之不可爲，然後以戒，則明。豈必滅其籍哉？放而絕之，莫善於是。是以孟子之書，有爲神農氏之言者，有爲墨子之言者，皆著而非之。至於此書之作，則上繼春秋，下至楚漢之起，二百四十五年之間，載其行事，固不可得而廢也。』」

王安石（一〇二一～一〇八六）字介甫，江西臨川人，二十二歲中進士。神宗時爲相，積極推行青苗、水利、均輸、保甲等新法。然所用非人，新法失敗，罷爲鎮南節度使，後封荊國公。爲文拗折峭深，以簡短爲精，但議論正大，見解高超，非常人所能及，今錄其讀孟嘗君傳於次：

「世皆稱孟嘗君能得士，士以故歸之，而卒賴其力，以脫於虎豹之秦。嗟夫！孟嘗君特鷄鳴狗盜之雄耳，豈足以言得士？不然，擅齊之強，得一士焉，宜可以南面而制秦，尚何取鷄鳴狗盜之力哉！夫鷄鳴狗盜之出其門，此士之所以不至也。」

蘇洵（一〇〇九～一〇六六）字明允，號老泉，四川眉山人，年二十七始發憤讀書，博覽經史百家之說。後以歐陽修荐，爲校書郎。爲文長於策論，筆力堅勁。茲錄其心術一文於次：

「爲將之道，當先治心，太山覆於前而色不變，麋鹿興於左而目不瞬，然後可以制利害，可以待敵。……夫惟義可以怒士，士以義怒，可與百戰。凡戰之道，未戰養其財，將戰養其力，既戰養其氣，既勝養其心。……故士常蓄其怒，懷其欲而不盡，怒不盡則有餘勇，欲不盡則有餘貪，故雖并天下而士不厭兵，此黃帝所以七十戰而兵不殆也。凡將欲智而嚴，凡士欲愚。智則不可測，嚴則不可犯，故士皆委己而聽命。夫安得不愚，夫惟士愚，而後可與之皆死。凡兵之動，知敵之主，知敵之將，而後可以動於險。鄧艾縋兵於蜀中，非劉禪之庸，則百萬之師可以坐縛，彼固有所侮而動也。故古之賢將，能以兵嘗敵，而又以敵自嘗，故去就可以決。凡主將之道，知理而後可以擧兵，知勢而後可以加兵，知節而後可以用兵。知理則不屈，知勢則不沮，知節則不窮。見小利不動，見小患不避，小利小患不足以辱吾技也，夫然後有以支大利大患。夫惟養技而自愛者無敵於天下，故一忍可以支百勇，一靜可以制百動。兵有長短，敵我一也。敢問：『吾之所長，吾出而用之，彼將不與吾校。吾之所短，吾蔽而置之，彼將強與吾角。奈何？』曰：『吾之所短，吾抗而暴之，使之疑而却。吾之所長，吾陰而養之，使之狎而墮其中。此用長短之術也。』善用兵者使之無所顧，有所恃。無所顧，則知死之不足惜。有所恃，則知不至於必敗。尺箠當猛虎，奮呼而操擊。徒手遇蜥蜴，變色而却步，人之情也。知此者可以將矣。袒裼而按劍，則烏獲不敢逼。冠冑衣甲，據兵而寢，則童子彎弓殺之矣。故善用兵者以形固。夫能以形固，則力有餘矣。」

蘇軾（一〇三六～一一〇一）字子瞻，是蘇洵的長子，嘉祐二年進士。因反對王安石新法，出京任地方官，後謫黃州，築室東坡，自號東坡居士。爲文強調「辭達」，他說：

「求物之妙，如繫風捕影，能使是物了然於心者，蓋萬千人而不一遇也，而況能使了然於口與手者乎？是之謂辭達。辭至於能達，則文不可勝用矣。」（與謝覺民師推官書）

蘇軾博通經史，精研佛老，加上他爽朗的性格和廣泛的閱歷，因而器識宏偉，議論卓犖，形成了他在文章上豪放與清俊並具的風格。茲錄其短文記承天寺夜遊於次：

「元豐六年十月十二日夜，解衣欲睡，月色入戶，欣然起行。念無與樂，遂至承天寺，尋張懷民，亦未寢，相與步於中庭。庭中如積水空明，水中藻荇交橫，蓋竹柏影也。何夜無月？何處無竹柏？但少閑人如吾

兩人耳！」（記承天寺夜遊）

蘇轍（一〇三九～一一一二）字子由，是蘇洵的次子，十九歲時與兄蘇軾同舉進士，晚年築室於許州的潁濱，自號潁濱遺老。就文章的才思和氣象來說，蘇轍是不如他父兄的，但是他的議論平正，文致淡蕩，則也不是他父兄所能及的。茲錄其黃州快哉亭記於次：

「江出西陵，始得平地。其流奔放肆大，南合湘、沅，北合漢、沔，其勢益張。至於赤壁之下，波流浸灌，與海相若。清河張君夢得，謫居齊安，卽其廬之西南爲亭，以覽觀江流之勝。而余兄子瞻名之曰『快哉』。蓋亭之所見，南北百里，東西一舍，濤瀾洶湧，風雲開闔，晝則舟楫出沒於其前，夜則魚龍悲嘯於其下，變化倏忽，動心駭目，不可久視。今乃得玩之几席之上，舉目而足。西望武昌諸山，岡陵起伏，草木行列，烟消日出，漁父樵夫之舍，皆可指數，此其所以爲『快哉』者也。至於長州之濱，故城之墟，曹孟德、孫仲謀之所睥睨，周瑜、陸遜之所騁騖，其流風遺蹟，亦足以稱快世俗。昔楚襄王從宋玉、景差於蘭臺之宮，有風颯然至者，王披襟當之曰：『快哉此風！寡人所與庶人共者耶？』宋玉曰：『此獨大王之雄風耳，庶人安得共之。』玉之言，蓋有諷焉。夫風無雄雌之異，而人有遇不遇之變。楚王之所以爲樂，與庶人之所以爲憂，此則人之變也，而風何與焉。士生於世，使其中不自得，將何往而非病；使其中坦然，不以物傷性，將何適而非快。今張君不以謫爲患，收會稽之餘，而自放於山水之間，此其中宜有以過人者將蓬戶甕牖，無所不快，而況乎濯長江之清流，揖西山之白雲，窮耳目之勝以自適也哉。不然，連山絕壑，長林古木，振之以清風，照之以明月，此皆騷人思士之所以悲傷憔悴而不能勝者，烏睹其爲快哉也哉。」

大體上說，前述六家中，歐陽修長於抒情記敘，曾鞏和王安石長於經術論學，三蘇長於策論變化。在文字上，除了王安石的作品有奇崛逼人之勢外，餘人都以平簡質樸見稱。

第三節　理學家的散文

北宋初年的古文家，雖然提倡古文不遺餘力，但是在實際創作上，由於初爲散體，一時還難臻圓融，不免有艱澀之病。到了北宋中葉，歐陽修等人所寫的古文，才開始達到了平易暢達的地步，並且名家輩出，造成了唐代古文運動所未曾有的局面。於是古文開始和駢文分廷抗禮，進而漸漸取得了在文壇上的正宗地位。

北宋時期，從事古文運動的人，爲了反對駢文，掃除「西崑體」，必須不斷地在理論上提倡，在實際上推動。因此，一方面由於經常寫作而進步，另一方面是爲了和勢力猶盛的「駢文」相對而特別標榜「古文」，所以北宋的時候多「古文家」。「古文家」一詞到了南宋就不流行了，因爲南宋的時候散文已經大盛，一般讀書人都能用散文寫作，而特別擅長古文的人，則多數以「理學」名家了。

理學家是輕視文藝的，他們尊重古文，是因爲在「明道」和「致用」的觀點上，古文比駢文實用。可是爲了達到「明道」和「致用」的目的，古文沒有相當修養是辦不到的，祇是他們的寫作是以「見道明理」爲主，不顧以文辭見稱而已。今舉朱熹和葉適兩人爲代表：

朱熹（一一三〇～一二〇〇）字元晦，安徽婺源人。十八歲中進士入仕，以忤秦檜去職。晚年入宮廷主講經筵，復因直言落職。生平雖以理學名世，於學實無所不窺，而古文之功力也深。其文說理精實，論事明晰，足稱爲南宋一大家。茲錄其送郭拱辰序於次：

「世之傳神寫照者，能稱得其形狀，已得稱爲良工，今郭君拱辰叔瞻，乃能幷與其精神意趣而盡得之，斯亦奇矣。予頃見友人林擇之游誠之稱其爲人，而招之不至。今歲惠然來自昭武，里中士夫數人，欲觀其能，或一寫而肖，或稍損益，卒無不似，而風神氣韻，妙得天致。有可笑者，爲余作大小二像，宛然麋麗之姿，林野之性。持以示人，計雖相聞而不相識者，亦有以知其爲余也。然予方將東游雁蕩，窺龍秋，登玉霄，以望蓬萊；西歷麻源，經玉笥，據祝融之絕頂，以臨洞庭風濤之壯；北出九次，上廬阜，入虎溪，訪陶翁之遺跡，然後歸，而思自休焉。彼當有隱君子者，世人所不得見，而余幸將見之，欲圖其形以歸，而郭君以歲晚思親，不能久從余遊矣。余於是有遺恨焉！因其告行，書以爲贈。」

葉適（一一五〇～一二二三）字正則，號水心，浙江永嘉人，淳熙五年進士。韓侂冑伐金失敗，江防告急，乃以寶謨閣待制出知建康府，兼沿江制置使，頗多貢獻。文章雄贍，議論英發，能自成一家。茲錄其論四屯駐兵奏議於次：

「敢問四大兵者，知其爲今日之患乎？使知其爲深患 ，豈有積五十年之久，而不求所以處此者？然則亦不知而已矣。自靖康破壞，維揚倉卒，海道艱難，杭越草創。天下遠者，命令不通；邇者橫潰莫制。國家無明具之威以驅付強悍，而諸將自誇豪雄。劉光世、張俊、吳玠兄弟、韓世忠、岳飛各以成軍，雄視海內。其玩寇養尊，無若劉光世；其任數避事，無若張俊。當是時，廩稍惟其所賦，功勳惟其所奏。將版之祿，多於兵卒之數。朝廷以轉運使主餽餉，隨意誅剝，無復顧惜。志意盛滿，仇疾互生，而上下同以爲患矣。及張俊收光世兵柄，制馭無策，呂祉以疏俊趣之，一旦殺帥，卷甲以遁。其後秦檜慮不及遠，急於求和，以屈辱爲安者，蓋憂諸將之兵未易收，浸成疽贅，則非特北於不可取，而南方亦未易定也。故約諸軍支遣之數，分天之財，特命朝臣以總領之，以爲喉舌出納之要。諸將之兵，盡隸御前。將帥雖出於軍中，而易置皆由於人主，以示臂指相使之勢。向之大將，或殺或廢，惕息俟命，而後江左得以少安。故知其爲深患，若此而已。雖然，以秦檜慮不及遠也，不止於屈辱爲安，而直以今之所措置者爲大功。盡南方之財力，以養此四大兵，惴惴然常有不足之患，檜徒坐視而不恤也。檜久於其位，老疾而死。後來者習見而不復知，但以爲當然。故朝廷以四大兵爲命，而困民財。四副都統制，因之而侵刻兵食；內臣貴倖，因之而握制將權。蠹弊相承，無甚於此。而況不戰既久，老成消耗、老成惰偷，堪戰之兵，十無四五，氣勢懦弱。加以役使回易，交跋債負，家小日增，生養不足，怨嗟嗷嗷，聞於中外。昔祖宗竭天下之財，以養天下之兵，固前世所未有；而今日竭東南之財，以養四屯之駐兵，又祖宗之所無有也。夫以地言之，則北爲重；以財言之，則南爲多。運吾之多財，兵強士飽，勢力雄富，以此取地於北，不必智者而後知其可爲也。今奈何盡耗於三十萬之疲卒，襲五六十年之積弊，以爲庸將腐閹賣鬻富貴之地，則陛下之遠業，將安所託乎？陛下誠奮然欲大有爲於天下，攄不可掩抑之素志，以謀夫不同覆載者之深讎，必自是始。使兵制定，而減州縣之供餽，以蘇息窮民，種植根本。於是厲其兵使必鬥，厲其將使不懼。一再當虜，而勝負決矣。兵以少而後強，財以少而後富，其說甚簡，其策甚要，其行之甚易也。」

第二章　北宋的詩歌

在中國文學史上，宋朝的文學固然以「詞」見稱，但是宋詩也有其特色；它的「散文化」和「言理不言情」，能在唐詩之外，自成一派。以後各代，則不是學唐，就是學宋了。

宋詩雖然能卓然自立，不為唐詩的附庸，不過初期的風格還是上承晚唐李商隱之餘緒的。尤其是西崑諸人，他們以李商隱的詩文為宗，艷麗雕鏤，影響了宋初詩壇四十多年。然後是歐陽修、王安石、蘇東坡等古文大家的詩登場，各抒才華，自闢境界。接着便是以黃庭堅、陳師道為首的江西詩派，明確地為宋詩展開了一條大道，並且一直影響到了南宋。現將北宋的詩，依序分為「西崑時期」、「創新時期」、「江西詩派」三節，敘述於次。

第一節　西崑時期

北宋初年，楊億等十七人的西崑酬唱集，都是上宗晚唐李商隱的作品，詞求艷麗，句工對仗。而主要作家楊億、劉筠、錢惟演三人都在翰林院任職，對文壇有相當的影響力，因此所謂的「西崑體」便盛行一時。可是，當時倣效西崑體的人雖然很多，但是才學能和楊億、劉筠等人相比的却很少，所以結果在文壇上形成了一種祇重技巧，不重內容的虛浮作風，寫出來的東西，既無感情，也沒有個性，徒然堆砌一些華麗的辭藻和搬弄一些典故，為人所詬病。於是「西崑」一詞便也漸漸成了那些華而不實作品的代稱。

其實，典故祇要不冷僻，而又能運用得當，華麗的辭藻也不是硬湊，那麼在文學創作上沒有什麼可非議的應受指責的是那些祇知模倣形式的末流。對於這一點，歐陽修有比較持平的看法，他說：

「自西崑集出時，人爭效之，詩體一變。先生老輩患其多用故事，至於語僻難曉。殊不知自是學者之弊。如子儀新蟬云：『風來玉宇烏先轉，露下金莖鶴未知。』雖用故事，何害爲佳句？又如『峭帆橫渡官橋柳，疊鼓驚飛海岸鷗。』不用故事，又豈不佳乎？」（六一詩話）

茲錄楊億、劉筠兩人之七律各一首，以見大概：

「蓬萊銀闕浪漫漫，弱水迴風欲到難。光照竹宮勞夜拜，露摶金掌費朝餐。力通青海求龍種，死諱文成食馬肝。待詔先生齒編貝，忍令索米向長安。」（楊億漢武）

「半減依依學轉蓬，班騅無奈恣西東。平沙千里經春雪，廣陌三條盡日風。北斗城高連蠛蠓，甘泉樹密蔽青蔥。漢家舊院眠應足，豈覺黃金萬縷空。」（劉筠柳絮）

第二節　創新時期

在西崑體盛行時期，也有一些詩人如王禹偁、寇準、林逋等不受西崑風氣影響的，但他們在詩歌上的成就，還不能形成一種轉變詩風的力量。宋詩之能以一掃西崑的華艷而卓然自立，要從歐陽修以及他同時的梅堯臣、蘇舜欽、王安石、蘇軾等人開始。

歐陽修的詩和散文都是學韓愈的。韓愈喜歡用寫散文的方法作詩，並且用一些硬句奇字和險韵，但是氣格雄壯。歐陽修吸取了韓愈的長處，以氣格爲主，用寫散文的方法來創作詩歌，但不故作硬語，不用僻字，所以骨力雖峻而不艱澀，平易疏暢，自創一調。今錄其和王安石的明妃曲一首：

「胡人以鞍馬爲家，射獵爲俗，泉甘草美無常處，鳥驚獸駭爭馳逐。誰將漢女嫁胡兒？風沙無情貌如玉。身行不遇中國人，馬上自作思歸曲。推手爲琵却手琶，胡人共聽亦咨嗟。玉顏流落死天涯，此曲却傳來漢家。漢宮爭按新聲譜，遺恨已深聲更苦。纖纖女手生洞房，學得琵琶不下堂。不識黃雲出塞路，豈知此聲能斷腸。」

梅堯臣（一〇〇二—一〇六〇）字聖俞，安徽宣城人。宣城古名宛陵，所以也稱他爲梅宛陵。嘉祐初詔賜進士，官至尚書都官員外郎。詩風平淡，但是狀物鮮明，含意深遠。茲錄其五古一首：

「秋月滿行舟，秋蟲響孤岸。豈獨居者愁，當令客心亂。展轉重興嗟，所嗟時節換。時節不苦留，川塗行已半。霜落草根枯，清音從此斷。誰復過江南，哀鴻爲我伴。」（舟中聞蛩）

蘇舜欽（一〇〇八—一〇四八）字子美，原籍梓州銅山（今四川三台），生於開封。二十七歲中進士，後遭忌罷官，隱居蘇州。詩風豪邁，意境開闊，以感情直率自然見長。茲錄其哭曼卿一首於次：

「去年春雨開百花，與君相會歡無涯。高歌長吟揷花飲，醉倒不去眠君家。今年慟哭來致奠，忽欲出送攀魂車。春暉照眼一如昨，花已破蕾蘭生芽。唯君顏色不復見，精魄飄忽隨朝霞。歸來悲痛不能食，壁上遺墨如棲鴟。嗚乎死生遂相隔，使我雙淚風中斜。」

王安石的詩可以分爲三種：一種是學韓愈的以散文之法作詩，奇字險韻，多發議論。一種是立意新穎，而以含蓄凝煉的手法表出，是最能代表王安石風格的作品。一種是晚年罷相後的寫景小詩，閒澹深婉。茲錄其明妃曲等詩於次：

「明妃初出漢宮時，淚濕春風鬢脚垂。低徊顧影無顏色，尚得君王不自持。歸來却怪丹青手，入眼平生未曾有。意態由來畫不成，當時枉殺毛延壽。一去心知更不歸，可憐着盡漢宮衣。穿聲欲問塞南事。只有年年鴻雁飛。家人萬里傳消息，好在氊城莫相憶。君不見，咫尺長門閉阿嬌，人生失意無南北。
明妃初嫁與胡兒，氊車百輛皆胡姬。含情無語獨無處，傳與琵琶心自知。黃金桿撥春風手，彈看飛鴻勸胡酒。漢宮侍女暗垂淚，沙上行人却回首。漢恩自淺胡自深，人生樂在相知心。可憐青冢已蕪沒，尚有哀弦留至今。」（明妃曲二首）

「江水漾西風，江花脫晚紅。離情被橫笛，吹過亂山東。」（江上）

「南浦隨花去，迴舟路已迷。暗香無覓處，日落畫橋西。」（南浦）

蘇軾的詩，在散文化方面，也是上承韓愈的，他的思想是儒、道、釋三家兼備，但仍以儒家為本，不失其積極的人生態度。所以，他雖在政治上屢受挫折，先後貶官外地，甚至遠處海南島，不但能善自解脫，反而因為這些遭遇而豐富了生活內容，對人生有新的領悟，發為詩歌，題材更廣，風格更多。寫詩各體皆工，尤其擅長七言體，氣勢雄偉，語言奔放。他有些詩是在生活中的平常現象上引伸出一些哲理，就是所謂的「理趣」；這和詩的散文化一樣，也是宋詩的特徵。茲錄其題西林壁等詩於次：

「橫看成嶺側成峯，遠近高低各不同。不識廬山眞面目，只緣身在此山中。」（題西林壁）

「人生到處知何似？應似飛鴻踏雪泥。泥上偶然留指爪，鴻飛那復計東西。老僧已死成新塔，壞壁無由見舊

題。往日崎嶇還記否？路長人困蹇驢嘶？」（和子由澠池懷舊）

「何處訪吳畫，普門與開元。開元有東塔，摩詰留手痕。吾觀畫品中，莫如二子尊。道子實雄放，浩如海波翻。當其下手風雨快，筆所未到氣已呑。亭亭雙林間，彩暈扶桑暾。中有至人談寂滅，悟者悲涕迷者手自捫。蠻君鬼伯千萬萬，相排競進頭如黿。摩詰本詩老，佩芷襲芳蓀。今觀此壁畫，亦若其詩清且敦。祇園弟子盡鶴骨，心如死灰不復溫。門前兩叢竹，雪節貫霜根。交柯亂葉動無數，一一皆可尋其源。吳生雖妙絕，猶以畫工論。摩詰得之於象外，有如仙翮謝籠樊。吾觀二子皆神俊，又于維也歛衽無間言。」（王維吳道子畫）

「我家江水初發源，宦遊直送江入海。聞道潮頭一丈高，天寒尚有沙痕在。中冷南畔石盤陀，古來出沒隨濤波。試登絕頂望鄉國，江南江北青山多。羈愁畏晚尋歸楫，山僧苦留看落日。微風萬頃陁文細，斷霞半空魚尾赤。是時江月初生魄，二更月落天深黑。江心似有炬火明，飛燄照山棲鳥驚。悵然歸臥心莫識，非鬼非人竟何物？江山如此不歸山，江神見怪驚我頑。我謝江神豈得已，有田不歸如江水。」（遊金山寺）

第三節　黃庭堅與江西詩派

「創新時期」的幾位大詩人，雖然學問豐富，才華橫溢，寫出了不少好詩，但是還不曾創造出一種獨特的格調以形成一個派別。有自己的方法、體裁而形成一個宗派的，則是蘇軾的門人黃庭堅。

黃庭堅（一〇四五—一一〇五）字魯直，自號山谷，又號涪翁，分寧（今江西修水）人。治平進士，以校書郎爲神宗實錄檢討官，遷著作郎，後以修實錄不實罪名遭貶謫。爲詩能摒除陳言濫調，特具瘦硬風格。因爲他是江西人，所以他的詩派便被稱爲「江西詩派」。

江西詩派的作風，專尚奇險與拗強。但奇險與拗強的詞句並非俯拾可得，所以就提出了「換骨」、「脫胎」、「點鐵成金」三種方法。

「換骨」是用自己的言詞寫前人的詩意，例如王安石詩「祇向貧家促機杼，幾家能有一鉤絲。」黃庭堅取他的詩意，寫成「莫作秋蟲促機杼，貧家能有幾鉤絲。」

「脫胎」是把前人的詩句略加點竄，算是自己的作品，例如白居易詩「百年夜分半，一歲春無多。」黃庭堅增加四字爲「百年中去夜分半，一歲無多春再來。」

「點鐵成金」是將前人的詩意加以變化，以達到推陳出新的目的。例如王褒的僮約詩，以「離離若緣坡之竹」形容鬍鬚，黃庭堅把它用在他的次韻王炳之惠玉版紙詩裏，寫成「王侯鬚若緣坡竹，哦詩清風起空谷。」進一步將哦詩時的口息喻作空谷清風。

江西詩派之所以用這些方法作詩，黃庭堅自己的說法是：

「詩意無窮，人才有限，以有限之才，追無窮之意，雖淵明、少陵不能盡也。然不易其意而造其語，謂之換骨法。規模其意而形容之，謂之脫胎法。」（野老紀聞）

「老杜作詩，退之作文，無一字無來處。蓋後人讀書少，故謂韓、杜自作此語耳。古之能爲文章者，眞能

陶冶萬物，雖取古人之陳言入於翰墨，如靈丹一粒，點鐵成金也。」（答洪駒父書）

從另一個角度來看，也有人以爲這是公開的剽竊。王若虛就直截了當地說：「魯直論詩，有脫胎換骨、點鐵成金之喻，世以爲名言，以予視之，特剽竊之黠者耳。」（滹南詩話）

江西詩派既然崇尚奇險與拗強，它的新體裁便是所謂「拗體」。拗體分「拗句」和「拗律」兩種：拗句是在句法組織上不依常規，使文氣反常。例如把通常都是上二下三的五言句做成上三下二，或是上一下四；把大都是上四下三的七言句做成上三下四，或是上二下五。拗律是故意將詩中的平仄交換，使詩的音調反常。這種情形，在杜甫、韓愈等人的作品裡也是有的，但並不普遍。黃庭堅則將這兩種方法大量運用，成爲他的特別格式，也成爲江西詩派常用的形式。茲錄黃庭堅雨中登岳陽樓望君山等數詩於次：

「投荒萬死鬢毛斑，出入瞿塘灩澦關。未到江南先一笑，岳陽樓上對君山。」（雨中登岳陽樓望君山）

「今人常恨古人少，今得見之誰謂無。欲學淵明歸作賦，先煩摩詰畫成圖。小池已築魚千里，隙地仍栽芋百區。朝市山林俱有累，不居京洛不江湖。」（追和東坡題李亮功歸來圖）

「我居北海君南海，寄雁傳書謝不能。桃李春風一杯酒，江湖夜雨十年燈。持家但有四立壁，治病不蘄三折肱。想得讀書頭已白，隔溪猿哭瘴溪藤。」（寄黃幾復）

「癡兒了卻公家事，快閣東西倚晚晴。落木千山天遠大，澄江一道月分明。朱弦已爲佳人絕，青眼聊因美酒橫。萬里歸船弄長笛，此心吾與白鷗盟。」（登快閣）

「李髯家徒四壁立，未嘗一飯能留客。春寒茅屋交相風，倚牆捫蝨讀書策。老妻甘貧能養姑，寧剪髮髻不典書。大兒得餐不索魚，小兒得袴不索襦。庾郎鮭菜二十七，太常齋日三百餘。上一分膰一飽飯，藏神夢訴羊蹴蔬。世傳寒士有食籍，一生當飯百甕葅。冥冥主張審如此，附郭小圃宜勤鉏。葱秧青青葵甲綠，早韭晚菘羹糝熟。充虛解戰賴湯餅，芼以菥薺與甘菊。幾日憐塊已著花，一心呪筍莫成粥。群兒笑髯窮百巧，我謂勝人飯重肉。群兒笑髯不若人，我獨愛髯無事貧。君不見，猛虎即人厭麋鹿，人還寢皮食其肉。濡須終與豕俱焦，飫肥食甘果非福。蟲蟻無知不足驚，橫目之民萬物灸。請食熊蹯楚千乘，立死山壁漢公卿。李髯作人有佳處，李髯作詩有佳句。雖無厚祿故人書，門外猶多長者車。我讀揚雄逐貧賦，斯人用意未全疏。」（戲贈彥深）

除了黃庭堅以外，江西詩派當時另外一位重要詩人是陳師道。

陳師道（一〇五三—一一〇一）字履常，一字無己，號后山，徐州鼓城（今江蘇徐州）人。早年從曾鞏學文，作詩則在形式上學杜甫和黃庭堅。曾因蘇軾之荐，爲徐州教授，但一生的境遇很不好。他寫詩的態度十分嚴肅，據說，他「每登臨得句，即急歸，臥一榻，以被蒙首，惡聞人聲，謂之吟榻。家人知之，即犬猫皆逐去，嬰兒稚子亦皆抱寄鄰家。徐徐詩成，乃敢復常。」（石林詩話）及一詩既成，「揭之壁間，坐臥吟哦，有竄易至月十日乃定。有終不如意者，則棄去之。」（却掃編）

陳師道的詩風格簡古，有黃庭堅的清新奇峭，而沒有那種生硬折拗，內容多寫個人的日常生活。茲錄其除夜等三詩於次：

「歲晚身何託，燈前客未空。半生憂患裏，一夢有無中。髮短愁催白，顏衰酒借紅。我歌君起舞，潦倒略

相同。」（除夜）

「平林廣野騎臺荒，山寺鳴鐘披夕陽。人事自生今日意，寒花只作去年香。巾欹更覺霜侵鬢，語妙何妨石作腸。落木無邊江不盡，此身此日更須忙。」（次韵李推節九日登高）

「我無置錐君立壁，春黍作糜甘勝蜜。綈袍不受故人意，樂餌肯爲兒輩屈。割白鷺股何足難，食鶡鶩肉未爲失。暮年五斗得千里，有愧寒簷背朝日。」（答黃生）

第三章　南宋的詩

北宋的江西詩派，有「一祖三宗」之說，是南宋末年的方回所倡（瀛奎律髓）。祖是杜甫，三宗是黃庭堅、陳師道、陳與義。黃庭堅和陳師道是江西詩派的開創人物，陳與義則是北宋末年的大家，在南渡的詩人中，他是老一輩的人物。晚一輩的詩人，以尤袤、陸游、范成大、楊萬里四人最爲著稱，其中陸、范、楊三人都是江西派詩人曾幾的弟子，所以都受江西詩派的影響。

後來江西詩派窮而思變，有反對江西詩派的徐照、徐璣、翁卷、趙師秀四人，以姚合、賈島爲宗，世稱「永嘉四靈」。接着有劉克莊、戴復古諸家，是所謂的「江湖派」詩人。在這期間，理學家朱熹、葉適等人的詩也各具格調，非「永嘉」「江湖」兩派所能範圍。

南宋覆滅後，孤臣遺老的雄奇之慨，幽怨之思，發諸詩篇，往往氣格獨特，也是宋詩的一大特色，和南渡之初各家的雄豪是先後映輝的。

第一節　南渡四家

南宋初期，由於經歷了國破家亡之痛，詩人的作品中紛紛反映了要求收復失地，洗雪國恥的激烈民氣和愛國思想，詩風爲之一變。

處在南北宋之際的主要詩人，是江西詩派「三宗」之一的陳與義。

陳與義（一〇九〇—一一三八）字去非，號簡齋，河南洛陽人。南渡之前，他許多作品都是表現個人生活情趣的。靖康之變，經歷了戰亂，於是憂國傷時，風格轉爲慷慨蒼涼，在江西詩派中別具一格。

和陳與義同時的江西派詩人，對南宋詩壇有影響的是曾幾。曾幾（一〇八四—一一六六）字吉甫，號茶山居士，江西贛縣人，歷任江西、浙江提刑，因排斥和議去官。詩風明快活潑，雖也講究句法，但不流於生硬，用典也力避冷僻，沒有墨守江西派的理論，所以他的學生陸游、范成大、楊萬里等，都能跳出江西詩派而自成一家。

在南渡以後長成的詩人中，以陸游、范成大、楊萬里、尤袤四人最傑出，號稱「中興四大詩人」，詩風清新，各有特色。

陸游（一一二五—一二一〇）字務觀，號放翁，越州山陰（今浙江紹興）人。幼時正值金人南侵，隨同家人頗嘗顛沛流離之苦。弱冠已有詩名，復師事曾幾，早期作品已有軒昂豪壯之氣。入仕後因爲力主抗戰，反對和議，在政治上受到種種挫折。四十八歲時，入四川樞密使王炎幕府，參加軍旅生活，到過西北的軍事前線。晚年雖退居家鄉，但是對於國事的關懷至死未渝，在臨終時還寫了這樣的一首示兒詩：「死去原知萬事空，但悲不見九州同。王師北定中原日，家祭無忘告乃翁。」

陸游的創作才能是多方面的，詩、詞、散文都好，而詩的成就最顯著，現存九千三百多首。在內容方面，他的作品基本上是關懷大衆，要求收復失地，不惜爲國犧牲。所以壯懷激烈，鬥志昂揚，豪邁之氣，出於自然。有時在不同的環境中，也表現出憤懣或蒼涼。在寫作技巧方面，他對事情的概括力非常強，能把衆多的內容寫在一首短詩裏，而又出之以明白曉暢的語句。這種平易自然的詞句，也正是他的功力所在。

陸游的愛國情操和詩風，影響了南宋後期的詩壇。在南宋瀕臨滅亡的時候，更引發了不少共鳴。玆錄其詩作數首於次：

「三萬里河東入海，五千仞岳上摩天。遺民淚盡胡塵裏，南望王師又一年。」（秋夜將曉出籬門迎涼有感）

「僵臥孤村不自哀，尚思爲國戍輪台。夜闌臥聽風吹雨，鐵馬冰河入夢來。」（十一月四日風雨大作）

「四十從軍渭水邊，功名無命氣猶全。白頭爛醉東吳市，自拔長劍割彘肩。」（排悶）

「早歲那知世事艱，中原北望氣如山。樓船夜雪瓜洲渡，鐵馬秋風大散關。塞上長城空自許，鏡中衰鬢已先斑。出師一表眞名世，千載誰堪伯仲間？」（書憤）

「和戎詔下十五年，將軍不戰空臨邊。朱門沉沉按歌舞，廐馬肥死弓斷弦。戍樓刁斗催落月，三十從軍今白髮。笛裏誰知壯士心，沙頭空照征人骨。中原干戈古亦聞，豈有逆胡傳子孫？遺民忍死望恢復，幾處今宵垂淚痕。」（關山月）

楊萬里（一一二四—一二〇六）字廷秀，號誠齋，吉水（今江西吉安）人。紹興二十四年進士，通經學，重名節，曾爲東宮侍讀，官至寶謨閣學士。作詩初學江西派，後來經過幾次轉變，終於有所悟，於是融會變通，師法自然，形成了自己獨特的風格，人稱「楊誠齋」體。關於這種轉變過程，他自己說：「予之詩，始學江西諸君子，既又學后山（陳師道）五字律，既又學半山老人（王安石）七字絕句，晚乃學絕句於唐人。戊戌作詩，忽若

有悟，於是辭謝唐人及王、陳、江西諸君子皆不學，而後欣如也。口占數首，則瀏瀏焉無復前日之軋軋矣。」（荊溪集序）

「誠齋」體有三項特色：第一、詼諧有風趣，但也往往寓諷刺和感憤於其中。第二、文字活潑自然，並且以口語俚語入詩，形成通俗明暢的詩體。但通俗而不野，明暢而不滑。第三、想像力新穎，善於捕捉自然景物的特徵而加以擬人化，使全詩生動而有新意。茲錄其戲筆等數首於次：

「野菊荒苔各鑄錢，金黃銅綠兩爭妍。天公支與窮詩客，只買清愁不買田。」（戲筆）

「百灘千港幾濤波，聚入眞陽也未多。若遣峽山生塞了，不知江水倒流麽？」（過眞陽峽）

「船離洪澤岸頭沙，人到淮河意不佳。何必桑乾方是遠，中流以北卽天涯。」（初入淮河之一）

「中原父老莫空談，逢着王人訴不堪。却是歸鷗不能語，一年一度到江南。」（初入淮河之四）

「峭壁呀呀虎擘口，惡灘洶洶雷出吼。泝流更着打頭風，如撑鐵船上牛斗。風伯勸爾一杯酒，何須惡劇驚詩叟。端能爲我霽威否？岸柳掉頭荻搖手。」（檄風伯）

范成大（一一二六—一一九三）字致能，號石湖居士，吳郡（今江蘇蘇州）人。早年境況不佳，中進士後，仕途順利，曾出使金國索取河南的陵寢之地，在金主之前慷慨陳詞，全節而歸。累官至參知政事，在南宋詩人中最爲顯達。

范詩的風格是多方面的，起初雖是從江西派入手，但是也學白居易、學孟郊，終於跳出江西派而自成一格。詩的內容也豐富。使金時寫了七十二首絕句，表現了他的愛國精神，也反映了中原遺民的悲慘生活和期待光復的心情。晚年退休後所寫的田園詩則富有鄉土氣息。茲錄其州橋等數詩於次：

「州橋南北是天街，父老年年等駕回。忍淚失聲詢使者，幾時眞有六軍來？」（州橋）

「女僮流汗逐氈耕，云在淮鄉有父兄。屠婢殺奴官不問，大書黥書罰猶輕。」（清遠店）

「高田二麥接山青，傍水低田綠未耕。桃杏滿村春如錦，踏歌椎鼓過清明。」（四時田園雜興）

「晝出耘田夜績麻，村莊兒女各當家。童孫未解供耕織，也傍桑陰學種瓜。」（同前）

「采菱辛苦廢犂鉏，血指流丹鬼質枯。無力買田聊種水，近來湖面也收租。」（同前）

「垂成穡事苦艱難，忌雨嫌風更怯寒。牋訴天公休掠剩，半償私債半輸官。」（同前）

「老父田荒秋雨裏，舊時高岸今江水。傭耕猶自抱長飢，的知無力輸租米。自從鄉官新上來，黃紙放盡白紙催。賣衣得錢都納却，病骨雖寒聊免縛。去年衣盡賣家口，大女臨岐兩分首。今年次女已行媒，亦復驅將換升斗。室中更有第三女，明年不怕催租苦。」（後催租行）

尤袤（一一二七—一一九四）字延之，號遂初居士，江蘇無錫人，紹興進士，官至禮部尚書兼侍讀。詩與陸游、楊萬里、范成大等齊名，但作品都已散失，後人輯有梁溪遺稿，風格以清新平淡見稱。茲錄其七律一首

「枯樹扶疏水滿池，攀翻未見玉團枝。應羞無雪教誰伴，未肯先春獨探支。幾度杖藜貪看早，一年芳信恨開遲。留連東閣空愁絕，只誤何郎作好詩。」（入春半月未有梅花）

第二節　永嘉四靈

「永嘉四靈」是指當時浙江永嘉的四個詩人：趙師秀（號靈秀）、翁卷（字靈舒）、徐照（字靈暉）、徐璣（號靈淵）。因爲他們的字號中都有一個「靈」字，詩的習尚也一致，所以時人就稱他們爲「四靈」。又因爲他們都是永嘉人，所以也稱他們爲「永嘉派」。

在時間上，永嘉四靈是緊接在「南渡四家」之後的一個詩人集團。他們反對江西詩派的「脫胎換骨」和「點鐵成金」，因爲這祇是在書本裏找材料，同時也反對拗體的艱澀和生硬。他們上承南朝山水詩人和田園詩人的傳統，以晚唐詩人賈島和姚合爲宗，運清新之詞，寫野逸之趣。在內容方面，主要是歌詠自然景物和個人寄情泉石、嘯傲田園的閒逸生活；技巧上則講究音律，注重詞句的錘煉。這種創作傾向，在當時業已偏安的南宋詩壇上，是得到相當廣泛的反應的。茲錄四人之詩於次，以見一斑：

「開扉在石層，盡日少人登。一鳥過寒木，數花搖翠籐。茗煎冰下水，香炷佛前燈。吾亦逃名者，何因似此僧？」（趙師秀巖居僧）

「不作封侯念，悠然遠世紛。惟應種瓜事，猶被讀書分。野水多于地，春山半是雲。吾生嫌已老，學圃未如君。」（趙師秀薛氏瓜廬）

「初晴殘濕在，衆樹碧光鮮。幽鷺窺泉立，閑童跨犢眠。依山知有寺，過水恨無船。石路是誰作，姓名巖上鐫。」（翁卷初晴道中）

「幽興出相引，水邊行復行。不知今夜月，曾動幾人情。光逼流螢斷，寒侵宿鳥驚。猶歸猶未忍，清露滴三更。」（翁卷中秋步月）

「風吹無一葉，不復翠成窩。枝脆經霜氣，根空入水波。寒栖江鷺早，暗出夜螢多。廢苑荒堤外，人嗟舊迹過。」（徐照衰柳）

「着屐上崔嵬，呼兒注瓦杯。千岑經雨後，一雁帶秋來。野艇乘湖發，山園逐主開。餘生落樵牧，門巷少塵埃。」（徐照山中卽事）

「西野芳菲落，春風正可尋。山城依曲渚，古渡入修林。長日多飛絮，遊人愛綠陰。晚來歌吹起，惟覺堂深。」（徐璣春日遊張提擧園池）

「柳竹藏花塢，茅茨接草池。開門驚燕子，汲水得雨兒。地僻春猶靜，人間日更遲。山禽啼忽住，飛起又相隨。」（徐璣山居）

第三節　江湖詩人

緊接在以「四靈」爲首的永嘉派之後，有一個被稱作「江湖派」的詩人集團。江湖派的得名，來自幾部以「江湖」命名的詩集。那時有一群落第的文人，在政治上不得意，於是索性自放於山水間；有些人在仕途上雖然不順利，但對當時的政治仍是相當關心，並且喜歡高談濶論。同時在臨安（今浙江杭州）有個書商叫陳起（字宗之，自號陳道人），也能寫詩，交結了不少這樣的詩人，並且把他們的詩彙集起來陸續刊行，先後出版了江湖集、江湖前集、江湖續集、中興江湖集等數種。後來就把作品被收在這些書中的詩人稱作「江湖詩人」。

這些詩人以「江湖」兩字相標榜，多少是表示他們的在野身份。實際上，有些江湖集裡的詩人在做官後，還是被看作江湖詩人，因爲他們在詩歌上已經形成了共同的風格。

所謂江湖詩人，因爲人數多，流品便不免雜亂，其中有些人往往把獻詩作爲求利獲名的手段，假如不遂所願，則甚至以毀謗爲要挾，所以很爲人所不齒。據說有個名叫宋謙父的，曾以詩晉謁當時的奸相賈似道，竟得了二十萬緡現錢，拿回去蓋了一座漂亮房子。(方回瀛奎律髓)

對於詩的創作，江湖詩人不滿意江西派，也不滿意四靈派，但是本身又沒有明確的主張，大致上是江西和四靈兩家之間的折衷派，除了幾個主要人物的作品以外，一般的成就並不高，作品流傳到現在的也不多。茲介紹此派的代表人物劉克莊、戴復古兩人於次：

劉克莊（一一八七—一二六九）字潛夫，號後村居士，福建蒲田人，少年時曾參加軍隊，後來以蔭入仕，雖然官至龍圖閣學士，但遭遇不少挫折，生平抱負，未能一展，傷時憂國之情，見於詩詞。所作筆力雄建，風格豪邁，上承陸游、辛棄疾的精神。早年列名江湖集中，成爲江湖詩人的領袖人物。茲錄其贈江防卒等數詩於次：

「陌上行人甲在身，營中少婦淚痕新。邊城柳色連天碧，何必家山始有春。」（贈江防卒之一）

「兒時挾彈長安市，不信人間果有愁。行遍江南江北路，始知愁會白人頭。」（題壁）

「穴蟻能防患，常於未雨移。聚如營洛日，散似去邠時。斷續緣高壁，周遭避淺池。誰爲謀國者，見事

反傷遲。」（穴蟻）

「昔在軍中日募兵，萬夫魚貫列行營。懸金都市招徠廣，立的轅門去取精。二石開弓猶恨少，雙重被鎧猶嫌輕。伍符今屬他人手，歷歷空能記姓名。」（聞城中募兵有感之二）

戴復古（一一六七—一二五〇？）字式之，號石屏，浙江黃岩人，一生未曾做官，曾從陸游學詩。作品頗能反映民生實況和南宋後期的政治，氣韻生動，風格自然。茲錄其江村晚眺等數詩於次：

「江頭落日照平沙，潮退魚舠擱岸斜。白鳥一雙臨水立，見人驚起入蘆花。」（江村晚眺）

「夏潦連秋漲，人家水半門。都拋破茅屋，移住小山村。聒聒籠雞犬，纍纍帶子孫。安居華屋者，應覺此身尊。」（江漲見移居者）

「餓走拋家舍，縱橫死路歧。有天不雨粟，無地可埋屍。劫數慘如此，吾曹忍見之！官司行賑恤，不過是移文。」（庚子薦飢之二）

「屢遣和戎使，三邊未解兵。武夫權漸重，宰相望何輕。天下思豪傑，君王用老成。時無渭濱叟，白首致功名。」（所聞之一）

第四節　理學家的詩

理學家主張的是「文以載道」，華而不實是他們的大忌。他們寫文章並不刻意求工，而是為了達到「明道」的目的，不得不有相當的修養。所以理學家的古文雖然不以文辭見稱，却也斐然可觀。至於他們作詩，當然也不會去苦吟推敲。但是意之所至，理之所趨，發爲詩歌，也往往別有其趣。兹選錄數首，以見一斑：

「應嫌屐齒印蒼苔，十叩柴扉九不開。春色滿園關不住，一枝紅杏出牆來。」（葉適遊小園不值）

「半畝方塘一鑑開，天光雲影共徘徊。問渠那得淸如許，爲有源頭活水來。」（朱熹觀書有感之一）

「昨夜江邊春水生，艨艟巨艦一毛輕。向來枉費推移力，此日中流自在行。」（朱熹觀書有感之二）

「山前有老農，給我薪水役。得錢徑沽酒，醉臥山日夕。忘形與之語，妙理時見益。志士多隱淪，欲學慚未識。」（劉子翬老農）

「野野驚秋晚，殘年忽忽過。海潮通井淺，林日到窗多，酒盡鄰翁餉，詩成稚子哦。人生行樂耳，軒冕奈余何。」（劉子翬野墅）

第五節　孤臣遺老

南宋覆滅之際，志士仁人，或是奮起抵抗南下的元兵，至死不屈，表現了凛然的正氣和愛國精神；或是隱姓埋名，遁跡山林，消極地表示了不妥協的態度。前者以文天祥最爲忠烈，後者以鄭肖思、汪元量、林景熙等人最爲特出。介於兩者之間，先率兵抗元，失敗後便易姓而隱的，則有謝翺。他們的詩，或是悲壯沉痛，或是悽愴辛酸，不僅反映了作者忠貞高潔的人品，也在宋詩中自成一格，與南宋初年的豪邁詩風先後映輝。

文天祥（一二三六—一二八二）字履善，又字宋瑞，自號文山，廬陵（今江西吉水）人。二十歲舉進士第一，歷官至右丞相兼樞密使。曾奉派赴元軍議和，大義凜然，不失國體，遂被拘執。逃回後一再起兵抗元，兵敗不屈，從容就義。其詩沈鬱悲壯，氣象渾厚，茲錄其金陵驛及正氣歌於次：

「草合離宮轉夕暉，孤雲飄泊復何依。山河風景元無異，城郭人民半已非。滿地蘆花和我老，舊家燕子傍誰飛？從今別却江南日，化作啼鵑帶血歸。」（金陵驛）

「天地有正氣，雜然賦流形。下則爲河嶽，上則爲日星。於人曰浩然，沛乎塞蒼冥。皇路當清夷，含和吐明庭。時窮節乃見，一一垂丹青。在齊太史簡，在晉董狐筆。在秦張良椎，在漢蘇武節。爲嚴將軍頭，爲嵇侍中血。爲張睢陽齒，爲顏常山舌。或爲遼東帽，清操厲冰雪。或爲出師表，鬼神泣壯烈。或爲渡江楫，慷慨吞胡羯。或爲擊賊笏，逆豎頭破裂。是氣所磅礴，凜然萬古存。當其貫日月，生死安足論？地維賴以立，天柱賴以尊。三綱實繫命，道義爲之根。嗟予遘陽九，隸也實不力。楚囚纓其冠，傳車送窮北。鼎鑊甘如飴，求之不可得。陰房闃鬼火，春院閟天黑。牛驥同一槽，雞棲鳳凰食。一朝濛霧露，分作溝中瘠。如此再寒暑，百沴自辟易。嗟哉沮洳場，爲我安樂國。豈有他繆巧，陰陽不能賊。顧此耿耿在，仰視浮雲白。悠悠我心悲，蒼天曷有極。哲人日已遠，典型在夙昔。風簷展書讀，古道照顏色。」

（正氣歌）

謝翺（一二四九—一二九五）字皋羽，號晞髮子，長溪（今福建浦霞）人。元兵南下時，率鄉兵投文天祥軍，任諮議參軍。文天祥兵敗被執，遂改易姓名逃亡，所至輒感慨哭泣。詩風沉鬱，深寄家國之痛。茲錄其夜詞及西台哭所思：

「愁生山外山，恨殺樹邊樹。隔斷秋月明，不使共一處。」（秋夜詞）

「殘年哭知己，白日下荒台。淚落吳江水，隨潮到海迴。故衣猶染碧，后土不憐才。未老山中客，唯應賦八哀。」（西台哭所思）

鄭肖思（一二四一——一三一八）字憶翁，號所南，福建連江人。曾以太學生應博學鴻詞試，善詩擅畫。南宋亡後，隱居蘇州，坐臥必向南，故號所南。畫蘭或不畫根，或不畫土，以寓國土已亡，無所憑依之意。詩風清遠，故國情深，茲錄其夷齊西山圖一首：

「扣馬痴心諫不休，既拚一心無百憂。因何留得首陽在，只說商家不說周。」

汪元量（生卒年不詳）字大有，號水雲，浙江杭州人，原是南宋的宮廷琴師，南宋亡後，被擄北去，晚年回杭州為道士。早期詩風受江湖派影響，經歷憂患後多記實之作，至為沉痛，茲錄其醉歌一首：

「淮襄州郡盡歸降，鞞鼓喧天入古杭。國母已無心聽政，書生空有淚千行。」

林景熙（一二四一——一三一〇）字德暘，號霽山，浙江平陽人。咸淳進士，官至從政郎。宋亡不仕，隱居故鄉。其詩感懷故舊，多家國之思，風格幽婉。茲錄其京口月夕書懷一首：

「山風吹酒醒，秋夜入燈涼。萬事已華髮，百年多異鄉。遠城江氣白，高樹月痕蒼。忽憶憑樓處，淮天雁叫霜。」

第四章　北宋的詞

詞是宋代文學的主流。廣義地說，詞就是詩，祇是句法長短不齊，聲調與音樂有更密切的關係。所以詞又名「長短句」，或稱之爲「詩餘」。在與音樂的關係上，詞與古樂府很相似，所以也有人把詞稱作「樂府」。不過古樂府是先有辭，然後作曲入樂；詞則是以曲譜爲主，先有聲，後有辭。

關於詞的起源，說法有二：

一派認爲詞是詩之漸，主張詞是由詩演變來的。因爲唐詩原可合樂歌唱，唱時有和聲或泛聲，就是所謂曲；以實字塡入曲中，便成了詞。沈括和朱熹的說法，可以作爲這一派的代表：

「詩之外又有和聲，則所謂曲也。古樂府皆有聲有詞，連屬書之，如曰賀賀賀、何何何之類，皆和聲也。今管弦之中，纏聲亦其遺法也。唐人乃以詞塡入曲中，不復用和聲。」（沈括夢溪筆談）

「古樂府只是詩，中間却添許多泛聲。後來人怕失了那泛聲，逐一添個實字，遂成長短句，今曲子便是。」（朱子語類百四十）

另一派認爲，詞是唐代新樂府詞的總稱，它的產生是一種自然的進展，是「里巷之音」和「胡夷之曲」的結合。它可以用五七言的詩體來唱，但五七言的固定句法並不能適應所有的新樂，因此便有新的長短句產生。這個說法，以清人成肇麐爲代表：

「其始也，皆非有一成之律以爲範也。抑揚抗墜之音，短修之節，運轉於不自已，以蘄適歌者之吻，而終乃上躋於雅頌，下衍爲文章之流別。詩餘名詞，蓋非其朔也。唐人之詩，未能胥被管弦，而詞無不可歌者。」（七家詞選序）

北宋的詞，可以分爲三個時期：㈠初期承繼了五代花間集的餘風。㈡稍後慢詞盛行，題材和境界擴大。㈢接着在形式和內容上的發展，音律上也力求精密和諧。茲分述於次。

第一節　花間餘風

北宋初期的詞壇，受五代詞人的影響，作品有花間集的餘風，婉約而清麗。詞的形式和內容，大致上也沒有什麼差別：形式是短短的小令，內容總不外乎言情。

但是這時的幾位大詞家如晏殊、范仲淹、歐陽修等，都是一時的顯達，作品能有一種雍容華貴之氣，言情雖纏綿而不流於輕薄，措辭雖華麗而不至於淫艷，在格調上是勝過花間集的。

晏殊（九九一～一〇五五）字同叔，江西臨川人，早年以神童被荐，賜同進士出身，盡讀皇室藏書，歷官至仁宗朝宰相。能提拔後進，汲引賢才，當時名士如范仲淹、歐陽修等都出其門下。他一生富貴，生活悠閒，所寫的詞，內容多半是他詩酒歌舞的一面，以及在這種環境中偶而觸發的惆悵寂寞之感；也有一部份詞寫的是離愁別恨，以思深詞婉見稱。有珠玉詞一卷，存詞百餘首，茲錄其三：

「一曲新詞酒一杯，去年天氣舊亭臺，夕陽西下幾時迴？ 無可奈何花落去，似曾相識燕歸來，小園香徑獨徘徊。」（浣溪沙）

「紅牋小字，說盡平生意。鴻雁在雲魚在水，惆悵此情難寄。 斜陽獨倚西樓，遙山恰對簾鉤。人面不知何處，綠波依舊東流。」（清平樂）

「池塘水綠風微暖，記得玉眞初見面。重頭歌韻響錚琮，入破舞腰紅亂旋。 玉鉤闌下香階畔，醉後不知斜日晚。當時共我賞花人，點檢如今無一半。」（玉樓春）

范仲淹（九八九～一〇五二）字希文，吳縣（今江蘇蘇州）人，大中祥符八年進士，官至樞密副使，參知政事。一生功業彪炳，雖也擅長詩文，但無意以文詞見稱，所以流傳的詞不多。不過，就是這寥寥幾首，已足夠顯示作者的過人才華；纏綿細密、開闊深沉，兼而有之，是爲宋詞開闢新意境的先聲。茲錄其所作二首：

「碧雲天，黃葉地。秋色連波，波上寒煙翠。山映斜陽天接水。芳草無情，更在斜陽外。 黯鄉魂，追旅思。夜夜除非，好夢留人睡。明月樓高休獨倚。酒入愁腸，化作相思淚。」（蘇幕遮）

「塞下秋來風景異，衡陽雁去無留意。四面邊聲連角起。千嶂裏，長煙落日孤城閉。 濁酒一杯家萬里，燕然未勒歸無計，羌管悠悠霜滿地。人不寐，將軍白髮征夫淚。」（漁家傲）

歐陽修是北宋古文運動的領袖，所寫的文章，遵循着宗經明道的理論，是莊重嚴肅的儒家面目。作詩也盡掃西崑的華艷，流暢自然而多所議論。塡詞則一反寫詩作文的態度，幽香冷艷，受馮延巳的影響較深；內容大多描寫愛情，顯露了他個人生活和情感的另一面。但在一些卽景抒懷的作品裡，也表現了明快的新境界。茲錄其所作三首：

「鳳髻金泥帶，龍紋玉掌梳。去來窗下笑相扶。愛道畫眉深淺入時無。　弄筆偎人久，描花試手初。等閒妨了繡功夫。笑問鴛鴦兩字怎生書。」（南歌子）

「尊前擬把歸期說，未語春容先慘咽。人生自是有情痴，此恨不關風與月。　離歌且莫翻新闋，一曲能教腸寸結。直須看盡洛城花，始共春風容易別。」（玉樓春）

「候館梅殘，溪橋柳細，草薰風暖搖征轡。離愁漸遠漸無窮，迢迢不斷如春水。　寸寸柔腸，盈盈粉淚，樓高莫近危闌倚。平蕪盡處是春山，行人更在春山外。」（踏莎行）

張先（九九〇～一〇七八）字子野，烏程（今浙江吳興）人，四十一歲中進士，官至都官郎中。擅詞，生活疏放，所寫大多爲詩酒生活與男女戀情。所製小令尙不脫花間風采；長調慢詞，則極盡鋪敍之能事。在詞的發展史上，從小令進入長調的過程中，他是起了作用的。他自稱「張三影」，因爲他自己最得意的三句詞句中，每句都有一個「影」字。這三句是：「雲破月來花弄影」（天仙子），「柳徑無人，墜絮輕無影」（舟中聞雙琵琶），「嬌柔懶起，簾幙捲花影」（歸朝歡）。茲錄則所作四首：

「錦筵紅，羅幕翠。侍宴美人麗姝。十五六，解憐才，勸人深酒杯。　黛眉長，檀口小。耳畔向人輕道：柳陰曲，是兒家，門前紅杏花。」（更漏子）

「哀箏一弄湘江曲，聲聲寫盡江波綠。纖指十三弦，細將幽恨傳。　當筵秋水慢，玉柱斜飛雁。彈到斷腸時，春山眉黛低。」（菩薩蠻）

「水調數聲持酒聽，午醉醒來愁未醒。送春春去幾時回？臨晚鏡，傷流景，往事後期空記省。　沙上並禽池上暝，雲破月來花弄影。重重簾幕密遮燈，風不定，人初靜，明日落紅應滿徑。」（天仙子）

「四堂互映，雙門並麗，龍閣開府。郡美東南第一，望故園樓閣霏霧。垂柳池塘，流泉巷陌，吳歌處處。近黃昏，漸更宜良夜，簇簇繁星燈燭，長衢如畫。暝色韶光，幾簾粉面，飛甍朱戶。　歡聚。雁齒橋紅，裙腰草綠，雲際寺，林下路。酒熟梨花賓客醉，但覺滿山簫鼓。盡朋遊，因民樂，芳菲有主。自此歸從泥沼，去指沙隄，南屏水石，西湖風月，好作千騎行春，畫圖寫取。」（破陣樂）

晏幾道（約一〇三〇～一一〇六）字叔原，號小山，是晏殊的第七子，擅詞，寫情眞摯，和晏殊合稱二晏。早年生活優裕，曾經做過小官；晚年家境中落，生活貧困，因此詞多傷感，風格頗近李後主。茲錄其所作四首：

「彩袖殷勤捧玉鍾，當年拚却醉顏紅。舞低楊柳樓心月，歌盡桃花扇底風。　從別後，憶相逢，幾回魂夢與君同。今宵賸把銀釭照，猶恐相逢是夢中。」（鷓鴣天）

「夢後樓台高鎖，酒醒簾幕低垂。去年春恨却來時。落花人獨立，微雨燕雙飛。　記得小蘋初見，兩重心字羅衣。琵琶弦上說相思。當時明月在，曾照彩雲歸。」（臨江仙）

「醉別西樓醒不記，春夢秋雲，聚散眞容易。斜月半窗還少睡，畫屏閒展吳山翠。　衣上酒痕詩裏字，點點行行，總是淒涼意。紅燭自憐無好計，夜寒空替人垂淚。」（蝶戀花）

「黃菊開時傷聚散，曾記花前，共說深深願。重見金英人未見，相思一夜天涯遠。　羅袖同心閒結徧，帶易成雙，人恨成雙晚。欲寫彩箋書別怨，淚痕早已先書滿。」（蝶戀花）

第二節　慢詞全盛

詞的體製，習慣上有「小令」、「中調」和「長調」的分別，但是其間如何劃分，則沒有明確的規定。南宋何士信的草堂詩餘曾以字數爲準，五十八字以內的是小令，五十九至九十字的爲中調，九十一字以上的爲長調。實際上，這個說法是沒有根據的，祇可拿來作爲一個參考而已。

唐宋文人常在酒宴上卽席塡詞，用短篇小調當作酒令，所以就把詞的短小者稱爲「小令」。自晚唐、五代、以迄宋初，詞人所寫，大都是小令，長調並不風行。不過從敦煌石室的雲謠集雜曲子等作品來看，長調在唐時的民間是很流行的。

「長調」也稱「慢詞」，但嚴格說來，兩者是有分別的。前者是從體製上劃分，後者是指依慢曲格調塡寫的詞，由於塡寫慢曲的詞總是字數衆多，所以「長調」和「慢詞」就混稱了。

促成慢詞或長調在北宋詞壇上流行的是柳永，接着的蘇東坡、秦觀、賀鑄等人，也都是兼擅小令和長調的名家，於是慢詞就連入了全盛時期。

慢詞全盛時期的詞，實際上應當從體裁和內容兩方面看。在體裁上，長調的流行是形式的發展，這方面是柳永用力最多。在內容上，長調流行之後，詞境也相應有了擴展，這方面是蘇軾的貢獻最大。

柳永（九八七？～一〇五二？）字耆卿，原名三變，福建崇安人。少年時赴京應試，留戀歌樓舞榭，塡詞多以京師的繁華和歌伎生活爲題材，而教坊樂工有了新腔，也會去求柳永作詞。他曾塡了一首鶴冲天的詞，是寫他自己的：

「黃金榜上，偶失龍頭望。明代暫遺賢，如何向？未遂風雲便，爭不恣遊狂蕩？何須論得喪。才子詞人，自是白衣卿相。　煙花巷陌，依約丹青屏障。幸有意中人，堪尋訪。且恁偎紅倚翠，風流事，平生暢。青春都一晌。忍把浮名，換了淺斟低唱。」

當時的皇帝宋仁宗，對柳永的印象不好，在科擧放榜的時候不願取他，就引這詞的句子說：「此人風前月下，好去淺斟低唱，何要浮名？且塡詞去。」因此柳永就以開玩笑的態度自稱「奉旨塡詞柳三變」。過了一陣流浪式的生活以後，改名永，才考取進士，官屯田員外郎。

柳永的詞，長調特多；鋪陳刻劃，情景交融，而又語言通俗，音律和諧，所以作品流傳甚廣，甚至說：「有井水飲處，卽能歌柳詞。」長調從此盛行。

柳永是北宋第一個專力寫詞的作家。作品的內容，除了歌女的生活外，也工於羈旅行役，對鄉愁離情的表現，旣眞摯，也深刻。玆錄其所作四首：

「秀香家住桃花徑，算神仙，才堪竝。層波細剪明眸，膩玉圓搓素頸。愛把歌喉當筵逞，遏天邊亂雲愁凝。言語似嬌鶯，一聲聲堪聽。洞房飲散簾帷靜，擁香衾，歡心稱。金爐麝裊青煙，鳳帳燭搖紅影。無限狂心乘酒興，這歡娛漸入佳景，猶自怨鄰鷄，道秋宵不永。」（晝夜樂）

「對瀟瀟暮雨灑江天，一番洗淸秋。漸霜風淒緊，關河冷落，殘照當樓。是處紅衰綠減。苒苒物華休。惟有長江水，無語東流。　不忍登高臨遠，望故鄉渺邈，歸思難收。歎年來蹤迹，何事苦淹留？想佳人妝樓顒望，誤幾回、天際識歸舟？爭知我、倚欄干處，正恁凝愁。」（八聲甘州）

「寒蟬淒切，對長亭晚，驟雨初歇。都門帳飲無緒，方留戀處，蘭舟催發。執手相看淚眼，竟無語凝噎。念去去、千里煙波，暮靄沈沈楚天闊。　多情自古傷離別，更那堪冷落清秋節。今宵酒醒何處？楊柳岸、曉風殘月。此去經年，應是良辰好景虛設。便縱有千種風情，更與何人說。」（雨霖鈴）

「東南形勝，三吳都會，錢塘自古繁華。煙柳畫橋，風帘翠幕，參差十萬人家。雲樹繞堤沙，怒濤卷霜雪，天塹無涯。市列珠璣，戶盈羅綺，競豪奢。重湖疊巘清嘉，有三秋桂子，十里荷花。羌管弄晴，菱歌泛夜，嬉嬉釣叟蓮娃。千騎擁高牙，乘醉聽簫鼓，吟賞煙霞。異日圖將好景，歸去鳳池誇。」（望海潮）

蘇軾是一位學識淵博、才情卓絕的作家，在散文、詩、詞的創作上，都有很高的成就。他的豪放風格，在詞壇上開創了「豪放派」，影響尤其深遠。蘇詞的特色，可以歸納爲下列三點：

㈠具有獨立的文學生命。詞的產生，本來是依着樂曲塡辭，所以音樂是主體，文辭是附庸，而所塡寫的文字也必須協和音律。蘇軾的詞，固然不忽略詞的音樂性，但也不因爲遷就音律而犧牲文辭，若是兩者衝突，無可避免時，則寧可不協律。基本上，這是爲文學而作詞，不是完全爲歌唱而作詞，詞開始具有獨立的文學生命。

㈡題材擴大，意境提高。文人的詞，自五代至宋初，流行的形式是小令，內容不外乎男女戀情和離愁別緒。經過柳永的提倡以後，長調風行了，在形式上，這是比小令更能「暢言」的體裁。到了蘇軾手裡，由於他學識淵博，閱歷廣泛，再加上他爽朗的性格和卓越的才華，於是寫入詞裡的題材便多了：說理詠史，懷古感舊，記游寫景等，幾乎是無所不寫；詞的範圍擴大了，詞的境界也提高了。

㈢詩化。記游感舊，說理詠史等，向來是詩人慣用的題材，而蘇軾都可以用詞來表現，使詞成爲一種新的詩體。具有詩的氣息。關於這一點，前人站在「詩莊詞媚」的界限上，是對蘇詞有所不滿的。例如陳無己的后山詩話就說：「退之以文爲詩，子瞻以詩爲詞，如教坊雷大使舞，雖極天下之工，要非本色。」但是從今天的觀點來看，這種詞的詩化，正是題材擴大、意境提高、具有獨立的文學生命之結果，也正是蘇軾對於詞的重要貢獻。

茲錄蘇詞四首：

「十年生死兩茫茫！不思量，自難忘。千里孤墳，無處話淒涼。縱使相逢應不識，塵滿面，鬢如霜。 夜來幽夢忽還鄉。小軒窗，正梳妝。相顧無言，唯有淚千行。料得年年腸斷處，明月夜，短松崗。」（江城子——乙卯正月二十日夜記夢）

「明月幾時有？把酒問青天。不知天上宮闕，今夕是何年？我欲乘風歸去，又恐瓊樓玉宇，高處不勝寒。起舞弄清影，何似在人間。 轉朱閣，低綺戶，照無眠。不應有恨，何事長向別時圓？人有悲歡離合，月有陰晴圓缺，此事古難全。但願人長久，千里共嬋娟。」（水調歌頭——丙辰中秋，歡飲達旦，大醉，作此篇，兼懷子由。）

「大江東去，浪淘盡，千古風流人物。故壘西邊，人道是、三國周郎赤壁。亂石崩雲，驚濤裂岸，捲起千堆雪。江山如畫，一時多少豪傑。 遙想公瑾當年，小喬初嫁了，雄姿英發。羽扇綸巾，談笑間、強虜灰飛煙滅。故國神遊，多情應笑我，早生華髮。人生如夢，一尊還酹江月。」（念奴嬌——赤壁懷古）

「明月如霜，好風如水，清景無限。曲港跳魚，圓荷瀉露，寂寞無人見。紞如三鼓，鏗然一葉，黯黯夢雲驚斷。夜茫茫，重尋無處，覺來小園行徧。　天涯倦客，山中歸路，望斷故園心眼。燕子樓空，佳人何在，空鎖樓中燕。古今如夢，何曾夢覺，但有舊歡新怨。異時對，黃樓夜景，爲余浩歎。」（永遇樂—彭城夜宿燕子樓，夢盼盼，因作此詞。）

秦觀（一〇四九—一一〇〇）字少游，江蘇高郵人，是蘇軾的妹婿。少有文名，因蘇軾之荐，除太學博士，兼國史院編修官。新黨執政後，累受貶謫。其詞輕婉秀麗，多寫男女戀情及感喟身世，擅長以淒迷的景色、婉轉的語調，表達一種無可奈何的傷感情緒。風格與柳永相近，但有他自己的情調，被認爲是「婉約派」的代表作家，對後來的詞家如周邦彥、李清照等，都有相當的影響。茲錄其所作四首：

「漠漠輕寒上小樓，曉陰無賴似窮秋，淡煙流水畫屏幽。　自在飛花輕似夢，無邊絲雨細如愁，寶簾閒挂小銀鉤。」（浣溪沙）

「纖雲弄巧，飛星傳恨，銀漢迢迢暗度。金風玉露一相逢，便勝却人間無數。　柔情如水，佳期如夢，忍顧鵲橋歸路。兩情若是久長時，又豈在朝朝暮暮。」（鵲橋仙）

「霧失樓台，月迷津渡，桃源望斷無尋處。可堪孤館閉春寒，杜鵑聲裏斜陽暮。　驛寄梅花，魚傳尺素，砌成此恨無重數。郴江幸自繞郴山，爲誰流下瀟湘去。」（踏莎行—郴州旅舍）

「山抹微雲，天黏芳草，畫角聲斷譙門。暫停征棹，聊共引離尊。多少蓬萊舊事，空回首、煙靄紛紛。斜陽外，寒鴉萬點，流水繞孤邨。　消魂！當此際，香囊暗解，羅帶輕分。漫贏得青樓，薄倖名存。此去何時

見也？襟袖上、空惹啼痕。傷情處，高城望斷，燈火已黃昏。」（滿庭芳）

賀鑄（一〇五二—一一二五）字方回，號慶湖餘老，原籍山陰（今浙江紹興），長於衞州（今河南汲縣），出身貴族，性格豪爽。喜談當世之事，不避權貴，可否不少假借，也因之而浮沉下僚，鬱鬱不得志。晚年退居蘇州。詞風兼具幽婉淒麗與明朗雄健，大凡小詞近晏幾道，長調近蘇軾。茲錄其所作兩首：

「凌波不過橫塘路，但目送、芳塵去。錦瑟華年誰與度？月臺花榭，瑣窗朱戶，只有春知處。　碧雲冉冉蘅皋暮，彩筆新題斷腸句。試問閒愁都幾許？一川煙草，滿城風絮，梅子黃時雨。」（青玉案）

「少年俠氣，交結五都雄。肝膽洞。毛髮聳。立談中，死生同，一諾千金重。推翹勇，矜豪縱，輕蓋擁，聯飛鞚，斗城東。轟飲酒壚，春色浮寒甕，吸海垂虹。閑呼鷹嗾犬，白羽摘雕弓，狡穴俄空，樂匆匆。似黃粱夢，辭丹鳳，明月共，漾孤篷。官冗從，懷倥傯，落塵籠，簿書叢。鶡弁如雲衆，供粗用，忽奇功。笳鼓動，漁陽弄，思悲翁。不請長纓，繫取天驕種，劍吼西風。恨登山臨水，手寄七絃桐，目送歸鴻。」（六州歌頭）

第三節　格律求精

詞的演進，到了北宋後期，在形式上已是小令與長調並盛，在內容上是詠古、抒懷、談禪、說理等無所不寫。但在音律字句方面還不夠嚴謹，同調的詞，字句長短常有不同。這時，宋徽宗設置了「大晟府」，任用一批詞人來審音定調，使詞的律度嚴整，唱起來更有韻貼聲諧之妙。於是，詞的形式、內容和音律，都有了比較完善的發展。

大晟詞人的審音定調，就是「格律詞派」的開端。這些詞人中，以周邦彥的成就和影響最大。

周邦彥（一〇五七～一一二一）字美成，號清眞居士，錢塘（今浙江杭州）人，博學多才，精通音律，徽宗時在大晟府任官，曾創作不少新詞調。作品語句精麗，音律謹嚴，風格近柳永而不失典雅。內容多寫閨情、羈旅及咏物。咏物之作，內容貧乏，但是因爲律度嚴謹，字句工麗，頗能表現藝術上的技巧，所以雖然內容貧乏，却適合詞人模擬學習之用。因此竟開創了詞壇上的「咏物派」。茲錄周詞四首：

「燎沉香，消溽暑。鳥雀呼晴，侵曉窺簷語。葉上初陽乾宿雨。水面清圓，一一風荷擧。　故鄉遙，何日去？家住吳門，久作長安旅。五月漁郎相憶否？小楫輕舟，夢入芙蓉浦。」（蘇幕遮）

「粉牆低，梅花照眼，依然舊風味。露痕輕綴，疑淨洗鉛華，無限佳麗。去年勝賞曾孤倚，冰盤共燕喜。更可惜、雪中高士，香篝熏素被。　今年對花最匆匆，相逢似有恨，依依愁悴。吟望久，青苔上、旋看飛墜。相將見、脆丸薦酒，人正在、空江煙浪裡。但夢想、一枝瀟灑，黃昏斜照水。」（花犯——詠梅）

「佳麗地，南朝盛事誰記？山圍故國，繞清江、髻鬟對起。怒濤寂寞打孤城，風檣遙度天際。　斷崖樹，猶倒倚，莫愁艇子曾繫。空餘舊迹鬱蒼蒼，霧沈半壘。夜深月過女牆來，傷心東望淮水。　酒旗戲鼓甚處市？想依稀、王謝鄰里。燕子不知何世，入尋常、巷陌人家，相對如說興亡，斜陽裡。」（西河——金陵懷古）

「正單衣試酒，悵客裏、光陰虛擲。願春暫留，春歸如過翼，一去無迹。爲問家何在？夜來風雨，葬楚宮傾國。釵鈿墮處遺香澤，亂點桃蹊，輕翻柳陌。多情爲誰追惜？但蜂媒蝶使，時叩窗槅。東園岑寂，漸蒙籠暗碧。靜遶珍叢底，成歎息。長條故惹行客，似牽衣待話，別情無極。殘英小、強簪巾幘。終不似、一朵釵頭顫裊，向人欹側。漂流處、莫趁潮汐。恐斷紅、尚有相思字，何由見得？」（六醜——薔薇謝後作）

第五章　南宋的詞

南宋初年，志士豪傑等人北望中原，力圖規復，慷慨激昂之氣，出之於詞，形成了一股豪邁的詞風。後來，南宋既無力北上，北方的金國也內亂外患並起，無暇南顧。對峙之局既成，使南宋有了一段安定的時期。時間一久，文人便漸漸趨向了雕琢以求工、詠物以逞才的途徑。蒙古滅了金國之後，鐵蹄南下。南宋的詞人，生當離亂易代之際，雕章琢句的心情沒有了，代之而起的是無限感憤。於是有人慷慨悲歌，有人借詠物而寄意，致力於「寄託」。這些詠物之作，以纖麗工巧的外表，懷著深一層的沉痛，形成了南宋末年詞的特色。

依據上面所說的情形，南宋的詞也可分爲三個時期：（一）豪邁期，（二）雕飾期，（三）雅正期。但是，宋室南渡前後的女詞人李清照，是要特別提出來的一位作家。因爲她在兩宋詞壇上是自創一格的大家，她的作品，在音樂方面，無論是長調或小令，字字協律；在文字技巧上，遣語造句，細緻婉約；而以白描手法抒寫情感，尤其眞摯深刻，對後世的影響極大。

李清照（一〇八一——一一五五？）號易安居士，山東濟南人，從小就有詩名。丈夫趙明誠是金石考據家，早期兩人共同搜集整理金石書畫，生活美滿優裕。靖康之變，他們避兵江南，喪失了大部份珍藏的文物。後來趙明誠病死建康，她在孤苦中渡過了晚年。所以李清照的詞可以把南渡作爲一條界線，分成前後兩期：前期的詞多寫她在少女、少婦時期的生活；後期的詞，主要表達她個人的不幸和感歎，有些也兼具了豪放的風格。茲錄其所作六首：

「昨夜雨疏風驟，濃睡不消殘酒。試問捲簾人，却道海棠依舊。知否？知否？應是綠肥紅瘦。」（如夢令）

「蹴罷秋千，起來慵整纖纖手。露濃花瘦，薄汗輕衣透。　見有人來，韈剗金釵溜，和羞走。倚門回首，却把青梅齅。」（點絳脣）

「風住塵香花已盡，日晚倦梳頭。物是人非事事休，欲語淚先流。　聞說雙溪春尚好，也擬泛輕舟。只恐雙溪舴艋舟，載不動許多愁。」（武陵春）

「紅藕香殘玉簟秋。輕解羅裳，獨上蘭舟。雲中誰寄錦書來，雁字回時，月滿西樓。　花自飄零水自流。一種相思，兩處閒愁。此情無計可消除，才下眉頭，却上心頭。」（一翦梅）

「尋尋覓覓，冷冷清清，悽悽慘慘戚戚。乍暖還寒時候，最難將息。三盃兩盞淡酒，怎敵他晚來風急。雁過也，正傷心，却是舊時相識。　滿地黃花堆積，憔悴損，如今有誰堪摘？守著窗兒，獨自怎生得黑？梧桐更兼細雨，到黃昏、點點滴滴。這次第，怎一箇愁字了得。」（聲聲慢）

「香冷金猊，被翻紅浪，起來慵自梳頭。任寶奩塵滿，日上簾鉤。生怕離懷別苦，多少事、欲說還休。新來瘦，非干病酒，不是悲秋。　休休！這回去也，千萬遍陽關，也則難留。念武陵人遠，煙鎖秦樓。惟有樓前流水，應念我、終日凝眸。凝眸處，從今又添，一段新愁。」（鳳凰臺上憶吹簫）

第一節　豪邁時期

南宋初年，北方已被金人佔據，人們經歷了國破家亡的大變動，愛國情緒高漲，發之於詩詞，便是豪邁激昂之聲，並且也是那個時代的精神。

這時詞風豪邁的主要詞人是張元幹、張孝祥、陸游、辛棄疾，以及稍後的劉克莊等人。

張元幹（一〇九一——一一七五？）字仲宗，長樂（今福建閩侯）人，太學生。紹興八年（一一三八），宋高宗要向金人稱臣，李綱上書反對，張元幹寫了一首賀新郎的詞給李綱表示支持。後來胡銓上書請斬秦檜，獲譴編管新州，他也寫了一首賀新郎的詞表示同情和支持，因此得罪除名。張詞以這兩首賀新郎最著名，悲憤蒼涼，風格豪邁，茲錄於次：

「曳杖危樓去。斗垂天、滄波萬頃，月流煙渚。掃盡浮雲風不定，未放扁舟夜渡。宿雁落寒蘆深處。悵望關河空弔影，正人間鼻氣鳴鼉鼓。誰伴我，醉中舞？　十年一夢楊州路。倚高寒、愁生故國，氣吞驕虜。要斬樓蘭三尺劍，遺恨琵琶舊語。漫暗拭、銅華塵土。喚取謫仙平章看，過苕溪尚許垂綸否？風浩蕩，欲飛舉。」（寄李伯紀丞相）

「夢繞神州路。悵秋風、連營畫角，故宮離黍。底事崑崙傾砥柱，九地黃流亂注。聚萬落千村狐兎。天意從來高難問，況人情易老悲難訴。更南浦，送君去。　涼生岸柳催殘暑。耿斜河、疏星淡月，斷雲微度。

萬里江山知何處？囘首對床夜語。雁不到、書成誰與？目盡靑天懷今古，肯兒曹恩怨相爾汝。舉大白，聽金縷。」（送胡邦衡待制赴新州）

張孝祥（一一三三—一一七〇）字安國，烏江（今安徽和縣）人，紹興二十四年（一一五六）廷試第一，歷中書舍人，領建康留守，累官顯謨閣直學士。詞學蘇軾，豪邁自然。隆興元年（一一六三），張浚北伐不利，於建康再集忠義之士，而和議復起。一日，孝祥於建康留守席上作六州歌頭，張浚感慨不已，竟爲之罷席。茲錄其詞於次：

「長淮望斷，關塞莽然平。征塵暗，霜風緊，悄邊聲，黯銷凝。追想當年事，殆天數，非人力，洙泗上，絃歌地，亦羶腥。隔水氈鄉，落日牛羊下，區脫縱橫。看名王宵獵，騎火一川明。笳鼓悲鳴，遣人驚。念腰間箭，匣中劍，空埃蠹，竟何成？時易失，心徒壯，歲將零。渺神京，干羽方懷遠，靜烽燧，且休兵。冠蓋使，紛馳騖，若爲情。聞道中原遺老，常南望、翠葆霓旌。使行人到此，忠憤氣塡膺，有淚如傾。」（六州歌頭）

陸游是極力主張北伐以規復中原的主戰派，並且也實際參加過軍旅生活，他的愛國精神，在詩詞裡的表現是一致的。在詞這方面，他雖然也有流麗綿密之作，而且成就不在晏幾道、賀鑄諸人之下，但主要還是以激昂慷慨的豪邁詞風見稱。茲錄其所作三首於次：

「當年萬里覓封侯，匹馬戍梁州。關河夢斷何處，塵暗舊貂裘。　胡未滅，鬢先秋，淚空流。此生誰料，心在天山，身老滄洲。」（訴衷情）

「秋到邊城角聲哀，烽火照高台。悲歌擊筑，憑高酹酒，此興悠哉！　多情誰似南山月，特地暮雲開。灞橋煙柳，曲江池館，應待人來。」（秋波媚—七月十六日晚登高興亭望長安南山）

「壯歲從戎，曾是氣吞殘虜。陣雲高、狼煙夜舉。朱顏青鬢，擁雕戈西戍。笑儒冠自來多誤！　功名夢斷，却泛扁舟吳楚。漫悲歌、傷懷弔古。煙波無際，望秦關何處？歎流年又成虛度！」（謝池春）

辛棄疾（一一四〇—一二〇七）字幼安，號稼軒，歷城（今山東濟南）人。出生時金人已佔有北方，及長，投効當地耿京所領導的義軍抗金。二十三歲時，耿京命他南下與宋廷聯繫，歸途聞張安國等已殺了耿京降金，就率部下五十餘人，直趨金營，縛張安國以回，其智勇可見一斑。歸南宋後，歷任湖北、江西、湖南、福建、浙東安撫使等職，於湖南曾創立飛虎營，雄鎮一方。行政治軍，皆有聲譽。曾提出不少北伐的建議，可惜都沒有被採納，却反而因此招忌，長期賦閒了一段時期。在這種壯志難酬、政治上又屢受打擊的情形下，却使他的詞有了一種特殊的風格，在雄奇豪壯中帶著一股沉鬱的蒼涼。

在詞的創作方面，辛棄疾是在蘇軾所奠定的基礎上更向前進了一步。蘇軾把詞詩化了，把詞的題材也從男女戀情和離愁別緒中擴展出來。辛棄疾是更進一步，把詞散文化了。經史子集中的語句，他都可取來融化在詞裏，既用則無不佳。又由於他的學問廣博，生活經驗豐富，所以詞中的題材也廣，有時還運用散文化的句子發發議論。茲錄其所作七首：

「少年不識愁滋味，愛上層樓。愛上層樓，爲賦新詞強說愁。　而今識盡愁滋味，欲說還休。欲說還休，却道天涼好箇秋！」（醜奴兒—書博山道中壁）

「醉裏且貪歡笑，要愁那得工夫？近來始覺古人書，信着全無是處。　昨夜松邊醉倒，問松我醉何如？只疑松動要來扶，以手推松曰去！」（西江月—遣興）

「茅簷低小，溪上青青草。醉裏吳音相媚好，白髮誰家翁媼？　大兒鋤豆溪東，中兒正織雞籠。最喜小兒無賴，溪頭臥剝蓮蓬。」（清平樂—村居）

「醉裏挑燈看劍，夢囘吹角連營。八百里分麾下炙，五十絃翻塞外聲，沙場秋點兵。　馬作的盧飛快，弓如霹靂弦驚。了卻君王天下事，贏得生前身後名，可憐白髮生。」（破陣子—爲陳同甫賦壯語以寄）

「千古江山，英雄無覓，孫仲謀處。舞榭歌臺，風流總被，雨打風吹去。斜陽草樹，尋常巷陌，人道寄奴曾住。想當年，金戈鐵馬，氣吞萬里如虎。　元嘉草草，封狼居胥，贏得倉皇北顧。四十三年，望中猶記，烽火揚州路。可堪囘首，佛貍祠下，一片神鴉社鼓。憑誰問，廉頗老矣，尚能飯否？」（永遇樂—京口北固亭懷古）

「更能消幾番風雨？匆匆春又歸去。惜春長怕花開早，何況落紅無數。春且住！見說道、天涯芳草迷歸路，怨春不語。算祇有殷勤、畫簷蛛網，盡日惹飛絮。　長門事，準擬佳期又誤。蛾眉曾有人妒。千金縱買相如賦，脈脈此情誰訴？君莫舞，君不見、玉環飛燕皆塵土。閒愁最苦。休去倚危欄，斜陽正在，烟柳斷腸處。」（摸魚兒—淳熙己亥，自湖北漕移湖南，同官王正之置酒小山亭，爲賦。）

「杯汝來前！老子今朝，點檢形骸。甚長年抱渴，咽如焦釜；於今喜睡，氣如奔雷，漫說劉伶，古今達者，醉後何妨死便埋。渾如此，歎汝於知己，眞少恩哉！　更憑歌舞爲媒，算合作、平居鴆毒猜。況怨無大小，生於所愛；物無美惡，過則爲災。與汝成言，勿留亟退，吾力猶能肆汝杯。杯再拜，道：麾之卽去，招亦須來。」（沁園春—將止酒，戒杯使勿近。）

辛棄疾的詞風影響很大，當時和辛棄疾相互以詞唱和的陳亮（字同甫）、劉過（字改之），以及南宋末年的劉克莊等，都明顯受到辛棄疾的影響，或稱之爲辛派詞人。而南宋初年的岳飛等人，雖然不以詞名家，但是所作却是激昂慷慨，也是豪邁本色。茲錄諸人作品於次：

「怒髮衝冠，憑欄處、瀟瀟雨歇。抬望眼，仰天長嘯，壯懷激烈。三十功名塵與土，八千里路雲和月。莫等閒，白了少年頭，空悲切。 靖康恥，猶未雪。臣子恨，何時滅？駕長車踏破，賀蘭山缺。壯志飢餐胡虜肉，笑談渴飲匈奴血。待從頭，收拾舊山河，朝天闕。」（岳飛滿江紅）

「危樓還望，歎此意今古幾人曾會。鬼設神施，渾認作天限南疆北界。一水橫陳，連岡三面，做出爭雄勢。六朝何事，只成門戶私計？ 因笑王謝諸人，登高望遠，也學英雄涕。凭却江山，管不到河洛腥膻無際。正好長驅，不須反顧，尋取中流誓。小兒破賊，勢成寧問強對。」（陳亮念奴嬌—登多景樓）

「斗酒彘肩，風雨渡江，豈不快哉！被香山居士、約林和靖，與坡仙老，駕勒吾回。坡謂西湖，正如西子，濃抹淡妝臨照臺。二公者，皆掉頭不顧，只管傳杯。 白言天竺去來，圖畫裡、崢嶸樓閣開。愛縱橫二澗，東西水遶；兩峯南北，高下雲堆。逋曰不然，暗香浮動，不若孤山先訪梅。須晴去，訪稼軒未晚，且此徘徊。」（劉過沁園春—風雪中欲詣稼軒，久寓湖上，未能一往，因賦此詞以自解。）

「國脈微如縷，問長纓何時入手，縛將戎主？未必人間無好漢，誰與寬些尺度？試看取當年韓五，豈有穀城公付授，也不干曾遇驪山母，談笑起，兩河路。少時棋柝曾聯句，歎而今登樓攬鏡，時機頻誤。聞說北風吹面急，邊上衝梯屢舞，君莫道投鞭虛語。自古一賢能制難，有金湯無可無張許？快投筆，莫題柱。」（賀新郎—寶之三和，有憂邊之語，走筆答之。）

南宋初年，除了以辛棄疾爲代表的豪邁詞風外，也有些比較消極的詞人，如朱敦儒（字希眞）、葉夢得（字少蘊）等，方經離亂，作品中固然有故國悲思，但偏安之局既成，歸鄉無望，便也接受現實，寄情於山水之間。茲錄每人作品一首：

「世事短如春夢，人情薄似秋雲。不須計較苦勞心，萬事原來有命。　幸遇三盃美酒，況逢一朵花新。片時歡笑且相親，明日陰晴未定。」（朱敦儒西江月）

「睡起流鶯語。掩蒼苔、房櫳向晚，亂紅無數。吹盡殘花無人見，惟有垂楊自舞。漸暖靄、初回輕暑。寶扇重尋明月影，暗塵侵、上有乘鸞女。驚舊恨，遽如許。　江南夢斷橫江渚。浪黏天，葡萄漲綠，半空煙雨。無限樓前滄波意，誰採蘋花寄取？但悵望、蘭舟容與。萬里雲帆何時到？送孤鴻、目斷千山阻。誰爲我，唱金縷。」（葉夢得賀新郎）

第二節　雕飾期

宋高宗紹興十一年（一一四一），宋金達成了和議，雙方對峙的局面比較穩定，於是南宋的社會經濟漸漸繁榮起來。在這種環境裡，憂國傷時的聲音低了下去，詩酒歌舞的生活則日見普遍，詞人們又開始走上了琢句審音的道路。若說南宋初年的豪邁詞風，是把北宋蘇軾所開始的豪放派作詞精神向前推進一步，那麼這時審音琢句的詞風，是北宋末年大晟詞人周邦彥等格律派的再興。這時期的主要作家是姜夔、史達祖、吳文英等。

姜夔（一一五五？—一二三五）字堯章，號白石道人，江西鄱陽人。屢試不第，一生未仕，祇是往來湘、鄂、贛、皖、江、浙之間，與當日名士辛棄疾、范成大、陸游、葉適等交遊唱和，有點豪門清客的姿態。他精於音樂，擅長書法，詩詞均有名，而以詞最爲著稱。作詞重格律，音節諧美，對字句的錘鍊也極精心。

在音律方面，姜夔既能改正舊調，也能創製新譜。例如滿江紅舊用仄聲韻，他改爲平聲韻，使之協律。這事他在滿江紅詞前的序言中說得很清楚：

「滿江紅，舊用仄調，多不協律。如末句云『無心撲』三字，歌者將『心』字融入去聲，方諧音律。予欲以平韻爲之，久不能成。因泛巢湖，聞遠岸簫鼓聲，問之舟師，云：『居人爲此湖神姥壽也。』予因祝曰：『得一席風，徑至居巢，當以平韻滿江紅爲迎送神曲。』言訖，風與筆俱駛，頃刻而成。末句云『聞佩環』，則協律矣。」

至於創製的新譜，共有「暗香」、「疏影」等十七支，都在他的詞集白石道人歌曲中。每種除註明宮調以外，還在詞旁記載樂譜。宋代的詞雖然都可以唱，但沒有譜留存下來。姜夔的曲調是自創的，所以在旁邊註了譜，雖然用的是宋時俗字，又夾雜了節拍符號，今人還不能完全了解，但是宋詞的音調和唱法，賴此獨存。

在表現技巧上，姜夔善於用清幽的意境，襯出他落寞的心情，如「數峯清苦，商略黃昏雨」（點絳脣）之類。其次是喜歡用典故詠物。北宋末年的周邦彥是喜歡塡寫詠物詞的，因爲這能使他表現藝術上的技巧。到了姜夔，則盡量引用典故來詠物，不僅表現技巧，也藉此誇耀博學。不過，這類詠物詞的意義是愈來愈少了。茲錄其所作四首：

「燕雁無心，太湖西畔隨雲去。數峯清苦，商略黃昏雨。　第四橋邊，擬共天隨住。今何許？凭闌懷古，殘柳參差舞。」（點絳唇—丁未過吳淞作）

「舊時月色，算幾番照我，梅邊吹笛。喚起玉人，不管清寒與攀摘。何遜而今漸老，都忘卻、春風詞筆。但怪得、竹外疏花，香冷入瑤席。　江國，正寂寂。歎寄與路遙，夜雪初積。翠尊易泣，紅萼無言耿想憶。長記曾攜手處，千樹壓、西湖寒碧。又片片吹盡也，幾時見得？」（暗香—詠梅）

「漸吹盡、枝頭香絮，是處人家，綠深門戶。遠浦縈回，暮帆零亂向何許？閱人多矣，誰得似、長亭樹？樹若有情時，不會得靑靑如此！　日暮，望高城不見，只見亂山無數。韋郎去也，怎忘得、玉環分付？第一是、早早歸來，怕紅萼、無人爲主。算空有幷刀，難剪離愁千縷。」（長亭怨慢）

「淮左名都，竹西佳處，解鞍少駐初程。過春風十里，盡薺麥靑靑。自胡馬窺江去後，廢池喬木，猶厭言兵。漸黃昏，清角吹寒，都在空城。　杜郎俊賞，算而今、重到須驚。縱豆蔻詞工，靑樓夢好，難賦深情。二十四橋仍在，波心蕩、冷月無聲。念橋邊紅藥，年年知爲誰生？」（揚州慢—淳熙丙申至日，予過維揚。夜雪初霽，薺麥彌望。入其城則四顧蕭條，寒水自碧。暮色漸起，戍角悲吟。予懷愴然，感慨今昔，因度此曲。千巖老人以爲有黍離之悲也。）

史達祖（一一六〇—一二一〇）字邦卿，號梅谿，汴（今河南開封）人。曾爲權相韓侂胄掌文書，頗有權勢。後韓敗，史也貶死。其詞偏重形式，典雅工巧，詠物之作，尤爲著名，上承周邦彥遺緒，與姜夔的風格相近。茲錄其作品三首：

「過春社了，度簾幕中間，去年塵冷。差池欲住，試入舊巢相並。還相雕梁藻井，又軟語商量不定。飄然快拂花梢，翠羽分開紅影。　芳徑，芹泥雨潤。愛貼地爭飛，競誇輕俊。紅樓歸晚，看足柳昏花暝。應自棲香正穩，便忘了天涯芳信。愁損翠黛雙蛾，日日畫闌獨凭。」（雙雙燕）

「巧沁蘭心，偷黏草甲，東風欲障新暖。漫凝碧瓦難留，信知暮寒猶淺。行天入鏡，做弄出、輕鬆纖軟。料故園、不捲重簾，誤了乍來雙燕。　青未了、柳回白眼。紅欲斷、杏開素面。舊游憶著山陰，厚盟遂妨上苑。寒罏重煖，便放慢、春衫針線。恐鳳靴、挑菜歸來，萬一灞橋相見。」（東風第一枝—春雪）

「做冷欺花，將煙困柳，千里偷催春暮。盡日冥迷，愁裏欲飛還住。驚粉重、蝶宿西園，喜泥潤、燕歸南浦。最妨它、佳約風流，鈿車不到杜陵路。　沉沉江上望極，還被春潮晚急，難尋官渡。隱約遙峯，和淚謝娘眉嫵。臨斷岸、新綠生時，是落紅、帶愁流處。記當日、門掩梨花，剪燈深夜語。」（綺羅香—春雨）

吳文英（一二〇〇？—一二六〇？）字君特，號夢窗，晚號覺翁，四明（今浙江寧波）人。曾受知於丞相吳潛，但生活並不得意，往來江、浙之間，寄食權貴而已。其詞字句工麗，音律和諧。也喜歡用典詠物，但因爲過於含蓄，往往詞意晦澀，所以給人的印象也祇是「字句工麗」和「音律和諧」。其實他也有疏朗明快的作品，不多罷了。張炎評論他的詞說：「夢窗如七寶樓台，眩人眼目，拆散下來，不成片斷。」（詞源）大體上說來，這是很中肯的。茲錄其所作三首：

「何處合成愁？離人心上秋。縱芭蕉、不雨也颼颼。都道晚涼天氣好，有明月，怕登樓。　年事夢中休，花空煙水流。燕辭歸、客尚淹留。垂柳不縈裙帶住，漫長是，繫行舟。」（唐多令）

「送人猶未苦，苦送春隨人去天涯。片紅都飛盡：陰陰潤綠，暗裏啼鴉。賦情頓雪霜鬢，飛夢逐塵沙。歎病渴淒涼，分香瘦減，兩地看花。　西湖斷橋路，想繫馬垂楊，依舊欹斜。葵麥迷煙處，問離巢孤燕，飛過誰家。故人爲寫深怨，空壁掃秋蛇。但醉上吳臺，殘陽草色歸思賒。」（憶舊游—別黃澹翁）

「殘寒正欺病酒，掩沈香繡戶。燕來晚、飛入西城，似說春事遲暮。畫船載、清明過卻，晴煙冉冉吳宮樹。念羈情、遊蕩隨風，化爲輕絮。　十載西湖，傍柳繫馬，趁嬌塵軟霧，遡紅漸招入仙谿，錦兒偷寄幽素。倚銀瓶、春寬夢窄，斷紅濕歌紈金縷。暝隄空，輕把斜陽，總還鷗鷺。　幽蘭漸老，杜若還生，水鄉尚寄旅。別後訪、六橋無信，事往花萎，瘞玉埋香，幾番風雨！長波妒盼，遙山羞黛，漁灯分影春江宿，記當時、短楫桃根渡。青樓彷彿，臨分敗壁題詩，淚墨慘澹塵土。　危亭望極，草色天涯，歎鬢侵半苧。暗點檢、離痕歡唾，尚染鮫綃。嚲鳳迷歸，破鸞慵舞。殷勤待寫，書中長恨，藍霞遼海沈過雁。漫相思、彈入哀箏柱。傷心千里江南，怨曲重招，斷魂在否？」（鶯啼序）

第三節　雅正期

南宋亡國前後的詞人，前期多半受姜夔、吳文英等人的影響，鍊字琢句，詠物逞才。元兵南下以後，有些人承繼了南宋初年豪放派的詞風，以激昂之筆，寫心胸悲憤，如劉辰翁、文天祥、汪元量等都是。有些人雖懷家國之痛，但在蒙古人嚴酷的統治下，又不敢高聲疾呼。於是便借詠物而寄意，或嘆遺民身世的淒涼，或寄對於故國的希望，使原來內容空洞的詠物詞，具有比較深一層的意義。在外表上，這些詞都力求純正典雅，美辭雋語，屢見不鮮，成爲這段時期中詞的特色。詞人則以張炎、周密、蔣捷、王沂孫爲四大家。

張炎（一二四八—一三二〇？）字叔夏，號玉田，原籍甘肅天水，寄籍杭州。早年生活優裕，詩詞書俱佳。宋亡後，浪遊江南。撰有詞源一書，論述詞的格律、技巧和風格，認爲詞的境界要清空，風格應以雅正爲主。雅正之道，第一是協音合律，其次是用典以求含蓄，第三是琢鍊字句以求工麗。張詞的技巧極高，宋亡以後的作品，悲怨**悽愴**，多寓家國之痛。茲錄其作品四首：

「波暖綠粼粼，燕飛來，好是蘇堤纔曉。魚沒浪痕圓，流紅去，翻喚東風難掃。荒橋斷浦，柳陰撐出扁舟小。回首池塘青欲徧，絕似夢中芳草。　和雲流出空山，甚年年淨洗，花香不了。新綠乍生時，孤村路、猶憶那回曾到。餘情渺渺，茂林觴詠如今悄。前度劉郎歸去後，溪上碧桃多少？」（南浦—春水）

「萬里飛霜，千山落木，寒艷不招春妬。楓冷吳江，獨客又吟愁句。正船艤、流水孤村，似花繞、斜陽芳樹。甚荒溝、一片淒涼，載情不去載愁去。　長安誰問倦旅？羞見衰顏借酒，飄零如許。漫倚新妝，不入洛陽花譜。爲迴風、起舞樽前，盡化作、斷霞千縷。記陰陰，綠遍江南，夜窗聽暗雨。」（綺羅香—紅葉）

「聽江湖夜雨十年燈，孤影尚中州。對荒涼茂苑，吟情渺渺，心事悠悠。見說寒梅猶在，無處認西樓。招取樓邊月，同載扁舟。　明日琴書何處？正風前墜葉，草外閒鷗。甚消磨不盡，惟有古今愁。總休問西湖南浦，漸春來、烟水接天流。清游好，醉招黃鶴，一嘯高秋。」（八聲甘州）

「記玉關踏雪事清遊，寒氣脆貂裘。遍枯林古道，長河飲馬，此意悠悠。短夢依然江表，老淚灑西州。一字無題處，落葉都愁。　載取白雲歸去，問誰留楚佩，弄影中洲？折蘆花贈遠，零落一身秋。向尋常野橋流水，待招來、不是舊沙鷗。空懷感，有斜陽處，却怕登樓。」（八聲甘州—辛卯歲，沈堯道同余北歸，各處杭、越。踰歲，堯道來問寂寞，語笑數日，又復別去。賦此曲，並寄趙學舟。）

周密（一二三二—一三〇八）字公謹，號草窗。原籍山東濟南，宋室南渡，寄籍浙江吳興。曾爲義烏令，宋亡不仕，與張炎、王沂孫等結詞社，相互唱和。其詞清麗工巧，格律謹嚴。玆錄所作三首：

「朱鈿寶玦，天上飛瓊，比人間春別。江南江北，曾未見、漫擬梨雲梅雪。淮山春晚，問誰識、芳心高潔？消幾番、花落花開，老了玉關豪傑。　金壺剪送瓊枝，看一騎紅塵，香度瑤闕。韶華正好，應自喜、初識長安蜂蝶。杜郎老矣，想舊事、花須能說。記少年、一夢揚州，二十四橋明月。」（瓊花）

「楚江湄，湘娥乍見，無言灑清淚，淡然春意。空獨依東風，芳思誰寄？凌波路冷秋無際，香雲隨步起。

漫記得、漢宮仙掌，亭亭明月底。冰絲寫怨更多情，騷人恨，枉賦芳蘭幽芷。春思遠，誰歎賞、國香風味。相將共、歲寒伴侶。小窗淨，沈烟熏翠被。幽夢覺、涓涓清露，一枝燈影裏。」（花犯—水仙花）

「步深幽，正雲黃天淡，雪意未全休。鑑曲寒沙，茂林煙草，俛仰千古悠悠。歲華晚、飄零漸遠，誰念我、同載五湖舟？磴古松斜，崖陰苔老，一片清愁。　回首天涯歸夢，幾魂飛西浦，淚灑東州。故國山川，故園心眼，還似王粲登樓。最負他、秦鬟妝鏡，好江山、何事此時遊？為喚狂吟老監，共賦消憂。」（一萼紅—登蓬萊閣有感）

蔣捷（一二四五？—一三一〇？）字勝欲，號竹山，陽羨（今江蘇宜興）人。德祐進士。宋亡，隱居不出。其詞語言洗鍊，音律暢諧。茲錄所作三首：

「少年聽雨歌樓上，紅燭昏羅帳。壯年聽雨客舟中，江闊雲低、斷雁叫西風。而今聽雨僧廬下，鬢已星星也。悲歡離合總無情，一任階前、點滴到天明。」（虞美人—聽雨）

「一片春愁待酒澆。江上舟搖，樓上帘招。秋娘渡與泰娘橋。風又飄飄，雨又瀟瀟。　何日歸家洗客袍？銀字笙調，心字香燒。流光容易把人拋。紅了櫻桃，綠了芭蕉。」（一剪梅—舟過吳江）

「黃花深巷，紅葉低窗，淒涼一片秋聲。豆雨聲來，中間夾帶風聲。疎疎二十五點，麗譙門、不鎖更聲。故人遠，問誰搖玉佩。簷底鈴聲。　彩角聲吹月墮，漸連營馬動，四起笳聲。閃爍鄰燈，燈前尚有砧聲。知他訴愁到曉，碎噥噥、多少蛩聲。訴未了，把一半、分與雁聲。」（聲聲慢—秋聲）

王沂孫（一二四〇？—一二九〇？）字聖與，號碧山，會稽（今浙江紹興）人。曾任元朝慶元路學正。詞多詠物之作，寄託興亡之感，音調甚爲淒婉。茲錄其作品兩首：

「一襟餘恨宮魂斷，年年翠陰庭樹。乍咽涼柯，還移暗葉，重把離愁深訴。西窗過雨，怪瑤珮流空，玉箏調柱。鏡暗妝殘，爲誰嬌鬢尙如許？　銅仙鉛淚似洗，歎移盤去遠，難貯零露，病翼驚秋，枯形閱世，消得斜陽幾度？餘音更苦。甚獨抱清高，頓成淒楚。漫想薰風，柳絲千萬縷。」（齊天樂—蟬）

「曉霜初著青林，望中故國淒涼早。蕭蕭漸積，紛紛猶墜，門荒徑悄。渭水風生，洞庭波起，幾番秋杪。想重厓半沒，千峯盡出，山中路，無人到。　前度題紅杳杳，遡宮溝、暗流空繞。啼螿未歇，飛鴻欲過，此時懷抱。亂影翻窗，碎聲敲砌，愁人多少？望吾廬甚處，只應今夜，滿庭誰掃？」（水龍吟—落葉）

至於承繼南宋初期豪放詞風的劉辰翁、文天祥、汪元量等人，則是直寫悲憤，辭意激昂。即或有所比興，也是詞旨顯暢。家國之痛，禾黍之悲，無不躍然紙上。茲錄每人作品一首於次：

「鐵馬蒙氈，銀花灑淚，春入愁城。笛裡番腔，街頭戲鼓，不是歌聲。　那堪獨坐青燈，想故國高臺月明。輦下風光，山中歲月，海上心情。」（劉辰翁柳梢青—春感）

「水天空闊，恨東風、不借世間英物。蜀鳥吳花殘照裏，忍見荒城頹壁。銅雀春情，金人秋淚，此恨憑誰雪？堂堂劍氣，斗牛空認奇傑。　那信江海餘生，南行萬里，屬扁舟齊發。正爲鷗盟留醉眼，細看濤生雲滅。睨柱吞嬴，回旗走懿，千古冲冠髮。伴人無寐，秦淮應是孤月。」（文天祥酹江月—驛中言別友人）

「金陵故都最好，有朱樓迢遞。嗟倦客又此憑高，檻外已少佳致。更落盡梨花，飛盡楊花，春也成憔悴。問青山、三國英雄，六朝奇偉。　麥甸葵邱，荒台敗壘，鹿豕銜枯薺。正潮打孤城，寂寞斜陽裏。聽樓頭、哀笳怨角，未把酒、愁心先醉。漸夜深、月滿秦淮，烟籠寒水。　悽悽慘慘，冷冷清清，燈火渡頭市。慨商女、不知興廢，隔江猶唱庭花，餘音亹亹。傷心千古，淚痕如洗。烏衣巷口青蕪路，認依稀、王謝舊鄰里。臨春結綺，可憐紅粉成灰，蕭索白楊風起。　因思疇昔，鐵索千尋，謾沉江底。揮羽扇，障西塵，便好角巾私第。清談到底成何事？回首新亭，風景今如此！楚囚對泣何時已？嘆人間今古眞兒戲。東風歲歲還來，吹入鍾山，幾重蒼翠。」（汪元量鶯啼序——重過金陵）

第六章　宋代的戲曲

所謂「戲曲」，是以動作、語言、歌唱三者，合起來表演一個故事。若是祇以動作表演一事，是爲舞蹈；祇以語言，是爲說書；祇以歌唱，是爲詞曲。

依據這個定義，眞正的戲曲藝術，是到了宋朝才漸趨成熟。其他合歌舞以表演一事的，一般都認爲是戲曲的先聲，遠者上推至詩經中有關祭祀的篇章和楚辭的九歌，稍晚的則有踏搖娘之類的表演。

踏搖娘的起源，說法不一。或說起於北齊（敎坊記）或說起於後周（樂府雜錄），或說起於隋末（舊唐書音樂志）。所記故事，大致相同，而以崔令欽的敎坊記最爲詳細：

「踏搖娘：北齊有人，名蘇鮑鼻，實不仕，而自號爲郎中。嗜飲酗酒，每醉，輒毆其妻。妻銜悲，訴於鄰里。時人弄之：丈夫著婦人衣，徐步入場，行歌。每一疊，旁人齊聲和之，云：『踏搖和來踏搖娘，苦和來。』以其且步且歌，故謂之踏搖。以其稱寃，故言苦。及其夫至，則作毆鬥之狀，以爲笑樂。」

但是若從習俗方面取材，則中國古時有一種名爲「儺」的驅鬼逐疫儀式，就完全具備了戲曲的三要素。據後漢書禮儀志的記載，儺的過程是這樣的：

「先臘一日大儺，謂之逐疫。其儀：選中黃門子弟，年十歲以上，十二以下，百二十人爲侲子，皆亦幘，皂製，執大鼗。方相氏黃金四目，蒙熊皮，玄衣朱裳，執戈揚盾。十二獸有衣毛角，中黃門行之，冗從僕射將之，以逐惡鬼於禁中。夜漏上水，朝臣會，侍中、尚書、御史、謁者、虎賁中郎將、執事，皆赤幘，衞陛乘輿，御前殿。黃門令奏曰：『侲之備，請逐疫！』於是中黃門唱，侲子和，曰：『甲作食殈，胇胃食虎，雄伯食魅，騰簡食不祥，攬諸食咎，伯奇食夢，強梁、祖明共食磔死寄生，委隨食觀，錯斷食巨，窮奇、騰根共食蠱。凡使十二神追惡凶。赫汝軀，拉汝幹，節解汝肉，抽汝肝腸！汝不急退，後者為糧。』因作方相與十二獸舞，嚾呼周徧前後者，三過，持炬火，送疫出端門。門外騶騎轉炬，出宮司馬闕門，門為五營騎士傳火，棄雒水中。百官各以木面獸、能為儺人師，訖，設桃梗、鬱儡、葦戟，畢，執事陛者罷；葦戟、桃杖以賜公卿、將軍、特侯、諸侯。」

這種既有化裝、又有奏白歌舞的儀式，最早起於何時，已難考索。但就文獻記載而言，則在春秋時代，民間已經流行了。論語鄉黨篇的紀錄是：「鄉人儺，孔子朝服而立於阼階。」

第一節　歌舞劇

以娛樂為主的戲曲，到了北宋，開始以詞曲敘事，間以歌舞，稱之為「傳踏」（或作「轉踏」、「纏達」）。對於踏搖娘式的表演而言，這是戲曲上的一大進步。不過「傳踏」祇是以一首詞曲演唱一件事，伴以舞蹈；合若干首以詠一事的則很少。茲節錄樂府雅詞所載鄭僅之調笑轉踏為例：

「『良辰易失，信四者之難并。佳客相逢，實一時之盛會。用陳妙曲，上助清歡。女伴相將，調笑入隊。

」

『秦樓有女字羅敷，二十未滿十五餘。金環約腕攜籠去，攀枝折葉城南隅。使君春思如飛絮，五馬徘徊芳草路。東風吹鬢不可親，日晚蠶飢欲歸去。　歸去，攜籠女。南陌春愁三月暮。使君春思如飛絮，五馬徘徊頻駐。蠶飢日晚空留顧，笑指秦樓歸去。』

『石城女子名莫愁，家住石城西渡頭。拾翠每尋芳草路，採蓮時過綠蘋洲。五陵豪客青樓上，醉倒金壺待清唱。風高江闊白浪飛，急催艇子操雙槳。　雙槳，小舟蕩。喚取莫愁迎疊浪。五陵豪客青樓上，不道風高江廣。千金難買傾城樣，那聽繞梁清唱。』

『繡戶朱簾翠幕張，主人置酒宴華堂。相如年少多才調，消得文君暗斷腸。斷腸初認琴心挑，么弦暗寫相思調。從來萬曲不關心，此度傷心何草草。　草草，最年少。繡戶銀屏人窈窕。瑤琴暗寫相思調，一曲關心多少？臨邛客舍成都道，苦恨相逢不早。』

……………

『新詞宛轉遞相傳，振袖傾鬟風露前。月落烏啼雲雨散，游人陌上拾花鈿。』」

除了「傳踏」外，還有「大曲」和「曲破」兩種歌舞劇。這兩種歌舞劇的來源都很早，本來都是舞曲，有聲而無辭。到了宋朝，便依聲塡詞，開始用來表演故事，並且兩者也漸漸相混。其實，「大曲」、「曲破」和「傳踏」，在性質上是一樣的，都是以詞曲歌唱故事，伴以舞蹈。茲分別節錄「大曲」水調歌頭和「曲破」的劍舞爲例。

曾布水調歌頭（詠馮燕事，共七遍，錄首二遍）：

「【排遍第一】魏豪有馮燕，年少客幽并。擊球鬥雞爲戲，游俠久知名。因避仇來東郡，元戎逼屬中軍。直氣凌貔虎，須臾叱吒，風雲懍懍座中生。偶乘佳興，輕裘錦帶，東風躍馬，往來尋訪幽勝，游冶出東城。堤上鶯花撩亂，香車寶馬縱橫。草軟平沙穩，高樓兩岸，春風笑語隔簾聲。

【排遍第二】袖籠鞭敲鐙，無語獨閒行。綠楊下，人初靜，烟淡夕陽明。窈窕佳人，獨立瑤階。擲果潘郎，瞥見紅顏。橫波盼，不勝嬌，軟倚雲屏曳紅裳。頻推朱戶，半開還掩。似欲倚伊啞聲裡，細訴深情。因遣林間青鳥，爲言彼此心期，的的深相許，竊香解珮，綢繆相顧不勝情。」

劍舞——演項莊刺沛公及公孫大娘舞劍（史浩鄮峯眞隱漫錄）：

「二舞者對廳立裀上。……樂部唱劍器曲破。作舞一段了。二舞者同唱霜天曉角：『熒熒巨闕，左右凝霜雪。且向玉階掀舞，終當有，用時節。唱徹，人盡說。寶此剛不折。內使奸雄落膽，外須遣，豺狼滅。』樂部唱曲子，作舞劍器曲破一段。舞罷，分立兩邊。

別二人漢裝者出，對坐，桌上設酒肴。竹竿子念：『伏以斷蛇大澤，逐鹿中原。佩赤帝之眞符，接蒼姬之正統，皇威既振，天命有歸。……』樂部唱曲子，舞劍器曲破一段。一人左立者上裀舞，有欲刺右漢裝者之勢。又一人舞，進前翼蔽之。舞罷，兩舞者並退，漢裝者亦退。

有兩人唐裝出，對坐，桌上設筆硯紙。舞者一人，換婦人裝，立裀上。竹竿子勾念：「伏以雲鬟聳蒼璧，霧縠罩香肌。袖翻紫電以連軒，手握青蛇而的皪。花影下遊龍自躍，錦裀上蹌鳳來儀。……』樂部唱曲子，舞劍器曲破一段，作龍蛇蜿蜒曼舞之勢。兩人唐裝者起，二舞者一男一女對舞，結劍器曲破徹。竹竿子念：『項伯有功扶帝業，大娘馳譽滿文場。合茲二妙甚奇特，堪使嘉賓釂一觴。……歌舞既終，相將好去。』念了，二舞者出隊。」

第二節　鼓子詞

「傳踏」、「大曲」和「曲破」，是把一個故事用歌唱配著舞蹈演出。若是把舞蹈取消，祇把故事透過一連串的詞曲唱出來，唱的時候以鼓節拍，詞曲之間偶而也加上說白，這便是「鼓子詞」。

「鼓子詞」是宋代講唱戲的一種，初期形式祇是詞的重疊。現存宋代鼓子詞，有歐陽修咏西湖景物的采桑子十一首，以及趙令時咏會眞記故事的商調蝶戀花。歐陽修的十一首采桑子之間還沒有散文的說白；趙令時的商調蝶戀花則是先把元稹會眞記的大意用一闋蝶戀花陳敘，然後將原文分爲十章，每章之後再以一闋蝶戀花詠唱此章大意。茲錄起首兩章爲例：

「夫傳奇者，唐元微之所述也。以不載於本集而出於小說，或疑其非是。今觀其詞，自非大手筆，孰能與於此?……惜乎不被之以音律，故不能播之聲樂，形之管弦。……今於暇日，詳觀其文，略其煩褻，分之爲十章。每章之下，屬之以詞。或全摭其文，或止取其意。又別爲一曲，載之傳前，先叙前篇之義。調曰『商調』，曲名蝶戀花。句句言情，篇篇見意。奉勞歌伴，先定格調，後听蕪辭。

——麗質仙娥生月殿。謫向人間，未免凡情亂。宋玉牆東流美盼，亂花深處曾相見。　密意濃歡方有便。不奈浮名，旋遣輕分散。最恨多才情太淺，等閒不念離人怨。

傳曰：『余所善張君，性溫茂，美丰儀，寓於蒲之普救寺。適有崔氏孀婦（鄭）將歸長安，路出於蒲，亦止茲寺。……是歲，丁文雅不善於軍，軍人因喪而擾，大掠蒲人。崔氏之家，財產甚厚，多奴僕，旅寓惶駭，不知所措。先是張與蒲將之黨有善，請吏護之，遂不及於難。鄭厚張之德甚，因飾饌以命張，中堂讌之。……命女曰：鶯鶯，出拜爾兄。……久之乃至，常服睟容，不加新飾。……張問其年幾？鄭曰：十七歲矣。張生稍以詞導之，不對，終席而罷。』奉勞歌伴，再和前聲。

——錦額重簾深幾許。繡履彎彎，未省離朱戶。強出嬌羞都不語，絳綃頻掩酥胸素。　黛淺愁紅妝淡竚。怨絕情凝，不肯聊回顧。媚臉未勻新淚汚，梅英猶帶春朝露。

『張生自是惑之，願致其情，無由得也。崔之婢曰紅娘，生私為之禮者數四，乘間遂道其衷。……婢曰：崔善屬文，往往沉吟章句，怨慕者久之。君試為情詩以亂之，不然，無由得也。張大喜，立綴春詞二首以贈之。』奉勞歌伴，再和前聲。

——懊惱嬌痴情未慣。不道看春，役得人腸斷。萬語千言都不管，蘭房跬步如天遠。　廢寢忘餐思想遍。賴有青鸞，不必憑魚雁。密寫香箋論繾綣，春詞一首芳心亂。

……」

第三節　諸宮調

從另外一個角度看，「傳踏」、「大曲」、「曲破」等歌舞戲，都是就原有的曲子塡辭敍事。但在宋朝也有爲了叙述一個故事而製曲的。因曲而叙事，受限於曲，所以往往是一曲一事。因事而製曲，則曲來就事；若是一曲不能盡其事，則合多曲以敍之，並且曲子的宮調不只於一種，這就是所謂的「諸宮調」。

「諸宮調」和「鼓子詞」都是運用一組詞曲叙述故事，但彼此並不相同。鼓子詞是以鼓爲節，而且各詞都屬於一個宮調。諸宮調的結構是以同一宮調的曲牌聯成短套，首尾一韻。再以不同宮調的短套聯成長篇，其間夾以散文的叙述。這樣在組織上很有彈性，可以表演或長或短的故事，而音樂也富於變化，對後來元雜劇的形成，有重大的影響。

說唱諸宮調的藝人，兩宋都有不少專家。據碧鷄漫志、夢粱錄等書所記，有孔三傳、熊保保（女）等人，但他們所用的底本都散佚不存。現在硏究諸宮調，最完備的資料是南宋時北方金國董解元的西廂記諸宮調。此外還有一本殘缺不全的劉知遠諸宮調（作者不詳）。近人從雍熙樂府、北詞廣正譜等書裡，曾經輯出了一部份王伯成的天寶遺事諸宮調，但在寫作時間上已進入元朝了。玆選錄劉知遠諸宮調一段爲例：

「【般涉調】（𤸎婆子）　洪義自約末天色二更過，皓月如秋水，欵欵地進兩脚，調下個折針也聞聲。牛欄兒傍裡遂小坐，側耳聽沉久，心中暢歡樂。　記得村酒務，將人恁剉。入舍爲女婿，俺爺爺護向着。到此殘生看怎脫：熟睡鼻息似雷作，去了俺眼中釘，從今後好快活！

（尾）團苞用，草苫着，欲要燒毀全小可，堵定個門兒放着火。

論匹夫心腸狠，龐涓不是毒；說這漢意乖訛，黃巢眞佛行。哀哉未遇官家，姓命亡於火內。

【商角】（定風波）　熟睡不省悟，鼻氣若山前哮吼猛虎。三娘又怎知與兒夫何日相遇。不是假也非干是夢裡，索命歸泉路。　當此李洪義遂側耳沉聽，兩迴三度，知遠怎逃命。早點火燒着草屋。陌聽得一聲響，諕匹夫急抬頭覷。

（尾）星移斗轉近三鼓，怎顯得官家福分，沒雲霧平白下雨。苦辛如光武之勞，脫難如晉王之聖。雨濕火煞，知遠驚覺，方知洪義所爲，亦不敢伸訴。至次日，知遠引牛驢拽拖車，三教廟左右做生活。到午日，暫於廟中困歇熟睡。衆村老携笻避暑，其中有三翁。

【般涉調】（沁園春）　絟了牛驢，不問拖車，上得廟堦，爲終朝每日多辛苦，撲翻身起權時歇。侍傍裡三翁守定知遠，兩個眉頭不展開，堪傷處，便是荆山美玉，泥土裡沉埋。　老兒正是哀哉，忽聽得長空發哄雷聲，驚天霹靂，眼前電閃，諕人魂魄幽幽不在。陌地觀占，抬頭仰視，這雨多應必煞，乖傷苗稼，荒荒是處，飢饉民災。

（尾）行雨底龍必將鬼使差，布一天黑暗雲靄靄，分明是拼着四坐海。

電光閃灼走金蛇，霹靂喧轟楇鐵鼓，風勢揭天，急雨如注，牛驢驚跳，拽斷麻繩，走得不知所在。三翁喚覺知遠，急趕牛驢，走得不見。至天晚，不敢歸莊。

【高平調】（賀新郎） 知遠聽得道，好驚慌、別了三翁，急出祠堂。不顧泥污了牛皮封皮，且向泊中尋訪。一路裡作念千場，那兩個花驢養着牛，繩綁我在桑樹上，少後敢打五十棒。方今遭五代，值殘唐，萬姓失途，黎庶憂徨，豪傑顯赫英雄旺，發跡男兒氣剛。太原府文面做射糧，欲待去，却徊徨。非無決斷，莫怪頻來往。不是，難割捨李三娘！見得天晚，不敢歸莊。意欲私走太原投事，奈三娘情重，不能棄捨。於明月之下，去住無門，時時嘆息。」

第四節 戲文

除了上述的歌舞劇、鼓子詞、諸宮調之外，宋代的戲曲還有一種「戲文」。戲文起源於浙江溫州民間，是元、明兩朝南戲的始祖，可惜流傳下來的東西很少，所存祇是殘文，因此也無從了解其形式。下列五種，是確定為宋人所作的戲文：

一、王煥（殘） 宋黃可道撰。劉一清錢塘遺事云：「戊辰、己巳間（一二六八—六九），王煥戲文盛行於都下。始自太學，有黃可道者為之。一倉官諸妾見之，至於群奔，遂以言去。」殘文見於南九宮譜。

二、王魁負桂英（殘） 作者無考。明初葉子奇草木子云：「俳優戲文，始於王魁，永嘉人作之。」殘文見於南九宮譜。

三、陳巡檢梅嶺失妻（殘） 作者無考。殘文見於南九宮譜。

四、趙貞女蔡二郎（佚）　作者無考。明徐渭南詞叙錄云：「南戲始於宋光宗朝，永嘉人所作趙貞女、王魁二種實首之。」

五、樂昌分鏡（佚）　作者無考。周德淸中原音韵云：「沈約之韻，乃閩浙之音而製中原之韻者。南宋都杭，吳興與切鄰，故其戲文如樂昌分鏡等類，唱念呼吸，皆如約韻。」

第七章　宋代的小說

宋代的小說，分為「文言」和「白話」兩個系統。文言系統是宋代的士大夫文學，白話系統是宋代的民間文學。

文言系統又可分成兩類：一是上承六朝傳統的志怪，一是繼續唐代餘緒的傳奇。這兩類作品，在內容和文體方面也都是沿襲舊風，很少新意，所以在文學史上不是宋代小說的主流。

所謂宋代小說，主要指白話系統的「話本」。「話」是故事，「話本」也就是當時說話人講故事的底本。宋代固然多外患，但工藝技術很進步，所以在偏安的時候，社會經濟就有相當的發展，商業經濟也很發達，在汴京、杭州等工商業繁盛的都市裡，各種技藝也應市民的娛樂需要而興起。聽說話人講故事是當時民衆的一項娛樂，而話本也就在這個基礎上發展起來了。

第一節　志怪與傳奇

宋人寫的志怪作品，較為著稱的有下列諸書：

稽神錄（徐鉉，九一六——九九一）　宋朝最早的志怪作品。今本載一百七十四事，又有拾遺十三事。

江淮異人錄（吳淑，九四七—一〇〇二）　記道流俠客術士之事，明人所作劍俠傳多採之。

乘異記（張君房，約一〇〇一年前後在世）　記鬼神變怪，分十一門，共七十五事。

括異志（張師正，約一〇六〇年前後在世）　作者宦遊四十年，不得志，於是推變怪之理，參見聞之異，撰成此書。或謂書實魏泰所撰，託名師正。

楊文公談苑（宋庠）　原名南陽談藪，作者爲黃鑑。宋庠删其重複，改爲此名。

祖異志（聶田，約一〇三〇年前後在世）　記當時詭聞異事一百餘件。

洛中記異（秦再思，約一〇〇一年前後在世）　記五代宋初讖應雜事。

幕府燕閒錄（畢仲詢，約一〇八二年前後在世）　記當代怪奇之事。

睽車志（郭彖，約一一六五年前後在世）　書名取易經「睽」卦「載鬼一車」之意。

夷堅志（洪邁，一一二三—一二〇二）　宋代志怪，以此書最爲有名。全書原有四百二十卷，今存五十卷本和八十卷本兩種。內容豐富，明末凌濛初寫拍案驚奇，一部份材料取用於此。

宋代傳奇作品之著稱者爲下列各書：

綠珠傳（樂史，九三〇—一〇〇七）　叙孫秀，石崇交惡和綠珠墮樓殉情故事。

太眞外傳（樂史）　寫楊貴妃事，自入宮以至唐明皇死。

趙飛燕別傳（秦醇，北宋人，生卒年不詳）　叙飛燕入宮至自縊。

驪山記（秦醇）　寫張俞不第還蜀，於驪山下就故老問楊貴妃逸事。

溫泉記（秦醇）寫張俞再過驪山，楊貴妃遣使相召，問人間事，且賜浴，次日命吏送回等事。

譚意歌傳（秦醇）寫良家女意歌流落長沙，與張正字結爲夫婦經過。

大業拾遺記（佚名）又名隋遺錄、南部烟花錄，叙隋煬帝遊江都故事。

開河記（佚名）叙麻叔謀奉隋煬帝之命開築運河故事。

迷樓記（佚名）寫隋煬帝晚年沉迷女色故事。

海山記（佚名）寫隋煬帝之荒淫殘酷，以至滅亡。

梅妃傳（佚名）寫江采蘋與楊貴妃爭寵見放故事。

第二節　話本

「說話」這項技藝，在唐朝已經有了。唐、五代的話本現今尚存者有爐山遠公話、韓擒虎話、和葉淨能話數種，都是在敦煌石室中發現的寫本，原卷藏在英國倫敦的不列顛圖書館。

到了宋代，說話人的技藝愈趨成熟，而工商經濟的繁榮，也使他們在都市裡有了大量的聽衆。所以，說話人的底本，在題材上要迎合大衆的興趣，在語言上要力求能普遍瞭解。關於這兩點，話本對後世小說都有極大的影響。

就題材而言，當時的說話人，以所說故事的類別，分作四家：一是「小說」，專講神怪、戀愛、公案、戰爭、俠義等故事。二是「講史」，專說長篇歷史故事。三是「說經」，屬於唐代僧徒的「俗講」一派。四是「合生」，卽是說諢話，以批評人物爲主。其中以「小說」和「講史」兩家最受歡迎，流傳下來的話本，也大多是屬於這兩類的作品。

「小說」家的話本，除了神怪以外，多取材於現實生活，主角是一般平民，長度是一兩次卽可講完的短篇，所以形式短小，內容新鮮活潑，實際上就是極好的白話短篇小說。這些短篇的話本，在明代也盛行於世，曾被馮夢龍大量收入他的喩世明言、警世通言和醒世恒言中，而文人擬作的也日益衆多，造成了明末短篇小說的極盛。

「講史」家的話本又稱作「平話」（評話），大多是根據史書敷演成篇的，主要敍述歷代的興廢和戰爭，是最早具有長篇規模的作品。後來這種根據史傳敷演成文的作品，成了古典長篇小說的一種體裁，名爲「演義」。例如著名的三國演義，就是由「平話」演進來的。

就語言而言，短篇話本都是極純粹的白話文，運用的技巧也很成熟，爲後世小說開闢了新方向，奠定了明代白話小說極盛的基礎。長篇的講史平話則多是淺近的文言，或是文白夾雜。這也許是依據史書敷演、和常常要引用史書文字所受的影響：

話本的體裁，也因其特殊的性質而有其特色：

第一，正文之前有幾首詩或一兩個小故事，叫做「入話」，又稱作「得勝頭廻」。這些詩或故事，多和正文意思相關，可以相互引發，是說話人爲了等候聽衆，延遲正文開講時間用的。這種用一個小故事作爲引子，然後進入正文的方法，爲後來的小說所模仿，幾乎成爲公式。

第二，說話人為吸引聽衆再來聽講，常在故事引人入勝處突然中止，這是後來章回小說分回，並有「欲知後事如何，且聽下回分解」等字句的起源。

保存到現在的短篇宋代話本，主要收在京本通俗小說、清平山堂話本和雨窗欹枕集三書裡。此外，也散見於明末馮夢龍所編的喻世明言、警世通言、醒世恒言三書，以及熊龍峯所刊萬曆本單篇小說四種裡，共計四十二篇。

長篇的講史「平話」，可以確定為宋人作品的，有新編五代史平話（殘本）和大宋宣和遺事兩種。宣和遺事按年演述史事，其中的梁山故事，多采民間傳說，是日後水滸傳的底本，也是研究水滸傳的重要資料。

還有一本長篇的大唐三藏取經詩話也名三藏法師取經記，是「說經」的話本。書分上中下三卷，共十七章，缺首章，是我國章回小說之祖。內容敘述唐玄奘和猴行者往西天取經，沿途克服種種困難。猴行者是一個白衣秀才，智勇雙全，神通廣大。故事已略具日後西遊記的雛形，是研究西遊記的重要資料。

茲節錄短篇話本兩則於次：

「這回書單說一個官人，只因酒後一時戲笑之言，遂至殺身破家，陷了幾條性命。且先引下一個故事來，權做個得勝頭迴。我朝元豐年間，有一個少年舉子，姓魏名鵬舉，字沖霄，年方一十八歲，娶得一個如花似玉的渾家。未及一月，只因春榜動，選場開，魏生別了妻子，收拾行囊，上京應取。臨別時，渾家分付丈夫：得官不得官，早早回來；休拋閃了恩愛夫妻。魏生答道『功名二字，是俺本領前程，不索賢卿憂慮。』別後登程到京，果然一舉成名，榜上一甲第九名，除授京職到差，甚是華豔動人。少不得修了一封家書，差人接取家眷入京。書上先敘了寒溫及得官的事，後卻寫下一行道：『是我在京中早晚無人照管，已討了一個小老婆。專候夫人到京，同享榮華。』家人收拾書程，一逕到家，見了夫人。稱說賀喜，因取家書呈上。夫人拆開看了，見是如此如此，這般這般，便對家人道：『官人直恁負恩！甫能得官，便娶了二夫人。』家人便道：『小人在京，並沒見有此事，想是官人戲謔之言。夫人到京便知端的，休得憂慮。』夫人道：『恁地說，我也罷了。』卻因人舟未便，一面收拾起身，一面尋覓便人，先寄一封平安家信到京中去。那寄書人到了京中，尋問新科魏進士寓所，下了家書，管待酒飯，自回不題。卻說魏生接書，拆開來看了，並無一句閒言閒語，只說道『你在京中娶了一個小老婆；我在家中也嫁了一個小老公，早晚同赴京師也。』魏生見了，也只道是夫人取笑的說話，全不在意。未及收好，外面報說有個同年相訪。京邸寓中，不比在家寬轉；那人又是相厚的同年，又曉得魏生並無家眷在內，直至裏面坐下。敘了些寒溫，魏生起身去解手。那同年偶翻桌上書帖，看見了這封家書，寫得好笑，故意朗誦起來。魏生措手不及，通紅了臉，說道：『這是沒理的事。因是小弟戲謔了他，他便取笑寫來的。』那同年呵呵大笑道：『這節事卻是取笑不得的。』別了就去。那人也是一個少年，喜談樂道，把這封家書一節，頃刻間遍傳京邸。也有一班妬忌魏生少年登高科的，將這樁事，只當做風聞言事的一個小小新聞，奏上一本，說這魏生年少不檢，不宜居清要之職，降處外任。魏生懊恨無及。後來畢竟做官蹭蹬不起，把錦片也似一段美前程等閒放過去了。這便是一句戲言，撒漫了一個美官。今日再說一個官人，也只為酒後一時戲言，斷送了堂堂七尺之軀；連累二三個人，枉屈害了性命。卻是為着甚的？有詩為證：世路崎嶇實可哀，傍人笑口等閒開。白雲本是無心物，又被狂風引出來。却說高宗時，建都臨安，繁華富貴，不減那汴京故國。去那城中箭橋左側，有個官人姓劉名貴，字君薦。祖上原是有根基的人家；到得君薦手中，卻是時乖運蹇，先前讀書，後來看看不濟，卻去改業做生意。便是半路上出家的一般，買賣行中一發不是本等伎倆，又把本錢消折去了。……」（錯斬崔寧）

「話說東京汴州開封府界身子裏，一個開線鋪的員外張士廉，年過六旬，媽媽死後，孑然一身，並無兒女，家有十萬貲財，用兩個主管營運。張員外忽一日拍胸長嘆，對二人說：『我許大年紀，無兒無女，要十萬家財何用？』二人曰：『員外何不取房娘子，生得一男半女，也不絕了香火。』員外甚喜，差人隨即喚張媒李媒前來。……員外道：『我因無子，相煩你二人說親。』張媒口中不道，心下思量道：『大伯子許多年紀，如今說親，說甚麼人是得？教我怎地應他？』則見李媒把張媒推一推，便道：『容易。』臨行又叫住了道：『我有三句話。』只因說出這三句話來，教員外青雲有路，反爲苦楚之人；白骨無墳，化作失鄉之鬼。媒人道：『不知員外意下何如？』張員外道：『有三件事說與你兩人：第一件，要一個人材出衆，好模好樣的；第二件，要門戶相當；第三件，我家下有十萬貫家財，須着個有十萬貫房奩的親來對付我。』兩個媒人肚裏暗笑，口中胡亂答應道：『這三件事都容易。』當下相辭員外自去。張媒在路上與李媒商議道：『若說得這頭親事成，也有百十貫錢賺；只是員外說的話太不着人！有那三件事的，他不去嫁個少郎君，卻肯隨你這老頭子！偏你這幾根白髭鬚是沙糖拌的！』李媒道：『我有一頭，到也湊巧，人材出衆，門戶相當。』張媒道：『是誰家？』李媒云：『是王招宣府裏出來的小夫人。王招宣初娶時，十分寵幸；後來只爲一句話破綻些，失了主人之心，情愿白白裏把與人。只要個有門風的便肯。隨身房計，少也有幾萬貫。只怕年紀忒小些。』張媒道：『不愁小的忒小；還愁老的忒老。這頭親，張員外怕不中意？只是雌兒心下必然不美。如今對雌兒說，把張家年紀瞞過了一二十年，兩邊就差不多了。』李媒道：『明日是個相合日，我同你先到張宅講定財禮；隨到王招宣府一說便成。』是晚各歸無話。……」（志誠張主管）

第八章　宋代的文學批評

宋朝是一個富於批評精神的時代。在學術方面，這種精神表現在不盲目附和前人的注釋上，就書論書，使詩經、楚辭等古籍不再在「美刺」「怨君」中打轉，恢復了本來的文學面目。在文學方面，隨着創作的繁榮，理論批評也有相當的進展。

宋代的文學理論和批評，可以分成兩大類，一類是理學家的，一類是文學家的。理學家的理論和批評，主要環繞在「文」和「道」兩者的關係上，可以南宋的朱熹爲代表。文學家的理論和批評，喜歡以「詩話」的形式表現，自歐陽修的六一詩話以下，作者不下數十家，主要是評論詩派源流、詩歌作法、以及記一些詩人的故事，但往往是卽興式的批評與感想，失諸瑣碎，也不連貫。其中有見地而又有一貫主張的，則是南宋嚴羽的滄浪詩話。

第一節　朱熹的文學批評

朱熹的文學批評是承繼着北宋理學家的主張而發展的。在「文」與「道」的關係上，當古文運動開始的時候，一般的觀念是「文」「道」並重的。後來理學家周敦頤提出「文以載道」的說法（通書、文辭），於是就偏重「道」了。接着程頤就更進一步說「作文害道」，把寫文章看成是「玩物喪志」的行爲（二程遺書卷十八）。朱熹承繼着這個觀點，在「文」與「道」的關係上，絕對強調「道」。但是朱熹的絕對強調道，並不是完全排斥文學。祇是他認爲道是本，文是末；一切都必須從道這個根本出發，有了道自然有文。若是不認淸文的源頭，而刻意去爲文，則無論是作律賦或寫古文，都是「棄本逐末」，是不必要的，是沒有意義的。茲節錄朱熹有關文與道的原文數則於次：

「道者文之根本，文者道之枝葉。惟其根本乎道，所以發之於文皆道也。三代聖賢文章皆從此心寫出，文便是道。今東坡之言曰：『吾所謂文，必與道俱。』則文自文而道自道，待作文時，旋去討個道來，入放裏面。」（朱子語類卷一三九）

「文皆是從道中流出，豈有文反能貫道之理？文是文，道是道，文只如喫飯時下飯耳。若以文貫道，是把本爲末、以末爲本，可乎？」（朱子語類卷一三九）

「所論學者之害莫大於時文，此亦救弊之言。然論其極，則古文之與時文，其使學者棄本逐末，爲害等爾。」（朱文公文集卷五十六，答徐載叔書）

不過，這時理學家所謂的道，已與古文家所謂的道有點不同了。古文家所謂的道，是理學還沒有成立之前一般人所說的道，主要是儒家的仁與義，而理學家的道則還包涵了純粹是道德心性的抽象概念。

第二節　嚴羽和滄浪詩話

嚴羽（生卒年不詳）字儀卿，一字丹丘，號滄浪逋客，福建邵武人。南宋末年，隱居不仕。所作滄浪詩話，標榜盛唐，反對宋詩的議論化和散文化，對蘇軾和黃庭堅的江西詩派都表示不滿，是一部全面而又有系統的詩論。

滄浪詩話分「詩辨」、「詩體」、「詩法」、「詩評」、「詩證」五門，最後附與吳景仙論詩書一篇。其中以「詩辨」最重要，也是嚴羽自己最得意的部份。他說：「僕之詩辨，乃斷千百年公案，誠驚世絕俗之譚，至當歸一之論。其間說江西詩評，眞取肝心劊子手。」（答吳景仙書）

「詩辨」的內容是闡述自古以來詩的風格、學習、和創作等問題，最後歸結，以盛唐爲法，因爲「詩者、吟咏情性也。盛唐諸人，惟在興趣，羚羊掛角，無迹可求。故其妙處，透徹玲瓏，不可湊泊。如空中之音，相中之色，水中之月，鏡中之象，言有盡而意無窮。」

關於學詩的方法，嚴羽提出了「妙悟」。他以禪喻詩，認爲：「禪道惟在妙悟，詩道亦在妙悟。且孟襄陽學力，下退之遠甚，而其詩獨出退之之上者，一味妙悟而已。惟悟乃爲當行，爲本色。」

所謂妙悟，就是澈底理解、心領神會的意思。嚴羽也提出了入手的具體步驟。他說：

「工夫須從上做下，不可從下做上。先須熟讀楚辭，朝夕諷咏，以爲之本。乃讀古詩十九首，樂府四篇。李陵、蘇武、漢、魏五言，皆須熟讀，卽以李、杜二集枕籍觀之，如今人之治經。然後博取盛唐名家醞釀胸中，久之自然悟入。」

嚴羽論詩既主張妙悟，在詩中若多發議論、或濫用典故，自然都被認爲是大毛病，而這些正是宋詩中常見的情形。所以嚴羽不僅反對蘇軾和黃庭堅的詩風，也批評了四靈和江湖兩派。對於江西派的末流，指責尤其中肯。他說：

「近代諸公，乃作奇特解會，遂以文字爲詩，以才學爲詩，以議論爲詩。夫豈不工，終非古人之詩也。蓋於一唱三歎之音，有所歉焉。且其作多務使事，不務興緻；用字必有來歷，押韻必有出處。其末流甚者，叫噪怒張，殊乖忠厚之風，殆以駡詈爲詩。」

滄浪詩話對後世的影響很大，明代前後七子以「詩必盛唐」相號召，清初王士禎的以「神韵」立說、追求盛唐韻味，以及後來袁枚的提創「性靈」，都是承沿着嚴羽的「妙悟」說一脈而來的。

第九章　遼金文學

第一節　遼文學

遼是契丹族在東北地區建立的國家，是北宋的強敵。從五代後梁貞明二年（九一六）稱帝開始，到宋徽宗宣和七年（一一二五）受金宋夾攻而亡爲止，立國兩百零九年，和北宋對峙了一百六十六年。

遼國曾經譯注了詩經、論語和史記等書，君臣也多能漢文漢詩，但是却禁止他們的文書傳入中國，因此作品流傳不多，作家爲人所知者也甚少，茲介紹蕭觀音、蕭瑟瑟兩人及其作品於次。

蕭觀音（一〇四〇—一〇七五），道宗之宣懿皇后，工詩，擅琵琶，能自製歌曲。嘗作回心院詞十首，頗能表現宮闈婦女之苦悶。後遭人誣陷，被迫自盡。茲錄回心院詞二首：

「裝繡帳，金鉤未敢上。解却四角夜光珠，不教照見愁模樣。」

「剔銀燈，須知一樣明。偏是君來生彩暈，對妾故作青熒熒。」

蕭瑟瑟　天祚（一一〇一—一一二五在位）之文妃，善詩歌。因見金人勢盛，而天祚畋遊不絕，忠臣多被疏斥，於是作歌諷諫，反映了遼國滅亡前的一些情形。後也遭人誣陷，被迫自盡。茲錄其諷諫歌二首：

「勿嗟塞上兮暗紅塵，勿傷多難兮畏夷人。不如塞奸邪之路兮，選取賢臣。直須卧薪嘗膽兮，激壯士之捐身。可以朝清漠北兮，夕枕燕雲。」

「丞相來朝兮劍佩鳴，千官側目兮寂無聲。養成外患兮嗟何及，禍盡忠臣兮罰不明。親戚並居兮藩屏位，私門潛畜兮爪牙兵。可憐往代兮秦天子，猶向宮中兮望太平。」

第二節　金文學

金是女眞族建立政權的國家，在宋徽宗政和五年（一一一五）建國，在宋理宗端平元年（一二三四）爲蒙古所滅。金國起初與宋聯合滅遼，然後攻宋。宋室被迫南渡，是爲南宋，兩者對峙了一百多年。在文化交流方面，遼國與北宋的對峙是起了阻絕作用的；但是金國與南宋的對峙却沒有產生太大的妨礙，尤其是在雙方和局已定的數十年間，金國的君主還接受漢族文化以便鞏固統治；一時出了不少文學侍從之臣。後來也出了不少文學家，其中最傑出的是元好問。

一　元好問

元好問（一一九〇——一二五七）字裕之，號遺山，太原秀容（今山西忻縣）人，祖系出自拓拔魏。二十七歲時，蒙古軍南下，流亡至河南。三十二歲中進士，曾任行尚書省左司員外郎等職，金亡不仕。工詩文，爲當時文壇領袖。散文之結構嚴密，長於碑誌；詩詞蒼涼沉鬱，頗多傷時感事之作。在文學批評方面，有「論詩絕句」三十首，對建安以來的詩歌，作了有系統的論述，也表明了他推崇自然，反對雕琢的主張。玆錄其詩詞五首：

「瘦竹藤斜掛，幽花草亂生。林高風有態，苔滑水無聲。」（山居雜詩）

「道旁僵臥滿纍囚，過去旃車似水流。紅粉哭隨回鶻馬，爲誰一步一回頭。」（癸巳五月三日北渡）

「河外靑山展臥屏，幷州孤客倚高城。十年舊隱抛何處？一片傷心畫不成。谷口暮雲知鄭重，林梢殘照故分明。洛陽見說兵猶滿，半夜悲歌意未平。」（懷州子城晚望少室）

「浙江歸路杳，西南羨卻投林高鳥。升斗微官，世累苦相縈繞。不似麒麟殿裡，又不與巢由同調。時相笑，虛名負我平生吟嘯。　擾擾馬足車塵，被歲月無情暗消。年少鐘鼎，山林一事，幾時曾了！四壁秋蟲夜雨，更一點殘燈斜照。淸鏡曉，白髮又添多少？」（玉漏遲—詠懷）

「擁岧岧雙闕，龍虎氣鬱崢嶸。想暮雨珠簾，秋香桂樹，指顧臺城。臺城爲誰西望？但哀弦淒斷似平生。只道江山如畫，爭敎天地無情。　風雲奔走十年兵，慘淡入經營。問對酒當歌，曹侯墓上，何用虛名？靑靑故都喬木，悵西陵遺恨幾時平。安得參軍健筆，爲君重賦蕪城？」（木蘭花慢—游三台）

和元好問同時的王若虛，也是有名的文學家，但主要是以文學批評著稱。

二　王若虛

王若虛（一一七四—一二四三）字從之，號慵夫，河北藁城人。博學強記，能有創見。承安二年（一一九七）進士，官至翰林直學士，金亡不仕。善詩文，兼長經史考證之學。著有滹南遺老集，其中文辨四卷、詩話三卷裡的論文論詩之語，都有一貫的理論，也有精闢的見解，建立了他在文學批評方面的地位。

就文章而言，王若虛認爲文章要有大體，但不可拘泥。他說：

「或問文章有體乎？曰：無。又問無體乎？曰：有。然則果何如？曰：定體則無，大體須有。」（文辨四）

既然文章沒有定體，那麼便不能在詞句上或形式上訂定任何標準，以之決定文章的好壞，以之作爲習作的模範。重點是在內容，要求達到一個「眞」字。而一般古文家所謂的文章之法，祇是在刻板的形式上繞圈子，在他是都不以爲然的。他也講文章之法，但他的文章之法就是文理，相當於現在所謂的文法和修辭，目的是使內容能確切地表達，不失其眞。所以他批評揚雄解嘲的「爲可爲於可爲之時則從，爲不可爲於不可爲之時則凶」、庾信哀江南的「崩於鉅鹿之沙，碎於長平之瓦」都不成文理（文辯一），而相當推崇宋人的文章：

「揚雄之經，宋祁之史，江西諸子之詩，皆斯文之蠹也。散文至宋人始是眞文字。」（文辯四）

王若虛論詩，除文理外，也強調性情上的眞，認爲「哀樂之眞發乎情性，此詩之正理也。」（詩話上）論詩既求內涵的眞和文理的眞，自然就反對雕琢和模仿的詩風了，也因之對黃庭堅最爲不滿。黃庭堅的「奪胎換骨」、「點鐵成金」等方法，他就直截了當地說是剽竊（詩話下）

三　董解元與西廂記諸宮調

在戲曲方面，金國最出色的詞曲家是董解元，以西廂記諸宮調著稱於世，可惜董的籍貫生平都無可考，甚至連名字也不能確定。但他所寫的西廂記諸宮調則是現在研究「諸宮調」最完整的材料。

董解元是金章宗（一一九〇——一二〇八）時候的人，「解元」是當時讀書人的泛稱，不是他的名字。明湯顯祖評本董西廂說他名朗；除了寫西廂記諸宮調以外，其他事蹟，一無所知。

西廂記諸宮調習慣上簡稱董西廂，又名弦索西廂或西廂搊彈詞，是以唐元稹的戀愛故事鶯鶯傳爲本，加以重組重寫；文辭華美，刻劃細膩，戲劇性極高。在情節上，改張生的始亂終棄爲有情人終成眷屬，是男女主角共同爲爭取幸福而奮鬥，使故事有了新的主題；並且突出紅娘，成爲元代王實甫西廂記雜劇的底本。茲節錄長亭送別一段爲例：

「【大石調】（玉翼蟬）蟾宮客，赴帝闕，相送臨郊野。恰俺與鶯鶯鴛幃暫相守，被功名使人離缺。好緣業，空悒悒，頻嗟歎，不忍輕離別。早是恁悽悽涼涼受煩惱，那堪值暮秋時節。雨兒乍歇，向晚風如凜冽，那聞得衰柳蟬鳴悽切。未知今日別後，何時重見也。衫袖上盈盈揾淚不絕，幽恨眉峰暗結，好難割捨，縱有半載恩情，千種風情，何處說。

（尾）莫道男兒心如鐵，君不見滿川紅葉，盡是離人眼中血。

……生與鶯難別。夫人勸曰：「送君千里，終有一別。」

【仙呂調】（戀香衾）苒苒征塵動行陌，杯盤取次安排，三口兒連法聰外更無別客。魚水似夫妻正美滿，被功名等閒離拆。然終須相見，奈時下難捱。君瑞啼痕污了衫袖，鶯鶯粉淚盈腮。一個止不定長吁，一個頓不開眉黛。君瑞道閨房裏保重，鶯鶯道路途上寧耐。兩邊的心緒，一樣的愁懷。

（尾）僕人催促，怕晚了天色。柳堤兒上把瘦馬兒連忙解。夫人好毒害，道孩兒每回取個坐車兒來。

生辭夫人及聰，皆曰好行。夫人登車，生與鶯別。

【大石調】（驀山溪）離筵已散，再留戀應無計。煩惱的是鶯鶯，受苦的是清河君瑞。頭西下控着馬，東向馭坐車兒，辭了法聰，別了夫人，把罇俎收拾起。臨行上馬，還把征鞍倚。低語使紅娘，更告一盞以爲別禮。鶯鶯君瑞，彼此不勝愁，廝覷者，總無言，未飲心先醉。

（尾）滿酌離杯長出口兒氣，比及道得個我兒將息。一盞酒裏，白冷冷的滴彀半盞來淚。

夫人道：「教郎上路，日色晚矣。」鶯啼哭，又賦詩一首贈郎。……

【黃鐘宮】（出隊子）最苦是離別，彼此心頭難棄捨。鶯鶯哭得似癡呆，臉上啼痕都是血。有千種恩情何處說？　夫人道天晚教郎疾去，怎奈紅娘心似鐵，把鶯鶯扶上七香車，君瑞攀鞍空自撧，道得個寃家寧耐些。

（尾）馬兒登程，坐車兒歸舍。馬兒往西行，坐車兒往東拽。兩口兒一步兒離得遠如一步也。

【仙呂調】（點絳脣纏令）美滿生離，據鞍兀兀離腸痛。舊歡新寵，變作高唐夢。　回首孤城，依約青山擁。西風送，戍樓寒重，初品梅花弄。

（瑞蓮兒）衰草淒淒一徑通，丹楓索索滿林紅。平生蹤跡無定著，如斷蓬，聽塞鴻啞啞的飛過暮雲重。

（風吹荷葉）憶得枕鴛衾鳳，今宵管半壁兒沒用。觸目悽涼千萬種，見滴流流的紅葉，淅零零的微雨，率刺刺的西風。

（尾）驢鞭半裊，吟肩雙聳，休問離愁輕重，向個馬兒上駝也駝不動。

離蒲西行三十里，日色晚矣。野景堪畫。

【仙宮調】（賞花時）落日平林噪晚鴉，風袖翩翩催瘦馬，一徑入天涯。荒涼古岸，衰草帶霜滑。曾見個孤林端入畫，離落蕭疏帶淺沙。一個老大伯捕魚蝦，橫樹流水，茅舍映荻花。（尾）駝腰的柳樹上有漁槎，一竿風旆茅簷上挂，澹煙瀟灑，橫鎖着兩三家。生投宿於村店………」

第六編　元代文學

第一章　元代的詩文

第一節　元代的詩詞

元代的詩詞，雖然談不到有什麼輝煌的成就，而同散曲比起來，也自然遜色得多，但是也不能說是完全沒有成就，尤其承繼南宋末年文章凋敝之餘，仍能力圖振拔，自闢新徑。以詩詞的風格來說，頗不同於前代。元初的詩人詞客，大都是金、宋的遺民；有的眷念故國，慷慨悲歌；有的潛隱遁逃，常言隱痛；這些詩詞，自有他們的眞實情感，既不同於宋末道學派的侈談性理，也不同於江湖派的矯語山林。一般受元好問影響較深。中期以後則多宗唐，講究詞采及對仗，晚期則多流濃豔纖巧。

趙孟頫（一二五四——一三二二）字子昂，宋秦王德芳之後，湖州（今浙江吳興縣治）人，宋末以父蔭補官。入元，至元二十三年，薦授兵部郎中，官至翰林學士承旨，卒追封魏國公，謚文敏。有松雪齋集。他的詩，清奇流麗，而多蒼涼哀怨之言。

「宿雲初散青山溼，落紅繽紛溪水急。桃花源裏得春多，洞口春煙搖綠蘿。綠蘿搖煙挂絕壁，飛流直下三千尺。瑤草離離滿澗阿，長松落落凌空碧。雞鳴犬吠自成邨，居人至老不相識。瀛洲仙客知仙路，點染丹青寄輕素。何處有山如此圖，移家欲向山中住。」（題商德符學士桃源春曉圖）

明胡應麟詩藪評說：「雄渾流麗，步驟中程。」這是子昂清麗的詩。

「溪頭月色白如沙，近水樓臺一萬家。誰向夜深吹玉笛，傷心莫聽後庭花。」（絕句）

「鄂王墳下草離離，秋日荒涼石獸危。南渡君臣輕社稷，中原父老望旌旗。英雄已死嗟何及，天下中分遂不支。莫向西湖歌此曲，水光山色不勝悲。」（岳鄂王墓）

像這些詩，都是興故國之思，帶有深痛的感情的。

「故人贈我江南句，飛盡梅花我未歸。欲寄相思無別語，一枝寒玉澹春暉。」（題所畫梅竹贈石民瞻）

這首詩更是在清麗之中帶着一種哀感。

白樸（一二二六—　？　）字仁甫，後改字太素，號蘭谷先生。他的先代本是隩州人，後徙居眞定（今河北正定縣）。生於金哀宗正大三年，元世祖二十八年（一二六七）尙健在，卒年不詳。父華，字文擧，號寓齋，貞祐三年進士，官至樞密院判官。仁甫是詩人元好問的通家侄，好問對仁甫甚爲期許。哀宗天興元年（一二三二）壬辰之難，仁甫七歲，剛好文擧有事遠適，明年春，京城變易，好問於是挈仁甫北渡。嘗罹疾疫，好問晝夜抱持，六日竟在臂上得汗而癒。仁甫讀書穎悟異常，又親炙於遺山，所以文學根柢深厚。金亡後，仁甫常鬱鬱不樂，於是放浪形骸，以求自適。中統初，開府史天澤薦之於朝，婉辭不就。元一統後，徙家金陵，從諸遺老放情山水之間，每日以詩酒優游。後以子貴，贈嘉議大夫、掌禮儀院太卿。有天籟集二卷，是詞集。白樸的詞，清新秀雋。四庫提要說：「清雋婉逸，意愜韻諧。」稱讚可與張炎相匹。可惜他的曲名掩蓋了詞名。

像「可惜一川禾黍，不禁滿地螟蝗」（朝中措），就是非常清新樸質的。像「千古神州，一旦陸沈，高岸深谷。夢中鷄犬新豐，……幾回飲恨吞聲哭。歲暮意如何？怯秋風茅屋。」（石州慢書懷）又是非常沈痛的了。

同時的散曲家，像姚燧、馮子振、盧摯、貫雲石等，也都有很好的詞和詩。

劉因（一二四九）—一二九三）字夢吉，號靜修，保定容城（今河北容城縣）人。生於宋理宗淳祐九年，家世好儒學，後專研理學，在家教授門徒。元世祖至元十九年，徵拜右贊善大夫，不久卽辭歸。二十八年再徵爲集賢學士，固辭不就。至元三十年卒於家。

劉因是理學家，又通經學，學問淵博，詩文都有深厚的根柢。他的詩風格豪健而高邁，七古歌行都非常豪邁，七律也能表現出遒勁之氣，看起來頗似元好問，實際上是受元好問的影響很深。五古則有意學陶淵明，他有「學陶詩」一卷，都是詠懷之作。

劉因有很多描寫山水景物的作品，都寫的非常豪邁。像：

「高亭雲錦繞清流，便是吾家太一舟。山影酒搖千疊翠，雨聲窗納一天秋。襟懷灑落景長勝，雲影空明天共遊。笑向白鷗問塵世，幾人曾信有滄洲。」（高亭）

這首七律，不但寫出爽麗的景色，更寫出灑落的襟懷。

「太行麟甲搖晴空，層樓一夕蟠白虹。天光物色驚改觀，少微今在青雲中。初疑平地立梯磴，淸風西北天門通。又疑三山浮海至，載我欲去扶桑東。雯華寶樹忽當眼，拍肩愛此金仙翁。金仙一夢一千載，騰擲變化天無功。萬象繞口恣噴吐，坐令四海皆盲聾。千池萬沼盡明月，長天一碧無遺蹤。我生玄感非象識，此眼此臂將安庸。海岳神光埋禹鼎，人間詭態何由窮。金天月窟爾鄉國，玉毫萬丈須彌峯。一杯徑欲呼與語，爲我返駕隨西風。堂堂全趙思一豁，江山落落吾心胸。中原左界此重鎭，形勢彷彿餘兵衝。歌舞遺臺土花碧，旗幟西山霜葉紅。乾坤割裂萬萬古，烏鳶螻蟻爲誰雄。滹水悠悠自東注，落日渺渺明孤鴻。」（登鎭州隆興寺閣）

這首歌行，氣勢磅礴，雄健豪邁，直抒胸臆。詩藪說這首詩「老筆縱橫」，可見其洗鍊。

他的五言小詩，也有一些淸新流暢的作品，像：

「鄰翁走相報，隔窗呼我起。數日不見山，今朝翠如洗。」（村居雜詩）

這首詩寫得非常自然，非常淸新。

劉因雖然曾一度出仕元朝，但他對宋朝一直是念念不忘，尤其對宋的亡國，更是沈痛異常，在他的詩裏，很多是悼念宋的敗亡的。

「寶符藏山自可攻，兒孫誰是出群雄。幽燕不照中天月，豐沛空歌海內風。趙普元無四方志，澶淵堪笑百年功。白溝移向江淮去，止罪宣和恐未公。」（白溝）

這首詩指出宋太祖曾謀取幽燕，可惜兒孫不能雄圖大略，承繼遺志。趙普的諫阻太祖取燕，眞宗澶淵親征得勝而反增加歲幣求和，這都是軟弱無能的表現。而靖康南渡的禍根，正是歷來積弱妥協所種下的，所以只責怪徽宗是不公平的。這首詩不但傷痛宋的敗亡，更對歷史做了深入的批判。

「臥榻而今又屬誰，江南回首見旌旗。路人遙指降王道，好似周家七歲兒。」（書事）

這首詩也同樣是歎慨宋朝的敗亡的。

「北風初起易水寒，北風再起吹江干。北風三吹白雁來，寒氣直薄朱崖山。乾坤噫氣三百年，一風掃地無留殘。萬里江湖想瀟灑，佇看春水雁來還。」（白雁行）

西湖誌餘：「先是臨安有謠云：江南若破，白雁來過。蓋伯顏之讖也。」宋度宗咸淳十年（一二七四）元丞相伯顏大舉進攻南宋，恭帝德祐二年（一二七六）伯顏入臨安。後年陸秀夫、文天祥擁立趙昺遷崖山。次年，元兵至，秀夫負趙昺投海死，宋亡。宋自太祖建國（九六〇）。至崖山陷（一二七九），凡三百十九年，詩中所慨歎的，正是這段亡國的痛事。

仇遠和**白珽**，在宋末齊名，人呼爲仇白。張翥、張羽都出在仇遠的門下，在元代都以詩名家。遠（一二六一—？）字仁近，一字仁父，錢塘（今浙江杭縣）人，至元中，爲溧陽州儒學教授，自號近村，又號山村，有山村遺稿。遠詩風格清婉高雅。

「西湖春碧淨無泥，畫舫珠簾傍岸移。寒食清明初過後，杏花楊柳乍晴時。從教西日催歌鼓，莫放東風轉酒旗。只恐明朝成雨去，暗驚濃綠上高枝。」（同段吉甫泛湖）

還有他的秋日西湖園亭，都是非常清新婉麗的詩。

他的閒居十詠，以十首絕句寫閒居生活，氣和詞平，頗有優游瀟灑之趣。今擧兩首：

「樹隔殘鐘遠欲無，野雲莫莫雨疏疏。飛蚊盡逐南風去，父子燈前共讀書。

仰屋著書無筆力，閉門覓句費心機。不如花下冥冥坐，靜看蜻蜓蛺蝶飛。」

這樣的詩，眞是意趣悠遠，文辭流麗。

仇遠的詞也是非常有名的，他的詞雋雅清新，在元人詞中當屬第一。像他的點絳唇：

「黃帽欅鞋，出門一步如行客。幾時寒食，岸岸梨花白。　馬首山多，雨外靑無色。誰禁得殘鵑孤驛，撲地春雲黑。」

這樣的詞，眞是清新雋永，令人讀之不厭。

再像他的慶淸朝：「山東灘聲，月移石影，寒江夜色空浮。」格調也很高。

白珽（一二四八——一三二八）字廷玉，也是錢塘人。入元，薦爲江浙儒學副提擧。有湛淵集。

白珽的詩格調淸新高雅，不流苛碎。

「雨後散幽步，村村社鼓鳴。陰晴雖不定，天地自分明。柳處風無力，蛙時水有聲。幾朝寒食近，吾事及躬耕。」（春日田園雜興）

這樣的詩，眞是淸新爽麗，格調甚高。

虞集和楊載、范梈、揭傒斯，號稱四大家。而集爲四家之冠。集稱自己的詩如漢廷老吏，而評載詩如百戰健兒，梈詩如唐人臨晉帖，傒斯詩如三日新婦。（此據元詩紀事卷十一引江西通志謂虞曾作范德機詩序有云。亦有謂「傒斯詩如美女簪花」者）詩藪則說：「百戰健兒，悍而蒼也；三日新婦，鮮而豔也；唐臨晉帖，近而肖也；漢法令師，刻而深也。」馬仲常則又說：「揭君典重，楊君雄渾，虞君雅麗，范君淸高。」（元詩紀事卷十一虞集條下引）由此可以看出四家詩風格的不同。

虞集（一二七二—一三四八）字伯生，自號邵庵，蜀郡人，父汲僑寓臨川崇仁（今江西崇仁縣），大德初，薦爲大都路儒學教授，仕至翰林直學士兼國子祭酒。順帝至正八年卒，謚文靖。有道園學古錄。

虞集的詩，以典實雅麗見稱，李東陽懷麓堂詩話評論說：「若藏鋒斂鍔，出奇制勝，如珠之走盤，馬之行空，始不見其妙，而探之愈深，引之愈長，則於虞有取焉。」

「雨浥輕塵道未乾，朝回隨處借花看。牆東千樹垂楊柳，飛絮來時近馬鞍。」（訪杜宏道長史不值道中偶成）

「日出風生太液波，畫橋影裏綵船過。橋過柳色深如許，應是偏承雨露多。」（與趙子期趍閣）

像這一類的詩，細細品味，都是爽口可愛的。

「屏風圍坐鬢毿毿，銀燭燒殘照暮酣。京國多年情盡改，忽聽春雨憶江南。」（聽雨）

這首詩中透露出在官三十多年後意欲歸隱的心情。他同時還有一首風入松詞，詞中有句云：「杏花春雨江南」，正是用的詩意。明瞿佑歸田詩話云：「曾見機坊以詞織成帕，爲時所貴重如此。」

他又有挽文丞相詩，讀之令人泣下。

「徒把金戈挽落暉，南冠無奈北風吹。子房本爲韓仇出，諸葛安知漢祚移。雲暗鼎湖龍去遠，月明華表鶴歸遲。何須更上新亭飲，大不如前灑淚時。」

這首詩表現了他對文天祥的崇敬，同時也道出他對亡宋的悼念。結語尤爲沈痛。

楊載（一二七一——一三二三）字仲弘，浦城（今福建浦城縣）人。延祐初登進士第，官至寧國路總管府推官。有楊仲弘集。

楊載做詩有法度，嘗語學者云：「詩當取材於漢魏，而音節則以唐爲宗。」（見元史卷一百九十本傳）范梈仲弘集序云：「仲弘之天稟曠達，氣象宏朗，開口議論，直視千古。每大衆廣席，占紙命辭，敖睨橫放，盡意所止。衆方拘拘，己獨坦坦；衆方紆徐，己獨馳駿馬之長坂，而無留行。」載之氣象宏朗，所以詩也雄渾流麗。

「老君堂上涼如水，坐看冰輪轉二更。大地山河微有影，九天風露寂無聲。蛟龍並起承金榜，鸞鳳雙飛載玉笙。不信弱流三萬里，此身今夕到蓬瀛。」（宗陽宮望月分韵得聲字）

楊載以這首詩得名，這的確是一首清新爽麗的詩。

「建炎白馬渡江時，循王以身佩安危。疏恩治第壯輿衞，縮板載榦繇偏裨。下鍤江城但沙鹵，往夷赤山取焦土。帳前親兵力如虎，一日連雲興百堵。引錐刺之鐵石堅，長城在此勢屹然。上功幕府分金錢，歡聲如雷動地傳。爾來瞬息踰百年，高崖爲谷驚推遷。華堂寂寞散文磚，喬木慘淡棲寒煙。我入荒園訪遺古，所見惟存丈尋許。廢壞終嗟麋鹿游，飄零不記商羊舞。王孫欲言淚如雨，爲言王孫毋自苦。子孫再世隳門戶，英公尚及觀房杜。如君百不一二數。人生富貴當自取，況有長才文甚武。公侯之後必復初，好把家聲繼其祖。」（古牆行）

這首古牆行，古樸蒼涼，雄渾流灑，和他的另一首梅梁歌同一格調，都很被當時所推許的。

范梈（一二七二—一三三〇）字亨父，一字德機，清江（今江西清江縣）人。薦爲佐衞教授，官至湖南嶺北廉訪司經歷。人稱文白先生，著有燕然東方等稿。

范梈的詩，虞集評說是「如唐人臨晉帖」，這種比擬，實在不夠明確。揭溪斯則補充說：「余獨謂范德機詩以爲唐臨晉帖，終未逼眞。今故改評之曰，范德機詩如秋空行雲，晴雷卷雨，縱橫變化，出入無朕。又如空山道者，辟穀學仙，瘦骨峻嶒，神氣自若。又如豪鷹掠馬，獨鶴叫群，四顧無人，一碧萬里，差可彷彿耳。」（元詩紀事卷十三范梈條下引）這種評論，已指出范梈詩清奇洗鍊的特性。

「游莫羨天池鵬，歸莫問遼東鶴。人生萬事須自爲，跬步江山卽寥廓。請君得酒勿少留，爲我痛酌王家能遠之高樓。醉捧句吳匣中劍，斫斷千秋萬古愁。滄溟朝旭射燕甸，桑枝正搭虛窗面。崑崙池上碧桃花，舞盡東風千萬片。千萬片，落誰家，願傾海水溢流霞。寄謝尊前望鄉客，底須惆悵惜天涯。」（王氏能遠樓）

這首詩詩藪評說：「雄渾流麗，步驟中程。」是很恰當的。另外像他的閩州歌和掘塚歌，也是古樸自然的詩。

「昨日舊塚掘，今朝新塚成。塚前兩翁仲，送舊還迎新。舊魂未出新魂入，舊魂還對新魂泣。舊魂丁寧語新魂，好地不用多子孫。子孫綿綿如不絕，曾孫不掘元孫掘。我今掘矣良可悲，不知君掘又何時。」（掘塚歌）

這首詩完全是自然流露，卻是寓意深長。

揭溪斯（一二七四—一三四四）字曼碩，龍興富州（今雲南富州縣）人。延祐初薦授翰林國史院編修，官至翰林侍講學士。卒謚文安，有秋宜集。

虞集評溪斯詩說是如「美女簪花」，這是指其明麗而言，其實溪斯的詩邃峭之處尤在虞集之上。像他的：

「雨鬢背立鳴雙櫓，短簑開合滄江雨。青山如龍入雲去，白髮何人幷沙語。船頭放歌船尾和，篷上雨鳴篷下坐。推篷不省是何鄉，但見雙雙白鷗過。」（夏五月武昌舟中觸目）

另外他的女兒浦歌二首，也寫的非常整麗，風調不在虞集之下。

「女兒浦前湖水流，女兒浦前過湖舟。湖中日日多風雨，湖邊人人還白頭。
大孤山前女兒灣，大孤山下浪如山。山前日日風和雨，山下舟船自往還。」（女兒浦歌二首）

這兩首以竹枝詞所寫的民歌，確是婉轉清麗，別有風調。

張雨（一二七七—一三四八）是一位道士，一名天雨，字伯雨，別號貞居子，錢塘人。嘗和虞集、楊維楨相酬答，有句曲外史集。

張雨的詩詞都很好，多有清逸之處。像：

「造物於我厚，一切使我薄。瓶中有儲粟，持此臥雲壑。弊衣取苟完，得味在藜藿。花鳥予友于，尊酒不獨酌。牀頭堆故書，敗履置牀腳。未嘗身沒溺，何與世濁惡。正如散馬牛，不識穿與絡。異時老髑髏，會有南面樂。」（道言）

這樣自白的詩，眞是超乎塵凡，有種清逸之氣。

「我有草堂南澗門，常時行坐虎同群。丹光出林掩明月，玉氣上天為白雲。遙憶田泉洗蒼裘，更思陶淵采香芹。歸來閉戶償高臥，莫遣人書白練裙。」（懷茅山）

這首詩也是俊逸清瞻之極。西湖竹枝集有云：「其詩俊逸清瞻，儕輩鮮及，有如『丹光出林』云云，不目之為仙才不可也。」（元詩紀事卷三十三張雨條下引）

薩都剌（一三〇〇—一三五五）字天錫，別號直齋，本答失蠻氏，後為雁門（今山西代縣）人。登泰定丁卯進士第，官至河北廉訪司經歷。有雁門集。

天錫以賦宮詞得名，長於詠物，其詩風格俊逸清新，歌行近體亦時有佳處。

「楊柳樓心月滿牀，錦屏繡褥夜生香。不知門外春多少，自起移燈看海棠。」（宮詞）

另外還有四時宮詞，都寫的富麗爽闓，令人讀之不厭。還有像他的南臺看月歌：

「城南江上逢中秋，城南石梁初截流。長虹一道貫秋色，中分百里江南州。殘霞燒盡魚尾黑，金蛇翻動三江白。冰輪展出碧玻璃，照見釣龍臺上客。臺中之客懷古心，黃河泰華三登臨。今年攜月醉臺畔，越水越山為月吟。無諸城裏人如海，無諸故城堆殘靄。無諸臺上草離離，龍去臺空幾千載。昔龍已去江悠悠，今龍雖在人未求。懷珠豈立此臺下，腰上黃金臺上鈎。乾坤四顧渺空闊，詩書元氣行勃勃。含沙古識此其時，天下英雄求一決。南臺月照男兒面，豈照男兒心與肝。燕山買駿金萬斛，萬里西風一劍寒。」

像這類詩，是非常豪邁的。

他的樂府名作如芙蓉曲、燕姬曲，都非常細膩，也非常自然。

「秋江渺渺芙蓉芳，秋江女兒將斷腸。絳袍春淺護雲暖，翠袖日暮迎風凉。鯉魚吹浪江波白，霜落洞庭飛木葉。盪舟何處采蓮人，愛惜芙蓉好顏色。」（芙蓉曲）

像這樣的豔麗之作，雖唐之王建無以過之。還有他的上京即事五首，寫塞外風光，也是非常明爽。今舉一首：

「大野連山沙作堆，白沙平處見樓臺。竹人禁地避芳草，盡向曲闌斜路來。」

傅若金（一三〇四——一三四三）字與礪，本字汝礪，新喻（今江西新喻縣）人，官至廣州文學教授。有清江集。詩藪以爲汝礪詩出於虞集等之上。詩藪云：「元人力矯宋弊，故五言律多草草，無復深造。虞楊間法王岑，而神骨乏；范揭時參韋孟，而天韻疎；新喻晉陵二子，稍自振拔，雄渾悲壯，老杜遺風，有出四家上者。」像他的壽陳景讓都事四十四韻，詩藪就評論說：「風骨蒼然，多得老杜句格。」我們再看他的渾沌石行，更是雄渾流麗。

「渾沌以來不可數，萬八千歲生盤古。絪緼乃在卷石間，光怪潛通落星渚。來從魚腹人盡訝，坐念武侯心獨苦。八陣圖成泣鬼神，三江石轉凋寒暑。蒼波噴浸圓且堅，雞子結成生理全。久當化鳥非爲怪，大未成羊亦可仙。玉精隱月相照射，金液流霞紛繞纏。輕清已判中黃外，元氣猶函太素前。英雄事往唯存石，天衡地軸今誰識。江上嘗疑霧雨寒，坐中欻恐風雷黑。摩挲直如見溟涬，位置豈肯同沙礫。長路相將拂劍隨，天陰勿使精靈得。」（渾沌石行）

又如他的登南岳詩，也是非常雄麗的。

「萬壑千峯次第開，祝融最上氣崔嵬，九江水盡荆揚去，百粵山連翼軫來。入樹恐侵玄帝宅，牽蘿思上去靈臺。明年更擬尋春興，應及瀟湘雁北回。」

另外汝礪的悼亡諸詩寫的非常深摯，非常悽婉。

「驚飆吹羅漠，明月照階戺。春草忽不芳，秋蘭亦同死。斯人蘊淑德，夙昔明詩禮。靈質奄獨化，孤魂將安止。迢迢湘西山，湛湛江中水。水深有時極，山高有時已。憂思何能齊，日月從此始。」（悼亡）

這裏僅舉一首，已可看出他沈痛的心情，眞摯的感情，都傾注於詩篇中。他有很多首這一類悼念亡妻的詩，都寫的很好。

張翥（一二八七—一三六八）字仲舉，晉寧（今雲南晉寧縣）人。至正初召爲國子助教，官至翰林學士承旨。從仇遠學，以詩文名海內。有蛻菴集。仲舉詩也很雄渾流麗，詞作也很婉曲工穩。

「楊花吹春一千里，獸艦如雲錦帆起。咸洛山河眞帝都，君王自愛揚州苑。軍裝小隊皆美人，畫龍艣汗金麒麟。香風搖蕩夜遊處，二十四橋珠翠塵。騎行不用燒紅燭，萬點飛螢炫川谷。金釵歌度苑中來，寶帳香迷樓上宿。醉魂貪作花月荒，肯信戰劍生宮牆。爛斑六合洗秋露，尚疑怨血凝晶光。至今落日行人路，鬼火狐鳴隔煙樹。腐草無情亦有情，年年爲照雷塘墓。」（螢苑曲）

這首詩寫的雄渾有力，而又極其流麗。

「天子臨軒授鉞頻，東南無地不紅巾。鐵衣遠道三軍老，白骨中原萬鬼新。義士精靈虹貫日，仙家談笑海揚塵。都將兩眼淒涼淚，哭盡平生幾故人。」（寄浙省參政周玉坡）

元順帝至正年間，劉福通等據潁州起事，同時，徐壽輝起蘄黃，布王三、孟海馬起湘漢，芝麻李、趙君用等起豐沛，郭子興起濠州，紛紛響應劉福通，各軍都頭裹紅巾爲號，稱紅巾軍。一時天下大亂，朝廷大爲惶恐。仲學詩就是爲感時而作，寄寓頗深。陶宗儀輟耕錄說：「此至正辛丑（即至正二十一年一三六一）間，張蛻菴承旨在都下寄浙省周玉坡參政詩也。夫翰苑詞臣，而寓言如此，則感時之意從可知矣。」這首詩格調悲涼，文辭流麗。

楊維楨（一二九六—一三七〇）字廉夫，號鐵崖，別號鐵笛道人，會稽（今浙江紹興縣）人，泰定四年進士，官至江西等處儒學提擧。著有鐵崖古樂府等集。

元末諸詩家，因處境更加艱難，用心也就更苦，所作自然也更爲深邃雄健。楊維楨在這時期實居領袖地位，他的詩被大家傳誦沿襲，一時成風，號爲「鐵崖體」。張雨序其樂府云：「上法漢魏，而出入於少陵二李之間，隱然有曠世金石聲，又時出龍鬼蛇神，以眩蕩一世之耳目，斯亦奇矣。」（列朝詩集引）喜運用奇辭，眩人耳目，在他的七古歌行中處處可見。像他的鴻門會，就是模仿李賀公莫舞歌而作的，他自己常自歌此詩，甚爲得意。

「天迷關，地迷戶，東龍白日西龍雨。撞鐘飲酒愁海翻，碧火吹巢雙猰貐。照天萬古無二烏，殘星破月開天餘。座中有客天子氣，左股七十二子連明珠。軍聲十萬振屋瓦，拔劍當人面如赭。將軍下馬力拔山，氣卷黃河酒中瀉。劍光上山寒彗殘，明朝畫地分河山。將軍呼龍將客走，石破青天撞玉斗。」（鴻門會）

這首詩氣勢不弱，文辭也是眩奇鬥巧，但是價値並不很高。他的竹枝詞多仿劉禹錫，倒是有些很好的作品。

「蘇小門前花滿株，蘇公隄上女當壚。南官北使須到此，江南西湖天下無。」（西湖竹枝歌）

「三箬春深草色齊，花閒蕩漾勝耶溪。採菱三五唱歌去，五馬行春駐大隄。」（吳下竹枝歌）

「潮來潮退白洋沙，白洋女兒把鋤耙。苦海熬乾是何日，免得儂來爬雪沙。」（海鄉竹枝歌）

這一類短詩，高爽明麗，都是很好的作品。

像他的漫興七首，有意仿杜，情性之語，甚爲肖似。

「楊花白白綿初迸，梅子青青核未生。大婦當壚冠似瓠，小姑喫酒口如櫻。

今朝天氣清明好，江上亂花無數開。野老殷勤送花至，一雙蝴蝶趁人來。」

這類詩既富風趣，又有情致。

「買妾千黃金，許身不許心。使君自有婦，夜夜白頭吟。」（詠史）

四庫提要稱讚這首詩「有三百篇風人之旨」，評價很高。

倪瓚（一三〇一——一三七四）字元鎮，無錫（今江蘇無錫縣）人。嘗自謂嬾瓚，亦曰倪迂。有清閟閣稿。瓚性情孤高迂闊，適逢亂世，自難得免。素有潔癖，後爲朱元璋所得，囚於獄中，獄卒送食，命其舉案齊眉，恐其唾沫流飯中。卒怒，鎖之溺器之側。終爲太祖所誅。（見七修類稿）他的詩和畫均有高名，他的山水詩寫得清麗脫俗，可謂「詩中有畫」。

「能詩何水部，愛石米南宮。允矣英才最，居然外祖風。釣絲煙霧外，船影畫圖中。他日千金積，陶朱術偶同。

幾夢山陰王右軍，筆精妙墨最能文。每憐竹影搖秋月，更愛山居寫白雲。秘笈封題饒古趣，雅懷蕭散逸人群。今年七夕聞多事，曝畫繙書到夕曛。」（寄王叔明）

王叔明名蒙，吳興人，隱於仁和黃鶴山，善詞翰，書學王維，與倪瓚齊名。這兩首寄贈叔明的詩，意趣高雅，用事貼切。

「松陵第四橋前水，風急猶須貯一瓢。敲火煮茶歌白苧，怒濤翻雪小亭橈。」（絕句）

「池泉春漲深，徑苔夕陰滿。諷詠紫霞篇，馳情華陽館。晴嵐拂書幌，飛花浮茗盌。階下松粉黃，窗間雲氣暖。石梁蘿蔦垂，翳翳行蹤斷。非與世相違，冥棲久忘返。」（春日雲林齋居）

「玉山樹色隱朝陽，更著漁莊近草堂。何處唱歌聲欸乃，隔雲濯足向滄浪。珍羞每送青絲絡，佳句多投古錦囊。幾問櫂船尋好事，辟疆園圃定非常。」（因吳國良過玉山草堂輒賦長句過寄）

「春愁如雪不能消，又見清明賣柳條。傷心玉照堂前月，空照錢塘夜夜潮。」（竹枝詞）

這些詩都是清雋絕俗的。

王冕（ ? ——一三六六）字元章，號煮石山農，諸暨（今浙江諸暨縣）人。本爲農家子，但自幼好學，刻苦自勵，後從韓性受學，遂成通儒。曾應進士擧不中，遂下東吳，入淮楚，又北游大都，至正八年（一三四八）始南歸。晚年避兵亂居浙東九里山，至正二十六年（一三六六）時朱元璋攻方國珍，派胡大海攻紹興，屯兵九里山，王冕正臥病，不久卽逝世。他的詩文繪畫篆刻皆名於當世。著有竹齋集。

王冕的詩，樸直自然，縱橫奔放。劉基評說：「蓋直而不絞，質而不俚，豪而不誕，奇而不怪，博而不濫，有忠君愛民之情，去惡拔邪之志，懇懇悃悃見於詞意之表，非徒作也。」（竹齋詩集原序）宋濂評說：「賦詩千百不休，皆騰騫海怒，讀者毛髮爲聳。」（宋濂王冕傳）他的詩，可說是天下縱逸，奔放之極。

「我家洗硯池頭樹，個個花開淡墨痕。不要人誇好顏色，只留清氣滿乾坤。」（墨梅）

「荒苔叢篠路縈迴，繞澗新栽百樹梅。花落不隨流水去，鶴歸常帶白雲來。買山自得居山趣，處世渾無濟世材。昨夜月明天似洗，嘯歌行上讀書臺。」（梅花屋）

王冕平生喜畫梅，畫成則賦詩。這兩首詩都是清麗自然，超塵絕俗，表現出作者的勁直瀟灑的作風。同樣的，他的題畫飛白竹、感竹吟、梅花等都能表現出孤傲磊落的個性。他的勁草行，更能表現出他忠蓋的熱忱。

「中原地古多勁草，節如劍竹花如稻。白露灑葉珠離離，十月霜風吹不倒。萋萋不到王孫門，青青不盡讒佞墳。游根直下土百尺，枯榮暗抱忠臣魂。我問忠臣爲何死，元是漢家不降士。白骨沉埋戰血深，翠光瀲灔腥風起。山南雨晴蝴蝶飛，山北雨冷蝴蝶悲。寸心搖搖爲誰道，道旁可許愁人知。昨夜東風鳴羯鼓，髑髏起作搖頭舞。寸田尺宅且無論，金馬銅駝淚如雨。」（勁草行）

這首詩眞是慷慨悲壯，忠懷磊落。

戴良（一三一七——一三八三）字叔能，浦江（今浙江浦江縣）人，至正間薦授儒學提擧，入明不仕，自號九靈山人。朱元璋曾遣使物色之，洪武十五年召至京師，固辭官不就，翌年遂自裁於寓舍。著有九靈山房集。

他的詩歌詠山水之外，多有寄寓，他的集中有九靈自贊，自謂：「識字不如揚子雲，摛辭不似沈休文；胡爲而有沈之瘦，胡爲而有揚之貧？歌黍離麥秀之音，詠剩水殘山之句，則於二子庶幾乎無愧。」這可以看出他詩的旨趣。

「青袱蒙頭作野粧，輕移蓮步水雲鄉。裙翻蛺蝶隨風舞，手學蜻蜓點水忙。緊束暖煙青滿地，細分春雨綠成行。村歌欲和聲難調，羞殺揚鞭馬上郎。」（揷秧婦）

這首詩寫得親切而有韻味，結語寄以諷諭，足見其用心之深。

顧瑛（一三一〇—一三六九），一名阿瑛，別名德輝，字仲英，崑山（今江蘇崑山縣）人。舉茂才，署會稽教諭，辟行省屬官，皆不就。家富有，亭館蓋有三十六處，楊維楨、張雨、倪瓚皆爲座上客。後遭亂，家財散盡，遂削髮爲在家僧。有玉山璞稿。顧瑛的詩詞都清雋有致。

「飛軒下瞰芙蓉渚，檻外幽花月中吐。天風寂寂吹古香，清露泠泠溼秋圃。雲梯萬丈手可攀，居然夢落清虛府。庭中擣藥玉兔愁，樹下乘鸞素娥舞。瓊樓玉殿千娉婷，中有癯仙淡眉宇。問我西湖舊風月，何似東華軟塵土。寒光倒落影娥池，的皪明珠承翠羽。但見山河影動搖，獨有清輝照今古。覺來作詩思茫然，金粟霏霏下如雨。」（以玉山亭館分題得金粟影）

像這首詩，是非常清俊的。

顧瑛的詞，像蝶戀花：「春江暖漲桃花水，畫舫珠簾，載酒東風裏。四面青山青如泥，白雲不斷山中起。」也是清麗可喜的。

除上述諸詩人外，元代的文章家以及散曲家，還有很多能詩的，像戴表元、郝經、王惲、吳澄、袁桷、馬祖常、張養浩、黃溍以及黃鎮成等，都有很好的詩。

第二節　元代散文

元代的散文，仍是沿襲唐宋的古文發展，雖然不能有宋代那樣輝煌的成就，但散文作家還是很多。元初的散文，元好問的弟子郝經、王惲，爲文不離其師規矩準繩，在當時頗有聲勢。另外承宋賢之學，以性理爲宗而寫古文的，以許衡、劉因、吳澄、金履祥最爲有名，而吳澄的散文較重詞華，可稱散文的正宗。另外戴表元受業於王應麟，力振南宋末季文章的頹風，稱東南文章大家。元代中葉，則以吳澄的弟子虞集、許衡的弟子姚燧以及馬祖常等最爲知名，爲文仍襲元初路線。中葉以後，則以柳貫、黃溍、吳萊三人最爲重要，他們的散文，一方面承受了元初的文學餘潤，一方面又開啓了其後的文路。

許衡（一二〇九—一二八一）字仲平，河內（今河南沁陽縣）人。元世祖時徵授京兆提學，官至集賢大學士、兼國子祭酒。諡文正，學者稱魯齋先生，有魯齋集。

許衡與吳澄同時，衡在北，澄在南，衡「主篤實以化人」，澄「主詞華以布教」。衡既爲理學大師，又通經學，爲文無意修飾，而自然明白雅正。他的奏議時務五事，一、立國規摹，以爲古今立國規摹大要在得天下心，得天下心無他愛與公而已。又論當日之形勢，以爲非用漢法不可。二、中書大要，在用人立法，二者而已。三、爲君難，舉踐言、防欺、任賢、去邪、得民心及順天道五項爲論。四、農桑學校，以爲能是二者，則萬目皆舉，堯舜之道也。五、愼微，舉定民志、崇退讓、愼喜怒及守信四項爲論。許衡這篇奏議是在至元二年召至京師議事中書時所上，書奏，帝甚嘉納。這封奏議長幾達四千字，議論典實，文詞雅正。可惜他的很多奏稿都在當時自己毀去，所以流傳的很少。

劉因也是理學大師，言理集程朱之長。他的文章遒健在許衡之上，而雅正也不減於許衡。他的鶴菴記，寫來清順雅正。孝子田君墓表義氣凜然，議論宏偉。

「嗚呼！天地至大，萬物至衆，而人與一物於其間，其爲形至微也；自天地未生之初，極天地既壞之後，前瞻後察，浩乎其無窮，人與百年於其間，其爲時無幾也。其形雖微，而有可以參天地者存焉；其時雖無幾，而有可以與天地相終始者存焉。故君子當平居無事之時，於其一身之微，百年之頃，必愼守而深惜，惟恐其或傷而失之，實非有以貪夫生也，亦將以全夫此而已矣。及其當大變，處大節，其所以參天地者，以之而立；其所以與天地相終始者，以之而行；而回視夫百年之頃，一身之微，曾何足爲輕重於其間哉！然其所以參天地而與之相終始者，皆天理人心之所不容已。而人之所以生者也，於此而全焉。一死之餘，其生氣流行於天地萬物之間者，凜千載而自若也。使其舍此而爲區區歲月筋骸之計，而禽視鳥息於天地間，而其心固已死矣，而其所不容已者，或時發焉，則自視其身，亦有不若死之爲愈者，是欲全其生而實未嘗生，欲免於一死而繼以百千萬死，嗚呼，可勝哀也哉！

……」（孝子田君墓表）

這段議論，剖析人的生死價值，給予人正確的指示，詞正氣雄，毫無陳腐之感。

吳澄（一二四九—一三三三）字幼清，撫州崇仁（今江西崇仁縣）人，宋末領鄉薦。至元二十三年徵至京師，以母老辭歸。後官至翰林學士。諡文正。有草廬集。吳澄也專精理學，稱爲大家，和許衡一北一南，領袖群儒。他的文章典雅華美，成就在許衡之上。作詩主張「以性情之眞」，「發乎自然而非造作」（見譚晉明詩序），詩也很典雅自然。他有一篇寫自己的小贊：「身形瘦削，春林獨鶴。眼睛閃爍，秋霄一鶚。遠絕塵滓，大同寥廓。自鳴自和，自歌自樂。」（臨川野老自贊）可以看出他人和文章的高雅清逸。他在元學士文藁序中，更提出他對文章的看法。

「儒者以文章爲小伎，然而豈易能哉！能之不易，而或視之以爲易焉，昌黎韓子之所不取也。且其爲不易何耶？未可以一言盡也；非學非識，不足以厚其本也；非才非氣，不足以利其用也。四者有一之不備，文其能以純備乎！或失則易，或失則艱，或失則淺，或失則晦，或失則狂，或失則萎，或失則俚，或失則靡，故曰不易能也。……」

他以爲寫好文章並不是易事，必須以學識爲根基，以才氣馭其用，文章才能純備，而不致有所偏失，基本上他還是反對虛浮無實的。

郝經（一二二三—一二七五）字伯常，澤州陵川（今江西陵川縣）人。憲宗元年，元世祖在潛邸召見，遂留王府。世祖卽位，曾派使宋。官至翰林侍讀學士。師事元好問，有陵川集。他的文章，遵守遺山規矩準繩。爲文主張實用而明理。他在文弊解中說：

「事虛文而棄實用，弊已久矣。……天下之道，以實爲用，有實而無文，未有文而無實者也。易之文，實理也；書之文，實辭也；詩之文，實情也；春秋之文，實政也；禮文實法；而樂文實音也。」

這種文要有實的見解，正是反對浮詞誇言言之無物的。他又在續後漢書序中說：「古之爲書，大抵聖賢道否，發憤而作，屈平離騷、馬遷史記皆是也。」由他的話，可以知道，他是主張爲文著書，主要是要彰顯聖道的，一切要以六經爲典範，以離騷、史記爲可取。他因爲主張文要有實，所以不太重視文法，在答友人論文法書中說：

「爲文則固自有法。……雖然，理者，法之原；法者，理之具；理致夫道，法工夫技；明理，法之本也。……故古之爲文，法在文成之後，辭由理出，文由辭生，法以文著，相因而成也。非求法而自作之也。……故後之爲文，法在文成之前，以理從辭，以辭從文，以文從法，一資於人而無我。是以愈工而愈不工，愈有法而愈無法。……故今之爲文者，不必求人之法以爲法，明夫理而已矣。精窮天下之理，而造化在我。以是理，爲是辭，作是文，成是法。……」

理明法成，自然就可以成文，文成也就自然有法。否則，拘於成法，難以明達自己之理。郝經基本上是反對模仿反對師成法的。

郝經深通經術，他的一些奏議，都能引據經義，根於史實，來議論得失，像班師議、立政議，都能據古論今，義精言實，深爲朝廷所嘉納稱許。

王惲（一二七七—一三〇四）字仲謀，衞州汲縣（今河南汲縣）人。中統元年，由詳議官授中書省詳定官，仕至翰林學士。諡文定。有秋澗集。他也是元好問的弟子，文章步隨遺山矩矱，詩亦稱健。

戴表元（一二四四—一三一〇）字帥初，慶元奉化（今浙江奉化縣）人。宋咸淳中登進士乙科，官臨安教授。入元，爲信州教授。有剡源集。他是王應麟的弟子，能古文，稱東南文章大家。元史說他見宋末文章「氣萎而辭骫骳」，於是以振起斯文爲己任，並說他的文章「清深雅潔，化陳腐爲神奇，蓄而始發，間事摹畫，而隅角不露。」（見元史卷一百九十本傳）

金履祥（一二三二—一三〇三）字吉父，婺之蘭谿（今湖北蘄水縣）人。其先本劉氏，後避吳越錢武肅王嫌名更爲金氏。履祥幼時敏睿異常，也很能自己策勵，凡天文、地形、禮樂、田乘、兵謀、陰陽律曆之學，沒有不研究的。壯年，從王柏學，又從登何基之門，於是成爲通儒。德祐初，以廸功郎史館編校起用，辭不就。後避兵患，居金華山中。入元亦不仕，後居仁山之下，學者稱爲仁山先生。至正中卒諡文安。履祥學問淵博，也是一位理學家，所以文章以醇正典雅爲主。

袁桷（一二六七—一三二七）字伯長，慶元（今浙江慶元縣）人。大德初，薦爲翰林國史院檢閱官，仕至侍講學士。諡文清。有清容居士集。他是戴表元的弟子，在元代盛際，以學問詞章，名震天下。當時朝廷的制策勳臣碑銘，多有出其手者。他的文章，也很雅潔。我很看他的邵菴記就是爽麗清新的：

「雍虞伯生，界其居之偏，爲菴廬焉。溫淸之隙，則怡怡然飽食以歌，宴休於中。其廬溫密樸質，且粹且深，中而虛之，若璧而環，若鑑而明，楅圓而扉方，闔闢以動止。其溫燠也，褐以舒其清焉；其淒厲也，奧以休其知焉。左顧右矚，神止氣寂，晝握其動，夜根其靜，不丏飾於外，據萬物之會，以極其榮觀者焉。廬不廣尋丈，旁設易圖，圖除其卦五十有六；瞪而視之，首擊而尾應；迎而存之，風至而水涌。審聲遺形，益原其情。忽然控浮游以上征，則搏制控伏，囿於其內，而不能以自恣。……」

姚燧（一二三九—一三一四）字端甫，號牧庵，其先柳城（今熱河朝陽縣）人，後徙洛陽，晚年居郢。至元八年，爲秦王府文學，歷官江東廉訪使，江西行省參知政事，翰林學士承旨，卒謚文，著有牧庵集。

姚燧十三歲時拜見許衡，十八歲始受學於長安，當時未嘗爲文，但見一般士子所作文章，不如古人，不以爲是。二十四歲始讀韓愈文，試習作文，人以爲有作者風。後就正於許衡，衡也很欣賞他的文辭。燧文章學問都得之於許衡，成爲當時名儒。他以能作古文，名重當時，元史稱他「爲文閎肆該洽，豪而不宕，剛而不厲，舂容盛大，有西漢風。」（見元史卷一百七十四本傳）當時名臣世勳顯行盛德，多求燧爲文，以求表揚，所以他的碑文墓銘序跋等文章很多，不過他都能平實爲之，不過溢美。黃宗羲推崇他說：「唐之韓柳，宋之歐曾，金之元好問，元之虞集、姚燧，其文皆非有明一代作者所能及。」（見明文案序）可見姚燧在文學上的地位，如何重要。除長古文以外，他的詩詞曲也都很有名。

姚燧在送暢純甫序一文中，詳述他習文的經過，和他對文章的看法，開首一段：

「歐陽子爲宋一代文宗，一時所交海內豪俊之士，計不千百而止，及謝希深、尹師魯二人者死，序集古錄，遂有無謝知音之恨。嗚呼！豈文章也，作者難而知之者尤難歟！余嘗思古之人，唯其言之可以行後爲恃，以待他日子雲者出，將不病夫擧一世之人不余知也。今乃若是，亦以有知者爲快，而失之爲悲歟！余冠首時，未嘗學文，視流輩所作，惟見其不如古文者，雖不敢輕非諸口，而亦未嘗輕是於心也。過而自思，人之能者余操慮持論且然，余不能之，何以免人無嫉賢之譏乎！年二十四，始取韓文讀之，走筆試爲，持以示人，譬如童子之鬭草，彼能是余亦能是，彼有是余亦有是，特爲士林禦侮之一技焉耳。

或謂有作者風，私心益不喜，以爲彼忠厚者不欲遽相斥笑，始爲是諛言以愚之，不然，殆鼓舞之希進其成也。自是蒙恥益作，旣示之人，且就正於先師，先師亦賞其辭，而戒之曰：弓矢爲物，以待盜也，使盜得之，亦將待人。文章固發聞士子之利器，然先有能一世之名，將何以應人之見役者哉！非其人而與之，與非其人而拒之，鈞罪也。非周身斯世之道也。余用是廢作，有亦不以示人。……」

由這段文字，我們知道他對研習古文，功力甚勤，而且律己也很嚴。

虞集也以古文雄於當時，一時朝廷典册皆出於其手。史稱「集學雖博洽，而究極本原，研精探微，心解神契，其經緯彌綸之妙，一寓諸文，藹然慶曆乾淳風烈。」（見元史卷一百八十一本傳）集的文章法度謹嚴，詞章典實，文筆健利。他在南昌劉應文文藁敘中論文說：

「江西之境，其山奇秀，而水清瀉，委折演注，至於南昌，則山益壯，水益大，故生人稟是氣者，多能文章，而其爲文，又能脫其鄙樸之質，振作其委靡之體。故言文者，未有先於江西。然習俗之弊，其上者，常以怪詭險澀，斷絕起頓，揮霍閃避爲能事，以竊取莊子釋氏緒餘，造語至不可解爲絕妙。其次者，汎取耳聞經史子傳，下逮小說，無問類不類，剿剽近似而雜舉之，以多爲博，而蔓延草積，如醉夢人，聽之終日，不能了了。而下者，硒突兀其首尾，輕重其情狀，若俳優諧謔，立此應彼，以文爲事。嗚呼，此何爲者哉！大抵其人，於學無所聞，於德無所蓄，假以文其寡陋，而從之者，亦樂其易能，無怪其禍之至此，不可收拾也。嗚呼！爲文章者，未暇縱論古今天下也，卽江西論之，歐陽文忠公、王文公、曾南豐，非其人乎，執筆之君子，亦嘗取其書而讀之，凡己之所爲，合於此三君子否也？苟不合，則己之謬可知也已，而曾不出此何也，蓋三君子之文，非徒然也，非止發於天資而已也，其通今博古，養德制行，所從來者遠矣，宜乎樂爲寡陋而爲能者，不知思也。此三君子之文，猶不足以知之，況三君子之上，有當知者尙遠也，豈復知之乎！如此而欲以文自命，則亦惜乎秀氣之委者矣，悲夫！……」

由這段文章，我們知道虞集是反對詭怪險澀、剿剽龐雜以及俳優諧謔的。同時爲文，不僅憑藉天資，更要有學識和德業爲根基才行。他在貞一藁序中又說：

「予讀而嘆之曰：『善哉！愼所當言，而不鼓浮夸，以爲精神也；言當於是，不爲詭異以駭觀聽也；事達其情，不託蹇滯以爲奇古也；情歸乎正，不肆流蕩以失本原也。……』」

這裏也是說不可浮夸、詭異和蹇滯。同時要求言當於事。事達其情，情歸乎正，這我們可以看出虞集對文章主張謹嚴和醇正的地方。

馬祖常（一二七九—一三三八）字伯庸，世爲永古特部，居靖州之天山。高祖爲鳳翔兵馬判官，子孫因號馬氏。延祐初，鄉貢會試皆第一，廷試第二，官至御史中丞。謚文貞。有石田集。祖常文章宏麗，一洗柔曼卑冗之習，在延祐時文名極盛。他在臥雪齋文集序中論文說：

「人之有文，猶世之有樂也。樂之有高下節奏、淸濁音聲，及和平舒緩焦殺短促之不同，因以卜其世之休咎，象其德之小大。人之於文亦然，然不能彊爲也，賦天地中和之氣，而又充以聖賢之學，大順至仁，浹洽而化，然後英華之著見外者，無乖戾邪僻忿懥淫哇之辭，此皆理之自然者也。非惟人之於文也，雖物亦然，華之大豔者必不實，器之過飾者必不良，必也稱乎。求乎稱也，則舍詩書六藝之文，吾不敢他求焉。……」

可見他論文也反對華豔不實的。

吳萊（一二九七—一三四〇）字立夫，浦江（今浙江浦江縣）人。延祐七年，有司以春秋薦，下第後，薦爲書院山長、未行，卒。私諡淵穎先生。有淵穎集。吳萊受業於方鳳，自幼穎慧，爲文規模秦漢，雄深卓絕。詩也很有名，大篇歌行氣骨可觀。他和柳貫、黃溍齊名，他雖較晚出，但成就却最高。他嘗論文說：「作文如用兵，兵法有正有奇；正是法度，要部伍分明；奇是不爲法度所縛，擧眼之頃，千變萬化，坐作進退擊刺，一時盡起，及其欲止，什伍各還其隊，元不曾亂。」（見元史卷一百八十一黃溍傳後附傳）他這種主張，正和他的文章的雄奇是一致的。林泉隨筆說：「吳立夫論倭書，規模倣司馬相如論蜀文，其末所述諭其王之言，雖古之辯士，莫能過也。其他大游、觀日兩賦，與夫形釋泰誓論、補牛尾歌辭等篇，皆雄深卓絕。」（見元詩紀事卷十四吳萊條下引）可惜他中年卽逝，不然成就會更大的。

黃溍（一二七七—一三五七）字晉卿，婺州義烏（今浙江義烏縣）人，登延祐二年進士第，官至侍講學士，諡文獻。有日損齋集。黃溍學問淵博，史稱其「博其天下之書，而約之於至精。剖析經子疑難及古今因革制度名物之屬，旁引曲證，多先儒所未發。」又稱讚他的文章說：「文辭布置謹嚴，援據精切，俯仰雍容，不大聲色，譬之澄湖不波，一碧萬頃，魚鼈蛟龍潛伏不動，而淵然之光自不可犯。」（見元史卷一百八十一本傳）危樸撰神道碑稱：「世之議者，謂公操行孤潔，類陳履常；文辭嚴簡，類王介甫；筆札俊逸，類薛嗣通。」這可看出他文章的風格。

柳貫（一二七〇—一三四二）字傳道，也是浦江人。大德間用察擧爲江山教諭，官至翰林待制。自號烏蜀山人，有文集四十卷。他曾受業於金履祥，主要習性理之學。他和黃溍、虞集、揭傒斯號稱儒林四傑。元史說他「作文沉鬱舂容，涵肆演迤，人多傳誦之。」（見元史卷一百八十一黃溍傳後附傳）他理學很有根基，所以文章縝而不繁，工而不鏤。他的詩也很遒逸宏麗。

蘇天爵（一二九四—一三五二）字伯脩，眞定（今河北正定縣）人。由國子學生公試第一釋褐，授從仕郎、大都路薊州判官。官至江浙行省參知政事。他是虞集的弟子，元史說他「爲學博而知要，長於紀載。嘗著國朝名臣事略十五卷，文類七十卷。其爲文長於序事，平易溫厚，成一家言。而詩尤得古法。」（見元史卷一百八十三本傳）他所編元文類共七十卷，對元代文章的保存貢獻不小。

陳旅（一三〇〇—一三五九）字衆仲，莆田（今福建莆田縣）人，薦除國子助教，官至國子監丞。有安雅堂集。他的先代，素以儒學著稱。當他做閩海儒學官時，剛好御史中丞馬祖常出使泉南，一見稱奇，勸勉他往游京師。於是他聽從，就到了大都，當時翰林侍講學士虞集，見到他所做的文章，歎說：「此所謂我老將休，付子斯文者矣。」此後遂同集在一起講習學問。元史稱許他的文章說：「旅於文自先秦以來，至唐宋諸大家，無所不究。故其文典雅峻潔，必求合於古作者，不徒以拘世好而已。」（見元史卷一百九十本傳）在元末，蘇天爵和陳旅，算是很有成就的散文家。

元代還有劉詵、歐陽玄、元明善等也都有很好的散文，知名於當時。

第二章　元代散曲

第一節　散曲的起源和體制

一、散曲的起源

曲和詞同樣是「音樂文學」，如果講文學，就叫作詞，指聲音（樂譜），便是曲；所以詞的譜還是曲，曲的文字仍然是詞。於此可知，詞曲是對稱的名詞。不過詞和曲又同時是兩種體裁（這裏所謂「曲」，是指曲體而言）。那麼「曲」從何而來呢？毫無疑問的，曲是由詞演變來的（我們這裏講的是「散曲」，它也是一種抒情的詩體，同時詞皆屬韻文的正統。至於「劇曲」，另有淵源，我們講雜劇的起源時再談），何以見得？我們可以找出它演化的跡象。

㈠詞的衰弱　詞原本是一種通俗文學，流傳於民間，歌之於妓女伶工，既便於抒寫情懷，又宜於歌唱。但入宋以後，文人學士作者日多，體裁內容日益豐富，音律修辭也日益講求。這樣一來，原本通俗的東西，變成典麗雅正起來，原本流傳於民間傳唱於妓女伶工的東西，變成了文士的專利品。我們看看沈義父的樂府指迷和張炎的詞源，便知道塡詞已成了一種專門學問，不但一般民衆寫不出，看不懂，唱不來，就連那些非精於詞學的普通文士，也不能染指了。汪森在詞綜序中說：「鄱陽姜堯章出，句琢字鍊，歸於醇雅。於是史達祖、高觀國羽翼之，張輯、吳文英師事之於前，趙以夫、蔣捷、周密、陳允平、王沂孫、張炎效之於後。譬之於樂，舞劍至於九變，而詞之能事畢矣。」這樣看來，詞至宋末，已是精華殆盡，技巧已窮，完全到了僵化的境地，無法再發展下去，於是自然另謀出路，由變而產生另一種新的體裁，那就是曲。

㈡詞調的轉變　詞本源於樂府小辭，最初多是單調小令。至北宋慢詞興，後來單調之外，又有所謂三疊四疊之分。到了南宋，更有所謂四疊之「序子」，像吳文英的「鶯啼序」（春晚感懷）竟有二百四十字，極盡慢聲長調之變，但深晦凝重到了極點。物極必反，於是單調小令的短製又復活起來，再賦以新的生命，而構成另一種詩體，就產生了散曲。我們拿元初小令來和五代小詞比較一下，就會發現它們極其相似，可以看出它們的淵源和關係出來。

㈢詞句的語體化　詞中引用俗言俚語，北宋柳永已開其端。到了南宋，辛棄疾、劉過、呂渭老、張孝祥等人，更是喜用俚俗之語來寫詞。他們以活潑的文字，來表現作者的眞性情；一面把詞的範圍擴大，一面把詞的文學價值提高。這種詞，已漸漸接近元曲了。吳梅南北戲曲概論中曾說：「金元以來，士大夫好以俚語入詞；酒邊燈下，四字心園春，七字瑞鷓鴣，粗豪橫決，動以稼軒（辛棄疾）、龍洲（劉過）自況，同時諸宮調詞行，卽詞變爲曲之始。」我們看阮閱贈宜春官妓趙佛奴的洞仙歌詞：

「趙家姊妹，合在昭陽殿，因甚人間有飛燕？見伊底，盡道獨步江南；便江北，也何曾慣見？惜伊情性好，不解嗔人，長帶桃花笑時臉。向尊前酒底，見了須歸，似恁地，能得幾回細看？待不眨眼兒覷着伊，將眨眼兒工夫，看伊幾遍。」

這樣淺白直率的口語，實在已和元曲很接近了。

(四)諸宮調的興起

散曲的產生，和諸宮調的關係最爲密切。而諸宮調的興起，則淵源於鼓子詞、曲破和大曲等。宋代通行的歌曲是詞，詞歌起來只是以一闋爲度，而詞調簡短，往往不適宜歌詠故事，於是乃產生連續歌詠一曲以敍一故事的「鼓子詞」。鼓子詞，實際上就是疊詞。鼓子詞只應歌唱，而不協以跳舞。至於歌舞相兼的，宋代有傳踏，這是一種民間宴會的伎樂，歌時僅以一曲反復歌唱。另外，宋人樂曲還有曲破、大曲、鼓吹曲、諸宮調、賺詞等。曲破和大曲，遍數雖多，仍然只限於一曲，且都以詞牌作之。較曲破、大曲更爲進步的是鼓吹曲，鼓吹曲是合數曲而成一樂的，有時用三曲，有時用四曲，最多用到五曲，合曲的體例始見於此。若求之於通常樂曲中，合諸曲以成全體的實始於諸宮調。因爲諸宮調是合數調以詠一事，所以用曲已繁，漸與元曲相近。諸宮調以詞調爲主，但已有少數調子把後疊減去，南北曲只用一疊之風，就是以此爲濫觴。再如諸宮調所採用的詞調，大多已加上襯字，這又是南北曲用襯字的習慣的來源。還有諸宮調用韻四聲通押，南北曲也是受其影響的。總之，南北曲無論在曲調、結構或技巧上，在在都受諸宮調的影響，而北曲所受的影響更大。

宋人樂曲不限於用一曲的，還有「賺詞」，賺詞的產生較後於諸宮調，它是取一宮調中若干不同的曲牌組織起來，合成一全體，已打破大曲反復的單一曲調來唱歌的，像後來諸宮調中歌曲的結構，可能受了它的影響。總之，元人南北曲的形式，早在宋金之際已經具備，只不過到元人手裏才發揚光大罷了。

（四）外來音樂的影響

前面所說的，都是文學上新陳代謝的內在原因，其實外樂的侵入，對於元曲的進展，也有極大的關係。北宋末年，金人入主中原，接着又是蒙古族的南下，在這樣一個長時期的變動下，給予外族音樂大量輸入的機會。所謂胡樂番曲，非但歌辭腔調迥然不同，就是所用樂器，也是兩樣，曾敏行獨醒雜志卷五說：「先君嘗言，宣和末客京師，街巷鄙人，多歌番曲，名曰異國朝、四國朝、蠻牌序、蓬蓬花等，其言至俚，一時士大夫亦皆歌之。」這可以看出外樂在北宋末年，已在中原漸漸流行起來。元陶宗儀輟耕錄說：「達達樂器，如箏、蓁、琵琶、胡琴、渾不似之類。所彈之曲，大曲：哈八兒圖、口溫、也葛儻兀、畏兀兒、閔古里、起土發里、跋四土魯海、舍舍弼、搖落四、蒙古搖落四、閃彈搖落四、阿耶兒虎、桑哥兒發不下、答罕、苦只把失。小曲：阿厮蘭扯弼、阿林捺、哈兒火失哈赤、洞洞伯、曲律買、者歸、牝疇兀兒、把擔葛失、削浪沙、馬哈、相公、仙鶴、阿下水花。回回曲：伉里、馬里某當當、清泉當當、水仙子。」由上面這些名字看來，知道都是純粹的外曲，這些舊曲是不能合奏的，再加上樂器不同，音調節拍各異，歌調的舊調又是不能合演的了。在這種環境之下，於是一面接受外族音樂的影響，一面從舊有的詞裏變化翻造，而成一種適應新環境的新文學，這便是曲。明騷隱居士衡曲麈談說：「自金元入中，所用胡樂，嘈雜緩急之間不能按，乃更製新詞以媚之；作家如貫酸齋、馬東籬輩，咸富於學，兼擅音律，擅一代之長。……大江以北，漸染胡語。」（王世貞藝苑卮言所記略同）明徐渭南詞敘錄也說：「今之北曲，蓋遼金北鄙殺伐之音，壯偉狠戾，武夫馬上之歌，流入中原，遂為民間之日用。宋詞既不可被絃管，世人遂尚此。上下風靡。」由此更可明瞭，曲的興起，和外樂的關係是十分密切的。

二、散曲的體制

散曲又稱淸曲，是對劇曲而言；因爲劇曲有科白，散曲無科白，所以稱之爲「散」或淸。散曲通常分爲南曲、北曲兩類，北曲爲流行於金元及明初的東西，南曲則其起源雖較北曲爲早，其流行卻到元末明初了。南曲和北曲的初現雖有早晚，但其最初的萌芽，是同樣從詞裏蛻化出來的。

蓋當南宋之際，金人南下，佔領了中國中原之地，在社會上流行可唱的詞，流落於北方，後來和「胡夷」之曲及北方的民歌俗謠結合，便成爲北曲的雛型。其後蒙古入中原，加以漸漸的改變，於是到了元初，便有正式的北曲出現。南曲的成因，也是由於金人南侵，許多文士藝人，隨着政治的轉移南渡，於是「詞」便流存於南方，又和南方的「里巷之曲」結合，而成爲南曲。其後蒙古入主中國，不能欣賞南方的音樂，南曲便漸漸衰微，而成了北曲盛行的時代。到了明代，把蒙古人逐回漠北，定都金陵，南人的勢力，一旦恢復，於是南曲也跟着南人的嗜好而重露頭角。

無論南曲或北曲，在它本身結構上，都可分爲兩種不同的形式，即「小令」與「套數」。所謂小令，體制較短小，無論「單調」、「複調」，都以首爲單位而各自爲韻。所謂套數（此指散曲的散套），至少有二首以上同宮調（或管色相同）的曲牌相聯，不論長短全套必須叶同一韻，至於元燕南芝庵唱論裏說：「有尾聲名套數」（見楊朝英陽春白雪前一），則不甚確，因爲我們平常所看到的元曲散套，已多無尾聲。而明曲散套，無尾聲的更多。

大凡一種新的文學體裁的發展，總是由簡而繁，由不規則而趨規則。散曲中最先產生的是小令，由小令而變爲帶過曲（即複調或合調），再變而爲套曲。任訥在散曲概論體段第四裏，對於散曲和小令的體段，曾列一簡明的表：

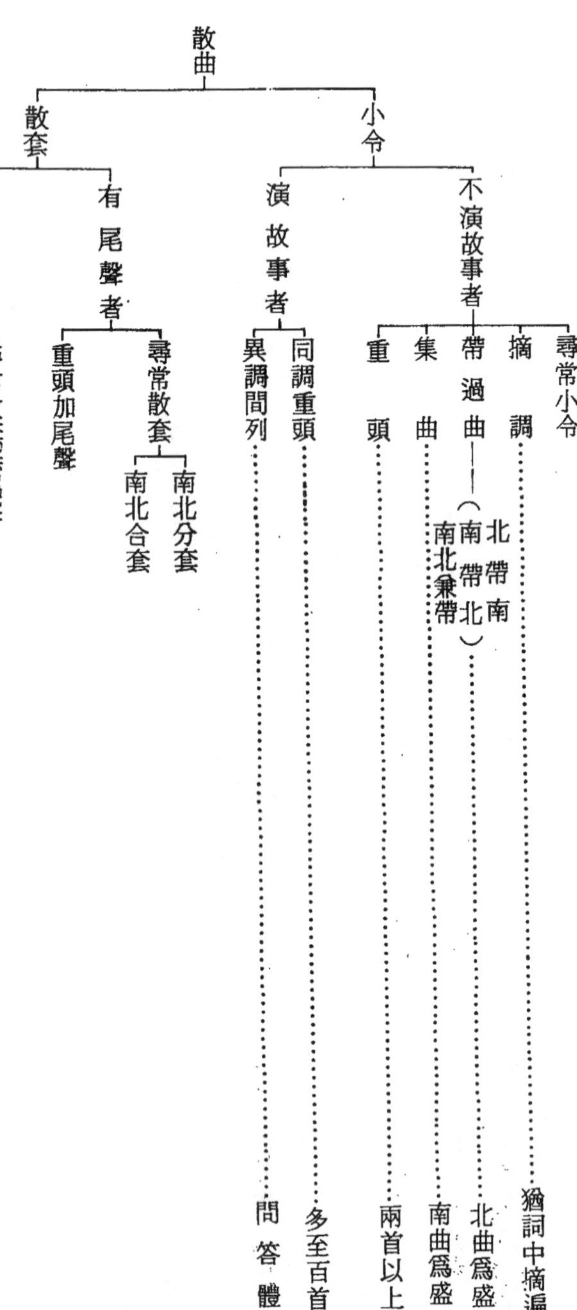
散曲
散套
小令
無尾聲者
有尾聲者
演故事者
不演故事者
重頭無尾聲
尋常散套無尾聲
重頭加尾聲
尋常散套
南北合套
南北分套
異調間列
同調重頭
重頭
集曲
帶過曲
摘調
尋常小令
北帶南
南帶北
南北兼帶
問答體
多至百首
兩首以上
南曲爲盛
北曲爲盛
猶詞中摘遍

㈠尋常小令　是指單調之曲而言，相當於詩中之一首或詞中之一闋。在曲中它的體製最短小，通首只能用同一韻。小令原本是民間流行的小調，經過文學的陶冶，便成爲曲中的小令。燕南芝庵唱論說：「街市小令，唱尖新情意。」王驥德曲律也說：「所謂小令，蓋市井所唱小曲也。」這不但說明了小令的來源，同時又說明了小令的通俗性。這種短小的小令　正如唐代的絕句，五代北宋的小詞，是一種活潑可愛的新詩體。

㈡摘調　所謂摘調小令，原係套曲中的曲牌，或以聲律優美，或因詞章清麗，而爲曲家欣賞，特別從套曲中摘出單唱。這種摘調，我們往往在尋常小令中，突然看到有用調奇特，並非一般小令所慣用，在普通套曲中反極常見者即是。如周德清中原音韻，在作詞十法後附有定格四十首，其中雁兒落帶得勝令詠指甲一曲，周氏於題下註一「摘」字，可見係由套曲中摘出者。另外作詞十法第四法用字條又曾說：「套數中可摘爲樂府者能幾。」據此可知，摘調之法，元人已有。其實曲中這種摘調之法，詞中早已有之，詞中大曲，多至二十餘遍，宋人爲便於歌唱，常就大曲之若干遍中，摘取其聲音美聽且可單獨傳唱起結無礙之一遍作爲慢曲，如泛清波摘遍、熙州摘遍等是。因此曲中摘取套數之一調而爲小令，正如詞中摘大曲之一遍而爲慢曲，意趣相類。

㈢帶過曲　一稱合調，又稱複調。「帶過」二字，或連用，或任用其一，或用「兼」字，或稱「兼帶」。有北曲帶過北曲，有南曲帶過南曲，有南北兼帶。初僅北曲小令中有之，後來南曲內及南北合套中偶而仿用。即是作者填一調畢，意猶未盡，於是再繼續用一他調，兩調仍嫌不足，可再用一調，但最多到三調爲止，再多只有作套曲了。所用他調一支或兩支，必須和原先的第一調是同一宮調，或同一笛色才行。這種帶過曲，任中敏散曲概論中所錄有三十四調，但前人所最常用的不過五、六調而已，像正宮脫布衫帶小梁州、南呂罵玉郎帶感皇恩採茶歌、雙調水仙子帶折桂令、雙調雁兒落帶得勝令、雙調沽美酒帶太平令和雙調對玉環帶清江引卽是。

㈣集曲　在南曲裏頗爲盛行。集取若干曲牌中句調別成一曲，在樂律來講，是謂犯聲。南曲犯聲方法不一，或以一支正曲牌調爲本，去其腹句，別取他調句律以實之，首尾仍還本格的，是爲帶格之犯。犯一曲的就本調下書一犯字，如永團圓犯。犯二曲的，則就本調上書二犯，如二犯傍妝臺（首尾係傍妝臺本格，中間插入八聲甘州、皂羅袍二曲句調）。犯幾曲就書明幾犯。另有由各曲調中各摘取數句而集合成一新曲，如詩中之集句，沒有所謂本格，以各曲調協聲爲主，這種就是所謂集曲。不過所集取諸曲詞句，宮調必須彼此相合。而句法之佈置，也必須與所截取諸曲詞句之原來順序相符合。集曲的首數句，亦必用原來正曲的首數句；集曲之末數句，亦必用原來正曲的末數句；集曲中間之句，亦必用原來正曲中間之句，不可前後倒置。如鶯花皂，是由皂羅袍、黃鶯兒和水紅花三調合成。而皂羅袍是用的首幾句，水紅花是用的末幾句，黃鶯兒是用的中間幾句。這種集曲，最多有用到三十支曲來集成的。像九疑山，就用香羅帶、征胡兵、懶畫眉、醉扶歸、梧桐樹、瑣窗寒、大牙鼓、解三醒和劉潑帽九支曲牌集句而成。十二紅，用山坡羊、五更轉、園林好、江兒水、玉交枝、五供養、好姐姐、五供養、駒老催、川撥棹、桃紅菊和僥僥令十二支曲調集句而成。

㈤重頭　卽以頭尾相同之調，一再重複使用，而歌詠一件連續的或同類的景物或故事。至少要有兩首，多則有至一百首者。如張可久以中呂賣花聲小令分詠春、夏、秋、多，共作了四首。如明李開先有百首仙呂傍妝臺，王九思和之，也作了一百首，這是重頭之中較長的。

㈥同調重頭　上面所說的重頭，張可久的賣花聲是寫景，李開先的百首傍妝臺是詠懷，都不是推演故事。

至於以同調重頭而演故事的，如雍熙樂府卷十九所載摘翠百詠小春秋，用越調小桃花一百首敘西廂故事，從張生離洛陽敘起，直到崔張團圓，一同赴官為止。格調頗為新奇。

(七)異調間列　推演故事的小令，除了同調重頭外，還有異調間列，所謂異調間列，其名始見於任訥散曲概論，這種體裁今能考見者，僅有樂府群玉卷二所載的王曄與朱凱合作的「題雙漸小卿問答」。全詞共有十六首小令，既無尾聲，又不同韻，所以不能稱為套曲。其中共用了慶東原、折桂令、殿前歡、水仙子四調，所以也不能稱之為同調重頭。於是任氏就創說叫作「異調間列」。

(八)尋常散套　套數又稱大令或長調，它的組成，第一，至少用二首以上同宮調（或管色相同）之曲牌相聯。第二，有尾聲以示全套之樂已闋（有時無尾聲亦可）。第三，不論長短，全套須押同一韻。南套大多數分為「引子」、「過曲」、「尾聲」三部分，北套則至少須有一正曲及一尾聲。元末又有「南北合套」出現，鍾嗣成錄鬼簿載：「沈和，字和甫，杭州人。能詞翰，善談謔，天性風流，兼明音律，以南北調合腔，自和甫始。」又載：「范居中，字子正，冰壺其號也。……有樂府及南北腔行於世。」此二人作北曲之外，亦可能兼作南曲，於是取北曲的長處，而變革南宋所遺留的南曲的舊體，創造南北合腔的新調，因此南北合腔的出現，反在今知純粹南曲散套之前。任訥在散曲概論卷一中說：「南北合套，由來甚早；有南曲未久之時，元人即創行之矣。蓋北曲每限一人唱，歌者久以為苦，南北聲音，又各有所偏，宜相調和，二者融合成套，則各救其弊，得中和之美矣。此種在劇曲與散曲中，並行不廢。」此處已說明了南北合套產生的原因。

(九)重頭和尾聲之套　這也是用同調重頭以成套。重頭成套，本以不加尾聲為原則，然而亦有的加尾聲，完全是爲了文意尙猶未盡，務必再綴上幾句結束之語。所重頭之曲調數，須得二、四、六等成雙方可。這種辦法，始見於南曲中。

㈩尋常散套無尾聲　普通作套曲，在以下情形下，可以不用尾聲：第一，所用曲調有特殊情形者不用尾聲。第二，用帶過曲作結者，可省去尾聲。第三，所用之末調，可以代替尾聲的，也可不用尾聲。

(十一)重頭無尾聲之套　沈璟南曲譜說：「一個牌名做二曲、或四曲、六曲、八曲，及兩個牌名各止一二曲者，俱不用尾聲。」這種作法，惟南曲有之。但有時用三牌或四牌，各做二曲、四曲不等以成一套者，也可不用尾聲。又兩牌之重頭，有相間而列者，惟其每牌不止一首，而爲重頭，故亦可無尾聲。如「引、白練序，醉太平、白練序、醉太平、白練序、醉太平」，除引以外，兩牌調各重作三首，而相間以列，並無尾聲，亦可成套。

由上面的敍述，散曲的種類名稱，以及各種體裁演進的情形，想可以了解了。

第二節　元代前期散曲

關於元代散曲的研究，近年來甚爲盛行，對作品的搜求，也不遺餘力。一些元明的選集，也都陸續被發現，像陽春白雪、太平樂府、梨園樂府、樂府群玉、自然集、盛世新聲、詞林摘艷、樂府群珠、雍熙樂府、南九宮詞、南北詞廣韵選、北宮詞紀、太和正音譜、北詞廣正譜以及元明小令鈔等都收有元人的散曲，經過近人的搜羅編輯，已可考的散曲家，即有二百二十七人之多（見任中敏散曲概論第六章），另外還有許多無名氏的作品，總數有四千五百首左右，當然還有許多沒有被發現的作品，這麼多的作品，可以說是相當豐富了。由這些作家活動的時代，和那些作品的藝術與精神發展來看，可以分爲兩個不同的時期：

前期：從金末到元大德年間（約一二三四——一三〇〇）的六十餘年，相當於鍾嗣成錄鬼簿所說的「前輩已死名公有樂府行於世者」的時代。

後期：從大德間到元末（一三〇〇——一三六七）的六十餘年，相當於錄鬼簿作者鍾嗣成的時代。

前期的作品，充分的表現着曲中所特有的民衆文學的通俗性和白話語氣，同時也顯現着北方文學中所表現的直率精神和樸質的自然美。後期的作品，因爲在宋亡之後，受了南方文學的影響，以及技巧上自然的演進，漸漸地離開了民衆文學的通俗性，漸漸吸收南方文學含蓄琢鍊的手法，而步入騷雅典麗一途。在文字技巧上，後期是較以前進步了，但是前期作品中的那種特有的高遠的意境，清新的語言，活躍的生命不復存在了。

在前期的曲家中，依照他們作風的不同，可以分爲清麗和豪放兩派。屬於清麗派的如王實甫、關漢卿、白樸等人，都有一個共同的特點，就是清麗雋美。屬於豪放派的如馬致遠、馮子振、張養浩等，也都有一種共同的特點，就是豪放奔逸，同時他們多抱有恬退隱逸的思想。

一、清麗派散曲家

關漢卿，號已齋（或稱已齋叟），大都（今北平）人。大約生於金末衞紹王大安年至金宣宗貞祐初（約一二○○－一二一六）。據通行各本錄鬼簿說他做過「太醫院尹」，但天一閣抄本錄鬼簿、明抄說集本錄鬼簿和孟稱舜刊酹江集附錄錄鬼簿殘本，都作「太醫院戶」。這種「太醫院戶」，只是受太醫院管領，而受特殊待遇的一種戶口，祇須其父兄行醫，本身不通醫術也可以。根據漢卿不伏老套曲，他自述長於多種技藝，但並沒有言及醫術，再加金元史的百官志中都沒有「太醫院尹」的官職，所以說漢卿任「太醫院尹」之說可能不可靠。這樣以來，他在金元就沒有任過任何官職了。他的一生，都是過着浪漫的生活，他自己說：「我玩的是梁園月，飲的是東京酒，賞的是洛陽花，攀的是章臺柳。」又說：「我是個普天下的郎君領袖，蓋世界浪子班頭。」（見南呂一枝花不伏老套曲）這就是他生活的寫照。漢卿曾做過十首大德歌，大德是元成宗的年號。錄鬼簿把漢卿列爲「已死名公」，則鍾嗣成在杭州從事戲劇活動時（大德七年－一三○三），漢卿已不在。根據這些，我們可以推定漢卿約死在大德初年（一二九七－一三○○）。

漢卿是元代戲曲大家，是元雜劇最早期的作者，作品最多。他的散曲，大部分保存在陽春白雪、太平樂府以及樂府群珠等選集中。較可靠的，小令有四十餘首，套數有十餘套。他的散曲數量雖不多，但在散曲史中的地位却很重要。他的散曲風格，同他的劇曲不同，劇曲以雄奇排奡見長，散曲却以清麗見長。

他的一些描寫情愛和寫相思之苦的作品，都是極其婉麗的。像

「碧紗窗外靜無人，跪在牀前忙要親，罵了箇負心回轉身。雖是我話兒嗔，一半兒推辭一半兒肯。」（仙呂一半兒題情二）

「多情多緒小冤家，迤逗得人來憔悴煞。說來的話先瞞過咱。怎知他，一半兒眞實一半兒假。」（一半兒題情四）

這兩首曲，都能用通俗的言語，寫出生動的情意。尤其對心理和神態的描繪，更是生動活潑。

「咫尺的天南地北，霎時間月缺花飛。手執着餞行杯，眼閣着別離淚。剛道得聲保重將息，痛煞煞教人捨不得，好去者望前程萬里。」（雙調沈醉東風）

這首描寫送別時傷情難捨的情景，非常眞摯，也非常自然。

「盼斷歸期，劃損短金篦。一搦腰圍，寬褪素羅衣。知他是甚病疾，好教人沒理會。揀口兒食，陡恁的無滋味。醫，越恁的難調理。」（雙調碧玉簫三）

風飄飄，雨瀟瀟。便做陳搏也睡不着，懊惱傷懷抱。撲簌簌淚點拋，秋蟬兒噪罷寒蛩兒叫，淅零零細雨打芭蕉。」（雙調大德歌秋）

像這一類寫相思之苦的曲子，也是非常深刻婉麗的。還有他的套曲新水令，描寫男女幽會的情景，極其風流艷冶，文筆更是生動活潑，這一類曲，是漢卿曲中最好的，也是他最擅長的。雙調新水令：

「楚臺雲雨會巫峽，赴昨宵約來的期話。樓頭棲燕子，庭院已聞鴉。料想他家，收針指晚粧罷。

（喬牌兒）款將花徑踏，獨立在紗窗下。顫欽欽把不定心頭怕，不敢將小名呼咱，則索等候他。

（雁兒落）怕別人瞧見咱，掩映在酴醾架。等多時不見來，則索獨立在花蔭下。

（掛搭鉤）等候多時不見他，這的是約下佳期話。莫不是貪睡人兒忘了那，伏塚在藍橋下。意懊惱，却待將他罵。聽得呀的門開，驀見如花。

（豆葉黃）髻挽烏雲，蟬鬢堆鴉。粉膩酥胸，臉襯紅霞。裊娜腰肢更喜恰，堪講堪誇，比月裏嫦娥，媚媚孜孜，那更掙達。

（七弟兒）我這裏覓他，喚他，哎女孩兒，果然道色膽天來大，懷兒裏摟抱着俏寃家，搵香腮俏語低低話。

（梅花酒）兩情濃，興轉佳。地權爲牀榻，月高燒銀蠟。夜深沉，人靜悄，低低的問如花，終是箇女兒家。

（收江南）好風吹綻牡丹花，半合兒揉損絳裙紗。冷丁丁舌尖上送香茶，都不到半霎，森森一向遍身麻。

（尾）整烏雲欲把金蓮屧，紐回身再說些兒話。你明夜箇早些兒來，我專聽着紗窗外芭蕉葉兒上打。」

這種純用口語來寫，格外自然生動，刻劃的又非常細膩，對寫艷情，可說是漢卿的特長。

漢卿的南呂一枝花不伏老套曲，描述他自己的生活，寫得是痛快淋漓，同前面所舉的婉麗風格不同，可以說是「豪辣灝爛」，尤其在修辭技巧方面，更是老練。黃鍾煞一調，有以二十多字做一句讀的，奇情異彩，堪稱奇文。

「我是箇蒸不爛煮不熟搥不匾炒不爆響璫璫一粒銅豌豆，恁子弟每誰教你鑽入他鋤不斷斫不下解不開頓不脫慢騰騰千層錦套頭。我翫的是梁園月，飲的是東京酒。賞的是洛陽花，攀的是章臺柳。我也會圍棋會蹴踘會打圍會插科會歌舞會吹彈會嚥作會吟詩會雙陸。你便是落了我牙歪了我嘴瘸了我腿折了我手，天賜與我這幾般兒歹症候，尚兀自不肯休。則除是閻王親自喚，神鬼自來勾。三魂歸地府，七魄喪冥幽，天哪那其間纔不向烟花路兒上來。」（不伏老黃鍾尾）

像這樣的曲，氣勢灝爛，極盡情致。

王德信字實甫，生平事蹟，已無從考求。只知他是大都人，約與關漢卿同時，也是金入元之人，錄鬼簿也把他列爲「前輩人才」，和關馬同列。他以雜劇西廂記而知名。他的雜劇風格婉麗，文筆俊美。至於他的散曲，流傳的太少，不過我們看到的幾首，也是非常清麗可喜的。像：

「自別後遙山隱隱，更那堪遠水粼粼。見楊柳飛絮滾滾，對桃花醉臉醺醺。透內閣香風陣陣，掩重門暮雨紛紛。　怕黃昏忽地又黃昏，不銷魂怎地不銷魂。新啼痕壓舊啼痕，斷腸人憶斷腸人。今春，香肌瘦幾分，摟帶寬三寸。」（中呂十二月過堯民歌別情）

這首曲通首灝爛之極，王世貞曲藻說堯民歌首四句是「情中諂語」，任訥更說：「此四句內各賴一二字，令情意渾厚，使筆極高，豈但諂語而已哉！」（散曲概論作詞十法疏證）可見實甫的確是寫情能手。

商挺（一二〇九—一二八八）字孟卿，曹州濟陰（今山東荷澤縣）人。年二十四，汴京破，北走依趙天錫，和元好問、楊奐等交游。元初東平嚴忠濟聘爲經歷，世祖時，爲京兆宣撫司郎中，後進參知政事，坐言事罷。又起爲四川行樞密院事，累遷樞密副使，以疾免，謚文定。商挺善隸書，又曾做詩千餘篇，可惜多已散佚。他的散曲，有潘妃曲十九首，收在陽春白雪和梨園樂府中，都是寫閨中女子生活和相思之情的，文筆細緻雅麗，極爲傳

神。像

「冷冷清清人寂靜，斜把鮫綃憑，和淚聽，驀聽得門外地皮兒鳴。則道是多情，却原來翠竹把紗窗映。」

「帶月披星擔驚怕，久立紗窗下。等候他，驀聽得門外地皮兒踏。則道是寃家，原來風動荼蘼架。」（雙調潘妃曲七、八）

這兩首描寫女子深夜私會情人的情景，細緻而又風趣，對心理的描寫，更是細膩而傳神。

「只恐怕窗間人瞧見，短命休寒賤。直恁地肐膝軟，禁不過敲才厮熬煎。你且覷門前，等的無人呵旋轉。」「十九）

這首寫歡會時羞怯和喜愛的矛盾心理，和那些風趣的動作，更是生動。

「目斷粧樓夕陽下，鬼病懨懨害。恨不該，止不過淚滿旱蓮腮，罵你箇不良才，莫不少下你相思債。」（十三）

這種寫相思之苦的曲，也是深摯細婉。

王和卿，有人說他名鼎（據危太樸文續集卷四所載「故承事郎汴梁通許縣尹王公墓碣銘云，公諱鼎，字和卿，姓王氏。）但里籍生平事蹟均有疑問不合之處，恐未必是。錄鬼簿稱和卿學士，說是大都人，列爲「前輩名公」。輟耕錄說和卿常與關漢卿在一起詼諧譏謔，可知他與漢卿相熟，時代也相近，而他較漢卿早卒。

王和卿的散曲，內容和風格，都有顯著的特色。他所寫的題目，多是些「大魚」、「綠毛龜」、「長毛小狗」、「詠大蝴蝶」、「胖妻夫」、「胖妓」、「詠禿」、「王大姐浴房內吃打」等一類滑稽諷刺的東西，筆調也

是滑稽突梯，嬉笑譏譃。這種俳優嘲弄之詞，在元代曲家中，可說是別樹一幟。像他的

「笠兒深掩過雙肩，頭巾牢抹到眉邊。款款的把笠簷兒試掀，連荒道一句，君子人不見頭面。」（越調天淨沙詠禿）

這首曲從禿者心理上力求遮隱來描摹，更是詼諧生動。再如：

「我嘴揾着他油鬏髻，他背靠着我胸皮。早難道香腮左右偎，則索項窩裏長吁氣。一夜何曾見他面皮，則是看一宿牙梳背。」（仙呂醉扶歸）

這種寫法，眞是滑稽之極。

「柳梢淡淡鵝黃染，波面澄澄鴨綠添，及時膏雨細廉纖。門半掩，春睡殢人甜。」（中呂陽春曲春思）

這種曲是和卿曲中比較清麗而莊重的。

和卿的詠大蝴蝶曲最爲有名，曾傳誦一時。據輟耕錄載，中統初，燕市有一蝴蝶，其大異常，王賦醉中天小令，由是其名益著（見輟耕錄卷二十三，嗓條）。

「彈破莊周夢，兩翅架東風。三百座名園一採箇空。難道是風流孽種，諕殺尋芳的蜜蜂。輕輕飛動，把賣花人搧過橋東。」（仙呂醉中天詠大蝴蝶）

這首曲不但詠蝴蝶，尤着重在「大」，手法極其誇張，立意却甚飄渺，文辭則樸質無華。任訥評說：「王伯良（驥德）謂詠物要開口便見是何物，以後如燈鏡傳影，令人彷佛了然目中，却捉摸不得，方是妙手。評此曲，只起一句，便知是大蝴蝶，下文勢如破竹，却無一句不是俊語云。」（曲諧卷四）和卿詠物確是高手。

劉秉忠（一二一六——一二七四）字仲晦，邢州（今河北邢臺縣）人。初名侃，又從釋氏名子聰，拜官後始改今名。年十七爲邢臺節度使府令史，後棄去，隱武安山中，天寧虛照禪師召之爲僧。世祖在潛邸時，召海雲禪師，聞秉忠多才藝，邀其同行，應對稱旨，遂留藩邸。上書數千言，甚爲世祖所嘉納。中統元年世祖卽位，秉忠又采祖宗舊典，參以古制之宜於今者，條例以聞。此時秉忠雖侍左右，而猶不改舊服。至元元年始拜光祿大夫，位太保，參預中書省事。八年奏建國號曰元，以中都爲大都，其他許多朝儀制度，皆自秉忠發之。十一年八月卒，世祖聞之驚悼。謚文貞。秉忠自號藏春散人，喜吟咏，詩歌蕭散閑淡。有藏春散人集。他的散曲有乾荷葉八首、蟾宮曲四首，見於陽春白雪。他的曲清疏雅麗，以乾荷葉八首最爲有名。

「乾荷葉，色蒼蒼，老柄風搖蕩。減了清香，越添黃，都因昨夜一場霜，寂寞在秋江上。」（南呂乾荷葉一）

這首曲清疏之外，有一種蒼涼意味。楊愼詞品評說：「此借題別詠，後世詞例也。然其曲悽惻感慨，千古寡和也。」也有人以爲此曲不是劉秉忠作，因他爲元建國功勳，不會再爲宋而寫悼惜之辭。盧前則力斥其說，並很同情秉忠，他的論曲絕句有云：「我意獨憐劉太保，藏春兩字見平生。」（見曲雅）。秉忠的幾首蟾宮曲也寫的很好，像：

「梧桐一葉初彫，菊綻東籬，佳節登高。金風颯颯，寒雁呀呀，促織叨叨。滿目黃花衰草，一川紅葉飄飄。秋景蕭蕭，賞菊陶潛，散誕逍遙。」（雙調蟾宮曲）

這類曲也是清疏雅麗的。

楊果　字正卿，祁州蒲陰（今河北安國縣）人。約生於金章宗承安年間（一一九六—一二〇〇），幼失怙恃，徙居許昌，以章句授徒爲業，流寓轗軻十餘年。金正大甲申登進士第，用爲偃師令。金亡，楊奐徵河南課稅，起果爲經歷。中統元年，爲北京宣撫使。明年，拜參知政事。至元六年，出爲懷孟路總管，後以老致仕。至元十年（一二七三）左右卒於家，年七十五，謚文獻。有西菴集。楊果工文章，尤長於樂府。散曲有十一首小令，載於陽春白雪和太平樂府，另外還有五首套曲見於陽春白雪和北詞廣正譜等集中。他的散曲風格，是婉艷淒美。像：

「採蓮人和採蓮歌，柳外蘭舟過，不管鴛鴦夢驚破。夜如何，有人獨上江樓臥。傷心莫唱，南朝舊曲，司馬淚痕多。」（越調小桃紅）

「玉簫聲斷鳳凰樓，憔悴人別後，留得啼痕滿羅袖。去休來，樓前風景渾依舊。當初只恨，無情煙柳，不解繫行舟。」（同前）

這些曲詞都是很淒婉的。他因遭亡國之痛，所以詞多傷感。另外他也有比較清疏的作曲，像仙呂賞花時套曲：

「秋水粼粼古岸蒼，蕭索疏籬偎短岡。山色日微茫。黃花綻也，粧點馬蹄香。

（勝葫蘆）見一簇人家入屏帳，竹籬折補苔牆，破設設柴門上張着破網。幾間茅屋，一竿風旆，搖曳掛長江。

（賺尾）晚風林，蕭蕭響，一弄兒淒涼旅況。見壁指一似桑榆侵着道旁，草橋崩柱摧梁。唱道向紅蓼灘頭見箇黑足呂的漁翁鬢似霜。靠着那駝腰拗椿，瘦纍垂脖項，一鈎香餌釣斜陽。」

這套曲勾勒一幅夕陽垂釣圖，清疏淡雅之極。

白樸　在元代除以詞著稱外，雜劇和散曲，尤為有名。他的散曲，散見於中原音韻、太平樂府、陽春白雪、樂府群珠、梨園樂府等選集中。任訥輯天籟摭遺，得小令三十六首，套數四套。他的散曲風格，清俊飄逸，兼擅豪放清新之長。他雖也屬清麗派，但他因有深厚的古典文學基礎，再加他生活嚴肅，所以不像關漢卿那樣，作品沒有活潑的野氣，而較為雅麗。在他全部的散曲中，我們可以發現風格不同的作品。比較豪放奔逸的，像

「知榮知辱牢緘口，誰是誰非暗點頭。詩書叢裏且淹留，閑袖手，貧煞也風流。」（中呂陽春曲知幾一）

「忘憂草，含笑花，勸君聞早冠宜掛。那裏也能言陸賈，那裏也良謀子牙，那裏也豪氣張華。千古是非心，一夕漁樵話。」（雙調慶東原）

這些曲都表現着隱逸的思想，看破了世俗的富貴功名，以及榮辱是非，風格放逸之中有着深婉的意趣。另有像仙呂寄生草飲和雙調沉醉東風漁夫都是豪放風格的最好的作品，但這兩首可能不是白樸的作品，所以就不列舉了。

風格俊爽的曲，像：

「裂名穿雲，玉管宜橫清更潔。霜天沙漠，鷓鴣風裏欲偏斜。鳳凰臺上暮雲遮，梅花驚作黃昏雪。人靜也，一聲吹落江樓月。」（雙調駐馬聽吹）

他的秀美的曲，像：

「玉露冷，蛩吟砌，聽落葉西風渭水。寒雁兒長空嘹唳，陶元亮醉在東籬。」（雙調得勝樂秋）

「孤村落日殘霞，輕烟老樹寒鴉。一點飛鴻下，靑山綠水，白草紅葉黃花。」（越調天淨沙秋）

這首寫秋的曲，簡直可以和馬致遠的天淨沙（秋）比美。

「暖日宜乘轎，春風宜訊馬，恰寒食有二百處秋千架。對人嬌杏花，撲人飛柳花，迎人笑桃花。來往畫船邊，招颭靑旗掛。」（雙調慶東原）

這首描寫春日麗景的曲，也是很秀美的。

至於他那些寫情的曲，有的文字非常通俗，情調非常爽鬆，但却表現出眞摯之情。像：

「笑將紅袖遮銀燭，不放才郎夜看書。相偎相抱取歡娛。止不過迭應舉，及第待如何。」（中呂陽春曲題情）

「獨自走，踏成道，空走了千遭萬遭。肯不肯急些兒通報，休直到敎就閣得天明了。」（雙調得勝樂）

「輕拈斑管書心事，細摺銀箋寫恨詞。可憐不慣害相思。則被你個肯字兒，迮逗我許多時。」（中呂陽春曲題情）

像樣一類的曲，都是活潑而又風趣的。

胡祗遹（一二二七—一二九三）字紹聞，號紫山，磁州武安（今湖北武安縣）人。少孤貧，既長讀書，見知於名流。世祖至元元年，授應奉翰林文字，尋兼太常博士。十九年爲濟寧路總管。後升任山東東西道按察使。後改江南浙西道提刑按察使，以疾辭歸，卒于家。仁宗時追謚文靖。所作散曲，有小令十餘首，收在陽春白雪和太平樂府等選集中。風格淸麗而閑逸。像：

「荷葉減翠菊花黃，楓葉飄紅梧榦蒼。鴛被不禁昨夜涼。釀秋光，一半兒西風一半霜。」（仙呂一半兒四景秋）

這些都是非常清麗的作品。

「幾枝紅雪牆頭杏，數點青山屋上屏，一春能得幾晴明。三月景，宜醉不宜醒。」（中呂陽春曲春景）

「漁得魚心滿願足，樵得樵眼笑眉舒。一箇罷了釣竿，一箇收了斤斧。林泉下偶然相遇，是兩箇不識字漁樵士大夫。他兩箇笑加加的談今論古。」（雙調沉醉東風）

這又是非常閑逸的作品。

盧摯（一二三五—一三〇〇）字處道，一字莘老，號疏齋，涿郡（今河北涿縣）人。至元五年舉進士，大德初，授集賢學士，持憲湖南，遷江東道廉訪使。後又入爲翰林學士，遷承旨。他的詩文和姚燧劉因齊名，曲和馮子振貫雲石並稱。他的散曲有一百多首小令，散見於陽春白雪、樂府群珠、梨園樂府等選集中。近人輯爲疏齋小令一卷，收入散曲集叢中。盧前亦刻入飲虹簃刻曲。他的散曲風格，比較偏向典雅蘊藉。貫雲石評說：「疏齋媚嫵，如仙女尋春，自然笑傲。」（見陽春白雪序）騷雅與自然，是他的特點。而俚俗輕褻的作品，或豪放本色的作品，在盧摯曲中是很難見到的。

「作閑人，向滄波濯盡利名塵。回頭不見長安近，守分清貧。足不襪髮不巾。誰嗔問，無事縈方寸。烟霞伴侶，風月比鄰。」（雙調殿前歡）

「酒杯濃，一葫蘆春良醉山翁，一葫蘆酒壓花梢重。隨我奚童，葫蘆乾興不窮。誰人共，一帶青山送。乘風列子，列子乘風。」（雙調殿前歡）

像這些曲，表達了他的隱逸的思想，自然而又飄逸。

「想人生七十猶稀，百歲光陰，先過了三十。七十年間，十歲頑童，十載尫羸，五十歲除分晝黑，剛分得一半兒白日。風雨相催，兔走烏飛。子細沈吟，都不如快活了便宜。」（雙調蟾宮曲）

這首曲爽朗明快，表達出他的曠達心懷，有着豪放的本色，是疏齋曲中少見的。

「纔歡悅，早間別。痛煞煞好難割捨。畫船兒載將春去也，空留下半江明月。」（雙調壽陽曲別珠簾秀）

珠簾秀是當時名妓，同關漢卿、胡祇遹及盧摯等均有往來。這首惜別的曲，深情款款，婉約可誦。

「低聲語，嬌唱歌，韻遠又情多。筵席上，疑怪他，怎生呵，眼挫裏頻頻地覷我。」（商調梧葉兒席間戲作）

這首嘲弄風情之作，活潑自然，機趣橫生。

「掛絕壁枯松倒倚，落殘霞孤鶩齊飛。四圍不盡山，一望無窮水。散西風滿天秋意，夜靜雲帆月影低，載我在蕭湘畫裏。」（雙調沈醉東風秋景）

這首寫秋景的曲，清疏而幽美。

「對關河今古蒼茫，甚一笑驪山，一炬阿房。竹帛烟消，風雲日月，夢寐隋唐。快尋趁王家醉鄉，見終南捷徑休忙。茅宇松窗，儘可棲遲，大好徜徉。」（雙調蟾宮曲咸陽懷古）

這一類懷古的曲，盧摯共寫了十幾首，都是興懷高寄，格調古樸蒼涼。

「江城歌吹風流，雨過平山，月滿西樓。幾許華年，三生醉夢，六月涼秋。按錦瑟佳人勸酒，捲朱簾齊按

涼州。客去還留，雲樹蕭蕭，河漢悠悠。」（雙調蟾宮曲揚州汪右丞席上即事）

像這一類的曲，眞是雅麗嫵媚，是盧摯所最擅長的。

姚燧　除了以古文名重當時以外，散曲也很有名，他的散曲，大都清新爽麗。像他的一些感懷之作，都是很爽麗的：

「十年燕月歌聲，幾點吳霜鬢影。西風吹起鱸魚興，已在桑榆暮景。」（中呂醉高歌感懷）

「筆頭風月時時過，眼底兒曹漸漸多。有人問我事如何，人海濶，無日不風波。」（中呂陽春曲）

至於題情一類的作品，也是非常蘊藉雅麗。像：

「欲寄君衣君不還，不寄君衣君又寒。寄與不寄間，妾身千萬難。」（越調凭闌人寄征衣）

這首曲溫存熨貼，纏綿盡致，吳瞿庵（梅）甚爲欣賞，稱其「深得詞人三昧」（見顧曲麈談第四章談曲）。至於像：

「兩處相思無計留，君上孤舟妾倚樓。這些蘭葉舟，怎裝如許愁。」（越調凭闌人）

也是非常蘊藉雅麗的。至於像：

「寄與多情王子喬，今夜佳期休誤了。等夫人熟睡着，悄聲兒窗外敲。」（越調凭闌人）

就較爲豔麗了。

這一期的曲家，還有杜人傑、庾吉甫、王伯成、侯正卿、李壽卿、趙明道等，也都有清麗風格的散曲。

二、豪放派散曲家

馬致遠，號東籬，大都人。他的生平事蹟，所知不多。錄鬼簿把他列爲「前輩已死名公」，錄鬼簿成書於元文宗至順元年（一三三〇），這時致遠已死。中原音韻成書在泰定元年（一三二四），書中也說：「關鄭馬白，一新製作，諸公已矣，后學莫及。」言「諸公已矣」，致遠已死可知。又致遠中呂粉蝶兒套數有云：「至治華夷，正堂堂大元朝世。」至治（一三二一—一三二三）是元英宗年號，這時致遠尚在。那麼致遠卒年可推知，當在至治元年到泰定元年之間（一三二一—一三二四）。錄鬼簿又說致遠曾任江浙省務官，據元史百官志及地理志，世祖至元二十二年（一二八五）始設江浙行省。又賈仲明淩波仙詞云：「元貞書會李時中、馬致遠、花李郎、紅字公，四高賢合捻黃粱夢。」元貞（一二九五—一二九七）是元成宗年號。我們假設至元二十二年，致遠是三十歲左右，元貞時是四十餘歲，則死時將近七十歲。由此上推，致遠生時當在宋理宗寶祐初年（寶祐元年爲一二五二）。較關漢卿爲晚。

致遠的散曲較他的劇曲更爲有名，朱權列他爲元人第一，評說：「馬東籬之詞，如朝陽鳴鳳。」（見太和正音譜）。他的散曲，散見於陽春白雪、太平樂府、樂府群玉、梨園樂府等選集中，任訥輯爲東籬樂府一卷，收入散曲叢刊，得小令一百零四首，套數十七套。他的散曲，作品豐富，描寫的題材廣濶，意境高遠。表現出豪放奔逸的風格，文辭也老鍊而清雋。王國維稱他「高華雄渾，情深文明。」（見宋元戲曲史第十二章元劇之文章）任訥謂：「雜劇推元四家，余謂散曲必獨推東籬。」（見曲諧卷二）可見後人對他的散曲也是評價非常高的。他的小令，最有名的，就是：

「枯藤老樹昏鴉，小橋流水人家，古道西風瘦馬。夕陽西下，斷腸人在天涯。」（越調天淨沙秋思）

中原音韻評這首曲說：「極妙，秋思之祖也。」王世貞曲藻則說：「通首是景中雅語。」王國維人間詞話也稱讚說：「寥寥數語，深得唐人絕句妙境，有元一代詞家，皆不能辦此也。」王氏又在宋元戲曲史中推許這首曲爲元曲小令之表率。吳梅也說這首曲「眞空今古。」（顧曲麈談）可見昔人推崇極高。如以境界而言，這首曲純爲幽靜之境，非常高雅。但以曲境而言，倒嫌太過含蓄幽渺了。任訥就曾說：「王氏宋元戲曲史中並推爲元曲小令之表率，則太過矣。按此詞前三句以九事設境，全屬靜詞，末二句亦是含蓄幽遠之趣，詞境多而曲境少也。惟論其叶屬色澤，固望而知爲元人北方之篇什，如歷代詩餘等書，兼收元人之詞令者，此其無上妙選矣。曲中非無其位置，特未容過推此種靜雅者，致喧賓奪主耳。」（作詞十法疏證）這種評論，不無道理。

致遠曲中寫景之作，有很多是非常閑適和非常清疏的。像他的八首壽陽曲，描寫八處景色，都是非常好的。

「花村外，草店西，晚霞明雨收天霽。四圍山一竿殘照裏，錦屏風又添鋪翠。」（雙調壽陽曲山市晴嵐）

這首描寫山市晴嵐的曲，清新雅靜，非常富有畫意。

「夕陽下，酒旆閑，兩三航未曾着岸。落花水香茅舍晚，斷橋頭賣魚人散。」（同前調遠浦歸帆）

這首曲寫來也是蕭疏有致。

「寒烟細，古寺清，近黃昏禮佛人靜。順西風晚鐘三四聲，怎生敎老僧禪定。」（同前調烟寺晚鐘）

這首曲寫到古寺鐘聲，清幽之中帶着悠然高遠的情趣，也是佳作。

對田園生活的清幽，和樂的情趣，致遠曲中有很多也是表現的很好。像：

「西村日長人事少，一箇新蟬噪。恰待葵花開，又早蜂兒鬧。高枕上夢隨蝶去了。」（雙調清江引野興）

這種描寫村居生活的曲，讀了令人心平氣和，自然有一種閑適的感覺。

「菊花開，正歸來。伴虎溪僧鶴林友龍山客，似杜工部陶淵明李太白，有洞庭柑東陽酒西湖蟹。哎楚三閭休怪。」（雙調撥不斷）

這是致遠對田園生活的嚮往，像古代許多文人雅士過那種隱逸自適的生活，是多麼清閑自在。

「立峰巒，脫簪冠。夕陽倒影松陰亂，太液澄虛月影寬，海風汗漫雲霞斷。醉眠時小童休喚。」（同前調）

這種景境，眞是超絕人寰，飄逸之極。

致遠還有許多感歎世俗的作品，我們可以看出他的志趣和人生觀。

「兩鬢皤，中年過。圖甚麼苦張羅，人間寵辱都參破。種春風二頃田，遠紅塵千丈波，倒大來閑快活。」（南呂四塊玉歎世）

這是他對世俗的榮辱都已參破，要及早跳脫的願望。

「佐國心，拿雲手。命裏無時莫剛求。隨時過遣休生受。幾葉綿，一片綢，暖後休。」（同前）

不强求富貴，安於樸實生活，表達了他曠達的心懷。

「酒旋沽，魚新買。滿眼雲山畫圖開，清風明月還詩債。本是箇懶散人，又無甚經濟才。歸去來。」（南呂四塊玉恬退）

「東籬本是風月主，晚節園林趣。一枕葫蘆架，幾行垂楊樹。是搭兒快活閑住處。」（雙調清江引野興）

這些都是致遠自我生活的寫照，表現的非常曠達和豪放。最能表現他對世俗的參破，和對生活的態度的作品是他的雙調夜行船秋思套曲：

「百歲光陰一夢蝶，重回首往事堪嗟。今日春來，明朝花謝，急罰盞夜闌燈滅。

（喬木查）想秦宮漢闕，都做了衰草牛羊野。不恁麼漁樵無話說。縱荒墳橫斷碑，不辨龍蛇。

（慶宣和）投至狐蹤與兔穴，多少豪傑，鼎足雖堅半腰裏折，魏耶，晉耶。

（落梅風）天教你富，莫太奢。沒多時好天良夜，富家兒更做道你心似鐵，爭辜負了錦堂風月。

（風入松）眼前紅日又西斜，疾似下坡車。不爭鏡裏添白雪，上牀與鞋履相別。休笑巢鳩計拙，葫蘆提一向裝呆。

（撥不斷）利名竭，是非絕。紅塵不向門前惹，綠樹偏宜屋角遮，青山正補牆頭缺。更那堪竹籬茅舍。

（離亭宴煞）蛩吟罷一覺才寧貼，鷄鳴時萬事無休歇，何年是徹。看密匝匝蟻排兵，亂紛紛蜂釀蜜，急攘攘蠅爭血。裴公綠野堂，陶令白蓮社。愛秋來時那些，和露摘黃花，帶霜烹紫蟹，煮酒燒紅葉。想人生有限杯，渾幾箇重陽節。人問我頑童記者，便北海探吾來，道東籬醉了也。」

這套曲前半重在歎世，帝王顯赫的功業也好，英雄豪傑的建樹也好，人世的富貴也好，都不足據。後半則重在表達自我，透露出他自己的徹悟和生活的態度。這套曲寫的豪放清逸，而又有一種淵深樸茂的風範。昔時評價甚高，中原音韻稱道說「此方是樂府」，又說「萬中無一」。曲藻也說：「放逸宏麗，而不離本色。」尤其曲中的一些句子，像「紅塵不向門前惹，綠樹偏宜屋角遮，青山正補牆頭缺」，「和露摘黃花，帶霜烹紫蟹，養酒燒紅葉」，不管景境也好，修辭也好，俱入妙境。難怪盧前說。是「百歲光陰成絕調」（見論曲絕句）

，明清有些人橫倣作了幾套，都是望塵莫及的。

另外，致遠一些寫情之作，也寫的很深摯。像：

「雲籠月，風弄鐵，兩般兒助人淒切。剔銀燈欲將心事寫，長吁一聲吹滅。」（雙調壽陽曲）

「從別後，音信絕，薄情種害煞人也。逢一箇見一箇因話說，不信你耳輪兒不熱。」（同前調）

這些曲都是淺而不俗，情深意重的。

馮子振（一二五七—一三一五）字海粟，自號怪怪道人，攸州（今湖南攸縣）人。錄鬼簿把他列為「前輩已死名公」，與胡祇遹同時而稍晚。他曾官承事郎，集賢殿待制。子振為人豪俊，博學能文。元史說他「當其為文，酒酣耳熱，命侍史二三人潤筆以俟，子振據案疾書，隨紙數多寡，頃刻輒盡。」（見元史卷一百九十陳孚傳）他的散曲，現存四十餘首小令，載在太平樂府和陽春白雪中。作風豪放而蕭爽。像他的：

「緣結來生淨果，從他半世蹉跎。冷淡交，唯三箇，除此外更誰揷啵。減着呵少添着便覺多，明月清風共我。」（雙調沈醉東風）

這首曲表達了他的灑脫胸懷，風格放逸之極。

子振有三十九首鸚鵡曲，是和白賁（无咎）的，在當時很有名。他的自序說：「白无咎有鸚鵡曲云云。余壬寅歲留上京，有北京伶婦御園秀之屬，相從風雪中，恨此由無續之者。且謂前後多親炙士大夫，拘於韻度，如第一箇『父』字，便難下語。又『甚也安排我處』，『甚』字必須去聲字，『我』字必須上聲字，音律始諧。不然不可歌，此一節又難下語。諸公舉酒，索余和之，以汴吳上都天京風景試續之。」他能和作三十九首之多，可見其才力之大。不過和人之作，拘牽甚多，未必每首都是佳作。現在舉出兩首看看。

「嵯峨峯頂移家住，是箇不唧嚁樵父。爛柯時樹老無花，葉葉枝枝風雨。（么）故人曾喚我歸來，却道不如休去。指門前萬疊雲山，是不費青蚨買處。」（正宮鸚鵡曲山亭逸興）

「重來京國多時住，恰做了白髮傖父。十年枕上家山，負我湘烟瀟雨。（么）斷回腸一首陽關，早晚馬頭南去。對吳山結箇茅庵，畫不盡西湖巧處。」（故園歸計）

這兩首可以稱得是放逸而蕭爽。

白賁，字无咎，錢塘（今浙江杭縣）人。詩人白珽（號湛淵，一二四八—一三二八）之子。錄鬼簿稱他爲學士，但不知何時官翰林。范德機詩集卷七有送白无咎太守之郡詩，卷二有贈白忻州詩，則无咎曾官郡守及知州。又宋濂湛淵先生墓銘記无咎爲文林郎南安路總管府經歷（見宋學士文集卷三十五），這可能是他最後的官職。无咎卒年距其父卒後甚近，當在一三二八年之後一兩年之內。這樣看來，无咎和馮子振同時而稍晚。他的散曲祇遺小令一首，套數三套，見於陽春白雪、樂府群玉、梨園樂府等選集。他的鸚鵡曲最有名：

「儂家鸚鵡洲邊住，是箇不識字漁父。浪花中一葉扁舟，睡煞江南風雨。（么）覺來時滿眼青山，抖擻綠蓑歸去。算從前錯怨天公，甚也有安排我處。」

這首曲措語豪放，意態蕭爽。至於他的三首套曲，都是寫情之作，風格比較纖麗。像：

「更別離怨，風流債。雲歸楚岫，月冷秦臺。當時眷愛，如今阻隔，準備從今因他害，傷懷，冷淸淸日月怎捱。」（仙呂祆神急套六么遍）

這樣的句子，實在是很清麗的。

張養浩（一二六九—一三二九）字希孟，號雲莊，山東濟南人。幼有義行，十歲即讀書勤奮。山東按察使薦為東平學士。後游京師，上書平章不忽木，不忽木辟為禮部令史。後又拜監察御史，除翰林待制，因構罪罷之。仁宗時應召再出，官禮部尚書，以父老，辭官歸隱。文宗天曆二年，關中大旱，特拜陝西行臺中丞，救荒除弊，勤政撫民，竟以勞瘁卒。文宗至順二年，追封濱國公諡文忠，有集歸田類稿。所作散曲名雲莊休居自適小樂府，有明成化本，盧前飲虹簃刻本和商務散曲集叢本等。計收小令一百餘首，套數兩套。他散曲的風格，豪放與清逸兼而有之。

養浩雖官位極高，但他的散曲很多都是寫他急欲隱退的思想和他罷官後的優游生活的。像：

「纔上馬齊聲兒喝道，只這的便是送了人的根苗。直引到深坑裏恰心焦。禍來也何處躲，天怒也怎生饒。把舊來時威風不見了。」（中呂紅繡鞋）

這是描寫他做官時的痛苦經驗，直爽而樸實。

「從跳出功名火坑，來到這花月蓬瀛。守着這良田數頃，看一會雨種烟耕。倒大來心頭不驚，每日價直睡到天明。 見斜川鷄犬樂昇平，繞屋桑麻翠烟生。杖藜無處不堪行，滿目雲山畫不成。泉聲，響時仔細聽，轉覺柴門靜。」（中呂十二月兼堯民歌）

這是寫他退隱後的心境和生活情趣，表現的閑適而寧靜。

「水按藍，山橫黛。水光山色，掩映書齋。圖畫中，囂塵外。暮醉朝吟妨何礙，正黃花三徑齊開。家山

在眼，田園稱意，其樂無涯。」（中呂普天樂）

這樣的曲，不但表現了他的閑適的心情，平和的生活，同時也表現了一種閑逸的境界。

他的一些寫景的作品，也是清疏淡雅，表現出閑適之情。像：

「一江烟水照晴嵐，兩岸人家接畫簷。芰荷叢一段秋光淡。看沙鷗舞再三，捲香風十里珠簾。畫船兒天邊至，酒旗兒風外颭，愛殺江南。」（雙調水仙子詠江南）

「野水明於月，沙鷗閒似雲。喜村深地偏人靜，帶烟霞半山斜照影。都變做滿川詩興。」（雙調落梅引）

這些曲不僅寫出美的景物，更寫出高雅淡遠以及閑適之情，文辭又是那麼清疏，實在是難得的佳作。

他的一些懷古之作，感古傷今，寄意頗高。像：

「峯巒如聚，波濤如怒，山河表裏潼關路。望西都，意躊躇，傷心秦漢經行處。宮闕萬間都做了土。興，百姓苦。亡，百姓苦。」（中呂山坡羊潼關懷古）

此曲以透闢沈着勝，豪放之中透着蒼涼的意味。

另外養浩也有較閑婉的作品，像：

「鵪立花邊玉，鶯啼樹杪紘。喜沙鷗也解相留戀。一個衝開錦川，一個啼殘翠烟，一個飛上青天。詩句欲成時，滿地雲撩亂。」（雙調廣東原）

可見他的散曲雖以豪放爲宗，但也有閑婉清麗的作品，不能一概而論。

鮮于必仁 字去矜，號苦齋，漁陽（今河北薊縣）人。是詩人鮮于樞（見元詩紀事卷八）之子。以樂府擅場。他的曲，朱權評之如「金壁騰輝」（見太和正音譜），是以豪放見長的。像他的：

「漢子陵，晉淵明，二人到今香汗青。釣叟誰稱，農父誰名，去就一般輕。五柳莊月朗風清，七里灘浪穩潮平。折腰時心已愧，伸腳處夢先驚。聽，千古聖賢評。」（越調寨兒令）

「做中興百二山河，拂袖歸來，稅駕巖阿。物外閑身，雲邊老樹，烟際滄波。犯帝座星明鳳閣，釣桐江月冷漁蓑。富貴如何，萬古清風，豈易消磨。」（雙調折桂令嚴客星）

像這一類的曲，都有着退隱的思想，表現的很豪放。另外他的中呂普天樂八首，寫瀟湘八景，都很清疏放逸。

「樹藏山，山藏寺。藤陰杳杳，雲影差差。疎鐘送落暉，倦鳥催歸翅。一抹烟嵐寒光漬，問胡僧月下何之。逐朝夜時，扶節到此，散步尋詩。」（烟寺晚鐘）

馬昂夫，亦作薛昂夫，字九皋，畏吾人。官三衢路達魯花赤。善篆書，有詩名，嘗與薩都剌唱和。南曲九宮正始序謂昂夫詞句瀟灑，自命千古一人，深憂斯道不傳，乃廣求繼己業者，至禱祀天地，遍歷百郡，卒不可得。太和正音譜以馬九皋與馬昂夫爲二人，誤恐。錄鬼簿稱之爲九皋司馬昂夫，列爲「方今名公」；元草堂詩餘有九皋司馬昂夫；詞綜歷代詩餘俱謂司馬昂夫字九皋，都以司馬爲昂夫姓，亦恐誤。他的散曲，散見於陽春白雪、太平樂府、樂府群珠、詞林摘艷及北宮詞紀等選集中，計有小令六十餘首，套數三套。盧前曾輯馬九皋詞一卷，刻入飲虹簃叢書中。他的曲以豪放爲宗。

「醉歸來，袖春風下馬笑盈腮。笙歌接到朱簾外，夜宴重開。十年前一秀才，黃虀菜，打熬到文章伯。

施展出江湖氣概，抖擻出風月情懷。」（雙調殿前歡）

這首曲疏狂豪放，很像馬致遠，世有「二馬」之稱，正因昂夫有些曲頗有近似致遠之處。「邵圃無荒地，嚴陵有順流，向終南捷徑爭馳驟。老來自羞，學人種柳，笑殺沙鷗，從此便休官，已落淵明後。」（雙調慶東原自笑）

「坐聽西掖鐘聲動，睡起東窗日影紅，山林朝市兩無窮。一夢中，樽有酒且從容。」（中呂陽春曲）

昂夫雖在宦途，常思隱退，所以這類作品很多。不過因他一味寫這類的曲，有些就顯得浮淺，而流於空疏，這是他散曲的一種缺點。他有些寫景和懷古之作，興寄頗高，像：

「纜扁舟快閣盤桓，看一道澄江，落木千山。自山谷留題，坡仙閣筆，我試憑闌。問今古詩人往還，比盟鷗幾箇能閑。天地中間，物我無干。只除是美酒佳人，意頗相關。」（雙調蟾宮曲快閣懷古）

這首曲放狂而瀟灑。

「山光如澱，湖光如練，一步一箇生綃面。扣逋仙，訪坡仙，揀西施好處都遊遍。管甚月明歸路遠。船，休放轉。杯，休放淺。」（中呂山坡羊西湖雜詠春）

這類曲也是清新而狂放的。

鄧玉賓　字里和生平事蹟都無考。錄鬼簿稱他爲同知，列在「前輩已死名公」。他的散曲只有小令和套數各四首，見於太平樂府和梨園樂府等選集中。朱權評其詞「如幽谷芳蘭」，可見其格之高，他也是以豪放爲宗。另外太平樂府收雁兒落過得勝令閑適三首，題撰人爲鄧玉賓子，有人以爲也是鄧玉賓所作，但也有人認爲是其子所作。

「白雲深處青山下，茅庵草舍無多夏。閑來幾句漁樵話，困來一枕葫蘆架，你省的也麼哥，你省的也麼哥，煞强如風波千丈擔驚怕。」（正宮叨叨令道清）

這首曲意境超脫，辭語飄逸，實可稱是馬致遠的同調。

「一箇空皮囊包裹着千重氣，一箇乾骷髏頂戴着十分罪。爲兒女使盡些拖刀計，爲家私費盡些擔山力。你省的也麼哥，你省的也麼哥，這一箇長生道理何人會。」（同前）

這一首也是豪放灑脫，頗似致遠口吻。

貫雲石（一二八六－一三二四），本名小雲石海涯，是阿里海涯之孫，海涯佐元侵宋有功，封楚國公。父名貫只哥，遂以貫爲氏。畏吾人，自號酸齋。他幼時雄武多力，稍長始折節讀書。初襲官爲兩淮萬戶府達魯花赤，御軍甚嚴，後讓官與其弟，從姚燧學。繼選爲英宗潛邸說書秀才。仁宗時官至翰林侍讀學士，既而歎曰：「辭尊居卑，昔賢所爲。」卽稱疾南歸，在錢塘市詭名易服，以賣藥爲生。其爲人胸懷曠達，志趣高遠，才氣橫溢。詩文以峭厲稱。曾過梁山濼，見有漁翁織蘆花被，愛其清，欲易之以綢，漁父異其爲人，願以詩輸之，遂援筆立就，詩云：「採得蘆花不涴塵，翠簑聊復藉爲茵。西風刮夢秋無際，夜月生香雪滿身。毛骨已隨天地老，聲名不讓古今貧。青綾莫爲鴛鴦妒，欸乃聲中別有春。」（見元詩紀事卷十一）因又號蘆花道人。他的散曲有酸齋樂府，存有小令八十餘首，套數九套。作風以豪放清逸爲主，但也有一些爽麗的作品。

「棄微名去來心快哉，一笑白雲外。知音三五人，痛飲何妨礙。醉袍袖舞嫌天地窄。」（雙調清江引）

「燒香掃地門半掩，幾册閑書卷。識破幻泡身，絕却功名念。高竿上再不見人弄險。」（雙調清江引知足）

前一首比較狂放飄逸，後一首則比較閑適。

「暢幽哉，春風無處不樓臺。一時懷抱俱無奈，總對天開。就淵明歸去來，怕鶴怨山禽怪。問甚功名在，酸齋是我，我是酸齋。」（雙調殿前歡）

這是他表達自己胸懷的作品，朗爽而豁達。

至於寫情之作，就表現出另一種格調，像：

「新秋至，人乍別，順長江水流殘月。悠悠畫船東去也，這思量起頭兒一夜。」（雙調壽陽曲）

「挨着靠着雲窗同坐，偎着抱着月枕雙歌。聽着數着愁着怕着早四更過。四更過情未足，情未足夜如梭。天哪更閏一更兒妨甚麼。」（中呂紅綉鞋）

這類曲很清新，又有無限的情趣。

「戰西風幾點賓鴻至，感起我南朝千古傷心事。展花箋欲寫幾句知心事，空教我停霜毫半晌無才思。往常得興時，一掃無瑕疵。今日個病懨懨剛寫下兩箇相思字。」（正宮塞鴻秋代人作）

這首曲俚俗而生動，簡直就是豔麗的風格了。

「隔簾聽，幾番風送賣花聲。夜來微雨天階淨，小院閑庭，輕寒翠袖生。穿芳徑，十二闌干凭。杏花疏影，楊柳新晴。」（雙調殿前歡）

這首曲氣勢轉折迴蕩，而文情淒楚。

像這一類曲就比較柔和雅麗了。這可看出雲石的曲正是在元代前後兩期的轉化中，漸漸由樸質直率的本色，轉變向雅麗的途徑。

劉致（一二八〇—　？　）字時中，號逋齋，石州寧鄉（今山西平陽縣）人。他曾任永新州判，歷翰林待制，後出為浙江行省都事。大德初，以文章就正於姚燧，同時曲中有與盧摯唱和（雙調折桂令疏齋同賦木犀）錄鬼簿列他為「方今名公」，可見他是元代中期的曲家。和貫雲石的時代相近，也是屬於前後期過渡時期的作家，所以把他列在前期的末尾。他的散曲，有小令七十餘首，散見陽春白雪、樂府群珠、樂府群玉以及太平樂府等選集中。作品中有豪放的近於致遠，也有清麗的近於可久。如：

「詩狂悲壯，杯深豪放，恍然醉眼千峯上。意悠揚，氣軒昂，天風鶴背三千丈。浮生大都空自忙。功，也是謊。名，也是謊。」（中呂山坡羊與邸明谷孤山遊飲）

「虎韜，豹韜，一覽胸中了。時時拂拭舊弓刀，卻恨封侯早。夜月鐃歌，春風牙纛，看團花錦戰袍，鬢毛，木雕，誰便道馮唐老。」（中呂朝天子邱萬戶席上）

這類曲奔放豪壯，和馬致遠很相似。

「利儘收，名先有。得好休時便好休，閑中自有閑中友。門外山，湖上酒，林下叟。」（南呂四塊玉）

這首曲很能表現出瀟脫閑逸的情緻。

「願天，可憐，乞箇身長健。花開似錦酒如川，日日西湖宴。楊柳宮眉，桃花人面，是平生未了緣。過船，醉眼，還不迭風流願。」（中呂朝天子同文子方鄧永年泛洞庭湖宿鳳凰臺下）

這種曲眞是清麗可誦。再如：

「春花荏苒如夢蝶，春去繁華歇。風雨兩無情，庭院三更夜。明日落紅多去也。」（雙調清江引）

「湖山堂下鬧竿兒，爛熳韶華三月時。朝來風雨催春事，把鶯花擷斷死。映蘇隄紅綠參差，淺絳雪緘桃萼，嫩黃金搓柳絲，風流煞鬥草的西施。」（雙調水仙操）

像這一類的曲，清麗雅正，簡直就是可久的筆調。

另外有正宮端正好上高監司套曲兩套，見陽春白雪，題劉時中作。又有雙調新水令代馬訴冤套，也見於陽春白雪，題劉時中作。這幾篇套曲的作者劉時中，是南昌人，沒有做過官，錄鬼簿續篇有著錄。據第二首上高監司套要孩兒十一煞中云：「己自六十秋楮幣行，只這兩三年法度沮。」元代始行鈔法在元世祖至元二十四年（一二八七），更定鈔法在順帝至正十年（一三五〇），這套曲建言整頓當時鈔法和庫藏積弊，寫成應在至正十年左右。這個作者劉時中較劉致當晚一些。上高監司套曲，在元代散曲中，表現着異樣的形式和精神。第一套寫南昌的大旱災，共用十五調，第二套描寫鈔法和庫藏的積弊，長達三十四調，在元人套曲中算是最長的了。這種描述社會疾苦的曲，議論縱橫，敘述詳明，在元曲中眞是奇特的。現在舉幾調來看看：

「衆生靈遭磨障，正值着時歲飢荒。謝恩光極濟皆無恙，編做本詞兒唱。」（正宮端正好）

「去年時正插秧，天反常，那裏取若時雨降，旱魃生四野災傷，穀不登，麥不長，因此萬民失望。一日日物價高漲，十分料鈔加三倒，一斗粗糧折四量。煞是淒涼。」（滾繡毬）

「殷實戶欺心不良，停塌戶瞞天不當。呑象心腸歹伎倆，穀中添粃屑，米內插粗糠。怎指望他兒孫久長。

（倘秀才）

「甑生塵老弱飢，米如珠少壯荒。有金銀那裏每典當，盡枵腹高臥斜陽。剝榆樹餐，挑野菜嚐。喫黃不老勝如熊掌，蕨根粉以代餱糧。鵝腸苦菜連根煮，荻筍蘆蒿帶葉咗。則留下杷柳株樟。」（滾繡毬）

這種曲辭淺俗明白，而描述則委曲婉轉，氣勢又慷慨激昂，實在也是很好的作品。

第三節　元代後期散曲

元代後期的散曲家，除了楊朝英、鍾嗣成、劉庭信三人勉強可歸之豪放一派以外，其餘的都是屬於清麗派。主要原因是因爲前期散曲家，大多是北方人，性情渾厚而豪爽，宜於表現豪放。後期的散曲家，大多是南方人，或雖北方人而長期寄寓南方，他們情性瀟灑而尚美，宜於表現清麗。前期的散曲家，很多都是雜劇作家，寫散曲只是抒懷遣興而已。像盧馮貫等人雖專寫散曲，可是總脫離不了創造時期的樸質和直爽氣息。到了後期的散曲家，寫散曲成了文士的專業，像喬張便是。再加曲學批評以及曲律的書也出現了，像周德清的中原音韻，除編集曲韵以外，又附有作詞十法，專爲散曲律度而設。因此寫散曲的人，自然就修飾辭藻，考究格律了。像張可久、喬吉、徐再思、曾瑞、周文質、趙善慶、周德清等人的作品，都是以騷雅蘊藉爲主，已步入了唯美的階段。

一、清麗派散曲家

張可久，字小山（堯山堂外紀說名伯遠，字可久，號小山。朱彝尊詞綜及御選歷代詩餘詞人姓氏說字伯遠，號小山。四庫總目又說字仲遠，號小山。千頃堂書目則又稱可久爲久可），慶元（今浙江鄞縣）人。他的生平事蹟已不可考。曾以路吏轉首領官（見錄鬼簿），又曾做過桐廬典史（錢惟善江月松風集有送張小山之桐廬典史詩）。他因仕宦不得意，便到處游歷，凡是江南的名勝古蹟，如天臺、黃山、武夷山、虎丘、揚州、紹興、金華、鎮江、長江、洞庭、牛渚、采石等地都到過（由其散曲所詠可見）。他的生卒年代無法確定，但就錄鬼簿所說和他的作品中所見，載有慶東原次馬致遠先輩韻九篇，集中又有與盧疏齋、貫酸齋、劉時中等人唱和的作品，疏齋於成宗時（一二九七—一三〇七）授集賢學士，酸齋於仁宗時（一三一二—一三二〇）拜翰林學士。從這些佐證來看，小山是馬致遠的後輩，而與盧貫劉同時，大約是十三世紀後期，十四世紀初期之間的人。

可久畢生集中精力從事散曲寫作，所以作品最多。他的散曲集有小山北曲聯樂府三卷，外集一卷。內分今樂府、蘇隄漁唱、吳鹽、新樂府四種。今任訥所輯散曲叢刊本小山樂府六卷，收羅甚全，有小令七百五十一首，套數七套。作品之富，爲元人第一。他的散曲，歷來評論者極多，朱權太和正音譜說：「張小山之詞如瑤天笙鶴，清而且麗，華而不艷，有不食烟火氣，可謂不羈之才。若被太華仙風，招蓬萊海月。詞林之宗近也。」其中「清而且麗，華而不艷」，倒很符合小山曲的風格。小山的曲，可以說是以清麗爲宗，但因他的曲的內容是多方面的，可稱得是「包羅萬象」，所以風格也是各種都有，有清俊的，有典麗的，有哀婉的，有疏宕豪放的。以造辭而論，小山的曲，有近於詩詞的，有介於曲詞之間的，也有純正的曲。近於詩的句子，像：

「猿嘯黃昏後，人行畫卷中。」（商調梧葉兒）

「鐵衣披雪紫金關，綵筆題花白玉蘭。」（雙調水仙子樂閑）

「雪冷誰家店，山深何處鐘。」（商調梧葉兒）

近於詞的句子，像：

「長日繡窗閑，人立秋畫板。」（商調梧葉兒卽春日書所見）

「晚風花雨晴，小樓山月明。」（越調凭闌人晚晴小景）

「屏外氤氳蘭麝飄，簾底惺忪鸚鵡嬌。暖香繡玉腰，小花金步搖。」（越調凭闌人湖上醉餘）

介於詞曲之間的句子，像：

「月籠沙，十年心事賦琵琶。相思懶看幃屏畫，人在天涯。春殘豆蔻花，情寄鴛鴦帕，香冷荼蘼架。舊遊臺榭，曉夢窗紗。」（雙調殿前歡離思）

像這一類的曲，仍是近於雅麗的詞，不能算是好的曲子。

純粹曲的句子，像：

「攏釵燕，靸繡鴛，捲珠簾綠陰庭院。奈何天不教人醉眠，打新荷雨聲一片。」（雙調落梅風睡起）

「小玉移蓮棹，阿瓊橫玉簫。貪看荷花過斷橋，搖。柳枝學弄瓢，人爭笑，翠絲抓鳳翹。」（南呂金字經採蓮女）

像這種才是好的曲句。

小山的散曲，已經奪取了詩詞在韵文中的地位，所寫的範圍非常廣泛，寫景，言情、送別、懷古、詠物、詠人、贈答、說理，無所不包。而且鍊句工整，對偶巧適，騷雅代替了俚俗，形成了唯美的作風。

下面再分別擧幾首爲例，來看看小山多方面的風格的作品。

「門前好山雲占了，盡目無人到。松風響翠濤，槲葉燒丹竈，先生醉眠春自老。」（雙調清江引）

這是清俊的作品。

「人老去西風白髮，蝶愁來明日黃花。回首天涯，一抹斜陽，數點寒鴉。」（雙調折桂令九月）

這是悽婉的作品。

「與誰，畫眉，猜破風流謎。銅駝巷裏玉驄嘶，夜半歸來醉。小意收拾，怪膽禁持，不識羞誰似你。自知理虧，燈下合衣睡。」（中呂朝天子閨情）

這是華麗的作品。

「清泉翠椀茯苓香，暖霧晴絲楊柳莊。微風小扇芭蕉樣，興不到利名場，將息他九十韶光。夜雨花無恙，鄰牆蝶自忙，笑我疏狂。」（雙調[illegible]山莊即事）

這是閑適的作品。

「喚歸來，西湖山上野猿哀。二十年多少風流怪，花落花開。望雲霄拜將臺，袖星斗安邦策，破烟月迷魂寨。酸齋笑我，我笑酸齋。」（雙調殿前歡次酸齋韵）

這是豪放的作品。

另外像他的南呂一枝花湖上晚歸套曲，也是爲人所傳誦的，李開先評說：「小山此曲，千古絕唱。」（見李之序刻張小山小令）沈德符顧曲雜言也說：「張小山『長天落彩霞』爲一時絕唱。」可見他的套曲也有非常好的。

總之，張可久在元代散曲史上，地位是可與馬致遠相埒的。他的藝術成就是多方面的，風格精神也是多方面的。

喬吉（一二八〇—一三五四）字夢符，號笙鶴翁，又號惺惺道人，太原（今山西太原縣）人，流寓杭州。錄鬼簿云：「吉美容儀，能詞章，以威嚴自飭，人敬畏之。居杭州太乙宮前，有題西湖梧葉兒百篇，名公爲之序。江湖間四十年，欲刊所作，竟無成事者，至正五年二月病卒於家。」由此可知，他是一個流落異鄉的落魄文人。在他的曲中，有很多是自述性的，我們選幾首來看看。

「不占龍頭選，不入名賢傳。時時酒聖，處處詩禪。煙霞狀元，江湖醉仙。笑談便是編修院。留連，批風切月四十年。」（正宮綠么遍自述）

「華陽巾鶴氅蹁躚，鐵笛吹雲，竹杖撐天。伴柳怪花妖，麟祥鳳瑞，酒聖詩禪。不應舉江湖狀元，不思凡風月神仙。斷簡殘編，翰墨雲烟，香滿山川。」（雙調折桂令自述）

「肝腸百鍊爐間鐵，富貴三更枕上蝶，功名兩字酒中蛇。尖風薄雪，殘杯冷炙，掩青燈竹籬茅舍。」（雙調賣花聲悟世）

由這幾首曲，我們知道他與富貴功名無緣，窮愁潦倒一生，但他卻是心懷豁達的人，他能以詩酒自遣，他能遨遊江湖，笑談風月，因此，他的作品中，也有很多快樂自適情調的東西。他的散曲，任訥輯有喬夢符散曲三卷，內分惺惺道人樂府、文湖州集詞、摭遺，存小令二百一十三首，套數十套。除張可久外，元人散曲中，他所存的作品算是最富了。他的散曲的風格，朱權太和正音譜評說：「神鰲鼓浪。若天吳跨神鰲，噀沫於大洋，波濤洶湧，截斷衆流之勢。」此但讚其雄健而已。李開先評說：「蘊藉包含，風流調笑。種種出奇，而不失之怪，多多益善，而不失之繁；句句用俗，而不失之文。」（見李刻喬夢符小令序）「蘊藉包含，風流調笑」，也就是小山的「騷雅」；至「句句用俗」，那就是夢符所獨具的風格了。我們先看他蘊藉的作品：

「冬前冬後幾村莊，溪北溪南兩履霜。樹頭樹底孤山上。冷風來何處香，忽相逢縞袂綃裳。酒醒寒驚夢，笛淒春斷腸。淡月昏黃。」（雙調水仙子尋梅）

「紺雲分翠攏香絲，玉線界宮鴉翅。露冷薔薇曉初試，淡勻脂，金篦膩點蘭烟紙。含嬌意思，殢人須是，親手畫眉兒。」（越調小桃紅曉妝）

像這兩首曲，可說是雅麗蘊藉。

「玉絲寒皺雪紗囊，金剪裁成冰筍涼。梅魂不許春搖蕩，和清愁一處裝。芳心偷付檀郎，懷兒裏放，枕袋裏藏，夢繞龍香。」（雙調水仙子楚儀贈香囊賦以報之）

「眼中花怎得接連枝，眉上鎖新教配鑰匙。描筆兒勾銷了傷春事。悶葫蘆削斷線兒，錦鴛鴦別對了箇雄雌。野蜂兒難尋覓，蠍虎兒乾害死，蠶蛹兒畢罷了相思。」（雙調水仙子怨風情）

像這一類的曲，就有「風流調笑」的意味了。

「怎生來寬掩了裙兒，爲玉削肌膚，香褪腰肢。飯不沾匙，睡如翻餅，氣若游絲。得受用遮莫害死，果誠實有甚推辭，乾鬧了多時。本是結髮的歡娛，倒做了徹骨兒相思。」（雙調折桂令寄遠）

像這首曲，可以說是「出奇而不失於怪，用俗而不失於文」，既能表現於本色，而又辭語奇麗，這是夢符所獨擅的。

至於雄健豪放的作品，像：

「拍闌干，霧花吹鬢海風寒，浩歌驚得浮雲散。細數青山，指蓬萊一望間。紗巾岸，鶴背騎來慣。舉頭長嘯，直上天壇。」（雙調殿前歡登江山第一樓）

「蓬萊老樹蒼雲，禾黍高低，狐兔紛紜。半折殘碑，空餘故址，總是黃塵。東晉亡也再難尋箇右軍，西施去也不見甚佳人。海氣長昏，啼鴂聲乾，天地無春。」（雙調折桂令丙子遊越懷古）

前一首狂放奔逸，豪氣萬丈。後一首意氣蒼莽，感寄高遠。這一類的曲，就是太和正音譜所說的如「神鰲鼓浪」了。歷來論元散曲的，總是張喬並稱，二家俱以雅正蘊藉見長，明清人甚至視其為散曲的正統。這可以看出，散曲已離開本色，而步入唯美之途了。

鄭光祖，字德輝，平陽襄陵（今山西臨汾縣）人。錄鬼簿說他「以儒補杭州路吏，為人方直，不妄與人交，故諸公多鄙之，久則見其情厚，而他人莫之及也。名聞天下，聲徹閨閣，伶倫輩稱先生者皆知為德輝也。病卒，火葬於西湖之靈隱寺。」同時錄鬼簿把他列為「方今才人相知者」，與喬吉、張可久為同一時期。他以雜劇知名，和關、馬、白並稱為四大家。至於散曲，僅陽春白雪前集選蟾宮曲一首，陽春白雪後集選鴛鴻秋三首，樂府群玉選折桂令二首，計小令六首。又太平樂府選駐馬聽近秋閨一套，北宮詞紀選梧桐樹題情一套，計套數兩套。他的散曲的風格，以清麗為宗。像他的兩首折桂令：

「飄飄泊泊船纜定沙汀，悄悄冥冥，江樹碧熒熒。半明不滅一點漁燈，冷清清瀟湘景晚風生。淅留淅零暮雨初晴，皎皎潔潔照櫓篷剔留團欒月明。正蕭蕭颯颯和銀箏失留疎刺秋聲，見希颩胡都茶客微醒。細尋尋思思雙生雙生，你可閃下蘇卿。」

「弊裘塵土壓征鞍鞭倦裊蘆花，弓劍蕭蕭，一竟入烟霞。動羈懷西風禾黍秋水蒹葭，千點萬點老樹寒鴉，三行兩行寫高寒呀呀雁落平沙。曲岸西邊近水渦魚網綸竿釣艖，斷橋東下傍溪沙疎籬茅舍人家。見滿山滿谷，紅葉黃花。正是淒涼時候，離人又在天涯。」

像這樣的曲，清新綺麗可以同小山媲美。至於像他的像詩一般的句子：「雨過池塘肥水面，雲歸岩谷瘦山腰。」（雙調駐馬聽近秋閨套么篇）就更是小山的同調了。

曾瑞　字瑞卿，大興（今河北大興縣）人。南居後，羨錢塘景物之盛，因家焉。瑞卿神采卓異，衣冠整肅，優遊市井，飄飄然有如神仙中人。性情高傲，志不屈物，無意於仕途。自號褐夫，善丹青，能隱語小曲。有詩酒餘音，今佚。但散見於太平樂府、樂府群珠、梨園樂府以及雍熙樂府等選集中者仍不少，盧前校錄成卷，仍冠以舊名，刻入飲虹簃叢書中。今存小令有九十多首，套數十七套。大都用市井俗語來描寫江村風物和市井人情。

「看別人揮鞭登劍閣，舉棹泛滄波。爭如我得磨跎處且磨跎，無名韁利鎖。携壺策杖穿林落，臨風對月閑吟課。有花有酒且高歌，居村落快活。」（正宮端正好自序套醉太平）

「相邀士夫，笑引奚奴。湧金門外過西湖，寫新詩弔古。蘇隄隄上尋芳樹，斷橋橋畔沽醽醁，孤山山下醉林逋。灑梨花暮雨。」（正宮醉太平）

他這一類描述自我生活的曲很多，從而可以看出他興寄高遠，心懷灑脫。再像：

「狗探湯，魚着網。急走沿身痛着傷，柳腰花貌斜魔旺。柳弄嬌，花艷粧，君莫賞。」（南呂四塊玉警世）

「無錢難解雙生悶，有鈔能驅倩女魂。粉營花寨緊關門，咱受窘，披撇見錢親。」（中呂喜春來妓家）

這一類曲，用語淺俗，而內容却深含警策和諷刺意味。

睢景臣　字景賢，（或作嘉賢）江都（今江蘇江都縣）人。大德七年，由維揚到杭州，和錄鬼簿作者鍾嗣成相識。錄鬼簿說他「自幼讀書，以水沃面，雙眸紅赤，不能遠視。心性聰明，酷嗜音律。」所作散曲，存有三套，見於太平樂府。其中高祖還鄉套，在內容和風格上，都表現着特異的色彩。錄鬼簿說：「維揚諸公俱作高祖還鄉套數，惟公哨遍，製作新奇，皆出其下。」我們看他怎樣描寫。般涉調哨遍：

「社長排門告示，但有的差使無推故，這差使不尋俗。一壁廂也納草根，一邊又要差夫，索應付。又言是車駕，都說是鑾輿，今日還鄉故。王鄉老執定瓦臺盤，趙忙郎抱着酒葫蘆。新刷來的頭巾，恰糨來的綢衫，暢好是粧么大戶。

（耍孩兒）瞎王留引定火喬男女，胡踢蹬吹笛擂鼓。見一颩人馬到莊門，匹頭裏幾面旗舒。一面旗白胡闌套住箇迎霜兎，一面旗紅曲連打着箇畢月烏。一面旗鷄學舞，一面旗狗生雙翅，一面旗蛇纏胡蘆。

（五煞）紅漆了叉，銀錚了斧。甜瓜苦瓜黃金鍍。明晃晃馬鐙鎗尖上挑，白雪雪鵝毛扇上鋪。這幾箇喬人物，拿着些不曾見的器仗，穿着些大作怪衣服。

（四）轅條上都是馬，套頂上不見驢。黃羅傘柄天生曲。車前八箇天曹判，車後若干遞送夫。更幾箇多嬌女，一般穿着，一樣粧梳。

（三）那大漢下的車，衆人施禮數。那大漢覷得人如無物。衆鄉老展脚舒腰拜，那大漢那身着手扶。猛可裏擡頭覷，覷多時認得，險氣破我胸脯。

（二）你須身姓劉，你妻須姓呂。把你兩家兒根脚從頭數。你本身做亭長躭幾盞酒，你丈人教村學讀幾卷書。曾在俺莊東住，也曾與我喂牛切草，拽埧扶鋤。

（一）春採了桑，冬借了俺粟。零支了米麥無重數。換田契強秤了麻三秤，還酒債偷量了豆幾斛。有甚胡突處，明標着册曆，見放着文書。

（尾）少我的錢差發內旋撥還，欠我的粟稅糧中私准除。只道劉三誰肯把你揪捽住，白甚麼改了姓更了名喚做漢高祖。

這套曲，一開頭描寫鄉老們準備迎接皇帝還鄉的忙亂情景。接着寫到鑾輿之前的那些儀仗，在鄉農們的眼裏，是些「不曾見的器仗」，那些人的裝束是些「大作怪的衣服」。再下來寫到那位皇帝，却原來是認得的，是曾與我喂牛切草拽埧扶鋤，也曾借了粟支了米麥的那位劉三。全篇都是由鄉農的眼光，由鄉農的生活經驗，來寫他們眼前所見到的這位皇帝。用筆尖辣流利，詞語淺白而又滑稽，極盡挖苦之能事。這是一篇風格特殊的作品。

徐再思　字德可，號甜齋，嘉興（今浙江嘉興縣）人，曾爲路吏。錄鬼簿把他列爲「方今才人相知者」，說他和小山同時。並說他喜食甘飴，故號甜齋，多有樂府行於世。世人以他和貫酸齋並稱，把他的曲和酸齋曲編成一集，稱爲「酸甜樂府」，載任訥散曲叢刊中，有小令一百餘首。其風格屬於清麗一派，其作品中，有淒婉、華麗和頑艷的不同類型。而他的曲，一般來說，是比較考究詞藻，注重對偶，同時設意往往新奇而不落俗。

「一聲梧葉一聲秋，一點芭蕉一點愁，三更歸夢三更後。落燈花棋未收，歎新豐孤館人留。枕上十年事，江南二老憂，都到心頭。」（雙調水仙子夜雨）

「遙盼春來圖見春，及至春來還怨春。自憐多病身，爲他千里人。」（越調凭闌人春怨）

這是非常淒婉的作品。

「平生不會相思，才會相思，便害相思。身似浮雲，心如飛絮，氣若遊絲。空一縷餘香在此，盼千金遊子何之。證候來時，正是何時。燈半昏時，月半明時。」（雙調蟾宮曲春情）

這首曲眞是哀感頑豔，任訥評說：「首尾各以數語同押一韻，全屬自然聲籟，何可多得。末四句僅各四字，而唱歎轉折，能一一盡其情致，眞是神來之筆。」（曲諧卷一）可見任氏是很欣賞此曲的。又如：

「多才惹得多愁，多情便有多憂。不重不輕證候，甘心消受，誰教你會風流。」（越調天淨沙題情）

也同樣是很豔婉的曲子。

「晚雲收，夕陽掛。一川楓葉，兩岸蘆花。鷗鷺棲，牛羊下。萬頃波光天圖畫，水晶宮冷浸紅霞。凝烟暮景，轉暉老樹，背影昏鴉。」（中呂普天樂西山夕照）

這是非常淸麗的曲子。

「紫燕尋舊壘，翠鴛棲暖沙。一處處綠楊堪繫馬。他，問前村沽酒家，秋千下，粉牆邊紅杏花。」（南呂閱金經春）

這種曲就比較華麗了。太和正音譜評甜齋曲「如桂林秋月」，可見其清麗。

吳仁卿　字弘道，號克齋，籍貫不詳，或云爲蒲陰(今河北安國縣)人。曾做過府判，致仕退隱。根據他的曲說：「窮知縣，日高猶自眠。」（南呂閱金經）又說：「虛名仕途，微官苟祿。」（中呂上小樓錢塘感舊）「利名無，官情疏，彭澤升斗微官祿。」（雙調撥不斷閒樂）可知他曾做過知縣一類的小官。他所作散曲有金縷新聲，已佚，盧前據陽春白雪、太平樂府等輯得一卷，刻入飲虹簃叢書中。今存小令三十餘首，套數四套。太和正音譜評他的曲如「山間明月」，可見其清疏朗麗。

「舟中句，湖上景，芳酒泛金橙。雲初退，月正明，雪初晴，幾樹梅花弄影。」（音調梧葉兒湖上）

「泛浮槎，寄生涯，長江萬里秋風駕。稚子和烟煮嫩茶，老妻帶月包新鮓。醉時閑話。」（雙調撥不斷閑樂）

這都是非常清疏而富有閒逸情趣的曲子。

「道人爲活計，七件兒爲伴侶，茶藥琴棋酒畫書。世事虛，似草梢擎露珠。還山去，更燒殘藥爐。」（南呂金字經）

這首曲表現了他退隱後的生活，是那樣淡泊。

曹德　字明善，曾爲衢州路吏。錄鬼簿說他：「甘於自適，今在都下。有樂府華麗自然，不在小山之下。」當時正值伯顏擅權，剡王及高昌王皆以無罪被殺，明善時在都下，作清江引二曲以諷之，大書揭於五門之上，伯顏怒，令人肖形緝捕，他避居吳中一僧舍始免。他的散曲存小令十八首，見於樂府群玉。我們看他的兩首清江引長門柳：

「長門柳絲千萬結，風起花如雪。離別復離別，攀折更攀折，苦無多舊時枝葉也。」

「長門柳絲千萬縷，總是傷心樹。行人折嫩條，燕子銜輕絮，都不由鳳城春做主。」

根據堯山堂外紀記載，我們知道這兩首曲是諷刺伯顏的，立意純正，出語含蓄，而文辭也很清麗。

「春雲巧似山翁帽，古柳橫爲獨木橋，風微塵軟落紅飄，沙岸好，草色上羅袍。」（中呂喜春來和則明韻）

這首曲可稱得是「華麗自然。」

「茅舍寬如釣舟，老夫閑似沙鷗。江清白髮明，霜早黃花瘦。但開樽沉醉方休。江糯吹香滿穗秋，又打夠重陽釀酒。」（雙調沈醉東風村居）

像這種曲，更是清麗之外，帶有一種閒逸的情趣。

周文質（？—一三三四）字仲彬，其先建德（今浙江建德縣）人，後徙居杭州。他與鍾嗣成爲莫逆交。錄鬼簿云：「體貌清癯，學問該博，資性工巧，文筆新奇。家世儒業，俯就路吏。善丹青，能歌舞，明曲調，諧音律。性尚豪俠，好事敬客。余與之交二十年，未嘗跬步離也。元統二年六月，余自吳江回，公已抱病，盛暑中止以爲癰癤之毒，而不經意也。醫足踵門，病及五月而無瞑眩之藥，十一月五日卒於正寢。」又云：「余編此集，公及見之，題其名姓於未死鬼之列。嘗與論及亡友，未嘗不握手痛惋，而公亦中年而歿，則余輩衰老萎儽者，又何以久於人世也歟！」從這段記載，知文質只有四、五十歲的壽命。他的散曲，樂府群玉載有小令四十四首，太平樂府載有套數五套。風格以清逸見長。

「滔滔春水東流，天闊雲閑，樹渺禽幽。山遠横眉，波平滑雪，月缺沉鈎。桃蕊紅粧渡口，梨花白點江頭。何處離愁，人別層樓，我宿孤舟。」（雙調折桂令過多景樓）

這樣的曲是非常雅靜的。

「桃花開院宇中歡歡喜喜醉，芰荷香池沼邊朝朝日日醉，金菊濃籬落畔醺醺沉沉醉，蠟梅芳庾嶺前來來往往醉。醉來也末哥，醉來也末哥，醉兒醒醒兒醉。」（正宮叨叨令四景）

這首曲，充滿了閑逸的情趣，而聯用那麼多連綿詞的語句，押同一個字的韻，可稱得上是「新奇」，而文字也有清新活潑之氣。

趙善慶 字文賢。又別作孟慶，字文寶。饒州樂平（今江西樂平縣）人。善卜術，任陰陽學正。他的散曲，存有小令二十九首，載於樂府群玉。他也寫雜劇，有七種。太和正音譜評他的曲說：「如藍田美玉」，此可見其晶瑩清麗。

「稻粱肥，蒹葭秀。黃添籬落，綠淡汀洲。木葉空，山容瘦。沙鳥翻風知潮候，望烟江萬頃沉秋。半竿落日，一聲過雁，幾處危樓。」（中呂普天樂江頭秋行）

「山對面藍堆翠岫，草齊腰綠染沙洲。傲霜橘柚青，濯雨蒹葭秀。隔滄波隱隱江樓，點破瀟湘萬頃秋。是幾葉兒傳黃敗柳。」（雙調沉醉東風秋日湘陰道中）

像這一類描繪景物的曲，都寫得蕭疏有致，給人一種清新的感受。

「問六橋何處堪誇，十里晴湖，二月韶華。濃淡峯巒，高低楊柳，遠近桃花。臨水臨山寺塔，半村半郭人家。杯泛流霞，板撒紅牙。紫陌遊人，畫舫嬌娃。」（雙調折桂令西湖）

這首曲寫的清新華麗，把西湖的幽雅、美麗以及遊人熱鬧的景況都描繪出來。

「梧桐一葉弄秋晴，砧杵千家擣月明。關山萬里增歸興，隔嵯峨白帝城。捱長宵何處銷凝，寒燈一檠，孤雁數聲，斷夢三更。」（雙調水仙子客鄉秋夜）

像這種曲，雖然寫的很淒清，但文詞還是很清爽。

王仲元 錄鬼簿說他是杭州人，並與鍾嗣成爲莫逆交。太和正音譜把他列入「近下一百五人」，並注云：「俱是傑作，尤有勝於前列者，其詞勢非筆舌可能擬，眞詞林之英傑也。」可見他在當時也是很有名的一位曲家。他的散曲，存有小令二十一首，套數四套，載於樂府群玉、樂府群珠和太平樂府。風格也是以清麗見長。

「樹權枒，藤纏掛。衝烟塞雁，接翅昏鴉。展江鄉水墨圖，列湖口瀟湘畫。過浦穿溪沿江漢，問孤航夜泊誰家。無聊倦客，傷心逆旅，恨滿天涯。」（中呂普天樂）

這首曲雖有些淒清的意味，但文詞却是清新雅麗。

「誰待理他閑是非，緊把紅塵避。庵前綠水圍，門外靑山對。尋一箇穩便處閑坐地。」（雙調江兒水歎世）

「竹冠草鞋粗布衣，晦迹韜花計，灰殘風月心，參得烟霞味。尋一箇穩便處閑坐地。」（同前）

這一類的曲，清新閑逸，正可看出他的生活情趣。

高克禮　字敬臣（曹本錄鬼簿作敬德，明鈔本錄鬼簿、太和正音譜、樂府群玉及元詩選癸集均作敬臣），號秋泉，河間（今河北河間縣）人，蔭官至慶元理官，治政以清靜爲務，不爲苛刻，以簡澹自處。小曲樂府，極爲工巧，有名於時。散曲只存小令四首，載於樂府群玉。風格尖新爽麗。

「新愁因甚多，淺黛敎誰畫。倦將珊枕攲，款要朱扉亞。　月明閑照綠窗紗，酒冷重溫白玉斝。五花驄繫何處垂楊下。少年心虧負殺虧負殺，不恨你箇寃家。高燒銀蠟，寬鋪繡榻，今夜來麼。」（雙調雁兒落過得勝令）

這首曲可說是尖新爽麗。再看他運用俗語，來寫情愛，就更爲尖利了。

「燕燕別無甚孝順，哥哥行在意殷勤。三納子藤箱兒問肯，便待要錦帳羅幃就親。　諕得我驚急列驀出臥房門，他措支刺扯住我皀腰裙。我軟兀刺好話兒倒溫存，一來怕夫人，情性哏，二來怕誤妾百年身。」（越調黃薔薇遇慶元貞）

這樣的曲，眞是尖新潑辣，活潑暢快。

周德清　字挺齋，江西高安（今江西高安縣）人。爲宋詞人周邦彥之後。著有中原音韻作詞十法爲曲家所宗。因他本身善音律，所以所作散曲，也是千錘百鍊，合於律格。今存小令約三十首，套數三套，散見於太平樂府、詞林摘艷、堯山堂外紀和中原音韻等書中。風格清麗俊美。

「長江萬里白如練，淮山數點靑如澱。江帆幾片疾如箭，山泉千尺飛如電。晚雲都變露，新月初學扇。塞鴻一字來如線。」（正宮塞鴻秋潯陽即景）

這首寫景的曲，是非常清麗明快的。

「千山落葉巖巖瘦，百結愁腸寸寸愁。有人獨倚晚粧樓。樓外柳，眉葉不禁秋。」（中呂陽春曲秋思）

這首曲在清麗之中，透露出粧樓中人的愁思，婉麗可喜。

「雨晴花柳新梳洗，日暖蜂蝶便整齊。曉寒鶯燕旋收拾。催喚起，早赴牡丹期。」（中呂陽春曲春晴）

這首曲活潑清新，明麗可愛。德清雖然在當時很有名，但是生活可能很困窘，我們看他的曲中說：

「倚篷窗無語嗟呀，七件兒全無，做甚麼人家。柴似靈芝，油如甘露，米若丹砂。醬甕兒恰纔夢撒，鹽瓶兒又告消乏。茶也無多，醋也無多，七件事尚且艱難，怎生教我折柳攀花。」（雙調蟾宮曲）

我們看他「開門七件兒事」尚且艱難，可見其生活極其困窮，但看他最末一句，卻輕鬆地詼諧了一句，也可知他為人很是灑脫。

錢霖　字子雲，松江（今江蘇松江縣）人。與徐再思同時（徐有錢子雲赴都蟾宮曲一首）。棄俗為黃冠道士，更名抱素，號素庵。善詩與曲，遊於公卿之間。曾類集當時諸公曲曰江湖清思集。所作散曲，集名醉邊餘興，今已佚。又有詞集漁樵譜，亦佚。他的散曲，見於太平樂府有小令四首，見於輟耕錄卷十七有哨遍套一套。盧前輯成一卷，仍用舊名，刻入飲虹簃叢書中。其作風以雅麗見長。

「夢回晝長簾半捲，門掩荼蘼院。蛛絲掛柳棉，燕嘴粘花片。啼鶯一聲春去遠。」（雙調清江引）

錄鬼簿說他的醉邊餘興詞意極工巧，但所存四首清江引看不出「工巧」之處，惜其他曲已不見，無法定評。至於他的般涉調哨遍套，描寫看錢奴的聚斂刻薄，文詞尖辣而又巉刻。像：

「試把賢愚窮究，看錢奴自古呼銅臭。徇己苦貪求，待不教泉貨周流。忍包羞，油鐺插手，血海舒拳，肯落他人後。曉夜尋思機彀，緣情鉤距，巧取旁搜。蠅頭場上苦驅馳，馬足塵中厮追逐。積儹下無厭就，捨死忘生，出乖弄醜。」（哨遍）

通首都是這種刻峻的詞語，極盡諷刺之能事。

任昱 字則明，四明（今浙江鄞縣）人。他與張小山、曹明善同時。少年時狎遊平康，以小樂章流布裙釵，晚乃銳志讀書，亦工七字詩。所作散曲，樂府群玉收有小令五十九首，太平樂府收有套數一套。他的散曲風格，清麗華美兼而有之。

「芳草岸能言鴨睡，荻花洲供饌鱸肥。天平山翠近金杯。水多寒氣早，野闊暮空低。隔秋雲漁唱起。」（中呂紅綉鞋重到靈門）

「碧水寺邊寺，綠楊樓外樓。閑看青山雲去留。鷗，飄飄隨釣舟。今非舊，對花一醉休。」（南呂金字經重到湖上）

這些曲都是很清麗的。

「暗朱箔雨寒風峭，試羅衣玉減香消。落花時節怨良宵。銀臺燈影淡，綉枕淚痕交。團圓春夢少。」（中呂紅綉鞋春情）

「桃花扇底楚天秋，恰恰鶯聲溜。絡臂珍珠翠羅袖。捧金甌，纖纖十指春葱瘦。移花旁酒，張燈如晝，重酌更風流。」（越調小桃紅宴席）

像這一類的曲，是很華美的。

「嘆朝暮青霄用捨，儘頭顱白髮添些。伴漁樵，苫茅舍。醉西風滿川紅葉。近日鄰家酒易賒，三徑黃花放也。」（雙調沉醉東風隱居）

這首曲就顯得清逸了，這是描寫他晚年生活的作品，同早年那種狎遊生活的情境完全不同了。

李致遠　生平不詳，樂府群玉載有李致遠小令二十六首，太平樂府載有套數四套，元曲選又有還牢末雜劇一種。太和正音譜把李致遠列在徐甜齋、楊澹齋之次，大概也是元代後期的散曲家。太和正音譜評他的曲如「玉匣昆吾」。他的小令頗為清逸。

「雲消皎月篩簾影，夢破驚烏繞樹聲。挑燈起誦太玄經。竹軒風定，桂窗人靜，快詩人一襟清興。」（中呂賣花聲月夜）

「月將花影移簾幕，風怒松聲捲翠濤。呼童滌器煮茶苗。驚睡鶴，長嘯仰天高。」（中呂喜春來秋夜）

像這類描寫景物的曲，寫的都很清逸，致遠曲中很多，這是他最擅長的。

「吹落紅，楝花風，深院垂楊輕霧中。小窗閑，傍繡工。簾幙重重，不鎖相思夢。」（中呂迎仙客暮春）

「敲風修竹珊珊，潤花小雨斑斑，有恨心情懶懶。一聲長嘆，臨鸞不畫眉山。」（越調天淨沙離愁）

這類閨情的作品，也是非常清潤的。

王曄　字日華，號南齋，杭州人。錄鬼簿說他「體豐肥而善滑稽，能詞章樂府，所製工巧，有與朱凱題雙漸小卿問答，人多稱賞。」日華曾撰優戲錄，楊維楨為之序，見東維子集卷十一。錄鬼簿載日華所著雜劇三種。雙漸小卿問答由「黃肇問狀」，到「議擬」爲止，共十六首，載樂府群玉卷二。這是描寫三角戀愛的故事，女主角是蘇卿，男主角是茶商馮魁和書生雙漸。故事在那個時代非常盛傳，而這些散曲也寫的流利動人。

「俏挑揚慣戰曾經，自古惺惺，愛惜惺惺。燕友鶯朋，花陰柳影，海誓山盟。那一個堅心志誠，那一箇薄倖離情。則問蘇卿，是愛馮魁，是愛雙生。」（雙調折桂令問蘇卿）

「平生恨落風塵，虛度年華，減盡精神。月枕雲窗，錦衾繡褥，柳戶花門。一箇將百十引江茶問肯，一箇將數十聯詩句求親。心事紛紜，待嫁了茶商，怕誤了詩人。」（答）

這樣的問答，生動而又活潑。

「有錢問甚紙糊鍬，沒鈔由他古定刀。是誰俊俏誰村拗，俺老人家不性索。馮員外將響鈔遞著，雙生呲休乾鬧。黃肇㖩且莫焦，價高的俺便成交。」（水仙子蘇媽媽答）

看這虔婆的答詞，更是寫得尖新潑辣，生動之極。自元曲以來，曲中播詠最盛的有三大情史，一是西廂故事，一是馬嵬坡故事，另外一種就是雙漸蘇卿故事。西廂極於王實甫，馬嵬盛於白居易洪昇，都是人所共知的。雙漸蘇卿事，在諸宮調有五牛張，商正叔雙漸小卿，北曲則有庾天錫蘇小卿麗春園，王實甫蘇小卿月夜販茶船，紀天祥信安王斷復販茶船。南雜劇則有風月亭所舉汝陽記，傳奇則有明王玉峰的三生記，萬曆間無名氏的千里舟、趙蘇卿。散套則有周文質鬬鵪鶉一套（載在太平樂府及雍熙樂府），小令則王日華此種以異調間列的體裁，來敷演故事，實爲體格之最新者。

這一期除以上所述曲家之外，像沈和、呂止庵、王愛山、李愛山、吳西逸、宋方壺、董君瑞、高安道、秦竹村、曹明善、顧君澤、趙顯宏以及朱庭玉等均有散曲遺世，風格大都以清麗為主。

二、豪放派散曲家

楊朝英　號澹齋，青城（今山東青城縣）人。其生平事蹟已不可考，只知他和貫酸齋為莫逆交，酸齋曾說：「我酸則子澹」，遂以為號（見鄧子晉太平樂府序）。至正間朝英選「當代朝野名筆」為陽春白雪和太平樂府，為今研究元代散曲的重要資料。他的散曲有小令二十幾首，散見在他自己所編的兩種選集及樂府群珠、中原音韻等書中。他的散曲風格，以豪放清逸為主。

「閑時高臥醉時歌，守己安貧好快活。杏花村裏隨緣過，勝堯夫安樂窩。任賢愚後代如何。失名利癡呆漢，得清閑誰似我，一任他門外風波。」（雙調水仙子）

「杏花村裏舊生涯，瘦竹疎梅處士家。深耕淺種收成罷。酒新㑳魚旋打，有雞豚竹筍藤花。客到家常飯，僧來穀雨茶，閑時節自煉丹砂。」（同前調自足）

像這一類的曲，放逸而又清爽，同時也可看出澹齋的淡泊的生活情況。

「秋深最好是楓樹葉，染透猩猩血。風釀楚天秋，霜浸吳江月。明日落紅多去也。」（雙調清江引）

這首寫景的曲，也是清新明爽的。

「浮雲薄處朣朧日，白馬明邊隱約山。粧樓倚遍淚空彈。凝望眼，君去幾時還。」（中呂陽春曲）

「花影下重簷，沉烟裊綉簾，人去青鸞杳，春嬌酒病厭。眉尖，常鎖傷春怨。忺忺，忺得來不待忺。」（雙調得勝令）

這類寫閨情的曲，就比較淸麗了。太和正音譜評他的曲如「碧海珊瑚」，這一類的曲該是最恰當的了。

鍾嗣成　字繼先，號醜齋，大梁（今河南開封縣）人，後寓居杭州。賈仲名錄鬼簿續編云：「以明經累試於有司，數與心違，因杜門養浩然之志。其德業輝光，文行溫潤，人莫能及。善音律，工隱語，所編小令套數極多，膾炙人口。」所編錄鬼簿，敍錄有元一代曲家作品，並記載其生平事蹟，爲研究元曲重要文獻。他是鄧善之、曹克明、劉聲之的弟子，又和同時期的許多曲家友善，如金仁傑、施惠、周文質皆與之游。他著有雜劇七種。散曲有小令五十餘首，套數一套，散見於太平樂府、樂府群玉、樂府群珠、中原音韻及錄鬼簿卷下。風格以豪放爲宗，但常顯示出詼諧和頽放的風趣。

「燈前撫劍聽鷄聲，月下吹簫引鳳鳴，功名兩字原無命，學神仙又不成，嘆靈儂何處歸耕。日月閑中過，風波夢裏驚，造物無情。」（雙調凌波仙）

「聽不厭鸞笙象板，看不足鳳髻蟬鬟。按不住刺史狂，學不得司空慣。常不教粉吝紅慳，若不把群花恣意看，飽不了平生餓眼。」（雙調沉醉東風）

這兩首曲是豪放的。

「遶前街後街，進大院深宅。怕有那慈悲好善小裙釵，請乞兒一頓飽齋。與乞兒綉副合歡帶，與乞兒換副新鋪蓋，將乞兒携手上陽臺，設貧咱波孀孀。」（正宮醉太平）

「俺是悲田院下司，俺是劉九兒宗枝。鄭元和俺當日拜爲師，傳留下蓮花落稿子。搠竹杖繞遍鶯花市，提灰筆寫遍鴛鴦字，打爻槌唱會鷓鴣詞，窮不了俺風流才思。」（同前）

「風流貧最好，村沙富難交。拾灰泥補砌了舊磚窰，開一箇教乞兒市學。裹一頂半新不舊烏紗帽，穿一領半長不短黃麻罩，繫一條半聯不斷皀環絛，做一箇窮風月訓導。」（同前）

這三首寫乞兒生活的曲子，生動自然，維妙維肖，詼諧之中帶着譏刺，眞是難得的佳作。

「風流得遇鸞鳳配，恰比翼便分飛。綵雲易散琉璃脆。沒揣地釵股折，廝琅地寶鏡虧，撲通地銀瓶墜。香冷金猊，燭暗羅幃。子刺地攪斷離腸，撲速地淹殘淚眼，吃答地鎖定愁眉。天高雁杳，月皎烏飛。暫別離，且寧耐，好將息。你心知，我誠實，有情誰怕隔年期。去後須憑燈報喜，來時長聽馬頻嘶。」（南呂罵玉郎過感皇恩採茶歌恨別）

「昨先話兒說甚底，今日都翻悔。直恁鐵心腸，不管人憔悴。下場頭送了我都是你。」（雙調清江引情）

鍾嗣成這種寫情的曲子，也是深刻而又生動的。

至於像他南呂一枝花自序醜齋的套曲，詼諧諷刺之極，不過也不免有些頹放的氣息。

「子爲外貌兒不中擡舉，因此內才兒不得便宜。半生未得文章力，空自胸藏錦綉，口唾珠璣。爭奈灰容土貌，缺齒重頦，更兼着細眼單眉，人中短髭鬢稀稀。那裏取陳平般冠玉精神，何宴般風流面皮，那裏取潘安般俊俏容儀。自知，就裏。清晨倦把青鸞對，恨殺爺娘不爭氣。有一日黃榜招收醜陋的，准擬奪魁。」（梁州）

就擧這一調，已可看出他對自我的描述，是多麼詼諧，多麼諷刺和憤怨，文詞更是尖新犀利。

劉庭信　先名廷玉，字里不可考。堯山堂曲紀說他是「南臺御史劉廷翰族弟，俗呼曰黑劉五。」賈仲明錄鬼簿續篇云：「行五，身長而黑，人盡稱黑劉五舍。與先人至深。風流蘊藉，超出群輩。風晨夕月，唯以塡詞爲事。有『枕痕一線印香腮』雙調，和者甚衆，莫能出其右。又有『絲絲楊柳風』、『金風送晚涼』南呂等作，語極俊麗，舉世歌之。兄廷幹，任湖藩大參，因之，卒於武昌。」他的散曲，約存小令三十餘首，套數七套，散見於詞林摘艷、盛世新聲、太平樂府、樂府群珠及雍熙樂府等選集中。太和正音譜評他的曲如「摩雲老鶻」，可見其奔放奇麗。

「沒算當，不斟量，舒着樂心鑽套項。今日東牆，明日西廂，着你當不過連珠箭急三槍。鼻凹裏抹上些砂糖，舌尖上送與些丁香。假若你便銅脊梁，者莫你是鐵肩膀，也擦磨成風月擔兒瘡。」（越調寨兒令戒嫖蕩）

庭信有十幾首寫這個題目的曲，都是文筆尖辣，詞鋒犀利。

「想人生最苦離別，唱到陽關，休唱三疊。意遲遲抹淚揩眸，急煎煎揉腮抓耳，呆答孩閉口藏舌。情兒分兒你心裏記者，病兒痛兒我身上添些。家兒活兒既是拋撇，書兒信兒是必休絕。花兒草兒打聽的風聲，車兒馬兒我親自來也。」（雙調折桂令憶別）

庭信這個題目寫了十幾首，每首開頭都是「想人生最苦離別」，似在模倣王實甫草橋店夢鶯鶯之詞。他的詞語自然生動，既富妙趣，又表現的極爲深刻。

「秋風颯颯撼蒼梧，秋雨瀟瀟響翠竹，秋雲黯黯迷烟樹，三般兒一樣苦，苦的人魂魄全無。雲結就心間愁悶，雨少似眼中淚珠，風做了口內長吁。」（雙調水仙子相思）

像這類的曲，文詞奇麗，情意纏綿，也可看出庭信在寫情方面，也是很老練的。

元代的散曲，在前期中，豪放派和淸麗派差不多是旗鼓相當。而在後期中，則幾乎爲淸麗派所獨佔，豪放曲家已是寥寥幾人，而他們的成就也不能同前期的馬致遠、張養浩等相比。另外還有些無名氏的作品，其中也有些寫的很好的，一般說來，這些無名氏之作，文詞都比較通俗，表達也比較直率，更富有民歌色彩。在元代散曲史中，也該佔有相當的地位的。

第三章　元代雜劇

第一節　元雜劇的起源和組織

一、元雜劇的起源

元代的戲劇，主要是以北曲體製寫作的雜劇爲主體，而雜劇的產生，又淵源於宋金的雜劇院本。宋金的雜劇院本中有滑稽戲，有正雜劇，有豔段，有雜扮，又有種種技藝遊戲。其所用樂曲，有大曲，有法曲，有諸宮調，有詞。其名稱雖同，而其實頗異。至成一定之體段，用一定之曲調，行之百餘年無所改變者，則是元雜劇。元雜劇是由宋金的各種戲曲演化而來，其演化和進步的痕迹，可以從以下幾點看出來。

第一、從結構上來看，元雜劇以一本四折爲通例，是襲南宋雜劇的。當時的雜劇，先做尋常熟事一段，名曰豔段。次做正雜劇，通常爲兩段。此外再演一段丑劇一類的東西，叫作雜扮，乃雜劇之散段。如此可知，當時的雜劇是總共四段，不過各段所演的內容是沒有聯絡的。後來元雜劇成爲四折定體，貫穿而演同一故事，實際是由宋雜劇的四段而萌芽的。至於角色方面，像元雜劇裏的正末，是由宋金的末泥而來，雜劇裏的外末、沖末等是由宋金的副末分化而來。元雜劇的淨，是由宋金的副淨而來。元雜劇的旦和丑，也都是承襲宋金戲劇中的角色而再加以分化的。

第二、就樂曲的組成來看，宋金雜劇，用大曲者甚多，大曲是由幾遍的曲編成，遍數雖多，但通前後爲一曲，次序不許顚倒，限制很嚴。另有用諸宮調者，則不拘於一曲，而是由各種宮調的曲雜綴而成。至於元雜劇，每本四折，每折用十曲左右聯綴而成，全折一韻到底。既較大曲拘於一曲爲自由，亦較諸宮調移宮換韻爲雄肆，這是元雜劇較進步的地方。至於元雜劇一折之中用幾支不同的曲調聯綴起來，似乎是受了諸宮調的一些啓示。還有南宋的唱賺，據今所見，是用同一宮調，有引子，有尾聲，中間雜綴諸小曲，一韻到底，體例最和元雜劇相近，可能元雜劇也受了唱賺的很大影響。我們也可以說，元雜劇的樂曲組成方法，是從諸宮調和唱賺學來的。

第三、從戲劇內容來看，宋金的雜劇，多是一些滑稽諷刺的短劇，演故事的很少。即使有一些是演故事的，內容也很簡單。到了諸宮調，就有了比較複雜的故事，不過諸宮調是詞曲一類，以敘述故事的本末爲目的，而不像戲劇那樣來搬演。以敘述故事來說，有些像小說、講史一類的談話，可是諸宮調却以曲爲主，以白爲從，其性質正居於戲劇和說話的中間。不過我們說元雜劇內容情節的複雜，是從諸宮調學來，是不會錯的。我們再看元雜劇創始時代的王實甫的西廂記，和諸宮調的董西廂的關係，就更可以證明這一點。

另外還有一點值得提的，就是宋的大曲，皆爲敘事體，金的諸宮調，雖有代言之處，但大體以敘事爲主。到了元雜劇，僅在科白中敘事，曲文全爲代言體，這是一大進步，也是使元雜戲完成戲劇的完整體製的最重要步驟。

元雜劇的創始者，很多人都認爲是關漢卿。根據錄鬼簿所著錄元雜劇作家，以關漢卿爲首。太和正音譜評論曲家作品高低，列馬致遠第一，但於關漢卿則說：「觀其詞語，乃可上可下之才；蓋所以取者，初為雜劇之始，故卓以前列。」這兩種書的記載，都認為關漢卿是「初為雜劇之始」。王國維更據以判斷說：「雜劇之名，已見於唐宋時，至元時雜劇一體，實漢卿創之。」（元刊雜劇三十種叙錄）這種說法很多人都已接受。元雜劇之體，是否由關漢卿一人首創，實難斷定，不過以漢卿時代論之，他是元雜劇創始時期的一位大作家，當無疑問，跟他同時的人，像王實甫、白樸，也都寫了很著名的雜劇，他們對雜劇的勃興也都有很大的貢獻。同時金末元初的許多曲家，都是促使元雜劇體製完成的工作者。

二、關於元雜劇的組織

關於元雜劇的組織，我們可以分成幾點來說明。

㈠折數與楔子　元雜劇的單位稱「本」，一本表演一個故事。每本分為四折，折字取斷為一個段落的意思，相當於現代戲劇中的幕。每折用同一宮調的十來支曲組成一個套曲。每本四折是通例，這種限制看起來很嚴格，現存雜劇，惟趙氏孤兒、東牆記、五侯宴、降桑椹是五折。另外錄鬼簿載張時起之賽花月秋千記是六折，此劇已佚。他如楊景賢之西遊記雖多至二十四折，分為六本；王實甫之西廂記共二十折，分為五本；仍可說是循四折之通例。鄭因百（騫）先生於元劇作者質疑一文中曾論定元曲選中趙氏孤兒之第五折為後人所添，非紀君祥所撰，又說：「元劇例為四折，五折者僅此劇（趙氏孤兒）及東牆記、五侯宴、降桑椹四本。東牆記非白樸作，五侯宴非關漢卿作，降桑椹是否劉唐卿作，亦大成問題；均見另條。然則元劇之眞出元人者，殆無五折之例也。」（

見大陸雜誌特刊第一輯）元人雜劇四折爲一本，其例甚嚴。

四折之限制雖嚴，但也有補救的辦法，那就是四折之外，可以用楔子。楔的意義，有兩種解釋，一是說文云：「楔，櫼也。」段注：「木工於鑿枘之處，有不固，則斫木札楔入固之，謂之櫼。」王國維宋元戲曲史卽主此說。另一說是爾雅釋宮云：「棖謂之楔。」注：「門旁兩木。」吳梅氏元劇方言釋略卽據此而解釋說：「元劇取此字，作爲輔佐之意。楔所以輔佐門限，此則輔佐劇情之不足，非有其他深意。」兩者解釋雖不同，但却可相輔相成。把楔子解釋如同木工楔入之木札，是由楔子被揷進四折之方法上說明；把楔子解釋如同棖的輔佐門限，是由楔子在劇中所起的輔佐作用來說明。其實，楔子旣是被揷入在四折之中，而其作用也就是輔佐四折之不足。

元劇楔子之揷入，大率是一個，安置在第一折之前，也有少數劇把楔子揷在第一、二折，或第二、三折，或第三、四折的中間的。另外也有少數元劇用兩個楔子。楔子在劇中，居伏筆、補筆地位，皆不甚長，也無精彩可言。其內容通常以白爲主，另加一、二支曲，曲調用「仙呂賞花時」或「仙呂端正好」，再加一「么篇」。元劇中有楔子的一百零五本，不用「賞花時」或「端正好」的只有三本，崔府君用「仙呂憶王孫」，雙獻功用「越調金蕉葉」。

㈡曲調與韻　元雜劇四折的四套曲，所用宮調韻部都不許重複。而每一折的曲調必須是同一宮調，同一韻部。雜劇中常用的宮調有仙呂宮、南呂宮、中呂宮、黃鐘宮、正宮、大石調、商調、雙調、越調等九種，如何選用宮調，主要是要看劇情，劇的內容必須和調子的情趣相應。不過我們看元人雜劇，他們選用宮調似和演出的習慣有關。依元人慣例，第一折必用仙呂宮，第二折常用南呂宮或正宮，第三折常用中呂宮，第四折常用雙調；除第一折外，其餘宮調，各折都可以根據劇情斟酌選用的。這是音樂的關係，宮調選用錯誤，唱出來就不和諧了。

至於元雜劇的用韻，一般是符合或遵守周德清中原音韻的十九個韻部的。

㈢唱法　元雜劇雖然由許多角色合演，但全劇所有的曲子則要由正角一人獨唱，其餘各角只能說白不能唱。主唱的男人由正末扮，主唱的女人由正旦扮，因此元劇有「末本」、「旦本」之分。現存元人雜劇一百六十一本，其中末本有一百十本，旦本有五十一本。這種四折中扮同一人物，從頭唱到底的限制，看來亦有例外，以元曲選百種來說，正末或正旦中途改換的例子，就有陳州糶米等二十九種之多，根據日本學者吉川幸次郎的研究結果，發現這種中途改換主唱人的作品，出自名家者少，而出自非名家者多。由此可以推定，元雜劇的理想，是讓主角一人從頭唱到尾的。（參見鄭清茂譯日人吉川幸次郎元雜劇研究）

元雜劇主唱人中途改換，原則上是正末換正末，正旦換正旦，以保持劇中正角唱腔之趣味，而且兩正末或兩正旦不同時出場，仍能符合獨唱之體例。至於旦末替換主唱的，在百種曲中，只有張生煮海，一、二、四折正旦唱，三折正末唱；生金閣一、三、四折正末唱，二折正旦唱，是例外之作。楔子的唱者，不受獨唱的限制，可以由正角唱，也可以由他角來唱。

㈣科白　完整的戲曲，除了歌唱之外，須有動作和說話。元劇中的動作叫作「科」，徐渭南詞敘錄云：「科者，相見、作揖、進拜、舞蹈、坐、跪之類，身之所行，皆謂之科。」元劇中的說話叫作「白」，姜南抱璞簡記云：「北曲中有賓同白，兩人相說曰賓，一人自說曰白。」有人以為元雜劇中的白並非出於原作者之手，而是由優伶自己所作，像王驥德曲律就說：「元人諸劇，為曲皆佳，而白則猥鄙俚褻，不似文人口脗，蓋由當時教坊樂工，先撰成間架說白，却命供命詞臣作曲，謂之塡詞。」臧晉叔元曲選序也說：「……而賓白則演劇時，伶人自爲之，故多鄙俚蹈襲之語。」其實元雜劇的歌曲和賓白是相輔而成的，大凡出於名家之作，曲中的插白，也是寫的非常精采，和曲辭配合得天衣無縫，甚者有的雜劇的成功，全在曲白的精采，像老生兒、東堂老、李逵負荊等即是。

至於「元刋雜劇三十種」，科白多被省去，僅云「外末云了」、「旦扮引梅香上了」，後人有的便以爲科白乃伶人臨場自謅之證。其實元刋雜劇三十種，收入元曲選中的凡十二種，在元曲選中都是科白俱全的，由此可以推知元刋雜劇三十種只是一種簡本，刻來給演員或是觀客用的，少刻科白，可以省工省時。所以以此來推斷元雜劇作家只作曲不作科白，是極爲不可靠的。

㈤脚色　元雜劇的脚色，大別爲末、旦、淨、丑四種。末是末本戲的主角，也就是男主角，也稱爲正末。另外又有副末、沖末、外末和小末。扮男童的稱小末，其餘均爲當場的男子。旦是旦本戲的主角，也就是女主角，也稱正旦。另外又有副旦、貼旦、外旦、老旦、大旦、小旦、花旦、色旦、搽旦等。花旦、色旦、搽旦飾下等婦女，其餘均爲當場女子。老、大、小是因年齡而分。副、沖、外、貼，均含有次於正色或兼代之義。淨，以粉墨敷面而扮演者，又可分副淨、中淨。丑之名元以前未見，或係明人羼入。雜劇老生兒中劉從善女壻張郎，即爲丑角。

除以上所擧的普通角色之外，還有一些特殊的角色，這些特殊的角色，衹代表人物的身份，像孛老，扮老人。如薛仁貴劇中，仁貴之父，即正末扮孛老。卜兒扮老婦女，如留鞋記中，王月英之母李氏，即老旦扮卜兒。倈兒扮小孩，如趙氏孤兒劇中，徠兒是程嬰之子。孤扮官吏，如還牢末劇中，東平府尹尹亨，由丑扮孤。邦老扮强盜，如硃砂擔劇中，兇徒白正，卽由淨扮邦老。細酸，元人以秀才爲細酸，倩女離魂王文擧以末扮細酸，張天師斷辰勾月陳世英亦以末扮細酸，今元曲選兩劇皆删去「細酸」二字。曳刺，本契丹語，爲胥役之名，薦福碑中有曳刺一角，爲淨張浩胥役，司帶馬之役。又有祇候，扮僕人。這些都祇代表人物的身分，並非角色的性質。

㈥題目與正名　元雜劇每劇終時，例以五言至九言之偶句兩句或四句，總括一劇之主要情節，以爲劇名。前一句或兩句，謂之「題目」；後一句或兩句，謂之「正名」。也有把正名的一句或兩句中的後一句寫在劇的前面，可以稱之爲總題。如馬致遠的漢宮秋雜劇：

題目：毛延壽叛國開邊釁，漢元帝一身不自由。

正名：沉黑江明妃青塚恨，破幽夢孤雁漢宮秋。

總題：破幽夢孤雁漢宮秋。

簡名：漢宮秋（古名家雜劇題目）

關漢卿竇娥冤雜劇：

題目：秉鑑持衡廉訪法。

正名：感天動地竇娥冤

簡名：竇娥冤（元曲選題目）

題目和正名，雖是兩個名詞，其性質作用却是一樣的，所以有少數劇本只有題目而無正名，或只有正名而無題目，不過必須還是兩句或四句。

第二節　元代前期雜劇作家

元人所作雜劇，究有多少種，現在很難考定。太和正音譜卷首著錄元人雜劇五百三十五本，加以明初人所作亦不過五百六十六本。錄鬼簿著錄僅四百五十八本。此二書所未著錄而見於他書，或尚傳於今者，總計不過七百餘種。幾百年來，屢經散佚，現存之元人雜劇僅有一百六十一本，其中撰人可考者四十九人共有一百零一本，無名氏作品共有六十本。

至於元劇作家的分期，最早錄鬼簿分爲五類：一、前輩已死名公才人有所編傳奇行於世者。二、方今已亡才人余相知者。三、已死才人不相知者。四、方今才人相知者。五、方今才人聞名而不相知者。王國維宋元戲曲史據以劃分元劇爲三期：一、蒙古時代，此自太宗取中原以後，至至元一統之初，錄鬼簿卷上所錄之作者五十七人，大都在此期中，其人皆北方人。二、一統時代，自至元後至至順後至元間，錄鬼簿所謂「已亡名公才人與余相知或不相知者」是也，其人則南方爲多，否則爲北人而僑寓南方者。三、至正時代，錄鬼簿所謂方今才人是也。此三期，以第一期之作者爲最盛，作品也最多，許多元劇傑作，都出在這一期。第二期，除宮天挺、鄭光祖、喬吉外，餘無足觀。而作品存者亦少。第三期作品存者更少，可述者僅楊梓、秦簡夫等數人。今爲篇幅及叙述方便起見，將第二、第三兩期合併，分前後兩期介紹。

元代前期雜劇作家，人才輩出，作品甚豐，關、王、馬、白之外，值得介紹者尚多，今分別介紹於下：

關漢卿 所作雜劇有六十四本，是元劇作家中作品最多的，今存者有十四本，計閨怨佳人拜月亭、詐妮子調風月、錢大尹智寵謝天香、烟月救風塵、包待制三勘蝴蝶夢、杜蕊娘智賞金線池、感天動地竇娥寃、望江亭中秋切鱠旦、錢大尹鬼報緋衣夢、鄧夫人哭存孝、狀元堂陳母教子、關張雙赴西蜀夢、關大王單刀會、溫太眞玉鏡臺。另有魯齋郎、五侯宴、裴度還帶、單鞭奪槊四本，舊題關作，據今諸家考定，裴度還帶爲賈仲名作，餘三本均爲無名氏作。

關漢卿所寫雜劇的題材，非常廣泛，有歷史英雄故事，有官場公案，有男女戀愛故事，有社會家庭實事等。而所採用的形式，有喜劇，也有悲劇。所描寫的人物，據今存十四本雜劇來看，其中旦本有十一本，末本只有三本，以描寫女性的劇本爲多。他所寫的女性，品流各自不同，各有各的個性，如謝天香中的謝天香、金線池中的杜蕊娘、救風塵中趙盼兒都是妓女；調風月中的燕燕是婢妾；緋衣夢中的王閨香、拜月亭中的王瑞蘭，都是大家閨秀；竇娥寃中的竇娥是童養媳；望江亭中的譚記兒、哭存孝中的鄧夫人都是賢妻；蝴蝶夢中的王母、陳母教子中的陳母，都是良母；他對各類型的女性，都寫的非常好，都能夠表現出她們鮮明的性格來。同時對當時社會的陰暗面，能加以暴露。

漢卿雜劇，論結構都很緊湊，而文辭都以本色爲主，而能適應各種題材，像單刀會的慷慨激昂，拜月亭的風光綺膩，竇娥寃的悲婉哀怨，救風塵的變化有趣，都是上等的作品。王國維說：「關漢卿一空倚傍，自鑄偉詞，而其言曲盡人情，字字本色，故當爲元人第一。」（宋元戲曲史第十二章）本色當行，是漢卿風格的特點，他在質樸之中，有一種雄奇之氣，寫來朗爽而恣肆。同時因爲他通曉音律，能躬踐排場，所以所作雜劇多能運用活的語言，切合舞臺需要。

竇娥寃，是一個家庭悲劇，王國維在宋元戲曲史裏說，把它列在世界大悲劇中亦無愧色，這話是很恰當的。劇情大意是：竇天章因家貧，向蔡婆婆借了二十兩銀子，本利欠下四十兩，無法歸還，只好把女兒竇娥送去做童養媳，又得蔡婆婆送他十兩銀子做盤費，得以赴京應考。竇娥長大與蔡子成婚，不久蔡子病死，竇娥守寡，與婆婆相依爲命。時有賽盧醫欠蔡婆婆二十兩銀子，蔡婆婆去催討，被賽盧醫賺到郊外，要勒死她，不想碰到張驢兒父子救了她的性命。那知張驢兒父子知道她和媳婦二人寡居，便威脅她要與她們同居，她祇好將他們領回家。張驢兒想讓蔡婆婆做他父親的老婆，自己娶竇娥爲妻，竇娥誓死拒絕。一日，蔡婆婆身體不適，想羊肚兒湯吃，竇娥便去做好了湯。張驢兒見到，暗中在湯裏放了毒藥，想毒殺蔡婆婆以後，强逼竇娥成婚。不想那碗湯被張驢兒父親吃下去，毒死了，張驢兒便向君府誣告竇娥毒殺他父親，竇娥被吊拷綳扒，屈打成招，定了死罪。竇娥含寃莫白，臨刑，對天與下三樁誓願，一要血灑白練，二要六月飛雪，三要楚州亢旱三年，結果都應驗了。後其父得第後輾轉而任廉訪使，巡訪到楚州，得竇娥鬼魂報寃，於是問明案情，得以昭雪。

竇娥寃以悲劇結尾，沒有團圓的場面，故事哀切感人。尤其是對人物形象的刻劃特別突出，竇娥純潔、善良和英勇的性格，躍然紙上。她不受勸誘，不怕威脅，不肯答應張驢兒的婚事，同時又勸婆婆要堅貞到底，這可以看出她的純潔。當她受一切嚴刑拷問時，仍表示不屈，甚至死後也要證明她的寃屈不服，這表現出她英勇的反抗精神。她自己受苦始終不屈，但當要拷打她婆婆時，她怕婆婆受苦，於是願意一個人承擔，而委屈招供；甚至臨赴刑場還要求走後街，以免婆婆看着傷心；這充分表現了她善良的性格。雖然最後一折以鬼魂出現來結束這個故事，看起來有些荒誕，但是這個劇在揭發官場的黑暗和冗吏的無能方面，有其積極的意義，這一方面加强了竇娥的反抗性，一方面揭發惡官的兇殘，同時也不放鬆善惡有報眞理昭彰的原則，這樣的處理，很能加强戲劇的效果。

在文詞方面，也極其生動自然，很能感動讀者。像：

「呀！是誰人唱叫揚疾，不由我不魄散魂飛。恰消停，纔蘇醒，又昏迷。捱千般打拷，萬種凌逼。一杖下，一道血，一層皮。」（第二折感皇恩）

這種描寫眞是深刻極了，感動力非常强。又如竇娥發下三椿誓願的曲子：

「不是我竇娥罰下這等無頭願，委實的寃情不淺。若沒些兒靈聖與世人傳，也不見得湛湛青天。我不要半星熱血紅塵灑，都只在八尺旗槍素練懸。等他四下裏皆瞧見，這就是咱萇弘化碧，望帝啼鵑。」（耍孩兒）

「你道是那暑氣暄，不是那下雪天，豈不聞飛霜六月因鄒衍。若果有一腔怨氣噴如火，定要感的六出冰花滾似綿，免着我屍骸現。要什麼素車白馬，斷送出古陌荒阡。」（二煞）

「你道是天公不可欺，人心不可憐，不知皇天也肯從人願。做甚麼三年不見甘霖降，也只爲東海曾經孝婦寃。如今輪到你山陽縣，這都是官吏每無心正法，使百姓有口難言。」（一煞）

這樣的文詞，眞是婉轉淋漓，瀾爛之極。

蝴蝶夢，是一部公案劇，內容是：中牟縣王老有三子，王爲土豪葛彪打死，三子往舁父屍，亦將葛彪打死，鄰衆控解至包公處，三人各自認殺人罪，而王婆婆寧可犧牲自己親生的兒子，以求保全前妻的兩個兒子。其時包公剛做一夢，夢見蝴蝶投網，爲己所救，醒來適遇此案，經審問後，知王婆婆大賢，於是赦免王老的三子，而以盜馬賊抵罪。這個劇主要在宣揚三子的爭認罪的賢良，和王婆婆的自我犧牲的偉大精神。王婆婆在審案時，爲要求公正，竟敢面斥包公「葫蘆提」，「官官相爲」，甚至自己兒子被判抵罪時，還囑咐他要和父親鬼魂合力，「把那殺人賊推下望鄉臺」，這裏表現出她英勇不屈的反抗精神，和竇娥有類似之處，不過沒有那麼明顯和深刻。

救風塵，這是一部風情喜劇，結構巧妙，充滿着滑稽趣味，同時也有人間的不幸和辛酸。故事是：妓女宋引章本要嫁給秀才安秀實，後經花花公子周舍死纏，再加貪他的財富，於是就嫁給了周舍。引章的結拜姊妹趙盼兒極力勸她不要嫁周舍，可是引章不聽。婚後不久，周舍虐待引章，引章只好寫信給盼兒求助。盼兒裝作風流，假意引誘周舍，周舍於是迷戀盼兒，盼兒又教唆周舍同引章離婚，待休書交給了引章，趙盼兒立刻携引章逃走。後經官斷，判引章與秀才安秀實爲妻。

這部戲寫宋引章的幼稚，貪圖富貴，安於享受，識人不清，竟使自己陷入悲慘命運。戲中寫趙盼兒的機智練達，勇於犧牲自己救助別人，深富同情心，雖然她自己也是一個不幸的人，但是能不顧自己，而去拯救別人，這一方面說明了她對那種不幸生活的認識和感受非常深刻，不願使和自己同命運的人更加不幸；一方面表現出她善良的本性和勇義的性格。至於戲中的周舍，正是一般流連花街玩弄女性的無賴漢的典型。這部戲表現了妓女們的生活和她們心理的苦痛，是一部現實意義很深刻的戲劇。

這部戲的文詞，寫的也很成功，尤其一些賓白活潑辛辣，非常精采。

拜月亭，是一部戀愛劇，故事是，蒙古侵金，兵部王鎮奉旨出禦，妻張氏及女瑞蘭爲亂兵衝散。時蔣世隆瑞蓮兄妹亦在途中散失。互相尋找結果，世隆與瑞蘭相遇，訂爲夫婦；張氏與瑞蓮相遇，認爲母女。其後王鎭歸來，怒女與人私訂婚事，令與世隆相絕。瑞蘭則不忘前情，深夜燒香拜月，以冀團圓。再過一年，世隆中了狀元，義弟興福也中了武狀元，王鎭將自己女兒和義女許配二狀元，於是世隆和瑞蘭，興福與瑞蓮，雙雙完成美滿姻緣。傳奇拜月亭佳處都出此劇。這部戲關目好，曲白也好，其中很多佳曲，像第一折的油葫蘆：

「分明是風雨催人辭故國，行一步一歎息，兩行愁淚臉邊垂，一點雨間一行悽惶淚，一陣風對一聲長吁氣。百忙裏一步一撒，索與他一步一提，這一對繡鞋兒分不得帮和底，稠緊緊，黏糯糯，帶着淤泥。」

第三折的倘秀才：

「休着個濫名兒將俗來引惹，待不你個小鬼頭春心兒動也，我與你寬打周遭向父親行說。我又不風欠，不癡呆，要則甚迭。」

開頭楔子中的賞花時：

「捲地狂風寒沙，映日疏林啼暮鴉。滿滿的捧流霞，相留得半霎，咫尺隔天涯。」

這些辭句都是奇俊的。

單刀會，是一部英雄歷史劇，寫關雲長單刀赴會的故事。劇中寫魯肅陳兵設伏，邀關羽臨江亭宴會，擬擒羽以奪荆州。羽單刀往赴，掀髯談笑，肅慴伏不敢出氣，盡撤陸口伏兵，送羽還營。這個戲主要在刻劃關羽的英勇，第一折通過魯肅，第二折通過司馬徽，這兩折通過人物的介紹，來刻劃關羽的英勇。第三折通過關羽的決定赴約，第四折通過他渡江赴宴，來刻劃人物的形象。這部戲對關羽的英勇形象，刻劃的很深刻。曲辭也發揚蹈厲，極爲雄壯。像第四折中的：

「大江東去浪千疊，趁西風，駕着那小舟一葉。纔離了九重龍鳳闕，早來探千丈虎狼穴。大丈夫心烈，大丈夫心烈，覷着那單刀會，賽村社。」（新水令）

「依舊的水湧山疊，好一個年少的周郎，恁在何處也，不覺灰飛烟滅。可憐黃蓋暗傷嗟，破曹檣櫓，恰又早一時絕。只這鏖兵江水猶然熱，好教俺心慘切。這是二十年流不盡英雄血。」（駐馬聽）

這二曲，音調雄渾，氣勢豪放，洵爲絕唱，尤其「是二十年流不盡英雄血」一句，尤爲神來之筆。

調風月，寫一個侍婢燕燕和小主人戀愛的故事，後來主人與另一小姐結婚，燕燕甚爲煩惱。劇中對燕燕的活潑、嬌憨、任性，描寫得很好。

望江亭，寫譚記兒爲救丈夫，假扮漁婦，於望江亭，利用楊衙內的好色貪酒，騙取勢劍金牌和文書的故事。此劇曲文俊語頗多。

玉鏡臺，寫溫嶠娶劉倩英的故事，此劇充滿喜劇氣氛，頗爲風趣。

王德信，所作雜劇凡十四本，今全存的有四丞相歌舞麗春堂、崔鶯鶯待月西廂記、呂蒙正風雪破窰記三種。另韓彩雲絲竹芙蓉亭和蘇小卿月夜販茶船都祇存一套殘曲。他的雜劇，文字華麗，尤其西廂記更是研鍊濃麗，後世推爲元劇之冠。太和正音譜評他的曲說：「如花間美人。鋪叙委婉，深得騷人之趣。極有佳句，若玉環之出浴華清，綠珠之採蓮洛浦。」實甫特擅寫情，但其他類作品，則多凡庸，王驥德曲律說：「人之賦才，各有所近；馬東籬、王實甫皆勝國名手；馬於黃粱夢、岳陽樓諸劇，種種妙絕，而一遇麗情，便傷雄勁；王於西廂、絲竹芙蓉亭之外，作他劇多草草不稱。只有所短，信然。」實甫的雜劇還有一個缺點，就是只顧文字優美華麗，而唱辭多不合律，祇是「案頭之曲」，而不是戲臺上的好作品。

西廂記，共五本二十折，錄鬼簿說是王實甫所作，關漢卿名下並無西廂記，太和正音譜也說西廂記五本均為王實甫作。至明代如王世貞曲藻、徐復祚三家村老委談，都說王作前四本，最後第五本是關漢卿所續。這個問題爭論很久，現在一般治文學史的人都認為五本全是王作，似可不必再爭論了。

王作西廂，以董解元的諸宮調西廂記為底本，在文字上有因襲之處，但他把這個劇寫成二十折，規模宏大，是遠超過於董西廂的。再加他結構嚴密，點綴穿插得有趣，描寫人物富於個性，文辭妍麗艷冶，都是他成功的地方。

這是一部戀愛喜劇，劇中主要強調「天下有情人應結為眷屬」的主張。透過鶯鶯和張生，描寫青年男女為追求愛情的幸福而表現出堅忍和毅力。作品中對人物性格刻劃得極為精細。對張生的刻劃，是一個典型的書生，除了有些懦怯、憨態之外，是個純正的人物。他通過聯吟、請兵、琴挑等多種方式，表現出他對愛情非常誠摯專一，而在爭取的過程中也表現出他的機智和勇敢。對鶯鶯這個人物，不但描寫出容貌的美，更描寫出她心靈的美。對她的性格以及各種心理變化，也都有很細緻的描寫，像「賴婚」的憤慨，「琴心」的幽怨，「鬧簡」的狡黠，以及那種猶豫、後悔、反復、矜持、羞怯、熱情、勇敢等複雜的變化，都寫得生動神肖。對紅娘的刻劃也很成功，她天真、爽朗、熱誠、正義、機智、果斷、勇敢。雖是個婢女，但對崔張戀愛的幫助却很大。尤其他對鶯鶯性格的了解，幫助鶯鶯衝破了許多阻礙，譬如像鶯鶯焚香拜月時，她首先揭開了鶯鶯內心的秘密；鶯鶯看見張生的簡帖撤賴時，又替鶯鶯撕下了假面具；鶯鶯月下赴約時，她再三鼓勵催促，這都是促成鶯鶯戀愛成功的關鍵，這些地方都表現了紅娘的熱誠、正義、勇於助人。當張生要以金錢酬謝她時，她氣憤極了，這更表現出她的純正和崇高，不同於一般的婢女。對崔夫人的描寫也很成功，她一面是一位慈祥、和藹、親切的老太太，一面在維持家風的情形之下，又要表現出她的嚴肅、冷酷。這兩面性格的描寫，也寫得很好。

在描寫環境和醞釀氣氛方面，王實甫實在是獨具妙手；在說白和曲文方面，都能切合人物的身分境遇，曲曲傳出他們不同的思想和情感。我們看他的曲文，像鶯艷折的：

「九曲風濤何處顯，則除是此地偏。這河帶齊梁，分秦晉，隘幽燕。雪浪拍長空，天際秋雲捲。竹索纜浮橋，水上蒼龍偃。東西潰九州，南北串百川。歸舟緊不緊如何見，却便似弩箭乍離弦。」（油葫蘆）

「只疑是銀河落九天，淵泉，雲外懸。入東洋不離北逕穿。滋洛陽千種花，潤梁園萬頃田。也曾泛浮槎到日月邊。」（天下樂）

這種寫景的文辭，雄渾灑麗，自是佳詞。至於像鶯艷折的：

「蘭麝香仍在，佩環聲漸遠。東風搖曳垂楊淺，遊絲牽惹桃花片，珠簾掩映芙蓉面。你道是河中開府相公家，我道是南海水月觀音現。」（寄生草）

寺警折的：

「落紅成陣，風飄萬點正愁人。池塘夢曉，闌檻辭春；蝶粉輕沾飛絮雪，燕泥香惹落花塵。繫春心情短柳絲長，隔花陰人遠天涯近。香消了六朝金粉，清減了三楚精神。」（混江龍）

這種情景交融的描繪，眞是詞意纏綿，風光旖旎，絢麗之極。但其中也有極其本色的曲，像驚艷折的：

「顚不剌的見了萬千，似這般可喜娘的龐兒罕曾見。則著人眼花撩亂口難言，魂靈兒飛在半天。他那裏儘人調戲，嚲着雙肩，只將花笑撚。」（元和令）

借廂折的：

「可喜娘的龐兒淺淡妝，穿一套縞素衣裳。鶻伶淥老不尋常，偷睛望，眼挫裏抹張郎。」（小梁州）

前候折的：

「你個饞窮酸倈沒意兒，賣弄你有家私；莫不是圖謀你東西來到此？先生的錢物，與紅娘做賞賜，是我愛你的金貲？」（勝葫蘆）

這些白描的語句，活潑清新，生動之極。

至於最有名的長亭送別的一折，寫得哀怨淒愴，更是感人。像：

「碧雲天，黃葉地，西風緊，北雁南飛。曉來誰染霜林醉，總是離人淚。」（端正好）

「見安排着車兒馬兒，不由人熬熬煎煎的氣。有什麼心情花兒靨兒，打扮得嬌嬌滴滴的媚。準備着被兒枕兒，則索昏昏沉沉的睡。從今後衫兒袖兒，都搵做重重疊疊的淚。兀的不悶殺人也麼哥，兀的不悶殺人也麼哥，久已後書兒信兒索與我恓恓惶惶的寄。」（叨叨令）

「淋漓襟袖啼紅淚，比司馬青衫更濕。伯勞東去燕西飛，未登程先問歸期。雖然眼底人千里，且盡生前酒一杯，未飲心先醉。眼中流血，心裏成灰。」（耍孩兒）

「四圍山色中，一鞭殘照裏。遍人間煩惱塡胸臆，量這些大小車兒如何載得起？」（收尾）

這些文詞，深深表現出鶯鶯對張生依戀感傷的深情。

麗春堂，寫宰相樂善與統軍李圭釋怨會飲麗春堂事。這個劇開頭有：「破虜平戎，滅遼取宋。中原統，建四十里金鏞，率萬國來朝貢。」（仙呂點絳唇）收場又有：「歌金縷清音嘹喨，品鸞簫餘韻悠揚。大筵會公卿宰相，早先聲把烟塵掃蕩，從今後四方八荒萬邦，齊仰賀當今皇上。」（太平令）看來是在金亡以前寫的。時代上是雜劇中最早的。這個戲的文辭比較簡陋，和西廂記不同。

白樸　所作雜劇凡十六本，今全存者有唐明皇秋夜梧桐雨和裴少俊牆頭馬上。又見於孤本元明雜劇的東牆記，據鄭因百（騫）先生及羅錦堂氏之說，非仁甫原作，當係明初人所作（見鄭氏「元劇作者質疑」及羅氏「現存元人雜劇本事考」）。有遺曲可見者有韓翠蘋御水流紅葉和李克用箭射雙鵰。他的雜劇風格以清麗見長。太和正音譜評說：「白仁甫之詞，如鵬搏九霄，風骨磊磈，詞源滂沛，若大鵬之起北溟，奮翼凌乎九霄，有一舉萬里之志。宜冠於首。」盧前云：「梧桐雨與牆頭馬上，俊語如珠，是元曲中所罕覯者。」（元人雜劇全集白仁甫雜劇跋），可見他的雜劇文詞俊美，作風近王實甫。

梧桐雨，是一部歷史人物的悲劇，寫唐明皇和楊貴妃的故事。內容是：幽州節度使張守珪，有部將安祿山，失軍機當斬，惜其驍勇，乃械至京師，丞相張九齡請誅之，明皇不許，召見授以官。時貴妃方寵幸，命以祿山爲義子，賜以洗兒錢。後因楊國忠進諫，乃出祿山爲范陽節度使。七月七日，貴妃侍明皇宴於長生殿，因感牛女事，對星而盟，願生生世世爲夫婦。天寶十四年，帝與貴妃方食荔枝，祿山反聞至，於是倉皇幸蜀。次馬嵬驛，軍譁不行，龍武將軍請誅楊國忠，旣誅，軍譁不止，復請誅貴妃，明皇不得已，命高力士引貴妃至佛堂自縊，六軍始行。後肅宗收復京師，明皇退位，居西宮，懸貴妃像於宮中，朝夕相對。一夕，夢與貴妃相會，而爲梧桐雨聲驚醒，不勝唏噓。這部戲以追思貴妃結束，而不像長生殿以團圓結局，是一本很完美的悲劇。

這部戲每折情節都很生動，使人「有戲可作」，而對人物內心的刻劃非常深刻，用語雅雋，抒情意味濃厚，作者技巧是非常高超的。這部戲的取材，雖然大部分係根據正史和一些傳記，但主要重點是放在明皇和貴妃的愛情上面，以明皇對愛情的態度來說，已超越了帝王的生活範圍，所以讀起來令人格外感動。尤其第四折，回宮後睹物思人，情感眞摯，哀切動人。而結尾以雨聲作結，更是飄逸幽渺之至。以政治觀點來看，劇中的明皇，是一個昏庸無能，縱情聲色的君主，不聽諫言，不殺安祿山，因而種下了禍國的禍根，但是人們仍同情明皇，這主要就是他對愛情的眞摯，已使人不去追究爲君的責任，而只欣賞他的一往情深，而深深地被感動了。對貴妃這個人物，劇中第一折提到她與祿山有私，予人以不快的印象，削弱了她對明皇愛情的純潔，也削弱了她的形象之美，這可能是作者拘於歷史的材料的緣故。不過因爲她對明皇的依戀以及她不幸的遭遇，仍是一個深被同情的人物。

梧桐雨中有許多曲寫的非常美，像第一折：

「暗想那織女分牛郎命，雖不老是長生。他阻隔銀河信杳冥，經年度歲成孤另。你試向天宮打聽，他決害了些相思病。」（醉扶歸）

「我把你半彈的肩兒凭，他把個百媚臉兒擎。正是金闕西廂和玉扃，悄悄迴廊靜。靠着這綵鳳舞靑鸞金井梧桐影。雖無人竊聽，也常悄聲兒海誓山盟。」（醉中天）

第三折的

「隱隱天涯，剩水殘山五六搭。蕭蕭林下，壞垣破屋兩三家。秦川遠樹霧昏花，灞橋衰柳風瀟灑。煞不如碧牕紗，晨光閃爍鴛鴦瓦。」（駐馬聽）

「黃埃散漫悲風颯，碧雲黯淡斜陽下。一程程水綠山青，一步步劍嶺巴峽。唱道感歎情多，恓惶淚灑。早得升遐，休休却是今生罷，這個不得已的官家，哭上逍遙玉驄馬。」（鴛鴦煞）

第四折的：

「一會價緊呵似玉盤中萬顆珍珠落，一會價響呵似玳筵前幾簇笙歌鬧，一會價清呵似翠岩頭一派寒泉瀑，一會價猛呵似綉旗下數面征鼙操。兀的不惱殺人也麼哥，兀的不惱殺人也麼哥，則被他諸般兒雨聲相聒噪。」（叨叨令）

這些曲都是力重千鈞，雅麗動人。

牆頭馬上，是一部戀愛喜劇。劇情是：裴尚書行儉之子少俊，奉高宗命往洛陽買花，曾過洛陽總管李世傑園，馬上見其女千金，遂以詩投入，女答之，少俊遂於牆頭跳入，爲千金乳嫗所知，命二人遁去。至長安，少俊不告父母，竟與千金匿於後花園七年，生子端端已六歲，女重陽四歲。適清明祭奠，裴夫人柳氏率少俊同往，而行儉以小恙在家，偶至花園，見端端兄妹，詢得其由，命少俊作休書逐女歸，而留其子女。千金歸，父母已歿，乃守節於家。後少俊舉進士，官洛陽令，迎父母至任所。行儉亦憐千金守節，且知是世傑之女，曾與議婚，遂使爲夫婦以終其身。這也是一個富於社會意義的婚姻問題故事，故事中也强調男女的婚姻自主。這個劇，對李千金這個人物的刻劃最爲着力，他見了裴少俊，認爲是自己托以終身的對象，於是主動地去愛他，去追求他，甚至拋棄自己幸福的家庭，甘願私奔，過着匿名不敢見人的生活。她這種爲愛情，爲幸福婚姻，不顧一切困苦阻礙的精神，表現的非常果斷和勇敢。尤其他責備少俊的柔弱，責備翁姑的不當，更表現出她的性格來。

這部戲結構很完整，文辭也很俊美，不過同梧桐雨比起來，較爲通俗。像第一折的：

「榆散青錢亂，梅攢翠豆肥。輕輕風趁蝴蝶隊，霏霏雨過蜻蜓戲，融融沙暖鴛鴦睡。落紅踏踐馬蹄塵，殘花醞釀蜂兒蜜。」（寄生草么篇）

這是非常雅雋的。再看他比較通俗的曲，像第二折：

「咯這大院深宅，幽砌閒堦，不比操琴堂，沽酒舍，看書齋。教你輕分翠竹，款步蒼苔，休驚起庭鴉喧，鄰犬吠，怕院公來。」（感皇恩）

第三折的：

「他毒腸狠切，丈夫又軟揣些些，相公又惡噷噷乖劣，夫人又叫丫丫似蝎螫。你不去望夫石上變化身，築墳臺上立個碑碣，待教我謾懺懺愁萬縷悶千疊。心醉意如呆，眼似瞎手如瘸，輕拈掇，慢拿捻。」（梅花酒）

這些辭句通俗流暢，頗多本色。

馬致遠　所作雜劇十四種，今全存者有破幽夢孤雁漢宮秋、江州司馬青衫淚、半夜雷轟薦福碑、泰華山陳摶高臥、呂洞賓三醉岳陽樓、馬丹陽三度任風子，以及與李時中等合作之黃粱夢。至劉晨阮肇誤入天台存本，係王子一之作，馬亦有此劇名爲「劉阮誤入桃源洞」，已不傳。另外踏雪尋梅一劇，今存本係朱有燉所作，非馬氏原作。他的雜劇的風格，氣魄豪放，詞采清朗俊美，絕不濃艷。王季烈說他：「元人作曲，最尙口吻相肖：漢宮秋乃元帝昭君之口吻，故用妍麗之詞；任風子乃屠戶口吻故絕不作才語，陳摶高臥乃隱士之口吻，故用超逸之語。然則不作才語處，固是本色；卽作才語處，仍是本色也。」（螾廬曲談）可見馬氏的曲辭，最能作到口吻相肖。太和正音譜評說：「馬東籬之詞，如朝陽鳴鳳。其詞典雅清麗，可與靈光景福兩相頡頏，有振鬣長鳴萬馬皆瘖之意。又若神鳳飛于九霄，豈可與凡鳥共語哉！宜列群英之上。」朱權盛讚致遠的曲詞，並躋爲第一。這些評論，只着重在文詞方面，如果以他的散曲而論，可當之而無愧。如以雜劇而言，他現存的七本雜劇中，有四本是屬於仙道材料的，這種神話傳說的故事，內容顯得空乏，而結構也多平凡，主要是在於表現出作者消極的退隱遁世思想，這和他的散曲所表現的思想很是一致。他寫情的作品很少，現存的雜劇只有漢宮秋和青衫淚。青衫淚曲辭有乏姿媚，不如關漢卿的純用本色，倒能委曲寫透心事。

漢宮秋，是一部歷史人物悲劇，寫漢元帝和王昭君的故事。內容是：漢元帝以後宮寂寞，毛延壽請選良家女入宮，圖形以進，按圖臨幸。延壽大索賄賂，王嬙不與，延壽將美人圖點上破綻，於是不得幸。後於宮中彈琵琶，帝聞召見，遂獲大寵，知延壽作弊，將殺之。時遇單于呼韓邪請公主和婚，延壽逃歸單于，以嬙圖獻，呼韓邪乃指名索嬙，帝不許，朝臣皆請以社稷爲念，嬙亦願以身報國，遂行，出塞，行至黑水，嬙投水死。單于感其節義，葬之，並縛延壽獻漢。元帝在宮中，秋夜憶嬙，夢中相會，醒聞雁鳴，倍感淒涼，適單于解延壽至，乃斬延壽祭嬙。這個故事和正史很有出入。作者把王嬙寫成一個能退敵守節的正面人物，同時藉元帝之口痛責滿朝文武庸懦無能，又使賣國賊毛延壽最終受誅，使這部戲內容更爲突出，更富社會意義。

作品主要部分在第三折第四折，第三折寫元帝送別昭君後，回到宮裏的淒涼情境，有很大的感人力量。尤其是梅花酒和憶江南，寫得特別動人。

「(梅花酒)呀俺向着這迥野荒原，草已添黃，兔早迎霜。犬褪得毛蒼，人搠起纓槍，馬負着行裝，車運着餱糧，人獵起圍場。他他他傷心辭漢主，我我我攜手上河梁。他部從入窮荒，前面早叫擺行，我鑾輿返咸陽。返咸陽過宮墻，過宮墻繞迴廊，繞迴廊近椒房，近椒房月昏黃，月昏黃夜生涼，夜生涼泣寒螿，泣寒螿綠紗窗，綠紗窗不思量。(收江南)呀不思量除是鐵心腸，鐵心腸也愁淚滴千行。美人圖今夜掛昭陽，我那裏供養，便是我高燒銀燭照紅粧。」

第四折寫昭君投江，寫元帝的相思，籠罩着一片濃厚的悲劇氣氛。尤其以雁爲對象的幾支曲子，把孤雁和劇中人融爲一體，造成强烈的悲劇氣氛。這個戲以孤雁悲鳴作結，和梧桐雨以雨聲作結，手法是同樣的巧妙。

「傷感似替昭君思漢主，哀怨似作薤露哭田橫，淒愴似和半夜楚歌聲，悲切似唱三疊陽關令。」(白鶴子么篇)

「呀呀的飛過蓼花汀，孤雁兒不離了鳳凰城。畫簷間鐵馬響丁丁，寶殿中玉榻冷清清。寒也波更，蕭蕭落葉聲，燭暗長門靜。」(堯民歌)

「一聲兒遶漢宮，一聲兒寄渭城。暗添人白髮成衰病，直恁的吾當可也勸不省。」(尾聲)

青衫淚，寫歌伎裴興奴和白居易的愛情故事。興奴有才技，善琵琶，重居易才學，願托終身。後居易被貶爲江州司馬，與奴還一直守約等他，但不幸被騙賣做商人婦，不過還一直在憶念居易，甚至居易謫處潯陽時仍在傷感。最終幸好元積得與奴還給了居易，全劇以團圓收場。這部戲主要寫出歌妓與奴可貴的情感，結構和曲辭，都不甚精彩。

楊顯之　大都人，和關漢卿為莫逆交，凡為文辭，必與漢卿研討，世稱為楊補丁。所作雜劇八本，僅存臨江驛蕭湘夜雨。另鄭孔目風雨酷寒亭一劇，元曲選及影印元明雜劇俱題楊顯之作，但據鄭因百先生及羅錦堂的考證，今存為末本，係花李郎所作，楊作為旦本，已佚（參見鄭氏元劇作者質疑及羅氏現存元人雜劇考）。

臨江驛，是一部家庭悲喜劇，故事寫：張天覺之女翠鸞，因船覆，中途與父失散。她為崔老所救，後與他的侄兒崔甸士結婚。甸士上京應試得官，別娶試官之女，一同上任。翠鸞前去尋訪，甸士誣賴翠鸞是他家婢女，偷了東西逃走，命人將她背上刺上逃犯二字，充配到沙門島去，並安排要在半途將她害死。不料在瀟湘夜雨的臨江驛，遇見她父親天覺，這時天覺已為天下提刑廉訪使，於是捉來了甸士和他的新夫人，經崔老苦苦哀求，沒有殺他們，又使甸士和翠鸞重為夫婦，而把新夫人休了，改作梅香。

這部劇結構緊湊嚴密，劇中對嫌貧愛富喜新厭舊的薄倖男子，有深刻的諷刺和警誡，頗富現實意義。第三折翠鸞發配途中悲苦哀泣的幾支曲子，寫得格外深摯感人。

「則見他努眼撐睛大叫呼，不鄧鄧氣夯胸脯。我濕淋淋只待要巴前路，哎行不動我這打損的身軀。我捱一步又一步，何曾停住。這壁廂那壁廂有似江湖，則見那惡風波，他將我緊當處。問行人蹤跡消疎，似這等白茫茫，野水連天暮，你着我女孩兒怎過去。」（刮地風）

「告哥哥一一言分訴，那官人是我的丈夫，我可也說的是實又不是虛。尋着他指望成眷屬，他別娶了妻道我是奴，我委實的銜冤負屈。」（四門子）

第四折中夜雨中來到臨江驛，以及夜哭的幾首曲也是哀惻感人。

「雨如傾敢則是風如扇，半空裏風雨相纏。兩般兒不顧行人怨，偏打着我頭和面。」（端正好）

「當日個近水邊到岸前，怎當那風高浪捲。則俺這兩般兒景物淒然，風刮的似箭穿，雨下的似甕瀽。看了這風雨呵，委實的不善，也是我命兒裏惹罪招愆。我只見雨淋淋寫出瀟湘景，更和這雲淡淡粧成水墨天，只落的兩淚漣漣。」（滾繡毬）

「我我我捱一夜似一年，我我我埋怨天，我我我敢前生罰盡了淒涼願。我我我哭乾了淚眼，我我我叫破了喉咽。來來來哥哥，我怎把這燒餅來嚥。」（笑和尚）

這都是非常沉痛的文辭，感人甚深。

石君寶 平陽（今山西臨汾縣）人。所作雜劇十本，今存魯大夫秋胡戲妻、諸宮調風月紫雲亭、李亞仙花酒曲江池。另有李太白匹配金錢記，元曲選及影印元明雜劇俱題喬夢符撰，據鄭因百先生與羅錦堂氏之考證，此劇當爲石君寶撰，喬作另有一本名爲唐明皇御斷金錢記（參見鄭氏元劇作者質疑及羅氏現存元人雜劇本事考）。

秋胡戲妻，是一部家庭悲喜劇。故事是：秋胡娶羅梅英爲妻，婚後三日，即去從軍，梅英以蠶桑奉姑。有李大戶知梅英貌美，欲娶爲妻，貽說秋胡已死，強委紅定，逼女父曲從，與胡母議，皆勸梅英改嫁，但梅英誓死守節，志不能奪。十年後，胡以軍功授中大夫，令歸省親。抵故里，見一女採桑林中，貌絕美，試挑之，女正色嚴拒，復遺以金，女愈怒，奔去。秋胡歸家，知所戲女子即其妻梅英，梅英羞其夫無行，欲自盡，姑等勸慰，秋胡也愧悔謝罪，始恢復和好。同時亦將李大戶治罪。

這個戲，對梅英塑造了一個堅貞守節，不爲財勢所動的貞節形象，文辭也很本色，有些地方寫得很潑辣，像第三折中梅英怒罵秋胡的話：

「你瞅我一瞅，黥了你那額顱。扯我一扯，剕了你那手足。你湯我一湯，拷了你那腰截骨。掐我一掐，我着你三千里外該流遞。摟我一摟，我着你十字街頭便上木驢。哎吃萬剮的遭刑律，我又不曾掀了你家的墳墓，我又不曾殺了你家的眷屬。」（三煞）

這種文詞，眞是淺白流利，尖刻辛辣。

曲江池，是寫鄭元和與李亞仙的戀愛故事，取材於唐白行簡的李娃傳。故事是：洛陽府尹鄭公弼之子元和，上京赴選，在曲江池與妓女李亞仙相遇，顧盼不已，三墜其鞭，遂與亞仙同至其家，一住兩年，金盡，被鴇母逐出，窮無所歸，與人唱輓歌度日。府尹得知其事，上京尋他，將他打得昏死在杏花園，亞仙跑去救醒了他，欲留於家，鴇母不容，元和乃乞食度日，亞仙猶不忘舊情，陰使牛觔招之，出私蓄付鴇母爲贍資，與元和同居，並鼓勵元和發奮讀書，元和終於一舉中第，授洛陽縣令，謁府尹，府尹即其父公弼，元和佯不識，經亞仙苦勸，父子方和好。這個戲，主要是寫李亞仙對愛情的眞誠篤摯，塑造了一個善良的風塵女子的典型。

鄭廷玉　彰德（今河南彰縣）人，生平無考。所作雜劇二十四本，現存楚昭公疎者下船、布袋和尙忍字記、包龍圖智勘後庭花、宋上皇御斷金鳳釵及看錢奴買寃家債主五本。另元曲選中有崔府君斷寃家債主，題爲無名氏撰，王國維據也是園書目定爲鄭廷玉作，靑木正兒於元人雜劇現存書目中已指其錯誤，羅錦堂現存元人雜劇本事考斷定其爲無名氏之作。鄭氏現存五本雜劇皆爲末本，而取材多偏重於鄉里姦殺謀財等公案故事，用筆老辣，不事彫琢，以樸質見長。

看錢奴，是一部因果輪迴劇，故事寫：周榮祖，妻張氏，子長壽。先世廣有家財，其祖周奉記，生平禮佛，並建佛院淸修。後榮祖之父毀佛院，卽得病而亡，人以爲不禮佛之故。榮祖赴京應考，將祖上遺金悉藏地窖中，乃率妻子同赴京。打牆人賈仁貧甚，至廟中祈神祐，神云按其籍餓死，今聖帝有旨，榮祖之父，一念差誤，子孫合受折罰，今以其家藏金暫與仁，二十年後歸還本主。仁醒，爲人打牆，果得藏金，遂致富。然仁慳吝，一文不肯輕用。榮祖歸，藏金已不見，於是潦倒，偶過賈仁門，見其門客陳德甫，知仁無子，欲求義子，乃賣其子長壽與仁，仁不肯多出錢，德甫支己俸錢付榮祖。越二十年，賈仁死，長壽盡得其家業。榮祖妻心痛，至藥鋪求藥，鋪主卽陳德甫，陳乃引榮祖與長壽相見，父子重合。

這部戲主要在宣揚佛法，及强調因果報應。其中對守財奴的慳吝，着意刻劃，極爲深刻，頗富諷世意味。尤其劇中的一些對語，寫得生動而又爽利。像第三折中賈仁病中對長壽說的話：「我兒也，你不知我這病是一口氣上得的，我那一日想燒鴨兒吃，我走到街上，那一個店裏正燒鴨子，油渌渌的，我推買那鴨子，着實的撾了一把，恰好五個指頭撾的全全的。我來到家，我說盛飯來，我吃一碗飯，我咂一個指頭，四碗飯咂了四個指頭。我一會瞌睡上來，就在這板櫈上，不想的睡着了，被個狗餂了我這一個指頭，我着了一口氣，就成了這病。罷罷罷，我往常間一文不使，半文不用，我今病重，左右是個死人了，我可也破一破慳使些錢，我兒，我想荳腐吃哩。「

小末云」可買幾百錢，〔賈仁云〕買一個錢的荳腐。」這段話，寫的尖利活潑，實在是很好的文章。

武漢臣　濟南（今山東濟南）人，生平不詳。所作雜劇十種，今存散家財天賜老生兒和虎牢關三戰呂布二種。另有李素蘭風月玉壺春及包待制智勘生金閣二種，元曲選均題武漢臣撰，前者當係賈仲名所作，後者當屬無名氏。

老生兒，是一部家庭悲喜劇。故事是：劉從善娶妻李氏，年已六十猶無子，有女引張，招壻張郎。從善之弟早亡，侄引孫亦與從善同住，唯李氏憎之，尤爲張郎引張所不容，從善只好替引孫營舍另居。從善本富有，憤妻女及壻不容其侄，乃將一些欠他債的文書都燒毀了。從善有婢小梅懷孕，從善偶外出，囑妻女善待之。女妻相謀，恐小梅生男，奪其家產，想把她遣走，而張郎得知，更想去掉她，後來引張不忍，把小梅送去鄉下親戚家裏藏着，對父親也只說她私逃了。從善浩歎之餘，乃廣行施捨，濟困恤貧，時引孫亦來求布施，張郎不給，從善只好私下資助。時值清明，從善命壻備祭品去掃墓，張郎夫婦先行，二老繼至，見張家墳上設祭品甚豐，劉家墳前僅焚紙一陌，澆酒一杯，從善大大感傷，妻亦悟壻終不可依托。俄而引孫荷鍤來在墳上塡土，乃知一陌一杯也是引孫所奠，而非張郎，於是從善夫婦携引孫歸，將家業全交他掌管，不准張郎夫婦再入劉家。張郎夫婦亦慚悔，於是引章乃於從善生辰，引小梅及所生子來見，從善大喜，分家財三份，子、女、侄各得一份。

這個戲，結構很緊湊，曲辭也很爽利，尤其作者着力在對白方面，用通俗的口語，寫出長篇大段的對白，顯得格外活潑與眞實。劇中强調「善惡有報」的概念，激發人行善，立意甚佳。

高文秀　東平（今山東東平縣）人，府樂生員，早卒，都下人號小漢卿。所作雜劇三十餘種，今存黑旋風雙獻功、劉玄德獨赴襄陽會、須賈誶范睢及好酒趙元遇上皇四種。另保成公徑赴澠池會，孤本據趙校題高文秀撰，各本錄鬼簿及太和正音譜，高氏名下均無此劇，羅錦堂氏斷定非高作，當屬無名氏（參見現存元人雜劇本事考）

高文秀的雜劇，寫黑旋風李逵的故事最多，另外還有寫伍子胥、廉頗、項羽、樊噲、班超、劉備以及武松等歷史上英雄人物的故事，看起來他是很喜歡這類雄武壯烈的故事。

雙獻功，寫鄆城縣孔目孫榮，其妻郭念兒，與白衙內有染，榮不知。一日，榮與妻要到泰安州神廟還願，請得梁山泊李逵為護臂。他們宿一店中，念兒和白衙內約好，乘機相偕逃走。榮去衙門告狀，而坐衙的竟是白衙內，遂將他下牢。逵偽為榮弟，入獄送飯，陰置蒙汗藥於食物中，賺獄卒食，乘獄卒昏倒，將榮和全牢人都放了。逵又假扮為祇候，進白衙內家，殺了衙內和念兒，提了兩顆人頭上山獻功。這個劇裏，把李逵寫得既謹慎又多謀，是一個智勇兼全的英雄人物。文辭也很淺顯明白，甚能引人入勝。

康進之　一云姓陳，棣州（今山東惠民縣）人。所作雜劇黑旋風老收心和梁山泊黑旋風負荊兩種，今存後者一種。看起來他是專門喜歡寫黑旋風的，現存的李逵負荊寫的極為精彩。故事是：梁山泊附近杏花庄開酒店的王林，被冒稱宋江、魯智深的人搶去了女兒滿堂嬌，剛好李逵來店買酒，知其事，怒奔回寨，欲殺宋江和智深，江辯說無其事，逵不信，於是江令立下軍令狀，偕智深及逵至王林家證對，有則江願自盡，無則取逵頭。及問王林，曰非此二人。逵大懼，回山負荊請罪，吳用等也為之請宥，江令如能擒得假冒匪徒，即可抵罪。時值假宋江又至王林家，林潛通知大寨，逵至，擒假冒之匪，得滿堂嬌還其父，江令梟匪首，並設宴為逵慶功。

這部戲，結構緊湊，曲白生動雋美，描寫細膩，尤其把李逵魯莽忠義的性格，簡直寫活了，對他善良的心地，豪爽而又粗魯的性格，透過戲劇的衝突，生動巧妙的展現出來，這是一部非常成功的喜劇。

尚仲賢　眞定（今河北正定縣）人，曾任江浙行省務官。所作雜劇十種，今存尉遲公三奪槊、洞庭湖柳毅傳書和漢高祖濯足氣英布三種。另元曲選有尉遲公單鞭奪槊，與元刋之三奪溯曲白關目各異，鄭振鐸以爲二者乃是前後本，可能都是尙作。羅錦堂則以單鞭奪槊歸屬無名氏。因元代同題材之劇本很多，後人又常有改前人之作的做法，所以還是當作是無名氏之作，不必認爲自己改作自己的東西較妥。

三奪槊是一部歷史故事劇。故事是：唐高祖李淵有三子，太子建成、次秦王世民，三齊王元吉。高祖定天下，世民功居多，太子與元吉謀議，想篡奪帝位，然懼秦王部將尉遲恭神勇，不敢輕動，乃設計誣奏恭造反，高祖怒囚恭，賴劉文靜救免。後來尉遲恭在御園和元吉比武，他赤手空拳和元吉爭鬥，元吉雖持武器，竟不能勝，最終被恭擊斃，高祖也赦免了恭殺死元吉之罪。這部戲和單鞭奪槊不同，這部戲重點是放在元吉陷害尉遲恭，致使他含冤受屈，同時想到爲朝廷除害，以致最後決定打殺元吉。戲中對尉遲恭忠勇剛烈的性格以及含冤受屈激憤不平的情緒，有較深刻的描寫。

氣英布　寫漢高祖招降英布之後，故意慢待，僞稱病足，不出迎候。入室，見沛公倨坐，令宮人濯足，佯不爲禮，英布愧怒，欲歸楚，恐項王恥笑，乃引刀欲自剄，蕭何勸止之。又欲率軍入驪山爲寇，而沛公忽至，於布營設宴鼓樂，謂布曰：「公銳氣勃勃，故少加折挫耳。」乃親致酒跪拜以謝，即封布九江侯，使擊楚，沛公又親爲布捧轂推輪，布感德，引兵攻項，大勝而歸。這個劇，寫英布的英勇剛强，也很有生氣。

紀君祥　大都人，與李壽卿、鄭廷玉同時。他所作雜劇六種，今存趙氏孤兒寃報寃一種。此劇今有二本，一是元刊雜劇三十種本僅四折，一是元曲選本五折，第五折庸弱鬆懈，與前四折不類。鄭因百先生云：「元曲選本前四折與元刊本歧異處，幾無一語無遜色，其庸弱却與第五折相同，第四折末數曲尤可看出係爲增添第五折而改作者。謂添此折者卽爲編元曲選之臧懋循，雖無確據，亦不甚遠。」（元劇作者質疑）於此可知，元刊四折本爲紀氏原作，元曲選五折本乃係後人改作者。

這是一部歷史悲劇，王國維宋元戲曲史謂列之於世界大悲劇中，亦無愧色。故事是：春秋時晉國屠岸賈殺了趙盾全家三百口，只剩趙朔之妻，是晉國公主，被囚宮中，產下一子，屠岸賈立卽命令把守宮門，以防公主和嬰孩走脫，也想殺死趙氏孤兒以絕其嗣。這時程嬰進宮救出嬰孩，把門將軍韓厥激於義憤，放走他們，然後自刎。岸賈得悉，大搜全國，命將半歲以下嬰孩都搜捕殺死。嬰見事急，便去找公孫杵臼商議，將自己兒子詐爲趙兒，藏在杵臼處，然後去告發，岸賈果在杵臼家搜得嬰兒，以爲趙孤，於是連杵臼一道殺了。岸賈因程嬰告發，甚寵信嬰，嬰以趙孤爲己子，名程勃，岸賈將他過繼爲己子，又名屠成。二十年後，趙孤已長大，一日，嬰故遺畫卷於地，由勃拾得，問畫中何意，嬰乃說明前事，勃大怒，於是立志報仇。

這部戲，一面揭露權貴的禍國殃民和殘暴兇狠，一面高張磅礡的正義和犧牲精神，全劇充滿壯烈悲昂氣氛。文辭也慷慨激昂，恰能配合劇情。像第三折公孫杵臼在受刑時所唱的曲文；

「打的我無縫可能逃，有口屈成招。莫不是那孤兒他知道，故意的把咱家指定了。我委實的難熬，尙兀自強着牙根兒鬧。暗地裏偷瞧，只見他早訂的腿挺兒搖。」（得勝令）

「俺二人商議着要救這卜兒曹，吖一句話來到我舌尖上却嚥了，我怎生把你程嬰道，似這般有上梢無下梢

，只被你打的來不知一個顛倒。遮莫便打的我皮都綻，肉盡銷，休想我有半字兒攀着。」（水仙子）

這兩支曲，寫杵臼自我强忍酷刑，不肯牽連別人，一種自我犧牲精神躍然紙上，同時那種殘酷暴虐的作風，也被尖利地揭顯，文詞淺白爽利，非常暢達。

吳昌齡　西京（今山西大同縣）人。所作雜劇十種，今全存者有花間四友東坡夢。另有西遊記，存本題吳昌齡撰，但據今人考證，當是楊景言所作，吳作爲唐三藏西天取經，今只存兩套。另元曲選有張天師斷風花雪月一劇，題吳昌齡撰，趙校則不題作者姓氏。錄鬼簿吳氏名下有「張天師夜祭辰鉤月」，王國維（見曲錄卷二）認兩者同是一劇，青木正兒亦讚同王說（見元人雜劇序談）。任訥曾以元曲選本沒有祭辰鉤月情節，疑係兩劇（見曲錄初補）。羅錦堂亦認爲是兩劇，以風花雪月爲無名氏作。

東坡夢，是一部佛教弘法度世劇，內容是：宋端明殿大學士蘇東坡，因觸怒王安石，被謫黃州，路過潯陽驛琵琶亭，於太守賀方回席上，見一歌妓白牡丹，東坡挈之遊廬山，廬山東林寺主持佛印禪師爲東坡故友，東坡欲使牡丹招佛印還俗，佛印終不爲動，而以神通，遣花間四友夭桃、嫩柳、翠竹、紅梅，引東坡入夢，飲之酒，坡醉。明日，佛印說法，東坡不能難。及與白牡丹問答數語，牡丹言下卽省悟，願削髮爲尼。這也是元劇中常見的佛法故事題材，寫得不見什麼特色。

戴善甫　一作善夫，眞定（今河北正定縣）人，曾任江浙行省務官。所作雜劇五種，今存陶學士醉寫風光好和瘸李岳詩酒翫江亭兩種。

風光好，是一部風情劇，故事是：宋太祖派翰林學士陶穀出使南唐說降，穀留驛館中，南唐宰相宋齊丘使命妓秦弱蘭侍宴，穀故作矜持，斥弱蘭退。後來宋齊丘使弱蘭扮一驛吏寡婦，月夜在庭中燒香，穀見而情動，不憶其爲弱蘭，擁之而臥，並約定娶她爲妻。穀當時在弱蘭汗巾上題一風光好詞留做紀念。既而發覺自己陷入宋齊丘圈套，不敢返宋，只得往依故友錢俶。後來宋滅南唐，弱蘭避難杭州，由錢俶中間周旋，遂與陶穀結爲夫婦。

這個劇情節單純，而全劇緊湊，作者落筆拙重，不弄小巧，曲詞也很爽利。

李文蔚 眞定（今河北正定縣）人，曾任江州瑞昌縣尹。所作雜劇十二種，今存同樂院燕青博魚和張子房圯橋進履兩種。

燕青博魚，也是一本寫水滸英雄故事的劇，內容是：燕青發現結義兄弟燕和之妻王臘梅和楊衙內通姦，而燕青燕和反都被楊下獄。後青與和越獄，楊與臘梅追之，將及，遇和弟順，順已入籍梁山，聞和及青受冤，乃挾貲來救，合力擒楊及臘梅，俱歸梁山，宋江命皆殺之。這部戲結構蔓延，脈絡有欠連貫，尤其是把燕青寫成眼瞎，以求乞博魚度日，甚爲猥瑣，曲調尚稱活潑。

李行道 各通行本錄鬼簿均作行甫，明鈔本又云名潛夫。所作雜劇包待制智賺灰闌記，今存。

灰闌記，是一部家庭悲喜劇。內容是：鄭州張海棠因家貧流爲娼妓，與馬員外均卿交厚，遂委身爲妾，生一子。馬妻與趙令史私通，欲殺馬而嫁趙，且佔其家業，乃購毒藥藏之，令海棠作湯，陰投藥湯中毒死馬，遂誣海棠毒夫。馬妻欲奪海棠所生子，言如留子遠去則已，否則告官，海棠不允棄子離去，乃相偕赴官府，官以海棠本娼妓，輕視之，竟屈打成招。牘上開封府，府尹包拯重勘此案，在地上用石灰畫一欄，置幼兒其中，令妻妾左右拽之，以能拽出灰欄者判勝，海棠恐傷其子，不敢用力，故兩次均不能拽出，於是包拯看破眞相，將幼兒及財產都判付海棠，並將姦夫淫婦處死。這部戲題材很能感動人，結構也很緊湊，就是曲詞太過平實，不夠生動。

李直夫　女眞人，本名蒲察李五，寄居德興府（今察哈爾涿鹿縣）。元明善淸河集卷二有贈李直夫詩二首，其一題「送湖南李直夫憲使」，以此知直夫曾官湖南憲使。此詩據孫氏考定當作於大德七、八年（見元曲家考略），由此推知，直夫乃至元延祐間人。所作雜劇十二種，今祇存便宜行事虎頭牌一種。

虎頭牌，是一部家庭喜劇。故事是：金時女眞人完顏氏，小字山壽馬，幼孤，由其叔銀住馬撫養成人，官金牌上千戶，後以功擢天下兵馬大元帥行樞密院事，並賜佩雙虎符金牌，便宜行事。又許以金牌擧一人授之，守夾山口。其叔父銀住馬適由渤海來，聞之，欲受命守夾山口，山壽馬知其嗜酒，恐誤軍政，難之，銀住馬誓言止酒，乃委之以去。親友來賀，銀住馬不覺又醉。後中秋夕，又與衆痛飮，夾山口遂爲敵所破，掠去人口牛馬。次日，銀住馬領頭目奪之回，又擧酒相慶。山壽馬以其失職，捕之，醉中具服，將依法誅之，銀住馬酒醒，已奪回人馬，願以功抵罪，山壽馬乃赦死罪，而杖之。次日，山壽馬又擔酒牽羊，與叔父暖痛，銀住馬初時閉門不納，後經懇說，方始接納，山壽馬說明，昨日打他的不是侄兒，乃是「虎頭牌」，銀住馬遂與他和好如初。

這部戲是女眞人寫的女眞故事，內容有的描寫到女眞的風俗，並且用了一些像阿那忽也不羅等胡曲，可能就是女眞樂，這特別有一種地方色彩，曲辭也非常醇樸，有一種北方民族的俚質之氣。

李好古　通行本錄鬼簿云保定人，或云西平人，明抄本則云東平人。所作雜劇三種，今存沙門島張生煮海。

張生煮海，寫書生與龍女的戀愛故事。內容是：書生張羽寄寓東海岸邊的石佛寺，晚間彈琴，東海龍王第三女瓊蓮前往竊聽，張生開門見之，遂延入室，歡談竟夕，兩相愛慕，龍女約羽於中秋夕至海上，將招爲壻，並出綃帕以爲信物。及期，羽持帕至海岸，見大水茫茫，不知所之，忽遇一道姑，乃秦時毛女，女謂龍王性躁難允婚事，須有以降伏之，乃以銀鍋、金錢、鐵杓各一授羽，令舀海水，投錢於鍋煮之，煮至鍋中水淺，則海水亦淺，龍王必來告哀。羽如法施行，龍王果求寺僧爲媒，願招羽爲壻。僧引羽入龍宮與龍女成婚，時東華仙忽至，謂二人乃瑤池金童玉女，謫罰下界，今夙契已償，當重返瑤池，遂相攜升天以歸仙位。這部戲，結構有些鬆懈，文辭卻美麗而流暢，尤其第一、第二兩折描寫海景的曲，更是壯麗。

李壽卿　太原人，曾任將仕郎，除縣丞。所作雜劇十種，今存說鱄諸伍員吹簫和月明和尚度柳翠兩種。

伍員吹簫，是一部歷史人物故事劇。內容是：楚伍員之父奢，爲費無忌所讒殺，員逃奔鄭國，楚使養由基追他，射他三箭，均咬去箭頭，因此得以逃抵鄭。又南奔吳，遇浣紗女給他飯吃，他恐女透露消息，女自投於江以自明。他又至江邊喚渡，漁父渡他過去，也自刎以免他見疑。員到吳，流落市間，吹簫乞食。遇俠士鱄諸，結義爲兄弟。鱄諸並答應幫子胥報仇，遂借吳兵十萬伐楚，生擒費無忌而報了父兄之仇。後又將浣紗女的母親和漁父的兒子迎往吳國以報恩。這部戲，結構緊湊，毫不支離繁瑣，語詞典雅清奇，可算一部佳作。

張國賓　一作國寶，字酷貧，大都人，爲教坊勾管。所作雜劇四種，今存相國寺公孫汗衫記，薛仁貴衣錦還鄉和嚴子陵垂釣七里灘三種。又羅李郎大鬧相國寺，存本題張國賓撰，但各本錄鬼簿及正音張氏名下均無此目，賈仲名錄鬼簿續編失名氏下有「相國寺」，正音無名氏下有「大鬧相國寺」，羅錦堂據以斷定當爲無名氏之作。

合汗衫，是一部家庭悲喜劇。內容是：張孝友之妻李玉娥妊娠十八個月仍未生產，陳虎調唆孝友夫婦隨他去徐州東嶽廟祈求分娩。臨行時，孝友父親叫他把汗衫撕開留下一半，另一半帶著上路。路上陳虎把孝友推到黃河裏，劫走玉娥。不久玉娥生一男孩，陳虎把他當作自已兒子，取名陳豹。孝友離家那天，家中起火燒得精光，父母只得乞討維生。經過十八年，陳豹中了武狀元，請相國寺代爲捨貧散齋，他的祖父母也來乞施，因見陳豹面貌酷似孝友，拿出各携一半的汗衫一比，知道是他們的孫子。而孝友當年墜河遇救，已落髮爲僧，當豹偕祖父母至一寺追薦孝友亡魂時，恰遇其父，於是全家團圓，並將陳虎送官法治。這部戲，情節變化複雜，所以排場顯得雜亂，曲辭平實而已。

這一時期的雜劇作家，除以上所述者外，還有王仲文、費唐臣、王伯成、岳伯川、石子章、狄君厚、孔文卿、張壽卿、孟漢卿等人，均有雜劇留存，他們的成就，都不如以上所評述各家，故不再詳加介紹。

第三節　元代後期雜劇

這一期的作家，大部分是南方人，像楊梓、金仁傑、范康、王曄等皆是，也有一部份雖是北人而卻流寓南方者，像鄭光祖、喬吉、宮天挺等皆是。可見這時候，雜劇的發展，已完全移轉到南方，而那時雜劇的中心，正是繁華之區的杭州。這一時期的作家，大多以采藻煥發見長，而很少表現本色。

鄭光祖　所作雜劇十七種，今存迷靑鎖倩女離魂、㑳梅香騙翰林風月、醉思鄉王粲登樓和輔成王周公攝政四種。另今存有虎牢關三戰呂布和程咬金斧劈老君堂，鄭因百先生及羅錦堂氏以爲前者爲武漢臣撰，後者爲無名氏之作。還有放太甲伊尹扶湯和鍾離春智勇定齊，羅氏亦以爲無名氏之作（參見鄭氏元劇作者質疑及羅氏現存元人雜劇本事考）。鄭光祖過去同關、馬、白號稱爲四大家，但很多人以爲太過推譽。太和正音譜評他的曲辭說：「鄭德輝之詞，如九天珠玉。其詞出語不凡，若咳唾落乎九天，臨風而生珠玉，誠傑作也。」王國維宋元戲曲史也說：「鄭德輝清麗芊綿，自成馨逸，不失爲第一流。」如以辭采論，德輝的曲，的確是豔麗嫵媚，彩藻煥發，可稱佳作。

倩女離魂，是一部戀愛悲喜劇。內容是：張倩女和王文舉指腹爲親，文舉上京應舉，過拜岳母，岳母嫌其貧寒，只命倩女以兄妹之禮相見，倩女因此鬱鬱不樂。文舉辭別上京，倩女送行歸後，一病不起。他的魂靈追上了文舉，一同上京，文舉並不知是她的出殼的魂靈。文舉在京狀元及弟，派人送家書給岳母，言將携小姐同歸，家書被倩女在家之軀所見，以爲文舉另娶，竟爲之氣厥。待文舉返岳母家，向岳母請罪，因他携女同行，但張母不信，以爲女兒臥病在牀，不曾離開，見倩女之魂，以爲鬼怪。只見倩女魂靈直走向內室，與牀上病體合而爲一，小姐病也痊癒，於是夫人才了解眞相，命文舉倩女二人完婚。

這部戲據唐人小說離魂記而作，內容荒誕，結構平直，但曲辭豔麗，令人眩目。像第一折的：

「捱徹涼宵，颯然驚覺，紗窗曉。落葉蕭蕭，滿地無人掃。」（點絳脣）

「則他這渭城朝雨，洛陽殘照。雖不唱陽關曲本，今日來祖送長安年少。兀的不取次棄舍，等閒抛掉，因而零落。恰楚澤深，秦關杳，泰華高，歎人生離多會少。」（村裏迓鼓）

「見浙零滿江干樓閣，我各剌剌坐車兒懶過溪橋，他矻磴磴馬蹄兒倦上皇州道。我一望望傷懷抱，他一步步待回鑣，早一程程水遠山遙。」（柳葉兒）

第二折的：

「你覷遠浦孤鶩落霞，枯藤老樹昏鴉。聽長笛一聲何處發，歌欸乃，櫓咿啞。」（禿廝兒）

「近蓼洼，纜釣槎，有折蒲衰柳老蒹葭。傍水凹，折藕芽，見烟籠寒水月籠沙，茅舍兩三家。」（聖藥王）

都是倩麗婉轉，絕妙好詞。

王粲登樓，是一部歷史人物劇。內容是：王粲高平人，父默太常博士，母李氏。粲學富家貧，丞相蔡邕與其父曾指腹爲婚，以女桂花配粲。粲恃才傲物，邕遣書邀粲，母使其前往京師。邕先與學士曹植密商，託植爲書，薦粲於劉表。及粲至，邕故不爲禮，粲憤辭，植具薦書，並贈川資，令投劉表。表見其貌不揚，且性傲，不予任用，於是落魄荊楚。饒陽人許達建一樓曰溪山風月，左鹿門山，右金沙泉，雅擅名勝，嘗偕粲登樓吟詠，粲醉，輒望故鄉而流淚。一日，達邀飲樓中，賦詩酬唱，忽聖旨至，授粲爲天下兵馬大元帥。初粲曾作萬言策，懇植獻於朝，邕爲進呈，故有此授。植具道始末，粲始恍然，感邕之德，而與邕女偕其伉儷。

這部戲，結構有些散漫，不過命意甚高，意象悲壯，文辭也很雅麗。像第三折中的：

「雕簷外紅日近，畫棟畔彩雲飛。十二欄干，欄干在天外倚。我這裏望中原，思故里，不由我感歎酸嘶，越攬的我這一片鄉心碎。」（迎仙客）

「淚眼盼秋水長天遠際，歸心似落霞孤鶩齊飛。則我這襄陽倦客苦思歸，我這裏恁闌望，母親那裏倚門悲，爭奈我身貧歸未得。」（紅繡鞋）

「楚天秋山疊翠，對無窮景色，總是傷悲。好教我動旅懷難成醉，枉了他壯志如虹英雄輩，都做助江天景物淒其。氣呵做了江風淅淅，愁呵做了江聲瀝瀝，淚呵彈做了江雨霏霏。」（普天樂）

這些詞語，慷慨悲壯，甚爲爽烈。再如：

「幾時得似賓鴻北歸，倒做了烏鵲南飛。仰羨那投林倦鳥，堪恨那舞瓮醯鷄。方信道垂雲的鵾鵬羽翼，那藩籬下燕鵲爭知！」（十二月）

「眞乃是鶴長鳧短不能齊，從來這烏鴉彩鳳不同棲。挽鹽車麒驥陷汚泥，不逢他伯樂不應嘶，只爭個遲也麼疾，英雄志不灰，有一日登鰲背。」（堯民歌）

這些詞句，托物寓意，甚爲美巧。

喬吉，所作雜劇十一種，今存玉簫女兩世姻緣和杜牧之詩酒揚州夢兩種。另有李太白匹配金錢記，見元曲選，又有影印元明雜劇本，俱題喬夢符撰。據鄭因百先生及羅錦堂氏之說，認爲今本爲石君寶所撰。據明鈔本錄鬼簿喬名下注正目云：「韓飛卿勑錦花袍，唐明皇御斷金錢記」，與今劇不同，喬劇已佚（參見鄭氏元劇作者質疑及羅氏現存元人雜劇本事考）。喬夢符的雜劇，題材多陳舊，但詞采也是光豔照人，清麗之中帶着一些豪氣。

兩世姻緣，是一部戀愛喜劇。內容是：韋皋與洛陽名妓韓玉簫相狎，兩情相悅，寓居韓處。玉簫母勸皋赴京應試。皋去後杳無音訊，玉簫相思成病，一臥不起，臨終自畫肖像託人寄皋。皋及第後，以征吐蕃立大功，經十八年班師回朝，途中拜訪荊襄節度使張權，席間權使義女張玉簫出侍，皋見其容貌和洛陽韓玉簫酷似，很是喜歡，便向她交語調戲，並要求張權以女嫁他，權大怒，欲殺皋，皋乃率兵圍了張府，賴玉簫調停，始得無事。皋將此事上奏唐中宗，帝召權入朝，親斷此案，韓玉簫之母拿肖像來做憑證，證明了張玉簫就是韓玉簫再生，於是玉簫終於嫁給了韋皋，成就了兩世姻緣。

這部戲，結構稍嫌繁雜，但作者能使劇情巧妙推移，曲折而引人，手法很高，曲辭也很清麗，尤其第二折極其淒豔，最堪稱賞。像：

「隔紗窗日高花弄影，聽何處囀流鶯。虛飄飄半衾幽夢，困騰騰一枕春醒。趁着那遊絲兒，恰飛過竹塢桃溪，隨着這蝴蝶兒，又來到月榭風亭。覺來時倚着這翠雲十二屏，恍惚似墜露飛螢。多咱是寸腸千萬結，只落的長嘆兩三聲。」（集賢賓）

「獨兀自身心不定，倚遍各樓，望不見長安帝京。薄情多應戀金屋銀屏，想於咱不志誠，空說下磕磕海誓山盟。赤緊的關河又遠，歲月如流，魚雁無憑。」（逍遙樂）

「我覷不的雁行絃斷臥瑤箏，鳳鸞笙殘冷玉笙，獸面香銷閒翠鼎。門半掩，悄悄冥冥，斷腸人和淚夢初醒。」（上京馬）

這些詞句，駘容生姿，婉麗之極。

揚州夢，是一部風情喜劇。內容是：翰林侍讀杜牧迷色好酒，於豫章太守張紡筵上，見一十三歲歌妓張好好，有愛慕之意，紡旋以好好與舊友牛僧孺為義女，三年後，牧遊揚州，往訪揚州太守牛僧孺，席間又逢好好，憶曾相識，遂屢以眉目傳情。翌日爲再見好好，復訪僧孺，僧孺故意不見，亦不使好好出見。揚州富人白文禮與僧孺交誼甚厚，牧之乃請文禮說合，文禮允諾。杜牧回京，僧孺亦任滿入朝；文禮隨僧孺進京，宴請牛杜二人，席間文禮向僧孺提親事，卒得同意，命當日成親。未幾張紡亦至，時紡官京兆尹，朝命因牧縱情花酒，本當謫罰，賴紡保奏，得以赦免，因此紡勸牧當發憤自勵，以求上進。

這部戲，劇情很單純，每折都是設宴取樂，看起來很平淡，不過每一場酒宴情趣不同，還不算乏味。曲辭也非常雅麗，很有生氣，像第一折的：

「倒金屛鳳頭，捧瓊漿玉甌。蹴金蓮鳳頭，並凌波玉鉤。整金釵鳳頭，露春纖玉手。天有情天亦老，春有意春須瘦，雲無心雲也生愁。」（哪吒令）

「花比他不風流，玉比他不溫柔。端的是鶯也消魂，燕也含羞。蜂與蝶花間四友，呆打頦都歇在荳蔻梢頭。」（鵲踏枝）

這些曲辭，描寫的玲瓏剔透，冶豔之極。

宮天挺　字大用，大名（今河北大名縣）人。歷學官，除釣臺書院山長，卒於常州。所作雜劇六種，今存死生交范張鷄黍一種。另嚴子陵垂釣七里灘，元刋古本雜劇收之，未題作者姓氏，王國維宋元戲曲史疑卽錄鬼簿所云宮作，但羅錦堂以明鈔本錄鬼簿於張國賓名下有此目，據以列爲張作。

范張鷄黍，是一部社會劇。內容是：漢山陽人范式巨卿，和張劭元伯，結爲生死之交。一日，式歸里，劭送之驛亭，約定兩年後某日相會於劭家，當登堂拜母。二年期日至，劭設宴候之，母以爲妄，未移時式果至，母歎其守信。別時，劭謂式曰，來年九月十五日，當至君家赴雞黍會。劭歸後，未及一載，身染重疾，彌留時謂其母曰，死後暫勿發喪，以待式至。劭復托夢給式，告己身亡，式醒，知有異，急往奔喪。劭母不堪久待，七日後即出殯，而棺重不可移。頃之，式至，祭之，棺始可動。既葬，式築室墳側，栽松柏以伴亡友。先是，第五倫奉詔訪賢，本擬薦式入朝，以奔劭喪未果。至此，又來請式赴京，並以老友孔嵩力薦，式拜御史中丞。

這部戲，故事很感動人，結構也很緊湊，曲辭更是遒勁動人。太和正音譜評他的曲辭說：「宮大用之詞，如西風鵰鶚。其詞鋒穎犀利，神彩燁然。若搥翮摩空，下視林藪，使狐兔縮頸於蓬棘之勢。」所論中肯。

楊梓　海鹽（今浙江海鹽縣）人，至元三十年爲宣慰司，從征爪哇有功，爲安撫總使，旋爲杭州路總管，卒諡康惠。梓性節俠風流，善音律，所作雜劇教家僮歌之，州人傳其家法，以能歌聞於浙右。所作雜劇今存忠義士豫讓吞炭、承明殿霍光鬼諫和功臣宴敬德不伏老三種。

豫讓吞炭，是一部歷史故事劇。內容是：春秋時晉智伯爲六卿之長，先後滅范氏、中行氏，盡有其地，猶不自足。一日又請地於趙襄子，襄子不與，智伯怒而伐趙，豫讓諫之，不聽。合韓魏之兵圍襄子於晉陽，因韓魏通敵，智伯敗死。豫讓欲爲智伯報仇，待襄子於厠而失敗。於是豫讓乃漆身吞炭，變其音容，再伏於橋下以待襄子，又失敗，遂自刎。這個劇，故事本來就很動人，作者寫來，更是壯烈。

不伏老，故事寫：唐太宗時尉遲恭在功臣宴中，與任城王李道宗爭座失儀，遭謫居田莊。居三年，高麗聞中國大將叔寶病重，敬德遭貶，乃乘隙率兵進犯。太宗聞報，又傳旨起用敬德，敬德佯爲風疾，辭不受命，後徐茂公用計，並多加勸說，才允還朝，又復原職，領旨出征。臨行，徐茂公謂敬德曰：「將軍軍事已老，此去萬勿輕敵。」敬德聞之，不伏已老，終於奮其神威，大勝而還。這部戲，寫烈士壯心，也很使人感動。

范康 字子安（明鈔本錄鬼簿作子英），杭州人。明性理，善講論，能辭章，通音律。因王伯成有「李太白貶夜郎」，乃編「杜子美遊曲江」，下筆奇異，蓋天資卓異，人所不及。所作雜劇兩種，今僅存陳季卿悟道竹葉舟一種。

竹葉舟，是一部仙道故事劇。內容是：餘杭陳季卿在長安應舉落第後，往投終南山青龍寺惠安長老，住寺中，閒賞勝景，而有思歸之意，乃題滿庭芳詞以寄恨。忽有一道士來訪，欲度之修行，季卿不肯，道士說，觀所作詞，知欲返鄉，如肯從余修行，願借小船送其還鄉。言畢，道士摘竹葉一片，黏之壁上，化作小船。季卿恍惚之際，乘上小船，至家省親。途中遇道士及列御寇、葛洪、張子房等皆勸其修行，季卿仍不悟。及抵家，家人相晤甚歡。繼而又赴京求官，路逢大雨，船覆墜江中，驚懼而醒，始知一夢而已。尋道士，已不在，只留詩具言夢中情景，季卿悟道士必仙人，急起追之，乃知爲呂洞賓，於是決心棄凡修道。這部戲，結構大致嚴整，曲辭則典雅清麗。

金仁傑 字志甫，杭州人，天曆戊辰授建康崇寧務官。仁傑與鍾嗣成爲莫逆交，嗣成評其曲云：「所述雖不駢麗，而大概多有可取。」所作雜劇七種，今僅存蕭何月夜追韓信一種。

追韓信，是一部仕宦發跡的故事劇。內容是：淮陰人韓信，家貧無以自立，至城下垂釣，漂母憐而飯之。淮陰惡少，又欺其仁弱，令出跨下辱之。後信奔楚投項梁，不用，又投漢，沛公亦未重用，終日抑鬱不樂。丞相蕭何知其賢，欲薦於沛公，未及言而信已亡走，何乘夜追之，勸其返，拜見沛公，因何之請，遂齋戒登壇，拜信爲大將。信乃領兵伐楚，聲威日隆。後項羽終於敗走垓下，仗劍自刎，而韓信完成其建立大漢之全功。這部戲，對英雄未遇時淒涼悲憤的氣氛，有深刻的描寫，曲辭則很質實。

秦簡夫　生平不詳，明鈔本錄鬼簿云：「大都人，近歲在杭。」知其亦在杭州活動。所作雜劇五種，今存東堂老勸破家子弟、孝義士趙禮讓肥和陶母剪髮待賓三種。

秦簡夫是元代後期的重要雜劇作家，所作雜劇結構都很緊湊，曲辭則以本色見長。

東堂老，是一部描寫助人向善的社會劇。內容是：揚州富商趙國器，妻早逝，有一子揚州奴很是不肖。國器憂悶成疾，臨終托其友東堂老李實代為照顧其子。國器死後，揚州奴為無賴子柳隆卿、胡子傳所引誘，越加放蕩，家財破耗，東堂老屢加訶責，終不悔改，卒而家產蕩盡，以至行乞。這時投柳胡二人，皆若不相識，揚州奴至此乃大悲悔。向東堂老之妻借一些資本，以賣菜為生。東堂老見其已悔過，乃於己之生辰，設筵招鄉里故人，及揚州奴夫婦，出國器遺囑令揚州奴讀之，始知國器臨終時暗寄銀五百錠於東堂老處，囑俟其子困極時給之，東堂老即以此銀為經營生息，凡揚州奴所賣出之田產驢馬奴婢以及家中所有之物，皆假他人之名買來，至是拿出簿册，詳列年月，一一付還。揚州奴又再富有，柳胡聞訊又來，東堂老痛斥之，揚州奴亦嚴拒不再來往。

這部戲，情節雖然單純，但結構嚴謹，關目緊湊，對揚州奴的沉迷墮落，無賴子的奸詐險惡，東堂老的忠誠厚實，都有深刻的描寫。曲辭本色自然，而賓白所佔篇幅尤多，口吻相肖，極其有味。

趙禮讓肥，是一部家庭倫理劇。內容是：趙禮、趙孝兄弟二人，奉母避亂於宜秋山下，以採樵採藥為生。一日，弟禮入山採藥，為賊盜捉去山寨，要把他剖腹剜心，做醒酒湯吃。趙禮向賊首請准一個時辰假，回家向母兄告別，再來受死。禮抵家，兄打柴未歸，乃拜別老母回山寨。趙孝回家，知道其事，立刻追到山寨，母親也趕來了，他們三人，互相爭着要死，都說：「我身體肥，把我殺了吧。」賊盜大爲感動，皆放歸。趙氏兄弟又勸賊首馬武入京應試，武後中武舉，隨光武起兵，討平赤眉銅馬大盜，以功封爲天下兵馬大元帥。武又以趙禮、趙孝賢義奏聞朝廷，於是封孝爲翰林學士，禮爲御史中丞。

這部戲，故事感人，結構也很緊湊，曲辭在本色之中激盪着一股熱情，也是一部佳作。

這一期的雜劇家，像朱凱、王曄、李致遠、楊景賢、陸登善、李唐賓等都有作品存世。

第四節　元代無名氏雜劇

現存的元代無名氏雜劇有六十餘種，其中有得寫的很好，甚至不輸於名家之作，頗值得我們珍視。

龐涓夜走馬陵道，是一部歷史故事劇。內容是：戰國時孫臏和龐涓一同向鬼谷子學兵法，先後十年，龐涓先下山，至魏，封武陰君，權重一時。涓薦孫臏，臏在魏任四門都教練使。臏擺一陣，涓不能破，恨孫臏強於己，誣臏造反，使受刖刑。臏佯爲瘋魔，隨齊使卜商潛赴齊，齊拜臏爲軍師。齊將田忌，合趙楚秦韓燕之師伐魏，臏知涓好勝輕敵，乃以添兵減竈之計，賺魏兵入馬陵道，伏兵四起，大敗之。涓率數騎奪路走，過一白楊樹阻路，上書：「白楊樹下白楊峪，正是龐涓全屍處，……」涓遂在亂箭之下被擒，臏殺之而報仇。這部戲根據史記加以潤飾而成，結構嚴整，關目也好，曲辭尚稱平實。

隨何賺風魔蒯通，也是一部歷史故事劇。內容是：漢高祖平天下後，以蕭何爲相，韓信爲齊王，英布爲九江王，彭越爲大梁王。三王中以信權最重，蕭何邀樊噲、張良私議，欲除韓信，張良不從，憤而入山學道。蕭何從樊噲計，僞稱高祖將遊雲夢山，詔信還朝留守，信門下士蒯通堅阻前往，信不聽，入朝後被殺。通慮禍及己，詐裝瘋魔，宿於羊圈中。蕭何遣隨何前往察看虛實，隨何看出蒯通佯裝，於是把他賺入朝中，通意氣昂然，辯韓信並無叛意，並述信十大功勞，有三愚，高祖聞而赦通罪，授以京兆之職，亦詔復信原官，封樹其墓。這部戲是根據史記、漢書所載敷演而成。此劇結構雖不夠曲折，但對蒯通佯狂義烈的形貌，寫的非常生動，同時透過他的辯詞，把功臣被陷害的政治傾軋揭露出來。曲辭也很悲慨激越。

錦雲堂暗定連環記，也是一部歷史故事劇。內容是：後漢末年，董卓官封太師，加九錫，用李儒、李肅爲腹心，呂布爲爪牙，專擅朝政，覬覦帝位。太尉楊彪、司徒王允憂之，密謀圖卓，學士蔡邕獻議用連環計。允義女貂蟬，本忻州任昂之女，靈帝選入宮，後賜丁原，原以配呂布，黃巾作亂，貂蟬與布相失，爲允所收養。某夜貂蟬於後園燒香禱祐呂布，允見之，因與貂蟬商議，召布飲宴，令貂蟬侍，即以許布。明日，又宴董卓，又以許卓。翌日送貂蟬去董府，允告布謂卓強納，布大怒，遂投王允。允彪僞稱漢帝將禪位於卓，作受禪臺，卓來，竟爲布等所殺，而貂蟬仍爲布妻。這部戲的故事，雖然根據後漢書的卓傳和布傳，但貂蟬一事則不見於正史。這個劇結構巧妙，以貂蟬穿插整個故事，更增活潑，曲辭則典雅淸麗。

叮叮噹噹盆兒鬼，是一部公案劇。內容是：汴梁人楊國用請卜者賈半仙替他卜卦，半仙說他百日之內有血光之災，須離家千里外躲避。他遂出外經商，第九十九天，他歸家途中，宿於離汴四十里破瓦窰邨客店中，店主趙氏以燒瓦罐爲生，人呼盆罐趙，其妻撇枝秀，窺知國用帶有錢銀，與趙謀刼而殺之，移屍至瓦窰中，燒灰和土作爲瓦盆。有開封府老役張㦬古來向趙索瓦器，趙隨意取一盆與之，剛巧就是楊󠄀屍所燒者，㦬古携盆至家，盆忽做人聲，備訴其寃，懇撇古去包公處告狀。㦬古果去，經包公細審，盆鬼道出詳情，乃拘趙夫婦處死。這部戲，結構緊湊，氣氛緊張，生動而有趣，文辭則很質樸俚俗。

硃砂擔滴水浮漚記，也是一部公案劇，情節有很多地方與盆兒鬼相類。內容是：河南王文用，卜者告其有百日血光之災，須至千里外躲避，他乃販硃砂赴江西南昌，於旅店中遇兇徒白正，僞稱同鄉，欲謀奪其錢財，步步追隨，跟文用至河南，文用設法逃避，終被白找到，奪其硃砂，並殺文用。白復至文用家，推文用之父墜井死，脅其妻配己，妻僞允百日後成婚，自此白即病不能起，文用魂訴于東嶽，其父魂訴於天曹，嶽神使太尉神和地曹率寃魂往勾白，白遂歿，其魂遍受地獄諸苦，以懲其殺人之罪。這部戲後半較鬆懈，不如盆兒鬼那樣緊張，文辭則較盆兒鬼稍爲潤飾。

鯁直張千替殺妻，也是一部公案劇。內容是：屠戶張千，家貧親老，生活困苦。其盟兄成員外頗富有，不時周濟他。成員外出外經商，半載未歸，時值清明，千偕母及成妻往掃墓，成妻於郊野挑千，千不從，成妻糾纏，千不得已僞稱返家再行歡好。及抵家，成妻具酒食待千，適成員外歸，命請千共飲，成醉，成妻欲提刀殺其夫，張千急阻之，成妻不從，千怒，奪刀而殺了成妻。事聞於官，衆指成殺其妻，而千自承乃己殺之，疑不能決。案解開封府，包公再審，千率言己殺成妻，並懇請釋放成員外。張千定罪問斬，乃托其母於成而受刑。這部戲，佈局特異，劇中對張千的潔身自愛以及對朋友的義氣，有很好的刻劃，文辭則勁爽俊秀。

包待制陳州糶米，也是一部公案劇。內容是：宋代陳州大旱，戶部尚書范仲淹集公卿大夫集議，派遣清官兩員前往糶米，欽定白銀五兩售米一石，劉衙內力舉其子得中及壻楊金吾往。衙內教其子及壻，加改白銀十兩售米一石，並將斗易八升，秤復加三，以求暴富，特恐陳州百姓不服，請勅賜紫金槌以行。抵陳州後，果朋比爲奸，民受其害。有張憋古者性倔強，與其子小憋古至倉糶米，與倉吏爭論，得中怒，以紫金槌擊死張憋古，小憋古向包待制告狀。先是朝中已聞劉楊不法，特派包來勘斷，包微服查訪，逢妓女王粉蓮，知劉楊和她淫暱，並將紫金槌存她處。劉楊聞包至，赴官廳接候，久不見來，粉蓮也到官廳與楊劉會晤狎暱，包微服在前，劉楊竟置之不顧，且以包言詞不遜，劉令人縛之庭樹欲鞭之，適包侍從至，佯謂包已入城，劉楊乃急往謁，不知所縛卽是包公。包升堂勘斷，棍責王粉蓮，斬楊金吾，命小憋古以紫金槌擊死劉得中。會劉衙內於帝處乞得赦書，命包釋放劉楊，赦書說赦活的不赦死的，等劉衙內趕來，其子與壻已死，剛好這封赦書赦了小憋古殺死劉得中之罪。這部戲，很突出的塑造了倔強性格的張憋古的形象，同時對包公斷案時所遭遇的煩惱和苦悶，也有適當的描寫，整部戲在情節安排上都很緊湊，最後突來赦書，使小憋古既可報仇，又不致罹罪，處理的很巧妙，也收到了喜劇的效果。

包待制智斬魯齋郞，元曲選題關漢卿撰，不足據，近經多家考證，已斷定是無名氏所作。這也是一部公案劇，內容是：汴梁惡霸魯齋郞，素行強暴，恃勢欺人。後往許州，見銀匠李四妻美，託以銀器叫李修理，逕往其家刼其妻而去。李四尾追至鄭州，欲控告魯，投都孔目張珪，心痛暈厥，珪將之救醒，問其事，因畏魯勢，勸李歸去。李返家不見子喜童及女嬌兒，鄰里告以出覓父，不知所往。清明時張珪攜妻子掃墓，適魯在郊外習射，彈中珪子，珪高聲斥罵，魯怒，珪知爲魯，乃謝罪。魯見珪妻美，強索之，珪懼竟獻之，魯則以先時所刼李四妻賞珪，李剛好又來珪家，珪遂歸還李妻，而已以家事付託李四，遂離家去雲遊。包拯爲湖南採訪使，過許州，遇李四兒女，訴母被刼，包收養了他們。還過鄭州，又遇張珪兒女，亦復訴母被奪，包也收養了他們。包公欲除去魯，恐其有奧援倖脫，乃易「魯齋郎」三字爲「魚齊卽」，奏其罪，得旨批斬，遂擒魯繩之以法，復書「魯齋郎」以覆命，云卽是同一人。後喜童中試奪魁，珪子金郎亦中進士，兩家夫妻兒女皆於雲臺觀相會團聚。這部戲，不但描寫了魯齋郎的強暴橫行，同時也描寫了包公的斷案的急智以及爲人的忠厚德義。此劇結構緊湊，情節安排也很巧妙。

包待制智賺生金閣，元曲選題武漢臣作，羅錦堂氏據明鈔本錄鬼簿定爲無名氏所作。這也是一部公案劇，內容是：蒲州河中府郭成，聽卜者言有百日血光之災，須避之千里之外，乃偕妻李幼奴往京應舉。臨行，父出傳家寶物生金閣，命獻之當路以求官。閣以生金造成，置風中或以扇煽之，有聲如仙樂。夫婦二人將至汴梁，天大雪，乃憩於店中，適龐衙內出獵亦飲店中，郭成見其聲勢顯赫，知爲要人，乃以生金閣獻，龐許以官爵，成喜，牽妻拜謝。龐邀成夫妻至家，意欲奪得幼奴，將龐禁之後園，令一老嫗勸幼奴，幼奴釐面自誓，嫗爲所感，反助幼奴罵龐，龐怒投嫗井中，且令家人在幼奴面前殺成。成被殺，家人見其屍越牆而去。越歲元宵，龐出賞燈，忽見一鬼提首逐龐，衆各驚散。適包待制上任，夜行遇成鬼，命役至城隍廟拘鬼至，成魂訴其冤死事。龐嫗子福童亦助幼奴脫逃，幼奴也來署訴冤。包公乃置酒邀龐，僞稱得一寶生金塔，龐亦自言有生金閣，包詰以閣從何來，幼奴、福童等並申訴冤情，包乃拘龐，龐服罪被誅。這部戲，雖也是包公巧斷惡霸恃強殺人的冤情戲，但結構却很巧妙，情節也很曲折，文辭亦屬本色。

楊氏女殺狗勸夫，元曲選云無名氏撰，錄鬼簿續編和太和正音譜同。惟錄鬼簿蕭德祥名下有此劇，近人遂認是蕭作。據鄭因百先生及羅錦堂氏之考定，此劇仍應定爲無名氏所作（見鄭氏元劇作者質疑及羅氏現存元人雜劇本事考）。這是一部家庭倫理劇，故事是：宋南京人孫榮，父母雙亡，不務正業，整天和歹徒柳隆卿、胡子轉在一起鬼混。其弟孫華，天性孝悌，爲柳胡所不容，於是離間其兄弟感情，榮遂逐華離家，在城南破瓦窰中棲身。値榮生日，華來家慶賀，榮與柳胡飲酒作樂，不理睬其弟，並逐出。榮妻楊氏賢慧，見狀不忍，乃以善言勸慰。翌日清明，榮邀胡等同往掃墓，在墓側酣飲，華亦來，竟被榮所毆。又一日榮與胡等飲於酒樓，榮醉倒臥街巷雪中，胡等乘機盡取其金而去。適華經過，負其兄返家，榮醒，責其弟竊其金，令跪雪中。榮妻楊氏每念榮不顧手足之情，使其弟受屈，忽思一計，乘她丈夫不在家，殺死一條狗，給它穿上衣服，裝成人的死屍，乘黑夜放在門口，孫榮大醉囘家，見了這條死狗以爲是死人，恐受連累，於是請託胡柳二人幫忙移走，但兩人都不肯，榮妻說請弟弟幫忙，他一定肯做。夫婦到破瓦窰中找到孫華，他果然立刻來幫忙，負屍埋汴河堤下，榮受感動，終於痛改前非，迎弟囘家同住。柳胡二人知孫榮移屍事，借機勒索三千金，否則告榮殺人，弟云一切由我負責，於是柳胡向開封府尹王脩然告榮殺人，華自認殺人者是他，楊氏趕來，詳述殺狗勸夫之事，並以王婆爲證，復於汴河下驗明狗屍，於是府尹將胡柳各杖九十，以示懲罰。並奏請朝廷旌表楊氏之賢，又授孫華爲當地縣令。這部戲，曲辭和賓白都俚俗本色，描寫的非常生動，結構也很工緻。尤其描寫孫華受盡委屈而始終克盡孝悌之道，非常感動人。這個故事，後來演成南戲殺狗記，直到現在都非常流行。

風雨像生貨郎旦，是一部家庭悲喜劇。內容是：長安富人李英，妻劉氏，子春郎，春郎乳母張三姑。李英和上廳行首張玉娥要好，於是納她爲妾。玉娥悍甚，常欺凌劉氏，劉氏竟被氣死。玉娥又與往日姦夫魏邦彥縱火焚李家宅第，使魏駕船在河上相待。火起，玉娥誘李英、春郎、三姑俱奔至河登船，至中流，玉娥推李墮水，並欲縊死春郎和三姑，幸爲別舟上人救免，魏和玉娥竟携帶李家財物而去。適有完顏女眞人拈各千戶以公幹過河，收買春郎爲義子，而三姑也爲貨郎兒張㦬古收爲義女，敎之唱貨郎。後千戶病危，把賣身契交春郎，敎他去尋生父。春郎既葬千戶，而自己又襲了千戶之職，以催趲窩脫銀行至河南驛館，呼唱貨郎來解悶。這時張㦬古已死，三姑欲歸洛陽，道逢牧人，正是李英，原來他墮河未死，流落爲牧人，於是二人結爲兄妹，而習唱貨郎以維生。三姑既被召至驛館，見千戶貌似春郎，疑不敢言，俄見千戶遺落一紙，檢視之，原來是他的賣身契，三姑遂以李家事所編的貨郎曲向春郎唱出，春郎果然詳加追問，於是父子又重逢。適役吏解欺窩脫銀犯來，原來就是魏邦彥，當卽正法。春郎又收玉娥治罪。這部戲，寫李英因迷戀妓女而導致家庭敗落失散的悲劇，很有敎育意義。此劇結構巧妙，曲辭本色俚質，同時也頗見潤澤，表現出作者的才氣。尤其第四折中轉調貨郎兒的幾支歌曲，把李家家業變遷的經過整個唱出來，不但別緻，而且曲文生動活潑。這部戲有人認爲該是無名氏第一佳作，所言近似。

小張屠焚兒救母，這也是一部家庭倫理劇。內容是：汴梁張屠戶，事母至孝，母年逾花甲，忽染重病，久而不愈。時逢三月二十八日，張與妻議，偕子喜孫同往泰安神州東嶽廟進香，並將喜孫許願投入醮盆焚之，以乞母命。又有同邑王員外，其人刁惡，而家頗豐裕，也在那天携子萬寶奴赴東嶽廟行商。閻羅知其情，謂王員外當罰，而張屠戶孝心感天，遂令神急脚李能救出喜孫而代以萬寶奴。李能將喜孫送返其家，謂張老夫人說小張屠酒醉，棄兒於市，已爲張友，携之送返。言罷卽去。及張屠夫婦歸，母問喜孫何在？張以實對，母怒責之，並呼孫出，夫婦相驚失色。後乃悟送喜孫者爲神祇，因己孝心所感。不久母亦愈，於是全家拜謝神靈佑助。這部戲，雖然有因果報應的迷信論調，但強調孝親，主題正確，同時也有相當的感動力，曲辭也屬屬本色。

王月英元夜留鞋記，元曲選題曾瑞卿撰，王國維亦以爲即錄鬼簿曾作「佳人才子誤元宵」之改題，青木正兒元人雜劇序說謂正音譜曾瑞卿條有「才子佳人誤元宵」，無名氏條有「留鞋記」，二者明係兩書。今從後說，定爲無名氏之作。這部戲是一部男女戀愛悲喜劇。內容是：洛陽書生郭華，奉父命至開封應試，以科場失利，而淹留京師，和胭脂鋪少女王月英相戀，月英亦私慕郭華。元宵日，月英賦一詩，遣梅香送與郭華，約當夜在相國寺觀音殿相會。是晚華應友人宴畢，帶醉赴相國寺踐約，抵寺時月英尚未到，於是神思困倦而入睡。月英至，呼華不醒，留羅帕一方繡鞋一雙而去。華醒見物，知月英所留，大悔恨，竟吞羅帕自盡。及華琴童趕到，已氣絕，於是到開封府告和尚謀殺，包拯見繡鞋，以爲必有隱情，乃命張千喬裝貨郎，將鞋置擔上，沿街賣貨。月英之母遇貨郎，言鞋是女兒之物，張千於是拘王母，並將月英和梅香也拘到，月英始供出當晚之事。包拯命張千押月英尋找羅帕，抵寺，月英見郭華屍體，撫之痛哭，忽見嘴邊露出羅帕一角，隨手抽出，華竟徐徐甦醒。包拯乃斷月英嫁華，以成其姻緣。這部戲，結構很單純，但劇情卻很有趣，曲辭本色而豔麗。

玉清庵錯送鴛鴦被，也是一部男女戀愛悲喜劇。內容是：河南府尹李彥實，妻早亡，有女玉英年方十八，尚未許人。彥實爲官清正，爲左司誣劾，逮京勘問，乏行資，挽玉清庵劉道姑，代向富戶劉彥明借銀十錠，並命玉英寫了借據，留之別館而去。過了一年，彥實音信杳然，彥明聞玉英姿色甚美，圖佔爲妻，迫令道姑勸玉英答允。玉英恐累道姑，以所繡鴛鴦被交道姑，並請約彥明入夜於玉清庵幽會。彥明夜行赴約，將入庵門，爲巡邏的兵卒發見，以爲他圖謀不軌，拘之而去。適逢劉道姑也有事外出，囑小道姑接待劉員外和玉英。時有姑蘇書生張瑞卿，赴京應試，路徑此庵投宿，小道姑誤以爲彥明，引入室。玉英趕來，也以書生爲彥明，於是就偕了魚水之歡。臨別，瑞卿以實情相告，玉英也就把鴛鴦被送他做定情之物，瑞卿携被入京，答應得第後來迎娶玉英。明日，彥明知情，怒甚，令道姑約玉英成親，玉英不肯，彥明遂令玉英在他的酒肆當罏。其後瑞卿得第授官，微行訪玉英，至店，已不相識，問女姓氏里居，始知果是玉英。瑞卿詭稱是府尹長子，認玉英爲其胞妹，玉英以爲是實，就把自己的一切向他說清。瑞卿呼彥明來，叫他三日後來迎娶玉英，玉英亦隨瑞卿歸其寓邸。及瑞卿出鴛鴦被示之，方知爲其未婚夫。過了三天，彥明來迎娶，知道實情，就和瑞卿爭論。剛好玉英父彥實，因寃雪仍復原官，途中遇人爭吵，拘問，乃知其詳，於是送彥明於有司治罪，而嫁玉英給瑞卿，至此也知道瑞卿就是新任本地知縣。這部戲，結構很奇巧，故事也很有趣，曲辭則本色而質實。

凍蘇秦衣錦還鄉，是一部落魄書生發跡變泰的故事劇。內容是：蘇大公有二子，長名蘇梨，次蘇秦，世業農。秦不喜耕種而想仕宦。他和金蘭友張儀一同讀書。兩人同赴京求官，途中秦病，儀先行，入咸陽，見秦王，獻策稱旨，拜爲右丞相。秦抱病返家，衣衫襤褸，父母不見容，兄嫂更是倨傲，妻子也譏諷他。無奈往投張儀，儀故意輕慢，一氣之下離開，準備自縊而死，遇儀陰令僕人陳用，贈他一套衣服，二錠白銀，他於是到趙國去，以策說趙王，王大悅，拜爲相，又歷說韓魏燕齊楚，官封六國都元帥，衣錦還鄉。這時父母兄嫂，遠道來迎，秦不與爲禮。張儀陳用也來相見，秦拜謝陳用，而不理張儀，儀道出前時故意冷淡，以相激勵，於是重修舊好，而與家人歡聚。這部戲，結構緊湊，曲辭本色而雄渾，對窮書生懷才不遇的抑鬱，表現得很恰當。

蘇子瞻醉寫赤壁賦，是一部文士宦途轗軻的故事劇。內容是：宋端明殿大學士蘇軾，在宰相王安石宴席上，乘醉作詞，戲謔雜於婢姬中的安石夫人，於是觸怒安石。翌日，安石奏天子，貶軾於黃州。他在風雪之日出發，邵堯夫、秦少游、賀方回等送於長亭，感歎而別。堯夫以家譜授軾，囑熟記之，將以此而返朝。軾在黃州一年，抑鬱不得意，惟與佛印禪師、黃魯直等相過從。是年七月十五夜，三人駕舟作赤壁之遊，三人飲酒笑談，不覺皆醉，軾作赤壁賦以紀勝。邵堯夫能知過去未來，朝廷很尊重他，等他去世時，朝廷想爲他立碑，詢其家譜，無人能知，堯夫子伯溫說，惟蘇軾知道，於是朝命軾返京復原職，爲堯夫撰碑文。這部戲，布局以赤壁之遊爲中心，結構很平凡，但過去深受一般文人喜愛，可能因爲這是有名文人的一段轗軻遭遇，深得同情之故。以文辭來說，典雅清麗，倒稱得上是佳作。

二郎神醉射鎖魔鏡，是一部神怪劇。內容是：嘉州太守趙昱，有功於民，死後做了城隍。遇嘉州河水氾濫，健蛟爲災，昱斬之，玉帝勅封他爲灌口二郎清源妙道眞君，鎭守四川，生民立祠祀之。一日，二郎神往訪降妖大元帥那吒三太子，那吒設宴款待，醉後二神比箭爲戲，二郎射破鎖魔鏡，群魔從洞中逃出，小聖韓元帥追之不及，驅邪院主奉玉帝之命，責令二郎神和那吒盡擒諸魔，押入酆都，然後衆神復還本位。這部戲，敍述天神故事，內容雖是不稽，但氣象雄偉，場面宏大，氣氛也很緊張，在元劇中是一部題材特別的作品。

另外還有一些無名氏之作，也寫的很不錯的，因作品太多，不能一一介紹。

第七編　明代文學

第一章　明代的詩文

第一節　明初詩文

一、散文

明初的散文，是很盛的。正如黃宗羲在明文案序中所說：

有明文莫盛於國初。……當大亂之後，士皆無意於功名，埋身讀書，而光芒卒不可掩。

至於其中大家，當首推宋濂。宋濂（一三一〇—一三八一）字景濂，號潛溪。金華潛溪（今浙江金華）人。他的三個老師：吳萊、柳貫、和黃溍，都是元末有名的文學家，所以宋氏的學問根柢，自有淵源。加以家貧好學，借書抄書，雖然天寒手指不能屈伸，也不稍怠。爲了訪名師，更是不惜風霜之苦。元至正九年（一三四九），一度薦授翰林院編修，宋氏託辭親老，隱居於青蘿山，得鄭氏書數萬卷，盡閱盡記，潛心鑽研，學問更是大進。至正十七年（一三五七），開始跟隨明太祖朱元璋，成爲明代的開國元勳，他曾任江南儒學提擧、贊善大夫、學士承旨，是太祖的近臣，並於洪武二年（一三六九）奉詔修元史，在八個月內完成。第二年續修元至統以後的一段，費時半年，深得太祖的贊許。宋濂晚年，以其長孫宋愼坐胡惟庸黨，貶置茂州，終於死在路上，他的死，當然是大有問題。正統中，追諡文憲。

宋氏詩文，有宋學士全集。他的文章，雍雍大度，魚魚雅雅，自有一番開國文臣的氣象。宋氏論文，力主宗經，所以他作文是宗法唐、宋的，在文原上下篇，曾說：

余之所謂文者，乃堯、舜、文王、孔子之文。

又說：

六籍之外，當以孟子爲宗，韓子次之，歐陽子又次之。

對於韓愈、歐陽修讚美如此，於此也可見他的用心所在了。事實上他寫情寫景，簡潔淸雅，跟歐陽修之文體更爲相似，今錄其桃花澗修禊詩序的一段，以見一斑：

還至石潭上，各敷裀席，夾水而坐。呼童拾斷樵，取壺中酒溫之，實髹觴中。觴有舟，隨波沉浮，雁行下稍前，有中斷者，方次第取飲。其時輕飆東來，觴盤旋不進，甚至逆流而上，若相獻酬狀。酒三行，年最高者，命列觚翰，人皆賦詩二首，卽有不成，罰酒三巨觥。衆欣然如約，或閉目潛思；或拄頰上視霄漢；或與連席者耳語不休；或運筆如風雨，且書且歌；或按紙伏崖石下，欲寫復止；或句有未當，搔首蹙頞向人；或口吻作秋蟲吟；或群聚蘭坡，奪觚爭先；或持卷授鄰坐者觀，曲肱看雲而臥；皆一一如畫。已而詩盡成，杯行無算。

迨罷歸，日已在青松下。

劉基（一三一一—一三七五）字伯溫，處州青田（今浙江青田）人。元末進士，官至浙東行省郎中，後遷官歸。至正二十年，歸明太祖朱元璋，爲開國功臣。累仕太史令、御史中丞，弘文館學士，封誠意伯。爲胡惟庸所構，憂憤而卒。正德中追謚文成。有誠意伯劉文成公文集行世。

劉基的散文，氣盛而奇，寫景幽秀，敍情豐腴，而說理又極明快。用詞簡潔，而不失雄邁之氣。劉氏的文章，因學養不如宋濂之醇，所以高華不及宋氏。他曾在太祖前論文，也自擬第二，而推宋濂爲第一。

他的文章集中有郁離子一部，是元末隱居青田時所作。郁，文也；離，明也。郁離子的意思，謂從其言則可致天下於太平文明之域。書中多以寓言神話的形式，以抉風俗、人情、政治、教化之微。辭譎義正，指近喻遠，是很可讀的小品文。玆舉一則於下：

工之僑得良桐焉。斲而爲琴，弦而鼓之，金聲玉應，自以爲天下之美也。獻之太常，使國工視之。曰：「勿古。」還之。

工之僑以歸。謀之漆工，作斷紋焉；又謀諸篆工，作古窾焉，匣而埋諸土。朞年出之，抱以適市。貴人過而見之，易之以百金。獻諸朝，樂官傳視，皆曰：「希世之珍也。」

工之僑聞之，歎曰：「悲哉，世也！豈獨一琴哉？莫不然矣。而不早圖之，其與亡矣。」遂去，入於宕冥之山，不知其所終。

劉氏其他的散文，如賣柑者言、樵漁子對等，都是文筆犀利，寓意很深的作品。

宋、劉以外，明初的散文大家，可以一述者，尚有王禕和方孝孺。

王禕（一三二一—一三七二），字子充，義烏人。明太祖徵爲中書省椽，修元史，拜翰林待制，同知制誥。使雲南，抗節死。追諡文節，字忠文。有王忠文公集行世。王氏與宋濂同師事柳貫與黃溍，誼屬同門。太祖曾稱宋濂與王氏，爲江南二儒，以爲學問之博，王氏雖不如宋濂，而才思之雄，則尚在宋濂之上。

他的文章，優點在平易切實，體製明潔，而條理很清楚，至於缺點，則在於氣勢稍弱。所以鄭瑗井觀瑣言評他的文章，就說他精密而氣弱。

方孝孺（一三五九—一四〇二），字希直，一字希古，號正學，天台人。建文中，官翰林侍講學士，改文學博士。成祖篡位，抗節死。有遜志齋集行世。

方氏是宋濂的學生，他的文章修養，雖然沒有他老師那樣醇粹，但是他作文主張「神會於心」，所以文筆縱橫豪放，筆墨之間，自有一股毅然自命之氣，爲他人所不及。

宋、劉、王、方之外，明初的散文家，尚有：陶安，字子敬，當塗人，著有陶學士集。危素，字太樸，金谿人，著有說學齋集、雲林集。蘇伯衡，字平仲，金華人，著有蘇平仲集。胡翰，字仲子，金華人，著有胡仲子集。徐一夔，字大章，天台人，著有始豐稿。王彝，字常宗，嘉定人，著有王常宗集。張丁，字孟兼，浦江人，著有白石山房逸稿。孫作，字大稚，江陰人，自號東家子，宋濂曾爲其作東家子傳。趙古則，後名謙，字撝謙，餘姚人，著有考古文集。烏斯道，字繼善，慈谿人，著有春艸齋集。龔斅，鉛山人，著有鵝湖集。鄭眞，字千子，鄞縣人，著有滎陽外史集。其兄鄭駒，弟鄭鳳，也都有文名。陶宗儀字九成，黃巖人，著有輟耕錄、說郛等。作家太多，不再列舉。其中吳佑，字伯宗，金谿人，著有榮進集。他的文章雍容典雅，很有開國的氣象與規模，實爲三楊臺閣體的濫觴。

明太祖朱元璋，他的詔令文章，頗具本色，不事修飾，純出自然，所以感情眞摯，往往令人感動，郎瑛七修類稿載有他的皇陵碑，今錄其一小段，以見一斑：

> 值天無雨，遺蝗騰翔。里人缺食，草木爲糧。予亦何有？心驚若狂。乃與兄計，如何是常？兄云去此，各度凶荒。兄爲我哭，我爲兄傷。皇天白日，泣斷心腸。兄弟異路，哀慟遙蒼。

文句雖似通非通，但卻沒有一般文章家虛僞雕鑿的痕跡，這是很可貴的。

二、詩歌

劉基除了散文以外，在明初也有詩名。劉氏早年見知於虞集，虞氏稱讚他的詩「發感慨於性情之正，存憂患於敦厚之言，是不可及。若其體製音韻，無愧盛唐。」沈德潛明詩別裁也推劉氏爲一代之冠。可見劉氏的詩名，在明代的確是不下於他的文名的。大略劉氏的詩，以古樸、豪放見長，所以他的詩中，也以五言古詩爲最好：

> 結髮事遠遊，逍遙觀四方。天地一何濶，山川杳茫茫，衆鳥各自飛，喬木空蒼涼。登高見萬里，懷古使心傷。竚立望浮雲，安得凌風翔？（感懷其三）

汪端說他「醇古遒鍊，抗行杜陵。」（見明三十家詩選），可說是洵非虛語了。

劉基的樂府詩也是極出色的，如吳歌、採蓮歌、江上曲、竹枝歌、江南曲、楊柳枝詞等，都有民歌清新自然的情調。買馬詞、畦桑詞、神祠曲、雨雪曲等，反映現實，可說是跟唐代元稹、白居易的新樂府相應了。所以也有人認為，他的樂府詩成就，實在還高於他的古詩。（見明詩別裁）

詩文之外，劉基的詞，也獨步明初。明初詞人，本來只有瞿佑、張肯、楊基，及劉氏等寥寥數人，而劉基的詞，溫柔敦厚，而又有情致，寫來清新脫俗，由此言之，劉氏實是明初的全能文人。

沈德潛稱劉基為一代之冠，不免有點過份，因為事實上能稱明初詩人第一的，乃是比劉基晚生二十五年的高啓。

高啓（一三三六—一三七四）字季迪，號青邱子，長洲（今江蘇蘇州）人。自幼博學工詩，元末時避居外家吳淞江上的青邱，這是他自號青邱子的由來。洪武初，召修元史，授翰林院國史編修館，復命教授諸王。擢戶部侍郎，堅辭不就，明太祖遂賜白金放還。高氏歸吳後，仍居青邱，授書自給，與知府魏觀交往甚好。魏氏以改修府治獲罪被誅，高啓曾為魏觀撰府治上梁文，太祖見之大怒，併逮至京，處以腰斬之刑，死事甚慘。

前人以為高氏肇禍之因，在於他的詩：

女妓扶醉踏蒼苔，明月西園侍宴回，小犬隔花空吠影，夜深宮禁有誰來？（題宮女圖）

猧兒初長尾茸茸，行響金鈴細草中，莫向瑤階吠人影，羊車半夜出深宮。（題畫犬）

這兩首詩，意在言外，顯是諷刺太祖好色的。究竟是否因詩買禍，今已不能證實。但為了一篇上梁文，勢不至於即處腰斬的慘刑，這其間必有遠因，這是不容置疑的。試觀他的青邱子歌：

青邱子，臞而清，本是五雲閣下之仙卿。……不肯折腰為五斗米，不肯掉舌下七十城。……

這種自鳴清高，狂傲不撓的態度，不爲太祖所喜，自是必然的事。加以他的詩裡，又常流露出對於故朝的眷戀。如「重見花開非舊賞，初聞麥秀是新謠。」「山川寂寞衣冠淚，今古消沈簡冊塵。」黍離麥秀，盡在弦外。以明太祖的刻薄寡恩，猜忌毒辣，恐怕這才是高氏賈禍的主因吧。

高啓的詩，才華絕代，不但在明初的詩人中，高居第一，而實在有明一代詩人，也無與倫比的。所以王世貞藝苑卮言說：「才情之美，無過季迪。」

高氏作詩，以擬古爲主，但詩中含有其自己的精神意象，只是借古調說他自己的話，這是高氏詩中最可貴的，也是其他一味摹古的詩人，所沒有的。因此四庫提要評高氏的詩：

> 擬漢、魏如漢、魏；擬六朝似六朝；擬唐似唐；擬宋如宋。凡古人所長，無不兼之。……特其摹仿古調之中，自有精神意象存乎其間，譬之褚臨禊帖，究非雙黃硬鉤者可比。

如高氏古樂府將進酒一首：

> ……愛妾已去曲池平，此時欲飲焉能傾；地下應無酒爐處，何苦寂寞孤平生。一杯一曲，我歌君續；明月自來，不須秉燭。五岳既遠，三山亦空；欲求神仙，在杯酒中。

這首詩豪放豁達，氣清神透，可以直逼李白的將進酒，無怪前人要把高氏的詩，跟李白相比了。趙翼說：

> 李青蓮詩從未有能學之者，唯青邱與之相上下，不惟形似，而且神似。（甌北詩話卷八）

說起來，高啓的詩才高逸，生活態度的瀟洒脫俗，的確是可以跟李白一比的。

高啓的詩，有江館、青邱、吹臺、鳳臺、南樓、槎軒、姑蘇、雜詠等集，凡二千餘首。高氏自選定爲缶鳴集，九百餘首，其侄高立刻於永樂初。景泰初，徐庸綴拾遺逸，合爲一編，題曰高靑邱大全集，共十八卷。清代金壇復加校注，幷其文鳧藻集，詞扣舷集，都二十四卷，重刻於世。

明初蘇州的詩風極盛，除了大詩人高啓出自吳中外，另有所謂吳中四傑和北郭十友之稱。

吳中四傑，指高啓、楊基、張羽、和徐賁。除了高啓，當以楊基爲著，**楊基**（一三三二？—？）字孟載，號眉菴，蘇州吳縣人。著有眉菴集十二卷。他的詩秀藻清潤，風格頗高。神致俊爽，而無晦澀塡砌之病。寫景咏物，尤其清新可咏。現在錄其登岳陽樓望君山一首如下：

洞庭無煙晚風定，春水平鋪如練淨；君山一點望中青，湘女梳頭對明鏡。鏡裡芙蓉夜不收，水光山色兩悠悠；直教流下春江去，消得巴陵萬古愁。

至於**張羽**，字來儀，更字附鳳，著有靜居集四卷。**徐賁**，字幼文，著有北郭集六卷。張氏的詩，以近體爲優，清逾淡逸，尤有餘味。徐氏在四傑中氣格最弱，然才調嫻雅，絕無俗韻，是其優點。

吳中四傑，除去楊基，再加上王行、高遜志、唐肅、宋克、余堯臣、呂敏、陳則七人，稱北郭十友，因爲他們都住在吳城北郭的齊門一帶，交情非常密切的關係。

明初詩人可分爲五派。胡應麟詩藪說：

國初越詩派昉劉伯溫；吳詩派昉高季迪；閩詩派昉林子羽；嶺南派昉孫仲衍；江右詩派昉劉子高。五家才力，咸足雄據一方，先驅當代。

越劉、吳高、已如上述，今略述其他三派：

閩派也稱普安派，**林鴻**為其開山祖。林氏字子羽，福清人。所著有鳴盛集四卷。他與閩中善詩者王恭、王偁、高棅、陳亮、鄭定、王褒、唐泰、周玄、黃玄，稱「閩中十子」。

明史文苑傳載林鴻論詩的大旨：

> 漢、魏氣骨雖雄，而菁華不足。晉祖玄虛，宋尚條暢。齊、梁以下，但務春華，少秋實；惟唐作者可謂大成。然貞觀尚沿故習，神龍漸變常調。開元、天寶間，聲律大備，學者當以是為楷式。

高棅（一三五〇——一四二三），一名廷禮，字彥恢，號漫士，長樂人。他更選唐詩論之，分正始、正宗、大家、名家、羽翼、接武、正變、餘響、旁流等九品，編成唐詩品彙九十卷、唐詩拾遺十卷，建立了詩必開元、天寶的準則，終明之世，館閣宗之。

林、高及其他的閩派詩人，作詩既以盛唐為依歸，一味摹仿盛唐詩作，連字面句法，甚至題目也不免，以致生氣索然。錢謙益列朝詩集說：

> 自閩詩一派盛行永（永樂）、天（天順）之際六十餘載，柔音漫節，卑靡成風。風雅道衰，誰職其咎，自是厥後，弘（弘治）、正（正德）之衣冠老杜，嘉（嘉靖）、隆（隆慶）之嚬笑盛唐，轉變滋多，受病則一。

可見擬古的風氣，實是起於閩詩派，而弘、正、嘉、隆之際，更為變本加厲而已。

嶺南詩派也稱粵派，**孫蕡**為其開山祖。孫蕡（一三三四——一三八九），字仲衍，順德人。孫氏著有西菴集九卷，論詩也以盛唐為歸，不過與林鴻比較，詩的風格孫不如林，才情則林不勝孫。

孫蕡居嶺南時，曾與黃哲、王佐、李德、趙介結南園詩社，時稱「南園五先生」，也稱「嶺南五先生」。

黃哲著有雪蓬集；王佐著有聽雨軒、瀛洲等集；李德著有易菴集，唯多散佚不傳，嘉靖時，閩人陳暹搜輯李德殘稿，跟孫蕡、黃哲、王佐、趙介的詩合刻之，共四卷，稱南國五先生集。趙介著有臨清集。黃、王、李、趙的詩，還都不如孫蕡。

江右詩派也稱西江派，**劉崧**爲開山祖。劉崧（？—一三八一）初名楚，字子高，泰和人。洪武初，以薦授職方郎中，累官至吏部尚書。著有槎翁集十卷。他的詩，取法中唐、南宋，妍靜疏爽，而不流於佻淺，但是氣格稍弱，局於方程，而不能展拓。

此外尚有袁凱，也是明初名家。袁凱字景文，華亭人，洪武中，以舉人薦授監察御史，懼太祖之苛刻，裝瘋放歸。元至正末時，楊惟愼嘗與客共賦白燕詩，袁詩云：

故國飄零事已非，舊時王謝見應稀；月明漢水初無影，雪滿梁園尚未歸。柳絮池塘香入夢，梨花庭院冷侵衣；趙家姊妹多相忌，莫向昭陽殿裡飛。

大得衆人之贊賞，遂有袁白燕之稱。

袁氏著有海叟集四卷、集外詩一卷。他的詩，古體學魏晉，而近體擬杜甫。後來何景明因袁氏持論與他相符，於是在大復集中說：「我朝諸名家集，獨海叟詩爲長。」把袁氏推爲明初詩人之冠，不免過譽，平心而論，袁氏的詩，七古及近體，頹唐衰颯，了無餘味，不能與少陵的下駟相比；而短古及律詩，則和平典雅，時有雋語。在明初詩人中，雖不足與高啓比肩，但與林鴻、孫蕡等相比，則當無愧色。

第二節 臺閣體與茶陵詩派

一、臺閣體

明代自成祖永樂至憲宗成化（一四〇三—一四八七），八十多年間，因政治的安定，社會的繁榮，因此文學作品，也趨向於雍容平易的一途，而產生一種所謂臺閣體的詩文。

臺閣體的代表，是當時有「三楊」之稱的楊士奇、楊榮和楊溥。他們都拜相入閣，身居高官，而所作詩文又都平正典雅，所以後來館閣著作，都以三楊爲宗，沿爲流派，稱臺閣體。

楊寓（一三六五—一四四四）字士奇，以字行，泰和人。建文中，充翰林編修官。成祖永樂初，入內閣典機務，官至華蓋殿大學士，卒諡文貞。所著有東里全集九十七卷、別集四卷。三楊中以士奇之文名最著，制誥碑版，多出其手。他的文章雖不能別出新裁，但不失古意，猶有歐陽修雍容大度的氣格，所以得能領數十年的風騷。他的詩雍容平易，恰如其文，如漢江夜泛一首：

泛舟入玄夜，奄忽越江干。員景頹西林，列宿燦以繁。凝霜飛水裔，回飆蕩微瀾。孤鴻從北來，哀鳴出雲間。時遷物屢變，游子殊未還。短褐不掩脛，歲暮多苦寒。悠悠念行邁，慊慊懷所懽。豈不固時命，苦辛誠獨難。感彼式微詩，喟然興長歎。

楊榮（一三七一—一四四〇），字勉仁，建安人。建文二年進士及第，授編修。成祖永樂初，入直內閣，楊氏初名子榮，至是賜命榮。此後累仕工部尚書，兼謹身殿大學士，卒謚文敏。楊氏生當盛世，歷事四朝，恩寵不衰，身所感受，發爲詩文，乃有一種富貴福澤之氣，著有楊文敏集二十五卷。

楊溥（一三七二—一四四六）字弘濟，石首人。與楊榮同舉進士，授編修。官至武英殿大學士，卒謚文定。他與二楊相比，位望相匹，富貴壽考。但因在永樂時，曾因事繫錦衣衞獄，幽囚十餘年之久，故遭遇不如二楊，所爲詩文，豐澤之氣，自也不如二楊。他著有楊文定文集十二卷、詩九卷。

三楊之外，臺閣一派的作家，尚有金幼孜（名善，以字行）、黃淮、周述、王直、夏原吉、李時勉（名懋，以字行）、倪謙、韓雍、柯潛等人。這一派的詩文，平正有餘，精勁不足，思想既不夠深幽，氣度也不夠縱橫。到了末流，膚廓冗長，千篇一律，遂爲復古派攻擊的對象，四庫全書總目提要說：

> （士奇等）秉國既久，晚進者遞相模擬，城中高髻，四方一尺。餘波所及，漸流爲膚廓冗長，千篇一律。物窮則變，於是何（景明）、李（夢陽）崛起，倡爲復古之論，而士奇等遂爲藝林之口實。平心而論，凡文章之力足以轉移一世者，其始也，必能自成一家，其久也，亦無不生弊。微獨東里一派，即前後七子亦孰不皆然。不可以前人之盛，併回護後來之衰；亦不可以後來之衰，併掩沒前人之盛也。

不以臺閣末流，而全盤否定三楊之價值，這的確是持平之論。

二、其他作家

在臺閣體流行的時期，還有許多作家，能夠表現自己創作的特色，而不肩隨臺閣詩文的，如解縉、陳璉、梁潛、李昌祺、曾棨、薛瑄、于謙、吳惠、郭登、陳獻章、平顯、童軒、邱濬、彭澤、謝晉、趙迪、劉績等人，都可說是其中有名的作家。

解縉（一三六九—一四一五）字大紳，吉水人。洪武進士，永樂初官翰林學士。成祖修永樂大典，解氏實為總裁官。出為江西參議，改交阯，為漢王高煦所譖，下獄死。著有文毅集十六卷。他的詩放縱高逸，富於才氣，在在當時有才子之稱。如西行一首：

八千里外河湟客，鳥鼠山頭望故鄉。欲問別來多少恨，黃河東去與天長。

逸致飛溢，可以想見他的風流才情。只是他的詩稿，多為後人竄亂，眞僞參半，不復得睹全豹了。

梁潛（？—一四一七）字用之，泰和人，洪武舉人。成祖時曾會修永樂大典，官至侍讀，中譖死。梁氏著有泊庵文集十六卷，他的文章，格調清秀，而不失縱橫浩翰之氣，在永樂作家中，自成一格。他又有泊庵詩鈔一卷，是他的曾孫在嘉靖年間刻於辰州者，詩少傳本，詩以五言近體為多，近體詩以唐人格律為主，時參宋派，清新可誦，在永樂詩家中，最為傑出。

于謙（一三九四—一四五七）字廷益，錢塘人。永樂二年進士，累官河南、山西、江西等地巡撫、兵部尚書。英宗復辟後，為徐有貞、石亨等所誣，被殺。弘治初，追諡肅愍。萬曆中改諡忠肅。著有于忠肅集十三卷。他的詩，意象深遠，志存濟世，而大節凜然。不求格律工整，卻有一般文士所沒有的氣勢品格。今錄其上太行短詩一首於下：

雨風落日斑斑，雲薄秋容鳥獨還，兩鬢霜華千里客，馬蹄又上太行山。

郭登（？—一四七二）字元登，濠人。歷任指揮僉事、都督僉事、都督同知、進右都督，封定襄伯。成化中卒，謚忠武，著有聯珠集二十二卷。他的詩，李東陽推為有明武臣之冠，朱彝尊靜志居詩話則說：「豈惟武臣，一時臺閣諸公，孰出其右？」，今舉哀征人一章，以見其氣勢格調的一斑：

天迷離，水嗚咽。戰馬無聲寶刀折，寃鬼悽酸啼夜月。青燐熒熒明又滅，照見征夫戰時血。

劉績　字孟熙，山陰人。深於經學，不干仕進。家貧，時徙居無常地，賣文所得，則沽酒而飲。某日，客至待茶，久呼不應，進厨下一看，其妻正以破紙代薪，劉氏也僅付之一笑而已，其曠達如此。著有崇陽集，他的詩，以雄健豪爽著稱，可為那一時期田野詩人的代表。又因他深悉民間的疾苦，如征夫詞及征婦詞，直可與杜甫新婚別、兵車行諸詩相比：

征夫語征婦：生死不可知，欲慰泉下魂，但覗褓中兒。（征夫詞）

征婦語征夫：有身當殉國，君為塞下土，妾作山頭石。（征婦詞）

劉氏家有西江草堂，人稱西江先生，可見受敬重的程度，今再舉結客行一首：

結客千金盡，酬恩一劍存，羞與狗盜伍，不傍孟嘗君。

豪人豪語，從此詩可以了解劉氏的氣概與抱負了。

此外景帝景泰年間（一四五〇—一四五七），又有「景泰十才子」者，在當時頗負盛名：劉溥、湯胤績、蘇平、蘇正、沈愚、晏鐸、王淮、鄒亮、蔣主忠、王貞慶。十人之中，沈愚善畫工詩，最為翹楚。劉溥的律詩和絕句也時有可誦之作。至於湯胤績，則也是一個能詩的武臣，然氣格才情，都不能跟郭登相比。其餘諸子，則大都沿染臺閣末流之習，無可稱述之處了。

三、茶陵詩派

明代的詩文，在憲宗成化以後，因爲臺閣體已到了末流的程度，陳陳相因，千篇一律，其勢已到了不能不變的地步。於是有李東陽崛起，以深厚雄渾的詩體，一掃臺閣嘽緩冗沓的習氣，成爲從臺閣體到前後七子的重要過渡人物。

李東陽（一四四七—一五一六）字賓之，號西涯，湖南茶陵人。天順八年進士，官至謹身殿大學士，卒謚文正。李氏在孝宗弘治年間，已參預機務，至武宗卽位，又受遺命，輔翼武宗。立朝五十年，清節亮風，冠絕一時。加以喜歡扶掖後進，不遺餘力，致門生滿朝，大都卓然有所成就。明代以宰臣領袖文章的，三楊以後，當推李氏了。於是時人翕然宗之，稱爲「茶陵詩派」。

李氏著有懷麓堂集，共一百卷。其中懷麓堂詩話一卷，爲其論詩之作。主要內容，特別强調詩歌的音響格律、遺字的虛實，以及結構的起承轉合。在古今詩人中，最推重杜甫：

> 唐詩類有委曲可喜之處，惟杜子美頓挫起伏，變化莫測，可駭可愕，蓋其音響與格律正相稱，回視諸作，皆在下風。（懷麓堂詩話）

又認爲宋、元之詩，皆不足爲法，而可法者，只有盛唐之詩。唐詩之優點，在於善用虛字，音節悠揚委曲：

> 詩用實字易，用虛字難。盛唐人善用虛，其開合呼喚，悠揚委曲，皆在於此。用之不善，則柔弱緩散，不復可振，亦當深戒。（懷麓堂詩話）

他這種唯唐可法的論調，實際上對於前後七子的擬古主義，有很明顯的影響所所以王世貞在藝苑巵言中說：

「長沙（指李氏）之於何（景明）、李（夢陽）也，其陳涉之啓漢高乎？」

至於他的詩，才情上雖不及高啓，但是深厚雄渾，法度森嚴，不作驚人之語，而氣度自然雍容，固有一派宗師之風。今舉其遊岳麓寺一首如下：

危峯高瞰楚江干，路在羊腸第幾盤？萬樹松杉雙徑合，四山風雨一僧寒。平沙淺草連天遠，落日孤城隔水看；薊北湘南俱入眼，鷓鴣聲裡獨凭欄。

錢謙益列朝詩集，把東陽門下傳茶陵詩派的石珤、邵寶、顧清、羅玘、魯鐸、何孟春等六人，比爲「蘇門六君子」。可見這六人在茶陵詩派中的地位。

石珤　字邦彥，稿城人。官至文淵閣大學士，卒謚文隱，改文介。著有熊峯集十卷。他是李東陽最得意的學生。李氏每稱後進可托以柄斯文者，只有他一人，可見對他的重視。

邵寶　字國寶，無錫人。官至南禮部尚書，卒謚文莊，學者稱二泉先生。著有春容堂集。他的詩文，都宗法東陽，學東陽的詩，更有神似之處，東陽也很稱許他，比之以歐陽修之知蘇軾。

顧清　字士廉，華亭人。官至南禮部侍郎，卒謚文僖。著有東江家藏集四十二卷。他的詩，在茶陵詩派中，是屬於清新婉麗的一種。

羅玘　字景明，南城人。著有圭峯集三十卷。他曾勸李氏不要和劉瑾等小人同朝，給李的信中，有「伏望痛割舊志，勇而從之。不然，請削門生之籍」等語。他的詩文，綽有矩度，四庫全書總目提要評他的詩文，說是「振奇側古，必自己出」。不過平心而論，羅氏的詩，實不如石、邵、顧三家。

魯鐸，字振之，景陵人，著有文恪集十卷。何孟春，字子元，郴州人，著有燕泉集十卷。在六君子中，當以魯、何二人的才力最弱。

第三節　前後七子的擬古運動

一、前七子的擬古運動

明代立國之始，就以八股取士。明史選舉志說：

科目者，沿唐、宋之舊，而稍變其試士之法，專取四子書及易、書、詩、春秋、禮記五經命題試士，蓋太祖與劉基所定。其文略倣宋經義，然代古人語氣爲之，體用排偶，謂之「八股」，通謂之「制義」。

這種死板的文體，乃成了士子求仕的敲門磚，到了末流，就變成空疏庸腐，只求形式，而毫無內容的作品。至於及第仕宦以後，一般文人卻又專作臺閣體的詩文，嘽緩冗沓，千篇一律。因此到了成化年間，明代的文壇，幾乎已經是暮氣沉沉，內容空洞貧乏，看不到一絲生氣。李東陽的茶陵詩派，雖說與臺閣體不同，但是並不能一掃萎弱的流風。

在這種時代背景之下，於是就有前七子的擬古運動產生。他們倡言復古，「文必秦漢，詩必盛唐」。對於當時的文壇，自有一種振奮的作用。於是登高一呼，應者四起。所謂前七子，就是李夢陽、何景明、徐禎卿、邊貢、王廷相、康海、王九思等七人，其中當以李夢陽、何景明爲代表。

李夢陽（一四七二—一五二九）字天賜，又字獻吉，號空同子，慶陽（今屬甘肅）人。弘治七年進士。歷仕戶部主事、郎中。以搏擊壽寧侯張鶴齡而貶職。武宗即位，權閹劉瑾用事，李氏與尚書韓文密謀誅劉，事泄下獄。劉瑾死後，起爲江西提學副使，坐作宸濠陽春書院記削籍。天啓中，追謚景文。著有空同集六十六卷。

李氏爲人，恃才傲物，又以不遇時，所以行爲多狂妄乖戾。他與李東陽有師生之誼，繫獄時東陽還曾出力救他。但他在朱凌漢墓志中譏詆東陽的詩文：「工雕浮靡麗之詞，取媚時眼。」（見空同集）康海爲了救他，去見劉瑾，後遂坐劉黨削職，他甚至還加以譏議。康海氣不過，寫了一首詩罵他：「平生愛物未籌量，那計那年救此狼！笑我救狼狼噬我，物情人意各無妨。」（讀中山狼傳詩）李夢陽在大梁書院田碑中說：「寧僞言欺世，而不可使天下無信道之名；寧矯情干譽，而不可使天下無仗義之稱。」於此可見他的品格了。

不過他的敢作敢爲，不避權勢，在當時很贏得一般士大夫的欽佩，加以他論文論詩，對於當時的文壇，也有一種當頭棒喝的作用。所以天下文人，翕然從之，形成一種風氣，未始沒有原因的。

李夢陽對於詩、文，立有一個標準，即文必秦、漢，詩則古體必漢、魏，近體必盛唐。除此以外，其他詩文，一律都沒有好作品。因此學詩文的，一定要取法乎上，對於秦漢的文，漢魏的古體詩，盛唐的近體詩，加以字擬句摹，就好像學書法的人，摹臨古帖一樣。所以他說：「夫文學字學一也。今人模臨古帖，即太似不嫌，反曰能書；何獨至於文，而欲自立一門戶耶？」（再與何氏書）

一代有一代的文學，夢陽把詩文定下一個刻板的標準，本來已是很荒謬的事，再把這些詩文，當作經典，刻意摹倣，即使神似，也永遠跳不出這些作品的圈子。何況夢陽所强調的，只是專心摹擬它們的形式，亦步亦趨，有如邯鄲學步。所以擬古主義的末流，作品都是空洞無物，毫無生氣，就像沒有生命的行尸走肉一樣。錢謙益說得好：

獻吉以復古自命，曰：「古詩必漢、魏，必三謝；今詩必初、盛唐，必杜，全是無詩焉。」牽線摹擬，剽賊於聲句字之間，如嬰兒之學語，如童子之洛誦。字則字，句則句，篇則篇，毫不能吐其心之所有。古之人固如是乎？天地之運會，人世之景物，新新不停，生生相續，而必曰：「漢後無文，唐後無詩。」此數百年之宇宙日月，盡皆缺陷晦蒙，必待獻吉而洪荒再闢乎？獻吉曰：「不讀唐以後書。」獻吉之詩文，引據唐以前書，紕謬挂漏，不一而足，又何說也？」

眞是一針見血之論。總之夢陽論文，走入魔道，未嘗不跟他狂傲的性格有關。試觀夢陽「寧僞言欺世……寧矯情干譽……」兩句，可見他行事孤僻而不順了。

不過，平心而論，夢陽的空同集裡，未嘗沒有好的作品，今舉秋望一首如下：

黃河水遶漢邊牆，河上秋風雁幾行；客子過壕追野馬，將軍弢箭射天狼。黃塵古渡迷飛輓，白月橫空冷戰場；聞道朔方多勇略，只今誰是郭汾陽。

筆力勁健，雄渾流麗。他如石將軍戰場歌，出塞、屯田等，都是很好的作品。若非走火入魔，依夢陽的才情，當有更大的成就。

何景明（一四八三—一五二一）字仲默，號大復，河南信陽人。弘治十五年進士，授中書舍人。劉瑾秉政，謝病歸。瑾誅，以李東陽薦，再除中書，直內閣制敕房，轉吏部員外郎，出發陝西提學副使。嘉靖初，引疾歸，抵家六日而卒。著有大復集三十八卷。

夢陽倡言復古，景明爲之犄角，二人相得甚歡。夢陽被劉瑾下獄的時候，景明上書吏部尚書楊一清，乞爲理直。又犯顏上疏，極言：「義子不當蓄；宦官不當任；邊軍不當留；番僧不當寵。」絕無顧忌。可見景明尙節義的一斑。擬古運動在李、何鼓吹之下，當日文士，翕然宗之，天下語詩文者，必並稱何、李，名望之盛，無與倫比。

不過成名以後，二人又互相詆毀，各樹壁壘，遂形擁李擁何者，有空同、大復詩派的不同。其實兩人對於擬古的主旨，並沒有多大的分歧，所不同的，只是摹擬的方法而已。何氏與李空同論詩書：

空同子刻意古範，鑄形宿模，而獨守尺寸。僕則欲富於材積，領會神情，臨景構結，不做形跡。詩曰：「惟其有之，是以似之。」以有求似，僕之愚也。

由於景明的才氣，較夢陽爲高，同時又不像夢陽那樣，鑄形宿模，獨守尺寸，所以後人對於他們兩人的作品，大致認爲何優於李。清汪瑞明三十家詩選說：「余嘗與澄懷，共論李、何得失，以爲：空同學杜，新莽之於周公也；大復學杜，王景略之於諸葛武侯也。前後七子，自當以大復爲冠，試取諸人詩平心讀之自見矣。」而明史文苑傳甚至說：「夢陽主摹倣，景明則主刱造。」不免過甚，因爲景明的理論，並不脫擬古的軌範，只不過他的詞采，較爲秀逸，在創作上看起來，較富變化，不像夢陽摹擬得那樣死板吧了。今錄其岳陽一首如下：

楚水滇池經萬里，使車重喜過巴邱。千家樹色浮山郭，七月濤聲入郡樓。寺裏亭臺多舊主，域中冠蓋半同遊。明朝又下章華路，江月湖煙綰別愁。

清俊秀逸，自與李詩雄渾勁健者不同。

其餘五子中，當推徐禎卿的成就最大。**徐禎卿**（一四七九—一五一一），字昌穀，一字昌國，吳縣（今江蘇蘇州）人。弘治進士，官至國子監博士，卒年三十三，可說是一個短命詩人。他著有迪功集六卷，另外讀藝錄一卷，是他的詩論。當然所論不過是摹古的門徑，與李、何同調。間亦有獨到精語，爲李、何所不及。徐氏的詩，俊逸不如景明，而華艷矜貴，是其特長，尤善於七言絕句，如春思一首：

渺渺春江空落暉，行人相顧欲霑衣。楚王宮外千條柳，不遣飛花送客歸。

邊貢　字廷實，歷城人，著有華泉集十四卷。他的近體詩秀整婉約，深得盛唐遺韻，如嫦娥一首：

月宮秋冷桂團團，歲歲花開只自攀。共在人間說天上，不知天上憶人間。

此詩是寄慰他外舅胡觀察謝政家居的，委婉眞摯，深得比興之旨。李、何、徐、邊四人，又稱「弘正四傑」，因爲他們都是弘治、正德間最負盛名的詩人。

康海有對山集十卷；王九思有渼陂集十六卷。但是他們所擅長的，實是散曲和雜劇。至於王廷相，著有王氏家藏集六十八卷。他的創作和理論，都沒有特色，在前七子中，自是殿軍了。

前七子中，去了王廷相，再加上顧璘、朱應登、陳沂、鄭善夫等四人，又號稱十才子。

顧璘　字華玉，上元人，官至南京刑部尙書。他著有浮湘集四卷、山中集四卷、憑几集五卷、續集二卷、息園存稿詩十四卷、文九卷，創作極多。他與同里陳沂、王韋，號「金陵三傑」，後來加上朱應登，又號「四大家」。顧氏以下，都是當時第二流作家中的佼佼者。

二、後七子的擬古運動

嘉靖初年，王愼中、唐順之、歸有光等，倡爲歐、曾之文，以矯李、何貌襲秦漢之弊，海內靡然從風（見另節詳述）。看來似乎擬古主義已一蹶不振，沒有什麼作爲了。然而在嘉靖之季，又有所謂「後七子」者，倡言復古。他們與前七子，相隔約數十年，但聲應氣求，如出一轍。聲勢之盛，從者之多，幾乎更駕空同、大復之上。

後七子是指李攀龍、王世貞、謝榛、宗臣、梁有譽、徐中行、吳國倫等七人，其中尤以李攀龍、王世貞爲代表。

李攀龍（一五一四—一五七〇），字于鱗，歷城（今山東濟南）人。嘉靖二十三年進士，官至河南按察使。李氏九歲喪父，家清貧，全以母氏扶持，所以李氏至孝，母親死後，以哀毀而卒。

攀龍於學甚奮，居官之後，曾告病歸鄉里，居於白雪樓，東眺華不注，西揖鮑山。他在樓中讀書吟詠，不見賓客，達十年之久，加以一生清介自持，所以身後甚爲蕭條。

攀龍成名，在嘉靖二十三年（一五四四）之後，那時他中了進士，年少才高，聲勢甚銳，正當李先芳、謝榛、吳維嶽輩，倡組詩社，先芳介紹攀龍入社，其後王世貞、宗臣、梁有譽、徐中行、吳國倫等先後加入，這些人都正當年少，才高氣銳，互相標榜，目無餘子，於是七才子之名，聲播天下。攀龍隱然成爲他們的領袖，持論文必秦漢、詩必盛唐的老調，於明代的詩文，又獨宗李夢陽，於是文士翕然從之，非是則詆爲宋學。

其實李攀龍在詩文上，所論不多，標榜的宗旨，也不過拾李夢陽的牙慧，他們能享盛名，不過是結社宣傳，自立門戶，標榜鼓吹，以張聲勢的結果。試觀攀龍之文：

趙子爲獲鹿者垂三年矣，則處士自曹來問獲鹿狀也。曰：「爾爲獲鹿則良哉。將下車視事而百姓姁姁自昵乎？寧能悶悶侔去後思也？維此多士，從遊甚懽，而亦諤諤不可致乎？欲焉而丞若簿以至它縣之今丞若簿，不一其才而一其衷乎？寧能傾奪不肖，從事獨賢也？……」（送趙處士還曹序）

聱牙戟口，使人不能卒讀。至於擬古的樂府，往往把原作更改幾個字，卽算是自己的作品，簡直是文抄公。如擬陌上桑卽是如此，詩長不錄。擬古如此，自不爲識者所取。攀龍有滄溟集三十卷。集中之詩，如選讀一二首，尙覺清亮可誦：

青楓颯颯雨淒淒，秋色遙看入楚迷。誰向孤舟憐逐客，白雲相送大江西。（於郡城送明卿之江西）

但讀多了，便覺用詞雷同，沒有特別的意境。平心而論，攀龍天資很高，記誦也熟而博，若是不走入擬古的魔道，成就當不只如此。

王世貞（一五二六—一五九〇）字元美，號鳳洲，又號弇州山人，太倉（今江蘇太倉）人。嘉靖二十六年進士，官至刑部尙書。明史王世貞傳說：「世貞始與李攀龍狎，主文盟，攀龍歿，獨操柄二十年。才最高，地望最顯，聲華意氣，籠蓋海內。一時士大夫及山人詞客衲子羽流，莫不奔走門下。片言褒賞，聲價驟起。其持論文必西漢，詩必盛唐，大曆以後書勿讀，而藻飾太甚，晚年攻者漸起。」可見王氏當時在文壇聲勢之盛。

世貞著作甚豐，有弇州山人四部稿一百七十四卷、續稿二百零七卷，內分賦部、詩部、文部、說部。又有讀書後八卷。所以四庫提要說：「自古文集之富，未有過於世貞者。」他對於詩文的看法，多見於藝苑卮言，認爲詩文當以格調爲主，而格調則與才思有密切的關係。藝苑卮言說：「才生思，思生調，調生格。思卽才之用，調卽思之境，格卽調之界。」從才思上談格調，自比一般專以形式摹擬談格調的，要高超的。所以世貞在擬古的論點，是有些和何景明相接近的。他說：「模擬之妙者，分歧逞力，窮勢盡態，不唯敵手，兼之無跡，方爲得耳。」（藝苑巵言）可見他跟景明一樣，是不贊成死板的模擬的。所以他批評李夢陽的擬古，有兩種毛病：「一曰操撰易；一曰下語雜。易則沉思者病之；雜則顓古者卑之。」（藝苑巵言）批評李攀龍，則說：「于鱗節奏上下，暫師之按樂，亡弗諧者，其自得微少。優孟之爲孫叔敖，不如其自爲優孟也。」（與張助甫書）

世貞到了晚年，論調更是與擬古派脫節，論樂府則稱許李東陽，論詩文則推服陳獻章、宋濂。又頗悔他的藝苑巵言，爲中年未定之論。贊歸有光的畫像且如此說：「余豈異趣？久而自傷。」以他晚年的論調，跟病革時還手執東坡集諷玩不置看來，世貞簡直已變成唐宋派的一份子了。

其實，世貞的才思特高，學殖亦富，久之自不以模擬爲滿足。朱彝尊靜志居詩話說：「（世貞）才氣十倍于鱗。……當時名雖七子，實則一雄。」對他可說推崇備至。平心而論，世貞若不與夢陽倡和擬古之說，則他的成就，很可能爲明代詩文，放一光彩的。他有袁江流、鈐山岡樂府，歷數嚴嵩父子的罪惡，多至千六百言，可見他才思筆力的一斑了。今錄其登太白樓一首及塞上曲一首如下：

昔聞李供奉，長嘯獨登樓。此地一垂顧，高名百代留。白雲海色曙，明月天門秋。欲覓重來者，潺湲濟水流。（登太白樓）

旌旗春偃白龍堆，敎客休停鸚鵡杯。歌舞未殘飛騎出，月中生縛左賢來。（塞上曲）

天空海濶，可見其眼界之廣，筆力之厚了。

謝榛（一四九五—一五七五）字茂秦，自號四溟山人，一號脫屣老人，臨清（今屬山東）人。著有四溟集十卷，又有四溟詩話。他少好游俠，已而折節讀書，刻意爲詩歌。嘉靖間，他以布衣游京師，與攀龍、世貞等結社論詩，被推爲盟主。稱詩選格，多取決於他。錢謙益列朝詩集小傳丁集上說：「當七子結社之始，尚論有唐諸家，茫無適從。茂秦曰：『選李、杜十四家之最者，熟讀之以奪神氣，歌詠之以求聲調，玩味之以裒精華。得此三要，則造乎渾淪，不必塑謫仙而畫少陵也。』諸人心師其言，厥後雖爭擯茂秦，具稱詩之指要，實自茂秦發之。」

以後攀龍名聲漸盛，與謝榛論詩又不合，於是遺書和他絕交，王世貞等皆袒攀龍，把他擯除五子、七子之列。然而謝榛的詩名不衰，可見他的詩自有爲人欣賞之處。清汪端在明三十家詩選中說：「昌穀詩盡洗蕪詞，故滄遠而色韻自古。茂秦詩不專虛響，故精深壯麗，而懷抱極和。雖當空同、滄溟聲焰大熾之時，爲所牢籠推挽，參前後七子之席。然本色自存，究非叫囂癡重，隨人作計者比。是以昌穀始未輪心，而茂秦終且避面，宜其造詣皆卓而不群也。」

昌穀是前七子中徐禎卿的字，汪端把謝榛跟徐禎卿相比，他們的詩風，確有相似之處，今舉榆河曉發一首如下：

朝暉開衆山，遙見居庸關。雲出三邊外，風生萬馬間。征塵何日靜，古戍幾人閑。忽憶棄繻者，空慚旅鬢斑。

他對於詩的理論，都見於四溟詩話，其中雖主摹擬之說，但也有很精闢的見解。如說：

今之學子美者，處富有而言窮愁，遇承平而言干戈，不老曰老，無病曰病，此摹擬太甚，殊非性情之眞也。又說：

賦詩要有英雄氣象，人不敢道，我則道之；人不肯爲，我則爲之。厲鬼不能奪其正，利劍不能折其剛。古人製作，各有奇處，觀者自當甄別。

如此詩論，莫怪要與字模句擬的李攀龍格格不入了。

梁有譽 字公實，順德人，嘉靖進士，官至刑部主事。他是黃佐的學生，又和同門歐大任、黎民表以及友人吳旦、李時行結南園詩社，號「南園後五子」。他著有蘭汀存稿八卷，其詩得於師友者深，故雖名列七子，而習染不深。

宗臣（一五二五—一五六〇）字子相，興化（今屬江蘇）人。嘉靖二十九年進士，官至福建提學使，著有宗子相集十五卷。

宗臣生性耿介，不畏權貴，散文多有佳作，如報劉一丈書，寫嚴嵩擅權時，官場諂媚逢迎的醜形惡態，淋漓盡致，爲後人傳誦。詩學李白，跌宕俊逸，而意境未深，唯時有雋句名篇，如送吳山人一首：

黃菊故人杯，青山遊子路。匹馬向垂揚，回首燕雲暮。

清新脫俗，的是佳作，只是宗臣自入七子之社，漸染習氣，以致詩境日益窘甚，這是最令人惋惜的。

徐中行，字子輿，長興人。**吳國倫**，字明卿，興國人。他兩人都是擬古運動的忠實同志，詩和李攀龍相近，在後七子中，當然最無足述了。

當王世貞獨執詩壇牛耳之時，又有「前五子」、「後五子」、「廣五子」、「續五子」、「末五子」等名稱，都見於他的弇州山人四部稿。

所謂「前五子」，是指李攀龍、徐中行、梁有譽、吳國倫、宗臣等五人，七子中世貞自己不計，又把謝榛擯除。

「後五子」是張佳胤、余日德、張九一、汪道昆、魏裳。「廣五子」是盧柟、歐大任、俞允文、吳維嶽、李先芳。「續五子」是黎民表、石星、王道行、朱多煃、趙用賢。「末五子」是李維禎、胡應麟、屠龍、魏允中，再加上續五子中的趙用賢。

除此以外，世貞又紀其交遊，作四十子詠。四十子中，當然有與前面所提的前、後、廣、續、末五子相重的，但也可見他們當時的聲勢之盛了。

第四節　唐宋派與歸有光

一、山林隱逸的吳中詩人

在成化到正德年間，正是前七子擬古運動如火如荼的時候。差不多的詩人，都望風而歸，不敢稍攖他們的鋒芒。卻也有許多詩人，以抒寫性靈為主，不拘成法，時雜俗語，卻不失眞摯自然。在群趨於虛僞的擬古運動之際，能夠卓然自立，不雜群流，他們的精神，是非常可珍貴的。這些詩人，如唐寅、祝允明、文徵明、張靈等，都是吳人，而以唐寅爲中心。

其實在他們之前，已有沈周，在茶陵詩派執盟騷壇的時候，別樹一幟了。

沈周（一四二七—一五〇九），字啓南，長洲（今江蘇蘇州）人。隱居不仕，著有石田詩選十卷、耕石齋石田集九卷。他本是一個畫家，所以題畫之作，往往跟畫可以相輝映。如溪亭小景：

幽亭臨水稱冥棲，蓼渚莎坪咫尺迷。山雨乍來茆溜細，谿雲欲墮竹梢低。檐頭故壘雄雌燕，籬脚秋蟲子母雞。此段風光小韋杜，可能無我一青藜。

蘇軾稱王維「詩中有畫，畫中有詩。」今觀沈周，何嘗不然。再說沈周不求仕進，醉心山林，名利塵累，皆屏絕胸次。所以他的詩，也能不雕不琢，自然拔俗。像沈周那樣的詩人，當然不會被派別所藩籬，更不會字摹句擬，走入擬古的魔道了。今再錄寫懷寄僧一首如下：

虛壁疎燈一穗紅，閑階隨處亂鳴蟲。明河有影微雲外，清露無聲萬木中。澤國蒼茫秋水滿，居民流落野煙空。不知誰解拋憂患，獨對青山憶贊公。

唐寅（一四七〇—一五二三）字伯虎，一字子畏，蘇州人。弘治十一年（一四九八）鄉試解元，坐事下獄，放歸，卽絕意仕進。寧王宸濠曾用厚幣籠絡他，他知道寧王心懷異志，卽佯狂使酒。寧王不能堪，才放還吳中。唐寅歸鄉後，卽歸心釋氏，自號六如居士，著有六如居士集。

唐寅也以畫名，對於詩文，不甚措意，又往往以口語入詩，如他的言志詩：

不煉金丹不坐禪，不爲商賈不耕田。閒來寫就青山賣，不使人間造孽錢。

自然樸實，而不計工拙。王世貞曾批評他說：「唐伯虎如乞兒唱蓮花落。」不知此正是他詩的高處。到了晚年，詩境更爲純熟，所以錢謙益列朝詩集說他：「子畏詩，晚益自放，不計工拙，興寄爛熳，時復斐然。」

唐寅既以畫名，所以他的題畫詩也是一流的，如曉起圖：

獨立茅門懶拄筇，鬢絲涼拂豆花風。曉鴉無數盤旋處，綠樹枝頭一綫紅。

在此時跟唐寅一樣，都能卓然自立的，尙有祝允明、文徵明，他們都是長洲人。唐、祝、文三人，加上徐禎卿，有「吳中四子」之稱。以後禎卿從李夢陽、何景明遊，成爲七子之一。他們三人，卻依然獨往獨來，不屑依傍門戶。

祝允明（一四六〇——一五二六），字希哲。弘治五年鄉試中式，除興寧知縣，遷應天通判，自免歸。允明右手枝指，故自號枝指生。他和唐寅都以疏放爲世指目，唐寅善畫，而他善書，皆名震一時。他的散文，瀟灑自如。而詩則取材宏富，造句姸麗，如秋日閑居：

逃暑因能暫閉關，不須多把古賢攀。幷拋杯勺方爲嬾，少事篇章未礙閑。風墮一庭鄰寺葉，雲開半面隔城山。浮生只說潛居易，隱比求名事更艱。

文徵明（一四七〇——一五五九），名壁，以字行。更字徵中，號衡山。以歲貢薦授翰林院待詔。著有甫田集三十五卷。他的書畫俱有名於時，而詩則整飭之中，時饒逸韻。他與唐寅、祝允明俱醉心山林，不求仕進，尤識大體，其病起遺懷兩律，即是卻寧王宸濠的延攬而作。

潦倒儒官二十年，業緣仍在利名間。敢言冀馬無良馬，深愧淮南賦小山。病起秋風吹白髮，雨中黃葉暗松關。不嫌窮巷頻回轍，消受爐香一味閒。

經時臥病斷經過，自撥閒愁對酒歌。意外紛紜如命在，古來賢達患名多。千金逸驥空求骨，萬里冥鴻肯受羅？心事悠悠那復識，白頭辛苦服儒科。

辭婉而意峻，可知其爲人之一斑了。

張靈　字夢晉，也是長洲人。他也有畫名，而爲人狂放，更在唐寅、祝允明之上。他的詩風犀利，縱橫不羈，與他爲人相合，如對酒及春暮送友：

隱隱江城玉漏催，勸君須盡掌中杯。高樓明月清歌夜，知是人生第幾回？（對酒）

三月正當三十日，一壺一榼一孤身。馬蹄亂踏楊花去，半送行人半送春。（春暮送友）

其淋漓豪宕之氣，清狂傲世之態，都力透紙背了。

此外尚有**孫一元**（一四八四—一五二〇），字太初，籍貫不可考，但在吳中住過很久，與劉麟、吳琉、陸昆、龍霓，稱「苕溪五隱」，可見也是山林隱逸之流。他與文徵明等時相唱和，後與施氏女結婚，便終老吳興。他的詩，骨清神秀。如山中一首：

來往不逢人，家住山深處。獨鶴忽飛來，風動月中樹。

汪端明三十家詩選，說他的詩「如山紅澗碧，冷豔可人。」眞是的評。

二、唐宋派以前的獨立作家

在前七子領袖文壇之時，散文方面，不和李夢陽等同流的，有王鏊、馬中錫、王守仁等人。其中尤以王守仁最爲重要。

王鏊（一四五〇—一五二四），字濟之，江蘇吳縣人。成化進士，著有震澤集。王鏊是一個經學家，但是所作古文，也取法唐、宋的名家，平正而有法度。在文必秦、漢的擬古風氣瀰漫之下，王鏊能卓然自立，不依傍門戶，同時能認識唐、宋散文的價值，可說是以後興起的唐宋派作家的先知了。

馬中錫 字天祿，故城人，成化十一年（一四七五）進士，累官至兵部侍郎。劉瑾用事，中錫被斥爲民。劉瑾伏誅後，起撫大同，遷右都御史，提督軍務，進左都御史，以師老無功，下獄，瘐死。著有東田集六卷。中錫是康海的老師，生活時代與前七子同時，但是卻不與他們同群。他的中山狼傳，是譏斥李夢陽負心的，全文採取寓言的形式，以狼比作負心的人物，而諷刺李夢陽的忘恩負義。最後借丈人之口說：「禽獸負恩如是，而猶不忍殺，子固仁者，然愚亦甚矣。……」說得很感慨，也可見君子與小人的分野。

王守仁（一四七二—一五二八），字伯安，浙江餘姚人。弘治十二（一四九九）年進士，授刑部主事，後改兵部。忤劉瑾，謫貴州龍場驛丞。劉瑾伏誅後，守仁又復起用，歷官至太僕寺少卿、鴻臚寺卿、兵部尚書等，封新建伯，卒謚文成。著有王文成全書，共三十八卷。

王守仁是有明一代的政治家和軍事家，他嘗平定大帽山、斷藤峽諸賊，及寧王宸濠之亂，勳業彪炳。謫遷龍場之時，又潛心向道，悟得格物致知，知行合一的奧妙，成爲一代理學大師。他嘗築室陽明洞，自號陽明子，學者稱陽明先生，門人學生，遍佈天下。他的事業，當以哲學爲代表，可以永垂不朽。

然而他的散文，雅健典正，工鍊整飭，不求工而自工。尤其他和李夢陽諸子交遊，卻不受他們的汚染。在有明一代的散文作家中，上承宋濂、方孝孺之緒，下開王愼中、唐順之、歸有光之先，在明代的文學史，固有其不移的地位。今錄其瘞旅文中一段如下：

……嗚呼傷哉！繄何人？繄何人？吾龍場驛丞餘姚王守仁也。吾與爾皆中土之產，吾不知爾郡邑，爾烏爲乎來爲茲山之鬼乎？古者重去其鄉，遊宦不踰千里，吾以竄逐而來此，宜也。爾亦何辜乎？聞爾官吏目耳，俸不能五斗，爾率妻子躬耕可有也。烏爲乎以五斗而易爾七尺之軀，又不足而益以爾子與僕乎？嗚呼傷哉！爾誠戀茲五斗而來，則宜欣然就道，烏爲乎吾昨望見爾容蹙然，蓋不任其憂者？夫衝冒霧露，扳援崖壁，行萬峯之頂，飢渴勞頓，筋骨疲憊；而又瘴癘侵其外，憂鬱攻其中，其能以無死乎？吾固知爾之必死，然不謂若是之速；又不謂爾子爾僕，亦遽爾奄忽也！皆爾自取，謂之何哉！……

情文並茂，不由人讀了不流眼淚。

在詩歌方面，不同前七子合流的，有楊愼、薛蕙、王廷陳等。對唐宋派來說，這幾個正是承先啓後的作家。

楊愼（一四八八—一五五九），字用修，新都人。正德六年（一五一一）廷試第一，授翰林院修撰。嘉靖間，以議禮杖謫永昌。天啓初，追諡文憲。

楊愼的著作很多，有升菴集八十一卷、遺集二十六卷。他的詩，宏深淵博，獨立於李、何等七子之外，如宿金沙江一首：

往年曾向嘉陵宿，驛樓東畔闌干曲。江聲徹夜攪離愁，月色中天照幽獨。豈意飄零瘴海頭，嘉陵回首轉悠悠。江聲月色那堪說，腸斷金沙萬里樓。

他的缺點，在專講格調，未免和李夢陽等一樣，墮入擬古的魔道。所以錢謙益說他：「援據博則舛誤多；摹倣慣則瑕疵互見。」（列朝詩集小傳丙集）不過楊慎宏才碩學，富於才華，他的詩究非一般空泛者可比。只惜他久謫永昌邊遠之區，因此交遊鮮少，對於詩壇的影響力也小了。

薛蕙（一四八九—一五四一）字君采，亳州人。正德九年（一五一四）進士，授刑部主事，遷吏部郎中，以議大禮詔下獄。尋復職，未幾罷歸，著有考功集十卷。他的詩，清削婉約，瀟灑溫醇，不跟擬古諸子同流。如月夜坐憶：

明月三五時，流光千里外。虛館風泠泠，寒墀霜靄靄。不見南樓客，徒憶西園蓋。歡酒無盈觴，憂襟有餘帶。沉吟靜夜思，緬邈佳人會。

薛蕙的詩，即擬古諸子亦亟稱之。王世貞即說他的詩「如宋人葉玉，幾奪天巧；又如倩女臨池，疏花獨笑。」（藝苑卮言）

王廷陳　字稚欽，黃岡人，正德進士，官至吏部給事中，以諫南巡杖謫裕州知府，免歸，著有夢澤集二十三卷。他的詩意足語圓，軒然出俗，其烏母謠一首云：

烏母謂烏子：弋人在傍汝勿啼，弋人得知將汝歸，我但高飛起，安能救汝爲？

華察（一四九七—一五七四）字子潛，號鴻山，江蘇無錫人。嘉靖五年（一五一六）進士，官至侍讀學士。他與同里施漸、王懋明、姚咨，有「錫山四友」之稱，著有巖居稿八卷。他的詩，沖淡閒曠，深得淵明自然之風。如秋日觀稼樓曉望：

日出天氣清，山中悵幽獨。登高一眺望，風物淒以肅。流水映郊扉，炊煙散林屋。秋原一何曠，薄陰翳荒竹。時聞鳥雀喧，因念禾黍熟。悠悠汨溺心，千載猶在目。

高叔嗣（一五〇一——一五三七）字子業，祥符人。嘉靖二年（一五二三）進士，官至湖廣按察使。著有蘇門集八卷。

叔嗣的詩，能直抒胸臆，擺脫擬古窠臼，不拘於一家一格，而且詩品清逸，沈婉雋永。所以王世貞說他的詩，「如空山鼓琴，沈思忽往，木葉盡脫，石氣自清。又如衞洗馬言愁，憔悴婉篤，令人心折。」（藝苑卮言）今錄其分水嶺晚行一首：

客興日無奈，兵荒歲屢加。少年曾許國，多難更移家。遠水通春騎，孤城起暮笳。憑高一回首，何處是京華？

其時吳中有皇甫四兄弟沖、涍、汸、濂，並以詩名，號「四皇甫」。沖（一四九〇——一五三八）字子浚，著有華陽集六十卷。涍（一四九七——一五四八）字子安，著有少玄集二十六卷。汸（一四九八——一五八三）字子循，別號百泉子。著有司勳集六十卷。濂（一五〇八——一五六四）字子約，一字道隆。著有水部集二十卷。四人之中，以皇甫汸的詩最爲特出，整飭雍容，不事雕琢。如對月荅子浚兄見懷諸弟之作：

南北何如漢二京，迢迢吳越兩鄉情。謝家樓上清秋月，分作關山幾處明。

三、唐宋派

以上所述的那些作家，在前七子擬古文風領袖文壇之時，雖然都能卓然自立，不同群合流，而能與之頡頏，但是他們卻沒有明顯公開的理論主張，以駁斥擬古派，因此力量不大。待王愼中、唐順之出，始有堅決反對擬古主義的主張。王、唐都是散文家，他們的理論主張，也就偏重於散文方面。更由於他們反對盲目尊古，進而提倡唐宋古文，所以世稱「唐宋派」。

王愼中（一五〇九—一五五九）字道思，福建晉江人。嘉靖五年（一五二六）進士，官至河南布政使參事，罷官後，屏居二十年卒。著有遵巖集二十五卷。他在早年也深受前七子的影響，認爲秦漢以下之文不足取。二十八歲以後，漸漸喜歡唐宋諸家的文章。「學六經史漢最得旨趣根源者，莫如韓、歐、曾、蘇諸名家。」（寄道原弟書九）他特別推重曾鞏，以爲鞏文「信乎能道其中之所欲言，而不醇不該之蔽亦已少矣。」（曾南豐文粹序）所以他的文章，學曾鞏之處最多，而得力於曾鞏者也最多。

唐順之（一五〇七—一五六〇）字應德，一字義修，江蘇武進人。嘉靖八年（一五二九）進士，官至僉都御史，巡撫淮揚，力疾巡海，卒於廣陵舟中。崇禎初，追謚襄文。著有荆川先生文集十七卷、外集三卷。

他和愼中齊名，世稱「王唐」。初時，他論文與愼中不合，後來相互傾挹。在理論上受愼中的影響極深，而表達上卻更深刻明快。他的文章學歐、曾，但比愼中更爲出色。所以提倡唐宋散文的口號，雖出自愼中，但在理論主張、創作實踐上，順之都居於更重要的地位。他有答茅鹿門知縣論文書，爲他論文的重要理論，今節錄於下：

……只就文章家論之，雖有繩墨布置奇正轉折，自有專門師法，至於中間一段精神命脈骨髓，則非洗滌心源，獨立物表，具古今隻眼者，不足以與比。今有兩人：其一心地超然，所謂具千古隻眼人也。即使未嘗操紙筆呻吟學爲文章，但直據胸臆，信手寫出，如寫家書。雖或疏鹵，然絕無煙火酸餡習氣，便是宇宙一樣絕好文章。其一人猶然塵中人也，雖其顓顓學爲文章，其於所謂繩墨布置則盡是矣。然翻來覆去，不過是這幾句婆子舌頭語，索其所謂眞精神與千古不可磨滅之見，絕無有也。則文雖工而不免爲下格，此文章本色也。……

在這篇文章裏，順之主張文章應該直抒胸臆，信手寫出，富有內容和情感，才是絕好文章。所以反對句摹字擬，翻來覆去的婆子舌頭語。對於擬古派的盲目擬古，認爲是「蓋頭竊尾，如貧人借富人之衣，莊農作大賈之飾，極力裝做，醜態盡露，是以精光枵焉，而言不久湮廢。」（答茅鹿門知縣論文書）

王愼中、唐順之既倡論一洗當時剽擬之習，同時有李開先、陳束、趙時春、任瀚、熊過、呂高等六人，爲之羽翼，合稱嘉靖八才子。其後後七子擬古運動再起，王世貞獨主文壇之時，則有茅坤、歸有光起，標榜唐宋散文，與世貞頡頏。

茅坤（一五一二—一六〇一）字順甫，別號鹿門，歸安（今浙江吳興）人。嘉靖十七（一五三八）年進士，官至大名兵備副使，中吏議罷歸，屏居五十餘年卒。他著有白華樓藏稿十一卷、吟稿八卷、玉芝山房稿二十二卷、耄年錄七卷。又選唐宋八大家文爲唐宋八大家文鈔一百六十四卷。後人唐宋八大家之說，卽始於此。

茅坤最欽佩唐順之，他編唐宋八大家文鈔，則是反對擬古主義的直接表現。但是根柢稍薄，所以文鈔中評語批點，都有不妥之處。在創作表現上也不如唐順之、歸有光等人。但是他在八大家文鈔總序、文旨等文章裏，發表他的文學理論和主張，都比唐順之來得更具體和更有全面性，這是不能抹煞的。明史茅坤傳說：「其書（唐宋八大家文鈔）盛行海內，鄉里小生無不知茅鹿門者」。可見他在當時，自也是一個豪傑之士。

歸有光（一五〇六——一五七一）字熙甫，江蘇崑山人。八上春官不第，在嘉定安亭江上，讀書談道，學徒常數百人，稱爲震川先生。他六十歲始成進士，官至太僕寺丞。著有震川先生文集三十卷、別集十卷。

有光喜讀韓愈、歐陽修之文，斥擬古派爲妄，時王世貞主盟文壇，有光卽斥其爲妄庸巨子，世貞回答說：「妄誠有之，庸則未敢聞命。」有光說：「唯庸故妄，未有妄而不庸者也。」其銳利如此。

明代唐宋派的文章，繼承韓愈「文以載道」的理論，不能引起當時文人的興趣，以致並不能徹底打到擬古派的主盟文壇。再加擬古派中，有詩有文，前後七子，俱以詩名，而唐宋派僅偏重散文，以致始終無法遏制擬古的鋒芒。再說，唐宋派本身不能產生很多出色和有影響力的作家，自也是一個很重要的原因。假如唐宋派多有幾個歸有光，則當時的情勢，和文壇的風氣，恐怕就會大大的不同了。

有光之文，如先妣事略、亡兒𣌭孫壙志、思子亭記、女如蘭壙志、女二二壙志、寒花葬志、項脊軒志等，都是大家熟知的好文章，清淡自然，感情眞摯，寫家庭骨肉瑣事，委婉細致，情韻洋溢，極其傳神。如亡兒𣌭孫壙志：

……嗚呼！孰無父母妻子，余方孺慕，天奪吾母。知有室家，而吾妻死。吾兒幾成矣，而又亡。天之毒予，余何其痛耶！吾兒之孝友聰明，與其命相，皆不當死。三月而喪母，十六而棄余，天之于吾兒，何其酷耶！……

又如先妣事略：

……諸兒見家人泣，則隨之泣，然猶以爲母寢也。傷哉！於是家人延畫工畫，出二子命之曰：『鼻以上畫有光，鼻以下畫大姊。』以二子肖母也。

讀了無不令人感動。正如王錫爵在明太僕寺丞歸公墓誌銘中所說：「無意於感人，而歡愉慘惻之思，溢於言語之外，嗟嘆之，淫佚之，自不能已已。」

有光鄉居很久，出仕以後，特別注重民間的疾苦，他在一般贈序的文章裏，如送同年丁聘之之任平湖序，送同年李觀甫之任江浦序、送同年光之英之任眞定序、送張子忠之任南昌序、送陳子達之任元城序諸文，無不以民生國事爲重，所以他的文章，題材實不限於記家庭之瑣事，自另有一番濟世利民的境界。

有光與王愼中、唐順之並稱嘉靖三大家，或益宋濂、方孝孺、王守仁而稱明代六大家，徐渭稱他爲「今之歐陽子」，黃宗羲以爲「議者以震川爲明文第一，似矣。」這些讚美，可見他在當時的文名。他生當後七子極盛之時，以優秀的創作與擬古派相抗衡，雖不能完全轉變當時的風氣，但是他在散文創作上的成就，則早有定評，不是隨便可以動搖的了。

第五節　公安派與竟陵派

一、公安派的先驅者

前後七子所主持的擬古運動，雖有王愼中、唐順之、茅坤、歸有光等人強烈的反對，但終不能給予致命的打擊。況且王愼中他們尊奉唐宋，廣義地說，仍脫離不了迷古的範疇，只是把摹擬的對象，從秦漢易爲唐宋而已。直到公安袁氏兄弟的崛起，才眞正擺脫了迷古的魔障，改變了文壇的風氣。在袁氏兄弟以前，則有幾位作家，卓然獨立，反對擬古，成了公安一派的先驅。

徐渭（一五二一—一五九三）字文淸，更字文長，一字天池，晚年又號靑籐，浙江山陰人。他天才超逸，工書畫，詩文皆有奇氣，自稱「吾書第一，詩次之，文次之，畫又次之。」其自負如此。文長的人品，近於淸朝金聖嘆一流，蓋縱才放恣，不復檢束所致。著有徐文長集三十卷。

他對於擬古派末流的摹擬剽竊，大肆反對，譏之爲「此雖極工，逼肖而已，不免於鳥之爲人言矣。」他的詩不避俗語俗物，無所不入詩，而又富於奇思，實開公安一派之路，今錄懷陳將軍同甫一首如下：

> 飛將遠從戎，翩翩氣自雄。椎牛千嶂外，騎象百蠻中。銅柱華封盡，昆池漢鑿空。雁飛眞不到，何處寄秋風。

李贄（一五二七—一六〇二）字卓吾，號宏甫，福建晉江人。他受佛敎思想的影響很甚，泉州是溫陵禪師的住地，所以他自號溫陵居士，又號龍湖叟。他著的書很多，有名的如焚書、續焚書、藏書、續藏書。他的文學主張，主要見於焚書中的童心說一文，今錄一段如下：

> 天下之至文，未有不出於童心者也。茍童心常存，則道理不行，聞見不立，無時不文，無人不文，無一樣創制體格文字而非文者。詩何必古選？文何必先秦？降而爲六朝，變而爲近體，又變而爲傳奇，變而爲院本，爲雜劇，爲西廂曲，爲水滸傳，爲今之擧子業，皆古今至文，不可得而時勢先後論也。

他所謂童心，也卽是指眞摯的感情，唯眞摯的感情，才能產生至文，卽小說戲劇，苟情感眞摯，也是天下至文。這一種說法，自是以道爲重的唐宋派，所說不出來的。李贄是三袁的老師，因此，三袁的文學思想，是受李贄的影響很深的。

焦竑（一五四〇－一六二〇）字弱侯，號澹園，江寧（今南京）人。他與李贄交往甚好，論學則力主調和儒、釋兩家的思想。焦竑的散文寫得很好，而尤反對擬古一派，稱之爲謬種。他有與友人論文書，主張好的文學作品，應該：

脫棄陳骸，自標靈采，實者虛之，死者活之，臭腐者神奇之。

焦竑這種思想，深深地影響了袁宏道，他曾跟宏道見過面，宏道尊之如師輩，兩人又通過不少信，所以袁宏道在文學理論上，得之於他的很多。

湯顯祖 明代的戲曲大家，在詩文方面，他特別尊重李贄，而和徐渭、三袁兄弟，又交往甚密，所以在文學主張上，他們是一致的。他對於擬古派的詩文，極爲痛恨，詆之爲「贗文」，譏之以「枯薄」。他論文強調創作精神，卽所謂靈性與靈氣：

天下大致，十人中三四有靈性，能爲伎巧文章，竟佰什人乃至千人無名能爲者，則乃其性少靈者與？（張元長噓雲軒文字序）

予謂文章之妙，不在步趨形似之間。自然靈氣，恍惚而來，不思而至。怪怪奇奇，莫可名狀，非物尋常得以合之。（合奇序）

這種說法，已和袁宏道的性靈說，十分相似了。

此外還有于愼行、公鼐、王叔承、王穉登等，甚至王世貞的弟弟王世懋，都是擬古派的反對者。同時又有嘉定人程嘉燧、李流芳、婁堅、唐時升等，俱以詩名，稱「嘉定四先生」，他們的詩風，也是與擬古諸子，大異其趣的。

晚明的反擬古主義興起，一面固由於擬古派詩文空洞無物的反感，一面則實由於王陽明學說的影響。自李贄一直到公安三袁，那些反擬古的作家，幾乎無不直接間接與陽明的學說有密切的關係。如李贄提倡童心說，他的童心，也即是眞心，所謂「若失卻童心，便失卻眞心；失卻眞心，便失卻眞人。」實是脫胎於陽明的「致良知」。所以公安一派的文人，最崇拜王陽明，袁宏道山中逢老僧詩云：

念珠策得定功成，絕壑松濤夜夜行。說與時賢都不省，依稀記得老陽明。

可見兩者淵源之深了。

二、公安派

徐渭等人，雖然對於擬古的文風不滿，但沒有形成一個運動，所以影響不大。眞能形成一個運動，而大張反擬古的旗幟，而成爲一個流派的，則當推三袁兄弟的公安派。

袁宗道（一五六〇—一六〇〇），字伯修，萬曆十四年（一五八六）進士，官至右庶子。**袁宏道**（一五六八—一六一〇）字中郎，萬曆二十年進士，官至終稽勳郎中。**袁中道**（一五七〇—一六二三），字小修，萬曆四十四年始成進士，官至南京禮部郎中。他們三兄弟是公安（今屬湖北）人，故世稱公安派。

宗道是公安一派的始倡者，他對前代文人，於唐好白居易，於宋好蘇軾，所以名其書齋爲白蘇齋，著有白蘇齋集二十二卷。他的論文上下兩篇，都是抨擊擬古的。他認爲「時有古今，語言亦有古今，今人所詫謂奇字奧句，安知非古之街談巷語耶？」一般擬古文人，句摹字擬，依宗道看來，都是本身沒有學問意見的緣故，也即是作家沒有思想修養，寫不出有內容的文章，只得在形式上摹秦擬漢了。所以他說：「故學者誠能從學生理，從理生文，雖驅之使模，不可得矣。」

宏道著有袁中郎集四十卷，此外尚有明文雋、瓶花齋雜錄等。他的著作最多，得名最甚，排斥擬古派也最力，可以說是公安派的代表。所以明史文苑傳說：「先是王、李之學盛行，袁氏兄弟獨心非之。……至宏道益矯以清新輕俊，學者多舍王、李而從之，目爲公安體。」

他除認爲一代有一代之文學，不必今不如古，進而反對句比字擬、以勦襲爲復古外，更進一步地提出公安派的文學主張，是抒發性靈，不拘格套。他在敍小修詩中說：

……（小修）足跡所至，幾半天下，而詩文亦因之以日進。大都獨抒性靈，不拘格套，非從自己胸臆流出，不肯下筆。有時情與境會，頃刻千言，如水東注，令人奪魂。其間有佳處，亦有疵處。佳處自不必言，即疵處亦多本色獨造語。然予則極喜其疵處，而所謂佳色，尚不能不以粉飾蹈襲爲恨，以爲未能盡脫近代文人氣習故也。……

所謂「獨抒性靈」，就是抒寫情感；「不拘格套」，就是創造的精神。文學貴創造，自然不會模擬。而由於他重視「性靈」，所以並不強調「學問」、「意見」或「理」，而特別強調天眞而自然的趣味，這是他跟宗道不同的地方。

他又提出「文」與「質」的問題，認爲質是文的基礎，文與質相結合，作品才能感染人心。擬古派的作品，只重文而不重質，華而不實，故只能悅俗，久之必定見厭。他說：

> 物之傳者必以質，文之不傳非曰不工，質不至也。樹之不實，非無花葉也；人之不澤，非無膚髮也。文章亦爾。行世者必眞，悅俗者必媚。眞久必見，媚久必厭，自然之理也。故今之人所刻畫而求肖者，古人皆厭離而思去之。古之爲文者，刊華而求質，敝精神而學之，唯恐眞之不極也。（行素園存稿引）

自李贄起，就已推重小說、戲曲在文學上的價值。宏道受了李贄的影響，於小說戲曲，以及民間文學，都給以很高的評價，他在敘小修詩中說：

> 吾謂今之詩文不傳矣。其萬一傳者，或今閭閻婦人孺子所唱擘破玉、打草竿之類，猶是無聞無識眞人所作，故多眞聲。不效顰於漢、魏，不學步於盛唐，任性而發，尙能通于人之喜怒哀樂嗜好情慾，是可喜也。

他又在聽朱生說水滸傳一文中，給予水滸傳一書，以很高的評價。公安一派，在創作實踐上，較少表現，致爲後人詬病，但是就肯定通俗文學的價值來說，公安諸子，自有不可磨滅的功績，這是不能否認的。

中道著有珂雪齋集二十四卷，他也主性靈之說，不拘格套，其珂雪齋集自序說：

> 文法秦、漢，古詩法漢、魏，近體法盛唐，此詞家三尺也。予敬佩焉，而終不學之。非不學也，古人之意至而法卽至焉。吾先有成法據於胸中，勢必不能盡達吾意，達吾意而或不能盡合於古之法，合者留，不合者去，則吾之意其可達於言者有幾？而吾之言其可傳於世者又有幾？故吾以爲斷然不能學也，姑抒吾意所

欲言而已。夫古之人豈易言哉？豈惟古人，即本朝諸君子，各有所長，成一家言，敢自謂超乘而上之耶？

三袁的文學理論，自有他們獨到之處，只惜在創作上，不能與理論相配合，因此對於文壇，只有消極的「破」，不能積極的「立」。三袁本身的詩文，已不免給人內容空洞貧乏，風格輕佻淺露的感覺。他們的羽翼，如陶望齡、黃輝、江盈科、雷思霈等，在創作上都沒有出色的表現。降而至沈承輩，更在檜下無譏之列了。這一點，的確是公安派的致命傷。四庫提要就他們的創作立論，話就說得很難聽了：

> 學七子者，不過贋古；學三袁者，乃至矜其小慧，破律而壞度，名爲救七子之弊，而弊又甚焉。

一、竟陵派

竟陵派導源於公安，其代表人物是鍾惺和譚元春，兩人都是竟陵（今湖北天門）人，故稱爲竟陵派。

鍾惺（一五七四—一六二四）字伯敬，號退谷，萬曆三十八年（一六一〇）進士，官至福建提學僉事。著有隱秀軒集。**譚元春**（一五八六—一六三七）字友夏，著有嶽歸堂集。鍾惺對於公安派反對擬古，獨抒性靈，不拘格套之說，並不反對，只是對於公安體的作品，過於輕率，遂想以「幽深孤峭」救其弊。所以明史文苑傳說：「自宏道矯王、李詩之弊，倡以清眞，惺復矯其弊，變而爲幽深孤峭。」至於譚元春，本是後輩，但倡和鍾惺之說，兩人又評選唐以前的詩爲古詩歸；唐人的詩爲唐詩歸，總稱詩歸，共五十一卷。詩歸一書，風行一時，所以元春得與鍾惺齊名，時稱「鍾譚」，所以「竟陵體」也有「鍾譚體」之稱。

鍾惺論詩，認爲學詩當求其精神，不能流之於形式。所以學習古人，就要學習古人的精神。不過鍾惺所謂學習古人的精神，卻是在古人詩中，追求「幽靜單緒」和「孤行靜寄」，因爲鍾惺欣賞字怪句奇，所以特別贊賞「

造語森秀，思路崎嶇」的作品。鍾惺這種欣賞孤、怪、奇、僻的詩論，流弊所及，便成了專門用怪字，押險韻，故意顚倒字句，以顯得思路崎嶇的風格。結果，「樸素幽眞」的意境，不但不能達到，反而使讀者覺得冷僻苦澀，難以卒讀了。所以鍾惺、譚元春的詩，雖然苦心經營，雕鏤鑱削，不遺餘力。作爲一個詩人，固然用功至極，無奈作品卻變成艱澀隱晦，沒有一點靈秀之氣了。如：

舟棲頻易處，水宿偶依岑。山暝江逾遠，天寒谷自深。隔墟煙似曉，近峽氣先陰。初月難離霧，疎燈稍著林。漁樵昏後語，山水靜中音。莫歎歸鴉翼，徒驚倦客心。（鍾惺舟晚）

此處果星月，南方聞薄雷。安知今夜雨，不過一村來。案帙愼新漏，溪苗危昨栽。良非山可比，天意幸加裁。（譚元春夏夜）

無一不是難解難讀的作品。所以錢謙益在列朝詩集中，攻訐極力：

以俚率爲清眞，以僻澀爲幽峭，作似了不了之語，以爲意表之言，不知求深而彌淺；寫可解不可解之景，以爲物外之象，不知求新而轉陳。無字不啞，無句不謎，無一篇章不破碎斷落。一言之內，意義違反，如隔燕、吳；數行之中，詞旨蒙晦，莫辨阡陌。

但是竟陵體畢竟風靡過一時，詩歸一書，洛陽爲之紙貴。錢謙益又有個極好的譬喻：「譬之春秋之世，天下無王，桓、文不作。宋襄、徐偃，德涼力薄，起而執會盟之柄，天下莫敢以爲非伯也。」事實如此，這一時期，沒有好的作家。如蔡復一、張澤、華淑等人，都是醉心竟陵體者，但濫調浮響，卑不足道。自此以下，更不足述了。

總之，公安、竟陵的文學理論，確都有可取之處，尤其能力抗擬古的颷風，這是很不容易的。只是創作不能與理論相配合，以致只有消極的破壞，沒有積極的建設。末流之弊，遂較擬古更甚。不過平心而論，公安、竟陵的影響所及，下開晚明抒情小品的機運。晚明時，大量小品文的產生，不能不說是公安、竟陵文學運動的一個很大的成果了。

第六節　明末詩文

一、明末的散文

明末的散文是很盛的，崇禎時陸雲龍選輯十六名家小品，於徐渭、湯顯祖、袁宏道、袁中道、屠隆、鍾惺等六家外，又別選文翔鳳、陳繼儒、陳仁錫、李維禎、王思任、虞淳熙、董其昌、張鼐、曹學佺、黃汝亨等十家，可見散文作家之多。黃宗羲於明文案序中，稱述明代散文，有三個最盛的時期，明初、嘉靖以外，崇禎也居其一。他並舉出歸有光以下的各大家，如婁堅、唐時升、錢謙益、顧大韶、張大復、艾南英、徐巨源、曾異撰、李世熊、黃道周等，都為一時之選。

陸雲龍、黃宗羲二家，所舉明末散文代表作家的名單，容有未當之處，所以後人批評的很多。但是明末散文之盛，則是不容否認的事實，現在綜合各家之說，列舉有代表性的作家如下：

李日華（一五六五——一六三五）字君實，嘉興人。萬曆進士，官至太保少卿。著有恬致堂集及六硯齋雜記等。日華是明代最好的畫評家，因此他的評畫之作，就成爲一種風格輕妙而別致的小品文，此於紫桃軒雜綴、畫媵等編，皆可見之。

王思任（一五七四—一六四六）字季重，號謔菴，山陰（今浙江紹興）人。萬曆進士，曾任九江僉事，在宦場始終不得意。著有王季重十種。張岱有一篇王謔菴先生傳，記思任的生平很詳細。福王敗走時，馬士英逃到浙江，思任寫信痛罵他：「吾越乃報仇雪恥之國，非藏垢納汚之地也。」一時人心大快。淸兵南下，有人勸降，他閉門大書「不降」以拒之。後來屏迹山居，病中絕食而死，可見得氣節之凜然了。

思任生性滑稽，遊迹甚廣，其遊喚、歷游記兩種遊記，往往於詼諧之中，寓意諷世，甚有價值。他的文章善於描繪社會百態，淡淡幾筆，而辛辣峭拔，直中讀者胸臆。如遊滿井記：

> 安定門外五里有滿井，初春，士女雲集，予與吳友張度往觀之。……有父子對酌、夫婦勸酬者；有高髻雲鬟、覓鞋尋珥者；又有醉詈潑怒、生事禍人、而厥夭陪乞者。……又有腳子抽登復墮、仰天露醜者；更有喇唬恣橫、強取人衣物、或狎人妻女；又有從旁不平、鬬毆血流、折傷至死者。一國惑狂，予與張友酌買葦蓋之下，看盡把戲而還。

徐宏祖（一五八五—一六四〇）字霞客，江蘇江陰人。宏祖爲人，不慕名利，而好山水，遊跡到處，輒寫爲遊記，所作徐霞客遊記爲我國遊記文學之名著。宏祖文筆淸新脫俗，不求工而自工，非一般矯揉做作者可比。

劉侗　字同人，號格菴，湖北麻城人。崇禎進士，赴任吳縣知縣途中，死於揚州。他與譚元春、于奕正友善，曾和于奕正合著帝京景物略，記敘北平各處景物，如記三聖庵之一小段：

德勝門東，水田數百畝，溝澮川上。堤柳行植，與畦中秧稻，分露同烟。春綠到夏，夏黃到秋，都人望有時，望綠淺深，爲春事淺深；望黃淺深，又爲秋事淺深。

劉侗爲文，深得竟陵的特色，如這篇文字，無難字，無經文，也無典故，而「幽深孤峭」，令人讀起來佶屈聱牙，意義費解。然細心體會，也有其深刻而有趣的一面。

張岱（一五九七—一六八九）字宗子，一字石公，別號陶庵，山陰（今浙江紹興）人。他出身書香門第，但自己沒有做過官，性好山水，對於音樂戲劇都有很高的修養。明亡後，入山著書，他一生的著作很多，現在流傳的，只有陶庵夢憶、西湖夢尋、瑯環文集及石匱書後集幾種。其中尤以夢憶、夢尋，爲張岱的代表作品，寫於明亡入清之後。以感傷的語句，寄故國的懷戀，寫得非常成功。如西湖七月半一節：

……此時月如鏡新磨，山復整粧，湖復頮面，向之淺斟低唱者出，匿影樹下者亦出。吾輩往通聲氣，拉與同坐。韻友來，妙妓至，杯箸安，竹肉發。月色蒼涼，東方將白，客方散去。吾輩縱舟，酣睡於十里荷花之中，香氣撲人，清夢甚愜。

他的文字，兼有公安、竟陵之長，而無其弊，生動活潑，又兼有王思任的詼諧幽默，在明末的小品文作家中，可稱第一。加以他的氣節極高，明亡以後，不憂生畏死，自己看好墓地，作好墓誌，將後事安排以後，仍舊讀書著書。眞是對於世情人生，看得非常透徹的一個作家。

祁彪佳（一六〇二—一六四五）字虎子，一字幼文，又字弘吉，也是山陰人。著有寓山注、越中園亭記等。他的散文，明麗潔淨，長於描寫山水。他對於戲劇也極有研究，所作明曲品與明劇品，以著錄和評論有明戲曲家，價值不在呂天成曲品之下。

明末產生很多記述山水園林的小品，一面是受了公安、竟陵文學的影響，另一面何嘗不是文人們面對破碎的山河，一種依戀懷念的寄託。此外受了陽明講學的方式，也復興了寓言這一種文體，如耿定向的先進遺風、江盈科的雪濤小說、陸灼的艾子後語、劉元卿的應諧錄，都是當時寓言中有名的作品。

二、明末詩歌

明末詩人，因憂傷多而感慨深，所以只求直抒情感，無意再講求聲調格律、唐宋法度。因此發為詩篇的，就跟前後七子、公安、竟陵，大不相似，或慷慨悲涼，或淋漓縱橫，而一些愛國詩人的表現，也無一不驚天地而泣鬼神。詩風至此，乃一大變。在這裏，除了跟文社有關的詩人，移之下小節一併敘述外，特將有代表性的詩人，一一敘之於下。

曹學佺（一五七四——一六四七）字能始，號石倉，福建侯官人。萬曆二十三年（一五九五）進士，官至廣西參議，以著野史紀略直書梃擊案本末，削籍為民。唐王立閩中，起授太常卿，遷禮部侍郎，進尚書。清兵入閩，入山中自經死。學佺著有石倉詩文集一百卷，他才氣不如幾社的陳子龍（見下節），而溫婉過之。王士禎極推崇他：「明萬曆中年以後迄啓、禎間無詩，惟侯官曹能始先生得六代、三唐之格，一時名士，如徐桂、吳兆、林古度皆附之。」（古夫于亭雜錄）今錄其過木瀆一首：

指點十三橋，迎船半柳條。夕陽潮正滿，春草岸俱遙。琢研開山市，為園灌藥苗。賣餳時節近，處處有吹簫。

瞿式耜（一五九六—一六五〇）字啓田，江蘇常熟人。萬曆四十四年（一六一六）進士，官至戶科給事中，爲魏忠賢餘黨周延儒所誣下獄。福王立，起用爲右僉都御史。福王敗，擁立桂王，抵抗淸軍，兵敗被執，在獄中日與張同敞作詩唱和，互勉殉國，終以不屈死節。著有瞿忠宣公詩文集十卷。

式耜品節高超，所作詩皆慷慨淋漓。忠義堅貞，發諸內心，如十七日臨難賦絕命詞一首：

從容待死與城亡，千古忠臣自主張。三百年來恩澤久，頭絲猶帶滿天香。

從容就義的氣度，溢於字表。

鄺露（一六〇四—一六五〇）字湛若，廣東南海人。永明王立，授中書舍人。淸兵破廣州，抱琴死。著有嶠雅集。鄺露是阮大鋮的門生，然大節凜然，不與其師同流。他的詩淸妙脫俗，不染人間煙火，而五言之氣韻尤佳，如洞庭酒樓：

落日洞庭霞，霞邊賣酒家。晚虹橋外市，秋水月中槎。江白魚吹浪，灘黃雁踏沙。相將楚漁父，招手入蘆花。

黎遂球（？—一六四五）字美周，廣東番禺人。唐王時，守贛州，城陷，巷戰死。著有蓮鬚集二十六卷。他的詩，醉心六朝、初唐的宮體，以才情勝，而不爲格律所拘。

黃淳耀（一六〇五—一六四五），初名金耀，字蘊生，江蘇嘉定人。崇禎十六年（一六四三）進士，家居，李自成陷京，自縊於淸涼菴殉節，著有陶菴集二十二卷。他的古詩多擬陶，故以陶菴名集，詩風俊爽，心存濟世，今錄野人（其三）一首：

野人歎息朝無人，朝中朋黨如魚鱗。十官召對九官默，匍伏苟且容一身。廟堂何人理陰陽，頻年日食四海荒。吾欲上書問朝士，卻恐人訶妄男子。

劉孔和（一六一四—一六四四）字節之，長山人。崇禎末，起兵長白山中，率衆南下，忤劉澤清被害。著有日損堂詩集、練要堂文集。他性倜儻好談兵，為文豪邁，而詩尤奇恣，有蘇軾、陸游之風。如過訪幼量書圃：

堦前修竹綠成林，侍子清朝拊素琴。聽盡明光三十段，碧池涼雨一時深。

馮班（一六一四—一六七一）字定遠，號鈍吟，常熟人。著有定遠集、鈍吟詩文集、評點才調集。**王彥泓**，字次回，金壇人。著有疑雨集。他們兩人，都好齊、梁豔體。彥泓以律詩勝，馮班則以絕句見長。現在分錄他們的詩於下：

世間無賴是豪家，處處朱門鎖好花。惟有夢魂難管束，任他隨意到天涯。（馮班‧戲題）

瓊香一片委輕埃，猶憶春時傍砌開。腸斷江南陳叔寶，麗華身後卻歸來。（王彥泓‧對花雜慟）

張煌言（一六二〇—一六六四）字玄著，號蒼水，浙江鄞縣人。他自幼即砥礪氣節，忠義過人。明亡後，以舟山為根據地，組織義軍，反清復明，達十九年之久。曾三次渡閩海，四次攻入長江，兩次遭颱風侵襲，最後終因叛徒出賣被俘，壯烈犧牲。煌言的詩格挺拔，慷慨悲壯，意氣風發，充滿了高度的愛國主義的精神，今錄其被俘赴杭州途中的一首詩如下：

國亡家破欲何之？西子湖頭有我師。日月雙懸于氏墓，乾坤半壁岳家祠。慚將赤手分三席，敢為丹心借一枝。他日素車東浙路，怒濤豈必屬鴟夷！

夏完淳（一六三一—一六四七）字存古，松江華亭（今江蘇松江）人。他的父親夏允彝，老師名詩人陳子龍，都是幾社的中堅。他生有異稟，極聰慧。有「江左少年」之稱。淸順治二年，淸師至松江，他父親殉節死，他則從陳子龍起兵太湖，事敗，復從吳易軍爲參謀，吳易兵敗，於是屏處草野，仍從事反淸復明的大業，後被執不屈而死，年僅十七歲。

完淳著有玉樊堂集、內史集、南冠艸等。又有代乳集，是他九歲時的作品，及續幸存錄八卷，今多散佚。他天姿特秀，古體追武魏、漢，近體高華雄鬱，縱橫淋漓。今錄其赴義時所作拜辭家恭人一首，以見一斑：

孤兒哭無淚，山鬼日爲鄰。古道麻衣客，空堂白髮親。循陔猶有夢，負米竟誰人？忠孝家門事，何須問此身。

詩句的老練，氣魄的悲昂，都不是一個十七歲的少年所能表現的。完淳求仁得仁，固無所怨，但對讀者來說，一個天才的早夭，乃是無可彌補的損失。

三、復社與幾社

自前後七子開始，文人結社之風，日盛一日。天啓、崇禎之時，文社已帶有濃厚的政治性的色彩，成爲文人論政的社團。如太倉則有復社；華亭則有幾社；江西則有艾南英的豫章社；甬上則有陳夔獻主持的講經會；武林則有聞子將、嚴印持所主持的讀書社；明州則有李杲堂所主持的鑒湖社等，此中最重要的，當推復社與幾社。

張溥等始結應社，其後更集文人士子，會於吳郡，取「興復絕學」之義，稱爲復社，而由張溥、張采主盟，稱爲「婁東二張」。聲勢日盛，忌者極多。福王時，張溥已死，由陳貞慧等主持，阮大鋮以報私怨，盡逮復社名士，爲明末著名的黨禍。

張溥（一六〇二—一六四一）字天如，江蘇太倉人。崇禎四年（一六三一）進士，著有七齋錄集十五卷。他的名聲極高，詩文俱盛稱一時，加以才思敏捷，對客揮毫，俄頃立就，今錄送侯豫瞻北上一首如下：

春氣吳山早，風來水國初。社村今日酒，牀笏舊時書。燕子迎新舫，桃花奉板輿。尙持司馬節，珍重佩金魚。

復社名士，特別注重氣節，故鼎革後殉節者多，如吳應箕、孫臨、楊廷樞等，屈指難數。而其中以吳應箕的詩文，尤爲著名。

吳應箕（？—一六四四）字次尾，貴池人。崇禎副榜。唐王立，除池州推官，兵敗被執，殉節死。著有樓山堂集。應箕善古文及詩，主性情之說，不尙擬古，自己說：「吾生平不爲擬古，強笑不歡，非中懷所達故也。」其憂國之詩，感慨尤深，如閒看：

閒看處堂喜，眞稱擧國狂。人猶殺李、范，運不及齊、梁。寂寞臨春閣，悲涼石子岡。只餘諸葛恨，頸血濺淮揚。

幾社的中堅，是陳子龍、夏允彝、徐孚遠、周立勳、王光承、李雯、宋徵輿等。然其中以子龍的詩名獨高，其餘都不足與比肩。李雯雖在當時和子龍有「陳李詩」之稱，然李雯後來變節仕清，可以說，其詩其品，都跟子龍差得很遠。

陳子龍（一六〇八—一六四七）字人中，更字臥子，號大樽，松江華亭人。崇禎十年（一六三七）進士，官至兵科給事中。清兵南下，子龍結太湖義軍起事，事露被執，乘間投水殉節。著有陳忠裕全集。係清嘉慶時王昶等，訪搜彙集，得賦二卷、詩十七卷、詞一卷、文十卷、并他自撰的年譜二卷、王澐所撰的乙酉（一六四五）後年譜一卷，刻之行世。

他的詩文，均名盛一時。吳偉業梅村詩話說：「臥子曠世逸才，……其四六跨徐、庾，策論視二蘇，詩特高華雄渾，睥睨一世。」子龍早年的詩，承前後七子的餘流，頗多華艷擬古之習。國變以後，悲涼慷慨，所作可泣鬼神，故前人稱爲明詩殿軍。如揚州一詩：

江南年少子，處處逐青娥。怕問雷塘事，終憐水調歌。牙檣淮雨暗，玉管楚聲多。夜半城頭角，飄零怨紫羅。

又如三洲歌一首，也令人悲歌不能自己，可謂高華雄渾之作：

相送巴陵口，含淚上行舟。不知三江水，何事亦分流。

第二章　明代的戲劇

第一節　明初的戲劇

一、南戲的發展

明代傳奇的前身，乃是宋、元的南戲，所以敍明代傳奇之前，必得說明南戲的起源及其發展。南戲的起源，祝允明的猥談，和徐渭南詞敍錄說得很明白。猥談說：「南戲出於宣和之後，南渡之間，謂之溫州雜劇。予見舊牒，其時有趙閎夫榜禁，題述名目，如趙貞女、蔡二郎等，亦不甚多。」南詞敍錄說：「南戲始於宋光宗朝，永嘉人所作趙貞女、王魁二種實首之。……或云：宣和間已濫觴，其盛行則自南渡，號曰『永嘉雜劇』，又曰『鶻伶聲嗽』。其曲則宋人詞，而益以里巷歌謠，不叶宮調，故士大夫罕有留意者。」以祝、徐二氏所論，則南戲之產生及盛行，當在徽宗宣和（一一一九－一一二五）至光宗紹熙（一一九〇－一一九四）年間。

南宋偏安於長江以南，對外的交通和貿易，完全依賴幾個沿海的都市。寧波與溫州，是當時離朝廷臨安最近的海口都市，市面繁榮，北來的人集中得也多。因此一部分江湖流浪人，以溫州當地的里巷歌謠、村坊小曲，和表演故事的雜劇形式相結合，演唱謀生，於是產生了「溫州雜劇」。因爲「溫州雜劇」以表演故事情節爲主，與宋代那些因題設事的簡短的雜劇不同，所以另稱「戲文」。又因其產生於南宋地區，乃又稱爲「南戲」。徐渭所謂「鶻伶聲嗽」，乃是「伶俐的聲調」的意思。可見當時南戲是很受觀衆歡迎的。

南戲的目錄，永樂大典及南詞敍錄所收，已有好幾十種。近人根據南九宮譜、新編南九宮詞、雍熙樂府、九宮大成譜、詞林摘豔、盛世新聲、吳歈萃雅、南音三籟、南曲九宮正始諸書，輯佚所獲，有一百餘種，其目可見陳萬鼐氏元明清劇曲史十七章第六節「南戲戲目」，今不贅。其中可以肯定爲宋代南戲的，有趙貞女蔡二郎、王煥、樂昌分鏡、王魁、陳巡檢梅嶺失妻等五種，其餘絕大部分是元代的。由此可知，元代雖盛行雜劇，但南戲並未衰亡，相反的，仍是非常流行，而且由於其流行，乃下開有明傳奇燦爛的一頁。

傳奇一詞，在我國文學史上，往往因時代的不同，而代表不同的意義，唐代已有傳奇的名詞，不過它是指長篇的文言小說而言，跟戲劇沒有關係。宋代時，則偶而也有把諸宮調稱爲傳奇的，是傳奇一詞已慢慢地轉變爲戲劇性的名詞了。元初，雜劇與傳奇都用來稱戲曲，但是卻沒有嚴格的分野，漸漸地，爲了南北曲稱呼的分別，才專用雜劇代表北曲，傳奇代表南曲。

事實上，傳奇的淵源雖是南戲，但也不能說它沒有受過雜劇的影響。以樂曲來說，傳奇就吸收北曲，而走向南北合套的路途。所以前人往往誤認雜劇是傳奇的祖先，在現在，我們已可看到南戲很多的文獻，當然覺得其說甚謬，但也能了解，這種說法的產生，也未始沒有原因的。茲將雜劇南戲、傳奇三者的內容形式，列下簡表如下：

戲別	分段	題目	家門	長短	樂曲	賓白	動作	角色	唱法	楔子
雜劇	稱折	題目正名（在後）	無	有定	北	有	科	異	異	有
南戲	不分	有（在前）	有	無定	南	有	介	兩者大致相同	兩者大致相同	無
傳奇	稱齣	齣目（在前）	有	較有定	南北	重視	介			無

此外在元代時，雜劇是有弦索伴奏的，而南戲則只有打擊樂按節拍，沒有絲竹樂器的伴奏。明初，太祖很喜歡看琵琶記傳奇，但因爲當時傳奇仍依南戲成規，沒有弦索伴奏，聽來不甚悅耳，乃命當時教坊設法配上宮譜，用箏和琵琶伴奏，以後乃成爲南北通行的一項唱腔，稱爲「弦索官腔」。

傳奇用弦索樂器伴奏後，事實上已吸取雜劇所有的優點，乃成爲有明一代戲劇的主流，而南北曲的界限，也漸漸消除，所以又以篇幅短的稱雜劇，篇幅長的稱傳奇，傳奇、雜劇，成爲長劇、短劇的名詞了。

二、五大傳奇

元代中、末之期，雜劇南移之後，與南戲的競爭激烈。爲了生存，南戲採取雜劇的優點，加以揉和、改進，自是必然的事。不但是戲劇界人士，即使是文人士子，也開始投身從事南戲的創作，如鍾嗣成錄鬼簿所載，就有范居中、沈和、蕭德祥等人。元末明初的高明，所作琵琶記，與其同時的荆釵記、白兔記、拜月亭、殺狗記，更合稱「五大傳奇」，遂使南戲步入了傳奇時代。

高明（一三〇五？—一三八〇）字則誠，號菜根道人，浙江瑞安人。元至正五年（一三四五）進士，曾任處州錄事、福建行省都事、慶元路推官等官。他善書工詩，尤長於曲，著有柔克齋集。他是溫州人，與南戲自有淵源，而且他做過幾任地方小官，對於民情，比較熟悉。了解戲劇是推動社會教育最好的工具，試看琵琶記副末開場的水調歌頭一曲：

秋燈明翠幕，夜案覽芸編。今來古往，其間故事幾多般。少甚佳人才子。也有神仙幽怪，瑣碎不堪觀。正是不關風化體，縱好也徒然。論傳奇（明代稱南戲爲傳奇，因高明在此用了傳奇二字，也是一個原因），樂人易，動人難。知音君子，這般另作眼兒看。休論插科打諢，也不尋宮數調，只看子孝共妻賢。驊騮方獨步，萬馬敢爭先。

這正是高明對於戲劇的看法，才子佳人、神仙幽怪，可以娛樂人，卻不能教化人。插科打諢，尋宮數調，可以迎合觀衆，卻與嚴肅的主題內容無關，從他的這些主張，可以知道高明實在是一個能夠認識戲劇價值及功用的人。

琵琶記的故事，也可以從副末開場的另一支曲子沁園春得知大概：「趙女姿容，蔡邕文業，兩月夫妻。奈朝廷黃榜，遍招賢士，高堂嚴命，强赴春闈。一擧鰲頭；再婚牛氏，利綰名牽竟不歸。饑荒歲，雙親俱喪，此際實堪悲！堪悲！趙女支持，剪下香雲送舅姑。把麻裙包土，築成墳墓，琵琶寫怨，逕往京畿。孝矣伯喈，賢哉牛氏，書館相逢最慘悽。重廬墓，一夫二婦，旌表輝門閭。」

其實琵琶記的故事在民間早已流傳得很久。徐渭的南詞敍錄中，就記載最早的南戲戲文中，已有「趙貞女蔡二郎」的一本，只是該本戲文，乃是敍述趙五娘在上京的路上被馬踏死，而蔡伯喈則遭天雷劈死。高明改編爲琵琶記，就把結局改成大團圓了。這種改法，我們是可以理解的。因高明注重忠孝節義在戲劇中的教育作用，自會把忘恩負義的蔡伯喈，改成全忠全孝的正派角色。至於節孝雙全的趙五娘，更沒有理由讓她死在馬蹄之下了。

琵琶記共分四十三齣，一般認爲，南戲之分齣，是以琵琶記爲始，這也可說是傳奇與南戲的一個分野。全劇的主線，循着伯喈的求取功名，和五娘的悲慘遭遇，交叉發展，非常引人入勝。至於角色之刻劃，除了五娘的節孝雙全，自始至終，性格鮮明，十分成功外，其他伯喈、蔡公、蔡婆，乃至張廣才等，每一個人物的性格都十分特出，伯喈之懦弱；蔡公、蔡婆之善良；張廣才之激於義憤，都給予觀衆一個强烈的印象。至於全戲曲詞，高明也是全力爲之。相傳他填詞至吃糠一場，揮洒淋漓，桌上的兩支燭光竟爲之交叉爲一。又有傳說，他爲填詞按拍，樓板皆穿，桌面深陷。於此都可見他苦吟之一般。現擧糟糠自厭中孝順歌一曲爲例，以見一斑：

嘔得我肝腸痛，珠淚垂，喉嚨尚兀自牢嗄住。糠哪！你遭礱被舂杵，篩你簸颺你，吃盡控持。好似奴家身狼狽，千辛萬苦皆經歷，苦人吃着苦味。兩苦相逢，可知道欲吞不去。

明人多以爲高明寫琵琶記，只寫到三十七齣書館悲逢止。以後則是朱教諭所補。持此說的，如朱孟震河上楮談、徐陽初三家村老委談、王驥德曲律等。唯王世貞在藝苑卮言則持相反之說。高明有否寫完全劇，固難考證，但是無論如何，最後幾齣，「粗鄙不足觀，豈强弩之末力焉？」（三家村老委談），則是一致公認的，也可說是琵琶記一劇敗筆之所在了。

荆釵記的作者，說法也很多。明呂天成曲品，題爲柯丹邱所作，清高奕傳奇品、黃文暘曲海總目、焦循劇說，都依此說。王國維在宋元戲曲考、曲錄中，則認爲是明寧獻王朱權所撰，因爲朱權的號叫做丹邱。呂天成不知道丹邱是朱權的號，乃誤以爲是柯丹邱。王氏此說，吳梅等曲家都予承認。但是近人又認爲王國維之說，不過臆測之辭，缺乏實據，不足爲信。所以荆釵記的作者，問題還多，一時尚未能成爲定論。再看徐渭南詞敍錄所記，王十朋荆釵記有兩本，一爲宋元間無名氏所撰，一爲明李景雲所撰。可知南戲之有荆釵記，爲時甚早，今見的流行本，乃是經過許多人的修訂、改編，這一點是可以確定的。

荆釵記共四十八齣，寫王十朋和錢玉蓮的戀愛，加上孫汝權的從中破壞、陷害。玉蓮被逼投江自殺，幸遇路人救起。而王十朋得中狀元後，爲權相万俟卨逼婚不從，被謫往邊遠之地廣東潮陽作僉判。兩人經過種種波折，終於團圓。全劇除頌揚男女主角的堅貞外，對於貪官富豪，以及當時的婚姻制度，都有相當程度的抨擊和批評。

關於荆釵記的藝術成就，前人都有相當好的評價。王世貞藝苑卮言說：「荆釵近俗而時動人。」徐復祚曲論說：「琵琶、拜月而下，荆釵以情節關目勝，然純是委巷俚語，粗鄙之極，而用韻卻嚴，本色當行，時離時合。」呂天成曲品說：「以眞切之調，寫眞切之情，情文相生，最不易得。」荆釵記的曲辭，一般說來，因其平實近俗，所以佳句較少，但其中也不乏動人之處，如時祀、晤婿等折，都寫得極好。今錄時祀沽美酒一曲如下：

（生）紙錢飄，蝴蝶飛；紙錢飄，蝴蝶飛。血淚染，杜鵑啼。覩物傷情慘悽，靈魂恁自知，靈魂恁自知。俺不是負心的，負心的隨着燈滅，花謝有芳菲時節，月缺有團圓之夜。我呵，徒然間早起晚寐，想伊念伊，妻要相逢除非是夢兒裏再成姻契。

白兔記　白兔記的全稱叫劉知遠白兔記。是元、明之際的民間作品，作者已不可考。本戲的來源甚古，金時已有劉知遠諸宮調，現尚有殘本。宋元話本五代史平話中，也有一段劉知遠的故事。在元劇中，則有劉唐卿所作李三娘麻地捧印一本。至於南戲，徐渭南詞敘錄，已有劉知遠白兔記，列入宋元舊篇中。至於現存的白兔記，最常見的當推明汲古閣六十種曲本、明富春堂本兩種。還有金瓶梅詞話第六十四回所載，稱劉知遠紅袍記，今已不傳。以六十種曲本與富春堂本相對照，則兩本的情節，頗有差異，六十種曲本有咬臍郎出獵追趕一隻白兔，與其生母李三娘相遇，照應到白兔記的命名。此外第十七齣巡更，有岳繡英錯投紅袍的關目，與舊本劉知遠紅袍記相應。此外六十種曲本文詞樸質，賓白直率，想是時代較早的一本，富春堂本文詞有些雕琢，可能是後來的改編本，但在情節上說，反不如六十種曲本自然。

白兔記的故事，據六十種曲本第一齣開宗滿庭芳說：「五代殘唐、漢劉知遠，生時紫霧紅光。李家莊上，招贅做東床。二舅不容完聚，生巧計拆散鴛行。三娘受苦，產下咬臍郎。知遠投軍，卒發跡到邊疆。得遇繡英岳氏，願配與鸞凰。一十六歲，咬臍生長，因出獵認識親娘。知遠加官進職，九州安撫，衣錦還鄉。」全劇共三十三齣，情節以表揚三娘的節義爲主，可說與琵琶記同一類型，不過蔡伯喈是文官，而本劇的劉知遠是武職吧了。

白兔記的文辭，在五大傳奇中，最爲樸素，所以呂天成曲品說：「白兔詞極古質，味亦恬然，古色可挹，世稱蔡荆劉殺，雖不敢望蔡荆，然亦非今人所能作。」今舉其汲水一齣中桂枝香曲如下：

孩子一去，眼中流淚，全無力氣精神。更兼紛紛細雨，酸痛兩腿，兩腿難移，前去如何存濟。悶心兒一兩陣西風起，滴溜溜敗葉飛。

拜月亭　拜月亭是演亂世中男女的愛情故事。男主角蔣世隆，和女主角王瑞蘭，二人在亂離中相遇，結爲夫婦，瑞蘭由其父携歸，遂斷音訊，王母又在亂中收一義女，恰是世隆之妹，名喚瑞蓮。以後世隆得中狀元，與瑞蘭團聚，瑞蓮也嫁與武狀元陀滿興福爲妻。可以說是亂世中的一齣喜劇，也可以說是宋金分治時，很流行的一種失散重逢的亂世故事典型。關漢卿把它編成雜劇，稱閨怨佳人拜月亭。南詞敍錄的宋元舊篇中，有蔣世隆拜月亭一目，當是南戲最早的本子。永樂大典戲文稱王瑞蘭幽怨拜月亭，六十種曲本、董氏涉園影印本稱幽閨記。沈璟在南九宮譜中稱爲拜月亭，現在一般皆沿用沈氏的名稱。

南戲拜月亭，相傳爲施惠作，施字君美，杭州人，但至王國維宋元戲曲史認爲錄鬼簿謂君美詩酒之暇，唯以塡詞和曲爲事，有古今砌話一集，而無一語及於拜月亭，則拜月亭是否出於施惠之手，尙屬疑問。其實明代呂天成在曲品中，就認爲施惠作拜月亭，亦無的據了。所以謹愼一點的說，拜月亭該是元末無名氏原作，而今見的本子，當是經過明人修改的。今傳拜月亭的本子很多，其中董氏涉園影印本所據的明凌延喜朱墨刋本，是以沈璟和凌初成考訂本爲底本，算是其中最善的了。

拜月亭共四十齣，在五大傳奇中，是最能與琵琶記相頡頏的。明何良俊、沈德符極稱拜月亭勝過琵琶記；王世貞、王驥德、呂天成則認爲拜月亭不如琵琶記。總之，拜月亭語語本色、字字妥貼，與琵琶記難定高下，並爲南戲進到傳奇的代表作，則無疑問，今舉皇華悲遇一齣狼草生曲如下：

勁風寒四合，暮煙皆慘慘，彤雲佈，晚天變，只愁那長空雪舞絮綿綿。去心如箭，旅舍全無，何處安歇停眠？

殺狗記　南戲殺狗記，係根據雜劇楊氏女殺狗勸夫改編。此本傳奇，據毛晉刻六十種曲，稱爲徐畛所作，畛字仲由，淳安人，洪武初徵秀才，至藩省辭歸，著有巢松閣集。徐畛作殺狗記，也有人懷疑，如近代曲學大師吳梅在顧曲塵談中，就認爲後人僞託徐畛之作，羼入歌場。殺狗記的作者難定，而今傳的殺狗記，則是經過馮夢龍修改過的。張大復寒山堂曲譜說：「今本已由吳中情奴、沈興白、龍子猶（馮夢龍號）三改矣。」

殺狗記的本事，可於第一齣家門鴛鴦陣曲見其大意：「孫華家富貴，東京住，結義兩喬人。誑語讒言，從中撥亂，將孫榮趕逐，投奔無門。風雪裏救兄一命，將恩作怨，妻諫反生嗔。施奇計，買王婆黃犬，殺取扮人身。夫回驀地驚魂，去浼龍卿、子傳，托病不應承。再往窰中，試尋兄弟，移尸慨任，方辨疎親。淸官處喬人妄告，賢妻出首，發狗見虛眞。重和睦，封章褒美，兄弟感皇恩。」

本劇歷來是五大傳奇中評價最低的一本，主要是由於它曲文俚俗、調律不明的緣故。但是殺狗記的賓白，淺明易解，又適合劇中人的性格身分。尤其丑角的插科打諢，妙語如注，頗使雅俗同歡，所以自舞台演出的觀點看，殺狗記淺明通俗，自是本色了。因此前人對它的批評雖不佳，殺狗記之適合舞台演出，爲一般民間所接受，則反在前述四種傳奇之上。

除了五大傳奇之外，明初傳奇，尚有蘇復之的金印記，衍蘇秦十上不遇至拜相榮歸故事。沈受先作銀瓶、龍泉、嬌紅、三元四記，今存者唯有三元記。此外如趙氏孤兒記、牧羊記、黃孝子尋親記等，皆佚作者名字。這些傳奇，大抵出於戲班中人，不是出於文人之手，故文辭結構，都比較俚俗鬆散，文學價值不能跟五大傳奇相比，就不再贅述了。

三、明初雜劇

明代的戲劇，雖然已是雜劇式微，傳奇興盛的時代。但是明初去元不遠；雜劇尚能保持一定的聲勢，尤其由於宗室朱權及朱有燉的愛好，所以雜劇的作家，較之傳奇尤多。

朱權（　？　—一四四八），號臞仙，又號涵虛子、丹邱先生。明太祖第十六子，洪武二十六年封爲寧獻王，就藩大寧。成祖時改藩南昌。朱權博學好古，尤喜雜劇，著有雜劇十二種，現存沖漠子獨步大羅天及卓文君私奔相如二種。朱權另外著有太和正音譜一書，記錄及品評元及明初之雜劇名目，提供研究元明北曲之珍貴資料，實爲我國戲曲史上極重要的著作。

朱有燉（一三七九—一四三九）號誠齋，又號錦窠老人、全陽翁。明太祖第五子周定王橚初封吳王，後改周王，就藩河南開封。洪熙元年薨，有燉襲爵，是爲周憲王。在位十五年，正統四年薨。有燉通曉音律，所著雜劇三十一種，總名誠齋樂府。今傳者凡二十五種，分見於雜劇十段錦、周憲王樂府三種、奢摩他室曲叢二集、盛明雜劇第二集。可分爲下列六類：

一、道釋劇　惠禪師三度小桃紅、李妙清花裏悟眞如、紫陽仙三度常椿壽，小天香半夜朝元（以上度脫劇），瑤池會八仙慶壽、群仙慶壽蟠桃會、福祿壽仙官慶會、神后山秋獮得騶虞（以上慶壽劇），張天師明斷辰勾月

（女仙劇）。

二、妓女劇　劉盼春守志香囊怨、李亞仙花酒曲江池、美姻緣風月桃源景、宣平巷劉金兒復落娼、甄月娥春風慶朔堂、蘭紅葉從良烟花夢。

三、牡丹劇　洛陽風月牡丹仙、天香圃牡丹品、十美人慶賞牡丹園。

四、節義劇　清河縣繼母大賢、趙貞姬身後團圓夢。

五、水滸劇　黑旋風仗義疏財、豹子和尚自還俗。

六、其他　關雲長義勇辭金、搊判官喬斷鬼、孟浩然踏雪尋梅。

有燉的雜劇，除了作品多以外，另有兩個特點，一是打破元雜劇一本四折的體例，有一本五折的。二是打破獨唱的體例，而有合唱、對唱、輪唱，且有南北合套的新唱法。此種大膽衝破成例的的創作，乃爲明代中葉以後的南雜劇、短雜劇，創一先河。

朱權太和正音譜，著錄元以來的雜劇作家，其中屬於明代的，有十六家：王子一、劉東生、谷子敬、湯舜民、楊景言、賈仲名、楊文奎、王文昌、藍楚芳、陳克明、李唐賓、穆仲義、蘇復之、楊彥華、夏均政、唐以初。是爲雜劇的初明十六子。可見當時雜劇之盛，惜作品至今大都散佚，僅存王子一劉晨阮肇誤入桃源、谷子敬呂洞賓三度城南柳、賈仲名金童玉女、對玉梳、玉壺春裴度還帶、菩薩蠻、楊文奎翠紅鄉兒女兩團圓、劉東生金童玉女嬌紅記。其中賈仲名獨佔五種，仲名，一名仲明，山東人，自號雲水散人，精於樂章隱語，成祖爲燕王時，仲名跟湯舜民、楊景賢都受寵遇。仲名共有雜劇十四種，可見著作之多。又接續鍾嗣成之錄鬼簿作錄鬼簿續編，爲考訂雜劇作家重要的著作。

第二節　崑曲的興起

一、崑曲興起前的雜劇

明代中葉以後，雜劇已漸式微，作家寥落，作品稀少，其中較有成就的，可推王九思、康海爲代表。

王九思（一四六八—一五五一）字敬夫，號渼陂，陝西鄠縣人。弘治九年（一四九六）進士，授檢討。以與劉瑾同鄉，受其知遇。瑾敗，降壽州同知，勒令致仕。九思憤而作杜子美遊春雜劇，以杜甫自況，而以李林甫暗射當時宰相李西涯，因此全劇充滿了一股憤激不平之氣。今舉其第一折賺煞如下：

花片御溝紅，樹色瓊樓近，使碎了濃煙淡粉。萬點楊花風外滾，半空中瑞雪繽紛，近黃昏畫閣朱門，那芍藥欄邊翡翠裙，愛梨花酒醇，海棠春褪，錦長安風月巧溫存。

文辭沈鬱蘊藉，很有餘味。只是本劇的缺點，在於排場冷寂，戲劇性不强，似爲文人案頭之作。雜劇在劇壇上，不能與傳奇爭一日之長，此中已露端倪了。

康海（一四七五—一五四〇）字德涵，號對山，西安武功人。弘治十五年（一五〇五）狀元，他是前七子之一。他有東郭先生誤救中山狼一劇，取材於馬中錫的中山狼傳。中錫、康海所作，都是譏刺李夢陽忘恩負義的，今錄其中數曲如下：

（沽美酒）休道是這貪狼反面皮，俺只怕盡世裏把心虧，少什麼短箭難防暗裏隨，把恩情番成仇敵，只落得自傷悲。

（太平令）怪不得那私恩小惠，却教人便叫唱揚疾，若沒有個天公算計，險些兒被么麼得意。俺只索含悲忍氣。從今後見機，莫癡。呀！把這負心的中山狼做傍州例。

康海此劇，針線密緻，結構完整，曲辭科白，流暢自然，直逼元人之壘。加以中山狼的故事，又是流行最廣的民間故事，其本身已饒有童話的趣味，容易被觀衆所接受。因此中山狼雜劇，可以作爲雜劇一個最光榮的結束。

康海作中山狼雜劇後，王九思也作中山狼院本一種，不如康海之作那樣成功，其體製僅有一折，則已下開以後短雜劇的契機了。

二、崑曲興起前的傳奇

元末明初的五大傳奇之後，數十年間，雜劇復興，傳奇中衰。但因雜劇始終不能再產生優秀的作品，以及南戲情節複雜，音樂悅耳，獲得觀衆的歡迎，於是成化以後，傳奇作者，復又大盛。打破這消沉空氣的，當首推邱濬。

邱濬（一四二〇—一四九五）字仲深，廣東瓊山人。景泰五年（一四五四）進士，授翰林院編修，官至太子太保兼文淵閣大學士。他作有傳奇四種：五倫全備、投筆記、舉鼎記、羅囊記。其中羅囊記已不傳，投筆記衍班超事，舉鼎記衍伍員事。五倫全備則是說有伍倫全者，爲人德行全備，如「爲臣盡忠」、「爲子盡孝」、「夫婦和好」、「兄弟敦睦」、「朋友相處無間言」。故稱爲五倫全備。

邱濬是一個理學家，尤精於朱子之學，他寫傳奇，乃是爲了宣揚禮教，扶助綱常，所以結構和曲辭，都不夠理想。唯以著名的理學家也從事傳奇的創作，由此也可得到一點傳奇將盛的消息了。

邵燦（一四三六以後）字文明，號宏治，江蘇宜興人，或作常州人，是個老生員，身世不詳。他著的香囊記，今存六十種曲中。故事是寫宋時張九成、九思兄弟的孝友忠貞節義。邵燦在家門中明言「因續取五倫新傳，標記紫香囊」，所以香囊之作，跟邱濬五倫一樣，是以教化爲主，不過在內容上說，香囊的故事，要曲折複雜些。邵燦此劇，除了在曲辭上雕琢對偶以外，還多用典故，尤其在賓白中作駢文、講經義。因此徐渭南詞敍錄批評說：「以時文爲南曲，元末、國初未有也。其弊起於香囊記。香囊乃宜興老生員邵文明作，習詩經，專學杜詩，遂以二書語句，匀入曲中。賓白亦是文語，又好用故事，作對子，最爲害事。」邵燦的作法，遂使傳奇走向綺麗典雅的方向，但是麗詞藻句，使用愈多，則離本色愈遠，這樣的作品，供之案頭，還可欣賞，在舞台上演出，則就乏人接受了。這是邵燦留給傳奇不好的影響，也是典麗派最大的流弊。徐渭南詞敍錄說：「至於效香囊而作者，一味孜孜汲汲，無一句非前場語，無一處無故事，無復毛髮宋元之舊。三吳俗子，以爲文雅，翕然以教其奴婢，遂至盛行。南戲之厄，莫甚於今。」這段話說這一派的流弊，眞是再恰當也沒有了。

姚茂良，字靜山，陝西武康人。所作有金丸計、雙忠記、精忠記等三本傳奇，今傳唯有一精忠記，衍岳飛盡忠報國的故事。本劇關目情節都佳，充滿一片壯烈悲憤的氣氛。曲詞樸質而剛勁，很有感人的力量，今錄其中山坡羊一曲如下：

收拾了淩雲豪氣，丢撇了十年功績。同聚首仃伶父子，恨奸臣剗地裏生奸計。母與妻，知他在那裏？良田萬頃，占不得眠牛地，視死如歸，有誰人扶社稷？思之！赤心報國天地知，思之！誤國奸臣天地誅。

沈采，字練州，生平不詳。著有千金記、四節記、還帶記等三種傳奇。其中最值得注意的是四節記，寫春、夏、秋、冬四景。春爲杜子美曲江記，夏爲謝安石東山記，秋爲蘇子瞻赤壁記，冬爲陶秀實郵亭記。呂天成曲品說：「此作以壽鎭江楊相公，初出時甚奇。但寫得不濃，惟略點大概耳，故久之覺意味不長。一記分四截，是此始。」依呂氏所說，沈采的四節記，是一記分四截的創始，所以值得我們注意，可惜該劇已不傳了。

此外綉襦記一種，據朱彝尊靜志居詩話，是薛近兗所作，近兗生平不詳。據周暉金陵瑣事，則是徐霖所作，徐霖與陳鐸並有「曲壇祭酒」的稱號，是散曲名家。

綉襦記依唐白行簡小說李娃傳改編，在此之前，已有高文秀鄭元和風雪打瓦罐、石君寶李亞仙詩酒曲江池、及朱有燉李亞仙花酒曲江池三種，唯以綉襦記最爲完整。

三、崑曲的興起

元代雜劇，就音樂論，屬於北曲。傳奇源出於南戲，故就音樂論，是屬於南曲。明初之時，北曲還佔優勢。但是成化以後，因文人寫傳奇者漸多，南曲開始略佔優勢。等到嘉靖前後，一種鎔鑄南曲優點，同時又吸收北曲特點的新腔調——崑曲產生了。南曲得此新腔的注入，遂凌駕於北曲之上。從此，崑曲獨霸劇壇，幾達三百年之久（自明嘉靖初至淸乾隆末。約一五五二—一七七九）。這眞是我國戲劇史上重要的一環。

遠自琵琶記配上弦索伴奏的宮譜，成爲一種「弦索官腔」起，在南曲流行的地帶，就已經樹立起各自的戲劇唱腔。事實上「弦索官腔」並未流行多久，便被這些地方戲劇唱腔所淘汰。當時那些地方聲腔，最著名的，便有弋陽腔、餘姚腔、海塩腔三種。徐渭南詞敍錄說：「今唱家稱弋陽腔，則出於江西，兩京、湖南、閩、廣用之。稱餘姚腔者，出於會稽，常、潤、池、太、揚、徐用之。稱海塩腔者，嘉、湖、溫、台用之。」就指出這幾種腔調的出處，以及它流行的地區。

弋陽腔的特點是用金鼓鐃鈸等敲擊樂器，隨腔按拍，唱詞的尾段或尾句，則由後場幫腔。餘姚腔的特點，也是不用伴奏，而用後場幫腔。這兩種腔調，都不脫南戲的範疇。至於海塩腔，則以元代北曲爲基礎，而後參以南調，所以有銀箏、象板、月面、琵琶等伴奏樂器，明顯地有北曲的特色。

這三種腔調，隨着戲班在各地演唱，自然又會與當地一些土調民歌合流，形成一種新穎好聽的聲腔。因此崑山腔也可以說就是由上述幾種腔調混合改訂而成的。

魏良輔，字尚泉，原籍江西，流寓太倉。生卒不詳，大約是正德、嘉靖間人。良輔本習北曲，後來改習南曲，因他原籍江西，所以具有弋陽腔的根底。加上太倉流行的聲腔是餘姚腔，而崑山原有的土戲，聲腔又和海塩腔相近。良輔有了這樣好的環境，於是參合衆腔之長，細加研究，終於在聲腔之中，屢有創獲。

一般都說良輔是崑山腔的創始人，實際上，據抄本魏良輔的南詞引正，元代的顧堅，已經創始崑腔，所以魏氏實在只是一個崑腔的改新者，而且就在魏氏改良崑腔的過程中，這裏面也包含許多音樂家的心血。根據余懷寄暢園聞歌記，當時和魏良輔交遊切磋的曲師，就有袁髯、尤駝、張小泉、周夢山、張梅谷、謝林泉等人。此外另有叫過雲適的名曲師，更是站在指導的地位。張元長梅花草堂筆談說：「……而良輔自謂不如過雲適，每有得必往咨焉。過稱善乃行，不卽反覆數交勿厭。」

但是對良輔幫助最大的還是他的女壻張野塘，原籍安徽壽州，流寓河北，擅長北曲，在當時有第一名工之稱。因罪充軍太倉，良輔愛其才，遂以女妻之。此後野塘也改習南曲，並協助良輔改訂崑山腔，除弦索外，加用笙、簫、管、笛等管樂器，又將三弦改爲窄柱圓鼓，使與管樂配合。在長期的研究改訂之下，終將崑山腔變成觀衆最歡迎的聲腔。

崑山腔的傳佈，在嘉靖年間，還只侷限於吳中。到了萬曆年間，勢力開始遠播。王驥德曲律說：「崑山派以太倉魏良輔爲祖，今且自蘇州、太倉、松江、以及浙之杭、嘉、湖，聲各小變，腔調略同。」這是指崑山腔的勢力，已遍達江、浙兩省。王氏又說：「邇年以來，燕、趙之歌童舞女，咸棄其桿撥，盡效南聲，而北詞幾廢。」崑腔勢力，遠達北方京畿之地，經過王公貴人、文人學子的提倡，遂君臨北曲，使其盡效南聲了。本來南戲的代表聲腔，是海塩腔，至此也不得不拱手讓給崑腔了。所以王氏又說：「舊凡唱南調者，皆曰海塩，今海塩不振，而曰崑山。」從此以後，崑腔遂統一南北曲，壓倒其他聲腔，唯其獨尊，成就霸業，達三百年之久，實是我國戲劇史上，值得大書而特書的一頁。

四、崑曲興起以後的傳奇（長劇）

自崑曲君臨劇壇，南北曲對立的狀態已不再存在，因此傳奇、雜劇的名詞，從南北之分，轉而爲長短之別。在這裏先談長劇的代表作家。

李開先（一五〇一——一五六八）字伯華，號中麓，山東章邱人。嘉靖八年（一五二九）進士，官至大常寺少卿。開先藏書極豐，工詩文，與王愼中、唐順之、陳束、趙時春、熊過、任翰、呂高，有嘉靖八才子之稱。開先的南北曲都做得極好，他寫過園林午夢，是極短的一齣北曲，寫一漁翁在午夢中見崔鶯鶯與李亞仙互嘲事，題材頗新穎。其他尚有打啞禪、攪道場、喬坐衙、昏廝迷、三枝花大鬧土地堂，與本齣總題「一笑散」，今僅存園林午夢及打啞禪兩種。所作傳奇共登壇記、斷髮記、寶劍記三種。登壇記衍韓信事，已不傳。斷髮記寫唐代李德武夫婦相別十年重逢事，呂天成曲品評說：「事重節烈，詞亦佳，非草草者，且多守韻，尤不易得。」

寶劍記是開先傳奇中最值得重視的一種，衍林沖被高俅父子陷害事。全劇五十二齣，現存有明嘉靖二十八年（一五四九）原刻本，共二卷。卷首有雪簑漁者的序，其中有這樣一段話：「是記則蒼老渾成，流麗欵曲。人之異態隱情，描寫殆盡。音韻諧和，言辭俊美，終篇一律，有難於去取者。兼之起引、散說、詩句、塡詞，無不高妙者。足以寒奸雄之膽，而堅善良之心。才思文學，當作古今絕唱，雖琵琶記遠避其鋒，下此者毋論也。」贊賞備至。至論其作者，則說：「或曰：『坦窩始之，蘭谷繼之，山泉翁正之，中麓子成之也。』然哉？非哉？」可見開先之劇，前有所本，他只是最後整理成書的人。

此劇久失爨演，唯其中第十六及三十七兩齣，往日北方高腔尚有演唱，前者標名「鳴寃」，後者標名「夜奔」。排場歌曲賓白，均與原本不盡相同。至今日舞台之演出，僅存崑曲劇目之「夜奔」一齣而已。今擧原劇三十七齣中沽美酒一曲如下：

懷揣着雪刃刀，行一步哭嚎啕。拽長裙急急驀羊腸路繞，且喜這燦燦明星下照。忽然間昏慘慘雲迷霧罩，疎喇喇風吹葉落，振山林聲聲虎嘯，繞溪澗哀哀猿叫，嚇的我魂飄膽消，百忙裏走不出山前古廟。

鄭若庸　字仲伯，號虛舟，江蘇崑山人。年十六爲諸生，三試皆首，連入棘闈不售，遂絕意仕途。若庸以詩名於吳中，所作傳奇，有玉玦記、大節記、五福記三種，其中以玉玦記最佳，其他兩記，則久已失傳。

玉玦記衍王商與秦慶娘的故事，在文辭上專學琵琶記綺麗典雅的一面，今舉其第十二齣賞花中吳歌兒一曲如下：

> 南高峯相對北高峯，十里荷花九里紅。水面金魚無盡數，不如湖上做梢公。湖上花船日日來，黃金散盡不曾回。多少人家傾廢去，只有梢公不走開。

呂天成曲品，稱玉玦記典雅工麗，開後人駢綺之派。這一派，即是世稱崑山派，有名的作者如陸采、張鳳翼、梁辰魚、屠隆、梅禹金、許自昌等，其中當推梁辰魚最有名。這一派雖未明張旗幟，但在晚明戲劇中，實與吳江、臨川兩派，鼎足而三。

本劇的缺點，是用僻典，故事太多，使人不勝其煩。因此明代戲劇批評家如徐渭、王驥德等，對此均嘖有煩言。徐復祚抨擊尤力：「獨其好填塞故事，未免開飣餖之門，闢堆垛之境，復不知詞中本色為何物，是虛舟實為之濫觴矣。」（曲論）

陸采　字子元，號天池，江蘇長洲人。生卒不詳，年四十而卒。陸采性豪蕩不羈，不修舉業，喜與人劇飲歌呼。所作傳奇五種：明珠記、懷香記、南西廂、椒觴記、分鞋記，而以明珠記為代表。

明珠記情節係根據唐人薛調之小說劉無雙傳而作，其結構雖出自小說，但穿插處，頗有巧思。本劇評價，褒貶不定。王世貞評其「未盡善。」（藝苑巵言），王驥德也說：「事極典麗，第曲白多蕪蔓。」（曲律）不過徐復祚曲論，則認為「其聲價當在玉玦上」。對之最激賞的當推梁辰魚，他說：「摘詞哀怨，遠可方甌越之琵琶；

叶論崛嶸，近不讓章丘之寶劍。」（江東白苧）但認爲它的缺點是：「但始終事冗，未免豐外嗇中，離合情多，不無詳此而略彼。」今錄其第二十五齣煎茶二郎神一曲如下：

偸瞧，朱簾輕揭，金鈴聲小。一縷茶煙香繚繞。青衣執爨，分明舊識手標。悄語低聲問分曉，果然是萍水相遭，郎年少。自分離，孤身何處飄颻。

後七子中的王世貞，原不工戲曲，但所著藝苑巵言一書，爲後世曲家所重。有鳴鳳記傳奇一種，呂天成曲品列於作者姓名不可考之部，而黃文暘曲海目，則以爲王世貞作。焦循劇說說：「相傳鳴鳳傳奇，弇州門人作，惟法場一折，是弇州自塡詞。」世貞不工戲曲，則焦循之說可信。

鳴鳳記取材於嘉靖間嚴嵩、嚴世蕃父子弄權橫暴之當時時事，情節太蕪雜，而登場角色也太冗，實非佳作。唯其中河套一折，極膾炙人口。玆錄其中北端正好一曲如下：

恁說是俺謗毀明君，違了天命。不知是那一個諂佞公卿，把君權侮弄乾綱紊，間沮了忠勳？俺這裏兀登登按不住心頭念。效微忱拚死捐生，做不得拂鬚參政，俺待要對天朝明訊于君聽。

張鳳翼（一五二七—一六一三）字伯起，號靈虛，江蘇長洲人。與弟獻翼、燕翼，皆以才名鳴於時，世稱「三張」。鳳翼於嘉靖四十三年（一五六四）鄉試中式，已三十八歲，其後數與會試，皆未及第，遂絕意仕進。所作傳奇紅拂記、祝髮記、竊符記、灌園記、扊扅記、虎符記等六種，曾合刻之，題爲陽春六集。其他尚有平播記一種單行，故共有傳記七種，是當時的一個多產作家。

當時紅拂記最流行，情節本唐人張說之小說虬髯客傳，又牽合唐孟棨本事詩中樂昌公主徐德言破鏡故事，遂成兩家門，頭腦太多，反致蕪雜，爲識曲者所譏。又鳳翼此作，以吳音口語押韻，不守周德清中原音韻藩籬，便於俗唱，雖爲顧曲家所不容，但畢竟非株守成規者可比。今錄其第十齣俠女私奔中北二犯江兒水一曲如下：

重門朱戶，恰離了重門朱戶，深閨空自鎖。正瓊樓罷舞，綺席停歌。改新妝，尋鴛侶，西日不揮戈。三星又起途，鸞馭偷過，鵲駕臨河。握兵符，怕誰行來問取？魏姬竊符，雞鳴潛度，討的個雞鳴潛度，聽更籌戍樓中漏下玉壺。

這一時期最值得注意的傳奇作家，則要推梁辰魚。因爲魏良輔等創作崑腔，起初只限於歌唱散曲，或者摘取舊的南戲中的唱詞，加以清唱，所以並沒有一本傳奇，是用崑腔演出的。使崑腔成爲一種戲劇聲腔，把它在舞台演出的，則首推梁辰魚的浣紗記。

梁辰魚（一五二〇——一五八〇）字伯龍，號少伯，又號仇池外史，崑山人。他的性格豪爽任俠，喜戲曲，不願自縛於舉子業。好旅遊，足跡殆遍吳、楚，有志飽覽天下名勝，未果而卒。辰魚與好友鄭思笠、唐小虞、陳棋泉等，專心研究魏良輔的聲腔，一面嘗試用崑腔演唱元劇；一面則嘗試編作新劇。他的著作，散曲有江東白苧二卷、續江東白苧二卷。雜劇紅線女、紅綃兩種。而最重要的作品，就是浣紗記傳奇。

浣紗記情節本吳越春秋中西施的故事，故原名吳越春秋，以後定名浣紗記。此劇一出，前人即以之與南戲中的琵琶記相比，因爲琵琶記使南戲躍上舞臺，遂與元雜劇分庭抗禮；而浣紗記則使崑腔注入戲劇，而奠定崑曲獨霸劇壇的基礎。在戲劇發展上，都是劃時代的樞紐。試看徐又陵蝸亭雜訂所記浣紗記上演後的盛況：「艷歌清引，傳播戚里間。白金文綺，異香名馬，奇伎淫巧之贈，絡繹於途。歌兒舞女，不見伯龍，自以爲不祥也。」可見辰魚在當時劇壇，聲譽之隆，及浣紗記受歡迎的程度了。

辰魚的浣紗記，在戲劇聲腔上，固有其不可磨滅的貢獻，但在關目、文辭上，卻不是無可非議的。徐復祚曲論說：「梁伯龍作浣紗記，無論其關目散緩，無骨無筋，全無收攝，即其詞亦出口便俗，一過後，便不耐再咀。然其所長，亦自有在：不用春秋以後事；不裝八寶；不多出韻；平仄甚諧；宮調不失，亦近來詞家所難。」呂天成曲品說：「浣紗羅織富麗，局面甚大，第恨不能謹嚴，中有可減處，當一刪耳。」這一些，都是說浣紗記的缺點，在於結構鬆懈。其實這跟當時的傳奇，動輒長至四五十齣，有很大的關係，浣紗記總共四十五齣，實際上是否有這樣長的情節？因此不免有拼湊之處。這不但是浣紗記如此，其他的傳奇恐怕也免不了這毛病吧。

至於浣紗記的文辭，遠紹琵琶，近祖玉玦，綺麗典雅，競用典故，藉着浣紗記的流行，遂在劇壇上造成一種風氣，所以崑山派的始祖雖是鄭若庸，而發揚光大的卻是梁辰魚。這種文辭精麗的作風，其實也跟當時的時代相應，因爲那時正是後七子擬古運動盛行的時候，餘風所及，戲劇自也不能不受其影響。凌濛初在譚曲雜劄中說得好：

自梁伯龍出，而始爲工麗之濫觴，一時詞名赫然。蓋其生嘉、隆間，正七子雄長之會，崇尚華靡，弇州公以維桑之誼，盛爲吹噓，且其實於此道不深，以爲詞如是觀止矣，而不知其非當行也。以故吳音一派，競爲勦襲，靡詞如繡閣羅緯、銅壺銀箭、黃鶯紫燕、浪蝶狂蜂之類，啓口即是，千篇一律。甚至使僻事，繪隱語，詞須累詮，意如商謎。不惟曲中一種本色語，抹盡無餘，即人間一種眞情話，埋沒不露已。」

其實辰魚才情很高，徐復祚說他不用春秋以後事，不裝八寶（八寶指金銀珠玉之類的詞句），所以曲辭雖然典麗，但還不至有亂堆典故的惡習，以後崑山一派的末流，則使僻典，用隱語，競爲勦襲，千篇一律，自然就每下愈況了。

浣紗記的結構、曲辭，略如上述，但在戲劇發展的觀點上來看，浣紗還有下述幾個特點：

1浣紗記以前的幾部大傳奇，琵琶記僅有七種角色；殺狗記有八種角色；拜月亭、白兔記、荆釵記都是九種角色。但浣紗記上場的角色，增至十二種，角色增多，不但演員勞逸平均，而且觀衆可以一新耳目。更重要的，是排場易於變化。

2南北合套之利用，始自元代沈和，以後拜月亭、荆釵記、鳴鳳記、繡襦記等，都加利用，調和聲腔，非常動聽，但大都一韻到底。浣紗第十四齣打圍，以普天樂朝天子南北合套，其中普天樂全用東鍾，朝天子各支，每支一韻，先後換用江陽、皆來、眞文，此種變換，非常新穎。所以以後作者，在利用南北合套時，大都分韻，即是學自浣紗的。

3.浣紗記第四十五齣泛湖，不襲大團圓舊套，僅生旦二人，載歌載舞，意境高超，如唱北清江引：

人生聚散皆如此，莫論興和廢。富貴似浮雲，世事如兒戲。惟願普天下做夫妻，都是咱共你。

最後生旦二人，坐着小船，飄然引去，此種情味，都不是大團圓的老套所能比擬。徐復祚曲論說它「全無收攝」，不知這正是辰魚爲他人所不及的地方。

浣紗記有名的幾齣，除泛湖外，尚有第二齣游春、第十三齣養馬、第十四齣打圍、第二十七齣別施、第三十齣採蓮、第三十四齣思憶等，不再一一詳述了。

屠隆　字長卿，又字緯眞，號赤水，浙江鄞縣人。生卒未詳。萬曆五年（一五七七）進士，除潁上知縣，轉靑浦令。屠隆才思敏捷，詩文數千言立就。他爲人豪放，時招名士，飲酒賦詩，以仙令自許，又喜戲劇，每在劇場中闌入群伶中作技。沈德符顧曲雜言，記其與梁辰魚的軼事一則，殊可發噱：「浣紗初出時，梁遊青浦，屠緯眞爲令，以上客禮之，即命優人演出其新劇爲壽。每遇佳句，輒浮大白酬之，梁亦豪飲自快。演至出獵時，有所謂『擺開擺開』者，屠厲聲曰：『此惡語，當受罰！』蓋已預備洿水，以酒海灌三大盂。梁氣索，强盡之，大吐委頓。次日不別竟去。屠每言及，必大笑爲得意事。」

屠隆作有傳奇三種：彩毫記、曇花記、修文記，而以彩毫記爲代表作。是劇以李白爲主角，而以唐玄宗、楊貴妃爲穿插，前人曾說屠隆作此劇，乃是以李白自況的（曲品下、劇說四）。

彩毫記曲辭綺麗，今錄綴白裘中所載吟詩脫靴之胡搗練一曲：

（生）歡逢九塞煙消，閒來試向宮闈鬧。貼君王景福鬱岧嶢，大內優遊，共樂清朝。

彩毫記不但曲辭雅麗，且賓白也用駢體，自屬崑山一派。不過屠隆爲人，有才而粗率，所作多一氣呵成，細心不夠，遂至使人不能深讀玩味。他雖以作弄辰魚爲樂，但他的傳奇，實不能與浣紗記相比。尤其結構粗雜，大略跟他的性格有關。徐麟在長生殿傳奇序中說：「彩毫記……其詞塗金繢碧，求一眞語雋語快語本色語，終卷不可得。」可謂的評。

五、崑曲興起以後的雜劇（短劇）

明代的雜劇，自周憲王朱有燉開始，即逐漸擺脫了雜劇舊有的規範。中葉以後，徐渭更以其橫掃千軍的霸才，完全衝破雜劇的藩籬，而直寫其自己的胸臆。

徐渭的生平見第一章第五節，他除了詩文書畫都有極深的造詣外，戲曲尤所喜愛，所著南詞敍錄，保留南戲中許多重要的資料，因爲當時北雜劇有錄鬼簿，院本有樂府雜錄，曲選有太平樂府，記載極詳，而南戲則無人選集，也無人著錄劇目。所以他搜集了宋元戲本六十種，明代戲本四十七種，皆他目見的，列入了南詞敍錄。除此以外，在南詞敍錄中還有很多對於戲曲的理論與主張，都是發人深省的，如論南北曲說：「有人酷信北曲，至以妓女南歌爲犯禁，愚哉是子！北曲豈誠唐宋名家之遺？不過出於邊鄙夷狄之僞造耳。夷狄之音可唱，中國村坊之音獨不可唱？原其意欲强與知音之列，而不探其本，故大言之欺人也。」又贊美崑腔說：「今崑山以笛管笙琵按節而唱南曲者，字雖不應，頗相諧和，殊爲可聽，亦吳俗敏妙之事。或者非之以爲妄作，請問點絳脣、新水令是何聖人著作？」快人快語，可見他對戲曲的看法，絕非一般抱殘守缺的冬烘可比。

徐渭在戲曲上的創作，有雜劇歌代嘯及四聲猿兩種，沒有傳奇，可能傳奇太長，不能直抒胸臆的緣故。歌代嘯共四齣，充滿諷刺劇及喜劇的意味。但雖題徐渭作，在凡例上另有虎林沖和居士之名，不知何人？連作序的袁宏道，也不知沖和居士是何許人，是否徐渭托名？或係他人所作？只能存疑了。

四聲猿由四個故事組成，一是狂鼓吏漁陽三弄，一折，寫的是禰衡打鼓罵操的故事。二是玉禪師翠鄉一夢，二折，寫的是月明和尚度柳翠的故事。三是雌木蘭替父從軍，二折，情節本諸木蘭辭，寫花木蘭代父從軍立功的故事。四是女狀元辭凰得凰，五折，寫女子黃崇嘏男裝應試，得中狀元的故事。至於總名爲四聲猿，則是表示這四個短劇都微不足道，不過像猿鳴而已。

徐渭寫四聲猿，可謂完全擺脫南北曲的界限，不但折數不定，而且所用曲調，有時是北曲套數，有時是南北兼用，寫法自由新穎，正足以表示他的天才橫溢。王驥德曲律說：「徐天池先生四聲猿，故是天地間一種奇絕文字，木蘭之北，與黃崇嘏之南，尤奇中之奇。」湯顯祖牡丹亭序中說：「四聲猿乃詞場飛將，輒爲之唱演數通。安得生致文長，令自拔其舌。」可見驚羨之深。今錄其狂鼓吏中混江龍一曲如下：

他那裏開筵下榻，教俺操槌按板鼓來撾。正好俺借槌來打落，又合着鳴鼓攻他，俺這罵一句句鋒鋩飛劍戟，俺這鼓一聲聲霹靂捲風沙。曹操這皮是你身上軀殼；這槌是你肘兒下肋巴；這釘孔兒是你心窩裏毛竅；這板杖兒是你嘴上獠牙。兩頭蒙總打得潑皮穿，一時間也酹不盡虧心大。且從頭數起，洗耳聽咱。

豪邁奔放，可歌可誦。清陳棟關瀧輿中偶憶編說：「青藤音律間雖不諧，然其詞如怒龍挾雨，騰躍霄漢。千古以來，不可無一，不能有二。」實是的評。

馮惟敏（一五一一——一五八〇）字汝行，號海浮，山東臨朐人。嘉靖十六年（一五三七）舉人，歷官淶水知縣、鎮江教授、保定通判等，所著戲曲有梁狀元不伏老雜劇，另見於曲海提要者有題塔記、靑袍記、折桂記。其中以梁狀元不伏老雜劇最爲著名。

惟敏因始終未第進士，於仕途亦極蹭蹬，故胸中不平之氣，多在此戲中吐出。全劇共五折，而其中有三折寫赴試事，可見其用意之一斑。今錄其第一折天下樂曲子如下：

休笑俺久困文場老秀才，從來志不衰！你休得逞聰明賣弄乖！子你那吃米糧，少似俺吃的塩，子俺這點燈草，多似你燒的柴。你休將井底蛙窺大海。

王世貞藝苑巵言評其所作說：「……近時馮通判惟敏獨爲傑出。其板眼務頭，攛搶緊緩，無不曲盡，而才氣亦足發之。止用本色過多，北音太繁，爲白璧之微瑕耳。」可見曲詞本色，用北曲，是惟敏此劇之特色，在當時是不合時宜的，所以王世貞有白璧微瑕之譏。

汪道昆　字伯玉，號南溟，又號太函，原籍安徽歙縣，寄居江蘇江都。嘉靖二十六年（一五四八）進士，由知道歷官福建兵備道。佐戚繼光平倭有功，擢按察使，官至副都御史、兵部左侍郎。道昆以詩文名海內，著有太函集，都一百二十卷。在當時與太倉王世貞，並稱南北兩司馬。

道昆所作雜劇，有遠山戲，一名張敞畫眉京兆記；高唐夢，一名楚襄王夢遊高唐記；洛水悲，一名曹植懷思洛神記；五湖遊，一名范蠡歸泛五湖記，總名曰大雅堂四種。另外尚有唐明皇七夕長生殿，見於顧曲雜言，曲錄未載。至於大雅堂四種，則有盛明雜劇本，甚爲易得。

道昆的雜劇，取材都是流行的故事，每劇一折，除五湖遊是南北合套外，餘皆南曲。每折之首，有副末開場，後有捲場詩，完全是南戲的形式，而與北雜劇不合了。呂天成曲品把道昆列於「不作傳奇而作南劇」的上品，並下評語說：「汪司馬一代巨公，千秋文侶。所著大雅樂府，清新俊逸之音，調笑詼諧之致。余雖染指於斯道，未肯爭雄於個中。雖片臠味長，一斑各見，允爲上品。」道昆雜劇的曲辭典雅，可謂文士案首之作，也不見北雜劇的本色了。今錄五湖遊新水令一曲如下，以見一斑：

　　水雲深處木蘭舟，載嬋娟天然國秀，眼中無俗物，物外是奇遊。澤國春秋，索强如傍風塵困馳驟。

在本章第一節中已經說過，入明以後，傳奇與雜劇的分別，已不是南戲和北曲之分，乃是長劇和短劇之別。

等到徐渭等雜劇作家出世，更是衝破了舊有的藩籬，向一條嶄新的道路發展，這樣的雜劇，更是與元雜劇根本不同了，現在趁此，將元、明雜劇的不同，分述於下：

㈠元雜劇每戲四折，明雜劇則無定制，或短至一折，或多過四折，隨心所欲，悉憑作家。但大多數則都是短小精悍的作品。

㈡元雜劇每本一事，明雜劇則一本可以多事，如徐渭四聲猿，即一本四事。

㈢元雜劇有楔子，在四折之外，可置於全劇之前，或全劇之中，明雜劇則仿傳奇家門之例，一律置於全劇之前。

㈣元雜劇限由一人獨唱，明雜劇則如傳奇，可以獨唱、分唱、合唱、輪唱。

㈤元雜劇純用北曲，明雜劇則打破南北曲的界限，一折之中，或用南曲，或用北曲，抑且根本使用崑山聲腔。

第三節　沈璟與格律派

明代萬曆以後，是崑曲的全盛時期。不但是浣紗記全用崑腔，即是其他傳奇、雜劇，也無不改用崑腔的排場。當時的劇壇，正可以說是一種無曲不崑的局面。其時在舞臺上尚能跟崑山腔勉力抗衡的聲腔，就只有弋陽腔。但在文人雅士的眼光中，崑山腔典雅工麗，是爲「雅音」；弋陽腔粗俗浮淺，是爲「俗唱」，這兩者是不能相提並論的。因此在當時，以「俗唱」待客，是被認爲不敬的。而文人學子的創作，也全以「雅音」爲主。

在這個時期，沈璟跟湯顯祖是劇作家中的雙璧。在天分才情來說，沈璟自不如顯祖，但在提倡的功蹟來說，則沈璟又要略勝一籌。他一生作了十七種戲曲，又崇格律而右本色，尙樸眞而戒雕飾，力挽日趨綺麗的曲風，使已走上死路的南劇，恢復生氣。加上湯顯祖的重視文辭，暢露才情。從此以後，曲家蠭起，作品更如汗牛充棟，一直到淸代康熙時期，命脈綿延不絕。可見沈、湯二氏，影響之深。由於沈氏崇格律，湯氏尙文辭，二家勢如水火，乃有格律、文辭兩派之分。但久而久之，「守詞隱先生（沈璟）之矩矱，而運以淸遠道人（湯顯祖）的才情」，乃成爲曲家一致的願望和目標，由明末入淸，傳奇的創作，乃以此而爲定型。所以述晚明的戲劇，不能不從沈、湯兩家入手，現在先談沈璟跟他的格律派。

一、沈璟

萬曆的劇壇，由於沈璟的鼓吹，不少作家開始講究格律，卽是講究曲辭的音律、宮調、用字和唱法。世稱這一派的傳奇作家，爲格律派，因爲沈璟是江蘇吳江（今蘇州）人，所以也稱爲吳江派。

沈璟（一五五三—一六一〇）字伯英，或作伯瑛，號寧庵，晚號聃和，別署詞隱，人稱詞隱先生，江蘇吳江縣人。萬曆二（一五七四）年進士，初授兵部職方司主事，歷任吏部驗封司員外郎、考功司員外郎，以光祿寺寺丞致仕，當時沈氏只有三十七歲。歸里後，卽屛迹郊居，放情詞曲，與同里顧大典爲同好，時作香山洛社之遊。他的著作極多，除屬玉堂詩文稿外，其他都與曲學有關：南九宮十三調曲譜、古今詞譜、古今南北詞林辨體、北詞韻選、南詞韻選、唱曲當知、論詞六則、正吳編、情癡寱語（散曲集）、詞隱新詞（散曲集）、曲海青冰（散曲集）。此外並有考訂琵琶記、同夢記（改自湯顯祖還魂記）、新釵記（改自湯顯祖紫釵記）等改訂的戲曲。至於他自己的戲曲創作，共有傳奇十七種之多，稱屬玉堂傳奇。

沈璟的南九宮十三調譜，又稱南曲全譜，也稱南詞全譜，係增訂蔣孝的南九宮譜、十三調譜而成。釐正句讀，分別正襯，附點板式，使當時的作曲家，有一定的準繩可以遵循，這一點，可見沈氏此書，對於當時的曲壇，貢獻和影響都是很大的。蔣孝的南九宮譜、十三調譜，可以算是南曲的第一本曲譜（北曲當時已有朱權的太和正音譜），但是缺點很多，沈氏爲之一一訂正，並注明平仄，添補新詞，加收又體等等，使之成爲南曲最完善的一本曲譜。後來程明善編嘯餘譜，南曲全采沈譜。清康熙年間，王奕清等奉勅編欽定曲譜，南曲仍采沈譜，可見沈氏此譜，對南曲影響之悠遠了。

屬玉堂傳奇一共十七種，今存的有下列七種：紅蕖記、埋劍記、雙魚記、義俠記、桃符記、墜釵記、博笑記。全劇已佚，存有殘曲的，有下列八種：分錢記、十孝記、鴛衾記、四異記、鑿井記、珠串記、奇節記、結髮記。至於合衫記、分柑記兩種，則已完全亡佚了。

沈璟對於戲劇的主張，是崇格律而尚本色。因爲對於格律的注重，所以他認爲文辭麗而不合律，不如曲律佳而文辭拙：「寧協律而詞不工，讀之不成句，而謳之始叶，是曲中之工巧。」（見呂天成曲品上引）在二郎神套曲中，沈氏也表明了這種態度：「名爲樂府，須教合律依腔，寧使時人不鑒賞，無使人撓喉捩嗓。」這跟湯顯祖所說的「正不妨拗折天下人嗓子。」（答孫俟居書）恰好是針鋒相對，也是兩派形成水火的原因。平心而論，湯顯祖注重的是曲辭的文學價值，而沈璟所注重的，則是曲辭是否容易上口？假如曲辭屈曲聱牙，歌者固然齚舌，聽者也不見得能夠盡解，戲劇的效果，自不免降低了。因此，站在可唱性及可聽性的立場來說，沈氏的觀點，實在是不錯的。

至於尚本色，簡單地說，便是淺白通俗，易聽易懂，不取駢綺。這可以拿他的義俠記來作代表，義俠記是沈氏現存傳奇中最流行的一種，衍梁山泊好漢武松事，本水滸傳小說第二十二回橫海郡柴進留賓；景陽崗武松打虎，至第三十回張都監血濺鴛鴦樓；武行者夜走蜈蚣嶺，各回事迹，敷衍而成，一共有三十六齣。因武松一生，任俠尚義，所以標名義俠記。義俠記的曲辭，大都做到樸質無華，易聽易懂的地步，唱起來也能夠不使歌者拗嗓。其中像景陽崗打虎，現在還原本在舞台上演，唱崑曲，仍爲原詞。義俠記完成的年代是萬曆三十五年（一六〇七），距今已有三百六十多年了。而能上演時文詞一字不變，假如不是尚本色，不雕琢，人盡能懂，則決不會這樣持久的。再說，沈璟也並不是自始就主張本色的。他早期的傳奇，如紅蕖記，也是蔚多藻語，他自謂是「字雕句鏤，正供案頭」（見呂天成曲品）紅蕖以後，專尚本色。可見他對戲曲浸淫既久，見解遂深，從尚綺麗到尚本色，未嘗不可代表他對戲曲的一種覺悟。

沈璟除了崇格律，尚本色外，還十分注意戲劇的社教功用，呂天成曲品評沈氏義俠記說：「但武松有妻似贅，葉子盈添出無緊要。」其實加上這兩個角色，主要就是要表揚倫理綱常，與氣節修養的。此外如奇節記强調忠的氣節，與孝的綱常，十孝記表揚十個孝子，埋劍記則竭力摹仿臥冰記，如推綃車、祭賽、仆救主等情節，都包含在內，尤其第二十三齣療疾，描寫媳婦割股，更令人感動。凡此種種，都可看出沈氏乃是充分利用戲劇的社教功用，來發揚我國固有的倫理道德的。

吳江縣志說：「沈氏世有文采。」這話說得很對，僅就沈璟兩個侄子自晉、自徵來說，自晉晚年的散曲，寫家國之憂，悽愾悲壯，極有境界。自徵則被郭彥深贊爲北調之雄，可見他的造詣。其他能文善曲的子弟，更不知凡幾。尤其難得的是他們立身處事，大多與文相稱，或參加義軍，從事民族戰爭；或隱居山林，義不仕清。不像阮大鋮輩，徒有其文。由此點看，沈氏一門風雅，眞是人才濟濟了。

二、沈氏餘風

自詞隱倡爲格律之說，開一世之風氣，在當時的曲壇上，實居領導的地位。一時曲家，都望風景從。沈自晉在望湖亭第一齣臨江仙詞中，對於從詞隱遊的吳江派作家，都有所敘述：

詞隱登壇標赤幟，休將玉茗稱尊。鬱藍繼有槲園人，方諸能作律，龍子在多聞。香令風流絕調，幔亭彩筆生春。大荒巧構更超群，鮑生何所以？顰笑得其神。」

鬱藍指呂天成；槲園指葉憲祖；方諸指王驥德；龍子指馮夢龍；香令指范文若；幔亭指袁于令；大荒指卜世臣。至於鮑生，則是沈自晉自己的謙稱。再加上顧大典等，吳江一派，人才聲勢，眞是盛極一時。

顧大典　字道行，吳江人。少孤，依母周氏讀書，過目成誦，隆慶二年（一五六八）進士，時年未及壯，豐神秀美，望之若仙。官至福建提學副使，公正無私，忌者追論其爲郎時放於詩酒，坐謫禹州知州，遂自免歸。大典妙解音律，築有清音閣，又蓄歌妓，自教戲曲爲樂。他與沈璟爲同好，交往甚密。著有清音閣傳奇四種：青衫記、葛衣記、義乳記、風教編。其中以葛衣記，在當時他的作品中，最爲流行，葛衣記演梁任昉子西華事，今存者唯走雪（見綴白裘）、嘲笑（見納書楹曲譜）兩齣。青衫記今尚可得見全本，敷演白居易琵琶行詩意，但根據馬致遠靑衫淚雜劇之處不少。大典各劇，曲辭質樸，而不尚駢綺。如葛衣記走雪一齣的金蕉葉：

寒催恨催，淚盈盈，空沾兩腮。姻緣簿，須臾拆開：蒹葭誼，無端悔賴。

當是受了沈璟的影響。但徐復祚曲論說：「顯大典有義乳、靑衫、葛衣等記，皆起流派，操吳音以亂押者，淸峭拔處，各自有可觀，不必求其本色也。」可見他也不能像沈氏那樣恪守格律。

葉憲祖（一五六六—一六四一），字美度，一字相攸；號桐柏，別號六桐，又號槲園居士，亦號紫金道人，浙江餘姚人。萬曆四十七年（一六一九）進士，官至工部主事，以建生祠事忤魏閹，削籍。崇禎時復起，官至廣西按察使。憲祖生平好度曲，每一曲脫稿，即令伶人習之，刻日呈伎。所作傳奇，有鸞鎞記、玉麟記、雙修記、四艷記、金鎖記等五種。其中金鎖記，憲祖僅寫初稿，而由其高弟袁于令改定。其他四記，今存鸞鎞記，收於六十種曲中，演唐末詩人溫庭筠與女道士魚玄機的故事。全劇關目，稍嫌散漫，登場人物不多，中間又點出賈島一人物，以發抒二十餘年科第之苦。因葉氏二十九歲舉鄉試，至五十四歲始中進士，此劇頗寓二十餘年不平之氣。

卜世臣　字藍水，號大荒逋客，秀水（今浙江嘉興）人。性磊落不諧俗，日惟扃戶著書，有掛瀨言、玉樹淸商、多識編、樂府指南、卮言，及山水合譜等。所著傳奇，有冬青記及乞麾記兩種。冬青記演宋末義士唐珏事蹟，一本陶宗儀唐義士傳。淸代蔣士銓冬青樹傳奇，也頗採該劇情節，可見影響之悠遠。卜氏寫此劇悲憤激烈，觀者多至泣下，今傳世有古本戲曲叢刊本。

卜氏守沈氏的格律最嚴，王驥德曲律說：「其詞駢藻鍊琢，摹方應圓，終卷無上去疊聲，眞是竿頭撤手，苦心哉！」可見他對曲律慘淡用力之一斑。

呂天成（一五八〇—一六一八），字勤之，號鬱藍生，別號棘津，浙江餘姚人。家藏古今戲曲之書極富，天成於是得縱覽之而通曲學。他的作品，最初崇尚綺麗，師事沈璟以後，遂專事質樸。他生平最服膺沈璟，字律極嚴，沈璟對他也另眼相看，生平著述，都授予天成，兩人淵源之深可見。

他著有曲品兩卷，為品評元末至當時的傳奇戲曲的，著錄甚博，可說是現存最早的一本傳奇作家傳略與目錄，保存很多有關戲曲的資料。其書成於萬曆三十八年（一六一〇），但其中卻有批評湯顯祖邯鄲記的地方（邯鄲記成於萬曆四十一年），可見初稿寫成後，又經過增補的。這本書多以音律、詞藻為品評作品的標準，故主觀的成分極濃。

至於他的創作，傳奇方面，有烟鬟閣傳奇十種，現在都不存了。

王驥德（　？　——一六二三）字伯良，號方諸生，浙江紹興人。他是徐渭的學生，但與呂天成為莫逆之交，又深獲沈璟的賞識，精於曲學，故前人也稱他為吳江派。他著有曲律四卷，多論戲曲的作法，與呂天成的曲品，可謂論曲的雙璧。曲律一書，雖然偏於格律，但其中也有不少精闢的見解。因為王氏並不死守沈氏的藩籬，所以有所論列，都比較客觀公平。傳奇到了晚明，已經定型，所以像音律，腔調、章法、賓白、插科等等有關技術的問題，經過前人不斷的探索和研究，已成為頗有基礎的理論，王氏的曲律，正是對於前人理論的一總結，對於初學戲曲的人，不啻是最寶貴的經驗。近人任中敏曲諧說：「嘗謂明代曲家，最不可少者，為魏良輔與王氏兩人。無良輔則今日無崑曲，即謂今日無雅樂可也。無驥德則譜律之精緻，品藻之宏達，皆無一見，即謂今日無曲學可也。」可見對曲律一書，推崇之深。

王氏的創作，傳奇只有題紅記一種，今也不傳。徐復祚曲論對它大有酷評：「今觀其詞，使事嚮於禹金（梅鼎祚）；風格不及伯起（張鳳翼），其在季孟之間乎？獨其結構如摶沙，開闔照應，了無線索，每於緊處散緩，是又大不如伯起者也。」大略王氏過分拘守聲律，所作便了無生氣之故。

馮夢龍（一五七四—一六四六），字猶龍，一字耳猶，號墨憨齋主人，別號龍子猶，長洲（今江蘇蘇州）人。夢龍與兄夢桂、弟夢熊，並有才名，稱吳下三馮。他是崇禎三年（一六三〇）貢生，曾任福建壽寧知縣。清兵南下，福王降，夢龍殉節而死。他是明代一位偉大的通俗文學家，在戲曲上，從沈璟遊，屬於吳江派的大將，他曾删定古今傳奇，凡十五種，題墨憨齋定本，其中大都將他人之作，加以改訂，眞正他自己的創作，只有雙雄記一種，但吳梅在顧曲麈談中批評說：「曲白工妙，案頭塲上，兩擅其美，直在同時陸無從、袁籜庵之上。」可見他若全部精力，都放在戲曲上的話，成就可能更大。

范文若 字香令，號荀鴨，自稱吳儂，初名景文，字更生，江蘇上海人，曲錄列其入清朝之部，但據民國七年修上海縣志：「明萬曆丙午（三十四年，一六〇六年）舉於鄉。……己未（四十七年，一六一九年）成進士，除汶上知縣。……改知秀水。……遷南京兵部主事，爲考功中傷，左遷。稍移南大理評事，以憂去官，卒年甫四十八。」可見文若並未入清。他平時以釣筒詩卷自娛，雅慕晉人風度，工談笑，善詞章，是一個典型的文人。

文若所作的傳奇，有梳氏三種：花筵賺、鴛鴦棒、夢花酣。其他尚有倩畫姻、勘皮靴、花眉旦、雌雄旦、金明池、歡喜冤家等。其中以花筵賺、鴛鴦棒兩種爲最著，花筵賺演晉溫嶠玉鏡臺故事，元關漢卿已有溫太眞玉鏡臺雜劇，明朱鼎也有玉鏡臺記，文若此劇，情節遠較關、朱所作者爲生動，雖稍有卑猥之處，但不失爲一動人的喜劇。鴛鴦棒情節，與古今小說中的金玉奴怒打薄情郎相同，而更加曲折。關目巧妙，針線細密。全劇結構緊湊，轉折自然，曲辭流麗，而又不雕飾，在文若各劇中，最為傑作，但賓白駢儷，不尚本色，是一大缺點。

沈自晉（一五八三—一六六五），字伯明，又字長康，號鞠通，江蘇吳江人。他是沈璟的侄子，為人謙和孝謹，明亡後隱居不出，年八十三卒。他改訂沈璟的曲譜，為廣輯詞隱先生南九宮十三調詞譜二十六卷，較原本更精詳，為詞曲家所遵奉。至於創作，有傳奇望湖亭、翠屏山、耆英會三種。此三種傳奇，焦循劇說誤以為沈璟所作，實際都是自晉的作品。其中以翠屏山為最著，演水滸楊雄、石秀、潘巧雲故事，本劇曲辭賓白，本色而調和，可以直追元人，所以舞臺上流行不輟，盛況不差於其叔之義俠記。

袁于令（一五九九—一六七四），原名韞玉，又名晉，字令昭；一字鳧公，號籜庵；又號幔亭，江蘇吳縣人。于令是葉憲祖的門人，與沈自晉為至交，明亡降清，後得異疾而死。所作有劍嘯閣傳奇，凡西樓記、金鎖記、玉符記、珍珠記、鷫霜裘五種。另有長生樂、瑞玉記，故于令所作傳奇，一共七種。其中西樓記在當時最盛行，而于令個人最得意的，則是金鎖記。金鎖記本是其師葉憲祖所作，而由于令改定，演竇娥故事，本於關漢卿竇娥冤雜劇，但最後改以竇娥不死，團圓終場。該劇曲詞平平，但協調當行，一時無兩，充分表現格律派的特色。然格律派至此，已不能再有發展，無論氣勢，內容，文辭，都沒有特出的成就。以後的作家，都走向以臨川之筆，協吳江之律的道路，不肯再奉「寧協律而詞不工」為圭臬了。

第四節　湯顯祖與文辭派

一、湯顯祖

在晚明的劇壇上，和沈璟的格律派相對立的，則是以湯顯祖爲首的文辭派。又因爲湯顯祖是江西臨川人，所以又稱臨川派。湯顯祖作傳奇，注重文辭，表現才華，但是並沒有字雕句琢，所以跟駢儷派不同。而認爲拘守格律，則無法發揮劇作家的才情與個性，所以始終反對格律派。他說：「弟在此自謂知曲，意者筆懶韻落，時時有之，正不妨拗折天下人嗓子」（答孫俟居）。正可以看出他對於格律的看法。

湯顯祖（一五五〇—一六一六），字義仍，號若士，又號清遠道人，號其所居，則爲玉茗堂，江西臨川人。顯祖幼聰慧，博學淹聞，很早就有文名。萬曆五年（一五七七）應進士試，宰相張居正想要他兒子中鼎甲，網羅海內名士來做陪襯，顯祖不肯阿附，終於落第。直到萬曆十一年，方始進士及第。授南京太常博士，遷禮部主事。萬曆十八年，顯祖上論輔臣科臣疏，嚴劾宰相申時行等，神宗大怒，把顯祖謫爲徐聞縣典史，後遷浙江遂昌知縣。他在遂昌頗行仁政，在過年時放囚犯去看花燈，在任五年，未曾處死一個囚犯，又因性喜戲曲，致被劾縱囚放牒，不廢嘯歌。萬曆二十七年，削籍歸里。顯祖還鄉後，以作劇自娛。錢謙益列朝詩集說他「窮老蹭蹬，所居玉茗堂，文史狼藉，賓朋雜坐。雞塒豕圈，接跡庭戶，蕭閒咏歌，俯仰自得。」可見他豁達的一斑。顯祖里居二十年，病卒，自爲祭文，遺命用麻衣冠草屨以斂，風骨高潔，至死不渝。

顯祖的著作很多，今存者，除戲曲外，有玉茗堂文十六卷、尺牘六卷、賦六卷、詩十八卷。他在文學上的主張，接近三袁的公安派，而反對前後七子的擬古主義。所以他說：「獨有靈性者自爲龍耳。」（張元長噓雲軒文字序）跟袁宏道的「獨抒性靈」，完全同一口吻。因爲他極重情性，所以反對專門講究音韻、格律，認爲這是創作的枷鎖。他在答呂姜山書說：「凡文以意、趣、神、色爲主，四者到時，或有麗詞俊聲可用。爾時能一一顧九宮四聲否？如必按寫摸聲，即有窒滯進泄之苦，恐不能成句矣。」（玉茗堂尺牘卷四）可見他的反對格律，乃是注重意、趣、神、色，而並非一味追求麗詞俊聲，所以顯祖的重文辭，也與駢儷派異趣的。

顯祖在文學理論上接近公安派，但在理論建樹上自不及三袁，他的貢獻是在創作，而作品中，文不如詩，詩又不如戲曲，所以顯祖在文學史上的地位，實基於他作的各本傳奇。他所作傳奇，計有紫簫記、紫釵記、還魂記、邯鄲記、南柯記等五種，俱存於世，後四種又稱玉茗堂四夢，最爲著名。

紫簫記是湯顯祖最早的一本傳奇，作在萬曆十一年（一五八三）進士及第以前。據紫釵記題詞（玉茗堂文卷六），紫簫記還可能是他和友人謝九紫、吳拾芝、曾粵祥等合作的作品。此劇是根據唐人小說霍小玉傳敷衍而成，但大多由於作者的想像，加以改寫，和霍小玉傳的本事相去很遠。整個戲的進行，平鋪直敍，缺乏曲折和高潮，而曲辭駢儷，詞藻的堆砌過多，人物也缺乏個性，因此可以說，湯顯祖的這本處女作是很失敗的。這一點即使是湯氏本人也很明白，因此在萬曆十一年至十九年間，他在南京任官時，便把紫簫記改寫爲紫釵記。

紫釵記大致根據霍小玉傳的本事，只是把它改作大團圓的結局，所以跟紫簫記的故事，相差很遠。此外紫釵記的情節遠比紫簫記爲曲折，心理描寫也比較深刻細膩。尤其是人物的塑造，紫釵記和紫簫記的女主角雖然同是霍小玉，但霍小玉在紫釵記中有顯明的性格，生動的表現，如對於愛情的執着，堅强，使得這個角色成爲可愛而痴情的一個典型，這便是紫簫記中所沒有的。曲辭賓白方面，紫釵也比較自然流利，在創作紫簫記時，湯顯祖還深深地受着駢儷派的影響，例如在第二十齣送別，他爲了一個淚字，竟化了五十一個字，塡了一首北寄生草。這種情形，在紫釵記中就看不到了。在紫釵記中，湯顯祖完全擺脫了駢儷派的羈絆，對於他以後創作上的成就，是有很大影響的。

湯氏最著名的戲曲，當推還魂記。還魂記一名牡丹亭，他的自序署萬曆二十六年（一五九八），可能這是他完成該劇準備刋行的一年。可見湯氏在創作還魂記時，正是四十幾歲，創作力最旺盛的時候。還魂記的故事，大致皆出於湯氏的構想，並無一定所本。故事大略敍述南宋福建南安郡太守杜寶，有一女名麗娘，其侍女名春香。杜寶爲麗娘聘老生員陳最良教授讀經。一日，麗娘與春香遊賞花園，頓起傷春之懷，尋倦而假寐，夢見一執柳書生，醒後相思成病終懨懨而死。不料這書生實有其人，名柳夢梅。麗娘死後三年，魂魄竟和夢梅相會，並經花神相助，冥王許其再出人世，於是得慶更生，與夢梅結爲夫婦云。

杜麗娘死而復生，雖然有點荒唐無稽，但是卻是湯氏用力着筆的所在。因爲在本劇中，他要强調的，便是愛情的偉大。生命固屬可貴，但爲了愛情，則生者未嘗不可死。爲愛而死，還沒有達到愛情的深處，進一步說，則死者未嘗不可以生。在湯顯祖的思想中，愛情的眞諦，實在已是超生死、忘物我，而至永恆的境界了。所以他在卷首的題詞中說：「天下女子有情，寧有如杜麗娘者乎？夢其人卽病，病卽彌連，至於畫形容，傳於世而後死。死三年矣，復能溟莫中求得其所夢者而生。如麗娘者，乃可謂之有情耳。情不知所起，一往而深。生者可以死，死而不可復生者，皆非情之至也。」姚燮今樂考證記周亮工之說，一前輩勸湯顯祖講學，顯祖的回答是：「公所講性，我所講情。」由此都可以見到湯氏的思想和氣質。有此思想，有此氣質，再加上他的才學，自然能把這一個愛情故事寫得曲折生動，純眞而美麗了。看他處理題材的手法，不能不承認湯氏實爲當時浪漫主義的戲劇大師。還魂記的曲辭優美，但生動自然，已沒有駢儷派那樣的穠豔。尤其是刻劃人物心理的曲折變化，已到達爐火純靑的程度，如驚夢皂羅袍曲：

原來姹紫嫣紅開遍，似這般都付與斷井頹垣。良辰美景奈何天，賞心樂事誰家院？朝飛暮捲，雲霞翠軒；雨絲風片，煙波畫船。錦屛人忒看得這韶光賤！

又如山桃紅一曲，描述麗娘、夢梅，在夢境中的旖旎：

（生）則爲你如花美眷，似水流年，是答兒閒尋遍，在幽閨自憐。……（生）轉過這芍藥欄前，緊靠着湖山石邊。（旦低問：秀才去怎的？生低答）和你把領扣鬆，衣帶寬，袖稍兒搵着牙兒苫也，則待你忍耐溫存一晌眠。（合）是那處曾相見，相看儼然，早難道這好處相逢無一言。……

無怪沈德符顧曲雜言說：「湯義仍新作牡丹亭，眞是一種奇文，未知於王實甫、施君美如何？恐斷非近日諸賢所辦也。」又說：「牡丹亭夢一出，家傳戶誦，幾令西廂減價。」

還魂記不但曲辭美，而且賓白巧妙，充分顯示角色的個性，不僅春香的天眞，與陳最良的迂腐，各有不同的詞語，卽令同一個角色，也隨着劇情的變遷，性格的發展，而有不同色彩的語言。至於結構，則針線密，生動自然，場次的布置，如靜場與動場，愁場與歡場，相間十分得宜。只是全劇長達五十五齣，所以在下半本麗娘再生以後，關目不免有冗漫之處。不過瑕不掩瑜，以全劇來說，實在是當時最成功的一本傳奇。

在格律派諸子看來，顯祖的還魂記，有許多地方是不合曲律，甚至令歌者齰舌，難於上口的。所以沈璟和呂玉繩曾先後爲之改訂。顯祖與宜伶羅章二書說：「牡丹亭要依我原本，呂家改的，切不可從。雖是增減一二字以便唱，卻與我原本做的意趣大不相同了。」可以表示他對改訂他戲曲的一種基本態度。他並有七絕一首：「醉漢瓊筵風味殊，通仙鐵笛海雲孤；總饒割就時人景，卻愧王維舊雪圖。」即是感嘆此事。但改訂還魂記的，代有其人。沈璟、呂玉繩外，又有臧晉叔和馮夢龍，馮氏改訂的，易名風流夢，雖諧律而文辭遜色多了，至於臧晉叔則不但大刪全曲，而且改動賓白，眞可說刪改得體無完膚了。這種情況，最終乃形成格律、文辭兩派，尖銳的對立。

事實上顯祖的還魂記，不合曲律的地方固然有，但是否到了令歌者齰舌的地步，卻大有疑問。因爲清初鈕少雅作格正還魂記二卷，另訂宮譜，不易原文一字，使通本皆得被之管弦，在舞台上演，鈕氏固是還魂記的功臣，但由此也可以看出顯祖所作，並不是「直是橫行」「屈曲聱牙，多令歌者齰舌」（王驥德曲律語）之作。

還魂記的問世，除了引起格律、文辭兩派的對立外，另外有一個大的影響，即是普遍引起女性讀者的共鳴。如相傳有婁江女子俞二娘，十七歲，因讀牡丹亭，斷腸而死（見靜志居詩話十五、劇說二）。揚州女子金鳳鈿嗜讀還魂記，臨死囑以還魂記爲殉（見三借廬筆談）。內江一女子讀還魂記而悅之，願奉箕箒，及見其人，皤然一翁，乃失望投水而死（劇說二）。杭州女伶商小玲，爲了自己的戀愛不得意，一日在唱尋夢一折時，感慨無已，竟死在臺上（劇說六）。此外才女馮小青嫁爲商人妾，不見容於大婦，在讀過牡丹亭後題詩：「冷雨幽窗不可聽，桃燈閑讀牡丹亭；人間亦有癡於我，豈獨傷心是小青。」凡此種種，皆可見還魂記一劇，在婦女讀者群中，所引起的激盪，遠非其他戲曲可比。而康熙間吳吳山之三婦評牡丹亭，校訂坊本字句很多，實是顯祖的功臣，而這一版本，也是出於三個婦人之手。還魂記有這樣許多女讀者，即此一端，也可不朽了。

由於還魂記的流行，遂引起同類型劇作的出現，像范文若的夢花酣，吳炳的畫中人，都和還魂記的情節差不多。但以流傳的久遠來說，卻都比不上還魂記，因爲還魂記的散齣，如閨塾（一稱學堂，俗稱春香鬧學）、遊園、驚夢等數齣，至今盛行不衰，成爲觀衆最喜愛的崑曲劇目。

湯顯祖是萬曆二十七年（一五九九）削籍歸里的，二十九年（一六〇一）他完成了邯鄲記。青木正兒把辛丑看作了癸丑，所以在中國近世戲曲史中，誤定爲萬曆四十一年。本劇取材於唐沈既濟的枕中記，演八仙之一的呂洞賓度盧生的故事。元代馬致遠等有邯鄲道省悟黃粱夢雜劇，但所演爲漢鍾離度呂洞賓的故事，與枕中記情節不同。湯氏此劇，則一本枕中記，衍爲三十三齣，除第三齣度世（或稱三醉），係用馬致遠呂洞賓三醉岳陽樓雜劇事；第三十齣仙圓，也由元曲脫胎以外，其餘諸齣，都屬湯氏的創作，而非模仿得來。湯氏此劇，既作於歸里以後，故全劇表現，集中於反映科舉制度的腐朽、官場的黑暗、朝政的腐敗、人世的險詐等等，借浮誇的夢境，刺醜惡之現實，最後以迷途知返，飄然出世作結，更是發人猛省。

南柯記一名南柯夢，也是湯氏晚年的作品，此劇本唐李公佐小說南柯太守傳，演淳于棼夢入大槐安國故事，一共四十四齣。南柯記是跟邯鄲記同一類型的作品，具有強烈的諷刺性，但是南柯記更參以佛家虛空的思想，湯氏自序說：「世人妄以眷屬富貴影像，執爲我想，不知虛空中一大穴也。倏來而去，有何家之可到哉！」可見湯氏歷盡人生，晚年之時，自是有此道佛之思想。不過劇中極寫富貴榮華之虛幻，如第二十齣死竄中雲陽論斬一段：

（刮地風）嗳呀！討不得怒髮衝冠兩鬢華，把似恁試刀痕，頸玉無瑕，雲陽市好一抹凌煙畫。俺一也施軍令斬首如麻，領頭軍該到咱幾年間回首京華。我到了這落魂橋下，則恁這狠夜叉閑弔牙。甚生天斷頭閒話。啊呀！天嗄！再休想片時刻得爭噁哈差。劊子手，恁把俺虎頭燕頷高提下，還只怕血淋浸，展汚了俺袍花。

無瑕玉頸，恁試刀痕，眞足爲熱中功名富貴者，下灌頂醍醐。

玉茗四夢，無論就情感之熱烈、想像之豐富、結構之工巧、文辭之瑰奇等來說，都是傳世之作，所謂技出天縱，非由人造，在在都可以看出湯氏在戲曲創作上的天才與工力。就戲論戲，還魂記自是居四夢之首，所以湯氏自己也說：「一生四夢，得意處惟在牡丹。」卽是明代傳奇來說，曲詞的清新，科白的周到，情節的奇妙，人物的特出，都可說無出其右的。

吳梅中國戲曲概論說：「臨川諸作，離魂最傳人口，顧事由臆造，遣詞命意，皆可自由。其餘三夢，皆依唐小說爲本，其中層累曲折，不能以意爲之，剪裁點綴，煞費苦心。」由此可見，其他三夢之不如還魂，也自有其原因了。

二、湯氏餘風

沈璟與湯顯祖是晚明戲曲界最特出的兩大家，不僅是由於他們的創作，而也是由於他們的影響，使晚明的傳奇作家，不出自沈派，即出自湯門，或者兼得兩家之長，使晚明的傳奇，呈現空前的繁榮。至於沈、湯二家，究竟孰優孰劣，前人論列者，多以爲沈氏妙解音律，所作一字不苟；湯氏則天才卓越，所作尙趣橫行，直是各擅勝場。呂天成曲品引王驥德的話說：「松陵（吳江）具詞法而讓詞致；臨川妙詞情而越詞檢。」大略可說是兩家的分野。至於才情，則當然以顯祖爲上，王驥德的曲律說：「本色一家，亦惟是奉常一人耳。其才情在淺濃深淡雅俗之間，獨得之味。」「詞隱之持法也，可學而知也；臨川之修辭也，不可勉而能也。」王驥德是格律派的大將，所言如此，可見湯氏的才情文采了。沈、湯以後的戲曲作家，並且還有以合兩家的優點，以爲理想的創作的，所謂以臨川之筆，協吳江之律是也。曲品說：「二公譬如狂狷，天壤間應有此兩項人物。不有光祿，詞硏不新；不有奉常，詞髓孰抉？倘能守詞隱先生之矩矱，而運以淸遠道人之才性，豈非合之雙美者乎？」呂天成所希望的雙美，當時的確有很多劇作家孜孜於此，希望達到這一個境界。這一班作家當然還是以文辭爲首務，所以還是稱之爲文辭派，如阮大鋮、吳炳、孟稱舜、李玉等人，都是其中的佼佼者，下逮吳偉業、洪昇、孔尙任、萬樹、蔣士銓等，也莫不追蹤顯祖，而以文辭著名。今特介紹阮大鋮、吳炳、孟稱舜三家於後，其他諸家，則於淸代戲劇一章，再行敘述。

阮大鋮（一五八七—一六四六），字集之，號圓海，一號石巢，又號百子山樵，安徽懷寧人。萬曆四十四年（一六一六）進士，依附魏忠賢閹黨，仕至光祿寺卿，因閹黨勢敗去官。崇禎殉國後，大鋮又與馬士英在南京迎立福王，狼狽爲奸，把持朝政。淸兵陷南京，大鋮出降，並請前驅破金華。又出私財犒淸軍，執板唱曲，以娛淸將，品格之低下，極爲士林所不齒。一日在五通嶺，仆馬而死，年六十。大鋮多髯而無嗣，人惡稱其爲阮大鬍子。大鋮所作傳奇，有燕子箋、春燈謎、牟尼合、雙金榜，合稱石巢四種。焦循劇說則載其劇目，另有忠孝環、桃花笑、井中盟、獅子賺、賜恩環諸本。其中以燕子箋、春燈謎兩劇，最爲著名。

燕子箋演霍都梁、華行雲、酈飛雲的故事，共四十二齣，福王時供奉內廷，因此盛行一時。全劇結構嚴謹，曲辭、賓白，皆一絲不苟。角色個性十分特出，不僅是生旦主角，即淨丑配角，描寫也十分着力，就戲論戲，的是高手，今錄寫箋一齣中步步嬌一曲如下：

> 甚麼風吹得花零亂，你看雙蝶依稀見。爲何的撲面掠雲鬟？紅紫梢頭，恁般留戀。欲去又飛還，將粉鬚兒釘住裾釵線。

該劇不但文辭優美，而且融合音律。晚明戲曲界合沈、湯於一爐的理想，在他總算達到了。

春燈謎，共四十齣，題曰十錯認春燈謎記，故春燈謎一名十錯認。此劇演宇文彥、韋影娘故事，全劇以一錯再錯，層層錯誤爲關目。以錯誤爲趣味，固不失爲作劇的一種手法，但全劇錯誤百出，前後矛盾，無中生有，不免流於鬧劇了。雙金榜演皇甫敦夫妻父子故事，雖也以錯誤發端，但筆法遠較春燈謎爲自然。牟尼合演梁武帝孫蕭思遠故事，因其家有牟尼珠一對，故名。構想不如上述三記，然藻麗則遠過之。

綜觀大鋮諸作，大多前無所本，而以作者胸臆結撰，可謂出自玉茗的還魂記派，大鋮也自稱學玉茗堂者。不過由於他人格卑下，又甘心爲清廷之鷹犬，所以前人評曲者，嗤之者多。如葉堂於納書楹曲譜續集卷三中說他：「以尖刻爲能，自謂學玉茗堂，其實全未窺見毫髮。」梁廷枏也於曲話卷三中評他說：「春燈謎之十錯認，亦似有悔過之意，隱然露於楮墨外，然其人既已得罪名教，即使陽春白雪，亦等諸彼哉之例，置而不論可矣。況其文章之末必能醉人心腑耶？」此皆由人及文，故有此酷評。張岱陶菴夢憶卷八，有較持平的說法：「阮圓海大有才華，恨居心不淨。其所編諸劇，罵世者十之七；解嘲者十之三，多詆毀東林，辨宥魏黨，爲士君子所唾棄，故其傳奇不著，如就戲論戲，則鏃鏃能新，不落窠臼者也。」

吳炳（?——一六四六）字石渠，號粲花主人，江蘇宜興人。萬歷四十七年（一六一九）進士，崇禎末，官居江西提學副使。永明王卽位，擢爲兵部右侍郎，戶部尙書兼東閣大學士。永明王奔靖州，吳炳扈從太子，遇淸軍，不敵被執，至衡州，不食殉節。淸乾隆時，曾賜謚節愍。

吳炳少時，卽喜作戲曲，當時與阮大鋮齊名，而一忠一奸，其人格相去，則不可以道里計。吳炳所作傳奇，凡五種：綠牡丹、畫中人、療妬羹、西園記、情郵記。合稱粲花別墅五種。其中以療妬羹爲最著名，該劇演喬小靑紅顏薄命，爲人作妾，而不見容於大婦的故事，事旣幽淒，而詞也極典麗。梁廷枏曲話卷三評說：「療妬羹題曲一折，逼眞牡丹亭，如云一任你拍斷紅牙……。此等曲情，置之還魂記中，幾無復可辨。今錄此曲如下：

（長拍）一任你拍斷紅牙，拍斷紅牙，吹酸碧管，可賺得淚絲沾袖。一聲何滿便潸然，四壁如秋。半晌好迷留，是那般憨愛，那般癆瘦。只見幾陣陰風涼到骨，想又是梅月下，俏魂遊。若都許死後自尋佳偶，我豈惜留薄命，活作羈囚。

吳炳寫劇的作風，力追湯顯祖，評者稱爲顯祖以後之第一人。但他也很注意音律，曾就正於葉憲祖。所以他是臨川派而兼吳江派之長者。吳梅在中國戲曲概論卷中，稱他爲正玉茗之律而復工於琢詞者，又說：「於是爲兩家之調人者，如吳石渠之粲花五種……此以臨川之筆協吳江之律者也。」吳炳在臨川派中的地位，頗與范文若在吳江派中相似，因文若是吳江直系而兼臨川之筆者。兩派的大將如此，可見當時劇壇的風氣和理想了。

吳炳所作的傳奇，如綠牡丹僅三十齣，畫中人三十四齣，西園記三十三齣，療妒羹三十二齣，最長的情郵記也不過四十三齣，在當時的傳奇中都算是短的。但是篇幅雖小，結構謹嚴，針線細密，尤其難得的曲詞雅而不巧，腴而不豔，不失性靈自然。大抵文自情發，跟個人人格的修養大有關係，這是阮大鋮輩，所勉強不來的了。

孟稱舜　字子若，一字子塞，又作子適，浙江會稽人。明崇禎年間秀才。在當時，稱舜是一個最致力於戲劇的人。明人編集元劇者，首推臧晉叔，所編元曲選，集元劇凡有百種，晉叔以後，就數稱舜了，他編古今雜劇，收有雜劇五十餘種，以作風的秀麗、雄健、區分爲柳枝、酹江二集。又校刻鍾嗣成的錄鬼簿。他自作雜劇很多，詳見第五節。

他作的傳奇，有二胥記、嬌紅記、鸚鵡墓貞文記、赤伏符、鴛鴦冢等五種。今存者唯前三種，二胥記演伍子胥覆楚、申包胥復楚事。而以申包胥與妻鍾離的悲歡離合爲樞紐。嬌紅記演申純、王嬌娘事，本元人宋梅洞的小說嬌紅記。貞文記則演沈佺、張玉娘事。稱舜學顯祖最力，可謂亦步亦趨。嬌紅、貞文二劇，都以殉情爲結束，而目的則都出於戀愛的自由，不得所愛，生不如死，與玉茗的牡丹亭出於一轍，但牡丹亭追求的是夢中的白馬王子，嬌紅、貞文，則描述現實的人生。可見稱舜對於愛情的看法，已走上寫實主義的道路。

稱舜所作，除注重文辭外，並協音律，吳梅稱「正玉茗之律而復工於琢詞者」，共有二人，一爲吳炳，一即孟稱舜，所以稱舜也是以臨川之筆，協吳江之律的聖手。

第五節　明末戲劇

一、傳奇

明代自萬歷起，崑曲進入極盛時期，在聲腔上說，除了弋陽腔尚勉可抗衡以外，其他諸腔，幾全爲崑山腔所併呑。在作家來說，沈璟的弟子呂天成，在曲品卷下列爲新傳奇的作家，凡七十七家，作品約一百五十種。這僅是見於一家之書的，可見其時作家之多，眞是競盛一時。上節分述了格律、文辭的兩派作家，除此還有一些不屬於以上兩派的獨立作家，現在分述於下：

陳與郊（一五四五——一六一二），字廣野，號玉陽仙史，別署任誕軒，浙江海寧人。萬歷間進士，官至太常寺少卿。陳氏託名高漫卿，作傳奇四種：麒麟罽、靈寶刀、鸚鵡洲、櫻桃夢，總名詅癡符。麒麟罽演韓世忠、梁紅玉故事，係本張四維的雙烈記而改作的。靈寶刀演林冲故事，情節本李開先的寶劍記，而改寫其曲辭，唯今劇壇流行的，還是李氏原本的散齣。鸚鵡洲演韋皐、玉簫女的故事，也本之於無名氏的韋皐玉環記。櫻桃夢本太平廣記所載櫻桃青衣，這是與郊的創作，情節婉曲多姿，意境甚高。

梅鼎祚（一五四九——一六一五），字禹金，安徽宣城人。他是國子監生，但不喜舉業，見聞博洽，著作甚多，詩乘文紀外，旁及筆記小說。梅氏又精於戲曲，作有玉合記傳奇，演詩人韓翃的故事，本唐人許堯佐小說柳氏傳。玉合記曲辭華麗，被認爲邵燦香囊記以後，駢儷派傳奇的代表作。如霜天曉角：「秋風暗遞，一片邊聲至。客似行雲東去，心隨大火西飛。」（第二十三齣祝髮）的確甚有韻味。但全劇結構鬆懈，排場散漫，賓白又多駢語，用典太多，並不適宜在舞臺上演出。

汪廷訥　字昌朝，一字無如，號坐隱，安徽休寧人。廷訥生卒不詳，官至塩運使。他性好詩賦詞曲，跟湯顯祖交遊，建環翠亭，酒宴琴歌，曾無虛夕。他作有環翠堂樂府，據說有十八種，今所知所見者，則有下列十五種：獅吼記、種玉記、高士記、長生記、天書記、投桃記、三閣記、同昇記、三祝記、威鳳記、義烈記、七國記、彩舟記、飛魚記、青梅記。另外尚有雜劇廣陵月。其中以獅吼記爲最著，演宋代陳慥字季常懼妻事，關目極佳，辭句幽默，在明清滑稽劇中，最爲突出。

周暉續金陵瑣事說：「陳所聞工樂府，濠上齋樂府外，尚有八種傳奇：獅吼、長生、青梅、威鳳、同昇、飛魚、彩舟、種玉。今書坊汪廷訥皆刻爲己作。余憐陳之苦心，特爲拈出。」如據周氏所說，則廷訥的傳奇，大半並非己作了。

徐復祚（一五六〇——一六三〇），字陽初，號暮竹，又號三家村老，江蘇常熟人。復祚博學洽聞，工於詞曲，作有曲論一卷，是論曲名著，所作傳奇紅梨記、宵光劍、梧桐雨、祝髮記等，其中以紅梨記最有名，紅梨記是根據元張壽卿紅梨花雜劇而加以增飾的，關目緊湊，針線尤密，佳思律句，可以直逼元人。

許自昌　字玄祐，江蘇吳縣人，生平不詳。他作的傳奇，有水滸記、橘浦記、靈犀珮、弄珠樓、報珠記等，以水滸記爲最著。是劇演梁山宋江事，本之水滸傳，惟惜茶、活捉兩齣爲自昌所添，全劇至江州刼法場，小聚會爲止，詞曲、結構、都屬上乘。此外王異，字無功，郃陽人，也有弄珠樓、靈犀珮二劇，與許作不知有無關聯。

當時劇作家，大多取材才子佳人的戀愛故事，能脫出其窠臼，而另有一種風格的，當推孫仁孺的東郭記與醉鄉記。仁孺名鍾齡，別號峨眉子，又自署白雪樓主人，里居不詳，大約是萬曆、天啓間人。東郭記取材孟子齊人有一妻一妾章，但添入淳于髡、王驩、陳仲子等人物，以齊人、淳于髡、王驩代表無恥文人，陳仲子則代表高潔名士，結果前者飛黃騰達，後者則免不了困窮飢餓，仁孺在此劇中，借古諷今，實際則是責斥明代的一般文人，營私舞弊、喪盡廉恥的品行，在當時是很新穎的諷刺劇。醉鄉記演烏有先生與無是公女兒焉娘的故事，榮華富貴，全在醉鄉度過，仁孺大略一生不達，故所作戲曲，都是借古人之酒杯，以澆自己的塊壘。但曲辭賓白，通俗流暢，取材新穎，不落俗套，這是跟一般駢儷雕琢的戲曲作家不同的。

高濂　字深甫，號瑞南，浙江錢塘人，生平不詳。所作傳奇，有玉簪記、節孝記兩種。曲品對其評騭不佳，只列於中下品，但玉簪記一劇，至今仍流行於舞臺上。該劇演文士潘必正和女道士陳妙常的戀愛故事，足可與徐復祚的紅梨記比美，而在寫少年兒女之熱戀，聚散離合，細膩綺麗，尤其琴挑，偷詩、秋江諸齣，其境其情，都是西廂記、還魂記所未有的。今錄其琴挑朝元歌一曲如下：

長清短清，那管人離恨？雲心水心，有甚閒愁悶？一度春來，一番花褪，怎生上我眉痕？雲掩柴門，鐘兒磬兒枕上聽。柏子坐中焚，梅花帳絕塵。果然是冰清玉潤，長長短短，有誰評論？怕誰評論？

婉曲綺麗，不下於紅梨、玉簪的，則尚有周朝俊的紅梅記。朝俊字夷玉，浙江鄞縣人。其生平不詳，工詞曲，所作傳奇，凡十餘種，今存者唯紅梅記一種。本劇演書生裴禹與權奸賈似道妾李慧娘的戀愛故事。後慧娘被賈似道所殺害，其魂魄猶護裴禹出險。情節曲折，而想像尤爲豐富。今梆子腔盛行此劇，稱紅梅閣，皮黃則又自梆子改編，然情節仍一本本劇。晚明傳奇，雖多才子佳人之作，但紅梨記、玉簪記、紅梅記，尚能不落其窠臼。

此外著名的戲曲作家，尚有王穉登，字百穀，江蘇吳縣人，他編有吳騷集，是明季南曲選本中最早的一部，他著有傳奇全德記一本。金懷玉字爾音，浙江會稽人，作有傳奇香毬記、寶釵記、完福記、妙相記、摘星記、繡被記、八更記、桃花記等九種，今傳者望雲記、妙相記兩種。沈鯨字涅川，浙江平湖人，作有傳奇雙珠記、分鞋記、鮫綃記、靑瑣記等四種。吳世美字叔華，浙江烏程人，作有驚鴻記。陳汝元字太乙，浙江會稽人，著有金蓮記、紫環記兩種。車任遠字遠之，號柅齋，也號遽然子，浙江上虞人，作有彈鋏記。謝讜號海門，浙江上虞人，作有四喜記。單本，字槎仙，浙江會稽人，作有靈綬記、蕉帕記。徐元，字叔回，浙江錢塘人，作有八義記。楊珽字夷白，浙江錢塘人，作有龍膏記、錦帶記。胡文煥字德文，號全菴，浙江錢塘人。他是當時很重要的一位出版家，曾刊格致叢書數百種，嘉惠士林不淺。他又編群音類選，共二十六卷，爲明代最大的一部戲曲選，惜僅有曲辭，不帶賓白（其中數齣也載賓白），令人有不見全豹之憾。他作有傳奇四種：奇貨記、犀珮記、三晉記、餘慶記，則皆不見佳。陸江樓，號心一山人，浙江杭州人，作有玉釵記，爲一宗教劇。鄭國軒自署浙郡逸士，想係浙江人，作有白蛇記。蘇漢英作黃粱夢境記，陸華甫作雙鳳齊鳴記，葉良表作分金記，此數人里居均未詳。

此外如龍膺、戴子晉、祝長生、顧允默、顧允燾、黃伯羽、秦鳴雷、謝廷諒、章大綸、張太和、錢直之、金無垢、程文修、吳大震等人，均有名於時，惜其作品今已不傳於世。

與之相反，戲曲尚存而作者佚名的無名氏戲曲，爲數也不在少。見於六十種曲的，有金雀記、霞箋記、節俠記、飛丸記、四賢記、運甓記、贈書記等七種。今所見明金陵唐氏富春堂所刊無名氏傳奇，則有白袍記、綈袍記、和戎記、鸚鵡記、草廬記、水滸青樓記、金貂記、香山記、十義記、昇仙記、江流記等，皆故事通俗，曲辭本色之作，可能都是從事戲曲工作者的本行作品。明金陵唐氏文林閣所刊，則有遠文正還魂記、觀音魚籃記、靑袍記、古城記、臙脂記、雙紅記、四美記、雲臺記等，數量不如富春堂之多，但多是不見他處的孤本，彌足珍貴。

二、雜劇

明代本是傳奇的時代，尤其是晚明的傳奇作家，正如過江之鯽，格律、文辭兩派以外的獨立作家，也爲數不少，這些已如上述。至於雜劇，自從徐渭的創作，完全衝破了元代雜劇的藩籬以後，晚明的雜劇，更是完全走向一條嶄新的道路。

由於當時雜劇的體制，非常自由，因此一般文人學子，要抒發個人胸臆，或炫耀一己文才的，便大都捨傳奇而取雜劇。所以在明代的傳奇作品中，尚不乏劇人之作，而雜劇則大多是出於文人之手。在文學的觀點來說，文人劇曲辭優美潔雅；意境高超脫俗，都是其優點。但在戲劇的觀點來說，文人劇往往缺乏可觀性，徒爲案首清供之作，脫離觀衆，脫離舞臺，自然也扼殺了戲劇的生命，這是可以深深爲其惋惜的地方。現在將晚明的雜劇作家，擇要敍述於下：

茅維　字孝若，歸安（今浙江吳興）人。他是唐宋派古文大家茅坤的兒子，以家學淵源，工詩文，與同郡臧懋循、吳稼竳、吳夢陽等並稱歸安四子。他也善戲曲，作有蘇園翁、秦庭筑、金門戟、雙合歡、鬧門神等雜劇。鬧門神一劇，演除夕夜新門神到任，舊門神不肯相讓的故事，其中小桃紅一曲的曲調：「少不得將笤帚兒刷去塵埃，把舊明神摔碎扯紙條兒滿地踹，化成灰。非俺莫面情掔帶，只你風光過來，威權頹齣，到今日回避也應該。」題材既新穎別致，所寫也是抒發心中憤懣不平之氣。

陳與郊除了作傳奇外，還作了昭君出塞、文姬入塞、義犬記。出塞、入塞都是一折的短劇，所寫都是極流行的故事，而出塞雜劇，在元代已有馬致遠的漢宮秋，與郊之作，自不能超越致遠的絕唱。義犬記本於南史之袁粲傳，演袁粲家的義犬，咬殺忘恩負義的狄靈慶故事，劇中多寄慨世嘲俗之意。尤其戲中串戲，插演葫蘆先生雜劇一場，借葫蘆先生之口，極譏世人淺薄，故多苦惱而無安居之地，卽使求死以爲解脫，死後也爲苦鬼，諷刺非常深刻。這是很特出的一本雜劇，也足見與郊的才情。

梅鼎祚是當時駢儷派傳奇最出色的作家，而他所作的雜劇崑崙奴卻完全是元雜劇的體制，北曲、四折、崑崙奴一人獨唱，如第四折雙調新水令：

漢家宮闕動高秋，望長安不堪回首，瑤臺青桂冷，金井碧梧愁，何處淹留？更盡那一杯酒。

曲詞本色，風格自然，眞是直逼元人之作。

王衡（一五六〇——一六〇九）字辰玉，號緱山，別署蘅蕪室主人，江蘇太倉人。他是大學士王錫爵之子，萬曆十六年（一五八四）順天鄉試第一，二十九年進士第二名，授翰林院編修，乞病歸鄉，不復出。他的詩文，俱有盛名，尤善戲曲，所作有鬱輪袍、眞傀儡、長安街、沒奈何、裴湛和合等，均是雜劇。鬱輪袍演王維不屈貴戚岐王，中狀元後終皈依佛法的故事，其事本唐薛用弱集異記王維項，然將故事變化逆用，以王維人品高潔，及諷刺科舉制度爲主，蓋王衡因考試受謗，終未大用，心實耿耿，寫此以抒其胸臆的，在當時是很有名的一個諷刺劇，共有七折。

眞傀儡一劇，則寫宋杜衍封祁國公，歸隱後出遊觀傀儡戲的故事，是一個只有一折的短劇，但充滿趣味，幽默滑稽，構想機智，非常特出。

綜觀王衡的作品，本色當行，直追金、元，而獨步當時，故咸推爲北曲第一名手，遠非同輩人所能企及。

徐復祚的雜劇一文錢，與鬱輪袍，可稱當時諷刺劇的雙璧。是劇寫一個守財奴盧至的故事，用誇張卡通的手法，描繪人性的慳吝，將一個守財奴的心理，刻劃得栩栩如生，很有深度。今錄其第四齣黃鶯兒一曲如下：

春色在簾鉤，綺筵開，玉饌饈，破除萬事無過酒，年華已過，繁華在眸，盛衰倚伏須參透，莫追尤，昔年計算，早已付東流。

富貴錢財，原本是空，何必多加計算？所以本劇最後以釋迦使弟子點化盧至，終成正果。而本劇署名破慳道人，也正好與主題相應。另有傳奇一文錢，一名兩生天，無名氏作，則與徐復祚所作，毫無關係，只是同名而已。

葉憲祖是吳江派名家，但所作雜劇也多，如北邙說法、團花鳳、易水寒、夭桃紈扇、碧蓮繡符、丹桂鈿盒、素梅玉蟾等七種，皆見於盛明雜劇，另罵座記、寒衣記兩種，則已不傳。所傳七種之中，北邙說法僅有一折，演甄好善生前爲善，死後成神，而駱爲非生前作惡，死後爲餓鬼，兩者在北邙山聽空禪師說法悟道的事，實是一宗教寓言劇。易水寒演荊軻刺秦王故事，曲辭悲壯慷慨，如第三折南步步嬌一曲：

只爲無道強秦似豺狼吼，列國如窮獸，何堪復我讎。國勢燃眉，反噬臍難救，荊卿此行呵！談笑奮吳鈎，這番始顯回天手！

然在結束處，以荊卿脅秦王成功，盡返諸侯之地，然後荊卿與仙人王子晉，共登仙境而去，結果雖圓滿，但不免盡失壯烈之餘韻。

吳江派的另一大將王驥德，作有雜劇男后記、離魂記、救友記、雙鬟記、招魂記等，今僅男后記尚存，收在盛明雜劇中，別署秦樓外史。男后記演陳子高與臨川王五妹玉華公主之戀愛故事，曲爲北調。白則近南戲，曲詞本色，頗能追武元人，但氣魄規模，終不能與元劇相比。

至於臨川派作家，寫作雜劇者，則有孟稱舜。所作雜劇有桃花人面、花前一笑、死裏逃生、英雄成敗、眼兒媚等，今最流傳者唯桃花人面一劇。桃劇演唐代詩人崔護與葉蓁兒的故事，早在宋代雜劇，已有崔護覓水記的劇目，元白樸也有崔護謁漿的雜劇，然至今除稱舜之作外，均已不傳。桃劇共五齣，曲文佳句疊出，秀麗委婉，如第五齣醉高歌：

門前人，至也無？墻內花，開如故。淚眼問花花不語，也則索低頭空覷。

全劇充滿詩情畫意，爲當時戀愛劇的代表之作，故至今仍流行於舞臺。

沈自徵（一五九一——一六四一），字君庸，江蘇吳縣人。他是沈璟的侄子，曾爲國子監生，居京師十年，爲諸大臣策劃軍事，所言都中機宜，大有名聲。回鄉後，散財濟世，自己隱於城西，躬耕爲生。知道世將大亂，造了漁船千艘，以備不時之需，其後他的弟弟自炳、自駉，果然利用他的漁船，成爲江南義軍領袖。自徵撰有雜劇霸亭秋、鞭歌妓、簪花髻，表達人類三種最基本的感情：哭、罵、笑。霸亭秋演宋杜默應試不第，哭訴烏江項羽廟的故事。鞭歌妓演唐張建封少時落魄，爲歌妓所輕，張怒而鞭罵的故事。簪花髻寫明楊愼謫戍雲南，縱情詩酒，醉後笑遊的故事。自徵之雜劇，當時極負盛名，號稱北調之雄，與孟稱舜，並爲北曲最優之兩大家。尤其霸亭秋一劇，曲辭慷慨悲涼，雖或失之穠麗，但不失爲第一流手筆。今錄其寄生草一曲如下：

岸曲初啣照，江深未上潮，寒山一派聲如嘯，楓林一帶紅如燒，征帆一點疾如鳥。問靈均蕭瑟怨何深？到江潭搖落愁堪老。

卓人月字珂月，浙江仁和人。生平不詳，所作雜劇僅花舫緣一種，是改編他的朋友孟稱舜花前一笑雜劇而成，該劇演唐寅爲一婢女，竟賣身爲奴事。沈泰盛明雜劇說：「向見子若製唐伯虎花前一笑雜劇，易奴爲傭書；易婢爲養女，十分迴護，反失英雄本色。珂月戲爲改正，覺後來者居上。」該劇的曲辭委婉有致，結構也佳。今錄其第二齣混江龍一曲如下：

秋光無際，秋花寂寞秋疏籬，花枝消瘦，人比花枝。見春歸送不去春前病，恰秋來早則是害秋思。倦來時斜捱玉枕擁衣眠，起來時偷勻粉淚和粧洗。朝朝夜夜，冷冷淒淒。

卓人月的同鄉好友徐士俊，原名翽，字三有，號野君。作有雜劇絡冰絲、春波影兩種。士俊善詩文、音樂、書畫、戲劇，是個標準的藝術家，但所作雜劇太過典雅，只是案首清供之作而已。

來集之字元成，浙江蕭山人。崇禎十三年（一六四〇）進士，曾任安慶推官、兵部主事。所作雜劇有藍采和、阮兵部、鐵氏女、挑燈劇、碧紗籠、女紅紗等六種，前三種總名秋風三疊，後三種流傳較少。其中以挑燈劇寫美女幽怨，以喻名士失所，情致酸楚，最爲哀艷。

凌濛初（？——一六五四），字初成，別號即空觀主人，浙江吳興人。明末天啓、崇禎年間人，以貢生任徐州判，後死於李自成之難。濛初是當時頗負盛名的俗文學家，又喜戲曲，作有雜劇虬髯翁、顚倒姻緣兩種。虬髯翁本唐人小說虬髯客傳，濛初另有兩雜劇也取材於此，一共三記，今知者唯虬髯翁，其他兩記已不傳了。

當時的戲曲作家，多爲江、浙兩省人士，籍隸兩湖而以戲曲名家的，則有徐石麒與許潮。石麒字又陵，號坦庵，原籍湖北，客居江蘇揚州，工詩文，善書畫，也精製曲，著有坦庵詞曲六種，其中二種爲詞集，另四種爲雜劇：買花錢、大轉輪、浮西施、拈花笑。石麒之女延香，深通音律，故石麒每曲成，輒高吟，使延香訂正其聲律不協之處。其所作四種雜劇，以買花錢爲最佳，演南宋于國寶與粉兒愛情事，結構緊湊，關目也極佳。

許潮　字時泉，湖南靖州人。所作雜劇八種：武陵春、蘭亭會、寫風情、午日吟、南樓月、赤壁遊、龍山宴、同甲會，都收在盛明雜劇中。這八本雜劇，都是一折一事，且都與節令有關，是以歲月選佳事而作的。呂天成曲品說許潮著泰和記：「每齣一事，似劇體，按歲月選佳事，裁製新異，詞調充雅，可謂滿志。」據此，今見八種雜劇可能都是泰和記中的作品。但沈德符顧曲雜言所見泰和記按二十四氣，每季塡詞六折，用六古人故事，作者則是楊愼。黃文陽曲海總目著錄楊愼作太和記，謂二十四齣故事六種，每事四折。太和記、泰和記是一書抑二書？其作者果爲楊愼或許潮，則今已不可考了。

第三章　明代散曲及民歌

第一節　元末明初散曲

散曲發展到了元末明初的時候，仍是盛況不減，不過他們的風格，已完全走向了「華麗」和「工巧」，元代前期那種質樸率直的作風，已完全不在。這時期的作家，除了由元入明的一些曲家，像汪元亨、唐以初、湯式、劉兌、高明等人以外，還有明初的寧獻王朱權和周憲王朱有燉，他們對這一時期的曲壇，都有相當的貢獻。

汪元亨　號雲林，饒州（今江西鄱陽縣）人。賈仲名錄鬼簿續編云：「浙江省掾，後徙居常熟至正門，與余交於吳門，有歸田錄一百篇，行於世，見重於人。」樂府群珠卷三稱他爲「元尚書」，不知何據。歸田錄又名小隱餘音，見明黃虞稷千頃堂書目。趙琦美脈望館書目又云，有雲林清賞一卷，據王九思碧山新稿爲許柳蹊作端正好套曲跋有云：「閒中覽雲林清賞，愛而和之。」由此可知清賞一書，所載亦是散曲。歸田錄和清賞二書今已佚。雍熙樂府載有醉太平、沈醉東風、折桂令、朝天子及雁兒落過得勝令各二十首，總計恰好是歸田錄的百首之數，盧前輯而刻入飲虹簃叢書中，題曰小隱餘音。他的散曲風格，以豪放閒適見長。又汪元亨著有雜劇三種，今皆不存。

「憎蒼蠅競血，惡黑蟻爭穴。急流中勇退是豪傑，不因循苟且。嘆烏衣一旦非王謝，怕青山兩岸分吳越。厭紅塵萬丈混龍蛇，老先生去也。」（正宮醉太平警世）

這首曲論世盡情，屬語工緻，尤其是表現出一種高瞻遠矚睥睨一切的氣概，足以代表他清高的品格。

「遠城市人稠物穰，近村居水色山光。薰陶成野叟情，剷創去時官樣。演習會牧歌樵唱。老瓦盆邊醉幾場，不撞入天羅地網。」（雙調沈醉東風歸田）

「自休官遁跡山林，喜氣洋洋，生意津津。事要知機，交須知已，詩遇知音。桑繞宅供山妻織紝，水投竿遣稚子敲針。澤畔行吟，滌盡塵襟。閑看浮雲，出岫無心。」（雙調折桂令歸隱）

這些描寫歸隱後田園生活的曲，表現出一種閒適安樂的氣氛，和心安理得的自適心情。

唐復　字以初，號冰壺道人，京口（今江蘇丹徒縣）人。後居金陵。著有雜劇陳子春四女爭夫，今佚。所作散曲，詞意很奇特。像：

「藍橋驛一步步鬼門關，陽臺路一層層刀劍山，桃源洞一處處連雲棧。有情人難上難，姻緣簿扯做了引魂旛。波浪起尾生心碎，雲雨散襄王夢殘，桃花謝劉阮情慳。」（雙調水仙子）

另有普天樂一首、紅繡鞋四首，均載樂府群珠。

湯式　字舜民，號菊莊，象山（今浙江象山縣）人。錄鬼簿續編說他「補本縣吏，非其志也，後落魄江湖間。好滑稽。與余交，久而不衰，文宗皇帝在燕邸時，寵遇甚厚。永樂間，恩賚常及。所作樂府套數小令極多，語皆工巧，江湖盛傳之。」他是明初散曲十六家之一，有菊莊樂府行世，又有筆花集單行本。著有雜劇嬌紅記、瑞仙亭二種。他的散曲留存套數六十多首，小令一百七十首，作品甚爲豐富。他因早年落魄江湖，生活潦倒，故多牢騷之詞，像：

「荒蕪舊隱，蕩田破屋，流水柴門。儒生甘捱黃虀運，何病何貧。楮先生管城子誰行證本，鄭當時孔文擧那裏尋人。年將盡，梅花笑哂，添一歲老三分。」（中呂滿庭芳除夕）

倒是他的一些情詞，寫的非常圓穩，也很有情韻。像他的雙調蟾宮曲詠西廂：

「冷清清人在西廂，叫一聲張郎，罵一聲張郎。亂紛紛花落東牆，問一會紅娘，絮一會紅娘。枕兒餘，衾兒剩，溫一半繡牀，閒一半繡牀。月兒斜，風兒細，開一扇紗窗，掩一扇紗窗。蕩悠悠繞高唐，縈一寸柔腸，斷一寸柔腸。」

這首曲情韻悠然，尤其曲中用重句俳體，多爲後世所倣效，明施子野花影集有「閨怨蟾宮」，馮惟敏海浮詞稿有「四景閨情」，都是模倣此體。

「郎上孤舟，片帆無計留。妾倚危樓，寸心無限愁。紅雨打船頭，蒼烟迷渡口。眼底陽關，今宵何處宿。夢裏陽臺，此情何日休。這番相思直恁陡，名利相淹逗。未夠兩宵別，又早三分瘦。五花誥幾時得到手。」（雙調對玉環帶清江引四景題情）

「杏花風習習暖透窗紗，眼巴巴顒望他，不覺的月兒明鐘兒敲鼓兒撾。梅香你與我點上銀臺蠟，將枕被鋪排下。他若是來時節，那一會坐衙，玉纖手忙將這俏寃家耳朵兒搯。嗏！實實的那裏行踏？喬才！你須索吐一句兒眞誠話。」（商調望遠行四時題情春）

像這類寫情的曲，詞語樸質，情意渾厚，刻劃圓穩老到，可以看出作者的老練。

高明　除以琵琶記馳名外，他詩詞都很好，也寫散曲。所作散曲，陳所聞南宮詞記載有商調二郎神一套，吳歈萃雅及詞林逸響又載有商調金絡索掛梧桐詠別小令二首，皆爲南曲。又吳歈萃雅另有多首注高明作之曲，在其他選本中皆另有主名，難以確定爲高作。

「一杯別酒闌，三唱陽關罷，萬里雲山兩下相牽罣。念奴半點情與伊家，分付些兒莫記差。不如收拾閒風月，再休惹朱雀橋邊野草花。無人把，萋萋芳草隨君到天涯。準備着夜雨梧桐，和淚點常飄灑。」（商調金絡索掛梧桐詠別）

這首曲寫的婉轉而蘊藉。再看他二郎神套中的曲：

「風流，恩情怎比，牆花路柳。記待月西廂和你携素手，爭奈話別匆匆，雨散雲收。一種相思分做兩處愁，雁來時音書未有。」（二郎神）

「西風桂子香韻幽，奈虛度中秋。明月無情穿戶牖，聽寒蛩聲滿牀頭。空房自守，暗數盡譙樓上更漏。合如病酒，這滋味那人知否。」（集賢賓）

這些曲的文辭更是婉麗，於此可見則誠的才情。

劉兌　字東生，生卒不詳。錄鬼簿續編云：「作月下老定世間配偶四套，極爲艷麗，傳誦人口。」惜已不傳。他又作金童玉女、嬌紅記二卷，是一部偉作。至於他的散曲，今存不多，除南宮詞紀卷三所存的一套南曲秋懷外，像正宮刷子帶芙蓉四時閨怨一套，也是佳作。

「燕將雛，逢初夏，夢斷華胥，風弄簷馬，閒扃了刺繡窗紗。香消寶鴨，那人在何處貪歡耍，空辜負沉李浮瓜。寂寞，厭池塘鬧蛙。庭院日長偏憐我，枕簟上夜涼不見他。多嬌姹，愛風流俊雅。悶倚闌干，猛思容貌勝荷花。」（四時閨怨的山漁燈犯）

「漸迤逗寒侵繡榻，早頃刻雪迷了鴛瓦。自恨今生分緣寡，紅爐畔共誰閒話。晚粧罷，托香腮悶加，膽瓶中懶添雪水浸梅花。」（朱奴插芙蓉）

這是四時閨怨的夏冬二季，寫得極爲清疏。

由元入明的散曲家，據錄鬼簿續編所載，尚有谷子敬、丁埜夫、賈仲名、朱經、蘭楚芳等家，惜其作品傳世者少，故無從詳述。

繼於賈仲名時代之後的散曲家，有朱權和朱有燉。朱權精通音律，著太和正音譜及瓊林雅韻等，有名於曲壇。又著有雜劇。至所作散曲，已無傳本，羅錦堂氏由西班牙馬德里聖勞倫佐圖書館中所藏的明人刻本新刊耀目冠場擢奇風月錦囊中，發現黃鶯兒八首，題爲「臞山作」，以爲卽是朱權所作，引入中國散曲史中，今姑引二首。

「無影又無踪，捲楊花西復東，過園林亂　花枝動。飄黃葉舞空，推浮雲出峰，江湖上常把孤舟送。吼青松，穿簾入戶，銀燭影搖紅。」（詠風）

「梧葉乍飄黃，暑退涼生夜正長，愁聞鐵馬叮噹響。蘭房寂寞，更漏又長。孤燈獨坐誰爲伴，細思量，相思兩地，一樣受淒涼。」（詠秋）

以這兩首曲來看，風格還是清疏的。

朱有燉，除作有三十多種雜劇外，他的散曲，有誠齋樂府，宣德九年（一四三四）刋行，今有盧前飲虹簃刻本，有小令二百七十九首，套數三十五套。呂天成曲品說他是「色天散聖，樂國飛仙，嗣出天潢，才分月露」，評價甚高。

「乘興去雖然美話，興闌歸也自由他。着梢公怎地不嗟呀，忍着飢催去棹，涯着冰又還家，把一箇老先生埋怨煞。」（中呂紅繡鞋詠雪）

這一首是寫王子猷夜雪訪戴的故事，雖然取材平淡無奇，但他由船夫的心情來和夜雪遊訪的雅興互相映襯，可見其別具心裁。

他的散曲集中，有很多寫情的作品，尤其有很多調情的豔曲，表現出他的詼諧謔浪，這是他的生活中一部分閒樂的應景之作，其中也有些寫的很好的，像：

「湘裙睡損臙脂皺，非病酒是悲秋。自從他去了懨懨瘦，瘦多應腹內愁，愁翻起鏡裏羞，羞說起神前咒。本待要同效綢繆，誰承望被他僝僽。空想得病纏身，恰盼得書在手，不覺得淚盈眸。去時說長安赴選，這其間何處淹留。火半溫串香香，門半掩燈上上，簾半捲玉鈎鈎。蒼樹杳暮雲愁，紅葉落晚風颼颼。淒涼光景甚時休。豈料相思直恁陡，悔教夫壻覓封侯。」（南呂罵玉郎帶感皇恩採茶歌閨情）

這首曲淒婉哀怨，是一篇很好的作品。

第二節　明代前期散曲

明初曲壇，雖然有帝王的提倡而大盛，但他們的作品流傳下來的並不多。朱權太和正音譜所錄古今群英中，明初曲家列有王子一等十六人，大都是由元入明者，然而他們的作品流傳的也不多，很難看出特色。

自朱有燉之後，到弘治正德間崑曲未起之前，北曲作家，又風起雲湧大大活躍起來。在這時的散曲壇上，豪放的，清麗的，仍然遠承着馬致遠、張可久兩派，分途並進，各自向外發展。康海、王九思、李開先、常倫等，是承繼馬致遠的豪放一派，至馮惟敏而達於大成。陳鐸、王磐、唐寅等是承繼張可久的清麗一派，至沈仕而極其燦爛。

一、豪放派散曲家

豪放派的曲家，以康海、王九思爲中心，他們大多是北方人，因爲環境的關係，所以他們的作品，大都帶有一些渾厚的氣質，音節高亢，意境雄渾，文詞頗多本色。

康海　他因爲在仕途遭遇挫折，所以生活放浪，盡情「談讌徵歌，度曲自娛」，反而造成了他在曲方面極大的成就。他的散曲，有沜東樂府二卷，補遺一卷，有明嘉靖三年刋本及散曲叢刋本，約存小令二百數十首，套數三十餘套。作風以豪放爲宗，其中有憤激的，也有閒適的作品。

「數年前也放狂，這幾日全無況。閑中件件思，暗裏般般量。眞箇是不精不細醜行藏，怪不得沒頭沒腦受

災殃。從今後花底朝朝醉，人間事事忘。剛方，奚落了膺和滂。荒唐，周全了籍與康。」（雙調雁兒落過得勝令）

「天應醉，地豈迷，青霄白日風雷厲。昌時盛世奸諛蔽，忠臣孝子難存立。朱雲未軒佞人頭，禰衡休使英雄氣。」（仙呂寄生草讀史有感）

康海與劉瑾同鄉，爲救李夢陽而謁瑾，瑾甚爲敬重，後瑾敗，坐瑾黨而落職爲民，夢陽却不加援手，是以憤懣之情，時時發之於曲中，由以上二曲，卽可看出他的滿腹牢騷不平，他這一類粗豪放恣的作品，集中很多。再如：

「雖是窮，煞英雄，長嘯一聲天地空。祿享千鍾，位至三公，半霎過簷風。馬兒上纔會峥嶸，局兒裏早被牢籠。青山排戶闥，綠樹繞垣墉。風，瀟灑明月中。」（越調寨兒令漫興）

這首曲更可以看出他傲然瀟灑的情懷。

至於他比較閒適的作品，像：

「杖藜，步畦，不作功名計。青山綠水遶柴扉，日與兒曹戲。問柳尋花，談天說地，無一事縈胸臆。醜妻，布衣，自有天然情味。」（中呂朝天子）

「南畝田，北溪園，荷鋤帶簑心身便。晚照晴原，翠竹鳴泉，隨處儘堪憐。喜山妻釀酒能甜，愛癡兒誦曲成篇。也不須紅袖舞，也不索大官筵。仙，快樂任年年。」（越調寨兒令漫興）

「天空霧掃，雲淡雨散，水漲波潮。園林一帶青如掃，山水周遭。點玉池新花乍小，照丹霄晴日初高。兩

件兒休支調，雞肥酒好，宜醉滸西郊。」（中呂滿庭芳遺興）

這些曲子，表現出一種閒適的情趣，而文筆也極其清雋。

康海在明代散曲壇上的地位，足以領袖群倫，不過也有他的缺點，有時過於粗豪，過於做作，也有時作盤空硬語。任訥曾批評康海說：「滸東樂府用本色豪放，擺脫明初闒茸之習，力爲振拔，有功於明代散曲之作風不少。惟貪多務博，殊欠剪裁，是其一失。用俗之處，往往爲俗所累，元人衣鉢，未盡眞傳，是其二失。其中極熱極怨，而表面以解脫之語蓋之，其志趣並非眞正恬淡，根本有異於元賢，是其三失。此三失雖不必獨集康氏一身，而康氏實啓此派之咎；王九思、李開先輩應分任其咎者也。」（散曲概論卷二）任氏此論頗爲中肯。

王九思 和康海同里同官，同以瑾黨被廢，每與康海相聚於滸東鄠杜間，談讌徵歌，度曲以終其身。他在當時詩詞都很有名。他的散曲，有碧山樂府一卷、碧山拾遺一卷、碧山續稿一卷，又有次李開先韻傍粧臺百首，名南曲次韵，俱收入盧前飲虹簃刻曲中。約存小令百數十首，套數十餘套。

王世貞甚重九思曲，他把九思同康海對比說：「其秀麗雄爽，康大不如也。評者以敬夫聲價，不在關漢卿、馬東籬下。」（藝苑卮言）其實王作雖有些是勝於康的，但王集中也有許多過於粗豪，過於做作的曲子，以之比於關馬，恐尙遜一籌。像他的：

「一拳打脫鳳凰籠，兩脚蹬開虎豹叢，單身撞出麒麟洞。望東華人亂擁，紫羅襴老盡英雄。參詳破邯鄲一夢，歎息殺商山四翁，思量起華嶽三峯。」（雙調水仙子帶折桂令）

像這一類的詞句，驟看起來是氣勢浩蕩，但立刻顯出他是有意做作了。

「暗想東華，五夜清寒霜控馬。尋思別駕，一天殘月曉排衙。路危常與虎狼狎，命乖却被兒曹駡。到如今誰管咱，葫蘆一任閒玩耍。」（雙調新水令歸興套駐馬聽）

堯山堂曲紀評此曲「句特雄爽」。這也是憤怨之詞。

「紫泥封不要淡文章，白糯酒偏宜小肚腸。碧山翁有甚高名望，也只是樂昇平不妄想。聽濯纓一曲滄浪。瞻北闕心悲壯，對南山興轉狂，地久天長。」（雙調水仙子）

這樣的曲，恬適閒雅，堪是九思的上乘之作。

「渼波水乘箇釣艇，紫閣山住箇草亭。山妻稚子咱歡慶，清風皓月誰爭競，青山綠水咱遊詠。醉時便唱太平歌，老來還是疎狂性。」（仙呂寄生草雜詠）

這首曲用詞本色，境界閒適高雅，這也是九思圓熟老到的佳作。

李開先　詩文均有名於時，散曲有中麓樂府、中麓小令，已不存。另有傍粧臺百首，與王九思唱和，名南曲次韻，收入飲虹簃刻曲中。他的散曲的風格，是很奔逸豪放的。像：

「雨絲絲，衝風躍馬欲何之？閒遊正喜風吹袂，況有雨催詩。休圖雲裏栽紅杏，好向山中覓紫芝。磨而不磷，涅而不緇，得隨時處且隨時。」（仙呂傍粧臺）

「曲參參，一輪殘月照邊關。恨來口吸盡黃河水，拳打碎賀蘭山。鐵衣披雪渾身溼，寶劍飛霜撲面寒。驅兵去，破虜還，得偷閒處且偷閒。」（同前調）

這兩首曲，慷慨激昂，奔騰豪放，算是開先曲中最好的作品。馮惟敏和開先交情甚厚，馮集中有醉太平、李中麓醉歸堂夜話十八首，傍妝臺效中麓體六首，另有李中麓歸田套曲一套，前有長序，對開先推崇備至。其中混江龍一調云：「似你這天才傑出，眞箇是無愧前修。霎時間對客揮毫風雨響，也不曾閉門覓句鬼神愁。囊括了三墳五典，八索九丘。網羅了百家衆技，三教九流。席捲了兩漢六朝，千篇萬首。彈壓了三俊四傑，七步八斗。俺也曾夜到明，明到夜，聽不徹談天口。只爲他心窩兒包盡了前朝秘府，舌尖兒翻倒了近代書樓。」這把開先推崇得太高了。可惜他的散曲，我們能看到的只有傍妝臺百首，王九思序傍妝臺曾說：「李作感憤激烈，有正有譎，洋洋盈耳。」實則除了以上所舉和其他幾首以外，大多冗長拖沓，缺乏剪裁。所以盧前論曲絕句說：「祇他百闋妝臺句，參半瑕瑜沒主張。」這倒是公平之論。

常倫（一四九二—一五二五），字明卿，號樓居，沁水（今山西沁水縣）人。正德六年（一五一一）進士，除大理寺評事。嘉靖時以酒狂忤上官謫壽州州判，遷知寧羌州，尋罷官歸。他多力善射，好酒使氣，他自己曾說：「少好游俠，談兵擊劍，有古豪士風。甫弱冠則折節讀書，好治百家言，尤邃黃老。」（樓居先生傳贊）。可見他是一位性格疏放的人。罷官後，愈縱酒自放，居恆從歌伎，酒間變新聲，悲淒豔麗，稱其爲人。後以省墓，飲大醉，衣紅，腰雙刀，馳馬塵絕，馬渴赴飲，顧見水中影，驚蹶墜水，双出於腹，潰腸而死，年僅三十四歲。他的散曲有常評事寫情集二卷，有嘉靖刋本（附常評事集後）及飲虹簃刻本。約存小令百數十首，套數九套。作風奔放而豪邁。像：

「知音就是知心，何拘朝市山林。去住一身誰禁。杖藜一任，相思便去相尋。」（越調天淨沙）

「悶葫蘆一摔一箇碎，臭皮囊一挫一箇蟬蛻。雅兒守定兎巢中睡。曲江邊混一回，鵲橋邊撞一回，來來往

往無酒也三分醉。空攢下箇銅斗兒家緣也。單買那明珠大似椎。恢恢，試問青天我似誰，飛飛，上的靑天咱讓誰？」（中呂山坡羊）

第一首表現出他疏放的心懷和灑脫的作風。第二首更加狂放恣肆，不受羈勒。任訥評說：「亦憤慨，亦解脫，若顛若狂，的是樓居一生行徑也。」（曲諧卷二）所論甚是。

常倫自言好治百家言，尤邃黃老，因此他的散曲裏，也有很多神仙家言，這類作品，多是空洞之詞，很少佳作。像「尋尋尋偃月爐，降降降袖裏靑蛇膽氣粗。」（回首蓬壺的古水仙子）浮淺而乏味。他雖和康海、王九思同一格調，但去康王，仍是稍差一籌。

劉效祖　生卒未詳，據武定明詩鈔卷一所載，知他字仲修，別號念庵，宛平（今河北宛平縣）人。嘉靖二十九年（一五五〇）進士。歷任輝衞推官，戶部主事，陝西按察副使。坐事罷職。靜志居詩話記他的逸事云：「副使負經世略，坐計吏罷官，寄情詞曲，所塡小令，可入元人之室。穆宗（隆慶帝）嘗遣中使索其題册，呼曰念庵。」他的外孫胡介祉在詞臠跋中也說：「念庵公負才不偶，齟齬於時，官止陝西副憲，退居林泉，吟詠不輟，翰墨之餘，間爲詞曲小令，以抒其懷抱而寄其牢騷，當時豔稱，至達宮禁。歷世寖遠，散逸遂多，外王父少保公集而傳之，顏曰詞臠，僅爲一耳。」這可見他的生活環境，也是一個官場失意的人。他的詩文集名雲林蒿已不傳。他的散曲很多，據其外孫劉芳躅序記，有短柱效顰、蓮步新聲、都邑繁華、閑中一笑、混俗陶情、裁冰剪雪、良晨樂事、空中語諸集，今皆不存。至於現存的詞臠一卷，有康熙九年（一六七〇）刋本及飮虹簃刻本，有套數一套，小令一百一十二首，其中小曲很多，甚爲當行。他的散曲的特點，是採用民間通俗的語言，寫成通俗的白話曲，這些曲清新而活潑。像：

「惜花，愛花，轉眼春光罷。猛然想起俏冤家，半晌丟不下。月底閑情，枕邊私語，你如何都當耍？休誇，你滑，除死甘休罷。」（中呂朝天子）

「才郎情寡，經年動歲，海角天涯。猛然想起臨行話，句句都差。未知他情兒眞假，空教我受盡折罰。章臺下，由他繫馬，難道說不來家。」（中呂滿庭芳）

像這一類的曲，清新自然，暢快活潑，完全是民歌的口吻。另外他也有些淸俊高古、爽朗豪放的曲子，像：

「東華路塵沙滾滾，玉河橋車馬紛紛。官高休羨榮，命蹇須安分。靠青山緊閉柴門。閒把英雄細討論，能幾箇到頭安穩。」（雙調沈醉東風）

「蝸角名徒勞技癢，蠅頭利枉惹心忙。急攘攘螳捕蟬，惡狠狠蛇吞象。巧機關百樣千樁。回首榮華不久長，都做了漁樵話講。」（同前調）

像這一類的曲，奔逸豪放，有馬致遠的遺風。

王越（一四二三～一四九八）字世昌，濬縣（今山東濬縣）人。景帝景泰二年（一四五一）進士，天順中官右副都御史，巡撫大同，進兵部尙書，論出塞功封威寧伯，尋加少保，贈太傅，卒謚襄敏。著有雲山老嬾集四卷。越爲人豪縱，詩詞皆豪放。所作散曲，傳者不多，但已可看出他的作風，是粗豪震蕩，一如其人。像：

「萬古千秋，一場閒話，說英雄都是假。你就笑我剌𠸍，你休說我哈沓，我做箇沒用的神仙吧。」（中呂朝天子）

這種疏狂粗豪的曲，實是康王的同調。

在當時以名公巨卿而寫作散曲的，還有李空同、王浚川、林粹夫、何太華、許少華、韓苑洛等，俱有樂府，惜皆未傳世。

韓邦靖（一四八八～一五二三）字汝慶，號五泉，朝邑（今陝西朝邑縣）人。年十四舉於鄉，正德戊辰（一五〇八）進士，除工部員外，以直言繫錦衣獄，奪官，世宗卽位，起山西右參政，分守大同。歲饑，人相食，奏請發帑，不許，復抗書千餘言，不報，乞歸，不待命卽行，軍民遮道泣留，抵家病卒，年僅三十六。著有韓五泉集二卷，附錄二卷。其弟邦奇（一四九七～一五五五）字汝節，號苑洛，並以曲名。他們的曲，並見堯山堂外紀。盧前飲虹簃刻曲收有苑洛集。苑洛的曲，清疏奔逸，也是康王同調。像：

「落日荒荒，嬴馬西風度北邙。但見寒鴉古木，衰草平原，殘柳長崗。纍纍高塚臥斜陽，知他是何朝何代何卿相？展轉思量，榮華富貴古爲今樣。」（雙調駐馬聽過北邙）

這對人生看得很透澈，態度仍是疏放的。至於邦靖的散曲，他在辭官時，曾書一中呂山坡羊於驛壁云：

「肯排山南山北偃，肯倒海東海西翻。我如今心兒裏不緊，意兒裏有些懶。如今一箇箇平步上青天，一箇箇日日近龍顏。青山綠水，且讓我閒遊玩。明月清風，你要忙時我要閒。嚴潭，你會釣魚，誰不會把竿。陳摶，你會睡時誰不會眠。」

像這種曲，充滿樂閒和豪放的情調，也可看出邦靖也是康王的一派。

楊循吉（一四五六～一五四四）字君謙，吳縣（今江蘇吳縣）人。性好山水。居於南峯，因自號南峯山人。

成化二十年（一四八四）進士，授禮部主事。好讀書，每得意，手足踔掉不能自禁，人謂之顚主事。孝宗弘治初，奏乞改教不許，遂請致仕，年僅三十一。罷官後，曾作曲云：

「歸來重整舊生涯，瀟灑桑麻處士家。草庵不用高和大，會清標豈在繁華。紙糊窗，柏木榻，掛一幅單條畫，供一枝得意花。自燒香，童子煎茶。」（雙調水仙子）

這可以看出他想過那種閒適的田園生活。於是他結廬支硎山下，課讀經史，旁通內典。他性情狷隘，好持人長短，又好以學問窮人，致頰赤不顧。武宗駐蹕南都，因伶人臧賢召賦打虎曲稱旨，易武人裝，日侍御前，爲樂府小令，帝以俳優蓄之，不授官，他以爲恥，閱九月辭歸。他晚歲落寞，益堅癖自好。他的詩文，有松籌堂集和南峯逸藁。他性嗜書，所藏十餘萬卷，既老，乃散之於親故。他又有遣興的對玉環帶清江引，曲云：「百歲光陰霎時過，不飲待如何？枉自將春蹉，桃花笑人空數朵。」表面看起來是恬淡，實則也是憂騷滿懷的。

馮惟敏　雖然做了十年官，但他並不得志，官小事雜，骨肉分離，又時時受上司的閒氣。我們看他在嘉靖乙丑（一五六五）解淶水縣事改攝鎮江教事，曾作曲云：

「欽承明詔，縣郞新改郡文學。千程萬里，仕路千條。常言道今日不知明日事，俺怎肯這山望見那山高。脫離了簿書期會，穰穰勞勞。樂得些英才教育，擺擺搖搖。再休提徙流笞杖，鬧鬧吵吵。單守着詩書禮樂，寂寂寥寥。」（改官謝恩的混江龍）

就可以看出他並不是故作恬退，實在是不習慣那種官場的騷擾。他歸田不仕之後，在述懷的朝元歌中說過：

「到處裏追歡行樂，山童歌舞着，拍手笑呵呵。帽插岩花，酒斟江糯，慢把風騷酬和。信口開河，新詩小詞積漸多。烏兎走如飛，都將今古磨。隨緣且過，權當做東山高臥。」

這可以看出他在閒適的田園生活中的心境。

他著有海浮山堂詞稿四卷，一卷是套曲，二卷歸田小令，三卷擊節餘音小令，四卷附錄套曲，共存套數五十套左右，小令幾四百首。有嘉靖四十五年（一五六六）刋本及散曲叢刋本。他的散曲，最有生氣，也最有氣魄，氣度大，意境高，同時又能引用方言俗語，活潑清新，筆鋒犀利，才情橫溢，是明代最有成就的豪放派曲家，足可與元賢比美。我們看他那些豪放之作：

「論形容合不着公卿相，看豐標也沒箇搊搜樣。量畚門又省了交盤賬，告尊官便准俺歸休狀。廣開方便門，大展包容量。換春衣直走到東山上。」（正宮塞鴻秋乞休）

這首曲也豪辣，也閒逸，尤其是結尾，更是曠達閒逸之至。再如：

「海翁，命窮，百不會千無用。讀書識字總成空，浮世乾和閧。笑俺奔波，從他撥弄。你乖猾，俺懞懂。就中，不同，誰認的鷄和鳳。」（中呂朝天子自遣）

這首曲更表現出他的瀟脫，又如：

「邀的是試春遊張曲江，訪的是耽病酒陶元亮，行的是快吟詩唐翰林，坐的是會射策江都相。呀這的是白雲明月謝家莊，抵多少秋風野草鎮邊堂。你只待平開了西土標名字，俺只待高臥在東山入醉鄉。周郎，耳聽着六律情偏暢。馮唐，身歷了三朝老更狂。」（雙調雁兒落過得勝令謝友枉駕）

這首曲也是豪放之氣咄咄逼人。另外惟敏有豪放之中帶着滑稽口吻的曲，像：

「名利機關沒正經，笑的我肚皮兒生疼，浮沉勝[illegible]時定。呀偪個哄人精，處處陷人坑，只落得山翁笑了一生。」（雙調河西六娘子笑園五詠之五）

看他這種詼諧的口吻，眞是冷眼笑看天下事，放浪之中寓有誡諭之意。他更有家訓一類的曲，也寫的尖新可喜，毫無刻板之處，像：

「勸哥哥學好，休捨命貪饕。聰明伶俐莫心高，只隨緣便了。抹了臉遮不盡傍人笑，腫了手拿不盡他人鈔，放倒身吃不盡小人敲，急回頭自保。」（仙呂醉太平）

至於他閒適一類的曲，也寫的很有情趣，像：

「每日價，竹邊，水邊，任盤桓。對芳樽數轉嬌鶯勸，插綸巾一朵野花鮮，採瑤芝幾箇幽人伴。」（雙調新水令憶弟在秦州套的七弟兄）

這種曲閒適之中，帶有清新的氣息。

至如寫情的作品，也寫的非常蘊藉，像：

「月缺重門靜，更殘五夜永。手托芙蓉面，背立梧桐影。瘦損伶仃，越端相越孤另。抽身轉入，轉入房櫳冷。又一箇畫影圖形，半明不滅燈。燈，花燭杳無憑，一似靈鵲兒虛囂，喜蛛兒不志誠。」（仙呂月兒高閨情）

這可見惟敏散曲的成就是多方面的，任訥在曲諧中評論說：「此公下筆，無論爲丹邱體豪放不羈，爲淮南體趣高氣勁，爲草堂體山林泉石，爲香奩體脂粉釵裙，都樣樣寫得出，說得透。」所論誠是。他的散曲，好的作品太多，實在是不勝枚舉。

薛論道　字談德，別號蓮溪居士，河北定興縣人。八歲能屬文，試有司輒冠軍。親歿家貧，遂輟博士業。讀兵書，自負智囊，都下公卿呼爲「刖先生」（參見清光緒十六年定興縣志）他曾多年戍邊，官至神樞參將，後辭歸鄉里。所著散曲有林石逸興十卷，明萬曆間刻本，共收小令一千首，內容多爲憤世嫉俗，譏刺嘲諷之作，間亦有描寫閨情作品，風格則豪放而蕭爽。如：

「打破功名一弄，跳出黃粱一夢。束腰帶解，摘下烏紗重。撞開麟鳳籠，遁脫狼虎叢。高車駟馬，抵死擡不動。綠水青山，餘生還可逢。天空，遊心魚鳥中。從容，漫尋鷗鷺踪。」（商調古山坡羊歸隱）

「三十年卷破長江浪，身老才何壯？四海一空囊，而今可謂羲皇上。不得柱石臣，且做詩壇將。」（雙調步步嬌述懷）

這是寫他三十年仕宦生涯後，最終打破功名，歸隱田園，其中有豪放曠達之語，也有憤怨不平之鳴。

「蠅頭蝸角鬧穰穰，蟻陣蜂衙處處忙，呼牛道馬喬模樣。暗藏着參與商，霎時間禍起蕭牆。平地裏翻成浪，滿天空露結霜，分甚麼紅紫青黃。」（雙調水仙子憤世）

這是他刺世之作，憤激之情溢於言表。語頗辛辣。

「荏苒又重陽，擁旌旄倚太行，登臨疑是青霄上。天長地長，雲茫水茫，胡塵靜掃山河壯。望遐荒，王庭何處，萬里盡秋霜。」（商調黃鶯兒塞上重陽）

這類描寫塞上風光和戍邊生活的作品，是既蕭爽，亦豪壯，是很好的作品。

二、清麗派散曲家

清麗派的曲家，以王磐、金鑾爲中心，他們大多是南方人（金鑾雖隴西人，但後隨父僑居金陵），因爲南方的地理環境，於是他們的作品，都柔和而清麗。風格既柔媚，文句亦整飭。

王磐　字鴻漸，號西樓，高郵（今江蘇高郵縣）人。他的生卒年代雖不能確定，但據蔣一葵堯山堂外紀說他與成化進士儲柴墟、莊定山友善。又正德間閹寺當權，往來河下無虛日，他作朝天子咏喇叭一首以嘲之。又據康熙揚州府志載云：「嘉靖初，李夢陽就醫京口，故自矜重，元夕飲楊文襄一清宅，磐短衣下坐，夢陽傲不爲禮，磐賦得老人燈，口占云：『形骸憔悴不堪描，還自心頭火未消，自分不知年老大，也隨兒女鬧元宵。』夢陽心知其嘲，嘿然而罷。……」李夢陽生於成化八年（一四七二），弘治六年（一四九三）舉進士，嘉靖八年（一五二八）卒，五十七歲。嘉靖初夢陽不過五十歲，這時王磐已自稱老人，譏夢陽爲「兒女」，可見他那時至少也六、七十歲了。關於他的事蹟及生活，堯山堂外紀、揚州府志及張守中的王西樓府府序均有較詳的記載。他是一個不愛功名富貴的名士，沒有做過官，只寄情於山水、文學，不僅曲做的好，琴棋詩畫都好。萬曆間揚州府志記云：「有儁才，好讀書，灑落不凡，惡諸生之拘攣，棄之，縱情山水詩畫間。尤善音律，度曲清麗。每風月佳勝，則竹絲觴詠，徹夜忘倦，性好樓居，構樓於城西僻地，坐臥其中，幅巾藜杖，飄然若神仙，一時名重，海內多願與納交。……」

他有西樓樂府一卷，存小令六十五首，套數九套，有散曲叢刊本，乃任訥據嘉靖辛亥張守中校訂重刻本，再以堯山堂外紀、北宮詞紀、吳騷合編等校訂而成。他的作品雖不多，但在明代散曲史上很有地位，算是南派曲家的代表。他的風格，以精麗見長，頗能融合元人喬張二家之長，不論詠懷、寫物、記事、說理，以至諷刺俳諧，俱稱能手。看他詠懷的曲：

「畫船兒滿載詩豪，問先生何處遊遨？水晶宮聞品簫，廣寒鄉盡回頭棹。分付魚龍穩睡着，等閒間休放波濤。老夫今夜放風騷，搜詩料，翻動水雲巢。一天星斗都顛倒，愛銀蟾水底光搖。我這裏用手撈，不覺的翻身落，也是俺形神俱妙，飛上紫金鰲。」（正宮脫布衫過小梁州秋夜同陸秋水湖上泛舟）

像這首曲，可謂精麗而又放逸。他的詠物之作，也很工緻。像：

「溫泉起來權護體，帶溼雲拖地。翻嫌月色明，偷向花間立，俏東風有心輕揭起。」（雙調清江引詠浴裙）

王驥德曲律評說：「小令北調，王西樓最佳，如詠浴裙睡鞋等曲，首首尖新。」他還有幾首這樣詠物的作品，都寫的尖新而又別緻。又如：

「斜插，杏花，當一幅横披畫。毛詩中誰道鼠無牙，卻怎生咬倒了金瓶架。水流向牀頭，春拖在牆下，這情理寧甘罷。那裏去告他，何處去訴他，也只索細數着貓兒罵。」（中呂朝天子瓶杏爲鼠所嚙）

王驥德稱此曲妙絕，的確是如此，以一種日常慣見的事物，不經意出之，竟寫得妙趣横生，精鍊之極。至於帶有諷刺性的作品，像堯山堂外紀所載，正德間閹寺當權，往來河下無虛日，每到輒吹號頭，齊丁夫，民不堪命，西樓作咏喇叭以嘲之：

「喇叭，鎖哪，曲兒小腔兒大，官船來往亂如麻，全仗你擡聲價。軍聽了軍愁，民聽了民怕。那裏去辨甚

麼眞共假？眼見的吹翻了這家，吹傷了那家，只吹的水盡鵝飛罷。」（中呂朝天子詠喇叭）

這樣的曲，尖新而又辛辣，諷刺時事，極爲深刻。另外他還有一些詼諧口吻的曲，像中呂滿庭芳失鷄，寫來極其輕鬆活潑。任訥散曲概論說：「西樓善爲淸麗，王驥德頗能賞之。於元人之中，兼得喬張之趣。其麗也不僅工雅，兼能出奇；其淸也蕭疏放逸；並好爲遊戲俳諧之作，而不用康馮之粗豪，一以精細出之。」所論甚爲允恰。

另外在這時期還有王田，字舜耕，濟南人，也號西樓，王世貞曲藻、陳所聞北宮詞紀、方悟靑樓韻語廣集常把二人混爲一談，惟王驥德曲律始辨明其爲二人。王田事蹟，傳者不多。其散曲，王驥德稱其「多近人情，兼善諧謔。」可能是元人王和卿之一流，以所傳曲不多，故不詳論。

楊廷和（一四五九～一五二九）字介夫，新都（今四川新都縣）人，是楊愼的父親。成化十四年（一四七八）進士，弘治二年（一四八九）進修撰，正德二年（一五〇七）由詹事入東閣，專典詔敕，以講筵指斥佞倖，忤劉瑾，改南京吏部左侍郎，尋遷南京戶部尚書，進兼文淵閣大學士，加少保兼太子太保。劉瑾敗，論功進少傅，尋兼太子太師華蓋殿大學士。嘉靖間以議大禮削職歸。廷和美風姿，性沉靜詳審，爲文簡暢有法。所作散曲，有樂府遺音，盧前刻入飲虹簃刻曲中，存小令一百一十二首，套數五套。其風格蕭爽而淸逸。如：

「閒雲雨餘詩興好，盡日無人到。飛花鳥不驚，落葉風來掃，綠茸茸小窗前書帶草。」（雙調淸江引竹亭漫興）

這一類曲，閒靜雅麗，情韻也很自然。又如：

「風闌不放晴，雨餘還見雲生。剛喜疏花弄影，鳥聲相應，偶然便有詩成。」（越調天淨沙三月十三日竹亭雨過）

也是那樣的自然而又蕭爽。

楊慎 所作散曲，有陶情樂府四卷、拾遺一卷。近人黃綠芳又編有升庵夫婦樂府，及與其弟等合作的玲瓏唱和集。約存小令三十餘首，重頭百餘首，套數十套。他所作散曲，多是他備嘗憂患和縱酒狂放的生活的描述，情意眞摯，文辭爽麗。

「明月中天，照見長江萬里船。月光如水，江水無波，色與天連。垂楊兩岸淨無煙，沙禽幾處驚相喚。絲纜停牽，乘風直上銀河畔。」（雙調駐馬聽和王舜卿舟行之詠）

這首曲爽朗明麗，是他的佳作。他因流落窮荒，也寫了很多悽苦的曲，像：

「思鄉淚，遠戍人，夜更長砌成幽恨。四年餘瘴海愁春，夢兒中上林花信。」（雙調落梅風）

「客枕恨鄰鷄，未明時又早啼，驚人好夢三千里。星河影低，雲煙望迷，鷄聲才罷鴉聲起。冷淒淒，高樓獨倚，殘月掛天西。」（商調黃鶯兒）

這些曲表現的感情都非常眞摯，而格調悽迷。

「絲雨濕流光，愛青苔繡粉牆，鴛鴦浦外青波漲。新篁送涼，幽芳美香，雲廊水榭堪遊賞。形骸放浪，到處是家鄉。」（黃鶯兒和夫人）

這是他疏狂生活的寫照，文辭也很爽麗。

黃娥　是楊愼的繼室，字秀眉。其父名珂，字鴻玉，官至工部尙書，有介直之譽。她自幼秉承家教，博通經史，能詩文，工筆札。正德十四年（一五一一）與楊愼結婚。愼謫雲南，她以寄外詩知名當時。她的散曲，在明末已有楊夫人詞曲四卷，拾遺一卷。徐渭重訂，但篇章多與楊愼的陶情樂府相混，任訥博證群書，取夫人曲與陶情樂府合編爲楊升庵夫婦散曲，近人黃緣芳亦編升庵夫婦樂府，盧前飲虹簃刻曲亦有楊夫人樂府。約有套數四套，重頭五十二首，小令十一首。其作風也是爽麗而眞摰，與楊愼相近，但較愼爲縱恣。

「俺也曾嬌滴滴徘徊在蘭麝房，俺也曾香馥馥綢繆在蛟綃帳。俺也曾顫巍巍擎他在手掌兒中，俺也曾意懸懸閣他在心窩兒上。誰承望，忽剌剌金彈打鴛鴦，支楞楞瑤琴別鳳凰。我這裏冷淸淸獨守鶯花寨，他那裏笑吟吟相和魚水鄉。難當，小賤才假鶯鶯的嬌模樣。休忙，老虔婆惡狠狠做一場。」（雙調雁兒落帶得勝令）

這首曲開頭寫夫妻恩愛，甜蜜纏綿；繼而寫到忽生風波，於是大罵「小賤才」，要「狠狠做一場」，縱恣而又潑辣。

「樓頭小，風味佳，峭寒生雨初風乍。知不知對春思念他，背立在海棠花下。」（雙調落梅風）

這首曲生動流利，但比較典雅蘊藉。她還有些曲是抒寫懷念遠戍丈夫的，像她的羅江怨四首，就非常有名。

「空亭月斜，東方既白，金鷄驚散枕邊蝶，長亭十里唱陽關也。相思相見，相見何年月！淚流襟上雪，愁穿心上結，鴛鴦被冷雕鞍熱。」（南呂羅江怨）

這類曲，寫的悽婉哀怨，令人感動。

她還有一首體裁奇特的南呂罵玉郎帶感皇恩採茶歌仕女圖，通曲二十四句，每句皆用「一箇」的文詞，共寫二十四箇人，無一重複，實在是巧創。

「一箇摘薔薇刺挽金釵落，一箇拾翠羽，一箇撚鮫綃，一箇畫屏側畔身斜靠。一箇竹影遮，一箇柳色潛，一箇槐陰罩。一箇綠寫芭蕉，一箇紅摘櫻桃。一箇背湖山，一箇臨盆沼，一箇步亭臯。一箇管吹鳳簫，一箇絃撫鸞膠。一箇倚闌凭，一箇登樓眺，一箇隔簾瞧。一箇愁眉霧鎖，一箇醉臉霞嬌。一箇映水勻紅粉，一箇偎花整翠翹。一箇弄靑梅攀折短牆梢，一箇蹴起秋千出林梢，一箇折回羅袖把做扇兒搖。」

這樣奇麗的句子，奇特的手法，是升庵集中所沒有的。在散曲方面的成就，黃娥實可與詞中的李淸照朱淑眞比美。

唐寅　與祝允明、文徵明均以南曲著名於弘正間，但伯虎北曲也饒有風趣。他的散曲，有明萬曆間何大成所編六如曲集四卷，但不甚完備，盧前又據珊瑚網卷十六補入若干首，名伯虎雜曲，刻入飮虹簃叢書中。他的散曲風格以綺麗見長。王驥德論曲云：「小令如唐六如祝枝山輩，皆有小致。」王世貞曲藻也說：「伯虎小詞，翩翩有致。」他的散曲內容，以寫閨情爲多，其次就是那些放狂之作。

「嫩綠芭蕉庭院，新繡鴛鴦羅扇。天時乍暖，乍暖渾身倦。整金蓮，秋千畫板前。幾回欲上，欲上羞人見。走入紗厨假欲眠。芳年，芳年正可憐。其間，其間不敢言。」（中呂山坡羊）

這首曲寫的是姿態橫生，綺麗生動。

「細雨濕薔薇，畫粱間燕子歸，春愁似海深無底。天涯馬蹄，燈前翠眉，馬前芳草燈前淚。夢魂飛雲山萬

里，不辨路東西。」（商調黃鶯兒）

像這首曲寫的更是悽楚婉麗了。我們再看他放狂的作品，像：

「春去春來，白頭空自挨，花落花開，紅顏容易衰。世事等浮埃，光陰如過客。休慕雲臺，功名安在哉！休想蓬萊，神仙眞浪猜。清閑兩字錢難買，苦把身拘碍。人生過百年，便是超三界，此外更無別計策。」（雙調對玉環帶清江引警世詞）

這類的曲，寫出他對人生和世事的深切體會，爽朗而放曠。

祝允明 他的散曲集名新機錦，已不傳。徐渭南詞敍錄有云：「…惟南曲絕少名家，祝枝山先生頗留意於此，其新機錦亦冠絕一時，流麗處不如則誠，而森整過之，殆勁敵也。」

「東風轉歲華，院院燒燈罷。陌上營明，細雨紛紛下。天涯蕩子，心盡思家。只看人歸不見他！合歡未久難拋捨，追隨從前一念差。傷情處，懨懨獨坐小窗紗。只見片片桃花，陣陣楊花，飛過了秋千架。」（商調金絡索春詞）

這是四景之一的春詞，寫得清麗而雋妙。又如他的桂枝香曲：「青春難在，朱顏日改，待要逐浪隨波，怕負了淩雲節慨。論功名富貴，功名富貴，兀誰不愛。天公尷尬，可嗟哉！本是箇英雄漢，差排做酸秀才。」這也是極見才情之作。盧前論曲絕句云：「一時作手出吳中，灑翰凝神顧盼雄。巧擅解衣亦上品，南詞從此盛江東。」由此可見他在南曲詞壇是甚負盛名的。

陳鐸 字大聲，號秋碧，又號七一居士，下邳（今江蘇邳縣）人，徙居南京。他是睢寧伯陳文的曾孫，世襲指揮。居第南有秋碧軒與七一居，精潔絕塵，日與友好談讌其中，置正事於不顧。周暉金陵瑣事曾記云：「指揮陳鐸以詞曲馳名，偶因衞事謁魏國公於本府，徐公問可是能詞曲之陳鐸乎？應之曰是。又問能唱乎？陳隨袖中取出牙板高歌一曲。徐公揮之去，迺曰，陳鐸金帶指揮，不與朝廷作事，牙板隨身，何其卑也。」這段記載看來好笑，但也可了解陳鐸對曲的熱烈愛好。他的散曲，明萬曆間新安環翠堂刻本陳大聲樂府全集收有梨雲寄傲、月香亭稿、可雪齋稿、秋碧軒稿、公餘漫興及滑稽餘韵等散曲集。盧前飲虹簃刻曲中收秋碧樂府錄套曲二十六套，收梨雲寄傲錄小令一百零八首。此可見陳鐸散曲作品甚豐。其風格，則流麗清圓，豐藻綿密，韵律穩協，曲盡其妙。像：

「更初靜，月漸低，繡房中老夫人先睡。我敢連走到三四回，囑多情犬兒休吠。」（雙調落梅風風情）

「半晌家定睛，越教人動情。模樣兒都記得，悔不曾問姓名。」（雙調胡十八）

這種曲刻畫男女風情，極其生動而活潑。

「杏臉桃腮，展轉思量不下懷。新月疑眉黛，春草傷裙帶。唻！獨坐小書齋，自入春來，欲待花開，反被花禁害。情思昏昏眼倦開。」（中呂駐雲飛）

這首南曲更是情意濃摯而自然，曲品說陳秋碧「南音嘹亮」，實是中肯。他也善於寫景，如：

「鋪水面輝輝晚霞，點船頭細細蘆花。缸中酒似繩，天外山如畫。點秋江一片鷗沙。若問誰家是俺家，紅樹裏柴門那搭。」（仙呂沉醉東風閑情）

這首曲閑靜雅麗，是大聲集中好的作品。又如黃鐘醉花陰秦淮遊賞套，也是流麗自然。像：

「將將將日墜西，見見見雪浪驚濤拍岸回。紛紛紛宿鳥飛還，閃閃閃殘霞飄墜。呀呀呀兩三家半掩扉，喜喜迸黃昏遠寺鐘聲碎，看看看燈火兒依稀。」（水仙子）

這樣的曲，寫景清麗自然，而王世貞曲藻卻說他「所爲散套，既多蹈襲，亦淺才情。」未必全是。大聲除工散曲外，詩詞畫亦佳。

金鑾（一四八七～一五八二）字在衡，號白嶼，隴西（今甘肅隴西縣）人，僑居金陵。性任俠，喜交遊，與金陵盛時泰交誼頗篤，時泰家多藏書，在衡寢饋其間，故能成爲明代散曲之大家。他的散曲，有蕭爽齋樂府二卷，爲萬曆間環翠堂四詞宗合刻之一（馮海粟、王西樓、金白嶼、梁伯龍），今有飲虹簃叢書本，約存套數二十四套，小令一百三十首。作風蕭爽清麗，兼善詼諧之趣。如：

「海棠陰輕閃過鳳頭釵，沒人處款款行來。好風兒不住的吹羅帶，猜也麼猜。待說口難開，待動手難擡，淚點兒和衣暗暗的揩。」（雙調河西六娘子閨情）

任訥評說：「風物人情四件，寫得無一不美；而文字於嫵媚中猶令人覺朗暢。合之涵虛評林，則吳西逸之空谷流泉，張雲莊之臨風玉樹，彷彿似之；有不僅楊西庵之芳妍花柳，呂止庵之結綺晴霞。」（曲諧卷一）的確，這首曲清麗明爽之極。又如：

「城邊燈火幾家樓，江上風波一葉舟。月中簫鼓三更後，聽誰家猶喚酒。正煙花二月揚州。人已去錦窗鴛甃，物猶存青蒲細柳，怨難平舞態歌喉。」（雙調水仙子廣陵夜泊）

任訥又評說：「雅潔細緻，如古蕃錦，酷似元人張小山作。」（曲諧卷一）這首曲誠然是雅潔細緻，俊語如

珠。又金鑾詠懷一類的作品，也寫的清俊自然。如

「深深的草萊，小小的亭臺，多山多水少塵埃。任流光過客，好人兒留得百年在，好酒兒落得千家賣，好花兒常得四時開，大家來合采。」（正宮醉太平漫興）

這首曲充分表現出他安於清貧的達觀心懷，和他那寬宏博茂的性格。另外他所作的小曲，尤其膾炙人口，留待下節再述。

沈仕 字懋學，一字子登（呂天成曲品一字野筠），號青門山人，仁和（今浙江杭縣）人。爲刑部侍郎沈鋭之子。徐又陵蝸亭雜訂和沈德符顧曲雜言都說他是成化弘治間（一四六四～一五〇二）人。馮惟敏海浮山堂詞稿卷一有雙調新水令訪沈青門乞畫，引言云：「青門之名，余耳之舊矣。壬戌（一五六二）早春，歷城邂逅，西館燕嬉，時余猶書生也。余今以曠官赴調（由淶水縣謫鎮江教授），復得周旋談笑京邸間，因乞作畫。有感舊遊，情不能默。青門藝苑博雅，兼善北譜，故以投之。」由此知青門在嘉靖乙丑（一五六五）仍健在，此時已入老境。大概說來，他可能生於孝宗弘治末，卒於神宗萬曆初。他善花鳥，工詞曲，有前賢曠達之風。生於富室，獨厭綺麗之習，千金到手，一揮卽盡，雖家人飢寒，亦不以爲意。他又喜漫遊，齊魯燕薊，都有他的遊踪。他的散曲，有唾窗絨，已佚，任訥據南詞韵選、南北宮詞紀等選集輯成一卷，共得小令七十四首，套數十二套。大都是艷治縣麗，細膩溫香之作。如：

「飮罷月朦朧，照郎歸繡戶中。銀臺絳蠟含羞捧，露纖纖玉葱，映盈盈粉容。偷囘笑臉嬌波送，怕東風半途吹滅，佯把袖梢籠。」（商調黃鶯兒佳人秉燭）

這首曲寫那種嬌豔嫵媚，羞怯含情的姿態，生動而又活潑。又如：

「倚欄無語掐殘花，驀然間春色微烘上臉霞。相思薄倖那寃家，臨風不敢高聲罵，只教我指定名兒暗咬牙。」（南呂懶畫眉春怨）

這首豔冶之中帶着輕俏，也是非常流麗。又如：

「小帳掛輕紗，玉肌膚無點瑕。牡丹心濃似胭脂畫，香馥馥可誇，露津津愛殺。耳邊廂細語低低罵，小寃家，顛狂忒恁，揉碎鬢邊花。」（黃鶯兒美人薦寢）

這更是豔冶之極，寫的非常露骨。這一類的曲，他能以清新尖麗之筆出之，故不使人覺得淫褻。不過後世效青門體的人卻專取綺麗之語，正如任訥所說：「後人踵之者又變本加厲，皆標其題目效青門體，沈氏遂受謗無窮矣。」（散曲概論）另外沈仕用最通俗的語言所寫的情歌，也是生動活潑，像：

「彫欄畔，曲徑邊，相逢他驀然丟一眼。教我口兒不能言，腿兒撲地軟。他回首去，一道煙，謝得蠟梅花把他來抓個轉。」（雙調鎖南枝詠所見）

總之，沈仕開曲中香奩體一派，影響嘉隆以後的曲壇甚大，而其本身在曲方面的成就，也是不可低估的。

第三節　明代後期散曲

散曲在明代，很顯然的有兩個不同的時期，其分界，就在崑腔的興起。崑腔未流行之前，北曲仍佔着極大的勢力，像康王金馮都是成就很大；而這時的南曲才剛剛擡頭，只有沈仕較爲偉大。但到了崑腔興起以後，南曲大盛，而北曲漸漸衰微。南散曲作家們，每喜參用作詞手法，崇尚典雅工麗，喜集曲翻譜，對辭藻和音律都特別講究，元人渾樸純眞的優點不復存在了。崑腔爲太倉魏良輔所創，這雖只是一種唱腔，卻與曲的風格有關，其時新曲首先採用者爲梁辰魚，他的戲曲浣紗記，散曲江東白苧集，都用這種新腔，一時作者群起倣效。另外吳江沈璟又編南曲全譜及南詞韻選，因此，南曲的楷模大備，學者翕然宗之。這期的散曲家，可以分三派來敍述，一是梁辰魚等的詞藻派，一是沈璟等的格律派，另一是獨樹一幟的施紹莘。

一、詞藻派散曲家

詞藻派的散曲家，以崑山的梁辰魚爲首，鄭若庸、張鳳翼、朱應辰、屠隆、馮夢龍、袁晉諸家屬之。他們大都崇尚華麗的辭藻，刻意彫飾，以求精美。

梁辰魚　曲名極高，張旭初吳騷合編中推之爲「曲中之聖」。他所作散曲有江東白苧及續江東白苧各二卷，有嘉靖刋本及曲苑本，約存小令套數各三十首左右。他的散曲，大都是文雅蘊藉、細膩妥貼，但因過於重視辭藻，有時失於板滯，顯得不夠生動活潑。他比較好的曲，像：

「小名兒牽掛在心頭，總欲丟時怎便丟。渾如吞却線和鈎，不疼不癢常拖逗。只落得一縷相思萬縷愁。」

（南呂懶畫眉情詞）

像這首曲，寫得非常婉妙，譬喻妥貼，遣詞工巧，實在是辰魚曲中不可多得的佳作。

「小小寃家，拖逗得人來憔悴煞。雅淡堪描畫，擧止多瀟灑。咱，曾記折梨花，在荼蘼東架。忙訊佳期，

到答着閑中話，一半兒人一半要。」（中呂駐雲飛邂逅）

江東白苧中駐雲飛效沈青門唾窗絨十首，造語多蹈襲元人，只此一首，較有新意。

「帳掩，香消，人去房空，珮冷，魂歸。桃李春風，梧桐秋雨。又是經年隔歲，忽憶綢繆生前語。夢見依稀覺後疑，人間長別離。」（正宮破齊陣辛丑五月詠時序悼亡作）

這是他悽婉的曲。又如：

「萬里濤回，看滔滔不斷，古今流水，千年恨都化英雄血淚。徙倚，故國秋餘，遠樹雲中，歸舟天際。山勢，還依舊枕寒流，閱盡幾多興廢。」（擬金陵懷古的雙調夜行船）

這首曲很是雄偉，也是蕭爽。

「病淹淹難醫療的模樣，輭切切難存坐的形狀，急煎煎難擺劃的寸腸，虛飄飄難按納的情和況。空自忙，全然沒主張。盟山誓海，誓海都成謊。輾轉思量，更無的當。淒涼，爲甚更長似歲長。蕭郎，莫認他鄉是故鄉。」（商調山坡羊代劉季招寄申椒居士）

這首曲，意雖尋常，而造語則特別圓俊，這也是辰魚曲中的佳篇。辰魚曲中有許多近於詞的曲，也有些近於詩的曲，甚至借用詩的全句入曲，而竟能驅遣入化，這也是他文學修養深厚，而技巧純熟的緣故。茲擧一首近於詞的曲：

「西風裏，見點點昏鴉渡遠州，斜陽外景色不堪回首。寒驟，謾依樓，奈極目天涯無盡頭。消魂處，淒涼水國，敗荷衰柳。」（正宮白練序暮秋閨怨）

這讀起來簡直就是一闋詞。

鄭若庸　他是當時很受歡迎的一位曲家，可惜他的散曲存者不多，其作風近於梁辰魚，也是重視辭藻，力求典雅優美。像：

「海棠花將開未開，倦停鍼繡窗門待。花睡去冷門階，教人憐愛，須避卻妬花風霾。把門兒慢開，不許蝶蜂參拜，若等得那負心的便隨着進來。」（春閨套的沉醉東風）

「他毒如蜂蠆，戀花心花還受災。芳心從此被伊家賣，說甚麼有意重栽？桃源洞口信已乖，武陵溪上春難再。頓忘卻雙頭鳳鞋，頓忘卻同心鴛帶。」（春閨套的玉交枝）

這一類的曲，可說是非常典雅工麗。

張鳳翼　他所作散曲有敲月軒詞稿，風格以纖媚清麗見長。如：

「相思欲見渾難見，眞個是別時懊恨見時憐。記當初未見悵無緣，及至見來又結就愁千件。見和不見奈何天，怕見了又心兒軟。」（題情的醉扶歸）

袁晉說他以「纖媚」勝，大概指的就是這一類的曲。

「半天豐韻，前生緣分，驀然間冷語三分，窣地裏熱心一寸。夢中蝶魂，夢中蝶魂，月中花暈，暗中思忖。可憐人，不知興慶池邊樹，何似風流倜儻身。」（仙呂桂枝香風情）

這首曲寫的非常清麗，任訥曾評說：「冷語熱心，乃刻意之筆，而一結清疏雋永，蕩漾不盡；不必用成語始然，實爲南令中開一廣妙法門。」（曲諧卷四）袁晉把他和梁沈王馮並舉，則可看出他確是嘉靖以後散曲壇上的一位重要作家。

朱應辰　字拱之，一字振之，累舉不第，貢入太學，能詩，有逍遙館集。他的散曲有淮海新聲，人稱爲淮海先生。淮海新聲萬曆以前刋本已不見，嘉靖間有詹湘亭校訂本，吳道敏序云：

「淮海先生，才情雋麗，襟素高閑；張錦幄以坐花，清哇緩乎六引；飛瓊觴而醉月，姸節凌乎七盤。搦毫則思逐紫雲，握板則音翻白雪，遂使渼陂卻步，枝山斂容。……」

以之比王渼陂、祝枝山，尙猶過之，此論未免過譽，但亦可看出他是豪逸淸麗兩具的曲家。他淸麗的曲，像：

「雙朵殢人嬌，兩相看也臉暈潮。晚粧羞向銀釭照。一個雲堆翠翹，一個風欹紫腰，似楊妃挽住了西施笑。對妖嬈，生香活色，見影已魂消。」（商調黃鶯兒題菊）

這首曲淸新婉麗，尤其以美人來比花，更見其妖嬈。

「河漢與江沱，有凡魚不釣他。從來只說滄溟大，採驪珠的太阿，下珊瑚的網羅，把靈鼇掣起三山墮。這生活，只有姜牙老子，曾試渭陽坡。」（黃鶯兒）

這首曲疏狂放逸，令人有超塵出俗之感。

屠隆，所作散曲，見白雪齋藏本及吳騷合編，大致精巧工緻，頗見刻畫之痕。如：

「靑燈殘夜，蕭條旅舍。夢雖多燕約鶯期，事已共水流花謝。聽敲窗敗葉，敲窗敗葉，助人淒切，杳難休歇。鼓鐘絕，無限衾裯冷，難消心上熱。」（旅思的桂枝香）

「歸思迷離，歸思迷離，愁心哽咽，怪家山霧黯雲遮。驚夢怕啼鴂，達驛使隴梅徒折。冷落繡幃香燼，恨

陽關當日唱三疊。」（旅思的短拍）

像這類曲，都是悽楚婉麗，頗爲動人的。

馮夢龍 是明季文壇怪傑，成就甚廣，詩、戲曲、小說都有很大成就。他的散曲，有選輯的太霞新奏，有天啓七年刊本；又作宛轉歌，原本已散佚，近有盧前輯本，收小令六首，套數十八套，並附有掛枝兒小曲四十一首。其作風是情眞而辭樸，像：

「郎莫開船者，西風又大了些，不如依舊還儂舍。郎要東西和儂說，郎身若冷儂身熱。且消受今朝這一夜，明日風和便去也，儂心安帖。」（雙調江兒水留客）

這樣的曲，語既樸質，情亦眞摯，如同人的口訴。

「頻頻書寄，止不過敘寒溫別無甚奇，你便一日間千遍郵來，我心中也不嫌聒絮。書呵你原非要緊的好東西，爲甚你一日來遲我便淚垂。」（雙調玉抱肚贈書）

這首曲也同樣是以流利的口語，傾訴眞摯的情感，顯出一片純眞至誠。

「魂夢驚語不自支，倩文章壓倒相思。想遍文章無一字，寫出來依舊是情詞。筆底硯紙，你何故逼人如是？便博個金共紫，比相思也不償些子。」（有懷的集賢賓）

像這樣的曲，眞可稱得上是輕俊純眞。

袁于令 散曲作風則典雅工麗，茲舉他的散套橫塘載月：

「曖溶溶，明月下。看山影，輕如畫。清溪畔柳可藏鴉，曲橋外似雪梨花。荒村數家，更喔喔犬鳴，一帶

籬笆。」（普天樂）

「醉流霞，淺斟低唱按紅牙，纖纖素指輕輕下。歌翻子夜，瑲弄朝華，一派餘音虛架。赤鳳堪乘，彩雲欲化，今宵清夢繞天涯。風情瀟灑，都付與流水浮花。美人綠鬢，英雄白髮，同歸虛話。想起淚如麻，持杯單，莫教月落漫嗟呀。」（中呂古輪臺）

「村落內，集衆譁，直待要遊觀四下，喜數里橫塘月正佳。」（尾聲）

這樣的曲是非常清俊，非常工麗的。他和馮夢龍嘗有來往，又與馮同爲當時劇場的老宿師，但他的散曲，卻沒有馮那麼質樸純眞，而較近於梁辰魚。

二、格律派散曲家

格律派的散曲家，以吳江的沈璟爲首，王驥德、史槃、卜世臣、沈自晉諸家屬之。他們一方面也要求文詞典雅，但主要專求格律嚴正，因此所作曲，多爲歌而發，完全遵守韵律，但因受拘牽太多，結果喪失了活潑清新之氣，這是這一派散曲的缺點。

沈璟 精通音律，善於南曲，是當日格律派的宗師。他編有南九宮譜及南詞韵選，爲製曲家之金科玉律。他對作曲的主張，是與其曲佳而不合律，不如合律而曲不佳，在當時竟備受推重，像呂天成、卜世臣等都深受他的影響。散曲方面，他與梁辰魚分庭抗禮，形成兩大派別。其散曲有情痴寱語、詞隱新詞、曲海青冰三種，原本俱不見，作品散存於明人諸選集中，近有新輯本沈伯英散曲一卷，約存小令十餘首，套數三十餘套。像：

「一聲杜宇落照間，又寂寞春殘。楊柳簾櫳長日關，正梨花院落初閒。風朝雨晚，芳徑裏落紅千萬。停畫

衩，又早見牡丹初綻。」（傷春的集賢賓）

這樣的曲，是他俊美的例子。

「香慘慘愁城似天，遠迢迢長日勝年。記一笑春嬌面，燈兒下鬢雲偏，急回首已茫然。」（離情的園林好）

這首曲是比較悽迷的。

「煞靜悄垂楊院，虛供養綠暗紅嫣。銀鉤屈曲指駢聯，淋漓紅袖，細草鸞箋。剛删訂，相思傳，遲遲月上桃花扇。香羅帕，闌珊了，舊盟新願。流蘇帳，冷落了，粉露花烟。」（離情的漿水令）

這首曲則比較優美而工緻。沈璟好翻北曲爲南曲，如八聲甘州云：

「春宵多月亭，記曲江池上，麗日初晴。藍橋仙路，裴航恰遇雲英。夢花堂畔言誓盟，玉鏡臺前作證誠。他負心幾曾，教魚雁傳情。」

這是「集雜劇名翻元人吳昌齡北詞」爲南曲者，音律雖然和諧，但是沉滯晦澀，殊少生氣。王驥德說他：「吳江守法，斤斤三尺，不欲令一字乖律，而毫鋒殊拙。」（曲律）所論甚是。

王驥德　他與沈璟常時往復討論戲曲，而最爲沈氏所稱許。他著有曲律和南詞正韻，對於戲曲的理論，確有獨到之處。他著有劇曲六種，其散曲集名方諸館樂府，見毛允遂曲律跋，但原本不見，今有盧前新輯本二卷，商務印書館出版，約存小令五十餘首，套數三十餘套。他和沈璟一樣，過於注意音律而輕忽辭意，其成就卻高於沈氏。他喜寫豔情，又喜集曲與翻製。像他的：

「蕭蕭郎馬，怎教人不提他念他。俏龐兒怕吹破春風，瘦身軀愁觸損桃花。不知今夜宿誰家，燈火章臺處處紗。」（雙調玉抱肚）

這首曲風神灑落，詞語工緻。「俏龐兒」一聯，用倒裝句法，雅似杜詩中「紅豆啄殘、碧梧棲老」之句，更是以前曲家所未曾嘗試過的技巧。又如：

「燈花綻，蟢子飛，心心盼他郎馬歸。早起畫蛾眉，江樓鎮空依。紗窗暝，日又夕，多管是、今宵尚欠幾行淚。」（雙調鎖南枝待歸）

這首曲更是悽婉工麗。任訥評說：「所謂哀而不傷，怨而不怒者非耶？結語照格是兩句，而讀者均恨不得作一句讀，在多管是三字微頓，下面作一氣，愈得纏綿之致也。」（曲諧卷一）所評甚爲切當。又如：

「月華偏管人孤另，後會茫無定。信難憑，兩處思量，今夜私相訂。天邊見月生，低低叫小名；我低低叫也，你索頻頻應。」（南呂一江風見月）

這樣的曲，本色而天眞，眞是妙絕。任訥曲諧評說：「對月呼名，異方索應，是何光景！是何情緻！其中寫出一片孤心苦詣，顒望無窮；正不獨活畫出一妙人，痴絕而復憨絕也。」這種手法，是沈璟所不能及的。我們再看他寫豔情的套曲，像步步嬌憶虞氏小姬套的皀羅袍：

「曾記桃花窗牖，正金屏人悄，偸結綢繆，朱唇一點殢人羞，紅羅三寸拈鞋瘦。燈明燈暗，匆匆畫樓。春深春淺，纖纖蕊頭。許千金不惜神前咒。」

這樣豔冶華麗的曲，足可繼響靑門而無愧。王驥德不但是沈派的最出色作家，就是在嘉靖以後的曲壇上，也是值得稱讚的作家。

史槃（一五三〇～一六三〇）字考叔，山陰（今浙江紹興縣）人。與王驥德友善，同師事徐渭，書畫多摹擬徐渭，渭亦不能辨非己作。著有十三種傳奇，惟今僅見夢磊記一種，有馮夢龍改訂本行世。他的散曲，有齒雪餘香，原本亦未見，僅存小令套數十數首，散見於明人選集中。其風格以明快爽利見長。像他的仙呂醉羅歌題情：

「難道難道丟開罷，提起提起淚如麻。欲訴相思抱琵琶，手輭彈不下。一腔恩愛，秋潮捲沙。百年夫婦，春風落花。耳邊廂枉說盡了從良話。他人難靠，我見已差，虎狼也狠不過這寃家。」

這首曲爽利之極。任訥評說：「蓋此一體文字，非如此一摑見痕，一鞭見血，傾筐倒篋而出不可。若吞吞吐吐，讀之令人沈悶，則何有於曲？故當行曲家，下筆總須具有辣手。」（曲諧卷三）「辣手」確是當行曲家才下得來。又如：

「艷陽天，隔牆裙底弄秋千，笑歌聲淺。孤篷裏，有客羈棲，對此春光，番惹出一段熬煎。燕解離愁，鶯知別怨，一雙雙宛轉話江烟。又恍似傳消遞息，把佳期約在明年。怕只怕一灣流水，半窗殘月，幾村漁火，寂寞對愁眠。」（正宮錦纏道泊舟運河懷清源胡姬套的古輪臺）

像這樣的曲，情意婉轉，文詞秀麗，實在是很好的作品。

卜世臣 他和呂天成兩人是最服膺沈璟的，而他們兩人也相知最深，呂氏曲品稱他為「博雅名儒，端醇吉士。」他所作散曲，有新輯本卜大荒散曲一卷，約存小令與套數二十餘首，如：

「拔起龍泉，偷瞧半晌。剛腸，笑依然擊筑狂。流光，活埋殺執戟郎。」（仙呂月照山）

這是比較豪放的作品，表現出他的憤慨不平。

「貂錦換宮粧，轉勝圖中模樣。新愁夙枉，生拆寶殿鴛鴦。拴裝，兩下相看悒怏。秦城外倦柳淒涼，斜日映灞川渡廣。怪琵琶寫恨，舉目沾裳。」（擬元帝餞別明妃套的好事近）

這樣工麗的文字，是格律派的眞正面目。

沈自晉 是沈璟之侄，袁晉之友。當時湯顯祖以「才情」、沈璟以「本色」對峙於曲壇，他獨調和湯沈兩家間，用精嚴的音律，馭俊豔的辭采，他和袁晉同是明末曲壇的重要作家。如果說袁晉是梁派的健將，那麼沈自晉就是沈派的異軍。

他所作散曲集鞠通樂府共包含三種，一爲黍離續奏，一爲越溪新詠，一爲不殊堂近草。有明刋本及飲虹簃本，共有小令七十九首，套數十七套。此外尚有賭墅餘音及黍離新奏，已佚。在南九宮大全譜中有風入松、金衣插宮花、御林叫啄木三調，題爲伯明之作，或是此兩書的佚篇。他散曲的作風，大約可分兩類，一是明未亡時寫的曲，多秀麗典雅，和諧自然；一是明亡後寫的曲，多爲感懷身世及悼傷亡國之作，格調蒼涼。我們看他典雅的曲：

「相思人本自雙，人未必雙思想。兩下裏難憑，這相字兒渾無當。諒他情有盡頭，祇俺意終難放。這獨自箇牽思，說單字才非謊。這單相思分明另是個相思樣。」（商調金梧桐）

這首曲秀麗典雅，而音韻也很和諧。

「西山薇苦，東陵瓜雋，孤竹千秋難踐。靑門非舊，蕭條故苑依然。雪徑遷，雲根變，望垂虹驛路誰傳？

愁的我寒煙宿雨殘兵燹，愁的我衰草斜陽欲暮天。江山千古，波縈翠鎖，興亡一旦。歌狂酒顛，揮毫寫不盡登樓怨。」（南呂六犯清音）

這是他滿懷亡國之恨的發抒，蒼涼而又悲壯。當是明亡後歸隱吳江時所作。鄭成功攻瓜圻（一六五九）時，袁晉歸南京探視家族曾過吳江訪沈，互歎衰老，他這時已七十餘歲。

三、獨樹一幟的施紹莘

明嘉靖以後的散曲壇，差不多可說是梁辰魚和沈璟兩派的分霸。在當時的許多散曲家，無不遵守着梁沈的矩矱而不敢遠離一步。唯一能擺脫梁沈的束縛而自成一家的，是華亭的施紹莘，他融合了元人的「豪放」與「清麗」，而以「綿整」出之，可說是集明曲之大成，使散曲發展達到了最高的領域，在他之後，便無人能繼其業了。

施紹莘（一五八八～一六四〇）字子野，自號峯泖浪仙，華亭（今江蘇松江縣）人。少負雋才，好治經術，工古今文，旁通星緯輿地之學。屢應鄉試不第，乃作別業於泖上，又營精舍於西佘，極煙波花木之美。時陳眉公居東佘，管絃書畫，兼以名童妙妓，來往嬉遊，極盡其山居樂趣。紹莘除好山水之外，尤好酒色。他精音律，每作曲詞，即令歌童聲妓歌以侑酒，他可說是一位風流名士。他的散曲有花影集四卷，任訥編入散曲叢刊中，約存小令七十二首，套數八十六套。為明人專集中套數最多者。他才情極高，生活浪漫，因此能擺脫梁沈的束縛，而不為時習所囿。南詞北曲，俱其所長，其作風，清麗蒼莽，兼而有之，實可推為晚明曲壇之大家。陳眉公甚賞識他的曲，曾稱讚說：「子野詞太俊，情太癡，膽太大，手太辣，腸太柔，舌太纖，抓騷痛癢，描寫笑啼，太逼真，太曲折。」（花影集序）語頗中肯。他自己也在花影集序中說：「花月下，香茗前，詩酒畔，風雪裏；以至茅茨草舍之酸寒，崇臺廣囿之弘侈，高山流水之雄奇，松龕石室之幽致，曲房金屋之妖姸，玉缸珠履之豪肆，銀箏寶瑟之縈魂，機錦砧衣之愴思，荒臺古路之傷心，南浦西樓之感喟，憐花尋夢之幽情，寄淚緘絲之逸事，分鞵破鏡之悲離，贈枕聯釵之好合，佳時令節之杯觴，感舊懷恩之涕淚；隨時隨地，莫不有掬譜新聲，稱宜迭唱。每聽雙鬟豎子，拍板一聲，則泬漻傳響，情境生動，可謂極風情之致，享文字之樂矣。」由此可知，他所作題材既廣泛，而所詠又都能曲盡其情致。

「水際幽居疑浮島，結構多精巧。垂楊隱畫橋，轉過灣兒，竹屋風花掃。門僻是誰敲？賣魚人帶雨提到。」（泖上新居的步步嬌）

「看遊人細馬香衫，幾箇東來，幾箇西還。滿團團雲山翠滴，溪水斜灣，謝東君分付與春光飽看。呀！雙肩挑一擔，食壘春盤。鋪箇青氈，攤箇蒲團，只見那花枝下，呵酒猜拳。」（雙調折根令清明）

這類描寫田園山水的景物以及閒逸的生活情趣的作品，寫的都很俊逸。

「水仙可憐嘲嫩臉，姊妹偷携伴。牽絲意緒多，落瓣衣裳換。晚妝出來全帶軟。」（雙調清江引詠荷）

這類詠物小詞，細緻雅麗，儀態萬千，甚得寫物之妙趣。

「沒人庭院種芭蕉，慘模糊隔窗烟草。引淒涼來枕畔，欺命薄上花梢。急打輕敲，亂灑斜飄，總送箇愁來到。」（夜雨詞的新水令）

這樣的曲，爽利之極。清新流利，而又工緻。

「意中人去，眼中人淚。傷心荒草新墳，腸斷亂鴉枯樹。想今番別離，卽儘相思爲你，你便相思無據。竟

誰知，燭灰眼下空含淚，蠶老心中枉掛絲。」（悼亡姬爲彥容作的桂枝香）

這首悼亡之作，情眞意濃，哀婉之極。

「怎車乾恩愛河，推不動相思磨。祆廟燒完，漸近藍橋路，今朝出網羅，到鳳凰窩。爭氣潘郎成就奴，羞慚了撥唆誹謗銷金口，塗抹了長短方圓畫餅圖，從今啊！刀山變作歡衾窩。眞箇是悲處歡多，況更是歡處歡多，把歡字渾身裹。」（合鏡詞的金索掛梧桐）

這種描寫男女之情的曲，老辣尖利，詞鋒甚銳。

「索性丢開，再不把他記上懷，怕有神明在。嗔我心腸歹。歎！那裏有神來，丢開何害？只看他們，一箇箇抛我如塵芥，畢竟神明欠明白。」（中呂駐雲飛丢開）

這首曲詞語樸實無華，但訴情痛快淋漓，筆鋒也很尖利。

「陰晴，萬古這冰輪不改，憑人覆雨翻雲。欲向吳剛求利斧，劈開懵懂乾坤。休謳，一點山河，三千世界，人間萬事總虛影。多管是淸光夜夜，照不分明。」（月下感懷的念奴嬌序）

這種雄渾的曲，紹莘照樣寫得那麼的好。花影集中包含着各種題材的作品，也包含着俊逸、爽利、哀婉、老辣、尖利以及雄渾等諸種優點，這在明代曲家中，是很難找得到第二人的，尤其他的套曲，吳梅氏推爲明代一人，實在不爲過譽。

第四節　明代民歌

明代散曲，崑腔以前，已漸趨雅麗，不過尚能保存部分本色。及至崑腔以後，梁沈與起，一主修辭，一主格律，於是使散曲更趨於古典，而成爲一種專門學問，不再提人人皆可以欣賞的通俗的東西。在這時期，能別開生面，煥然一新的，不能不算是小曲了。陳宏緒寒夜錄載卓珂月之言云：「我明詩讓唐，詞讓宋，曲讓元。庶幾吳歌、掛枝兒、羅江怨、打棗竿、銀紋絲之類，爲我明一絕耳。」袁宏道敍小修詩亦云：「故吾謂今之詩文不傳矣。其萬一傳者，或今閭閻婦人孺子所唱劈破玉、打棗杆之類，猶是無聞無識。」這可見當時的小曲評價甚高。在當時文壇上，無論正統派或新派的文學家，都對小曲極力讚揚。

所謂小曲，是別於崑山弋陽大曲的名稱，爲明人所獨創的一體。它是以白描的手法，直率的口吻，來描繪人的純眞的情感，其中毫無雕飾或刻琢。至於這種小曲的起源，說法不一，不過在明初就已經有了很好的小曲。沈德符曾記載其發展的情形說：「元人小令行於燕趙，後浸淫日盛；自宣正至化治後，中原又行鎖南枝、傍妝臺之屬。李空同先生初自慶陽徙居汴梁，以爲可繼國風之後。何大復繼至，亦酷愛之。今所傳泥捏人及鞋打釘、熬鬏髻三闋，爲牌名之冠，故不虛也。自茲以後，又有要孩兒、駐雲飛、醉太平諸曲，然不如三曲之盛。嘉隆間乃興鬧五更、寄生草、羅江怨、哭皇天、乾荷葉、粉紅蓮、桐城歌、銀紐絲之類。自兩淮以至江南，漸與詞曲相遠。不過寫淫媟情態，略具抑揚而已！比年以來，又有打棗杆、掛枝兒二曲，其腔調約略相似。則不問南北，不問男女，不問老幼良賤，人人習之，人人亦喜聽之，以至刋布成帙，舉世傳誦，其譜不知從何而來，眞可駭歎！」（野獲編）從這段記載，可以知道它產生和流布的情形。

一、民間流行的小曲

我們所知最早刋行的明代小曲，是成化七年（一四七一）金臺魯氏所刻的新編寡婦烈女詩曲，其中有不完全的散曲一套，鷓鴣天詞十八首，上夫詩三首。其次是新編太平時賽賽駐雲飛，包括詠太平四首，題風花雪月四首，詠蘇小卿題恨金山寺八首，詠雙漸赴蘇卿十二首，題王魁負桂英四首，詠「惜花春起早，愛月夜眠遲，掬水月在手，弄花香滿衣」各一首。再次是新編題西廂記詠十二月賽賽駐雲飛，題西廂記十詠十首，題東牆記五詠六首，詠十二月題情十二首，題西廂記三十一首，嘲嫁粧十二首，題駐雲飛收尾一首。還有一本是四季五更駐雲飛。所有的調子都是駐雲飛，作品沒有什麼出色的。

其次是明正德刋本的盛世新聲裏，和嘉靖刋本的詞林摘艷及雍熙樂府裏，也有一些小曲，不過已經過文人的潤飾。陳所聞南宮詞記中有詠風情的「汴省時曲」。又有孫百川和無名氏的嘲妓之作，都是以黃鶯兒曲調寫的，竟有四十首之多。在浮白山人編的「七種」裏也有黃鶯兒嘲妓之作，摘錦奇音卷三也有「時興各處譏妓耍孩兒」數十首，這些也都算是明代早期的民歌。

到了萬曆時，刋有玉谷調簧和詞林一枝。玉谷調簧裏，有「時尚古人劈破玉歌」數十首，其中多歌詠傳奇中的故事，如金印記的蘇秦、琵琶記的蔡伯喈之類，故事很簡單，文字也平庸，但民間的氣息卻很濃。另外還有一篇詠私情的娘女對答，寫得非常生動。

「小賤人生得自輕自賤，娘叫你怎的不在跟前？原何諕得篩糠戰？因甚的紅了臉？因甚的吊了簪？爲甚的緣由？爲甚的緣由？兒！揉亂了青絲纂？」（娘罵女）

「苦娘親非是我自輕自賤，娘叫我一時間不在跟前；因此上走將來得心驚戰。搽胭脂紅了臉，要鞦韆吊了簪。牆角上攀花，牆角上攀花，娘！掛亂了青絲纂。」（女回娘）

「小賤人休得胡爭辯，爲娘的幼年間比你更會轉灣。你被情人扯住心驚戰，爲害羞紅了臉，做表記丟了簪。雲雨偷情，雲雨偷情，兒！弄亂了青絲纂。」（娘復罵）

「小女兒非敢胡爭辯，告娘親恕孩兒實不相瞞。俏哥哥扯住諕得心驚戰，吃交盃紅了臉，俏寃家搶去簪。一陣昏迷，一陣昏迷，娘！我也顧不得青絲纂。」（女自招）

這些措詞巧妙，渾然天成的句子，生動活潑，實在是很好的作品。至於詞林一枝裏，好的小曲更多，像羅江怨、劈破玉歌、時尚鬧五更哭皇天、時尚催急玉等曲，都有很好的作品。

「紗窗外，月兒斜，奴害相思爲着他。叫我如何如何丟得下！終日裏默默咨嗟，不由人淚珠如麻，雙手指定名兒罵。罵幾句薄倖寃家，罵幾句短命天殺，如何把我拋撇拋撇下？忽聽得宿鳥歸巢，一對對唧唧渣渣，敎奴孤燈獨守，心驚心驚怕。」（羅江怨）

這種小曲，活潑自然，而情意眞摯，甚爲感人。劈破玉歌寫少女的怨、病、哭、嫁、走、死的幾首，都非常出色。如寫怨云：

「爲寃家鬼病懨懨瘦，爲寃家臉常帶憂愁。想逢扯住乖親手，牡丹花下死，做鬼也風流。就死在黃泉，在黃泉，乖！不放你的手。」

這是何等的明快活潑，表現出一片至誠與情癡。

「青山在，綠水在，寃家不在。風常來，雨常來，情書不來。災不害，病不害，相思常害。春去愁不去，花開悶不開。倚定着門兒，手托着腮兒，我想我的人兒，淚珠兒汪汪滴滿了東洋海，滿了東洋海。」（時尚急催玉）

「二更裏，秦樓月，正照花梢。空撇下象牙床鴛鴦枕，唔唔唔！被多鮫綃。太平年普天樂，惟有我難熬。滾繡球，心不定，唔唔唔！別有多嬌。夜行舡來接你水遠山遙。一封書寫不盡，唔唔唔！絮絮叨叨。行也爲你焦，坐也爲你焦，兀的不是稱人心成就了，唔唔唔！鳳配鸞交。」（時尚鬧五更哭皇天）

這一類的小曲，都是極其生動的。

關於小曲的搜集及整理，以前很少有人去做，直到天啓崇禎間馮夢龍，才開始有計劃地加以搜集和編輯，他曾輯掛枝兒及山歌爲童痴一弄、童痴二弄，原書已不傳。今所見的只有浮白主人選的四十一首，其中有很好的作品。

「正二更，做一夢，團圓得有興。千般想，萬般愛，摟抱着親親。猛然間驚醒了，教我神魂不定。夢中的人兒不見了，我還向夢中去尋。囑咐我夢中的人兒也，千萬在夢兒中等一等。」（夢）

「送情人直送到花園後，禁不住淚汪汪滴個眼梢頭。長途全靠神靈佑。逢橋須下馬，有路莫登舟。夜晚間的孤單也，少要飲些酒。」（送別）

「瓜仁兒本不是箇稀奇貨，汗巾兒包裹了送與我親哥。一箇箇都在我舌尖上過。禮輕人意重，好物不須多。拜上我親哥也，休要忘了我。」（贈瓜子）

這些曲可能經過馮氏的潤飾，不過那種純眞的情感，活潑生動的語言，仍表現着民歌的風味。

山歌十卷，民國後在上海偶然被發現。其中大都以吳地方言寫兒女私情，短歌、長歌共有三百四十五首之多，最短的七言四句，最長的如燒香娘娘竟有一千四百餘字。短歌普通是四五十字左右，很像曲中的小令，寫的非常生動。如：

「郎在門前走了七八遭，姐在門前只捉手來搖。好似新出小雞娘看得箇箇緊，倉場前後兩邊傲。」（走）

「姐道我郎呀，若半夜來時沒要捉個後門敲，只好捉我場上雞來拔子毛。假做子黃鼠狼偷雞引得角角哩叫，好教我穿上單裙出來趕野猫。」（半夜）

「結識私情弗要慌，捉着子奸情奴自去當。拚得到官奴膝饅頭跪子從實說，咬釘嚼鐵我偷郎。」（偷）

山歌的前九卷用的全是吳語，而大部分的內容又都是寫的兒女私情，其情意之眞，運筆之新，保持着民間文學的純眞性和通俗性，是俗文學中最有價值的作品。另外山歌的第十卷名桐城時興歌，用的是官話，寫的也很生動活潑，像：

「不寫情詞不寫詩，一方素帕寄心知。心知接了顛倒看，橫也絲來竪也絲，這般心事有誰知？」

這首民歌，想像奇特，構思新巧，表現出一片至誠的純眞情感。

在八、九兩卷俱爲長調，題下或註「俱兼曲白」，或「曲白兼用」，可知這些都是合樂的歌曲，一定是當時妓館歌女所唱的，其中以籠燈、老鼠、咽弗着、門神、破騌帽歌、山人等比較好些。其中山人一篇，譏罵晚明那些附庸風雅裝腔作勢的山人，寫得痛快淋漓，是一篇很好的譏諷時世的作品。

二、散曲家的小曲

民歌藝術，有它獨具的優點，有它可愛的地方，開始時僅流行於民間，但漸漸就引起文人的注視，於是這種民間的小曲，漸而影響當代的曲家，他們紛紛取小曲來作詞，像康海有月雲高，馮惟敏有玉抱肚，陳鐸有風入松，沈仕有鎖南枝，梁辰魚有駐雲飛，王驥德有鎖南枝，施紹莘有駐雲飛，這些有名的曲家，都寫出了一些小曲。而寫小曲成就最大的曲家，莫過於金鑾、劉效祖、趙南星和馮夢龍諸家。

金鑾　在他的蕭爽齋樂府中，有一些寫得很好的嘲弄小曲，他的嘲弄小曲，在當時是頗爲有名的，明周暉曲品云：「華亭何良俊號爲知音，常云：『每聽在衡誦小曲一篇，令人絕倒。』」又云：「有張尚學、聶滅秀、楊吃寺三人，金在衡皆作小曲嘲之，令人絕倒。」蔣一葵堯山堂外紀也說：「南都自徐髯仙後，惟金在衡鑾，最爲知音，善塡詞，其嘲調小曲極妙，每誦一篇，令人絕倒。」可見當時人對他的嘲調小曲的稱讚。如：

「堅如石，冷似冰，識不透你心腸兒橫豎生。只管裏滿口胡柴，倒把人拴縛定。誰撇虛？誰志誠？人的名，樹的影。」（鎖南枝）

「當不的取，算不的包，過的橋來還拆橋。動不動熱臉子搶白，冷鍋裏豆兒炮。不是煎，便是炒，瓜兒多，子兒少。」（瑣南枝）

「閑言來嗑，野話兒劖，偷嘴的猫兒分外饞。只管裏嚇鬼瞞神，喫的明，喫不的暗。搭上了他，瞞定了俺

。七個頭，八箇膽。」（鎖南枝）

這些曲，都是通俗明白，活潑生動。尤其末尾一首，描寫個中人的口角，更是維妙維肖，意趣横生。

劉效祖　他的曲集詞臠中，有一些小曲，是採用民間通俗的語言，寫成極富民歌色彩的作品。像：

「我教你叫我聲只是不應，不等說就叫我才是眞情。背地裏只你我，推甚麼佯羞佯性！你口兒裏不肯叫，想是心兒裏不疼。你若有我的心兒也。如何開口難得緊？」（掛枝兒）

「俏寃家但見我就要我叫，一會家不叫你，你就心焦。我疼你那在乎叫與不叫。叫是提在口，疼是心想着。我若有你的眞心也，就不叫也是好。」（掛枝兒）

看這種調情之作，流利尖新，活潑之極。又如：

「情書至，笑臉兒開。可見我寃家，情腸兒不改。件件事與我安排，句句話說的明白。滿紙春心，猶帶着墨色。他說我不久回還。你須權把心腸兒耐。少只在旬朝，多不上半載。喚梅香撣淨了間隅，把寃家筆跡兒高擡。」（鎖南枝）

這種描寫思念的深切和喜興的歡欣，都是非常生動的。

趙南星（一五五〇～一六二七）字夢白，號儕鶴，別號淸都散客，高邑（今河北高邑縣）人。萬曆二年（一五七四）進士，除汝寧判官，不久遷戶部主事，調吏部考功，又爲文選員外郎，以疏陳四大害觸時忌，於是乞歸。到萬曆中，復起爲考功郎中，主京察，要路私人貶斥殆盡，遂被嚴制落職。及至光宗朝，復起爲太常少卿，繼遷左都御史。熹宗天啓初，任吏部尚書，終以進賢嫉惡，觸怒了魏忠賢，遂削籍遠戍代州。天啓七年卒於戍所。

南星是東林黨中主要人物，當時把他和鄒元標、顧憲成稱爲「東林三君」。所作散曲，有芳茹園樂府一卷，盧前刻入飲虹簃叢書中。計存套數八套，小令三十九首。其中如銀紐絲、一口氣、喜連聲、劈破玉、鎖南枝、羅江怨、山坡羊之類，都是當時最流行的小曲。

「夢寃家，夢寃家，夢兒裏合寃家到了一搭，却被鸚哥兒聒噪在雕檐下。我的寃家，我的寃家，打了箇轉身兒，阻隔天涯。急的我搯着耳，撓着腮，無處摸；氣的我，咬着牙，恨着齒，把鸚哥兒罵。」（喜連聲）

「俏寃家，我咬你箇牙廝對。平空裏撞着你，引的我魂飛。無顛無倒，如痴如醉。往常時心似鐵，到今兒着了迷，捨死忘生只是爲你。」（劈破玉）

這些純是民間通俗語言所寫的小曲，非常生動。

馮夢龍　他刊行過山歌、掛枝兒一類的小曲，他所編太霞新奏中收錄自己的曲裏也有些小曲。他在當時以作小曲而享盛名，浮白主人選刊他的掛枝兒時，曾附錄其軼事云：「熊公廷弼，當督學江南時，試卷皆親自披閱：…吳中馮夢龍，亦其門下士也。夢龍文多遊戲，掛枝兒小曲，與葉子新鬭譜，皆其所撰。浮薄子弟，靡然傾動，至有覆家破產者。……」此可見夢龍當時小曲影響之大。我們看太霞新奏中他的小曲，像：

「曾留下東帖兒千恩萬愛，彼一時恨不得把全副肝花，嘔向這幾箇鴛鴦字。就是鐵人見心也慈，害相思都爲此。」（鎖南枝東帖兒）

這完全是民歌的口氣，沒有一點文士的彫琢。我們再看他編的掛枝兒：

「肩頭上現咬着牙痕印，你實說是那箇咬，我也不嗔，省得我逐日間將你來盤問。咬的是你肉，疼的是我心。是那一家的寃家也，咬得你這般樣的狠。」（問咬）

這首小曲，完全是直訴的口語，沒有一點彫飾，却顯出一片渾厚之情。

第四章　明代的小說與話本

明代小說的蓬勃發展，是我國文學演進的自然趨勢和必然結果。自宋以來，講史說書的風氣十分盛行，說書人的稿本逐漸流傳，逐漸加工改寫，便自然形成了一些長篇或短篇的小說；自宋末迄元，無數戲劇作者，從史實和傳說中取材，編寫出一齣齣或長或短的戲劇，其形式雖與小說不同，但它們的故事情節，卻往往被小說作者吸收，互爲影響，使明代小說作者在改寫前人作品的時候，獲取了無數養分與資料，啓發了更多的想像力。有明一代絕大多數的小說，不論長篇或短篇，都是一再刪改前人的作品，這種累積了許多異時異地作者才情劲力的小說，構成了這一時代小說的特色，也把我國小說的成就，推向了一個新的紀元。

在長篇小說中，有所謂四大奇書，卽水滸傳、三國志演義、西遊記與金瓶梅，它們不但各自擁有無數的讀者，更由於它們創作的成功，影響所及，都有一些續作或模仿其形式而產生的作品；在短篇小說方面，既有受講史說書影響而產生的短篇白話小說，也同時並存着自魏晉以來卽有的志怪小說和唐代以來很受士人偏愛的傳奇小說，以下，我們將分節加以敍述。

第一節　長篇章回小說

一、水滸傳

水滸傳是中國第一部用語體文所寫的長篇章回小說。它在明朝初年經由施耐庵、羅貫中的先後撰編，初步寫定以後，便開始大受讀者的歡迎。從明朝中葉到清朝初年，又歷經許多人的增刪潤飾，許多書賈的翻刻，形成了許多不同的版本，其中有繁本，也有簡本，有不同的序，也有不同的評點，直到金聖嘆的七十回本刊行以後，才使得一再刪改的情形告一段落。由清初至今，七十回本由於最受讀者喜愛，所以幾乎淘汰了其他的本子。在明、清時候，小說並非是正統的文學，小說家也沒有什麼社會地位，但水滸傳的成功，是鐵的事實，所以也能引起一些文人的注意，逐漸拓開了撰寫章回小說的風氣。因此水滸傳的價值，不僅因為它本身是一部成功的作品，更由於他是長篇章回小說中，給後世作者引為楷模的首出之作。

㈠水滸傳的歷史淵源

水滸傳不是一時一地一人的創作，它之成書，是經過了長時間的孕育發展的。書中主要的人物，原本確有其人，宋江等三十六人的事蹟，甚至在正史中也略有記載，例如：

「宋江寇京東，蒙上書言：『江以三十六人橫行齊魏，官軍數萬，無敢抗者，其才必過人。今清溪盜起，不若赦江，使討方腊以自贖。』帝曰：『蒙居外，不忘君，忠臣也。』命知東平府，未赴而卒。」（侯蒙傳）

此外，在徽宗本紀、張叔夜傳中，也都有片斷談到宋江等人的地方。

宋江等人的事蹟，在民間流傳很廣，南宋時人的筆記、雜錄中，時有記載有關的傳聞。到了宋末，宋江等人在民間已有英雄化的跡象，因爲已經有人爲他們作贊作畫了。宋末周密的癸辛雜識續集中，錄有同時人龔聖與的一篇宋江三十六人贊序，就這麼寫：

「宋江事見於街談巷語，不足采著。雖有高如李嵩輩傳寫，士大夫亦不見黜，余年少時壯其人，欲存之畫贊，以未見信書載事實，不敢輕爲。及異時見東都事略載侍郎侯蒙傳，有書一篇，陳制賊之計云：『宋江三十六人橫行河朔、京東，官軍數萬無敢抗者，其材必有過人。不若赦過招降，使討方腊，以此自贖，或可平東南之亂。』余然後知江輩眞有聞於時者。於是卽三十六人，人爲一贊，而箴體在焉。」

到南宋末年，宋江等人的事蹟，由於早已事過境遷，所以「士大夫亦不見黜」，因此，在當時相當盛行的民間說話人，就逐漸以「梁山人物」爲對象，作爲他們的說話題材了。南宋時人羅燁的醉翁談錄，其中就有青面獸、花和尚與武行者的篇名的記載。在宋元之際編定的一部話本集「大宋宣和遺事」中，其十節中的一節，就是專寫梁山濼聚義本末的事。今本水滸傳中前六十回的文字，有許多重要的情節，可以肯定是由大宋宣和遺事中的簡單敍述演化而來的。

元代是雜劇盛行的時代，以水滸人物爲中心編寫的雜劇，數目非常之多，其中雖然多數現在已經亡失了，但是由各家所記的劇目，一目瞭然那些戲劇必然是水滸故事。例如有關黑旋風李逵的故事，見錄於鐘嗣成錄鬼簿、賈仲名續錄鬼簿、朱權太和正音譜的，就有以下各劇目：

黑旋風喬斷案、黑旋風喬教學、黑旋風鬥鷄會，黑旋風詩酒麗春園、黑旋風大鬧牡丹園、黑旋風敷演劉要和、黑旋風窮風月、黑旋風借屍還魂、黑旋風志收心、板沓兒黑旋風。

這些劇本、現在雖多已亡失，但在元末明初，未必亡失，甚至還有一些話本、戲曲，彼時看得到而現在連篇名也不存的，亦可能有。所以水滸傳在元末明初開始編撰成爲一部長篇章回小說之前，是已經有了許多可供參酌取拾的片斷情節故事存在了。

㈡水滸傳的作者與版本

最早把許多零星的水滸故事編撰成長篇章回小說的人是誰呢？明朝人的意見，頗有參差，但其中多數人的說法，以及後世學者大部份的看法，是偏重於相信先後經由施耐庵與羅貫中二人的撰修：

高儒百川書志：「忠義水滸傳一百卷，錢塘施耐庵的本，羅貫中編次。」

胡應麟少室山房筆叢：「今街談巷語，有所謂演義者，蓋尤在傳奇雜劇下。然元人武林施某所編水滸傳，特爲盛行，世率以爲鑿空無據，要不盡爾也。余偶閱一小說序，稱施某嘗入市肆細閱故書，於敝楮中得宋張權夜禽賊招語一通，備悉其一百八人所由起，因潤飾成此編。其門人羅本亦效之爲三國志演義，絕淺陋可嗤也。」

郎瑛七修類稿：「三國、宋江二書，乃杭人羅本貫中所編。予意舊必有本，故曰編。宋江又曰錢塘施耐庵的本。」

李卓吾批百回本水滸傳：「施耐庵集撰，羅貫中纂修。」

施耐庵的生平，現在已不可考，我們只知道他是元末時人，籍貫杭州。耐庵似是他的號，本名是什麼，業已失傳。至於羅貫中，這位據田汝成西湖游覽志餘所稱「編撰小說數十種」的小說家，生平也不大爲後人所知。賈仲名續錄鬼簿說：

「羅貫中，太原人，號湖海散人，與人寡合。樂府隱語，極爲清新。與余爲忘年交，遭時多故，各天一方。至正甲辰復會，別來又六十餘年，竟不知其所終。」

羅貫中既與賈仲名同時，那麼應是元末明初時候的人了。他的籍貫除太原（屬山西省）外，也有說是東原（屬山東省）人，也有說是杭州（屬浙江省）人的。現在一般推想他是北方人，曾經寓居杭州，至於他是否眞是施耐庵的門生，就不敢確信了。至於他名本字貫中，則各家記敘，大致相同。

經過施耐庵、羅貫中二人編撰過的水滸傳，已經初具長篇章回小說的規模，也相當受到一般讀者的歡迎。這一本書的結構，據鄭振鐸氏的推測，大致如下：

「原本水滸傳的結構，當係始於張天師祈禳瘟疫，然後敍王進、史進、魯智深、林冲諸人的事，然後敍晁蓋諸人智取生辰綱的事，然後敍宋江殺閻婆媳、武松打虎殺嫂、以及大鬧江州、三打祝家莊的事，然後敍盧俊義的被賺上山，一百零八個好漢的齊聚於梁山泊，然後敍元宵夜鬧東京，三敗高太尉，以及全夥受招安的事。……全夥受招安之後，即直接征方腊的事。在征討方腊的一役中，一百零八位好漢便陸續喪亡，十去七八。最後宋公明、盧俊義等衣錦還鄉之後，却又爲奸人所害，身喪於他們之手。」（中國文學研究）

到了明朝嘉靖年間，由武定侯郭勳家中傳出了一個百回本的水滸傳，篇幅較之施、羅的著作，放大了兩三倍。胡應麟野獲編云：

「武定侯郭勳在世宗朝號好文多藝，能計數。今新安所刻水滸傳善本，即其家所傳。前有汪泰函序，託名天都外臣者。」

郭本在結構上與施、羅本最大的不同點，是在招安之後，征方腊之前，增加了一段征遼的文字。但是郭本最大的長處，還在於它的文字上的加工。鄭振鐸氏說：

「這一百回的郭本水滸傳，與羅氏的原本是大差其面目的。他將羅氏本的文句完全加以改造、潤飾。淺的改之爲深；陋的改之爲雅；拙的改之爲精妙；粗笨的改之爲精美；直率的改之爲婉曲。特別是在遣辭用句上，幾乎和羅本完全改觀。我們如果取任何一部簡本來，與郭本一對讀，便可知郭本的藝術是如何的進步。他直將一部不大有情緻的水滸傳改成一部生龍活虎的大名作了。」

施、羅本大體上是把大宋宣和遺事中的水滸情節，增添加工若干倍，在每段故事前加一標題。而郭本除了把施羅本增加兩三倍以外，形式上更分成了一百回，而每回前面，又標以用對仗的兩句回目，至此，水滸傳終於發展完成爲內容形式俱很完美的章回小說了。

在施、羅本完成以後，爲它做潤色加工的文士與書商，原不止郭本這一宗；在郭本完成以後，據之加以增減以便翻刻流傳圖利的文士與書商，也是大有人在。於是水滸傳便有了各種大同小異的板本，有繁本也有簡本，有一百十回的，有一百十五回的，也有一百二十回的，更有一百二十四回的。還有把水滸同三國演義合刻稱爲「英雄譜」的。

這時期較重要的一個本子，是由書商余氏兄弟刊行的「新刊京本全像插增田虎王慶忠義水滸傳」。因爲這個本子在征遼與征方臘二節之中，加進了征田虎與征王慶兩個節目。

到了明末，楊定見改寫了征田虎、征王慶兩部分約二十回的文字，會同郭本原有的百回文字，再以擁有嫡傳李卓吾批語爲號召，刊行了百二十回的「忠義水滸全傳」，水滸故事的膨脹，才算告一段落。

明末清初時候，金聖歎又推出一部自稱爲古本的七十回本水滸，由他自己評點，稱爲第五才子書。其實，他是腰斬水滸，只保留七十一回，把第一回改爲楔子，在末尾加上「梁山泊英雄驚噩夢」一段作結。由於水滸故事最精彩的片段都集中在前五十回、七十回本使故事在高潮時結束；又因爲百二十回本是歷經增添而來，後半部的文字、情節，都很拙劣，尤其征遼、征田虎、征王慶三次戰役，梁山好漢，未曾折損一人，也與情理不合，再加上金聖歎刪改過後的七十回本文字，也比較老練雅馴，所以七十回本的「古本」一出，其他各本就逐漸絕跡。至於七十一回以後的文字，清代的書商也曾將之獨立另行出版，則稱爲後水滸，或名征四寇。

(三)水滸傳的特色——逼上梁山

水滸傳這部書，是描寫梁山泊一百零八個人物的故事。梁山泊人物的眞正身份，用九紋龍史進未上山落草時，指着跳澗虎陳達喝罵的話：「汝等殺人放火，打家刼舍，犯着迷天大罪，都是該死的人！」來形容，最爲恰當。但是編撰和歷次修改水滸傳的人，都很清楚一件事，就是如果水滸傳的讀者都覺得這一百零八人都是該死的強盜，則這部書就注定失敗了，甚至不能流通、不能存在了。

但是，事實具在，通過水滸傳生動的文筆，讀者承認了梁山泊上的一百零八「將」，不是強盜，而是不折不扣的好漢、頂天立地的英雄。水滸的成功，證明小說的作者，運用匠心與技巧，能夠達致出人意表的效果。試想，人們最討厭的人，本是打家刼舍的强盜，本是殺人放火的土匪，然而大群的强盜土匪一進入水滸傳中，一上了梁山泊，一登了英雄榜，就不同了，讀者的意念隨着作者指揮，毫不保留地接受作者的意見：他們是英雄好漢！

水滸裡殺人最多的，是黑旋風李逵，他不但殺人如麻，而且最殘忍兇暴，開膛破腹，處置婦孺，都由他經手，然而，李逵不正是讀者最欣賞的人物嗎？此外，天罡星三十六人中大部份的人，身上都背着十幾條命案，而這些人，不也正是讀者所偏愛的人物嗎？讀者何以會喜歡他們，難道是喜歡他們殺人放火，欽佩他們打家刼舍？當然不是。其原因一言以蔽之，是讀者在不知不覺中，相信了種種技巧的描敍和如眞的幻像，於是對書中那一群流落爲强盜者的印象，從同情原諒，逐步發展到喜愛、欽佩。

就小說論小說，水滸傳刻劃的人物是成功了，作者預期的效果也完全達到了。所以金聖歎會這種讚美：「天下文章無出水滸右者，天下格物君子無出施耐庵先生右者！」

此地金聖歎所稱的施耐庵，我們不如視爲一群作者的總名。這一群作者曾先後經營水滸，究竟玩了些什麼文字的魔術，而使得强盜成了英雄呢？大致地說：

(1)作者寫這一百零八將是妖魔轉世，說他們是天上的星宿，到人間來歷刼。他這麼寫，當然是要讀者覺得他們不同凡響，既是妖魔轉世歷刼，那麼做一些常人不敢做的，不應做的事，也彷彿理所當然；何況他們還打着「替天行道」的旗子呢。

(2)作者强調那個時代的政治背景，是絕對的昏君庸臣當朝。在那種「朝廷閉塞、奸臣不明」的時代，梁山好漢們都覺得「這般時節認不得眞」，所以，讀者對書中好漢的所作所爲，縱然越軌，似乎也不必太認眞了。

⑶歷來增飾水滸的作者，都努力刻劃梁山人物有其可愛的一面。怎樣刻劃呢？例如對書中的領袖型人物，宋江、盧俊義、晁蓋、柴進等，努力寫他們「天下聞名，仗義疎財」的情形；對書中英雄型人物，像馬軍五虎將（關勝、林冲、秦明、呼延灼、董平）就努力寫他們那種「武藝超群，義氣深重」的情形；對那些傻將型的人物，李逵、武松、魯智深、劉唐等，就努力寫他們那種「見義勇爲，敢作敢當」的情形。平心而論，水滸在這方面的描寫，實在動人，特別是刻劃梁山人物彼此間的「義氣」，常常肝膽相照，人間少有。在人心叵測的現實社會，人們每天只能遭遇到見利忘義、落井下石的小人，一但在水滸中發現了這些人物，實在禁不住產生了嚮往仰慕之情，於是乎便不十分計較他們那殺人越貨的勾當。

⑷梁山人物，其中雖不乏渾渾噩噩，得過且過之輩，但水滸作者特地給他們一個胸有城府的人坐上第一把交椅，那就是宋江。宋江不以大碗喝酒，大塊吃肉，常有金銀可分爲滿足。他時時在憂慮之中，知道這些人沒有將來，所以他隨時灌輸兄弟們一個概念，即國家正處於多難之秋，只要朝廷招安，大家應爲國效力。水滸作者這樣安排，是在告訴讀者，這些人物並非安於作盜，他們也願意改邪歸正，只是朝廷若不來招安，就怪不得這些人了。

⑸以上四點，已頗能使讀者覺得這群强盜雖然是「盜亦有道」的，然而，若是讀者產生一種疑問，「這群人爲什麼別的事不好幹，偏要去做强盜？」那麼水滸傳就可能會失去讀者而註定失敗。爲此，水滸的作者們匠心獨運，苦心經營一重心理的攻勢，就是水滸成功的關鍵，也是小說技巧顚峰的表現，即所謂「逼上梁山」的氣氛。

「逼上梁山」，它的意義應是「某人」受官府或官吏一再逼迫，因而「有家難奔，有國難投」，被逼者在萬不得已的情形下，只有上梁山落草的一條活路。這樣寫法的意思，說穿了就明顯不過：這些人雖做了强盜，雖有爲盜的種種罪行，但不能怪他們，只能怪那些逼他們爲盜的官府或官吏，因爲，誰叫你官逼民反！

水滸中所描寫的逼上梁山的典型，是由林冲的遭遇建立起來的。林冲原是八十萬禁軍敎頭，可是妻子被高衙內看中，結果無端端判配滄州牢城，臨行寫下了休妻之書。在路上正要被差人所害時，爲魯智深所救。到了滄州，高太尉仍不放過，派人尾隨要置之死地而後已。於是林冲被迫殺人，最後經由柴進介紹，投奔梁山。

這種逼上梁山的寫作技巧，主要是從兩方面以對照的方式來描寫。官吏方面是寫得越橫蠻無理、越目無法紀、越趕盡殺絕越好；而「好漢」這面，則越遭無妄之災、越走投無路、越九死一生越好。水滸傳對林冲這一段故事的描寫，實已到了無瑕可擊的地步。

但是，我們如果仔細翻檢水滸全書，去找像林冲這種眞正被官府與官吏毫無道理地逼上梁山的例子，一定會意外地發覺，竟是絕無僅有。甚至，多少能把上梁山這筆帳算在官府頭上的，也意外的少。像雷橫，就是少數的例子之一。

雷橫的情形，是因打死了和知縣相好的賣唱女郎，問成死罪以後，被朱仝放走。因爲以前雷橫也放過晁蓋、宋江，所以順理成章投奔梁山泊。雷橫雖也是被逼，但仔細計較起來，知縣雖然無理，雷橫殺人應該償命，並不委屈什麼，這種「逼上梁山」的寫法是很弱的，並不能得到讀者的同情。

其實，仔細算起來，梁山好漢中的大多數人，上山較遲，他們的上梁山，不是由官府所逼，而是由已上梁山的人所逼。如馬軍五虎將中，除林冲以外的其他四人，均本爲朝廷方面的武將，打敗被擒，然後梁山上人用種種方法斷了他的歸路，然後又動之以義，使他不得不降了梁山。這樣的寫法，意義也是很明顯的，那就是說，上山的人，本人並不願意，無奈山上的好漢們要結納天下的英雄豪傑，上應天心，湊足三十六天罡、七十二地煞之數，一句話，讀者別怪上山落草的人，他們非由情願，乃是被逼。

除了林冲的例子以外，其他的人雖都上了梁山，但都不能十分强調「逼」的意義，都不是理想的描寫，那何以又能形成有名的「逼上梁山」的氣氛呢？它主要因爲：

第一、林冲的逼上梁山，是作者精雕細琢的筆墨，是水滸中的大手筆大文章，試看由第七回「豹子頭誤入白虎堂」起，第八回「林教頭刺配滄州道」、第九回「林冲棒打洪教頭」、第十回「林冲風雪山神廟」、第十一回「林冲雪夜上梁山」，到第十二回「梁山泊林冲落草」，一口氣用了六回文字，源源本本描寫「逼上梁山」這一件事，眞是不厭其詳。而這六回文字中，精彩的描寫，又層出不窮，無怪給予讀者的先入之見的印象是那麼深刻。

第二、梁山泊上的好漢，在未上梁山之前，大多東奔西投，惶惶不可終日，不是後有追兵，就是前無去路，作者這樣寫來，總之是要給讀者一個「逃」的印象。另一方面，是凡寫到官吏，則上自童貫、高俅、梁中書起，下到州府縣的官員，幾乎非貪則淫，非暴則卑，簡直找不到一個好官，總之，是要給讀者一個「濫」的印象。兩相對照，自然產生一種「官逼民反」的總的印象，從而增加了逼上梁山的氣氛。

水滸傳幾百年來，一直受到讀者的歡迎，雅俗共賞，五四以後，更是身價百倍，成爲少數幾部評價最高的中國小說之一。但追溯它成功的原因，其實不僅在歷來的作者串連了衆多水滸故事，而在於他們串連增飾的同時，烘托成功了「逼上梁山」的氣氛，使得這一部描寫「一群强盜」的小說，能夠立足，因爲它不但騙過了衆多的讀者，甚至騙過了即使在封建時代的嚴格的出版物檢查制度。

我們也見到有些所謂世界名著，也曾以「强盜」爲對象而加以描寫，但那些强盜，絕無二致的有着共同特性，卽「除暴安良，刼富濟貧」是。描寫强盜，雖刼富而並不一定濟貧，雖除暴亦有時候除良的作品，能夠存在，能夠廣受讀者歡迎，恐怕古今中外，只有這一部全書充滿着「逼上梁山」氣氛的水滸傳吧！

㈣水滸傳的主題思想及其影響

(1)水滸傳的主題思想

水滸傳是描寫一群草莽英雄的故事。小說中的人物雖多有不同的遭遇，但最後均上了梁山落草。他們出此下策，是情非得已，因爲當時政治黑暗，官吏昏庸，由於「官逼民反」，所以許多民間的英雄人物，都被逼上了梁山。因此描寫政治黑暗、官逼民反，實是水滸傳的主題思想。

宋江等三十六人在歷史上雖然確有其人，但小說中所寫的三十六人事跡，以及書的後半部受招安以後征遼、征田虎、征王慶以及征方腊等戰役，可說全屬子虛烏有，純爲歷代水滸故事作家的創作。在早期宋末時候，民間以及說話人爲什麼誇張和發展水滸人物的故事，魯迅在中國小說史略中曾有合理的推測：「宋代外敵憑陵，國政弛廢，轉思草澤，蓋亦人情。」在後期明代水滸作家，爲什麼要增加和發展征四寇的情節，鄭振鐸氏也有著相當合理的解釋：「……在這三十年中，前半是蒙古人的犯邊，後半是倭寇的侵入東南諸省。當時吏治的腐敗，軍兵的無用，在在都足以使人憤慨，郭本作於此時，自然會有心想到要草莽英雄來打平强鄰的了。」因此，水滸傳的主題思想是藉官逼民反來表達對黑暗政治的憎惡以及對於淸平世界的嚮往。

然而近人的一些著作，有把水滸英雄的事蹟，解釋爲「農民起義」的，關於這點，趙聰在中國四大小說之硏究一書中，有很明白的分析說明：

「……我們若從水滸傳中檢查一下一百零八位好漢的出身時，可知其中根本就沒有一個眞正的農民。勉强可以算作接近農民的人，亦只有漁民出身的阮氏三雄，獵戶出身的解氏昆仲，再有就是那位經商虧本，流落異鄉，不得不打柴爲生的石秀了。此外最多的是軍官和草寇，首領是在衙門中包攬詞訟的胥吏宋江，像柴進、盧俊義、李應、穆弘兄弟等人，更是貴族、豪紳、地主、惡霸一流人物，正是農民的對頭。把這樣一些人稱爲農民起義軍，想必是根據的馬列理論了。至於說金聖歎是統治階級的代言人，和農民對立等等，這更是血口噴人的荒謬的說辭，誰不知道金聖歎是清朝的統治階級把他當作反抗份子殺了頭的？」

水滸傳的主題思想，絕不能曲解爲對農民起義軍的頌歌。近年出版的一些水滸傳，雖然已經刪去了許多水滸人物的殘暴事件的情節，但是仍然無法證明是哪些農民在搞革命。水滸傳除非重寫，否則便不能解答農民革命；但如眞的重寫，那將是另外一本書，而不是水滸傳了。

(2)水滸傳的影響

關於水滸傳的影響，我們可以分成兩方面來說：

其一，是由於水滸故事的成功與感人，使此書極爲流行，到了識字之人，無有不讀，而三尺童子，也知宋江、李逵的情形。但對於梁山人物的看法，知識份子始終有不同的意見；由於意見的不同，他們對於梁山人物的結局，也就持有相異的觀點。他們却不同意今本水滸的處理辦法，無論是七十回或百二十回本。於是，就有一些人要來給水滸重作安排結局，因而便有了一些續作出現。續作大致可分爲兩類，一類是同情一百零八個好漢的，希望在續作中給他們一個較好的下場；一類憎惡這一百零八個强盜的，所以要在續作中給他們一些嚴厲的懲罰。兩類續作中的代表之作，前者當推陳忱的水滸後傳，後者則以俞萬春的蕩寇志爲最有名。

陳忱，浙江烏程人，他生長的時代，是由明入清，故自號古宋遺民。陳氏眼見滿州人入主中國，不甘異族統治，因此對水滸人物的敢於反抗統治者的行爲，大加讚許。他寫了四十回的水滸續作，主要在使宋江等人死後，梁山好漢尚有三十二人活着，他就以這三十二爲中心，寫阮小七等被逼重佔山頭爲盜，李俊等因受迫害而乘機出海，佔領暹羅國爲王，呼延灼、關勝等人，則爲大宋抵禦金兵，保住了半壁江山。最後是高宗封李俊爲暹羅國王，兄弟聚會，圓滿結束。書中也時時對已逝的梁山好漢，抒發懷念之情。凡此，都足見陳氏之所以續作水滸，也是因爲生逢亡國之痛，故藉續作來寄託自己的感慨吧。

俞萬春，浙江山陰人，字仲華，別號忽來道人。他在清道光年間，以懸壺餘暇，陸續寫了近二十年，才完成了這七十回的蕩寇志。此書又名續水滸，故事是緊接着七十回本而發展的。那時太平天國即將起義，俞氏大約是有感於水滸的情節，太過於美化了强盜的個性與生涯，難免有勸人爲盜的影響。因此他在書中大開殺戒，把梁山人物一百零八條好漢，一個個都以强盜罪名，送上法場，斬首示衆。

其二，由於水滸傳是我國最早的一部長篇白話章回小說，它的成功，給後世留下了一個典範。它在這方面給予後世作家的啓發與鼓勵，是非常巨大的，明代中葉以後直到清末，章回小說的創作風氣，愈來愈蓬勃，多少與水滸傳的成功有關。水滸傳至少在以下各方面，直接使到明中葉以後的小說作家，知所效法：

(1)長篇章回形式的確立：水滸傳至遲在郭本以後，便以使章回小說的形式確立了。大致說來，它已排除了以往話本的若干老套，雖然仍保留了「且聽下回分解」的術語。它的特徵，首先是有一個對仗整齊的回目，如「楊志押送金銀擔，吳用智取生辰綱」每句七字，「花和尚單打二龍山，青面獸雙奪珠寶寺」每句八字，「母夜叉孟州道賣人肉，武都頭十字坡遇張青」每句九字；其次是每回的文字篇幅大致差不多。這樣的分回，在寫作上雖有些困難，但是對當時不太習慣閱讀長篇小說的讀者來講，欣賞時能有許多間歇的地方，是很便於停頓的。此外，總回數大致是一個整數。水滸簡本中雖也有百十五回的一種，但多數是整數或成雙數回的，如百十回、百二十回、百二十四回的；而比較通行的繁本，除了早期的郭本是百回整數外，楊本百二十回，金本七十回，也都是整數。因此在水滸以後的章回小說，其形式上大多不脫這一形象。

(2)以語體行文嘗試的成功：水滸傳可能是我國最早的一部長篇白話章回小說。由於水滸之成書，歷經後代的作者重編修改，因此最早的「施耐庵的本」，或眞正羅貫中纂修的古本是甚麼樣子！成於何時？我們都已不能確知，因此我們不妨保留一點的說，水滸傳縱不是最早的一部，也必是少數幾部最早的長篇白話小說之一。胡適在白話文學史的「引子」裡，雖然有這樣强調的話：「一千八百年前的時候，就有人用白話來作書了；一千年前，就有許多詩人用白話做詩做詞了；八九百年前，就有人用白話講學了，七八百年前，就有人用白話做小說了；六百年前，就有白話的戲曲了……」但是眞正以白話寫成文學作品，僅僅以文字的媒介能引人入勝，雅俗共賞的，上面所提到的作品似乎都不夠標準，只有等到諸如水滸傳這類作品出現，才能表達白話文學的魔力，才給以後的作家，樹立了楷模。水滸傳文字的活潑生動，無論在敍述或是對話，無論在心理的描寫或是個性的刻劃，都表現了古文能做到的，白話文也能做到，甚至古文不能表達的，白話文能流暢表達，我們可以說，有了成功的水滸傳，才有以後輝煌的章回小說時代。

⑶對後世戲劇及民間文學的影響：水滸故事，自宋末以來，已經由說話人通過說話的方式，逐漸創造發展。到了元代，許多戲劇家，又採爲戲劇人物，編製了許多以水滸人物爲中心的戲劇。但不論是說話人也好，戲劇家也好，他們只是借題發揮，他們筆下的同名人物，個性往往是不同的。等到水滸成書以後，水滸人物，特別是其中主要的人物，才有了各自的個性，是領袖型的宋江、盧俊義；或英雄型的關勝、林冲，或傻將型的李逵、武松，都以水滸描寫的人物爲根據，有了固定的型態。加以水滸裡衆多人物，各自都有一些不平凡的遭遇，那每一段遭遇，稍加演繹，配合了角色的獨特個性，就能構成一個獨立的故事，或編爲一個獨立的劇本。因此，在水滸傳成書以後的三四百年時間裡，逐漸成爲各地地方戲劇及民間文學（諸如彈詞、唱詞）的題材寶庫之一。水滸故事的零星演出，與水滸傳小說相輔相成，更使得水滸人物多彩多姿，家喻戶曉。近代戲劇雖在形式上頗有變化，但不論是話劇、電影還是電視劇，水滸故事仍然因普遍而被一再改編上演。此外，許多兒童讀物與連環圖畫，也根據水滸傳加以改寫。由此可知，水滸傳一書對後世文藝方面的影響，是如何的深遠。

二、三國演義

三國時代，在中國歷史上是一個天下紛亂、群雄並起的時代。自唐末以來，民間以三國時代爲中心所講唱的故事，已開始流行，到了宋代，更成爲說話人題材的主要來源之一，在元代刊行的一種「全相三國志平話」，可以見到宋、元時候，已有很完整的講說三國歷史人物的故事基礎。元代雜劇中，更有許多三國人物的劇本，其中多半是截取一段史實，改編成雜劇。由於三國歷史，見之於陳壽三國志和裴松之的注，因此一般上認爲元代雖然有了不少有關三國故事的雜劇，但對於明初羅貫中改編重寫三國演義，關係並不很大，理由在此。羅本出現以後，受到廣大讀者的歡迎，因此在明代各地的刊本極多，但大致以「大字音釋」、「全像」、「圈點」、「評釋」、「校正古本」以廣推銷，或與水滸傳合刻，以爲號召，但對內容却沒有什麼大的變動。直到清初，毛宗崗效法金聖歎改水滸的辦法，大加修改，以古本爲招徠，成爲了後世唯一暢銷的本子。由於三國演義的成功，羅貫中本人及以後的人，取歷史事實改寫成演義的章回小說者，非常之多，寫演義小說的人，不但取三國以後的歷史爲材料，甚至向上追溯，一直寫到三代時候，把歷史、神話，傳說結合起來，由此可見三國演義一書的影響。

㈠三國演義的歷史淵源

把三國時代的英雄人物事跡當作故事來講唱，至少始於唐朝。由於彼時僧徒講唱佛經的影響，民間逐漸模仿他們的形式講唱非佛經的故事。我們從以下兩段文字，可以知道三國故事已在發展：

李商隱嬌兒詩：「……歸來學客面，闈敗秉爺笏；或謔張飛胡，或笑鄧艾吃。……」

段成式酉陽雜俎：「予太和末，因弟生日觀雜戲，有市人小說，呼扁鵲作「褊」鵲，字上聲。……」

到了宋朝，講史說書的風氣更盛了，孟元老東京夢華錄就提到當時時藝人中，有「霍四究說三分，尹常賣五代史」，可見已有因爲專講三國故事而成名的了。東坡志林卷一，也有「塗巷小兒聽三國話」一條：

「王彭嘗云：『塗巷中小兒薄劣，其家所厭苦，輒與錢令聚坐聽說古話。至說三國事，聞劉玄德敗，頻蹙眉，有出涕者。聞曹操敗，卽喜唱快。』以是知君子小人之澤，百世不斬。」

元人雜劇取材於三國史實的極多，此地僅舉也是園書目所列元代無名氏所作三國故事雜劇名目二十種，以見一斑：

「十樣錦諸葛論功」、「曹操夜走陳倉道」、「陽平關五馬破曹」、「走鳳雛龐統掠四郡」、「周公瑾得志娶小喬」、「張翼德單戰呂布」、「莽張飛大鬧石榴園」、「諸葛亮掛印氣張飛」、「諸葛亮石伏陸遜」、「壽亭侯五關斬將」、「老陶謙三讓徐州」、「關雲長古城聚義」、「關大王月下斬貂蟬」、「關雲長大破蚩尤」、「關雲長單刀劈四寇」、「壽亭侯怒斬關平」、「張翼德三出小沛」、「劉關張桃園三結義」、「米伯通衣錦還鄉」、「張翼德大破香林莊」。

從上列雜劇名目，我們知道這些雜劇故事均是以單一的人物、事件爲中心，有的見諸歷史，有的出之想像，而出之於想像的情節，後世寫小說的人，也不見得加以採納。這主要是因爲戲劇可以單一齣獨立存在，而小說須首尾呼應，必須按照歷史發展的事實鋪排不可的關係。

現在我們能見到的最早的一種三國故事的話本，是元代至治（元英宗，一三二一——一三二三）年間，新安虞氏所刊的五種全相平話中的一種，全相平話三國志。這部書約有八、九萬字，分成三卷，我們可以視它爲宋、元以來說話人保留下來的最完整的一個手本。因爲書中人名、地名、很多都是以同音字來代替的，如糜夫人，寫成梅夫人；皇甫嵩，寫成皇甫松；蔡邕，寫成蔡雍。此外，書中很少有細節的描寫，它只是粗枝大葉交代事件的發展過程，甚至只是綱要式的記錄，可見它寫完時只是爲了方便記憶，到眞正上台說書，才根據這些綱要加油添醋地發揮。它的內容雖約略本之於三國時的歷史，但卻有許多荒謬的敍述與穿插。這些地方，都充分顯示它的確是民間說話人的本子。

這部三國志平話雖然有許多缺點，但從大的結構方面看，它却也能將一個三國鼎立的動蕩時代，以演義的方式敍述了衆多人物、衆多事件的故事。後世的三國志通俗演義，雖然在文字、技巧各方面比它生動圓熟，但書中的主要人物和情節，都出不了它的範圍。三國志平話的確是三國志演義成爲文學名著過程中的一個重要發展段落，我們推想就是因爲它已規模初具而又文字粗劣、錯訛甚多，所以才有像羅貫中這樣的人，根據它來「按鑑重編」。

弘治本之三國志通俗演義，有庸愚子（金華蔣大器）的一篇序，序中對羅貫中所以要「重編」三國演義的原因，推測得頗爲合理，他說：

「語云：質勝文則野，文勝質則史。此則史家秉筆之法。其於衆人觀之，亦嘗病焉。故往往舍而不之顧者，由其不通乎衆人。而歷代之事，愈久愈失其傳。前代嘗以野史作爲評話，令瞽者演說。其間言詞鄙謬，又失之於野，士君子多厭之。若東原羅貫中，以平陽陳壽傳，考諸國史，自漢平帝中平元年，終於晉太康元年之事，留心損益，目之曰三國志通俗演義。文不甚深，言不甚俗，事紀其實，亦庶幾乎史。蓋欲讀誦者人人得而知之，若詩所謂里巷歌謠之義也。」

羅貫中是覺得三國志平話這類說話人的稿本，不但文字欠佳，且也許多離開了歷史的史實，因此他改寫此書，不但在文字上予以加工潤飾，主要更在參照了陳壽的三國志，使內容更接近於歷史，這方面，有很大的增删成分。在形式上，他也把三國志通俗演義寫成了一部章回體的小說。

羅本的三國演義，原書分爲二十四卷，每卷十節，共二百四十節。每節有七字句的一個標題，如第一節的標題是「祭天地桃園結義」，中間有諸如「諸葛亮一氣周瑜」、「玄德風雪訪孔明」、「定三分亮出茅廬」等標語，最後一節的標題是「王濬計取石頭城」。

這個「晉平陽侯陳壽史傳，明羅貫中編次」的三國志通俗演義寫成之後，在有明一代風行全國，各省先後翻刻的，不計其數。這些翻刻的本子，在內容上幾乎沒有什麼重要的變動，它們只是分別以加入插圖，加入批語，調整卷數、回數，加上音釋圈點等花樣爲號召而已。例如現在還能看到的明本，其中就有如下的書名：

①新刋校正古本大字音釋三國志通俗演義。（明萬曆辛卯金陵周曰校刋本）

②新鐫京本校正通俗演義按鑑三國志。（明萬曆乙巳閩建鄭少垣聯輝堂三垣館刋本。）

③新刻按鑑演義全像三國英雄志傳。（明閩書林陽美生刋本。）

④新鐫校正京本大字音釋圈點三國志演義（明閩瑞我鄭以禎刋本）

⑤李卓吾先生批評三國志。（明建陽吳觀明刻本）

羅本在明代行銷垂二百年，雖然翻刻者極多，內容却極少改變，晚期出現的李卓吾批評的本子，也是稱讚的地方多，指瑕的地方少。李批雖偶然指出羅本的不合理，但也未曾加以改動。直到清初的毛宗崗，受到金聖歎刪改水滸獲得讀者擁護的鼓勵，才眞正對三國志演義作了一次全面的改動和潤飾。

毛本主要的改動約有以下幾點：

①把羅本不合於史實的地方，改成合於史實。

②把原來參差不對的百二十回李批本回目，改成爲有了對仗的回目。

③潤飾原來文字欠佳的地方。

④增删若干小節或文字。

⑤在全書的開始，加了一闋寓意蒼涼的詞以及幾句讀來十分爽朗而又切合演義歷史小說的開場白：

詞曰：滾滾長江東逝水，浪花淘盡英雄。是非成敗轉頭空，青山依舊在，幾度夕陽紅。白髮漁翁江渚上，慣看秋月春風。一壺濁酒喜相逢。古今多少事，都付笑談中。

第一回　宴桃園豪傑三結義

斬黃巾英雄首立功

話說天下大勢，分久必合，合久必分。………。

毛本雖然在主要的結構方面，無法推翻羅本，但在一般文字上以及若干小節和形式方面，明顯的較之羅本爲勝，所以毛本一出，各種翻刻的羅本都敗下陣來。以後各地的翻刻，除了李漁刋佈的所謂笑翁評閱第一才子書（絕大部分保留羅本原文，小部分亦採毛本文字）以外，全以毛本爲宗，三國演義也就成了毛本的天下。

㈡三國演義的特色——歷史小說化

三國演義，顧名思義，是以三國時代的歷史爲背景所寫成的小說。自羅貫中原本以「晉平陽侯陳壽史傳」强調它的歷史性爲號召而後，明代各本也多半以「按鑑」作號召，到了最後的修改者毛宗崗，依然在各方面盡可能使內容合於史實。這許多編改三國演義的人，他們的心理是可以理解的，他們是要使讀者相信，在欣賞了一部小說之後，很自然地又能增加了歷史知識，一舉兩得，何樂不爲。他們尤其怕當時思想比較古板的父兄們，若要知道這部小說處處違背史實，讀了有害無益，就會禁止子弟們閱讀，豈不是寫作上的大失敗，銷數上的打折損？因此歷次修改三國演義的人，非强調本書的歷史成份其實可靠不可，其理由在此。

但眞是要了解歷史，取三國志、通鑑等書觀看，不是更好嗎？可是眞正的史書多半缺乏了趣味性、故事性，使一般人望而生畏。歷史演義的小說，正是要融合二者爲一的一種嘗試，一種理想。三國演義一書經歷了許多時代、許多作者的努力，終於使得這一理想嘗試，獲得了絕對的成功。

然而小說畢竟還是小說，它無法，也不必百分之百的忠於史實。即以三國演義而言，許多當時所發生的重大歷史事件，自然不能違背，但是對一些人物的性格和歷史評價，爲了小說的發展，爲了製造一些高潮和衝突，作者安排必要的想像與刻劃，却是難免的，也應是無可厚非的。

小說化了的三國演義，它對當時朝代起迄，群雄興廢，雖然描寫時頗有愛憎，但結果都不離史實。三國演義中主要的對抗者是劉備與曹操，它强調劉備的仁愛與曹操的奸險，也大致有歷史記載的根據。書中最加意刻劃的人物，顯然是那位「伯仲之間見伊呂，指揮若定失蕭曹」的諸葛亮，而諸葛亮在陳壽三國志中，也確是被讚爲「弘毅寬厚、知人待士」的良相。

三國演義在大處把握了時代興衰的事實與主要人物的特性，然後開始小說式的刻劃與描寫，那就與歷史家的寫法完全不同了。例如小說中有名的一些情節，如「三顧茅廬」、「草船借箭」、「三氣周瑜」等情節，令讀者感到興味盎然，就是作者通過了想像，把歷史小說化了的成就。

五四以來，許多人評論三國演義，認爲它不應被列入第一流的文學作品。如胡適，就這樣說：

「三國演義拘守歷史故事太嚴，而想像力太少，創造力太薄。此書中最精采、最有趣味的部份在於赤壁之戰的前後。從諸葛亮舌戰群儒起，到三氣周瑜爲止，三國的人才都會聚在這一塊，三分的局面也定在這一個短時期，所以演義家盡力使用他們的想像力與創造力，打破歷史事實的束縛，故能把這個時期寫的很熱鬧。我們看元人的隔江鬥志與書中的三氣周瑜的不同，便可以推想演義家運用想像力的自由；因爲想像力不受歷史的拘束，所以這一段大能見精彩。但全書的大部份都是嚴守傳說的歷史，而沒有文學的價值。水滸傳全是想像，故能生奇出色，三國演義大部份是演述與穿插，故無法能出奇出色。」

這些話自然也不無道理。但五四以後對中國古典小說重新估價的人，雖一般上大大提高小說的地位，可是對三國演義一書，由於它是用淺近文言文寫成的，也多少含有一些成見，不願意把它與水滸傳、紅樓夢等量齊觀。三國演義自然是一部有缺點的歷史章回小說，如書中絕大部份都是敍述戰陣攻打事件，如書中有很多神話道術的描寫，（如孔明能設壇作法借風和續命，以及許多謀士仰觀天象，便知生死兇吉等事），都減低它的格調，構成它的敗筆。但是在同類型的小說中，它畢竟要算是最早也是最好的一部。清朝金豐在說岳全傳的序中曾說：

「從來創作者不宜盡出於虛，而亦不必盡由於實。苟事事皆虛，則過於荒誕，而無以服考古之心；事事忠實，則失於平庸，而無以動一時之聽。」

這話是很能體諒以歷史事實爲背景而編寫小說的艱苦的。以三國九十七年間漫長史事爲背景，又以群雄割據，天下三分爲經緯，在虛實之間，要以怎樣的處理才能算盡善盡美，我們從三國演義以後諸多演義章回小說中，竟也找不到一部更好的作品這一事實來看，便不應再有所苛求。化歷史爲小說，先天上既有着創作性的諸多限制，應該感到滿意，應該承認它是一部相當成功的作品了。

㈢三國演義的影響

①在社會教育方面的影響：

三國演義一書，自明代中葉以來，即成為民間最流行的一本書，它的內容，在社會教育意義這一點來看，顯然與水滸傳那樣的書有很大的差異，俗話說：「少不看水滸」，因為看了那些動人的強盜故事，很容易興起結夥行刼以圖僥倖的意念。三國演義就不同了，孟瑤在她的中國小說史中，分析有四點社會貢獻，即：教仁義，說忠烈，闡愛憎和重智謀。特別由於三國演義是一本動人的小說，它把這些良好的社會教育意識，在不知不覺之中灌輸給讀者，使他們受到了潛移默化之功，其效果比之硬性的教條式的輸灌，不知大了多少倍。胡適對這本書的文學評價雖打了折扣，但對它的社會教育意義，却不吝給予最高的褒揚：

「三國志演義究竟是一部絕好的通俗歷史。在幾千年的通俗教育史上，沒有一部書比得上它的魔力。五百年來，無數失學國民從這部書裡得著了無數的常識與智慧，從這部書裡，學會了看書寫信作文的技能，從這部書裡，學得了做人與應世的本領。他們不求高超的見解，也不求文學的技能，他們只求一部趣味濃厚、看了使人不肯放手的教科書。四書、五經不能滿足這個要求，二十四史與通鑑、綱鑑也不能滿足這個要求，古文觀止與古文辭類纂也不能滿足這個要求。但是三國演義恰能供給這個要求。我們都曾有過這樣的要求，我們都曾嘗過它的魔力，我們都曾受過它的恩惠。我們都應該對它表示相當的敬意與感謝。」

②在文學方面的影響

三國演義寫作的成功，在明中葉以後激起了一股撰寫歷史章回小說的風氣，成爲了中國古典小說中獨特的一個體系。可惜的是，三國演義以後的歷史章回小說雖多，但寫得好的却少，其成就超過三國演義的，更可說是沒有。可觀道人序馮夢龍新列國志，這樣講：

「自羅貫中三國志一書，以國史演爲通俗演義百餘回，爲世所尚。嗣是效顰日衆，因而有夏書、商書、列國、兩漢、唐書、殘唐、南北宋諸刻，其浩瀚與正史分籤並架，然悉出諸村學究杜撰。」

其實，「效顰」諸作，也不一定全出於「村學究」之手，例如封神演義，據梁章鉅浪跡續談所稱，「是前明一名宿所撰，意欲與西遊記、水滸鼎立而三。」可見後出的這些章回演義小說，它不能寫得出色，與寫作者的身份關係不大，主要原因可能在大家都取材於「一代歷史」，就如東周列國志的作者蔡奡在書前「讀法」中提到的。

「如封神、水滸、西遊等書，全是憑空撰出，即如三國志最爲近實，亦復有許多做造在其內。列國志却不然，有一件說一件，有一句說一句。連記實事亦記不了，那裡還有工夫去添造。」

這種長時間事實的堆砌，自然難以動人了。孟瑤的中國小說史，曾列擧三國演義以後的一些演義小說目錄，雖然並不完全，但已可稱得洋洋大觀：

盤古至唐虞傳，二卷十四則，題景陵鍾惺景伯父編輯。

有夏誌傳，四卷十九則，題景陵鍾惺景伯父編輯。

有商誌傳，四卷，題鍾惺伯敬父編輯。

開闢衍繹通俗志傳，六卷八十回，明周游撰。
封神演義，一百回，作者不詳。
東周列國志，一百零八回，作者不詳。
全漢志傳，十二卷，明熊大木撰。
西漢通俗演義，八卷一百零一則，明甄偉撰。
東漢十二帝通俗演義，十卷一百四十六則，明謝詔撰。
續編三國志後傳，十卷一百三十九回，明無名氏撰。
東西晉演義，十二卷五十回，明無名氏撰。
南北史演義，南史六十四卷，北史三十二卷，清杜綱撰。
隋唐演義，一百回，清褚人穫編。
唐書志傳通俗演義，明熊大木撰。
殘唐五代史演義，六十則，題貫中羅本編輯。
大宋中興通俗演義，八卷八十則，明熊大木撰。
皇明英烈傳，六卷，武定侯郭勳撰。
洪秀全演義，二集二十九回，番禺黃小配撰。
二十四史通俗演義，二十六卷四十四回，清呂撫撰。

萬國演義，六十卷，淸張茂烱、沈帷賢、高緍合編。

泰西歷史演義，三十六回，署洗紅盦主演說。

以上所列擧的歷史演義小說，都是以一個時代爲背景而編演寫成的，此外還有不少以歷史人物爲中心而寫成的演義小說，如羅通掃北、薛仁貴征東、說岳全傳等，可以說這一系列的小說，都是受到三國志演義的影響與啓廸，才會有一個興盛蓬勃的局面。

三國演義除了對歷史章回小說有著巨大的影響以外，對於戲劇方面，也極有關係。因爲自三國演義成書以來，三國故事既家喻戶曉，三國人物，尤其是其中重要的主角人物，也分別有了他們獨特的個性，於是根據書中任何一段情節，都很容易地就可以編寫成一齣戲劇。所以在淸初京戲發展完成，取代了崑曲而成爲中國主要的戲劇以後，新編的劇本，就大量從三國演義中取材。曾經有人統計，京戲中的三國戲，有一百四十八齣之多。受到京戲的影響，或者直接從三國演義中取材而編寫劇本的其他中國地方劇，那更是多到無法估計了。

三、西遊記

西遊記是我國第一部成功的長篇神話小說。這部小說在敍述許多神怪、荒誕故事的同時，把神事與人事相結合，又出之以諷刺、諧謔的筆調，使讀者感到有濃郁的人情味。作者憑了他豐富的想像力和洞察世情的人生經歷，使這一部以玄奘西天取經爲背景的小說，竟成爲一部老少咸宜、趣味性極濃厚的書，實在可說是小說史上的一個奇跡。

西遊記一書成爲後世傳誦的小說，現在知道是始於明萬曆年間逝世的吳承恩。但在吳氏以前，這個唐僧取經的故事早已在逐步發展醞釀。玄奘往印度求經，是眞人實事。主角自然是玄奘，可是到了吳承恩寫定以後的小說中，三藏成了配角，主角反而是孫行者與猪八戒，由此可見這一段玄奘的經歷，通過了長時間的傳說、渲染、增刪改寫，變動是如何的大，淵源是如何的複雜了。

㈠西遊記的歷史淵源

玄奘，俗姓陳，緱氏人。他二十六歲時「誓遊西方，以問所惑」，結果在外十七年（六二八——六四五），歷五十多國，經無數困難，終於携囘佛教經典六百五十七部。囘到長安以後，又著手翻譯，在十九年中，譯成重要經論七十三部，共一千三百三十卷。玄奘非凡的經歷，見於他自己著的大唐西域記和慧立著的慈恩三藏法師傳。

在慈恩三藏法師傳中，已稍有誇大的描寫，如這一段：

「從此已去，卽莫賀延磧，長八百餘里，古曰沙河。上無飛鳥，下無走獸，復無水草。是時顧影唯一，但念觀音菩薩及般若心經。初，法師在蜀，見一病人，身瘡臭穢，衣服破汚，愍將向寺，施與飲食衣服之直。病者慚愧，乃授法師此經，因常誦習。至沙河間，逢諸惡鬼，奇狀異類，繞人前後，雖念觀音，不得全去；卽誦此經，發聲皆散。在危獲濟，實所憑焉。」

到了宋初編輯的太平廣記，引獨異志及唐新語，則又把這段話更加神化化了。

「沙門玄奘，唐武德初（年代誤）往西域取經，行至罽賓國，道險，（多）虎豹，不可過。奘不知爲計，乃鏁房門而坐。至夕開門，見一老僧，頭面瘡痍，身體濃血，牀上獨坐，莫知來由。奘乃禮拜勤求，僧口授多心經一卷，令奘誦之；遂得山川平易，道路開闢，虎豹藏形，魔鬼潛跡，遂至佛國，取經六百餘部而歸。其多心經，至今誦之。」（以上兩段文字，引自胡適西遊記考證）

由後一段文字，可知在唐末民間，玄奘的事跡已在加油添醋地開始神化了。

宋代說書，沿襲前朝講唱變文的風氣，「說經」蔚成四家之一。吳自牧夢粱錄說：

「談經者，謂演說佛書。說參請者，謂賓主參禪悟道等事。有寶庵、管庵、喜然和尚等。又有說諢經者，戴忻庵。」

像唐僧取經這樣的故事，很可能是屬於「說諢經」一類的，因爲我們現在還能看到「大唐三藏取經詩話」這種南宋時說話人的稿本。這個稿本是一種具有單句標題的分回小說，共有十七回，第一回文字與標題全缺，第八回缺標題，其目錄如下：

「行程遇猴行者第二。入大梵天王宮第三。入香山寺第四。過獅子林及樹人關第五。過長坑大蛇嶺處第六。入九龍池處第七。「遇深沙神」第八。入鬼子母國處第九。經過女人國處第十。入王母池之處第十一。入沉香國處第十二。入波羅國處第十三。入優鉢羅國處第十四。天竺國度海之處第十五。轉玉香林寺受心經第十六。到陜西五長者妻殺兒處第十七。」

看了這些標題，已可以知道南宋時的說話人，已把玄奘取經的故事完全歪曲了、神話了。其中特別值得我們注意的是，後世西遊記中的主角孫悟空，此時已經出現了。在「行程遇猴行者處第二」文中，這樣介紹猴行者的出場：

「偶於一日午時，見一白衣秀才，從正東而來，便揖和尚：『萬福，萬福。和尚今往何處？莫不是再往西天取經否？』法師合掌曰：『貧僧奉勅，爲東土衆生未有佛敎，是取經也。』秀才曰：『和尚生前兩迴去取經，中路遭難。此迴若去，千死萬死。』法師曰：『你如何得知？』秀才曰：『我不是別人，我是花果山紫雲洞八萬四千銅頭鐵額獼猴王。我今來助和尚取經。此去百萬程途，經過三十六國，多有禍難之處。』法師應曰：『果得如此，三世有緣，東土衆生獲大利益。』當便改呼爲『猴行者』。」

這樣的猴行者，顯然已是後世孫行者的雛形了。此外，第八回所敍的深沙神，就是沙僧的影子，而「詩話」中的一些妖魔、災難，也就是以後八十一難的發軔。

據胡適、鄭振鐸等人的考證，詩話中的猴行者，是源自印度最古的記事詩拉麻傳（Ramayana）中的主角、神通廣大的猴王哈奴曼（Hanunan）。我們推想玄奘自印度取經回來，或者也帶回幾部與佛經無關的其他古籍，至少，口頭也談到一些諸如拉麻傳之類的著作，因而猴行者竟也跑進取經故事中去了。

西遊記在元代，經過戲曲家的改編，又使內容與情節有一次增大的機會。元雜劇中除了今日能見到的一些劇目，可推知確與西遊故事有關以外，我們還能從錄鬼簿中，知道早期元雜劇作家吳昌齡，曾撰有「西天取經」雜劇，題目是「老回回東樓叫佛」，正名是「唐三藏西天取經」。另有「西遊記雜劇」一經，共六本二十四節之多，可見是很長的劇本，其中包括有「猪八戒一本四折」，著者近人考定爲元末明初人楊景言，馬廉的錄鬼簿新校注將它繫於「西天取經」之後，顯然也認爲它最遲當係元明之際的作品。凡此，都可見在元代雜劇中，對西遊記故事的發展，有很大的影響。

我們現在能從北平圖書館所藏的永樂大典殘卷裡，看到引書標題作「西遊記」的一段「魏徵夢斬涇河龍」的文字，這段文字和今傳百回本第十回「老龍王拙計犯天條，魏丞相遺書託冥吏」中寫魏徵斬龍的情節相比，自然簡略得多。但永樂大典輯成在明成祖永樂六年，距明代開國不過四十年，可見至遲在明朝初年，已有一種遠較「大唐三藏取經詩話」爲進步的西遊記白話小說寫成並流傳了。這一個「古本西遊記」，可惜沒有傳到後世。

北平圖書館另藏有一部「新鍥全像唐三藏西遊傳」。又名「鼎鍥唐三藏西遊釋厄傳」，它是明萬曆年間的刊本，題「羊城冲懷朱鼎臣編輯，書林蓮台劉求茂繡梓」。這個本子，和明朝中葉以來流行的西遊記中的四十一回西遊記非常接近。不過釋厄傳共分十卷，而四十一回西遊記（楊志和編）則已改成分回。這兩個本子與吳承恩百回本西遊記的關係，是至今文學史上的一個爭論未休的問題。胡適、孫楷第、鄭振鐸等，認爲釋厄傳與四十一回西遊記都是節錄百回本的書；而周豫才在寫中國小說史略時，尚未見到釋厄傳，不過已相信楊志和的四十一回本，是百回本的根據；最近柳存仁的「跋唐三藏西遊釋厄傳」一文，則擧出種種例證，認爲釋厄傳最早，四十一回本其次，而吳本百回西遊記則是參考了這兩書寫成的較晚而最進步成熟的書。

「釋厄傳」未見流通，無法得而比較，我們現在取四十一回本與百回本比較著看，很明顯的，四十一回本絕不似一個節本，因爲節本絕不會把通順的文字改爲不通，也不會把押韻的詩改爲不押韻。例如詠水簾洞一詩，四十一回本作：

「一脈白虹起，千尋雪浪飛；海波吹不斷，江浪態還依。冷氣分青嶂，餘光接蔚藍；遍山流瀑布，眞似隔簾稀。」

百回本作：

「一派白虹起，千尋雪浪飛。海風吹不斷，江月照還依。冷氣分青嶂，餘流潤翠微。潺湲名瀑布，眞似掛簾帷。」

四十一回本詩中「江浪態還依」一句不倫不類，「藍」字出了韻，原作者做詩的工夫還沒有入門；吳承恩是當時的名士，所以稍經潤飾，卽成爲很工整的五律。書中這一類例子很多，顯而易見地百回本是後出轉精之作。

四十一回本及百回本第一回開篇的一首詩，只三、四個不同，最後兩句分別是：「彼知進化會元功，須看三藏釋尼（厄）傳。」「欲知造化會元功，須看西遊釋厄傳。」由這詩句中透露的消息可知，它們都是從那本「唐三藏西遊釋厄傳」改編而來的。因爲書名「釋厄傳」，才會在詩中叫人「須看三藏釋厄傳」；現在書名改成西遊記，末一句應改成「須看三藏西遊記」才對。可是末句要改的話，全詩就須改韻，要重做了。四十一回的編者不必說，吳承恩保留這首詩，大約是覺得這首意思還不錯，所以只改「三藏」爲「西遊」略加整題，但「釋厄傳」原書是此二書所本，已經顯而易見了。

不論百回本西遊記是從「釋厄傳」或四十一回本發展出來，或是從另一「古本西遊記」發展出來，西遊故事必須等到百回本寫成行世，才能算是一部能令讀者滿意，同時具有文學價值的成功作品。西遊記之有百回本一統天下，情形正像三國演義有了羅本，水滸傳有了郭本一樣。而百回本的功蹟，就全靠卒於明萬曆年間的文豪吳承恩了。

㈡西遊記的作者及其特色

①西遊記的作者

百回本西遊記在明萬曆十幾年時，已經有了刻本，現在見到的最古的刻本，是萬曆二十年（一五九二）金陵世德堂刊行的，從它有刻本始，到五四前後，三百多年，世人並不知道它的作者是誰，胡適在民國十年替排印本的西遊記寫序，還只說「是明朝中葉以後一位無名的小說家做的」。到兩年以後胡氏做「西遊記考證」，才正式考定作者是吳承恩，而且迅速得到學界一致的承認。

吳承恩，字汝忠，號射陽山人，明淮安府山陽縣（今江蘇淮安縣）人。他在先府君墓誌銘中說：

「先君諱銳，字廷器，先世漣水人。然不知何時徙山陽。遭家窮孤，失譜牒，故三世以上莫能詳也。……家世儒者，無資，……弱冠昏於徐氏，徐氏世賣采縷文縠，先君遂襲徐氏業，坐肆中。……公壯歲時，置側室張，實生承恩，娶葉氏。」

淮安府志關於他的記載：

「吳承恩性敏而多慧，博極群書，爲詩文下筆立成，清雅流麗，有秦少游之風。復善諧劇，所著雜記幾種，名震一時。數奇，竟以明經授縣式，未久，恥折腰，遂拂袖而歸，放浪詩酒。卒，有文集存於家，丘少司徒匯而刻之。」

山陽縣志則有這樣的記載：

「吳承恩，字汝忠，號射陽山人。工書。嘉靖中歲貢生，官長興縣丞。英敏博洽，爲世所推，一時金石之文，多出其手。家貧無子，遺稿多散失；邑人邱正綱收拾殘缺，分爲四卷，刊布於世，太守陳文燭爲之序，名曰射陽存稿一卷，又續稿一卷，蓋存其什一云。」

吳氏的著作，我們知道還有一册專記神怪短篇的小說「禹鼎志」，可惜已經亡佚，只有序言尙存，但看他這篇序言，我們就會了解爲什麼吳氏晚年有興趣修改重寫西遊記了。

「余幼年卽好奇聞。在童子社學時，每偸市野言稗史，懼爲父師訶奪，私求隱處讀之。比長好益甚，聞益奇。迨於既壯，旁求曲致，幾貯滿胸中矣。嘗愛唐人如牛奇章、段柯古輩所著傳記，善模寫物情，每欲作一書對之，懶未暇也。轉懶轉忘，胸中之貯者消盡。獨此十數事，磊塊尙存。日與懶戰，幸而勝焉，於是吾書始成。因竊自笑，斯蓋怪求余，非余求怪也。彼老洪竭澤而漁，積爲工課，亦奚取奇情哉。雖然吾書名爲志怪，蓋不專明鬼，時紀人間變異，亦微有鑒戒寓焉。昔禹受貢金，寫形魑魅，欲使民違弗若。讀茲編者，儻攪然易慮，庶幾哉有夏氏之遺乎？國史非余敢議，野史氏其何讓焉。作禹鼎志。」

從吳承恩自述的「余幼年卽好奇聞」「比長好益甚，聞益奇」，可知他天性喜好神怪，以他這樣的性格，結合了他「敏而多慧，博極群書，爲詩文下筆立成」的才華，無怪能把原來古本的西遊記，改成詩文並茂，特別在「八十一難」部分，簡直是憑空創作出許多神話故事。古本西遊記如果沒有遇到吳承恩，絕不能有今天的面目；吳承恩在晚年如沒有發憤改寫西遊記，他今日也必然默默無聞了。

②西遊記的特色

在西遊記百回本成書以前，中國並不是沒有神話故事，也不是沒有神怪小說。先秦時代便有了許多神話故事，可惜都不能像希臘、印度一樣，演爲長篇。唐朝時候因講唱佛經的關係，變文中往往有較長篇的神話故事，可惜變文始終沒有成爲一種流行的文體，沒有得到改良與發展的機會，如果清末沒有發現敦煌文物，它恐怕將永遠消失在中國的文學歷史中。六朝以來，就有志怪小說，唐代的傳奇中，也有一些神怪的描寫，但這些都是短篇。宋元以來的話本，才開始有較長篇的神怪小說，如大唐三藏取經詩話，武王伐紂書之類，但它們只是說話人手本，不但沒有文學意味，甚至有些地方連「通順」都談不上。明代以來，長篇的神怪章回開始發展，像最近發現的萬曆年間的刻本「封神演義」，對神話故事，也有很流暢的敘述了。可是即以封神演義來講，單以它所擁有的長篇神怪故事一點，畢竟不能達到作書的人的期望，即「意欲與西遊記、水滸傳鼎立而三」的宏願。西遊記也是一部長篇神話小說，它爲什麼能在同類型的作品中出類拔萃呢？

胡適在西遊記考證中說：

「西遊記有一點特別長處，就是它的滑稽意味。拉長了面孔，整日說正經話，那是聖人菩薩的行爲，不是人的行爲。西遊記所以能成世界的一部絕大神話小說，正因爲西遊記裡種種神話都帶著一點詼諧意味，能使人開口一笑，這一笑就把那神話『人化』過了。我們可以說，西遊記的神話是有『人的意味』的神話。」

我們可舉個例。如三十二回平頂山猪八戒巡山的一段，便是一個好例：

『那獃子入深山，又行了四五里，只見山凹中有一塊桌面大的四四方方青石頭。獃子放下鈀，對石頭唱個大喏。行者暗笑，「看這獃子做甚勾當！」原來那獃子把石頭當作唐僧、沙僧、行者三人，朝著他演習呢。他道：「我這回去，見了師父，若問有妖怪，就說有妖怪；他問甚麼山，我若說是泥捏的，錫打的，銅鑄的，麵蒸的，紙糊的，筆畫的，——他們見說我獃呢，若說這話，一發說獃了。我只說是石頭山。他若問甚洞，我只說是石頭洞。他問甚麼門，却說是釘釘的鐵葉門。他問裡邊多少遠，只說入內有三層。他若再問門上釘子多少，只說老猪心忙記不眞。』……」

孟瑤在中國小說史中說：

「假若我們說孫悟空是一個接近英雄的形象，猪八戒却是更人性的了，他自私、貪佞、好吃、愛色，雖然力大無窮，却常常愛躲懶，又喜歡在唐僧面前討好，說孫悟空的小話，這些短處，有一點或者有許多是我們所易犯的，所以既覺得他可笑，也覺得他親切；無疑的，作者在寫他的時候，也是不時加進一些溫愛的譏嘲。在西行取經的途中，災難危險相繼而來，唐僧以一片愚誠，決不動搖；孫悟空既堅忍又充滿機智，當然決不退縮；唯有猪八戒則不然，和一般人一樣，雖然心比天高，可是一遇困難卽萌退志，他腦子裡永遠被這些思想盤踞著：『只恐一時差池，却不是和尚誤了做，老婆誤了娶！』『沙和尚，你拿將行李來，我兩個分了吧，分開了，各人散伙，你往流沙河還是吃人，我往高老莊，看著我渾家，將白馬賣了，與師父買個壽器送終。』遇到強手，他敗下陣來，誰也不管地只顧自己逃命，還要不斷地破口大罵：『闖禍的潑猴子，無知的弼馬溫；該死的潑猴子，油烹的弼馬溫！猴兒了帳，馬溫斷根。』而且他好色，看見盤絲洞裡七個蜘蛛精在濯垢泉洗澡，他立刻變成一條鮎魚精進去佔便宜；看見女人長得漂亮，『便忍不住口角流涎，心頭撞鹿，一時間骨軟筋麻，好便似雪獅子向火，不覺的都化去也。』他也貪佞，在如此清苦艱辛的西行途中，他竟能想盡方法，在耳朵裡存了四錢六分銀子的私房；龍王讓他馱死屍，他首先就要錢，龍王沒錢給他，他立刻說：『你好白使人？果然沒錢，不馱！』孫悟空讓他一起去降妖，他先說妥了要分寶貝才肯去。他又貪吃好睡，無論米飯麵食，他總是『一撈而盡』，食量大得驚人；看見朱紫國王敬孫悟空的酒，『忍得他嚥嚥咽唾』。讓他去化齋，他的瞌睡就上來了；讓他去巡山，或者打了敗仗，他也能鑽到草裡先睡了一覺再說……這些毛病加到一起，不僅太「人性」了，而且極親切，這些都是我們日常生活中隨時看到，也隨時發生的。作者把這樣一個獃頭獃腦却又不時愛賣弄一點小聰明的人物，和無限機智、伶俐而且聰明的孫悟空放到一起，這對比無疑的收到極高的喜劇效果。」

吳承恩是一個失意的才子，科場既一再不顯，宦途終其身也止於「縣式」，晚年「拂袖而歸，放浪詩酒」，是在徹悟之餘，以致寫西遊記作一種排遣、憤世和諷刺的寄託。胡適分析西遊故事第一至第七回的話，很有見地

「……這個神猴的故事，雖是從印度傳來的，但我們還可以說這七回的大部分是著者創造出來的。須菩提祖師傳法一段自然是從禪宗六祖傳法一個故事上脫化出來的。但著者寫猴王大鬧天宮的一長段，實在有點意思。玉帝把猴王請上天去，却只叫他去做一個未入流的弼馬溫；猴王氣了，反下天宮，自稱『齊天大聖』；玉帝調兵來征伐，又被猴王打敗了；玉帝沒法，只好又把他請上天去，封他『齊天大聖』，『只不與他事管，不與他俸祿！』後來天上的大臣又怕他太閑了，叫他去管蟠桃園。天上的貴族要開蟠桃勝會了，他們依著『上會的舊規』，自然不請這位弼馬溫。不料這饞嘴的猴子一時高興，把大會的仙品仙酒一齊偷吃了，攪亂了蟠桃大會，把一座莊嚴的天宮鬧得不成樣子，他却跑下天稱王去了！等到玉帝三次調兵遣將

，好容易把他捉上天來，却又奈何他不得，太上老君把他放在八卦爐中鍊了七七四十九日，仍舊被他跑出來，『不分上下，使鐵棒東打西敲，更無一人可敵，直打到通明殿裡，靈霄殿外！』玉帝發了急，差人上西天去討救，把如來佛請下來。如來到了，請問猴王；猴王答道：

花果山中一老猿……因在凡間嫌地窄，立心端要住瑤天。靈霄寶殿非他有，歷代人王有分傳。強者爲尊該讓我，英雄只此敢爭先！

他（玉帝）雖年刼修長，也不應久住在此，常言道：『交椅輪流坐，明年是我尊。』只教他搬出去，將天宮讓與我，便罷了。若還不讓，定要攪亂，不得清平！

前面寫的都是政府激成革命的種種原因；這兩段簡直是革命的檄文了！美猴王的天宮革命，雖然失敗，究竟還是一個『雖敗猶榮』的英雄！

我要請問一切讀者：如果著者沒有一肚子牢騷，他爲什麼把玉帝寫成那樣一個大飯桶？爲什麼把天上寫成那樣黑暗、腐敗、無能？爲什麼敎一個猴子去把天宮鬧的那樣稀糟？

但是這七回的好處全在他的滑稽。著者一定是一個滿肚牢騷的人，但他又是一個玩世不恭的人，故這七回雖是罵人，却不是板著面孔罵人。他罵了你，你還覺得這是一篇極滑稽，極有趣，無論誰看了都要大笑的神話小說。」

㈢西遊記的影響

西遊記是我國第一部成功的長篇神話小說，他在明萬曆年間第一次有了刻本以後，非常受到讀者歡迎。可是將近四百年來，雖然也有一些以神怪爲題材的小說寫成，但寫得好的，却一部也沒有。卽如吳承恩的百回本西遊記，我們相信是由古本——好像四遊記中四十一回的楊本——西遊記改寫而成，可是四遊記中的其他三記又如何呢？

東遊記，又名上洞八仙傳，共有五十六回，分爲二卷。作者是蘭江吳元泰，是明嘉靖、隆慶年間人。內容是寫八仙（鐵拐李、漢鍾離、藍采和、何仙姑、張果老、呂洞賓、韓湘子、曹國舅）得道的故事，是宣揚道教的作品。

南遊記，又名五顯靈官大帝華光天王傳，共有十八回，分爲四卷。是明萬曆年間余象斗所編，是宣揚佛教的作品。

北遊記，又名北方眞武玄天上帝出身志傳，共有二十四回，分爲四卷。也是余象斗所編，內容寫眞武大帝成道降妖的故事，是宣揚佛道兩家思想的作品。

這些著作內容旣荒誕，文字又拙劣，不但本身不能成爲良好受歡迎的讀物，甚至也不能像楊本西遊記那樣的幸運，由於間架結構的俱有良好的發展可能，而得到吳承恩這種作者來加以改寫，終於永遠淪爲無文學價值的讀物。

西遊除了以小說的面目供成人欣賞以外，後世根據它的部分情節放編成戲劇以供演出的，也非常之多。此外，由於它具有神話人物的形象以及極富趣味的情節，故在近世被全篇或局部地改寫成多種適合不同年齡兒童閱讀的童話，有者更以連環圖畫的方式，以增加其吸引力，也深受兒童的喜愛。

由於西遊記寫作的成功，後世也有模仿它的作品，如後西遊記；也有根據西遊記人物，另寫若干回故事的作品，如西遊補。

後西遊記共四十回，清無名氏撰，並題「天花才子評點」。它寫花果山上又出了一個石猴，稱爲小聖，也是神通廣大，它輔佐大顛和尚前往西天求佛，在途中又收服了猪一戒，結局也是歷經萬難，到得西天而回。

西遊補共有十六回，爲明末董說（靜嘯齋主人）所著，此書在崇禎年間已有刋本。故事是從百回本西遊記中三調芭蕉扇以後寫起，寫悟空出外化齋，爲鯖魚精所迷，後來被空虛主人一喝，才得醒悟。等於是替西遊記增添一段情節。

四、金瓶梅

金瓶梅是我國長篇言情小說的鼻祖。這部小說自從寫成以來，從早期它還在傳抄的階段開始，就成爲了一部「問題小說」。問題在那裡呢？當然在於書中有過多而且花樣翻新，描寫詳盡的對於性交的摹畫。正因爲如此，所以「金瓶梅」三個字，自始就被認爲是「淫書」「穢書」的代表作。明清以來，從名公巨卿到市井小民，人人都希望看一看它，但多數人都否認看過他或擁有它。從另一方面講，正由於想看它的人多，所以書商當然想要翻刻圖利。可是，公然翻刻淫書，自有社會輿論的阻力，沈德符在顧曲雜言中就這樣講：

「……因與借鈔挈歸。吳友馮猶龍見之驚喜，慫恿書坊以重價購刻。馬仲良時榷吳關，亦勸余應梓人之求，可以療饑。余曰：此等書必遂有人板行，但一出則家傳戶到，壞人心術。他日閻羅究結始禍，何辭以對？吾豈以刀錐博泥犂哉！仲良大以爲然。遂固篋之。未幾時而吳中懸之國門矣。」

這段話反映早期獲得抄本的人想刻又不敢刻的矛盾心情，以及某甲不刻自有某乙來刻的事實。以後雖然有一些「有心人」，造出一些故事，傳說刻售金瓶梅的人，常碰到家破人亡、絕子絕孫、天火燒店的災禍，但金瓶梅的翻刻流傳，仍然不絕。

㈠金瓶梅的演化

金瓶梅故事的主要人物結構，並非憑空而來，它是根據水滸傳中有關武松、西門慶、潘金蓮等人的故事擴大加寫成功的。特別是在水滸傳中，西門慶與潘金蓮，已經塑造成了奸邪、淫蕩的典型了，所以金瓶梅的作者，就借這兩人的形象，拿來加意發揮。他把水滸中三、四回的文字，添了許多人物情節，竟擴大增寫到成爲一百回的一部書，實令人不得不欽佩作者的才華。

現在我們能看到的最古的金瓶梅刻本，是明朝萬曆年間的金瓶梅詞話。書前有欣欣子的序和東吳弄珠客的序。

欣欣子不知是什麼人，他在序中說：「吾友笑笑生爲此，爰盡平日所蘊者著斯傳，凡一百回」「竊謂蘭陵笑笑生作金瓶梅傳，寄意於時俗，蓋有謂也。」

蘭陵是今山東嶧縣，金瓶梅詞話原本中有許多山東方言口語，我們可以相信這位不敢透露姓名的作者笑笑生，的確是山東人。有人甚至懷疑笑笑生與欣欣子可能都是作者的化名，我們也覺得是有這個可能性的。

萬曆本的金瓶梅詞話，尙有署名東吳弄珠客的一篇序：

「金瓶梅，穢書也。袁石公極稱之，亦自寄其牢騷耳，非有取於金瓶梅也。然作者亦自有意，蓋爲世戒，非爲世勸也。如諸婦多矣，而獨以潘金蓮、李瓶兒、春梅命名者，亦楚檮杌之意也。蓋金蓮以姦死，瓶兒以孽死，春梅以淫死，較諸婦爲更慘耳。借西門慶以描畫世之大淨，應伯爵以描畫世之小丑，諸淫婦以描畫世之丑婆淨婆，令人讀之汗下。蓋爲世戒，非爲世勸也。余嘗曰：『讀金瓶梅而生憐憫心者，菩薩也；生畏懼心者，君子也，生歡喜心者，小人也；生效法心者，乃禽獸耳。』余友人褚孝秀偕一少年同赴歌舞之筵，衍至霸王夜宴，少年垂涎曰：『男兒何可不如此。』孝秀曰：『也只爲這烏江設一著耳。』同座聞之，歎爲有道之言。若有人識得此意，方許他讀金瓶梅也。不然，石公幾爲導淫宣慾之尤矣！奉勸世人，勿爲西門之後車可也。　萬曆丁巳季冬東吳弄珠客漫書於金閶道中。」

我們猜想寫這篇序的人，大約就是刻書的人，他爲要替這部「穢書」的出版找一個正當理由，所以寫了這篇序。他首先招出袁石公（袁中郎）來，表示當時著名的文人都「極稱之」，然後強調本書的主旨，在「蓋爲世戒，非爲世勸也」。

到明末崇禎年間，有一種百回本的「新刻繡像批評原本金瓶梅」，只存弄珠客序，而沒有欣欣子的序了。孫楷第中國通俗小說書目說：「以校詞話原本，原本開首數回演武松事者刪去，易以西門慶事；諸回中念唱詞語亦一概刪去，白文亦有刪去者。每回前附詩多不同，」這當然是一種根據金瓶梅詞話刪改後的本子，它把原本保留著的水滸傳中的部份，儘量刪除，使它更能脫離水滸傳的影響而成爲一種新著，刪改者見解無疑是高明的。

清初時候，有一種張竹坡評一百回本金瓶梅，除增加謝頤的序以外，對內容也有一些刪改。

明末時候，關於金瓶梅的作者以及所以作此書的原因，已有了種種傳說，其中傳爲王世貞爲報父仇而作和某孝子爲報父仇而作，以及合此二說爲一說的說法，已很流行，蔣瑞藻小說考證引寒花盦隨筆有以下的記載：

「世傳金瓶梅一書，爲王弇州先生手筆，用以譏嚴世蕃者。書中西門慶，卽世蕃之化身。世蕃小名慶，西門亦名慶。世蕃號東樓，此書卽以西門對之。或又謂此書爲一孝子所作，用以復其父仇者。蓋孝子所識一巨公，實殺孝子父，圖報累累，皆不濟。後忽偵知巨公觀書時，必以指染沫，翻其書葉。孝子乃以三年之力，經營此書。書成，黏毒藥於紙角。覬巨公出時，使人持書叫賣於世曰：天下第一奇書。巨公於車中聞之，卽索觀。車行及其第，書已觀訖，嘖嘖嘆賞。呼賣者問其價，賣者竟不見。巨公頓悟爲人所算，應自營救，已不及，毒發遂死。　今按二說皆是，孝子卽鳳洲也。巨公爲唐荊川。鳳洲之父抒，死於嚴氏，實荊川譖之也。姚平仲綱鑑挈要，載殺巡撫王抒事，注謂抒有古畫，嚴嵩索之。抒不與，易以摹本。有識畫者，爲辨其贋，嵩怒，誣以失誤軍機，殺之。但未記識畫人姓名。有知其事者，謂識畫人卽荊川，古畫者，淸明上河圖也。」

張竹坡旣評了此書，刻板時又删去了東吳弄珠客的序，那麼他以什麼堂皇的理由來介紹和出版這本穢書呢？就是以「苦孝說」。他說：

「作者之心其有餘痛乎！則金瓶梅當名之奇酸誌、苦孝說。嗚呼，孝子孝子，有苦如是！」

但張竹坡評本也流傳不廣，因爲據說張竹坡在評刋金瓶梅不久後，就死了，死後刋板被抵押償債，對方大約因爲這個書板是不祥之物，就一火焚之。張氏的原板雖然被焚，但以後仍有根據張本刋刻或傳抄的。

五四以後，由於一般的評論，認爲這部書除了色情的描寫不足取以外，仍不失爲描寫細膩的白話言情小說，所以就有一些删節的排印本流傳行世。其中有的是根據金瓶梅詞話删節，仍稱金瓶梅詞話，有的根據張本删節，稱古本金瓶梅。

(二)金瓶梅的特色與影響

①特色

金瓶梅自成書流傳以來，一向是毁譽參半。毁之者，主要是由於書中有極多露骨的色情描寫，「壞人心術」是必然的。但這部小說從袁中郎開始，已敢對它公然稱讚，必然有它出色的地方。袁中郎不但把它與水滸傳並稱，且在與友人董思白的信中說：「金瓶梅從何得來？伏枕略觀，雲霞滿紙，勝於枚生七發多矣。」

淸朝人劉廷璣的在園雜誌卷二，有這樣一段稱讚的話：

「深切人情世務，無如金瓶梅，眞稱奇書。欲要止淫，以淫說法；欲要破迷，引迷入悟。其中家常日用，應酬世務，奸詐貪狡，諸惡皆作，果報昭然。而文心細如牛毛繭絲。凡寫一人，始終口吻酷肖到底，掩卷讀之，但道數語，便能默今爲何人。結構鋪張，針線縝密，一字不漏，又豈尋常筆墨可到者哉！」

五四以來，稱讚金瓶梅的人大多著眼在兩方面，其一是認爲它是最早期的用口語寫成後白話長篇小說，其二是認爲它是一部偉大的寫實小說。胡適對明清的許多小說都曾經加以考證和介紹，獨對金瓶梅不假詞色，推想大致不外兩點原因，第一當然是因爲這部書太過淫穢，第二可能胡氏覺得既也無法考出蘭陵笑笑生的眞名實事，便沒有什麼文章可做了。

鄭振鐸所寫的一篇「談金瓶梅詞話」，對此書十分推崇，他說：

「表現眞實的中國社會的形形色色者，舍金瓶梅恐怕找不到更重要的一部小說了。不要怕他是一部「穢書」。金瓶梅的重要，並不建築在那些穢褻的描寫上。她是一部很偉大的寫實小說，赤裸裸的毫無忌憚的表現著中國社會的病態，表現著「世紀末」的最荒唐的一個墮落的社會的景象。而這個充滿了罪惡的畸形的社會，雖經過了好幾次的血潮的洗蕩，至今還是像陳年的肺病患者似的，在懨懨一息的掙扎著生存在那裡呢。於不斷記載著拐、騙、奸、淫、擄、殺的日報上的社會新聞裡，誰能不嗅出些金瓶梅的氣息來。」

孟瑤在她的中國小說史中，曾以「創作才華驚人、筆鋒犀利似刀、人物栩栩欲活、世態人情如畫」四點，對本書加以推許，但也曾對此書進行嚴酷的批評，她說：

「作爲一部眞正有價值的現實主義的作品，所必須要把握的，至少有兩個重點，一是具有強烈愛憎的批評態度；一是緊接著罪惡與污濁面的揭示，應同時指出一條健康、積極，而且光明的道路。金瓶梅的作者在這兩點上都沒有能做到。對於一個荒唐無恥的社會，作者以他如刀之筆進行著血淋淋的解剖，作者所持有的只是那一種玩世不恭的態度！這一點幾乎可以使讀者誤解，他對於那份淫亂生活，不得不憎懨，毋寧是更欣賞的！……看來這正是金瓶梅的無可掩飾的缺點，一部以現實社會現實人生爲題材的作品，假若他無忌地大膽地描寫著那些罪惡，而不能進一步地對那些罪惡進行強有力的控訴，與大仁大勇的撻伐，無疑地這部小說就會從「現實主義」的文學境界，跌落入「黑幕小說」「黃色小說」的庸俗泥沼，不幸的是金瓶梅竟沒有能克服這些弱點！明乎此，歷來許多人都只肯把它視爲「淫書」，便不爲無因！」

從五四到今天，又已經過了半個世紀，金瓶梅在刪去了那些淫穢的段落之後，已大量排印發行，隨處可見了，但金瓶梅也不再擁有廣大的讀者了。排印本的金瓶梅失去了它的讀者，大概由於兩點原因，第一，刪去了那些色情的描寫，對於一部分讀者顯然已沒有號召力，它們想看金瓶梅，本就是想看這部書描繪色情的敍述，可見排印本上「下刪若干字」隨處可見，當然令他們失望。也因此，未曾刪節的古本金瓶梅或金瓶梅詞話，不論是刻本或抄本，公藏或私藏，却仍保有它的神秘感，希望一睹爲快的，還大有人在。第二，金瓶梅在敍述方面的細膩與刻劃人物的成功，在明清長篇小說中，確爲不可多得的作品，它對於明清時候的讀者來說，單是這方面的表現，已頗有其號召力，可是隨著小說作者的技巧的進步，別說今日有著許多創作小說與翻譯小說，即比之清代的某些言情小說如紅樓夢來，也顯有不如，所以它越來越不受讀者的注意了。

②影響

金瓶梅對後世文學的影響，可以分成爲兩方面來看，一方面是不好的影響，另一方面是好的影響。

從不好的影響這方面看，那是因爲金瓶梅書中有很多色情的描寫。這些色情的文字，在批評者口中，自然是誅伐不遺餘力，可是由於色情文字多少也有一些讀者，也就有了銷路，因而能寫這種文字的人，在書商利誘之下，就陸續產生一些效尤的作品。其中比較著名的，有以下幾種：

玉嬌麗。（據中國通俗小說書目稱，書名不當作玉嬌李）此書已經失傳，據沈德符顧曲雜言所說：「……中郎又云：『尚有名玉嬌李者，亦出此名士手，與前者各說報應因果。武大後世化爲淫夫，上烝下報；潘金蓮亦作河間婦，終以極刑；西門慶則一騃憨男子，坐視妻妾外遇，以見輪廻不爽。』中郎亦耳剽，未之見也。去年抵輦下，從邱工部六區志充得寓目焉，僅首卷耳。而穢黷百端，背倫滅理，已不忍讀。其帝則稱完顏大定，而貴賤分宜相搆，亦暗寓焉，至嘉靖辛丑庶常諸公，則直書姓名，尤可駭怪。因棄置，不復再展。然筆鋒恣橫酣暢，似尤勝金瓶梅。邱旋出守去，此書不知落何所。」可見是一部仿效金瓶梅的東西，甚至它的書名，也極可能是三個女子的名字合成的。

續金瓶梅。此書共十二卷，六十四回。（據柳存仁著倫敦所見中國小說書錄）作者丁耀亢，是清初山東清城人，曾官容城教諭。這書的內容，大致是以因果報應的觀點，使金瓶梅書中的主要人物，來世投生遭報。西門淪爲丐，瓶兒淪爲娼，金蓮終身痼疾，身在苦海，春梅飽受凌辱，後長齋念佛，乃得解脫。

隔簾花影。這書實際就是續金瓶梅的刪節本。柳存仁書錄說：「這書不題撰人，首有四橋居士序，孫先生（楷第）懷疑他可能就是作者。書的內容，完全是竄改丁耀亢的續金瓶梅的回目、人名，並刪去一部分談因果的話而成。所以，它的成書，必定要在續金瓶梅之後。」

此外，受到金瓶梅不良影響而在清初產生的一些「穢書」，還有相傳爲李漁所著的肉蒲團六卷二十回，一名覺後禪，又名循環報。徐震所著的燈月緣十二回及桃花影（一名牡丹奇緣）十二回。嗤嗤道人所著的催夢曉四卷二十回等。

從金瓶梅一書的好的影響這方面看，是它以後的一些作者，效法它言情敘事、刻劃人物方面的特色，以悲歡離合，人情冷暖的題材來寫作。這些小說在清朝初年特別大量的產生，如玉嬌梨（又名雙美奇緣）、平山冷燕、好逑傳（又名俠義風月傳）等，它們刻行的時代均在順治、康熙年間，它們的內容也都是才子佳人的故事。直到乾隆年間，曹雪芹的紅樓夢問世，才有了青出於藍的作品。

紅樓夢的寫作深受金瓶梅的影響，是自清代以來，不少人士所持的看法。例如太平閒人（張新之）的「紅樓夢讀法」中，就曾說：

「紅樓一書，不惟膾炙人口，亦且鐫刻人心，移易性情，較金瓶梅尤造孽，以讀者但知正面，不知反面也。」

「紅樓夢脫胎在西遊記，借逕在金瓶梅，攝神在水滸傳。」

「紅樓夢是暗金瓶梅，故曰意淫。金瓶梅有苦孝說，因明以孝字結。此則暗以孝字結。至其隱痛，較作金瓶者爲尤深。金瓶演冷熱，此書亦演冷熱，金瓶演財色，此書亦演財色。」

明齋主人的「石頭記總評」也說：

「（紅樓夢）本脫胎於金瓶梅，而褻嫚之詞，淘汰至盡。」

姚靈犀的「金紅脞語」也說：

「金瓶全從濫淫著筆，紅樓則易而爲意淫。

「試才一回，說寶玉有些歪才，又衆人道：『李太白鳳凰台之作，全套黃鶴樓，只要套得妙，』即紅樓著者自負之語，謂套得金瓶而人不覺，更能超過原本。」

我們覺得，如果就紅樓夢在寫作上深受金瓶梅的影響，在人物刻劃、敘述、對話方面的技巧從金瓶梅獲得啓示，應該是沒有疑問的事，而紅樓夢較之金瓶梅更爲進步，更爲淨化，也是有目共睹的事實，但是有些比較這兩本書的人，如闞鐸的「紅樓夢抉微」，把紅樓夢中重要的人物，都比成金瓶梅中人物，如把賈寶玉比成西門慶，林黛玉比成潘金蓮（「黛玉從賈雨村讀書，金蓮七歲上過女學，任秀才是吏師也」），寶釵比成李瓶兒，（「金釵與瓶兒同一白淨，同一富厚，同一好以財物結人，同一生子……」）把紅樓夢中提到的物件，敍述的事情，一一要在金瓶梅中找出根源，如：「寶玉與晴雯、麝月同吃酸筍湯，西門與金蓮、春梅亦同吃此湯」「紅之鬧書房，即金之鬧花院」「可卿壽木與瓶兒壽木，及兩書之喪事，同一選辦鋪張」，那就未免太穿鑿附會了。

第二節　短篇小說

明代的短篇小說，表現在兩方面。一方面是自明初以來，承襲唐宋傳奇的餘緒，以神怪事跡與才子佳人爲題材所寫的文言小說；一方面是從明中葉開始，從收集、改編話本著手，逐漸擴展範圍到改寫文言故事爲白話小說，最後發展至創作白話小說。創作白話短篇小說的風氣雖然到清朝很可惜的並沒有繼續下去，但明朝人在這方面的成績，已很值得自傲了，以下我們分別來介紹一些較重要的作品。

一、文言小說

明初寫傳奇小說的作家，首推山陽瞿佑，他的專集剪燈新話，曾傳頌一時，稍後廬陵李禎模仿效法瞿氏之作，而寫了專集剪燈餘話。李氏是進士出身，官至廣西左布政使。餘話也很受當時士林稱讚。列朝詩集說：「……其歿也，議祭于社，鄉人以此短之，乃罷。」都穆談纂也說：「景泰間，韓都憲雍巡撫江西，以廬陵鄉賢祀學宮，昌祺獨以餘話不得入；著述可不愼歟！」可見當時衞道之士貶斥傳奇小說的一斑。由於這種原因，士大夫多歛手不敢寫傳奇小說了。到萬曆年間，布衣之士的邵景詹曾寫過小小一册覓燈因話，不過八篇傳奇而已。以下我們要談到的是新話和餘話兩本書。這兩本書自明末以來，已經沒有足本在我國流傳了。民國初年董康據在日本發現的活字本翻刻，這兩書的全本，才又重回中國。

㈠剪燈新話

此書作者瞿佑，字宗吉，祖籍山陽（今山東省），先世移居杭州，故又稱錢塘人。他十四歲時所作的詩詞，已經很受當時文壇知名之士楊維楨的推許，可知是一個文學天才。吳植替剪燈新話作序，中有「宗吉家學淵源，博及群籍，屢荐明經，母老不仕，得肆力於文學」之語，但列朝詩集說他「洪武中，以荐歷仁和、臨安、宜陽訓導，陞周府右長史。下詔獄，謫戍保安十年。洪熙乙巳，英國公奏請赦還，令主家塾三載，放歸，卒年八十七。」可見並非母老不仕，只是一生坎坷不遇而已。

他在自序中說：

「余既編輯古今怪奇之事，以爲『剪燈錄』凡四十卷矣。好事者每以近事相聞，遠不出百年，近止在數載，襞積於中，日新月盛，習氣所溺，欲罷不能，乃援筆爲文以紀之。其事皆可喜可悲，可驚可怪者。……

…」

可見他原編有一部篇幅浩繁的剪燈錄，（今不傳），是集選古人的作品。這一部剪燈新話，才是他的創作。

剪燈新話共有四卷，每卷中有傳奇五篇，共二十篇，另附錄「秋香亭記」一篇。秋香亭記是寫商姓少年與其表妹采采的戀愛故事。二人青梅竹馬，詩詞唱和。後因亂分離，十載不通音問，再見時，采采已經適人。

錢塘凌云翰在剪燈新話序二中說：「至于秋香亭記之作，則猶元稹之鶯鶯傳也；余將質之宗吉，不知果然否？」看來作者將這篇文字特別列於附錄，當不是無因的了。

剪燈新話的第一篇小說，是「水宮慶會錄」，它寫一個「寒儒」名叫「余善文」的，被南海龍王請到龍宮裡去，優禮有加，原來龍宮新造一所宮殿，「命名靈德，工匠已舉，木石咸具，所乏者惟上梁文爾。側聞君子負不世之才，蘊濟時之略，故特奉邀至此，幸爲寡人制之。」於是善文「一揮而就，文不加點」，其詞曰：

「伏以天壤之間，海爲最大；人物之內，神爲最靈。既屬香火之依歸，可乏廟堂之壯麗？是用重營寶殿，新揭華名……」

於是南海龍王大喜，「發使請東西北三海，請其王赴慶殿之會」，於歌舞筵前，善文又即席獻「水宮慶會詩」二十韵：

「帝德乾坤大，神功嶺海安。肅宮開棟宇，水路息波瀾。……」

龍王爲了酬謝善文，給他的「潤筆之資」是照夜之珠十，通天之犀二。「善文到家，携所得于波斯寶肆鬻焉，獲財億萬計，遂爲富族。后亦不以功名爲意，棄家修道，遍遊名山，不知所終。」

這篇神怪傳奇，雖然反映著當時落魄文人的不切實際的夢想，但多少也有些人才荒廢，世無知音，只有南海龍王才能發掘欣賞的諷刺。主角名爲余善文，我們也大可以認爲它就是作者所發的懷古之遇的牢騷。作者在自序中說：

「今余此編，雖於世教民彝，莫之或補，而勸善懲惡，哀窮悼屈，其亦庶乎言者無罪，聞者足以戒之一義云爾。」

我們在明初人的傳奇小說中，所發現作者在沿襲唐宋傳奇寫「烟粉、靈怪」故事之餘，尚能寄託其「哀窮悼屈」的含義，便不能以「言之無物」加以貶低了。

孟瑤的中國小說史，據周夷的剪燈新話校注，舉出書中有幾篇影響到後來的白話小說或和戲曲有關者：「如三山福地志，凌濛初曾改為白話小說，在二刻拍案驚奇卷二十四，回目名：『庵內看惡鬼善神，井中談前因後果。』金鳳釵記，凌濛初亦改成白話小說，在拍案驚奇卷二十三中，回目名：『大姊遊魂完宿願，小妹病起續前緣』。聯芳樓記，故事與戲曲南薰芳樓記同（見南詞敍錄）。渭塘奇遇記的故事與孤本元明雜劇中之王文秀渭塘奇遇同。翠翠傳，凌濛初改成白話小說，在二刻拍案驚奇卷六，回目名：『李將軍錯認舅，劉氏女詭從夫』。綠衣人傳，明周朝俊曾改成戲曲紅梅記，即今之紅梅閣。寄梅記，由周清原改成白話小說，列入西湖二集卷十一，回目名：『寄梅花鬼鬧西閣』。」由此可見此書甚受後世小說家與戲曲家的重視。

(二)剪燈餘話

此書的作者是李禎。列朝詩集說他：「字昌祺，廬陵人。父伯葵，號盤谷釣叟，有詩名。昌祺弱冠，文譽蔚起，與曾子棨聲名相頡頏。永樂癸未進士，簡翰林庶吉士，與修永樂大典。同事者推其賅博，僻書疑事，互相諮決，必以實歸。授禮部主客郎中。仁宗監國，命權知部事，藩憲員闕，以才望特簡出為廣西左布政。父喪，服除，改河南，丁內艱歸，宣宗命奪喪，乘傳赴官，風疾增劇，不待行年，堅乞致仕。生平剛嚴方直，居官所至有風裁，服食清約，足跡不至公府。富於才情，多所結撰。效瞿宗吉剪燈新話作餘話一編，借以申寫其胸臆。其歿也，議祭於社，鄉人以此短之，乃罷。白璧微瑕，惟在閑情一賦，其然豈其然乎！」歷代名人生卒年志說他生於洪武九年（一三七六），卒於景泰三年（一四四二），享年七十七歲。

剪燈餘話在自序以前，列有翰林傳讀學士曾棨、翰林侍講王英等五人的序，可見作者的交遊以及此書受當時士林重視的情形。

本書各篇的主題，大致是藉神怪、戀愛的故事，表揚忠孝節義等固有道德，如果單是這樣的內容，當不至於不容於當時的道德尺度，而列朝詩集及都穆談纂中紀敍李昌祺因此書死後不得「祭於社」和「祀於學宮」，也一定別有原因。

前引列朝詩，稱李氏「生平剛直，居官所至有風裁，服食清約，足迹不至公府。」而明史本傳也說：「洪熙元年，起故官河南尹，與右布政使蕭省身繩豪猾，去貪殘，疏滯舉廢，救災恤貧；數月，政化大行。……時河南大旱，廷臣以昌祺廉潔寬厚，河南民懷之，請起昌祺。命奪喪赴官，撫恤甚至。正統改元，上書言三事，皆報可。四年，致仕。家居二十餘年，屏跡不入公府。故廬裁蔽風雨，伏臘不充。」可知他是一個剛正不阿、清廉自守的人，他在書中，對不良政治及豪貴的奢侈，很有一些諷刺與譴責。

在「長安夜行錄」中，他借一對寃死的賣餅夫婦，追求七百年前唐朝諸王的奢侈生活，寧王欲奪人之妻，「是其常態，尚足怪乎？」「其他宗室所爲，尤不足道。若岐王進膳，不設幾案，令諸妓各捧一器，品嘗之。申王遇冷不向火，置兩手于妓懷中，須臾間易數人。薛王則刻木爲美人，衣之青衣，夜宴則設以執燭，女樂作弦，歌舞雜遝。其燭又特異，客欲作狂，輒暗如漆，事畢復明，不知其何術也。如此之類，難以悉擧。無非窮極奢淫，滅棄禮法，設若墮其手中，寧復得出？」

在「泰山御史傳」中，他寫一個懷才不遇、自食其力，非義不爲的農人，在人世間累荐不報，死後被東嶽大帝封爲司憲御史。其人對他尙在陽界的友人述及地下官府情形說：

「大抵陰道尙嚴，用人不苟。惟泰山一府，所統七十二司，三十六獄……大而冢宰，則用忠臣、烈士、孝子、順孫，其次則善人、循吏，其至小者，雖社公、土地，必擇忠厚有陰德之民爲之，而尤重詞職。向修文館缺官，遍處搜訪，不得其人。亦有荐之數公者，雖甚文采，而在世之時，不修士行，或盜名欺世，或昧己瞞人，狗媚狐趨，皆有疵之可議；不得已，就其中擇彼善於此者一人，爲司言上卿，近又被墓靈塚伯訴其生前撰述死者銘志不實，廣受潤筆之資，多爲過情之譽，以眞亂贗，以愚爲賢，使善惡混淆，冥官最所深惡，往往照依綺語妄言律科罪，付拔舌地獄施行，此爲儒者深戒，雖有他美，莫得而贖焉。聖帝以其近臣，曲加貸宥。而復荒迷杯酌，失誤表文，罪惡貫盈，靈祇共憤。吾糾而彈之，天齊震怒，遂下於獄，隨卽奏聞上穹，已正曲憲。」

從以上這種借古諷今的敍述，就可以知道此書的內容何以不容於當時權貴的眞正原因了。

孟瑤的中國小說史，根據周夷的校注，擧出書中有幾篇影響到後來的白話小說，或與戲曲有關者：「聽經猿記，故事與孤本元明雜劇卷四龍濟山野猿聽經取材同；田洙遇薛濤聯句記，凌濛初改寫成白話小說在二刻拍案驚奇卷十七，回目爲：『同窗友認假作眞，女秀才移花接木』；鶯鶯傳，故事與南戲柳穎取材同；芙蓉屏記，凌濛初改寫成白話小說，載初刻拍案驚奇卷二十七，回目名：『顧阿秀喜捨檀那物，崔俊臣巧會芙蓉屏。』；秋千會記，凌濛初改寫成白話小說，載初刻拍案驚奇卷九，回目名：『宣徽院仕女鞦韆會，清安寺夫婦笑啼緣』；賈雲華還魂記，周清原改寫成白話小說，載西湖二集卷二十七，回目名：『洒雪堂巧結良緣』。」由此可知它與元明戲曲的關係及受後世小說家重視的情形。

二、白話小說

明朝人對白話小說發生興趣，大致上是有一個從收集、編纂，進而至改寫、創作的過程的。我們現在所知道的最早做這種收集、編纂的工作，而且大規模刋刻行世的人，是嘉靖年間的洪楩。楩字子美，曾官詹事府主簿。他所刋刻的書，板心往往刋明「清平山堂」四字，現在所知的，他還刻有夷堅志，唐詩紀事等書。他所刋行的宋元話本，清末以來陸續發現的一些殘卷，如日本內閣文庫所藏的話本十五篇，錢杏邨發現的殘本二篇，馬廉發現的殘本十二篇，一般上統稱爲清平山堂話本。現在我們根據田汝成西湖遊覽志的記載，知道洪氏所刻的這些宋元話本，原名是六十家小說，分爲雨窗、長燈、隨航、欹枕、解閒、醒夢等六集，每集十卷，實際是每集十篇，共計六十篇白話小說。到目前爲止，僅能看到上述的二十九篇，而且其中有幾篇殘缺不全。

自洪楩的六十家小說在明嘉靖年間問世以後，這種話本形式的白話小說便開始受到書商與士人的注意，因而陸續也有一些話本刋刻流傳。鄭振鐸的「明清二代的平話集」一文中，曾舉出在萬曆年間，有熊龍峯所刋行的話本小說四種，現存日本內閣文庫，其篇名爲「馮伯玉風月相思小說」、「孔淑芳雙魚扇墜傳」、「蘇長公章台柳傳」、「張生彩鸞燈傳」。鄭氏說：

「這四種，馮伯玉風月相思小說便是清平山堂中的風月相思。孔淑芬雙魚扇墜傳則在當時流行雖廣，却不曾被收入叢集中過。蘇長公章台柳傳，敍述蘇軾爲臨安府太守時，一日乘醉，欲娶妓章台柳，後又忘之。章台柳久待他不至，遂嫁與丹青李從善。等到軾復憶起這事時，章台柳早已有所屬了。這是一個悲劇，但寫得頗不好。」

「這四種的作者皆不知何人。其時代大約總在萬曆以前。（風月相思是嘉靖以前物。）像蘇長公章台柳傳風格極爲幼稚，可能是更早期的東西。張生彩鸞燈傳也是很古的作品，獨孔淑芬雙魚扇墜傳明言『弘治年間』云云，當爲弘治、正德間之物。這一篇話本，風格、題材絕類宋人西山一窟鬼、洛陽三怪諸『煙粉靈怪』傳奇，大約這類談神說鬼之什，民間是很爲歡迎的。」

鄭氏還提到一種名爲「綉谷春容」的小說集，其中也收有話本二種，卽「柳耆卿翫江樓記」、「東坡佛印二世相會」，不過均已見於清平山堂話本。

從以上兩種萬曆年間刊刻的話本小說看來，我們已可看出話本逐漸流行的情形了。更值得重視的是，小說四種中的孔淑芬雙魚扇墜傳一篇，鄭氏推測是「當爲弘治、正德間之物」，不確。現在我們知道這篇白話小說是根據嘉靖年間田汝成的西湖遊覽志錄中的一則神怪故事改寫的。原文如下：

「弘治間，旬宣街有少年子徐景春者，春日遊湖山，至斷橋，時日迨暮矣，路逢一美人與一小鬟同行。景春悅之，前揖而問曰：『娘子何故至此？』答曰：『妾頃與親戚同遊玉泉，士子雜遝，遂失群，惘惘索途耳。』景春曰：『娘子貴宅何所？』答曰：『湖墅宦族孔氏二姐也。』景春遂送之以往，及門，強景春入曰：『家無至親，郎君不棄，暫寄一宿，何如？』景春大喜，遂入宿焉。備極繾綣，以雙魚扇墜爲贈。明日，鄰人張世傑者，見景春臥冢間，扶之歸。其父訪之，乃孔氏女淑芬之墓也。告于官，發之，其祟絕焉。」

這表示在萬曆年間，已開始有人根據志怪及傳奇，改寫成白話小說了。

但大規模的改寫宋元平話，改寫志怪、傳奇，或全出於創作，加以彙刻出版，則是要到明末天啓、崇禎年間的馮夢龍和凌濛初出書，分別發表了三言和二拍，才使得短篇白話小說的表現，達到一個新的里程。以下，我們就介紹三言和二拍。

㈠三言

三言是喻世明言、警世通言和醒世恆言的合稱。編纂此書的馮夢龍（一五七四——一六四六），是晚明一位重視民間文學，並提倡俗文學運動的人。他是長洲人，字猶龍，一字子猶，又名龍子猶。墨憨是他的齋名，故又自稱爲墨憨子，別署茂苑野史。他除了對短篇白話小說極有貢獻以外，也曾增補改編過長篇小說平妖傳和新列國誌；戲劇方面，他有墨憨齋定本傳奇十種，其中三種爲他自己所作；他的詩集七樂齋稿，通俗而風趣，具有民歌的色彩，凡此，可見他文學見解的趣向。

三言的成書，是先後分三次刊布流傳的，首先刊布的是喻世明言。

喻世明言最初名「古今小說」，共四十卷。原刻本封面內頁，有下列的說明：

「小說如三國志、水滸傳稱巨觀矣。其有一人一事足資談笑者，猶雜劇之於傳奇，不可偏廢也。本齋購得古今名人演義一百二十種，先以三之一爲初刻之。　天許齋藏版　」

在目錄之前，有「綠天館主人」的序。（警世通言書前有「無礙居士」的序，醒世恆言書前有「可一居士」的序，我們懷疑都是馮夢龍的託名。）他說：

「大抵唐人選言，入於文心；宋入通俗，諧於里耳。天下之文心少而里耳多，則小說之資於選言者少，而資於通俗者多。試令說話人當場描寫，可喜可愕，可悲可涕，可歌可舞；再欲捉刀，再欲下拜，再欲決腹，再欲捐金；怯者勇，淫者貞，薄者敦，頑鈍者汗下。雖日誦孝經、論語，其感人未必如是之捷且深也。噫，不通俗而能之乎？茂苑野史氏，家藏古今通俗小說甚富，因賈人之請，抽其可以嘉惠里耳者，凡四十種，畀爲一刻，余顧而樂之，因索筆而弁其首。」

三言的第二部分是警世通言，也是四十卷，有四十篇小說。書前「無礙居士」的序，是寫於天啓甲子（一六二四）。

三言的最後一集是醒世恆言，也是四十卷，有四十篇小說。有天啓丁卯（一六二七）「可一居士」的序，是比警世通言更晚三年刋行的。三言中僅最早刋行的喻世明言，由於「綠天館主人」沒有說明序書的年代，所以我們不知道它初刻的時間；如果以後兩部書相隔的年代來推算，那麼喻世明言可能在天啓元年（一六二一）前後問世。

三言中所收的短篇小說，分析它們的故事來源，大約有三方面：

① 出於宋元話本。例如喻世明言中的「閒雲庵阮三償寃債」，「羊角哀捨命全交」，警世通言中的「喬彥

傑一妾破家」，「蔣淑貞刎頸鴛鴦會」，源出於清平山堂話本：警世通言中的「拗相公飲恨半山堂」、「一窟鬼癩道人除怪」，醒世恆言中的「金海陵縱慾亡身」、「十五貫戲言成巧禍」原出於京本通俗小說等是。

② 由前代史傳、傳奇、神怪小說、筆記、或戲曲改寫而成。例如喻世明言中的「吳保安棄家贖友」，本事見新唐書；警世通言中的「李謫仙醉草嚇蠻書」，本事見唐史李白傳，醒世恆言中的「三孝廉讓產立高名」，本事見後漢書許荊傳。明言中的「張道陵七試趙昇」，本事見「太平廣記」；「楊思溫燕山逢故人」，本事見「夷堅志」；「汪信之一死救全家」，本事見岳珂桯史。通言中的「俞仲舉題詩遇上皇」，本事見「武林舊事」；「桂員外途窮懺悔」，本事見「覓燈因話」。恆言中的「兩縣令競義婚孤女」，本事見魏泰的東軒筆錄；「薛錄事魚服證仙」及「杜子春三入長安」，本事均見李復言的續玄怪錄。

③ 無淵源本事可考的一類，這類中例如明言裡的「楊謙之客舫遇俠僧」、「新橋市韓五賣春情」；通言中的「呂大郎還金全骨肉」、「趙太祖千里送京娘」，恆言中的「灌園叟晚逢仙女」、「張淑兒巧智脫楊生」等，相信多半是明朝人的作品。研究三言的人，大家均相信在這一類作品中，一定有若干篇是馮夢龍自己的創作，不過缺乏積極的證據一一指明罷了。

三言中所收的這一百二十篇小說，由於它們的來源有以上所說的這些差異，雖然經過馮夢龍的加工改寫，但是如據話本改寫的一些小說，仍沒有盡去話本的痕跡，諸如入話的保留，詩詞的酌量保存，同純粹明人創作的小說，分別可以一目了然。再者，三言中雖大體上說是白話小說，可是其中仍然有一些作品，它們是用淺近的文言寫成的。我們推想在馮氏當時編纂三言，目的只在使這些作品表現它的通俗性，只消「嘉惠里耳」，目的卽已達到，他可能並沒有意思一定要提倡用白話來寫小說。

三言編纂成書以後，立卽在明末掀起一股改編與創作白話或淺近文言短篇小說的風氣。凌濛初的拍案驚奇初刻與二刻，可以說是在它的影響之下產生的巨著。此外還有天然痴叟的「石點頭」，載小說十四篇，川子淸的「西湖二集」（一集已佚），載小說三十四篇。從明末以來，以三言故事改編成戲曲及地方戲的，更是指不勝屈，影響極大。

醒世恆言中有一篇「張孝基陳留認舅」，它的入話部分有一首長詩，開頭四句是：

「世人盡道讀書好，只恐讀書讀不了；讀書箇箇望公卿，幾人能向金階走？」

就似乎是紅樓夢裡著名的「好了歌」的靈感源頭。我們擧此一例，不過在爲它對後世小說家的廣泛的影響，加一個註脚而已。

(二)二拍

二拍是拍案驚奇初刻與二刻的合稱。編纂者「卽空觀主人」，經王國維考定爲凌濛初。凌氏是浙江烏程人，字玄房，號初成，亦名凌波，一字波斥，別號卽空觀主人。生於明萬曆八年，死於崇禎十七年（一五八〇——一六四四），曾任上海縣丞，署令事，徐州判等官職。

拍案驚奇的初刻刋行在崇禎元年，比三言中的醒世恆言晚出一年。以往見到的初刻，只有三十六卷，晚近在日本發現明尙友堂刋本，始知原書實有四十卷，完全是承繼三言的形式。原序說：

「……獨龍子猶氏所輯喩世等書，頗存雅道，時著良規，一破今時陋習，而宋元舊種，亦被蒐括殆盡。肆中人見其行世頗捷，意余當別有秘本圖書而衡之。不知一二遺者，比其溝中之斷蕪略不足陳已。因取古今來雜碎事可新聽睹、佐談諧音，演而暢之，得若干卷，其事之真與飾，名之實與贗，各參半。文不足徵，意殊有屬。凡耳目前怪怪奇奇，當亦無所不有，總以言之者無罪，聞之者足以爲戒，則可謂云爾已矣。……」

序中值得我們注意的有兩點：一、「肆中人見其行世頗捷」一語，可反映當時讀者愛看，以及書商急於翻刻、新印的情形。二、「而宋元舊種，亦被蒐括殆盡……一二遺者，比其溝中之斷蕪略不足陳已」一語，相信是實在的情形，這是凌氏不得另行改編、創作的原因。

王古魯曾經分析這四十篇故事的時代背景，計演唐事的九種，宋七種，元六種，明十三種，時代不明的五種。不過到目前爲止，我們雖知道日本有四十卷本，但那最後的四回，仍沒有影印回來刊布，這是一個遺憾。

拍案驚奇的二刻，是刊行在初刻之後的五年。作者在書前小引中說：

「丁卯之秋，事附膚落毛，失諸正鵠，遲迴白門，偶戲取古今所聞一二奇局可紀者，演而成說，聊舒胸中磊塊。非曰「行之可遠」，姑以遊戲爲快意耳。同儕過從者索閱一篇竟，必拍案曰：『奇哉所聞乎！』爲書賈所偵，因以梓傳請，遂爲鈔撮成編，得四十種。支言俚說不足供醬瓿，而翼飛脛走，較撚髭嘔血、筆塚研穿者，售不售反霄壤隔也。嗟乎，文詎有定價乎？賈人一試之而效，謀再試之，余謂一之已甚。顧逸事新語可佐談資者，乃先是所羅而未及付之於墨，其爲柏梁餘材，武昌剩竹，頗亦不少，意不能想，聊復綴爲四十則。其間聽鬼說夢，亦真亦誕，然意存勸戒，不爲風雅罪人，後先一指也。」

這小引說明了由於初刻暢銷，所以才再行鐫刻二刻的事實。二刻中的故事來源，取材於洪邁夷堅志中的很多，所以四十篇中，神怪小說佔著很大的比例。小引中說「乃先是所羅而未及付之於墨」，可見這些材料，在初刻時曾經割愛，到二刻時也就不管好壞，一律改寫成篇了，這也無異說明，在凌濛初的心目中，二刻所收，是次一等的貨色。

今本二刻拍案驚奇，中土久佚，是由王古魯氏由日本鈔回，但這個尙友堂的四十卷本，中間第二十三卷「大姊魂遊完宿願，小妹病起續前緣」，竟與初刻的第二十三卷全同，又最末一卷卽卷四十，是一篇「宋公明鬧元宵雜劇」，所以有人懷疑這個本子也不是原來的初刻本，是後刻者缺了兩篇，取來湊足四十之數的；當然也可能凌氏當初只纂寫了三十八篇，書商爲求得一整數，玩了這一花樣也未可知，總之，這還是一個疑案。

王古魯分析二刻故事的時代，計演春秋事的一種，宋十四種，元三種，明十九種，不明時代的二種。雖然凌氏在初刻序中強調：

「承平日久，民佚志淫，一二輕薄少年，初學拈筆，便思汚衊世界，廣摭誣造，非荒誕不足道，則褻穢不忍聞。」

可是在初、二刻拍案驚奇中，也有一些不足道、不忍聞的成份。現在排印本二刻中卷三十四的「任君用恣樂深閨，楊太尉戲宮客館」，全文均被刪去，其他初、二刻中「下刪若干字」的地方，也常常可見，這些褻穢的描寫，相信都是受了金瓶梅的影響所致。凌氏序中所以如此說，相信是同當時流行的一些「穢書」比較之下，二拍已能算是出於汚泥的作品了。

三言、二拍成書以後，可說已把話本和模擬話本這種形式的白話小說，發揮盡緻。這五冊各四十篇的小說，由於篇幅浩繁，而且優劣互見，所以自然有人來做選節的工作。其中選輯得最成功的一種，就是署名「抱甕老人」的今古奇觀。

今古奇觀選錄三言、二拍中共四十篇小說，成爲一集。其中選自喻世明言的八篇，警世通言的十篇，醒世恆言的十一篇，拍案驚奇初刻的八篇，二刻的三篇。自今古奇觀在明末刊刻流行以後，逐漸成爲明代白話短篇小說的範本，連原作的三言、二拍也很少受人注意了。

〔三版附記〕本書作者之一金榮華教授近年在韓國發現一部韓國傳抄的明人話本集——啖蔗。書分上下兩冊，上冊有十五篇故事，下冊殘存十三篇，第十三篇祇有數行，又分屬兩篇不同的內容，所以實際是二十七個完整故事和兩個殘篇。這些故事，分別爲馮夢龍和凌夢初的「三言、二拍」所依引，是研究三言二拍的重要資料。全書已由本公司影印發行。

第八編　清代文學

第一章　清代詩詞

第一節　清代詩歌

清朝自開國以來，直到道、咸間太平天國亂起，中間約有二百年，天下太平，國泰民安，文人才士，頗能致力於學術研究和文藝創作。滿清雖以異族入主中原，但滿人漢化甚早，入關以後，更是加速地被同化了。清廷的治國方法，採用恩威並用的手段，所以文字獄雖然屢興，但對學術、文藝的獎掖，才人名士的汲引和獎勵，也時有所聞。帝王、宗室中人，也不乏附庸風雅或雅好文事之輩，所以終清之世，文學的風氣是很興盛的。

雖然清代在詩歌方面，從大處看，仍然不外乎唐、宋二大流派，但是清代的一些詩人，往往能獨抒己見，發爲有系統的詩歌創作理論，他們各創新意，不欲全爲唐宋所囿的努力，是値得稱許的。論者咸以爲清代在詩歌方面的表現，勝過元明兩代，不是沒有理由的。

以下，我們將就時代的先後，介紹清代一些較有成就或創見的詩人。

㈠清初遺民之詩

清初詩壇，首推所謂「江左三家」的錢謙益、吳偉業與龔鼎孳。其中自以錢、吳二人成就較大。

錢謙益　字受之，號牧齋，生於明萬曆十年，卒於清康熙二年（一五八二——一六六四）他十九歲進士及第，宦途得意，明末曾一度做到禮部尚書。清兵南下，謙益率衆出降。仕清爲禮部侍郎，秘書院學士，修明史，任史局副總裁，後因病辭歸江南，著作有「初學集」和「有學集」。

謙益早年傾心擬古，後來悟及模擬、剽窃之失，竟成爲反擬古派的健將，對於主張詩必盛唐的明代前後七子，攻擊不遺餘力，對二李（夢陽、攀龍），尤其排擊得厲害。因此，他論詩特別提倡宋元，對於蘇東坡、元好問更加讚譽。論者以爲他個人詩作方面所受的影響，是「出入李杜韓白蘇陸元虞之間」。由於他對宋詩、元詩的推崇，自康熙以來，影響一般學詩者的風尚，一度專尚宋詩。吳之振編宋詩鈔，顧嗣立編元詩選，可以看出當時的風氣。

錢氏既以前朝重臣，而降清仕清，自然被人所不齒。晚年又涉嫌叛逆，詩作又涉嫌誹謗清廷，所以他的著作都被令燒燬。談他的詩作，都犯當時之忌，故沈德潛的清詩別裁，二三流的詩人都能入選，錢牧齋却不預焉。錢氏實成了兩面不討好的人物。

民國以來，評量清代詩人，在不以人廢言的尺度之下，覺得他既以豐富的學識，發之於詩，沈鬱而兼藻麗，故多承認他在清初時期，詩壇領袖的地位。現錄其「獄中雜詩」一首於下：

「良友冥冥恨夜臺，寡妻稚子尺書來。平生何恨彈冠意，死後空餘挂劍哀。千載汗青終有日，十年血碧未成灰。白頭老淚西窗下，寂寞封題一雁回。」

吳偉業　字駿公，號梅村，生於明萬曆三十七年，卒於康熙十年（一六〇九——一六七一）江蘇太倉人，年二十二會士第一，殿試以一甲二名授翰林苑編修。明亡後，曾欲自縊，後爲父母所止。後清廷詔舉遺賢，他被推荐，一再懇辭，終不獲請，入京授秘書院侍講，後升國子監祭酒。他曾與侯朝宗相約終隱不出，侯死時，梅村用詩哭弔云：「死生總負侯嬴諾，欲滴椒漿淚滿尊。」居京三年，告歸，不復再出。

梅村因爲不得已而仕清，內心非常痛苦，晚年詩作時有沉痛的呼號，如過淮陰有感云：

「浮生所欠只一死，塵世無緣識九還；我本淮王舊雞犬，不隨仙去落人間。」

他死前自序生平事略，也說：「吾一生遭際，萬事憂患，無一刻不歷艱難，無一境不嚐辛苦，實爲天下大苦人。吾死後，斂以僧裝，葬吾鄧尉靈岩相近，墓前立一圓石曰：詩人吳梅村之墓。」

他的絕命詩尤其感人：「忍死偷生廿載餘，而今罪孽乍消除。受恩欠債須塡補，縱比鴻毛也不如！」

他的處境以及自恨自責，頗能得到後人的同情，多不以看牧齋的態度看他。

吳氏甚有詩才，尤其善於七言長篇的歌行。歷經亡國之痛，故欲以詩歌存故國史實，與杜甫、元好問一樣，有詩史之目。七言歌行中尤以圓圓曲、鴛湖曲爲膾炙人口之作。所著詩文，有梅村家藏稿四十九卷。

今錄其圓圓曲首段如下：

「鼎湖當日棄人間，破敵收京下玉關，慟哭六軍俱縞素，衝冠一怒爲紅顏。紅顏流落非吾戀，逆賊天亡自荒讌。電掃黃巾定黑山，哭罷君親再相見。……」

清初詩壇在「江左三家」之外，稍後有所謂「南施北宋」。

宋琬（一六一四——一六七四）字玉叔，號荔裳，山東萊陽人。三十四歲中進士。曾任四川按察使。他的詩落筆雄健，較長於古體。其五言歌行，尤爲擅長。

施閏章（一六一九——一六八三）字尚白，號愚山，安徽宣城人，三十六歲中進士。曾任刑部主事員外郎。與宋荔裳、嚴顥亭、丁飛清、張進明、趙錦帆、周宿成等相酬唱，號稱燕台七子。他的詩深穩雅醇，有唐人意味。晚年作品，趨於平淡自然。

(二)康熙時代之雄——王士禎

王士禎在清代詩壇的地位，有人曾比之於宋代的東坡，可見其聲名之大。

王士禎（一六三四——一七一一）字貽上，號阮亭，又號漁洋山人，山東新城人。二十五歲登進士第。他年輕時被人稱爲神童，因爲十五歲時，已出版名爲「落箋堂初稿」的詩集了。後累官至刑部尙書。

漁洋論詩，特別主張「神韻」。此說可說是綜合了司空圖詩品所謂「不著一字，盡得風流」以及嚴羽滄浪詩話所倡禪家「妙悟」之說，而以詩的神情韻味爲最高境界的詩論。所以他言論特別强調「象外之旨，弦外之音」，貴冲和淡遠，而以「言有盡而意無窮」爲至境。

他對唐朝詩人王維、孟浩然、韋應物的五古，王昌齡、李頎、常建等的七絕，尤爲推重，所選唐賢三昧集、萬首絕句等書，錄上述諸人之作尤多。而唐賢三昧集中，李、杜之詩一首也無，由此可見其態度的執着。

因爲特別標榜神韻、靈性、禪性的作品，所以對短小的篇章，詞篇味長之作，特爲喜愛，他本人所作，也多以七絕小詩爲佳。玆錄其金陵雜詩二首於下：

「年來腸斷秣陵舟，夢繞秦淮水上樓。十日雨絲風片裡，濃春煙景似殘秋。」

「曉上江樓最上層，去帆婀娜意難勝。白沙亭下潮千尺，直送離心到秣陵。」

㈢乾嘉時代的詩人

乾嘉時代，繼續康熙時代的文運，詩人陸續出現。在康乾之間，有宗唐派的詩人朱彝尊、趙執信、沈德潛諸家，有尊宋派的詩人查愼修、厲鶚等。在乾隆年間聲望、時代約略相等的，有所謂乾隆三大家，就是袁枚、蔣士銓和趙翼。

袁枚（一七一六——一七九七）字子才，號簡齋，錢塘人。二十三歲舉進士，入爲翰林後出爲知縣，四十歲時，絕意仕進，在江寧城西得隋氏之園，改名隨園，與天下名士、名媛相唱和。他爲人很重感情，嘗爲亡友沈鳳掃墓，三十年如一日。他的小倉山房詩集，傳誦一時。

子才論詩主性靈，性情，他說：

「詩者，人之性情也，性情之外無詩。」

「凡詩之傳者，都是性靈，不關堆垛。」

「凡作詩，寫景易，言情難，何也？景從外來，目之所觸，留心便得；情從心出，非有一種芬芳悱惻之懷，便不能哀感頑艷。」

「人必有芬芳悱惻之懷，而後有沈鬱頓挫之作，人但知杜少陵每飯不忘君，而不知其於友朋弟妹夫妻兒女間，何在而不一往情深。……後人無杜之性情，強學杜之風格，抑末也。」

他的詩、論者以爲七律較佳，尤以酬贈言情的詩，辭達意至，非常熨貼。玆錄其七律詠雪一首於下：

「東皇翦水正紛紛，吹上梅花不見痕。但覺關河開曙色，竟忘大地有黃昏。一生影落書窗好，半世身從玉案尊。記得兩湖尋酒伴，斷橋西去最消魂。」

蔣士銓（一七二五——一七八四）字心餘，又字苕生，號淸客，江西人，三十二歲登進士第。士銓爲人重情義，爲世所稱。他在文學方面，詩詞曲文都很擅長，也正因爲不專攻詩，在三大家中詩才較弱。他的詩，古體勝於近體，而七古又較五古爲佳。玆錄其七古「題文信國遺像」一首於下：

「遺世獨立公之容，大節不奪公之忠。天已厭宋獨生公，一代正氣持其終。小人紛紛作丞輔，公不見用且歌舞。朝廷相公國已亡，六尺之孤是何主。出入萬死身提戈，天意不屬尚奈何？十載幽囚就柴市，毅魄且欲收山河。節義文章皆可考，狀元宰相如公少。山中誰救六陵移，地下眞慚一身了。亂亡無補心可憐，天以臣節煩公肩。不然狗彘草間活，借口傾應謀身全。俎豆忠貞遂公志，嶺上梅花今再世。鄉人誰復繼前賢，一拜須眉一流涕。」

趙翼（一七二七——一八一四）字雲松，號甌北，江南陽湖人，四十五歲登第，授編修。後出爲縣令，年六十罷歸。曾遍遊浙東山水，與友人賦詩自娛。趙氏精研學術，尤長於史學，有二十二史劄記、陔餘叢考，都很受後人重視。他的詩才氣縱橫，莊諧並作。晚年欲刻詩集時，人或評曰「雖不能及杜子美，已過楊誠齋矣。」甌北傲然答道：「吾自爲趙詩耳，安知唐宋！」可見他的自負。他也長於論詩，有甌北詩話傳世。

洪亮吉曾批評蔣、趙二人，說：「蔣如劍俠入道，留餘殺機；趙如東方正諫，時帶諧謔。」（北江詩話）諧謔確是他的特點，如閒居讀書云：

「後人觀古書，每隨己境地。譬如廣場中，環著高台戲；矮人在平地，舉頭仰而企；危樓有憑檻，劉楨方平視。做戲非有殊，看戲乃各異。矮人看戲歸，自謂見仔細。樓上人聞之，不覺笑歕鼻。」

黃景仁（一七四九——一七八三）字仲則，江蘇武進人。他是個懷才不遇，貧困一生的短命詩人。他雖然只活了三十四歲，但却留下了兩當軒詩集二十二卷，供後人追念。集中感懷身世，記敍貧病落魄的詩句，隨處可見，其傳頌之句如：

「全家都在秋風裡，九月衣裳未剪裁。」

「悄立市橋人不識，一星如月望多時。」

「十有九人堪白眼，百無一用是書生。」

其「癸巳除夕偶成」云：「年年此夕費呻吟，兒女燈前竊笑頻；汝輩何知吾自悔，枉拋心力作詩人！」可謂淒厲絕倫，令人不忍卒讀。

他的「圈虎行」七言歌行，也很傳頌：

「都門歲首陳百技，魚龍百獸罕不備。何物市上遊手兒，役使山君作兒戲。初昇虎圈來廣場，傾城觀者如堵牆。四圍立柵牽虎出，毛拳耳戢氣不揚。先撩虎鬚虎猶帖，以梧卓地虎人立。人呼虎吼聲如雷，牙爪叢中奮身入。虎口呀開大如斗，人轉從容探以手，更脫頭顱抵虎口，以頭飼虎虎不受。虎舌舐人如舐轂，忽按虎脊叱使行，虎便逡巡繞闌走。翻身踞地蹴凍塵，渾身抖開花錦茵。盤回舞勢學胡旋，似張虎威實媚人。少焉仰臥若佯死，投之以肉霍然起。觀者一笑爭醵錢，人既得錢虎搖尾。仍驅入圈負以趨，此間樂亦忘山居。依人虎任人頤使，伴虎人皆虎唾餘。我觀此狀氣消沮，嗟爾斑奴亦何苦！不能決蹯爾不智，不能破檻爾不武。此曹一生衣食汝，彼豈有力如中黃，復似梁鴦能喜怒？汝得殘餐究奚補？倀鬼羞顏亦更主。舊山同伴倘相逢，笑爾行藏不如鼠！」

此詩末段以諷刺、責備作結，也多少有點自嘲的意味。

四、晚清詩人

道光以後，詩人本也不少，但不是宗唐，就是尊宋，沒有特出值得介紹的詩人。比較不同流俗的，前有金和，後有黃遵憲。

金和（一八一八——一八八五）字亞匏，江蘇上元人。著有秋蟪吟館詩鈔。太平軍攻陷南京時，他全家陷在城中，他聯合了一些同志想要有所作爲，與官軍相應，結果失敗，差點丟了性命。由於他身陷兵亂之中，親眼見到當時官兵與太平軍，都一樣的荼毒百姓，所以寫了許多反映當時社會情狀，兵火離亂的詩篇，陳衍石遺室詩話說他：

「所歷艱苦，視古少陵，近之鄭子尹，蓋又過之。其古體極乎以文爲詩之能事，而一種慘淡陰黑氣象，又過乎少陵子尹。」

他自己也說：「是卷半同日記，不足言詩。如以詩論之，則軍中諸作，語言痛快，已失古文敦厚之風，尤非近賢排調之旨。」（椒雨集敍）

故他的詩中，有諷刺也有詼諧，尤其五古七古歌行，雜以散文體，重在敍事和譴責，這種不依傍古人的態度，成爲他的特色，也使他成爲有價值的詩人。

玆錄其「兵問」一首於下：

「兵來前！吾問汝：——『汝今從軍幾年所？且不責汝無事年，年年用國如山錢。亦不責汝近年事，事事云刀盡兒戲。只汝出門時，汝家復有誰？若父若母若汝妻，若兄若弟若汝兒。骨肉哭路歧，不能親相隨。旁觀代銜悲，祝汝歸無遲。自從送汝後，竟無見汝期。古人亦有言，生死半信疑。何知汝生在，身在心死久。煙牀鴆毒甘，博局梟采負。帳下畜村童，路上誹村婦。村民米與衣，結際惡聲取。縱免將軍誅，可告汝家否？汝家儻聞知，念汝罪難赦。老者愁可死，少者悔可嫁。壯者欲汝囚，幼者亦汝罵。汝或猶有心，不淚當汗下！計汝惟一戰，功罪在反掌。豈但慰汝家，報國受上賞。君不見中興第一韓良臣，本是軍門舞槊人，』」

黃遵憲（一八四九——一九〇五）字公度，廣東嘉應人。同治十二年舉人。他曾歷任駐日本使館參贊，駐英使館參贊，駐舊金山、新加坡總領事，見到外國政治的開明，主張維新，與康、梁通聲氣。後維新事敗，他終被廢放，死後梁啓超爲他作墓誌銘。

他自幼留心民間文藝，故詩作很有山歌、民謠的風味，又因遍遊歐西各國，思想、見聞比他同時的人都要進步廣博。因而主張改革詩體，他說：

「人各有面目，正不必與古人相同。吾欲以古人家抑揚變化之法作古詩，取離騷文選，樂府歌行之神理入近體詩。其取材以群經三史諸子百家及許（愼）鄭（玄）諸子，爲詞賦家所不常用者。其述事以官書會典方言俗諺，及古人未有之物，未闢之境，舉吾耳目所親歷者，皆筆而書之，要不失爲以我之手，寫我之口。」

他的「我手寫我口」的主張，成爲以後新文學運動的口號。他的詩作，也確能注入新的思想詞彙，創出一番新意，所以梁啓超說：

「近世詩人能鎔鑄新理想以入舊風格者，當推黃公度。」（飲冰室詩話）

今舉其「今別離」第一章於下：

「別腸如輪轉，一刻旣萬周；眼見雙輪逝，益增心中憂。古亦有山川，古亦有車舟。車舟載離別，行止猶自由。今日舟亦車，併力生離愁。明知須臾景，不許稍綢繆。鐘聲一及時，頃刻不少留。雖有萬鈞柁，動如繞指柔。豈無打頭風，亦不畏石尤。送者未及返，君在天盡頭。望影倏不見，煙波杳悠悠。去矣一何速，歸定留滯不？所願君歸時，快乘輕氣球！」

黃氏著有人境廬詩草十一卷、日本雜事詩一卷。

第二節　清代的詞

詞到了清代，論者都以為是詞的復興時期，其原因，正如詩歌的復興一樣，國家既有一段承平的時間，文人作詩塡詞以求文學上的表現，是很自然的事。

但是從大的方面看，古詩自唐宋以後，已沒有新的發展，元明清的詩壇變化，只有宗唐或尊宋之間而已。詞呢，自南宋以後，也不再有新的發展，它的變化，只在五代、北宋和南宋體式的模仿追踪罷了。

詞在清代，已失去了「倚聲」的特性，成了眞正的「長短句」型式的詩歌。不過清代的詩人詞家，他們創作的態度相當嚴肅認眞，從他們對前人詞集的研究、校刋、蒐集，可以看出他們是以畢生精力從事的。在清代衆多的詞人中間，畢竟有一些是具有很高才華和很深功力的詞人，他們留下了不少可讀的作品，為詞這種文體，放出最後的光彩。

一、清初詞人

清初詞人，很多是既能詩又能詞的，如吳偉業、宋琬、王士禎、毛際可等。此地我們只從豪放、婉約二派中各介紹二人。

a 豪放派：陳維崧與曹貞吉。

陳維崧（一六二五——一六八二）字其年，號迦陵，宜興人。少時卽負才名，長大後鬍子很長，「陳髯」之名，不逕而走。康熙間召試鴻詞科，由諸生授檢討，纂修明史。他學問淵博，才氣縱橫，工詩與駢文，而以詞為最長。其弟宗石序其詞集云：

「方伯兄少時，值家門鼎盛，意氣橫逸，謝郎捉鼻，麈尾時揮，不無聲華裙屐之好，故其詞多作旖旎語。

迨中更顛沛，饑驅四方，或驢背清霜，孤篷夜雨，或河梁送別，千里懷人，或酒旗歌板，鬚髯奮張；或月榭風廊，肝腸掩抑；一切詼諧狂嘯，細泣幽吟，無不寓之於詞。甚至里語巷談，一經點化，居然典雅，眞有意到筆隨，春風化物之妙。蓋伯兄中年始學爲詩餘，晚歲尤好之不厭，或一日得數十首，或一韵至十餘闋，統計小令，中調，長調共得四百一十六調，其詞一千六百二十九闋。先是京少有『天藜閣迦陵詞刻』，猶屬未備，今乃盡付梓人。自唐、宋、元、明以來，從事倚聲者，未有如吾伯兄之富且工也。」

陳氏之詞，有人說他是「取裁非一體，造就非一詣」，近人吳梅氏稱其「氣魄之壯，古今殆無敵手……波瀾壯濶，氣象萬千，卽蘇辛復生，猶將視爲畏友也。」陳廷焯白雨齋詞話也說：「國初詞家，斷以迦陵爲巨擘。後人每好揚朱而抑陳，以爲竹垞獨得南宋眞脈。嗚呼，彼其眞知有南宋哉。迦陵詞氣魄絕大，骨力絕遒，塡詞之富，古今無兩。只是一發無餘，不及稼軒之渾原沈鬱。然在國初諸老中，不得不推爲大手筆。」可見認爲陳氏是屬於豪放派的居多。

龍沐勛氏稱：「詞體之解放，蓋至維崧而達於最高頂矣。其尤可注意者，則迦陵詞中，不特開蘇辛未有之境，且以社會思想，發之於詞。」龍氏且舉賀新郎「縴夫詞」爲例，以證明「詞至迦陵，應用無方」，玆錄陳氏賀新郎一詞於下：

「戰艦排江口。正天邊眞王拜印，蛟螭蟠紐。徵發櫂船郎十萬，列郡風馳雨驟。歎閭左，騷然鷄狗。里正前團催後保，盡纍纍鎖繫空倉後。捽頭去，敢搖手？　稻花恰趁霜天秀。有丁男、臨岐決絕，草間病婦。此去三江牽百丈，雪浪排檣夜吼。背耐得土牛鞭否？好倚後園楓樹下，向叢祠亟倩巫澆酒。神祐我，歸田畝。」

曹貞吉 字升六，號實菴，山東安邱人。明崇禎七年（一六三四）生。康熙三年進士，官禮部郎中。著有珂雪詩詞集。

曹氏塡詞的態度是「寧爲創，不爲述，寧失之粗豪，不甘爲描寫。」「離而得合，乃爲大家。若優孟衣冠，天壤間只生古人已足，何用有我？」（珂雪詞話）可見他不事模仿的抱負。

王煒在珂雪詞序中說：「珂雪詞骯髒磊落，雄渾蒼茫，是其本色，而語多奇氣，惝恍傲睨，有不可一世之意。至其珠圓玉潤，迷離哀怨，於纏綿款至中自具瀟灑出塵之致，絢爛極而平澹生，不事雕鏤，俱成妙詣。」陳廷焯白雨齋詞話評其詞曰：「珂雪詞在國初諸老中，最爲大雅，才力不逮朱、陳，而取徑較正。國朝不乏詞家，四庫獨收珂雪，良有以也。」

現在抄錄他的一首賀新涼「再贈柳敬亭」於下，可見其雄渾蒼茫的詞風：

「咄汝青衫叟！閱浮生繁華蕭瑟，白衣蒼狗。六代風流歸抵掌，舌下濤飛山走。似易水歌聲聽久。試問於今眞姓字，但回頭笑指蕪城柳。休暫住，譚天口。　當年處仲東來後，斷江流樓船鐵鎖，落星如斗。七十九年塵土夢，纔向青門沽酒。更誰是嘉榮舊友？天寶琵琶宮監在，訴江潭憔悴人知否？今昔恨，一搔首。」

b婉約派：納蘭性德、顧貞觀

納蘭性德（一六五四——一六八五）字容若，初名成德，爲了避諱，才改名性德，是太傅明珠的長子。二十二歲成進士。選授三等侍衞，尋晉一等。他自幼聰慧，讀書過目不忘。與當時名士嚴繩武、顧貞觀、秦松齡、陳維崧、姜宸英等相往還。他是滿洲貴族公子，性情雖然孤高，却很講義氣。吳江吳兆騫，流放絕塞，性德慕其才名，爲其贖罪還家；當時在京師的一些落第失職的士子，多獲得他的接濟。可惜只活了三十一歲。

他對古代詞家，獨好北宋以前，不喜愛南渡以後的作品，而他的詞風，也正是出入五代北宋，所著「側帽集」，後更名爲「飲水集」，就是他的詞集。他的詞，獲得同時及以後人的絕高評價，從這些評語中，更可以見出納蘭詞的可貴之處。

顧貞觀在通志堂詞序中說：「容若天資超逸，翛然塵外，所爲樂府小令，婉麗淒清，使讀者哀樂不足所主，如聽中宵梵唄，先悽惋而後喜悅。」

周之琦曰：「或言，納蘭容若，南唐李重光後身也。予謂，重光天籟也，恐非人力所能及。容若長調多不協律，小令則格高韻遠，極纏綿婉約之致，能使殘唐墜緒，絕而復續，第其品格，殆叔原、方回之亞乎？」

況周頤蕙風詞話說：「容若承平少年，烏衣公子，天分絕高。適承元、明詞敝，甚欲推尊斯道，一洗雕蟲篆刻之譏。獨惜享年不永，力量未充，未能勝起衰之任。其所爲詞，純任性靈，纖塵不染，甘受和，白受采，進於沈著渾至何難矣。」

王國維人間詞話說：「納蘭容若以自然之眼觀物，以自然之舌言情，此由初入中原，未染漢人風氣，故能眞切如此，北宋以來，一人而已！」

納蘭容若的詞作裡，雖然也有少數作品表現出那種「嶔崎磊落，不啻坡老、稼軒」的豪放形象，爲描寫塞外風光諸作、金縷曲（贈梁汾）等，只屬偶一爲之罷了。他多數作品，確係「使殘唐墜緒，絕而復續」一類。雖然容若自己特別崇尚李後主，曾說：「花間之詞如古玉器，貴重而不適用；宋詞適用而少貴重。李後主兼有其美，更饒煙水迷離之致。」但他畢竟缺少後主亡國之後的那份沉痛的心境，他的許多詞，只可說置之花間集中，可以亂眞而已。玆錄其菩薩蠻二首爲證：

「催花未歇花奴鼓，酒醒已見殘紅舞，不忍覆餘觴，臨風淚數行。　粉香看欲別，空賸當時月。月也異當時，淒清照鬢絲。」

「晶簾一片傷心白，雲鬟香霧成遙隔。無語問添衣，桐陰月已西。　西風鳴絡緯，不許愁人睡。只是去年秋，如何淚欲流？」

顧貞觀（一六三七——一七一四）字華峯，號梁汾，江蘇無錫人。康熙間舉人。曾館於納蘭相國家，所以能與性德相交。四十七歲時還鄉，讀書終老。著有「積書巖集」及「彈指詞」。

顧曾說：「吾詞獨不落宋人圈樻，可信必傳。」又曾舉謝靈運「池塘生春草」的夢中詩句作比說：「吾於詞曾至此境。」佛典稱：「昔稱彌勒彈指，樓閣門開，善才卽見百千萬億彌勒化身。」他以「彈指」名其詞集，可見他自珍的程度。

陳廷焯白雨齋詞話評曰：「顧華峯詞，全以情勝，是高人一著處。至其用筆，亦甚圓朗，然不悟沉鬱之妙，終非上乘。」可以算是很公平的話。

顧氏同鄉好友吳兆騫，字漢槎，因爲考試的事，被人陷害，流放寧古塔。他極力請求明珠父子營救，至於屈膝，可見他對朋友的義氣。他的賀新郎二首，就是「寄吳漢槎寧古塔，以詞代書，丙辰冬寓京師千佛寺冰雪中作」，不但是他的傑作，實可說是詞史中別開生面的絕唱，其詞曰：

「季子平安否？便歸來，平生萬事，那堪回首？行路悠悠誰慰藉，母老家貧子幼。記不起從前杯酒。魑魅搏人應見慣，總輸他覆雨翻雲手。冰與雪，周旋久。　淚痕莫滴牛衣透。數天涯依然骨肉，幾家能彀？比似紅顏多命薄，更不如今還有。只絕塞苦寒難受。廿載包胥承一諾，盼烏頭馬角終相救。置此札，君懷袖。」

「我亦飄零久。十年來，深恩負盡，死生師友。宿昔齊名非忝竊，試看杜陵消瘦，曾不減夜郎僝僽。薄命長辭知己別，問人生到此淒涼否？千萬恨，爲君剖。　兄生辛未吾丁丑。共些時冰霜摧折，早衰蒲柳。詞賦從今須少作，留取心魂相守。但願得河清人壽。歸日急翻行戍稿，把空名料理傳身後。言不盡，觀頓首。」

陳廷焯對此二詞，有很恰當的讚語：「華峯賀新郎兩闋，只如家常說話，而痛快淋漓，宛轉反覆，兩人心跡，一一如見，雖非正聲，亦千秋絕調也。」「二詞純以性情結撰而成，悲之深，慰之至，丁寧告誡，無一字不從肺腑流出，可以泣鬼神矣。」

二、浙西詞派

康熙時候，詞壇領袖是陳維崧與朱彝尊。一個崇蘇辛，一個尚姜張，宗好不同，追隨他們的人也因此分成兩個壁壘。等到朱氏所輯「詞綜」問世，效法的人愈多，康、乾以來數十年間，浙西塡詞的人，到了「家白石而戶玉田」的地步，於是形成了所謂浙西詞派。其後厲鶚崛起，浙西詞派聲勢愈勝。到嘉慶、道光間，浙派漸漸式微時，又有項鴻祚出，浙派又一度中興。故我們介紹浙西詞派，以朱、厲、項三人爲代表。

朱彝尊（一六二九——一七〇九）字錫鬯，號竹垞，又號金風亭長、小長蘆釣魚師，浙江秀水人。康熙間舉博學鴻詞，授檢討，又入值南書房，出典江南省試。罷歸後，從事學術研究與詩詞創作，都有出色的成績。著有「日下舊聞」、「經義考」、「曝書亭詩文集」等。

在詞學方面，他受到同鄉前輩曹溶的影響很大，他在靜志居詩話中說：「余壯日從先生南遊嶺表，西北至雲中，酒闌燈灺，往往以小令、慢詞，更迭唱和。有井水處，輒爲銀箏、檀板所歌。念倚聲雖小道，當其爲之，必崇爾雅，斥淫哇，極其能事，則亦足以宣昭六義，鼓吹元音。往者明三百祺，詞學失傳，先生搜輯遺集，余曾表而出之。數十年來，浙西塡詞者，家白石而戶玉田，春容大雅，風氣之變，實由於此。」

陳廷焯白雨齋詞話評曰：「竹垞詞疏中有密，獨出冠時，微少沈厚之意。『江湖載酒集』灑落有致，『茶煙閣體物集』組織甚工，『蕃錦集』運用成語，別具匠心，然皆無甚大過人處。惟『靜志居琴趣』一卷，盡掃陳言，獨出機杼，艷詞有此，匪獨晏、歐所不能，卽李後主、牛松卿亦未嘗夢見，眞古今絕構也。惜託體未爲大雅。『靜志居琴趣』一卷，生香眞色，得未曾有。前後次序，略可會意，不必穿鑿求之。」

陳氏特別推荐的竹垞「靜志居琴趣」一卷，爲什麼會生香眞色，成爲艷詞中的絕構呢？「小三吾亭詞話」有如下的記述：「冒廣生曰：世傳竹姹『風懷二百韻』爲其妻妹作，其實『靜志居琴趣』一卷，皆『風懷』註脚也。竹姹年十七，娶於馮。馮孺人名福貞，字海媛，少竹姹一歲。馮夫人之妹名壽常，字靜志，少竹姹七歲。曩聞外祖周季貺先生言：十五六年前，曾見太倉某家藏一簪，簪刻『壽常』二字，因悟洞仙歌詞云：『金簪二寸短，留結殷勤，鑄就偏名有誰認？』蓋眞有本事也。」

竹垞曾講過這樣令道學先生搖頭的話：「吾寧不食兩廡豚，不刪風懷二百韻！」從上面這段記載，我們知道他「寧不食兩廡豚」的原因，竟是確有所懷，也可說是多情種子了。也正因此，「靜志居琴趣」中的詞，不是閉門造車大做白日春夢，是具有眞實感情的。陳廷焯說：「艷詞有此，匪獨晏、歐所不能，卽李後主、牛松卿亦未嘗夢見。」我們或可從李商隱的無題詩中略見一二吧。玆抄錄『琴趣』中的兩闋小詞於下：

南樓令：「疏雨過輕塵，圓莎結翠茵，惹紅襟乳燕來頻。乍暖乍寒花事了，留不住，塞垣春。　歸夢苦難眞，別離情更親，恨天涯芳信無因。欲話去年今日事，能幾個，去年人？」

一葉落：「淚眼注，臨當去，此時欲住已難住。下樓復上樓，樓頭風吹雨。風吹雨，草草離人語。」

厲鶚（一六九二——一七五二）字太鴻，號樊榭，浙江錢塘人。康熙間舉人。乾隆時曾被推舉應選博學鴻詞，未獲選。因爲能詩能詞，故常被豪富之家延爲上客。過天津時，查爲仁留他住在水西莊，同撰周密「絕妙好詞箋」。也曾因爲揚州馬氏藏書極多，而作客其家。著有「宋詩紀事」、「樊榭山房集」。

後人對他的詞，有者評價甚高，認爲可以直追南宋。徐紫珊說：「樊榭詞生香異色，無半點烟火氣，如入空山，如聞流泉，眞沐浴於白石、梅谿而出之者。」譚獻說：「塡詞至太鴻，眞可分中仙，夢窗之席。」

倒是陳廷焯的話，比較客觀：

「厲樊榭詞，幽香冷艷，如萬花谷中，雜以芳蘭，在國朝詞人中，可謂超然獨絕者矣！論者謂其沐浴於白石、梅溪，此亦皮相之見。大抵其年、錫鬯、太鴻三人，負其才力，皆欲於宋賢外，則開天地，而不知宋賢範圍，必不可越，陳、朱固非正聲，樊榭亦屬別調。樊榭詞拔幟於陳、朱之外，窈曲幽深，自是高境。然其幽深處在貌而不在骨，絕非從楚騷來，故色澤甚饒，而沈厚之味終不足也。樊榭措詞最雅，學者循是以求深厚，則去姜、史不遠矣。」

陳氏了解到「宋賢範圍，必不可越」，所以才有褒貶互見的評語。茲錄樊氏謁金門「七月既望，湖上雨後作」一首於下：

「凭畫檻，雨洗秋濃人淡。隔水殘霞明冉冉，小山三四點。　艇子幾時同泛？待折荷花臨鑑。日日綠盤疏粉艷，西風無處減。」

陳氏評此詞說：「中有怨情，意味便厚，否則無病呻吟，亦可不必。」無病呻吟四字，用得很重，因為不獨此詞，太多的作品都可以用這一句話貶得一文不值啊。

項鴻祚（一七九八——一八三五）一名廷紀，字蓮生，浙江錢塘人。道光舉人。著有「憶雲詞甲乙丙丁稿」。他自己說「生幼有愁癖」「當沈鬱無憀之極，僅託之綺羅薌以洩其思，蓋詞婉而情傷矣。」「不為無益之事，何以遣有涯之生。」可以說是一個天生多愁善感的詞人。

譚獻「篋中詞」評讚他說：「蓮生，古之傷心人也。……以成容若之貴，項蓮生之富，而塡詞皆幽艷哀斷，異曲同工，所謂別有懷抱者也。」當然他的詞也能用「無病呻吟」一語否定的。只是在浙西詞派中，他可以算是迴光返照的人物。茲錄其清平樂「池上納涼」一闋於下：

「水天清話，院靜人銷夏，蠟炬風搖簾不下，竹影半牆如畫。　醉來扶上桃笙，熟羅扇子涼鞋。一霎荷塘過雨，明朝便是秋聲。」

三、常州詞派

浙西詞派到了乾隆之末，漸漸衰頽，一方面是缺少後起之秀。另一方面，由於一味崇尚南宋，過於注重修辭技巧，於是顯得內容空虛，無病呻吟。爲了匡正這種弊病，一些詞人乃主張注重內在，轉效北宋，特別是武進張惠言倡導於前，周濟聲援於後，一時詞人，都風從追隨，終於形成了所謂常州詞派，直到清末，影響力都不衰。

張惠言（一七六一——一八〇二）字臯文，江蘇武進人。嘉慶進士，官編修。嘉慶二年他和弟弟張綺共編詞選二卷，由歙縣金氏刋行，所選詞多取唐、五代及北宋，並在序中說：

「其緣情造耑，興於微言，以相感動。極命風謠里巷、男女哀樂，以道賢人君子幽約怨悱、不能自言之情，低徊要眇以喻其致。蓋詩之比興，變風之義，騷人之歌，則近之矣。……然其至者，罔不惻隱盱愉，感物而發……不徒彫琢曼飾而已。」

他這種重性情、天然，輕修辭、人爲的主張，很快被當時詞壇所接受，因此奠定了他常州派開山祖師的地位。張氏也長於詞賦、古文，並深於易學。著有「茗柯文集」、「茗珂詞」行世。

茗珂詞僅四十六闋，可見他創作及發表作品態度的審愼。他的「水調歌頭」五首（春日賦示楊生子掞），傳頌一時，尤其傾心常州派的後世詞論家，更是給予最高評價。

譚獻「篋中詞」說：「胸襟學問，醞釀噴薄而出，賦手文心，開倚聲家未有之境。」

陳廷焯「白雨齋詞話」說：「臯文水調歌頭五章，既沈鬱，又疎快，最是高境。陳、朱雖工詞，究曾到此地步否？不得以其非專門名家少之。熱腸鬱思，若斷仍連，全自風騷變出。」

今舉其第一首於下：

「東風無一事，妝出萬重花。閑來閱偏花影，惟有月鉤斜。我有江南鐵笛，要倚一枝香雪，吹徹玉城霞。清影渺難卽，飛絮滿天涯。　飄然去，吾與汝，泛雲槎。東皇一笑相語：芳意在誰家？難道春花開落，更是春風來去，便了卻韶華。花外春來路，芳草不曾遮。」

周濟（一七八一——一八三九）字保緒，一字介存，晚號止庵，江蘇荊溪人。嘉慶十年進士。年輕時兼習兵法和擊刺騎射，曾率衆平淮北匪亂。購妖姬，養豪客，意氣盛極一時。以後棄武從文，返樸歸眞，隱居金陵春水閣，潛心著述。所著「晉略」八十卷，有人說他是自抒猷畫，非僅考據而已。

在詞學方面，他因爲同張惠言的外甥董士錫訂交，互相研討、切磋，而深受影響。先編「詞辨」，選錄唐、五代、兩宋詞，附錄「論詞雜著」，評論兩宋詞，有許多獨特的見解。晚年又編「宋四家詞選」，錄北宋周邦彥、南宋辛棄疾、王沂孫、吳文英之外。他以此四家爲主，把兩宋其他詞人，依作風分隸於四人之下。他這種見解，和浙西派的推重姜白石、張炎固然不同，卽同一般常派的推尊秦少游，也不一樣了。不過，以周邦彥爲北宋詞的集大成者，是常州派一致的意見。

他論北宋、南宋的區別，說：「北宋主樂章，故情景但取當前，無窮高極深之趣；南宋則文人弄筆，彼此爭名，故變化多，取材益富；然南宋有門徑，有門徑故似深而實淺，北宋無門徑，無門徑故似易而實難。」

或者我們可以說，周濟在常州詞派中的地位，主要在他對唐宋詞編選的眼光，以及他的詞論「介存齋論詞雜

著」，這方面對當時的影響，超過他本人在詞創作方面的成就，我們實不妨以詞論家肯定他在常州派中的重要性

四、清季詞人蔣春霖、王國維

近人吳梅在他的詞學通論中有下面這樣一段話：

「嘉慶以前詞家，大抵爲其年、竹垞所牢籠，皋文、保緒標寄託爲幟，不僅僅摹南宋之壘，隱隱與樊榭相敵，此清朝詞派之大概也。至鹿潭而盡掃葛藤，不傍門戶，獨以風雅爲宗，蓋託體更較皋文、保緒高雅矣。」「鹿潭律度之細，既無與倫，文筆之佳，更爲出類。而又雍容大雅，無搔頭弄姿之態，有清一代，以水雲爲冠，亦無愧色焉。」吳氏這一段話，明白地誇讚蔣氏的詞，爲清代第一，雖然清末論詞諸家，多半不能同意，但認定他「第一流」，或以爲他是「分鼎三足」的人物，則應該是不成問題的，由此可見蔣春霖在清代詞壇上的地位了。

蔣春霖（一八一八——一八六八）字鹿潭，江蘇江陰人。年輕時，隨父親在湖北任所，曾登黃鶴樓賦詩，使得「老宿斂手」，一時被人稱爲「乳虎」。父死以後，家道中落，考試又連年不得意，只好放棄舉業，東奔西跑任低級小吏糊口，終於在五十一歲時候，客死於吳江舟中。他的通聲律的姬人黃婉君竟以身殉。

蔣氏早年致力寫詩，中年時，把詩稿全數燒掉，專心寫詞。晚年刪定數十闋，爲「水雲樓詞」二卷，後來有人又輯了補遺一卷。

春霖懷才不遇，坎坷一生，又生當道、咸年間，內憂外患，國勢危殆，民不聊生，所以他的詞絕無那種無病

呻吟之作。他的詞中較有價值的作品，一種是寫個人生活的困頓與理想的埋沒，如「卜算子」：

「燕子不曾來，小院陰陰雨。一角闌干聚落華，此是春歸處。　彈淚別東風，把酒澆飛絮；化了浮萍也是愁，莫向天涯去。」

陳廷焯白雨齋詞話評曰：「鹿潭窮愁潦倒，抑鬱以終，悲憤慷慨，一發於詞，如卜算子云云，何其淒怨若此！」

另一種是描摹洪楊之亂時的社會民生的，如「臺城路」，序云：「金麗生自金陵圍城出，為述沙洲避雨光景，感成此解。時晝聞咽秋，燈餤慘綠，如有鬼聲在紙上也。」：

「驚飛燕子魂無定，荒洲墜如殘葉。樹影疑人，鴞聲幻鬼，欹側春冰途滑。頹雲萬疊。又雨擊寒沙，亂鳴金鐵。似引宵程，隔谿燐火乍明滅。　江間奔浪怒湧，斷笳時隱隱，相和嗚咽。野渡舟危，空村草濕，一飯蘆中淒絕。孤城霧結。賸羅網離鴻，怨啼昏月。陰夢愁題，杜鵑枝上血。」

陳廷焯評曰：「狀景逼真，有聲有色。」

譚獻「篋中詞」對春霖的評價，一般上認為中肯，他說：「文字無大小，必有正變，必有家數。水雲樓詞，固清商變徵之聲，而流別甚正，家數頗大，與成容若，項蓮生，二百年中，分鼎三足。咸豐兵事，天挺此才，為倚聲家杜老，而晚唐、兩宋一唄三歎之意則已微矣！或曰：『何以與成、項並論？』應之曰：阮亭、葆馚一流為才人之詞，宛鄰、止庵一派為學人之詞，惟三家是詞人之詞，與朱、厲同工異曲，其他則旁流羽翼而已。」

蔣春霖的詞，比之衆多浙派、常派詞人的競尚技巧，無病呻吟，當然高出了很多，但是眞若譽之為「倚聲家杜老」，則我們認他絕沒有杜甫在詩史中的地位的。這不僅因爲水雲詞的表現方法，太過含蓄，更因爲他所反映的現實社會情狀，不如杜甫那麼深刻。

蔣春霖死後，清朝還有四十年才亡，這期間能作詞，有詞集並有詞評的詞人，仍復不少，如王鵬運、文廷式、鄭文焯、朱孝臧、況周頤、張爾田、陳曾壽等人，其中也不乏才智學識俱佳之士，也不乏潛心鑽研之作者，但無奈詞的境界，前人開拓已盡，不但無法越前人之藩籬，即使學古人某家能像的，往往也難達到那種自然神妙的韻味，故一概割愛。

但晚清時候，西風東漸，歐西文化與我國固有文化相接觸，相衝激，自然影響到當時的一些知識份子。正如上節我們介紹清代詩歌時，選擇了接受到西洋文化的詩人黃遵憲，作爲結束古典詩歌的形象一樣。我們現在選擇王國維氏，來作爲結束詞體的形象。

王國維（一八七七——一九二七）字伯隅，號靜安，浙江海寧人。曾以諸生留學日本。早年致力於詞曲，所著「宋元戲曲史」，爲我國研治戲曲的拓荒之作。晚年研究經、史、古文字之學，並擔任清華大學研究院導師。他的著作至今受到學術界的推重。他的遺著，彙刋爲「觀堂全書」。民國十六年在北平萬壽山昆明湖投水而死，年五十。

王氏論詞之作爲「人間詞話」，他拈出「境界」二字，以判定詞的高下優劣，構成一個超過以前論詞諸家的理論體系，玆節錄其警語如下：

「詞以境界爲最上，有境界則自成高格，自有名句。——五代、北宋之詞所以獨絕者在此。

「有造境，有寫境，此理想與寫實二派之所由分，然二者頗難分別，因大詩人所造之境，必合乎自然，所寫之境，亦必鄰於理想故也。」

「有有我之境，有無我之境，淚眼問花花不語，亂紅飛過秋千去。可堪孤館閉春寒，杜鵑聲裡斜陽暮，有我之境也。采菊東籬下，悠然見南山。寒波澹澹起，白鳥悠悠下，無我之境也。」

「境非獨謂景物也，喜怒哀樂亦人心中之一境界，故能寫眞景物眞感情者，謂之有境界，否則謂之無境界。」

「境界有大小，不以是而分優劣，細雨魚兒出，微風燕子斜，何遽不若落日照大旗，馬鳴風蕭蕭？寶簾閒掛小銀鈎，何遽不若霧失樓臺，月迷津渡也。」

王氏的詞今存「觀堂長短句」，及「苕華詞」共百餘首，王氏對自己的詞，非常自負，詞集的序託名樊志厚所作，實則是他自己所寫，這樣說：「君詞往復幽咽，動搖人心，快而能沉，直而能曲，不屑屑於言詞之末，而名句間出，往往度越前人。至其言近而指遠，意決而辭婉，自永叔之後，殆未有工如君者也。」

勞榦在「說王國維的浣溪沙詞」一文中講：

「王國維是天資過人，盡心力學，而又能溝通中外學術思想的一個人。他的文學造詣和文學天賦也是非常高。但所不幸的却是生在十九世紀的晚期及二十世紀的初期。……由於當時正是海內大動盪之時，從思想上的出路到國家民族的出路都成爲當前的大問題，因而喚起當年治哲學時一些苦悶的回憶。因而有了無所適從之感。……『天末同雲』和『山寺微茫』同爲一時所作，但他自己更欣賞『天末同雲』似乎因爲對於他內心的徬徨歧路，距離稍遠，他自己尚未覺得十分痛苦；而『山寺微茫』中的描述更近眞實，這種襲擊，甚至他自己也不堪感受了。」

玆引錄王氏的兩首浣溪沙於下：

「天末同雲黯四垂，失行孤雁逆風飛，江湖寥落爾安歸？　陌上金丸看落羽，閨中素手試調醯，今朝歡宴勝平時。」

「山寺微茫背文曛，鳥飛不到半山昏，上方孤磬定行雲。　試上高峯窺皓月，偶開天眼覷紅塵，可憐身是眼中人。」

第二章　清代的駢文與散文

第一節　清代的駢文

駢體文在清代，仍然有一種點綴、應用的實用價值，由宗廟祭祀，到喜慶婚喪，需要典雅氣氛時，常應用到駢文。在一些高級知識份子之間，往往爲了表示具有特殊的才情學識，也不廢駢體，在作品的序跋和友朋的書信兩方面，常有精心的力作。

清代以八股取士，要做好八股文，就多少要對駢體文有些研究，又清代博學鴻詞一科，有時也試賦體，這又是要對駢體文有心得的人才能做好。由此我們可以知道，清代的科舉和選拔人材制度，也助長了駢文的風氣。所以清代許多駢文家，都是具有科名的人，這可說是必然的現象。

大概清代駢文，從清初到雍正年間，是醞釀復興的時間，乾嘉數十年，是它的全盛時代，至道咸以後，逐漸衰微。以下我們卽以這三個時間爲段落，介紹清代的駢文名家。

一、清初駢文家

明清之際，最初有陸圻、吳綺二人，擅長駢文，陸氏的長處是「氣息腴暢」，吳氏則以「詞釆丰麗」見稱，他們雖說不上是駢文大家，但在清代初期，也算開風氣之先了。此外毛先舒，在浙中一帶，爲當時的駢文名家。毛奇齡是經學家，也是駢文能手，不過所作不多。

這時期最有名的駢文家，要算是陳維崧了。當時欣賞駢文的人，都對他非常傾倒，毛先舒說：「其年之手，弄丸有餘，能於屬詞隸事之中，極其開闔。」汪堯峯更稱讚他說：「自開寶後，七百年無此等作」。陳氏除了能詩能詞以外，對駢文尤其自負，他曾說：「吾胸中尚有駢體文千篇，特未暇寫出耳。」他對駢文，有很深的研究，曾經寫過「四六金箴」一文，專門論駢文體類與作法，並把駢文的文格分爲三種，以爲渾成最高，精嚴次之，巧密又次之。現在引錄他的「清周翼微篆刻圖章啓」一篇於下：

「月晴紫陌，只照青衫；秋老渾河，漸添黃葉。荊軻一去，市中饒感慨之人；樂毅無歸，台畔足飄搖之客。爰有汝南才子，婁水名流；摛文則翡翠盈箱，織句則葡萄竟幅。固已江東儒肸，推爲君宗；河北溫邢，呼爲祭酒。爰觀石鼓，偶客金台。劉公幹之逸氣，籍甚都中；王輔嗣之清談，斐然轂下。五侯接席，都爲樓護傳鯖；千里知名，競以陳蕃下榻。

昨與同人，爲言剩技。周瑜顧曲之暇，間涉說文；伯仁飲酒之餘，兼摹繆篆。爛銅破玉，頻鐫蝌蚪之形；漢印秦章，屢畫蛟螭之狀。然此微長，原無足述；如斯小道，亦又何奇！僕笑而言：君何不達？今夫華章麗句，或偏知己之難逢；鉅製鴻裁，恒慮賞音之莫遘。若夫見蔡中郎之鳥篆，則傳觀盡訝其精；觀戴安道之鷄碑，則好事群驚其妙。蓋形而下者易爲知，形而上者難爲喻也。然而聊爲遊戲，何妨暫揮郢客之斤；姑與周旋，何須不刻宋人之葉。

嗟乎！絕技可傳，多能有屬。祇論一藝，願諸君無失此人；若問其他，恐當世竟無其亞。譬訪君平卜筮，亟趁其百錢罷肆之前；如求五宰丹青，幸需之十日一山而後。」

稍後，有蒲松齡、吳兆騫，都是駢文的能手。尤其是蒲松齡，他用古文所寫的聊齋志異，傳頌一時，但是其中也偶用駢文，如「胭脂」故事中的判詞，「花神」故事中的檄文，以及聊齋序文，都是駢四儷六的文字。影響所及，以後小說中的一些特殊場合，也都習用駢文了，像曹雪芹在紅樓夢裡，也偶然用駢文作精心的描寫或抒發，這也可以看出駢文和小說結合的情形。

二、乾隆時期

乾隆、嘉慶數十年間，承受康熙以來的文風，加以國家承平無事，因此這種誇大的，逞才的駢文文體，大爲流行，一時作者極多，傳頌之作亦不少，實可稱爲清代駢文的全盛時期。這時期駢文作得最好的，當推袁枚、汪中和洪亮吉三人。

袁枚在文學方面具有多方面的才華，他能詩能詞能文，在文方面，他又能駢文又能散文，而在駢文方面，他既擅長寫歌功頌德的碑表一類的文字，也能寫諧謔的雜以嘲噉的遊戲文字。袁氏三十二歲就辭官息隱，以後多靠潤筆的收入爲活，實可算是個職業作家。因爲他有名，所以當時許多達官貴人都請其代筆，他的許多長篇大論的駢文，就是在這種情形之下寫成的。例如他既寫爲尹太保賀伊里盪平表，又寫爲莊撫軍賀平伊里表，二篇本是一件事，他一面主頌揚，一篇敘史實，也算難爲他了。他替浙江巡撫莊有恭所寫的「重修于忠肅廟碑」，確是煌煌鉅製，論者以爲直同於于謙論，玆錄其末段於下：

「吾浙西有伍相祠，東有鄂王廟，皆公鄰也。杖以爲白馬銀濤，三吳竟沼；紅羊黑刼，二聖安當。自有公，而後知魚水君臣，不須死諫；南朝天子，原可生還。使二公地下相逢，盆當悲生江上之潮，而淚灑南枝之柏矣。我滋國大中丞章志貞教，肅禮明禋。易棟宇之摧頹，表神旗之烏奕。將刊元石，遠命鯫生。嗚呼，與其築虆焚椒，奠四時之俎豆；曷若崇論宏議，掃萬古之蜉蝣。用是磨洗孤崖，增立表忠觀之碣；濡染大筆，竟書謝太傅之碑。」

汪中（一七四四——一七九四）字容甫，江都人，乾隆丁酉拔貢生。清代駢文家多半是科場得意的人，但他是個例外。他長於六書、說文、金石之學，晚年致力於經學，著有述學內外篇、廣陵通典、金陵地理考等書。汪氏一生抑鬱孤貧，但學問淵博，又懷才不遇，因此性情孤傲，有狂生之名。他的名作，如哀船文、廣陵對、漢上琴台銘、黃鶴樓記等，均傳頌一時。章太炎曾稱讚他說：「其修辭安雅，則異於唐，持論精審，則異於漢，起止自在，無首尾呼應之式，則異於宋以後之制科策論，而氣息調和，意度冲遠，無迫促蹇吃之病，斯信美也。」他的「自序」一篇，自道身世的悲戚，感情眞摯，非常感人，在清代衆多歌功頌德，虛僞誇張的駢文中間，這算是難得的佳構了，妓引錄其全文如次：

「昔劉孝標自序生平，以爲比跡敬通，三同四異，後世誦其言而悲之。嘗綜平原之遺軌，喻我生之靡樂，異同之故，猶可言焉。夫亮節慷慨，率性而行，博極群書，文藻秀出，斯惟天至，非由人力。雖情符曩哲，未足多矜。余玄髮未艾，野性難馴，麋鹿同游，不嫌擯斥，商瞿生子，一經可遺，凡此四科，無勞舉例孝標嬰年失怙，藐是流離，託足桑門，棲尋劉寶。余幼罹窮罰，多能鄙事，賃舂牧家，一飽無時，此一同也。

孝標悍妻在室，家道轗軻。余受詐與公，勃谿累歲，里煩言於乞火，家搆釁於烝梨，蹀躞東西，終成溝水，此二同也。

孝標自少至長，戚戚無懽。予久歷艱屯，生人道盡；春朝秋夕，登山臨水，極自傷心，非悲則恨，此三同也。

孝標夙嬰羸疾，慮損天年。予藥裹關心，負薪永曠，鰥魚嗟其不瞑，桐枝惟餘半生，鬼伯在門，四序非我，此四同也。

孝標生自將家，期功以上，參朝列吉，十有餘人，兄典方州，餘光在壁。余衰宗零替，顧景無儔；白屋藜羹，饋而不祭，此一異也。

孝標倦遊梁楚，兩事英王，作賦章華之宮，置酒睢陽之苑，白璧黃金，尊為上客，雖車耳未生，而長裾累曳。余簪筆傭書，倡優同畜，百里之長，再命之士，苞苴禮絕，問訊不通，此二異也。

孝標高蹈東陽，端居遺世，鴻冥蟬蛻，物外天全。余卑棲塵俗，降志辱身，乞食餓鴟之餘，寄命東陵之上，生重義輕，望實交隕，此三異也。

孝標身淪道顯，籍甚當時，高齋學士之選，安成類苑之篇，國門可懸，都人爭寫。余著書五車，數窮覆瓿，長卿恨不同時，子雲見知後世，昔聞其語，今無其事，此四異也。

孝標履道貞吉，不干世譏。余天譴司命，赤色燒城，笑齒啼顏，盡成皋狀，跬步才蹈，荊棘已生，此五異也。

嗟乎！敬通窮矣，孝標比之，則加酷焉。余於孝標，抑又不逮；是知九淵之下，尚有天衢；秋荼之甘，或云如薺。我辰安在，實命不同，勞者自歌，非求傾聽，目瞑意倦，聊復書之。」

洪亮吉（一七四六——一八〇九）字君直，一字稚存，陽湖人。乾隆庚子（一七八〇）進士。授編修。因爲上言得罪，謫伊犁。不久赦歸，自號更生。著有卷葹閣集。

謝無量說：「邵（齊燾）文清簡，洪文疏縱，汪文狷潔。然或又以汪、洪並稱。汪不逮洪之奇，洪不逮汪之秀。綜清代駢體，或無出汪洪之右者也。」

陳耀南「清代駢文通義」對洪氏的作品，有很精要的評介：「北江出關與畢傳郎牋，一死一生，交情乃見，仲則有知，當感巨卿於地下也。傷知己賦序，篤於友誼。蔣清容先生冬青樹樂府序，以宋喻明，悲鬱慷慨，附論戲曲，尤見卓識。蔣安定墓碣，整散兼行，用事切密。蔣鉛山碑，情文斐亹，研練典雅，恰如弟子之分。孫叔敖碑，識議兼佳。重修唐太宗廟碑記，高揖群言，斡旋有力。與錢季木論友書，流利宛轉，艘理井然。方之轂人友論，自有雅、鄭之別。與孫季逑諸書，其自述襟懷者則舒卷自如，渾涵暢達。其出關理黃仲則喪以及傾訴牢愁者，則促密四言，沈鬱雋潔。與崔禮卿書，宕逸雋永，饒鮑（照）吳（均）之趣。至如遊消夏灣記，秀句天成，不假琢練。八月十五夜泛舟白雲谿詩序，以矜練之筆，寫冷暖之情，肅瑟衰颯。南華九老倡和詩序，氣息淵醇。長儷閣遺像贊，怊悵切情，代人悲若己悲。適汪氏仲姊哀誄序，恩誼茂美。觀稚存衆作，雖爾間有斧鑿圓熟之句，出於其間，而大抵所爲，情深文至；蓋亦以其存稚子之赤心也。」

洪氏在登科前有一封「與孫季述書」，表現出發憤讀書欲大有作爲的氣慨，獲罪之後又有「再與孫季述書」，則是「滿腹牢騷，傾筐倒篋而出」了。現在引錄前一封書信於下：

「季述足下：日來用力何似？亮吉三千里外，每有造述，手未握管，心懸此人。雖才分素定，亦傾慕有獨至也。吾輩好尚既符，嗜欲又寡。幼不隨搔首弄姿顧影促步之客，以求一時之憐；長實思研精蓄神忘寢與食，以希一得之獲。惟吾年差長，憂患頻集，坐此不逮足下耳。然犬馬之齒，三十有四，距强仕之日，尚復六年。上亦冀展尺寸之效，竭志力以報先人；下庶幾垂竹帛之聲，傳姓名以無慙生我。每覽子桓之論，日月逝於上，體貌衰於下，忽然與萬物遷化，及長沙所述：佚遊荒醉，生無益於時，死無聞於後，是自棄也。感此數語，掩卷而悲，並日而學。傭力之暇，餘晷尚富；疏野之質，本乏知交。鷄膠膠，則隨暗影以披衣；燭就跋，則携素册以到枕。衣上落虱，多而不嫌；凝塵浮冠，日以積寸。非門外入刺，巷側過車，不知所處在京邑之內，所居界公卿之間也。

夫人之知力有限，今世之士，或懸心於貴勢，或役志於高名，在人者未來，在己者已失。又放情於博弈之趣，畢命於花鳥之姸，勞瘁既同，歲月共盡，若此，皆巧者之失也。間嘗自思，使楊子雲移研經之術以媚世，未必勝漢廷諸人，而坐廢深沈之思；韋宏嗣舍諸史之長以事棊，未必充吳國上選，而並忘漸漬之效。二子者，專其所獨至，而置其所不能，爲始妬耳。每以自慰，亦惟敢告足下也。」

三、道咸以後

清代駢文在乾嘉時代，達於極盛，道咸以後，一則由於缺少眞正的駢文好手，再則翻來覆去的那些陳腔爛調，令人討厭，三則因爲太平天國的兵禍，在民不聊生的情形之下，誰還有心情來附庸風雅，所以就逐漸沒落下來。

比較値得一提的，早期有龔自珍、曾國藩，龔是詩人、曾是古文家，偶然作駢文，在當時算是好的。清末則要數李慈銘和王闓運二人爲佳。現錄陳耀南清代駢文通義對李、王二人駢文的評介如下：評介李慈銘：

「㤅伯精思閎覽，憂國傷時，其文沈博絕麗，富練之美。蓋取徑漢魏，而淵雅純淨，直欲近淹孫、洪，遠過鮑、庾。其四十自述，遠師孝標，近擬容甫，而下啓季剛；用典隸事，彌見功力。殷君鄭姬墓誌銘，清綺洋洋，得四傑之神髓。重五日遊龍樹寺記，步武徐、庾，淸麗可誦。又如樊雲門庶常蘿谿老屋圖序，夏日雨中集天寧寺記，極樂寺看海棠記，皆着意敷采，九哀賦序，復樊雲門書，情深文至，汩汩滔滔，則與諸作又異矣。」

評介王闓運

「湘綺博通經史，才華富艶，卓冠一時，駢體則歷開府而上窺魏晉。嘗謂少學爲文，思兼單複，下筆欲陵子長，而桂陽圖志乃似明史，湘軍志則軼承祚，睨蔚宗，志銘、記叙，尤逼肖晉宋云云。近人最稱其哀江南賦，用子山原韻，敍洪楊之變，而神韻宛然。秋醒詞序，理深文妙，華實相扶。桂頌則意在言外，別有懷抱。嘗謂滌生歷退之以追西漢，乃逆而難，自魏晉以入東京，則順而易，亦自道得力也。然文運將嬗，雖有善者，亦如晚照矣。」

陳氏的清代駢文通義，是以偏愛駢文的態度着筆，所以對清代各家駢文，褒多於貶。但這種貴族文學，在清末雖經李、王及張之洞、樊增祥等一番掙扎，而終歸沉寂，正如陳氏所云：「文運將嬗，雖有善者，亦如晚照矣。」

第二節　清代的散文

清代的散文，可以說是桐城派的天下，只除了清初時候的幾位名士，以唐宋八大家爲宗。清中葉以後，受桐城派影響而露頭角的先有陽湖派後有湘鄉派。因此我們以下的敍述，卽分爲此四個段落。

一、清初散文家

四庫提要說：「古文一脈，自明代膚濫於七子，（案指明李夢陽，李攀龍等前後七子）纖佻於三袁，至啓、禎而極敝。國初風氣還淳，一時學者始復講唐宋以來之矩矱。而（汪）琬與魏禧、侯方域稱爲最三。」提要評定侯、魏、汪三人爲淸初古文家中的代表人物，是相當公允的。

侯方域（一六一八——一六五四）字朝宗，號雪苑，明末河南商邱人。他是世家子出身，性情豪邁，不拘小節。與桐城方以智、如臯冒襄、宜興陳貞慧遊，均以才名，當時人稱爲四公子。他與秦淮名妓李香君的愛情故事，經孔尚任加以編寫，用以反映南明的亡國史，成桃花扇傳奇四十齣。順治時，曾舉河南鄉試第一，有忌之者，因而被斥。他既後悔少年時代的縱情聲色，乃發憤爲詩與古文，名其堂爲「壯悔堂」。他的作品，大致說來，文宗韓愈、歐陽修，詩學杜甫，有「壯悔堂文集」、「壯悔堂詩集」行世。

魏禧（一六二四——一六八〇）字冰叔，號裕齋，又號勺庭，江西寧都人。他的哥哥魏祥，弟弟魏禮，都有文名，時稱寧都三魏。而禧才氣縱橫，尤爲著名，人稱「魏叔子」。明亡以後，隱居寧都西北翠微峯，和一些志同道合的朋友切磋學問。康熙年間，曾婉拒應博學鴻詞科，可見他的氣節。著有「左傳經世」、「魏叔子集」等書。

魏禧和一般古文家不同的地方，是他與朋輩互勉要作「志士之文」，不作「文人之文」。他的典型代表作，就是「大鐵椎傳」。現在引錄該文最後一段於下：

「魏禧論曰：子房得力士，椎秦始皇帝博浪沙中，大鐵椎其人歟？天生異人，必有所用之。予讀陳同甫『中興遺傳』，豪傑、俠烈、魁奇之士，泯泯然不見功名於世者，又何多也！豈天之生才，不必爲人用歟？抑用之自有時歟？子燦遇大鐵椎，爲壬寅歲，當年三十；然則大鐵椎今四十耳！子燦又嘗見其寫市物帖子，甚工楷書也。」

魏氏身歷亡國之痛，淸人入關後，卽隱居不出，他是一介文人，不能征戎報國，因此對博浪沙大力士刺秦始皇的史事，非常嚮往。大鐵椎正是他寄托和暗示的作品。在當時敢寫這樣的文字，其志向和膽識，已經可說是高人一等了。

汪琬（一六二四——一六九〇）字苕文，號鈍庵，晚年居堯峯，因以自號，又號玉遮山樵。江蘇長洲人。順治乙未進士。以戶部主事舉康熙己未博學鴻詞，授翰林院編修，與修明史，後因病告歸。著有鈍翁前後類稿。

四庫提要評侯、魏、汪三人說：「然禧才縱橫，未歸於純粹，方域體兼華藻，惟琬學術最深，軌轍復正。」汪琬與魏禧同生於明天啓四年。汪氏出仕，魏氏歸隱，二人的人生態度是不同的，四庫提要說汪「軌轍復正」，可能有言外之意吧。

看汪琬的「書沈通明事」，是描寫一位「前明總兵官」的任俠輕財，以及明亡後拒捕逃亡的故事。汪氏在文後的評贊，雖也是悼明之亡，但語氣和魏禧的論調就很不一樣了：

「夫明季戰爭之際，四方奇才輩出。如予所紀王邦才、江天一、及通明之屬，率倜儻非常之器，意氣幹略，橫縱百出。此皆予之所及聞也。其他流落湮沒，爲予所不及聞，而不得載筆以記者，又不知幾何人！然而卒無補於明之亡者，何與？當此之時，或有其人而不用，或用之而不盡。至於廟堂枋事之臣，非淫邪朋比；即闒茸委瑣，懷祿耽寵之流。當其有事，不獨掣若人之肘也，必從而加媒蘖焉；及一旦僨決潰裂，捼手無策，則概評天下以乏才。嗚呼！其眞乏才也耶？詩有之『誰秉國成？不自爲政』，此予所以歎也！」

這樣的語氣，豈不是說明之覆亡，是咎由自取，天意屬清了？汪氏既要替那些明季奇才寫傳，又怕以文字觸犯忌諱，所以才有這樣矛盾的結論，這是我們應予指出的。

二、桐城派的散文

一、桐城派的興起與桐城派三祖

一般而言，散文與駢文，一個自由，一個拘束，體裁是截然不同的，因此喜歡作散文或喜歡作駢文的人，各以爲是，往往會形成對抗的立場。雖然有少數「自由派」人士，有較多方面的興趣，兼喜駢散，但畢竟不多。如前文所講，清初時候的文風，大體是以恢復唐宋古文的形象爲主流。但不久慢慢喜好駢文的風氣，隨着清朝政局的逐漸穩定而流行，有壓倒古文的趨勢。也就是這時候，（約當康熙中葉以後），古文家又開始反攻，爭取文學「正宗」的領導權。由方苞開始，創立「義法」之說，講求文章格律，主張作一種「雅潔」的文字。接下來是主張作文要講求音節的劉大櫆，以及劉的弟子姚鼐三個安徽桐城人士。他們的理論和作品，受到當時和以後的兩百年間文人的擁護，在乾、嘉年間，有惲敬、張惠言領導的「陽湖派」，在道、咸年間，則有曾國藩所領導的「湘鄉派」，都傾心於桐城之文，相互提倡標榜。尤其是曾國藩，他以中興名臣的地位，親身贊助領導這種文風，是使得所謂桐城派古文能貫徹它的影響，直到清末的主因。

桐城派所以會有這麼大的魔力，支配清代二百年的文壇，是因爲創立這派古文的早期三位名家，替他們所倡導的古文，樹立了較爲良好的理論根據。同時，他們本身的作品，也大致能夠配合其理論，達成宣揚、影響的效果。故後世尊方、劉、姚三人爲三祖。王先謙續古文辭類纂序說：「自桐城方望溪氏，以古文專家之學，主張後進，海峯承之，遺風遂衍。姚惜抱稟其師傳，覃心冥追，益以所自得，推究閫奧，開設戶牖，天下翕然號爲正宗。」曾滌生歐陽生文集序云：「乾隆之末，桐城姚姬傳先生鼐，善爲古文辭，慕效其鄉先輩方望溪侍郎之所爲，而受法於劉君大櫆，及其世父編修君範。三子既通儒碩望，姚先生治其術益精。歷城周永年書昌爲之語曰：『天下文章，其在桐城乎？』由是作者多歸向桐城，號桐城派。」由此可知桐城派興起的過程，是和三祖密切相關的。

方苞（一六六八——一七四九）字鳳九，號靈皋，晚號望溪，桐城人。年三十二，舉鄉試第一，七年後，中進士。曾因牽涉到戴名世南山集的文字獄，下獄論死罪，後被康熙特赦，官至禮部侍郎。享年八十二歲。他因爲性情剛直，又有了文字獄的紀錄，因此自知在宦途上不能有太大的發展，而致力於經學研究和從事古文創作。著有周官集註、禮記析疑、望溪文集等。

方氏曾經自述他治學的理想，是「學術繼程朱之後，文章在韓歐之間」，但在「答申謙居書」中說：「蓋古文之傳，與詩賦異道，魏晉後，姦僉汙邪之人，而詩賦爲衆所稱者有矣。以彼瞑眩之聲色中，而曲得其情形，亦謂誠而形者也，故言之工而爲流俗所不棄。若古文則本經術，而依於事物之理，非中有所得，不可以爲僞。故自劉歆承父之學，議禮稽經而外，未聞姦僉汙邪之人，而古文爲世所傳述者。韓子有言：『行之乎仁義之途，遊之乎詩書之源。』茲乃所以能約六經之旨成文，而非前後文士所可並比也。」他的意思是經學重於古文，而他自己的著述，也是經學爲多，古文次之。不過後人對方氏的評價，却並不重視他在經學上的成就，只重視他的古文。

方氏對桐城派古文的貢獻，是他找到了「義法」二字作爲密訣，成爲桐城派的鎭山之寶。何謂義法呢？方氏在「書貨殖傳後」說：

「春秋之制義法，自太史公發之，而後之深於文者亦具焉；義卽易之所謂言有物也，法卽易之所謂言有序也，義以爲經而法緯之，然後爲成體之文。」

方氏有許多文字涉及討論「義法」，有時叫人不能瞭然什麼是義法，頗有故作神秘的意味，但如上面引文所說「言有物」和「言有序」來解釋，則不過只是作文的內容和方法而已，並沒有什麼新鮮的發明。倒是他强調作古文要求「雅潔」，確是一個簡明的指示，或者也正是桐城派成功的要素之一。沈廷芳的「書方先生傳後」說：

「望溪嘗告以南宋、元、明以來，古文義法不講久矣，吳、越間遺老尤放恣，或雜以小說，或沿翰林舊體，無一雅潔者。古文中不可入語錄中語、魏晉六朝人藻麗俳語、漢賦中板重字法、詩歌中雋語、南北史佻巧語」可見方苞是以雅潔來教人作古文的。方氏本人的文字，也的確能做到不拖泥帶水的要求。今引錄其「左忠毅公軼事」兩段於下：

「先君子嘗言：鄉先輩左忠毅公視學京畿。一日，風雪嚴寒，從數騎出，微行，入古寺。廡下一生伏案臥，文方成草。公閱畢，即解貂覆生，爲掩戶。叩之寺僧，則史公可法也。及試，吏呼名，至史公，公瞿然注視。呈卷，即面署第一。召入，使拜夫人，曰：『吾諸兒碌碌，他日繼吾志事，惟此生耳。』

及左公下廠獄，史朝夕窺獄門外。逆閹防伺甚嚴，雖家僕不得近。久之，聞左公被炮烙，旦夕且死，持五十金，涕泣謀於禁卒，卒感焉。一日，使史更敝衣草屨，背筐，手長鑱，爲除不潔者。引入，微指左公處，則席地倚牆而坐，面額焦爛不可辨，左膝以下，筋骨盡脫矣。史前跪，抱公膝而嗚咽。公辨其聲，而目不可開，乃奮臂以指撥眥，目光如炬，怒曰：『庸奴！此何地也，而汝來前！國家之事，靡爛至此，老夫已矣，汝復輕身而昧大義，天下事誰可支拄者！不速去，無俟姦人構陷，吾今即撲殺汝。』因摸地上刑械，作投擊狀。史噤不敢發聲，趨而出。後常流涕述其事以語人曰：『吾師肺肝，皆鐵石所鑄造也！』」

劉大櫆（一六九八——一七七九）字才甫，號海峯，桐城人。他生平不得意，沒有功名，晚年才做黟縣教諭，有海峯集行世。

他對古文的主張，是強調以神氣高妙爲上，以音節抑揚爲佳。他特別欣賞莊子和韓愈，那是因爲唯莊、韓二家，才能做出「奇」與「變」的文章。他在論文偶記中說：

「文貴奇，所謂珍愛者必非常物。然有奇在字句者，有奇在意思者，有奇在筆者，有奇在邱壑者，有奇在氣者，有奇在神者。字句之奇不足爲奇，氣奇則眞奇矣。讀古人文，於起承轉接之間，覺有不可測識處，便是奇氣。」

「文貴變，易曰『虎變文炳，豹變文蔚。』又曰：『物相雜故曰文』故文者變之謂也。一集之中篇篇變，一篇之中段段變，一段之中句句變，神變，氣變，境變，音變，節變，句變，字變，惟昌黎能之。」

劉氏的才氣，很得方苞的賞識，方曾對人說：「某何足算，邑子劉生乃國士耳。」而劉的弟子姚鼐，晚年享有盛名，對劉氏推崇備至，因此確定他在桐城派中的地位。但後世的桐城派人物，對劉不一定心服，例如曾國藩就只推崇方、姚，甚至認爲姚鼐的誇讚海峯是「不無阿私」。

平心而論，劉氏的作品，雖然沒有多大的成績，但他教導學生的方法，都是成功的。因爲不止姚氏對他崇拜，那繼桐城派而起的別支陽湖派，就同他有很深的淵源。陸祁孫七家文鈔序說：「乾隆間，錢伯坰魯斯，親受業於海峯之門，時時誦其師說於其友惲子居、張臯文二子者，始盡棄其考據駢儷之學，專志以治古文。」

張臯文曾說：「余友王悔生見余黃山賦而善之，勸余爲古文，語余以所受其師劉海峯者，爲之一二年，稍稍得其規矩。」

由此可見劉海峯是一個「善誘」的古文教師。王先謙續古文辭類纂序說：「自桐城方望溪氏，以古文專家之學，主張後進，海峯承之，遺風遂衍。」倒是事實。

姚鼐（一七三一——一八一五）字姬傳，一字夢穀。晚年以陶淵明「素抱深可惜」詩意爲他的軒名，學者因此稱他爲惜抱先生。安徽桐城人。乾隆進士，歷官翰林院庶吉士、兵部主事、刑部郎中，四十四歲時，辭官南下，從事教育工作。章微穎先生在論及「姚氏四十餘年的教育生涯及其影響」時說：

「姚鼐生性澹泊，不樂仕進，正當他四十四歲的壯年時，他就辭官回到南方，開始他的教育生涯了。他先主講揚州的梅花書院，後轉安徽敬敷、紫陽等書院，最後主講南京鍾山書院。嘉慶十五年曾重赴鹿鳴宴，加四品銜，二十年以八十五的高齡，卒於南京鍾山書院。他這四十餘年的教育工作，效果是很大的，門徒遍及全國，所倡導的學風——『義理考據詞章，三者不可偏廢說』，發生了相當的力量；他的文章，傳誦一時，當時的學者，竟有『天下文章在桐城』的說法。他的弟子成就最顯著的，有同邑的姚瑩、劉開、方東樹和江蘇上元的管同、梅曾亮諸人；他們又各以所得，傳授徒友，古文之業，便大盛起來。一般崇拜姚氏的人，也都在洪楊之亂的不安定生活中，努力從事古文，「曲折以求合桐城之轍」，而終於做到「桐城文章遍天下」。這些桐城派古文家，就地理分佈情形來說：在桐城的有戴鈞衡存莊、在江西的有魯仕驥絜非、陳用光碩士、陳學受藝叔、陳溥廣敷、吳嘉賓子序，在廣西的有呂璜月滄朱琦伯韓、龍啓瑞翰臣、王拯定甫；在湖南的有吳敏樹南屏、楊彝珍性農、孫鼎臣芝房、郭嵩燾筠仙、舒燾伯魯和歐陽勳子和等人，到後來愈傳愈廣，迄清朝末年，全國文風，便幾乎都在桐城文派籠罩之下。」

姚氏爲學的淵源，受影響最深的，是學經學於他的伯父姚範，以及學文於劉海峯。但姚氏中年辭官講學，教學相長，有很大的進境，在經學方面，他鄙棄漢學與宋學兩派的相互詆毀，而倡言「天下學問之事，有義理、詞章、考據三者之分，異趨而同爲不可廢」。在經學方面他著有九經說十九卷、三傳補注三卷、老子章義十卷等；在古文方面，他融合方苞的「義法說」和劉大櫆的「神氣說」，以「精粗說」來說明作文的要訣。他在古文辭類纂序中說：

「凡文之體類十三，而所以爲文者八，曰：神、理、氣、味、格、律、聲、色。神理氣味者，文之精也，格律聲色者，文之粗也。然苟舍其粗，則精者亦胡以寓焉？學者之於古人，必始而遇其粗，中而遇其精，終則御其精者，而遺其粗者。」

章微穎先生解釋這段話說：「他的意思，作文先當講求選詞、造句、謀篇等義法，注意雅潔，注意音節，然後才能達到風神韻味超越的境界。」應該是正確的，由此可見姚氏對古文的見解，比之方劉二人，是精益求精，更上一層樓了。他在詩文方面的著作有：惜抱軒文集十六卷、後集十卷、詩集十卷，又選有古文辭類纂，分古今「至文」爲十三類，即「論辨、序跋、奏議、書說、贈序、詔令、傳狀、碑誌、雜記、箴銘、頌贊、辭賦、哀祭」，這部古文辭類纂，成爲了桐城派的學文範本。

姚氏的古文，與方苞近似，簡明雅潔，現在引錄他的「古文辭類纂序」前節，一方面可以看他的文字，一方面也可以看出他自述學文經過，與對創作的看法：

「鼐少聞古文法於伯父薑塢先生，及同鄉劉才甫先生，少究其義，未之深學也。其後遊宦數十年，益不得暇，獨以幼所聞者，寘之胸臆而已。乾隆四十年，以疾請歸，伯父前卒，不得見矣；劉先生年八十，猶善談說，見則必論古文。後又二年，余來揚州，少年或從問古文法。

夫文無所謂古今也，惟其當而已。得其當，則六經至於今日，其爲道一也。知其所以當，則於古雖遠，而於今取法，如衣食之不可釋。不知其所以當，而敝棄於時，則存一家之言，以資來者，容有俟焉。於是以所聞習者，編次論說爲古文辭類纂。」

二、桐城弟子

曾國藩有一篇「歐陽生文集序」，敘述桐城派三祖以後的桐城弟子淵源關係，非常簡潔扼要，他說：

「姚先生晚而主鍾山書院講席，門下著籍者，上之有管同異之、梅曾亮伯言，桐城有方東樹植之、姚瑩石甫，四人者，稱爲高第弟子，多以所得傳授徒友，往往不絕。在桐城者，有戴鈞衡存莊，事植之久，尤精力過絕人，自以爲守其邑先正之法，禮之後進，義無所讓也。

其不列弟子籍，同時服膺，有新城魯仕驥絜非、宜興吳德旋仲倫。絜非之甥爲陳用光碩士。碩士既師其舅，又親受業姚先生之門。鄉人化之，多好文章。碩士之群從，有陳學受藝叔、陳溥廣敷，而南豐又有吳嘉賓子序，皆承絜非之風，私淑於姚先生。由是江西建昌有桐城之學。

仲倫與永福呂璜月滄交友。月滄之鄉人，有臨桂朱琦伯韓、龍啓瑞翰臣、馬平王拯定甫，皆步趨吳氏、呂氏，而益求廣其術於梅伯言。由是桐城宗派，流衍於廣西矣。

昔者國藩嘗怪姚先生典試湖南，而吾鄉出其門者，未聞相從以學文爲事。既而得巴陵吳敏樹南屏，稱述其術，篤好而不厭；而武陵楊彝珍性農、善化孫鼎臣芝房、湘陰郭嵩燾伯琛、漵浦舒燾伯魯，亦以姚氏文家正軌，違此則又何求。最後得湘潭歐陽生。生，吾友歐陽兆熊小岑之子，而受法於巴陵吳君、湘陰郭君，亦師事新城二陳。其漸染者多，其志趣嗜好，舉天下之美，無以易乎桐城姚氏者也。」

曾氏這段話所談及的三祖以後，直到道、咸年間的桐城派有名人物，幾乎網羅無遺，但唯一漏列的桐城派大將，就是劉開。現在我們以梅、劉二人，作為第一代桐城弟子的代表人物來介紹。

梅曾亮（一七八六——一八五六）字伯言，江蘇上元人。道光進士，曾官戶部郎中。告歸以後，主講於揚州書院，七十一歲去世，著有柏峴山房文集。

梅氏早年是喜好駢文的，以後師事姚鼐，改攻古文，成為桐城派的大將。他在「復陳伯游書」中說：

「某少好駢體之文，近始覺班馬韓柳之文為貴，蓋駢體之文，如俳優登場，非絲竹金鼓佑之，則手足無所措，其周旋揖讓非無可貴，然以之酬接，則非人情也。」

梅氏也有駢體文二卷傳世，他的捨駢文而就古文，無異使桐城派古文氣焰更張，他個人的得失還在其次。

劉開（一七八一——一八二一）字明東，號孟塗，桐城人。他是個窮書生，能詩，能駢文，後來成為姚鼐的弟子，所以也作古文。有文集多卷、駢體文二卷、詩二卷。他也治經，有論語補注三卷、大學正旨二卷、中庸本義三卷、孟子廣釋二卷等。

他和梅曾亮的情形大致相同，先治駢文，以後受姚氏的影響，而改作古文，但是他對駢文的看法，卻與梅氏有別。劉氏「與王子卿書」說：

「夫辭豈有別於古今，體亦無分於疏整。」「駢之與散，並派而爭流，殊塗而合轍。千枝競秀，乃獨木之榮；九子異形，本一龍之產。故駢中無散，則氣壅而難疏，散中無駢，則辭孤而易瘠。兩旨但可相成而不能偏廢。」

可見他是認爲駢散不可兼廢，因此他厚古文，也不薄駢文。他甚至多少曲解一點姚鼐的「神理氣味，文之精也；格律聲色者，文之粗也」的「精粗論」，來說明古文應該吸取駢文之精，而捨棄其粗，以達成他的駢散不可兼廢之論。他在「與阮芸台宮保論文書」中說：

「韓退之取相如之奇麗，法子雲之閎肆，故能推陳出新，徵引波瀾，鏗鏘鍠石，以窮極聲色。柳子厚亦知此意，善於造鍊，增益詞釆，而但不能割愛。宋儒則洗滌盡矣。夫退之起八代之衰，非盡掃八代而去之也，但取其精而汰其粗，化其腐而出其奇，其實八代之美，退之未嘗不備有也。宋諸家疊出，乃舉而空之，子瞻又掃之太過，於是文體薄弱，無復沈浸穠郁之致，瑰奇壯偉之觀，所以不能追古者，未始不由乎此。夫體不備不可以爲成人，辭不足不可以爲成文，宋賢於此不察，而祖述之者，並西漢瑰麗之文而皆不敢學，此其失三也。」

劉氏的「其實八代之美，退之未嘗不備有也」的話，不敢明說駢文中也有可資「增益詞釆」的地方，但意在言外，是可以意會的。

三、陽湖派的古文

陽湖派，實際上是受桐城派影響而產生的一個支派，此派的兩個領袖人物，都間接的受到桐城文派的薰染，就是惲敬和張惠言。

陸祁孫七家文鈔序說：「乾隆間，錢伯坰魯斯，親受業於海峯之門，時時誦其師說於其友惲子居、張皋文二子者，始盡棄其考據駢驪之學，與志以治古文。」

他的這個話，惲、張二人也是公開承認的。惲子居曾說：「與同州張皐文、吳仲倫、桐城王悔生游，始知姚姬傳之學出於劉海峯，海峯之學出於方望溪。」張皐文也說：「余友王悔生見余黃山賦而善之，勸余爲古文，語余以所受其師劉海峯者，爲之一二年，稍稍得其規矩。」又說：「魯斯顧謂余：『吾嘗受古文於桐城劉海峯先生，顧未暇以爲，子儻爲之乎？』余愧謝未能；已而游京師，思魯斯言，乃盡屛置曩時所習詩賦若書不爲，而爲古文，三年乃稍稍得之。」

不過張、惲二人又有所不同，張惠言只享年四十一歲，但卻多才多藝，他深於易、禮等經學，對詞有很深的研究，也寫詩、塡詞，做駢文。他做古文，只在晚年，那時桐城派已成氣候，做古文變成時髦的事情，他又受到朋友們的鼓勵，才隨俗嘗試，只要博得別人「稱善」，或者那些桐城派的朋友認爲很像桐城古文，也就滿意了。。至於說要「力追韓、歐，波瀾意度，往往通肖」，那更是想不到的美譽了。所以張惠言只是以他的才學，試作桐城式的古文，實在與桐城派沒有什麼兩樣。眞正專治古文，而又與桐城派同中求異因而別應出陽湖一派的，主要在惲敬。

惲敬（一七五七——一八一七）字子居，號簡堂，江蘇陽湖人。乾隆癸卯舉人，以教習官學生選知縣，官至江西吳城同知，以事罷官。著有大雲山房文稿。

惲氏學古文的情形，是下過一番苦工的，他在「上曹儷笙侍郎書」中說：

「後與同州張皐文、吳仲倫，桐城王悔生游，始知姚姬傳之學，出於劉海峯，劉海峯之學，出於方望溪。

及求三人之文觀之，又未足以饜其心所欲云者。由是由本朝推之於明，推之於宋唐，推之於漢與秦，齗齗焉析其正變，區其長短，然後知望溪所以不滿者，蓋自厚趨薄，自堅趨瑕，自大趨小，而其體之正，不特遵巖、震川之下，未之有變，卽海峯、姬傳，亦非破壞典型，沈酣淫詖者，不可謂傳之盡失也。」由此可知惲氏對桐城三祖，亦頗有微詞。清史稿說：

「惲敬既罷官，益肆其力於文，深求前史興壞治亂之故，旁及縱橫、名、法、兵、農，陰陽家言。會其友惠言歿，於是敬慨然曰：『古文自元明以來，漸失其傳，吾向所以不多爲者，有惠言在也。今惠言死，吾安敢不併力治之。』其文蓋出於韓非、李斯，與蘇洵爲近。」

雖然惲氏要想跳出桐城派的範圍，要想從「修六藝之文，觀九家之言」出發，欲以振興文學爲務，但是六藝、九家本來就是古文家的不祧之祖，所以結果是求異實同。再說惲、張早年受桐城門下的影響很深，他們實在也說不出那種清眞雅正的散文有什麼不好，因此陽湖派者，雖說是獨立了門戶，也有了一些追隨者如陸繼輅、黃士錫、李兆洛之輩，但它與桐城派主要還只在地域與居籍的不同，就文章風格來說，實在是大同小異的。

四、湘鄉派的古文

在道光、咸豐以後，桐城派、陽湖派古文都有中衰的現象，這時候曾國藩以中興名臣的地位，出來提倡古文，他的朋友、幕僚、弟子以及再傳弟子，一時都作古文，薛福成「敍曾文正公幕府賓僚」，所記共八十三人之多，其中絕大部分都是知名的文士，如溆浦向師棣、遵義黎庶昌、無錫薛福成、薛福保、南豐劉庠、武昌張裕釗，桐城吳汝綸等。張、吳二氏門下，又有武强賀鑄、新城王樹枬、泰興朱銘盤、濰縣孫傑田、通州范當世、桐城烏其昶、姚永樸、姚永概等，聲勢甚大，都可說是受到曾氏的影響，曾氏是湖南湘鄉人，雖然他非常嚮往尊敬桐城派，但究竟不是桐城嫡系，所以後世稱曾氏與他那一系的古文家爲湘鄉派。

曾國藩（一八一一——一八七二）字滌生，號伯涵，湖南湘鄉人。道光進士，累官禮部侍郎，丁憂歸，再起治兵事，平太平天國之亂，封一等毅勇侯，以大學士任兩江總督，卒於任，諡文正。有曾文正全集凡百數十卷。

曾氏對於古文，毫不隱瞞他對桐城派的嚮往，以及桐城派給予他的影響。他對姚鼐，尤其傾倒之至。他曾一再說過：

「國藩之粗解文字，由姚先生啓之也。」

「自方氏而後，惜抱固當爲百年正宗。」

「夢見姚姬傳先生，頎長清癯，而生趣盎然。」

「余之不聞桐城諸老之謦欬也久矣！」

咸豐九年，曾氏命其子紀澤，畫了他所最敬佩的古今聖哲三十二人的像，自己寫一篇序，說明這三十二人爲什麼值得尊敬，就是有名的「聖哲畫像記」，其中姚鼐就是一位，可見曾氏對姚氏的尊崇了。所以王先謙「續古文辭類纂序」說：「曾文正以雄直之氣，宏肆之識，發爲文章，冠絕古今，其於惜抱遺書，篤好深思，雖謦欬不親，而涂迹並合。」

從曾國藩的選本「經史百家雜鈔」，修正姚氏「古文辭類纂」的十三類文體爲十一類，可以看出他們之間的大同小異。曾氏經史百家雜鈔的序例說：

「姚姬傳氏之古文辭，分爲十三類，余稍更易爲十一類，曰論著，曰詞賦，曰序跋，曰詔令，曰奏議，曰書牘，曰哀祭，曰傳誌，曰雜記，九者，余與姚氏同焉者也。曰贈序，姚氏所有，而余無焉者也。曰敍記，曰典志，余所有，而姚氏無焉者也。曰頌贊，曰箴銘，姚氏所有，余以附入詞賦之下編。曰碑誌，姚氏所有，余以附入傳誌之下編。」

「姚姬傳氏選次古文，不載史傳，其說以爲史多不可勝錄也。然吾觀其奏議類中，錄漢書至三十八首。詔令類中，錄漢書二十四首，果能屏諸史而不錄乎。余今所論次，采輯史傳稍多，命之曰經史百家雜鈔云。」

曾氏對於方、姚雖然十分傾慕，但也不是一步一趨，其重要的不同點爲：

甲、曾氏對於駢儷文字，基本上較爲優容，曾氏好詩，有十八家詩鈔，「唐之李杜、宋之蘇黃」，是他最崇拜的；曾氏又好對聯、輓聯一類文字，這完全是以對仗見功夫的技巧文字，他留下的名聯不少，如「養活一團春意氣，撑起兩根窮骨頭」之類，故大致上，他比較同意如劉開等所主張的駢散互用之說。他在「送周荇農南歸序」中說：「一奇一偶者，天地之用也，文字之道，何獨不然。」這也可見他的態度比較客觀，並不死守古文家法，也並不以爲唯古文獨尊。

乙、他認爲詞章家也須有小學訓詁的根柢，這是以往古文家沒有注意過的問題。曾氏在「家書」中說：「余觀漢人詞章，未有不精於小學訓詁者，如相如、子雲、孟堅，於小學皆專著一書。文選於此三人之文，著錄最多。余於古文，志在效法此三人，并司馬遷、韓愈五家，以此五家之文，精於小學訓詁，不妄下一字也。」

丙、他建立了自己的「陽剛」「陰柔」兩分法的美文理論。他在「日記」中曾說：

「嘗慕古文境之美者，約有八言。陽剛之美者曰：雄直怪麗；陰柔之美曰：茹遠潔適。蓄之數年，而余未能發爲文章。略得八美之一，以副斯志。是夜將此八言者，各作十六字贊之，至次日辰刻作畢。」他的贊詞如下：

「陽剛之美：

雄：劃然軒昂，盡棄故常；
　　跌宕頓挫，捫之有芒。

直：黃河千曲，其體仍直；
　　山勢如龍，轉換無迹。

怪：奇趣橫生，人駭鬼眩；
　　易玄山經，張韓互見。

麗：青春大澤，萬卉初葩；
　　詩騷之韻，班揚之華。

陰柔之美：

茹：衆義輻湊，吞多吐少；
　　幽獨咀含，不求共曉。

遠：九天俯視，下界聚蚊；
　寤寐周孔，落落寡群。
潔：冗意陳言，類字盡芟；
　慎爾褒貶，神人共監。
適：心境兩閒，無營無待；
　柳記歐跋，得大自在。」

用「剛柔」來區分文學的風格，或說明作者、作品有這種本質上的差異，六朝時候的人已經開始，如沈約的宋書謝靈運傳論中就講：「民稟天地之靈，含五常之德，剛柔迭用，喜慍分情。」劉勰文心雕龍鎔裁篇也說：「情理設位，文采行乎其中，剛柔以立本，變通以趨時。」不過，都沒有曾氏發揮得這麼徹底。他的剛柔二分法雖不一定正確，但他必定深思過這個問題，也許他覺得這一說還有些不盡妥善，因此「未能發為文章」，我們只在他的日記中，看到以下的解釋：

「吾嘗取姚姬傳先生之說，文章之道，分陽剛之美，陰柔之美。大抵陽剛者氣勢浩瀚，陰柔者韻味深美，浩瀚者噴薄而出之，深美者吞吐而出之。就吾所分十一類言之：論著類、詞賦類宜噴薄，序傳類宜吞吐。其一類中微有區別者，如哀祭類雖宜噴薄，而祭郊社祖宗則宜吞吐；詔令類雖宜吞吐，而檄文則宜噴薄；書牘類雖宜吞吐，而論事則宜噴薄；此外各類，皆可以是意推之。」

明清時候的讀書人，僥倖能通過三考，靠八股文取得功名，多半躊躇滿志。曾國藩雖也是進士出身，但他對八股制度，却非常反感，他曾說：

「自吾有知識以來，見術之老成宿學，篤於文律者，恆困頓無以自拔，或終身不得當於行省有司之試。……制藝試士既久，陳篇舊句，盜襲相仍，有司者無以發覆而鈎奇，巧則與命題以困之。乖割乎經文，瓜析乎片語；由是爲文者有鈎聯之法，有幹補之方，有仰逼俯侵之患。名目既繁，科條日密；雖過百人之智，窮十年之力，猶不能洞悉其竅郤。及其徹於心而調於手，而齒已日長，少時英光銳氣，稍稍衰減矣。」

以此看來，曾氏功成名就以後，極力提倡古文，尤其是那時桐城派古文已逐漸衰微，曾氏大力提倡之下，使古文再度復興，可能還是要以古文來彌補八股文之失吧。

由於曾氏的提倡，桐城古文的影響力，才能貫徹到清末民初，成爲與新文學對抗的局面。而直接親炙曾氏的湘鄉派門下，則以張、吳二人較具適應海通以來的新情勢。

張裕釗　字廉卿，湖北武昌人。咸豐舉人，官至內閣中書，晚年主講武昌經心書院，著有濂亭文鈔等。

吳汝綸　字執甫，同治進士，桐城人。由於他擅長於筆札，曾先後被曾國藩和李鴻章延攬爲幕僚，負責奏議事務。官至冀州知州。光緒末，曾任北京大學堂總教習。又曾遊日本，考察教育制度。著有東遊叢錄詩文集等。

張、吳二人在清末都是屬於通曉「時務」的古文家。如張氏的主張師效西方的科學，吳氏的主張效西學亦不廢中學，都可以見出他們的思想是並不太保守的。

五、清末的古文家

古文到了清末，其勢已經成了強弩之末，但一些古文家，仍然欲做最後振作的嘗試，他們的掙扎，約表現在兩方面：

其一，王先謙曾效法姚姬傳「古文辭類纂」的方式，編了一部「續古文辭類纂」；黎庶昌曾效法曾國藩「經史百家雜鈔」的體例，也編了一部「續經史百家雜鈔」。他們見到姚、曾所編的文集，獲得良好的反應，激起很大的影響，以爲一書編成，必定能得到一些反應，可是，時移勢易，兩部續書的編者，都非常失望，因爲根本就不能產生什麼效果了。

其二，清末西風東漸以後，一些古文家很想以他們的「清新雅正」之筆，來介紹西洋文化和學術思想的精華。在這方面，他們的努力，可說多少有一些成績，值得一提的，有以下三位：

甲、**薛福成**（一八三八——一八九三）字叔耘，號庸盦，江蘇無錫人。官至右副都御史。著有籌洋芻議一卷、庸盦文編、日記、筆記等。薛氏曾出使法、英、意、比各國，他把在國外的見聞，寫成古文小品，如「巴黎觀油畫記」，敍述在巴黎博物館中所見的普法戰爭名畫，並非描繪勝利之戰，而係圖摹失敗之慘狀，原來是爲了激起國人「勿忘在莒」之意，古文中找到這類題材，可說令人耳目一新。

乙、**林紓**（一八五二——一九二四）字琴南，號畏廬，福建閩縣人。光緒八年舉人。民國以後，曾任北京大學教授。他曾以古文翻譯了百餘部西洋小說，如茶花女遺事、塊肉餘生述、黑奴籲天錄等。林氏因爲不懂原文，所以都是由別人口述故事，他信筆書寫，其中少數作品因原著動人，所以一時也很傳頌。至於一些本著是三流的原著，當然也跟著失敗。不過這些古文翻譯的小說，隨着以後白話文運動的興起，有了語體的翻譯小說而歸於消滅。不僅林氏的作品命運如此，就如周樹人、周作人兄弟用古文所譯的「域外小說集」，命運也是相同的。

丙、嚴復（一八五三——一九二一）原名體乾，字又陵，號幾道，福建閩縣人。光緒二年，被派到英國學海軍，回國以後任水師學堂總教習十五年。民國以後，曾任過參政及約法會議議員。嚴氏曾經跟從吳汝綸氏研習古文，受吳氏的影響很大，所以始終堅持用古文翻譯西洋的哲學名著，如赫胥黎的天演論，斯賓塞的群學肄言，穆勒的群己界權論，亞當斯密的原富等。是最早有系統的介紹西洋哲學入我國的人。嚴氏強調譯書應以「信、雅、達」三者爲目標，成爲了後世譯者的信條，嚴氏的譯作，對我國當時的學術思想界，的確有相當大的影響。可惜嚴氏的譯作，都用的是古文，以後白話文的譯作相繼問世，嚴氏譯作除少數名詞術語如「物競天擇，適者生存」等尚被保留以外，原書已乏人問津了。同樣情形如李石岑所譯作的一些西洋哲學書籍，「哲學也者，費腦思夫（Philosophy）」；也都成爲了陳跡。

清末古文家的最後掙扎，歸於失敗，終於結束了三千年來變動不大的散文形象，這是大勢所趨，不能算是清末古文家的無能。但是他們生不逢辰，成爲了白話文運動正面的敵人，而被斥爲「選學妖孽，桐城謬種」，桐城三祖地下有知，也將爲這些徒子徒孫們憤憤不平吧。

第三章 清代的戲劇

第一節 清初戲劇

清代以異族入主中國，爲了消滅漢民族的抵抗，曾大量使用殘暴的高壓手段。尤其是在南下之時，對於誓死抵抗的城市，更使用血洗的政策，如著名的揚州十日、嘉定三屠，都是血淋淋的史實。但在天下初定以後，清廷又開始用懷柔的手段，極力籠絡文人學子，以贏取他們死心塌地的歸順。在這方面，他們又儘量保存漢人的固有文化，和風俗習慣，以博取漢人的好感。而歸順的文人之中，又不乏工於戲曲之士，於是清代初年，私人的家樂，和民間的戲班，在粉飾太平之下，漸漸地又興盛起來。

此外也有一部份國家觀念極強烈的士子，寧作遺民，也不肯上京赴試。他們過着隱居的生活，懷着滿腔國破家亡的悲憤，無處發洩，於是就假戲劇的排場，來抒發個人的憤懣。以戲劇中的忠孝節義，或用以鼓勵同胞反清復明的思潮，或用以譏刺賣身投靠的漢奸。淋漓痛快，而又不像詩文那樣易遭時忌。所以在清初，這一類的作家是相當多的。尤其當時還是崑山腔的天下，所以在吳中寫崑腔劇本的遺民作家便特別多。

此外如吳偉業、尤侗、嵇永仁等，都仕清做過官。李漁雖浪跡江湖，但跟遺民作家的背景和格調不大相同，於是本節又劃分三小節，把他們分開來敘述。

一、吳中的遺民作家

吳中的遺民作家，當以李玉爲代表。**李玉**（一五九一——一六七一）字玄玉，號蘇門嘯侶，又號一笠庵主人，江蘇吳縣人。他好奇學古，工於戲曲，但對八股文卻毫無興趣，因此在晚年才得貢生的銜頭。入清以後，更是以遺民自居，絕意仕途，專心研究戲曲的理論和創作。所編一笠庵北詞廣正譜，所集宮調，比朱權的太和正音譜多出數倍，以點板正確著稱，爲研究元明北曲曲譜的重要資料，與沈璟的南曲譜，並爲曲譜中的雙璧，即此一端，李玉在戲曲史的地位，已屬不朽了。

李玉的創作極多，相傳有六十多種，確知名目的有四十二種，現存二十種（包括與人合作的二種）。其中一捧雪、人獸關、永團圓、占花魁，稱一笠庵四種曲，爲李玉在明末時的作品，吳梅在中國戲曲概論中說：「一、人、永、占，直可追步奉常（指湯顯祖）且眉山秀劇，雅麗工鍊，尤非明季諸子可及。」可見李氏初時創作，也是屬於文辭派的。

四劇之中，人獸關、永團圓較不出色。占花魁故事則本諸醒世恆言賣油郎獨占花魁，但結構更爲複雜，特別強調花魁女王美娘在金兵入侵，宋室南渡的苦難亂世，與家庭失散而遭致賣入妓院的悲慘命運，一面又描述賣油郎秦種，也是自東京逃到臨安的流亡者。兩人一見鍾情，自也有其時代的背景。此劇雖重文辭，但由於情節本身的感人性，使全劇的表現，非常有力。

一捧雪是敘述嚴世蕃爲了一隻玉杯一捧雪，不惜陷害忠良莫懷古，義僕莫誠替主就死，節婦雪艷爲夫報仇的故事。全劇曲折動人，而劇中人性格的刻劃，尤其生動，有巨凶大惡的嚴世蕃，有奸險小人的湯勤，也有忠義救主的莫誠，勇敢貞節的雪艷，舞臺效果極好，一直到現在，還是最受歡迎的劇目，不過已經改編爲皮黃了。

此外千鍾祿寫明初建文帝喬裝僧人，到處逃亡的故事。是劇又作千忠會、千忠祿、千忠戮，實卽一劇。因爲李玉身遭亡國之痛，對於那些反顏事敵的漢奸走狗，更爲痛恨：「恁也曾立朝端，首領鵷行，食祿千鍾。你的紫綬金章，頓忘了聖德汪洋，到如今反顏事敵，你就轉眼恩忘。」吳偉業說他有「抒其壘塊」之心，確是不錯。因李玉一生不得志，又加上亡國之大痛，眼看那些在明代衣紫穿錦的大官，一下又變成清朝的新貴，心中的憤恨，是不言而喻的，化入筆端，所以字裏行間自有一種感人的力量。尤其是借罵明初易主的衆臣，暗喻降清的諸賊，特別容易引起觀衆的同情。所以慘覩一折，膾炙人口，其曲辭共八段，每段末押一陽字，故俗稱「八陽」。第一段的起始一句，爲「收拾起大地山河一擔裝」，所以當時又有「家家收拾起」之說，可見其流行之一斑。今錄其第二段刷子芙蓉曲如下：

頸血濺干將，屍骸零落，暴露堪傷。又首級紛紛驅馳，梟示他方，凄涼。嘆魂魄空飄天際，嘆骸骨誰埋土壤？堆車輛。看忠臣榜樣，枉錚錚自誇鳴鳳在朝陽。

李玉寫千鍾祿的時候，已經由明入清了，跟他以前的作品比較起來，顯然有不同的色彩和格調。在同一時期，清忠譜也是他極重要的一本戲曲。若說千鍾祿是描寫國破家亡的慘況，則清忠譜乃是敍述國破家亡的原由。清劇也是取材於明末的眞人眞事：當時權閹魏忠賢用事，各地官員替他起造生祠祈福。蘇州巡撫毛一鷺是魏忠賢的乾兒子，於是也在蘇州七里山塘替他建祠。致休的吏部員外郎周順昌，極重節氣，在生祠落成之日，衝進去對着魏像大罵一頓。魏忠賢知道後，就把他扯在別案中拿問進京。當時市井小民周文元、顏佩韋、楊念如、馬杰、沈揚等五人，號召聚集了一萬多人，大鬧巡撫衙門，並毆死京中來的一個校尉。魏氏聞報，遂令毛撫交出主犯，否則屠城，周等五人，爲避免生靈塗炭，遂投案慷慨就義。魏忠賢敗後，吳人遂把魏祠搗毀，將五人遷葬該址，稱爲五人之墓。張薄有五人墓碑記，即記該事。

該劇以周順昌爲主角，而李玉的一腔義憤，及對禍國權奸的痛恨，全借周順昌的口中，抒洩出來，而周順昌的希望：一則保全善類；二則肅整朝綱；三則掃清宮禁；四則奠安社稷，未嘗不是李玉的理想，結果奸臣用事，國破家亡，不免流於遺憾了。

清忠譜卷首，標明「蘇門嘯侶李玉元玉甫著，同里畢魏萬後、葉時章雉斐、朱臛素臣同編」。然則此劇並不全出李玉之手，可說是一個集體創作。

朱臛　字素臣，後以字行。號笙庵，江蘇吳縣人。生平不詳，與李玉同里，興趣相同，友誼甚篤，並且與李玉合寫過清忠譜及四奇觀。

他作的傳奇共有十九種，今存的有十五貫、未央天、聚寶盆、龍鳳錢、秦樓月、翡翠園、錦衣歸、萬年觴等八種。其中以十五貫最有名，又名雙熊夢，是崑曲中最受歡迎的劇目之一。此外秦樓月也是佳作，李漁曾在卷末讚美說：「遠則可方拜月，近亦不讓西樓，幾案毹氍，並堪賞心，此必傳世之作也。」

朱佐朝　字良卿，江蘇吳縣人。傳爲朱臛之弟，身世也不詳。他跟李玉合寫過埋輪亭、一品爵，可見兩人的交誼，也非泛泛。他作的傳奇，總數也多，據焦循劇說，共有三十三種，錄目二十九種，其餘四種列於未詳。據曲錄則有三十種，其中二十三種與劇說所列相同，其他則有出入。今尚存者，則有瓔珞會、乾坤嘯、艷雲亭、御雪豹、血影石、軒轅鏡、石麟鏡、吉慶圖、九蓮燈、漁家樂等。其中漁家樂衍漁家女鄔飛霞救清河王劉蒜，而後劉蒜爲帝，立飛霞爲皇后的故事，別具風格，今錄藏舟一齣中黃龍袞曲如下：

這是如蛾赴火煙，如蛾赴火煙，羊入虎狼圈。寧餓死他鄉，莫把頭顱剪。當尋踪覓跡，在江心不遠。酬方寸，報瓊瑤，恩非淺。

學個寒江獨釣仙，免被人輕賤。且潛息淺龍，待聽朝綱典。似醉如痴，暫爾漁歌嘯。權說道，是妻房，爲家眷。

葉時章　字稚斐，又字英章，江蘇吳縣人。他也是和李玉同編清忠譜的一人。高奕新傳奇品著錄他的傳奇八種，並評其詞如「漁陽三弄，意氣縱橫」，可見其風格。今存者有英雄概、琥珀匙兩種，英雄概敘李存孝打虎及平黃巢事，其中演李存孝之含寃負屈，李存信的嫉賢妬能，皆有可觀之處。

琥珀匙一劇，使時章被捕下獄。焦循劇說引茧甕閑話說：「琥珀匙，吳門葉稚斐作，變名陶佛奴，即傳奇中翠翹故事。中有句云：『廟堂中有衣冠禽獸，綠林內有救世菩提。』爲有司所恚，下獄幾死。」時章處國變之世，心存明闕，因此以衣冠禽獸暗罵清廷官吏，以救世菩提隱喻各地之義軍，此種力求發抒反清復明的筆墨，自爲有司所忌，沒有在獄中送命，自是不幸中之大幸了。

畢魏　字萬後，一作名萬侯，字晉卿，江蘇吳縣人。是跟李玉同編清忠譜的四人之一。新傳奇品評其詞如「白璧南金，精彩耀目。」所作傳奇六種，今存者爲三報恩，竹葉舟兩種。三報恩故事本警世通言的老門生三世報恩話本（也見今古奇觀），竹葉舟的情節則和元雜劇陳秀卿誤上竹葉舟完全相同，惟主角則易爲石崇。畢魏所作，語多憤激慷慨，他自號「姑蘇第二狂」，由此可知他的風格。總之，身負家國之痛，假戲曲以寄其意，這是畢魏等遺民作家，所同有的特徵。

二、吳偉業與尤侗

吳偉業是當時有名的詩人，他的詩歌，世稱梅村體，可見其享譽之隆。但他在戲曲上的造詣也深，鄒式金編輯雜劇三集，他以灌隱人的筆名，寫過一篇序，認爲戲曲「可以爲鑒，可以爲勸」，可見他是了解戲曲的社敎功用的。他並說：「近時多以帖括爲業，窮研日夕，詩且不知，何有如曲？余以爲曲亦有道也。世路悠悠，人生如夢，終身顚倒，何假何眞？若其當場演劇，謂假似眞，謂眞實假，眞假之間，禪家三昧，惟曉人可與言之。」人生如戲，偉業這段話很富有禪機。

他所作的戲曲，計有傳奇秣陵春一種，雜劇臨春閣、通天台兩種，三種皆以灌園主人署名。秣陵春演南唐徐適和黃展娘的故事，臨春閣本隋書譙國夫人傳的故事，通天台則本諸陳書沈炯傳。

偉業在明亡後奉母隱居，最後仍未保持名節，仕淸爲國子監祭酒。劉獻廷廣陽雜記卷一記偉業被召時的情形：「順治間，吳梅村被召。三吳士大夫皆集虎邱會餞。忽有少年投一函，啓之得絕句云：『千人石上坐千人，一半淸朝一半明；寄語婁東吳學士，兩朝天子一朝臣！』擧座爲之默然。」偉業爲當時士林之重望，國變之後，被迫作貳臣，心中之羞愧怨憤，不言而喻，所以他在京一年，就告退歸鄉。老實說，偉業仕淸，固已注定他貳臣的命運，但是他的詩文，他的戲曲，還都能表示喪亂抑悒之情，與那些靦顏事敵者不同。

臨春閣以洗夫人和張麗華爲經緯，寫南朝陳叔寶之亡。實際上以陳叔寶隱射南明福王，諷刺其荒淫腐敗。而且暗責文武官吏，把江山敗壞，事後則將責任推諸婦寵，沒有一點男子漢大丈夫的氣慨。通天臺敍述沈炯在梁亡之後，寄寓長安，遙望江南故國，鬱鬱難忘。某日登漢武帝通天臺，不由痛哭失聲，繼而大飲而醉，夢見武帝，陳訴自己異鄉失路之苦。武帝勸他做官，則又懇辭。武帝派人送他出關，夢醒劇終。從故事看，可知該劇實是偉業的自白，將他出仕清廷不得已的苦衷，借沈炯的口，加以表白：「今者天涯衰白，故國蒼茫，才士轗軻，一朝至此。正是：『往時文彩動人主，此日飢寒趨路傍。』豈不可嘆！」（第一齣）沈炯的獨白如此，且看他獨唱：

（青歌兒）拜告了君王，君王鑒察，休嫌我書生，書生兒答，羈旅孤臣憔悴殺。大纛高牙，紫綬青緺，只顧咱草舍桑麻，濁酒魚蝦，冷淡生涯。田竇豪華，衞霍矜誇，僮僕槎杯，歌笑淫哇。坎井蝦，暮霜後壺瓜。山谷蛤岈，烏鵲啼啞，駿馬鞭加，萬里非遐，春草萌芽。滿院梨花，放一個吾丘假。

（賺煞尾）則想那山遠故宮寒，潮向空城打，杜鵑血揀南枝直下。偏是俺立盡西風搔白髮，只落得哭向天涯。傷心地付與啼鴉，誰向江頭問荻花？難道我的眼呵，盼不到石頭車駕，我的淚呵，灑不上修陵松價，只是年年秋月聽悲笳。

眞是杜鵑泣血，一字一淚，吐盡中心的幽憤了。至於秣陵春傳奇，雖演徐適和黃展娘故事，實則也是借以悲明之滅亡的。所以冒襄批評此本傳奇，爲「字字皆鮫人之珠，先生寄託遙深。」（同人集卷十）了。

尤侗（一六一八—一七〇四）字同人，一字展成，號悔庵，又號艮齋，江蘇長洲人。順治以貢生，除永平推官。康熙十七（一六七八）年舉博學鴻詞料，授翰林院檢討，纂修明史，三年後以年老辭官還鄉。著有傳奇鈞天樂一種。雜劇讀離騷、弔琵琶、桃花源、黑白衛、清平調等五種，此伍種合稱西堂曲腋。

讀離騷寫屈原故事，弔琵琶寫王昭君，桃花源寫陶淵明，黑白衛寫聶隱娘現神術之事，清平調則寫李白。結構布局，都有出乎平常人處。吳梅中國戲曲概論說：「曲至西堂，又別具一變相。其運筆之奧而勁也；其使事之典而巧也；下語豔媚，而油油然動人也。置之案頭，竟可作一部異書讀。如讀離騷之結局，以宋玉招魂；弔琵琶之結局，以文姬上冢。此等結構，已超軼前人矣。」其讀離騷雜劇，曾進御覽，命教坊內人演出，更是尤侗自認得意的傑作。

鈞天樂傳奇，完全是諷刺科場營私舞弊的，主考何圖（諧聲糊塗），上場卽唱：「由來將相出金銀，丟去文章覽縉紳，堪笑老頭巾，空做經書策論。」結果把滿腹經論的沈白、楊雲不取，取中的三鼎甲賈斯文、程不識、魏無知，都是權宦富貴子弟，不識之無的。尤侗年輕時一直不得意於科場，所以此劇沈白，實是他自己的縮影，哭廟一折，盡情發洩其抑鬱不平之氣，今錄數曲如下：

（喜遷鶯）俺只見離梁畫桷，閃靈旗香火飄搖。英也麼豪，到予今可許我寒儒相弔？只怕你土木形骸虛畫描，圖醉飽，長則是暗嗚叱吒，不聽我太息號咷。

（出隊子）誰似我才高年少？抱經綸困草茅。只堪痛飲讀離騷，直欲悲歌舞佩刀。這孤負詩書寃不小。

唯此劇下半本，沈、楊等上升天庭，於天界考試得第，賜天宴，奏鈞天樂等，收束遲緩，反令觀衆生倦，是一大缺點。

三、李　漁

明清的戲曲家雖多，但求一創作，理論俱精，如李漁者，則不多見。李漁（一六一一—一六八〇後），字笠鴻，改笠翁，一字謫凡，浙江蘭谿人，晚年移家杭州西湖邊，自號湖上笠翁。他是一個浪跡江湖，買女作伶的小戲班班主，在他的文集卷三裏說：「客中買婢，是吾之常。汝等慮我岑寂，業已屬之初心，勿必嗔之於後。已得備員者一人，姿貌技能無一足錄，獨取其舌本易掉，進門未數日，即解吳音。」袁于令說他：「性齷齪，善逢迎，遊縉紳間，喜作詞曲小說，極淫褻。常挾小妓三四人，子弟過遊，便隔簾度曲或使之捧觴行酒。具縱談房中，誘賺重價。其行甚穢，眞正士林所不齒者也。」（見娜如山房說尤卷下）品德雖卑下，對戲曲卻是極內行。

李漁的戲曲理論，在他所著的閒情偶寄中，此書卷一、卷二，皆討論戲曲理論，分詞曲、演習二部。其中演習部分「選劇」、「調變」、「授曲」、「敎白」、「脫套」等五章，都是關於戲曲搬演之法，皆前人很少提到的。詞曲部則更爲精彩，共分六章：

一、結構，計七款：戒諷刺、立主腦、脫窠臼、密針線、減頭緒、戒荒唐、審虛實。

二、詞采，計四款：貴顯淺，重機趣、戒浮泛、忌填塞。

三、音律，計九款：恪守詞韻、凜遵曲譜、魚模當分、廉監宜避、拗句難好、合韻易重、愼用上聲、少填入韻、別解務頭。

四、賓白，計八款：聲務鏗鏘，語求肖似，詞別繁減、字分南北、文貴精潔、意取尖新、少用方言，時防漏孔。

五、科諢，計四款：戒淫褻、忌俗惡、重關係、貴自然。

六、格局，計五款：家門、冲場、出脚色、小收煞、大收煞。

由所標題目看，李漁所論，並不是泛泛之言，而是一個戲劇家實際工作的經驗。這六章中，詞采以下五章，前人容或有所論及，然而討論戲曲的結構，而且把它放在第一件大事來討論，則當以李漁爲第一人。在結構下分成七項，戒諷刺是論述李漁本人對於戲劇本身的看法，「謂善者如此收場，不善者如此收果，使人知所趨避，是藥人壽世之方，救苦弭災之具也。」可見他是認識戲劇的社教功用的。

傳奇的缺點，在於過長，一種傳奇，動輒在四五十齣以上，情節曲折者，尚可委婉舖排，否則就要平添關目，徒使枝節蕪雜，令觀衆不知重心所在，自然要昏昏欲睡了。所以李漁論立主腦說：「主腦非他，卽作者立言之本意也。傳奇亦然。一本戲中，有無數人名，究竟俱屬陪賓，原其初心，止爲一人而設。卽此一人之身，自始至終，離合悲歡，中具無限情由，無窮關目，究竟原屬衍文，原其初心，又止爲一事而設，此一人一事，卽作傳奇之主腦也。」又如他主張傳奇要有新意，不能陳腔濫調，脫窠臼說：「塡詞之家，務解傳奇二字，欲爲此劇，先問古今院本曾有此等情節與否？如其未有，則急急傳之；否則枉費辛勤，徒作效顰之婦。」此外密針線主張不使關目前後衝突，不令起伏照應唐突牽強。減頭緒主張文簡意貫，不使情散漫，使觀衆容易明瞭，而精神集中，凡此種種，都是不易之論。

至於李漁戲曲的創作，數量很多，其中以奈何天、比目漁、蜃中樓、憐香伴、風箏誤、愼鸞交、凰求鳳、巧團圓、玉搔頭、意中緣等十種傳奇最有名，合稱笠翁十種曲。楊恩壽詞餘叢話批評說：「笠翁十種曲，鄙俚無文，直拙可笑。意在通俗，故命意遣詞，力求淺顯。流布梨園者在此，貽笑大雅者亦在此。」可見李漁所作戲曲，完全是爲適合舞臺演出，一般觀衆容易了解的，若以文人案首清供的觀點來看，自是鄙俚無文了。吳梅顧曲麈談說：「其科白排場之工，爲當世詞人所共認，惟詞曲則間有市井謔浪之習而已。」確是的評。今錄當時最受歡迎的風箏誤一劇後親一齣中園林好一曲如下：

我笑你背銀燈，難遮昨羞。隔紈扇，怎藏舊醜？一任你把嬌澀態，千般粧扭，怎當我愁見怪，閉雙眸。

四、其他作家

此一時期的戲曲作家，可以一提的，尚有嵇永仁等人。**嵇永仁**（一六三七—一六七六）字留山，號抱犢山農，江蘇無錫人。康熙初在福建總督范承謨幕，耿精忠反清，執承謨，並脅永仁降，在獄三年，及承謨被害，乃自經死。

永仁所作戲曲，凡有三種。其中楊州夢、雙報應爲傳奇，續離騷爲雜劇。楊州夢演晚唐詩人杜牧風流事，略本唐于鄴之小說楊州夢記，稍稍增益其情節。結構文辭都佳，但聲律稍差，所以吳梅楊州夢跋說：「留山於聲律之學，未能深造，舛律脫調，往往有之。」雙報應以錢可貴故事爲經，述生員錢可貴與妻周氏貧居苦學，欠納官銀，周氏賣身救夫，可貴又將銀失落，哀訴於刺史孫裔昌，終將此案判明，錢、周二人，乃得團圓。此外插入張子俊好男色，狎一少年王文用，引入家中，王反與張妻衞輕雲發生姦情，並將張子俊謀殺，此案也經孫裔昌審明。本劇是永仁獄中絕筆，有王龍光跋，謂永仁自其獄中難友林某口中得聞其目擊關於錢可貴、王文用二人判案事件，而作此劇。結構布置，甚爲得宜，科白生動，人物性格明顯，曲辭也極本色，可以上追元人。

但永仁最出色的，還是他的雜劇續離騷，包含四個短劇，一折一事，完全模仿徐渭四聲猿的體制。四短劇的劇目是：劉國師教習扯淡歌、杜秀才痛哭泥神廟、痴和尚街頭笑布袋、憤司馬夢裏罵閻羅。暗含歌、哭、笑、罵四字，有歌哭笑罵皆文章的意思。「歌」劇寫劉伯溫與張三豐對酌，命弟子唱其所作扯淡歌以侑酒事。「哭」劇寫落第秀才過項羽廟痛哭事。「笑」劇寫一痴和尚傻笑嘲世事。「罵」劇寫司馬貌陰曹斷獄事，取材與徐石麒大轉輪同。不過徐作的重點在斷獄，而永仁所作，重點在怒罵。四折之中，以「哭」劇最爲特出，本劇前已有沈自徵作，名霸亭秋，沈爲晚明雜劇名家，此劇失之穠麗，反不如永仁之作，來得悲壯自然。所以楊恩壽詞餘叢話說：「續離騷雜劇，滿腔悲憤，藉以發之。杜默哭廟一折，尤爲悲壯。」今錄其新水令一曲如下：

醉生瞻眺項王宮，怨窮途瓣香虛供，寶鼎內不絕千載煙，江面上常借助一帆風。論霸業回首成空，遺靈爽古殿寒鐘，還想像萬人敵威名重。

王夫之是一代學者，但也作過龍舟會雜劇，本李公佐傳奇，演謝小娥復仇事。其中也頗寄深惡於明末誤國之諸臣。邱園，字嶼雪，常熟人，所作傳奇九種，今存者有御袍恩、黨人碑、幻緣箱等，又虎囊彈一種，尚存散齣。張大復，字星期，一字心其，號寒山子，蘇州人，作傳奇二十三種，今存有醉菩提、重重喜、雙福壽、吉祥兆、金剛鳳、快活三、紫瓊瑤、如是觀、釣魚船、海潮音、讀書聲等。朱雲從，字際飛，吳縣人，所作傳奇凡十二種，今僅兒孫福尚殘存半本。陳二白，字於令，長洲人，所作彩衣歡、雙官誥、稱人心三種，後二種尚存於世。單本，字槎仙，會稽人，所作傳奇兩種，今僅存蕉帕記一種。馬佶人，字更生，一字亘生，吳縣人，作有傳奇三種，今存墨蓮盟一名荷花蕩一種。吳志衍爲吳偉業之兄，作有蜀鵑啼一種，頗寄明亡之痛一種。盛際時，字昌期，吳縣人。作有傳奇四種，今存人中龍、胭脂雪等兩種。史集之，字友益，吳縣人，一作溧陽人，作有傳奇清風寨、五羊皮兩種。陳子玉，字希甫，吳縣人。作有傳奇三種，今存三合笑一種。王續古，字香裔，吳縣人，作有非非想、黃金臺等傳奇，今存者唯非非想一種。

第二節　康熙時代的戲劇

一、洪昇與長生殿

在有清一代的戲曲史中，康熙是很重要的一個時期，因爲那時出現了兩位大戲曲家，卽是洪昇與孔尙任，世稱「南洪北孔」，名震一時。洪昇比孔尙任大三歲，所以先談洪昇。

洪昇（一六四五—一七〇四）字昉思，號稗畦，浙江錢塘人。康熙五年（一六六六），他二十二歲時，遊京師，二十五歲爲國子監生，以後仕途一直不得志，康熙二十七年（一六八八）完成長生殿傳奇，翌年卽因在淸廷忌日演出，引起軒然大波，連國子監生的功名，也被革除了。

洪昇除了戲曲上的成就，也以詩、詞名。著有稗畦集、稗畦續集等。他的戲曲創作極多，除了最著名的長生殿外，尙有迴文錦、鬧高唐、迴龍院、節孝坊、沈香亭、舞霓裳等六種傳奇；四嬋娟、天涯泪、靑衫濕等三種雜劇，凡十種。此外王國維曲錄又將曲海總目提要卷三十二無名氏之錦鏽圖歸爲洪昇所作；復道人（姚燮）今樂考證著錄九，在洪昇五種中有長虹橋一種。假如把這兩種也算進去，則洪昇的戲劇創作就有十二種。但是天籟集首洪昇隱括蘭亭序後徐材題詞說：「稗畦塡詞四十餘種。但謂一生精力在長生殿。」可見洪昇創作之富，而大多已散佚失傳，不爲人知了。

但在所知的十幾種戲曲中，今尚存的，不過是四嬋娟雜劇和長生殿傳奇兩種而已。四嬋娟仿徐渭四聲猿的體制，一共四折，每折一事。寫的是四個才女的故事，故名四嬋娟。第一折演謝道韞和叔父咏雪聯吟的故事；第二折演衞夫人傳王羲之筆陣圖的故事；第三折演李清照與夫趙明誠品茗評論古來夫婦的故事，第四折演管中姬與夫趙子昂泛舟畫竹的故事。這些歷史上的佳話韻事，在洪昇抒情的筆觸，清雅的曲辭下，顯得非常優美而有韻味。今錄其第三折東原樂一曲，以見一斑。

都生難遂，死要償，噙住了一點眞情，歷盡千磨障。縱到九地輪迴也永不忘，博得個終隨唱，盡佔斷人間天上。

洪昇最有成就的戲曲，當推長生殿傳奇，長生殿共五十折演唐玄宗、楊貴妃的故事。楊妃自定情受寵，至馬嵬埋玉，本身就極富傳奇的色彩。因而天寶以後的文人，以此爲文爲詩，乃至編爲戲曲的，不知道有多少。李調元雨村曲話說：「元人咏馬嵬事，無慮數十家。」可見元人以楊妃作爲題材的戲曲之多。最著名的，就有關漢卿的唐明皇啓瘞哭香囊、白樸的唐明皇秋夜梧桐雨、唐明皇遊月宮等三種。明人傳奇雜劇著名的，有吳世美驚鴻記、屠隆彩毫記、汪道昆唐明皇七夕長生殿、徐復祚梧桐雨等多種。所以當洪昇創作長生殿時，就自然可以摘取前人的名句；或者提鍊最精粹的情節，對於他的創作，實有莫大的影響和幫助。焦循劇說就曾指出這點：「長生殿雜劇薈萃唐人諸說部中事，及李、杜、元、白、溫、李數家詩句，又刺取古今劇部中繁麗色段以潤色之，遂爲近代曲家第一。」

洪昇面對着如此繁富的材料，也曾經大費周折，不但歷時十年，而且三次易稿，洪氏在長生殿例言說：「

憶與嚴十定隅坐皇園，談及開元天寶間事，偶感李白之遇，作沈香亭。尋客燕臺，亡友毛玉斯謂排場近熟，因去李白，入李泌輔肅宗中興，更名舞霓裳。優伶皆久習之。後又念情之所鍾，在帝王家罕有，馬嵬之變，已違夙誓，而唐人有玉妃歸蓬萊仙院、明皇遊月宮之說，因合用之，專寫釵盒情緣，以長生殿題名。」

大凡寫楊妃故事，有的着眼於荒淫色情的描寫，甚至把楊玉環的形象，加以醜化。有的則着眼於玄宗和楊妃不變的愛情，而強調此恨綿綿的悲劇性。洪昇最後改定的長生殿，就是寫玄宗、楊妃生死的深情，而且盡刪楊妃的穢事，使她成爲一個純潔多情而又美麗的形象。長生殿例言就如此說：「史載楊妃多汚亂事，今撰此劇，止按白居易長恨歌傳爲之。而中間點染處，多采天寶遺事，楊妃全傳。若事涉穢迹，恐妨風敎，絕不闌入，覽者有以知余之志也。」

其實洪昇將楊妃的角色淨化，在戲劇中遂產生一種明顯的形象，七夕密誓，梧桐雨夢，就成爲生死至情的流露。白樸、吳世美等人之作，不免流露楊妃穢事，使得玄宗、楊妃的愛情，變成一種虛情假意，就難使觀衆產生同情和共鳴了。洪昇長生殿的主題把握，實是使得該劇成功的重要樞紐。

而且前人之中，鄙薄楊妃者，莫不是因爲她是安史之亂的中心人物，也是唐代由盛至衰的關鍵。換句話說，都是自「女人是禍水」一言著筆。而洪昇時處淸初，對於異族的統治，未嘗沒有一種民族的意識，而且痛定思痛，對於有明一代的亡國，未嘗沒有一番通盤的檢討。奸臣誤國，漢奸賣國，在在都是亡國的禍殃。所以洪昇要把楊妃寫成一個純潔的女子，間接地就是要表現：亡國的責任，主要是應該由貪官奸臣、漢奸走狗所負擔，而不能把責任輕輕地委諸一個弱女子的身上。

長生殿不但把楊妃的形象純化，而且更假借劇中的人物，表達出對於遺民黍離之悲，走狗貳臣之恨，胡狄異族之憎，以及佞臣貪官之怒。試看罵賊一齣中，樂工雷海青的道白：「武將文官總舊僚，恨他反面事新朝；綱常留在梨園內，那惜伶工命一條。……那滿朝文武，平日裏高官厚祿，蔭子封妻，享榮華，受富貴，那一件不是朝庭恩典？如今却一個個貪生怕死，背義忘恩，爭去投降不迭。只因安樂一時，那顧罵名千古。哪！豈不可羞？豈不可恨？我當雷海青雖是一個樂工，那些沒廉恥的勾當，委實做不出來。……」又如雷海青唱的：

（元和令）恨仔恨潑腥羶莽將龍座渰，癩蝦蟆妄想天鵝啖。生克擦直逼的個官家下殿走天南，你道恁胡行堪不堪。縱將他寢皮食肉，也恨難劖。誰想那一班兒沒掂三。歹心腸，賊狗男。

（上馬嬌）平日家張著口將忠孝談，到臨危翻著臉把富貴貪。早一齊兒搖尾受新銜，把一個君親仇敵當作恩人感。喒只問你蒙面可羞慚？

又如樂工李龜年在彈詞一齣中所唱的：

（一枝花）不提妨餘年值亂離，逼拶得歧路遭窮敗。受奔波風塵顏面黑，歎衰殘霜雪鬢鬚白。今日個流落天涯，只留得琵琶在，揣羞臉上長街又過短街。那裏是高漸離擊筑悲歌，倒做了伍子胥吹簫也那乞丐。

很可注意的是洪昇這一種感情，全借樂工雷海青、李龜年之口來表達，未嘗沒有自喻的意思在內。李慈銘越縵堂菊話說：「長生殿寄託尤深，未易一二言之。」由此看來，國忌演劇，不過是欲加之罪，寄託尤深，才是洪昇賈禍的眞正原因吧。

前人對長生殿有好評的很多，梁廷枬曲話卷三：「長生殿爲千百年來曲中巨擘，以絕好題目，作絕大文章，學人才人，一齊俯首。自有此曲，毋論驚鴻，綵毫，空慚形穢，卽白仁甫秋夜梧桐雨亦不能穩佔元人詞壇一席矣。」王季烈螾廬曲談卷二：「（長生殿）不特曲牌通體不重複，而前一折宮調與後一折宮調；前一折主要角色與後一折主要角色，決不重複。……其選擇宮調，分配角色，布置劇情，務使離合悲歡，錯綜參伍，搬演者無勞逸不均之慮；觀聽者覺層出不窮之妙。自來傳奇排場之勝，無過於此。」又說：「余謂古今傳奇，詞采、結構、排場並勝，而又宮調合律，賓白工整，衆美悉具，一無可議者，莫過於長生殿。故學作曲者，宜先讀長生殿。」

在戲曲方面來看，王季烈氏的話，詢非過譽，拿音律來說，洪昇就曾請敎徐大椿（字靈胎。一說係徐靈，字露昭。見曾永義長生殿研究。），所以長生殿本上有眉批徐曰字樣，卽兩人共商音律之處。其他角色、結構、排場、賓白等，可說衆美悉具，爲近代曲家第一。但在詞采方面講，卻不能沒有異議，葉堂納書楹曲譜卷四說：「長生殿詞極綺麗，宮譜亦諧，但性靈遠遜臨川。」

性靈遠遜臨川，這是洪昇自己也承認的，他在長生殿例言中說「余自惟文采不逮臨川」卽是一證。不過這也只是拿他跟湯顯祖比較而已，一般而論　長生殿的曲辭本色，隨角色之不同而曲盡變化，這一點，反而是湯顯祖所做不到的。

由於長生殿在戲曲排場上特別妥貼，所以此戲首演，卽盛極一時，當時戲壇流行的還有李玉的千鐘祿，其中慘覩一齣，最爲膾炙人口。千鐘祿唱詞首句爲「收拾起大地山河一擔裝」，而長生殿最爲觀衆歡迎的一齣，最前一句則爲「不提妨餘年値亂離」。因此當時的俗諺，叫「家家收拾起，戶戶不提防」。由正可知其流行之盛了。

長生殿排場細密妥貼，給予後世戲壇的影響很大。如黃振石榴記、黃燮清倚晴樓七種曲、張堅玉燕堂四種、夏論新曲六種、蔣士銓藏園九種、沈起鳳沈氏四種等，都奉長生殿的排場爲典範，加以模倣。其中尤以二黃的倣效最爲顯然。由此也可見長生殿一劇，在清代劇壇中的地位了

二、孔尚任與桃花扇

和洪昇有「南洪北孔」之稱的是孔尚任（一六四八——一七一八），字聘之，又字季重，號東堂，又號肯堂，自稱雲亭山人。山東曲阜人，是孔子六十四世孫。三十七歲以前，隱居曲阜縣北石門山中，閉門讀書，養親不仕。康熙二十四年（一六八四）帝南巡，過曲阜祀孔廟，尚任在御前講經，被任爲國子博士。此後三年，被派至淮安、揚州二府協助治水，得以結識冒辟疆、許漱雪、鄭孝威、曾石濤等明代遺老。又親身遊歷桃花扇本事的所在地，南京、揚州一帶，啓發了他寫桃花扇的志趣。回京後，歷仕戶部主事，陞員外郎。康熙二十九年，開始寫桃花扇，凡三易稿，康熙三十八年六月書成，次年卽被罷官，大致也是以桃花扇的文字賈禍，可說和洪昇無獨有偶。

尚任的著作很多，詩文有岸塘集、湖海集、石門集、長留集等。他初作劇本，是在康熙三十三年，和顧彩合撰小忽雷傳奇，由孔立案而顧塡詞，衍唐人小說鄭中丞事。作品並不成功，但給予尚任創作戲曲的寶貴經驗，則是不可置疑的。

桃花扇完成後，尚任自著本末，說明他的寫作動機：「族兄方訓公，崇禎末爲南部曹。予舅翁秦光儀先生，其姻婭也。避難依之，羈留三載，得弘光遺書甚悉。旋里後，數數爲予言之。證以諸家稗記，無弗同者，蓋實錄也。獨香姬面血濺扇，楊龍友以畫筆點之，此則龍友小史言於方訓公者。雖不見諸別籍，其事則新奇可傳

。桃花扇一劇，感此而作者，南朝興亡，遂繫之桃花扇底。」

桃花扇共有四十四齣，故事情節，極爲複雜：明末時復社文士侯方域等，極負清望。魏忠賢閹黨餘孽阮大鋮曾判徒刑，出獄後想結交侯方域，以洗刷其附魏罪名。知道侯方域很欣賞名妓李香君，乃暗中出資打點，使侯李得以結合，李香君事後知道阮大鋮的陰謀，嚴詞拒其餽贈，並勸告侯不能與阮來往。清兵入關後，弘光帝在南京即位，馬士英把持朝政，引阮大鋮以爲己用，欲謀害復社諸子，侯方域乃聞風而逃。當時又有權臣田仰，聞香君之名，強欲娶其爲妾，香君誓死不從，以頭撞地，血濺於方域與其定情時所寫的詩扇。香君假母李貞麗無奈，只好代香君出嫁。此時方域好友楊龍友趕來，救起香君，並在濺血的詩扇上畫成一折枝桃花，仍交香君收藏，這是桃花扇命名的由來。以後清兵南下，香君逃至棲霞山一道觀修眞，方域尋至，互訴離情，爲主壇法師喝破，香君澈悟，乃與方域割斷情絲，拜師修道，方域只好快快而別。

此劇雖以侯、李的故事爲主體　而繫以南朝興亡，但是作者的寄託，則恰好與此相反。所以包世臣藝舟雙楫說：「近世傳奇，以桃花扇爲最。淺者謂爲佳人才子之章句，而賞其文辭清麗，結構奇縱，深者則爲其旨在明季興亡，侯、李乃是點染，顚倒主賓，以眩耳目。用力如一髮引千鈞，累九丸而墜者，近之矣。然其意旨存於隱顯，義例見於回互，斷制寓於激射，實非苟然而作，或未之深知也。」說得非常正確。再看在正文的四十齣（試一齣、閏一齣、加一齣、續一齣等四齣除外）中，與侯、李戀愛故事有關的，不過十五齣，其它二十五齣所寫的，都是弘光一朝的亡國痛史。

桃花扇與長生殿並稱，爲康熙劇壇的兩大巨構，自有其特出的優點，爲他家所不及之處在，今歸納桃劇的優點，分述如下：

(一) 愛國意識的濃厚　尚任在桃花扇小引中說：「桃花扇一劇，皆南朝舊事，父老猶有存者。場上歌舞，局外指點，知三百年之基業隳於何人，敗於何事？消於何年？歇於何地？不獨令觀者感慨涕零；亦可懲創人心，爲末世之一救矣。」所謂懲創人心，爲末世之一救，說穿了就是寄亡國之怨痛，希望藉此喚起國民反清復明的愛國意識。這種意識，在清廷壓制之下，自然不能正面描寫，但是孔尚任借劇中之人口，或寫忠臣義士的盡忠或罵降臣賊子的無恥，或寫國破家亡的悲憤，在在都表達他對故國的懷念，以及對清朝的痛恨，試看第三齣刼寶中，孔尚任借忠臣黃得功痛罵降清的劉良佐、劉澤清的唱詞：

望風便生降，好似波斯樣。職貢朝天，思將奇貨擎雙掌。倒戈刼君，爭功邀賞。頓喪心，全反面，眞賊黨！

罵降清的是賊黨，稱之爲倒戈刼君，由此可見其明、清正朔之分了。

(二) 題材取捨的愼重　桃花扇是一本史劇，因此尚任在取材方面，特別愼重，以免有乖信史。他在桃花扇凡例中說：「朝政得失，文人聚散，皆確考時地，全無假借。至於兒女鍾情，賓客解嘲，或稍有點染，亦非烏有子虛之比。」他又在每齣的下面，註有該齣故事發生的時間，並且在書後附有考據一篇，引錄的參考書約二十種，出於這二十種書的材料約有一百三十五條。可見他對於桃劇考證的詳博，和準備的充分。因爲故事的來源，都有事實的根據，當然在戲劇演出時，能收得更大的效果。

(三) 排場結構的緊湊　戲曲能不能吸引觀衆的注意，排場結構的緊湊與否，是非常重要的。尚任桃劇的排場，是頗費苦心安排的。他在媚座總批中，自述其對於場次安排的苦心說：「上本之末，皆寫草創爭鬥之狀，下本之首，皆寫偷安宴游之情。爭鬥則朝宗分其憂；宴游則香君罹其苦。一生一旦，爲全本綱領，而南朝之治亂系焉。」因此全劇的結構，人物則主次分明；敍事則井然有序，高潮疊起；使觀衆不致有枯燥單調之苦。並且尚任又善於安排伏線，如第一齣聽稗、侯朝宗、吳次尾、陳定生去道院賞梅，不料道院已被徐公子所佔。於是侯想去秦淮訪艷，吳、陳則要去聽柳敬亭說書。這一齣不但藉吳、陳之口，介紹了柳敬亭的性格，並且爲侯、李之戀，及爲餘韻一齣譏諷徐公子降清留下伏線。輾轉伏筆，使觀衆看來，如蟬脫殼，妥貼而自然。

(四)　人物形象的顯明　　桃花扇一劇的人物衆多，但不論是正面人物，如史可法、左良玉、黃得功等忠臣，或者反派的馬士英、阮大鋮等權奸，或是李貞麗、柳敬亭、蘇昆生等妓女和賣藝者，乃至八面玲瓏，四處結交楊龍友，尚任都寫得繪聲繪色，十分鮮活而有個性。其中寫得最成功的當然是李香君這一個角色，她本是一個秦淮妓女，但卻能注重名節，堅持民族大義，並且忠於愛情，堅貞不屈。在卻奩一齣中的勸導侯方域，拒媒、守樓中以自殺來表示志節，乃至在罵筵中痛斥馬士英、阮大鋮、楊文聰等的荒淫無恥。尚任眞是把李香君的形象賦予眞切的生命。今舉罵筵中李香君所唱的數曲錄之於下：

(五供養)　堂堂列公，半邊南朝，望你崢嶸，出身希貴寵，創業選聲容，後庭花又添幾種。把俺明攝弄，對寒風雪海冰山，苦陪觴詠。

(玉交枝)　東林伯仲，俺靑樓皆知敬重，乾兒義子從新用，絕不了魏家種。冰肌雪腸原自同，鐵心石腹何愁凍？吐不盡鵑血滿胸，吐不盡鵑血滿胸。

此外侯方域的性格，尙任寫得比較不夠眞實。侯方域軟弱動搖，雖爲復社中堅，但後來卻又應淸廷的考試，中了一個副榜。桃花扇卻以他與李香君相晤後修道作爲結局，諱言他降順淸朝。所以顧彩在桃花序中說：「若夫夷門（侯方域）復出應試，似未足當高蹈之目。」批評得很深刻。不過尙任之所以爲方域諱，恐怕也是「人情庶蓋兩三分」（見孤吟一齣）吧。

㈤　情節曲折而生動　桃花扇情節的發展，非常曲折、生動，而且毫不鬆懈，往往扣人心弦，使人喘不過氣來。每齣之間，往往奇峯突起，使觀衆捉摸不到情節發展的方向，因此急不及待地等着看下去。尙任對於桃劇情節安排的苦思，自己也在桃花扇凡例中說明：「排場有起伏轉折，俱獨闢境界，突如而來，倏然而去，令觀者不能預擬其局面。凡局面可擬者，卽厭套也。」這段話，也可以看作是尙任重要的戲劇理論，因爲在當時的戲劇家，還很少有尙任這種精闢見解的。

㈥　曲辭新警而明亮　尙任詩、文的造詣極深，以此而作曲辭，故文詞極妙，「其豔處似臨風桃蕊，其哀處似着雨梨花，固是一時傑構。」（見梁廷枏曲話）大略洪昇，孔尙任兩家之比較，論曲辭則洪不如孔，論音律則孔不如洪。所以吳梅戲曲概論評說：「桃花扇有佳詞而無佳調。」總之，洪、孔之分野，很像明代沈璟之與湯顯祖。今錄沉江一齣中古輪臺一曲如下：

走江邊，滿腔憤恨向誰言？老淚風吹面，孤城一片，望救目穿。使盡殘兵血戰，跳出重圍，故國苦戀，誰知歌罷剩空筵。長江一線，吳頭楚尾路三千，雨翻雲變，寒濤東捲，萬事付空烟。精魂顯，大招聲逐海天遠。

慷慨悲涼，警句極多，加以詞意明亮，自非一般泛泛之作可比。

㈦ 賓白鏗鏘而有力　大凡元、明的劇作家，只重曲辭，而對賓白不太注意。明末王驥德、清初李漁，已開始注意到賓白的重要性。尚任作桃花扇，特別注意賓白在戲劇中的效用。他在凡例中特別提到賓白要「抑揚鏗鏘，語句整練。」又說：「舊本說白，止作三分，優人登場，自增七分，俗態惡謔，往往點金成鐵，爲文筆之累。今說白詳備，不容再添一字。」是尚任認爲寫賓白是劇作家的任務，也是全劇重心，不能任演員隨口亂謅，必須要劇作家負全責愼重編寫才行。他又注意說白跟曲辭的分野：「若應作說白者，但入詞曲，聽者不解，而前後間斷矣。其已有說白者，又奚必重入詞曲哉！」因爲尚任刻意寫作賓白，所以桃劇賓白之妙，應對之間，嚴絲合縫，而人物性格，往往流露於賓白之間，如見其人，這是前賢所公認的，今錄第四十齣入道中張道士的一段說白：

阿呸！兩個痴蟲，你看國在那裏？家在那裏？君在那裏？父在那裏？偏是這點花月情根，割他不斷麼？

眞是鏗鏘有力，擲地作聲。不過通盤說來，桃劇賓白，失之於雅，不夠通俗，這是尚任自己也承認的。

此外桃劇以餘韻作結，曲終人杳，江上峯青，餘味不盡，全脫團圓的俗套，眞是巧思。顧彩改作南桃花扇，使生旦當場團圓。這種作法，卽令孔尚任也大表不滿，在桃花扇本末中說：「……雖補予之不逮，未免形予傖父，予敢不避席乎？」顧作今已不傳，孰優？孰劣？時間已作了最好的說明。

桃花扇跟長生殿一樣，一上演卽已轟動。尤其是一些故臣遺老，看後掩袂獨坐，唏噓而散，可見此劇感人之深了。桃花扇本末說：「桃花扇本成，王公荐紳，莫不借鈔，一時有紙貴之譽。」可見其盛行了。

崑曲興到了康熙之時，已是盛極欲衰，但是由於長生殿和桃花扇的問世，乃再度盛行一時，「縱使元人多院本，勾欄爭唱孔洪詞」，可見孔、洪對於崑曲中興之功了。所以吳梅中國戲曲概論卷下說：「(洪、孔)二家既出，於是詞人各以徵實爲尚，不復爲鑿空之談。所謂陋巷言懷，人人青紫；閒閨寄怨，字字桑濮者，此風幾乎革盡，曲家中興，斷推洪、孔焉。」也可見洪、孔兩家，對後世曲家影響之大了。

三、其他作家

康熙間的戲曲作家，除了洪、孔兩大家以外，著名的還有萬樹、周稺廉、裘璉、張韜等人。

萬樹 字花農，一字紅友，號山翁，江蘇宜興人。康熙舉人，入兩廣總督吳興祚之幕，掌奏議文案。他善戲曲，暇日自作戲曲多種，使總督家伶歌之。據宜興縣志，他作的戲曲有二十多種，現在知其名目者，只有十六種，其中空青石、錦塵帆、念八翻、十串珠、黃金甕、金神鳳、資齊鑑、風流棒等八種爲傳奇；珊瑚毬、舞霓裳、藐姑仙、青錢賺、焚書鬧、罵東風、三茅宴、玉山菴等八種爲雜劇。空青石、念八翻、風流棒三種傳奇是合刻的，稱擁雙豔三種。

萬樹是吳炳的外甥，所以跟湯顯祖玉茗堂一派淵源極深。同時他又喜音律，著有詞律一書，對於沈璟在聲律上的成就最爲欽佩。因而在戲曲製作上，萬樹是兼長才情格律的一人。梁廷枏曲話對萬樹評贊最多，許他爲六十年來的劇作家第一手，比方仙呂長拍一調，有全是上聲的四字句，最難着手，而萬樹卻寫得極其自然，如「睍睍好鳥」、「只我與爾」、「我有斗酒」等，都是巧奪天工之句。梁氏評他的關目說：「紅友關目，於極細極碎處，皆能穿插照應，一字亦不肯虛下，有匣劍帷燈之妙也。」又說：「今觀所著，莊而不腐；奇而不詭；豔而不淫；戲而不謔。而且宮律諧協，字義明晰，尤爲慣家能事。」依梁氏所說，則萬樹之作，尤在洪、孔二氏之上，但今日其作品既稀見，而劇壇也無散齣流行，不知何故？有人把此歸之於萬樹所作，一任才氣，不肯深深推敲之過。試看萬樹之風流棒，不半月而成（據風流棒序）。與長、桃諸劇，皆經十數年而三易其稿，不能相比。萬樹作品的缺點，於此確可看到其端倪了。

周穉廉　字冰持，號可笑人，江蘇華亭人，生卒不詳。王漁洋感舊集卷十四說：「門人周綸，才士不偶，有子名穉廉，字冰持。少年以錢塘觀潮賦知名，下筆千言，悠悠忽忽，跡類清狂。」穉廉以詩著名，與孔尚任爲詩友，互有酬應。

穉廉所著傳奇，凡數十種，大略皆年少時所作，今可知者，僅珊瑚玦、雙忠廟、元寶媒等三種，稱容居堂三種曲。當時最稱於世者，則爲珊瑚玦一劇。珊劇述卜靑與妻祁氏，因明末兵亂而分散，兩人各持所佩之珊瑚玦一半，後終賴以團圓。穉廉之戲曲，結構排場，鬆懈粗率，未經深思，曲辭賓白，也不夠細膩，在當時都不能算第一流作品，大約與少年之作，不夠成熟有關。

裘璉　字殷玉，號蔗村，別號廢莪子，浙江慈谿人，生卒未詳。裘璉才思過人，少年卽能爲詩古文及樂府詞。弱冠，補弟子員，入太學，自後卽文章厭命，蹭蹬場屋凡五十年，康熙五十四年（一七一五）進士，年已七十餘，未幾，卽致仕歸。

裘璉所作戲曲多種，今皆不傳，可見者唯雜劇四韻事一種，凡四折，一折一事，純仿徐渭四聲猿的體例。所述皆唐代文人之韻事，故總名四韻事：昆明池演上官婉兒與唐中宗於昆明池評詩論人事；集翠裘演狄仁傑與張昌宗鬪雙陸，狄仁傑贏得張昌宗之集翠裘故事；鑑湖隱演浙紹詩人賀知章歸隱鑑湖事；旗亭館演王昌齡、高適、王之渙旗亭聽歌，互鬪詩名事。裘璉的戲曲，大多是文人自娛之作，所謂借前人之故事，以澆自己之塊壘者，明清雜劇作家，大率類此，不僅裘璉一人。他在自序中說：「江淹云：『放浪之餘，頗著文章自娛。』予亦用此自娛耳；遑問工否？」自己承認，不遑深思排場是否妥貼，曲辭是否合律，賓白是否本色等事，由此也可見裘璉所作散失之原因了。

張韜，字權六，自號紫微山人，浙江海寧人，生卒不可考，嘗任烏程訓導，與毛際可、徐倬、韓純玉等人相交游，故也爲康熙間人。他很欣賞徐渭的四聲猿，故有續四聲猿之作，自序說：「猿啼三聲腸已斷，豈更有第四聲？況續以四聲哉？但物不得其平則鳴，胸中無限牢騷，恐巴江巫峽間，應有兩岸猿聲啼不住耳。」可見張韜此作，也是自澆塊壘的作品。

續四聲猿的四個故事爲：杜秀才痛哭霸亭廟、戴院長神行薊州道、王節使重續木蘭詩，李翰林醉草清平調、都是人人熟知的故事。尤其杜秀才痛哭霸亭廟一劇，明末沈自徵、清初嵇永仁都有此作，沈作慷慨悲憤但失之穠麗。嵇作頗爲活潑自然。張韜此作，則嚴謹精潔，惜失之板滯，反不如嵇作之生動。不過張韜才華過人，清人雜劇初集序，曾對其推崇備至：「韜詩文皆佳，塡詞亦足名家，雜劇尤爲當行。續青藤之四聲，雋艷奔放，無讓徐、沈，而意境之高妙，似尤在其上。青藤、君庸諸作，間雜以嘲戲。韜作則精潔嚴謹，無媿爲純正之文人劇。清劇作家，似當以韜與吳偉業爲之先河。然三百年來，韜名獨晦。生既坎坷，沒亦無聞。論敍清劇者，宜有以表章之矣。」可見以文人劇而言，張韜的作品，是極出色的。至於說他沒沒無聞，一來張作只能案首清供，不能與廣大觀衆接觸，固是主因。而作品太少，恐也是一個重要的原因吧！

第三節　乾隆時代的戲劇

乾隆時因政局安定，工商業發達，加以高宗本身之愛好，是以戲劇大盛，內廷演戲，排場極大，影響所至，北方之京師，南方之揚州，戲班衆多，諸腔畢呈。凡此皆詳見第五節花部諸腔的興起，本節則就當時之戲曲作家及其作品，一一介紹如下。

一、張照與內廷七種

乾隆時內廷設立戲班，亟需劇本，以備樂部演唱。當時張照乃奉旨製戲曲以進。**張照**（一六九一——一七四五），字得天，號涇南，江蘇華亭人。康熙四十八年（一七〇九）進士，乾隆七年（一七四二），擢爲刑部尙書，管理樂部，卒謚文敏。張照深通音律，詩文書法皆佳，又精佛教內典，因此深爲高宗所賞，時與之談文論曲。

張照所進戲曲，凡有七種，稱內廷七種。其中最著名的，當推勸善金科、昇平寶筏、鼎峙春秋、忠義璇圖等四種。勸善金科，演目蓮救母故事，但其中穿插李希烈、朱泚之亂，及顏眞卿、段秀實殉節等關目，以符合談忠說孝的宗旨。勸善金科凡例說：「勸善金科，其源出於目蓮記……今爲斟酌宮商，去非歸是，數易稿而始成，舊本所存者，不過十之二三耳。」目蓮救母一劇，自宋經元至明，皆盛行於舞臺，此時經張照重編，共十本，每本二十四齣，一共二百四十齣，成爲一部篇幅極大的戲了。

昇平寶筏，也爲張照所編，凡十本，每本二十四齣，共二百四十齣，與勸善金科相同。演的是唐僧玄奘西天取經的故事，劇情大抵依據吳承恩的西遊記。劇中引用佛經內典之處甚多，蓋張照精通佛經內典；故有意炫耀。

鼎峙春秋傳爲莊恪親王所作，演魏、蜀、吳三國故事，事實卽將有關三國故事之傳奇雜劇，如草廬記、連環記、四郡記、赤壁記、單刀會、義勇辭金等，重加編輯，使相銜接而成。

忠義璇圖傳爲周祥鈺、鄒金生等所作，演水滸傳故事。其實清代以前，寫梁山伯人物的劇本已極多，如李逵、武松、林沖、燕青、楊雄、盧俊義、時遷、王英等等梁山泊的重要人物，差不多皆有專劇，忠義璇圖乃統括全局，如以整理，而以奉旨招安，作爲結束。

此外尚有三種，月令承應是以演各月令當令的故事，以應時演出。法宮雅奏演祥徵瑞應之事，遇內廷有慶事則演出之。九九大慶爲神仙賜福白叟鼓腹太平等事，則於萬壽節前後演出。這三種，傳也爲張照所編。

二、楊潮觀與蔣士銓

這一時期最值得注意的戲曲作家，傳奇當推蔣士銓，雜劇當推楊潮觀，楊氏比蔣氏年長十三歲，故先述楊氏。

楊潮觀（一七一二－一七九一），字宏度，號笠湖，江蘇常州金匱（今無錫）人。乾隆元年（一七三六）恩科擧人，歷仕各地縣令。官四川邛州時，得卓文君妝臺舊址，建吟風閣，廣徵文人吟咏，並令優伶於其中演其雜劇，以慶祝落成。後集其所作雜劇，全三十二折，稱吟風閣雜劇，每折一劇，卷首有小序，自敍作劇之旨意。其劇目如下：新豐店馬周獨酌、大江西小姑送風、李衞公替龍行雨、黃石婆授計逃關、快活山樵歌九轉、窮阮籍醉罵財神、溫太眞晉陽分別、邯鄲郡錯嫁才人、賀蘭山謫仙贈帶、開金榜朱衣點頭、夜香臺持齋訓子、汲長孺矯詔發倉、魯仲連單鞭蹈海、荷花蕩將種逃生、灌口二郎初顯聖、魏徵破笏再朝天、動文昌狀元配瞽、感天后神女露筋、華表柱延陵掛劍、東萊郡暮夜却金、下江南曹彬誓衆、韓文公雪擁藍關、荀灌娘圍城救父、信陵君義葬金釵、偸桃捉住東方朔、換扇巧逢春夢婆、西塞山漁翁封拜、諸葛亮夜寄濾江、凝碧池忠魂再表、大蔥嶺隻履西歸、寇萊公思親罷宴、翠微亭卸甲閒遊。

潮觀的雜劇，雖不是直寫胸臆，但在采擷舊聞之中，也不完全拘泥成套，而時有自己的寄託。完全抒情的作品，容易流諸案頭，完全敷演故事，似乎欠缺性靈，潮觀的作品，取乎其中，所以案頭場上，乃兩得其便了。

這三十二折短劇中，窮阮籍醉罵財神，藉以嘲世間求利之徒的醜態，嘻笑怒罵，皆是文章。偸桃捉住東方朔，寫東方朔與西王母的對答，賓白最爲風趣明快。汲長孺矯詔發倉的小序說：「思可權也。爲國家者，患莫甚乎棄民；大荒召亂，方其在難，君子飢不及餐，而日待救西江，不索我於枯魚之肆乎？詩曰：『載馳載驅，周爰咨度。』汲長孺有焉。」可見其寄託之深。這也是他地方官做久之後，對於民間的疾苦，有了深切的體念，所以憂民哀民之念，油然而生，在劇中已把他自己化成發倉救濟災民的汲長孺了。寇萊公思親罷宴，表現崇尙樸素節儉的美德，曲辭慷慨淋漓，最是感人，現舉滿庭芳一曲如下：

想當初辛勤教養，他挑燈伴讀落葉寒窗，那有餘輝東壁分光亮。單仗着十指縫裳，繼膏油叫你讀書朗朗，拈針線見他珠淚雙雙，眞悽愴。到如今，怎金蓮銀炬，照不見你憔悴老萱堂。

蔣士銓（一七二五—一七八四），字心餘，又字苕生，號藏園，又號淸容居士，晚年也號定甫，江西鉛山人。乾隆二十二年（一七五七）進士，授翰林院編修，居官八年致仕，又歷長紹興蕺山書院、杭州崇文書院、揚州安定書院，晚年又復召爲國史館編修。他的詩，與袁枚、趙翼齊名，並稱乾隆江左三大家，著有忠雅堂集。

士銓所作戲曲極多，今可知的，約有十六種。最有名的，則推藏園九種曲：一片石、第二碑、四絃秋等三種爲雜劇；空谷香、桂林霜、雪中人、香祖樓、臨川夢、冬青樹等六種爲傳奇。其他尚有康衢樂、忉利天、長生籙、昇平瑞、採樵圖、采石圖、廬山會等。

士銓詩文既佳，又富才思，與袁枚有兩才子之稱，故所作曲辭，蘊藉文雅，直追明代的湯顯祖。而又能謹守曲律，眞正做到「以臨川之筆，協吳江之律」的地步，在乾隆各家中，穩居第一，以後的曲家，再也不能超越了。所以李調元在雨村曲話中，推他的曲爲「近時第一」，而楊恩壽在詞餘叢話卷二中說：「藏園九種，爲乾隆時一大著作，專以性靈爲宗。洋洋灑灑，筆無停機，乍讀之，幾疑發洩無餘，似少餘味，究竟語無不鍊，意無不新；調無不諧；韻無不響。」眞是推崇備至。

士銓的戲曲中，傳奇以臨川夢最佳；雜劇則以四絃秋最爲上品。臨川夢演湯顯祖故事，中間又穿插耽讀還魂記而死的婁江俞二娘，無中生有，極富浪漫色彩。士銓與湯顯祖是同鄉，平素又極崇拜湯氏的才能和戲曲，因此有意把湯氏的生平，以及他所作四夢，搬上舞臺，這在當時，可以說是很新的手法。所以吳梅在顧曲麈談中說：：「世皆以四絃秋爲最佳，余獨取臨川夢，以其無中生有，達觀一切也。」

四絃秋演白居易與長安名妓裴興奴的戀愛故事，是根據琵琶行敷衍而成。以此故事寫成戲曲的，在元有馬致遠的江州司馬青衫淚雜劇，在明有顧大典青衫記傳奇。蔣氏此作，則在描劃詩人內心的苦悶，極富意境，曲辭也文雅優美，故爲時人所推重。今錄其送客數曲如下：

（新水令）弄冰絃遺悶撥金釵，驚動了官船主客。招邀偏急促，梳裹欠安排。掠鬢提鞋，一面舊琵琶，遮不住洗退的桃花色。

（折桂令）住平康十字南街，下馬陵邊，貼翠門開。十三齡五色衣裁，試舞宜春，掌上飛來。第一所煙花錦寨，第一面風月牙牌。颭鴉鬟紫燕橫釵，蹴羅裙金縷兜鞋。這朵雲不借風行，這枝花不倩人栽。

士銓的戲曲，其缺點在結構不夠嚴密，情節的發展，也嫌混亂。尤其神鬼的色彩，過於濃厚，在藏園九種曲中，到處是神鬼的顯靈。所謂戲不夠，神仙湊。要乞助於神鬼，則情節發展之貧乏由此可見。李調元在雨村曲話中，雖讚美他腹有詩書，故隨手拈來，無不蘊藉，不似笠翁輩一味優伶語。但在排場上來說，他畢竟要輸作優伶語的李漁輩一籌了。蔣氏作曲的時代，崑曲已漸式微，他雖思有以振作，要挽回崑曲的頹運，但最後也終於退爲案頭清供，排場結構之不善，也有以致之。

五、其他作家

除了楊潮觀、蔣士銓兩大家外，乾隆時的戲曲家，可以一述的，還有下列諸人。

夏綸（一六八〇—一七五三），字惺齋，浙江錢塘人。乾隆元年（一七三六）被召博學鴻詞科，未應，歸山著述，以娛晚年，始作戲曲，共五種，稱爲惺齋五種，書成時夏綸已七十三歲。次年又增一種，合刋之，名爲新曲六種。此六種戲曲，皆寓勸善戒惡之義，故每種卷首，皆標明題意。

無瑕璧（褒忠）　杏花村（闡孝）　瑞筠圖（表節）　廣寒梯（勸義）　南陽樂（補恨）　（以上爲惺齋五

種曲）　花萼吟（式好）

六種中以南陽樂最為人稱道，演諸葛亮滅魏、吳，使天下歸蜀事，純屬無稽，但為諸葛亮補恨而已。曲辭蒼老有味，但排場散漫，不足吸引觀衆，其他五種，也大率類此。

張堅（一六八一——一七七一），字齊元，號漱石，江蘇江寧人。因屢應鄉試不第，故作江南一秀才歌以自嘲，時人遂稱其為「江南一秀才」。所作傳奇四種：夢中緣、梅花簪、懷沙記、玉獅墜，稱為玉燕堂四種曲。其中以夢中緣、懷沙記最為著名，夢中緣演士子鍾心，在虎邱僧舍，夢見美人，後終於與媚蘭、麗娟同結姻緣事，其中情節不過才人得雙，冒名錯誤，女扮男裝等，與萬樹的擁雙艷三種，頗為相似，大半是仿萬之作。懷沙記則演屈原故事。楊恩壽詞餘叢話以為夢中緣排場變幻，詞旨精緻，詢為昉思後勁，足開藏園先聲，湖上笠翁不足數也。梁廷枏曲話則最欣賞懷沙記，以為他文詞光怪，為曲海中的巨構。但就排場而言，懷沙記結構不夠嚴密，實難入傑作之林。

唐英（一六八二——一七五五）字雋公，號蝸寄居士，官九江關監督，作有戲曲十七種，合刋之為古柏堂傳奇。唐英戲曲之特點，是多從民間俗曲翻為崑腔，如雙釘案出於揚州土戲釣金龜；梅龍鎮出於梆子腔戲鳳（今皮黃演梅龍鎮卽本此）；麵缸笑出於梆子腔打麵缸等皆是。

董榕（一七一一——一七六〇），字恆岩，號謙山，籍貫不詳。官九江府知府。所作有芝龕記，成於乾隆十六年（一七五一），演明末巾幗英雄秦良玉及沈雲英兩女將故事。一共有六十齣。前人嘗把它跟洪昇的桃花扇相比擬，實則本劇篇幅過大，徵引又繁，往往喧賓奪主，眉目不清，實不能跟桃花扇相提並論的。

桂馥（一七三六——一八〇五），字多卉，號未谷，別署老苔，山東曲阜人。乾隆五十五年（一七九〇）進士，曾爲雲南永年縣令。桂馥精於文字聲韻之學，爲當時有數之老師宿儒。他的劇作，有後四聲猿，乃續徐渭之作。其中放楊枝，演白居易年老多病，欲遣愛馬愛妾而不忍的故事；投溷中演李長吉表兄，因生前舊怨，棄長吉遺移於厠中之事；謁府帥演蘇軾初不得志時，謁大臣不得見之事；題園壁則演陸游與其妻唐氏被迫分離之故事。此四事皆爲詩人飲恨的故事，桂馥寫來，悽惻動人，尤其放楊枝、題園壁兩劇，遺辭悱惻，委婉多姿，識者多以爲能上承徐渭。在乾隆時期，桂馥與楊潮觀是雜劇的兩大家，以後作者，就無以爲繼了。

沈起鳳（一七四一——一七七〇），字桐威，號蘅漁，又號紅心詞客，江蘇吳縣人。乾隆三十三年（一七六八）鄉試及第，以後卽蹭蹬場屋，乃以詞曲自娛。所作凡三四十種，風行各地，乾隆四十五、四十九年兩次南巡，揚州、蘇州、杭州等地迎駕戲曲，大半出自沈氏之手。今存有沈氏四種：報恩緣、才人福、文星榜、伏虎韜。他的戲曲，結構嚴密，科白佳妙，排場闊目，尤其生動，因此非常適合舞臺上的演出，在這方面，卽蔣士銓也有所不及，但缺點在於不耐久讀，吳梅在沈氏四種跋中說：「故讀蘅漁諸作，驟見其一，詑爲瓌寶，徐讀全書，反覺嚼蠟矣。」可見起鳳諸作，不如一般文人劇之饒有韻味，故有此失。

曹錫黼　字菽圃，上海人，乾隆間曾仕員外郎，所作雜劇，有桃花吟四折，演崔護謁漿的故事，另有四色石、也是仿徐渭四聲猿之作。曹氏死時，年未滿三十，若能假壽若干年，成就當不至於此。

此外尚有宋廷魁之介山記、徐昆之雨花臺、研露老人之雙仙記、黃振之石榴記、傅玉書之鴛鴦鏡，都是乾隆時期的作品，其中以黃振之石榴記最佳，曲辭科白，都有可觀。排場師法洪昇之長生殿，細膩妥貼。

乾隆以來，劇壇盛行的戲曲，作者佚名，或不可考者，尚有表忠記、雷峯塔、蝶蝴夢、慈悲願等數種。表忠記一名虎口餘生，演明末李自成之亂，作者署名遺民外史，一云係曹寅字楝亭所作，唯依本劇自序考之，作者作此劇係在乾隆八年（一七四三）間，而曹寅卒於康熙五十一年（一七八六），然則非曹寅所作可知。此劇關目佳者極多，如蔡懋德、周遇吉之忠烈，邊大綬之掘墳，孫傳廷之捉闖，費貞娥之刺虎，皆淋漓痛快之作，尤以刺虎一折，至今在劇場演出不衰。綴白裘又錄有鐵冠圖之散齣甚多，其內容與表忠記相似，兩書之關係，可見極爲密切，可能即是同書異名，也說不定。

雷峯塔一名白蛇傳，演許宣與蛇精戀愛的故事，白蛇故事本爲民間盛行的故事，本劇據此爲本，故散齣如水鬭、斷橋等，至今盛行劇壇而不衰。蝴蝶夢演莊子戲妻故事，本劇曲辭庸劣，唯以情節曲折，至今尚有皮黃及地方戲，流行不衰。慈悲願演唐僧玄奘生平，至西天取經止。元戲文有陳光蕊江流和尚（書不傳）、吳昌齡有西遊記雜劇，慈悲願與它們是一脈相傳的。

第四節　嘉慶以後的戲劇

一、崑曲的式微

崑曲在明末清初，已有日漸式微之勢。在康熙年間，雖因洪昇長生殿、孔尚任桃花扇之產生，而稍露復興契機。但在乾隆四十四年後，終因花部諸腔紛紛興起，觀衆盡被所奪，只能把獨霸劇壇垂三百年的王位，拱手讓給其他戲曲。崑曲在當時為何敵不過花部諸腔，我們從焦循的花部農譚中，可以得知一點端倪。

焦循（一七六三—一八二〇），字理堂，江蘇甘泉人，嘉慶舉人。他學識極廣，精於經學。但暇時也喜戲曲，著有劇說一書，論述的方面很廣，纂輯唐宋以來論曲的資料，遺聞軼事以及故事來源考證等，採用書籍一百六十餘種，是研究戲曲史的一本重要參考書。至於花部農譚，則是評述在揚州盛行的花部諸腔的，卷首的自序，曾把當時的花雅兩部從音調、曲文、內容方面，作了個優劣的比較：

「梨園共尚吳音。花部者，其曲文俚質，共稱為亂彈者也，乃余獨好之。蓋吳音繁縟，其曲雖極諧於律，而聽者未覩本文，無不茫然不知所謂。其琵琶、殺狗、邯鄲夢、一棒雪十數本外，多男女猥褻，如西樓、紅梨之類，殊無足觀。花部原本於元劇，其事多忠孝節義，足以動人；其詞直質，雖婦孺亦能解，其音慷慨，血氣為之動盪。郭外各村，二八月間遞相演唱，農叟漁父，聚以為歡，由來已久矣。自西蜀魏三兒唱為淫哇鄙謔之詞，市井如樊八、郝天秀之輩，轉相效法，染及鄉隅。近年漸反於舊，余特喜之，每攜老婦幼孫，乘駕小舟，沿湖觀閱。」

這段話，說崑曲多男女猥褻，未免過分，而且自相矛盾，因為同段中，他說西蜀魏三兒唱為淫哇鄙謔之詞，魏三兒即秦腔花旦魏長生，可見得多男女猥褻的，正是花部諸腔，而不是崑曲。至於說崑曲不好懂，聽者未覩本文，無不茫然不知所謂，這到是正確的，因為崑曲的唱法，最講究板眼，一句唱詞，規定有幾板幾眼，何字在板上？何字在眼上？都有一定，不能紊亂。所以一個字，往往分成字頭、字腹、字尾三部分來唱，吳梅顧曲塵談第三章度曲的出字之法中，即舉例簫字的字頭是西，字腹是兮，而字尾是夭，簫字一音，以西兮夭三音出之，否則出口便作簫，則曲之緩者，便接不下板了。這樣的唱法，不但不知道文詞的人，不知道他唱些什麼，即使是對唱詞來聽，有時也會不知道唱到何字何句？這樣唱法，豈不令一般觀衆昏昏欲睡。所以崑曲自始至終，只在上層社會流行，爲文人雅士們所欣賞，不能吸收一般的觀衆，曲高和寡，自然只能案頭清供，不能在劇壇立足。況且在乾隆以後，一般文人，如焦循等，興趣也轉向花部亂彈，崑曲連文人雅士的支持都失去了，便免不了要遭淘汰。再加崑曲以吳音爲主，它的大本營在江南一帶，太平天國之亂，江南一帶，受創極烈，社會元氣，不能迅速恢復，也給予崑曲一個極嚴重的打擊。至於崑曲的優點，則漸漸爲其他劇種所吸收。所以我們說崑曲式微、沒落，但是它的菁華，我們還是可以從其他的劇種中可以看到的，像皮黃中就保持了很多齣崑曲的散齣，如遊園、驚夢、安天會、夜奔等等，至今還是皮黃常見的劇目。

二、嘉慶以後的戲曲作家

有關崑曲的式微，以及花部諸腔的興起，乃至晚淸皮黃的稱霸等，全在下節敍述其經過，此處專門敍述嘉慶以後，直至淸末的戲曲作家，以作一結束。嘉慶以後的戲曲作家，其人數已遠比不上以前崑曲興盛的時代，作品也不如前述的大家，而且離開舞臺，也愈來愈遠，崑曲之式微，於此也可見其契機了。

石韞玉（一七五六——一八三七），字執如，號琢堂，又號花韻庵主人，江蘇吳縣人。乾隆狀元，歷官翰林院修撰、四川重慶府知府、山東按察使。因事被劾，遂告病回鄉，主蘇州紫陽書院二十餘年，嘗修蘇州府志，爲時人所重。韞玉長於詩文，有獨學廬稿。也喜戲曲，作有雜劇九種，合稱花間九奏，皆民間熟知的故事：伏生授經、羅敷採桑、桃葉渡江、桃源漁父、梅妃作賦、樂天開閣、賈島祭詩、琴操參禪、對山救友。

韞玉是一個衞道之士，律身清謹，看到淫詞小說，及一切得罪名教之書，都將其撕毀焚燒，甚至不惜典質得錢，去搜購此類書籍，來加以焚滅（見陳康祺郎潛記聞）。以這樣一個道學中人，來從事戲曲的創作，則可觀性是可想而知的，韞玉所寫的雜劇，根本是爲了宣揚道學而作的。今擧羅敷采桑的解三酲一曲如下，以見一斑：

俺是個守三從閨中少婦，倚爹娘掌上明珠。怪無端狹路相逢處，漫相招載後車，你把我牆花路草輕窺覷。須識我羅敷自有夫，非虛語。人人道東方千騎，夫婿偏殊。

舒位（一七六五—一八一五），字立人，號鐵雲，直隸大興人。乾隆擧人，但會試屢不第，因家境窮困，以幕僚爲生。舒位詩名高於一時，著有瓶水齋詩集。

舒位作有雜劇四種，稱瓶笙館修簫譜，其中卓女當壚，演卓文君與司馬相如故事；樊姬擁髻，演後漢伶元與妾樊姬故事；酉陽修月，演吳剛與嫦娥補月故事；博望訪星，演張騫溯黃河之源，至天庭訪牽牛、織女的故事。每事一折，共四折，也是模仿徐渭四聲猿的體製。

舒位妙解音律，又能鼓琴吹笛，故所作戲曲脫稿，老伶卽能按拍而歌。瓶笙館修簫譜四劇，作於嘉慶十三、四年，會試下第，居於禮親王邸爲客時。該四劇曲辭、科白、均清新可誦，唯排場單調，不免詩人之劇，徒作案首清供而已。

徐爔 江蘇吳江人，爲徐大椿之子。他有寫心雜劇十八折，是一個自傳式的雜劇集。他把一生的事跡分爲十八節，每節各寫一折，如游湖、述夢、悼花等。全以個人瑣事入曲，宛如散文中的敘事小品，或詩中的敘事詩，在戲曲中的確是一創格。但由此可見，戲曲至此，變成文人寫作的一個體裁，而與舞臺的關係，愈來愈遠了。

周樂清　字文泉，號鍊情子，浙江海寧人，以父蔭，由州判累官湖南、山東知縣，陞同知，其生卒不詳。他作有補天石八種，題爲傳奇，實爲雜劇，八種的劇目是：宴金臺，演戰國時，燕太子丹亡秦事；定中原，演諸葛亮助蜀亡魏、吳統一天下事；河梁歸，演李陵得自匈奴歸，再滅匈奴事；琵琶記，演王昭君得自匈奴再歸漢事；紐蘭佩，演屈原回生再爲楚王所用事；碎金牌，演秦檜伏誅，岳飛未死滅金立功事；沈如鼓，演晉代鄧伯道失子復得事（按鄧攸字伯道，當石勒之亂，鄧氏偕其子與弟子遺子逃難，鄧於途中棄子而保全其侄。今皮黃中流行之桑園寄子，卽演此故事）；波弋樂，演魏代荀奉倩妻不死，夫婦偕老事。

樂清寫作動機得自毛聲山，在琵琶記自序後之總論中述其擬作雪恨傳奇數種，以補古來人事之缺陷。樂清求其樂清求其戲曲不得，遂於道光九年（一八二〇）北上途中作之，至京師而八種皆成，遂於道光十年刊行。可見樂清補天石八種，不過文士快意之作，也不是供舞臺演出的。

嚴廷中　字秋槎，生平不詳，與周樂清交友，所作秋聲譜雜劇，卽樂清替他刋行的。秋聲譜包括雜劇三種：武則天風流案卷（判豔）、沈媚娘秋窗情話（譜秋）、濟城殿無雙豔福。廷中自序有言：「故山歸後，忽忽寡後，斜月在門，遠風生水。秋聲從落葉中來，如怨竹哀絲，助人悽惻，秋以聲爲譜，我且以秋爲譜。若賞音無人，則歌與寒蟲古樹聽之。」可知這三劇都是末路文人，以寄其坎坷的了。

黃燮清（一八〇五—一八六四）原名憲清，字韻珊，浙江海塩人。道光十五年（一八三五）舉人，曾任湖北知縣，以病辭歸，怡情山水，改建晴雲閣爲倚晴樓，日與同好吟咏其間。燮清工詩文，善詞曲，所作倚晴樓七種曲，爲其壻所重刋。七劇之劇目爲：茂陵絃，演司馬相如與卓文君事；帝女花，演明思宗長女坤興公主駙馬周世顯事；脊令原寫聊齋曾友于事；鴛鴦鏡本池北偶談鴛鴦鏡一則敷演而成；桃谿雪寫烈婦吳絳雪事；居官鑑寫廉吏王文錫事；凌波影則以曹植的洛神賦敷演而成。

七種之中，唯帝女花最哀豔，桃溪雪曲辭，也屬上乘。大略燮清之曲，於清學蔣士銓，於明摹湯顯祖。而其失則在穠纖柔靡，所以情節意境，遠不如士銓，而去顯祖更遠。然在道光、咸豐年間，也是不可多得之大家了。

李文翰 字雲生，安徽宣城人，作有傳奇四種：紫荊花、胭脂舄、鳳飛樓、銀漢槎。文翰之生平不詳，大略與燮清同時。所作傳奇，曲辭科白，平實而欠新警，關目冗緩，尤欠生動。

楊恩壽 字蓬海，湖南長沙人。所作戲曲，有坦園六種：姽嫿封、桂枝香、麻灘驛、再來人、桃花源、理靈坡。恩壽是咸豐、同治年間的代表作家，所作也是學蔣士銓的，他的才情不如黃燮清，而排場關目，則較燮清爲內行，他作有詞餘叢話，也是評論曲藝的。坦園六種中，以再來人、桂枝香兩劇爲佳，再來人演閩人陳仲英故事，自序說本於再來詩讖記及閩事記；桂枝香取材品花寶鑑中文人田春航和伶人李桂芳的故事，相傳田春航是影射乾隆碩學畢沅字秋帆（乾隆二十五年狀元）的。

光緒年間的代表作家，當推陳烺，烺字叔明，號潛翁，江蘇陽湖人。著有玉獅堂四種曲：仙緣記、蜀錦袍、燕子樓、海虬記。後又增加梅喜緣、同亭宴、迴流記、海雪吟、負薪記、錯姻緣等，合爲十種，分爲前後集。其中以燕子樓最佳，演的是唐代張建封與關盼盼的故事。陳烺的作品，曲辭雖豔麗，但失之靡弱，純屬衰世之音了。而且排場關目，一無精彩生動之處。至於同時的張雲驤，著有芙蓉碭；許善長，著有許氏傳奇六種，較之陳烺，可說更不足取了。

此外可以一述的，紅樓夢小說盛傳於世，在嘉慶道光間，譜爲戲曲者，凡有三種：仲雲澗紅樓夢傳奇，出世最早，也最膾炙人口，後日歌場，也最爲流行。仲雲澗，不詳其名，號紅豆村樵，江蘇蘇州人。所作紅樓夢傳奇，係將紅樓夢及紅樓續夢，合於一劇。集成曲譜中採入葬花、扇笑、聽雨、補裘等四齣。紅樓夢散套，作者荆石山民，本名黃兆魁，江蘇太倉人。據其自序，係成於嘉慶二十年（一八一五）。其散套共有十六折，各折唯擇紅樓夢中事蹟佳者爲之，前後沒有應照，然有曲辭，有科白，宜稱爲雜劇。陳鐘麟所作也稱紅樓夢傳奇。陳氏字厚甫，江蘇元和人。其所作一本紅樓夢取捨，不取後、續兩夢。三種之中，前人評述，以此本爲最下。

第五節　花部諸腔的興起

一、聲　腔

當明代崑山腔興起，藉浣沙記的演出而流行各地的時候，其他的聲腔，如海鹽腔和餘姚腔，已被迫沒落，但是弋陽腔卻仍然能與崑山腔分庭抗禮。當時的劇作，崑山腔是「雅音」，而文字稍欠文雅的「俗唱」，則是弋陽腔。爲什麼弋陽腔能始終屹立不倒，而與崑山腔比肩並進呢？原來弋陽腔本身具備下列四個優點：

㈠　弋陽腔只用金鼓鐃鈸按節拍，並用聲樂幫腔，卻沒有絲竹等器樂來托腔伴調，所以沒有一定的宮調，唱腔及快慢都可以自由變化。因此弋陽腔隨地適應，所到之處，卽可以跟當地的土戲聲腔，互相結合，甚至變成一種新腔，而繼續流播。

㈡ 弋陽腔不但能跟土調結合，而且能用當地鄉語演唱。顧起元客座贅語說：「弋陽則錯用鄉語，四方士客喜閱之。」因能用當地鄉語演唱，易學性及易聽性便大大地增加。不像崑曲，有些地方的人聽來，一句不懂，不知道他在唱些什麼，戲劇的效果便大大打了折扣了。

㈢ 弋陽腔有一種「加滾」的唱法，就是在唱詞之間，加上解釋文詞的字句，用「滾」的唱法使其聲調有如朗誦。這種加滾的唱法，在戲劇上有下列三種效果：第一，使艱深的曲詞較易了解。第二，使聲調嘈雜的唱腔較易聽得清楚。第三，使不夠說服人的情節較易被接受。

㈣ 崑山腔的劇本，弋陽腔都可以改調演唱。朱彝尊靜志居詩話卷十四：「傳奇家曲，別本弋陽子弟可以改調歌之，唯浣紗不能。」可見當時不能改調演唱的，只有浣紗記一種而已。事實上不但崑山腔的劇本，弋陽腔可以演出，卽令元代的雜劇，如西廂記五本，弋陽腔也可以毫無增減地在舞臺演出（見李漁閒情偶寄）。因此，弋陽腔是不愁沒有好劇本來供其演出的。

弋陽腔既有這些優點，加上在當時被認爲「俗唱」，雖不能在高級宴會，或是文人雅士之前充場面，而事實上在市井之中，卻擁有大量的觀衆。因此在明末之後，弋陽腔的流播，已漸漸地超過崑山腔了。

弋陽腔產生於江西，它在江西本省，結合了樂平地區的方言和土調，形成一種新的聲腔，便是樂平腔。並且很快地向鄰省發展，向東北向的一支，就到了安徽和湖北。在安徽形成的新腔很多，如四平腔、靑陽腔、太平腔、徽洲調等，都是弋陽腔和當地土調結合而成。在湖北的一支，就形成清戲。此外弋陽腔往北方走的，便發展成北平的京腔。往西北方面發展的，便與秦腔相結合。往南方發展的，在湖南形成高腔，在福建形成儒林，而在廣東則形成西平腔。徐渭南詞敍錄說：「今唱家稱弋陽腔，則出於江西。兩京、湖南、閩、廣用之。」就是說的弋陽腔發展的情況。

到了清代初年，弋陽腔的聲勢更盛。實際上除了江蘇一帶，崑山腔尙能保持地位以外，其他地區，幾乎全爲弋陽腔所取代。尤其是北方一帶，弋陽腔更爲盛行，甚至弋陽腔已與當時北京的土調結合，改稱京腔，已被認爲是「燕俗之劇」了。事實上在明代的時候，弋陽腔已遠播到東北，所以入關的清人，儘管不能欣賞崑山腔，但對於弋陽腔，卻是個個耳熟能詳。據說阮大鋮曾爲清兵唱曲，清兵都聽不懂，改唱弋陽腔後，大家才拍手欣賞（見龍禪室摭談）。由於清人能欣賞弋陽腔，遂使它在北方的發展，日盛一日。明代的高級宴會，是只能演唱崑山腔的堂會，而不能搬演弋陽腔戲班的，否則被認爲對客人不敬。這一個慣例，在清代的北方官場，也被打破。焦循劇說記載王士禛奉命去祭江瀆，一個熊姓的京官爲他餞行，由弋陽腔戲班搬演擺花張四姐的故事。可見當日的弋陽腔不但脫胎換骨，有京腔之稱，並且公然用於高級的宴會，再也沒人認爲是大不敬了。

清初戲劇的聲腔，已形成「南崑北弋，東柳西梆」的形勢。崑是崑山腔；弋是弋陽腔，自不必再加解釋。至於東柳，就是指山東的柳子腔。柳子腔是各種流行的民歌小曲組成，因爲其中有一種唱腔叫做柳子調，以之作爲總稱，便叫做柳子腔。現在國劇中如「大補缸」、「小放牛」、「小上墳」等戲的唱腔，都屬於柳子腔的範圍。

西梆，是指陝西的梆子腔，梆子腔是一種俗稱，它的雅稱叫做秦腔。秦腔原本是甘肅、陝西一帶的土調民歌，慢慢地發展成爲西北一帶的大型戲曲，然後又和弋陽腔結合，而吸收弋陽腔及各地小調的精華，終於成爲節奏極鮮明，聲調極高亢的一種聲腔。它的伴奏場面，除了鼓、板之外，還有兩根棗木挖空的梆子，相擊作聲，加強聲調節奏，所以又叫做梆子腔。不過在初時，很多聲腔有梆子之名，並不限於秦腔。如綴白裘第六集凡例說：「梆子秧腔，即崑、弋腔，與梆子亂彈腔，皆俗稱梆子腔。」是說崑、弋兩腔也有梆子的別名。焦循劇說卷說：「近安慶梆子腔劇中，……」安慶在安徽，是說徽調也有梆子腔之名。凡此種種，可見梆子腔幾乎成爲當時對地方劇的一種泛稱。直到晚清，梆子腔的名詞才成爲一種專稱，專指秦腔而言了。

秦腔的發展，分爲東西兩路，西路的名西秦腔，即是陝西梆子。東路的發展，流播極廣，首先傳到山西，是爲晉劇，即是山西梆子；傳到河南的，即是豫劇，稱河南梆子；最晚傳到河北，即是河北梆子。

二、花雅兩部的對稱

清代中葉，自乾隆即位起，由於政局的安定，工商業的發展，都市中是一片歌舞昇平的氣象。加以高宗本人又愛好戲劇，因此內庭設有戲班，並且設有南府專門來管理演戲的事，演員除了宦者以外，還有民間的藝員。太監演員稱爲內學，外庭的民間藝員，稱爲外學。當時僅外學一部，已在七百人以上，可見規模之大。

所唱的戲，都是大本戲，最著名的，如演目蓮救母的勸善金科；演唐僧西天取經的昇平寶筏；演魏蜀吳三國故事的鼎峙春秋；演水滸故事的忠義璇圖等。這類整本大戲，大多是分爲十本，每本二十四齣，一天演一本，十天演完。因爲戲大人多，不但需要衆多的行頭（服裝）、砌末（道具），而且需要特建的舞臺。如趙翼簷曝雜記說：「內府戲班，子弟最多，袍笏甲冑及諸裝具，皆世所未有。……戲臺濶九筵，凡三層。所扮妖魅，有自上而下者，自下突出者，甚至兩廂樓亦化作人居，而跨駝舞馬，則庭中亦滿焉。有時神鬼畢集，面具千百，無一相肖。……而唐玄奘至雷音寺取經之日，如來上殿，迦葉羅漢，辟支聲聞。高下分九層，列坐幾千人，而臺仍綽有餘地。」所述正是演昇平寶筏的實況，可見其舞臺之大，演員之衆了。

高宗又性好遊巡，在位之時，曾六次南巡，每次都經過揚州。兩淮塩商，當時富甲天下，爲了迎合高宗的興趣，接駕演戲，又極盡舖張豪華之能事，當高宗進入揚州境內，兩岸卽分成三十個工段，每段設有香亭，並搭有戲臺演戲，稱爲「兩岸排擋」。另外還有固定建築的大戲臺，專演整本大戲，以摸仿內庭的排場。

戲班既多，自然各腔畢陳，雅俗齊奏。清李斗揚州畫舫錄說：「兩淮塩務，例蓄花、雅兩部以備大戲。雅部指崑山腔，花部爲京腔、秦腔、弋陽腔、梆子腔、羅羅腔、二簧調，統謂之亂彈。」可見當時戲班，已有花雅兩部之分，雅部獨指崑山腔，花部則統稱其它各腔，所謂花，卽是花雜的意思，因爲諸腔各調，都所具備，所以稱爲花。至於亂彈，本指秦腔而言，如劉獻庭廣陽雜記說：「秦優新聲，有名亂彈者，其聲散而哀。」至此又成爲花部的統稱，所以稱亂彈，意思也是指所演所唱，非止一腔而已。

自揚州把戲班分爲花雅兩部，風氣所至，各地都紛紛仿效，崑山腔不僅失去獨霸的地位，甚至漸漸式微，不再有當時「家家收拾起、戶戶不提防」的盛況了。尤其在京師，崑山腔的「正音」地位，早已由京腔取而代之。而此時的京腔，則已擴展到「六大名班，九門輪轉」（見都門紀略。詞場序）的地步，其中尤其是「王府新班」，最爲著名，風頭最健，簡直是風靡了整個的京師。當時京腔的名演員，據都門紀略翰墨門的記載，有：霍六、王三禿子、開秦、才官、沙四、趙五、虎張、恆大頭、盧老、李老公、陳丑子、王順、連喜等十三人，號稱「京腔十三絕。」由此可見其人才之衆了。

乾隆四十四年（一七七九），是高宗七十壽辰的前一年，各省督撫，都積極準備慶祝，而且紛紛徵召戲班入京祝壽。其中一班從四川來的秦腔班，就在那年到了京師，演出之後，居然大紅特紅，轟動九城，把京腔班從盟主的寶座中打了下來。

這一班從四川來的秦腔班，改變了在京師各戲班的形勢，其實也不是偶然的，分析起來，大約有這幾個原因：第一，這一班中有個唱旦角的演員魏長生，小名三兒，演技出色，唱工、做工、武工，都非常精湛。尤其他非常注意化裝，本來旦角的化裝，只是用一個縐紗把頭包起來，然後在腦後安上一個假髮髻，便算了事。魏長生則把包頭改成梳水頭，使得髮髻像眞，同時在面部上貼片子，使得臉部看來像鵝蛋型、瓜子型，較長而美觀。他又使用裝蹻的方法，增加了形態的嬌媚。凡此種種，都使他的扮相特別美觀，加上他演技精湛，莫怪每一演出，便萬人空巷了。

第二，旅居京師的山西人，大多從事銀錢滙兌的事業，可以說實際操縱了京師的經濟權。魏長生的聲腔，雖說是陝西傳到四川後，與當地的土戲結合後的聲腔，但基本上還是秦腔，所以在京師便擁有陝西、山西旅京的同鄉，作爲基本觀衆。

第三，京腔各班紅了以後，班子裏的演員都有了達官貴人作爲靠山，乾隆四十四年，一位姓魯的侍御，因爲在一次堂會中打了「王府新班」一個演員，結果竟因「有玷官箴」的罪名去職，使大家覺得「王府新班」不好惹，於是便漸漸少召他們的堂會，甚至少去看他們的戲。這更給魏長生班子，一個乘機而起的好機會。因此一經演出，立刻轟動全城，天天滿座，歷久不衰，終於奠定了秦腔在京師的地位，而京腔則衰敗失勢了。

三、徽班與皮黃

現在被稱爲國劇的，實是我國傳統戲曲中的一個劇種。它是以西皮、二黃兩種聲腔爲主的，所以本名叫做皮黃。又因它發迹於清時的北京，所以又叫做京戲、京劇。民國以後，北京改名爲北平，所以它又叫做平劇，更由於它足以代表我國各種傳統的戲曲，所以稱爲國劇。國劇之興，始於晚清，所以敍述晚清的戲劇，勢必自皮黃入手。

皮黃的兩種主要聲腔，二黃之盛行，早於西皮。說起二黃腔的來源，則是本於明代的四平腔。四平腔在當時是屬於弋陽腔的系統，弋陽腔在江西本省變爲樂平腔，在安徽地區，則變爲青陽腔，樂平腔和青陽腔，在安徽又跟來自四平山區的土調，結合而成一種以安徽語音爲主的腔調，即是四平腔。所以四平腔源出弋陽腔，即客座贅語所謂：「稍變弋陽，而令人可通者。」在當時，弋陽腔和四平腔的不同是：弋陽腔沒有絲竹樂器的伴奏，而由人幫腔；四平腔則有絲竹樂器隨腔托調，沒有幫腔。

四平腔又叫做吹腔，因爲它的伴奏主樂是笛子的緣故。但是它又與崑山腔不同，吹腔是一種固定的調子，每句中間停歇之處，並有過門；而崑山腔則隨牌調轉移，各有唱法並且沒有過門。

四平腔以後漸漸改用胡琴伴奏，並改稱四平調（現在的地方戲中，唱四平調仍有用笛子伴奏的，如川劇的坐樓殺惜）。四平調又稱平板二黃，而現在二黃中的原板，則是由平板演變而來。如現在尚存的宜黃腔，基本的腔調是四平調，但是凡四句唱詞，前三句唱的是四平調（平板二黃），最後一句則唱原板，這是很明顯的一個遺跡，讓我們知道二黃原板，乃是脫胎於平板二黃。至於二黃調中其他的慢板、流水、反調等等，便是由於二黃原板演變而成的。

關於二黃的名稱問題，前人也有種種說法，有人以爲二黃腔始於湖北黃陂、黃岡兩個縣，所以稱爲二黃。也有人以爲二黃腔卽江西的宜黃腔，因南方人讀「宜」「二」音近，故有此誤。前面說過，二黃腔脫胎於明代的四平腔，四平腔是流行於安徽的一種聲腔。所以二黃的起源，就有湖北、江西、安徽三個不同地區的可能。前人的論述雖多，但迄無定論。我們以二黃腔的淵源看，它的原始的本祖，當然是弋陽腔，則弋陽腔出之於江西。由弋陽而四平腔，四平腔出之於安徽。二黃腔最初盛行確在湖北，而以黃陂、黃岡爲中心，所以這三者確有密切的關係。

至於西皮調的來源，張亨甫金臺殘淚記卷三說：「亂彈卽弋陽腔，南方又謂下江調，謂甘肅腔曰西皮調。」可見西皮調是源於甘肅腔的。甘肅腔發展至陝西稱西秦腔（陝西梆子），陝西梆子發展到湖北漢水地區的襄陽，與當地的土調結合，發展成爲襄陽調，一名湖廣調，這便是西皮。現在雲南滇劇，仍把西皮叫做襄陽調，可以爲證。至於西皮名稱的來源，由於長江流域說來，這種襄陽調，乃是從西面來的，而皮字乃是湖北戲班的術語，他們往往把一段唱詞，稱爲「一段皮」。所以西皮的意思，便是來自陝西的腔調。

皮黃的慢慢抬頭，可以從乾隆年間算起。在高宗南巡時，揚州花部諸腔中，有來自安徽的戲班演出，他們主要的聲腔，便是二黃調。所以李斗揚州畫舫錄說：「安慶有以二簧調來者。」安徽的戲班，在明末便以武工著名，當時的「旌陽戲子」，卽以剽輕精悍，能撲跌打而享盛名。高宗南巡時的安徽班，也繼承這種優良的傳統。加以安徽班雖以二黃調為主腔，但其他崑曲、梆子、羅羅等腔，也都能唱，所以安徽班的演出，便很快地受到多方面觀衆的讚賞。

到了乾隆五十五年（一七九〇），高宗八十壽辰，各省依照往例，徵召有名的戲班，晉京祝壽。在各省的班子中，無論就武工、聲腔、脚色、行頭、砌末等等來說，安徽班都顯得比其他班子來得突出，因此使得安徽班不但在京裏得以立足，而且更進一步取代了四川梆子在京裏的地位。

安徽班在京裏盛行以後，演出的班子衆多，像三慶、四喜、啓秀、霓翠、和春、春臺等，都是當時著名的安徽戲班。各班的脚色，單論旦脚，便在百人左右，可見其人才之衆。所以從乾隆末年至嘉慶三年（一七九〇——一七九八），這些年間，安徽班在京師裏眞是風靡一時。

由於花部的崛起，安徽班的盛行，影響所及，卽連崑曲的出生地蘇州、崑山一帶，崑曲也趨向式微。所以清廷曾在嘉慶三年頒發詔諭，除崑弋兩腔仍照舊准其演唱之外，其他亂彈、梆子、弦索、秦腔等戲，一概不准再行演唱。然而觀衆的喜好，不是一紙命令便可改變。清廷這道諭旨大約發生了十年的效力。嘉慶十四、五年的時候，安徽班又大肆在京師裏活動了。到了嘉慶末年，先前入京的六大徽班，以崑曲為主的啓秀、霓翠兩班，因不能維持，相繼散班，而以二黃為主的三慶、四喜、春臺、和春，卻愈演愈盛，造成了四大徽班，競演二黃的局面。

然而徽班的興起，並不代表崑曲的完全式微。像啓秀、霓翠兩班，固然是以崑曲為主的徽班，卽使在該兩班相繼報散以後，兩班中的主要角色，也大部轉入了四喜班，形成了當時四喜班以曲子勝場的特色。楊懋建夢華瑣簿說：「四喜曰曲子，……三慶曰軸子，……和春曰把子，……春臺曰孩子，……」就指出當時四大徽班的特色，所謂曲子，就是指崑曲。軸子是指全本新戲，全本戲對於故事情節，交待得特別清楚，因此特別獲得一般觀衆的讚賞。把子指武打的套數，這裏當然指和春的武戲特別出色。所謂孩子，指的是童伶，也指一些剛出科的年青演員，他們演戲，不分主配，都是全神貫注，一絲不苟，春臺班的受人讚賞，即是這個緣故。

由上所述，至嘉慶末年，崑曲漸漸式微，但並沒有完全被消滅，二黃在花部諸腔中脫穎而出，卻已漸漸呈現一枝獨秀的氣勢，爲皮黃稱霸劇壇，打下最堅固的根基。

四、皮黃的興起

徽班在京師的盛行，固可以看作二黃腔的得勢，但是西皮的抬頭，卻遠在二黃之後，前面曾說過西皮起於湖北，大約在道光初年，湖北地區，西皮漸漸得勢，與二黃形成同臺合奏的局面，二者伴奏的主要樂器是胡琴，所以共同演出是很方便的，當時這種兩腔合奏的腔調，便被統稱爲楚調。道光十八年（一八二八）以後，由於湖北伶人進京，加入徽班，於是就造成西皮，二黃在京師同臺的局面，所以要精確地推斷皮黃發源的時期，當以道光八年，西皮、二黃在京師同台開始，離開現在（民國六十七年一九七八），不過一百五十年左右。

從道光八年（一八二八），到道光十九年（一八三九），是徽班漸漸轉移到皮黃的時期，當時的徽班，雖然已以西皮、二黃，作爲主要的聲腔，但是演出的戲碼上，仍舊雜有其他聲腔的劇目，如崑曲、吹腔、羅羅腔、柳子腔等都是，其中尤其是崑曲，始終在徽班中佔有一席地位，並沒有把棒子一下子就交給了皮黃，綜其原因，大約有下列幾點：

1 徽班本來就是各腔兼蓄，尤其是其中的四喜班，本以曲子聞名，啓秀、霓翠報散後，部分崑曲演員又轉到四喜去。崑曲伶工參加徽班，與皮黃同台演出，一直到同治年間的北京劇壇，還是如此。

2. 初期皮黃的聲腔，高亢而缺乏轉折，表情動作，也嫌粗略，因此與行腔婉轉，做工細膩的崑曲比，很易使人懷舊。

3. 崑曲中，有些爲人熟知而精彩的劇目，如遊園驚夢、安天會、刺虎、小宴、思凡等，始終吸引觀衆的興趣。所以長篇全本的傳奇，雖然式微，其中精彩的折子，則始終流傳不輟。

4. 當時崑曲還有些演技精湛的老伶工，爲皮黃演員所不及，他們由於身負絕技，始終能夠跟皮黃演員相抗衡，屹立不倒。

從道光二十年（一八四〇）至咸豐末年（一八六一），這二十一年間，可以說是由徽班轉爲皮黃的初期。在這一時期，北京著名的戲班，有三慶、四喜、和春、春臺、嵩祝、金鈺、大景和等七班之多。他們的唱腔都以西皮、二黃爲主，有名的演員，如三慶班的程長庚、工老生，咬字準確，唱腔高亢，是以徽調的基礎唱皮黃的。春臺班的老生余三勝，他是湖北人，唱西皮特別拿手，創造了許多的新腔。四喜班的臺柱張二奎，也工老生，路子最寬，其中尤以王帽戲最爲拿手。像這些著名的演員都屬老生行，對於奠立皮黃的基礎，有很大的關係。因爲在這以前，劇壇以旦脚爲主，如四川梆子的魏長生，早期徽班的高朗亭等，都是旦脚，而又以色爲重，所以戲曲界的地位，頗被人視爲秦樓楚館。等到程長庚等以老生享大名，觀衆的觀念，由選色而轉移至徵歌，演員的地位提高，藝術的氣氛轉濃，各項人才乃得不斷產生，皮黃能夠領袖劇壇，向藝術之宮進軍，這是一個很大的關鍵。

自同治元年（一八六二）起，直至清末民初，皮黃開始脫離徽班，而形成一項獨立的劇種。此後聲勢愈來愈盛，終至代表一切的傳統戲曲，而有國劇之稱。考其歷史，不能不說是同治五年（一八六六）至光緒二十六年（一九〇〇），這三十幾年間所奠下的深厚基礎，這段期間皮黃得以盛行，其主要的原因約有下列幾點：

1. 在這段期間中，洪楊的太平天國失敗，而庚子拳亂事件尚未發生，清廷的表面，還有一番中興的氣象，社會的情況，尚稱安定，因此給予皮黃發展，一個很好的客觀環境。

2. 皮黃本身，能兼容包蓄其他的聲腔，吸收其他劇種的優點。如皮黃武松一劇的演出，打虎一折唱崑曲；戲叔一折唱梆子；弔孝、殺嫂唱弋腔；獅子樓念乾板撲燈蛾；二龍山唱二黃；十字坡、快活林、蜈蚣嶺唱吹腔，可見其演唱的多采多姿。

3. 各項脚色的人才輩出，卽以生旦兩行而言，生行有譚鑫培、汪桂芬、孫菊仙等；旦行有梅巧玲、余紫雲、陳德霖、王瑤卿等，都是一代宗匠。名角既多，自然吸引觀衆的興趣。

4. 自同治起卽實際掌握政權的慈禧太后，是一個皮黃的戲迷，她不但聽昇平署太監的戲，而且還嫌他們唱得不如民間的伶工，因此時常召喚民間伶工入宮當差，名義上是昇平署的教習，實際上就是演戲給慈禧看。像上述的名伶，在當時便都是內廷供奉，上有所好，下必甚焉。由於慈禧的愛好，間接給予皮黃極佳的發展機會。

5. 當時官吏，嚴禁嫖妓，轉而演變成一般士紳暱愛相公的變態心理，年輕唱旦角的男伶，便成爲這一種變態心理的發洩對象。此種情形，在間接方面固然促進了皮黃的興盛，但也未始不是對於皮黃戲曲的一種摧殘。使得一般人們，把優伶視作娼妓。這種社會的變態，直至民國成立以後，才慢慢地改變過來。

皮黃在京師興起以後，漸漸又向外埠發展，尤其是一些商業的都市，如上海、天津、漢口、長沙等地，莫不盛行皮黃。其中特別令人注意的，首推上海、上海在光緒二十年前，已經有了皮黃戲班，十里洋場，皮黃的發展更爲迅速，京師的名角，不斷到上海搭班演出，有些伶工，更在上海落戶生根。他們迎合上海觀衆的趣味，並跟其他的劇種相結合，終於形成了所謂「海派」，以與標榜「京朝派」的北京伶工相抗衡。論武功則海派火熾熱鬧；論行頭則新穎美觀，再加上機關布景，使得皮黃在民間更打下紮實的根基。一般人常批評海派演員的灑狗血，表演過火。然平心而論，海派演員中，也不乏出色的人才，而最重要的是，在普遍流行上，海派演員實盡過最大的一番力量，否則，皮黃只在北平一地，恐怕不能博得國劇之稱吧。

第四章　清代的民歌與講唱文學

第一節　清代的民歌

一、粵　歌

在明代，搜集民歌而編成專集的風氣，並不太盛。但在清代，這種風氣卻非常盛行。據劉復、李家瑞編的中國俗曲總目稿，所收俗曲，共有六千零四十四種，都是單刊小册。又據鄭振鐸中國俗文學史所說，鄭氏曾收集各地刊歌曲，近一萬二千餘種，於此可見清代民歌之多，以及搜集之盛。

清代所採集的民歌，範圍也比明代要廣：有東南地區的粵歌；有西南地區的四川山歌；也有北方的秧歌等等。而其中又可以粵歌為清代民歌的代表，因為粵歌的專集多，引起文學界的注意大，所以影響也大。

粵風續九，清初吳淇編，是搜集粵歌的一個專集。王士禎池北偶談卷十六粵風續九一條中說：

「粵西風俗淫佚，其地有民歌、猺歌、狼歌、獞歌、蛋人歌、狼人扇歌、布刀歌、獞人舞桃葉等歌，種種不一，大抵皆男女相謔之詞。……同年睢陽吳井渠淇為潯州推官，采錄其歌，為粵風續九。雖侏傷之音，時與樂府子夜、讀曲相近。」

粵風續九一書今已不傳，其集中的民歌，在王士禎的池北偶談中還錄有幾首，此外陸次雲峒溪纖志志餘一書，也錄有幾首。

乾隆間，李調元輯 有粵風四卷，卷一粵歌，注睢陽修和原輯；卷二傜歌，濠水趙龍文原輯；卷三苗歌，東樓吳代原輯；卷四僮歌，四明黃道原輯。觀其內容，與王士禎抄錄吳淇粵風續九書中的，頗多雷同，可見李調元所本的，實是吳書。

粵風四卷中，粵歌五十三首，幾佔全書的二分之一，其中題材大都是情歌，不過格局很高，不像吳歌那樣，常對性慾作赤裸裸的描寫。現在略舉兩例如下：

思想妹，蝴蝶思想也為花；蝴蝶思花不思草，兄思情妹不思家。（蝴蝶思花）

妹相思，不作風流到幾時？只看風吹花落地，不見風吹花上枝。（想思曲）

卷二傜歌中，也有些很好的歌，如：

石頭大牛大，陷到石頭邊。牛大陷到石頭面，念娘不到娘身邊。

思娘猛，行路也思睡也思。行路思娘留半路，睡也思娘留半床。

前一首歌需要解釋一下，這裏的牛字是魚的意思，因為傜人呼魚為牛。這首歌的意思是說自己雖相念甚切，但不得到身邊，猶魚之遊，只在水中，不得到石邊。這些歌不但深得比喻之美，而且想像豐富，感情奔放，眞是民歌中的佳作，只是因為語言不同，若不經注解，就不知道它的原意。至於苗歌、僮歌部份，雖經李調元的注解，有時也不容易了解，故不再錄了。

粵謳一卷，招子庸作。招氏字銘山，南海人，嘉慶擧人，曾爲濰縣知縣，有政聲。招氏精於畫，花卉尤見重於當時。

粵謳前有石道人的序：

> 居士曰：「三星在天，萬籟如水。華妝已解，薌澤微聞。撫冉冉之流年，惜厭厭之長夜。事往追惜，情來感今。乃復舒南音，寫伊孤緒，引吭按節，欲往乃迴。幽咽含怨，將斷復續。時則海月欲墮，江雲不流。輒喚奈何！誰能遣此？」余曰：「南謳感人，聲則然矣。詞可得而徵乎？」居士乃出所錄，漫聲長哦。其音悲以柔，其詞婉而摯。此繁欽所謂悽入肝脾，哀感頑豔者。不待何滿一聲，固已青衫盡濕矣。

粵謳雖是用粵語寫作，但是寫得非常感人，下擧其中最盛傳的一則解心事，以見一斑：

> 心各有事，總要解脫爲先。心事唔安，解得就了然。苦海茫茫，多半是命蹇。但向苦中尋樂，便是神仙。若係愁苦到不堪眞係惡算，總好過官門地獄更重哀憐。退一步海濶天空，就唔使自怨。心能自解眞正係樂境無邊。若係解到唔解得通就講個陰騭個便。唉！凡事檢點，積善心唔險。你睇遠報在來生，近報在目前。

這是一首勸善歌，很有點格言詩的味道。但在粵謳的其他作品中，卻大多跟妓女有關，因此在勾欄中傳唱最盛。影響所及，在廣東當時各日報上，竟常常有擬粵謳的作品，而差不多的廣東人，都會哼上幾句，成爲廣東地方最流行的時調俗曲，可見其勢力之大。

此外黃遵憲也輯有山歌，也屬於粵歌的範圍。黃字公度，嘉應人，光緒擧人，官至湖南按察使。工詩，有人境廬詩草。黃氏在人境廬詩草卷一中，以山歌爲題，輯錄他所采集的粵歌九首，黃氏在序中如此說：

土俗好爲歌，男女贈答，頗有子夜、讀曲遺意。採其能筆於書者，得數首。

現在錄一些如下：

人人要結後生緣，儂只今生結目前。一十二時不離別，郎行郎坐總隨肩。

一家女兒做新娘，十家女兒看鏡光。街頭銅鼓聲聲打，打著中心只說郎。

第一香櫞第二蓮，第三檳榔個個圓。第四夫容五棗子，送郎都要得郎憐。

總之，粵歌能成爲清代民歌的代表，不是沒有原因的。一是兩粵地區，有些地帶，本是少數民族聚居之區，如苗、傜、僮等，這些民族，天性善歌，就如王士禎在池北偶談中所記，粵西的各種歌謠，可見粵歌豐富的內容。二是清代的廣東，門戶開放，與西人通商最早，濱海地區，商業發達，形成都市繁榮，間接也促成時調俗曲的發展。當然，最主要的，也就是有不少文人注意及此，加以搜輯、改作，甚至創作，遂使得粵歌在當時，受到了大多數人的注意，影響所及，就不止兩廣之地了。

二、萬花小曲、霓裳續譜及白雪遺音

今知最早的清代民歌總集，當推乾隆九年（一七四四）京都永魁齋所刊行的時尚南北雅調萬花小曲。本書所選，一共有小曲、劈破玉、鼓兒天、吳歌、銀紐絲、玉娥郎、金紐絲、十和偕、醉太平、黃鶯兒等十一種，一共一百多首曲子。

其中最主要的，是第一種小曲，一共三十六首，在這三十六首中，固有極粗俗不堪的作品，但也有情感眞摯，辭句雋永的，如：

人害相思微微笑，我只說故意兒粧着。誰承望我今入了你這相思套，懨懨瘦損我命難逃。海上仙方嘗盡了，急的我雙跌脚。親人罷了我了，要病好除非是親人在我懷中抱。

不在行誰把你來想，因爲你在行惹下牽連。巴不得常攙手來和你明陪伴。交情兒容易拆情兒好難，提起一個離別的字兒摘了我的心肝。凡事無心戀，時時刻刻掐不斷的牽連，又若凄涼搶着手兒和你願從願。

西調鼓兒天，共一套，寫的是思婦嘆五更，西調的名稱，在本書以前還沒有見過，可見是當時新流行的一種時調。今舉鼓兒天中的初更爲例，以見一斑：

一更鼓兒天，（又），我男征西不見回還。早回還與奴重相見。了呀！叫了一聲天，哭了一聲天，滿斗焚香祝告蒼天。老天爺保佑他早回還，早回還，奴把猪羊獻了呀！

兩頭忙一套，題爲閨女思嫁，開頭有西江月的引辭，末尾則以清江引結束。以清江引爲結，這是時尚南北雅調萬花小曲的通例，像西調鼓兒天、銀紐絲（五更十二月）、玉娥郞（四季十二月）等，都是如此。但以西江月爲引辭，則顯得非常別致：

（西江月）話說閨女思嫁，春天動了慾心。爹娘婚配是前因，留在家中說甚！男女願有家室，長成當嫁當婚。央媒說合去成親，千里姻緣分定。

（兩頭忙）豔陽天，豔陽天，桃花似錦柳如烟。見畫梁雙雙燕，女孩兒淚漣，女孩兒淚漣。奴家十八正青年，恨爹娘不與奴成姻眷。…………

（清江引）女愛男來男愛女，男女當厮配。女愛男俊俏，男愛女標致，他二人風情眞個美。

據鄭振鐸中國俗文學史，鄭氏曾得到單刋本的豔陽天，爲陝西所刋，內容跟兩頭忙閨女思嫁完全相同。由此可見，這一套曲是陝西傳到京都去的。

霓裳續譜刋於乾隆六十年（一七九五），輯曲者是天津三和堂的曲師顏自德，顏氏的生平已不可考。點訂者是王廷紹，王氏字善述，號楷堂，直隸大興人。鄭振鐸中國俗文學史說他是金陵人，不知何所據。王氏是乾隆五十七年（一七九二）擧人，嘉慶（一七九九）進士，曾任刑部主事、員外郞。王氏點訂本書，正在他中擧人以後，尙未中進士的時候。在本書卷首，有王氏的序，序中說：

京華爲四方輻輳之區，凡玩意適觀者，皆於是乎聚。曲部其一也。……其曲詞或從諸傳奇拆出；或撰自名公鉅卿。逮諸騷客，下至衢巷之語，市井之謠，靡不畢具。以徵歌者，不盡文墨。諸師皆以口相授，相沿旣久，或習其調而忘其辭；或習其詞而訛其字；或調與詞並失傳。許多名曲，因無藍本，漸歸湮沒。諸部甚憾之。三和堂顏曲師者，津門人也。幼工音律，彊記博聞。凡其所習，倶覓人寫入本頭。今年已七十餘，檢其篋中，共得若干本，不自秘惜，公諸同好。諸部遂醵金謀付剞劂。名曰霓裳續譜。………

對於清代俗曲的傳播，說得很詳盡。

這一本俗曲總集，一共八卷，凡收曲調三十種，都六百二十二曲，內容是很豐富的。三十種曲調中，以西調佔得最多，共佔三卷，一共有二百十四曲。翟灝通俗編說：

今以山、陝所唱小曲曰西曲，與古絕殊，然亦因其方俗言之。

可知西調本是山西、陝西的小曲，流傳到北平去，成為很流行的俗曲。在萬花小曲裏已有西調，但比例沒有本書那樣多。乾隆初年的精鈔本西調百種，僅收西調百曲；乾隆年間的鈔本西調黃鸝調集鈔二卷，也只有西調一百三十四曲。現在本書的西調，多達二百十四曲，可見西調在當時的盛行了。

西調比較雅致，雖然大部分還是思婦懷人之曲，但也有小部分是應景小曲或帶點故事性的，至於作者，大概多出於文人之手，所以缺少民歌應有的奔放，現在試錄卷三也非愁來也非悶一曲如下：

也非愁來也非悶，不為悲秋，不為傷春。難分解心頭恨與眉頭恨。行也是昏昏，坐也是昏昏。茶也懶沾唇，飯也懶沾唇。情深病更深，半是思君半恨君。（疊）到如今音書無信人無信。（疊）

後五卷中，寄生草的曲調，有一百四十七曲，大多很有情致，想像既豐富，比喻也很含蓄，試觀桃葉桃葉兒心改變一曲：

桃葉桃葉兒心改變，杏葉杏葉兒想團圓。竹葉兒尖，相思害的實可嘆。籐葉兒牽牽連連割不斷，茶葉兒清香流落在那邊。荷葉兒說藕斷藕斷絲不斷。（重）。

本書所收的各種岔曲，有一百四十八曲之多。岔曲往往是散套，也有岔尾，曲中往往一問一答，有點像小型的劇本，甚至有的還有說白，可見得已不限於一人說唱了。只是不必舞台，也不必化粧，形式要自由得多。

岔曲中又有起字岔、平岔、數岔，都是岔曲的支流，有時有岔尾，但大多數沒有，所以這些岔曲好比小令。霓裳續譜中以平岔所佔份量最多，有八十九曲，佔全部岔曲的五分之三了，今舉冷清清為例，以見一斑：

（平岔）冷清清，佳人睡朦朧。昏沉沉，夢兒裏見多情。喜孜孜，雙雙兩意濃。熱撲撲，軟玉溫香陽臺景。噹哴哴，鐵馬一聲，驚散了團圓夢。怒狼狼叫聲丫鬟，砸碎了那個風鈴。

除了以上各種曲調以外，霓裳續譜還收有：剪靛花、疊落金錢、黃瀝調（即黃鸝調）、玉溝調、劈破玉、彈黃調（即灘簧調）、番調、馬頭調、揚州調、北河調、隸津調（即利津調）、盤香調、邊關調、秧歌、蓮花落、秦吹腔花柳歌、一江風、倒搬槳、銀紐絲、玉娥郎、打棗杆（即掛枝兒）、螺螄轉、重疊序、粉紅蓮、呀呀呦、重重續、兩句半等二十七種曲調，不再一一舉例了。

在霓裳續譜中，還有一點可以注意的，即是有的曲，時在曲頭和曲尾中間，放進一整支流行崑曲的主曲，如卷四小件讀女中郎一支，頭尾都是黃瀝調，在中間卻插用崑曲牡丹亭學堂一折中的主曲一江風，這種情形可以顯示崑曲被小曲吸取的現象。

至於曲詞采取戲曲本事的，如卷一聽殘玉漏，用玉簪記・失約，卷六潘氏金蓮，用義俠記・挑簾，其例更是舉不勝舉，可見王氏序中所說：「其曲詞或從諸傳奇拆出。」其言之不誣了。

葛霖在霓裳續譜的跋中說：

……霓裳續譜爲伶部靡靡之音，大雅之士，見而輒鄙。然按之宮商，考其音節，恍如天籟之自鳴而自止焉。雖語不笙簧，情同嬉謔，甚無當於採擇。而寓物抒懷，殆亦如采蘭贈芍，爲三百篇所不廢。善讀詩者，當不謂有害於風雅也。」

霓裳續譜搜集了乾隆年間所流行的小曲，曲調既多，內容又豐富，其意義自然是很重大的。

白雪遺音，四卷，華廣生編訂。華氏字春田，在本書卷首有華氏自序，署嘉慶歲次甲子（一八〇四）孟冬月，但玉慶堂刊本書是在道光八年（一八二八），已在華氏編訂本書之後的二十四年了。華氏自序說：

……繄古以來，詞人才子，名溢于縹囊；飛文染翰，卷盈乎緗帙。固以籤分甲乙，羅列烏絲；夜歷丙丁，難窮魚繭。而康衢之祝，擊壤之謠，春女思春之詞，秋士悲秋之咏，雖未能關乎國是，亦足以暢夫人心。然充耳褎如，寓目無所。驟聆弦管，難識性情。故嘗重下湘幃，遙遮鸞槅。緒繩試啓，玉笈時開。聚佳友於蘭臺，各晒便便之腹；吐妙詞於芝室，同吟晢晢之章。聊試寫乎蠅頭，居然成其雁陣。浹辰猶未成袠，裒然洵可爲編。未敢託意於風人，惟以懸情於樂府。庶幾聞弦知雅，得意忘言矣。……

本集收清代民間歌曲，達七百餘首，比霓裳續譜所收更多。在所有曲調中，以馬頭調最多，共有四百三十八首。馬頭調在霓裳續譜中也有，但沒有本書所收之多，可見嘉慶、道光之間，此調流行之盛了。

馬頭可能就是碼頭，所謂碼頭調，也許就是流行在碼頭區的調子，碼頭區商業繁盛，商人船員，往來不絕，自然妓女賣唱者，也特別多。又因碼頭區風光，多采多姿，所以馬頭調的內容也比其他曲調，來得豐富。其他曲調多以情詞、相思爲主，馬頭調則除此以外，還有應景歌唱、勸世歌曲、歷史故事、民間故事、游戲文章、小說戲曲的人物及故事，甚至還有引經據典的歌詞，如詩經注、四書註等，內容可說包羅萬象了。現在略引幾首如下：

情人好比鮮桃樣，長的實在強。進的門來，滿屋裏清香，饞的奴心慌。好果子，偏偏長在高枝上，又在葉中藏，好叫奴，乾睁着眼兒往上望，晝夜思量。終日聞香，摸不着嘗嘗，恨壞女紅妝。到多咱，抱著樹枝幌兩幌，別人休妄想。好果子，誰肯輕易將人讓？不用商量！（情人好比）

鴉片烟兒眞奇怪，土裏熬出來。吃烟的人兒，臉上掛著一個送命的招牌，丟又丟不開。癮來了鼻子眼淚往下蓋，叫人好難挨。沒奈何，把那心愛的東西拿了去賣，忙把燈開。過了一刻，他的身子爽快，又過這一災。想當初，那樣的精神今何在？身子瘦如柴！早知道，這害人的東西，何必將他愛？實在頑不開！（鴉片烟）

鴉片烟屬於勸善的歌曲，對於鴉片的害處說得很明白。鴉片初由英商運來，碼頭區當然是鴉片進口中心，販賣和吸食的當然最多，馬頭調有此一曲，意義是很深長的。

嶺兒調有三十四首，大都很好。內容雖比較簡單，只以思婦懷人及傳奇故事爲主，但形式方面，較馬頭調卻有變化得多，不但每首曲的長短不同，短的很短，長的可以很長；而且有的還帶說白，連說帶唱，很有點小型戲曲的味道了。現在爲篇幅所限，姑舉一首不帶白的如下：

滅芳容，奴的憂恨千層。人說是病，我說是病；雖然是病，我可何常是病？自己個心裏明。隨心的好事，成何用？中何用？魂想不能。我可夢想也是想不能，空叫我盼多情。曾記得當日的離別情分，欲要送，懶待送，攜手送，我可挽手送，哭的眼睛紅。到而今，丟個淨，撇個淨，閃個淨，你可忘個淨，心腸冷如冰。自嘆我這紅顏薄命，怕做夢，偏做夢；日裏夢，我可夜裏還是夢，終日睡朦朧。這相思害得我，沒了命，亡了命，恨你幾聲，我可罵你幾聲，恨的我牙根痛。從今後，要無情，就無情；硬著心腸，我把心腸硬，一筆勾個淸。（滅芳容）

此外尚有滿江紅（帶岔曲及湖廣調）、銀紐絲（帶岔曲及湖廣調）、九連環、小郎兒、剪靛花、七香車、起字呀呀喲、八角鼓等曲調，現在也略舉幾首如下：

（滿江紅）青山在，綠水在，情人兒常不在。風常來，雨常來，書信兒不見來。災不害，病不害，想思兒常害。春去秋又來，花開悶不開。淚珠兒點點，濕透鳳頭綉花鞋，濕透了綉花鞋。（青山在）

（剪靛花）姐兒無事江邊搖，又無有擺渡又無有橋，好不心焦，哎喲好不心焦。脫下花鞋當擺渡，拔下金簪當櫓搖，試演試演瞧，哎喲試演試演瞧。撐也是這麼樣撐，搖也是這麼搖，搖搖撐撐，撐撐搖搖，順風兒過去了，哎喲失陪情人了。（江邊搖）

白雪遺音在第三卷裏，還收南詞一百零六首，第四卷則全是南詞，除散曲二十一首外，還有彈詞玉蜻蜓九節，收羅不可謂不廣了。

三、各地的民歌選集

白雪遺音之外，以馬頭調曲調爲主的民歌選集，還可以舉出下列幾種爲代表：

新集時調馬頭調雅曲二集，無名氏輯，嘉慶間（一七九六——一八二〇）北京刻本。書名二集，因有雅曲初集。

本書以馬頭調爲主，此外還有勾調、蕩調、揚州歌等曲調。

馬頭調雜曲集，無名氏輯，嘉慶間鈔本。本書除馬頭調以外，還有起字調、下河調、劈破玉、八角鼓等各種曲調。

馬頭調曲詞，無名氏輯，道光（一八二一——一八五〇）間鈔本。本書全部是馬頭調，一共有四十首。

百萬句全，五卷，無名氏輯，咸豐六年（一八五六）鈔本。本書共收民歌俗曲一百六十七首，其中以馬頭調、趕板兩種曲調最多。

馬頭調八角鼓雜曲，賈永恩輯。光緒元年（一八七五）鈔本。本書不分卷，所收以馬頭調、八角鼓爲主，此外尚有蕩調、小曲等。

馬頭調自乾隆以後開始盛行，成爲北方民歌很主要的一種曲調，由以上各書，也可見馬頭調盛行之一斑了。其他含有地方色彩的民歌俗曲，可以北方、江浙、四川爲代表，分別敍述如下：

時興小唱鈔，無名氏輯，嘉慶間（約一八〇〇年左右）北京鈔本，所輯都是當時北方的民歌俗曲，有西調、黃鸝調、邊關調、五更調、疊落金錢、倒搬槳、滿江紅、一江風、雁兒落、疊斷橋等曲調，共有曲詞二百六十七首。

北京小曲鈔，無名氏輯，嘉慶間（一七九六——一八二〇）鈔本。本書所收都是當時流行北京的民歌小曲，共六十首，大多不標調名。

鼓子曲鈔，無名氏輯，道光間（一八二一——一八五〇）鈔本。本書所收，以流行於河南地方的鼓子曲爲最多，故以名集。其他有馬頭調、嶺兒調、滿江紅等曲調，大多也是流行於北方的民間歌曲。

京都小曲鈔，無名氏輯，道光間（一八二一——一八五〇）鈔本。所收都是當時流行北京的民歌俗曲，有西調、黃鸝調、邊關調、呀呀喲、疊落金錢、倒搬槳、滿江紅、五更調、疊斷橋等曲調。

曲裏梅花，無名字輯，道光三十年（一八五〇）刻本。本書所收，都是當時流行北方的民歌俗曲，有滿洲歌、姐姐花（卽剪剪花）、滿江紅、起字調、太平調、下河調、珍珠傘等曲調。

時興雜曲，無名氏輯，道光間（一八二一——一八五〇）鈔本。本書有四卷，共收北方流行的民歌俗曲一百六十三首，包括馬頭調、起字調、滿江紅、北跌落金錢、寄生草、滿洲歌、八角鼓、下河調等曲調。

收集流行於江浙一帶民歌俗曲的，可以下面四本民歌集爲代表。

偶存各調，沈氏輯，道光二十六年（一八四六）鈔本。沈氏別號卻亭居，眞實名字及生平，已不可考。本書所收，都是流行江浙一帶的民間歌曲，有平調、漁調、鳳陽調、九連環、小郎兒、滿江紅、銀紐絲、寄生草、剪剪花等曲調，現在試舉一首寄生草如下：

我去了，心還在。我去了，莫把相思害。我去了，萬分出於無可奈。我去了，莫把旁人愛。我去了，去去還來。我來時，莫把良心壞。（又）（我去了心還在）

俚曲鈔，無名氏輯，道光間（一八二一——一八五〇）蘇州鈔本。本集輯錄江浙一帶民歌共幾十首，有滿江紅、劈破玉、剪剪花、四季調、四喜調、靑陽調、九連環等曲調。現在鈔錄滿江紅．請問寃家一句話一首如下：

請問寃家一句話，還是愛的奴呀，還是愛他？旣愛奴呀，不許與他來講話；若愛他呀，奴與你二人呀，分開了罷呀！（重句）你臉上愛的奴呀，心兒裏愛著了他。勸寃家呀，一條心兒不必兩處花！郎君呀，一條的心兒呀，不必兩處花呀！

蘇州小曲集，無名氏輯，咸豐間（約一八五一年左右）蘇州鈔本。本集收蘇州的小曲，有桂枝兒、馬頭調、西江月、剪剪花、銀鉸絲、鬧五更、寄生草、吉祥草、滿江紅、湘江浪、滾繡毬等曲調，共有七十四首。另有失曲調名的民歌四十九首。

南京調詞，無名氏輯，宣統元年（一九〇九）鈔本。本書所收民歌俗曲，都是當時南京流行的，以南京調爲主，其他有滿江紅、嘆十聲、五更調、八段景、紅綉鞋等曲調。

四川山歌，無名氏輯，光緒間（一八七五——一九〇八）四川刻本，所收都是四川流傳的山歌。

送郎歌，無名氏輯，光緒間（一八七五——一九〇八）四川東林堂刻本，本集所收都是四川的民間情歌，有姑嫂送郎、望郎歌、送郎歌、江湖小情歌等四種，約數十首。

四川的民歌因地處僻遠，所以曲調沒有都市俗曲那樣繁複，但是情感比較眞摯，歌調比較樸實，自是民歌的本色，現在略擧山歌兩首如下：

鉅鉅騰來鉅鉅騰，你媽打你我心痛。心想上前挪一把，火上添油打壞人。

郎在外面叫賣鹽，嫂在房中又無錢。有錢無錢來稱去，人情好來吃水甜。

四、兒　歌

此外在晚清還出現了幾種兒歌專集，可以天籟集及廣天籟集爲代表。

天籟集，鄭旭旦輯，許之敍校。書有許氏序文，署咸豐七年（一八五七），大約是成書的年代。同治八年（一八六九）浙江書局刻，已在成書後的十二年了。許氏序說：

……集中所采歌謠，半皆童時時誦之詞。吾願世之撫嬰孩者，家置一編，于襁褓中，即可敎之。則爲之長者，口傳耳熟，自警警人，良知良能，借以觸發，庶幾爲師箴瞍賦之一助云爾。……

對於兒歌的功用，說得很明白。至於搜輯者鄭旭旦，僅知其爲錢塘人，其餘生平不詳。

本集所輯，全爲流行於浙江地區的兒歌，共四十八首，現在略舉兩首如下：

小小一集白公雞，頭又高來尾又低。相公不殺我，留我五更啼。五更不見啼，花貓馱在竹園裏。竹裏梅花帶雪開，東風吹下一枝來。鄰家有個花嬌女，嫁與聰明小秀才。

搖哎搖，搖到外婆橋。黃米飯，菜湯澆。煎鰳鯗，尾巴焦。猫兒馱了去，狗兒叫難消。難消！難消！消了一個大鉢焦。

廣天籟集，悟癡生輯。悟癡生山陰人，眞實姓名及生平不詳，本集成書在同治十一年（一八七二），上海印書局光緒二年（一八七六）排印，共收浙江地區的兒歌二十三首，可說是天籟集的續編。

至於北方的兒歌，清末也有百本張、別墅堂的鈔本，都是流行於乾隆至光緒年間的北京兒歌，現在也鈔錄一首：

沙土地兒跑白馬，一跑跑到丈人家。大舅兒往裏讓，小舅兒往裏拉。隔著竹帘兒瞧見他：銀盤大臉黑頭髮，月白緞子綿襖銀疙疸。

五、道　情

道情的曲調，由來已久，與唐代的道調，有血統的關係。在元曲中就有仙佛一科，此外道家的曲集，也有自然集等。道情一向稱爲黃冠體，是散曲的一種。不過在清代，這一種體裁的曲調已漸漸式微。徐大椿洄溪道情自序，提到道情的曲調，已「僅存時俗所唱之耍孩兒、清江引數曲」而已。不過有清的曲家，如鄭燮、徐大椿等人，卻對這個體裁極感興趣，創作甚力，而終賦予道情以新的生命。

鄭燮（一六九三——一七六五）字克柔，號板橋，江蘇興化人。乾隆元年（一七三六）進士，官山東范縣知縣，調知濰縣，民稱循吏。因歲饑請賑濟，忤上官意，稱病乞休，歸隱揚州。他以書畫負盛名，風致超逸瀟灑，所作詩文，清新自然，毫無雕飾。

鄭氏出身寒苦，早失父母，賴乳母教養成人，故極富同情心，爲人坦白率眞，詩書俱如其人。又好結交方外之士，閒適樂道，淡泊名利。又慕徐文長之爲人，放言高論，譏評時人，在當時有狂士之名。

他對於詩文，選擇極精，今傳有板橋集五卷，收詩鈔三百三十九首、詞鈔七十七首、道情十首、題當六十五則家書十六通。他自題其集說：

板橋詩刻，止於此矣。死後如有託名翻板，將生平無聊應酬之作，改竄濫入，吾必爲厲鬼以擊其腦。

其對所作，自重如此。道情十首，閒適恬淡，是他的得意之作。現在略舉兩首如下：

老漁翁，一釣竿，靠山崖，傍水灣，扁舟來往無牽絆。沙鷗點點輕波遠，荻港蕭蕭白晝寒，高歌一曲斜陽晚。一霎時波搖金影，驀抬頭月上東山。

老樵夫，自砍柴，綑青松，夾綠槐，茫茫野草龝山外。豐碑是處成荒塚，華表千尋臥碧苔，墳前石馬磨刀壞。倒不如閒錢沽酒，醉醺醺山徑歸來。

這種淡泊名利，只求個人生活閒適，便是鄭氏道情的主題，也是他的人生觀。世事變幻莫測，一些歷盡滄桑的人士，自然對這種閒適的出世思想，起了共鳴。所以在當時，他的道情是傳唱極盛的。

徐大椿，原名大業，字靈胎，號洄溪，吳江人。他是一個醫學家，所作醫學書籍不少。又是一個音樂家，自己會作曲，作有洄溪道情。

他認爲道情有移情易性之妙，但是時俗所唱之道情，卻「卑靡庸濁，全無超世出塵之響。」這也是他爲什麼創作道情之主因。

徐氏的道情，題材極廣，不但表示出世的思想，還含有勸人爲善的教訓。現在舉他時文歎一首如下：

讀書中，最不齊，爛時文，爛似泥，本來原爲求賢計，誰知變了欺人技。看了半部講章，記了三十擬題，狀元塞在荷包裏。等到那歲考日，鄉試期，房行墨卷，汪汪念到三更際。也不曉得三通四史是何等的文章，也不曉得漢祖唐宗是那樣的皇帝。讀得來，口角離奇，眼目眯䁅，脚底下不曉得高低，大門外辨不出東西。更有兩個肩頭，一聳一低，直頭喫了幾服迷魂劑。又不能穩中高魁，只落得昏沈一世。就是做得官時，把甚麼施經濟？得趣的是衙役長隨，只有百姓們精遭晦氣。勸世人何不讀幾部有用經書？倘遇合有期，正好替朝廷出力。若遭逢不偶，也還爲學校增輝。

把八股文的無用，以及士子讀八股文的醜態，譏刺到了極點，尤其是用汪汪擬作讀書聲，無疑是把他們比作畜生了。道情體裁及作用，至徐氏而大廣，觀他時文歎一首，卽可得一明證。

第二節　清代的講唱文學

由於都市的興起，商業的繁盛，使得清代的講唱文學，得到一個非常有利的發展背景。不論南北，講唱文學在當時都非常流行，擁有極多的聽衆，可以說，是民間最喜愛的一種文藝形式。

依形式來看，講唱文學大約可以分爲以下三類：

1. 只說不唱，如評話、評書等。這一類講唱文學是純散文的形式。
2. 只唱不說，如竹板書、快書等。這一類是屬於純韻文的形式。
3. 有說有唱，說時用散文；唱時用韻文，如鼓詞、彈詞、寶卷等都是。這一類講唱文學是採用韻、散相雜的形式。

在這三種形式中，依歷史發展的觀點來看，無疑的，第三種韻、散相間使用，當是講唱文學的主流，因爲無論唐、五代的變文；兩宋、金、元的諸宮調，都是韻、散相間使用的。

在元、明兩代，凡以說唱形式表演的各種說書，都稱爲詞話，說講長篇歷史故事的講史，則又稱爲平話。在清代，詞話的名稱已經不用了。其他又產生了些新的名稱，大都是爲了分類方便的緣故。然而這些名稱，在南北地方又有不同的意義，現在以蘇州和北京爲代表，分別說明如下：

1. 在蘇州，說書人只說不唱，完全用散文形式來表現的，稱爲評話，也稱說大書。至於用三弦琵琶等樂器伴奏，又說又唱的，則稱爲彈詞，又稱說小書。
2. 在北京，又說又唱，採用韻、散夾雜形式的，稱鼓詞。只說不唱的，則稱爲評書，評書可分爲三類，一是說歷史故事，屬於講史的範圍，稱爲大書。二是說各種神話鬼怪的，稱爲演義。三是說各種俠義故事的，則稱爲小書。

由此可見，南北對於大書、小書的名稱，是各有不同的含義的。

下面再就具有代表性的講唱文學，如評話、評書、鼓詞、子弟書、彈詞、寶卷等，一一分述它們的內容。

一、評話、評書

評話也稱說大書，李汝珍的鏡花緣第三十八回，敍述紫芝取出一塊醒木，說大書給衆才女聽。可見清代中葉，已經把評話通稱爲大書了。

評話的題材，大多不出史書、神怪、俠義的範圍。如三國、水滸、英烈傳、岳傳、金槍傳、金台傳、東西漢、隋唐、綠牡丹、五義圖、西游記、彭公案、施公案、濟公傳、封神榜等，都是評話主要的關目。

這些題材，包含的範圍，非常廣濶，而且生、旦、淨、丑、男、女、老、少，都有他們不同的形相，說書人都要把握他們的性格，才能把他們適當地表達出來。加以沒有樂器伴奏，完全靠說書人口說手比，所有的道具，不過醒木一塊，摺扇一把而已。因此說大書的人，精、氣、神三方面都要顧到，一點也不能鬆懈，也不像說小書的，在樂器伴奏之時，可以趁此休息片時。說大書的，上得台去，一直說到下台，眞是片刻不停，所以一般說來，比較說小書的，要吃力得多。

而且一部書要求說得精彩生動，必須把原書的情節，加以改編，添枝加葉，使得描述更加細致，一來可以延長說書的時間，二來也可以拉緊書客的興趣，使得他們留連忘返，欲罷不能。這樣才算是一個成功的說書家。清涼道人聽雨軒筆記卷三說：

小說所以敷衍正史，而評話又所以敷衍小說。小說間或有與正史相同，而評話則皆海市蜃樓，平空架造。正說明評話、小說、正史三者的關係。

在清代中葉，書場發達，說書人也人才輩出，揚州畫舫錄卷九，曾提到當時書場的情形：

大東門書場，在董子祠坡兒下厠房旁。四面團座，中設書台，門懸書招。上三字橫寫爲評話人姓名，下四字直寫曰：開講書詞。屋主與評話以單雙目相替斂錢，至一千者爲名工，各門街巷皆有之。

書場盛況及書客之衆，由此可見一斑。

至於著名的評話家，揚州畫舫錄卷十一也有敘述：

郡中稱絕技者，吳天緒三國志、徐廣如東漢、王德山水滸記、高晉公五美圖、浦天玉清風閘、房山年玉蜻蜓、曹天衡善惡圖、顧進章靖難故事、鄒必顯飛蛇傳、謊陳四揚州話，皆獨步一時。近今如王景山、陶景章、王朝干、張破頭、謝壽子、陳達三、薛家洪、諶耀廷、倪兆芳、陳天恭，亦可追武前人。

其中說五美圖的高晉公，說玉蜻蜓的房山年，屬於彈詞範圍外，其餘都是當時的評話大家，尤以浦天玉最享盛名。

浦天玉　本名琳，天玉是他的字。在乾隆年間說他自己創制的清風閘，書內的情節，很有浦氏自傳的成分，所以由浦氏說來，倍覺感人。浦氏體肥，右手短而肥，時人稱他爲「袐子」。金兆燕有袐子傳，即是敘述浦氏的生平，收在國子先生全集及國朝耆獻類徵（卷四八三）中，其中描述他說書的技巧說：

遂日取小說家因果之書，令人誦而聽之。聽之一過，輒不忘。於是潤飾其詞，摹寫其狀，爲人復說。聽之者靡不動魄驚心，至有欷歔泣下者。

可見其技藝之深。在乾隆年間另有一個評話家，就是葉霜林。葉氏本名永福，後改名英，字英多，霜林是他的號。他本是江都諸生，不是一個職業評話家，但技藝極精，徐珂清稗類鈔音樂類中記他評話的技藝說：

其說以宗留守交印爲最工，大旨原本史籍，稍加比傅，乃皆國家流離之變，忠孝抑郁之志。撫膺悲憤，張目嗚咽。一時幕僚將士之聽命者，及諸子之侍疾者，疏乞渡河之口授者，呼吸生死，百端墳集。如風雨之雜沓而不可止也；如繁音急管之慘促而不可名也；如魚龍呼嘯、松柏哀吟之震蕩淒絕，而無以爲情也。

可見其說書時感人之深了。

北方的評書，就是南方的評話。說書人沒有樂器，只憑摺扇一把，醒木一方，手巾一塊，將古事今說，再加以評論，故稱評書。所說題材很廣，至於主旨，則都是忠孝節義，以諷勸世人。

說書人的三件道具，功用很大，醒木拍桌，可以引起聽衆的注意，也可以表達段落的起訖，手巾可以代替紙張、書信；至於摺扇，則幾乎無所不可指劃，可以代刀兵，代橋樑，甚至代房屋。說書人一扇在手，幾乎什麼角色都可表演了。

在清代，這三件道具都是業師所授，徒弟焚香敬禮，跪拜接受，才算完全出師。假如沒有師父的說書人，使用這三件道具，在說書業來說，是不合法的。

清代有名的說評書人，自然很多，其中最著名的，當推明末清初的評書家柳敬亭。

柳氏本姓曹，某年渡江南來，在柳樹下休息，於是改姓柳，他生於明萬曆十五（一五八七），大約死在清康熙八年（一六六九）之後，活了八十幾歲。一生很富傳奇性，十五歲卽因犯法，罪當處死，逃亡出外，以後走過很多地方，也曾在南明左良玉的幕中，躭過一段時期。明末復社中的文人，也都很敬重他。康熙元年（一六六二），柳氏北上北京，不但表演說書，而且收徒，於是有三辰、五亮、十八奎之支派，替北京的說書界，造就不少的人才。

柳氏能說多種的書，最擅長的，當推水滸、三國演義、精忠岳傳等幾部。因爲他生活經驗豐富，所以說書時角色的性格鮮明，情節曲折動人。周容春酒堂文集的雜憶七柳敬亭傳，敍述他說書的技巧：

> 癸巳值敬亭於虞山，聽其說數日，見漢壯繆，見唐李郭，見宋鄂蘄二王，劍戟刀槊，鐘鼓起伏，髑髏模糊，跳擲繞座，四壁陰風旋不已。予髮肅然指，幾欲下拜，不見敬亭。

把柳氏說書的技巧眞是說得神乎其技了。

清代其他說評書的名家，如雙厚坪之說水滸、封神、隋唐、濟公傳；張虛白之說封神；張泰然之說濟公；猴兒安之說西游記；鄒騰霄之說封神；單長德、張智蘭之說聊齋；黃誠志之說彭公案；吳輔庭、哈輔沅之說永慶昇平；恒永通之說西遊記等，其數尚多，不再一一敍述了。

二、鼓詞、子弟書、快書

鼓詞是明、清流行於北方的講唱文學，伴奏的樂器，以鼓爲主，故稱鼓詞。

鼓詞的體例是以韻、散文合組的，大抵議論敍事用散文；寫情寫景用韻文。唱詞以七字句爲主體，有時有十字句，其實前三字是襯字，歸根還是七言句。說的部分，鼓詞是敍事體，所以只有說唱者自己的表白，而沒有代書中人的道白。

鼓詞的取材，以歷史俠義爲主，如大唐秦王詞話、三國志、薛家將、粉粧樓、楊家將、水滸傳、濟公傳、包公案、施公案、大八義、小八義等等，大多由章回小說改編，篇幅很大，每部都在五十册以上，說唱起來，往往要到幾個月以上。

小規模的鼓詞，有短至二本到十本左右的，則大多是描述兒女之情的，如西廂記、二度梅、珍珠塔、紅燈記、綉鞋記、蝴蝶盃、雙燈記等等。此外也有帶諷刺性的，如東郭野史；講流行的民間故事的，像斬竇娥等都是。

鼓詞較早的名詞是鼓子詞、鼓兒詞，後簡稱鼓詞，它的來源，也出於變文。宋代趙德麟有商調蝶戀花鼓子詞，寫張生崔鶯鶯西廂記故事。可見鼓子詞之名，在宋代已經有了。

但鼓詞之有傳本，始於明末，鄭振鐸氏藏有大唐秦王詞話一部（又名秦王演義），是天啓、萬曆間的刋本。名爲詞話，但有十字句、七字句的唱文，和一部分散文的說白，自然就是鼓詞的眞正面目。

近人趙景深編有鼓詞選，書前有他所搜集的鼓詞目錄，共有二三七種之多。鼓詞的部數實際上當然遠比這要多，但因爲大多數的鼓詞，實際上都是說唱者的口頭創作，所以資料極難搜輯。因篇幅關係，這兩百多種鼓詞的名目，不再抄錄了。

至於文人擬作的鼓詞，最有名的當推賈鳧西的木皮鼓詞。賈應寵，號鳧西，山東曲阜人。約生於明萬曆十八年（一五九〇）左右，死於清康熙十五年（一六七六）左右，享壽約八十七歲，做過縣令、部郎等官，五十四歲歸隱家園。明亡，他益發不肯出任，轉以玩世的姿態處世，來掩飾他內心的痛苦。經常帶了鼓板，在街坊說唱鼓詞。木皮鼓詞的創作，正是賈氏自己以歷史的人物，朝代的興亡，來振痴醒聾，爲亡國之民留存一息正氣。

現在略舉他通鑑段中敍述唐代的一小節如下：

> 大唐傳國二十輩，李世民血濺宮門兄弟上差。後宮裏四百宮人放出去，倒把個巢刺王妃做了渾家。不識羞的則天戴上冲天帽，沒志氣的中宗還把盆口誇。洗兒錢接在貴妃手，赤條條的祿山學打個哇哇。擅殺了留後自稱節度使，藩鎭當權主征伐。碭山的賊民升了御座，只有那殿下猢猻搊了幾搊。

清代中葉以後，鼓詞「摘唱」的風氣大盛。因爲全本的鼓詞，說唱太費時間，於是就摘取其中的幾段精華來唱。這種趨勢自有其社會和經濟上的原因，但成了風氣之後，也就專門有人寫作「摘唱」的鼓詞。「摘唱」的鼓詞，卽是大鼓，大鼓在派別上雖然有京韻大鼓、奉天大鼓、梨花大鼓等等的分別，但在基本演唱的方法上是相同的。慢慢地，因爲篇幅短小，表白的部分逐漸淘汰，於是變成只唱不說了。南方也有鼓詞，如揚州的段兒書、靠山調；淮北的說淮書；溫州的娘娘詞等，都是屬於鼓詞的形式。子弟書是鼓詞的一個支流，原名叫做「淸音子弟書」，這是因爲子弟書的早期作家和演唱者，都是非職業性票友的緣故。

子弟書相傳是創始於乾隆時的八旗子弟。震鈞天咫偶聞卷七有一段記載：

> 舊日鼓詞有所謂子弟書者，始創於八旗子弟。其詞雅馴，其聲和緩，有東城調、西城調之分。西調尤緩而低，一韻縈紆良久。此等藝，內城士大夫多擅場，而瞽人其次也。

東城調和西城調的分別，大約是前者慷慨激昂，多演忠臣孝子的故事。而後者則和緩低徊，多演才子佳人的戀愛。

子弟書在清代不但盛行於京都一地，而且還流行在東北地區，可見「始創於八旗子弟」，是非常正確的說法。至於子弟書詞句的形式，主要仍是七字句，但可任意襯字，較鼓詞來得靈活自由，伴奏的樂器，除鼓以外，則以三絃為主要的樂器。

子弟書的篇幅，較鼓詞為短小，有的僅有數十句到一百多句，則不分回數。有的關目繁雜，情節較長的，則分回演唱，自幾回到二、三十回不等，其中全彩樓一種，長達三十二回，算是子弟書中最長的作品了。

子弟書的內容，據近人傅惜華子弟書總目，可以分為四類：

1. 取材於明、清、兩代的通俗小說，如三國志演義、水滸傳、西遊記等等。
2. 淵源於元、明、清三代的雜劇與傳奇，如西廂記、琵琶記、還魂記等等。
3. 採取當日北京劇場上所最流行演唱的京劇的題材編製而成的節目，如一疋布、八郎探母、打麵缸等等。
4. 以描寫當時北京社會情況，以及風土人情為題材的作品，如捐納大爺、風流公子、時道人等等。

傅氏子弟書總目，共收子弟書四百多種，可見其數之多，但在那麼多種子弟書作品中，大多是無名氏的作品，能知道作者的不過佔全部作品的五分之一。其中當推羅松窗、韓小窗二人，最為大家。其他尚有文西園、孔素階、恆蘭谷、張松圃、張愼儀、鶴侶、漁村、煦園、竹軒、符齊、河西隱士、虬髯白眉子、西林、韞廬、閒齋、敍庵、雲崖、二酉、雲田、靄堂、滄海、虬松、古香軒、洗俗齋等人。

羅松窗是乾隆間人，韓小窗要晚些，是嘉慶、道光間東北瀋陽人。鄭振鐸氏中國俗文學史說羅氏是西調的作者，而韓氏則是東調的作者。趙景深氏鼓詞選的說法，則恰恰與鄭氏相反。其實兩人都兼寫東西調，韓小窗所作的白帝城、寧武關，固是東調名作，而他的絕作露淚緣，卻是西調。至於羅松窗，鄭振鐸在民國二十四年選輯的西調選（生活書店世界文庫第五册）敍錄說：

羅松窗……亦不盡作西調，似曾寫東調。然今傳者僅爲西調。

自己承認羅氏是兼寫東西調的了。

快書是子弟書的姐妹文藝，以一人坐著彈三絃，一人則站著說唱，說唱者或手打八角鼓。演唱的速度，是愈唱愈快，故名快書。題材大多取材於歷史上戰爭故事、英雄人物，故能跟愈唱愈快的形式配合，以表現其慷慨激昂的氣氛。

快書在最初有「雙唱」的形式，卽兩人分別脚色演唱，或敍事；或代言。這一種唱法，也稱「拆唱」。此種唱法逐漸不太流行，流行的是由一人從頭唱到終篇，這一種唱法，也叫「單唱」。

在山東尙流行一種快書，以竹板拍擊爲伴奏主要樂器，故別稱竹板快書，或竹板書。最初在山東地區專說唱武松傳，故又稱爲武老二。山東快書的題材也大多取材於歷史及小說，但也有專門唱小段兒書的，如王華買父、螞蟻算命等等。

竹板書在河北河南都有，據傳由蓮花落發展而來。至於拍擊的樂器，有用七塊相串的小竹板的，稱爲節子板。也有用鐵器的，稱爲鐵板。

三、彈　詞

彈詞跟鼓詞一樣，源出於變文。兩者在演唱時的現場，分別當然很大，但是在話本上來鑒定它，就比較困難得多了，因爲敍事體彈詞的話本，和鼓詞幾乎是一樣的，刻這兩種詞的人，也都是用一樣的形式。

但是彈詞又另有一種代言體的，則是鼓詞所沒有的。彈詞的這兩種體裁，大約是先有敍事，後有代言。敍事體稱爲「文詞」，代言體稱爲「唱詞」。

進一步說，彈詞的成分可分爲說、表、唱三種。說卽說白，卽說書人以所扮演的脚色身分說話，生旦淨丑，完全像他們自己說話一樣，就像舞台上演員的道白了。所謂表，卽是表白，卽是說書人敍述的說白。至於唱，卽是唱句。敍事體的文詞，是有表、有唱，沒有白。代言體的唱詞，則就表、白、唱三者都有了。

還有一種開篇，則全是唱句，表、白俱無，偶然夾有說白，只不過含有襯字的意義，是與正式的表、白不同的。

彈詞又有單、雙檔的分別，一人演唱，稱爲單檔，伴奏的樂器是三絃，一人自彈自唱。雙檔則是兩人演唱，一人奏三絃，稱爲上手，一人彈琵琶，稱爲下手。上下手的分工，大約表白和生角屬上手，旦角則屬下手。

在語言用字上，彈詞又有國音與吳音的分別。前者如安邦志、定國志、鳳凰山、天雨花、筆生花、鳳雙飛等，後者則以玉蜻蜓、珍珠塔及三笑姻緣爲最著。當然，若以道地來說，自然是要正宗的蘇州話，清脆嗲軟，才有眞正的味道。

清代所刊行的和傳鈔的彈詞，數量著實不少。民國十六年鄭振鐸氏在小說月報號外中國文學研究號上，發表西諦所藏彈詞目錄，共收彈詞一百十七種。

北平孔德學校曾由馬隅卿氏經手，向車王府購進小說、鼓詞、彈詞等，凡數百種。馬氏把彈詞部份，委請凌景埏氏整理。凌氏整理後，再加上鄭目跟凌氏自己所收藏的彈詞，寫成「彈詞目錄」，發表在東吳學報三卷三期（民國二十四年七月），共收彈詞一百八十一種，比鄭目多出六十四種。

李家瑞氏在民國二十五年三月的中央研究院歷史語言研究所集刊第六本一分上，有說彈詞一文，曾說到當時中央研究院所藏彈詞，已達一百四十多種。

胡士瑩氏也致力於彈詞的搜集，他在民國四十五年，寫成彈詞寶卷書目（上海古典文學出版社出版），其中彈詞部份，係將胡氏個人所藏的近一百五十種，再參校鄭、孔、凌諸家的目錄，整理而成，共收二百七十餘種，可說是目前較爲完備的一個彈詞目錄。

至於彈詞的作家和藝人，清初當推王周士爲最。清高宗南巡，曾招周士在御前說書，賜七品京官，後來王周士回到蘇州，居家便有御前彈唱的燈籠。

王氏禿頭，面有赤瘢，因外號「紫髯髯」，又稱「紫禿子」。他所創立的光裕公所，是蘇州最早的說書人團體。民國十五年十二月，爲光裕社一百五十周年紀念，曾有特刊一册，內錄有王氏所著的書品和書忌各十四則，雖然短小，卻是說書家所很重視的藝術理論：

快而不亂，慢而不斷，放而不寬，收而不短，冷而不顫，熱而不汗，高而不喧，低而不閃，明而不暗，啞而不乾，急而不喘，新而不竄，聞而不倦，貧而不諂。（書品）

樂而不歡，哀而不怨，哭而不慘，苦而不酸，接而不貫，扳而不換，指而不看，望而不遠，評而不判，羞而不敢，學而不願，束而不展，坐而不安，惜而不摒。（書忌）

嘉慶、道光之間，則有下列各大家：

陳遇乾 又名御乾，初唱崑曲，後舍曲而就彈詞，所唱以玉蜻蜓及白蛇傳爲著。號爲陳調。陳氏死後，張夢高取其脚本，刊刻行世，名曰陳氏珍本白蛇傳，陳氏珍藏玉蜻蜓。

毛菖佩 又號蒼培，寶山人，世襲雲騎尉。早孤而貧，乃以書技謀生，所說以白蛇傳爲主。

俞秀山 藝名聲揚，是俞調的創始者。彈唱以倭袍爲主。俞氏除致力倭袍的改編外，經他編刊的彈詞，不下二十餘種，可說是改革彈詞的功臣。

但清代彈詞最有名的大家，當推同治、光緒年間的馬如飛。馬氏原名時霏，字吉卿，一署滄海釣徒，如飛是其藝名。他以彈唱珍珠塔而享盛名。珍珠塔一名珠塔緣，又稱九松亭，寫方卿與其表姐陳翠娥的戀愛故事，乃當時聽衆所熱愛的唱本，經過馬氏改訂，就成了馬調珍珠塔，但書坊印出來的，實是舊本加上馬氏的開篇，並非馬氏眞正的增訂本，這一點趙景深彈詞考證，及陳汝衡說書史話，都說得很明白。

馬氏因爲自小讀過不少書，所以寫作能力很強，他有馬如飛先生南詞小引初集，光緒十二年木刻本，分上下兩卷，即是馬氏創作的開篇的集子。書名初集，但續集卻沒有刊行。此外馬氏的開篇，還有很多鈔本流行於世，像陳汝衡、阿英（錢杏邨）等人，都有收藏。今舉南詞小引裏彈詞一篇：

> 梨園遺老嘆凋殘，落拓風塵雙鬢斑。當日內庭曾供奉，到而今沿門鼓板抱羞慚。琵琶一曲悲陳迹，將天寶年間往事談。記得開元天子鍾情意，鈿盒金釵賜玉環。願生生世世爲夫婦，長生殿裏把女牛參。青蓮學士清平調，上苑遨遊賞牡丹；沉香亭北倚欄杆。譜入管弦成絕唱，霓裳羽曲播塵寰。歡場未幾干戈起，兵變漁陽安祿山；亂離容易太平難。歌舒翰誤國民皆怨，無端降獻進潼關。直逼京師人膽怯，君臣倉猝出長安。使俺梨園子弟江湖老，不望生還望死還。可憐往事多成夢，到處逢人不忍談；偶然提及淚潸潸。不堪回首承平事，一曲琵琶朗朗彈，自慚聊以免飢寒。

至於彈詞的女性作家，當以陶貞懷爲最先，陶氏自署梁溪人，生平已不可考。她作天雨花彈詞，寫成於順治八年（一六五一）以前。這是一部明末遺民的悲壯作品，跟一般才子佳人的戀愛不同。因此頗有懷疑這部彈詞不是出於婦女之手，陶貞懷不過是一個假託的名字，小說考證續編引閩媛叢談，就主此說：

> 天雨花彈詞，……而近人謂實出浙江徐致和太史之手。爲其太夫人愛聽彈詞，太史作之，以爲承歡之計。
>
> 則所謂陶貞懷，似係子虛烏有，未知然否？

婦女彈詞作家，最可信的，當始於再生緣的作者陳端生與梁德繩。再生緣共有八十回，分二十卷，陳氏寫到第十七卷絕筆，後三卷則爲梁德繩續成。小說考證續編卷一引閩媛叢談，對於再生緣的故事，及陳、梁二氏的生平均有說明：

> 相傳泉唐陳勾山（按勾山名北崙）太僕之女孫端生女士，適范氏，壻以科場事，爲人牽累謫戍。女士謝膏

沐，譔再生緣彈詞。託名有元代女子孟麗君，男裝應試，更名酈君玉，號明堂，及第爲宰相，與夫同朝而不合拜，以寄別鳳離鸞之感。曰：「壻不歸，此書無完成之日也。」後范遇赦歸，未至家而女士卒。許周生駕部與配梁楚生恭人足成之，稱全璧。吾國舊時婦女之略識之無者，無不讀此書焉。楚生名德緇，晚號古春老人。駕部卒後，遺集皆其手定。二女雲林、雲姜，皆能詩。

其他的婦女作家尚多，如侯香葉改訂玉釧緣、再生緣、再造天、錦上花等四種。邱心如作筆生花。鄭澹若作夢影緣彈詞四十八回。鄭澹若的女兒周穎芳，字蕙風，也作了精忠傳彈詞。程蕙英作鳳雙飛彈詞。朱素仙作玉連環。映清作玉鏡臺（未刋全）等，可見清時女性彈詞作家之盛。大約讀書的女子，閨閣閒暇，藉以消遣而已。如陳端生在再生緣第四卷開端說：

清靜書窗無別事，閑吟纔羅續殘篇。

梁德緇在再生緣第十九卷開端說：

終朝握管意何爲？藉以消困玩意兒。每到忙時常擱筆，得逢暇日便抽思。

都正足以說明她們的寫作背景。所以她們寫的彈詞，也脫不了閨閣之氣，情調和其他男性作者所作彈詞不同。細膩、小心，而絕無誨淫筆墨，是其特色。

除女性作家外，女性的彈詞藝人，在清代也有不少。實際上女子說書，元、明二代，也不乏其人，而清代則更爲興盛。且元、明的女說書人，多爲盲者，到清代則注重色藝雙絕。天南遁叟王弢的瀛壖雜志卷五說：

道、咸以來，始尚女子。珠喉玉貌，脆管幺弦，能令聽者魂銷。

大約才子佳人的戀愛故事，由面目姣好的女子，用吳儂軟語說，繪影繪聲，自然更引人入勝了。所以據各種資料記載，道光以來的女彈詞家，有徐月娥、汪雪卿、袁雲仙、吳素卿、朱幼香、俞翠娥、吳麗卿、朱麗卿、陸琴仙、陳芝香、金玉珍、張翠霞、朱素蘭、徐寶玉、嚴麗貞等。她們都是聲如百囀春鶯，吐屬雅雋，每一登場，滿座為之傾倒。而曲終人遠，猶使人覺餘音繞梁也。

彈詞的名稱，明時稱為陶眞，也稱淘眞。明田汝成西湖志餘說：

> 杭州男女瞽者，多學琵琶，唱古今小說平話，以覓衣食，謂之陶眞。大抵說宋時事，蓋汴宋遺俗也。後來撥弦索唱珍珠塔、玉蜻蜓者，即其支流也。

在浙江一帶，又稱南詞。寧波又稱文書，以別於英雄豪傑的武書，這一帶所演唱的，通稱為四明文書。福建則稱為評話，楊蔭深中國俗文學概論說：

> 在福建，聞有榴花夢評話一種，多至三百餘本，可謂彈詞中最長的作品。

到了廣東，則又稱為木魚書。限於篇幅，這些作品不再一一詳述。

四、寶　卷

自唐代寺院裏僧人的俗講，宋代瓦肆裏僧人的說經、說諢經、說參請等，一直到明清的宣卷，可以說是一脈相承的。所謂宣卷，就是說唱寶卷的意思。所以，寶卷跟佛教有非常密切的關係。因此，在清代，印售寶卷的大多是善書舖，而一般文人也並不注意寶卷，很少把它們當作文學作品的。實際上，寶卷和彈詞都是變文的直系子孫，兩者都是講唱文學極重要的一環。

寶卷也是有說有唱，說用散文，唱用韻文，跟彈詞正相同。至於唱的句子，有七字句；也有十字句，而且敍事、代言，往往夾纏在一起，分大不清。在說的部分，也有類似韻語和偈語，這些就不純粹是散文了，所以在體例上說，寶卷是比彈詞是更爲混亂的。

而最主要的不同，是寶卷以宣講佛教經文或佛教故事爲主，所以宣講時，必須焚香請佛，帶著濃厚的宗教色彩。顧頡剛在歌謠周刋一卷九十號中，曾對宣卷及跟宣卷極相似的說因果，說唱的情形，有極簡明的敍述：

我們蘇州，宣卷與說因果不是一種人。宣卷是一人爲主，三四人爲輔，主者宣讀卷文，輔者俟其念完一句時和宣一聲佛號，他們用的樂器是木魚和小磬子。說因果是兩人對唱，一人執綽板，一人執銅片，相和而歌。

相傳最早的寶卷，是香山寶卷，宋代普門禪師作於崇寧二年（一一〇三）。其次當推目連救母出離地獄升天寶卷，是元末明初的金碧鈔本。至於北平圖書館所搜集的銷釋眞空寶卷抄本一卷，當時被認爲元代抄本，但經胡適氏在跋銷釋眞空寶卷（載民國二十年五、六月北平圖書館館刋五卷三號）一文中的考證，認係晚明的作品，時代就很晚了。

鄭振鐸是最早記錄寶卷目錄的，他在民國十六年，於小說月報號外中國文學研究號，發表佛曲敍錄，內載寶卷三十多種。其後鄭氏寫中國俗文學史，宣稱他在上海、北平等地，收得的寶卷總數，在百本以上。在上海所得，多爲清末的刋本及民國的石印本。在北平所得，則爲明代萬曆年間及清初的梵篋本，重要的有二十一種，書名俱見於中國俗文學史第十一章，此處不贅。

胡士瑩氏的彈詞寶卷書目，其寶卷部分，係以胡氏個人所藏，加上鄭氏及其他藏家已發表的部分，編寫而成，總計有二百種以上，是今見最完善的寶卷目錄，當然，這個數字，離開寶卷眞正的數目，恐怕還有一段距離。

寶卷以跟佛教有關的爲主，此種寶卷，又可分爲兩類：

1　勸世經文　佛教寶卷在初期似以勸世經文爲最多，所以有些寶卷，往往稱爲經，如嘆世無爲寶卷一作嘆世無爲經；香山寶卷原題爲觀世音菩薩本行經等都是。這一種寶卷，有的根本是演繹佛教經文的，如藥師本願功德寶卷，便是全演藥師本願經而不敍述故事的。有一種則不演釋某一經文，而僅爲勸世的唱文，像嘆世寶卷是勸人要趁早修行；而立願寶卷則是敍述十四大願，包括孝順父母，勿溺女嬰，勿吃牛羊等。今可見的，又有兩本寶卷：混元教弘陽中華寶經、混元門元沌教弘陽法，則不是宣揚佛教，而是宣揚混元教的，這一教門，到後來就成了明、清的白蓮教。

2　佛教故事　這類寶卷，大多是演述跟佛教有關的故事，如目連寶卷，是敍述釋迦佛弟子目連尊者破地獄救母劉靑提的故事。如香山寶卷、劉香女寶卷、妙英寶卷等都是敍述善女修行的。龐公寶卷則是敍述善男修行得道的。魚籃觀音寶卷，一名魚籃觀音二次臨凡度金沙灘勸世修行，是敍述菩薩度世的。

這一類的寶卷，數目最多，也最爲民間所歡迎。

有些寶卷，則跟佛教沒有關係，這些佛教的寶卷，可以分爲下面三類：

1　神道故事　唐宋以後，在民間，佛道二教幾乎已經合流了。所以寶卷中有寫佛教的故事，自然也有寫神道故事的了。如銷釋萬靈護國了意至聖伽籃寶卷是演述關公的故事。藥王救苦忠孝寶卷，是敍述隋唐時醫士孫思邈成道爲藥王菩薩的故事。土地寶卷一名先天原始土地寶卷，土地本是人人皆知的一個小神，在這個寶卷裏將土地神變成了大地的化身，大鬧天宮，與玉皇大帝鬥法，在卷中把土地神寫得頑皮活潑，充滿了幽默的趣味，這樣的題材，可以說是小說與戲劇中所沒有的，現舉南天門開品第六的一小節如下：

老土地，走向前，與衆使禮。一件事，乞煩你，列位諸公。你開放，南天門，隨喜遊翫。衆神將，聽的說，諕一失驚。叫一聲，老頭子，你推無禮。推的推，搡的搡，罵不絕聲。怒惱了，老土地，輪拐一打。打開了，南天門，振動天宮。

2　民間故事　這一類寶卷，在寶卷裏也佔了很大的成分，如孟姜仙女寶卷、鸚兒寶卷、珍珠塔、梁山伯寶卷，還金得子寶卷、昧心惡報寶卷、金鎖寶卷、白蛇寶卷、正德遊龍寶卷等等，有些尚有勸人爲善的色彩，有的則純粹是說故事、演小說，與寶卷的本旨已毫無關係了。

最有意思的是有一種後梁山伯祝英臺還魂團圓記，寫兩人還魂後，山伯得做高官，娶英臺團圓的故事，這一定是好事者憫梁祝含恨而終，故意而續成此編的了。

3　遊戲文章　如百鳥名寶卷、百花名寶卷、藥名寶卷等，或爲遊戲文章，或資博識廣聞，是寶卷中最不重要的一類了。

第五章　清代小說

清代小說，在長篇方面，承繼着明代章回小說發展的遺緒，有非常豐碩的收獲，尤其是儒林外史與紅樓夢兩書的出現，爲我國小說界放出異彩。此外具有獨特意義或代表性的著作，尚有醒世姻緣、鏡花緣與兒女英雄傳等。在短篇小說方面，文言的志怪小說、筆記體小說比較多產，其中自然以聊齋志異爲代表作，而白話的短篇，在清代是一蹶不振，比較上值得一提的，是李漁的十二樓。

晚清的小說界，因緣際會，呈現出畸型的繁榮情形，反映當時社會生活腐化一面的，有不少所謂「狹邪小說」，反映當時政治人物黑暗一面的，有不少所謂「譴責小說」，在譴責小說中，很有一些有份量的作品，因此我們把晚清小說獨立一節來加以介紹。

第一節　長篇章回小說

一、醒世姻緣

㈠醒世姻緣的作者問題

醒世姻緣是一部有一百回、約百萬字的大部頭長篇章回小說。清代刋本，均題西周生輯著，燃藜子校定。有環碧主人序，東嶺學道人題記。作者西周生是誰，向無考。民國十三年亞東圖書公司標點排印此書，請胡適寫序，胡氏決心要解決這個問題，用了六七年的時間搜集材料，寫成「醒世姻緣考證」，斷定作者就是寫聊齋志異的蒲松齡。

胡氏主要的證據有以下幾點：

(1)書中事蹟，雖然託始於明朝英宗、憲宗時候，但由書中屢次提到楊梅瘡，又屢次提到水滸傳、西遊記的典故，可見此書最早只能成於明末清初，不會更早了。

(2)蒲松齡在聊齋志異中有一篇不到三千字的「江城」，是寫兩世惡姻緣的因果報應故事，又曾作過一齣戲曲，題作禳妬咒，是把江城放大了二十四倍。而醒世姻緣，則是江城故事的再放大，放大了三百三十倍。

(3)胡氏通過孫楷第的協助，由醒世姻緣所記的地理、災祥、人物三項，證明書中的地理背景是山東章邱、淄川兩縣，時代在崇禎、康熙時，與蒲松齡正合。

(4)發現了蒲松齡所作的一些鼓詞和曲詞，證明蒲氏也能寫很流暢的白話文。（聊齋志異是用古文所寫。）並通過這些鼓詞曲詞的用詞，發現其中一些特別的土話，和醒世姻緣相同，故又添一佐證。

(5)根據楊復吉夢蘭瑣筆的記載：「鮑以文云：留仙尚有醒世姻緣小說……」鮑以文名廷博，是乾、嘉時候有名的藏書家和書賈，鮑氏的話有相當的可信性。

胡氏的考證發表後，一般人大致接受了這一說，不過也有人持異議的，並舉出了續金瓶梅的作者丁耀亢，認為也可能是丁氏所作，原因是丁耀亢字西生，（與西周生一字之差），也是山東諸城人，在世時間也是明末清初，（似比蒲氏略早），而丁氏的續金瓶梅一書，也是在闡明因果報應、夫婦變故，並主張只有佛法才能化解彼此寃業的。

客觀看來，丁、蒲二人都是合格的醒世姻緣作者候選人，但因為丁耀亢已經寫了續金瓶梅，似乎不大可能再以相同的題材和主題去另寫一部百萬字小說。此外，我們比較傾向於相信蒲松齡是醒世姻緣作者，主要由於以下兩點原因：

(1)鮑廷博在乾、嘉時候講「留仙尚有醒世姻緣小說」一語，絕非空穴來風，非常值得重視。

(2)蒲松齡在寫了近三千字的江城及七萬字的戲曲禳妬咒後，還意猶未竟要寫一部百萬字小說來痛陳兩世惡姻緣的因果報應，以及強調誇張河東獅子的慘無人道的虐待狂，是有着他個人的特別感受，促使他非寫不可的原因的。原來蒲松齡有個大嫂，非常兇潑，松齡夫婦曾經在大家庭中被她鬧得雞犬不寧，不能相處，只好分了幾畝薄田幾間破屋獨立生活，可以說因為她而受盡了苦楚。其次，蒲松齡有個一起唱和的詩人朋友王鹿瞻，王太太是個少見的悍婦，我們可以從聊齋文集中看到松齡責備鹿瞻的信，就知道蒲氏是多麼憤恨世間竟有這種悍婦，而且也憎厭竟有這種窩囊廢的男人：

「客有傳尊大人彌留旅邸者，兄未之聞耶？其人奔走相告，則親兄愛兄之至者矣。謂兄必泣然而起，匍匐而行，信聞於帷房之中，履及於寢門之外。即屬訛傳，亦不敢必其為妄。何漠然而置之也！兄不能禁獅吼之逐翁，又不能如孤犢之從母，以致雲水茫茫，莫可問訊，此千夫之所共指，而所遭不淑，同人猶或諒之。若聞親訃，猶俟棋終，則至愛者不能為兄諱矣。請速備材木之[illegible]，戴星而往，扶櫬來歸，雖已不可以對衾影，尚冀可以掩耳目。不然，遲之又久，則骸骨無存，肉葬虎狼，魂迷鄉井，興思及此，俯仰何以為人！聞君諸舅將有問罪之師，故敢漏言於君，乞早自圖之。若俟公函一到，則惡名彰聞，永不齒於人世矣。涕泣相道，惟祈原宥不一。」

看到蒲松齡這樣義憤填膺的文字，我們有理由相信他是會一而再、再而三的要以文字來刻劃這些人物的嘴臉，使他們無所遁形。

(二)醒世姻緣的主題與價值

蒲松齡是個極端相信輪廻轉世、因果報應的人，他認為人類或狐仙在前世有了怨仇，那麼來生必定相報，而報復的方式也很奇特，那就是結為夫妻，使你有個如狼似虎的妻子，那麼就「如附骨之疽，其毒尤慘」，「如頸項上癭袋一樣，去了愈要傷命，留着大是苦人。日間無處可逃，夜間更是難受。……將一把累世不磨的鈍刀，在你頸上鋸來鋸去，教你零敲碎受。」為什麼蒲松齡會有這樣的見解呢？他在聊齋江城篇附論中回答了這個問題：

「每見天下賢婦十之一，悍婦十之九，亦以見人世之能修善業者少也。」

因此醒世姻緣的「引起」中，他明白的指出了他所認定的人世通則：

「大怨大仇，勢不能報，今世皆配為夫妻。」

而且有詩為證：

「……名雖伉儷緣，實是寃家到。前生懷宿仇，撮合成顯報。同床睡大蟲，共枕棲強盜。此皆天使命，順受兩毋躁。」

因此醒世姻緣就安排了一個兩世惡姻緣的結構：

前生——晁源射死了一隻仙狐，又把它的皮剝了。他因爲寵愛他的妾珍哥，而令妻子被逼上弔自殺。

今世——晁源託生爲狄希陳，死狐託生爲他的妻薛素姐，計氏託生爲他的妾童寄姐。於是這一妻一妾兩隻母大蟲，日夜折磨狄希陳，或是把他綁在小櫈上毒打，或是綁在床脚上用大針刺，或是用棒子關門痛打六百四十棒，打得他死去活來，或是關起來餓他，最厲害是用炭火倒進他衣領裡，把他的頸背燒得焦爛。

蒲松齡是看到了那些窩囊丈夫，像是有被虐待狂似的，逆來順受，所以將之解釋爲前世冤孽，今生來報，人力無法挽回。要想化解這重冤孽，只有仰仗佛力了。醒世姻緣中的高僧對狄希陳說：

「這是你前世種下的深仇，今世做了你的渾家，叫你無處可逃，才好報復得茁實。如要解冤釋恨，除非倚仗佛法，方可懺罪消災。」於是狄希陳念了一萬遍金剛經，才得消除冤業。

評論醒世姻緣的人，大都認爲蒲松齡以因果報應肯定一切怨偶都由於前世冤孽所造成，是根本不足取信，甚至應予訕笑的，因此，這篇百萬字的小說，結構就成問題，主題也不能成立，故而無甚價值可言。

但是，爲這部書辯護的人，也有他們的理由，胡適說：

「話雖如此說，我們終不免犯了『時代倒置』的大毛病。我們錯怪蒲松齡了。這部書是一部十七世紀的寫實小說，我們不可用二十世紀的眼光去批評他。」「醒世姻緣眞是一部最有價值的社會史料。……並且是一部最豐富又最詳細的文化史料。」

徐志摩認爲醒世姻緣可以算是我國「五名內的一部大小說」，因爲：「這書是一個時代（那時代至少有幾百年）的社會寫生。……我們的蒲公才是一等寫實的大手筆！」

我們認爲，第一，縱使如胡適所說，醒世姻緣是一部最有價值的社會史料和文化史料，也只是它的學術價值，與構成一部好小說，殊少關聯。第二，縱使如胡、徐二人所說，此書是寫實的，但寫實的小說，並不一定就等於是好小說，何況我們決不敢相信蒲公所說的「天下賢婦十之一，悍婦十之九」的話。無論是明末或者清初，決沒有出現過這樣一個悍婦時代。當然，若說愚昧與迷信，和蒲公同一見解的人，那恐怕是不少的。

悍婦，古今都有，窩囊廢的男人，也相對的存在，就小說論小說，醒世姻緣一書的價值，恐怕就在它用了流利酣暢的筆墨，强調誇張的手法，努力刻劃了薛素姐和童寄姐這兩個兇悍潑辣有虐待狂的婦人，以及那窩囊到讓人覺得死不足惜的有被虐待狂的狄希陳。蒲松齡能把這樣一個題材的小說，鋪寫到百萬字，構成一部「悍婦大全」，無疑地即是它的特色。但這部書畢竟具有不少缺陷，相信認可它是我國「五名內的一部大小說」的人，大概不多吧。

二、儒林外史

我國自唐代以來，歷代皆設科取士，選拔人材。明清時候，以八股文甄試舉人、進士，成爲士子追求功名利祿唯一的出路，流弊尤爲顯著。士人爲考試而鑽研五經、四書，學做八股文，往往變成了缺乏常識、四肢不發達、頭腦又簡單的書呆子。有識之士，皆知其弊，正如儒林外史楔子中敍述「禮部議定取士之法：三年一科，用五經、四書、八股文」，借王冕的嘴中說出：

「這個法却定的不好。將來讀書人既有此一條榮身之路，把那文行出處都看得輕了。」

儒林外史的作者生當清代開國不久的康熙、雍正、乾隆時代，他看到明朝兩百多年所實行的這個不良制度，又復在新的朝代中繼續下去，感到痛恨與失望。他自己就是在這個制度中親身體會感受它的庸俗、虛僞、不實用，而逐漸覺悟超脫出來的。因此，他把自己所見、所聞，所感受的人物、事件寫下來，就自然成爲諷刺時弊的著作，他痛恨那個制度與那些利欲熏心的人愈深，他的諷刺也就愈加深刻。儒林外史的創作，終於成爲我國文壇上諷刺小說的鼻祖。

㈠儒林外史的作者

作者吳敬梓，字敏軒，一字文木。他生於清康熙四十年，卒於乾隆十九年（一七〇一——一七五四），安徽全椒人。他家祖上起先業農，後來行醫。以下，我們節錄程晉芳的吳敬梓傳，便知道他的生平和爲人了：

「……世望族，科第仕宦多顯者。先生生而穎異，讀書才過目，輒能背誦。稍長，補學官弟子員。襲父祖業，有二萬餘金；素不習治生，性復豪上，遇貧卽施。偕文士輩往還，傾酒歌呼，窮日夜，不數年而產盡矣。安徽巡撫趙公國麟，聞其名，招之試，才之，以博學鴻詞薦，竟不赴廷試，亦自此不應鄉擧，而家益以貧。……擁故書數十册，日夕自娛。窮極，則以書易米。……生平見方士，汲引如不及。獨嫉時文士如讎；其尤工者，則尤嫉之。……享年五十有四。……」

吳氏著有詩說七卷，今佚；文木山房詩文集十二卷，今存四卷。（由胡適初刻，並據之寫了吳敬梓年譜）。儒林外史有五十回本、五十五回本、五十六回本。現在能見到的，以嘉慶八年臥閑草堂刻本最早，爲五十六回本，最通行。又有六十回本一種，末四回爲後人增補。

㈡儒林外史的主題思想

儒林外史一書，可說是對封建時代八股文取士制度的一個强烈抗議，它有如一面照妖鏡，使那一個時代沉迷功名利祿、不知羞恥爲何物的知識份子，一一現出原形。他所抨擊的制度，主要是八股取士的科舉制度，以及虛僞的吃人的舊禮敎；他所諷刺的對象，主要是那些醜態畢露的時文士，以及勢利、虛僞、冷酷、爾虞我詐的一般人性。玆分別說明如下：

(1)抨擊八股取士制度：我們知道，考試制度最大的好處是公平，而考試劃定一個範圍，也有其必要，在封建時代，科舉成了平民士子唯一的榮身之路，群起畢生追求也是不得已。但科舉制度若規定要以八股文取士，就非常不合理了。這是吳敬梓中年以後，從自覺中醒悟過來的感受。所以他「獨嫉時文士如讎，其尤工者，則尤嫉之。」主要在反對八股文。

儒林外史第十一回魯編修說：「八股文章若做的好，隨你做什麼東西——要詩就詩，要賦就賦——都是『一鞭一條痕，一摑一掌血』，若是八股文章欠講究，任你做出什麼來，都是野狐禪，邪魔外道！」又第三回周進責罵魏好古道：「當今天子重文章，足下何須講漢唐，像你做童生的人，只該用心做文章，那些雜覽，學他做什麼！」這些話實際都是吳敬梓講的反話，因爲一般時文士一心鑽研八股，故無知到連劉基、蘇軾是誰也不曉得。

此外，當時八股取士考試又常有舞弊的事情發生，第二十六回寫向知府要下察院考童生，連身邊小廝也不敢帶，因爲「若帶去巡視，他們就要作弊。」而鮑文卿父子巡場查號，「見那些童生，也有代筆的，也有傳遞的，大家丟紙團，掠磚頭，擠眉弄眼，無所不爲。……有一個童生，推着出恭，走到察院土牆跟前，把土牆挖個洞，伸手要到外頭去接文章」，可見試場作弊已成了風尙。再說八股文評卷好壞雖有標準，第三回寫周進看范進的卷子，第一次用心用意看了一遍，不知所云，丢過一邊，因爲可憐他苦志，又看第二遍，覺得有些意思；到看了第三遍，才歎息道：「這樣文字，連我看一兩遍也不能解，直到三遍之後，才曉得是天地間之至文，眞乃一字一珠！可見世上糊塗試官，不知屈煞了多少英才！」可知八股文考試的漫無標準。

⑵抨擊虛僞和吃人的舊禮敎：儒林外史第四回寫范進中擧不久，死了母親，過了七七之期以後，就同張師陸到湯知縣宅中去打秋風，「知縣安了席坐下，用的都是銀鑲杯箸。范進退前縮後的不擧杯箸，知縣不解其故；靜齋笑說：『世先生因遵制，想是不用這個杯箸。』知縣忙叫換去，換了一個磁杯，一雙象牙箸來；范進又不肯擧動，靜齋道：『這個箸也不用。』隨卽換了一雙白顏色的竹子的來，方才罷了。知縣疑惑他居喪如此盡禮，倘或不用葷酒，却是不曾備辦；落後看見他在燕窩碗裡揀了一個大蝦元子送在嘴裡，方才放心。」這樣白描式的諷刺當時新擧人的虛僞的遵禮守孝，可謂入木三分。

第四十八回寫王玉輝的女兒三姑娘死了丈夫，要殉節，王玉輝受了禮敎的毒，竟慫恿女兒去死，以便博取「青史上留名」，這一段描寫，實在令人心驚魄動：

「王玉輝道：『親家，我仔細想來，我這小女要殉節的眞切，倒也由着她行罷；自古心去意難留。』因向女兒道：『我兒，你既如此，這是青史上留名的事，我難道反攔阻你？你竟是這樣做吧。我今日就回家去，叫你母親來和你作別。』

親家再三不肯。王玉輝執意，一經來到家裡，把這話向老孺人說了。老孺人道：『你怎的越老越獃了！一個女兒要死，你該勸她，怎麼倒叫她死？這是甚麼話說！』王玉輝道：『這樣事，你們是不曉得的。』

老孺人聽見，痛哭流涕，連忙叫了轎子去勸女兒，到親家家去了。

王玉輝在家，依舊看書寫字，候女兒的信息。

老孺人勸女兒，那裡勸的轉！一般每日梳洗，陪着母親坐，只是茶飯全然不吃。母親和婆婆着實勸着，千方百計，總不肯吃。餓到六天上，不能起床。母親看着傷心慘目，痛入心脾，也就病倒了，抬了回來，在家睡着。

又過了三日，二更天氣，幾個火把，幾個人來打門，報道：『三姑娘餓了八日，在今日午時去世了。』老孺人聽見，哭死了過去，灌醒回來，大哭不止。王玉輝……仰天大笑道：『死的好，死的好！』大笑着走出房門去了。」

這樣赤裸裸的傷心慘目描寫，吳敬梓雖不加一辭褒貶，但是他痛恨這種吃人禮教的主題，却是明確地反映出來了。

⑶揭露時文士的卑鄙無恥嘴臉：吳敬梓在儒林外史的一開頭，借王冕來敷陳大義，就在說明一個「嶔崎磊落」的人，主要的條件在他的人品，而不是決定於功名富貴方面，王冕視功名富貴如糞土，對達官貴人享以閉門羹，所以吳敬梓取以表率儒林，吳氏說：「世人一見了功名，便捨着性命去求他」正是彼時一般時文士的形貌，而吳氏感到深惡痛絕的。儒林外史裡盡情刻劃這類人物的醜惡嘴臉，那些秀才、假名士、八股文選本編輯固不必說，吳敬梓對那些中了舉人、進士的，才愈益不肯放過，要他們顯原形。舉人張師陸就是個標準的卑鄙小人，對上逢迎，對下欺壓，用强硬手段收買別人的良田，一而再的跑去高要縣知縣處去打秋風，設計害人等，這種鄉紳，實際該稱爲鄉之敗類。范進也是個舉人，是科舉正統出身，不過他能夠中秀才、中舉，全靠周進的憐憫同情。（

一樣是垂老還在掙扎）未中擧以前，他家徒四壁，時常斷炊，中擧的捷報來時，他正抱着家中唯一的鷄在集上賣，人家向他報喜，他還以爲同他開玩笑，不敢相信，可是回家後，見眞的報帖已經升掛起來：

「范進不看便罷，看了一遍，又念一遍，自己把兩手拍了一下，笑了一聲道：『噫，好了，我中了！』說着，往後一交跌倒，牙關咬緊，不醒人事。老太太慌了，忙將幾口開水灌了過來。他爬將起來，又拍着手大笑道：『噫，好了，我中了！』笑着，不由分說，就往門外飛跑，把報錄人和鄰居都嚇了一跳。走出大門不多路，一腳踹在塘裡，掙起來，頭髮都跌散了，兩手黃泥，淋淋漓漓一身的水，衆人拉他不住，拍着笑着，一直走到集上去了。衆人大眼望小眼，一齊道：『原來新貴人歡喜瘋了！』」

吳敬梓這樣描寫范進，主要在說明在八股科擧制度之下，功名富貴腐蝕了讀書人的心靈，使得他們愚昧庸俗，可笑可憐。

書中更描寫了學識淺陋，行事胡塗的進士周進。他六十多歲時尙未進學，一次去參觀貢院，觸景傷情，「不覺眼睛裡一陣酸酸的，長歎一聲，一頭撞在號板上，直殭殭不醒人事」，救醒之後，又滿地打滾，哭了又哭，直哭到口裡吐出鮮血來。別人同情他，願意湊錢替他捐個監生，好讓他有資格可以進場考試，周進說：

「若得如此，便是重生父母，我周進變驢變馬，也要報效。」

說完又爬到地下，向衆人磕頭。吳敬梓這樣描寫周進士的發達經過，實在就是要把那時被人視爲集功名富貴於一身的象徵性人物——進士，其人格竟是如此的本來面目，加以暴露。

(4)揭露人性醜惡的一面：儒林外史對一般人性的諷刺與揭露，是相當深刻和不留餘地的。經常看到人談城市中人的勢利，可是吳氏眼中，是「鄉僻地面，偏多慕勢之風」，四十七回寫到虞華軒時說：

「無奈他雖有一肚子學問，五河人總不許他開口。五河的風俗：說起那人有品行，他就歪着嘴笑；說起前幾十年世家大族，他就鼻子裡笑；說那個人會做詩賦古文，他就眉毛都會笑。問五河縣有甚麼山川風景，是有個彭鄉紳；問五河縣有甚麼出產希奇之物，是有個彭鄉紳；問五河縣那個有品望，是奉承彭鄉紳；問那個有德行，是奉承彭鄉紳；問那個有才情，是專會奉承彭鄉紳。——却另外有一件事，人也還怕：是同徽州方家做親家；還有一件事，人也還親熱：就是大捧的銀子拏出來買田。」

那五河縣的風俗，是如此趨炎附勢，如此現實！研究吳敬梓生平的人，都懷疑他離開家鄉，遷居南京，恐怕正與他家鄉的「風俗」有關。

人性中的弱點之一是吹噓，書中有不少對吹噓的諷刺描寫，例如匡超人的自吹自擂：

「我的文名也夠了，自從那年杭州，至今五六年，考卷墨卷，房書行書，名家的稿子，還有四書講書，五經講書，古文選本，家裡有本賬，共是九十五本。弟選的文章，每一回出，書店定要賣掉一萬部，山東、山西、河南、陝西、北直的客人，都爭着買，只愁買不到手。還有個拙稿，是前年刻的，而今已經翻刻過三副板。不瞞二位先生說，北五省讀書的人，家家隆重的是小弟，都在書案上香火蠟燭供着『先儒匡子之神位。』」（二十四）

牛浦的自說自話，大言不慚：

「我一向在安東縣董老爺衙門裡，那董老爺好不好客！記得我初到他那裡時候，才送了帖子進去，他就連忙叫兩個差人出來請我的轎。我不曾坐轎，却騎的是個驢。我要下驢，差人不肯，兩個人牽了我的驢頭，一路走上去。走到暖閣上，走的地板格登格登的一路響。董老爺已是開了宅門，自己迎了出來，同我手攙着手，走了進去，留我住了二十多天。我要辭他回來，他送我十七兩四錢五分細絲銀子，送我出到大堂上，看着我騎上了驢，口裡說道：『你別處若是得意，就罷了，若不得意，再來尋我。』這樣人眞是難得，我如今還要到他那裡去。」（二十三回）

吳敬梓對這些吹噓者不加一辭評論，但這些吹噓者的醜陋面目已然畢現。此外，人性中的劣跡，如欺善怕惡像嚴貢生，一毛不拔像嚴監生，在書中都有入木三分的刻劃。

㈢儒林外史的結構與影響

談論儒林外史的人，幾乎異口同聲指出，這部小說的結構，實在太鬆懈散漫了。它不像中國許多章回小說，或西洋許多長篇巨著那樣，完整的故事，環繞着有數的主角發展。儒林外史敍述了二十個以上的故事，每個故事有它不同的主角；前後故事之間，往往沒有必要的聯繫。在時間上，第一回楔子寫元末明初的事不算，第二回到第五十五回，是由成化末年（公元一四八七）寫到萬歷二十三年（一五九五），共是一百一十年間之事！這樣的一部小說，能否算是長篇，能否算是成功的作品呢？

在中國文學的歷史上，自「五四」以來，儒林外史已被確定爲是一部「成功的長篇小說」。我們也願意接受這個論斷，我們所持的理由，是仔細硏讀這部書，並考慮到小說在我國發展的歷史因素，認爲這部小說不能以常情衡斷。它雖然沒有其他長篇小說構成的那些要素，但却有一個貫穿全書的思想——攻擊八股文取士之弊。這個思想溝通了那些零星的故事，統一了那些沒有關聯的人物，融化了時間的冗長，而使得它成爲一種別緻的長篇。

再說作者在前無古人的情形之下，對不合理的制度，不像樣的人，不成話的事，繪聲繪影地描寫，冷靜深刻地諷刺，使人不得不承認它是一部成功的小說。因此，儒林外史的結構雖然鬆懈散漫，却仍然是長篇小說，而且是成功的作品。

談到儒林外史的影響，約可分成兩方面說，首先，是對後世作品的影響，在清末時候，由於社會腐化，政治腐敗，當時作者寫出了好幾部不滿、諷刺、譴責性質的小說，如官場現形記、二十年目睹之怪現狀、老殘遊記等，在形式與內容方面，或多或少，均與儒林外史有相似之處，論者多稱之爲「儒林外史之產物」，不過在諷刺技巧上來說，却趕不上吳敬梓那種不溫不火的功夫罷了。

其次，對於讀者方面來說，這書在清初寫成以後，對那些身在八股科舉世界的清代知識份子來說，實在是一面鏡子，每照之下，就能發現自己的影子，如惺言退士序言所說：「愼勿讀儒林外史，讀之乃覺身世酬應之間，無往而非儒林外史。」可見時文士讀後自慚形穢的一斑。

自新文學運動倡導以來，此書被列爲評價最高的小說之一。中學、大學的課本裡，均選有王冕、范進的故事，全書也常被指定爲學生的課外讀物。但實際上，「儒林外史熱」並沒有維持多久，慢慢的，它不再是大、中學生的課外讀物了，社會人士也逐漸不喜愛讀它了。大約算一算，從一九二〇到一九五〇，短短三十年時間是儒林外史的黃金時代。顯而易見地，以後它受人歡迎的程度，更將是每下愈況。因爲時代愈後，科舉制度的餘氛愈淨，年輕的一代已不知道時文是個什麼形象，時文士是副什麼嘴臉，因而對這陌生事態人物的諷刺，便不能產生會心的感受，從而失去了閱讀的興趣。

不過，在儒林外史中，吳敬梓諷刺的筆尖，除了大部份指向時弊以外，小部份還指向一般的人性，已如前述。對於這一方面的藝術成就，相信在每個時代裡都會有一些喜愛高級趣味的讀者，成爲它的知音，而加以激賞。

三、紅樓夢

㈠紅樓夢與紅學

自從民國十年胡適兩次考證紅樓夢（初稿、改定稿）以來，這半個多世紀在漢學的世界裡，沒有另一部著作受到中外學者的關注，有像紅樓夢這麼狂熱的。胡適當初從紅樓夢的「著者」和「本子」兩個問題上着手，用考證學的方法，「抽出一些比較的最近情理的結論」。雖然當初他的若干結論，現在十分之九不是被否定，就是被修正了，但是把衆多學者引向這一條考證紅樓夢之路的，不得不歸功於胡適。

胡氏主張紅樓夢的作者是曹雪芹，賈寶玉就是作者自己，賈府的故事就是曹家的家史。他以後的紅學家除了對前八十回作者是曹雪芹加以肯定以外，對後兩點都有些不同的看法。越來越多的考證者，發掘了更多的曹家歷史，找到了更多的「脂硯齋重評石頭記」抄本。從清宮的漢文與滿文檔案，到兩百年來無人問津的漢滿落魄文人的詩集文集，窮搜冥索，一字一畫都珍若拱璧。或是補充、修正了前人的說法，或是自己建立對紅樓夢某些方面的新看法，蔚成了一片紅學之海。

紅樓夢受到重視，掀起了考證研究的熱潮，主要有兩點原因：第一，很多人都認定，紅樓夢是我國小說中首屈一指之作，曹雪芹應爲我國最偉大的小說家，要了解這部書，必須先對作家本人，有所認識。又由於這部書的內容，無疑地反映着曹家家史，所以必須對家世背景充份了解。第二，曹雪芹死後，紅樓夢開始以不完整的八十回抄本流傳，死後三十年，才有了完整的百二十回刻本行世。前八十回各種抄本，統稱「脂硯齋重評石頭記」，其中有許多批語，反映出雪芹經營此書時的種種情形，而後四十回的續成之作，究竟有沒有曹氏原稿在內？或是純爲後人續作？續作者爲誰？又衍生出很多問題。

對於以上兩點原因中的許多問題，如果一經考證，就能得到圓滿的答案，那麼事情就簡單了，可是有關紅樓夢的各項考證工作，都非常令人困惑難解，例如俞平伯氏研究了紅樓夢幾十年，結果有了這樣的迷惘感慨：

「我嘗謂這書在中國文壇是個『夢魘』，你越研究便越覺胡塗。」（紅樓夢研究自序）

趙岡氏在一九六三年集結紅學論文集「紅樓夢考證拾遺」的跋文中，也說過這樣困惑的話：

「……新的看法不一定比老的看法對。」

正因爲眞象難明，一致的結論不易得到，才使得紅樓夢的研究，久久不息，形成了紅學。我們現在能對紅樓夢及曹雪芹有較多的認識，可以說是全靠紅學家們反覆研究辯難的結果，雖然其中有些問題，還沒有最後的定論。

(二)曹雪芹的家世生平

曹家的祖上在關外歸旗，屬正白旗包衣。後來隨同滿清入關，幾代以來，均在內務府做事，因爲同皇族人員接近，所以漸漸成爲親信而擔任較重要的職務。到曹雪芹祖父曹寅時候，受到康熙皇帝的寵眷，曾任蘇州織造四年，江寧織造二十一年。康熙六次南巡，他辦過好幾次接駕的差事。他又是康熙在江南的耳目，民間有什麼風吹草動，閒言閒語，他就寫密摺報告。趙岡的紅樓夢研究新編說：

「曹寅在世之時，曹家的豪華生活方式達於巓峯程度。……皇帝南巡要住蹕於織造署中，爲此，曹寅化了大量金錢來佈置江寧織造署。皇帝南巡事畢，曹家的家眷就落得自己享受這規模相當於行宮的宏麗府第。……後來就變成他（雪芹）小說中大觀園的藍圖。長期下來，曹寅本人也培養出一種很高的味口，日常飲食異常考究。這些後來都被反映於紅樓夢小說中。」

曹寅死後，康熙帝命其年在弱冠的兒子曹顒繼任織造。可是不到兩年，曹顒又病故了，康熙又特別安排，把曹寅的姪兒曹頫過繼來承祧，並繼任江寧織造，「以養兩世孀婦」。雪芹就是曹頫的兒子。

曹頫繼任六年之後，康熙去世，曹家和他們的那些「一榮俱榮，一枯俱枯」的豪門近親，失去了大靠山。由於接駕及揮霍所虧空的公款，無法還清，終於在雍正六年被抄了家。曹家被抄時，已是山窮水盡，只剩一付空架子，如永憲錄續編所記：「封其家貲，止銀數兩，錢數千，質票値千金而已。」

曹雪芹生在這樣背景的家庭中，而寫出紅樓夢如此的巨著，是非常自然的。雪芹出生於雍正元年（一七二三），彼時曹家已在沒落之中，當他六、七歲時，因抄家，而被迫遷回北京居住，開始了他坎坷窮困的一生。

雪芹的生平，如今有許多傳說，很不可靠，只有他的朋友敦誠、敦敏、張宜泉與雪芹贈答的詩句，留下較可信的幾筆速寫。

其一，反映雪芹窮困的詩句：

「滿徑蓬蒿老不華，舉家食粥酒常賒。」（敦誠贈曹雪芹）

「三年下第曾憐我，一病無醫竟負君。」（敦誠輓曹雪芹）

其二，反映雪芹是一位詩人和畫家的詩句：

「門外山川供繪畫，堂前花鳥入吟謳。」（張宜泉題芹溪居士）

「尋詩人去留僧舍，賣畫錢來付酒家。」（敦敏贈芹圃）

其三，述及曹雪芹落魄縱酒著書寄託的詩句：

「醉餘奮掃如椽筆，寫出胸中磈礧時。」（敦敏題芹圃畫石）

「殘杯冷靈有德色，不知著書黃葉村。」（敦誠寄懷曹雪芹）

其四，述及雪芹晚年情景及卒年的詩：

「四十年華付杳冥，哀旌一片阿誰銘？孤兒渺漠魂應逐（原注：前數月伊子殤，因感傷成疾），新婦飄零目豈瞑？……」（敦誠輓曹雪芹「甲申」）

「北風圖冷魂難返，白雪歌殘夢正長。」（張宜泉傷芹溪居士「其人素性放達，好飲，又善詩畫，年未五旬而卒」）

由此我們知道，雪芹是因爲出生不久的兒子死了而感傷成疾，又因爲窮困而「一病無醫」，才撇下結婚不久的「新婦」含恨以終。

根據甲戌本脂硯齋重評石頭記上一條脂批：「壬午除夕，書未成，芹爲淚盡而逝。」知道雪芹是死在乾隆二十七年（一七六二）除夕日。而雪芹究竟死時是多大年紀，我們認爲張宜泉的「年未五旬」語意模糊，而相信敦誠的「四十年華」之說。

㈢紅樓夢的創作過程

紅樓夢一書，在雪芹生前定名爲「脂硯齋重評石頭記」。卽此一點，已可知道「脂硯齋」這個人和此書關係之密切。經過近二十年來紅學家的硏究，我們知道脂硯齋不但是曹家的人，而且可能是雪芹的堂兄，曹顒的遺腹子，名叫曹天佑的。書中幼年時候的賈寶玉，就是以他爲模特兒。而更重要的，脂硯齋可能是這部小說的原始發起人，以及此書原稿不超過十回的起草人。脂硯齋構想中的石頭記，人物衆多，故事曲折複雜，越寫下去，就越知道自己心有餘而力不足，不能勝任。

雪芹早年寫過一本「戒妄動風月之情」的小說，裡面包含了幾則曹家的故事，諸如「賈天祥正照風月鑑」、「秦可卿淫喪天香樓」，書名就叫「風月寶鑑」，曾在曹家親友間流傳。（以後這些故事被改寫穿插到紅樓夢裡。）脂硯齋因爲服膺雪芹的才華文筆，所以要求雪芹根據他的石頭記初稿來續作。雪芹最初對這樣一部小說，並沒有什麼興趣和信心，他甚至建議過不如把這故事編寫成傳奇劇。

當然，最後雪芹是同意替脂硯齋構想中的石頭記作潤色、增刪和續寫的工作。不過，雪芹沒想到接手之後會陷入其中而欲罷不能。雪芹究竟是曹家的一份子，曹家盛極而衰最終家破人亡的大悲劇，是和他血肉相連的，於是慢慢發展到把自己全心全力寄託其上的一種創作境界。

雪芹對脂硯齋已寫成的那幾回，是加以增刪潤色，以後才放手續寫。脂硯齋仿效李卓吾、金聖歎等人的做法，退居批書人的地位。同時，由於脂硯齋比雪芹年長七、八歲，所以他知道曹家史事較多，相信書中一些與家史有關的資料情節，由他提供給雪芹。

於是雪芹寫，脂硯批，二人共同經營紅樓夢，時間在十年以上。所謂「披閱十載，增刪五次」，所謂「字字看來皆是血，十年辛苦不尋常」，確係實情。

到一七六〇年，即乾隆二十五年，紅樓夢全書一百回或一百一十回，已經大致寫成，不過有些地方缺詩缺謎待補，有的回尚沒有收尾，有些回被借閱者遺失。也許由於脂硯齋離京或死亡，也許由於雪芹新婚，紅樓夢收尾及做最後補成的工作竟停頓了一下來。不幸再過兩年，雪芹即因病去世，故紅樓夢在雪芹手上是沒有完全寫成的。

㈣百二十回本紅樓夢的出現

雪芹死後，他的遺稿落在曹家另一位長者「畸笏叟」手上。這位畸笏叟是誰？有人認爲他是雪芹的叔輩，有人認爲他可能就是曹頫，至今未有定論。畸笏認爲八十回後的文字不但殘缺，而且主要因爲內容有犯朝廷忌諱的地方，所以作主將書名改定爲紅樓夢以後，讓別人只傳抄八十回流傳。

到一七九二年（乾隆五十六年），雪芹死後約三十年，程偉元、高鶚推出了一部百二十回紅樓夢，用木活字排印，正式發售。

程偉元序中說：「……不佞以是書既有百二十卷之目，豈無全璧？爰爲竭力搜羅，自藏書家甚至故紙堆中無不留心，數年以來，僅積有二十餘卷。一日偶於鼓擔上得十餘卷，遂重價購之，欣然繙閱，見其前後起伏，尚屬接筍，然漶漫不可收拾。乃同友人細加釐剔，截長補短，抄成全部，復爲鐫板，以公同好，紅樓夢全書始至告成矣。……」

高鶚在序中說：「……今年春，友人程子小泉過予，以其所購全書見示，且曰：『此僕數年銖積寸累之苦心，將付剞劂，公同好。子閒且憊矣，盍分任之？』予以是書雖稗官野史之流，然尚不謬於名教，欣然拜諾。正以波斯奴見寶爲幸，遂襄其役。……」

自從胡適當初考證判定程、高二人是後四十回的續書者以來，幾乎已成定論。可是目前越來越多的證據，顯示程、高二人序中所言，大致屬實，他們的確是找到了一些漶漫不清的後四十回補文，細加整理潤色，一改再改，而形成現在通行的本子。用高鶚自己的話說，他對紅樓夢所作的功夫，是「重訂」，而不是如張問陶所說的語意不清的「補」作。

至於這個後四十回續書的人是誰？他是不是曹家的人？有沒有讀過雪芹留下的八十回以後的文字？則至今還沒有人能解答這些問題。

(五)紅樓夢的內容與主題思想

紅樓夢百二十回，是一部近百萬字的巨著，書中人物，男女各二百餘，總計四百多人，作者有意把時間與地點的座標隱沒，只說故事是發生在一「隆盛昌明之邦，詩書簪纓之族，花柳繁華之地，溫柔富貴之鄉」，書中所寫的，是一個世襲貴族家庭賈府，在八年之間盛極而衰的過程。環繞着賈府的，是彼此連絡有親，一損俱損，一榮俱榮的金陵豪門巨富、大族名宦之家，即所謂：

「賈不假，白玉爲堂金作馬。
阿房宮，三百里，住不下金陵一個史。
東海缺少白玉牀，龍王來請金陵王。
豐年好大雪，珍珠如土金如鐵。」

全書主要的男主角，就是賈家的混世魔王、孽根禍胎，集天地間殘忍乖邪之氣而生的情痴情種賈寶玉；主要的女主角，就是那一省之中最爲傑出的女子金陵十二釵。紅樓夢的結構，就是以賈府的興亡爲經，以賈寶玉及金陵十二釵等人生平事蹟，個性表現，歡笑眼淚爲緯的故事組合。

紅樓夢一書的主題思想，是一種澈底的人生悲觀論。通過豪門賈府的敗亡，說明富貴如雲，世事無常的道理。第一回中敍述前來度化甄士隱的跛足道人所唱的好了歌，是其明證：

「世人都曉神仙好，只有功名忘不了。古今將相在何方？荒塚一堆草沒了！
世人都曉神仙好，只有金銀忘不了。終朝只恨聚無多，及到多時眼閉了！
世人都曉神仙好，只有姣妻忘不了。君生日日說恩情，君死又隨人去了！
世人都曉神仙好，只有兒孫忘不了。痴心父母古來多，孝順子孫誰見了！」

而甄士隱對好了歌所做的注解，更加說得清楚明白：

「陋室空堂，當年笏滿床；衰草枯楊，曾爲歌舞場。蛛絲兒結滿雕梁，綠紗今又在蓬窗上。說甚麼脂正濃，粉正香，如何兩鬢又成霜？昨日黃土隴頭埋白骨，今宵紅綃帳底臥鴛鴦。金滿箱，銀滿箱，轉眼乞丐人皆謗。正嘆他人命不長，那知自己歸來喪！訓有方，保不定日後作强梁；擇膏粱，誰承望流落在烟花巷。因嫌紗帽小，致伎鎖枷扛，昨憐破襖寒，今嫌紫蟒長。亂烘烘，你方唱罷我登場，反認他鄉是故鄉。甚荒唐，到頭來，都是爲他人作嫁衣裳！」

在人生悲觀論的前提之下，作者所一再强調的人生解脫之路，卽是勘破世情，削髮出家。正如第一回開篇所說：

「更於篇中間用夢、幻等字，却是本書主旨，兼寓提醒閱者之意。」

因此，書中第一主角賈寶玉，就是作者筆下創造的一個夢幻人生的體悟者。曹雪芹用非常細膩的筆法，先讓賈寶玉享盡榮華富貴，舉例來說，寶玉騎馬出門，錢啟、周瑞在前引導，李貴、王榮抓籠頭，張若錦、趙亦華在兩邊，後面跟着培茗、墨雨、鋤藥、掃紅四個小廝；回到家裡他住的怡紅院，一些看門戶的老婆子不算，大丫頭有襲人、晴雯、麝月、碧痕、秋紋，小丫頭有綺霞、四兒、小紅、佳蕙、墜兒、定兒、柳五兒、春燕、芳官等，其他可想而知。其次，再讓賈寶玉歷盡情關，在雪芹筆下，寶玉是一個多情種子，是個泛愛主義者，他與好幾個千金小姐談戀愛，更與女尼姑妙玉勾勾搭搭，不論是丫頭或侍妾，他「皆以能一盡心爲榮」，他更犯有同性戀的罪行。所以警幻仙子早就宣判他爲「古今第一淫人」。而最後，是讓賈寶玉勘破世情。作者借賈寶玉來現身說法，告訴世人富貴榮華，興衰際遇都是夢幻，而寶玉的一切情愛糾纏、邪行惡跡，便是他現身說法的過程，一個活的風月寶鑑。等到黛玉一死，賈家被抄，賈寶玉也就大澈大悟，演出了「懸岩撒手」的出家結局。

賈寶玉爲夢幻人生的體悟者，以此作爲全書之中心，則所謂金陵十二釵者，可解釋爲環繞這中心的悲劇人生演員群。因爲她們都是太虛幻境中警幻仙姑轄下「薄命司」註册的女子。她們與賈寶玉均有着各種不同的親情、友情與愛情關係存在。賈寶玉對人生的澈悟，書中既一再强調爲「情悟」，那麼金陵十二釵作爲共同悲劇人物，其作用就在從使寶玉情悟而生的觸媒作用。十二金釵每一個薄命的事跡，對寶玉都產生傾向情悟的觸媒作用，而她們與寶玉關係的深淺，則與寶玉所受刺激的大小成正比。所以脂硯齋批語說：「通部情案，皆必從石兄處掛號。」

從賈氏家族的敗亡，使人領略到禍福無常，物質享受的虛幻；從寶玉出家，十二金釵的薄命，使人體悟到情愛兩空，精神生活的虛幻。總之，人生如夢，就是紅樓夢所欲表達的主題思想。

(六)紅樓夢的藝術價值與影響

紅樓夢這部小說的出現，在中國文學史上是一件值得大書的事，不爲別的，只爲了它在藝術成就上的特出表現。玆分點敘述如下：

(1)是小說史上推陳出新的偉構。自明代以來，我國長篇小說產量尙有可觀，但大致可以納入三個大模式之中，即是三國演義式的歷史小說，水滸傳式的古事演繹小說，和西遊記式的增續前書小說。紅樓夢自然和它們毫不相干。勉强地說，紅樓夢與金瓶梅略有其相似之處，因爲兩書都寫人情與人慾，不過紅樓夢結構之宏大，氣魄之雄偉，組織之嚴密，又迥非金瓶梅可以望其項背，可說是一無依傍的嶄新創制巨著。

(2)是澈底悲劇的動人結撰。我國小說戲劇，多以金玉滿堂、狀元及第、才子佳人美滿良緣爲收場，讀來不但令人有千篇一律之感，而且顯然不能反映現實生活中「不如意事常八九」的不圓滿一面。王國維曾特別推崇元劇中之趙氏孤兒與竇娥寃，就因爲它們是偉大的悲劇。我國小說不論長篇短篇，悲劇尤其少，而紅樓夢一出，實在令人耳目一新，大開眼界。紅樓夢爲澈底之大悲劇，不僅在賈、林的姻緣不諧，更見於賈氏家族及其親朋戚黨的衰亡崩潰命運。從山雨欲來，演變到大廈傾頹，雖然當局者迷，但旁觀的讀者，卻能深深感受到那無可逃避的終局。紅樓夢曲子的最後一支飛鳥各投林寫得好：

「爲官的，家業凋零；富貴的，金銀散盡；有恩的，死裡逃生；無情的，分明報應；欠命的，命已還；欠淚的，淚已盡；寃寃相報自非輕；分離聚合皆前定。欲知命短問前生，老來富貴也眞僥倖。看破的，遁入空門；痴迷的，枉送了性命；好一似，食盡鳥投林，落了片白茫茫大地眞乾淨！」

這場景是多麼令人悽愴慘目又復動魄驚心啊。

⑶把現實與理想融鑄爲一。我國小說的發展，衆所週知，與宋代說話有密切的關係，故影響所至，作品多流於兩種形式，其一是就歷史事實敷衍陳述，其二是就社會流傳事件加油添醋地故事敍述。直到紅樓夢出，我們才能看到結構宏大精密的小說。紅樓夢小說的背景，是以曹家家史爲藍圖，但如今我們知道，它所採用的家史成份極不純粹。人物、地點、事件、時間、物品，都是「假作眞時眞亦假，無爲有處有還無」，可是，有一點却是可以肯定的，那就是小說中的人物，其個性，其彼此間的關係，以及種種事件的發展、伏筆和高潮的安排等等，無一不經過作者精密的設計，無一不在其充份控制中進行；作者有他的人生觀與處世哲學，這部小說已充份表現了他的思想，所以它絕非是說故事而已，它是精心發撰，匠心獨運的小說。它把現實與理想融鑄爲一，使人生與藝術緊密結合。

⑷令人欽佩和引人入勝的描寫。中外學者及文藝評論家對紅樓夢給予的讚語，實在太多，我們此地僅引錄兩家的言詞，以見一斑：戚蓼生在序紅樓夢時，以「一聲兩歌」、「一手二牘」爲喻，說明紅書之奇，並解釋說：「寫閨房則極其雍肅也，而冶艷已滿紙矣；狀閥閱則極其豐整也，而式微已盈睫矣；寫寶玉之淫而痴也，而多情善悟，不減歷下琅琊；寫黛玉之妬而尖也，而篤愛深憐，不啻桑娥石女。」明齋主人則以「人之死」爲例，說明

此書與他書之所以不同。他說：「人至於死無不一矣。如可卿之死也，使人思；金釧之死也，使人惜；晴雯之死也，使人慘；尤三姐之死也，使人憤；二姐之死也，使人恨；司棋之死也，使人駭；黛玉之死也，使人傷；金桂之死也，使人爽；迎春之死也，使人惱；賈母之死也，使人羨；鴛鴦之死也，使人敬；趙姨娘之死也，使人快；鳳姐之死也，使人嘆；妙玉之死也，使人疑。竟無一同者。非死者之不同，乃生者之筆不同也。」

蘇東坡自稱嬉笑怒罵皆成文章，我們覺得曹雪芹的小說爲什麼會那麼引人入勝，也可以如此解釋，他是嬉笑怒罵，都可以用小說的筆觸，窮形盡相，聲色畢現，讓人讀後回味無窮。

曹雪芹實在是一位最具有小說細胞的作者，任何材料，經他一加處理，都可以成爲鮮活的小說加工製成品。例如第十七回大觀園試才題對額，幾乎是一整回文字在擬橫匾與對聯，如果是俗手來寫，相信會令人看不下去。即使是一個詩才如雪芹的人把這些匾聯排比列出，又有何興味可言?可是在曹雪芹的處理之下，賈政搖頭擺尾的樣子，寶玉一時瑟縮，一時忘其所以的神情，加上清客們湊趣以及不亢不卑的言談，讓人讀來逸趣橫生。等到寶玉被衆清客捧到飄飄然，大發謬論，終於招致賈政一聲斷喝：「無知的畜生！」其間寫寶玉的牛心，賈政的做作，信手拈來，刻劃人物的性格，成爲極成功的小說筆墨。紅樓夢裡諸如此類的吟詩、填詞、製謎、唱曲的篇幅很多，都由於作者的善於運用小說寫法，化腐朽爲神奇，令人感到生動靈活，嘆爲觀止。

說到紅樓夢的影響，我們可以分爲三方面來看：

(1)本書的主題思想，是人生如夢，已如前述，那麼，這書豈不成了灰色消極，鼓勵頹廢思想了嗎?是又不然。作者對賈家的敗亡以及賈寶玉的出家，寫來雖勢有必至，但行文之際，是多少帶有一些批判的意味的。冷子興在「演說榮國府」時講：「如今人口日多，事務日盛，主僕上下都是安富尊榮，運籌謀畫的竟無一個。那日用排場又不能將就省儉，如今外面的架子雖沒有很倒，內囊却也盡上來了。」賈家主持內外的賈璉、鳳姐夫婦，一個是色中餓鬼，只知吃喝嫖賭的公子哥兒，一個是包攬詞訟，謀財害命，專知中飽私囊的惡狠少婦，作者如此寫法，多少讓人興罪有應得之感。至於賈寶玉的逃避現實，固然是他個人情悟的結果，可是作者也把寶玉寫成一個值得批判的人物，警幻仙子就稱他為「古今第一淫人」，第三回介紹寶玉出場時說：

「看其外貌，最是極好，却難知其底細。後人有西江月二詞，批的極確。詞曰：

『無故尋愁覓恨，有時似傻如狂。縱然生得好皮囊，腹內原來草莽。

潦倒不通庶務，愚頑怕讀文章。行為偏僻性乖張，那管世人誹謗。』

『富貴不知樂業，貧窮難耐淒涼。可憐辜負好時光，於國於家無望。

天下無能第一，古今不肖無雙。寄言紈袴與膏粱，莫效此兒形狀。』」

由此可知，紅樓夢的主題思想雖為人生如夢的詳敘，但多少仍帶有警世的意味。

(2)曹雪芹逝世已經兩百多年了，自有紅樓夢小說以來，無數的讀者通過欣賞這部巨著，才眞正了解到我國女子的智慧與中國語言的豐富及多彩多姿。

在賈府大家庭中，有如一個小的世界，那許多女子，從太太、少奶奶，到姑娘、丫頭，有她們各自不同的身份與地位。通過曹雪芹細膩的筆，我們看到她們的言行擧止，進退應對，待人接物。對上的、對平輩的、對下人的，表現她們的處世之道與生活哲學。有的是「一朝權在手，便把令來行」，有的是「一問搖頭三不知」，有的則竭力想望高枝兒上爬。尤其十二金釵中主要的幾位，像黛玉的才華和靈敏，寶釵的德行與端莊，元春的知書識禮風範，探春的力爭上游，湘雲的爽朗豪邁，鳳姐的計算辛辣，誠如作者所云：「忽念及當日所有之女子，一一細考較去，覺其行止見識皆出我之上，我堂堂鬚眉，誠不若彼裙釵……閨閣中歷歷有人，萬不可因我之不肖，自護己短，一並使其泯滅也。」

在我國三千年文學歷史中，說眞的，要談到人物語言藝術的記錄與刻劃，實在始自明代長篇小說，但眞正能表現我國語言的豐富與多彩多姿，表現出語言藝術的高度、廣度、密度與深度的，則當以紅樓夢爲首屈一指。紅樓夢裡的人物衆多，它做到了使每個人物的語言切合其身份地位，個性學養，吞吐進退已經不容易，更難能可貴的是，它提煉了語言的精華，配合所創造的典型人物，賦予他們以典型的語言，於是我們才能看到那些八面玲瓏的談吐，那些指桑駡槐的言詞，那些深心的傾吐，那些潑辣的漫駡，還有見人說人話，見鬼說鬼話的語言，有非常含蓄的語言，有單刀直入的語言，有銳利如刀的語言……讀者眞能在欣賞此書之後，如同學習過怎麼講話的課程，了解到語言的技巧與效果。

(3)續作與研究紅樓夢的反響。

紅樓夢所受到的讀者歡迎情形，在我國小說中可說無出其右。書商各種形式的翻刻，報刊中無數量的評介，圖畫、詩詞、歌曲、戲曲、電影、連環畫、民間講唱等的傳播，幾乎無人不知有賈、林、薛。此地我們略言兩方面的反響，以見出它在小說及學術界的影響：

我國文人喜歡替別人續書，不論經史子集，都要續，或是模仿的，或是延續的，或是反其道而行之的。小說亦然，如水滸傳、金瓶梅、西遊記，都有一種，或兩三種續書。但是所有前人的著作，都沒有紅樓夢的續書來得多。據「紅樓夢書錄」所載，所知約有三十種之數。都是爲黛玉不平，使其復活，再補情天的。有的續書人乾脆連晴雯亦一併使其還魂，以大團圓作結局。少的數十回，多的百回。其中多數從百二十回後接續，也有幾種從八十回或九十七回後接續的。其實，程、高本就是一種八十回後的續書，由於它以悲劇作結，書中多數情節能與前情吻合，所以能成爲續書中的正本。其他續書，或者文字差劣，或者內容荒謬，竟無一種能夠傳世，所有的續作，只表示了讀者對此書熱烈反映的一面而已。

對紅樓夢的研究，簡稱紅學，我們在第一節已有介紹。此地我們要補充的一點是，它已經不局限於國人研究而已，世界十種以上語文的國家，均有紅樓夢的節譯及全譯本，好些大學均有紅樓夢的課程，欣賞及研究紅樓夢，世界各國均不乏其人。所以紅樓夢已經是一部世界性的小說，我們若稱它爲世界文學經典之一，它已可當之無愧。

四、鏡花緣

(一)作者及內容

鏡花緣的作者是李汝珍。自從民國十二年胡適寫「鏡花緣引論」以來，大家對李汝珍的了解，並沒有能增加什麼，可見李氏生平資料的缺乏。李氏字松石，直隸大興人。大約自乾隆二十八年（一七六三）至道光十年（一八三〇）間在世，得年七十左右。他年輕時曾從凌廷堪學習中國聲韻學，自稱「受益極多」，他的朋友中間如許桂林、徐銓、徐鑑等均是精通韻學的人。李汝珍把自己的心得，寫成兩部書，即李氏音鑑五卷和字母五聲圖一卷。

李氏是個「於學無所不窺」的多才多藝的人，尤其精於弈事，在一八一七年曾刊刻圍棋受子譜，共搜集二百餘局。鏡花緣第三回：「麻姑道：我喜你者，因你棋不甚高，臭的有趣，同你對著，可以無須用心，即可取勝，所謂殺屎棋以作樂，頗可借此消遣。」相信受子譜中有李氏自己的棋譜。

李氏是北方人，在南方住過很久，一生在功名方面很不得志，相信最多只是一個秀才。曾經在河南做過縣丞，其時正值黃河決口，幾十萬民夫從事修堤工作，因此我們在書中看到女兒國治河一段。

此書是李氏晚年不得志時的寄託之作，書中第一百回說：「以文爲戲，年復一年，編出這鏡花緣一百回，而僅及其事之半。若要曉得這鏡中全影，且待後緣。」可見在李氏原有寫作計劃中，尚可敷衍百回的，大約因年老精力就衰，未能續成。不過鏡花緣一書較精彩的部分，在它的前五十回，它的「後緣」縱使能續，相信也不過是些「雜要」，如同已寫的後五十回一般，所以也並沒有什麼可惜。

鏡花緣百回可分爲前後兩段。前段主要在寫被武則天革去探花功名的唐敖，與妻弟林之洋到海外經商遊覽，見到許多奇人異事和古怪風俗。後來唐敖入小蓬萊山爲仙，其女唐閨臣遍歷艱險，尋之不獲。後段寫武則天招考才女，取了一百人，就是被降貶人間的花神轉世。才女們舉行了多次慶祝宴會，在宴會上大展才華，分別表演所擅長的才能特技，諸如：棋琴書畫、醫卜星相、音韻算法、燈謎酒令、雙陸、馬弔、射鵠、蹴毬、鬥草、投壺和諸般雜要百戲。書中由六十九回至九十三回，共二十五回文字，就是寫這些表演。最後以武則天失敗，唐中宗復辟告一結束。

二、主題思想與評價

鏡花緣小說的主要部分在它的前段，其中寫唐敖、多九公、林之洋等遊歷海外，經過幾十個聞所未聞的國家，從這些不同風俗人情的描寫，反映出他對中土人情、風俗和社會制度的批判。玆分三點敍述如下：

(1)對人情世態的批判：李汝珍用正、反兩面描寫的方法，把那些他所看不慣的憎厭的卑鄙小人的嘴臉，予以無情的刻劃與諷刺。他寫君子國那種「好讓不爭」的國風，無繼國那種「看透生死，淡視名利」的國風，就是反寫中土人士的爭名奪利，不但不智，且屬自尋煩惱。至於寫小人國的性情詭詐，無腸國的吹牛而不知恥，白民國的外表冠冕堂皇，實則繡花枕頭一個，兩面國的對富貴者面露謙光，待貧困者施以傲鄙，穿胸國的狼心狗肺，又歪又偏，翼民國的喜愛奉承，愛戴高帽子，豕喙國的撒謊成精等，實是正面鄙斥人性中的弱點。

(2)對迷信思想的批判：第十二回借君子國兩位宰輔之口，對當時中土人士的迷信，痛加駁斥；其一，斥風水迷信，「小子向聞貴處世俗，於殯葬一事，作子孫的，並不計及『死者以入土爲安』，往往因選風水，置父母之柩多年不能入土，甚至就延兩代三代之久，相習成風。以至菴觀寺院，停柩如山；壙野荒郊，浮厝無數。並且當日有力時，因選風水蹉跎；及至後來無力，雖要求其將就殯葬，亦不可得。久而久之，竟無入土之期。此等情形，死者稍有所知，安能瞑目！況善風水之人，豈無父母？若有好地，何不留爲自用？如果一有美地，即能發達，那通曉地理的，發達曾有幾人！」其二，斥用算命合婚，「又聞貴處世俗，於風鑑卜筮外，有算命合婚之說。至境界不順，希冀運轉時來，偶一推算，此亦人情之常，即使推算不準，亦屬無傷。婚姻一事，關係男女終身，理宜慎重，豈可草草。既要聯姻，如果品行純正，年貌相當，門第相對，即屬絕好良姻，何必再去推算？」可見李氏反對迷信思想的見解，確是入情入理的。

(3)對女性被壓迫的批判：胡適在鏡花緣引論中說：「李汝珍所見的是幾千年來忽略了的婦女問題。他是中國最早提出這個婦女問題的人，他的鏡花緣是一部討論婦女問題的小說。他對這個問題的答案是，男女應該受平等的待遇，平等的教育、平等的選擧制度。」李汝珍爲表示對壓迫女性的不平，於是用「顚倒陰陽」的寫法，使女子當權，而令男子成爲女子的玩物，以便讓男子嚐嚐那是什麼滋味。於是我們在第三十三回的女兒國裡，看到林之洋被選做王妃，先是衆宮娥爲他洗浴妝扮，「搽了許多頭油，戴上鳳釵，搽了一臉香粉，又把嘴唇染的通紅，手上戴了戒指，腕上戴了金鐲」，然後替他穿耳，「早有四個宮娥上來，緊緊扶住，那白鬚宮娥上前，先把右耳用指將那穿針之處碾了幾碾，登時一針穿過。林之洋大叫一聲『痛殺俺了！』」然後是纏足，「……用些白礬灑在脚縫內，將五個脚指緊緊靠在一處，又將脚面用力曲作彎弓一般，卽用白綾纏裹。才纏了兩層，就有宮娥拏着針線上來密密縫口。一面狠纏，一面密縫。……及至纏完，只覺脚上如炭火燒的一般，陣陣疼痛，不覺一陣心酸，放聲大哭道：『坑死俺了！』」林之洋想要反抗，晚上把裹脚布放了，却招來一頓「打肉」，竹板一起一落，向屁股大腿一路打去，剛打五板，業已肉綻皮開，血濺茵褥。他再一次反抗，却被罰「將其足倒掛梁上」。幾十天過去，足纏好了，「國王業已散朝，裡面燈燭輝煌，衆宮人攙扶，林之洋顫顫巍巍，如鮮花一枝，走到國王面前，只得彎着腰兒拉着袖兒，深深萬福叩拜。」李汝珍不但消極地反對虐待女性，並積極地主張婦女在教育、政治、社會各方面，應該享有和男子同等的權利，這是他具有過人卓識的地方。

鏡花緣一書的作者，我們不妨認爲他是我國清代中葉的一個思想家，他所提出的對人性的分析性的揭發與諷刺，僅次於吳敬梓，他對迷信思想的駁斥，中規中擧，他提倡男女平權的思想「男所不欲，勿施於女；所惡於妻，毋以取於夫」，曾受到胡適的大聲喝彩：「三千年的歷史上，沒有一個人曾大胆的提出婦女問題的各個方面來作公平的討論。直到十九世紀的初年，才出了這個多才多藝的李汝珍，費了十幾年的精力來提出這個極重大的問題。他把這個問題的各方面都大胆的提出，虛心的討論，審愼的建議。他的女兒國一大段，將來一定要成爲世界女權史上的一篇永久不朽的大文；他對於女子貞操、女子教育、女子選擧等等問題的見解，將來一定要在中國女權史上佔一個很光榮的位置；這是我對於鏡花緣的預言。」

但是就小說論小說，作者在後段書中寫了那麼多文藝雜要，而被人譏爲「掉書袋」、「與萬寶全書爲鄰比」、「何不徑作類書而必爲小說耶？」可說罪有應得。夏志清對李汝珍比較優容，認爲他是個「文人小說家」，「他顯得浸淫在他的文化中，怡然自得，風趣自賞。他的小說也就反映出對這種文化的酷愛了。」「前人讀鏡花緣，覺得津津有味，我們現在讀來，與前人的領受不復相同了。時移事易，這大概不是作者之過吧！」其實，鏡花緣自成書以來，並未轟動一時過，更不曾像紅樓夢一般長久被讀者所喜愛，其主要原因之一，就在它鋪排那些文藝雜要，太過機械。李汝珍缺乏曹雪芹所擁有的那種小說細胞，不能把死材料化爲小說加工製成品，這是令人惋惜的事。不過以鏡花緣上段的成就來說，比之其他清代表現才華，堆砌文藝雜要的同類型小說，如夏敬渠的野叟曝言、陳球的燕山外史等，已屬高明不少了。

五、兒女英雄傳

㈠作者及內容

兒女英雄傳今存四十回，原本五十三回已不可見。作者「燕北閒人」，是滿洲鑲紅旗人，姓費莫，名文康，字鐵仙。先世是出將入相的豪門貴族。根據曾在文康家「作館甚久」的馬從善的序，我們知道：「先生少受家世餘蔭，門第之盛，無有倫比。晚年諸子不肖，家遂中落。先時遺物，斥賣略盡。先生塊處一室，筆墨之外無長物，故著此書以自遣。其書雖託於稗官之言，而國家典故，先世舊聞，往往而在。且先生一身親歷乎盛衰升降之際，故於世運之變遷，人情之反覆，三致其意焉。先生殆悔其已往之過，而抒其未遂之志歟？」此書約成於道光年間，書前另有兩序，可能均是作者託名「觀鑑我齋」「東海吾了翁」所寫。這書由於兩個女主角名何玉鳳、張金鳳，所以初名金玉緣；由於「所傳的是首善京都一椿公案」，故又名日下新書。又因爲是用評話的形式寫成，而且作者認爲「有了英雄至性，才成就得兒女心腸；有了兒女心腸，才成就得英雄事業。」故最後定名兒女英雄傳評話。後世出版者將其簡化爲兒女英雄傳。

兒女英雄傳主要是以兩組事件結合而成的故事，其一是安氏父子安學海、安驥爲學、考功名、做官兩代的經歷。先是父親一代做官失敗，家業凋零；然後是兒子光大門楣，從探花及第，到政聲載道，位極人臣。其二是女中豪傑何玉鳳（十三妹）仗義拯救危難中的書生安驥，在能仁寺大展武功：「片刻之間，彈打了一個當家的和尙，一個三兒，刀劈了一個瘦和尙，一個禿和尙，打倒了五個作工的僧人，結果了一個虎面行者，一共整十個人。」又解救了陷入虎口的貞節少女張金鳳，使安、張結合，最後十三妹也嫁了安公子，使故事在安驥一箭雙雕，花好月圓，金玉滿堂中結束。

㈡主題思想與評價

馬從善在序中說文康晚年諸子不肖，家道中落，因此「悔其已往之過而抒其未遂之志」，那麼他的「志」是什麼呢？觀鑑我齋（可能爲文康化名）序說：

「修道之謂教。與其隱教以『不善降殃』爲背面敷粉，曷若顯教以『作善降祥』爲當頭棒喝乎？」

因爲作者的主旨是在以「作善降祥」給讀者一個鼓勵，所以書中主角安驥既是一個努力讀書，行爲方正，又孝順父母的人，其得到探花及第，美人垂青，位極人臣的結果是必然的，否則就不成其爲「降祥」了。胡適在兒女英雄傳序中說：

「依我個人看來，兒女英雄傳與紅樓夢恰是相反的。曹雪芹與文鐵仙同是身經富貴的人，同是到了晚年窮愁的時候發憤著書。但曹雪芹肯直寫他和他的家庭的罪惡，而文鐵仙却不但不肯寫他家所以敗落的原因，還要用全力描寫一個理想的圓滿的家庭。曹雪芹寫的是他的家庭的影子；文鐵仙寫的是他的家庭的反面。……於是兒女英雄傳遂成一部傳奇的而非寫實的小說了。」

胡適看出「兒女英雄傳與紅樓夢恰是相反的」，可謂獨具隻眼。也許文康正因爲不同意曹雪芹的「隱教以不善降殃」的寫法，所以才有「顯教以作善降祥」的兒女英雄傳之作。這是作者對怎樣表達主題思想效果較好的看法不同，似乎無可厚非。不過，此書對科舉制度多少有一些讚嘆歌頌，因而被胡適評爲「內容是很淺薄的，思想是很迂腐的」，因而影響到它在近代小說史上的地位。不過，此書的文字生動、詼諧，是大家承認的。兒女英雄傳是一部評話式長篇小說，由於它的受到歡迎，故在清代後期，這種「俠義言情」小說，紛紛出籠，如七俠五義、小五義等，都根據講唱者的稿本改編成長篇小說，由此可見它的影響了。

第二節　短篇小說

清代長篇小說方面的成就遠勝於短篇，前已言之。在短篇小說方面，則文言的志怪、筆記式作品，在質與量方面，比之幾乎要繳白卷的白話小說，都超過許多。不過，無論是文言或白話的短篇小說，都很少有什麼創新的地方，它們的成績，也許只能在結合了前人的經驗之後，作一個集成的表現方面，才值得一提。但其中也有例外，那就是文言短篇中的聊齋志異和白話小說裡的十二樓，由於作者的才情，使它們各自在我國小說史上，應該佔有一席之地。茲分述如下：

一、文言短篇小說代表作——聊齋志異

聊齋志異的作者是蒲松齡，他字留仙，號柳泉。生於明崇禎十三年，卒於清康熙五十四年（一六四〇——一七一五）。雖然他的才學古文都很好，却一輩子不得志於有司，若非數奇，就是八股文較少研究了。他的著作不少，而且方面很廣，有文集四卷、詩集六卷，以及很多小說、戲曲、雜著。至今流傳且享盛譽的是醒世姻緣和聊齋志異。（蒲氏生平及與醒世姻緣關係，參見前節。）

五四初期，因提倡白話文，對這部以古文撰著的神怪短篇小說，抨擊不遺餘力，錢玄同就說它「全篇不通」，胡適稍緩和一點，說「以文法論文，尚不得謂之全篇不通」。在提倡白話文時講這些話是可以理解的，但這顯然不是公平的論斷。

聊齋志異的作者在清初是沒沒無聞的一介布衣，可是終清之世，它「流播海內，幾於家有其書」（冷廬雜識），受歡迎的程度，比清代名流袁枚的子不語、紀昀的閱微草堂筆記這些同類型小說，有過之而無不及，不是無因的。三借廬筆談說：

「相傳先生居鄉里，落拓無偶，性尤怪僻，爲村中童子師，食貧自給，不求於人。作此書時，每臨晨，携一大磁甖，中貯苦茗，具淡巴菰一包，置行人大道旁。下陳蘆襯，坐於上，煙茗置身畔，見行道者過，必强執與語，搜奇說異，隨人所知，渴則飲以茗，或奉以煙，必令暢談乃已。偶聞一事，歸而粉飾之。如是二十餘寒暑，此書方告蕆，故筆法超絕。」

蒲氏聊齋自誌說：

「獨是子夜熒熒，燈昏欲蕋，蕭齋瑟瑟，案冷疑冰。集腋爲裘，妄續幽冥之錄，浮白載筆，僅成孤憤之書。寄託如此，亦足悲矣。」

可見他收集資料的苦心以及刻意經營許爲寄託之作的誠懇態度。聊齋志異與其他無數筆記雜錄不同的地方，主要就在嚴肅的創作態度，蒲松齡不是以談狐說鬼來消夏或打發病瘉的時間，他是希望能寫出一部傳世的作品。我們現在還能見到他的手稿，那是字斟句酌，刪改再三的文字。

聊齋志異共有短篇狐鬼故事四百三十一則，有的本子分作八卷，有的分作十六卷。又有拾遺一卷，二十七則，不是作者所刪棄的，就是後人擬作的，因爲文字內容都較差。

論者均以爲聊齋志異的成功在以下兩點：第一，它把志怪小說與唐宋傳奇相結合，以傳奇小說的手法，去處理那些神怪鬼狐故事，使其委婉曲折。第二，蒲松齡筆下的狐鬼，不但通人性，有時甚至與人難分，讀者在讀過某些故事時，也許會覺得人不如狐鬼。我們認爲，在聊齋志異的天地中，人間陽世與狐鬼陰世，仍然是截然兩個世界，只是作者認爲人世中的種種不公不平，不仁不義，不忠不孝，不情不愛，是值得批判斥責的，因此他筆下的陰世，就時常成了一個諷刺的對照。我們不但能看到許多情愛不渝，言出必信的狐鬼，我們更能看到公正嚴明又能推仁孝之心的一批陰世主宰。所以，聊齋志異多少反映出作者對人世的失望，他創造了他心目的理想國，使世人或可得一些安慰——那神秘的陰世並不如此黑暗污濁。

書中第一則故事「考城隍」，就是寫一個老童生，死後被陰府召往考試，同試二人，但主考者有玉皇大帝、關帝等十餘官，可見陰府考試之愼重。考題是「一人二人，有心無心」，老童生文中有云：「有心爲善，雖善不賞；無心爲惡，雖惡不罰」，諸神傳贊不已。於是讓他去補河南城隍之缺。老童生以老母年已七旬，想乞陽壽以奉母天年。諸神查其母壽籍，尚有九年，因推仁孝之心，故給假九年，及期再復相召。於是老童生又活過來，九年後母親死了，老童生才「營葬既畢，浣濯入室而沒」。可見陰府之中，既講法，又講情，眞可算是一個極樂世界了。

聊齋志異傳到日本後，在彼邦也深受重視，有各種譯本與改寫本。名作家森鷗外、國木田獨步、芥川龍之介、太宰治及川端康成等，均受到它的影響。國木田獨步說：

「其思想之奇拔處是破天荒的，到底是我們日本人所不能及之處，聊齋志異一書，其文字豐富新鮮，遠較他書更爲卓越。怪異談是民族幻想力發揮到極點以後的產物，又是民族滑稽心之極度發揮的產物，大凡善語鬼神怪異的民族，其現實生活雖然勞苦役役，但却總是有些餘情閒意的民族。」（引自篠田賢祐著蒲松齡與聊齋志異，王孝廉譯。）

二、白話短篇小說代表作——十二樓

十二樓的作者李漁，生平大要已見本編第三章第一節。李氏是清代有數的大戲曲家，以餘力偶寫小說，短篇集子先有無聲戲，後有十二樓。又有名的色情長篇肉蒲團（一名覺後禪），不少人認爲也出自李氏手筆，惟未爲定論。一般認爲在李氏的兩部短篇小說集中，晚出的十二樓遠較無聲戲爲佳，原因是十二樓不但代表了他的思想，同時表現了他獨有的風格。

十二樓，是十二篇以樓爲名的小說集，其題目及各篇回數是：一、合影樓三回，二、奪錦樓一回，三、三與樓三回，四、夏宜樓三回，五、歸正樓四回，六、萃雅樓三回，七、拂雲樓六回，八、十巹樓二回，九、鶴歸樓四回，十、奉先樓二回，十一、生我樓四回，十二、聞過樓三回。每回都有整齊的回目標題。

如果說聊齋志異是結合了志怪小說與傳奇小說的產品，那麼十二樓可說是結合了傳奇小說與平話短篇的產品。它從傳奇小說中保留其曲折的故事性和才子佳人的題材，從平話小說中取其形式——以詩詞起興，用一段說教的言詞做入話，採取白話的敘述——不過，到李漁的時代，章回小說已經發展完成，李漁雖作短篇，仍爲這些小說套上一襲章回的外衣，實在大可不必，尤其像奪錦樓，本來只有一回，也安上第一回字樣，就顯得不倫不類了。

李漁是個喜愛賣弄才華的人，小說裡有不少詩、詞、古文、駢文、成語、俗語不說，單只以這十二篇小說，他安排它們都與「樓」有關，就是一種特意的賣弄，以表現他的巧思和結撰故事的能力。不過在十二篇中，並不是每篇都和「樓」發生密切的關係。像「合影樓」，由於「樓台倒影入池塘」，樓成爲故事的關鍵，而在「奪錦樓」中，那樓就成爲可有可無的東西了。

李漁是一夫多妻制的擁護者，他本身就妻妾衆多。反映在他小說中的，也是視一夫多妻爲當然，尤以有貌的才子，李漁必配給他不止一個的佳人，如合影樓、奪錦樓，都是才子娶得「雙美」的故事，這雖是當時社會制度下允許的事，但今日看來，不免有庸俗的感覺。

十二樓的優點與缺點，曹麗蓉在李漁小說十二樓的藝術技巧一文中有如下的評述：

「十二樓的形式完整，結構嚴謹，文字淺白通俗。而小說的戲劇化結構，以及不落窠臼的佈局與手法，更形成了它的獨特風格。所以，李漁的文字技巧及形式結構成功的表達出作品的內容題材，這是可以肯定的。但，成功的文學形式，並不一定意味着它所服務的文學內容也一樣的功成。」

「李漁雖有說故事的天才，但却不能從人物心理方面落筆，搜索人的行爲動機，因此他的角色都是定了型的，有如舞台上的生、旦、淨、丑，涇渭分明，他並不曾對人類的內心活動給予透視，他描寫人與人的關係，十分的粗糙與簡單，那種人類心理變化的複雜過程，那種存在於人與人之間的緊張狀態上衝突關係，在他的小說裡都付諸厥如。……十二樓可說是一部世俗化的小說，李漁的優點是通俗，但好些時候，過猶不及，成了媚俗。……雖然新鮮，格調却不高。」

不錯的，李漁以戲劇的結構來處理小說，情節完整，又有很好的文筆，可惜內容貧乏，格調庸俗，無怪其不能受到後世的重視了。

第三節　晚清小說

清朝自鴉片戰爭以後，國勢日衰，內憂外患，紛至沓來。而政治的腐敗與社會的腐化，更令一般知識份子爲之痛心不已，他們口誅筆伐的武器之一，就是小說。爲什麼那時的知識份子會選擇小說爲抨擊當局，提倡維新的利器呢？原因之一是清末受到西洋文化的影響，小說逐漸受到廣大群衆的歡迎，大家認識到小說「有不可思議之力」，足可支配人們的心理，改變社會。原因之二是清末印刷術的革新，大衆傳播事業開始發展，報紙雜誌越出越多，小說的地位也越重要，後來慢慢有專門刊行小說的雜誌之出版。其中較着名的有梁啟超辦的新小說，李伯元主編的繡像小說，吳研人辦的月月小說，以及小說林、小說月報、小說世界、小說圖畫報等。

從另一個角度來看，晚清小說界的繁榮，是由於寫小說的人基於一般讀書的愛好，而投其所好的寫一些誨淫誨盜的讀物。以當時十里洋場的中心上海來說，許多小說雜誌爲了爭取讀者，專以聲色犬馬爲題材。如海天鴻雪記卷首茂苑惜秋生的序文所說：

「上海一埠，自從通商以來，世界繁華，日新月盛，北自楊樹浦，南至十六舖，沿着黃浦江，岸上的煤氣燈、電燈，夜間望去，竟是一條火龍一般。福州路一帶，曲院勾欄，鱗次櫛北。一到夜來，酒肉薰天，笙歌匝地，凡是到了這個地方，覺得世界上最要緊的事情，無有過於徵逐者。正是說不盡的標新炫異，醉紙迷金。那紅粉靑衫，傾心遊目，更覺相喻無言，解人難索。記者寓公是邦，靜觀默察，覺得所見所聞，雖然過眼烟雲，一刹那間都成陳迹；但是個中人離合悲歡，組織一切，頗有可資談助的。……」（按，惜秋生可能卽是作者李伯元的筆名。）

當時在上海一帶，流行以吳語寫作，其始作俑者，爲韓子雲，所作海上花列傳，風行一時。此後效尤的人漸多，描寫曲院勾欄，或以京語，或以吳語，其中比較著名的，有警幻痴仙的海上繁華夢一百回、漱大山房的九尾龜一百九十二回、老上海的上海新繁華夢四十回、夢花館主的九尾狐五十回、黃小配的廿載繁華夢四十回、嫖界個中人的最近嫖界秘密史二十回、天夢的蘇州繁華夢九回等，此類小說，一般又稱爲狹邪小說，爲數十分可觀。

除狹邪小說外，晚清時候有所謂「鴛鴦蝴蝶派」小說，實際就是一種言情小說，寫才子佳人，或痴男怨女的離合悲歡。其中較著名的有吳研人的刼餘灰、天虛我生的淚珠緣、李涵秋的瑤瑟夫人、雙花記、小白的鴛鴦碑、非民的恨海花、息觀的破鏡重圓等，爲數亦復不少。

清末又一度流行模擬、改寫、續寫以往的小說名著，如陳冷血有新西遊記、南武野蠻有新石頭記、香夢詞人有新兒女英雄，治逸有新七俠五義、陸士諤有新水滸，此外尙有新金瓶梅、新鏡花緣、新封神傳等，這些東西多出現在一九〇九年前後，成爲一窩蜂的現象。

以上我們提到的清末狹邪小說，言情小說，模仿小說，爲數雖多，但均經不起時間的考驗，幾乎沒有一本値得流傳。卽使如其中唯一的例外，韓子雲的海上花列傳，魯迅稱其「平淡而近自然」於先，胡適讚其「富有文學的風格與文學的藝術」於後，但究其內容，實不過比「嫖界指南」高一級的東西罷了，就算它有「絕好筆墨」，我們也不認爲是一部値得推介評述的作品。

在晚清畸型繁榮的小說界，比較上值得重視的作品，是有譴責小說之稱的以下四部：

一、官場現形記

官場現形記的作者是李寶嘉，他字伯元，筆名南亭亭長，茂苑惜秋生，江蘇上元人。生於清同治六年，卒於光緒三十二年（一八六七——一九〇六）。他曾在家鄉中過第一名的秀才，以後應過幾次鄉試，却都失敗了。於是跑到上海去，以辦小報及賣文度日。曾辦過指南報、游戲報、繁華報以及主編繡像小說。他是個多才多藝的人，詩詞小品散見於當時各小報，長於印刻，有芋香印譜行世。小說除官場現形記以外，還有文明小史六十回、活地獄四十二回、海天鴻雪記二十回、庚子國變彈詞四十回。李氏死時只有四十歲，身後蕭條。由於他生前在各小報上力捧伶人孫菊仙，孫氏在李寶嘉死後即出錢為他料理喪事，一時傳為美談。

官場現形記今本共六十回，實為李氏原來計劃的一半。原來此書當寫到五十餘回時，李氏即去世，後由其友人續寫到六十回，勉强告一段落而出書。這個續最後幾回的人在書的結束時說：

「前半部是專門指摘他們做官的壞處，好叫他們讀了知過必改，後半部方是教導他們做官的法子。如今把這後半部燒了，只剩得前半部。先說這前半部，不像本教科書，倒像部封神榜、西遊記，妖魔鬼怪，一齊都有。」

這話顯然是有漏洞，如果李伯元原本計劃中的後半部眞是「教導他們做官的法子」，則此書就不能稱之為官場現形記了。李氏此書論者以為同他的文明小史一樣，前面部分較後面部分好。可見這種連環短篇式的小說，後面即使扯得再長，也不過多增加幾個官場「妖魔鬼怪」，拉長些篇幅而已。

李氏自序此書說：「若官者，輔天子則不足，壓百姓則有餘。以其位之高，以其名之貴，以其權之大，以其威之重，有語其後者，刑罰出之，有詔其旁者，拘繫隨之。……於是官之氣愈張，官之燄愈烈，羊狠狼貪之技，他人所不忍出者，而官出之；蠅營狗苟之行，他人所不屑爲者，而官爲之。下至聲色貨利，則嗜若性命，取樂飲酒，則視爲故常。觀其外，偭規而錯矩，觀其內，踰閑而蕩檢。種種荒謬，種種乖戾，雖罄紙墨，不能書也。」

因此，官場現形記中我們見到的是一個接一個的官吏醜態，他們的營私舞弊，好財好色，欺善怕惡，無惡不作。作者以誇張之筆，對他們譏笑、責罵，無論是文官武將，無論是大官小官，總之，沒有一個像樣的官。此書雖然有些段落寫得淋漓盡緻，如寫胡統領、隨鳳占、錢瓊光、刁邁彭等人的事，很是動人，不過，作者受到以下兩點原因的限制，終不能使他這部作品，擠身於我國第一流小說之列：第一，作者本人沒有做過一天官，而他較爲熟悉的官吏，是中下級的，因此，一般上他描寫那些「佐雜小官」頗能左右逢源，窮形盡相，但描寫大官時，只靠一些聽聞，難免不盡不實，甚至不像了。第二，李伯元在他的晚年寫這部書，那時他健康已很差，經濟情況又不好，他的工作很忙，辦小報，編刊物，還要靠爬格子維持生活，所以不能有深思熟慮的結構，以及從容精細的筆墨，這是非常可惜的。

二、二十年目睹之怪現狀

二十年目睹之怪現狀的作者是吳沃堯，他字小允，又字繭人，亦署趼人，廣東南海人，又因曾居佛山鎮，故自號我佛山人。生於同治六年，卒於宣統二年（一八六七——一九一〇）。他二十多歲時到上海，就開始以寫作爲生。曾到過日本。後來梁啓超辦新小說，李伯元編繡像小說，他的長篇卽源源而出。一度又赴漢口任職於楚報。那時剛好爆發了因美國迫害華工的反美運動，楚報是美資經營的，吳氏毅然辭職返滬，並寫文章，寫小說，大聲疾呼，投入反美迫害華工運動。此一爲爭取在美華工地位福利的運動後來因各方面意見不一致，而不了了之，使吳氏很受刺激，思想逐漸趨消沉，正如他的友人李懷霜所說的：「救世之情竭，而後厭世之念生」。不過，由此也可見出他畢竟是個有血性的男兒。他晚年在上海和周桂笙創辦了月月小說，在其上又發表了不少小說。吳氏雖僅活了四十三歲，但他的最後十年，非常多產，較著名的小說有：痛史二十七回、九命奇冤三十六回、瞎騙奇聞八回、恨海十回、刼餘灰十六回、最近社會齷齪史二十回、糊塗世界十二回等。

吳氏以第一人稱的筆調，託名九死一生記敍其二十年間的所見所聞與所感。在第二回中這樣說：

「只因我出來應世的二十年中，回頭想來，所遇見的只有三種東西：第一種是蛇蟲鼠蟻，第二種是豺狼虎豹，第三種是魑魅魍魎。二十年之久，在此中過來，未曾被第一種所蝕，未曾被第二種所啖，未曾被第三種所攫。居然都被我避了過去，還不算是九死一生麽？」

作者因爲採取了第一人稱敍述的方式，所以在結構上，顯得比那種純連環短篇的小說來得統一，但基本上，此書所觸及的有暴露指摘性的大大小小的故事，均相互毫無關連，書中所記的事，所見者少，所聞者多，我們在書中無數次看到「我」在找張三說故事，找李四道始末，故仍然令人有連環短篇的感覺。如果書名改稱「二十年見聞之怪現象」，恐怕更爲切合。

此書暴露指摘的範圍較官場現形記要廣得多，有政治、社會、教育等制度的批判，有仕、農、工、商各界人物的批斥，也有對人性貪婪自私的嘲諷，雖父子兄弟均不足信賴，可說是相當徹底的反映了清末那個烏烟瘴氣的時代。

三、老殘遊記

老殘遊記的作者是劉鶚，他字鐵雲，筆名洪都百鍊生，江蘇丹徒人，約生於清道光三十年，卒於宣統二年左右（一八五〇——一九一九），他是一個天才怪傑型的人物，靠他的穎悟與自修，有不少表現與成就。年輕時精於算術，研究治河。後來到上海行醫，生意不好，改爲經商，也賠了本。一八八八年黃河決口，他協助吳大澂治河，「短衣匹馬，與徒役雜作」，終於治河有成。他又是研究甲骨文字的開路先鋒，今存其所輯鐵雲藏龜。他上書請貸外資建鐵路、開礦，事成之後，竟被公衆指爲惑世誤國的「漢奸」。後來在上海「受廛於歐人，服用豪侈」。到八國聯軍入北京，百姓苦饑，他出資用賤價買得俄軍所據的太倉米糧，來救濟百姓，亂平後，清政府判他私售倉粟之罪，流放新疆而死。（參見羅振玉的劉鐵雲傳）

劉鶚自覺是一個有智慧見解的人，可是他救國救民之心不但不能申展，反而被人誤解，這是他感到最爲傷心的。老殘遊記是他唯一的著作，就是用以寄託他的長才不展，而興長歌當哭之意。他在自序中說：

「離騷爲屈大夫之哭泣，莊子爲蒙叟之哭泣，史記爲太史公之哭泣，草堂詩集爲杜工部之哭泣，李後主以詞哭，八大山人以畫哭，王實甫寄哭泣於西廂，曹雪芹寄哭泣於紅樓夢。……其感情愈深者，其哭泣愈痛，此洪都百鍊生所以有老殘遊記之作也。棋局已『殘』，吾人將『老』，欲不哭泣也得乎？」

所謂「棋局已殘，吾人將老」，即爲書中主角老殘之點睛，亦爲作者的自況。書中的老殘「搖個串鈴，替人治病，奔走江湖近二十年。」書中又一再寫到治河的情形，都是明證。

老殘遊記二十回實可以算是介乎散文與小說之間的作品。有若干段落很好的散文描寫，如寫景物的「遊大明湖」、「黃河結冰」，如寫人物表演的「王小玉唱書」，都是膾炙人口的文字。至於可算是小說段落的文字，則自然以描寫玉賢、剛弼兩個自命爲清官的酷吏那兩個故事最爲動人心魄。作者自己說：

「贓官可恨，人人知之；清官尤可恨，人多不知。蓋贓官自知有病，不敢公然爲非；清官則自以爲不要錢；何所不可，剛愎自用，小則殺人，大則誤國。……歷來小說皆揭贓官之惡，有揭清官之惡者，自老殘遊記始。」

這話並沒有誇張。此書最受人攻擊的地方，是八到十二回中桃花山夜遇璵姑、黃龍子的一大段，神秘裡夾雜着不少迷信。不過，胡適、夏志清都有對劉鶚有利的解釋，可見各家有仁智之見。我們認爲此一大段縱使認爲是本書的敗筆，也不應如錢玄同所判定的劉鶚是「老新黨頭腦不清」，老殘遊記畢竟有其可讀的地方，也有它獨特的地位與風格。

四、孽海花

孽海花的作者是曾樸，他字孟樸，筆名東亞病夫，江蘇常熟人。生於清同治一〇年，卒於民國二十四年（一八七一——一九三五）。他曾經中過舉人，但却參預康梁維新運動，亦同情國民革命運動。他是清末有名的出版家，早年創辦小說林社於上海，身體力行提倡翻譯小說，後來又辦眞美善書店，並主編眞美善雜誌，另著有小說魯男子等。

孽海花在光緒三十一年（一九〇五）首先寫了二十回，出版後風行一時，兩年內再版至十五次，銷行五萬部。但很奇怪的，以後二十年間，曾氏只陸續寫了十回或略多，現在流通的本子，均源自民國十七年眞美善版的修改本，共十五卷三十回，只有原來計劃六十回的一半。孽海花一書的寫作動機，曾氏自序說：

「這書造意的動機，並不是我，是愛自由者。他非別人，就是吾友金君松岑，名天翮。他發起這書，曾做過四五回，我那時正創辦小說林書社，提倡譯著小說。他把稿子寄給我看，我看了，認是一個好題材。但是金君的原稿，過於注重主人公，不過描寫一個奇突的妓女，略映帶些相關的時事，充其量能做成了李香君的桃花扇、陳圓圓的滄桑艷，已算頂好的成績了。而且照此寫來，祇怕筆法上仍跳不出海上花列傳的蹊徑。在我的意思却不然，想借用主人公做全書的線索，盡量容納近三十年來的歷史，避去正面，專把些有趣的瑣聞逸事，來烘託出大事的背景，格局比較的龐大。當時就把我的意見，告訴了金君。誰知金君竟順水推舟，把繼續這書的責任，全卸到我身上來。我也就老實不客氣的，把金君四五回的原稿，一面點竄塗改，一面進行不息，三個月工夫，一氣呵成了二十回，這二十回裡的前四回，雜糅着金君的原稿不少。即如第一回的引首詞，和一篇駢文，都是照着原稿，一字未改。其餘部分，也是觸處都有，連我自己也弄不清楚誰是誰的。就是現在已修改本裡，也還存着一半金君原稿的成分。」

作者筆下成爲全書線索的主人公，男的是胆小如鼠的書呆子狀元金雯青，女的是水性揚花又胆大妄爲的妓女傅彩云。由於金雯青的地位，才能使故事關涉到國內外許多大事件、大人物身上；由於傅彩雲的風流成性，才能充份暴露當時上層社會生活的靡爛墮落。加以作者的筆調，相當涵蓄諧謔，故能讀來引人入勝。胡適以書中有一段說傅彩雲係金雯青以前在煙臺所負妓女轉世，帶有迷信色彩，而貶斥此書，未免太過注重小節，而且也不公平。要說迷信，水滸傳、紅樓夢均不能免俗，所以只能從大處着眼才對。就小說論小說，孽海花恐怕要算晚清小說中的壓卷之作。

文學類 I117

中國文學史初稿（增訂版）

作　　者　王忠林　左松超　皮述民
　　　　　金榮華　邱燮友　黃錦鋐
　　　　　傅錫壬　應裕康
責任編輯　吳家嘉

發 行 人　陳滿銘
總 經 理　梁錦興
總 編 輯　陳滿銘
副總編輯　張晏瑞
編 輯 所　萬卷樓圖書(股)公司
排　　版　浩瀚電腦排版(股)公司
印　　刷　百通科技(股)公司
封面設計　百通科技・秦嘉欣

發　　行　萬卷樓圖書(股)公司
臺北市羅斯福路二段 41 號 6 樓之 3
電話 (02)23216565
傳真 (02)23218698
電郵 SERVICE@WANJUAN.COM.TW
大陸經銷
廈門外圖臺灣書店有限公司
電郵 JKB188@188.COM
香港經銷
香港聯合書刊物流有限公司
電話 (852)21502100
傳真 (852)23560735

ISBN 978-957-739-415-6
2019 年 9 月再版四刷
2002 年 10 月初版一刷
定價：新臺幣 600 元

如何購買本書：
1. 劃撥購書，請透過以下帳號
帳號：15624015
戶名：萬卷樓圖書股份有限公司
2. 轉帳購書，請透過以下帳戶
合作金庫銀行　古亭分行
戶名：萬卷樓圖書股份有限公司
帳號：0877717092596
3. 網路購書，請透過萬卷樓網站
網址 WWW.WANJUAN.COM.TW
大量購書，請直接聯繫，將有專人為您服務。(02)23216565 分機 610

如有缺頁、破損或裝訂錯誤，請寄回更換

國家圖書館出版品預行編目資料

中國文學史初稿 / 王忠林等合著.
-- 初版. -- 臺北市：萬卷樓, 民 91
面；　公分
ISBN 978-957-739-415-6(平裝)

1.中國文學-歷史

820.9　　　　91018638

中國文學史初稿

（增訂版）

上 冊

王忠林　左松超　皮述民　金榮華
邱燮友　黃錦鋐　傅錫壬　應裕康

合著

引言

一

中國歷代文學，一脈相承，順流而下，百河灌注，波瀾愈爲壯闊，如長江、黃河之水，滔滔汩汩，淵遠流長。誠如歐陽修所說的，歷代文學，「一代有一代之所勝」。其間作家之多、作品之富，有如一泉一水，一谿一壑，各有其態，而成就輝煌，照耀千古。

「文學在反映人生，描寫人性。文學家對人生的遭遇，有透徹的體會，他們透過語言文字，表達了强烈的情感，高遠的理想，豐富的想像，彰明了人生的和諧和美麗。我們看到文學家的努力，是在使我們的生活跟他們的生命結合在一起。因此，我們對文學的評價，不僅止於藝術的品賞，而且還要求道德上的評價。這是中國傳統的文學觀，也是東方文學特有的風貌和精神。

今人研究文學史的目的，是在探究前人文學的成就，以及對後世文學的影響。同時，是就社會進化過程中，發覺各時代文學發展的眞象，評論各時代文學作家、作品，在社會人羣中的價值和意義，以尋求文學演進的規律，用來引導今後文學的發展。」

二

「關於中國文學史的專著，始於清末。清末以前，有關文學史的著作，多散見於正史的文苑傳、文學傳或藝文志中；私人的著述，往往就一家的作品，一種文體的發展，加以評述，如賦話、詩話、詞話、文論和詩文評之類，那時尚無文學史的名稱，也缺乏做全盤性或有系統的分析整理」。第一部中國文學史的著作，要算林傳甲的中國文學史，在清光緒三十年（一九〇四）印行，做爲京師大學堂的講義。兩年後，又有竇警凡的歷朝文學史，是線裝鉛印本。民國以來，中國文學史之類的專著，無論是通史、專史或斷代史，便日益增多，而「中國文學史」一項，也就成爲研究中國文學中一門新興的學科，爲一般大學中文系必開的課程。

在以往所出版的中國文學史中，大半是由一人或一二人執筆寫成的。由於中國文學史，上下數千年，其中包括各種文體由醞釀變化，到成熟衰微，其間的演進至爲複雜，作家作品的繁富，並非一人的能力所能顧及的。近些年來，學術研究的方式改變，「本書由個別單獨研究，轉變爲羣策羣力的集體分工研究；而研究的途徑，也採用新觀念、新方法和新批評。」

三

「早在三年前，我們邀集了八位在各大學中文系或國文系擔任該科的教授，採用集體分工的方式，籌劃編著一部新的中國文學史，作爲大學中文系「中國文學史」一科教材之用。依據「歷史的重心在民生」，而文學史也是歷史的一部分，於是我們決定採用民生史觀的立場，來撰寫這部文學史。接着便著手擬具編章節目和體例，然後就各人的所長，揀選撰寫的範圍，如今已完稿，定名爲「中國文學史初稿」。」

本書由傅錫壬（淡江大學）負責第一編及第二編四五兩章部份，黃錦鋐（師範大學）負責第二編部分，左松超（中央大學）負責第三編部分，邱燮友（師範大學）負責第四編部分，金榮華（文化大學）負責第五編部分，王忠林（南洋大學）負責第六編部分，應裕康（南洋大學）負責第七編部分，皮述民（南洋大學）負責第八編部分。編寫工作採用個人執筆集體討論的方式完成，最後審查定稿，封面上作者排列次序，依姓氏筆畫爲序。全書繁鉅，疏漏的地方，在所難免，尚祈博雅學者，有所指正。

民國六十七年十月

中國文學史初稿　目錄

第一編　上古三代文學

第一章　中國文字的起源……一
第一節　中國文字起源的傳說……一
第二節　文字的創造者……四
第三節　文字創造的約略時代……五
第二章　古代的神話與傳說……五
第一節　文學之母……五
第二節　什麼是神話、傳說……六
第三節　中國神話不發達的原因……八
第四節　古代神話舉隅……二二
第三章　殷商時代文學的斷片……三一
第一節　信史的開始……三一

第二節　卜辭的發現……三一
第三節　殷商文明的蠡測……三三
第四節　藝術與文學的成就……三八
第四章　卜筮之書——周易……四五
第一節　巫術文學……四五
第二節　反映的社會背景……四六
第三節　文學的蠡測……四八
第四節　十翼的文學觀……五二
第五章　北方詩歌總集——詩經……五五
第一節　最古的詩歌總集……五五
第二節　詩經的作者與時代……五六
第三節　詩經的編輯……五八
第四節　詩經的內容……六三
第六章　春秋戰國的散文……七九
第一節　動盪的時代……七九
第二節　散文興盛的原因……八〇

第三節　哲理散文……八四
第四節　歷史散文……一〇五
第七章　南方詩歌總集——楚辭……一一七
第一節　楚辭釋名……一一七
第二節　楚辭的緣起……一一九
第三節　屈原生平及其作品……一三二
第四節　楚辭的藝術價值……一四〇
第五節　宋玉的生平及其作品……一四三
第六節　楚辭對後世文學之影響……一四五

第二編　秦漢文學

第一章　秦代文學概述……一五一
第一節　荀卿……一五二
第二節　李斯……一五八
第三節　韓非……一六六
第四節　呂氏春秋……一七一

第二章　兩漢的辭賦……一七九
第一節　漢代辭賦發達的原因及其特點……一七九
第二節　漢代辭賦的作家……一八八
第三章　漢代的史傳散文……二二五
第四章　樂府與民歌……二三五
第五章　五七言詩的興起……二五三
第一節　五言詩的興起……二五三
第二節　七言詩的興起……二七五

第三編　魏晉南北朝文學

第一章　建安詩歌與正始詩歌……二八五
第一節　建安詩歌……二八五
第二節　正始詩歌……三〇四
第二章　兩晉詩歌……三一三
第一節　晉初詩人……三一五
第二節　太康詩人……三一七

第三節　左思……三二〇
第四節　劉琨、郭璞……三二三
第五節　陶淵明……三二八
第三章　南北朝詩歌……三三七
第一節　謝靈運與山水詩……三四二
第二節　鮑照……三四六
第三節　謝朓和永明體……三五〇
第四節　梁陳詩人和宮體詩……三五三
第五節　北朝詩人……三六一
第四章　南北朝樂府及民歌……三六七
第一節　南朝樂府民歌……三六八
第二節　北朝樂府民歌……三八四
第三節　南北朝樂府民歌的影響……三九〇
第五章　魏晉南北朝的賦、駢文與散文……三九五
第一節　魏晉的賦……三九五
第二節　魏晉的散文……四〇〇

第三節　南北朝的駢文……………………………………四〇七
第四節　南北朝的散文……………………………………四一六
第六章　魏晉南北朝的小說………………………………四二三
第一節　志怪小說…………………………………………四二四
第二節　軼事小說…………………………………………四三四

第四編　隋唐五代文學

第一章　隋代文學…………………………………………四四三
第一節　隋代文學概述……………………………………四四三
第二節　隋代詩歌…………………………………………四四六
第二章　唐代詩歌（上）…………………………………四五一
第一節　唐代文學概述……………………………………四五一
第二節　唐詩興盛的原因和社會背景……………………四五三
第三節　初唐詩歌…………………………………………四六四
第四節　盛唐詩歌…………………………………………四八一
第三章　唐代詩歌（下）…………………………………五一九

第一節　中唐詩歌……五一九
第二節　晚唐詩歌……五三九
第四章　唐代古文運動……五五一
第一節　古文運動發生的原因……五五一
第二節　古文運動領導者韓愈和柳宗元……五五九
第三節　唐代古文運動的成就……五六七
第五章　唐代傳奇小說……五七三
第一節　唐代傳奇發生的原因……五七三
第二節　唐代傳奇的內容及發展……五七七
第三節　唐代傳奇小說的影響……五八六
第六章　唐代通俗文學……五八九
第一節　敦煌變文……五九〇
第二節　敦煌曲子詞與唐代民歌……五九六
第七章　唐五代詞……六〇五
第一節　詞的起源和唐詞的發展……六〇五
第二節　溫庭筠和花間詞人……六一二

第三節　李煜和南唐詞人……六一八

第五編　宋代文學

第一章　宋代的散文……六二五
第一節　古文運動的再起……六二五
第二節　主要作家……六三一
第三節　理學家的散文……六三八
第二章　北宋的詩歌……六四一
第一節　西崑時期……六四一
第二節　創新時期……六四三
第三節　黃庭堅與江西詩派……六四五
第三章　南宋的詩……六五一
第一節　南渡四家……六五一
第二節　永嘉四靈……六五六
第三節　江湖詩人……六五八
第四節　理學家的詩……六六〇
第五節　孤臣遺老……六六一

第四章　北宋的詞……六六三
第一節　花間餘風……六六四
第二節　慢詞全盛……六六八
第三節　格律求精……六七三
第五章　南宋的詞……六七七
第一節　豪邁時期……六七九
第二節　雕飾期……六八四
第三節　雅正期……六八九
第六章　宋代的戲曲……六九五
第一節　歌舞劇……六九六
第二節　鼓子詞……六九九
第三節　諸宮調……七〇一
第四節　戲文……七〇三
第七章　宋代的小說……七〇五
第一節　志怪與傳奇……七〇五
第二節　話本……七〇七

第八章　宋代的文學批評……七一三
第一節　朱熹的文學批評……七一三
第二節　嚴羽和滄浪詩話……七一四
第九章　遼金文學……七一七
第一節　遼文學……七一七
第二節　金文學……七一八

第六編　元代文學

第一章　元代的詩文……七二五
第一節　元代的詩詞……七二五
第二節　元代散文……七四三
第二章　元代散曲……七五三
第一節　散曲的起源和體制……七五三
第二節　元代前期散曲……七六三
第三節　元代後期散曲……七九一
第三章　元代雜劇……八一七

第一節　元雜劇的起源和組識……八一七
第二節　元代前期雜劇作家……八二四
第三節　元代後期雜劇……八五二
第四節　元代無名氏雜劇……八六一

第七編　明代文學

第一章　明初的詩文……八七一
第一節　明初詩文……八七一
第二節　臺閣體與茶陵詩派……八八一
第三節　前後七子的擬古運動……八八七
第四節　唐宋派與歸有光（反擬古主義的作家）……八九七
第五節　公安派與竟陵派……九〇八
第六節　明末詩文……九一六
第二章　明代的戲劇……九二五
第一節　明初的戲劇……九二五
第二節　崑曲的興起……九三六

第三節　沈璟與格律派……九五二
第四節　湯顯祖與文辭派……九六一
第五節　明末的戲劇……九七一
第三章　明代散曲及民歌……九八三
第一節　元末明初散曲……九八三
第二節　明代前期散曲……九八九
第三節　明代後期散曲……一〇一一
第四節　明代的民歌……一〇二五
第四章　明代的小說與話本……一〇三五
第一節　長篇章回小說……一〇三六
第二節　短篇小說……一〇八三

第八編　清代文學

第一章　清代詩詞……一〇九九
第一節　清代詩歌……一〇九九
第二節　清代的詞……一一〇八

第二章 清代的駢文與散文……一一二五
第一節 清代駢文……一一二五
第二節 清代散文……一一三三
第三章 清代的戲劇……一一五五
第一節 清初戲劇……一一五五
第二節 康熙時的戲劇……一一六七
第三節 乾隆時的戲劇……一一八一
第四節 嘉慶以後的戲劇……一一八八
第五節 花部諸腔的興起……一一九四
第四章 清代的民歌與講唱文學……一二〇七
第一節 清代的民歌……一二〇七
第二節 清代的講唱文學……一二二三
第五章 清代小說……一二四三
第一節 長篇章回小說……一二四三
第二節 短篇小說……一二七八
第三節 晚清小說……一二八三

第一編　上古三代文學

第一章　中國文字的起源

第一節　中國文字起源的傳說

文學的創始，起於口頭的歌謠。所以文學的口頭傳說階段，應該遠在於文字創始之前。而我國文字究竟起源於何時？這原本是一個很難證明的問題。據說文序上說：

古者庖犧氏之王天下也，仰則觀象於天，俯則觀法於地，視鳥獸之文，與地之宜，近取諸身，遠取諸物，於是始作八卦，以垂憲象。及神農結繩爲治，而統其事。庶業其緐，飾僞萌生。黃帝之史倉頡，見鳥獸蹄迒之迹，知分理之可以相別異也，初造書契。

如果這記載可信，則中國文字創造的歷史，約可分爲三個時期，一是八卦時期、二是結繩時期，三是書契時期。書契就是文字。它演變的過程是，八卦、結繩的功用與文字相當，因爲過於簡單，不足以應付日以繁雜的人事，於是文字應運而萌生。這也就是文字源出於八卦、結繩傳說的由來。其實說文序上只說文字出現於八卦、結繩之後，從未說文字是由八卦、結繩中產生。但主張此說的學者，却舉出了許多例證。其中以鄭樵的六書略爲最早，而劉師培的說法，最爲具體。且舉劉說以爲代表。他在中國文學教科書象形釋例上說：

許君之言曰：象形者，畫成其物，隨體詰詘。蓋象形之字即古圖畫。上古之時未有字形，先有圖畫，故八卦爲文字鼻祖。乾坤坎離之卦形，即天地水火之字形，試舉其例如下：

乾爲天，今天字艸書作㇋，象乾卦之形。坤爲地，古坤字或作巛，象坤卦之倒形。坎爲水，篆文水字作巛，象坎卦之倒形。離爲火，古文火字作火，象離卦之形。

又在「論字形之起源」上說：

字形雖起於伏羲畫卦，然漸備於神農之結繩。……結繩之字不可復考，然觀一二三諸字，古文則作弌弍弎，蓋由田獵時代以獲禽記數，故古文之一二三咸附列弋字，所以表田獵所得之物數也。是爲結繩時代之字。結繩之文始於一字，衡爲一，從爲丨，縮其形則爲丨，斜其體則爲丿，反其體則爲乀。折其體則爲𠃌，反𠃌爲𠂆，轉𠂆爲𠃊，反𠃊爲亅，丿乀之合體爲∧，轉其形爲∨，倒其形則爲く，反其形則爲〉。一字再折爲冂，轉冂爲凵，倒凵爲匚，「𠃊」之合體爲口，轉環之則爲〇，卑其形則爲口。是結繩文字不外方圓平直，此結繩時代本體之字也。非惟指事文字之祖，即象形文字亦半出於〇口。然斯時仍未成字形也。厥後結繩之字兩體相加，由獨體而易爲合體。例如：一加一爲二，即上字之古文。一加二爲三，三字之倒文爲川。川加一爲示，即示字之古文。一加丨爲丅，再加一爲工。く加く爲巜，再加く爲巛，即坤之古文。〇加

・爲⊙，卽日之篆文。乚加乚爲乚，卽曲之古文。此皆結繩時代合體之字也。兩體相合，而象形指事之字以成，此卽字形成立之始也。

然而這種說法是經不起嚴格分析的。龍宇純先生在中國文字學一書中批駁說：

且不必說文字與八卦的孰先孰後，卽以艸書天字而言，藉令由乾卦之象演出，亦不得謂天字源出於☰；何況ㄋ字實由天字蛻變。又如水字作巛，與坎卦確可視爲同形，僅有橫豎之別。然巛字以〜與、象水形，坎卦之一與--則是另一體系中代表陽與陰的符號。符號意義既異，形狀的偶然相同，不得隨意牽合。又何況甲骨文水字，除巛形而外，有〜、⺀、巛、巛諸形，卽形體上的唯一根據亦根本消失。有關結繩的具體記述，東漢時僅有「大事大結其繩，小事小結其繩」的說法。如劉氏所言，結繩時代既已有文字，則何需乎結繩？如所謂文字出於結繩，僅指文字之線條取法乎結繩而言，則人體上一髮一指，自然界一莖一柯，無論「近取諸身，遠取諸物」，比比者皆是，又何必有待於結繩然後取之？前人可以畫一圓形爲月，後人亦可以畫一圓形爲月。圓形只是由月直接而來，非後人的圓形源出於前人。前人可以畫一圓形爲日，後人亦可畫一圓形爲餠。圓形的根據只是日或餠，非後人的餠形源出於前人的日形。這本是極簡單的道理，然而謂文字源於八卦結繩的學者，竟都疏忽了。

所以八卦與結繩只能視爲文字起源的傳說。

第二節　文字的創造者

相傳我國文字是倉頡創造的，但是這種傳說載於典籍的時代則很晚。在易經繫辭傳上只說：「後世聖人易之以書契。」不曾說明這聖人是誰。直到戰國時代才有黃帝史官倉頡作書的說法。如韓非子五蠹篇說：「倉頡之作書也。自環者謂之私，背私爲公。」呂氏春秋君守篇說：「倉頡作書。」淮南子本經篇說：「昔者倉頡作書，而天雨粟，鬼夜哭。」另外世本作篇又說：「沮誦倉詰作書。」於倉頡之外，又多出了一位沮誦。而荀子解蔽篇則說：「好書者衆矣，而倉頡獨傳者一也。」更未明言倉頡造字。從以上諸書記載觀之，去古愈遠而其說反愈益翔實，自然是後人附益的成分居多，恐難採信。更何況倉頡其人亦難定論。據孔穎達尚書正義說：「司馬遷，班固、韋誕、宋忠、傅玄皆云倉頡黃帝之史官也。崔瑗、曹植、蔡邕、索靖皆直云古之王也。徐整云在神農黃帝之間，譙周云在炎帝之世，衞氏云當在庖犧蒼帝之世，愼到云在庖犧之前，張揖云倉頡爲帝王，生於禪通之紀。」那麼倉頡造字的說法就會有問題。而我們知道文字之先不過是繪畫，浸假演進而爲文字，所以文字的產生，是漸進累積的，決非一人的才力所能創造，亦不由一時一地而產生。據物寫形，人人可以爲之，亦何必獨出聖人倉頡之手。但是古時既有此傳說，必倉頡事蹟有與文字相關者，或倉頡於造字獨多貢獻，於是獨享造字之美名。

第三節　文字創造的約略時代

如果中國文字的創造是始於黃帝時代，那只不過是西元前二六九一年左右的事。然而近數十年來，經過許多考古學家、古史學家、文字學家從地下發掘的材料研究，中國文字的起源應當更早於這個時代。惟至目前爲止，有實物可徵的我國最早的文字，是始於殷商時代。它的來源有二；一是歷代發掘的鐘鼎彝器。一是安陽出土的龜甲卜辭。尤其後者更爲重要，就是所謂的「甲骨文」，它代表了殷商時代所使用的文字。所以探討中國文字起源的問題，我們不得不只能根據甲骨文和殷商時代使用的文字作爲立足點，站在這個基礎上向前展望，或者可以推測出中國文字開始創造的約略時代。

殷代使用的文字，據董彥堂（作賓）先生的研究，大體可分爲四類。（見大陸雜誌第五卷、第一期、民國四十一年十一月卅日出版）

第一類：典册。

第二類：青銅器上的銘刻。

第三類：陶器、玉、石器、骨角器、獸頭骨、和印璽等各種器物上面書寫契刻的文字。

第四類：龜甲、牛胛骨上面的卜辭。

其中第一類裡，唯一能證明爲殷商時代簡册的證物是一片殘存的「骨簡」，著錄在雙劍誃藏甲骨文字第二一二、二一三。根據背面殘存的干支表長度推斷，它約殘損了全長的三分之二。正面的文字是記事，現存刻辭共五行五十六字，全文應在一百六十字以上。第二類中，爲殷商時代銅器而有銘文的，羅振玉的殷文存共收七二八器。王辰的續殷文存共收一一六七器。合起來共有二三九五器，其中有少數是周器誤入殷器，重出之外，至少有兩千器，還不包括小屯的發掘在內。第三類中，多爲董氏的發掘。如鹿頭骨的刻辭，記帝辛時征人方（？）時田獵之事。還有一個鹿頭骨和牛頭骨也都有田獵的刻辭。人頭骨記用人方伯致祭祖乙之事。骨器如笄、柶、鹿角器均有文字，陶器上刻文字的也有十餘種。還有一個玉雕的魚，上面硃書「大示芼」三個紅字。印璽上有亞形的一個「羅」字。第四類是殷代文字的大宗，估計五十年來發掘的甲骨片，總數在十萬件以上。

把這些有刻辭的甲骨和鼎彝研究以後，便可得知中國最古文字形象的大概。雖然還有許多文字直到目前還不能爲我們所認識，但是其中有兩點是值得我們特別重視的。

第一、文字的形式變化與文例的款式已經很有規則。甲骨文的每一個字的形體，有繁簡反正各種不同的樣子，於是有人以爲，這是文字在創造途中，一個短時間內（舊說武乙至帝乙），混亂複雜，茫無頭緒的現象。其實不然，文字形體的繁簡不一，是在二三百年長期的演化途程中應有的現象。如果能把時代分清了，自然有先後次序，秩然不紊。至於一個字可以反寫正寫，則完全是用來書寫卜辭的關係，甲骨文以外的記事文字，並不如此。因爲卜辭的書寫是跟著卜兆，卜兆向內向外的不同，於是卜辭文字就有正寫反寫的異致，這完全是爲了求「對稱」的美。我們只要看每個卜字[illegible]字的寫法，和它依傍的卜兆，形狀必須絕對一樣，就可以恍然大悟了。再就文例的款式看，我們現在通用的文例，是下行的，第二行、三行都列在左邊，叫作「左行」，反之叫「右行」。甲骨上書契的卜辭，則有「左行」也有「右行」，這種現象也是很有規則的，和單字的反寫是同樣的道理，只是爲了求其「對稱」。卜辭所以有右行的緣故，是在於龜腹甲從中縫分爲左右，背甲鋸開也是左右兩半，牛胛骨本來是左右兩塊。至於其他如獸頭刻辭、玉器、石器、骨柶、骨簡等物（銅器不計在內），都不是卜辭，其款式則都是下行而又左行的。所以甲骨上鑿灼卜兆求對稱，書契文字用反正求對稱，行文款式也以左右行求對稱，理由很簡單。也可見甲骨文的形式變化已經很有規則，必是長期演進後的結果。

第二、文字的構造已經很進步。就以六書的歸類來看，甲骨文中除了轉注一類，含義不明，考、老二字皆有，而無法尋求其他例子外，其餘五種造字方法，都已確實全部在應用著，這可見，那時的文化程度也已經很高了。

再者，我們把甲骨文和埃及文、麼些文來作個比較，就可以證明甲骨文的來源是應該很古的，而且也是我們中國人獨力創造的。

埃及是世界上的文明古國之一，文字的發明最早，他們起初以圖畫代表意義，後來以一部分圖畫代表聲音，最後圖畫演變成爲了符號，也完全用以表音。據說此種文字在西元前三千五百年左右，已經在使用。它的發明也許還要更早些。而麼些文字，是在雲南麗江一帶的邊疆民族在宋理宗時代創造的，距今只不過七、八百年，至今他們還在使用。當甲骨文和他們作了比較以後，我們又有了一些新發現。

第一、甲骨文的演進已經很久了。參圖片：

楷書	犬	馬	牛	羊	兕	象	豕	鼠
甲骨文								
埃及文								
麼些文								

（圖一）

在上圖所列舉的埃及文與麼些文中，獸形都是四足而向下，接觸地面。而甲骨文除牛羊二字是畫的正面頭形之外，都是兩足騰空。只有像鹿字作[illegible]等是立在地上，兔子作[illegible]、[illegible]等是坐在地上。而四足與兩足（甲骨文鳥類字一足，埃及文兩足）的不同，乃是造字人的印象有異。但是令人值得注意的是中國文字到了殷商時代，在演進、變化上都已經過了一段長久的時間，從原來的圖畫已完全變成符號了。所以全用線條寫出來，只要一望而知，不必刻意摹繪，所以橫的可以豎起來。因此甲骨文必是殷代通用的符號文字，是他們的「今文」，而刻在精美花紋銅器上的文字，則是他們的「古文」。從「古文」還保留原始圖畫文字的情形看，甲骨文已經是經過一段相

當長時間的演變的。

第二、甲骨文的來源是很古的。參圖片：

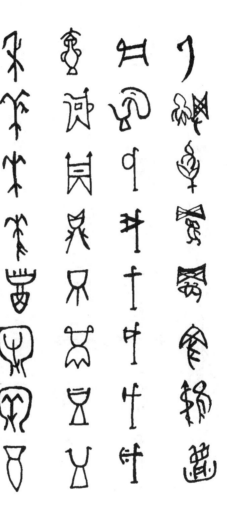

（圖二）

根據甲骨文往前推前，中國文字最早當在新石器時代的農業社會。甲骨文中農作物主要是禾、黍、麥、稻四種。禾、黍是本地土產，所以可以畫出根幹葉穗的全形。麥和來原是一個字，來字象麥子的穗莖根之形，但意義是來，可以推知這種食物是外來的。稻原不是北方黃河流域所生，所以造字的時候，只畫出來在鑪中的形狀。新石器時代的一大發明是製作陶器，甲骨文中的酉（尊）、壺、爵、斝、鼎、鬲、甗、豆、皿、盤、匜等等，都是描繪陶器的形狀。固然在殷代，幾乎全部變成銅器了，而銅器又都是模仿陶器的。舊石器時代，有鋒刃的器物是沒有柄的，執柯以伐柯，至少是新石器時代的事情。甲骨文中象有柄之器，如戉（斧）、我、戈、戌、戊、歲、斤等字是。這些器物，在殷代可能全是靑銅製成，但原始造字時所取象的，當然可以說是石器。甲骨文中尙有遠承漁獵社會而造的字。如漁、羅、䍏、𦊓、𦌴、雉、阱等字。或象用網捕魚，捕鳥，捕兔、鹿、豕之類，用弋射雉，用阱捉麋之類，雖然在殷代漁獵時未必不是仍然使用，但若推求它們的來源，自然是很古的。

第三、甲骨文是獨立創造的。參圖片：

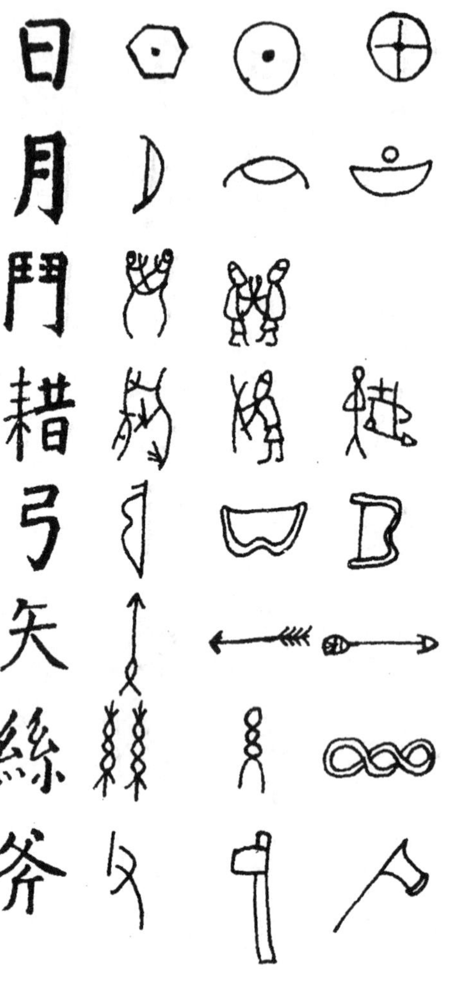

山	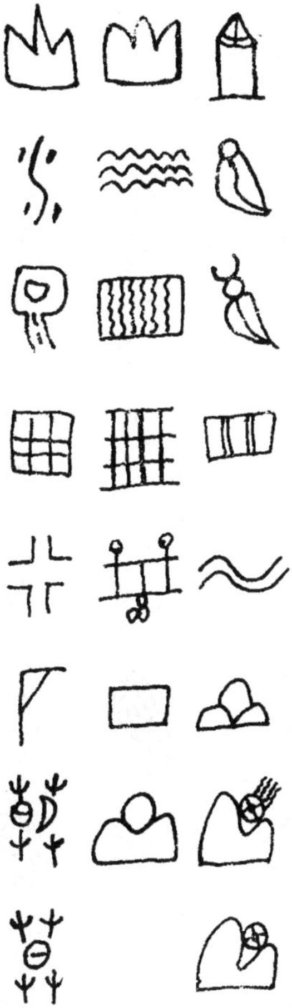	天	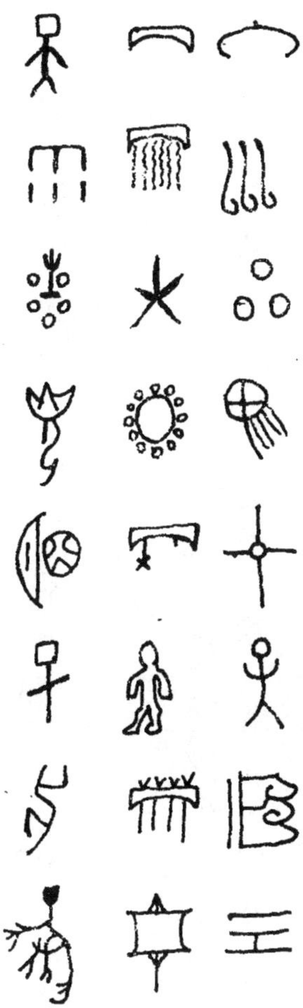
水		雨	
泉		星	
田		光	
行		明	
石		子	
朝		申	
暮		風	

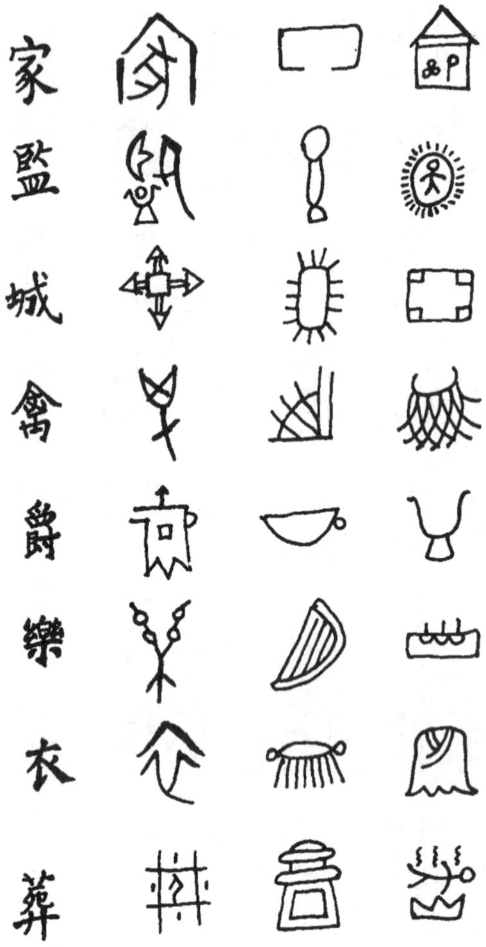

家 監 城 禽 爵 樂 衣 葬

民國二十一年（西元一九三二、昭和八年）日本人板津七三郎著埃漢文字同源考，附會中國文字是從埃及文字傳來的，並舉了許多甲骨文爲證。其實埃、漢文字是絕不同源的。世界上許多原始民族的原始圖畫文字，不免都有相同之處。現在把埃及、甲骨、和麼些文字作一比較，證明三種文字都是獨創的，各不相謀。因爲造字的同異，基於下面四個標準。

一、造字時對象同，心理又同，文字可能相同。如上圖的日、月、門、耤、弓、矢、絲、斧諸字。

二、造字時對象同，印象不同，文字必異。如上圖的天、雨、星、光、明、子、申、風諸字。

三、造字時地理環境不同，文字必異。如山圖的山、水、泉、田、行、石、朝、暮諸字。

四、造字的社會背景不同，文字必異。如上圖的家、監、城、禽、爵、樂、衣、葬諸字。

從以上比較情形看，只有第一種情形是可能相同的，其他各項均有其時代、地理、社會背景而獨立發展，絕無抄襲之痕跡。所以甲骨文是獨創的文字。

埃及文字據說在西元前三千五百年已經在使用，那它的發明文字應該更早，而且它使用了三千年後，却始終仍是圖畫。麼些文在宋理宗時代，爲雲南麗江一帶的邊疆民族所使用，使用了也將近一千年，仍然保持爲圖畫文字，都沒有變成符號，而甲骨文却已經是符號文字，當然它仍在圖畫文字的時期——銅器銘刻的古文時代，也一定使用了一千年以上。所以用保守的推算法，把中國文字的創始，接上殷墟文字的年代，一千年是符號，五百年是圖畫，這估計只有少不會多。殷墟的初年是西元前一三八四年，加上一千五百年，當爲西元前二八八四年，大約距今將近五千年，所以中國文字的發明尚超越了黃帝時代約二百年。

既然西元前二八八四年，中國就已經創始了文字，那麼，形諸於文字記載以前的口頭文學，其流傳的時代，想必更爲悠遠了。

第二章　古代的神話與傳說

第一節　文學之母

因爲神話與傳說的本身就具有濃郁的趣味性，所以它對文學藝術有很大的影響，文學藝術往往藉着它的滋潤而更顯得年輕、生動、美麗。例如我們所熟知的希臘神話與傳說，它已成爲歐洲藝術文明的骨幹。有多少甜美優妙的詩篇以它們爲題材；有多少優雅、雄偉的雕刻、繪畫以它們的人物、事跡爲對象。無論古代或近代，幾乎沒有一個人不爲它們美麗而生動的故事所感動。中國又何獨不然！殷周時代的鼎彝，多用饕餮、夔、夔龍、夔鳳、蛟、螭……等奇禽異獸的鑄像作爲裝飾，就很富於神話意味；被吸收融注在詩人和哲學家的作品中的，亦復不少。例如詩經中的大雅生民和商頌玄鳥的「感生」故事；屈原的離騷、九歌、天問、遠游……這些瑰麗的詩篇中，都保留下了非常豐富的神話與傳說方面的資料。尤其屈原的作品，神話已經溶解在他的生命血液之中。至於哲學家之保存神話與傳說者，有墨子、莊子、韓非子、呂氏春秋、淮南子、列子……等。就連孟子和荀子這兩部儒家的寶典裡也可以找出一些古代神話傳說的片斷。荀子非相篇對於古代聖主賢臣的形貌記述，就足供研究神話的參考。

在歐洲各國的文字裡，甚至也與希臘神話有密切的關係。如「盤」（Pan）是希臘的山林中之神，他的名字有「全」的意義，所以供奉一切神的神廟，就叫「Pantheon」，還有如「維納斯」（Venus），「阿波羅」（Apollo）「弗爾甘」（Vulcan）等等也都是各國文字裡極常見的字。所以奧林帕斯（Olympus）的諸神，在人類的心靈上已永久有他們的位置，他們現在已從神學的範圍，擴張到文學的領域，他們與世界上最好的詩歌與雕刻、繪畫發生了最密切的關係；這些最高的藝術作品如永存在人間，他們便也永存在人間，所以我們欲了解古代及近代的歐洲文學與藝術，便不能不先了解神話。而中國的歷史文明，在卜辭發現以後，才被有力的確定，卜辭是被學者公認爲目前發現，有實物可徵的最早的中國文字。所以文學的信史時代，也當自卜辭中可考的殷商時代開始。於是在此之前的三皇五帝，都成了神話與傳說中的英雄。遠古的神話，本都是原始社會中初民的口頭創作，在有文字記載以前，神話就廣泛地流傳在人們的口中，經過了歲月的累積，幻想的美化，使得神話的內容愈形複雜，而成爲文學的搖籃。所以研究中國文學同樣也應該從神話開始。

第二節　什麼是神話、傳說

什麼是神話？這本是個很不容易解答的問題。因爲「神話」這個詞，我國古代時沒有，當然它的界說就更難確立。它是近世紀剛從外國輸入的。所謂「神話」（myth）希臘文叫Mythos或Mythology，原意就是「故事」或「平話」，並非完全指有關神的事情。所以每個民族都有他自己的神話。那麼在遠古時代，他們的故事中都是些什麼內容呢？

我們就歷史文明的演變過程中想像，初民在洪荒的原始時代，生存必然是萬分艱困的，他們不但茹毛飲血，穴居野處，還要與大自然的惡劣環境奮鬥，他們對大自然的現象必然會產生種種畏懼與遐想，也必企圖對它們作許多天眞樸素的解釋。他們對於宇宙的起源，人類的誕生，四季的更迭，對日、月、山、林、風、雲等一切事物的形成與變化，都產生了巨大的驚異，當驚異時而得不到解釋，於是以爲它們都是有靈魂的東西，或有神在操縱着。這就是神話的起源，也卽是所謂「汎靈論」。所以神話實在是初民全部智識的庫藏。傳說（Tradition）則產生較晚，大都是敍述古史事蹟和英雄行爲。到了後來，神話和傳說中的故事，在展轉相傳中，相互類化，於是神話中的神變成了人；傳說中的人又變成了神，致使神話與傳說混淆不清。中國小說史略說：

> 昔者初民見天地萬物，變異不常，其諸現象，又出于人力所能以上，則自造衆說以解釋之；凡所解釋，今謂之神話。神話大抵以一「神格」爲中樞，又推演爲敍說，而于所敍之神、之事，又從而信仰敬畏之，于是歌頌其威靈，致美于壇廟，久而愈進，文物遂繁。故神話不特爲宗教之萌芽，美術所由起，且實爲文章之淵源。迨神話演進，則爲中樞者漸近人性，凡所敍述，今謂之傳說。傳說之所道，或爲神性之人，或爲古英雄，其奇才異能英勇爲凡人所不及，而由於天授，或由於天相者，簡狄吞燕卵而生商，劉媼得交龍而孕季，皆其例也。

所以神話與傳說的界限，本難劃分清楚，而中國古代的神話傳說材料，尤爲顯著。

神話傳說既然是初民對於自然現象的種種解釋，所以它完全是憑藉幻想，而不是理智的、科學的。所以神話不能以合理性與眞實性來衡量。於是我們對神話的起源因素，也必須以心理分析爲背景。據「中國神話研究」一書引用了Addrew Lang Myth, Ritu and Religion 的說法是：

(1) 汎靈論：初民相信天地萬物與人類相同，都是具有生命、思想與情緒的，所以萬物皆具神靈。

(2) 魔術的迷信：初民相信人是由某些自然界存在的動植物中來的。所以在遭遇極度驚懼時，人可以變成野獸，也可以變成植物來趨避危險。他們也相信自然界的諸種現象，如風、雨、雷、電是可以招致的。

(3) 幽冥世界的存在：他們相信人死後，靈魂脫離軀壳，仍有知覺而存在於另一世界。

(4) 相信鬼可以附著於有生或無生物類之上，靈魂也常能脫離軀壳，變爲鳥或獸而自行其事。

(5) 相信人類本可不死，所以死者乃是受了仇人的暗算。（此惟少數民族則然）

(6) 好奇心非常強烈，渴望去解答自然現象、生死、睡夢等。

原始人類本著此種蒙昧思想，用強烈的好奇心，去探索宇宙間的奧秘，結果就產生了種種荒誕的故事，以代替合理的解釋。同時並深信它的眞實，這就是今日我們所稱的「神話」。

第三節　中國神話不發達的原因

「神話」這個名詞，雖然中國原來沒有，但這並不就是說中國古代的神話材料就不豐富，只可惜中間經過散失，只剩下一些零星片斷的記載，分散在古籍中，而成爲中國古代文學中色彩最鮮艷的一部分。中國古代沒有神話專書，都分散在楚辭、莊子、韓非子、淮南子、列子、國語、左傳、山海經、穆天子傳……諸書中，不過其中有些書籍的著成時代已經很晚，其中記錄的神話也是經過後人的傳寫和增補的，恐怕已不可能是古代神話的原始形態，但多少總保留些古代神話的美麗色彩。

爲什麼中國沒有神話專書，而僅存零星的片段呢？胡適之先生在他的白話文學史第六章「故事詩的起來」中，有過一番解釋。他說：

> 故事詩（Epic）在中國起來的很遲，這是世界文學史上一個很少見的現象，要解釋這個現象，卻也不容易。我想，也許是中國古代民族的文學，確是只有風謠與祀神歌，而沒有長篇的故事詩，也許是古代本有故事詩，而因爲文字的困難，不曾有記錄，故不得流傳於後代；所流傳的僅有短篇的抒情詩。這二說之中，我卻傾向於前一說。三百篇中如大雅之生民，如商頌之玄鳥，都是很可以作故事詩的題目，然而終於沒有故事詩出來。可見古代的中國民族是一個樸實而不富於想像力的民族。他們生在溫帶與寒帶之間，天然的供給遠沒有南方民族的豐厚，他們須要時時對天然奮鬥，不能像熱帶民族那樣懶洋洋地睡在棕櫚樹下白日見鬼，白晝做夢。所以三百篇裡竟沒有神話的遺跡。所有的一點點神話，如生民、玄鳥的「感生」故事，其中的人物不過是祖宗與上帝而已。（商頌作於周時，玄鳥的神話似是受了姜嫄故事的影響以後做作的。）所以我們很可以說中國古代民族沒有故事詩，僅有簡單的祀神歌與風謠而已。
>
> 後來中國文化的疆域漸漸擴大了，南方民族的文學漸漸變成了中國文學的一部分。試把周南、召南的詩和楚辭比較，我們便可以看出汝漢之間的文學和湘沅之間的文學大不相同，便可以看出疆域越往南，文學越

帶有神話的分子與想像的能力。我們看離騷裡的許多神的名字——羲和、望舒等——便可以知道南方民族曾有不少的神話。至於這些神話是否取故事詩的形式，這一層我們卻無從考證了。

據胡適之先生之意見，我們只能部分同意，誠然「古代的中國民族是一種樸實而不富於想像力的民族。」和「疆域越往南，文學越帶有神話的分子與想像的能力。」二項論點是可以成立的，不過他所舉的理由，卻未必如此。因爲就世界文學史上看，例如北歐民族也是「時時要對天然奮鬥」的北方民族，但依舊神話甚豐，只是與南歐、希臘神話的色彩大異其趣而已。而三百篇是經過孔子整理的，所遺留下些許生民、玄鳥篇中的遺跡，也正證明了中國神話在歷史化演變中被殭死的痕跡。

近人在「中國小說史略」一書中對中國神話所以只存零星片段的原因，也有說明，他列舉了三點：

(1) 華土之民，先居黃河流域，頗乏天惠，其生也勤，故重實際而黜玄想，不更能集古傳以成大文。

(2) 孔子出，以修身、齊家、治國、平天下等實用爲教，不欲言鬼神，太古荒唐之說，俱爲儒者所不道，故其後不特無所光大，而又有散亡。

(3) 其故殆尤在神鬼之不別。天神地祇人鬼，古者雖若有辨，而人鬼亦得爲神祇。人神殽雜，則原始信仰無由蛻盡；原始信仰存則類于傳說之言，日出而不已，而舊有者于是殭死，新出者亦更無光燄也。

上面所擧數點理由中，特別是第二點，在儒家求實的精神薰染下，神話都逐漸歷史化，是使神話提早殭死的最大原因。在此我們再擧出儒家對神話的解釋態度，提出幾個例子，就更不難明瞭了。

大戴禮記五帝德篇：

宰我問孔子曰：「昔者予聞諸榮伊令：黃帝三百年。請問：黃帝者，人耶？抑非人耶？以至於三百年乎？……孔子曰：「……生而民得其利百年，死而民畏其神百年，亡而民用其教百年，故曰三百年。」

太平御覽卷七十九引尸子：

子貢曰：「古者黃帝四面，信乎？」孔子曰：「黃帝取合己者四人，使治四方，不計而耦，不約而成，此之謂四面。」

韓非子外儲說左下：

魯哀公問於孔子曰：「吾聞夔一足，信乎？」曰：「夔，人也。何故一足？彼其無他異，而獨通於聲。堯曰：夔一足矣，使爲樂正。故君子曰：夔有一，足，非一足也。」

以上三段記載，都假託孔子之言，那是因爲「子不語怪力亂神」思想的影響。儒家的這種解釋，是極力想把神話轉變爲可信的歷史，使神話與傳說趨於合理化，理性化。如上擧例，傳說黃帝活了三百年，卻被解釋成敎化的流行三百年；傳說黃帝有四張臉，卻又被巧妙地解釋爲黃帝派遣了四位理想步調一致的人去分治四方。又如「夔」在山海經中本是一隻脚的怪物，但在尚書堯典裡，卻是舜的樂官。魯哀公對於夔的傳說大爲不解，就去請敎孔子，孔子的解釋是「夔一足」並不是指夔只有一隻脚，而是「像夔這樣能幹的人，有一個就夠了。」雖然這些記載未必就是事實，但是中國神話所以殭死的原因，是顯然有跡可尋了。儒家這種神話解釋的方法，到了清代的崔東壁更是集其大成，他在崔氏考信錄釋例中說：

古者曰官謂之日御，故曰：「天子有日官，諸侯有日御。」羲和、和仲爲帝堯臣，主出納日，以故謂之日御，後世失其說，遂誤以爲御車之御，謂羲和爲日御車。故離騷云：「吾令羲和弭節兮，望崦嵫而勿迫。」已屬支離可笑。又有誤以御日爲浴日者。故山海經云：「有女子名羲和，浴日於甘淵。」則其謬益甚矣。古者羲和占日，常儀占月。常儀古之賢臣，占者占驗之占；常儀之占月，猶羲和之占日也。儀之音古皆讀爲娥。故詩云：「菁菁者莪，在彼中阿，既見君子，樂且有儀。」……後世傳譌，遂以「儀」爲「娥」而誤以爲婦人。又誤以占爲「占居」之意，遂謂羿妻常娥竊不死之藥而奔於月中。由是詞賦家相沿用之；雖不皆信爲實，要已誣古人而惑後世矣。

他把神話的形成，認爲是對古代辭語失解後的妄說。這種顯然也是儒家實事求是的精神感召所致。所以在我國許多神話、傳說，往往被歷史家的運用後，都變成了史實的一部分。例如：在山海經中，神農的世系是；

（神農）
炎帝
聽訞
├ 女娃（少女）
└ 炎居—△—△—祝融—共工—△△

神農是謂炎帝，娶聽訞爲妻，生女娃，是個遊于東海，溺死後化爲精衛鳥，常銜西山之木石，以塡塞東海的神。祝融是個獸身人面，乘兩龍的火神。共工是個惡神，他與顓頊爭帝，怒而觸不周之山，使天維斷絕，地柱傾折，因而洪水泛濫。但是到了史記五帝本紀中神農的世系是：

神農—帝魁—承—明—直—釐—哀—堯

完全是道道地地的歷史人物了。

再者，我國哲學思想的萌芽與成熟均甚早。神話原本基於人對自然生死之謎的解釋，而中國人在哲學思想的體系建立後，均以哲學解釋天、道、自然與生死，這對神話的發展也是一種莫大的阻礙。而且我國的文化淵源久遠。洪荒時代，先民的神話資料多已失傳，或神話幻想時代，還沒有書寫工具以為流傳呢？

第四節　古代神話舉隅

中國古代沒有神話專書，神話材料是零星散見於各種册籍中。然而神話學的研究，最好是作有系統的分類，所以在擧例中，我們儘可能把某些相類的神話聚集在一起討論。然而「地有南北，時分古今」，神話往往由於時地的不同而有所差異。不過本文不在於研究神話流傳的變異，所以取材上，以漢以前為主，但是也已經加入不少文人的修飾了。

(1)　天地開創的神話

楚辭天問：「曰：遂古之初，誰傳道之？上下未形，何由考之？冥昭瞢闇，誰能極之？馮翼惟像，何以識之？明明闇闇，惟時何爲？陰陽三合，何本何化？圜則九重，孰營度之？惟茲何功，孰初作之？」

莊子應帝王：「南海之帝爲儵，北海之帝爲忽，中央之帝爲渾沌，儵與忽時相與遇於渾沌之地，渾沌待之甚善。儵與忽謀報渾沌之德，曰：『人皆有七竅，以視聽食息，此獨無有，嘗試鑿之。』日鑿一竅。而渾沌死。」

山海經西次三經：「天山有神鳥，其狀如黃囊，赤如丹火，六足四翼，渾敦無面目，是識歌舞，實爲帝江也。」

淮南子精神篇：「古未有天地之時，唯象無形，窈窈冥冥，有二神混生，經天營地，於是乃別陰陽，離爲八極。」

在這幾則記載中，我們發現一個共同點，是天地初形成時是「渾沌」一片，無可提摸的形像而已。這恐怕就是早先對自然界了解的最初印象，樸質而淳厚。但經過後人的誇飾後，開天闢地的神話就更爲具體了。假託東方朔撰的神異經中說：

「崑崙西有獸焉，其狀如犬，長毛四足，似羆而無爪。有目而不見。行不開，有兩耳而不聞，有人知往。有腹無五臟，有腸直而不旋，食物徑過。人有德行而往抵觸之，有凶德則往依憑之。天使其然，名爲『渾沌』。空居無爲，常咋其尾，回轉仰天而笑。」

到此「渾沌」逐漸有了形體。再看太平御覽卷二引三五歷記說：

「天地渾沌如雞子。盤古生其中。萬八千歲，天地開闢，陽清爲天，陰濁爲地，盤古在其中，一日九變。神於天，聖於地。天日高一丈，地日厚一丈，盤古日長一丈。如此萬八千歲，天數極高，地數極深，盤古極長。故天去地九萬里。」

繹史卷一引五運歷年紀說：

「首生盤古，垂死化身；氣成風雲，聲爲雷霆，左眼爲日，右眼爲月，四肢五體爲四極五岳，血液爲江河，筋脈爲地理，肌肉爲田土，髮髭爲星辰，皮毛爲草木，齒骨爲金玉，精髓爲珠石，汗流爲雨澤。」

於是整個天地萬物，皆自「盤古」之肢體化育而成。這盤古開天闢地的故事，據說是起源在中國南方傜、苗、黎……等民族。至今傜族人民在祭祀盤古時仍是非常虔敬，稱之爲「盤王」，人們的壽夭生死貧賤，都歸盤王主宰。每逢天旱，一定向盤王祈禱，並且抬了盤王的像，遊行於田間，巡視禾稼。而苗族也有「盤王書」類于舊約創世紀，傳唱於苗民之間，說盤王是種種文物器物的創始者，三國時徐整作的三五歷記，想必就是利用了這些傳說再加上自己的想像，鋪敘成文，成爲中國創世紀的神話。

(2) 人類起源的神話

楚辭天問：「女媧有體，孰制匠之？」

說文：「媧，古之神聖女，化萬物者也。」

淮南子說林篇：「黃帝生陰陽、上騈生耳目，桑林生臂手，此女媧之所以七十化也。」（高誘注：「黃帝，古天神也，始造人之時，化生陰陽。上騈、桑林皆神名。）

淮南子精神篇：「有二神混生，經天營地，……煩氣爲蟲，精氣爲人。」

人類誕生的神話，必與女媧有關。屈原曾提出問題；女媧創造了人類的身體，那她自己的身體是誰作的呢？所以王逸注：「女媧人頭蛇身。」但並沒有確實的指明。經過一陣的演變後，女媧造人的神話才演化確實。路史後記二引風俗通說：「女媧，伏希（羲）之妹」」後由兄妹結爲夫婦。盧仝與馬異結交詩說：「女媧本是伏羲婦。」，考之在東漢武梁祠石室畫像中，還有伏羲女媧的人首蛇身交尾像。如圖；

武梁祠伏羲女媧石刻

把伏羲與女媧都畫作人首蛇身，交尾。右邊的伏羲，手上拿着曲尺（矩），左邊的女媧，手上拿着圓規（規）。中間是兩個小孩。據考古學家和人類學家的研究，證實了他們的夫婦關係。東漢時王延壽作的魯靈光殿賦，是描寫西漢魯恭王（西元前一五四～一二七）時代的建築，文中提到「伏羲鱗身，女媧蛇軀。」可見這神話在民間的流傳，已經很普遍而古遠。至於女媧如何造人？則又是後來的增飾了。太平御覽卷七八引風俗通義說：

「俗說天地開闢，未有人民，女媧摶黃土作人，劇務力不暇供，乃引繩於泥中，舉以爲人。故富貴者，黃土人，貧賤凡庸者，絙人也。」

繹史卷三引風俗通義則說：

「女媧禱祠神祇而爲女媒，因置婚姻。」

可知女媧先用黃土造人，但又怕他們會死，所以再教他們結婚生子，傳宗接代。與現今流行在湖南武岡一帶的神話略有差異。他們說在古代，有次洪水滔天，把人們全淹死了，只有伏羲和女媧兄妹倆得救，而結爲夫婦，成爲人類的始祖。

然而也另有一說，以爲人類是從盤古化身時的諸蟲所變。如繹史卷一引五運歷年紀所載：「（盤古）身之諸蟲，因風所感，化爲黎甿。」這恐怕是比較晚期的傳說了。

(3) 洪水的傳說

上古時代，洪水泛濫是構成人類生命，最嚴重的自然災害。初民對它的畏懼也最大，所以洪水爲患的神話，傳說，至爲紛歧。在古代奉爲經典的某些書籍中，如尚書堯典、洪範、大禹謨、孟子滕文公，國語周語，及左傳等，都有洪水成災的記載。可見洪水的泛濫次數甚多，當然傳說也多。在傳說中較早的故事，見於下列諸書；

史記司馬貞補三皇本紀：「當其（女媧）末年也，諸侯有共工氏，任智以刑強，霸而不王，以水乘木，乃與祝融戰，不勝而怒，乃頭觸不周山崩，天柱折，地維缺。」

淮南子天文篇：「昔者共工與顓頊爭爲帝，怒而觸不周之山，天柱折，地維絕，天傾西北，故日月星辰移焉；地不滿東南，故水潦塵埃歸焉。」

淮南子覽冥篇：「往古之時，四極廢，九州裂，天不兼覆，墜不周載。火爁炎而不滅，水浩洋而不息。猛獸食顓民，鷙鳥攫老弱。於是女媧鍊五色石以補蒼天，斷鼇足以立四極，殺黑龍以濟冀州，積蘆灰以止淫水。蒼天補，四極正，淫水涸，冀州平，狡蟲死，顓民生。」

在諸洪水傳說中，「禹治水的傳說」當屬最爲有名，也流傳最廣。說起這個傳說，必須追溯到他的父親鯀爲開始。山海經海內經說：「洪水滔天，鯀竊帝之息壤以湮洪水，不待帝命，帝令祝融殺鯀於羽郊。鯀復（腹）生禹，帝乃命禹率布土以定九州。」據此傳說，鯀爲拯救蒼生計，竟未得天帝之允許，私自竊取生生不息之土壤，以淹洪水，結果被祝融所殺。豈非寃枉？其實不然，鯀的被殺，咎在抗命，加之治水不得法之故。所以上帝就命令他的兒子禹，以完成父業。所以天問中說：

「鴟龜曳銜，鯀何聽焉？順欲成功，帝何刑焉？」

原來他從「鴟龜」的騰躍與曳尾中得到「圍堵」的方法，終於失敗，所以屈原說他「何聽（當作聖）之有？」後來禹得了應龍畫地的啓示，改用疏導法治水成功，故天問中又說：

「應龍何畫？河海何歷？」

王逸注：「禹治洪水時，有神龍，以尾畫地，導水所注。」這種偉大的功蹟，竟連屈原都感到驚異與佩服。所以他在天問中又說：

「洪泉極深，何以塡之？地方九則，何以墳之？」

在山海經中，敍述禹治水中遭遇的重重艱困中，又編造了不少神話。大荒北經說：

「共工臣相繇，九首蛇身自環，食於九土，其所歍所尼，卽爲源澤。不辛乃苦，百獸莫能處。禹煙洪水，殺相繇，其血腥臭，不可生穀，其地多水，不可居也。禹湮之，三仞三沮，乃以爲池，群帝是因以爲台。」

終於大禹戰勝邪惡，取得治水之成功勝利。

(4) 黃帝與蚩尤之戰的傳說

黃帝與蚩尤之戰，是英雄神話中最膾炙人口的一章。相傳黃帝是稍後於炎帝時代的一位尊神。他統治的軒轅國，是處物產富饒的原野，太平安樂的國度，百姓吃鳳凰的卵，甘泉的淸露；鸞鳥在歌唱，鳳凰在飛翔。不幸，惡神蚩尤卻引發了戰禍。這傳說在古書中記載很多。如；

書、呂刑：「蚩尤唯始作亂，延及于平民，罔不寇賊鴟義，姦宄奪攘矯虔。苗民弗用靈，制以刑，殺戮無辜。民興胥漸，泯泯棼棼，罔中于信，以覆詛盟，虐威庶戮，方告無辜於上……，無世在下，乃命重黎絕地天通，罔不降格。」

史記五帝本紀：「（黃帝）與蚩尤戰于涿鹿之野，遂禽殺蚩尤。」

山海經大荒北經：「大荒之中有山，名曰：不句。海水入焉。有係昆之山者，有共工之台，射者不敢北鄉，有人衣青衣，名曰：黃帝女魃。蚩尤作兵伐黃帝，黃帝乃令應龍攻之冀州之野。應龍畜水，蚩尤請風伯、雨師，縱大風雨。黃帝乃下天女曰魃，雨止，遂殺蚩尤，魃不得復上，所居不雨。叔均言之帝，後置之赤水之北，魃時亡之，所欲逐之者，令曰：神北行。先除水道，決通溝瀆。」

黃帝殺了蚩尤以後，爲示慶祝勝利，就作了一部樂曲叫「棡鼓曲」。這段記載，見於繹史卷五引歸藏：

「蚩尤登九淖以伐空桑，黃帝殺之於青丘，作棡鼓之曲十章，一曰雷震驚，二曰猛虎駭……五曰靈夔吼，六曰鵰鶚爭。」

神話和傳說是文學的泉源，在文學發展的歷史研究上，它有很高的價值。我們研究神話，不但藉以探知初民的生活情形及思想背景，可以作爲古代歷史的影子，同時我們還可以採用神話、傳說來作爲我們創作的題材，生動我們作品的情趣，豐潤我們作品的內容。希臘由於有豐富的古代神話影響，而產生了利亞特（Iliad）和奧德賽（Odyssay）等偉大的史詩，並且對歐洲的藝術，諸如小說、戲劇、圖畫、雕刻各方面都賦予以絢燦的生命。在我國古代神話也豐潤了大詩人—屈原作品的文學內容與色彩。在後世的詩歌、小說、戲劇以及石刻圖畫方面，都表現了異彩。所以西方學者說：「希臘神話不僅是希臘藝術的寶庫，而且是希臘藝術的土壤。」這話誠然不虛。

第三章　殷商時代文學的斷片

第一節　信史的開始

我國的歷史，尚書的記載發端於堯、舜，史記則肇始於黃帝。但是這都是蒙昧時代，未能證實的推測與傳說。據近數十年來，許多攷古學家和古史學家，從發掘地下出土的材料研究，確信我國信史時代應該開始於殷商，在這方面有力的證據，是將近百年前發現的甲骨卜辭。而甲骨多是不完整的斷片，而卜辭也不是用來抒情，所以在如此廢墟中出土的文學蠡測，只能命名爲「斷片」了。

第二節　卜辭的發現

卜辭的發現，原是件極爲偶然的事。在清光緒二十四、五年（一八九八、九年），於河南安陽縣西北五里的小屯村，農民在耕地時，無意中在地下掘出許多刻有文字的龜甲和獸骨。開始時鄉民無知，把它碾成粉末做刀傷藥，而上面有字的就用刀刮去，有些字跡太多不勝刮的就被拋棄，或填了枯井，後來這些甲骨自葯舖輾轉流傳到了北京。先是福山人王懿榮從葯舖得了些有字的甲骨，知道它必大有來歷，於是勤加搜羅，居然也聚集了不少。王氏後來死於庚子之難，所藏的甲骨就歸於寫老殘遊記的丹徒人劉鶚（鐵雲），最初是千餘片，在劉氏努力蒐集下，又續得三四千片以上。庚子之役時，劉氏以賤價購太倉粟來賑災民，被言官彈劾，流配到新疆而死。於是他所藏的一些甲骨就流傳到了上海的哈同，也有一部分流入了日本。此時引起考古學家的重視，於是展開積極搜羅研究的工作，不但在我國學術界掀起了熱潮，就是歐美、日本的學者也都在搜求研究之中，像日本的林泰輔曾編印龜甲獸骨文字二卷，歐、美的戈林（S. Conling）查耳芬（F.H. Chalfant）、何普金（L.C. Hopkins）等都是在這方面研究成績很高而很有名氣的人物。何普金著有骨上所彫的一首葬歌和一張家系圖一文，戈林寫了一篇河南出土的奇骨，他說他曾經爲採辦甲骨，前後來過我國三次，可見外國學者對於這些骨片興趣之濃厚了。

在我國，除了劉鐵雲和羅振玉等做了一些私人的蒐集研究工作外，民國十七年（一九二八年）中央研究院曾先後做了數次大小規模的發掘，出土的骨片更加豐富，已不下數萬片。截至民國四十四年，董作賓先生所著甲骨學五十年出版，宣稱已蒐集了十萬片以上，今日恐怕已不止此數了。據胡厚宣著五十年甲骨文發現的總結說：「到今爲止，研究甲骨文字的約有二百八十餘人，出版的著作共八百七十多種。」藉這些材料去探討我國古代社會的經濟狀況和精神文明，都已經奠定了良好的成就。

第三節　殷商文明的蠡測

經過羅振玉、王國維諸先生的研究考證，肯定卜辭的年代始於盤庚遷殷（西元前一三九五年）到帝辛的亡國（西元前一一二二年），所以今日出土的這些龜甲和獸骨上的文字，大約距今有三千多年的歷史，爲商朝後期的重要文獻。我國的信史時代也卽自殷商開始，並可藉這些材料以推測殷商時代的社會組織、經濟狀況和精神文明，至於殷商時代文學發展的雛形，也可藉此以窺探一個大概。

一、政治與社會組織

商朝的政治組織，以封建制度爲主幹，國內有許多諸侯，名目甚多，有方、伯、侯、子、男、田等，其中的「方」可能是異族，常爲商王征伐的對象，平時對商朝只作名義上的服從。諸侯中多半爲世襲，也有本來獨立的部族而爲商王所征服或自願歸服的，另外一部分可能是商王的臣下或親戚而受封的。它們對商王所負的義務是征戰、守邊、納貢、服役等。卜辭中的「王」就是指當時領袖。一切庶政，所謂「王事」，皆由王直接處理。至於王位的繼承，以「兄終弟及」爲原則。王國維說：「商之繼統法，以弟及爲主，而以子繼輔之，無弟然後得子。自湯至於帝辛，三十帝中，以弟繼兄者，凡十四帝。其得子者，多爲弟之子，而罕傳兄之子，蓋嫡庶長幼之制，商無有。」（殷商制度論）從兄終弟及，無弟傳子的帝系，正可以窺見，當日領袖權力的強大。

再從卜辭和商代的銘刻中可以看到若干官名，如御史、卿事、宰、太史寮、亞、旅、士、畯、㐭人、史、射、宅正、獸正、牛正、少臣、有司等。多與周代典籍和金文中所載的官制相同，由此亦可以推知商朝中央政府的組織也已相當健全。至於軍隊的組織，平時王有侍衞軍，戰時則自各地徵調兵役，被調者多數是諸侯國各氏族的壯丁，平時多以務農爲業。徵召時多至三萬人，出征時遠行常至三、四十日，殺敵動輒兩、三千人。兵種則分步兵和馬兵兩種，每種又分左右中三隊。武器則有鋒利的青銅兵器，如刀、箭、戈、矛和銅盔等，此外還有兵車，與後來周朝的兵車，形制上已無甚差別。

商人在社會組織上，是以氏族爲單位，如果發生了大事由整族負擔，國亡了就整族淪爲亡民，這種滅國遷民的事實，在左傳及史記殷本紀中都有詳細記載，這正是氏族社會的明證。直到盤庚以後，農業漸趨成熟，才逐漸建立了家族制度，傳子制度及分別大宗小宗的宗法制度。商人家族制度中是重男輕女的，例如卜辭中占卜王后生育的記載，生男便記一「嘉」字，生女則記「不嘉」。又如一夫多妻制，也在商代確立，王的配偶，正室的后在原則上只限一人，但妃嬪則可以有數十人。另外一個引人爭辯的問題是，據近人的論斷，商代是有奴隸的，見於文字者有奚、嬖、執等字，都是奴隸的稱謂。他們或是罪犯，或是俘虜，數目不多，他們主要的任務是供貴族祭祀犧牲或殉葬之用。

二、經濟與社會生活

卜辭的文字，不是石器所能刻的，而且殷墟中也發現了彫鏤的象牙；但甲骨文字中至今仍沒有發現用鐵的痕跡，我們知道鐵器的使用是由青銅器進步而來，加之前人發現的所謂商代的鐘鼎彝器是可信的話，那麼殷代就應該是青銅器時代。我們從卜辭上可以看到許多弓、矢、網羅、陷阱等文字；而捕獲的野獸，以鹿和豕爲最多，獲鹿有時多到二、三百四，而虎等一類猛獸，卻從不多見。至於漁業方面的記載則更少，這證明漁獵的階段已經過去，雖然仍是生活中的一部份，已不是重心。那麼什麼才是重心？那便是畜牧。

畜牧生活中，最重要是豐腴的草原及雨水，所以卜辭上記載了不少爲爭奪草原而引起的戰爭。如：

九月辛卯。允㞢來嬉自北，[illegible] [illegible] [illegible] 告曰：「土方牧我四十人。」

土方正於我東圖𢦏二邑，昌方亦牧我西圖田。

七日己酉，允㞢來嬉自西，㞢友甬告曰：「𢀛 方出牧我示[illegible] 田十人。」

也有祈雨的記載，如：

帝令雨足年。

戊□卜，貞帝令雨。

畜牧的另一明證是家畜的增多，後人所謂的「六畜」，在卜辭中已有極多的數目出現。如：

丁亥卜□貞……百辛卯三百□

這種祭祀時的龐大犧牲數量，漁獵社會是絕對辦不到的。

據古史的記載，商代在契到盤庚時期，曾有過多次的遷移，盤庚以後遷移的事就少了。可知盤庚以前是營逐水草而居的遊牧生活，盤庚遷都時還曾說：「先王有服，恪謹天命，茲猶不常寧，不常厥邑，於今五邦。」（尚書盤庚）所謂「不常寧」、「不常厥色」正是遊牧民族遷徙的主要原因。到了盤庚時代，農業漸漸發達，生活也固定了。在卜辭裡，我們看到商人的食品，主要是黍、稻、禾（小米）、麥等。也有「桑」、「絲」、「

農」、「穡」、「疇」、「畯」等字。他們懂得用黍造酒，釀鬯，商王的任何祭祀都離不開酒，商人更是以善飲，著名於史册。商人的衣服，甲骨文中有衣、巾、裘、帛、蠶等字，可見他們已有很好質料的服裝。但絲、裘之類的衣服，是貴族才能穿的。從玉石的人像雕刻品及其他遺物上可以看出，當時一部分男子的服裝爲交領、右衽、短衣、短裙、束帶，並着翹尖的鞋。女子則臉上塗朱，頭戴高冠。她們的頭飾，甚爲複雜，兩鬢和冠上，綴有松綠石組成的圓形飾物；髮中夾一圓形骨器，插入許多玉或骨製的笄，有多至幾十枝的；髮上更戴有彫鏤精美的象牙梳子。此外男女都有在裙帶間佩玉的習慣。

在居住上，一般民衆是半穴居。穴是圓形的，直徑約四五公尺，深約三四公尺，平底直壁，有階級可以上下，想像中當時的穴上必有圍墻，墻上架木爲頂，覆以茅草。只有王室的宗廟宮室，才能建築在地面上。其築法是先在地上用泥土作一堅實的低平臺，然後用石或銅作礎，列佈其上，用以豎柱。當時沒有磚瓦，墻壁、階級，都用黃土築成。這種建築，現在只存基址，共發現五十多處，其中最廣闊的，長達三十公尺寬至九公尺的，可想見其規模之宏偉。

至於交通方面，當時已有舟，車作工具，此外也有乘馬。從殷墟出土的遺物中，有銅器和玉器的原料銅和玉，銅器中所含的錫，以及商人用爲貨幣的「貝」，占卜用的龜甲等，都不是商的本土的中原地區所產，而是從遠方輾轉販運而來，可知商代對外交通的發達與國家的繁興了。

三、信仰與精神文明

殷民族在宗教信仰上是極爲迷信的。他們相信巫術，是崇拜庶物的多神思想，所以無論大小的事，都要取決於占卜，大事用貞龜，小事用獸骨。龜用腹甲，骨用肩胛及脛骨。占卜時先把甲骨磨平，再加以鑽鑿，然後從甲骨上的鑿處用火輕灼，甲骨自然就有坼痕；先成直坼，再成歧坼，這就是所謂的「兆」。再從兆象上去觀察吉凶，然後刻辭在兆旁，這就是所謂「卜辭」。禮記表記篇說：「殷人尊神率民以事神，先鬼而後禮。周人尊禮尚施，事鬼敬神而遠之。」這種重淫祀，祭鬼神的宗教思想，都是基於對自然界各種現象的恐懼或懷疑而產生。於是自然想藉祈禱以求慰安。適時一種溝通人神關係的專業化新行業應時而生，即所謂「巫」、「覡」。他們的職掌，據國語楚語說：「古者民神不雜，民之精爽不貳者，而又能齊肅衷正，其知能上下比義，其聖能光遠宣朗，其明能光照之，其聰能聽徹之，如是則明神降之。在男曰覡，在女曰巫。」韋昭注：「巫，見鬼者也。」說文：「巫，祝也。女能事無形以舞降神者也。」他們往往藉溝通人神意志爲媒介，以取得支配人事的權力，在巫術統治時代，他們是政治上的領袖，當後來人權思想興起以後，他們淪爲帝王的附庸。在一一六九條的卜辭內，關於祭祀的有五三八條之多。他們有時亦掌理醫葯、祭祀、祈禱等工作，於是音樂、歌唱、舞蹈等各種藝術，都帶着實用功能，在祭壇下，神秘地活躍起來。

在宗教迷信中，商人認爲天神中的最高主宰是「帝」，他的權力甚大，可命令下雨，降福祐吉，或飢饉災禍等。地祇則有「河」、「岳」的祭祀；有人以爲是指黃河與泰山，有人以爲泛指一般之山川。此外還崇拜大地之神——社。四方之神，以及風神、月神、星神等。對於祖先，則不論祖妣，每年都排定日程，虔誠祭祀，而且所用牲之多，令人驚異。而所祈求者多在降福及防止爲祟，在卜辭裡可以看他們向祖先求豐年，求雨，求治疾病，求生子等種種記載；也有因不雨或疾病而認爲是祖先爲祟的語句。而且祖先還是人與「帝」之間祈福的橋樑，這種崇拜祖先的宗法觀念，從此延續不斷，形成中國文化的一種特色。

第四節　藝術與文學的成就

殷商的文字，已相當進步，就「六書」來分類，不獨是象形字，即會意字、形聲字也都能很自由的運用，可見當時的文化程度已相當高。（參看第一章文字的起源）除了契刻的甲骨文外，殷墟遺物中也發現了其上書寫了字的白陶，可以推知商人已經用毛筆，此外商人又有寫在簡册上的文書，尚書中的盤庚三篇，便是較為可信的出于商人手筆。

在工藝方面，成就也相當高，商人已能鑄造銅錫合金的青銅器，包括禮器、用器、兵器、裝飾品等。種類繁多，技術精巧，皆足以證明當時已是銅器工藝的極盛時期。在鑄銅技術上最高的表現是，王宮和宗廟中的各種容器，上面都有綺麗的花紋，大致以獸的正面形狀為主，外加種種的裝飾花紋，最精美的容器上鏤有二十種不同的動物圖案。此外牙、骨、玉、石等類的彫藝品也相當精緻。在石器的製作上，以白色大理石的虎形、鴞形的立體彫刻，最為精美。玉器則有碧綠、青、黃、白、灰、黑各色，大的有立體的碧玉象，小的有各種佩玉、頭笄，作儀仗用的戈、斧以及其他小裝飾品等。

在繪畫方面的遺留則甚少，在殷人陵墓中曾發現盾旗一類的東西，上面有龍虎的圖畫痕跡。在甲骨上面，也偶有史臣作些寫生畫，有猿、象、鹿以及鶉等動物的圖象。

而殷代文學的發展情形又如何呢？我們可以大膽的說，殷商時代還沒有成文的文學，所以我們只能依着卜辭的記載作部分推測。

歌謠是原始的詩歌，所以中國文學的產生，當推詩歌爲最先。而歌謠最初的形式，與音樂、舞蹈是混而不分的。後來漸漸進化，較爲完整的樂器和文字形成以後，音樂、舞蹈與詩歌才逐漸分離。呂氏春秋古樂篇說：「昔葛天氏之樂，三人操牛尾投足以歌八闋。」這雖然只是一種傳說，然而可以想見，初民的藝術形態，確實就是那個樣子。在我國的古籍中，凡探討詩歌藝術起源的文字中，也大都依心理的發展過程爲依據，而作如此的推斷。

人喜則斯陶，陶斯咏，咏斯猶，猶斯舞矣。（檀弓）

詩言其志也，歌詠其聲也，舞動其容也，三者本於心，然後樂器從之。（樂記）

詩者志之所之也。在心爲志，發言爲詩，情動於中而形於言，言之不足，故嗟歎之，嗟歎之不足，故咏歌之，咏歌之不足，不知手之舞之，足之蹈之也。情發於聲，聲成文，謂之音。（毛詩序）

我們以此爲依據，來看卜辭，其中雖然還沒有詩字，但樂、舞等字卻常見，樂器也已形成，可知殷商時代的樂舞已相當發達，所以我們可推斷，當時一定也有不少的祭祀及祈禱用的口頭歌辭，只是卜辭的應用目的不同與文字的不完備而未曾記載下來。

(1)、樂器已經產生　在甲骨文中已常見「樂」字作「[illegible]」，據羅振玉的殷虛書契攷釋說：「以絲附竹木上，琴琵之象也。或增『θ』以象調弦之器。猶今彈琵琶阮咸者之有撥矣。」在樂器方面，甲骨文中有「磬」作「[illegible]」或「[illegible]」。羅振玉說：「卜辭諸字从屮象虡飾，[illegible]象磬，[illegible]持[illegible]所以擊之，形意已具，其以石者，乃後人所加，重複甚美。」又有「鼓」，甲骨文作「壴」是初文。作「[illegible]」，或「[illegible]」。卜辭中有一條說：「丁酉卜，大，貞吉，其壴於唐衣，亡□，九月。」羅振玉釋爲：「侸」即後世僕豎之「豎」字。郭鼎堂金文叢攷則以爲是鼓字初文，象形。並以日本泉屋清泉所藏古銅鼓拓影爲證。其實從出土的遺跡上看，鼓也有木質的，因爲其本身已經化爲泥土，但腔上的紋繪，以及面上的鼉皮紋理，還可辨識。其他像「獻」，是「穀」的初文。甲骨文作「[illegible]」、或「[illegible]」。又有「龢」，甲骨文作「[illegible]」、「[illegible]」、「[illegible]」、「[illegible]」。郭氏說：「實乃从A，象形。象形者象偏管之形也。金文之作[illegible]若[illegible]者，實示管頭之空……。」又如「言」，甲骨文作「[illegible]」、「[illegible]」。葉玉森說：「[illegible]、[illegible]象簫管，口以吹之。」

從以上的樂器看，雖然仍屬簡陋，但是管弦樂的樂器都已俱備，想必笙、簫、瑟、琴一類的樂器或已存在，已足夠擔負起宗廟的祭祀、禱神的任務了。

(2)、舞蹈也已形成　甲骨文中有「舞」字，作「[illegible]」，王襄簠室殷墟徵文攷釋說：「象兩人執犛牛尾而舞之形，爲舞之初字。」與呂氏春秋古樂篇所載的「葛天氏之樂」，正相脗合。至於在舞蹈方面，則有「翌」，董彥堂說：「今按羽爲舞名，所謂翌祭，乃舞羽而祭。周禮地官：『舞師掌教兵舞帥而舞山川之祭祀；教帗舞帥而舞社稷之祭祀，教羽舞帥而舞四方之祭祀；教皇舞帥而舞旱暵之事。』注云：『羽析白羽爲之形狀如帗也。』……可知持羽以舞，古有其制，又羽舞亦即後代之佾，佾與翌同爲喻母字得相通轉。」帗字說文中也作「翇」。許愼說：「翇，樂舞，執金羽以祀社稷也。」又有「瞂」舞，甲骨文作「[illegible]」說文說：「瞂，盾也。」蘇雪林教授以爲是一種執飾有羽毛的盾而舞，用於祭祀。與楚辭天問中「干戚時舞」的傳說是相類的。

(3)、詩歌的萌芽　既然樂器的種類已不少，舞蹈已形成，想必也一定有詩歌傳播。據史記伯夷傳稱武王伐紂，伯夷、叔齊叩馬而諫。當武王滅殷以後是爲周，夷、齊更恥食周粟，隱居在首陽山，採食薇草過日子，當餓得將死時寫了一首歌；

登彼西山兮，采其薇矣。以暴易暴兮，不知其非矣。神農虞夏忽焉沒兮，我安適歸矣？于嗟徂兮，命之衰矣！

伯夷叔齊隱居采薇之事，古籍中多所記載。所以孔子贊美他們是「求仁得仁」，又說「民到于今稱之。」則此首歌的流傳必然甚早，但觀其文辭，爲完整的騷體，殷商之際還沒有此種體製，所以它只是後人的追記而已。又如尙書大傳載微子將往周之京城，路過殷墟，見到麥子長出新芽，禾黍油油然，不禁悲從中來，作了首麥秀歌；

麥秀蔪蔪兮，黍禾蠅蠅。彼狡童兮，不我好仇。

當然這也是一首傳疑之歌。

但若從現所可攷的卜辭上看，由於卜辭多記卜筮之事而不及文學。使我們實在苦於無從查攷。據說有人曾見甲骨文中有一首葬歌，但未擧其詞，不知內容如何？今卜辭中，有一段記錄，倒有幾分像一首歌謠；

癸卯卜，今日雨？其自西來雨？其自東來雨？其自北來雨？其自南來雨？（郭鼎堂卜辭通纂三七五）

在文字的意義上，它僅是占卜今天要下雨嗎？是從那一方下雨？而不是歌謠。但是我們知道構成詩歌形態的重要條件是重複的韻律，而這一段卜辭已初具了此種形態。同時文學在反映社會及透露感情，而這些文辭裡也反映了人們對風雨的關懷，對豐收的渴望，以及對災害的憂慮。我們姑引一首漢代的樂府詩作一比較。

江南可採蓮，蓮葉何田田？魚戲蓮葉間，魚戲蓮葉東，魚戲蓮葉西，魚戲蓮葉南，魚戲蓮葉北。（江南）

可見卜辭中的這些文辭是否詩歌的雛形，是很耐人尋味的。又如上文引的「其」字是表示疑問，而詩經中也還有「其雨？其雨？杲杲日出。」的句子。因此我們推測，在卜辭時代或以前，必然有不少歌謠在流行，只不過只有巫、覡間口耳相傳，不甚普遍而已。攷諸離騷、天問中對夏朝都已經有詩歌的傳說。「啓九辯與九歌兮，夏康娛以自縱。」（離騷）「啓棘賓商，九辯九歌。」（天問）相信殷商時代的歌謠是應該存在的。

(4)、散文的植基　在現存載籍中，相傳爲商代的有尚書中的商書五篇，卽湯誓、盤庚、高宗肜日、西伯戡黎及微子，但據屈翼鵬先生尚書釋義的攷證，商書皆宋人述古之作。不能卽此證明商代的散文已很發達。而從卜辭上看，散文之表現於卜辭上的卻很多。據羅振玉殷墟書契攷釋，綜合甲骨文爲六類，第六類就是卜辭。又分爲九目；曰祭、曰告、曰𦎫、曰出入、曰田獵、曰征伐、曰年、曰風雨、曰雜卜。他的殷墟書契精華中所載殘餘刻辭，已有長達百餘字的，如果合全文來看，則當時散文應該已具相當規模，是無庸置疑的。下面引述二片文字爲證；

癸巳卜，㱿，貞旬亡囚（禍）。王固（占）曰：「乃𢆶（茲）亦㞢（有）希（祟）。」（占辭）二若偁。

甲午，王生（往）逐[illegible]，小臣甶[illegible]車馬[illegible]王車，子央亦[illegible]（隕）。（見羅振玉殷墟書契精華第一片）

癸巳卜，㱿，貞旬亡囚（禍）。王固（占）曰：「㞢（有）希（祟）！其㞢（有）來𡆥（艱）。」乞（迄）至五日，丁酉，允㞢（有）來　（艱）自西。沚戓目告曰：「土方正（征）我東啚（鄙），𢦏（災）二邑。吉方亦牧我西啚（鄙）田。」（同上第二片）

在散文方面，除了卜辭外，金文也是應該加以注意的。鐘鼎彝器的發現爲時較早，宋人呂大臨有考古圖，王黻等有宣和博古圖錄，王俅嘯堂集古錄，薛尚功歷代鐘鼎彝器款識法帖皆有著錄。到清代以後彝器的出土益多，研究者也日盛。羅振玉單學殷文，編了殷文存二卷，收羅殷代彝器銘文達七百多種以上。只是中間摻雜了不少周代的東西，有待考訂，今舉商代銅器文字的記載於下：

戊辰，弜師錫鍏鬯廿卣，賚貝，用作父乙寶彝，在十月一，佳王廿祀，𥁕日遘於妣戊武乙奭彘一。「旅」
（𦅫作父乙彝，舊名戊辰彝見殷文存）

這類銘辭，文辭簡短而質樸，是殷商金文的特色。

第四章　卜筮之書——周易

第一節　巫術文學

周易不是一部文學性質的書，它原是爲卜筮用的，是由許多掌理卜筮的巫覡，經過日積月累的增删、修訂而完成的。它的著成時代，經近人的研究攷證，確定在商末周初。所以周易繫辭傳說：

「易之興也，其於中古乎？作易者其有憂患乎？」

又說：

「易之興也，其當殷之末世，周之盛德邪？當文王與紂之事邪？」

它的內容包括，相傳是伏羲畫的卦，文王作的卦辭，周公作的爻辭，還附益了「十翼」等十篇文字；其中象傳上下，象傳上下，可能是出於孔子之手，文言和繫辭傳上下是孔子門人的敘述，說卦、序卦、雜卦等篇則是孔門的後學所記。所以這部書在孔子參與以後，又賦予了它豐富的哲理意味。

佛理采在他的名著「藝術社會學」第二章上說明藝術的社會功能時，他把文學的發展，分成四個階段；巫術的、宗教的、教育的、純粹藝術的。而周易一書中的文學成分，正停留在巫術的階段。也卽所謂「巫術文學」，它是爲巫術服務而保存下來的文學資料。在當時社會中，巫術的占卜，是頭等重要的文化工作，卜辭就是其中最早的資料，而周易是次要的資料。所以在上古文學之探討中，周易仍居重要的地位，它是從卜辭進展到詩經的橋樑，是不可忽視的重要文獻。

第二節　反映的社會背景

我們在周易一書中，不難發現，它所反映的社會組織、經濟狀況、精神文明，無論那方面，都已較之卜辭時代更爲進步。

㈠、宗法制度的確立

周朝的貴族均以嫡長子繼承王位，所以嫡長子又稱「宗子」，地位之尊，遠勝其他的嫡子，於是宗子與其他嫡子的地位懸殊，而有大宗、小宗之分別；凡王室、公室、氏室的長支，也就是有權繼承君位的一支，叫「大宗」；其餘各支叫「小宗」。在這種宗法制度影響下，造成了男女不平等的現象，女子在母家沒有宗法地位，沒有任何繼承權。這種父系爲主的家庭制度，在卜辭中已有萌芽趨勢，到了周易時代接近完成。所以當時貴族普遍有着多妻的習慣，他們有一種奇怪的制度，近人稱它是「娣媵制」。就是一個王后或國君大夫的夫人于歸的時候，她的妹妹要跟着從嫁，有時姪女也可跟去，此外還有不少的婢女。所以「娣」是從姊共嫁的女子的專稱，媵則是所有陪嫁者的通稱。所以周易上有「歸妹以娣」（歸妹初九）的記載。又如「納婦吉」（蒙九二）、「得妾以其子」（鼎初六）、「子克家」（蒙九二）等等，都表示了當時男子可以娶婦蓄妾，可以繼承家系等現象已經確立。

(二)、國家規模的初具

周易一書中已經有天子、國君、王公、諸侯、武人、巫史等種種的名稱。如「公用亨於天子」（大有九三）、「大君有令，開國承家」（師上六）、「觀國之光，利用賓於王」（觀六四）、「武人爲於大君」（履九二）等爻辭上看來，當時的政治組織中心已相當完備，國家的規模已初具。（參中國文學發達史）比卜辭中所表現的氏族社會要進步得多。

在國家制度漸形確立後，一種受貴族祿養的職業軍人——「士」，成爲當時的特殊階級，他們都接受過特殊教育，懂得射箭、御車及干戈的使用外，還會音樂、舞蹈及禮儀。更具有超人的品格與忠勇知恥的責任心和榮譽感。所以周易中有「女承筐無實，士刲羊無血」（歸妹上六）其中即含蘊了一個十分羅曼蒂克的憧憬，這也正是士的生活情形。

(三)、「以貨易貨」的商業

周易中有關農事方面的記載不多，但工商業方面則比較進步。周易中常見的牲畜有馬、牛、羊、豕等；常見的工藝成品有大車、輿等，在盛器、酒器上有罇、簋、缶、瓶、甕、鼎等。不過商業仍停留在「以貨易貨」階段。雖然有「貝」和「金」（即銅）的貨幣，但直到東周前期，仍未見大宗或普遍之使用。而交易的場所，就是所謂「市」，利用道路旁的空地，人民按時聚集，進行交易。可見私有財產制度也已大致確立。

四、天帝爲尊的宗教觀念

周人的信仰仍停留在庶物崇拜的宗教思想中，他們除敬奉上帝和祖先外，還有日月星辰的神，山川的神、土神和穀神等。但至尊的天帝觀念，在周易中可以看出。如：「自天之祐，吉無不利」（大有上九）、「用亨於天」（益六二）、「大亨以正天之命也」（無妄彖傳）。祀上帝的典禮叫「郊祀」，但它並非一般人的祭祀。據史籍所載，只有周王和後來的魯君。其他神祇，則仍有巫、覡來溝通人神之間的消息。

第三節　文學的蠡測

周易不是一部文學性質的書；加之它所代表的時代，仍然充滿着迷信與神秘色彩，所以當時音樂、舞蹈、詩歌的功用，仍停留巫術服務的階段。中孚六三：「得敵，或鼓、或罷、或泣、或歌。」正說明了周易在藝術上的功用，仍僅限於祭祀、祈禱或祝捷，所以此章也只能作約略的窺測而已。

㈠、詩歌的雛形　在周易的爻辭中，我們已發現一些很有韻律感的「小詩」，雖然它仍不能稱爲詩，但卻使我們堅信，在當時民間的口頭上，一定已流傳着相當成熟的短歌。只可惜周易不是一部文學性質的書。例如：

屯如邅如，

乘馬班如，

匪寇，婚媾。（屯、六二）

乘馬班如，
泣血漣如。（屯、上六）
賁如皤如，
白馬翰如。
匪寇、婚媾。（賁、六四）

上面所擧這些文字，雖然不構成爲「詩」，不過它反映了當時社會上的實際生活情況，也提出了一個具有衝突性的問題。騎着斑駁文彩的高頭大馬，原就是爲了求悅於女方的婚姻，所以屯六四說：「乘馬班如，求婚媾，往吉，無不利。」雖然結婚的儀式有些野性，或卽是所謂的「搶婚」，但可別誤會了他是強盜。充分地表現出成熟少女對婚姻的喜悅。不過當新娘子抬上花轎時，心情是十分惶懼的，又要跟家人作別，不禁傷心的哭了。它正反映出了家庭制度初形成時的一個普遍且嚴重的問題。所以這短短數句，含蘊了豐富的情采，有主題，有活潑的畫面，也有頓挫抑揚的音節，它已具備了詩的雛形。

又如：

「鳴鶴在陰，其子和之，
吾有好爵，吾與爾靡之。」（中孚九二）
「明夷于飛，垂其翼，
君子于行，三日不食。」（明夷初九）

「鴻漸于磐，飲食衎衎。（漸、六二）

鴻漸于陸，夫征不復。」（漸、九三）

以上三首，都似是用飛禽爲主。第一首用「鳴鶴在陰，其子和之」起興，聯想到「我有美酒，與朋友共享」之豪情。第二首「明夷」原爲卦名。然此處能「垂其翼」，顯然亦飛禽無疑，這首從「明夷的垂翼」聯想到「君子覊旅的飢餓和艱苦」。第三首中「鴻」是水鳥，從鴻鳥漸近水、陸聯想到不同的處境，一則和樂，一則離別。所以這些「詩」比興的技巧都極佳，對情景的把握，與社會背景的反映，也極成功。縱置之詩經之列，也無遜色。我們不妨在此舉些詩經的例子作個比較。如：

野有死麕，白茅包之，
有女懷春，吉士誘之。（野有死麕）
桃之夭夭，灼灼其華，
之子于歸，宜其室家。（桃夭）
燕燕于飛，差池其羽，
之子于歸，遠送于野。（燕燕）
雄雉于飛，上下其音，
展矣君子，實勞我心。（雄雉）
鴻雁于飛，肅肅其羽，

之子于征，劬勞于野。（鴻雁）

與前擧周易中的例子相較，無論比興技巧的運用，句法的排比，及表現感情的基本韻律，都極相近似。所以我們大膽地假設周易在詩歌的發展上，是卜辭演變到詩經的過渡橋樑，當不爲過言。像上面爻辭中的例子，很可能原爲流行在民間的歌謠，被運用在卜筮的周易中，作爲巫術迷信的裝飾。其他的例子，又如：

無妄之災，或繫之牛；行人之得，邑人之災。（無妄六三）

描寫行人把牛牽走了，居者反被拘捕，這眞是「無妄之災」，這首詩歌就更覺有趣了。

㈡、散文的植基　周易在宗教思想、經濟組織上是承襲卜辭，在散文的發展上，同樣也是承襲了卜辭，而更爲進步。周易的卦，爻辭與殷代的卜辭，在文字上有許多相近似的地方。現引例於下：

卜辭：「亥子，卜貞，在川人歸。」

卦辭：「同人于野，亨。利涉大川，利君子貞。」

卜辭：「甲戊，卜貞，今日不雨。」「貞，今日其大雨，七月。」

卦辭：「小畜亨。密雲不雨，自我西郊。」

卜辭：「貞戊，文其伐。」「其伐□利，□不利。」

卦辭：「豫，利建侯行師。」「升，元亨用見大人，勿恤。南征吉。」

比較以上這些例證，可知周易在散文的發展上是直承卜辭的。若再往後演變，就發展到了尚書周誥的文字。如大誥中一段敍述武庚叛變，周公東征時的文告：

王若曰：猷。大誥爾多邦。越爾御事。弗弔。天降割于我家。不少延，洪惟我幼沖人。嗣無疆大歷服。弗造哲，廸民康。矧曰其有能格知天命。已。予惟小子。若涉淵水。予惟往，求朕攸濟。賁敷。前人受命。茲不忘大功。予不敢閉于天降威用。寧王遺我大寶龜。紹天明。卽命曰。有大艱於西土，西土人亦不靜。越茲蠢。殷小腆，誕敢紀其敘。天降威。知我國有疵。民不康。曰。予復反鄙我周邦……。

全篇中「天命」、「吉卜」、「寶龜」之言層見疊出，正反映出神權思想及濃厚的卜筮迷信色彩。它在思想上正代表了從周易演變而來的痕跡。所以我們大膽地說周易在散文的發展上，它是從卜辭進步到尙書的過渡橋樑。

第四節　十翼的文學觀

周易的十翼中，從沒有一篇論到文學，但有些見解卻給後世論文學者以相當的啓示。

㈠、剛柔說　說卦傳說：

「觀變於陰陽而立卦。發揮於剛柔而生爻。」又說：

「立天之道，曰陰與陽；立地之道，曰柔與剛；立人之道，曰仁與義。兼三才而兩之。故易六畫而成卦，分陰分陽，迭用柔剛。故易六位而成章。」

雖然這些都不是就文章立說，但清代姚鼐在古文辭類纂中立「文章陰陽剛柔之說」以爲準的，後來曾國藩更發揮爲：「陽剛之美，曰雄直怪麗；陰柔之美，曰茹遠潔適。」（日記）不能不說與說卦有相當關係的。

㈡、文學與環境　繫辭下說：

「古者包犧氏之王天下也，仰則觀象於天，俯則觀法於地，觀鳥獸之文，與地之宜，近取諸身，遠取諸物，於是始作八卦，以通神明之德，以類萬物之情。」

這原是解釋八卦的取象，而這些意象都得於自然界。所以繫辭上又說：「易與天地準，故能彌倫天地之道，仰以觀於天文，俯以察於地理。」又說：「聖人有以見天下之賾，而擬其形容，象其物宜，是故謂之象。」其影響於文學者，自然就產生了文學是模擬自然的傾向。繫辭在提到周易這部書的著成時代時，嘗說：

「易之興也其於中古乎？作易者其有憂患乎。」

又說：

「易之興也，當殷之末世，周之盛德邪？當文王與紂之事邪」

它又表現了文學的創作動機與環境有重大的關係。所以周易的創作，是基於作者對「憂患」的發抒，是作者受殷末亂世中禍亂的刺激。這種主張與後來劉勰文心雕龍時序篇上的說法是完全一致的。

㈢、由辭以知情的鑑賞　有些文學批評，往往從懷疑中產生，所以繫辭說：「書不盡言，言不盡意。」這也是「盡信書不如無書」的懷疑精神。然則解決之道又如何？所以繫辭上接着又說：「然則聖人之意，其不可見乎？曰：聖人立象以盡意，設卦以盡情僞，繫辭以盡其言，變而通之以盡利，鼓之舞之以盡神。」所謂「立象」、「設卦」、「繫辭」都是一種具體的表現，而所表現者卽「意」、「言」與「情僞」。所以我們也可以說繫辭是主張「由辭以知情」的鑑賞層次。而繫辭下則又說：「聖人之情見乎辭。」又說：「將叛者其辭慙，中心疑者其辭枝，吉人之辭寡，躁人之辭多，誣善之人其辭游，失其守者其辭屈。」這種說法與孟子所謂「知言」的鑑賞方法是極爲接近的。

㈣、修辭立其誠　文言上說：

「君子進德修業：忠信所以近德也；修辭立其誠，所以居業也。」

此所謂「立誠」是爲了「居業」，而「居業」又必須「進德」。所以「修辭」境界的達成，是必須從「進德」而來，而其功用，則發揮之於「居業」，這種觀念與儒家載道派的文學觀是一致的。如論語憲問篇說：「有德者必有言，有言者不必有德。」述而篇說：「志於道，據於德，依於仁，遊於藝。」都是一種重視道德爲文辭本源的說法。而繫辭下又說：

「易之爲書也，廣大悉備，有天道焉，有人道焉，有地道焉。……道有變動，故曰爻；爻有等，故曰物；物相雜，故曰文。」

然則周易重視「道」的觀念就更明顯了。

第五章　北方詩歌總集——詩經

第一節　最古的詩歌總集

詩經是我國最古的詩歌總集，起初僅稱「詩」或「詩三百」，和易、書、禮、樂、春秋等都不稱爲經。如論語爲政篇說：

「子曰：詩三百，一言以蔽之。曰：思無邪。」

陽貨篇說：

「小子！何莫學夫詩！詩可以興，可以觀，可以群，可以怨。邇之事父，遠之事君。多識於鳥獸草木之名。」

子路篇說：

「誦詩三百，授之以政，不達；使於四方，不能專對；雖多亦奚以爲？」

可見論語中都沒有把它稱爲「詩經」的。把古書都加上個「經」的封號，大概是到了戰國晚年才有。莊子天道篇說：「丘治詩、書、禮、樂、易、春秋六經，自以爲久矣。」而天道篇的著成時代，決不會超過戰國晚年。荀子勸學篇也說：「學惡乎始？惡乎終？始於誦經，終乎讀禮。」這裡所謂「經」是指詩、書、易而言。而勸學篇的著成時代，也在戰國晚年。再看禮記有經解一篇，而篇中所述之「經」卽是天道篇中的「六經」。而經解的著成時代更晚，已經到了西漢初年。

這部最古的詩集，共收集了三一一篇詩章，其中南陔、白華、華黍、由庚、崇丘、由儀六篇，有目無辭，所以實際上是三〇五篇，擧其成數而言，所以統稱「詩三百」。這些詩篇，在經過了長時期文學氣氛的醞釀之後，它彷彿是這歷史悠遠民族中，一首最古老而悅耳的歌唱，喚起了我國文學史上前所未有的燦爛光輝，成爲文學園地中不朽的瑰寶。

第二節　詩經的作者與時代

詩經中有些詩篇，作者自己敍述了姓名。如：

小雅巷伯：「寺人孟子，作爲此詩。」

小雅節南山：「家父作誦，以究王訩。」

大雅崧高：「吉甫作誦，其詩孔碩。」

大雅烝民：「吉甫作誦，穆如淸風。」

此外，在詩經裡有篇詩序，其中也提出了一些作者的姓名。如：

(1)、綠衣、衞莊姜作（邶風）；(2)、燕燕、衞莊姜作（邶風）；(3)、日月、衞莊姜作（邶風）；(4)、終風、衞莊姜作（邶風）；(5)、式微、黎侯之臣作（邶風）；(6)、旄丘、黎侯之臣作（邶風）；(7)、泉水、衞女作（邶風）；(8)、柏舟、共姜作（鄘風）；(9)、載馳、許穆夫人作（鄘風）；(10)、竹竿、衞女作（衞風）；(11)、河廣、宋襄公母作（衞風）；(12)、渭陽、秦康公作（秦風）；(13)、七月、周公作（豳風）；(14)、鴟鴞、周公作（豳風）；(15)、節南山、周家父作（小雅）；(16)、何人斯、蘇公作（小雅）；(17)、頍弁、「諸公」作（小雅）；(18)、賓之初筵、衞武公作（小雅）；(19)、公劉、召康公作（大雅）；(20)、泂酌、召康公作（大雅）；(21)、卷阿、召康公作（大雅）；(22)、民勞、召穆公作（大雅）；(23)、板、凡伯作（大雅）；(24)、蕩、召穆公作（大雅）；(25)、抑、衞武公作（大雅）；(26)、桑柔、芮伯作（大雅）；(27)、雲漢、仍叔作（大雅）；(28)、崧高、尹吉甫作（大雅）；(29)、烝民、尹吉甫作（大雅）；(30)、韓奕、尹吉甫作（大雅）；(31)、江漢、尹吉甫作（大雅）；(32)、常武、召穆公作（大雅）；(33)、瞻卬、凡伯作（大雅）；(34)、召旻、凡伯作（大雅）；(35)、駉、史克作（魯頌）。

另外還有許多篇，詩序以爲是「國人」、「大夫」、「士大夫」、「君子」等所作。但是詩序的本身就有問題。

據後漢書儒林傳說：

「衞宏從（謝）曼卿受學，因作毛詩之序，善得風雅之旨，於今行於世。」

以爲是衞宏所作。而南北朝時，沈重則說：

「案鄭詩譜意，大序是子夏作，小序是子夏、毛公合作。卜商意有不盡，毛更足成之。」（毛詩注疏引）

所以詩序的作者本就已經是個疑問，而詩序中所指爲某某人的作品，自是絕對不可輕信，在疑似之間。所以除了自言其姓氏的幾首，可以確信作者外，其他諸作可以確定作者的，已寥如晨星了。

因爲詩經三〇五篇本非一人之作，也非一時之作。大概頌詩多數是出於樂官之手，風詩則大半取自民間；而雅詩則介乎二者之間，有些是樂官作品，有些則又采自民間。其著作時代，就文辭上看；

周頌最早，是西周初期的作品。其中的清廟、維天之命、維清三篇是祭祀文王的詩，必是作於武王之時。

大雅中大部分是西周中葉以後的作品，也有數篇是西周初期的作品。

小雅是西周中葉以後及東周初年的作品。

國風是西周晚年到春秋中葉時的作品。其中最晚的是陳風的株林，這首詩言及陳靈公淫於夏姬的事。在左傳宣公九年、十年均有記載。魯宣公九年相當於周定王七年，西元前六〇〇年。

魯頌是魯僖公時的作品。

商頌則是宋詩。

所以詩經的著成時代，大約起於西周武王初年（西元前一一二二年）止於東周春秋中葉（西元前五七〇年左右），它代表了周代爲時五百年長遠的優美文學紀錄。

第三節　詩經的編輯

詩經的編輯成集，想必經過多人之手，而這些參與者多數是樂官，它正與周易是卜官及巫、覡所編集的情況相同。同時詩經的編集必是基於應用的需要。現將編集詩經時的兩個重要問題，先述於下；

㈠、采詩說　古代有樂官自民間採集詩歌，獻聞於天子的記載。如：

「故天子聽政，使公卿至於列士，士獻詩，瞽獻曲，史獻書，師箴、瞍賦、矇誦、百工諫、庶人傳語，近臣盡規，親戚補察，鼓史教誨，耆艾修之。而後王斟酌焉。」（國語、周語）

「古之言王者，政德既成，又聽於民。於是乎使百工誦諫於朝，在列者獻詩使勿兜，風聽臚言於市，辨祅祥於謠，考百事於朝，問謗譽於路，有邪而正之。」（國語、晉語）

「天子五年一巡守（狩）……命大師陳詩以觀民風。」（禮記、王制）

「孟春之月，羣居者將散，行人振木鐸徇于路以采詩，獻之太師，比其音律，以聞於天子。故曰：王者不窺牖戶而知天下。」（漢書食貨志）

「書曰：詩言志，歌詠言，故哀樂之心感，而歌詠之心發。誦其言謂之詩，詠其聲謂之歌。故古有采詩之官，王者所以觀風俗，知得失，自考正也。」（漢書藝文志）

所謂「獻詩」、「陳詩」、「采詩」的意義都相差不遠。都是由樂官經手負責而獻聞於天子，甚或有時樂官本身也偶有製作，以應宗廟、社稷、祭祀的需要。至於如何個采詩？據漢人載籍中的說法是；方言說：

「劉歆與揚雄書曰：詔問三代，周、秦軒車使者，遒人使者，以歲八月巡路，宋（求）代語、童謠、歌戲。欲得其最目。」

春秋公羊傳宣公十五年解詁說：

「何休曰：男女有所怨恨，相從而歌。飢者歌其食，勞者歌其事。男年六十，女年五十無子者，官衣食，使之民間求詩，鄉移於邑，邑移於國，國以聞於天子。故王者不出牖戶，盡知天下所苦，不下堂而知四方。」

許慎說文解字丌部說：

「䢋、（䢋）古之遒人、以木鐸記詩言。」

前所舉「逌人」、「行人」、「遒人」相通。是宣達政令的官員。從這些記載看，古代確實有采詩之官，於每年孟春之月，搖動着木鐸，警示百姓，求取歌謠。所以有人主張詩經中的詩篇，得以保存，就是經過樂官采集而編成的。

但是到了清代，有位疑古大師崔述，在所著讀風偶識裡對采詩說，表示了異議。他說：

「余按克商以後，下逮陳靈，近五百年。何以前三百年所采殊少，後二百年所采甚多？周之諸侯千八百國，何以獨此九國有風可采，而其餘皆無之？……且十二國風中，東遷以後之詩居其大半；而春秋之策，王人至魯，雖微賤無不書者，何以絕不見有采風之使？乃至左傳之廣搜博采，而亦無之？則此言出於後人臆度無疑也。蓋文章一道，美斯愛，愛斯傳，乃天下之常理；故有作者，卽有傳者。但世近則人多誦習，世遠則漸就湮沒。其國崇尚文學而鮮忌諱，則傳者多；反是則傳者少。小邦弱國，偶遇文學之士，錄而傳之，亦有行於世者；否則遂失傳耳。不然兩漢、唐、宋以來，並無采風太史，何以其詩亦傳於後世也？（卷

二、通論十三國風）

以爲采詩是出於臆度。其實他的理由也不充實。第一、前三百年所采殊少，是與作品的成熟多寡有關，此爲文學發展必然現象。第二、既經采擇，必有去取，而樂官所采，當以與周室關係較密切爲多。第三、「美斯傳」乃文學作品所以流傳之標準。樂官采詩之標準與崔氏是可以一致的。所以此不足以推翻「采詩」存在的事實。第四、古有采詩之官和詩經的編集不可混爲一談。我們說詩經中有許多篇章，可能均賴樂官的采集而得以保存，但這並不意謂「詩經」就是樂官采集而成，編集詩經者（人或機構），對樂官采集的詩歌，仍可以再做選擇去取，或也采擷了不少誠如崔氏所說，由文學之士錄而傳之的好詩，也未可知。

(二)、刪詩與正樂　當初編集這部詩歌總集時，流傳在民間的好詩，想必一定不止此數。所以今日所見三〇五篇的詩經，成書時一定經過多人的刪削。但到底這刪詩的人是誰？實難確知了。據史記、孔子世家的贊說，這位刪詩的人是孔子。他說：

「古者，詩三千餘篇，及至孔子去其重，取可施於禮義；上采契、后稷，中述殷周之盛，至幽厲之缺。……

……三百五篇，孔子皆弦歌之，以求合韶武雅頌之音。」

這刪詩的說法，相信與反對的意見都很多。其實此說之不可信，經近人的努力研究後，似應論定。今綜述此說不成立的理由於下：

第一、鄭氏詩譜序孔穎達疏說：

「如史記之言，則孔子之前詩篇多矣。案書傳所引之詩，見在者多，亡逸者少。則孔子所錄，不容十分去九。馬遷言古詩三千餘篇，未可信也。」

後來屈翼鵬先生在詩經釋義中，就左傳、國語、禮記三部書的引詩情形，證實了孔說的可信。他說：

「我們且就左傳、國語、及禮記三部書中引詩的情形，列表如下：

	左傳所引者	國語所引者	禮記所引者
今存之詩	一五六	二二	一〇〇
佚　詩	一〇	一	三

由此表看來，三書中所引之詩，今存的總計二百七十八，已佚的十四；佚詩的數量，約佔存詩的廿分之一。卽可見孔穎達之說，實不爲無見。」

第二、左傳襄公二十九年載吳公子季札在魯國觀周樂，所見的詩已與今本略同，所不同處，只是國風的次第。毛詩是：周南、召南、邶、鄘、衞、王、鄭、齊、魏、唐、秦、陳、檜、曹、豳。而季札所見，自齊以下爲豳、秦、魏、唐、陳、鄶（曹）和頌詩沒分周、魯、商而已。那時孔子是八歲（生於襄公二十二年），又如何能擔當刪詩這種大事。

第三、論語爲政篇說：「子曰：『詩三百，一言以蔽之，曰：思無邪』」。又子路篇說：「子曰：『誦詩三百，授之以政，不達；使於四方，不能專對；雖多，亦奚以爲』」！孔子既屢次說到「詩三百」，可見它必定是當時通行的本子。再者，信而好古，而又慨歎文獻不足的孔子，既不會把些可貴的文獻十去其九，也不會把自己刪定的本子，「詩三百」，「詩三百」地說得那麼自然。（以上參屈翼鵬師詩經釋義說）

所以孔子斷無刪詩之事。誠如崔述說得好：

「孔子刪詩，孰言之？孔子未嘗自言也。史記言之耳！孔子曰：『誦詩三百』是詩止有三百，孔子未嘗刪也。學者不信孔子所自言，而信他人之言，甚矣其可怪也。」

不過孔子雖沒有刪詩，但他確曾有一番整理的工夫。論語子罕篇說：「子曰：『吾自衞返魯，然後樂正，雅頌各得其所。』」孔子既然說「雅、頌各得其所」，則雅、頌的篇次是必經過他整理的。

季札觀樂時，沒說到頌有周、魯、商的分別，所以可能當時魯、商二頌還沒有編進去，或者雖已編入，但不在頌裡。鄭康成在詩譜、魯譜及商譜中，以爲二頌是孔子編入詩經的，也不無道理。因爲魯是侯國，宋（商頌）是亡國之後，它們的詩是不應該和周頌並列的。而且魯頌的駉或駜，絕不像頌詩，而倒類似國風；魯頌的泮水、閟宮，商頌的殷武，都是些阿諛時君的詩，論其體裁，也像雅而不類頌。再者，春秋於魯僖公三十一年，開始書「卜郊」，這說明好大喜功的魯僖公，可能有稱王的野心，而孔子將它編入詩經與周頌並列，正合春秋的意旨。商頌是宋人的作品，然而「丘也殷人也」（孔子語，見禮記檀弓），所以把「亡國之後」的作品，提高到與王朝並列，恐怕也是孔子的有意作爲。

至於毛詩國風的次第，和季札所見固然不同，但和今文家的本子，則無歧異，所以國風的次第，恐怕也是孔子所定。於是這「三百篇」，在孔子以前是魯國的傳本；經過孔子整理後，便成了儒家的教科書。

第四節　詩經的內容

在談到詩經的內容前，有兩個問題必先討論，一是六義；一是四始。毛詩序說：

「故詩有六義焉：一曰風，二曰賦，三曰比，四曰興，五曰雅，六曰頌。……是以一國之事繫一人之本，謂之風。言天下之事，形四方之風，謂之雅。雅者正也，言王政之所由廢興也；政有大小，故有小雅焉，有大雅焉。頌者美盛德之形容，以其成功告於神明者也。是謂四始，詩之至也。」

六義之說本於周禮春官大師職：「大師……敎六詩：曰風，曰賦，曰比，曰興，曰雅，曰頌。」四始之說本於史記孔子世家：「關雎之亂以爲風始，鹿鳴爲小雅始，文王爲大雅始，淸廟爲頌始。」關於這六義、四始，在詩經的研究上，前人辯論不休，花了不少筆墨。

其實，六義，這六件物事，應該分成兩組，風、雅、頌是指詩的性質；而賦、比、興是指詩的體裁。風、雅、頌我們放在各章中解釋。此處先說賦、比、興。晉摯虞文章流別論說：

「賦者敷陳之稱也，比者喻類之言也，興者有感之辭也。」

他把賦、比解釋得極爲確當。而興的說法則略有不妥。鄭樵六經奧論說：「凡興者，所見在此，所得在彼，不可以事類推，不可以義理求也。」朱熹詩集傳也說：「興者，先言他物，以引起所詠之詞。」朱子又在語類中說：

「直指其名，直敍其事者，賦也。本要言其事，而虛用兩句鈎起，因而接續去者，興也。引物爲況者，比也。」

綜上所言，賦是一種直接對事物的鋪敍。比是借用他物作爲比喻。而興是兩種不相類及事物的聯綴。毛傳在賦、比兩體上都不注明，而獨標興體。但是毛傳鄭箋，實際上又把興體講成了比體。所以要說明比、興的不同。在於興體開頭的一二句，多半和詩人要咏的本事無關。它只是在音節韻律上，有鈎引起下句接續下去的作用而已。明乎此，則知「關關雎鳩，在河之洲」本來與「窈窕淑女，君子好逑」無關，而解詩說詩的人，卻一定要說雎鳩「摯而有別」，「生有定偶」用來比附君子淑女，既非事實，也不合詩人的本意。

至於四始，前文提到是本於史記孔子世家，但是它只是記敍了國風、小雅、大雅、頌四部分開頭第一篇的篇名，雖然說了四個「始」，但並沒有「四始」這個詞，而是詩序於解說風、雅、頌之後，加上一句「是謂四始，詩之至也。」如果不參照史記孔子世家來看，幾乎使人有莫名其妙的感覺。而詩序是否衞宏作，本有問題，其說是否如史記之本於魯詩也大有問題。此外齊詩也有四始之說。據翼奉、郎顗所述，知道齊詩以大明在亥爲水始，四牡在寅爲木始，嘉魚在巳爲火始，鴻雁在申爲金始。這種本乎五行之說，支離怪誕，就更不能採信了。

下面我們依照文學發展的過程爲序，把詩經的內容分述於下：

一、祭祀詩—頌、大雅

詩經中著成時代最早的作品，就是充滿宗教色彩，而應用在祭祀上的頌詩；而大雅中的部分祭祀歌也屬這一類。頌分周、魯、商三部分，周頌最古，魯頌是魯僖公時代的作品，已入春秋時代。而商頌據王國維攷證，實際上是宋詩。他在觀堂集林中所提出的主要論證是：

(1)、商頌中殷武章有「陟彼景山，松柏丸丸」的詩句。商朝自盤庚到帝乙都居住在殷墟，紂居於朝歌，都是在河北省。而造高宗的寢廟，不可能遠陟河南的景山去伐木。只有宋居於商邱，距離景山僅百數十里。而且它的周圍數百里內別無名山，則伐景山之木以造宗廟的事是可信的。

(2)、從文辭上看，殷墟卜辭中所記載實爲殷代的祭禮和文物制度，在商頌中卻無一可尋。商頌中所見的人名、地名也和殷時之所稱不相類，反而和周時的所稱相類。

(3)、所用的成語，並不與周初類，而與宗周中葉以後相類。

那麼，商頌卽為宋詩，詩經中頌詩就全屬周代的詩歌了。

因為頌是祭祀用的舞詩，所以在藝術功用上是履行宗教的使命。詩大序說：「頌者，美盛德之形容，以其成功告於神明者也。」鄭樵在通志樂略也說：「陳三頌之音，所以侑祭也。」又說：「宗廟之音曰頌。」（昆虫草木略序）他們也都是從宗教的功利觀點去說明頌的性質。

到了清代的阮元，對頌始作了較精確的解說。他在揅經堂集釋頌說：

「頌之訓為美盛德者，餘義也；頌之訓為形容者，本義也。且頌字卽容字也。……所謂商頌、周頌、魯頌者，若曰商之樣子，周之樣子，魯之樣子而已，無深義也。何以三頌有樣而風、雅無樣也？風、雅但絃歌笙間，賓主及歌者皆不必因此而為舞容；惟三頌各章皆是舞容，故稱為頌。若元以後戲曲，歌者舞者與樂器全動作也。」

這種載歌載舞的情形，我們從小雅與國風裡，還可以窺見一些端倪：

「有酒湑我，無酒酤我，坎坎鼓我，蹲蹲舞我。」（小雅、伐木）

「籥舞笙歌，樂旣和奏。……舍其坐遷，屢舞僊僊。」（小雅、賓之初筵）

「坎其擊鼓，宛丘之下，無冬無夏，值其鷺羽。」（陳風宛丘）

「子仲之子，婆娑其下。……不績其麻，市也婆娑。」（陳風、東門之枌）

這些詩都是敘述朋友相聚的宴會，或男女團聚在一起，在笙歌伴奏下婆娑起舞的情景。可見音樂、舞蹈混合的形態，在雅詩中依然存在，更何況頌詩是用在宗廟的祭祀上，更是可以有歌舞融會的情形了。

周頌中最早的作品，如清廟、維天之命、維清都是祭祀文王之詩，當作於武王時。最晚的作品，如執競，是祭祀武、成、康王的詩，或作於昭王之世。所以綜觀周頌的時代，約在武、成、康、昭四朝，前後大約一百多年，正值西周前期的盛世。在這段時期中，農業經濟均甚爲發達，農民生活極爲富裕，社會上充滿着平和與互助的氣氛，在安居樂業之餘，自然對上帝的禮贊和祖先的歌頌是不遺餘力的，所以這些詩篇，往往流露出極度虔誠的宗教熱忱。例如：

「噫嘻成王，既昭假爾。率時農夫，播厥百穀。駿發爾私，終三十里。亦服爾耕，十千維耦。」（周頌噫嘻）

這首詩，詩序說是：「春夏祈穀於上帝也。」朱熹則以爲是成王告戒農官之作。詩中我們可以看到以農業爲生產主業的西周時代，農耕的盛況。此詩敘述成王在祭祀上帝以後，率領着農夫播種百穀，並鼓勵農人墾發田官的公田；農人們齊心協力於耕作的偉大場面。這是一首周人歌頌成王的樂章，而在每年春耕開始之際。又如：

「豐年多黍多稌，亦有高廩，萬億及秭，爲酒爲醴，烝畀祖妣，以洽百禮。降福孔皆。」（周頌豐年）

這首詩，詩序說：「秋冬報也。」朱熹則說：「此秋冬報賽田事之樂歌。蓋祀田祖，先農、方社之屬也。言其收入之多，至於可以供祭祀，備百禮，而神降之福將甚徧也。」顯然，這是一首秋收後酬神賽會時所奏的樂歌。一場浩大的「豐年祭」歌舞，生動地呈現在眼前。在這些酬神祭祀詩裡，還可以清晰地窺見當時農民生活富裕的餘影。再如，臣工、載芟、良耜諸篇也都是表現農民耕作及祭祀的詩，就不再贅述了。

頌詩中除了些豐年祭祀及對上帝的敬畏外，還有許多對先祖先王的禮贊的詩篇。如：

「維天之命，於穆不已。於乎不顯！文王之德之純。假以溢我，我甚收之。駿惠我文王，曾孫篤之。」（周頌、維天之命）

這是首祭祀文王的詩，讚美文王的盛德，而反映出百姓的虔誠之心。又如：

「思文后稷，克配彼天。立我烝民，莫匪爾極。貽我來牟，帝命率育，無此疆爾界，陳常于時夏。」（周頌思文）

這是首祭祀先祖后稷的詩。贊美后稷德譽配天，嘉惠百姓，於是上帝貽下麥子，徧養下民。這首詩與先民播種百穀的神話有關。再如大雅中也有一些詩篇，它反映出的感情與頌詩是一致的，我們也把它列入宗教詩之中。如：

「文王在上，於昭于天。周雖舊邦，其命維新。有周不顯，帝命不時。文王陟降，在帝左右。」（大雅文王首章）

這首詩，據朱傳說：「周公追述文王之德，……以戒成王。」詩中極贊文王之盛德。又如：

「下武維周，世有哲王，三后在天，王配于京。王配于京，世德作求。永言配命，成王之孚。」（大雅、下武首章）

這是首美成王的詩。贊美他能配合三后之道，故天既畀命與周，維成王是信。

以上所舉的這些詩篇，若就純文學的觀點看，文辭樸質無華，內容單調無味，實在沒有什麼藝術價值，但在文學史的發展上，這是必經之過程。宗教詩也是相當重要的一部分。

二、宴會、田獵詩——二雅

西周後期，由於社會、經濟制度的逐漸改變與進步，政治權力日益集中在某些領導階級的貴族手中，他們假託天命，要把人們原本敬天畏神的觀念，轉變爲對國君的尊敬。而他們的生活多數是侈靡的，不是歌舞昇平的宴飲，就是千騎萬乘的田獵。他們的周圍充滿了歡娛的歌聲與豪邁的氣勢。於是反映時代的詩篇，也從宗教、祭祀的迷信服務，轉而成爲娛樂貴族的奢侈品。代表這種人事階段的詩歌，是詩經中的二雅。

什麼是雅？據毛詩序說：

「雅者正也，言王政之所由廢興也。政有大小，故有小雅焉，有大雅焉。」

只要翻開二雅詩篇，就不難發現大雅中所表現未必是大政，小雅中所鋪敘的也未必是小政。當然這種解釋很有問題。鄭樵說：「宗廟之音曰頌，朝庭之音曰雅。」能就音樂上的區別以說明，就比較合理了。不過大雅中也有宗教詩，又如何解釋呢？

原來雅和夏古音相近，義也相通。荀子榮辱篇說：「譬之越人安越，楚人安楚，君子安雅。」王引之注：「雅讀爲夏。夏謂中國也，故與楚越對文。儒效篇：居楚而楚，居越而越，居夏而夏，是其證。古者雅、夏二字互通。故左傳齊大夫子雅，韓子外儲說右篇作子夏。」而且墨子天志下引大雅皇矣篇「帝謂文王」以下六句，謂之大夏，尤爲顯證。夏，是文化較高的黃河流域一帶。所以從樂調上說，雅應是流行在中原一帶而爲王朝所崇尚的正聲。

至於雅分大、小雅者，朱熹說得已很透澈。他說：

「以今考之，正小雅，宴饗之樂也；正大雅，會朝之樂，受釐陳戒之辭也。……詞氣不同，音節亦異。」

這說法雖然無法絕對證明，按理是可以成立的。我們也會覺得小雅中也有不少類似風謠中勞人思婦的辭，如黃鳥、我行其野，何草不黃等，而它們所以被列入雅，恐怕就只有樂調上的區別了。同理大小雅之不同，或即如朱熹之所說的吧！

下面舉些例子，可以看出當時貴族生活的點點滴滴。如：

「呦呦鹿鳴，食野之苹。我有嘉賓，鼓瑟吹笙。吹笙鼓簧，承筐是將。人之好我，示我周行。　呦呦鹿鳴，食野之蒿。我有嘉賓，德音孔昭。視民不恌，君子是則是傚。我有旨酒，嘉賓式燕以敖。　呦呦鹿鳴，食野之芩。我有嘉賓，鼓瑟鼓琴。鼓瑟鼓琴，和樂且湛。我有旨酒，以燕樂嘉賓之心。」（小雅、鹿鳴）

這是一首歡宴群臣嘉賓的詩。又如；

「南有嘉魚，烝然罩罩。君子有酒，嘉賓式燕以樂。南有嘉魚，烝然汕汕。君子有酒，嘉賓式燕以衎。南有樛木，甘瓠纍之。君子有酒，嘉賓式燕綏之。　翩翩者鵻，烝然來思。君子有酒，嘉賓式燕又思。」（小雅、南有嘉魚）

這是一首一般燕饗時通用的樂章。以上兩首詩，都反映了當時貴族階級的富裕生活與豪華享受。下面再舉一些歌頌田獵的詩。如：

「吉日維戊，既伯既禱。田車既好，四牡孔阜。升彼大阜，從其羣醜。　吉日庚午，既差我馬。獸之所同，麀鹿麌麌。漆沮之從，天子之所。　瞻彼中原，其祁孔有。儦儦俟俟，或群或友。悉率左右，以燕天子。　既張我弓，既挾我矢；發彼小豝，殪此大兕。以御賓客，且以酌醴。」（小雅、吉日）

這是一首美天子田獵的詩，朱熹以為天子指宣王，未敢遽定。又如：

「我車既攻，我馬既同。四牡龐龐，駕言徂東。　田車既好，四牡孔阜。東有甫草，駕言行狩。　之子于苗，選徒囂囂；建旐設旄，搏獸于敖。　駕彼四牡，四牡奕奕，赤芾金舄，會同有繹。　決拾既佽，弓矢既調，射夫既同，助我舉柴。　四黃既駕，兩驂不猗。不失其馳，舍矢如破。　蕭蕭馬鳴，悠悠旆旌。徒御不驚，大庖不盈。　之子于征，有聞無聲，允矣君子，展也大成。」（小雅、車攻）

這是一首描寫貴族舉行大規模射獵的詩。詩序說：「車攻，宣王復古也。宣王能內脩政事，外攘夷狄，復文武之境土；脩車馬，備器械，復會諸侯於東都，因田獵而選車徒焉。」

以上所舉的詩篇，或為描寫宴會時歡暢；或為描寫田獵時浩大的場面。而所表現的感情，已不再是對宗教、祖先的虔敬與熱忱，而是自身的揮霍與享受。但在文學技巧的表現上，已有高度的進步，比、興的手法已被靈活的運用。但此期的詩篇與前期一樣，仍脫離不了實用的功利任務。

三、社會、離亂詩——二雅

西周自西元之前八四二年，厲王因貪得嗜利，暴虐無度，被人民放逐到彘（今山西霍縣），居外十四年而死。由其子宣王繼位，宣王的初期，曾對異族大張撻伐，重振了周室的聲威，但不久政事又壞，諸侯強大難制，戎狄又交侵寇邊，宣王終爲戎人所敗，周室更是一蹶不振。宣王死後，傳位幽王，不但朝政腐敗，而王畿內又發生空前的天災，大雷雨使「百川沸騰，山冢崒崩」，又加上範圍包括涇、渭、洛三河域之大地震，使國破民疲。後又因寵幸褒姒，終致犬戎順利攻陷鎬京，追殺幽王於驪山（今陝西臨潼縣東南），於是西周至此（西元前七七一年）結束，平王遂東遷洛邑。在這段時期中，無論政治、社會和思想上都激起了空前未有的大變動。有識之士，或諷刺幽王的亂政，或隱喻宣王的黷武；於是諷刺朝廷昏亂、社會不安和怨恨征戎之苦的詩篇，應時而作。這些也就是被前人目爲變風、變雅的詩章，多屬此類。反映這黑暗時期的詩篇有：

「正月繁霜，我心憂傷。民之訛言，亦孔之將。念我獨兮，憂心京京，哀我小心，癙憂以痒。　父母生我，胡俾我瘉！不自我先，不自我後。好言自口，莠言自口，憂心愈愈，是以有侮。　憂心惸惸，念我無祿。民之無辜，拜其臣僕。哀我人斯，于何從祿？瞻烏爰止，于誰之屋？……心之憂矣，如或結之。今茲之正，胡然厲矣！燎之方揚，寧或滅之。赫赫宗周，褒姒滅之。……彼有旨酒，又有嘉殽。洽比其鄰，昏姻孔云。念我獨兮，憂心慇慇。　佌佌彼有屋，蔌蔌方有穀；民今之無祿，天夭是椓。哿矣富人，哀此惸獨。」（小雅、正月）

這是一首是憂國哀民，憤世嫉邪的詩。朱熹據詩中「赫赫宗周，褒姒滅之」的話，推斷它是西周亡後的作品。詩中強烈地反映了詩人憂傷惴懼的情緒，以及亡國後淪爲奴隸的苦楚。也暴露了當時貴族的驕侈、橫暴；他們有「旨酒」、「美屋」，更有美滿的婚姻，卻還要動輒欺壓百姓，搶奪土地，營私舞弊，陷人於罪。這種不合理的現象，必然帶來社會的混亂與戰爭。造成百姓的離鄉背井，農事的荒廢，社會秩序的崩壞。又如：

「十月之交，朔日辛卯。日有食之，亦孔之醜。彼月而微，此日而微；今此下民，亦孔之哀。　日月告凶，不用其行。四國無政，不用其良。彼月而食，則維其常，此日而食，于何不臧……皇父卿士，番維司徒，家伯冢宰，仲允膳夫，棸子內史，蹶維趣馬，楀維師氏。艷妻煽方處。……黽勉從事，不敢告勞。無罪無辜，讒口囂囂。下民之孽，匪降自天，噂沓背憎，職競由人。」（小雅、十月之交）

這是一首諷刺周幽王的詩。詩人把自然界的災異，都歸咎在一批殘暴的執政者，如皇父之流，和艷妻—褒姒同黨爲害百姓的緣故。詩經中諷刺幽王和褒姒的詩甚多。又如：

「瞻仰昊天，則不我惠。孔塡不寧，降此大厲。邦靡有定，士民其瘵。蟊賊蟊疾，靡有夷屆。罪罟不收，靡有夷瘳。　人有土田，女反有之，人有民人，女覆奪之。此宜無罪，女反收之。彼宜有罪，女覆說之。哲夫成城，哲婦傾城。懿厥哲婦，爲梟爲鴟。婦有長舌，維厲之階，亂匪降自天，生自婦人。匪教匪誨，時維婦寺……。」（大雅、瞻卬）

詩中對褒姒的長舌誤國，強奪土地，羅人於罪的惡行，有大膽而尖銳的刻劃。又如大雅召旻篇，對幽王任用小人，以致饑饉侵削，也有強烈而露骨的諷刺，在此就不再多引了。這種種昏君誤國的不合理現象，已使百姓幾乎瀕於絕望的深淵，於是厭惡戰爭，咀咒戰爭的詩篇，也就應時而出了。如：

「何草不黃！何日不行！何人不將！經營四方。　何草不玄！何人不矜！哀我征夫，獨爲匪民！　匪兕匪虎，率彼曠野。哀我征夫，朝夕不暇！　有芃者狐，率彼幽草。有棧之車，行彼周道。」（小雅、何草不黃）

這是一首描寫征夫苦於行役的怨詩。全詩用草的枯黃，引發征人勞瘁的怨思，在疾病呻吟中，發出「哀我征夫，獨爲匪民」的悲歎，感情的流露是極爲眞摯動人的。又如；

「采薇采薇，薇亦作止，曰歸曰歸，歲亦莫止。靡室靡家，玁狁之故；不遑啓居，玁狁之故。　采薇采薇，薇亦柔止。曰歸曰歸，心亦憂止。憂心烈烈，載飢載渴。我戍未定，靡使歸聘，　采薇采薇，薇亦剛止。曰歸曰歸，歲亦陽止。王事靡盬，不遑啓處。憂心孔疚，我行不來。　彼爾維何？維常之華。彼路斯何？君子之車。戎車既駕，四牡業業。豈敢定居？一月三捷。　駕彼四牡，四牡騤騤。君子所依，小人所腓。四牡翼翼，象弭魚服。豈不日戒？玁狁孔棘。　昔我往矣，楊柳依依；今我來思，雨雪霏霏。　行道遲遲，載渴載飢，我心傷悲，莫知我哀！」（小雅、采薇）

這是一首戍役者創作的詩。大約是在宣王時代，作者在詩篇中不但吐露出對戰爭的怨恨與失望、沮喪；更強烈地表現了思鄉與望歸的情緒。至於藝術上的成就，比興技巧的運用，文句的清麗，情感的細膩，都遠勝過前階段的詩歌。卽使在國風中，也偶有一些充滿國破家亡的悲吟詩章，今附述於此。例如：

「式微，式微！胡不歸？微君之故，胡爲乎中露。式微，式微！胡不歸？微君之躬，胡爲乎泥中！」（邶風、式微）

「彼黍離離，彼稷之苗。行邁靡靡，中心搖搖。知我者，謂我心憂；不知我者，謂我何求。悠悠蒼天，此何人哉！　彼黍離離，彼稷之穗。行邁靡靡，中心如醉。知我者，謂我心憂，不知我者，謂我何求。悠悠蒼天，此何人哉！　彼黍離離，彼稷之實。行邁靡靡，中心如噎。知我者，謂我心憂，不知我者，謂我何

求。悠悠蒼天，此何人哉！」（王風、黍離）

邶風式微，據詩序說，是黎侯寓居于衞國，他的臣子勸他歸來的詩。內中充滿了一種企盼等待的心情。王風、黍離是周平王東遷以後，流行在王城畿內的民間詩歌。詩中透露了行役者對於時勢的傷感，令人心碎。

在這動亂巨流的沖擊下，社會制度又起了很大的轉變。貴族開始走向沒落，新的暴發戶，登上了政治舞台。人性開始覺醒，人權思想萌芽，於是文學也透過宗教服務、娛樂貴族，進而爲反映社會，表達人性。

四、男女抒情詩——國風

男女相悅的情感與生俱來。所以抒情詩在口頭文學時期，便已產生而流行。然而就文學發展的進度上看，宗教詩，社會詩又都盛行在抒情詩之前。推究其理，恐怕是宗教詩俱有實用功能，而巫術統治者做有目的的保存和發揮的緣故吧！而抒情詩則缺少那種積極的功利任務。所以國風、二南中的抒情詩，在口頭上可能流行甚早，但變而爲文字的抒情，則是全部詩經中最晚出的作品，所以它的藝術成就也最高。

所謂「風」的解釋，據詩序的舊說以爲：「上以風紀下，下以風刺上。主文而譎諫，言之者無罪，聞之者足戒，故曰風。」把「風」解釋爲「風刺」、「風諫」，恐怕不是國風之風的本義。朱熹詩集傳則說：「凡詩之所謂風者，多出於里巷歌謠之作，所謂男女相與詠歌，各言其情者也。」這種解釋，當爲近是。所謂國風的「風」，應該解作「風土」之「風」；因爲從這些歌謠中，可以看到各地的風土人情；現在常用的「風謠」二字，卽與國風之風的本義，恰恰符合。

國風分十五國，照毛詩的次第是：周南、召南、邶、鄘、衞、王、鄭、齊、魏、唐、秦、陳、檜、曹、豳。

在地域上，二南相當於今之河南、湖北、四川等省，邶、鄘、衞在今之河南。王是「王畿」的省稱，也在今之河南，鄭也在今之河南，齊在今之山東，魏、唐都在今之山西，秦在今之陝西，陳在今之河南，檜在今之河南，曹在今之山東，豳在今之陝西。也就是黃河流域一帶，是當時周室勢力所能達到的範圍。

其中周南、召南，前人也有一些不同的說法。如宋代王質的詩總聞，程大昌的考古編以及梁啓超的釋四始，都主張「南」是一種樂名，可與風、雅並列，分成南、風、雅、頌四部。近人因襲此說的仍然不少。不過二南，實爲地域，也應屬國風之內。在左傳隱公三年，就有「風有采蘩采蘋」的記載。而此兩篇就在召南之中。又韓詩外傳說：「子夏問曰：『關雎何以爲國風之始也？』」而關雎篇在周南之中。可見二南的詩篇，早被列入國風之中，究其內容、風格與時代，都與其他風詩是屬同一範圍的。下面引些例子：

「關關雎鳩，在河之洲。窈窕淑女，君子好逑。　參差荇菜，左右流之；窈窕淑女，寤寐求之。求之不得，寤寐思服；悠哉悠哉，輾轉反側！　參差荇菜，左右采之；窈窕淑女，琴瑟友之。參差荇菜，左右芼之；窈窕淑女，鐘鼓樂之。」（周南、關雎）

這首詩，舊說是祝賀新婚的，而實際上它是一首描寫男子追求女子的情歌。全詩分三章，首章詩人藉一對和鳴的雎鳩起興，道出傾慕對方的心願。二章寫男子追求女子不成時內心的苦悶。末章寫男子想像追求到女子以後，美滿親愛的生活。又如：

「野有死麕，白茅包之。有女懷春，吉士誘之。　林有樸樕，野有死鹿，白茅純束，有女如玉。　舒而脫脫兮，無感我帨兮，無使尨也吠。」（召南、野有死麕）

這是一首寫男女相悅、幽會的詩。也分三章，首章寫男士對懷春少女的引誘；次章寫女子的美；末章寫男女幽會時的情形。文筆樸實而大膽，很有民歌的風味。又如：

「靜女其姝，俟我於城隅。愛而不見，搔首踟躕。　靜女其孌，貽我彤管。彤管有煒，說懌女美。　自牧歸荑，洵美且異。匪女之爲美，美人之貽。」（邶風、靜女）

這也是一首男女相約，在僻遠之處幽會的情歌。也分三章，首章寫男女相約，如期而女子不至，男子焦急的情形；二章寫女子贈物，以爲紀念。末章寫出由於禮物爲美人所贈，所以格外的珍惜。又如；

「女曰鷄鳴，士曰昧旦。子興視夜，明星有爛。將翺將翔，弋鳧與鴈。　弋言加之，與子宜之。宜言飲酒，與子偕老。琴瑟在御，莫不靜好。　知子之來之，雜佩以贈之。知子之順之，雜佩以問之。知子之好之，雜佩以報之。」（鄭風、女曰鷄鳴）

這也是一首男女幽會的情詩。用相互會話的方式表達。也分三章，首章寫男女的兩情繾綣。二章寫男子欲與偕老的誓言。末章寫女子贈佩以爲報答。又如：

「彼狡童兮，不與我言兮！維子之故，使我不能餐兮！　彼狡童兮，不與我食兮！維子之故，使我不能息兮。」（鄭風、狡童）

這也是一首極爲白描、寫實的戀歌。詩中描寫女子因爲心上人「狡童」的不在身邊，而竟連飯也吃不下，覺也睡不穩的迷惘。

總之，十五國風中，這類性質的抒情詩，多得不勝枚舉。在詩序上卻都把它們附會上種種不近情理的解釋。

其實，這些詩都是非常淺顯、明白，依然保存着一股民歌的樸實的野性。細賞它們的內容，不外是相思、求愛、調情等情感的抒發。但是它們在音韻上的自然和諧，在情感上的誠摰活躍，處處都表現了藝術上的最高成就。從這些戀歌中，可以體會出當時浪漫的人性。愛情在文學中所佔有的偉大力量與崇高地位，它使社會文學邁向個人文學；使文學的發展，慢慢地傾向於唯美與浪漫的純粹藝術境界。

第六章　春秋戰國的散文

第一節　動盪的時代

春秋戰國在歷史上是一個爭戰不休，殺人盈野的動盪時代；但在文化與思想上也是個百家爭鳴，諸子競起的大成就時代。所謂「春秋」，大致指東周的前半期，從周平王四十九年（魯隱公元年，西元前七二二年）到周敬王三十九年（魯哀公十四年、西元前四八一年）止，凡二百四十二年。或有人把它延長到越王勾踐滅吳之年（西元前四七三年）。

所謂「戰國」，是指東周的後半期加上東周滅亡以後的三十四年，從周敬王四十年（西元前四八〇年）到秦王政二十五年（西元前二二二年）也就是秦國統一的前一年。凡二百五十九年。在這爲期五百年的歷史動盪中，我們發現中國各地，尤其在黃河流域一帶，都沉陷在戰爭之中，兵戈時舉，烽火狼煙。一切傳統的道德準則與思想觀念，都被激盪得瓦解而成紛紛。這時雖然已經有成熟的詩歌，但已不能擔負起描述這時代的動亂與社會遽變的功能。於是新的哲學思想和政治觀念，被迫萌生。有的人想盡力維護古代傳統思想的舊觀；有的人想從人性的惡端中激發善根；有的人想藉重嚴苛的法律來安定這紛擾的局面；有的人則抱定了厭世悲觀，自私自利的消極態度。這原本是人類在遭遇到空前大衝擊後，思想上必然會產生的自然趨勢。於是繼詩經之後，必須有一種能包容得下，這萬流滙合，波濤壯濶，瞬息萬變新思潮的新文體。於是在文學的發展史上，有了一個明顯的轉變；記載這動盪時代的歷史事實和表達哲理思想的散文隨之勃興。這時代的散文作家，風起雲湧，且各持己見。或爲歷史家，或爲哲學家，或爲政治家，或爲說客、辯士。雖然他們並不以文學的創作爲專業，但是他們的筆觸，光彩煥發，風致遒勁，文章的結構謹嚴，推理細密。他們驅遣着豐富的想像，生動的比喩，活潑的文辭，美麗的畫面，把這五百年來殺人盈野，征城而戰，弱肉強食，血淋淋而殘酷的歷史變遷的事實記載下來。他們在思想上更掙脫了傳統的束縛，各收門徒，欲各自爲開山鼻祖。所以這個時代，是中國散文的黃金時代，也是哲學發達的輝煌時代。

這種散文發達的現象，絕不是偶然的，它來自社會組織形態的改變，和經濟上、物質上的進步，是社會繁榮，人口激增後，帶來民生問題亟待解決的結果。

第二節　散文興盛的原因

春秋戰國是我國學術思想的鼎盛時代，思想界澎湃到了極點，所以散文也因而大盛，造成散文興盛的原因相當複雜，今簡括說明於下；

㈠、歷史文明的承襲　提起春秋戰國散文興盛的原因，不免使我們聯想到春秋以前的文化，究竟發展到什麼樣的程度？因爲散文是人類文明遺跡的記錄。了解的史料雖缺，但是我們相信，西周末年或春秋初期，歷史文明已經相當輝煌。在我國歷史上傳說的神農、堯、舜時代，也就是仰韶文化與龍山文化時期，工藝上已有精美的陶器製作，與載歌載舞的生活。夏禹的時代，如今並未發現實物的遺跡，但神話傳說中的夏朝，已有荒淫侈靡的生活。到了殷商時代，從殷墟的卜辭記載中，我們發現此時的畜牧業已很發達，手工業已很精細，青銅器的製作，是代表了殷商文化的極高成就。在今日出土的彝器中，刻鏤精緻，而且文字的使用也非常普遍。音樂已成熟，詩歌已產生。所以這豐盛的文明，累積到西周時，必已相當發達，社會組織必已相當繁密，貴族生活必已相當奢侈，人文思想必已相當成熟，而且可能已有相當豐富的文物典籍，否則諸家思想是無所附麗，也無由產生的。

㈡、社會形態的改變

⑴、生產工具的改良　在正常的途徑上看，爲解決民生問題，就不得不先從農業的增產著手，要增加農產就必須開拓耕地的生產面積，以增加農作物的收成，當然爲達此目的，改良生產工具是爲最便捷可行的辦法。於是戰國時代，鐵器就被發明而廣泛的使用了。因爲鐵器是一種製造方便，耐用經久，而又可普遍製造的生產工具。在古籍中，有關鐵器在農具及兵器上的使用情形已很普遍。如；

「一農之事必有一耜一銚一鎌一鎒一椎一銍，然後成爲農。一車必有一斤一鋸一釭一鑽一鑿一銶一軻，然後成爲車。一女必有一刀一錐一箴一鉥，然後成爲女。」（管子輕重乙篇）

「許子以釜甑爨，以鐵耕乎？」（孟子滕文公篇）

「楚人鮫革犀兕以爲甲，鞈如金石；宛鉅鐵釶，慘如蠭蠆。」（荀子議兵篇）

「夫矢來之鄉，則積鐵以備一鄉。矢來無鄉，則爲鐵室以盡備之。」（韓非子內儲說上七術篇）

管子一書有問題，前人已懷疑輕重乙篇是後來好事者所加。他說春秋時已普遍使用鐵器及設置鐵官之事，雖未必可信，但證之於他書，把它看成是戰國時代的事實，當可採信。自然鐵器應用在耕作與戰爭之後，不但可以大量增產，以應廣大人口的需求；同時也帶來大規模，大場面，大屠殺的戰爭。

(2)、人口激遽的增長　春秋戰國時代所以社會上會發生動亂，究其原因，無疑是人口激增、澎脹後，所引起的民生問題，亟待解決的結果。在這時代中，原來是封建諸侯防禦侵略的城堡，如今都成了人口麕集的交通文化中心。如河南的大梁，陝西的咸陽、直隸的邯鄲，山東的臨淄等都成了繁華奢侈的大都市。

「臨淄之中七萬戶……甚富而實。其民無不吹竽、鼓瑟、彈琴、擊筑、鬥鷄、博蹋鞠者。臨淄之途，車轂擊，人肩摩，連袵成帷，擧袂成幕，揮汗成雨，家給人足，志高氣揚。」（戰國策、齊策）

像這種人口衆多，奢侈華靡的大都市，在西周時代是從未得見的。我們從史記貨殖列傳中，已明顯地看到這種都市發展的情形，人口增加後，賴以生產的土地隨之增值，於是新的富商巨賈，應時而生，也帶來種種社會問題，諸如衣食的溫飽、貧富的不均，傳統道德的崩潰等等，於是以武力爭奪土地的戰爭爆發。誠如孟子所說：「今之事君者曰：我能爲君辟土地，充府庫，今之所謂良臣，古之所謂民賊也。」所以「春秋無義戰」，眞是一點不錯。這都是爲了解決人口問題而導入的歧途。

(3)、商業社會的興起　在這多變的時代中，商業社會乘勢而起，商人的地位提高，如陶朱、猗頓、子貢之流，都是以經商致富的大財主。鄭、弦高的退敵，呂不韋的謀奪政權，都是商人地位抬高的明證。甚至政府也重視到經濟措施，考慮到某些日用品的專賣。漢書食貨志說：「秦用商鞅之法……鹽鐵之利，二十倍于古」。可見經濟發展的重要性已在日漸擴展之中。

但是在農業社會初入商業社會的過渡期中，人們唯利是圖，舊有的道德觀念在利慾之沖擊下，已瓦解殆盡，盪然無存。我們從古籍尋到的記載是；

「商鞅壞井田，開阡陌……王制遂滅，僭差無度，庶人之富者鉅萬。」（漢書食貨志）

「及周室衰，禮法墮……稼穡之民少，商旅之民多。穀不足而貨有餘。於是商通難得之貨，工作無用之器，士設反道之行，以追時好而取世資。……禮義不足以拘君子，刑戮不足以威小人。富者土木被文錦，犬馬食肉粟。而貧者短褐不完，啥菽飲水。甚爲編戶齊民，同列以財力相君。雖爲僕虜，猶亡慍色。」（史記貨殖傳）

㈢、文化思想的改變　社會秩序，經濟制度破壞之餘，文化思想上也引發了前所未有的狂濤駭浪，卿相可以降爲皁隸；布衣可以執掌政事；富商巨賈，登上了政治舞台；貴族王孫，淪落在窮鄉僻野。於是在封建社會中，本爲貴族所專有的知識，流入民間，因此獨立的思潮開始抬頭，知識份子面對那動盪不安的局勢，自然會產生各種不同的處世哲理。誠如孟子所說，那是個「聖王不作，諸侯放恣，處士橫議。」的時代，也如莊子所言，是個「天下大亂，聖賢不明，道德不一，天下多得一察焉以自好。譬如耳目鼻口，皆有所明，不能相通，猶百家衆伎也，皆有所長，時有所用。雖然，不該不徧，一曲之士也，判天地之美，析萬物之理，察古今之全，寡能備於天地之美，稱神明之容，是故內聖外王之道，闇而不明，鬱而不發。天下之人，各爲其所欲焉，以自爲方。」的時代，他們都想盡力發表自己心目中聖王的政治理想。他們也都能運用盛水不漏的嚴密推理，去抒發複雜的，人本的現實主義的哲學。

再者，春秋時代本來有百餘國，到了戰國時期，已只存七雄。這五百年來，國與國間的征戰，人與人間的殺戮，其悲慘劇烈之情形可知。所謂「臣弒其君者有之，子弒其父者有之。」這種動亂紛擾的歷史事實，絕不是詩歌的形式所能容納得下，所以他們不得不借重說理的散文，這就是戰國散文勃興的原因。

第三節　哲理散文

春秋戰國時代，有五百年漫長的歷史，其間政治社會混亂，傳統的道德與思想，已不能挽回既倒的狂瀾，於是新的、創造的哲學思想紛紛萌芽。有的極力維護道德傳統；有的消極、厭世而破壞；有的想藉仁愛及實用之學，來拯救擾攘的局勢；有的想用嚴明的峻法，來挽回這日益頹廢的社會風氣。思想上的蓬勃與絢爛，爲中國的哲學界，帶來了前所未有的激辯與朝氣。他們的論著，雖然都是哲學思想上的瑰寶，但書中也都蘊藏了很豐富的文學趣味。他們都善用美麗的文辭，生動的筆觸，文學趣味濃厚的比喻技巧，去表現思想哲理，所以也不啻是文學上的珍品。現在拋開他們在哲學上輝煌的成就不說。就是在文學上造成的影響，也是不朽的。

(一)、清靜無爲的老子

在這些哲學家中，最早出現的本當是「老子」。「老子」的作者姓李名耳字聃。是楚國苦縣厲鄉曲仁里人。（

史記老莊申韓列傳）關於他的神話很多，有的說他活到二百多歲；有的說他出關得道成仙而去。於是就又有「老子化胡經」、「老子七十二變化圖」之作。道家更以他爲宗教的始祖。他曾做過周的守藏室之史，孔子曾問禮於他。他說：

「子所言者，其人與骨皆已朽矣！獨其言在耳。且君子得其時則駕，不得其時則蓬累而行。吾聞良賈深藏若虛，君子盛德容貌若愚，去子之驕氣與多慾，態色與淫志，是皆無益於子之身，吾所以告子者若是而已。」

大約他的生活時代與孔子相去不遠。應當生於西元前四百七十一年（周元王時）以前。他又說：「無爲自化，清靜自正」，知道他所代表的思想是消極、厭世的。他的書有道德經上下二篇，共八十一章。文字非常簡略樸直，是他的門徒記載下來的語錄。

因爲他當時所處的時代政治紊亂，言治者紛紛而出，皆各持己見，使天下愈形擾攘。於是他主張「無爲」、「無治」，以爲「不尙賢，使民不爭，不貴難得之貨，使民不爲盜；不見可欲，使民心不亂。是以聖人之治，常使民無治無欲。」他的思想是「有」、「無」相通的。他說：「反者道之動，弱者道之用；天下萬物生於有，有生於無。」又說：「非以其無私耶？故能成其私。」他以爲旣有的都是壞的，因而都走向無。所以「鷄犬之聲相聞，而民至老死不相往來」是他理想國的景象。他不喜歡賢能與強力，而以謙虛與柔弱爲至德。他說：「人之生也柔弱，其死也堅強。萬物草木之生也柔脆，其死也枯槁。故堅強者死之徒，柔弱者生之徒。」又說：「天下莫柔弱於水，而攻堅強者，莫之能勝，其無以易之。」又說：「江海所以能爲百谷王者，以善下之，故能爲百谷王。」這種思想都是極爲悲觀的，但也自有一份處世的哲理。

不過近年來，老子書的時代問題，發生了劇烈的動搖。如老聃、李耳、老彭、太史儋、老萊子諸人，究竟是一是二，已是議論紛紛，無法論定。清儒汪中，更懷疑它是戰國時代的作品。後來又經劉汝森、梁啓超、馮友蘭諸人的附和，現存老子書之爲戰國時代作品已成定論。（近人蔣伯潛諸子通攷有詳論）無論從內容上、體裁上這部書都必經過戰國時道、法家的增益。

如今，我們客觀的推測，覺得老子確應爲春秋時代的人物，在其時恐怕還有原本老子的存在，那麼在語錄體的載籍中，它或應在論語之前。不過到戰國時代它已經流傳很廣，傳本也極爲繁多了。如墨子引老子語說：「道沖而用之有弗盈。」（太平御覽五百十三引）莊子引老聃語說：「知其雄，守其雌，爲天下谿。知其白，守其辱，爲天下谷。」（天下篇）荀子說：「老子有見於詘，無見於信。」（天論）這又是根據老子書而提出的評論。韓非子書有解老、喻老兩篇，實際上就是道德經的選注。六微、難三、六反篇中也都引用過老子的話。呂氏春秋一書中也暗用老子之言。例如：「故曰，不出於戶而知天下，不窺於牖而知天道，其出彌遠者，其知彌少。」（君守）戰國策顏斶引老子說：「雖貴必以賤爲本，雖高必以下爲甚……。」（齊策）由此可知，最近在漢墓中發現的帛書老子，有小篆和隸書二體是不足爲奇的。甚至我們也無法肯定，它一定比今本更接近老子原書的面貌。

莊子天下篇中所引各家之言，一向是被學者認爲較可靠的，但也有和今本老子不一致的地方。如；

「老聃曰：知其雄，守其雌，爲天下谿。知其白，守其辱，爲天下谷。人皆取先，己獨取後。曰：受天下之垢，人皆取實，己獨取虛。無藏也，故歸然而有餘。其行身也徐而不費，無爲也而笑巧。人皆求福

，己獨求全。曰：苟免於咎，以深爲根，以約爲紀。曰：堅則毀矣，銳則挫矣，常寬容于物，不削于人可謂至極。」（天下篇）

這種差異，更使我們堅信，這些文字是出於原本，而今本老子是改本了。

㈡、簡約的記言——論語

老子消極的厭世思想，在當時必然非常流行。所以有一部分人深受其影響，竟以生爲苦，於是高唱起「知我如此，不如無生」的口號；又有一部分人則流於玩世不恭，對僕僕世途，以救民救世爲己任的人橫加譏刺。如論語中的長沮、桀溺皆是。於是孔子不得不起來打倒他們。孔子嘗於見老子之後，對弟子說：「鳥吾知其所以能飛；魚吾知其所以能游；獸吾知其所以能走，走者可以爲罔，游者可以爲綸，飛者可以爲矰，至於龍，吾不能知其乘風雲而上天。吾今見老子，其猶龍。」這段話雖未必可信，但可見老子「神龍見首不見尾」的虛無飄渺的哲學境界是孔子這種腳踏實地，處處講證據的人，所不能接受的。所以老子以「無」爲結論，而孔子以「古」爲論證。他宣傳堯、舜、文、武之治，　努力維持理想中傳統的政治與社會道德。以積極的中庸態度，始終不懈的從事於改良當日的政治，以期恢復於他所理想的古代清明的政治狀況。孔子的感情，一味地只求處世，所以「怪、力、亂、神」等與處世無關的問題，他一概不語。他說：「吾嘗終日不食，終夜不寢，以思，無益。」他處處追求有益於世，最後便返回到古人的世界。他說：「吾非生而知之者，好古，敏以求之者。」又說：「述而不作，信而好古。」雖然這古代的再生，未必可能，他那「知其不可爲而爲之」的精神，在當時是極具影響力的。跟他學習的弟子有三千人，主要的有七十二人。

孔子名丘，字仲尼，魯國昌平鄉陬邑人。（史記孔子世家）生於周靈王廿一年（西元前五五一年），卒於周敬王四十一年（西元前四七九年）。他的事蹟與言論，許多書上都有記載，但以論語中之所言最爲可信。他曾做過魯國的司空及司寇。後來去官周遊列國。到了六十八歲時返回魯國，專心著述。編訂尚書、詩經、周易和春秋，還訂定了禮和樂，卒時大約七十三歲。

論語一書是古代哲理散文萌芽初期中，最可靠的一部書。其中有一部分，（如堯典等）雖然也有可疑之處，但並不影響其價值。書中的文句，都是三言兩語，各自獨立，不相連貫。但它卻含蓄了很多的意思。有時顯出語義深長，而所記爲短的感覺。據傅斯年先生的解釋是：

「論語成書的時代，文書之物質尚難得，一段話只能寫下個綱目，以備忘記，而詳細處則憑口說。到了戰國中年，文書的工具大便宜了，於是乎長篇大論，如孟子、莊子書那樣子的可能了，遂由簡約的記言進而爲鋪排的記言，更可成就設寓的記言。」

這段話，純粹從物質的文明處立論，是個很大的發現。當然，當時的散文尚在發展的過程中，也是不可忽略的原因之一。

論語雖爲曾子的門人所記，文字雖然極簡樸直截，卻把孔子積極的救世思想，與偉大的情懷、熱情的天性表露無遺。所以論語不僅是一部哲學的書，它也有動人的文字。現抄錄一段於下：

「長沮、桀溺耦而耕，孔子過之，使子路問津焉。長沮曰：『夫執輿者爲誰？』子路曰：『爲孔丘。』曰：『是魯孔丘與？』曰：『是也。』曰：『是知津矣！』問於桀溺。曰：『子爲誰？』曰：『爲仲由。』

曰：『是魯孔丘之徒與？』對曰：『然。』曰：『滔滔者天下皆是也，而誰以易之？且而與其從辟人之士也，豈若從辟世之士哉！』耕而不輟。子路行以告，夫子憮然曰：『鳥獸不可與同群，吾非斯人之徒與而誰與！天下有道，丘不與易也。』」

「子路從而後，遇丈人以杖荷蓧，子路問曰：『子見夫子乎？』丈人曰：『四體不勤，五穀不分，孰爲夫子？』植其杖而芸。子路拱而立，止子路宿，殺雞爲黍而食之，見其二子焉。明日，子路行以告。子曰：『隱者也。』使子路反見之，至則行矣。子路曰：『不仕無義，長幼之節不可廢也，君臣之義，如之何其廢之？欲潔其身，而亂大倫，君子之仕也，行其義也，道之不行已知之矣！』」（微子）

對話的簡潔活潑，文字刻劃的生動，使千載之下，如見其人，如聞其聲。而且孔子是極熱愛生活上喜悅的人。他曾讚美曾點「暮春者，春服既成，冠者五六人，童子六七人，浴乎沂，風乎舞雩，詠而歸。」的生活情趣。所以論語不僅是哲理的，也是感情的。

孔子對藝術中的音樂也是極內行而又愛好的。他對伯魚說：「女爲周南、召南，其猶正墻面而立也與！」又說：「與人歌而善，必使反之，而後知之。」他在武城聞弦歌之聲，他高興的說：「割鷄焉用牛刀！」他對詩經的讚美，更是屢見不鮮。他對詩經的觀點是：「詩三百，一言以蔽之，曰：思無邪。」對關雎篇的看法是：「樂而不淫，哀而不傷。」對鄭、衞音樂的批評是：「鄭聲淫，放鄭聲。」處處都表現了高度的音樂修養，和平的性格，聖潔的情操，折衷的思想和從容的心境。他說：「發憤忘食，樂以忘憂，不知老之將至。」「天何言哉！四時行焉，百物生焉，天何言哉！」「智者樂水，仁者樂山；智者動，仁者靜；智者樂，仁者壽。」這些都是孔子人格與心境的寫照。

㈢、議論辯證體——墨子

約當孔子卒後的十餘年，與孔子同樣具有積極救世精神的實踐家是墨子。墨子名翟，約生於周定王初年（西元前四六八—四五九年）卒於周安王中葉（西元前三九〇—三八二年）。（見梁啟超墨子學案）或以爲他是宋人，或以爲他是魯人。他主張博愛、非攻、明鬼、非命、節葬、非樂。是一位苦行而又富有同情心的宗教家，同時他也是一位徹底的功利主義者，這些思想反映在文學上，就變成了尚質與實用的文學觀。他的文字雖不華美，也沒有什麼藝術上技巧與成就。但是它條理謹嚴，說理明暢，實在是我國議論辯證體的始祖。在當時他的勢力也極大，他組織了一批吃苦耐勞，技藝精巧的人，到各國游說和平，以戰止戰，成爲墨家一派；與老、孔的思想，幾乎三分天下而有過之。所以後來孟子曾有「天下之道不歸楊則歸墨」的感歎。

墨子一書現存五十三篇，據胡適之先生的分類是；

第一組：自親士到三辯，凡七篇，皆後人假造的。前三篇全無墨家口氣，後四篇乃根據墨家的餘論所作的。

第二組：尚賢三篇、兼愛三篇、非攻三篇、節用兩篇、節葬一篇、天志三篇、明鬼一篇、非樂一篇、非命三篇、非儒一篇。凡二十四篇。大抵皆墨者演墨子的學說所作的，其中也有許多後人加入的材料。非樂、非儒兩篇更可疑。

第三組：經上下、說經上下、大取、小取六篇。不是墨子的書，也不是墨者記墨子學說的書，就是莊子天下篇所說的別墨做的。和惠施、公孫龍的學說最爲接近。

第四組：耕柱、貴義、公問、魯問、公輸這五篇乃是墨家後人把墨子一生的言行輯聚來做的，就同儒家的論語一般。其中有許多材料比第二組還更重要。

第五組：自備城門以下到雜守，凡十一篇，所記皆是墨家守城備敵的方法。

墨子的哲學思想，此處不必討論，但是在我國散文的發展上，它佔有重要的地位，它辯論的條理化，是很值得注意的。如：

「凡出言談，則不可不先立儀而言，若不先立儀而言，譬之猶運鈞之上而立朝夕者也。我以為雖有朝夕之辯，必將終未可得而從定也。是故言有三法。何謂三法？曰：有考之者，有原之者，有用之者。惡乎考之？考先聖大王之事。惡乎原之？察衆之耳目之情。惡乎用之？發而為政乎國，察萬民而觀之。此謂三法也。」（非命下）

雖然這本是一種講學立論的方法，但也是做辯論文的方法。所謂「立儀」就是寫文章前，預為擬定的一個準則和要旨。例如，「非命」、「非攻」就是一篇的準則和要旨，令人看了可一目瞭然。所謂「三法」則是一種層次分明的論理方法。「考之者」，是要求證於古事。「原之者」，是要取證於現實。「用之者」，是要求證於實際的應用。墨子既有如此縝密的推演方法，無怪乎我們讀到墨子書中的許多篇章時，會驚訝於他行文的條理化了。

墨子書中的小取篇，恐怕是出於別墨之手，但篇中所講到的論辯的方法，則有更詳盡的發揮。小取篇說：

「辟也者，舉（他）物而以明之也。侔也者，比辭而俱行也。援也者，曰子然，我奚獨不可以然也。推也者，以其所不取之同乎其所取者，予之也。是猶謂也者，同也。吾豈謂也者，異也。」

這所謂「辟」就是譬喻。是藉彼物以說明此物。「侔」是辭義齊等，用他辭以襯托此辭的比辭法。「援」是援例，援引前例以爲推理之依據。「推」是推理，是歸納後的論斷。「同」就是求同，「異」就是求異。「是猶謂也者，同也。」彼有一說，此亦猶其說，二說相同，所以叫做「同」。「吾豈謂也者，異也。」你那樣說，我當這樣說，二說不同，所以叫做「異」。凡此種種富有科學精神的哲理方法論，對後來寫辯論文、演說文有很大影響的。

墨子除了在方法論上的成就外，其文字的樸茂，說理的流暢，譬喻的鮮明，義理的明顯，在散文的演變上，有不可抹殺的價值。今舉非攻上篇以爲例：

「今有一人，入人園圃，竊其桃李，衆聞則非之，上爲政者得則罰之。此何也？以虧人自利也。至攘人犬豕雞豚者，其不義又甚入人園圃竊桃李，是何故也？以虧人愈多，其不仁茲甚，罪益厚。至入人欄廐，取人馬牛者，其不仁義又甚攘人犬豕雞豚。此何故也？以其虧人愈多。苟虧人愈多，其不仁茲甚，罪益厚。至殺不辜人也，扡其衣裘，取戈劍者，其不義又甚入人欄廐，取人馬牛。此何故也？以其虧人愈多。苟虧人愈多，其不仁茲甚矣，罪益厚。當此天下之君子，皆知而非之，謂之不義。今至大爲攻國，則弗知非，從而譽之，謂之義。此可謂知義與不義之別乎？

殺一人，謂之不義，必有一死罪矣。若以此說往，殺十人，十重不義，必有十死罪矣。殺百人，百重不義，必有百死罪矣。當此天下之君子，皆知而非之，謂之不義。今至大爲不義，攻國，則弗知非，從而譽之，謂之義。情不知其不義也。故書其言以遺後世；若知其不義也，夫奚說書其不義以遺後世哉？

今有人於此，少見黑曰黑，多見黑曰白，則以此人不知黑白之辯矣；少嘗苦曰苦，多嘗苦曰甘，則必以此人爲不知甘苦之辯矣。今小爲非，則知而非之；大爲非攻國，則不知非，從而譽之，謂之義；此可謂知義與不義之辯乎？是以知天下之君子也，辯義與不義之亂也。」

這些文字，雖然質樸，而說理的明暢，邏輯的周密，眞可視爲演說體的老祖宗。其他諸篇，如公輸篇寫子墨子與公輸般的守城備敵之戰，文辭的簡明生動，均不失爲佳作，此處就不再贅述了。

(四)、豐長的記言體——孟子

先秦散文中，屬儒家的書，除了論語外，今世尚流傳的，還有禮記中的大學、中庸兩篇。大學相傳是曾子及他的門人作的。中庸相傳是孔子之孫子思所作。又有孝經，相傳是孔子爲曾子說的，而由後人記載下來。還有一些其他的書，則不甚重要。其中最重要且影響後來文學作品最深的，就數孟子和荀子。

孟子名軻，鄒人，生於周威烈王四年（西元前三七二年）卒於周赧王二十六年（西元前二八九年），卒時年八十四。他曾受業於子思之門人，見過齊宣王、梁惠王，而孟子述唐、虞、夏三代的德業，與當道的方務於合縱連橫的政策不合，於是退而與萬章之徒，序詩、書，述仲尼之意，作孟子七篇。（史記孟子荀卿列傳）孟子這部書也有人懷疑不是出於孟子之手，是他弟子的記述。當孟子所處的時代，正是天下盡言功利，以攻伐縱橫爲賢。於是孟子乃提倡「仁義」以反對「利」。他主張「性善」，主張自動的教育；主張「養性」，以努力維護儒家的道德觀。但是他也感染了戰國時辯士的作風；縱橫闢闔，頗好辯難，更善於運用譬喻來宣達意見。因此孟子一書較之論語、孝經諸書，在文辭上更富於文學的趣味，它的辭意駿利而深切，比喻贍美而有趣。他和孔子的時代相差只不過一世紀，但孟子豐長記言體的進步，較之論語是不可同日而語的。這一方面固然由於文書工具的進步；他方面也是由於孟子雄才善辯的個性使然。他能於立論行文時，注重文章的氣勢，增加文章的力量。引人入勝，先聲奪人。

孟子的文章最注重養氣和知言。他自己曾說：「我善養吾浩然之氣。」這「氣」就是他所以能寫出滔滔雄辯、永不遏止的文章的內在修練。他又曾說：「詖辭知其所蔽，淫辭知其所陷，邪辭知其所離，遁辭知其所窮。」（公孫丑篇）這全然是一種由知人之言以進而為知人之情的體會。既然能知人之言，當然也更能知己之言。這種修養，既可用之於批評，也可用之於創作，在立論措辭時才會巧妙的選擇與應用。所以孟子的文章又常能給我們一種波瀾反覆，辭鋒犀利的力量。例如梁惠王篇的言仁義，滕文公篇的闢楊墨，告子篇的辯性善，離婁篇的法先王，都是氣勢縱橫，文彩華麗的好文章。而且他行文的態度極為嚴正，但偶爾所取的譬喻中，卻時時流露出幽默。他最大的缺點是時或流於詈罵。如滕文公篇說：「天下之言，不歸楊，則歸墨。楊氏為我，是無君也；墨氏兼愛，是無父也。無君無父是禽獸也。」

下舉孟子書中富有文學趣味的一則寓言文字於下；

「齊人有一妻一妾而處室者，其良人出，則必饜酒肉而後反。其妻問所與飲食者，則盡富貴也。其妻告其妾曰：『良人出，則必饜酒肉而後反，問其與飲食者，盡富貴也，而未嘗有顯者來，吾將瞷良人之所之也。』蚤起，施從良人之所之，徧國中無與立談者，卒之東郭墦間之祭者，乞其餘，不足，又顧而之他，此其為饜足之道也。其妻歸，告其妾曰：『良人者所仰望而終身者也，今若此。』與其妾訕其良人而相泣於中庭，而良人未之知也，施施從外來，驕其妻妾。由君子觀之，則人之所以求富貴利達者，其妻妾不羞也，而不相泣者幾希矣。」

這種諷刺之寓言文字，生動活潑，極盡言談之能事，實在是孟子書中的妙文。

(五)、寓言體——莊子

大約與孟子同時，而尤善於用寓言體以表現哲學思想的大家，是道家支流之一的莊子。莊子的一生事蹟，我們知道的不甚清楚。據史記說，莊子名周，蒙人。爲蒙漆園吏，與梁惠王、齊宣王同時。我們知道他和惠施是朋友，莊子之妻子死時，惠子曾去弔祭。（至樂篇）又知他死在惠子之後。大約是在西元前二七五年左右，正當惠施和公孫龍兩人之間。他非常博學，最喜歡老子的學說，所以寫了部十餘萬言的著作，其中大抵以寓言爲主。其文字雄麗洸洋，天才絕出。無不流露出他超人的想像，高尚的人格與浪漫的情感。他創造了一種沒有任何人能模仿的特有文體，是中國散文發展史上的瑰寶。

莊子天下篇恐怕不是出於莊周之手，但它詳論莊子的學說處，則十分簡切精當。今略敘於下；

「以謬悠之說，荒唐之言，無端崖之辭，時恣肆而不儻，不以觭見之也，以天下爲沉濁，不可與莊語，以巵言爲曼衍，以重言爲眞，以寓言爲廣。獨與天地精神往來，而不敖倪於萬物。不譴是非，以與世俗處。

……上與造物者游，而下與外死生無終始者爲友。」

這段話，不但透闢地說明了莊子的哲學思想，人生態度，同樣也表明了莊子書文辭所代表的作風。他之所以不喜歡用辭嚴義正的莊語，而偏要用寓言、巵言等荒唐謬悠的語言，正是唯有這樣做，才更能顯出他文字的新奇與有味，輕飄而無痕。

現存莊子書有三十三篇，內篇七，外篇十五，雜篇十一。內篇中的齊物論，傅斯年先生懷疑它是愼到作的。他覺得天下篇中說愼到的學說是「棄知去己」、「舍是與非」、「塊不失道」等義，均與齊物論中的思想相合，而「齊物以爲首」一語，簡直把齊物論的篇名也呼之欲出。容肇祖在燕京學報、史學年報第四期中發表文章，贊同此說。他以爲史記孟子荀卿列傳所說：「愼到，趙人……著十二論。」齊物論就是十二篇中之一。莊子書中的內篇中的其他六篇，是較爲可信的。至於外篇與雜篇就都靠不住了。胠篋、讓王、說劍、盜跖、漁父等篇，文筆拙劣，顯然全是假託。而秋水、庚桑楚、寓言三篇的材料最爲可信。

莊子的散文所以能富有濃厚的文學趣味，是因爲他追求「絕對」以爲心靈的歸宿。他的逍遙自得，則又衍而成爲後來遊仙文學的感情基礎。而他文筆的詭譎變化，也正如同神仙般的善於應變。他嘗說：

「浸假而化予之左臂以爲雞，予因以求時夜；浸假而化予之右臂以爲彈，予因以求鴞炙；浸假而化予之尻以爲輪，以神爲馬，予因以乘之，豈更駕哉！」（大宗師）

莊子的齊物論，雖然有人以爲非莊子所作，但篇中有名的夢蝶（昔者莊周夢爲蝴蝶，栩栩然蝴蝶也，俄而覺，則蘧蘧然周也。）故事，已經成爲後來詩詞上的典故，戲曲中的張本。他的秋水篇中文字，也被人整段譜入詞中，這都是歷來哲人所從未見的境界。這些成功，也都在於他文筆的輕快，妙趣橫生的緣故。

然而莊子書中的寓言，則更是全書的主幹，最富文學意味之所在。今擧例於下：

「任公子爲大鉤巨緇，五十犗以爲餌，蹲乎會稽，投竿東海。旦旦而釣，期年不得魚。已而大魚食之，牽巨鉤銘沒而下，鶩揚而奮鰭，白波若山，海水震蕩，聲侔鬼神，憚赫千里。任公子得若魚，離而腊之，自制河以東，蒼梧以北，莫不厭若魚者……。」（外物篇）

「南海之帝爲儵。北海之帝爲忽。中央之帝爲渾沌。儵與忽時相與遇於渾沌之地；渾沌待之甚善。儵與忽謀報渾沌之德。曰：『人皆有七竅，以視聽食息，此獨無有。』嘗試鑿之，日鑿一竅，七日而渾沌死。」（應帝王篇）

莊子書之所以能超越哲學領域，而於先秦子書中特具一格，享有極高的文學評價，就全在於他有豐富的想像，和深邃含意的寓言。因爲許多事物到了他的筆下，自然都變得人格化而娓娓動人。

(六)、據題抒論體——荀子

先秦哲理散文，發展到戰國末年，在體例上已不似老子、論語、孟子的全爲纂述師說以成書。也不像墨子、莊子書的雜亂，而其中羼入了不少後學的作品與僞作。然而同時在思想上，也自有堅固不拔的論見者，自應首推文辭樸質簡約，而屬據題抒論的荀子。

荀況字卿，趙人。荀也作孫。他大約生在西元前三一〇年到三三〇年左右。年五十，始來齊國遊學，齊襄王時，田駢之屬皆已死，而以荀卿最爲老師，故嘗三爲祭酒。後來又遊秦（彊國篇：「應侯問入秦何見。」當趙孝成王初年）又遊趙（議兵篇：「孫卿議兵於趙孝成王前，當西元前二六五至二四五年），後來齊人有讒荀卿，而來到了楚國，那時是春申君當國，就用他爲蘭陵令。（據史記年表在楚考烈王八年。西元前二五五年）春申君死後（西元前二三八年），荀卿也被廢。因爲家在蘭陵，所以死後也就埋葬在此。（約西元前二三〇年左右）（史

記孟子荀卿列傳）

漢書藝文志載孫卿子三十二篇，又有賦十篇。今本荀子三十三篇是連賦五篇及詩兩篇算在內。今本大概是後人雜湊成的。其中天論、解蔽、正名、性惡四篇是荀卿書的精華所在，當可無疑。而如大略、宥坐、子道、法行篇等，則全是雜湊而成。非相篇的後兩章，全與「非相」無關。天論的末章也與「天論」不侔。禮論、樂論、勸學諸篇，如今都在大戴、小戴的書中，或在韓詩外傳之中，大體尚和荀卿學說相合。

荀卿並不墨守儒家思想，他批評墨、道及諸子之失時，對於儒家的子思、孟子也不放過。他主張「人事主義」，所以不求知天。他論性是注重人爲的，所以他說：「人之性惡，其善者僞也。」用以反對孟子的性善之說。他在政治上主張「法後王」以反對儒家的「法先王」。他的教育學說是教人「積善」。他的禮論、樂論是要用禮義音樂來涵養節制人的情慾。他並對於盤據在中國人心目中的「相」的觀念，加以嚴肅的駁語，這影響是很大的。

荀子的文字樸質簡明，自具特色，開先秦散文據題抒論體的先鋒。不過他的文體形式、文字辭藻，都是承襲而缺乏開創的發展的。今錄天論中的一段文字，以見其風格。

「星隊、木鳴，國人皆恐。曰：是何也？曰：無何也！是天地之變，陰陽之化，物之罕至者也。怪之，可也；而畏之，非也。夫日月之有蝕，風雨之不時，怪星之黨見，是無世不常有之。上明而政平，則是雖並世起，無傷也；上闇而政險，則是雖無一至者也。怪之；可也，而畏之，非也。物之已至者，人祆則可畏也，楛耕傷稼，楛耘失薉，政險失民；田薉稼惡，糴貴民飢，道路有死人，夫是之謂人祆。政令不明，舉措不時，本事不理，夫是之謂人祆。禮義不脩，內外無別，男女淫亂，父子相疑，上下乖離，寇難並至，夫是之謂人祆。祆是生於亂，三者錯，無安國。其說甚爾，其菑甚慘。勉力不時，則牛馬相生，六畜作祆，可怪也，而亦可畏也。傳曰：『萬物之怪，書不說。』無用之辯，不急之察，棄而不治。若夫君臣之義，父子之親，夫婦之別，則日切瑳而不舍也。」

再者，荀子書中的賦篇在中國辭賦史的發展上，也是值得相當注意的。漢書藝文志列孫卿賦十篇。而今本荀子中則只有「禮」、「知」、「雲」、「蠶」、「箴」五篇。班固說：「大儒孫卿及楚賢臣屈原，離讒憂國，皆作賦以諷，咸有惻隱古詩之義。」可知古人是把屈、荀並列爲辭賦之祖的。而且眞正以賦名篇的則是荀子，而非楚辭。所以他的賦篇在藝術上雖無高明之處，但在賦史的發展上則極爲重要。今舉其箴賦於下；

「有物於此，生於山阜，處於室堂；無知無巧，善治衣裳；不盜不竊，穿窬而行，日夜合離，以成文章；以能合從，又善連衡；下覆百姓，上飾帝王；功業甚博，不見賢良，時用則存，不用則亡。臣愚不識，敢請之王。王曰：此夫始生鉅，其成功小者耶？長其尾而銳其剽者邪？頭銛達而尾趙繚者耶？一往一來，結尾以爲事；無羽無翼，反覆甚極；尾生而事起，尾邅而事已，簪以爲父，管以爲母；既以縫表，又以連裏；夫是之謂箴理。」

賦本是種鋪陳描寫的文體。但是荀子賦篇中所描寫的五段，都帶有謎語的性質。它的特點是「遯詞以隱意，譎譬以指事。」也就是用種種巧妙的譬喻來代替直說，把事物暗示出來，供讀者猜測。文中並用君臣問答的形式來表達，是開漢賦問答體先聲的作品。文學作品的三大主流，原是抒情、說理、詠物。屈原的辭賦偏於抒情，荀子的賦篇則表面是詠物，其內容是說理。他主要的目的是將禮、智、雲、蠶、箴等五種具體或抽象的物，藉形狀及功用，加以暗示性的說明。根本上是缺少詩所應具有的韻律、情感和整齊的美質。與漢代散文賦的形式是非常接近的。

荀子書中的另一部分特殊的材料，是「成相辭」。它是一種宣傳道義、賢良的通俗文學。它的體裁，非詩非賦，也非散文，可能是流行於當時的一種自由體歌謠。所謂「成相」這一詞的解釋，衆說紛紜。「成」，禮記樂記注：「猶奏也。」「相」、禮記曲禮：「鄰有喪，舂不相。」注：「相謂送杵聲。」又禮記檀弓注：「相謂以音聲相勸。」朱熹說：「相、助也。成相，助力之歌也。」（見楚辭集注後語）明、方以智說：「荀子有成相三章，相者，助也。舉重勸力，以其邪許噓喻之聲也。史所謂：五羖大夫孔，而舂者不相杵，是已。」（見通雅卷三）盧文弨說：「禮記；治亂以相，相乃樂器，所謂舂牘。又古者瞽必有相。審此篇音節，即後世彈詞之祖。……句首請成相，言請奏此曲也。漢書藝文志：成相雜詞十一篇。惜不傳。大約託於瞽矇諷誦之辭，亦古詩之流也。」（見王先謙荀子集解引）俞樾說：「此相字即曲禮『舂不相』之相。鄭注曰：相謂送杵聲。蓋古人於勞役之事，必爲謳歌以相勸勉，亦舉大木者呼邪許之比，其樂曲即謂之相，『請成相』者，請成此曲也。」（見諸子平議十五）從以上諸家的說法得知，成相雖然不能說是彈詞之祖，但把它解釋成是一種受當時民謠影響而成的一種詩歌形式。至於其中治國爲政的人君大道的內容，則恐怕是作者有意要達到規箴教訓的目的而創作的。成相辭共分五篇（首篇當分爲二，『凡成相辨法方』起另成一篇），現抄錄一節於下：

「請成相，世之殃，愚闇愚闇墮賢良！人主無賢，如瞽無相，何倀倀！請布基，愼聽人，愚而自專事不治。主忌苟勝，群臣莫諫，必逢災。論臣過，反其施，尊主安國尚賢義。拒諫飾非，愚而上同，國必禍。…世之衰，讒人歸，比干見刳箕子累。武王誅之，呂尚招麾，殷民懷。世之禍，惡賢士，子胥見殺百里徙。穆公任之，強配五伯，六卿施。世之愚，惡大儒，逆斥不通孔子拘。展禽三絀，春申道綴，基畢輸。請牧基，賢者思，堯在萬世如見之。讒人罔極，險陂傾側，此之疑。基必施，辨賢罷，文、武之道同伏戲。由之者治，不由者亂，何疑爲？」

在前三篇裡，敍述了一些賢君如堯舜；暴君如桀紂等人的史事。第四篇言亂世之因，第五篇言治國之術，內容充滿了佈道敎式的哲學，在文字的藝術技巧上是相當低劣的。

荀子書中還有一部特殊的材料，是「佹詩」二篇。其形式仍是夾雜着一些散文的句子，並不純淨。篇首前兩句是：「天下不治，請陳佹詩。」可見與「成相辭」相近，也是一種表現國家興亡意見的作品。藝術價值當然也不高。因爲荀子原是個傾向於法家思想的儒家之流，他比較重視實用主義，輕視重感情和逞想像的浪漫色彩文學，所以他把文學看成是宣傳敎訓的工具，這種觀念，對後世載道文學及注重諷刺爲主的漢賦，影響是很大的。

(七)、深刻明切的韓非子

司馬談作論六家要旨，劉向則總諸子爲十家，都列有法家。而法家中最具代表性及重要性的一部書，就是以文筆深刻明切著稱的韓非子。

韓非是韓國的公子，以國爲氏，名非。約生於韓釐王十六年，卒於韓安王六年（西元前二八〇—二三三年）和李斯同是荀卿的學生，李斯曾自歎弗如。韓非患口吃而不喜說話，但卻很能著書。尤其喜歡刑名法術之學，而歸本於黃老。當時戰國時期已居末年，而秦強大，兼併之勢已成。他眼見韓國日以削弱，屢次上書進諫韓王。他曾批評政府說：「所養非所用，所用非所養。」所以極力主張「功利」主義。要國家變法圖強，重刑罰，以剷除無用的蠹蟲。結果韓王不聽。後來秦始皇看到他的書，大加讚賞，而歎息說：「寡人得見此人與遊，死不恨矣！」李斯適在身旁，立即說：「此韓非之所著書也。」因而急攻韓，韓王遂使韓非入秦，說存韓之利，秦王悅之，然而未及任用。李斯忌才而讒毀他；姚賈害賢而詆傷他，終於被繫罪下獄。李斯暗中使人送毒藥給韓非，非遂死於獄中。

他的著述，初名韓子，共五十五篇，見劉向別錄與漢書藝文志。宋以後學者，因尊崇韓愈爲韓子，於是就改稱非書爲韓非子。流傳迄今，大體無缺。惟漢代編校之時，已難免襍有他人的著述，並非完全出於韓非之手。韓非子一書言論雖時或偏激，但他所稱明法嚴刑，救群生之亂，去天下之禍，使強不凌弱，衆不暴寡，耆老得遂，幼孤得長的舉措，實在是時政的良方。所以韓非子在中國政治學上的價值與地位，並不亞於亞里士多德的政治學。故凡研究政治學、學術史、文學者，都應一讀該書。

韓非學說的哲學主張是「功用」主義，是任法重刑，所以表現在文辭上的造詣也以深刻而明切爲主，推理緻密周詳，影響於後來論辯文甚大。現引述一段爲例：

「上古之世，人民少而禽獸衆，人民不勝禽獸蟲蛇，有聖人作，構木爲巢，以避群害，而民悅之，使王天下，號曰有巢氏。民食果蓏蜯蛤，腥臊惡臭，而傷害腹胃，民多疾病，有聖人作，鑽燧取火，以化腥臊，而民悅之，使王天下，號之曰燧人氏。中古之世，天下大水，而鯀禹決瀆。近古之世，桀紂暴亂，而湯武征伐，今有搆木鑽燧於夏后氏之世者，必為鯀禹笑矣。有決瀆於殷周之世者，必為湯武笑矣。然則，今有美堯、舜、禹、湯、武之道於當今之世者，必為新聖笑矣。是以聖人不期脩古，不法常可，論世之事，因為之備。宋人有耕者，田中有株，兔走觸株，折頸而死；因釋其耒而守株，冀復得兔；兔不可復得，而身為宋國笑。今欲以先王之政，治當世之民，皆守株之類也。」（五蠹）

從以上這段文字中，我們不難發現，韓非在文學技巧的佳處，是善於運用故事作為譬喻；在雄辯滔滔中不失風趣。又如他的難篇，更是論辯及批評文字中，表現得痛快淋漓者，今再舉一段於下：

「聖人明察在上位，將使天下無姦也。今耕漁不爭，陶器不窳，舜又何德而化？舜之救敗也，則是堯有失也。賢舜則去堯之明察，聖堯則去舜之德化，不可兩得也。楚人有鬻楯與矛者。譽之曰：『吾楯之堅，物莫能陷也。』又譽其矛曰：『吾矛之利，於物無不陷也。』或曰：『以子之矛，陷子之楯，何如？』其人弗能應也。夫不可陷之楯，與無不陷之矛，不可同世而立。今堯舜之不可兩譽，矛楯之說也。」（難一）

八、系統之著作——呂覽

春秋時代，燦爛無比的思想界，到了戰國末年，已漸趨衰微。於是秦相呂不韋，聚集了門下賓客，創作了一部無所不包的雜書——呂氏春秋，也叫呂覽。它是代表了中國古代思想界的總結束。到了秦始皇統一各國，盡焚天下之書，以愚天下人的耳目，於是各種思想就幾乎消聲匿跡了。

呂不韋，濮陽人。卒於秦始皇十二年（西元前二三五年）為陽翟（今河南）的大商人。往來販賤賣貴，做投機生意，而家產竟累積千金。當秦昭王四十年，太子死。第二年安國君繼位為太子，而安國君有子二十餘人，而偏立了愛姬華陽夫人爲正夫人，可惜華陽夫人沒有子嗣。呂不韋見有機可乘，說服了夏姬的兒子和華陽夫人，而立子楚爲嗣子。又以自己所有而又有身孕的姬獻給子楚，後來生下的就是政。不久子楚登立爲王，是爲秦莊襄王（西元前二五〇年），以呂不韋爲相，號稱「仲父」。呂不韋家僮萬餘人，見當時魏有信陵君，楚有春申君，趙有平原君，齊有孟嘗君，均以能下士，喜賓客而各相傾羨。於是不韋也招致食客三千人，乃集門下儒者，各著所聞，以爲八覽、六論、十二紀，二十餘萬言，以爲備天地萬物古今之事，號爲「呂氏春秋」。書成，公布在咸陽市城門外，凡諸侯、遊士、賓客，有能增損一字的，懸賞千金。

漢書藝文志雜家類，列有呂氏春秋二十六篇。其敍論說：「兼儒墨，合名法，知國體之有此，見王治之無不貫。」可見它確爲一部在思想上全無一點創作；而體裁上又爲後來類書和故事集之始祖。就先秦諸子的著書精神而論，呂氏春秋的抄襲成書，完全是一種腐化；將諸子的學說並存而混雜，使異說各存其短，而成爲一部立意膚淺的書。所以呂氏春秋一書在內容上殊少價值可言，但它的優點是文辭謹飭，體例一致；每篇文章都有專題，而且作法及字數上也力求統一，在著書的體裁上，倒是個創例。因爲在呂氏春秋以前，只聞著篇，而不聞著成系統之書，自呂氏春秋以後，漢朝人的著書，才具系統，於是篇的觀念進而爲書的觀念。後世如淮南之書，司馬遷之史，均由這種系統的觀念促成。更沒想到這部類書，卻也爲學術界保存了一些資料。四庫全書總目提要說：

「不韋固小人，而是書較諸子之言獨爲醇正。大抵以儒爲主，而參以道家墨家。故多引六籍之文，與孔子、曾子之言。所引莊列之言，皆不取其放誕恣肆者，墨翟之言，不取其非儒、明鬼者；而縱橫之術，刑名之學，一無及焉，其持論頗爲不苟，論者鄙其爲人，故不甚重其書，非公論也。」

這種見解的態度是比較持平的。

第四節　歷史散文

春秋戰國時代，有五百年漫長的歷史必須記述，其中有記不盡的朝代變革，山陵變遷；有書不完的大小戰爭，烽火狼煙。這份艱亘而又偉大的負荷，必須由歷史家來承擔。他們所用以記敍的書籍，就是至今仍流傳不朽的歷史散文。

(一)、上古之書——尚書

尚書是中國最早的史書，也是中國最古的散文。這部書一直被目爲「經」。我們雖然是研究文學，但是對這書的內容，仍然有認識的必要。因爲它包括了許多當時的文誥、誓語：間或也有一些歷史家的記載文字，如堯典、禹貢。或於文誥之前加些記事，如洪範。如果能把它的時代辨識清楚，剔除一些僞書，它是很能代表周代之散文之特色的。

相傳尚書爲孔子所編定，原有一百篇，經過秦代的焚書刼難後，僅存廿九篇（其中泰誓亡佚，實爲廿八篇），漢時有濟南人伏生等以口耳相授，是謂「今文尚書」。魯恭王壞孔宅壁所得的尚書，是用當時魯國文字書寫，故稱「古文尚書」，由孔安國整理後，多出十六篇，但今已亡佚。後晉代的梅賾自稱又發現一部「古文尚書」，當時從沒人懷疑，直到宋代產生疑問，後經清初閻若璩尚書古文疏證的辨識，其爲僞作已成鐵案。

今文尚書的篇目是：堯典、皐陶謨、禹貢、甘誓、湯誓、盤庚、高宗肜日、西伯戡黎、微子、牧誓、洪範、金縢、大誥、康誥、酒誥、梓材、召誥、洛誥、多士、多方、立政、無逸、君奭、顧命、呂刑、文侯之命、費誓。而今文尚書中內容所指的時代和其著成時代，是有段時差的。經近人證明，堯典並非堯時之作，而爲西元前七七六年到西元前六〇〇年，卽春秋前半期或稍前的作品。（劉朝陽從天文曆法推測堯典之編成年代，燕京學報第七期），禹貢爲戰國時作品。皐陶謨和堯典的時代相去不遠。而甘誓、湯誓、牧誓也大致相同，出於戰國年間。商書五篇當卽宋書。（傅斯年、周頌說，中研院史語所集刊第一册）則周書十九篇更是表現周初到東周的作品。如此，則尚書中應無周以前的作品。

尚書中最古的散文是周誥。它也比較可信。但是我們讀起來卻覺得佶屈聱牙，很不容易懂。傅斯年先生的解釋是：

「周誥最難懂，不是因爲它格外的文，恰恰反面，周誥是很白話的。又不必一定因爲它是格外的古，周頌有一部分比周誥後不很多，竟比較容易懂些了，乃是因爲春秋戰國以來演成的文言，一直經秦漢傳下來者，不和尚書接氣，故後人自少誦習春秋戰國以來書者，感覺這個前段之在外。周誥既是當時的白話，也應當是當時宗周上級社會的標準語。照理詩經中的雅頌，應該和它沒大分別。然而頗不然者，固然也許西周的詩流傳到東周，其字句有通俗化的變遷。不過周誥、周詩看來大約不在一個方言系統之中。周誥或者是周人初葉的話語，周詩之中已用成周列國的通語。（宗周、成周有別，宗周謂周室舊都，成周謂新營之洛邑。此分別春秋戰國時尚清楚。）爲這些問題，現在只可虛設這個假定，論定應待詳細研究之後。」

傅斯年先生就語言的演變現象來推測周誥的特性是很有價值的。再者，周誥與周詩不同，其另一原因是周誥是文告，是早期寫完的，而周詩是歌謠，在口耳相傳時期，隨時都在改進，而寫完的時間也必然較晚，故容易懂。我們若拿周誥的文辭與金文的刻辭比較，會發現在修飾上是已經進步多了。今舉梓材篇為例：

「王曰：『封，以厥庶民暨厥臣，達大家，以厥臣達王，惟邦君。汝若恒越曰：『我有師師、司徒、司馬司空、尹、旅。曰：予罔厲殺人；亦厥君先敬勞，肆徂厥敬勞。肆往，姦宄、殺人、歷人、宥；肆亦見厥君事，戕敗人宥。』王啓監，厥亂為民。曰：無胥戕，無胥虐，至于敬寡，至于屬婦，合由以容。王其效邦君、越御事，厥命曷以引養引恬？自古王若茲，監周攸辟。惟曰：『若稽田，既勤敷菑，惟其陳修，為厥疆畎。若作室家，既勤垣墉，惟其塗塈茨。若作梓材，既勤樸斲，惟其塗丹雘。』『今王惟曰：先生既勤用明德，懷為夾，庶邦享作，兄弟方來；亦既用明德，后式典集，庶邦丕享。皇天既付中國民越厥疆土于先王；肆王惟德用，和懌先後迷民，用懌先王受命。已！若茲監，惟曰：欲至于萬年惟王，子子孫孫永保民。』」

文中所謂「若稽田，既勤敷菑，惟其陳修，為厥疆畎。若作室家，既勤垣墉，惟其塗塈茨。若作梓材，既勤樸斲，惟其塗丹雘。」一數句，已經是運用的很成功的比喻技巧，可見周誥在修辭上已經很進步。到了秦誓，則修辭更為進步，如：「我心之憂；日月逾邁，若弗云來。」又如：「昧昧我思之；如有一介臣，斷斷猗，無他技；其心休休焉，其如有容。人之有技，若己有之；人之彥聖，其心好之，不啻如自其口出；是能容之。以保我子孫黎民，亦職有利哉。人之有技，冒疾以惡之；人之彥聖，而違之，俾不達，是不能容。以不能保我子孫黎民，亦曰殆哉。邦之杌隉，曰由一人；邦之榮懷，亦尚一人之慶。」其文章修辭之美，語言之流暢，又比周誥進步多了。

(二)、系統的編年史——春秋

次於尚書而產生的歷史散文是「春秋」。它是我國第一部有系統的編年史。「春秋」原爲史書的通稱。因爲古代國家大事都在春、秋二季舉行，所以記錄大事之書，就叫「春秋」。當時各國都有春秋。而這流傳下來的春秋，據舊說，它是孔子根據魯國的歷史而編著的。孟子滕文公篇說：「世衰道微，邪說暴行有作。臣弒其君者有之；子弒其父者有之。孔子懼，作春秋。」它記載的時代，起自魯隱公元年（西元前七二二年、周平王四十九年）到魯哀公十四年（西元前四八一年、周敬王卅九年）。隔了三年後，在四月時孔子就死了。在史的觀念不甚成熟，而文書物質又不太進步的這個時期，史書的記載多是極簡短而屬提綱挈領式的記錄。所以王安石曾以後代人的眼光，批評它是「斷爛朝報」。（宋、周麟之跋孫覺春秋經解引）其實春秋時的寫簡，正如同殷代的甲骨刻辭，自然是愈簡短愈經濟爲合用。所以春秋的文字極簡短，除了當時所發生的一些重大事件外，幾乎別無所記。於是後來就有左丘明、公羊高、穀梁赤三人，前後都依據春秋的原文，作較詳盡的補充和敘述。而公羊及穀梁兩家較注重於義例，詳細說明孔子的褒貶之意。而左氏卻以敘事爲主。（左傳於下章中再詳論）下面舉春秋的文辭爲例；

「二年（文公）春王二月甲子，晉侯及秦師戰於彭衙、秦師敗績。」

「丁丑，作僖公主。三月乙已，及晉處父盟。」

「二年春，王正月，戊申。宋督刺其君與夷，及其大夫孔父。滕子來朝。三月，公會齊侯、陳侯、鄭伯于稷，以成宋亂。夏四月，取郜大鼎于宋，戊申，納于大廟。秋七月，紀侯來朝。蔡侯、鄭伯會于鄧。九月入杞。公及戎盟于唐。多，公至自唐。」

這種簡短的記事文體，在當時歷史觀念及物質文明等條件的限制下，應該已經是一種很進步的形式。像前文引及桓公二年間發生的大事，卻要在僅僅八十五個字中都包括進去，是很不容易了。所以這種文體就很容易被後來的史書所模仿的。如竹書紀年，就是戰國時代模仿春秋體例而著成的一部書。很可能春秋的文體已經成爲當時通行的官書體裁了。所以春秋在文學上的成就，幾乎毫無地位，但在歷史散文的發展過程中，自應居一席之地。

(三)、不朽的歷史書——左傳

春秋的記事極爲簡單，到了戰國時代，隨着社會文明與散文技巧的進步，於是左傳的作者，從純歷史家的觀點，採用「春秋」作爲大綱，再參考了當時的一些史籍，而寫成了這部偉大的歷史書，不朽的散文巨著。

漢代的司馬遷以爲左傳是左丘明作。他在史記諸侯年表序上說：「魯君子左丘明懼弟子人人異端，各安其意，失其眞，故因孔子史記具論其語，成左氏春秋。」但是左丘明究竟是誰？他的生平也沒有什麼記載流傳下來。有的說是「魯君子」；有的說是孔子的朋友；後世也有人說是魯國的史官，據說他還是一位盲人。不過從左傳的文筆上看，無疑地他是一位了不起的優秀歷史散文家。這部書在歷史散文的地位上是前承尚書、春秋而後啓戰國策、史記的重要橋樑。

孔子的春秋，終於魯哀公十四年，而左丘明的傳，則書孔子之卒，直到哀公二十七年才告終止。所以它本不是爲解春秋經而作的，和公羊、穀梁的性質不同。左傳的文字簡明，平淺而流利，對當日複雜的事蹟，敍寫得極爲生動活躍，使我們讀了以後有一種親切參與了當日政治舞台、戰爭、殺伐的感觸。如：「呂相絕秦」、「燭之武退秦師」、「臧孫諫君納鼎」、「僖伯諫君觀魚」、「季札觀樂」、「王孫論鼎」，等都是用委婉的文章，表現了巧妙的辭令。又如「城濮之戰」、「殽之戰」、「邲之戰」、「鄢陵之戰」都是用最簡練的文字，記敍繁雜的史事。實在都是記敍文中的傑作。晉范寧穀梁傳序說：「左氏艷而富，其失也巫。」「艷」是指文章美；「富」是材料多。「巫」是多叙鬼神，預言禍福。而卜筮迷信則正是舊史的通性，是神權巫術統治時代的思想遺跡，應是不足爲病的。杜預作春秋序，論左傳則說：「其文緩，其旨遠。」「緩」是委婉，「遠」是含蓄。這不但是好史筆，更是好文筆。所以左傳不但是史學的權威，也是文學的權威。

而且最明顯的是左傳文字的高度技巧表現，都集中在外交辭令和描寫戰爭之上。在春秋戰國時代，國際間外交往返頻繁，冷戰熱戰紛爭不已。使臣的說話，更關係到整個國家的榮辱。而左傳正能把握此重點，盡力鋪寫，所以它能在散文上立下不可抹滅的鞏固地位。下面舉兩段以辭令爲美的例：

「十年春，齊師伐我，公將戰，曹劌請見，其鄉人曰：『肉食者謀之，又何間焉？』劌曰：『肉食者鄙，未能遠謀。』乃入見，問何以戰。公曰：『衣食所安，弗敢專也，必以分人。』對曰：『小惠未徧，民弗從也。』公曰：『犧牲玉帛，弗敢加也，必以信。』對曰：『小信未孚，神弗福也。』公曰：『小大之獄，雖不能察，必以情。』對曰：『忠之屬也，可以一戰。』戰則請從。公與之乘，戰於長勺。公將鼓之，劌曰：『未可！』齊人三鼓，劌曰：『可矣！』齊師敗績，公將馳之，劌曰：『未可！』下視其轍，登軾而望之，曰：『可矣！』遂逐齊師。既克，公問其故。對曰：『夫戰，勇氣也，一鼓作氣，再而衰，三而竭。

彼竭我盈，故克之。夫大國難測也，懼有伏焉。我視其轍亂，望其旗靡，故逐之。」（莊公十年）

「及楚，楚子饗之。曰：『公子（重耳）若反晉國，則何以報不穀？』對曰：『子女玉帛，則君有之。羽毛齒革，則君地生焉；其波及晉國者，君之餘也。其何以報君？』曰：『雖然，何以報我？』對曰：『若以君之靈，得反晉國。晉、楚治兵，遇於中原，其避君三舍；若不獲命，其左執鞭弭，右屬櫜鞬，以與君周旋。』」（僖公二十三年）

曹劌論戰之言辭鋒利；重耳與楚子對話中所表現出不卑不亢的態度；使人物的性格活生生地重現於紙上。左傳散文上之技巧可見。下面再舉段描寫戰爭場面的例子：

「癸酉，師陳於鞌，邴夏御齊侯，逢丑父爲右。晉解張御郤克，鄭丘緩爲右。齊侯曰：『余姑翦滅此而朝食！』不介馬而馳之。郤克傷於矢，流血及屨，未絕鼓音。曰：『余病矣！』張侯曰：『自始合，而矢貫余手及肘。余折以御。左輪朱殷。豈敢言病？吾子忍之！』緩曰：『自始合，苟有險，余必下推車，子豈識之？然子病矣。』張侯曰：『師之耳目，在吾旗鼓。進退從之。此車一人殿之，可以集事，若之何，其以病敗君之大事也？擐甲執兵，固卽死也；病未及死，吾子勉之！』左并轡，右援枹而鼓，馬逸不能止，師從之。齊師敗績。逐之，三周華不注。」（成公二年）

文中描寫戰爭的壯烈，完全藉解張的忠勇行爲以爲表現，避免了實際敘述上的繁瑣，更用人物的對話來刻劃，在描寫的藝術技巧上，已臻純青之境。所以左傳不僅是一部偉大的歷史書，也是一部動人的文學珍品。

(四)、別國分敍體——國語

記載史事，起自周穆王十二年（西元前九九〇年）至周貞定王十六年（西元前四五三年）的諸國歷史的一部書，就是國語。相傳這部書也是左丘明作的。司馬遷報任安書說：「左丘失明，厥有國語。」班固漢書司馬遷傳贊也說：「孔子因魯史記而作春秋，而左丘明論輯其本事以爲之傳。又纂異同爲國語。」但也有人以爲左丘明沒有撰述這部書，因爲它的性質，文體都和春秋左氏傳不同；春秋左氏傳是編年的體例，國語則爲分敘各國，重在「語」，記事頗爲簡略。（宋、陳振孫直齊書錄解題已言之）近世瑞典漢學家高本漢（Bernhard Karlgren）著左傳眞僞考，更從文法上比較二書之不同，殆非出于一人之手，已成定案。

國語共有二十一卷，分敘周（三卷）、魯（二卷）、齊（一卷）、晉（九卷）、鄭（一卷）、楚（二卷）、吳（一卷）及越（二卷）等八國之重要史蹟。它的辭語雖然支蔓，不如左傳的簡要，但在文學上也依然有重要的影響。現在舉例於下：

「（重耳）遂適齊。齊侯妻之，甚善焉。有馬二十乘，將死於齊而已矣。曰：『民生安樂，誰知其他？』桓公卒，孝公卽位，諸侯叛齊。子犯知齊之不可以動，而知文公之安齊，而有終焉之志也。欲行而患之，與從者謀於桑下。蠶妾在焉，莫知其在也。妾告姜氏；姜氏殺之，而言於公子曰：『從者將以子行，其聞之者，吾已除之矣。子必從之，不可以貳，貳無成命。詩云：『上帝臨女，無貳爾心。』先王其知之矣，貳將可乎？子去晉難而極於此，自子之行，晉無寧歲，民無成君。天未喪晉，無異公子；有晉國者，非子而誰？子其勉之。上帝臨子，貳必有咎。』公子曰：『吾不動矣，必死於此。』……姜與子犯謀，醉而載之以行。醒，以戈逐子犯，曰：『若無所濟，吾食舅氏之肉，其知饜乎？』舅犯走且對曰：『若無所濟

，余未知死所。誰能與豺狼爭食？若克有成，公子無亦晉之柔嘉是以甘食？偃之肉腥臊，將焉用之？』遂行。」（晉語）

「勾踐棲於會稽之上，乃號令於三軍曰：『凡我父兄昆弟及國子姓，有能助寡人謀而退吳者，吾與之共知越國之政。』大夫種進對曰：『臣聞之，賈人夏則資皮，多則資絺，旱則資舟，水則資車，以待乏也。夫雖無四方之憂，然謀臣與爪牙之士，不可不養而擇也；譬如簑笠，時雨既至，必求之。今君王既棲於會稽之上，然後乃求謀臣，無乃後乎？』勾踐曰：『苟得聞子大夫之言，何後之有！』执其手而與之謀，遂使之行成於吳……。」（越語）

陶望齡曾批評國語一書的文學價值說：「國語一書，深厚渾樸，周（語）、魯（語）尚矣。周語辭勝事，晉語事勝辭。齊語單記桓公霸業，大略與管子同。如其妙理瑋辭，驟讀之而心驚，潛翫之而味永，還須以越語壓卷。」（經義考卷二〇九引）是十分中肯可取的。

㈤、縱橫捭闔之書——戰國策

繼續了國語的體例，而表現了縱橫捭闔之術的一部重要史書，就是戰國策。據漢書藝文志所載，戰國策共三十三篇，敍述三家分晉至楚漢未起之前的重要史事。今本戰國策也是三十三卷，但不知作者，乃劉向編集而成，書名也爲劉向所定。漢書蒯通傳說：「通論戰國時說士權變，亦自序其說，凡八十一篇，號曰雋永。」史記田儋列傳說：「蒯通，善爲長短說，論戰國權變八十一首。」則蒯通的雋永恐怕就是劉向所用的底本。

戰國策初名國策，或名國事，或名短長，或名長書，或名修書。卷帙也錯亂無序，經劉向整理後，所敘的諸國是：東周（一篇）、西周（一篇）、秦（五篇）、齊（六篇）、楚（四篇）、趙（四篇）、魏（四篇）、韓（三篇）、燕（三篇）、宋、衞（一篇）及中山（一篇）。它在文學上的價值及藝術成就，不亞於左傳及國語，而且讀者對國策的愛好或有甚於二書的。

劉向序錄說：「戰國之時，君德淺薄，爲之謀策者，不得不因勢而爲資，據時而爲畫。故其謀扶急持傾，爲一切之權。雖不可臨國教，化兵革，亦救急之勢也。皆高才秀士，度時君之所能行，出奇策異智，轉危爲安，運亡爲存，亦可喜，皆可觀。」這段話正說明了戰國策一書的成書背景及特色。書中言及蘇秦的合縱，張儀的連橫，范雎的相秦，魯連的解紛，鄒忌的幽默，淳于髡的諷刺，眞是極盡了鼓舌搖唇的能事，縱橫辯說的大觀。所以在這部書裡，我們看到的是一個新的時代縮影。它有獨創的言論，可愛的機智，與滔滔不絕的雄辯。它的優點，誠如宋人李格非的批評。他說：

「戰國策所載，大抵皆從橫捭闔譎誑相軋奪之說也。其事淺陋不足道，然而人讀之，則必善其說之工，而忘其事之陋者，文辭之勝，移之而已。」

所謂文辭之勝，正是它在文學史上被重視的要件，對後來散文家發生的影響是很大的，使漢代的歷史家均受其感染。現舉例數則於下：

「甘茂亡秦，且之齊，出關遇蘇子曰：『君聞夫江上之處女乎？』蘇子曰：『不聞。』曰：『夫江上之處女，有家貧而無燭者，處女相與語，欲去之。家貧無燭者將去矣，謂處女曰：『妾以無燭故，常先至掃室布席。何愛於餘明之照四壁者？幸以賜妾，何妨於處女？妾自以有益於處女，何爲去我？』處女相語以爲

然而留之。今臣不肖，棄逐於秦，願足下掃室布席，幸無我逐也。』蘇子曰：『善，請重公於齊……。』」（秦策二）

「靖郭君將城薛，客多以諫。靖郭君謂謁者：『無爲客通。』齊人有請見者曰：『臣請三言而已矣。益一言，臣請烹！』靖郭君因見之。客趨而進曰：『海大魚！』因反走。君曰：『客有於此！』客曰：『鄙臣不敢以死爲戲！』君曰：『更言之！』對曰：『君不聞大魚乎？網不能止，鉤不能牽，蕩而失水，則螻蟻得意焉。今夫齊，亦君之水也；君長有齊，奚以薛爲？夫（失）齊，雖隆薛之城到於天，猶之無益也。』君曰：『善。』乃輟城薛。」（齊策一）

「鄒忌修八尺有餘，而形貌昳麗，朝服衣冠，窺鏡，謂其妻曰：『我孰與城北徐公美？』其妻曰：『君美甚，徐公何能及君也！』」─城北徐公，齊國之美麗者也。忌不自信，而復問其妾曰：『吾孰與徐公美？』妾曰：『徐公何能及君也！』旦日，客從外來，與坐談，問之客曰：『吾與徐公孰美？』客曰：『徐公不若君之美也。』明日，徐公來，孰視之，自以爲不如；窺鏡而自視，又弗如遠甚。暮寢而思之。曰：『吾妻之美我者，私我也；妾之美我者，畏我也；客之美我者，欲有求於我也。』於是入朝見威王曰：『……今齊地方千里，百二十城。宮婦左右，莫不私王；朝廷之臣，莫不畏王；四境之內，莫不有求於王，由此觀之，王之蔽，甚矣！』王曰：『善。』」（齊策一）

這種善於運用比喻，而又用幽默的諷刺文字以表達意見的技巧，讀之不禁令人愛不忍釋。雖然結論有時失之於淺薄，但它文字的豐潤，氣勢的縱橫，處處皆能引人入勝。歷史散文發展到此，確實已經達到最高峯。

(六)、神話體史書——穆天子傳

在歷史散文方面，還有一部體裁與春秋、國語、國策俱異的書，叫穆天子傳，也可附帶一敘。穆天子傳是晉時咸寧中，汲縣縣民叫不準的，在盜掘魏襄王塚墓時而得，當為戰國時人所作。書中記載周穆王駕着八駿馬，西征而見西王母的事。左傳說：「穆王欲肆其心，周行天下，將皆必有車轍馬跡焉。」大概穆王遊行天下的事，必為當時所盛傳，所以有人記錄他的遊跡，作為此傳。其中敘述穆王見西王母以及盛姬之死與葬各段，文字最為渾樸動人，西王母本是中國神話中盛傳而膾炙人口的一段文字，如山海經與淮南子諸書，均有記載，不過穆天子傳裡，所寫的西王母與山海經中的獸形，完全不同。顯然是作者將之「人化」了。然而它影響到漢以後的小說，如漢武故事、漢武內傳中西王母的造型是很大的。今抄錄一段於下：

「吉日甲子，天子賓於西王母。執玄圭白璧以見西王母，獻錦組百純，除組三百純。西王母再拜受之。乙丑，天子觴西王母於瑤池之上。西王母為天子謠曰：『白雲在天，山除自出，道里悠遠，山川間之，將子無死，尚能復來。』天子答之曰：『予歸東土，和治諸夏，萬民平均，吾願見汝，比及三年，將復而野。』天子遂驅升於弇山，乃紀其跡於弇山之石，而樹之槐，眉曰：西王母之山。」

其他諸如越絕書、吳越春秋、晉史乘、楚史檮杌等，雖也記戰國之史事，但都是些纂輯古書中的記載而成，而且或為編纂，或為僞託，其著成時代，都大有問題，在此就不必贅述了。

第七章　南方詩歌總集——楚辭

第一節　楚辭釋名

楚辭是戰國時代流行在楚地的詩歌；也是代表南方詩歌的總集。雖然它也承襲了傳統上，詩經的餘緒，但它能融注傳統的優點，而開創出新興的生命。甚而，在對後世文學的影響上，較之詩經尤為深遠偉大。

「楚辭」這名稱。據文獻記載，最早見於史記和漢書。

史記張湯傳說：

「朱買臣會稽人也。讀春秋。嚴助使人言買臣，買臣以『楚辭』與助俱幸侍中。」

漢書朱買臣傳也說：

「會邑子嚴助貴幸，薦買臣。召見說春秋，言楚辭，帝甚悅之。」

又王褒傳也說：

「宣帝時，修武帝故事，講論六藝群書，博盡奇異之好。徵能爲『楚辭』，九江被公召見誦讀。」（也見七略佚文）

同書地理志也說：

「始楚賢臣屈原，被讒放流，作離騷諸賦，以自傷悼。後有宋玉、唐勒之屬，慕而述之，皆以顯名。漢興，高祖王兄子濞，於吳招致天下之娛游子弟，枚乘、鄒陽、嚴夫子之徒，興於文、景之際。而淮南王安亦都壽春，招賓客著書。而吳有嚴助，朱買臣貴顯漢朝，文辭並發，故世傳楚辭。」

若就文獻本身之時代攷之，司馬遷史記的初稿完成於武帝征和二年（西元前九一年），則可知西元前九一年，已經有「楚辭」專名之存在。然若以文獻所敘及的時代攷之，則「楚辭」一詞，最早當始於文帝（西元前一七九－一五七年），而盛於武（西元前一四〇－七四）宣（西元前七三－四九）之世。而且「楚辭」已與六藝並重，誦讀的方法，都已成爲專業化。

前文所說的「楚辭」都是指文體而言，至於「楚辭」一書的編輯，則始於劉向（西元前七七－六年）。據四庫全書總目提要說：

「裒屈、宋諸賦，定名楚辭，自劉向始也。初向裒集屈原離騷、九歌、天問、九章、遠遊、卜居、漁父。宋玉九辯、招魂。景差大招，而以賈誼惜誓、淮南小山招隱士，東方朔七諫，嚴忌哀時命，王褒九懷，及向所作九歎，共爲楚辭十六篇，是爲總集之祖。」（王逸楚辭章句序、晁公武郡齋讀書志俱有言）。

自此楚辭才有專書。但是劉向當時編集的本子已經亡佚，今傳世最古的本子，是王逸的楚辭章句，雖然王逸在序中明白的說他是根據劉向本所定，但是篇次已多所竄改，增訂，恐已非舊觀。及至宋代朱熹的集注問世，他又增廣漢、宋人的擬作；錄荀子的成相到宋、呂大臨的擬招，共五十二篇，於是「楚辭」一書的內容，就更形龐雜了。

何以屈、宋以及漢、宋人的此類作品，要稱為「楚辭」呢？據隋書經籍志序說：「楚辭者，屈宋之所作也。……蓋以原楚人也，謂之楚辭。」但是當「楚辭」成書之時，已並非僅收屈原、宋玉二人之作品。像東方朔是平原、厭次人，即今之山東，王褒是蜀人，即今之四川，他們的作品也都收錄，所以「楚辭」的命名，必與屈、宋為楚人的這一層還不夠的。所以到宋代黃伯思在翼騷序中就體裁、語言立說，是當為可信的。他說：

「屈、宋諸騷皆書楚語、作楚聲、紀楚地、名楚物，故謂之『楚辭』。若『些、只、羌、誶、謇、紛、侘傺』者，楚語也；悲壯頓挫，或韻或否者，楚聲也；沅、湘、江、澧、修門、夏首者，楚地也；蘭、茝、荃、藥、蕙、若、芷、蘅者，楚物也。」（見陳振孫直齋書錄解題引）

第二節　楚辭緣起

我們確定了「楚辭」的界說以後，進一步希望了解的是，這種文體究竟是如何產生的？與其他早於它而存在的文學作品有什麼淵源？楚國的文化、政治、地域背景對它有什麼影響作用？要解答這些問題，必從四方面著手探討。

一、楚辭與詩

詩指流行於北方的詩經與略後於詩經，而流行於南方的幾首傳疑的楚詩為主。

據史記楚世家的記載，楚國的祖先，出自帝顓頊高陽，高陽是黃帝之孫，所以楚國也是黃帝的後裔，楚的始祖鬻熊，傳說中還是文王之師。熊繹在周成王時始被封於楚。顯然這都是些不足爲信的傳說而已。因爲我們從北方文學的詩經中看，早期的楚國似乎與北方沒有什麼交通。如小雅采芑說：「蠢爾蠻荆，大邦爲讐。……顯允方叔，征伐玁狁，蠻荆來威。」詩序說這是首敍述周宣王南征的詩，征伐玁狁是在宣王三四年（西元前七九四年），可見當時的楚國，仍被視爲「蠻荆」。到了周惠王二一年（西元前六五六年）也卽是魯僖公四年，僖公會齊桓公等侵蔡，蔡潰，於是伐楚。這件大事反映在詩魯頌閟宮之中。詩有「戎狄是膺，荆舒是懲。」的話，可見此時的楚國還是被視爲「荆舒」與戎、狄等四夷之國並列。直到魯僖公二十八年（西元前六二八年）楚國的勢力已到達北方。是年左傳的記載有：「欒貞子曰：『漢陽諸姬，楚實盡之。』的話。於是當時在北方外交界流行的賦詩、歌詩等時髦玩意兒也傳進了楚國。據左傳中的記載，楚國君臣上下引詩的例子已很普遍。例如：

(1)文公十年，子舟引大雅烝民、民勞。
(2)宣公十年，孫叔引小雅六月。
(3)同年，楚子引周頌、時邁。
(4)成公二年，由叔跪引鄘風桑中。
(5)同年，子重引大雅文王。
(6)襄公二十七年，楚遠罷賦大雅既醉。
(7)昭公三年，鄭伯如楚，楚子賦小雅吉日。
(8)昭公七年，芋尹無宇引小雅北山。

(9)昭公十二年，子華引逸詩祈招。

(10)昭公二十三年，沈尹戌引大雅文王。

(11)昭公二十四年，沈尹戌引大雅桑柔。

文公十年，即周頃王二年，西元前六一七年。昭公二十四年是周景王二十七年，西元前五一八年。當此之際詩經對楚國皇室間的影響，已相當深遠了。及屈原之生（時在楚宣王廿七年、周顯王廿六年，西元前三四三年），又相距兩百年，可見詩經之曾影響到屈原是必然的。

再進一步從文學形式的承襲上比較，「兮」字的運用，自來被目爲楚辭體的特色。然而詩經中「兮」字的運用，已相當普遍。據近人游國恩先生的統計，「兮」字在詩經中的用法，大別有下列數類；

(1)每章只用一「兮」字，如召南、麟之趾。

(2)每二句間一句用「兮」字。如召南、摽有梅。

(3)每四句中，除第三句外，皆用「兮」字。如鄭風、狡童。

(4)全章除中間一句外，全用「兮」字。如王風、采葛。

(5)全章連用「兮」字。如魏風、十畝之間。

(6)全章不純用「兮」字。如魏風、伐檀。

(7)四句中三句連用「兮」字。如鄭風、遵大路。

(8)一章之中，兩句連用「兮」字。如邶風、簡兮。

在這種詩經已靈活運用「兮」字情形看，後起的楚辭，是難逃承襲之可能的。但為了更充份證實他們兩者關係，我們把楚辭與詩經的句型再作剖析比較於後；我們把楚辭體的發展，分成五期，每期的特色及演變如下；

第一期：「吳獲迄古，南嶽是止，
孰期去斯，得兩男子。」（天問）

此期的形式以四言體為主，是楚辭體的雛形，它與詩經中雅、頌的四言體是極其相類似的。

第二期：「成禮兮會鼓，傳芭兮代舞。」（九歌、禮魂）

此期的形式中，若刪去句中的「兮」字，仍然是四言體。「兮」字的作用，只在增加音律的節奏感，與詩經中的四言體，依然相似處多。

第三期：「后皇嘉樹，橘來服兮，
受命不遷，生南國兮。」（九章、橘頌）

此期的形式，除見於九章中代表早期的作品橘頌外，多保存在九章的亂辭中。與詩經相同的例子是「野有蔓草」。其詩為：「野有蔓草，零露漙兮，有美一人，清揚婉兮，邂逅相遇，適我願兮。」

第四期：「滔滔孟夏兮，草木莽莽。
傷懷永哀兮，汩徂南土。
眴兮杳杳，孔靜幽默。
鬱結紆軫兮，離愍而長鞠。」（九章、懷沙）

此期的形式，是一種楚辭中少見的特例。「兮」字在單詞之後，僅見於九章懷沙。但與詩經比較，仍有相類似之處。如詩經蘀兮：「蘀兮，蘀兮，風其吹女，叔兮，伯兮，倡予和女。」

第五期：「帝高陽之苗裔兮，

朕皇考曰伯庸。

攝提貞于孟陬兮，

惟庚寅吾以降。」（離騷）

此期的形式，是爲楚辭體的成熟時期，它的形式已完全脫離詩經，有了自由的音節與變換。（以上分期參游國恩楚辭概論說）。所以就楚辭體的成熟演進觀之，楚辭似亦脫胎於詩經。它的演進，我再作個簡單的流程圖如下：

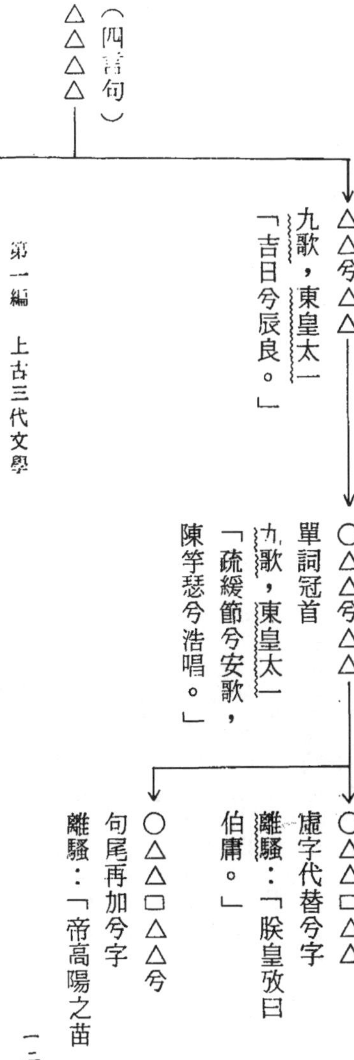

齋兮。」

△△△△
△△△□
兩四言句組合
天問：「上古之初，
誰傳道之。」

△△△△
△△△兮
兮字代替虛字
橘頌：「后皇嘉
樹，橘徠服兮。」

△△△兮
△△△△
前式倒裝
離騷：「女嬋媛兮，
為余太息。」

從以上圖解，明顯可見，成熟的楚辭體，是四言句加兮字的配合運用而成。這是楚辭與北方詩經的淵源。

再看楚辭與傳疑中一些流行南方的歌謠的淵源又如何呢？在劉向說苑裡，載有兩首古老的楚詩—子文歌和楚人歌，它大概是西元前五世紀的作品，體裁單調，四言句式，相信它並沒影響到楚辭。再看，在西元前四世紀左右，說苑裡收了首中國最古的譯詩—越人歌。原文是越語，譯成楚語後，他的譯文是：

「今夕何夕兮，搴洲中流？今日何日兮，得與王子同舟？蒙羞被好兮，不訾詬恥。心幾煩而不絕兮，得知王子。山有木兮木有枝；心悅君兮君不知！」

拿它與九歌作個比較，在藝術技巧上已甚高。在稍後不久，劉向的新序節士篇中，也有一首楚辭體的徐人歌。歌辭是：「延陵季子兮不忘故，脫千金之劍兮帶丘墓。」它雖然是一首敘事兼贊歎的民歌形式，但已然也是楚辭體的靈活運用。再稍後大約五十年，論語微子篇裡載了首楚狂接輿歌。歌辭是：「鳳兮！鳳兮！何德之衰！往者不可諫，來者猶可追。已而！已而！今之從政者殆而！」在孟子離婁篇裡有一首孺子歌：「滄浪之水清兮，可以濯我纓；滄浪之水濁兮，可以濯我足。」像孺子歌竟然全為楚辭中的漁父篇所引用。其影響於楚辭是可以斷言的。

二、楚辭與散文

春秋戰國時代，是一個以散文爲文學主流的時代，尤其戰國時代，散文發展到了空前燦爛的高潮，它的文字技巧是圓熟的，它的思想內容是奔放的。屈原生逢這百家爭鳴的時代，當然不能脫離時代所給予他的潤澤，所以屈原作品中想像力之豐富、文筆之熱情，全然是接受了諸子散文的沾潤。就文體的形式上看，楚辭也是吸收了散文的光輝而誕生的。

春秋以前的南方文學，如今已不易知。而老子一書則爲春秋時代（或疑戰國）代表南方的一部最早著作。而此書中已含有濃厚的「騷體」風味。如十五章：「豫焉若冬涉川，猶兮若畏四鄰，儼兮其若容，渙兮若冰之將釋。」又二十章：「我獨泊兮其未兆。……儽儽兮若無所歸。……沌沌兮俗人昭昭。……澹兮其若海，飂兮若無止。」又二十一章：「……惚兮，恍兮，其中有象；恍兮，惚兮，其中有物。」像此類把「兮」字置於第二字的用法，也有見於九章懷沙：「瞬兮杳杳，孔靜幽默。」而且其它各句與楚辭體，多少都有些相似。屈原既生於老子之後，或許也受到老子的影響吧！

又如論語、孟子二書之爲北方散文，固無可疑，但此二書在句型上也有與楚辭可通之處。如：

「君子比而不周，小人周而不比。」（論語、爲政）

「蘭芷變而不芳兮，荃蕙化而爲茅。」（離騷）

「管仲以其君霸，晏子以其君顯。」（孟子、公孫丑）

「矯吾以其美好兮，覽余以其脩姱。」（九章、抽思）

如果把上舉例子中，兮字句中的「兮」字刪去，兩者是完全一致的。所以一般研究楚辭之學者，把注意力全集中在韻文的承襲上，而忽略楚辭體所獨具的散文性。所以我以為楚辭之所以偉大，在於它是詩與散文的融合，是散文的詩歌化，詩歌的散文化，其藝術價值之高。為詩歌開拓了一條新的道路。

三、楚辭與楚國

文學創作中，對地域背景的了解，往往有助於探索其產生的淵源。更何況蘊育於楚國特有文化背景下的楚辭，下面分三方面加以說明。

㈠民俗的陶冶：由卜辭中攷知，殷人是最為迷信的。禮記表記說：「殷人尊神，率民以事神，欲以獲福助，先鬼而後禮。」他們在祭祀中除了天帝、祖先之外，更泛及於日、月、風、雲、山、川等諸神靈。而楚國與直接保存殷文化的宋國相毗鄰，於是迷信的色彩，也為楚人接受。據漢書地理志說：「楚人信巫鬼，重淫祀。」所謂巫在當時是一種特殊階級，他的職掌與作用，據國語楚語說：「古者神明不雜，民之精爽不攜二者，而又能齋肅中正。……如是神明降之，在男曰覡，在女曰巫。」韋昭注：「覡，見鬼者也。周禮，男亦曰巫。」說文：「巫，祝也。女能事無形，以舞降神者也。」又說：「覡能齋肅，事神明者。」所以巫、覡是在迷信時代中，被目為能溝通人神兩界的媒介；此外他還能祈福祐，免凶災。而這種巫風在戰國時代的楚國是很盛行的。漢書郊祀志下說：「谷永說上曰：楚懷王隆祭祀，事鬼神，欲以獲福助，却秦師，而兵挫地削，身辱國危。」王逸楚辭章句序也說：「昔楚國南郢之邑，沅、湘之間，其俗信鬼而好祠，其祠必作歌舞鼓舞以樂諸神。屈原放逐，竄伏其域……出見俗人祭祀之禮，歌舞之樂，其詞鄙陋，因為作九歌之曲。」所謂祭祀必用歌辭，這就是文學起源之要素之一，所以迷信風氣愈盛，文學的材料也愈豐，於是在文學與宗教揉合的時代，楚國首先產生了保存濃厚民俗氣息及離奇詭麗的神話詩篇。

㈡南音的薰染：楚國的音樂也自成特色，即所謂的「南音」，也叫「南風」。左傳成公九年載：「晉侯觀於軍府，見鍾儀，問之曰：南冠而縶者，誰也？有司對曰：鄭人所獻楚囚也。……使之與琴，操南音。……文子曰：楚囚君子也，樂操土風，不忘舊也。」又同書襄公十年載：「晉人聞有楚師，師曠曰：不善，吾驟歌北風，又歌南風。南風不競，多死聲，楚必無功。」這種所謂「南音」或「南風」的樂調，在漢、隋之間已經成爲一種專門的技巧，所以漢書王褒傳說：「宣帝時，修武帝故事，講論六藝群書，博盡奇異之好。徵能楚辭，九江被公召見誦讀。」隋書經籍志也載：「隋時有釋道騫，善讀之，能爲楚聲，音律清切。至今傳楚辭者皆祖騫公之音。」可見「南音」的音律是格外的變化曲折，淒切纏綿，而且含蘊了濃厚的地方色彩。呂氏春秋侈樂篇說：「楚之衰也，作爲巫音。」這巫音就是楚國音樂特有的根柢，也是楚辭韻律的基調。它是充滿了神秘色彩與豐富想像力量。

在此可以附帶一提的，是楚國不僅音樂殊異，就是服飾、語言、官制等也自有別。前已言及楚人之冠，謂之「南冠」。又見國策、秦策五說：「異人至，不韋使楚服而見。王后悅其狀，高其知，曰：『吾楚人也。』而自子之，乃變其名曰楚。」可見楚服還是一種十分悅目的設計。又如左傳宣公五年載：「楚人謂乳穀，謂虎於菟。」又孟子滕文公篇說：「今也南蠻鴃舌之人，非先王之道。」這又說明了楚國語言上之殊異。再如左傳莊公十八年疏：「楚官多以尹爲名。」文公十年注：「陳楚名司寇司敗。」這又是官制之特殊了。

㈢地域的蘊育：地域環境對文學的影響，大致可分爲二途：㈠因地方的風土氣候及經濟狀況之不同而影響到作家的氣質，情感與思想，使作品風格隨之而異。(乙)因自然界的各種山水花木情勢不同，影響作家選用的材料，而使作品的情調亦因之而異。而楚國的地理環境及風土氣候均獨具特性；有九嶷、衡嶽的高山；有江、漢、沅、湘的長流；有九百里方圓的雲夢大澤；有圻吳、楚，浮乾坤的洞庭湖；森林、魚鼈、崖谷、汀洲、鶴唳、猿啼、水流、花放、無一不是絕好的材料。誠如王夫之楚辭通釋所說：「……楚澤國也；其南沅、湘之交，抑山國也；疊波曠宇，以蕩遙情。而迫之以崖嶔戌削之幽苑，故推宕無涯，而天采矗發，江山光怪之氣，莫能揜抑。」也可見地域環境對楚辭影響之深了。此中道理，劉勰早已得見，他在文心雕龍物色篇說：「若乃山林皋壤，實文思之奧府，略語則闕，詳說則繁，然屈平所以能洞監風騷之情者，抑亦江山之助乎？」

四、楚辭與屈原

在楚辭這部總集之中，最重要的作家是屈原，他是楚辭的「開山祖」，也是楚辭中最偉大的作家。其他作家無論在作品的內容上、情感上，都是亦步亦趨的跟從者。所謂「才高者菀其鴻裁，中巧者獵其艷辭，吟諷者銜其山川，童蒙者拾其香草。」（文心雕龍辯騷語）皆在捋撦屈原之欬唾而成。所以欲知楚辭的緣起，不得不尋求屈原之思想及其所處的環境。

㈠哲學思想轉變中的衝突：論語一書是儒家中庸哲學的代表，孔子極力想藉此以保持社會思想的平衡。但結果却被戰國諸子的百家爭鳴的大動亂所擊碎。故論語中孔子曾感慨的說：「中庸之爲道也，其至矣乎？民鮮久矣。」而孟子則是孔子思想的繼承人，他也早有鑒於此。在滕文公篇上說：「聖王不作，諸侯放恣，處士橫議，楊朱墨翟之言盈天下，天下之言，不歸楊，則歸墨。」又說：「楊、墨之道不息，孔子之道不著。」又說：「能拒楊、墨者，聖人之徒也。」從此思想界就掀起了平靜時代與驚異時代之爭的哲學體系之衝突。所以孟子曾激動地說：「楊氏爲我，是無君也，墨子兼愛，是無父也；無君無父，是禽獸也。」雖然他大聲疾呼，但是時代的巨輪仍是無情地把它輾過，終於在時代潮流的衝擊下，楊朱、墨翟的偏激思想，遂打破了折衷之道，而喚起了整個時代的苦悶。思想界形成了利己（楊朱）和利他（墨翟）兩派的抗衡。列子楊朱篇引楊朱的宣言說：「古之人損一毫利天下不與也，悉天下奉一身不取也。人人不損一毫，人人不利天下，天下治矣。」又說：「忠不足以安君，適足以危身；義不足以利物，適足以害生。安上不由於忠，而忠名滅焉，利物不由於義，而義名絕焉。君臣皆安，物我兼利，古之道也。」這種利己無君的思想與墨子兼愛、非攻的利他主義是截然不合的。自此以後思想界就成了莫衷一是的動盪局面。楊朱歿時屈原正當八歲。（依錢穆先秦諸子繫年所攷定）屈原的思想原本是儒家的，他追求的是「美政」。可惜他生不逢時，正趕上了儒學崩潰，尚未匡復，而墨翟的利他主義與楊朱的利己主義又陷於嚴重的衝突之中，舊有維繫人心的哲學體系已被否定，而新的又尚待建立。這是全時代人的苦悶，當然更是屈原的苦悶。我們試看他作品中去從抉擇的矛盾，已把他徹底的沉陷在痛苦之中，這原是屈原的思想特質，也正是楚辭的特色。

㈡政治勢力消長的對峙：屈原生於戰國齊、楚、秦三強對峙之時，他的政治生命，也完全隨着楚國的外交政策的轉變而升降浮沉。也卽隨着楚國宗親貴族中親齊派與親秦派勢力的消長而改變。屈原在政治立場上是親齊的，也卽是主張合縱的。據史記屈原列傳說：「屈原既疏，不復在位，使於齊。」楚世家也說：「屈原使於齊。」劉向新序節士篇說得更爲詳細：「秦欲吞滅諸侯，併兼天下；屈原爲楚東使齊，以結強黨。」所以屈原的出使齊國，目的就在聯齊以抗秦。所以當楚懷王十一年，楚王爲縱約長時，屈原在宦途上也最爲得意。史記本傳所載：「入則與王圖議國事，以出號令；出則接遇賓客，應對諸侯，王甚任之。」此時屈原年方二十六歲左右，親齊派在楚國也最爲得勢。不久，懷王的外交政策，在受到張儀以財貨賄通的楚國親秦派上官大夫、靳尚之屬，以及令尹子蘭，夫人鄭袖的讒言後，又因貪圖張儀詐許的六百里地而絕齊。也在此時疏放了屈原。所以屈原的二次被放皆在親秦派得勢之時。所以這都是楚國外交政策的不同有以致之。於是屈原反映在作品上的感情是矛盾的。他說：「豈余身之憚殃兮，恐皇輿之敗績。」又說：「余固知謇謇之爲患兮，忍而不能捨也。」又說：「曾歔欷余鬱邑兮，哀朕時之不當。」又說：「世幽昧以眩耀兮，孰云察余之善惡！」（離騷）所以他的情緒也是悲憤激昂的。政治勢力的消長，對屈原而言，是他的悲劇，然而却促進了作品的成熟，對欣賞他作品的後人而言，這倒是一種幸運，屈原如果沒有這份政治上的失意與挫折，我們將永遠失去了欣賞他那份熱淚沸血所煎熬而成的結晶。

㈢人格高潔與濁世的不容：　只要你有心翻閱楚辭，您就會驚歎、贊佩他人格的高潔無瑕。離騷中更表露了他特異的秉賦。他說：「帝高陽之苗裔兮，朕皇攷曰伯庸。攝提貞于孟陬兮，惟庚寅吾以降。皇覽揆余于初度兮，肇錫余以嘉名：名余曰正則兮，字余曰靈均。紛吾既有此內美兮，又重之以脩能，扈江離與辟芷兮，紉秋蘭以爲佩。」又說：「余既滋蘭之九畹兮，又樹蕙之百畝。畦留夷與揭車兮，雜杜衡與芳芷。」又說：「高余冠之岌岌兮，長余佩之陸離，芳與澤其雜糅兮，唯昭質其猶未虧。」所謂香草都象徵着屈原內美的豐潤，處處都代表了他人格的聖潔。所以班固引淮南王安敍離騷傳說：「國風好色而不淫，小雅怨悱而不亂，若離騷者可謂兼之。蟬蛻濁穢之中，浮游塵埃之外，皭然泥而不滓，推此志，雖與日月爭光可也。」用之稱屈原的作品固可，稱其人格之偉大尤爲恰當。王逸楚辭章句離騷序也說：「其辭溫而雅，其義皎而朗，凡百君子莫不慕其淸高，嘉其文采，哀其不遇而愍其志焉。」凡是天才的個性都是耿介的，這種個性在仕宦上是莫大的阻碍，所以屈原不能見容於濁世。因爲當時的社會情況是：「變白以爲黑兮，倒上以爲下。鳳凰在笯兮，鷄鶩翔舞。同糅玉石兮，一概以相量。」（九章、懷沙）的濁世，所以屈原有「懷質抱情，獨無匹兮。伯樂旣沒，驥焉程兮」的悲痛，但是他仍是下定了「知死不可讓，願勿愛兮，明告君子，吾將以爲類兮」的決心。所以屈原耿介的個性不容於世，對個人的生命是折磨，然而使作品因而洋溢出生命的熱望，則又是讀者的眼福。

㈣博學而不見用的苦悶：屈原之博學多識，史有明言。據史記屈賈列傳說：「博聞彊志，明於治亂，嫻於辭令。」所以懷王才會委以起草憲章之重任。也就因爲他才高而招致讒佞群小的嫉妒，以致爲懷王誤解而疏放。這種抑壓不得伸的苦悶，在他的作品中往往也藉着回憶來表露。如九章、惜往日載：「惜往日之曾信兮，受命詔以照時。」所謂「命詔照時」，就是指起草憲章而言。再從屈原的作品中看，大凡神話（見離騷、天問、遠遊），民俗（九歌、招魂），法律（九章、惜往日），歷史（離騷、天問）諸類知識，無不博覽遍觀；他的思想也兼及儒（離騷、九章）、道（遠遊）、法（惜往日）諸家之長。試想，如此博學之士，竟屢遭讒奸所嫉，二度被逐，不得見用，他內心中燃燒着的不平之火，是難以熄滅的。離騷篇中他的姊姊女嬃，曾一再規戒這位執着的弟弟說：『汝何博謇而好修兮，紛獨有此姱節。薋菉葹以盈室兮，判獨離而不服。』正是此種心情的寫照。所以我們可以肯定的說，若屈原的生命歷程中，沒有這些阻碍與矛盾所激盪而起的火花，楚辭也就沒有今日這令人一睹即爲之神往情傷的動人面目。所以屈原遭遇的不幸，反而成了楚辭這詩篇，所以能流傳萬世而不朽的大幸。

第三節　屈原生平及其作品

屈原（西元前三四三年生）是中國文學史上第一位偉大的詩人。名平，字原，是楚國的貴族。傳說楚國武王子瑕食采於屈，子孫就以屈爲氏（林寶元和姓纂卷十），屈平就是其中之一。據他的作品離騷推測，他還有個筆名叫正則，也稱靈均。他的父親是伯庸，可能還有個姊姊叫女嬃。據水經注說，在今湖北秭歸縣東北數十里處，有屈原舊田宅，宅之東北六十里有座女嬃廟，還有塊擣衣石猶在溪邊。究竟他有無兄弟、子女就不得而知了。從「攝提貞于孟陬兮，唯庚寅吾以降。」的詩句推斷，他應生於楚宣王二十七年，周顯王二十六年（西元前三四三年）。他有廣博的學識，豐富的情感，恆無涯際的想像。所以史記屈賈列傳上說：「博聞彊志，明於治亂，嫻於辭令。」所以懷王很信任他。大概在他二十六歲左右，就委以重任，做了左徒之官。所以「入則圖議國事，以出號令，出則接遇賓客，應對諸侯。」懷王就請他草創憲令，引起了同列的上官大夫與靳尚之屬的嫉妒，而蓄心加害。他們趁着屈原草擬的憲章，尚未定稿（尚未定稿的文章，文人都不願給人看的），而上官大夫却想搶着看，屈原當然不給，於是他們就向懷王造謠說：「王使屈平爲令，衆莫不知，每一令出，平伐其功。曰：『以爲非我莫能爲也。』」結果懷王誤信了讒言而大怒，竟把屈原疏遠了。這事大概是在懷王十四年左右，屈原才二十九歲。屈原在另一方面的才幹是辦理外交。劉向新序節士篇說：「秦欲呑滅諸侯，并兼天下，屈原爲楚東使於齊，以結强黨。」那事約在懷王十二年，屈原二十七歲時，這也是他的第一次出使齊國。後來屈平遭疏遠，秦又趁機活動，據史記本傳上說：「其後秦欲伐齊，齊與楚從親，惠王患之，乃令張儀佯去秦，厚幣委質事楚。曰：秦甚憎齊；齊與楚從親，楚誠能絕齊，秦願獻商於之地六百里。」楚懷王因貪利忘義，而聽信了張儀的話，竟公然與齊絕交，結果是受騙上當，於是一怒之下，不自量力，興師伐秦，秦也發兵擊之，結果楚兵在丹淅打了個大敗仗，連將領屈匄也被擄，漢中之地也被秦侵佔。於是懷王下令全國總動員，深入擊秦，戰於陝西藍田，魏國趁勢襲楚至鄧，楚兵恐懼，自秦收兵，而齊國却怒而不救，於是楚兵大困。明年，秦國又主動提出歸還漢中地假意求和。楚國在屢次遭遇挫敗後，懷王想必大大悔悟，復重用屈原，派他去齊國，重修舊好。據近人推斷，大約時在懷王十七年，屈原三十二歲左右。當秦楚和議達成之初，懷王恨張儀入骨，寧願棄地以殺張儀而後快。但是當時朝廷昏聵，靳尚被賄賂，而利用懷王寵姬鄭袖的花言巧語，而把張儀放了。屈原當時正出使齊國，趕回進諫，必殺張儀，但爲時已晚。

從此以後，楚國外交連連失策，時而聯齊，時而媚秦。在懷王二十四年又背齊而合秦。時秦昭王初立，厚賂於楚，楚往迎婦（見楚世家），此時屈原也必然懇切諫阻，而再度得罪懷王，把他放逐到了漢北。（抽思：「有鳥自南兮，來集漢北。」指此）屈原此時約三十九歲左右。

到懷王二十九年，秦又急攻楚，楚將景缺陣亡，懷王不得已，才使太子爲質，與齊國求和。此時想必屈原已被召回以充當使臣之職務。所以在懷王三十年時，秦昭王與楚婚，欲與楚王會，懷王欲往。屈平進諫說：「秦虎狼之國，不可信，不如無行。」（此依本傳，楚世家作昭睢語。）但是懷王却聽信了幼子子蘭的話，而入了秦國，剛進到武關，秦兵暗中伏兵絕了他的後路，將他拘禁，威脅割地，懷王不聽，逃亡到趙國，趙國不敢接納，又只得回到秦，三年後竟客死在秦國。那時懷王長子頃襄王也已繼位了三年（西元前二九六年），以弟子蘭爲令尹。楚國人都懷着子蘭不該勸懷王入秦的怨恨，而又都感念且贊美屈原的明見。於是子蘭大怒，使上官大夫以讒言害屈原，於是頃襄王就再把他放逐到江南。就哀郢的文字看：「民離散而相失兮，方仲春而東遷。」時間大概是在二月。而且九章中的哀郢、涉江兩篇最能看出屈原被放逐江南時的經過路程，他從郢都出發，沿江東行，經過夏浦而到陵陽。所以哀郢有：「發郢都而去閭兮，」「上洞庭而下江」、「背夏浦而西思」、「當陵陽之焉至」諸句。再折而西南行，從鄂渚入洞庭，濟沅水至辰陽，入溆浦。所以涉江篇有：「旦余濟乎江湘」、「乘鄂渚而反顧」、「乘舲船余上沅」、「朝發枉陼，夕宿辰陽」、「入溆浦余儃佪」諸句。復東南行至長沙，書絕筆「懷沙」，時間大概在四月。因爲篇中有「滔滔孟夏兮，草木莽莽」的句子。孟夏爲四月，與傳言中屈原死在五月五日的日子相近。從此屈原的白骨就永沉在汨羅江底，結束了他既輝煌而又富戲劇性，且坎坷的一生。

屈原的作品，據漢書藝文志載：「屈賦廿五篇」。而見於史記本傳的有；離騷、天問、招魂、哀郢、懷沙及漁父等六篇。王逸楚辭章句中以爲屈原或疑爲屈原的作品，計有；離騷、九歌（十一篇）、天問、九章（九篇）、遠遊、卜居、漁父等。篇數與漢志所擧正符。不過我們研究屈原作品，絕不能被漢書藝文志所限。現將其作品，依內容或發展上的先後，臚敘於下：

九歌　九歌是一套祭祀神鬼的儀式劇，由音樂、歌辭舞蹈混合而成。它的原始材料，大部分是民間的祭神歌曲，是南方各地流行的巫歌。屈原採用這些材料加以補充與美化，才完成這整體的詩歌。朱熹楚辭集注序說：「九歌者屈原之所作也。昔楚南郢之邑，沅湘之間，其俗信鬼而好祀，其祀必使巫覡作樂，歌舞以娛神。蠻荆陋俗。詞既鄙俚，而陰陽人鬼之間，又不能無褻慢淫荒之雜。原既放逐，見而感之，故頗爲更定其詞，去其泰甚。」這種見解是較爲正確的。然是否在屈原放逐之後而作，朱注的說法就值得商榷了。清陳本禮屈辭精義進一步演繹爲：「愚按九歌之樂，有男巫歌者，有女巫歌者，有巫覡並舞而歌者，有一巫唱而衆巫和者，激楚陽阿，聲音淒楚，所以能動人而感神也。」對九歌的歌舞形式，有了更系統化，條理化的解釋，對後人了解九歌的助益是很大的。近人胡適之先生更以爲九歌與屈原絕無關係，是當時湘江民族的宗教歌舞。（見胡適文存二集、讀楚辭）而今我們仔細翫味九歌諸篇的內容，確實是充滿了宗教的神秘色彩，以爲民歌固可，但它修辭的美化，必出於有修養的文人之手，所以朱注的說法，仍是較爲可信的。

九歌共十一篇，祭祀的場面非常浩大。計有東皇太一（尊貴的天神，疑爲上帝）、雲中君（雲神、余以爲雷神）、湘君、湘夫人（湘水神）、東君（日神）、大司命、少司命（命運之神）、河伯（河神）、山鬼（山神）、國殤（祭陣亡將士之靈魂）、禮魂（祭一般之先祖）。何以這套儀式劇之歌舞，要稱爲「九歌」？恐怕就只有引用朱熹的話，「或疑爲虞夏九歌之遺聲，然非義之所及也。」（楚辭辯證）

九歌文辭的柔美，音調的和諧，色彩的神秘、想像的豐富，情意的纏綿，均代表了南方文學的高度浪漫精神。現舉例於下；

「吉日兮辰良，穆將愉兮上皇。撫長劍兮玉珥，璆鏘鳴兮琳琅。瑤席兮玉瑱，盍將把兮瓊芳，蕙肴蒸兮蘭藉，奠桂酒兮椒漿。揚枹兮拊鼓，疏緩節兮安歌，陳竽瑟兮浩倡。靈偃蹇兮姣服，芳菲菲兮滿堂，五音紛兮繁會，君欣欣兮樂康。」（東皇太一）

「帝子降兮北渚，目眇眇兮愁予。嫋嫋兮秋風，洞庭波兮木葉下。登白薠兮騁望，與佳期兮夕張。鳥何萃兮蘋中，罾何爲兮木上，沅有芷兮澧有蘭，思公子兮未敢言。」（湘夫人）

「操吳戈兮被犀甲，車錯轂兮短兵接。旌蔽日兮敵若雲，矢交墜兮士爭先。凌余陣兮躐余行，左驂殪兮右刃傷，……出不入兮往不反，平原忽兮路超遠，帶長劍兮挾秦弓，首雖離兮心不懲。」（國殤）

以上例子，或寫祭神時的莊嚴肅穆；或言相思時的委婉悱惻；或敍征戰中的勇敢悲壯。這種藝術上成就，是流傳不朽的創作。

九章　九章一共有九篇詩章：計爲惜誦、涉江、哀郢、抽思、懷沙、思美人、惜往日、橘頌、悲回風。誠如朱熹所說：「後人輯之得其九章，合爲一卷，非必出於一時之言也。」它的名稱最早見於劉向的九歎、憂苦篇：「歎離騷以揚意兮，猶未殫於九章。」劉向是西漢元成之際人，則九章之名，也當起於此時。因爲在此之前的司馬遷及班固都逕稱九章中各篇之篇名而已。

九章諸篇是了解屈原生平及疏放歷程的最可靠材料。也是屈原鬱悒不平，鄉愁國恨，以及種種痛苦感情濃縮後的瀝血詩章。經近人的攷證，九篇著成的時代，大致如下：

(1)橘頌　早期作品，藉橘樹的高潔不遷以自況。

(2)惜誦　初疏時作，當懷王十六年，諫「絕齊」不聽，被疏後而作。

(3)抽思　初放謫居在漢北時作。諫「合秦」不聽，當在懷王二十四年。

(4)哀郢　再放江南時作。當頃襄王廿一年。

(5)涉江　作於哀郢之後。

(6)思美人　與哀郢同時。

(7)悲回風　絕命前不久作。

(8)惜往日　絕命前不久作。

(9)懷沙　絕筆。

天問　天問是屈原作品中，最奇特的一篇。完全用問話的形式構成，凡一百七十二個疑問，上自天文，下至地理，中及人事。而所以稱爲「天問」者，據近人的解釋，「天問」與「素問」的構成相當，即舉天地間一切顯象事理以爲問，猶今語所謂「自然界的一切問題。」（參近人楚辭集釋說）天問篇之爲屈原所作，自司馬遷之史記屈原賈生列傳中已予肯定。司馬遷說：「余讀離騷、天問、招魂、哀郢，悲其志」。「其志」當爲屈原之志，所以後人的懷疑（如胡適之讀楚辭），我以爲是全憑臆斷，不足採信之說。至於天問的寫作動機，王逸以爲是屈原呵壁之辭，恐未必然。其文體應是出於民間體製，今西南苗族之開天闢地歌，也是一問一答，與天問是很相近的。（參臺師伯簡楚辭天問新箋）。經整理後的天問篇，其所問的對象，臺師將之分爲十九類，今抄錄於下；(1)宇宙創始及諸自然神話。(2)神話人物。(3)九州崑崙。(4)靈物。(5)黃帝堯舜事。(6)鯀禹事。(7)啓事。(8)羿事。(9)澆、少康事。(10)桀，妹嬉事。(11)契、湯與伊尹事。(12)殷王季、該、恆、上甲、微事。(13)紂事。(14)夷齊事。(15)稷事。(16)文王、武王事。(17)昭王、穆王、幽王事。(18)春秋時事。(19)史實無徵。

離騷　離騷是屈原作品中最偉大的詩篇，是屈原用血和淚凝聚而成的生命悲歌。全文長二千四百九十字（據俞襍引陳深的統計）。它描寫一位屢遭讒嫉，志不得伸。苦悶靈魂的追求與幻滅。他有上天下地，涉水登山，懷芳抱潔，誓不與世俗同流合汚的決心。文筆極其浪漫之能事，辭藻之美，幻想之豐，音韻之鏗鏘，與懷鄉愛國之情，生離死別之痛，如波濤洶湧，令人目不暇給。其全文共分十一段：首段自述先世與降生年月以及禀賦之美與個人良好之修養，願當盛年有所建立。第二段敍述曠觀往古盛衰得失以見今之黨人誤國，而己之忠貞不爲所用。第三段敍述群賢憔悴，惟己之情操不變，以前修爲法。第四段言己反覆悲歎，終願以死明志。第五段言己亦思退而自全，且將觀乎四荒，但好修爲常，終致女嬃之責罵。第六段言己因陳辭於重華之前，以求中正之道。第七段言己陳辭既畢，復往天上，將再訴之於上帝，竟爲帝閽擯諸門外，始悟天上如此，而人間汚濁亦不足爲異。第八段言己轉意求賢女爲伴，又無良媒，更其世蔽美嫉賢，大抵如此。第九段言己因卜之於靈氛，靈氛勸以遠適，不必戀乎故國。第十段言己復因巫咸而詢之於神，神勸以勉强陞降，必有所合，己則反覆以思，亦知故國不可留，而有遠游之意。第十一段言己既得吉占，遂取道崑崙，經流沙，渡赤水，將去西海，忽爾臨睨舊鄉，僕悲馬懷，是則雖欲遠去而不可得。

「離騷」一詞，歷來解釋紛紜。而最早爲之詮釋的是司馬遷，他在史記屈賈列傳上說：「離騷者猶離憂也。」應劭注：「離、遭也。騷、憂也。」班固離騷傳贊序因之說：「離猶遭也。騷、憂也。明己遭遇作辭也。」我以爲這種解釋，甚爲合理。而近人標新立異，自創新境，則多憑臆斷，無甚可取。

遠遊、卜居、漁父　這三篇作品，王逸楚辭章句都以爲是屈原所作。但近人像胡適之、陳鐘凡、陸侃如、廖季平、游國恩等，都有過懷疑的論見。遠遊篇中充滿了道家出世的神仙思想。而卜居、漁父篇的首句皆以「屈原既放」啓篇，而內容也已近散文賦，是不得不令人懷疑的。

招魂 招魂也是一篇形式內容都較爲奇特的文字。招魂本是楚國民間的一種風俗。據說現今湘南的農村中還流行着此一習俗。朱熹集注說：「古者人死，則使人以其上服，升屋履危，北面而號曰：『皐！某復。』遂以其衣三招之乃下以覆尸。此禮所謂復。而說者以爲招魂復魄。又以爲盡愛之道，而有禱祠之心者，蓋猶冀其復生也。如是而不生，則不生矣。於是乃行死事，此制禮者之意也……。」文中叫靈魂不要到東、南、西、北各地去，也不要上天堂下幽都，因爲這六處都佈滿腐蝕靈魂的災禍與恐怖，最好還是回到自己的家鄉。接着既生動又鋪敘地誇飾楚國宮廷生活的奢侈與享受，這種手法對漢賦的影響是直接而重要的。

招魂的作者，也是衆說紛紜。司馬遷以爲是屈原作的。而王逸則以爲是宋玉作的。因此古人多從王說。到了清代的林西仲才以屈原自招之見，推翻王說。他說：「是篇自千數百年來，皆以宋玉所作。王逸茫然無攷據，遂序於其端。……後世相沿不改，無非以世俗招魂，皆出他人之口，不知古人爲人滑稽，無所不可，且有生而自祭者。則原被放之後，苦無可宣洩，供題寄意，並不嫌其爲自招也。……玩篇首自敘，篇末亂辭，皆不用「君」字而用「朕」字，「吾」字，斷非出於他人口吻。……故余決其爲原自作者，以首尾自敘，亂辭及太史公傳贊之語，確有可據也。」（楚辭燈）我們細看招魂首段敘辭中所言之朕當作者無疑。「魂魄離散，汝筮予之」的對象也是作者無疑。所以林西仲的說法是可以採信的。

第四節　楚辭的藝術價值

屈原的作品，所以能赫然光耀千古，屈原的人格，所以能懿然垂範萬世。都在於他在藝術生命中的輝煌成就。

一、獨創的自由詩律　楚辭體的詩歌，能從詩經的形式下，創造出獨立發展的詩律美，是藝術技巧上的創舉。以四言爲主體的詩經，到戰國時，因爲太規則，太束縛了，無論在言情或體物上，都不能自由奔放的表現。所以到了南方的九歌體，可以長短不拘，或韻或否，完全建立了一種新的形式與韻律，這種詩體當成熟的表現在楚辭中時，它就構成了散文與詩體的融合，它兼具了散文的雄偉氣勢和詩歌的優美韻律。它更能在「兮」字的運用上求變化，使詩歌在朗誦中可以藉「兮」字以自由調節詩律的抑揚緩急，加上方言的適切配合及南方歌謠獨具的天籟之聲，於是自由體的偉大詩篇，遂告成熟。我們拿它和詩經來作一比較，　如：詩、王風、采葛：「彼采葛兮，一日不見，如三秋兮！」已經是一首相當感人的情詩，但比起九歌中的少司命：「入不言兮出不辭，乘回風兮載雲旗，悲莫悲兮生別離，樂莫樂兮新相知。」所描寫的音韻和情緒而言，就遠不如九歌的纏綿委婉，與幽悠動人了。又如詩、王風、大車：「大車檻檻，毳衣如菼。豈不爾思？畏子不敢。」已經是一首刻劃思念情懷的佳作。但比起九歌中的湘夫人：「鳥何萃兮水中？罾何爲兮木上？沅有芷兮澧有蘭，思公子兮未敢言。」看來，又遠不如湘夫人的悲涼幽怨。詩經是大膽的直言暴露，而楚辭則是委婉的隱藏含蓄，而二者之所以有如此顯著的不同，完全在楚辭音律能自由變化而產生的效果。

二、個人主義的浪漫詩風　楚辭雖略受詩經在形式方面的影響，但其內容及風格則與詩經仍成强烈的對比。詩經多取材於現實的社會生活，表現了社會上的普遍性，風格及手法是樸質而寫實的；楚辭則是個人情感的抒寫與幻想，流露出作者的獨特性，風格及手法是浪漫而鋪張的。（雖然詩經中也偶有個人主義色彩的詩篇，但究竟缺乏幻想的素質）所以楚辭中所呈現的是超現實的神秘世界，不但人的思想與感情業已美化，竟連鬼神也蒙上了一襲五色彩衣。劉勰文心雕龍辨騷篇說：「至於託雲龍，說迂怪，豐隆求宓妃，鴆鳥媒娀女，詭異之辭也；康回傾地，夷羿彃日，木夫九首，土伯三目，譎怪之談也；依彭咸之遺則，從子胥以自適，狷狹之志也；士女雜坐，亂而不分，指以爲樂，娛酒不廢，沈湎日夜，舉以爲歡，荒淫之意也。摘此四事，異乎經典者也。」這些班固、劉勰等人眼中所認爲離經背史的怪異之談，也正是楚辭風格上獨具的特色。再加上楚辭中最重要的作者—屈原，身世上有一段極爲不幸的遭遇，於是發之於詩中的盡是失意、矛盾、苦悶；是濃厚的個人主義浪漫色彩。

三、濃郁幻變的神話色彩　今世之民族，無論其爲野蠻或文明，都各具其神話與傳說，所以凡一個民族的原始時代生活狀況、宇宙觀、倫理思想、宗教思想及早期的歷史活動，都混合在這民族的神話與傳說之中。故就文學的觀點看，神話卽是先民的文學，迨及漸近文明，它又成爲了民族文學的源泉。而在我國最能運用神話素材的天才，當首推屈原和他的作品—楚辭。

中國的神話，何以獨盛於南方？劉師培說：「大抵北方之地，土厚水深，其間多尚實際。南方之地，水勢浩洋，民生其地，多尙虛無。」北方人太過崇實，於是對虛幻的神話不感興趣，以致一入歷史時期，神話就銷歇，而楚國在江淮一帶，土壤肥沃，物產富饒，風景秀麗，故物質生活較優裕，精神方面也易趨玄虛，加之，雲夢大澤，煙波嬝繞，九疑衡山，聳入雲霄，無一不是蘊藏神話之大好境域。所以我們不但從楚辭中獲知了許多已衰竭的古代南方神話，並且從楚辭中也學會了如何運用神話的方法。楚辭中神話的運用，是超現實與現實的混合，屈原之對神話，不是敍述而是參與。所以作者與神話往往同時出現，而融和在同一時空之中，我們讀時從無人神隔閡的感覺，也沒有時間的差距，這種巧妙的運用，是「楚辭」在藝術上不可磨滅的創擧。

四、純熟的比興技巧　比、興本來是任何詩歌，在創作時都不可或缺的技巧。而直到朱熹在作詩集傳時，才顯明地揭示出這種技巧的效果。他在楚辭集注中也仿傚詩經的方法，標示了一些比興的運用。當我們讀楚辭時必然會發現，如此大量運用比、興，而使它變爲創作主力的，却只有楚辭，所以楚辭在比、興技巧的運用上，仍然是獨創性的。王逸楚辭章句離騷序說：「離騷之文，依詩取興，引類譬喻。故善鳥香草以配忠貞，惡禽臭物，以比讒佞，靈修、美人以媲於君，虙妃、佚女以譬賢臣，虬龍鸞鳳以託君子，飄風雲霓以爲小人，其辭溫而雅，其義皎而朗，凡百君子，莫不察其清高，嘉其文彩，哀其不遇，而愍其志焉。」文心雕龍比興篇也說：「楚襄信讒而三閭忠烈，依詩製騷，諷其比興。」

就因爲比興技巧的純熟運用，使楚辭中一意忠君愛國意念，不致顯得枯燥單調。使屈原滿腔的怨憤苦悶，不失其溫柔敦厚，此也卽藝術之成功。

第五節　宋玉的生平及其作品

屈原既放之後，南方的楚國，先後繼起了許多模擬屈原文風，繼承屈原從容辭令的詩人，其中能與屈原並稱稱的就是宋玉，當時倂稱「屈宋」。

宋玉的生平，我們知道的更少，因爲古書中留給我們的材料，旣短缺又混雜。史記屈賈列傳說宋玉是屈原的的後輩，王逸楚辭章句序則謂宋玉是屈原的弟子。劉向新序雜事第一說，宋玉見過楚威王（西元前三三九年卽位，前三二九年卒），同書雜事第五說，他事楚襄王（西元前二九八年卽位，前二六二年卒），北堂書鈔卷三十三引宋玉集序又說，他事楚懷王（西元前三二八年卽位，前二九九年卒）。其中威王、懷王、襄王是祖孫三代，年代跨距已經相當久遠。如果宋玉廿歲左右見威王，則在襄王時，恐怕他已經六、七十歲，他的年齡可能較之屈原稍早，或同時。那麼王逸所謂他是屈原的弟子一說，不是不可能，但總有些臆斷之嫌。不過據近人的攷證，新序第一及宋玉集序的說法有問題（參中國文學論叢、陸和樂宋玉評傳）在這些各種說法中，惟獨史記的說法，仍是較爲可信的。所以宋玉是戰國末年，在南方的一位才華橫溢的詩人。據他的作品九辯中流露出的情感暗示，他可能是位楚國失職貧士。（九辯說：「愴怳懭悢兮，去故鄉而就新，坎廩兮貧士失職而志不平，廓落兮羈旅而無友生，惆悵兮而私自憐。」）

宋玉的作品，漢書藝文志載十六篇，隋志有宋玉集三卷。現今流傳下來的作品，有楚辭章句中的九辯。（按

：招魂篇疑爲屈原作。見前）；文選中有風賦、高唐賦、神女賦、登徒子好色賦、對楚王問；古文苑中有笛賦、大言賦、小言賦、釣賦、舞賦、諷賦等篇。其中文選所收五篇，均爲楚王與宋玉問答之体，以第三人口吻寫成，當屬後人僞託。古文苑所收六篇，笛賦有「宋意將送荆卿於易水之上」之語，前人已論定非宋玉自作，而其他五篇亦均爲楚王與宋玉、唐勒、景差、登徒子等的問答之辭，亦以第三人口吻寫成，亦非宋玉自作。故可信爲宋玉作品僅九辯一篇而已。

九辯像九歌一樣，是假用古代的樂名。王夫之楚辭通釋說：「辯猶遍也，一闋謂之一遍。蓋亦效夏啓九辯之名，紹古體爲新裁，可以被之管弦。其辭激宕淋漓，異於風雅，蓋楚聲也。」九辯之作，王逸以爲是宋玉「閔惜其師忠而放逐。」之作。雖然九辯的文句有模擬離騷、哀郢等篇的明顯痕跡，但是在內容上並無憫惜屈原忠而被逐的意思。它完全是自我表白，是一個失職的貧士，發洩出一點懷才不遇的不平感慨，與藉悲秋以自傷的感情，比起屈原那種以生命爲政治理想殉葬的情懷與節操，自是不同。宋玉的九辯是徹底的個人主義作品，但在藝術上的成就是很進步的。無論在音調的和諧上，用字的深刻上，描寫的細緻上，均已達到了技巧上的高度成就。今舉九辯之首段於下：

「悲哉秋之爲氣也！蕭瑟兮，草木搖落而變衰。憭慄兮，若在遠行。登山臨水兮，天高而氣清；寂寥兮，收潦而水清。憯悽增欷兮，薄寒之中人；愴怳懭悢兮，去故而就新。坎廩兮，貧士失職而志不平；廓落兮，羇旅而無友生。惆悵兮，而私自憐。燕翩翩其辭歸兮，蟬寂寞而無聲。雁嗈嗈而南游兮，鵾雞啁哳而悲鳴。獨申旦而不寐兮，哀蟋蟀之宵征。時亹亹而過中兮，蹇淹留而無成。」

第六節　楚辭對後世文學之影響

楚辭這文學中的瑰寶奇珍，由於屈原崇高偉大人格的感動，與作品本身藝術性的完美，已經受到二千餘年的珍愛。在漢代，研究楚辭，模擬楚辭已經成爲風尚。太史公司馬遷對它的評價是：「其文約，其辭微，其志潔，其行廉，其稱文小而指極大；舉類邇而見義遠。其志潔，故其稱物芳；其行廉，故死而不容自疏。濯淖汚泥之中，蟬蛻於濁穢，以浮游塵埃之外，不獲世之滋垢，皭然泥而不滓者也。推此志也，雖與日月爭光可也。」（史記屈賈列傳）已可見它在西漢文人心目中的神聖地位了。所以在同文中司馬遷又說：「屈原旣死之後，楚有宋玉、唐勒、景差之徒者；皆好辭而以賦見稱；然皆祖屈原之從容辭令，終莫敢直諫。」漢書地理志也說：「始楚屈原作離騷諸賦後，有宋玉、唐勒、枚乘、鄒陽、嚴夫子之徒；而吳有嚴助、朱買臣貴顯漢朝，文辭並發，故世傳楚辭。」所以在漢代，研究及模仿楚辭，早已成爲一股狂潮，一陣風氣。

自漢代以降，至於魏、晉、南北朝、隋、唐、兩宋、元、明、清以迄於今，凡爲文人皆從楚辭中擷取精華，以滋潤文筆。正如劉勰文心雕龍辨騷篇中所說：「……枚、賈追風以入麗，馬、揚沿波而得奇，其文被辭人非一代也。故才高者菀其鴻裁，中巧者獵其艷辭，吟諷者銜其山川，童蒙者拾其香草。若能憑軾以倚雅頌，懸轡以取楚篇，酌奇而不失其貞，玩華而不墜其實，則顧眄可以驅辭力，欬唾可以窮文致，亦不復乞靈於長卿，假寵於子淵矣。」至今文人仍以「騷人」自居，可見楚辭在中國文學史上的影響，是如何的至深且鉅了。現條貫於下：

一、促進辭賦的成長　文心雕龍詮賦篇說：「賦也者，受命於詩人，拓宇於楚辭也。於是荀況禮、智，宋玉風、釣，爰錫名號，與詩畫境，六義附庸，蔚成大國。」這種新興文體，再經過漢代辭賦作家熱烈的摹擬仿作，終於激起漢代賦體的盛況。這不得不歸功於楚辭播撒下的生機。據漢書藝文志載：「自屈原至王褒賦者有二十家，三百六十一篇；自陸賈至朱宇賦廿一家，二百七十五篇；自孫卿至路恭賦廿五家，百三十六篇；自客主賦至隱書雜賦十二家，二百卅二篇。」則共計賦家七十八家，一千零四篇。尚有作品還不計在內。漢賦的盛況是可以想見了。

明、徐師曾文體明辨一書以爲辭賦凡分四體；(1)古賦（卽離騷賦）(2)俳賦（卽不純粹的駢體賦）(3)文賦（卽散體賦）。(4)律賦。而他又以離騷至九辯爲古賦之祖，而以司馬相如長門賦等屬之。卜居、漁父、爲文賦之祖，而以揚雄長楊賦等屬之。我們又熟知，俳賦是出於古賦；律賦又出於俳賦。然則「楚辭」之爲辭賦的始祖，已無問題，至於漢賦中之規諷之旨及鋪張手法，以及聯綿詞之使用，設問之對答形式，無一不是從楚詞中模仿而得。

二、開創駢文的生機　駢文是我國文字所獨有的美文形式，在文學史上自有其不可磨滅的價值。駢文首重對仗，俳偶，而先秦古籍中雖也間用俳偶的句子，但大抵樸質無華，直到「楚辭」文體出，才有清華朗潤的駢體詞句。例如九歌湘君：「采薜荔兮水中，搴芙蓉兮木末。心不同兮媒勞，恩不甚兮輕絕。」又如大司命：「令飄風兮先驅，使涷雨兮灑塵。」等句子，就是文心雕龍之麗辭篇中所說的「言對」。又如離騷篇：「呂望之鼓刀兮，遭周文而得舉。寧戚之謳歌兮，齊桓聞以該輔。」也就是劉勰所謂的「事對」。又如東皇太一：「蕙肴蒸兮蘭藉，奠桂酒兮椒漿。」就是洪邁在容齋隨筆中所謂的「當句對」。所以楚辭中這些絕佳的駢詞儷句，都爲後代的駢文開創了蓬勃的生機，而成爲駢儷文作家所宗的不祧之祖。

三、刺激七言詩的產生　七言的詩句，在詩經中已間或有之，到了楚辭中則漸漸增多。如離騷：「汩余若將不及兮，恐年歲之不吾與。」等相同的七言詩句，在楚辭中已屢見不鮮，仰俯皆是。至於早期的七言詩，如漢高祖的大風歌：「大風起兮雲飛揚，威加海內兮歸故鄉，安得猛士兮守四方。」它的韻律基調全然是騷體。至於李陵的別歌、漢昭帝的淋池歌和張衡的四愁詩，雖爲七言詩的醞釀時期，但它們仍都是七言的騷體。雖然說七言詩成熟於曹丕的燕歌行，但是我們在唐人的七言古詩中，依然可以發現它仍然脫離不了楚辭體的影響。如李白詩：「熊咆龍吟殷巖泉，慄深林兮驚層顛。」就是顯例。所以楚辭之助長七言詩的產生，當是無疑的。

四、開闢鄉土文學的先路　前文曾提及，楚辭這種文體最大的特徵是富有濃郁的地方性色彩，充滿着鄉土氣息的芬芳。所以楚辭是以楚地特有的音律、詞彙、事物所譜成的詩歌。它在音樂上是楚國獨具的「南音」，也即是「巫音」，再加上悲壯頓挫，或韻或否的韻律，於是楚辭的朗誦成爲專家的專業技能。諸如漢武帝時的朱買臣以「能言楚辭」被寵，宣帝時九江（今安徽壽縣一帶）被公以讀楚辭而名家。隋代的高僧騫有楚辭音的專著，凡此種種都代表楚辭在音樂上的鄉土化。它在地域上也是楚國特有的地理環境和風土氣候，於是楚辭中的花草樹木，山川河嶽都沾染了濃郁的鄉土感情。其次它在民俗上也保存着楚國特有的巫鬼淫祠的迷信。所以每當你朗誦楚辭時，你不時會感覺到一股鄉土氣息的芳馨。雖然那是楚國所特有獨具。但風氣所及，也開闢後來專事描繪鄉土文學的先路。

五、播撒浪漫文學的種子　前文已提到，由於詩人屈原的不幸而不凡的際遇，和他熱情、執着而又善於幻想的氣質，使楚辭中因而充滿了個人主義的浪漫色彩。這種詩風影響後代的文人甚鉅。如魏代曹操的氣出唱、精列等篇，曹植的遊仙、仙人、遠游等詩篇的產生，無不受此影響。又如晉代何劭、郭璞諸家的遊仙詩，以及盛唐大詩人李白的蜀道難、夢遊天姥吟留別，杜甫的寄韓諫議、兵車行等詩篇的形成，無不與楚辭的浪漫精神有關。至於漢魏的志怪小說。如山海經、穆天子傳、神異經、十洲記、漢武故事、漢武洞冥記、搜神記、靈異志、述異記、幽冥錄等作品的問世，或多或少都受到楚辭所播下的譎怪思想與浪漫精神的影響。卽如淮南子一書中的許多神話，也都是從楚辭的影響而來。

六、賦予詞曲新的素材　由於屈原生平際遇的動人，更由於詩人偉大的情操及瑰麗的詩篇的感召。宋、元、明、清的詞曲、戲劇作家，都把楚辭借爲抒發胸臆的憑藉。在詞方面，北宋詞人如蘇軾、晁補之、晏幾道、李清照等，都曾有檃括或剪裁楚辭文句入詞的現象。南宋以後，政治在主戰與主和二派相爭之下而日益衰敗，一些愛國詞人，報國有心，請纓無路，便把滿腔的悲憤，都寄託在引用楚辭的文句以爲發洩。其中最突出的詞人，首推辛棄疾，因爲他的身世與抱負，與屈原有些相似。於是辛稼軒在詞中大量引用楚辭，據我統計，文句多達一百零五見。諸如水龍吟一首全用帶「些」字的招魂體，木蘭花慢一首則全仿天問體。今錄水龍吟於下：

「聽兮清珮瓊瑤些。明兮鏡秋毫些。君無去此，流昏漲膩，生蓬蒿些。虎豹甘人，渴而飲汝，寧猿猱些。大而流江海，覆舟如芥，君無助，狂濤些。路險兮山高些。愧予獨處無聊些。冬糟春盎，歸來爲我，製松醪些。其外芳芬，團龍片鳳，煮雲膏些。古人兮既往，嗟予之樂，樂簞瓢些。」

其他南宋詞人，如高似孫、史達祖、魏了翁、汪莘、劉克莊、方岳、馬廷鸞、陳人傑、周密、劉辰翁、張炎、蔣捷諸家，無不有自楚辭中取材的作品。再從曲的方面看，元代以後曲本取材於楚辭的至少有十種以上。元代睢景臣、吳弘道二人都有「屈原投江」劇本；明代汪道昆著有「高唐夢」，袁于會著「汨羅記」，徐應乾著「汨羅」。清代鄭瑜著「汨羅江」，嵇永仁著「讀離騷」，張堅著「懷沙記」，尤侗著「讀離騷」，丁澎著「演騷」，周文泉著「紉蘭佩」，吳藻著「飲酒讀離騷圖」。民國以後更有人把屈原編成劇本。則詞曲受楚辭影響之情形可知。

第二編　秦漢文學

第一章　秦代文學概述

所謂秦代，指秦始皇統一六國之後至秦滅亡這一段僅十餘年的時間而言。（西元前二二一—西元前二〇七）這期間雖然短促，但卻是由周代跨入漢代的分水嶺。一般史學家都以這一時代爲先秦的結束，兩漢的開始。所以時間雖短，卻有特別提出敍述的必要。

秦之統一，雖然結束了諸侯爭奪割據的局面，但隨著而來的，是一個專制獨裁政治制度的出現，其一切的措施，多是壓制文學的發展。因爲恐怕六國舊臣「是古非今」，而勵行高壓政策，沿用商鞅、韓非的法治主義，主張「明主之國無書簡之文，以法爲教，無先王之語，以吏爲師」（韓非五蠹）。於是定出「有敢偶語詩書者棄市，以古非今者族」（秦始皇本紀）的嚴厲法令。聽信李斯的讒言，大舉焚燒古代的典籍。始皇本紀記載李斯的奏書說：

古者天下散亂莫之能一，是以諸侯並作，語皆道古以害今，飾虛言以亂實，人善其所私學，以非上之所建立，今皇帝幷有天下，別黑白而定一尊，私學而相與非法教，人聞令下，則各以其學議之，入則心非，出則巷議，夸主以爲名，異取以爲高，率群下以造謗，如此弗禁，則主勢降乎上，黨與成乎下……臣請史官非秦記皆燒之，非博士官所職，天下敢有藏詩、書、百家語者，悉詣守、尉雜燒之。有敢偶語詩書者棄市，以古非今者族。吏見知不舉者與同罪；令下三十日不燒，黥爲城旦，所不去者，醫藥卜筮種樹之書。若欲有學法令。以吏爲師。

從這一段文獻的記述中，我們可以了解文化學術遭到空前嚴重的摧殘，當然文學的發展，也受到直接的影響，所以秦代文學談不上什麼成就，值得提出介紹的，只有荀子的賦，以及李斯、韓非子、呂氏春秋的散文。

第一節 荀卿

一、

荀卿名况，是北方的大儒，他的生卒年壽，已難確定，大約生於前四世紀末年，死於前三世紀末年（西元前三一三—二二一）據史記說：荀卿年五十，始來遊學於齊。遊學卽講學，當齊王建之初年，齊王建元年爲前二六四年，（周赧王五十一年）。漢桓寬鹽鐵論毀學篇說李斯在秦做宰相時，荀卿還活著，那麼，李斯做宰相，是在秦併吞天下之後，當秦始皇二十六（前二二一）從西元前二六四年他五十歲到秦始皇二十六年（前二二一年）他還活著的記錄看，則荀子當活九十多歲。關於他的名字，也有不同的看法，史記稱爲荀卿，國策、劉向、漢書藝文志、應劭風俗通皆稱孫卿。這大概是避宣帝諱的緣故。

他是北方趙國人，曾經在齊國做官，後來被齊國人讒譖，便離開齊國，到楚國去，那時正是春申君（黃歇）

做楚國考列王的相國，便叫荀卿做蘭陵令的官，直到春申君被李園所殺，荀卿便不做官了，但仍住在蘭陵，在那裏著成了荀子這一部書，他死後，就葬在蘭陵。這是據史記孟子荀卿列傳所說的，但是據戰國策所載，似乎他做蘭陵令以後，因爲被春申君所疑，曾經一度離開楚國，回到趙國去，曾做過上卿，春申君雖然悔悟了，請他回來，他曾作書謝絕，究竟他何時重到楚國，或且是病沒死在楚國，現在也無從考證了。

荀卿住在楚國的時間很久，但是他的作品並沒有受到楚辭的影響。他是一個思想家，不是詩人，雖然他也寫下了所謂俺詩、賦一類的作品，但其內容，還是屬於哲學思想的。這大概是因爲荀卿本來是儒家道統的發揚人，並不是純文藝的文學家，而是說理的倫理家，所以他的賦，完全是基於宣揚學術思想的需要。因此我們可以批斷荀卿的作品，絕沒有浪漫主義的色彩，而是繼承北方文學的遺風，這是我們先要了解的，但也因爲這樣，使南北文學因而交流了。

二、

漢書藝文志列孫卿賦十篇，今荀子賦篇中只有禮賦、知賦、雲賦、蠶賦、箴賦五篇和俺詩二章，又漢志列成相雜辭十一篇，無作者姓名，現荀子集中有成相三篇，則漢志的成相雜辭中，或有荀子的作品，班固云：

「大儒荀卿及楚賢臣屈原，離讒憂國，皆作賦以諷，咸有惻隱古詩之義。」

可知古人把他們兩人看作爲辭賦之祖。屈原的作品，本無賦名，眞正以賦名篇的，則起於荀卿。他的賦就藝術價値而言，並不甚高，然在賦的發展史上，卻有重要的地位。他是繼承屈原長篇騷賦而起的短賦作家，因爲短賦創始於荀卿，所以也稱荀賦，現在荀子所載的賦篇中的五賦，多的只有二百十一字，少的只有一百三十二字，所附的佹詩二首更短，多的只有二百二字，少的只有五十六字，又成相篇三首，多的只有五百二十八字，少的只有二百八十八字，大體的說，這項短賦，大約都在五百字左右。

戰國策楚策中，荀卿從趙國作書謝絕春申君，書中附有賦一篇，內容大略跟佹詩第二篇相同。現在我們所看到的荀卿文學作品，就是這十篇了。

荀卿的賦和佹詩，跟毛詩和楚辭都有點類似，而謝春申君書中的賦，跟佹詩第二篇詞句略有不同，更能顯出他的類似之點，現在說明如次：

禮賦：言禮的功用及含義。

智賦：論君子與小人之智。

雲賦：論雲的作用。

蠶賦：論蠶的功用。

箴賦：諷諫時俗，言其物微，其用重。

這五篇賦的內容，都是一樣的表現他的功利主義，完全沒有文藝的情調，他的作品中，無論是論文，或是詩賦，都是和戰國諸子沒有什麼不同，完全是站在學術思想的立場表現出來的。換句話說，他寫作賦不是爲文學的藝術，而是爲宣傳他的思想。「嫉濁世之政，亡國亂君相屬」，這是他寫作的最大原因，知道是一點，我們便可了解荀卿雖久居楚國，而仍沒完全的受楚辭作風的影響，而仍是承繼北方文學的直接系統的原因。

禮賦

爰有大物，非絲非帛，文理成章，非日非月，為天下明，生者以壽，死者以葬，城廓以固，三軍以彊，粹而王，駁而伯，無一焉而亡。臣愚不識，敢請之王。王曰：此夫文而不采者歟，簡然易知，而敢有理者歟，君子所敬，而小人所不者歟，性不得，則若禽獸，性得之，則甚雅似者歟，匹夫隆之，則為聖人，諸侯隆之，則有四海者歟，致明而約，甚順而體，請歸之禮。

這種賦，很顯然並不像楚辭，但荀卿久居於楚，其形式亦稍受影響。這可從他謝春申君書中的賦來說明：

寶珍隋珠，不知佩兮，褘布與絲，不知異兮，閭姝子奢，莫知媒兮，嫫母求之，又甚喜之兮，以瞽為明，以聾為聰，以是為非，以吉為凶，嗚呼上天，曷維其同，詩曰，上天甚神，無有瘵也。

這一篇作品，可以看出他的作品跟楚辭很相似，他是孔門再傳弟子，對於詩很有研究，他的作品中，引詩的地方很多，當然受詩的感染，他又在楚國做官，後來死在楚國，那時又是正當屈原、宋玉之後，自然受他們作品的影響。但嚴格說，還是受詩的影響多，這可以從佹詩來說明。

荀卿另外的一組作品，就是佹詩，荀子後所附佹詩二首，前者四十五句，（內正文三十八句，小歌七句），其中四字者三十九句，五字、八字及十字者各兩句。後者十四句，全為四字，以四字居多數，與詩經體式相同。佹字，楊倞說是佹異激切。楊樹達說，佹與恑通，佹，變也。那麼佹詩就是變詩了。

佹詩和賦一樣，也是說理，在形式上也是四字一句為常，但和戰國策的賦稍微一點不同，便是「也」字或作「兮」字，近乎楚辭；這或且是後人改的，也未可知。

成相的內容，都是對人主箴規的話，跟佹詩的用意相仿，漢書藝文志把成相雜辭，列於雜賦類，可見也是賦的一體。它的體裁，與後來所稱爲賦的不同。漢代以後，也沒有人再去摹仿它。不過它的調子，卻有點跟近代的彈詞相像，所以盧文弨說「它是後世彈詞的祖先」（見荀子集解成相篇注引）

相是送杵聲，若擧大木喊出「邪許」相同，由這種聲音發展成爲一種歌謠，也就是舂者的勞動歌。成是奏的意思，成相就是唱勞動時的歌，請成相就是招呼人開始歌唱這種調子。俞樾說：

「此相字卽『舂不相之禮』，禮記曲禮篇：鄰有喪，舂不相。鄭注曰：『相謂送杵聲。』蓋古人于勞役之事，必爲歌謳以相勸勉，亦擧大木者呼邪許之比。其樂曲卽謂之相。請「成相者」，請成此曲也。漢志有成相雜辭，足徵古有此曲。」（莊子集解成相注）

近人則釋相，猶今的鼓板，卽今之鳳陽花鼓，這又是另外一種說法。

請成相，世之殃，愚闇墮賢良，人主無賢，如瞽無相，何倀倀。

請布基，愼聖人，愚而自專事不治，主忌苟勝，群臣莫諫必逢災。

論臣過，反其施，尊主安國尙賢義，拒諫飾非，愚而上同，國必禍。

這種調子，差不多都是如此，但是這調子是荀卿所創，還是向來所有，而荀卿不過用舊調塡新詞，現在都無可稽考，但據劉大白中國文學史說：逸周書中有一篇周祝解，全篇都是韻文，和成相的調子很相似，大約可以說周祝解是成相的先河，其中像：

天爲蓋，地爲軫，善用道者終無盡。地爲軫，天爲蓋，善用道者終無害，天地之間有滄熱，善用道者終不竭。

天爲高，地爲下，察汝躬奚爲喜怒。天爲古，地爲久，察彼萬物名於始。左名左，右名右，視彼萬物數爲紀。

用其則，必有群，加諸物則爲之君。舉其修，則有理，加諸物則爲天子。

這些作品，無論在形式上，或是內容上，都跟成相很相似。

荀卿的成相辭，講學術思想的，對這篇採俗文學形式的作品，似乎都不很重視它，不把它當作表達思想的著作，忽略了它內容裏表達深刻的荀子學術思想。只有清朝的郝懿行對它有相當的認識，認爲「荀卿知道不行，發憤著書，其指歸意趣盡在 成相 一篇，而托之瞽矇之辭，以避患也」（見杜著「論荀子的成相」引）。其實，成相辭不但是荀卿旨趣之所歸，其形式對於後世鼓吹鐃歌及樂府都有若干的影響，是值得我們注意的一篇作品。

三、

荀卿是一個哲學家，他的學問很淵博，他的心理學、論理學的學說，都可觀採，他論天，更有獨到的地方。因爲他在哲學的成就遠超過文學，所以許多人不很注意他的文學作品。他本是個北方的儒家，很注重實際人事，不看重虛玄的天道，所以他的文學作品，雖稍受南方楚辭的影響，在內容方面，所表現的還是儒家的思想。他的藝術手法，並不高妙，我們把它的作品跟楚辭比較起來，覺得不如遠甚。雖然他沒有多大的文學天才，不過他既然承受了詩經和楚辭的文學流風，衍爲南北兩方蠻漢兩族合流的文學，而且爲李斯刻石文學的先河，後世賦體不祧之祖，所以不能不承認他在中國文學史上佔有很重要的地位。

荀子的賦，並不重視文學藝術，其表面是詠物，而其內容還是說理，他主要的目的，是要把禮、智、雲、蠶、箴，這五種具體或抽象的物的形狀與功用加以暗示式的說明，他這種態度，正如他寫論文時所取的態度一樣，是抱著不反先王之言，不背禮義的要旨，所不同的，他採取了一種詩文混合的新體裁，他在這裏，自然是一種嘗試，嘗試的目的，無非是想把自己的思想，更普遍的宣傳出去，他的「成相辭」也就是想把高深的思想，裝在通俗的文字裏。屈原創作的態度是文學，荀子的態度則是學術的、教育的了。

荀子的賦，藝術雖不高明，但在賦的發展史上，卻佔有重要地位，這是無可置疑的，賦的寫作，是抒情、說理、詠物，這也是文學寫作的三大主流。屈宋的作品，偏於抒情，荀子的賦，則說理詠物兼而有之，對後代賦的發展，給予重大的影響。

第二節　李斯

一、

李斯（？——紀元前二〇八）是荀子的學生，是一個極端尊主明法的法家，他出生在楚國的上蔡（今河南上蔡縣），所以帶有南方文學的色彩，他在秦始皇前一年到秦國（紀元前二四七）。秦王拜他爲客卿。當時韓國恐懼秦國的攻伐，派遣水工鄭國誘秦開鑿水渠，使秦大興工程，而無暇東伐韓國。不料事被發覺，於是宗室大臣認爲賓客來秦的，都是爲故主做間諜的，商議驅逐一切外來的賓客，李斯也在被驅逐之列。試想一個竭智盡忠爲秦國籌劃的策士，一旦無辜被驅逐出境，其心情的憤慨，可想而知，於是他上書秦王，就是後世傳誦的諫逐客書。

其內容說：

臣聞吏議逐客，竊以爲過矣。昔穆公求士，西取由余於戎，東得百里奚於宛，迎蹇叔於宋，求丕豹、公孫支於晉。此五子者，不產於秦，穆公用之，并國二十，遂霸西戎。孝公用商鞅之法，移風易俗，民以殷盛，國以富彊，百姓樂用，諸侯親服，獲楚、魏之師，舉地千里，至今治彊。惠王用張儀之計，拔三川之地，西幷巴蜀，北收上郡，南取漢中，包九夷，制鄢郢，東據成皐之險，割膏腴之壤，遂散六國之從，使之西面事秦，功施到今。昭王得范睢，廢穰侯，逐華陽，彊公室，杜私門，蠶食諸侯，使秦成帝業。此四君者，皆以客之功，由此觀之，客何負於秦哉！向使四君卻客而弗納，疏士而弗用，是使國無富利之實，而秦無彊大之名也。

今陛下致昆山之玉，有隨和之寶，垂明月之珠，服太阿之劍，乘纖離之馬，建翠鳳之旗，樹靈鼉之鼓。此數寶者，秦不生一焉，而陛下悅之，何也？必秦國之所生然後可，則夜光之璧，不飾朝廷；犀象之器，不爲玩好；趙衞之女，不充後庭；駿馬駃騠，不實外廄；江南金錫不爲用，西蜀丹青不爲采。所以飾後宮，充下陳，娛心意，悅耳目者，必出於秦然後可，則是宛珠之簪，傅璣之珥，阿縞之衣，錦繡之飾，不進於前，而隨俗雅化，佳冶窈窕，趙女不立於側也。夫擊甕叩缶，彈箏搏髀，而歌呼嗚嗚快耳目者，眞秦之聲也；鄭衞桑間，韶虞武象者，異國之樂也。今棄叩缶擊甕而就鄭衞，退彈箏而取韶虞，若是者何也？快意當前，適觀而已矣！今取人則不然，不問可否，不論曲直，非秦者去，爲客者逐。然則是所重者在乎色樂珠玉，而所輕者在乎民人也。此非所以跨海內，制諸侯之術也。

臣聞地廣者粟多，國大者人衆，兵彊者士勇。是以泰山不讓土壤，故能成其大；河海不擇細流，故能就其深；王者不卻衆庶，故能明其德。是以地無四方，民無異國，四時充美，鬼神降福：此五帝三王之所以無敵也。今乃棄黔首以資敵國，卻賓客以業諸侯，使天下之士，退而不敢西向，裹足不入秦；此所謂藉寇兵而齎盜糧者也。

夫物不產於秦，可寶者多，士不產於秦，願忠者衆。今逐客以資敵國，損民以益讎，內自虛而外樹怨於諸侯，求國無危，不可得也。」

這篇文章是一篇很成功的作品，在形式技巧上說，因爲李斯自己也在被驅逐之列，所以不便作直接的勸止，只很巧妙旁敲側擊的說明。本篇共分四段，第一段先由秦國歷史來觀察舉出，秦穆公、孝公、惠王、昭王用客成功之往事，證明秦國能致富強，全賴客卿的力量，暗示逐客的不智。其次以秦王當前享用所喜愛之珍寶，也是出於異國，而用人則否，以陪襯逐客的不合理。第三段則以古帝王能廣泛的網羅賓客而得到利益，來襯托出賓客如爲諸侯所用，則將爲秦之害，正面論述爭取人材的重要，指出逐客的嚴重後果。最後申論逐客的害處爲結束。文中沒有提到除逐客令而令自除，沒有勸諫阻止逐客，而自然收到勸諫之效，李斯的人品雖然欠佳，但這篇文章卻寫得有聲有色，面面俱到，說理有正有反，有實有虛，無不透徹有力，絲毫不覺得勉強，完全爲了秦國的利益，而不是爲自己打算，使秦王不能不採納它。從創作方法說，這篇文章最大的成功，不但是把許多歷史上的人物都生動活潑的刻劃出來，而且把許多賞心娛目的珍奇服飾、玩好也都盡情的羅列在讀者的眼前，是一篇具有高度感染力的藝術作品，所以能夠得到後世的讚許，而公認爲議論文的模範。而文章辭藻豐富，對偶排比很多，聲調、色彩也比較講究，爲後來的辭賦開了門徑。容庚極力稱揚這種文章寫作的手法，說道：

這樣的寫法，可以使讀者首先感到的是它的形象之美、聲情之美，幾乎忘卻它是一種理論的文章。至於一字一句，都是加工精鍊出來，一點也不草率，好像一篇短賦，在語言的提煉上，也是值得我們取法的。

（容著中國文學史第一九九頁）

這是很中肯的批評。也因爲這篇文章是從實際出發的理論，所以發揮出極大的效果，秦王得到這封書信後，立即取銷了逐客之令，並且恢復李斯的原官，終於採納他的計策，統一了天下。

以後李斯被趙高陷害，從獄中上二世書說：

臣爲丞相，治民三十餘年矣。逮秦地之狹隘，先王之時，秦地不過千里，兵數十萬。臣盡薄材，謹奉法令，陰行謀臣，資之金玉，使游說諸侯，陰修甲兵，飾政教，官鬥士，尊功臣，盛其爵祿，故終以脅韓，弱魏，破燕、趙，夷齊、楚，卒兼六國，虜其王，立秦爲天子，罪一矣。地非不廣。又北逐胡、貉，南定百越，以見秦之強，罪二矣。尊大臣，盛其爵位，以固其親，罪三矣。立社稷，修宗廟，以明主之賢，罪四矣。更尅畫，平斗斛度量文章，布之天下，以樹秦之名，罪五矣。治馳道，興游觀，以見主之得意，罪六矣。緩刑罰，薄賦斂，以遂主得衆之心，萬民戴主、死而不忘，罪七矣。若斯之爲臣者，罪足以死固久矣。上幸盡其能力，乃得至今，願陛下察之。

這一篇文章是李斯的檢討書，雖然是檢討自己的罪過，但也是稱讚自己的功勞。當然這篇奏書裏面所說的「緩刑罰，薄賦斂」不是眞實的，不過我們可以看出他鋪陳排比，睥睨縱橫的氣勢，這種作品，不但是秦代散文的佳篇，也可以看出散文賦化的痕迹。李斯雖然幫助秦始皇建立了不少功業，造成秦帝國的權威，但最後也因而自食其果，被趙高讒言腰斬於咸陽市，當他臨刑前對他的兒子說：「吾欲與若復牽黃犬，俱出上蔡東門，逐狡兔，豈可得乎？」（史記本傳）這是一個權臣末路的悲哀，但也描繪出一個極其動人的形象，充分顯露出刹那間的眞實感情，讓人惆悵低徊，興起一種無窮的回味。

二、

李斯除了上面所述的散文外，還有就是他的刻石。那是在秦始皇二十八年（西元前二一九年）始皇東巡郡縣，上鄒澤山（在今山東鄒縣東南）立石，和魯儒生商議，歌頌秦功德，討論封禪祭山川的事，那就是嶧山刻石。以後再上泰山（在今山東泰安縣北五里）刻所立石，稱爲泰山刻石。再向南登上琅玡山（在今山東諸城縣東南一百五十里）作琅玡臺，立石，那就是琅玡臺刻石。二十九年始皇又東遊，登上之罘山（在今山東福山縣東北二十五里）刻石，稱爲之罘刻石。又立石於東觀，稱爲東觀刻石。三十二年又往碣石命盧生求古仙人羨門、高誓、刻碣石門，稱爲碣石刻石。三十七年又出遊，上至會稽山（今浙江紹興縣東南十三里），祭大禹，望南海而立石，那就是會稽刻石。秦所有刻石，大概都是歌頌事功，稱頌德化，現在選泰山刻石和會稽刻石兩文於次：

泰山刻石

皇帝臨位，作制明法，臣下脩飭。二十有六年，初幷天下，罔不賓服。親巡遠方黎民，登茲泰山，周覽東極。從臣思迹，本原事業，祗誦功德。治道運行，諸產得宜，皆有法式。大義休明，垂于後世，順承勿革。皇帝躬聖，既平天下，不懈於治，夙興夜寐，建設長利，專隆敎誨。訓經宣達，遠近畢理；咸承聖志。貴賤分明，男女禮順，愼遵職事。昭隔內外，靡不清淨，施于後嗣。化及無窮，遵奉遺詔，永承重戒。

會稽刻石

皇帝休烈，平一宇內，德惠脩長。三十有七年，親巡天下，周覽遠方。遂登會稽，宣省習俗，黔首齋莊。群臣誦功，本原事迹，追首高明。秦聖臨國，始定刑名，顯陳舊章。初平法式，審別職任，以立恆常。六王專倍，貪戾傲猛，率衆自彊。暴虐恣行，負力而驕，數動甲兵。陰通閒使，以事合從，行爲辟方。內飾詐謀，外來侵邊，遂起禍殃。義威誅之，殄熄暴悖，亂賊滅亡。聖德廣密，六合之中，被澤無疆。皇帝幷宇，兼聽萬事，遠近畢清。運理群物，考驗事實，各載其名。貴賤並通，善否陳前，靡有隱情。飾省宣義，有子而嫁，倍死不貞。防隔內外，禁止淫泆，男女絜誠。夫爲寄豭，殺之無罪，男秉義程。妻爲逃嫁，子不得母，咸化廉清。大治濯俗，天下承風，蒙被休經。皆遵度軌，和安敦勉，莫不順令。黔首脩絜，人樂同則，嘉保太平。後敬奉法，常治無極，輿舟不傾。從臣誦烈，請刻此石，光垂休銘。

秦代刻石除嶧山刻石外，其餘都見於史記，不過要徵實全文，也並不是一件容易的事，史記所載和石刻本的文字已有不同，而保存在泰山山麓泰廟庭中的泰山刻石原石的斷片，也有二世皇帝時附加的文字，看得清楚的文字僅十字而已，從明代拓本中，能夠看得清楚的也不過三十字，但那已是秦篆的規範，稀世的遺寶了。

嶧山刻石其文史記未錄，宋鄭文寶有摹刻碑，建於長安，唐之古文苑及清王昶之金石萃編載有全文。瑯琊臺刻石文字亦甚漫漶，僅殘有原石而已。

這七篇刻石並沒有特別的文飾，但古趣盎然，雖缺乏詩的味道，但碑文大體都是三句爲韻，共有十二韻，在先秦的文章中，只有小雅的「采芑」詩，老子「明道若昧章」（第四十一章）等二三篇而已。但仔細觀察碑文押韻的方式，我們可以發現秦的刻石文在中國韻文史上，似有獨特的風格。這種特異的形式，是後世韻文產生的濫觴。秦代不單是在政治上想擺脫過去的舊套，努力打破傳統因襲的時代，在文學方面也嘗試創造出一種新的形式。根據史記始皇本紀說：

數以六爲紀，符、法冠皆六寸，而輿六尺，六尺爲步，乘六馬。

因爲當時的數字以六紀，重視六的倍數，所以分天下以爲三十六郡，鑄金人十二，徙天下豪富於咸陽十二萬戶，就是自認爲應水德而興，克周之火德，其理由也是因爲「水數六」的緣故（見明茅瓚史記注）。從這個觀念出發，我們來考察刻石碑文，現在嶧山、泰山、之罘、東觀的刻石都是三十六句，碣石刻石二十七句（恐脫三句），會稽刻石七十二句，無一非六的倍數，其中除了琅玡刻石七十六句二句爲韻外，都是三句押韻，這種押韻的方式，恐怕也與六的倍數有密切的關係。所以說秦之刻石是一種新興的文體，而其內容，誇稱始皇的功德，顯示帝王的尊嚴，其語氣甚至凌駕三皇五帝之上，詩經雅頌敬天的思想，全不可見。這七篇的文辭，給予後世碑誌文的影響很大，以後唐元結所寫的「大唐中興頌」，也以三句換韻，和秦代刻石的形式，也有密切的關聯。

這七篇的刻石，後人都認爲是李斯的作品，劉勰在文心雕龍封禪篇說：

秦皇銘岱，文自李斯。法家辭氣，體乏泓潤，然疏而能壯，亦彼時之絕采也。

這是很正確的認定與批評。

三、

李斯雖然是主張嚴厲法治的政治家，但也是一個才氣縱橫的散文家，他的作品除了上面所說的刻石，和諫逐客書，獄中上二世書外，其他還有乞焚書、賜扶蘇死書、勸督責書、彈劾趙高書等，其中以諫逐客書，堪稱為秦代一等的散文，最早有昭明文選收錄，以後文集普遍收錄，他是秦代的代表人物，不僅是文學的，而且是學術的。秦的政治措施，大多出於其手，諸如郡縣制度，中央集權的政治制度，壓制人民的言論，沒收兵器，建築長城，營造宮殿，文字、律曆、度量衡的統一，諡法的廢止，以至於封禪立碑，多是李斯的決策。這許多的措施中，在文學史上最具影響的，是言論的抑壓而產生焚書坑儒的事件，但也促進新體文字的制定。在秦以前是實行所謂「古文」以及「籀文」，古文是用漆液塗在竹簡上，字頭圓大、尾細小，形狀像蝌蚪，別稱「蝌蚪文字」，籀文又稱「大篆」，相傳是周宣王時太史籀所作，但據王國維之研究，「籀」如同動詞，非人名，且其字體亦戰國秦時統一前所行的文子（見史籀篇疏證序）。這種文字字畫繁雜，使用不便，戰國時諸侯之間產生種種字體不同的文字，始皇統一中國，迫切需要統一文字，乃命李斯、趙高省略改作籀文，製作新體文字，與「大篆」對稱的「小篆」，即今日一般所謂「篆字」，因為文字的簡易，文學的發展，也加速的推行，今日泰山刻石，李斯散文能夠流傳下來，這和秦始皇的統一文字不無關聯。

總而言之，李斯是秦代文學的代表作家，他的散文事理切當，辭句精采，上承戰國縱橫之氣，下開漢魏華麗之風，具有從周到漢過渡期文學的特點，在中國文學史上，佔有重要的一席。

第三節　韓非

一、

韓非（前三八〇——二三三），他和李斯都是荀卿的學生，根據史記的記載說：

韓非者，韓之諸公子也。喜刑名法術之學，而其歸本於黃、老。非爲人口吃，不能道說，而善著書。與李斯俱事荀卿，斯自以爲不如非。非見韓之削弱，數以書諫韓王，韓王不能用。於是韓非疾治國不務脩明其法制，執勢以御其臣下，富國彊兵，而以求人任賢反擧浮淫之蠹，而加之於功實之上；以爲儒者用文亂法，而俠者以武犯禁，寬則寵名譽之人，急則用介冑之士，今者所養非所用，所用非所養；悲廉直不容於邪枉之臣，觀往者得失之變，故作孤憤、五蠹、內外儲、說林、說難，十餘萬言。

人或傳其書至秦，秦王見孤憤、五蠹之書，曰：「嗟呼！寡人得見此人，與之游，死不恨矣。」李斯曰：「此韓非之所著書也。」秦因急攻韓。韓王始不用非，及急，迺遣非使秦。秦王悅之，未信用；李斯、姚賈害之，毀之曰：「韓非，韓之諸公子也。今王欲幷諸侯，非終爲韓，不爲秦，此人之情也。今王不用，久留而歸之，此自遺患也；不如以過法誅之。」秦王以爲然，下吏治非。李斯使人遺非藥，使自殺。韓非欲自陳，不得見。秦王後悔之，使人赦之，非已死矣。……

余獨悲韓子，爲說難，而不能自脫耳。（史記老莊申韓列傳——節錄）

韓非死於始皇帝十四年（西元前二三三年），死年約四十多歲。

二、

韓非是法家的集大成者，他的文章，嚴峻峭刻，抉剔世情，深入隱微，具有法家的特色。另一方面，韓非處於祖國將要危亡的時候，而自己又不得任用，韓王遣派他入秦以後，即爲李斯所害，所以他的「孤憤」「說難」等篇，充滿著憤怨的情緒，明茅坤說韓非的文章「沉郁孤出，如江流出峽，遇石而未伸者，有哽咽之氣焉」。（見韓子評選後語），也因此韓非的著作，大半都是通過故事的軀殼，使說理的政治主張，變成藝術性很高的散文。他在十過篇中，就通過講故事的形式，說明了他的政治理論，例如：在「晉獻公欲假道於虞以伐虢」那一段文字中，說明晉獻公有擴充領土的野心，謀臣荀息有擴充領土的智謀，顯示了虞公好利貪欲的短見，謀臣宮之奇忠心爲國的計劃。把晉虞雙方的陣容，針鋒相對的陳列出來，的確是緊張極了。後來獻公絕對聽從荀息之言，而虞公又絲毫不聽宮之奇之諫，形成了失敗與成功強烈的對比。最後寫獻公伐虞成功之後，那種欣喜的姿態，當荀息奉還「玉璧」、「馬乘」的時候，獻公內心興高采烈的說道：「璧還是一樣的，馬齒增加了一點」。充分顯露勝利者的口吻。通過了這個動人的故事，把「顧小利則大利之殘」的政治理論充分的表達出來了。在韓非的著述中，像這類以藝術形象的小故事說明人間的大道理的地方很多。其他像說難篇中的一段文字。

> 宋有富人，天雨牆壞，其子曰：「不築，且有盜。」其鄰人之父亦云。暮而果大亡其財。其家甚知其子而疑鄰人之父。

韓非學這段故事，目的在伸明勸諫的困難，「忠而見疑，信而被謗」，這當然也是韓非憤慨有所感而發的。又在勢難篇載有「矛盾」的一段故事：

人有鬻矛與盾者，譽其盾之堅，物莫能陷也。俄而又譽其矛，曰：「吾矛之利，物無不陷也。」人應之曰：「以子之矛，陷子之盾如何？」其人不能應。

這是很有名的一段寓言，今天常用的成語有「自相矛盾」，就是本於這裏。在這個寓言中，說明一個人心中有欲望時，就不能對事物有公平的論斷，難免要說點謊言，說明正理和個人的貪欲是不能兩立的。又外儲說左上說：

齊景公游少海，傳騎從中來謁曰：嬰疾甚且死，恐公後之，景公遽起，傳騎又至，景公曰：趨駕煩且之乘。使騶子韓樞御之，行數百步，以騶爲不疾，奪轡代之御，可數百步，以馬爲不進，盡釋車而走，以煩且之良，而騶子韓樞之巧，而以爲不如下走也。

這段寓言形容齊景公的急躁情緒，是很突出的一段故事。景公一聽到晏嬰病重，就要促駕良馬，派遣善於御車的人駕車，這本來是對的，但因爲急躁情緒在作怪，反而拋棄了車馬而下車步行，造成笑柄。

其他，作者也在作品中表現出他推理和深刻的認識能力，這可從「買履」、「爲袴」、「郢人遺燕相國書」、「魯人欲徙于越」、「狂者東走」等寓言故事中看出。

鄭人買履

鄭人有欲買履者，先自度其足，而置之其坐，至之市，而忘操之。已得履，乃曰：「吾忘持度」。反歸取之。及反，市罷，遂不得履。人曰：「何不試之以足」？曰：「寧信度，毋自信也」。

卜妻爲袴

鄭縣人卜子使其妻爲袴。其妻問曰：「今袴如何？」夫曰：「象吾故袴。」妻因毀新，令如故袴。

郢書燕說

郢人有遺燕相國書者，夜書，火不明，因謂持燭者曰：「舉燭。」而誤書「舉燭。」「舉燭」非書意也。燕相國受書而說之，曰：「『舉燭』者，尚明也，尚明也者，舉賢而任之。」燕相白王，王大悅，國大治，治則治矣，非書意也。

魯人欲徙于越

魯人身善織屨，妻善織縞，而欲徙于越。或謂之曰：「子必窮矣！」魯人曰：「何也？」曰：「屨爲屨之也，而越人跣行；縞爲冠之也，而越人披髮。以子之所長，游于不用之國，欲使無窮，其可得乎？」

狂者東走

慧子曰：「狂者東走。」逐者亦東走，其東走則同，其所以東走之爲則異。故曰：同事之人，不可不審察也。

在「鄭人買履」中，作者嘲笑了唯名主義者，他們重名不重實，竟像寓言中的鄭人似的，迷信由自己腳掌量出來的尺碼，但卻不相信自己的腳。很顯然的，這是在諷刺當時迷信先王理論執古不化的書生。

在「卜妻爲袴」中，作者嘲笑復古主義者，他們以古爲法，像寓言中的卜子妻似的，毀新袴以模仿舊袴，顯然是在反駁當時復古，依從別人意旨的理論。

在「郢書燕說」中，作者嘲笑穿鑿附會的學者，他們不根據實際的事實，而抓住片面不實的論說，以印證自己主觀的見解，正如燕相國似的，根據別人的筆誤，發揮自己的議論，顯然是在諷刺當時斷章取義、望文生義的說客。

在「魯人欲徙于越」中，表現了作者客觀的精神，重視實際，反對不根據事實而作輕擧妄動的行爲。當然，這也是針對當時一般妄發不切實際議論的說客而作的。

在「狂者東走」中，表現作者的人生體會，作者認爲有時人們的表現雖相近似，目標不見得一致，因此不能從現象看人，必須要審察人的本質。作者幽默的說明，狂者與逐者都向東走，表面上看是志同道合，其實是各有目標。

這些寓言，都表現了作者生活的經驗，人生的感受，以及作者豐富的想像力和思維力，構成寓言中人物事實的性格和特徵，也通過了這些形象，創造出藝術性的寓言。

三、

作者的著述中，所表現的寓言手法，有的是闡明事理，以加強說服的力量，有的是用諷刺的，以促進政治的革新，有的則是說教的，有的則是隱晦寓意的。當然，作者所運用的技巧是多方面的，並不是說以說教爲主的寓言，就沒有諷刺的意味。作者本著自己的生活體驗，和對社會的深刻觀察，把豐富的經驗智識和敎訓，通過具體生動的事例，表達出來，勸人信從，這就構成了說敎意味濃厚的寓言。但諷刺的意味，有的是同時存在的，不過是被說敎的意味沖淡罷了。所以說敎與諷刺兩種是結合在一起的，也因爲這樣，表現出高度的藝術散文。

韓非散文的特點，是鋒芒銳利、議論透闢，推證事理，切中要害，其篇幅長者如五蠹，近七千言，這是先秦議論文進一步的發展；其次分析能力最強的如八姦、亡徵等篇，特別是亡徵一篇，分析可亡之道至四十七條之多，實屬罕見。難言、說難二篇，無微不至的揣摩所說者的心理，以及如何趨避投合，周密細緻，無以復加。其次則是利用大量的寓言故事和豐富的歷史知識作爲論證資料，以說明問題，如說林上、下、內外儲說等篇，尤爲顯著，至主道、楊權二篇，全部用韻，這些生動的作品，使先秦的散文，發出燦爛的光芒，不僅是影響漢代，也照顯著後世。

第四節　呂氏春秋

一、

呂氏春秋是呂不韋門下客共同的創作，根據史記呂不韋傳說：

當是時，魏有信陵君，楚有春申君，趙有平原君，齊有孟嘗君，皆下士，喜賓客，以相傾，呂不韋以秦之強，羞不如，亦招致士，厚遇之，至食客三千人。是時諸侯多辯士，如荀卿之徒，著書布天下。呂不韋乃使其客人人著所聞，集論以爲八覽、六論、十二紀，二十餘萬言。

照這些話看來，呂氏春秋是呂不韋門下客集論所得。呂不韋本來是陽翟的商人，只知道販賤賣貴，所以家累千金，因爲有了錢，就以商業的投資，轉爲政治的投資，都能得心應手，如願以償，在政治舞臺上，他位至相國，號稱仲父，橫傾內外，其本身學術，本不足道，他之所以招致門下客，僅爲羞不如戰國之四君子而已，其所以著書立說，也只是想效荀卿之徒，著書布天下，來炫耀世人罷了。呂不韋本身既不通學術，自無獨立的見解，所以內容之雜，也是理所當然，幸好門下客之中，不乏智能之士（見漢書藝文志注），所以書中內容思想，雖然諸子學說兼而有之，但如果分別觀察，也頗有可取的地方，尤其是在保存古代文獻資料而說，其功不可沒，這恐怕不是呂氏春秋始料所及的。四庫全書總目提要說：

> 不韋固小人，而是書較諸子之言，獨爲醇正，大抵以儒爲主，而參以道家、墨家，故多引六籍之文與孔子曾子之言，其他如論樂則引樂記，論鑄劍則引考工記，雖不著篇名，而其文可按，所引莊列之言，皆不取其放誕恣肆者，墨翟之言，不取其非儒明鬼者，而縱橫之術，刑名之說，一無及焉。其持論頗爲不苟，論者鄙其爲人，因不甚重其書，非公論也。

以後汪容甫也盛稱呂氏春秋的內容，可以和各家學說相發明（見汪中述學）都可以看出呂氏春秋的價值。後人說書成之後，公布在咸陽市門，當時的人不能增損一字，這或且是當時人畏懼呂不韋的權勢，不足爲據，但也不能不說呂氏春秋在文字形式上有其獨特的一面。

二、

呂氏春秋雖然博雜，但在內容上能取各家之所長，所以在文學的地位，雖無獨立的思想內容，但實是集先秦各家思想之大成。用衆篇說：

> 善學者，若齊王之食鷄也，必食其跖數千而後足，雖不足，猶若有跖。物固莫不有長，莫不有短，人亦然，故善學者假人之長以補其短，故假人者遂有天下。無醜不能，無惡不知，醜不能惡不知，疾矣。不醜

不能，不惡不知，尚矣。雖桀紂猶有可畏可取者，而況於賢者乎？

呂氏春秋假人之長，以補其短之說，頗受荀卿之影響，荀子說：「假輿馬者，非利足也，而致千里，假舟檝者，非能水也，而絕江河，君子生非異也，善假於物也。」（勸學篇）這大概是因爲戰國時，衆說紛紜，爲中國學術思想發展的重要時期，各是其所是，各非其所非，呂氏春秋想要排衆議之說，成一家之言，這也是它能成爲雜家中巨擘的原因。所以呂氏春秋的文章有儒家思想的，有道家思想的，如尊師篇說：

君子之學也，說義必稱師以論道，聽從必盡力以光。聽從不盡力，命之曰背，說義不稱師，命之曰叛。背叛之人，賢主弗內之於朝，君子不與交友。

聽從盡力，說義稱師，這都是漢儒遵從的方向，孔子言必稱堯舜，行必法文武，所以說：「攻乎異端，斯害也已。」（論語爲政）呂氏春秋說：「聽從不盡力的叫做背，說義不稱師的叫做叛。」是儒家思想的發揚。呂氏春秋散文不但具有儒家思想的色彩，也含有道家思想的因素，大樂篇說：

天地車輪，終而復始，極則復反，莫不咸當，日月星辰，或疾或徐，日月不同，以盡其行，四時代興，或暑或寒，或短或長，或柔或剛，萬物所出，造於太一，化於陰陽。

天地運行，宇宙週而復始的變遷而化生萬物，呂氏春秋稱這化生萬物的根源叫太一，太一的名稱，開始於莊子，莊子天下篇論老聃的道術說：「建之以常無有，而主之以太一。」道德經也常說「一」，　可見呂氏春秋文章的內容受道家思想的影響。假使我們就因爲這樣，批評呂氏春秋內容思想沒有獨立的體系，也不盡然。我們知道當時諸子爭鳴，秦又當強大的時候，已經具備了一統天下的規模，呂不韋居秦相國十幾年之久，著書的動機，雖然是想和戰國諸公子爭一日之長，但也想藉政治要統一的時機，調和各家的學說，爲思想上的統一。所以卽使沒有創造性的見解，但也有調和各家思想的功力。和近世折衷主義派的哲學很相似。開創中國學術思想調和的先例，這也可以說是呂氏春秋的特點吧。

呂氏春秋中，除了學術思想的散文以外，還有一部分寓言，也頗能表現出其藝術的技巧，長利篇說：

戎夷違齊如魯，天大寒而後門，與弟子一人宿于郭外。寒愈甚，謂其弟子曰：「子與我衣，我活也；我與子衣，子活也；我，國士也，爲天下惜死；子，不肖人也，不足愛也，子與我子之衣。」弟子曰：「夫不肖人也，又惡能與國士之衣哉？」戎夷太息嘆曰：「嗟乎！道其不濟夫！」解衣與弟子，夜半而死，弟子遂活。謂戎夷其能必定一世，則未之識。若夫欲利人之心，不可以加矣。達乎分仁愛之心識也。（此句按孫鏘鳴說有脫誤，當作達乎生死之分，仁愛之心誠也。）故能以必死見其義。

遇難怕死，是懦夫的行徑，爲天下惜死，是正確的態度，可惜這位不肖弟子不能了解這種高尚的情操，竟犧牲了一個國士。但在戎夷方面，犧牲弟子爲自己惜命，這是不義的行爲，但最後卻能犧牲自己救活弟子，又是一種偉大的義行。所以高誘稱爲不義之義。經過呂氏春秋委曲的表達，很能耐人尋味。是一段很出色的寓言故事。又如用民篇說：

宋人有取道者，其馬不進，倒而投之鸂水。（此句群書治要作剄而投之谿水。王念孫因疑倒爲剄之誤，鸂卽溪字。）又復取道，其馬不進，又倒而投之鸂水，如此者三，雖造父之所以威馬，不過此矣！不得造父之道，而徒得其威，無益于御。人主之不肖者有似于此。不得其道而徒多其威，威愈多，民愈不用。

這一段寓言，對於嚴刑峻法的君主，是一個當頭棒喝，這大概是呂不韋的門下客，看到秦有以暴政壓迫人民的趨勢，所以提出「威愈多，民愈不用」的警告。

呂氏春秋中的寓言，雖然表達的手法相同，但其內容思想卻不一致，譬如「宋人取道」這一段有儒家思想的傾向，又如直諫篇所說的「荊文王得茹黃之狗」那一段寓言，則似是法家之徒所編造。當然，有許多寓言是要讓讀者自己去體會，各人的體會或者都不一致，像前面所舉的「戎夷違齊如魯」的故事，可以體會爲不義之義（高誘語），也可以體會出人性的自私與光明的兩面，這都要靠讀者主觀的判斷了。

三、

呂氏春秋中寓言與散文的思想內容是複雜的，我們如果從片面去了解是不夠的。而且所表達的形式也不是固定的，就散文說，它有的是論「四時」，有的則論樂，有的是論教育，用各種形形色色不同的事物，來表達作者的思想情意。尤其寓言故事的表達，有的是隱晦的，有的則說明主旨。就說明主旨說，也有多種不同的方式，有的是在故事結束後，由作者就故事本身來說明主旨的，如寫賓卑聚夢中受辱，激而自殺的故事（見離俗篇），後面論曰：「謂此當務則未也，雖然，其心之不辱也，有可以加乎？」中明出主旨來。有的則是故事結束後，先就故事本身評論，再談到本意，這是最詳細的論式，如寫投馬溪水的故事（見前引），先就御車這件事討論，後論到不肖的君主尚威的弊病。又如衆所週知的刻舟求劍的故事（見察今篇），先論這樣求劍的錯誤，再論到守法不變的錯誤。總之，呂氏春秋中寓言所表達的形式是多方面的，其所敘述的材料也是豐富的，在先秦的寓言中，有一種綜合的作用，對後世的影響也很深遠，我們不應該把呂氏春秋視爲雜家，而摒諸文學史之外。

秦代文學受著嚴厲的法治主義的影響，沒有什麼多大的發展。不過，這種情形，是可以理解的。因爲秦當長久的戰國分裂，爲了要鞏固統一帝國的政權，恐怕六國舊臣反抗，在學術文化上很自然的實施摧殘高壓的政策。這可以從荀卿、李斯、韓非子三人的關係及其文章的風格來說明。李斯和韓非都是荀卿的學生。荀卿的時代，秦帝國統一的局面還未完成，所以他還有功夫去討論人性、教育的問題，批評先秦各家的是非，想要建立以禮爲鵠的的行爲標準，做爲維繫社會秩序的原則。雖然，先秦儒家的禮，經過他的解釋，內容實質已經大不相同，但還維持著禮的形式，所以荀卿的散文，還帶著樸實的風格。到了他弟子李斯的時代，那時秦帝國已具雛形，爲了要維護新建立帝國的威嚴，他主張焚書坑儒，排斥異己，樹立秦獨裁的制度。因此他散文的風格，表現著刻峭凌厲的色彩，他的刻石文，內容雖然都是歌功頌德的話，但因存在著「數尚六」的觀念，表現秦文學獨特的風格。也因爲他過於排斥舊有的文化，要創立新的文化體系，卻被人排斥了，他臨死的那句名言，要再牽著黃犬到上蔡東山打獵，已經不可再得了。語言中充滿著思念過去時代的情懷，也悔恨以前所爲的不當。不過，他卻也留下佔文學史上一席位置的文學作品，他的「諫逐客書」是從先秦散文到漢散文和漢賦的一個橋樑，他的刻石文是先秦青銅器文的發展，也是漢晉碑銘的先聲。

至於韓非，他終生不得志，可以說是一個懷才不遇的作家。雖然受時代的影響，反對文學之士，認爲修文學的「無耕之勞而有富之實，無戰之危而有貴之尊。」而趨向法治主義的思想，但著書卻是文理整贍，深切事情。也因爲他遭遇非時，所以文章的風格，除了法家的刻峭之外，還帶有憂怨憤慨的情懷。另外，他具有豐富的知識和推理想像的才華，因此他寓言的造就，在秦代可以說是獨樹一幟的。

呂氏春秋，一般都不把它列於文學的著作之林，我所以把它附帶敍述，是因爲它在體製方面是創新的，雖然內容博雜，但是雜家的創造者，而其中的寓言，無論在描寫的技巧上，或是表現的藝術上，在文學史中都應該是有其地位的。

秦代的文學作品，除了上面所說的以外，應該還有一小部份的民間的歌謠，據漢書賈捐之傳說：「長城之歌，至今不絕。」我們可以了解當時百姓曾經用歌謠的形式，反對秦的暴政。又水經注河水引晉楊泉的物理論中記有「生男愼莫擧，生女哺用脯，不見長城下，尸骸相支柱」的民歌，這也是百姓在秦暴政下，所發出血淚的心聲。不過，因爲當時沒有人去注意它，所以沒有遺留下來罷了。

第二章　兩漢的辭賦

由先秦到漢代，文學的發展，也跟著政治的變遷，有著顯著的演變，可以說是進入了一個新的時代，文學有多方面的成就，當然這一新的時代文學的形成，絕不是憑空而起的，而與當時的時代背景有著密切的因果關係。首先要敍說的是代表漢代文學特色的辭賦。

第一節　漢代辭賦發達的原因及其特點

一

過去大家公認爲漢賦是漢代文學的正統，把它和唐詩、宋詞、元曲、都看成一代文學的代表。王國維說：

「凡一代有一代之文學，楚之騷、漢之賦、六代之駢語、唐之詩、宋之詞、元之曲，皆所謂一代之文學，而後世莫能繼焉者也。」（宋元戲曲史序）

漢賦在文學史上是否有這樣重要的地位，這裏暫可不論。但兩漢四百餘年間（前二〇六—二一九），一般文人，都致力於辭賦的寫作，風起雲湧，非常熱烈，卻是事實。班固兩都賦序說：「奏御者千有餘篇」。漢書藝文志把詩賦略，和六藝略、諸子略並稱。漢賦在當時的盛況和地位，約略可以概見了。漢賦何以會達到這樣的盛況，這要從當時的社會、經濟、政治的情況來說明。

自先秦至漢高祖統一天下，其間經過戰國的混亂以及楚漢的戰爭，長時間在混亂之中，楚漢戰爭就打了好多年，項羽曾經對漢王說：

「天下匈匈，徒以吾兩人耳，願與漢王挑戰決雌雄，毋徒苦天下之民父子爲也。」漢王笑謝曰：「吾寧鬪智不能鬪力。」（史記項羽本紀）

可見當時民生凋敝，社會非常困窮，漢統一天下後，政府財政仍很困窮。據史記平準書說：「天子不能具鈞駟，而將相或乘牛車。」於是高祖從整頓經濟入手，減輕民間賦稅，使經濟復甦。漢書食貨志說：「約法省禁。輕田租，什伍而稅一。」文帝十二年又賜「民租稅之半，明年遂除民田之租稅。」景帝二年「令民半出田租，三十而稅一。」這些措施，都是協助百姓渡過經濟難關，百姓富庶，國家也因此而富強了。

到了武帝時候，社會經濟好轉，平準書說：

「漢興七十餘年之間，國家無事，非遇水旱之災，民則人給家足，都鄙廩庾皆滿。而府庫餘貨財，京師之錢累巨萬，貫朽而不可校。太倉之粟，陳陳相因，充溢露積於外，至腐敗不可食。衆庶街巷有馬，阡陌之間成羣，而乘字牝者，擯而不得聚會。守閭閻者食粱肉，爲吏者長子孫，居官者以爲姓號。」（史記平準書）

可見當時政府、民間財資物力的富饒。社會繁榮的情形，是歷史上所少見的。

也因爲社會的繁榮，促成建築的發達。漢自蕭何爲劉邦築未央宮，官闕就很壯麗，所謂「天子以四海爲家，非壯麗無以重威」。漢武帝時更大修昆明池，作柏梁臺高數十丈，而甘泉、建章等宮相繼建築，堂皇富麗，炫人耳目。三輔皇圖描寫建章宮說：

> 以木蘭爲棼橑，文杏爲梁柱，金鋪玉戶，華榱璧璫，雕楹玉石，重軒鏤檻，青瑣丹墀，左城右平，黃金爲壁帶，間以和氏珍玉，風至，其聲玲瓏然也。

這些建築物，給文學的發展，供給了有利的條件，漢賦就在這種情形之下自然而然的產生了。文景之世，隨著社會的繁榮，漢賦已有欣欣向榮的趨勢，到了武帝時，可以說是漢賦開花結實的時期，形成漢代文學的主流。

漢賦產生的另一個原因，是在上位者的提倡，國家昇平、社會繁榮，不可沒有文學記它的盛況，所以在位君主自然喜歡一批文士來記載天下的昇平與盛況，武帝更是一個喜好文學而善於辭賦的君主。藝文志載：「上所自造賦二篇。」而嚴助、朱買臣、吾丘壽王、司馬相如、主父偃、徐樂、嚴安、東方朔、枚皐……等，這一批賦家都在左右，受過親幸。上好之，下必有甚焉。於是梁孝王劉武，也好招致文士，以壯聲勢，鄒陽、枚乘、莊忌（嚴忌）夫子之徒，都在他的門下。據漢書說，後來司馬相如也和他們在一起，西京雜誌卷下說：

> 遊於忘憂之舘，集諸遊士，使各爲賦。

淮南王劉安亦博辯善爲文辭，本傳說：

> 欲以行陰德拊循百姓，流名譽，招致賓客方術之士數千人。

自天子、諸侯，都招致文士，上行下效，漢賦自然就興盛了。

另外一個原因，是漢代已經開始以賦取士，班固兩都賦序說：

至於武宣之世，乃崇禮之官，考文章。……故言語侍從之臣，若司馬相如、吾丘壽王、東方朔、枚皐、王褒、劉向之屬，朝夕論思，日月獻納。

可知武、宣的時候，已有考文章，獻賦的風氣。到了後漢順帝的時候，便實行以賦取士的制度了。當時張衡曾經表示過他不滿的意見，他的論貢舉疏說：

夫書畫辭賦，才之小者，匡國理政，未有能焉。陛下即位之初，先訪經術，聽政餘日，觀省篇章，聊以游藝當代博弈，非以教化取士之本，而諸生競利，作者鼎沸，其高者頗引古訓風諭之言，下則連偶俗語，有類俳優，或竊成文，虛冒名氏。臣每受詔於盛化門，差次錄第，未有及者，亦復隨輩，皆見拜擢。

從這裏看來，辭賦又是達到利祿的捷徑，怪不得「作者鼎沸」了。甚至「或竊成文，虛冒名氏」也來寫賦，賦自然就變成一種應制趨時的文學。利祿的心越重，賦的作品就更多。賦的數量，與利祿心的多寡成正比例，所以辭賦雖然是漢代文學的代表，但就內容而論，是不會有什麼價值的。當然漢賦之沒有價值，還有其他相關聯的因素。那是漢代重視學術思想，文學也被籠罩在儒教的思想之下，沒有獨立性的正確的文學觀念，所以文學得不到健全的發展，自武帝設立五經博士，罷黜百家，定儒術於一尊後，無論政治文化，一切的措施都儒教化了，一部最有文學價值的詩經，也變成了諫書（見漢書霍光傳）。一般有天才的文人，都用其心力去做有益於社會國家的文章，純粹的抒情詩很少有人去問津，雖然當時也產生了許多辭賦的作家，卻都是另有所為而作，沒有忠實於文學的嚴正精神，例如揚雄他可以說是一個辭賦大家了，他還不免嘲笑自己的賦，說是「雕蟲篆刻，壯夫不為」（見漢書揚雄傳）。由此可知，當代對於純文學，還不免視為小技，沒有認清文學的必要及其獨立的地位，都是以餘力而爲之，因此文學很難得到健全的發展。所以漢代辭賦作品雖不少，除了[illegible]間的樂府外，論其價值，則很有限，這種情勢直到漢末，才有一些忠實而獻身於文學的文人起來，造成文學的黃金時代。

二

漢賦究竟是一種什麼文學，它的特質怎樣，在這裏有先加以說明的必要。

首先要說的是詩和賦的關係。班固兩都賦序說：「賦者，古詩之流也。」詩有六義，賦是六義之一，所以賦是由古詩演變出來的。藝文志又說：

「不歌而誦謂之賦，登高能賦，可以爲大夫。」

大抵詩和賦的分別，詩是可以歌誦的，而賦是不歌而誦的。不過詩和賦，最初往往是合拼起來的。荀子賦篇，載有成相辭和佹詩，而藝文志又有詩賦略，漢賦仍有和詩經一樣全用四言體製的，如揚雄的逐貧賦、酒賦，劉歆的燈賦，蔡邕的團扇賦等都是。這都可以說明詩和賦關係是很密切的。

其次要說的是賦和楚辭的關係，文心雕龍詮賦說：

「賦也者，受命於詩人，拓宇於楚辭也。於是荀況禮、智，宋玉風、釣，爰賜名號，與詩畫境，六義坿庸，蔚成大國。」

這裏說明賦：第一是從詩演變而來，第二便是從楚辭演變而來的。史記說：

「屈原既死之後，楚有宋玉、唐勒、景差之徒，皆好辭而以賦見稱。」

在戰國叫做辭，在漢代便叫做賦了。漢賦之初，在形式上，有完全用楚辭的體制的，如賈誼的弔屈原賦，司馬相如長門賦，揚雄太玄賦，都是這樣，譬如：長門賦寫美人獨處離宮，還望君臨幸之情，與山鬼窮極愁怨，而終不忘君臣之義，口吻一樣。例如：

願賜聞而自進兮，得尙君之玉音，奉虛言而生誠兮，期城南之離宮。

又如弔屈原賦：

「莫邪爲鈍兮，鉛刀爲銛。」

又卜居：

「蟬翼爲重，千鈞爲輕。」

到後來，班固幽通賦，張衡思玄賦，也還是一樣。（這些例子很多）

豈余身之足殉兮，違世業之可懷。

和楚辭的：

豈余身之憚殃兮，恐皇輿之敗績。

內容上雖然和楚辭不同，但形式上是一致的。所以文心雕龍詮賦篇又說漢代：「辭人九變，而大抵所歸，祖述楚辭，靈均餘影，於是乎在。」

這正指出漢賦與楚辭的關係，其蛻變的痕跡是顯而易見的。

雖然如此，但漢賦究竟不同於詩和楚辭，它是離開詩和楚辭而獨立的，而且是具有創造性的新文體。所以能夠眞正代表漢賦的，不是詩體的賦或騷體的賦，而是子虛、上林、甘泉、羽獵、兩都、兩京等一類，對詩和楚辭來說，具有創造性和獨立形式的，才是漢賦的特色。

爲了說明漢賦是什麼？我們再把前人論賦的話擇其主要的，列擧如下：

司馬相如說：

「合纂組以成文，列錦繡而爲質，一經一緯，一宮一商，此賦之迹也。賦家之心，包括宇宙，總覽人物，斯乃得之於不可得而傳。」（西京雜記卷上）

辭賦規模，描寫輝煌，也就是在合纂組以成文，列錦繡而爲質。是拿許多零碎材料，加以組織排列，體制特別顯得雄偉，如七發是組織音樂、飲食、車馬、宮女、遊獵、觀濤、說理等七件事物而成。兩都賦是組織地勢、物產、郊畿、宮闕、園囿、田獵、嬉遊、頌德八件事物而成。

宣帝說：

辭賦大者與古詩同義，小者辯麗可喜，譬如女工有綺縠，音樂有鄭衞；今世俗猶皆以此娛悅耳目。辭賦比之，尙有仁義諷諭，鳥獸草木多聞之觀，賢於倡優博弈遠矣。（漢書王褒傳）

陸機文賦說：

賦體物而瀏亮。

劉勰文心雕龍詮賦篇說：

賦者，鋪也，鋪采摛文，體物寫志也。

鍾嶸詩品總論說：

直書其事，寓言寫物，賦也。

摯虞文章流別論說：

（賦）所以假象盡辭，敷陳其志。

皇甫謐三都賦序說：

賦也者，所以因物而造端，敷宏體理。

從上面各人論賦的話看來，以劉勰的文心雕龍，說的最爲簡括，他把賦分作兩點，一是鋪采摛文，一是體物寫志。所謂鋪采摛文，就是合纂組以成文，列錦繡而爲質，辯麗可喜，瀏亮這一類東西。所謂體物寫志，就是包括宇宙、總覽人物、仁義諷諭、寓言寫物這一類東西。大致說來，鋪采摛文是賦的形式，而體物寫志是賦的內容。這兩點可以說是漢賦的特質了。

從鋪采摛文來說，漢賦是很講究形式，不注重內容的。揚雄論賦說道：

詩人之賦麗以則，辭人之賦麗以淫。（法言卷二）

所謂辭人。當指漢賦的作者。他們追逐文詞，排鋪堆砌，在藝術技巧上雖有其特殊的成就，但太不注重思想感情的抒寫，有時就會走上僵化的道路。（當然，這類作品也還有其思想性的。）

從體物寫志來說，漢賦大部分是歌頌功德、昇平的作品，文人們往往爲著利祿，向君主們謟諛奉承，以博君主之歡心而寫作，張衡說：

諸生競利，作者鼎沸。

這眞是一語道破。賦到了這種地步，還有什麼物可體、志可寫呢？漢書藝文志說孫卿屈原是：「離讒憂國，皆作賦以諷，咸有惻隱古詩之義」。到了漢代，枚乘、司馬相如、揚雄等「競爲侈麗閎衍之詞，沒其風諭之義。」但也並不能說漢賦完全沒有諷諭之義，司馬遷論司馬相如說：

雖多虛辭濫說，然其要歸引之節儉，此與詩之風諫何異？（本傳）

班固兩都賦序也說：

漢人作賦或以抒下情而通諷諭，或以宣上德而盡忠孝。

不過，這些諷諭不爲君主所重視而已，文心雕龍詮賦說：

逐末之儔，蔑棄其本，雖讀千賦，愈惑體要。遂使繁華損枝，膏腴害骨，無貴風軌，莫益勸戒。

漢賦到了逐末之儔的寫作的地步，那才是一點諷諭之義都沒有了。

漢賦主要的並不是描寫社會的黑暗的一面，而是贊揚光明的一面，可以說是讚美的文學，它雖然有時也寫部分百姓的生活，但畢竟是很少的，它可以說是宮廷文學，是讚揚天下的昇平，但在某一方面說，讚揚也有它積極性的意義。

漢賦是兩漢四百多年文學的主要形式，漢書藝文志錄辭賦七十八家，一千零四篇，除屈原、宋玉等數家外，其餘都是漢人所寫的。東漢中葉以後的賦尙未列入。兩漢文人的詩歌，反爲消沈，留到今天的寥寥無幾，賦家大抵都是不寫詩的，詩品總論說：

「王襃、揚雄、枚乘、司馬相如之徒，詞賦競爽，而吟咏靡聞。」

而漢人論文也多側重賦，可見漢人的好尚。這成爲兩漢文學主要形式的賦，論內容雖沒有什麼很高的成就，但在文學史上，自有它的地位和價值。

第二節　漢代辭賦的作家

一

漢書藝文志舉漢初的賦家，有陸賈賦三篇，朱建賦二篇，趙幽王賦一篇，但都已亡佚，大概是草創時期的作品，無有足稱，所以不見流傳。只有趙幽王的餓歌一首。

趙幽王（？——西元前一八一）名友，是高祖庶子，封趙王，被呂后幽囚餓死，後謚曰幽王。據漢書說：

友以諸呂女爲后，不愛，愛他姬。諸呂女讒於太后，太后怒，召趙王置邸，令衞圍守之，趙王餓乃作歌，遂幽死。

餓歌

諸呂用事兮劉氏微，迫脅王侯兮彊援我妃，我妃既妒兮誣我以惡，讒女亂國兮上曾不悟，我無忠良兮何故棄國。自決中野兮上天與直，于嗟不可悔兮寧早自裁。爲國餓死兮誰者憐之，呂氏絕理兮托天報仇。

這是一首口占的歌曲，只是具備了賦的形式而已。眞正能夠代表漢初辭賦作家的只有賈誼、淮南、小山、枚乘、嚴忌、孔臧等人。

賈誼（西元前二〇一——前一六九）河南洛陽人，年十八，就能誦詩書寫文章，稱譽郡中，被廷尉吳公所賞識，推荐給孝文帝。文帝徵召爲博士，那時他才二十多歲。在一年之中，就超遷至大中大夫，每次詔令，許多老先生不知道的，賈誼都能應對，因此一般權貴都妬忌他，被人讒言，攻擊他「年少初學，專欲擅權，紛亂諸事」。於是文帝也疏遠他，不能大用，終於貶爲長沙王太傅。賈誼因爲無故被貶，意頗憂鬱，當他渡過湘水時，感懷身世，就作了一篇弔屈原賦。到了長沙又作了鵩鳥賦。經過一年多，又被召回京師，拜爲梁懷王太傅，那時剛好匈奴侵入邊疆，諸侯僭越恣縱，他屢次上疏陳事，想要匡建國家。以後梁懷王墮馬死，他自傷爲傅無狀，常常哭泣，一年餘也死去，年僅三十三歲。

漢書藝文志載賈誼賦七篇，現在存於長沙集的只有五篇，加上騷體惜誓一篇，共有六篇。惜誓本傳不載，相傳是他所作，但開頭就說「惜余年老而日衰兮，歲忽倏而不及」，好像不是三十三歲人的口吻，所以王逸說：

惜誓者，不知誰所述也，或曰賈誼，疑不能明。

東漢時已經懷疑了，可見不很可靠，其中最有名的要算弔屈原賦和鵩鳥賦。

弔屈原賦 幷序

誼爲長沙王太傅，既以謫去，意不自得，及渡湘水，爲賦以弔屈原。屈原楚賢臣也，被讒放逐作離騷賦，其終篇曰：已矣哉！國無人兮，莫我知也，遂自投汨羅而死。誼追傷之，因自喻其辭曰：

恭承嘉惠兮俟罪長沙，側聞屈原兮自沉汨羅，造託湘流兮敬弔先生。遭世罔極兮乃隕厥身，嗚呼哀哉逢時不祥，鸞鳳伏竄兮鴟梟翺翔；闒茸尊顯兮讒諛得志，賢聖逆曳兮方正倒植。世謂隨夷爲溷兮跖蹻爲廉，莫邪為鈍兮鉛刀為銛。于嗟默默兮生之無故。斡棄周鼎兮寶康瓠。騰駕罷牛兮驂蹇驢，驥垂兩耳兮服鹽車。章甫薦屨兮漸不可久。嗟苦先生兮獨離此咎。訊曰已矣，國其莫我知兮獨壹鬱其誰語，鳳漂漂其高逝兮固自引而遠去，襲九淵之神龍兮沕深潛以自珍，偭蟂獺以隱處兮，夫豈從蝦與蛭螾；所貴聖人之神德兮，遠濁世而自藏；使騏驥可得係羈兮，豈云異夫犬羊？般紛紛其離此尤兮，亦夫子之故也，歷九州而相其君兮，何必懷此都也。鳳皇翔于千仞之上兮覽德輝焉下之，見細德之險徵兮搖翮逝而去之。彼尋常之汙瀆兮，豈能容夫吞舟之巨魚，橫江湖之鱣鱏兮固將制於螻蟻。

弔屈原賦是他貶往長沙時，道經湘水，不禁感慨，因為他的境遇和屈原有些相同，自然很同情屈原，所以與其說是弔屈原賦，倒不如說是弔自己，還來得適當些。他不是說：「已矣！國其莫我知兮，獨壹鬱其誰語，鳳漂漂其高逝兮，固自引而遠去。」這不正是他自己的寫照麼？

鵩鳥賦是賈誼居住長沙時，一天，有鵩鳥飛入舍中，停在他座旁。鵩鳥就是現在人所謂的貓頭鷹。是一種不祥的鳥。長沙風俗，以為鵩鳥飛至人家，是主人死亡的徵兆，同時長沙地方又卑濕，賈誼自以為年壽不長，就作鵩鳥賦以自寬廣，說明萬物變化是常事，死生不足介意。

鵩鳥賦 幷序

誼為長沙王傅三年，有鵩鳥飛入誼舍，止於坐隅，鵩似鴞，不祥鳥也。誼既以謫居長沙，長沙卑濕，誼自傷悼，以為壽不得長，迺為賦以自廣，其辭曰：

單閼之歲兮，四月孟夏，庚子日斜兮，鵩集予舍。止于坐隅兮，貌甚閑暇。異物來萃兮，私怪其故；發書占之兮，讖言其度。曰：野鳥入室兮，主人將去。請問于鵩兮，予去何之？吉乎告我，凶言其災；淹速之度兮，語予其期。鵩迺歎息，舉首奮翼，口不能言，請對以臆。萬物變化兮，固無休息；斡流而遷兮，或推而還；形氣轉續兮，變化而嬗，沕穆無窮兮，胡可勝言。禍兮福所倚，福兮禍所伏。憂喜聚門兮，吉凶同域。彼吳強大兮，夫差以敗；越棲會稽兮，句踐霸世；斯游遂成兮，卒被五刑；傅說胥靡兮，迺相武丁。夫禍之與福兮，何異糾纆；命不可說兮，孰知其極。水激則旱兮，矢激則遠；萬物廻薄兮，振盪相轉。雲蒸雨降兮，糾錯相紛。大鈞播物兮，坱圠無垠。天不可預慮兮，道不可預謀；遲速有命兮，焉識其時。且夫天地爲鑪兮，造化爲工；陰陽爲炭兮，萬物爲銅；合散消息兮，安有常則；千變萬化兮，未始有極。忽然爲人兮，何足控摶；化爲異物兮，又何足患。小智自私兮，賤彼貴我；達人大觀兮，物無不可。貪夫殉財兮，烈士殉名；夸者死權兮，品庶每生。怵迫之徒兮，或趨東西；大人不曲兮，意變齊同。愚士繫俗兮，窘若囚拘；至人遺物兮，獨與道俱。衆人惑惑兮，好惡積億；眞人恬漠兮，獨與道息。釋智遺形兮，超然自喪；寥廓忽荒兮，與道翺翔。乘流則逝兮，得坻則止；縱軀委命兮，不私與已。其生兮若浮，其死兮若休；澹乎若深泉之靜，泛乎若不繫之舟；不以生故自寶兮，養空而浮。德人無累，知命不憂；細故蔕芥，何足以疑？

賈誼的賦，只是自傷不遇的抒情詩，和全盛期那種誇大歌頌的賦，大不相同，在其內容價值說，也遠超過其他各賦。

弔屈原賦所說的，都是屈原作品裏反覆說過的，但經過賈誼的安排，都能收到調急音促的效果，令人產生同情，扣人心神的情懷，裏面還有他激越的感情，像「使騏驥可得係而羈兮，豈云異夫犬羊。」表現出他懷才不遇與不肯妥協哀怨的精神。但是解決的辦法，是「遠濁世而自藏」，包含了一種黃老的消極思想。

鵩鳥賦也是抒發他懷才不遇與哀怨不平的情緒，和堅毅不肯屈服的精神。在鵩鳥賦裏，說明萬物變化是自然平常的現象，死生不足以介意，但絕不能同流合污，老莊消極的思想比弔屈原賦更明顯。他運用形像的語言，來說明天地循環的道理，如「水激則旱兮，矢激則遠，萬物迴薄兮，振盪相轉，雲蒸雨降兮，糾錯相紛」。也有寫人生哲理比較深刻的文句，如「天地爲爐兮，造化爲工，陰陽爲炭兮，萬物爲銅，合散消息兮，安有常則？」

賈誼除了弔屈原賦、鵩鳥賦和惜誓外，還有旱雲賦（古文苑）及不完全的虡賦（全漢文），體制和楚辭很相似，文辭雅麗，不愧爲漢初辭賦的代表作家。張惠言說他源出於屈平，七十家賦鈔序說：

其趣不兩，其於物無強，若枝葉之附其根本，則賈誼之爲也，其源出於屈平。

所以賈誼的賦可以說是由楚辭轉向漢賦重要的過程與標誌。和賈誼同時的還有淮南小山，其生平事跡不詳，我們只知道他是淮南王的賓客，他的賦留存下來的只有招隱士一篇（見楚辭，文選說是劉安作，那大概是以劉安爲代表），漢書藝文志載「淮南王羣臣賦四十四篇」，則招隱士是碩果僅存的一篇。王逸楚辭章句序說：

昔淮南王安，博雅好古，招懷天下偉俊之士……各竭才智，著作篇章，分造辭賦，以類相從，故或稱小山，或稱大山，其義猶詩有大雅小雅也。

小山大概是淮南王賓客中善於辭賦的。招隱士是短篇，王逸認爲是「閔傷屈原而作」，但容庚以爲和屈原沒有關係（見中國文學史兩漢部分），而是和淮南王歌的性質一樣，是懷念劉安而寫作的。金秬香又認爲是勸淮南王返國的作品，他說：

> 小山招隱，何爲而作也，詳其辭意，當是武帝猜忌骨肉，適淮南王安入朝，小山之屬，知讒釁已深，禍變將及，乃作此以勸王亟謀返國之作。

這種說法，從內容上說是可以相信的，例如：

> 攀援桂枝兮聊淹留，虎豹鬬兮熊羆咆，禽獸駭兮亡其曹，王孫歸來兮，山中兮不可久留。

好像隱約在諷喻不可久留朝廷的意思，是否如此，當然都是猜測的。不過，在形式上說，作者表現出他豐富的想像力，鬱抑的情調，寫出了山中悽厲恐怖的景象，篇中還用了許多雙聲疊韻，音節雖急促而和諧，回環嘹亮，令人讀後，印象深刻，藝術手法相當的高明，漢賦初期的作家中，還有枚乘。

枚乘（？—紀元前一四一年）字叔，淮陰人，漢初賦家除賈誼外，要算枚乘最重要，他活動的時間，約在文帝、景帝的時候。初仕吳王濞爲郎中，景帝召爲弘農郡尉，因病免。後遊梁，梁孝王敬爲上客，當時梁孝王門下客都善於辭賦，而以枚乘最高。梁孝王卒，乘返歸故鄉，武帝早聞枚乘盛名，即位後，就以安車蒲輪徵召入朝，終因年老，卒於途中。

漢書藝文志錄枚乘賦九篇，現在存留下來的只有七發（文選）、柳賦（西京雜記）、梁王菟園賦。篇名可考的有臨霸池遠訣賦（文選王粲七哀詩注引）。三篇賦中，以七發最爲有名，篇章結構像招魂大招，顯然也是受楚辭的影響。

自從枚乘創七發的體裁，昭明文選特地爲立「七」的文體，明徐師曾文體明辯中也爲解釋稱爲「七」的原因，以後模仿的作家很多，像傅毅的七激，張衡的七辨，崔駰的七依，崔瑗的七蘇，馬融的七廣，王粲的七釋，張協的七命，陸機的七徵，左思的七諷等。形成所謂七林。但是除了枚乘以外，其他模仿的作品，了無新意，容齋隨筆說：

枚生七發，創意造端，麗旨腴詞，因爲可喜。後之繼者，爲傅毅七激……張協七命，陸機七徵，桓麟、左思七諷之類，規模太切，了無新意。

這是很確切的批評。

七發是借楚太子和吳客的問答，構成八段文字，第一段是序曲，敘述吳客探問楚太子的病，認爲太子的病是由於生活過於安逸，應該從觀念思想上來治療，以下就以七件事來啓發太子。第二至第四段，分寫音樂、飲食、車馬、宮苑等奢侈的享受。第五段寫田獵，第六段寫觀濤。太子聽了，仍舊不爲所動，當然病也就沒有起色，最後一段寫吳客將要爲太子推荐方術之士，「論天下之精微，理萬物之是非」，太子聽了，精神大爲振作，出了一身冷汗，他的病竟因此霍然而愈。

七發的諷諭性很鮮明，作者正面的議論在首尾兩段，批評太子生活的奢侈，作者認爲這種奢侈的生活方式，它的本身就是病，而奢侈的生活，又是導源於不正確的思想，那就是所謂「浩唐之心，荒佚之志」，所以不是用「藥石針灸」所能爲力的，根治的辦法，只有用「要言妙道」來糾正錯誤的觀念。

在寫作的技巧上說，作者是從酒肉、聲色說到田獵、觀濤，然後轉到正面的要言妙道，實際上是在逐步的擴大楚太子的眼界，也是逐步開導他的思想，對於田獵和觀濤，作者雖然視爲逸遊，卻不是完全否定，尤其是觀濤，作者且認爲有發蒙解惑的功效。因此他把主要的意思放在第六段，其次是第五段。描寫的藝術效果也是以觀濤爲最高明，其次則是田獵。七發不像漢賦，依靠奇字堆砌來描寫，而是運用形象的比況。例如寫觀濤的一段：

客曰：將以八月之望，與諸侯遠方交游兄弟，並往觀濤乎廣陵之曲江。至則未見濤之形也，徒觀水力之所到，則卹然足以駭矣。觀其所駕軼者，所擢拔者，所揚汩者，所溫汾者，所滌汔者，雖有心略辭給，固未能縷形其所由然也。怳兮忽兮，聊兮慄兮，混汩汩兮；忽兮慌兮，俶兮儻兮，浩瀇瀁兮，慌曠曠兮。秉意乎南山，通望乎東海，虹洞兮蒼天，極慮乎崖涘。流攬無窮，歸神日母。汨乘流而下降兮，或不知其所止，或紛紜其流折兮，忽繆往而不來。臨朱汜而遠逝兮，中虛煩而益怠，莫離散而發曙兮，內存心而自持。於是澡槩胷中，灑練五藏，澹澉手足，頮濯髮齒，揄棄恬怠，輸寫淟濁，分決狐疑，發皇耳目。當是之時，雖有淹病滯疾，猶將伸傴起躄，發瞽披聾，而觀望之也。況直眇小煩懣，酲醲病酒之徒哉，故曰發蒙解惑不足以言也。太子曰善，然則濤何氣哉？客曰不記也，然聞於師曰似神而非者三，疾雷聞百里，江水逆流，海水上潮。山出內雲，日夜不止，衍溢漂疾，波涌而濤起。其始起也，洪淋淋焉，若白鷺之下翔；其少進也，浩浩溰溰，如素車白馬，帷蓋之張。其波涌而雲亂，擾擾焉如三軍之騰裝；其旁作而奔起也，飄飄焉如輕車之勒兵；六駕蛟龍，附從太白；純馳浩蜺，前後駱驛，顒顒卬卬，椐椐彊彊，莘莘將將；壁壘重堅，沓雜似軍行，訇隱匈磕，軋盤涌裔，原不可當。觀其兩傍則滂渤怫鬱，闇漠感突，上擊下律，有似勇壯之卒，突怒而無畏，蹈壁衝津，窮曲隨隈，踰岸出追，遇者死，當者壞。初發乎或圍之津涯，荄軫谷分，迴翔靑篾，銜枚檀柏，弭節伍子之山，通厲胥母之場。凌赤岸，篲扶桑，橫奔似雷行。誠奮厥武，如振如怒，沌沌

> 渾渾，狀如奔馬，渾渾庉庉，聲如雷鼓，發怒庢沓，淸升踰跇，侯波奮振，合戰於藉藉之口。鳥不及飛，魚不及迴，獸不及走。紛紛翼翼，波涌雲亂，蕩取南山，背擊北岸，覆虧丘陵，平夷西畔。險險戲戲，崩壞陂池，決勝乃罷。瀄汩潺湲，披揚流灑，橫暴之極，魚鼈失勢，顚倒偃側，沋沋湲湲，蒲伏連延，神物怪疑，不可勝言。直使人踣焉洄闇悽愴焉，此天下怪異詭觀也。太子能強起觀之乎？太子曰：僕病，未能也。

這一段用行軍作戰來比況，把濤的聲勢寫得淋漓盡致，使文章的本身也和濤一樣，成爲怪異詭觀。作者雖然著重濤形象的叙述，但也注意到觀濤人感覺的描寫，深刻的寫出觀濤者心胸受到蕩滌，而豁然開朗的感覺，這就是所謂「發蒙解惑」，也因爲這樣，和那從思想上治療疾病的中心意思，緊緊的扣合聯繫起來。作者描寫田獵時，也叙述到獵者的精神品德，同樣和中心思想關聯。正因爲七發是有層次有變化的描寫，不像一般漢賦的平板，它可以說是騷賦的變體，是縱橫術的遺留，是楚辭與漢賦過渡時期的產物。和枚乘同時的還有孔臧，也是漢賦初期的作家。

孔臧生卒不詳，約前二〇〇年至前一二四年，是孔鮒的從曾孫。（孔鮒據說是孔叢子的編者，是孔子八世孫）孔安國是他的從弟。文帝九年，嗣父彥爵蓼侯，歷位九卿，遷御史大夫。武帝元朔二年（前一二八）拜太常，五年坐事免。（見孔叢子連叢子上）藝文志載孔臧賦二十篇，今見於孔叢子的僅四篇。或以爲孔叢子是僞書，孔臧的賦，未必可靠。但以賦的體制和風格論，這些賦和初期各家的賦體非常類似，不是後人所能虛模的。文選兩都賦序李善注有引孔臧集，則孔臧是有文集的。

孔臧的賦，以諫格虎賦爲最出色，其大意是指斥帝王遊獵爲非。今引其一段：

今君荒於遊獵，莫恤國政，驅民入山林，格虎於其廷，妨害農業，殘夭民命，國政其必亂，民命其必散，國亂民散，君誰與處，以此爲至樂，所未聞也。

總而言之，漢賦初期的作家中，賈誼的賦，形式近於楚辭，而枚乘的作品，則雕琢浮誇，已經逐漸步入漢賦的體裁，這兩人都是漢賦初期的重要作家，也是從楚辭過渡到漢賦的橋樑，爲武帝時代，漢賦隆盛期的先驅。

二

漢賦由初期賈誼、枚乘等人的提倡，到了武帝時，已經是作者輩出，形成隆盛的時期，推其原因，大概由於武帝的愛好與獎勵有關。漢書卷六十四嚴助傳記載：

郡（會稽）舉賢良對策百餘人，武帝善助（嚴助）對，由是獨擢助爲中大夫，後得朱買臣、吾丘壽王、司馬相如、主父偃、徐樂、嚴安、東方朔、枚皐、膠倉、終軍、嚴葱奇等，並在左右……其尤親幸者，東方朔、枚皐、嚴助、吾丘壽王、司馬相如。相如常稱疾避事，朔、皐不根持論，上頗俳優畜之，唯助與壽王見任用，而助最先進。

這許多人以賦家爲多，又朱買臣傳說：

邑人嚴助貴幸，說春秋，言楚辭，帝甚悅之。

據說朱買臣也因爲能言楚辭，武帝很高興，就給他官做。又司馬相如傳云：

蜀人楊得意爲狗監，侍上（武帝），上讀子虛賦而善之，曰：朕獨不得與此人同時哉，得意曰：臣邑人司馬相如自言爲此賦，上驚，乃召問相如。

又云：

相如既奏大人賦，天子大悅，飄飄有凌雲之氣，遊天地之間意。

這可見武帝愛好辭賦之一般，而武帝自己不但是個雄才大略的政治家，同時也是一個纏綿悱惻的詩人，他恰生於漢興數十年之後，人民生活安定，政治已上軌道，所以容易建立事功，他的對外武功是素爲歷史家所稱道的，文事如興大學，建樂府，崇儒術，徵文士，莫不爲後人所欽佩，他自己酷愛楚辭，作品有秋風辭、瓠子歌、悼李夫人賦、李夫人歌、落葉哀蟬曲，莫不情致纏綿，言調淒楚，大類他所酷愛的楚辭。瓠子歌共兩首，是塞黃河瓠子決口時寫的，表現他對治水的迫切願望，及對神權的崇仰，據史記河渠書說，當時沉白馬玉璧，並築宣房宮於其上。現在舉他的秋風辭爲例：

秋風辭

秋風起兮白雲飛，草木黃落兮雁南歸，蘭有秀兮菊有芳，懷佳人兮不能忘，汎樓船兮濟汾河，橫中流兮揚素波，簫鼓鳴兮發棹歌，歡樂極兮哀情多，少壯幾時兮奈老何。

歌辭表現出低沉的情調，可見他也是寫歌賦的能手。

武帝的少子昭帝，也喜愛文學，昭帝名弗陵，即位時只有十歲，在位只十三年，他還未脫少年喜好遊嬉的天性，所以拾遺記說他在宮中「穿淋池，廣千步，東引太液之水，池中分植芰荷，一莖四葉，狀如駢蓋，花葉離萎，芬馥之氣徹十餘里，宮人貴之，每遊宴出入，必皆含嚼，或剪以爲衣，或折以蔽日，以爲戲弄，帝時命水嬉，以文梓爲船，木蘭爲柂，刻飛鸞翔鷁，飾於船首，隨風輕漾，畢景忘歸，乃至通夜。」並命宮人唱淋池歌，歌辭說：

> 秋素景兮泛洪波，揮纖手兮折芰荷，涼風凄凄揚棹歌，雲光開曙月低河，萬歲爲樂豈云多。

因爲在上位者之愛好提倡，故武帝、昭帝時寫賦的作者特別多，造成漢賦極盛的時期，史稱「西京時代」。

這時期的作家，可以司馬相如爲代表，他是西京一個重要的作家，也是爲武帝看重的一個作家。相如字長卿，（約前一七九—一一八），小名犬子，蜀郡成都人，初仕景帝爲武騎常侍，景帝不喜歡賦，因病免官，後客遊梁，與文士鄒陽、枚乘、嚴忌等事梁孝王，很受重視，作子虛賦，不久孝王卒，他只好回家，家貧無以爲生，聽從好友臨邛令王吉之計，在富人卓王孫家飲酒，剛好卓王孫有女文君新寡，相如以琴挑之，文君夜奔相如，乃相偕而歸成都，王孫怒，不分財產給文君，於是二人再到臨邛，買一酒舍酤酒，文君當壚，相如則著犢鼻袴，和保傭一起打雜，洗滌器皿，卓王孫以爲羞恥，不得已分與文君僮百人，錢百萬，相如因此富有起來。那時正好武帝讀他的子虛賦，很贊賞他的才華，說道：「朕獨不得與此人同時哉？」以後因狗監楊得意的推荐，就召相如，相如又敘天子遊獵的事，作上林賦，武帝看了大爲高興，就拜他爲郎。

漢武帝使唐蒙通夜郎、僰中（今貴州四川境內），唐蒙在西南徵召民兵，巴蜀百姓大爲惊恐，於是漢武帝就派遣司馬相如責備唐蒙，叫他寫喻巴蜀檄，一面解釋唐蒙的騷擾，不是漢武帝的旨意，一面又命巴蜀人服從漢朝的命令。後來漢武帝又命他略定西南夷，邛、筰、冉駹、斯榆各部落的酋長，都來降漢，因此有功，拜孝文園令。他還寫了一篇難蜀父老，假托蜀人的非難，引出他的正面意見，說明了通西南夷的意義。

後來有人上書漢武帝，說司馬相如出使西南時受過賄賂，因此失官，歲餘又得了一個官職，但他未嘗參與公卿國家的大事。常常託疾閑居，不慕官爵。

從司馬相如的生平看，他在漢武帝時代，最初曾經為通西南夷出過力，後來失意了，對漢武帝有些不滿，因此託疾閑居。司馬相如的一生，可以說是由一個熱心國事，在受了挫折之後，成為一個對現實不滿的人。以後卒於茂陵，據說是因為色慾過度，消渴疾死的。

司馬相如在文學史上的地位，有人將他的地位提得很高，把他和屈原、司馬遷並列，但也有人批評他是一個輕薄無賴，人格毫不足取的文人，這都是不必要的，我們從文學史　的立場來看，他可以說是一個有成就的作家，他的散文喻巴蜀檄、難蜀父老寫得很蒼勁，是有很明顯的西漢散文特色。但司馬相如主要的成就，還是辭賦。他的辭賦可以子虛、上林二賦為代表。子虛、上林二賦雖然不作於同一個時期，但卻有它的連貫性。子虛賦是寫楚國的子虛，在齊國的烏有先生面前誇說楚國雲夢之大，和楚王田獵的盛況。烏有先生批評他「奢言淫樂而顯侈靡」，並且又把齊國誇耀一番。上林賦是寫亡是公聽了子虛和烏有先生的對話，誇說「天子之上林」，來壓倒楚國和齊國，最後歸結到反對奢侈淫靡。

這兩篇賦的內容，主要是描寫帝王貴族田獵的盛況，描寫皇帝的苑囿之大。費了那麼大的氣力來描寫這些，在內容上說，意義並不大。但在客觀上卻反映了漢代初年經濟的繁榮，建築的壯麗，而且它用力描寫了自然景物之美，這些都值得重視的。司馬相如在這兩篇賦的末尾，加進反對奢侈淫靡的那些話，其實是儒家經典中，所常見的一些道理，事實上不能發生什麼諷諫的作用，不過卻很迎合漢武帝的口味。

子虛上林賦在藝術表現上很平板，但也有些佳處，如子虛賦中描寫雲夢說：

> 雲夢者，方九百里，其中有山焉，其山則盤紆岪鬱，隆崇嵂崒，岑崟參差，日月蔽虧，交錯糾紛，上干青雲，罷池陂陀，下屬江河。其土則丹青赭堊，雌黃白坿，錫碧金銀，衆色炫耀，照爛龍鱗。其石則赤玉玫瑰，琳琘昆吾，瑊玏玄厲，碝石碔砆。其東則有蕙圃衡蘭，芷若射干，芎藭菖蒲，茳蘺蘼蕪，諸柘巴苴。其南則有平原廣澤，登降陁靡，案衍壇曼，緣以大江，限以巫山。其高燥則生葴菥苞荔，薛莎青薠，其埤濕則生藏莨蒹葭，東蘠彫胡，蓮藕觚盧，菴閭軒于，衆物居之，不可勝圖。其西則有湧泉清池，激水推移，外發芙蓉菱華，內隱鉅石白沙。其中則有神龜蛟鼉，瑇瑁鼈黿。其北則有陰林其樹，楩柟豫章，桂椒木蘭，檗離朱楊，樝梨梬栗，橘柚芬芳。其上則有鵷鶵孔鸞，騰遠射干。其下則有白虎玄豹，蟃蜒貙犴。

這裏寫其山、其土、其石、東、西、上、下是怎樣的情形，但只是堆積了許多名詞和形容詞，很少變化。不過有些句子著重描繪，讀起來也還渾樸自然。傳說李白讀了子虛賦，羨慕雲夢的景色，就隱居在安陸（今湖北安陸縣北），顯然是被司馬相如所描寫的景色所吸引了。

據漢志所載，相如有賦二十九篇，但保存下來的除了子虛、上林外，歷來相傳的還有：

美人賦（古文苑）

長門賦（居蜀時作，見史漢）

大人賦（以上三篇，武帝召見後作，見史漢）

哀二世賦（見史記漢書）

這六篇後人認爲不盡是相如手筆，子虛、上林是寫田獵的事，大人是寫神仙的事，都是迎合武帝的心理而作，雖然辭藻的閎麗，談不上什麼文藝價值。長門賦也是受武帝后陳氏的黃金賄買而作的，因爲是抒寫戀情，題材比較有情味，最後一段寫棄婦的哀怨，非常感人。

忽寢寐而夢想兮，魄若君之在旁，惕寤覺而無見兮，魂廷廷若有亡，衆鷄鳴而愁予兮，起視月之精光。觀衆星之行列兮，畢昴出於東方，望中庭之藹藹兮，若季秋之降霜。夜曼曼其若歲兮，懷鬱鬱其不可再。澹偃蹇而待曙兮，荒亭亭而復明，妾人竊自悲兮，究年歲而不敢忘。

子虛賦和上林賦，在賦的文學體裁發展史上，起了重要作用。賦這種體裁，創始於宋玉和荀卿。司馬相如的子虛、上林是模擬宋玉的賦，而又有所發展。在賦的整套結構說，則是模仿宋玉的登徒子好色賦，至於內容則是模仿高唐賦。據後人的批評，子虛、上林在筆力上不如高唐，而鋪張閎麗卻又過之。這兩篇賦繼承了高唐賦的表現方法，形成了一個一定的格式。而在上林賦篇末有所謂「曲終奏雅」，寓一點規諫之意，形成漢賦的特點，但實際讀者所注意的，還是在於他所極力描寫鋪陳的東西，諷諫的作用很少。

長門賦詞意委婉曲折，近於楚辭，是一篇很美的抒情小賦。它對後來的宮怨一類的詩，也發生很大的影響。傳說漢武帝讀了這篇賦，陳皇后又得寵幸，可見這確是一篇動人的作品。平心而論，相如的賦「才極富，辭極麗」，是一個有才氣的作家，可惜他不用文學來發抒自己的實感，徒然誇飾大言，爲浮靡淫麗的文辭，寫些沒有個性的辭賦，浪費了自己的才華，終無文學成績而言，這是很值得惋惜的一件事。

美人賦有模仿宋玉登徒子好色賦的地方。爲純浪漫作品，但它筆意輕靈，字句妍秀，在漢賦中比較獨特。這兩篇作品，有人懷疑是僞作，惟劉大杰認爲美人賦最能代表相如的個性與情感，相如一生浪漫行爲，在這篇賦中留下眞實的影子，而譽爲是「中國最上等的色情文學」（見中國文學發展史）。

大人賦爲武帝好神仙，相如賦之以諷，武帝讀後，卻大爲高興，縹縹有凌雲之氣。其形式則是模擬抄襲遠遊而來，卻沒有遠遊那種悲世憤俗，超然高舉的意境，用字多生僻，藝術價值不高。

至哀秦二世賦敘述秦二世持身不謹，信讒不寤而終至於亡國失勢，宇廟俱滅。

漢武帝時是漢代國勢極盛的時代，武帝又好大喜功，很需要這種誇揚文物之盛的作品。賦這種文體，可以說很適應時代的要求。子虛、上林等賦的這種格式形成後，一些描寫京都宮館園囿的大賦，都規摩它，那些賦在內容上和藝術上都是因襲多而獨創少。

在漢賦發展的中期，除了司馬相如外，還有董仲舒、嚴助、東方朔、枚皐、王褒、劉向等人。不過司馬相如是唯一以賦著名，算是一個純粹的文人，其他的許多人，往往是一個史學家、經學家或政治家兼爲賦作家。

董仲舒　廣川人，武帝時爲江都相，後爲膠西王相，以病免，他是一位有名的經學家及政治家，著有春秋繁露、董子文集，他的賦有士不遇賦：

嗚呼嗟乎！遐哉邈矣，時來曷遲，去之速矣，屈意從人，非吾往矣，正身俟時，將就木矣，悠悠偕時，豈能覺矣。心之憂矣，不期祿矣，皇皇不寧，祇增辱矣。努力觸藩，徒摧角矣，不出戶庭，庶無過矣。

首一段三見時字，言時去其速，俟時徒嗟無成，偕行又豈能覺，以見時之爲義甚大，即以易言「不出戶庭無咎」立一篇之主旨。

次節言時當末俗，變亂是非，出門不可偕往，藏器亦所不容，卽以易言「洗心退藏」，伸述前節進退維谷的意思，賦中充滿人生哲理的意味，脫不了經學家的氣味。

嚴助（？—西元前一二二），嚴忌之子，會稽人，郡舉賢良對策，武帝擢爲中大夫，建元中，拜會稽太守，後坐淮南王劉安叛黨，被殺，漢志稱其有賦三十五篇。

當閩越舉兵圍東甌時，東甌到漢請救兵，嚴助力主發兵，武帝派嚴助發會稽兵去救。後又出使越南，說越南王降漢。

但這些作家後來遭遇都不好，嚴助和朱買臣都遭殺身之禍，董仲舒也幾乎被殺，後免官家居，上面說寫士不遇賦。抒發其感慨，司馬相如晚年也不很得意。

東方朔（約西元前一六一—八七）字曼倩，平原厭次人，善詼諧，言詞敏捷，常在武帝面前滑稽調笑以取樂，武帝把他當俳優看待，武帝初卽位，徵方正、賢良、文學、材力之士，他就來上書自荐。武帝壯其言，命待詔公車。久之，得爲常侍郎。時文人多奉使四方，獨他與枚皐等在武帝左右，嫚嘲詼諧，以爲娛樂。故時人稱他們爲滑稽家，他既不獲大用，乃作答客難以自慰。

意思是說生在漢武帝大一統時代，雖有才能，也無處施展。因此，賢不肖沒有什麼區別，用之則爲虎，不用則爲鼠，可以說是發洩牢騷的作品。

這篇散文賦在內容上和形式上，都對後人發生了影響。此外他的非有先生論，假託有一個非有先生，在吳國做官三年，默然無言，吳王問他，他乘機用一些在昏暗朝廷中，諫諍遇禍的歷史故事，啓發吳王，促使他在政治上作了一些改革。篇中幾個「談何容易」，意味深長的引出作者感慨萬端，是傳神之筆，這是一篇比較好的散文賦。

東方朔在政治上有它一些牢騷，見之於言行則卻是一個玩世不恭的滑稽之雄，因此他的故事，在民間流傳的很多，都是集中的表現了他的滑稽的一面，漢書東方朔傳說「其事浮淺，行於衆庶，童兒牧豎，莫不眩耀。而後世好事者，因取奇言怪語附著之朔。」這就是說東方朔在漢朝曾經成爲民間談論中心的人物。

漢志著錄他的文章凡二十篇，漢魏六朝百三家集，收七諫（初放、沈江、怨世、怨思、自思、哀命、謬諫）七篇。

疏、（諫起上林苑疏，應詔上書）二篇。

書、（與公孫弘書，從公孫弘借車馬書，與友人書）三篇。

序、（十洲記序）一篇。

論、（非有先生論）一篇。

設難、（答客難、答驃騎難）二篇。

頌、（旱頌）一篇。

銘、（寶甕銘）。

詩、（據地歌，誡子詩，嗟伯夷）

他與相如賦不同之處，相如賦中絕不能見出作者自己的性格，而在他的賦中，則頗包含著他濃厚的滑稽的個性。其實他特長寫滑稽的文章，作賦只是他的末技。

枚皋（前一五三—？）字少孺，乘小妻之子，淮陰人，武帝拜爲郎，他爲人亦詼諧，善辭賦，時以比東方朔。他寫文章很快，故所作賦特多。漢志著錄百二十篇。

他之作賦，和東方朔一樣，只是供武帝的娛樂而已。而比東方朔更爲明顯，漢書本傳說：

「從行至甘泉、雍、河東、巡狩、封泰山，塞決河房，游觀三輔離宮舘，臨山澤，弋獵射，馭狗馬，蹴鞠刻鏤，上有所感，輒使賦之。爲文疾，受詔輒成，故所賦者多。」

這裏說寫賦都是受漢武帝命令而寫的，爲了滿足漢武帝的游觀之樂。本傳又說他：

「又言爲賦乃俳，見視如倡，自悔類倡也。故其賦有詆娸東方朔，又自詆娸其文骫骳，曲隨其事，皆得其意。」

他對自己的見視如倡，也有所不滿，但不能自拔，他的作品現在都不傳。

王褒（前？—六一）字子淵，蜀資中人（四川資陽縣北），宣帝時官諫議大夫，奉命往益州祭「金馬碧雞」之寶，漢志稱其有賦十六篇，以洞簫賦最著名。漢書郊祀志說：「宣帝時或言益州有『金馬碧雞』之神，於是遣諫議大夫王褒使持節而求之。」注云：「金形似馬，碧形似雞。」今雲南省昆明縣東有金馬山，縣西南有碧雞山，二山相對，相傳卽漢時祀金馬碧雞之神處，其上皆有神祠。

洞簫賦前面寫簫幹之所生，寫出了竹林中的景物，後面寫簫聲的動人，用力描繪，作了許多誇張。這是一篇很早的寫音樂的賦，對後世有相當的影響。

王褒的僮約，是用當時的口語寫一篇賦體的遊戲文字，對當時奴隸僮僕在主人家生活情形，描寫得很生動，文筆也很簡潔。

王褒的散文也很有名，有聖主得賢臣頌及四子講德頌，都很有名，留待下章再述。其中洞簫賦、移金馬碧雞文、九懷都是模仿楚辭，他的文章除模仿楚辭外，多用排偶句子，已經開後世駢麗文學之端了。

劉向　本名更生，字子政，漢之宗室，初爲諫議大夫，宣帝時曾和王褒同獻賦頌，但主要活動在元帝時。不過他留給後世的功績，還是今天藝文志所說七略，因漢朝從武帝命民間獻書，成帝又派人到各郡國搜集，「百年之間，書集如山。」漢成帝命劉向、任宏、尹咸、李柱國等整理，劉向校經傳、諸子、詩賦，還作總其成的工作，劉向校書二十餘年，遺留下來的工作，是由他的兒子劉歆完成的。

劉向的賦，在楚辭中有九歎，在古文苑中有請雨華山賦等。劉向的散文，在西漢也別具一格，保存下來的都是一些奏疏和校書時的叙錄。其中以諫營昌陵疏和戰國策叙錄最爲有名。這都留下章再談。

這一時期的賦家，除了司馬相如、東方朔，還有朱買臣三篇，吾丘壽王十五篇，劉安八十二篇，都已亡佚，只有劉安屏風賦（藝文類聚）、司馬遷悲士不遇賦（藝文類聚）。

漢賦這時期特別興盛的原因，除了上述武帝好辭賦外，宣帝也雅好辭賦，漢書王褒傳云：宣帝時，修武帝故事，講論六藝羣書，博盡奇異之好，徵能爲楚辭，九江被公召見誦讀。益召高材，劉向、孫子僑、華龍、柳褒，待詔金馬門。神爵、五鳳之間，天下殷富，數有嘉應，上頗作詩歌，欲興協律之事。丞相魏相奏言知音，善鼓雅琴者，勃海趙定、梁國龔德？皆召見待詔，於是益州刺史王襄，欲宣風化於衆庶，聞王褒有後才，請與相見，使褒作中和樂職，宣布詩。

文心詮賦云：「繁積於宣時，校閱於成世，進御之賦，千有餘篇。」可見當時作品之多，作者之盛了。

三

漢賦由隆盛而發展到最高峰，漸漸的轉爲模擬的時期，當然這也是因爲賦的形式容易模仿，因爲它是用一定的文學上的形式，鋪陳某種事物，而且在字句間的發展，五、七言好像已經成爲定型，就是在結構上，也似乎趨於一致，因此走上模擬的徑途，可以說是很自然的趨向。

這時期的作家當以揚雄、班固爲代表。

揚雄（前五三——後十八）字子雲，蜀郡成都人，好學深思，口吃不能劇談，有人說他辭賦像司馬相如，成帝召見他，從成帝游獵，寫了甘泉、羽獵等賦，作了多年給事黃門侍郎，一生困窮。王莽時校書天祿閣，因事恐被罪，自投閣下，幾死，後以病免，又召爲大夫。以作劇秦美新，頗受人訾議，家貧嗜酒，好事者載酒肴從他遊學。所作賦都模仿司馬相如，而賦名亦與之相並，漢志著錄他賦十二篇。他寫了太玄經和法言等哲學著作，太玄經模仿易經，法言模仿論語。這兩部書是他發表自己對哲學思想的見解，但都是屬儒家的問題。法言繼承了先秦諸子的一些優點，以簡括的文字說理，往往含蓄蘊藉，在唐代古文家中產生了若干的影響。但也因爲他刻意模仿，筆法生硬，也開了後來復古派生搬硬套的風氣。

他在文學上的成就，主要是辭賦。他的賦雖然是模擬司馬相如，但也有他的特色。他在答劉歆書裏說：「心好沈博絕麗之文。」他的賦也力求寫得沈博絕麗。羽獵賦和長揚賦在他的幾篇賦中，是很有名的。前者寫帝王的田獵，後者寫漢朝聲威之盛。

他還有幾篇寫自己情懷的賦，如散文賦，解嘲、解難和別具一格的逐貧賦。解嘲寫他不願趨附權貴去做官，而自甘淡泊來寫太玄經，對當時社會表現出不滿的情緒，如說：

「當今縣令不請士，郡守不迎師，群師不迎客，將相不俛眉。言奇者見疑，行殊者得辟。是以欲談者宛舌而固聲，欲行者擬足而投迹。」

但這些不滿，也只是從本身的遭遇出發。在整個社會上並沒有產生很大的影響。

解難旨在說明太玄經文字寫得很深的用意。這兩篇文章都是模擬東方朔答客難，寫得挺拔有力。

逐貧賦發抒在貧窮生活中的牢騷，多用四字句，筆意詼諧，却蘊藏沈鬱的心情。

甘泉賦

揚雄

於是大廈雲譎波詭，摧嗺而成觀，仰撟首以高視兮，目冥眴而無見，正瀏濫以弘惝兮，指東西之漫漫，徒徊徊以徨徨兮，魂眇眇而昏亂，據軨軒而周流兮，忽坱圠而無垠，翠玉樹之青葱兮，璧馬犀之璘瑞，金人仡仡其承鐘虡兮，嵌巖巖其龍鱗，揚光曜之燎爥兮，垂景炎之炘炘，配帝居之懸圃兮，象泰壹之威神，洪臺崛其獨出兮，𣓌北極之嶟嶟，列宿迺施於上榮兮，日月纔經於柍桭；雷鬱律於巖窔兮，電儵忽於牆藩，鬼魅不能自逮兮，半長途而下顛，歷倒景而絕飛梁兮，浮蠛蠓而撇天，左欃槍而右玄冥兮，前熛闕而後應門，蔭西海與幽都兮，涌醴汨以生川，蛟龍連蜷於東厓兮，白虎敦圉乎崑崙，覽樛流於高光兮，溶方皇於西清，前殿崔巍兮和氏玲瓏。抗浮柱之飛榱兮，神莫莫而扶傾，閌閬閬其寥廓兮，似紫宮之崢嶸，駢交錯而曼衍兮，㠑嶉隗乎其相嬰，乘雲閣而上下兮，紛蒙籠以混成，曳紅采之流離兮，颺翠氣之宛延，襲琁室與傾宮兮，若登高眇遠亡國，肅乎臨淵，迴猋肆其碭駭兮，翍桂椒而鬱移楊，香芬茀以穹隆兮，擊薄櫨而將榮，薌呹肸以棍批兮，聲駍隱而歷鐘，排玉戶而颺金鋪兮，發蘭蕙與芎藭，帷弸環其拂汨兮，稍暗暗而靚深，陰陽清濁，穆羽相和兮，若夔牙之調琴，般倕棄其剞劂兮，王爾投其鉤繩，雖方征僑與偓佺兮，猶彷彿其若夢。

揚雄對於漢代盛行的辭賦，有一些評論。他把賦分爲詩人之賦和辭人之賦。說「詩人之賦麗以則，辭人之賦麗以淫。」（法言吾子）在法言中，對於當時辭賦的風一而勸百的作風，有些不滿。他一方面從經學思想出發，對辭賦貶抑，說是雕蟲篆刻。另一方面他却喜愛辭賦。在當時的作家，他最推崇司馬相如，說如果孔門用賦，「則賈誼升堂，相如入室矣。」（法言吾子）稱讚相如賦「不似從人間來，其神化所至耶」。他對賦的見解，頗有一些影響。班固漢書藝文志多採用他的說法。

、揚雄現存文章有：

甘泉賦、羽獵賦、長揚賦、河東賦、反離騷、廣騷、畔牢愁、蜀都賦、太玄賦、逐貧賦、覈靈賦、都酒賦（即酒箴）、解嘲、趙充國頌、劇秦美新、解難。（以上見漢書、文選、楚辭、古文苑、太平御覽、全上古三代秦漢六朝文）

他可以說是古今惟一模仿作家，除模仿相如外，又仿論語作法言，仿易作太玄，仿倉頡而作訓纂，仿虞箴而作州箴，比較有創作價值的，僅方言一書而已。

班固字孟堅，扶風安陵人，（三二—九二）他是班彪的兒子，當因續父彪所續史記，為人告發圖改國史入獄，由其弟超上書說明，乃召為蘭台令史，命作漢書，書未成，值竇憲征匈奴敗，固為中護軍，亦被繫，死獄中，他可以說是史家兼賦家。他的漢書與司馬遷的史記，並稱為中國歷史文學的雙璧，他在賦史上也佔重要地位，與西漢司馬相如、揚雄，東漢的張衡，稱為漢賦中的四傑。其最有名的為兩都賦，其內容敍述京都與西漢流行的遊獵宮殿不同，其形式組織，却完全是模仿子虛、上林，沒有一點新氣象。幽通賦仿離騷，答賓戲仿答客難，典引仿封禪。

班固有名的著作還是漢書，漢書不但是史學的名著，在文學上也有它很高的地位，他描寫的手法是繼承史記的傳統，但也和史記有些不同，沒有史記的那些奇譎和富有變化，但文章組織嚴密，注意細心描繪，語言受漢代辭賦和散文的影響，繁富縟麗而又能凝煉。因此書中有不少人物傳記能摹聲繪影，寫得極其工致。這都在以後談散文時再提。

班固的賦，兩都賦的西都賦和東都賦都是宏篇巨製。他的散文賦答賓戲，內容表示他決心「專篤志于儒學，以著述為業」，形式上是模擬東方朔答客難，揚雄解嘲，但反對東方朔的「會不折之以正道」。這篇作品，文辭繁富，却缺乏骨力。

東都賦

班固

於是聖皇乃握乾符，闡坤珍，披皇圖，稽帝文，赫然發憤，應若興雲霆，擊昆陽，憑怒雷震。遂超大河，跨北嶽，立號高邑，建都河洛，紹百王之荒屯，因造化之盪滌，體元立制，繼天而作，系唐統，接漢緒，茂育群生，恢復疆宇，勳兼乎在昔，事勤乎三五，豈特方軌並跡，紛綸后辟，治近古之所務，蹈一聖之險易云爾。且夫建武之元，天地革命，四海之內，更造夫婦，肇有父子，君臣初建，人倫實始，斯乃伏羲氏之所以基皇德也。分州土，立市朝，作舟輿，造器械，斯乃軒轅氏之所以開帝功也。龔行天罰，應天順人，斯乃湯武之所以昭王業也。遷都改邑，有殷宗中興之則焉。即土之中，有周成隆平之制焉。不階尺土，一人之柄，同符乎高祖。克己復禮，以奉終始，允恭乎孝文。憲章稽古，封岱勒成，儀炳乎世宗。按六經而校德，眇古昔而論功，仁聖之事既該，而帝王之道備矣。至乎永平之際，重熙而累洽，盛三雍之上儀，脩袞龍之法服，鋪鴻藻信，景鑠揚世，廟正雅樂，神人之和允洽，群臣之序既肅，乃動大輅，遵皇衢，省方巡，窮覽萬國之有無，考聲教之所被，散皇明以燭幽。然後增周舊，脩洛邑，扇巍巍，顯翼翼，光漢京于諸夏，總八方而為之極。是以皇城之內，宮室光明，闕庭神麗，奢不可踰，儉不能侈。外則因原野以作苑，塤流泉而為沼，發蘋藻以潛魚，豐圃草以毓獸，制同乎梁鄒，誼合乎靈囿。若乃順時節而蒐狩，簡車徒以講武，則必臨之以王制，考之以風雅，歷騶虞，覽駟鐵，嘉車攻，采吉日，禮官整儀，乘輿乃出。

與班固同時的有崔駰，崔字亭伯，涿郡安平人，善屬文，與班固傅毅齊名，為章帝所稱，竇憲辟為掾，因數諍諫，出為長岑令，不至官而歸，著有詩賦銘頌等二十一篇，今僅有達旨一篇，其他反都賦，七依、酒箴等作皆已散佚。

駰中子瑗（七七——一四三）字子玉，亦好爲賦，與馬融、張衡友善，兄章爲人所殺，他手刃報仇，後舉茂才，累遷濟北相，以病卒，著有賦、碑、銘、箴、頌、七蘇，南陽文學宦志……凡五十七篇，今大都不傳。

在漢賦隆盛期中的作家，除了上面所講的幾個人之外，還有傅毅（約四七——？　），字武仲，扶風茂陵人，與班固同爲蘭台令史，校典書，竇憲請主記室，又以爲司馬，早卒。著有詩、賦、誄、頌、祝文、七激、連珠凡二十八篇。

四

漢賦由隆盛而到模擬，漸漸進入轉變的時期，這時期以張衡、馬融、王逸爲代表。劉大杰說，「在漢中葉以後，宦官外戚爭權，國勢日衰，加以帝王貴族奢侈成習，橫征暴斂，社會民生，日益困窮，因此道家的思想，乘機發展起來」。其實道家的思想，在西漢初年，即已發展，這有很多的證據。不過張衡作品中，有道家歸隱的思想，這也是事實。

張衡　字平子，南陽西鄂人（河南南陽），他是一個思想家兼科學家、文學家。他精天算，爲太史令，作渾天儀及候風地動儀，反對當時的圖讖之說，他雖然是漢賦轉變期的代表人物，但模擬的風氣還沒有停止，像他嘗擬班固兩都賦作兩京賦，據本傳說十年才成，其他七諫仿枚乘，應問仿東方朔等都是。

他的作品，除了模擬的一部分外，其他尚有南都賦，週天大象賦，思玄賦、冢賦、髑髏賦等三十二篇。尤以四愁詩爲有名，爲詩歌中的新體，情感眞摯，文辭亦婉麗。在賦方面以歸田賦爲有名，其篇幅雖短，但道出人生理想，感情眞切，令人讀之有親切感。這實在是魏晉哲理文學與田園文學的先聲。

歸田賦　　張衡

遊都邑以永久，無明略以佐時，徒臨川以羨魚，俟河清乎未期，感蔡子之慷慨，從唐生以決疑，諒天道之微昧，追漁父以同嬉。超塵埃以遐逝，與世事乎長辭。於是仲春令月，時和氣清，原隰鬱茂，百草滋榮。王雎鼓翼，倉庚哀鳴，交頸頡頏，關關嚶嚶。遊焉逍遙，聊以娛情。爾乃龍吟方澤，虎嘯山丘。仰飛纖繳，俯釣長流。觸矢而斃，貪餌吞鉤。落雲間之逸禽，懸淵沈之魦鰡。于時零曜俄景，係以望舒。極般遊之至樂，雖日夕而忘劬。感老氏之遺誡，將迴駕乎蓬廬。彈五弦之妙指，詠周孔之圖書。揮翰墨以奮藻，陳三皇之軌模。苟縱心於物外，安知榮辱之所如。

歸田賦的隱居樂一節，給後世羈宦的學者影響很大。其他西京與東京兩賦的體製，比班固的賦更宏大。它也像其他事類賦一樣，文學價值不很高，但有些特色。它除了像它以前的事類賦一樣，鋪寫東西南北所有，以及宮室動植物外，還寫了許多民情風俗，像西京賦寫商賈、游俠，游辭辯論之士，以及角觝百戲；東京賦寫大儺、方相等。

張衡述志的賦，除了歸田賦外，還有思玄賦。思玄賦的主旨是說「吉凶倚伏，幽微難明」，張衡在政治上憂讒懼禍，「遊六合之外」又不能，只好歸到「迴志朅來從玄諆，獲我所求夫何思」，去潛心學術理論的探討。反映了他遭遇痛苦的一面。

張衡抒情的作品，成就最高的要算四愁詩，那時他做河南相，見天下漸亂，鬱鬱不得志，就做了四愁詩，不過，這要待講詩歌時再介紹了。

與張衡同時的賦家有：

馬融（七九——一六六）字季長，扶風茂陵人，元初中，爲校書郎，因作廣成頌刺外戚，故十年不遷官，安帝親政，上東巡頌，桓帝時爲南郡太守，他的門下諸生常有千數。他善吹笛，常坐高堂，施絳紗帳，前授生徒，後列女樂，弟子以次相侍，鮮有入其室者，所著賦有舞賦、笛賦二十一篇，又爲離騷作注，他的女兒芸，亦能屬文，作有中請賦。

長笛賦　馬融

惟籦籠之奇生兮，于終南之陰崖，託九成之孤岑兮，臨萬仞之石磎，特箭槀而莖立兮，獨聆風於極危，秋潦漱其下趾兮，冬雪揣封乎其枝，巔根跱之槷刖兮，感迴飇而將頹。夫其面旁則重巘增石，簡積頵砡，兀嶁狋𡻴，傾昊倚伏，庨窌巧老，港洞坑谷，嶰壑澮峘，㟪窞巖𡾊，運裛穿洼，岡連嶺屬，林簫曼荆，森槮柞樸。於是山水猥至，渟涔障潰，頙淡滂流，碓投瀺穴，爭湍苹縈，汩活澎濞，波瀾鱗淪，窊隆詭戾，瀄瀑噴沫，犇遯碭突，搖演其山，動杌其根者，歲五六而至焉。是以間介無蹊，人迹罕到，猨蜼晝吟，鼯鼠夜叫，寒熊振頷，特麚昏髟，山雞晨群，壄雉晁雊，求偶鳴子，悲號長嘯，由衍識道，噍噍讙譟，經涉其左右，唴聒其前後者，無晝夜而息焉。

王逸（約八九——一五八）字叔師，南郡宜城人。元初中，中舉上計吏，爲校書郎，順帝時，進侍中，他以所編楚辭章句著名，他所著九思亦在編內，此外尚有機賦、荔枝賦等及論文，雜文凡二十一篇，詩百二十三篇。

荔枝賦　王逸

曖若朝雲之興，森如橫天之彗，湛若大廈之容，鬱如峻嶽之勢，修幹紛錯，綠葉臻臻，灼灼若朝霞之映日，離離如繁星之著天，皮似丹罽，膚若明璫，潤侔和璧，奇喻五黃，仰歎麗表，俯嘗嘉味，口含甘液，心受芳氣，兼五滋而無常，主不知百和之所出，卓絕類而無儔，超衆果而獨貴。

和張衡、馬融、王逸同時的還有：

崔琦（約一〇四——一五八）字子瑋，涿郡安平人，著賦、銘、誄、九咨凡十五篇。

應奉（約一四四前後），字世叔，汝南南頓人，嘗追愍屈原，因以自傷，著有感騷三十篇，凡萬言。

再後有**張升**（一二一——一六九）字彥眞，陳留尉氏人，著有賦、誄、頌、碑凡六十篇。

服虔（約一六八前後）字子順，河南滎陽人，著有賦、碑、連珠、九憤等凡十餘篇。

王延壽（約一二四——一四八）字文考，一字子山，南郡宜城人，曾遊魯國作靈光殿賦，後蔡邕見之，爲之擱筆。又因得異夢而作夢賦。後渡湘水溺死，年僅二十餘。

蔡邕（一三二——一九二）字伯喈，陳留圉人（河南杞縣），爲漢末最負盛名之文學家，建寧中，召拜郎中遷議郎，嘗奏定六經文字，自書　鐫碑，立於太學門外，觀視及摹寫者，車乘每日千餘輛。在新詔中糾彈宦官和權貴，流放朔方，遇赦歸，五原太守設宴餞別，太守是宦官之弟，邕素恨宦官，因不爲禮，太守懷恨在朝廷陷害他，邕又亡命江海，遠迹吳會，十二年才歸。董卓專政，迫召之，三日之間，周歷三台。卓被誅，他亦受株連，瘐死獄中，所著詩、賦、銘、碑凡六十四篇。賦以述行著名。

述行賦

覽太室之威靈，顧大河於北垠兮，瞰洛汭之始并，追劉定之攸儀兮，美伯禹之所營，悼太康之失位兮，愍五子之歌聲，尋修軌以增舉兮，邈悠悠之未央，山風汩以飈涌兮，氣懆懆而厲涼，雲鬱術而四塞兮，雨濛濛而漸唐，僕夫疲而劬瘁兮，我馬虺頹以玄黃，格莽邱而稅駕兮，陰曀曀而不陽，哀衰周之多故兮。眺瀕隈而增感，忿子帶之淫逆兮，唁襄王於壇坎，悲寵嬖之爲梗兮，心惻愴而懷慘，乘舫舟而泝湍流兮。浮清波以橫厲，想宓妃之靈光兮，神幽隱以潛翳，實熊耳之泉液兮，總伊瀍與澗瀨，通渠源於京城兮，引職貢乎荒裔，操吳榜其萬艘兮，充王府而納最，濟西溪而容與兮。息鞏都而後逝，愍簡公之失師兮，疾子朝之爲害，玄雲黯以凝結兮，集零雨之溱溱，路阻敗而無軌兮，塗濘溺而難遵，率陵阿以登降兮，赴偃師而釋勤，壯田橫之奉首兮，義二士之夾墳，佇淹留以候霽兮，感憂心之殷殷，并日夜而遙思兮，宵不寐以極晨，候風雲之體勢兮，天牢湍而無文，彌信宿而後闋兮，思逶迤以東運，見陽光之顥顥兮，懷少弭而有欣，命僕夫其就駕兮，吾將往乎京邑，皇家赫而天居兮，萬方徂而星集，貴寵扇以彌熾兮，僉守利而不戢，前車覆而未遠兮，後乘驅而競及，窮變巧於臺榭兮，民露處而寢濕，消嘉穀於禽獸兮，下糠粃而無粒，弘寬裕於便辟兮，糾忠諫其駸急，懷伊呂而黜逐兮，道無因而獲入，唐虞眇其既遠兮，常俗生於積習，周道鞠爲茂草兮，哀正路之日澀，觀風化之得失兮，猶紛挐其多違，無亮采以匡世兮，亦何爲乎此畿，甘衡門以寧神兮，詠都人而思歸，爰結蹤而迴軌兮，復邦族以自綏。

蔡邕的述行賦，是表現了他在政治上的憤憤不平之氣。述行賦的序裏說到，他看宦官專權，大營宮苑，人徒凍餓，不得其命者甚衆，直言者却遭死罪。他心憤此事，作了這篇賦。賦裏寫他從陳留往洛陽之所見，見了許多古蹟，想到許多古人，陳古刺今。後面寫到宦官擅權，荒淫奢侈和人民的貧窮困苦，「窮變巧於臺榭兮，民露處而寢濕，消嘉穀於禽獸兮，下糠粃而無粒。」寫得很沈痛。

和蔡邕同時的還有**桓彬**（一三三——一七八）字彥休。沛郡亢人，著有七說及書凡三篇。

趙壹（約一七八前後）字元叔，漢陽西縣（甘肅天水）人，著有窮鳥賦，刺世疾邪賦等，及頌、箴、書、論等凡十六篇。是漢末名士，漢書本傳說他恃才倨傲，爲地方上人士所擯斥，他就作解擯，後來屢次犯法，幾乎被殺，友人把他救了出來，他就寫窮鳥賦，來答謝友人，可見他落拓不羈的性格。他雖然以才氣自負，在當時頗有聲名，但作官不過郡吏。

劉大杰指出其刺世疾邪賦，是用最積極的態度，攻擊的方式，憤激熱烈的情緒，去暴露當時政治的黑暗混亂，官吏的腐敗無耻，人情風俗的勢利與敗壞，以及人民生計的窮困和自己心情的憤恨，所謂「乘理雖死而非亡，違我雖生而匪存」，眞是一個偉大人格的表現，是一個最有節義的革命家。

關於這些批評，我們也不能同意，社會的文學可以分兩方面，一面是讚美，一面是攻擊（比較中間的是諷喻）我們固不贊成司馬相如，枚皋、王褒之流的奉諛、歌頌，但像趙壹爲人恃才傲物放蕩不羈，屢次犯罪幾死，而終不改，也不可爲法，國風好色而不淫，小雅怨誹而不亂，這才是文學批評的尺度。所以說趙壹的賦對不合理的社會作諷刺的表達，爲漢賦帶來新鮮的氣息則可，說是革命家則嫌誇大。

刺世疾邪賦是一篇短賦，是趙壹的代表作，茲錄如次：

「德政不能救世混亂，賞罰豈足懲時清濁，春秋禍敗之始，戰國愈復增其荼毒。秦漢無以相逾越，乃更加其怨酷。寧計生民之命，惟利己而自足。」

當時的情形是「情僞萬方，佞諂日熾，剛克消亡。舐痔結駟，正色徒行」，「法禁屈撓於勢族，恩澤不逮于車門」。因此作者憤恨的寫道。

「寧飢寒于堯舜之荒年兮，不飽暖於當今之豐年。」

這樣激烈的文字，在漢代是很少見。篇末托秦客和魯生作了兩首五言詩，也多憤世嫉俗，激昂慷慨。

禰衡（一九三——一八九）。字正平，平原般人（山東平昌縣），少有才辯，而氣尚剛傲，爲矯時慢物，獻帝興平中避難荊州，建安初來遊許下。善孔融，孔融上書擧荐他。曹操聞衡善擊鼓，召爲鼓吏，以狂言得罪曹操，操使擊鼓辱之，反爲衡所辱。操遣人送至劉表處，衡又得罪劉表，表不能容，又遣人送至黃祖處。因酒後戲黃祖，被殺。死時僅二十六歲。

禰衡僅存鸚鵡賦一篇。據說是黃祖太子射大會賓客，人有獻鸚鵡者，射使衡作賦，以娛嘉賓。衡攬筆卽作，筆不停綴，文不加點，辭采甚麗。全文總是托意，爲自己寫照，但憤世嫉邪的意味很深，先述鸚鵡的性格，次述鸚鵡的處境惡劣，鸚鵡所處的環境，正是自己的寫照。

鸚鵡賦　　**禰衡**

惟西域之靈鳥兮，挺自然之奇姿。體全精之妙質兮，合火德之明輝。性辯慧而能言兮，才聰明以識機。

故其嬉游高峻，棲跱幽深。飛不妄集，翔必擇林。紺趾丹嘴，綠衣翠衿。采采麗容，咬咬好音。同族於羽毛，固殊智而異心。配鸞皇而等羨，焉比德於衆禽。於是羨芳聲之遠暢，偉靈表之可嘉。命虞人於隴坻，詔伯益於流沙。跨崑崙而播弋，冠雲霓而張羅。雖綱維之備設，終一目之所加。且其容止閑暇，守植安停。逼之不懼，撫之不驚。寧順從以遠害，不違迕以喪生。故獻全者受賞，而傷肌者被刑。

其他還有**邊讓**（？——約二〇八）字文禮，陳留浚儀人，著有章華賦。

張紘（約一五二——二一一）字子綱，廣陵人，著有詩賦等凡十餘篇。

漢賦轉變時期的賦家，在形式上篇幅比較短，在內容上從描寫京殿遊獵而轉變爲哲理、抒情詠物的小賦，這不能不說是一種進步。下開建安文學的先河，爲魏晉言情體物的小賦放一異彩。

五

總述漢賦的特點，可分下列方面來說：就體裁上說，大抵有二：一爲楚辭體，一爲散文體，像荀況詩經體的賦，實在不足以敷陳事理。楚辭體的柱石是賈誼，如弔屈原賦、鵩鳥賦。散文體的柱石是枚乘，作有七發、梁王菟園賦、柳賦。

就性質上分，漢書藝文志，總舉詩賦百六家，千三百十八篇，除詩歌二十八家，三百十四篇，則爲賦七十八家，千零四篇，分爲四類。

一、自屈原至王褒，賦二十家三六一篇。

二、自陸賈至朱宇，賦二十一家二七四篇。

三、自孫卿至路恭，賦二十五家，一三六篇。

四、雜賦十二家，二三三篇。

章太炎曰：

「屈原言情，孫卿效物，　賦不可見，其後有朱建、嚴助、朱買臣諸家，蓋縱橫之變也。」（國故論衡）

這樣看起來應該是：一為抒情之賦，二為縱橫之賦，三為體物之賦，四為總集之雜賦。

在寫作的技巧上，當以相如的賦為首。中國韻文史云：「相如的賦，縱橫自在，筆端有如雲湧峯簇的氣概」。他作賦的技巧，後世幾乎沒有能夠追得上他的，他的賦，辭句侈麗而險怪，浪漫而誇大，韻緻縹緲，人們稱他為賦聖，決不是溢美，他的子虛賦和上林賦，可為散文體的代表，大人賦為楚辭體的代表，所以我們說他賦沒有什麼內容，究竟還有點創造性。他不像揚雄專事模仿，揚雄在答桓譚論賦書上說：

長卿賦不似人間來，其神化所至耶？大抵能讀千賦，則能為之。諺云：「習伏衆神，巧者不過習者之門。」可見他稱司馬相如為巧者，自己自居於習者了。

古代詞章家，素來都推重漢賦，自昭明以賦冠之文選的卷首，於是以後文人的文集，往往以賦編列前頭。不過就寫作的方法上論，漢賦有兩點很大的毛病：

(一)推砌，這當然是「鋪采摛文」的結果。作者神思蕭散，慘淡經營，把許多奇字怪語，鋪排滿紙。尤其是長篇的敘事賦。每個作者都犯上這個毛病，如張衡的南都賦：

其木則檉松楔㮘，槾柏杻橿，楓柙櫨櫪，帝女之桑。楈枒栟櫚，柍柘檍檀，結根竦本，垂條嬋媛。

其鳥則有鴛鴦鵠鷖，鴻鴇駕鵝，鶈鶂鷿鶙、鷫鷞鶗鷉，嚶嚶和鳴，澹淡隨波。

簡直把聯邊的字，魚貫而下，繁文縟辭，令人生厭。文心雕龍練字篇說：

> 聯邊者，半字同文者也，狀貌山川，古今咸用，施之常久，則齟齬爲瑕。如不獲免，可至三接，三接而外，其字林乎？

劉勰對於漢賦，已有微辭。這樣的文章，叫做字林，也不爲過。

㈡模倣，這正是表現漢賦沒有什麼特點的一面，司馬相如的子虛上林，已模倣宋玉的高唐神女，揚雄的甘泉、羽獵，又從而模倣之，班固兩都，張衡兩京，更作三模、四模，雷同相似，不嫌舊套。枚乘作七發，而傅毅有七激，崔駰有七依，張衡有七辯。東方朔作答客難，而揚雄有解嘲，班固有賓戲，崔駰有達旨，張衡有應問。文人蹈襲，竟成風氣，章模句寫，新意也就少了。文字沒有個性，同是千篇一律。顧炎武在文人模倣之病說：

> 近代文章之病，全在模倣，即使逼肖古人，已非極詣，況遺其神理，而得其皮毛者乎？

漢賦的作者，早已犯上這毛病了。雖然如此，漢賦畢竟還有它本身的價値，未可因爲它具有這些缺點，便把它的優點一概抹殺。我們在分論作家時，已把它的優點說過了，茲再綜合的說明一下：

㈠現實性的寫作，漢賦雖多是歌頌功德，潤色承平的作品，但它在寫作上也有現實性，散見於各篇之中。有暴露諷刺當時的政治，文學是要通過形象來反映現實，所以反映當時社會的不平，政治措施的不當。而貢獻出一己之意見勸諫君主，也可以說是國民之天職，像枚乘的七發，相如的子虛，孔臧的諫格虎，蔡邕的述行，而趙壹的刺世疾邪，禰衡的鸚鵡，諷諭的意味更加濃厚，在漢賦裏像這些東西，雖不多見，也値得我們重視。

㈡表現國力的強大，文化的昌盛，物產的豐富，社會的繁榮，漢代是繼秦而後統一中國的朝代，但秦統一不過十幾年，而漢代統治的時間却有四百餘年之久。這對於中國民族的統一，對於中國版圖之擴大，是有決定性的作用。漢賦表現出漢代的國力是強大的，文化是昌盛的，物產是豐富的，社會是繁榮的。這些在長篇敘事賦裏描寫較多，（如兩都、兩京等）漢代屢向國外開拓疆土，東定朝鮮，北逐匈奴，又使張騫通西域，馬援通交趾，因此在文化上和物質上，得與各國時相交流，從而增強了漢代文化和物資的繁盛，促進了社會的繁榮。武帝時，西域獻吉光裘，入水不漏，交趾越焦獻長鳴雞，伺晨雞，即下漏驗之，晷刻無差（見西京雜記），物資交流，文化也就發達了。這對於漢賦以奇花異草，怪禽珍鳥來作堂皇壯麗的描寫，是有相當關係的。

㈢文字的技巧，漢賦描寫山川、宮室、池苑、臺榭、人物、禽鳥、草木、昆蟲等。都用了許多新的詞彙，而作者每寫一事一物，造句遣詞，也費了一番苦心，在文字的技巧上是相當成功的。在寫作方法上，如詞彙的新鮮，描寫的深刻，用辭的恰當，語句的秀麗，也值得我們去學習。

㈣對於後世的影響，漢賦對於後世文學，有很大的影響。就以賦這類文體來論，如六朝的俳賦，唐代的律賦，宋以後的文賦，都是從漢賦演變而來。與賦相類似的其他文學，如六朝的駢麗，唐代的四六，也可以說是漢賦的流派。這些文章，運用了我國文字的單音單字，演成對偶整齊，徒見形成的文體，它的價值雖然是有限的，但也足以代表一時代文學的特色。

第三章　漢代的史傳散文

一

漢代的史傳散文，有特出的成就，其原因是這個時代誕生了偉大的歷史散文家司馬遷，後來又出現了一個優秀的歷史散文家班固，這兩個人前後輝映，給漢代散文史寫下光明燦爛的一頁，也給後世無窮的影響。它和左傳、國語合稱左、國、史、漢，爲古文學家必讀的史籍，其影響力駕凌國語，識見則超越國策，在歷史文學中，古今獨步。

司馬遷，其先祖爲周之史官，父親司馬談，學天文、周易、道論等書，武帝時仕爲太史公。其家鄉住在古來以山水險惡著稱的龍門峽附近，就是現在的陝西省韓城縣。司馬遷之具有豪邁的氣象，卓拔的識見，實與家庭以及山川之靈秀陶冶有關。司馬遷十歲學古文、二十歲後周遊大江南北，爲郎中時，曾征服西南夷，足跡所至，遍及甘肅、陝西、山西、直隸、江蘇、浙江、河南、湖南、山東、四川、雲南等省，也因爲這樣，成就了他著述史記的見識力。其後他三十六歲時復奉命出使西南，那年剛好武帝行泰山封禪的事，他的父親司馬談任職太史公，滯留在洛陽地方，不能參預其事，憂憤將卒，恰巧司馬遷出使回來，在河洛地方見到他父親，他父親拉着他的手托以後事，說道：

余先周室之太史也，自上世嘗顯功名於虞夏、典天官事，後世中衰，絕於予乎？汝復爲太史，則續吾祖矣。今天子接千歲之統、封泰山，而余不得從行，是命也夫、命也夫，余死，汝必爲太史、爲太史，無忘吾所欲

論著矣。（史記太史公自序）

司馬遷對於他父親的遺命，十分的感動，在他父親死後三年，做了太史令，過了五年就開始寫作史記巨著，那時他是四十二歲，其後七年，李陵投降匈奴，他盛讚李陵有國士之風，觸怒了武帝，被下獄受腐刑，當時的事情，他在報任少卿書中敍述他悲憤悽愴的遭遇說：

明主不曉，以爲僕沮貳師而爲李陵遊說，遂下於理拳拳之忠終不能自列，因爲誣上，卒從吏議，家貧，貨賂不足以自贖，交遊莫救，左右親近，不爲一言。身非木石，獨與法吏爲伍，深幽囹圄之中，誰可告愬者？此眞少卿所親見，僕行事豈不然乎？李陵既生降隤其家聲，而僕又佴之蠶室，重爲天下觀笑，悲夫悲夫，事未易一二爲俗人言也。

又說：

僕雖怯懦欲苟活，亦頗識去就之分矣，何至自沉溺縲紲之辱哉，且夫臧獲婢妾，由能引決，況僕之不得已乎？所以隱忍苟活，幽糞土之中而不辭者，恨私心有所不盡，鄙陋沒世而文采不表於後世也。

司馬遷之所以甘就極刑，就是爲了遵從先人遺囑完成太史公書（史記）。司馬遷的成就，是不誇耀他的絕代才華，他默默的埋頭工作，把古代一切雜亂無章的史料中，整理出一部囊括前代知識及文化的空前創作。他那淸麗豐富的詞彙，不僅僅使史記成爲古代文化的學術要籍，歷史的巨作，並且成爲文學的名著。

至於史記的體裁，也是空前的，以前的史籍，國別史如國語、戰國策，編年史如春秋、左傳，材料還很散亂，還沒有形成有系統的史書，司馬遷傾畢生的精力，徧求經傳諸家，整理舊聞逸事，編成爲有系統，有秩序的整理著作，樹立後世史書體裁的典型，所以史記的價值不但在內容上，而更在形式上，後世史書體裁，沒有改變過這種的形式。他上從黃帝下及武帝，共一百三十篇，五十二萬六千五百字（自序傳），分為十二本紀，十表、八書，三十世家，七十列傳。

一、本紀是以編年方式敘述帝王的事蹟，國家的大事，其中有就一代的事蹟而敘述的，如夏本紀、殷本紀等。有就一人而敘述的，如項羽本紀、高祖本紀等。

二、表是史記全書的綱領，年代遠的則用世表，如三代世表，年代近的則用年表，如十二諸侯年表、六國年表、漢興以來諸侯年表等。事情繁雜的就用月表，如秦楚之際月表。

三、書是記述典章、制度的，分禮書、樂書、律書、歷書、天官書、封禪書、河渠書、平準書等。

四、世家是記各國諸侯的事蹟，及對漢代有功的功臣。有就一個國家敘述的，如吳世家、燕世家、宋世家等。有敘述一人的事蹟，如蕭相國世家、留侯世家等。

五、列傳是記載個人之事蹟，其中有一人立傳的，如商君列傳，有二三人合傳的，如管晏列傳，有別立名目以同類人物而立傳的，如儒林列傳、酷吏列傳等，有以塞外諸國別立一傳的，如匈奴列傳、大宛列傳等。

以上的體裁，在今天我們已具習以為常，但是要在繁雜沒有秩序的材料中整理出這麼有系統的歷史體裁，使後世讀者一目了然，而為史家所遵循，這不能不說是司馬遷苦心創意之功。

史記可以說是古代經濟、政治、學術、歷史、文學的總集，有了史記，許多古代的史料，可以免於亡佚，如大宛列傳論贊說：「禹本紀曰云云」。衞世家論贊說：「余讀世家言云云」。如果沒有司馬遷的史記，我們今天已經不知道有禹本紀、衞世家了。

史記的文章，自古以來就和左傳相提併論，後世稱爲左、馬，但左傳注意文辭的用意，所謂春秋筆法，所以文章結構謹嚴，嫌其缺少變化，史記文辭則奔放自在，如天馬行空，文中常帶有一種情感，使讀者忽然而喜，忽然而悲，如身歷其境，當事者情緒受其影響而不自知，明茅鹿門說：

> 讀游俠傳，即欲輕生；讀屈原賈誼傳，即欲流涕；讀莊周魯仲連傳，即欲遺世；讀李廣傳，即欲立鬪；讀石建傳，即欲俯躬；讀信陵平原君傳，即欲養士。（史記評林總評）

爲什麼史記文章會感人如此，那就是因爲司馬遷筆下所描寫的人物，都能各得其妙，自然和合讀者的心情。使讀者所看到的是人物的化身，並不是文字所激發出來的形象。例如同是刺客傳，說豫讓與專諸，聶政與荆軻，各不相同。說豫讓爲智伯復仇，變姓名爲刑人，入宮塗厠中，挾七首欲以刺襄子，不成，又漆身爲厲，吞炭爲啞，使形狀不可知，行乞於市以圖報讎，可以說是明知不可爲而爲，結出「智伯以國士遇我，我固以國士報之」之意。描寫聶政則爲替人報仇之後，自己「皮面決眼，自屠出腸，以死」，使人不知道自己是誰，最後寫他姊姊出面認屍，結出「士爲知己者死，并以其姊勇於認屍而就死，以見非但聶政烈士，其姊亦烈女也」。寫荆軻則集中於荆軻出發時太子與賓客送行的場面，說道：

> 太子及賓客知其事者，皆白衣冠以送之，至易水之上，既祖取道，高漸離擊筑，荆軻和而歌，爲變徵之聲，士皆垂淚涕泣。又前而歌曰：風蕭蕭兮易水寒，壯士一去兮不復還。復爲羽聲慷慨，士皆瞋目，髮盡

上指冠。於是荊軻就車而去，終已不顧。

荊軻為了要把刺秦王的工作，作充分的準備，等待朋友一齊去，但是太子丹不了解他，他只好就這樣匆匆的走了。這種心情是悲壯的，司馬遷就在這裏描繪了一幅悲壯的畫面，送行的賓客都穿着喪服，易水上面吹來了蕭蕭的寒風，高漸離擊着筑，筑聲悲涼、荊軻和着唱道：「風蕭蕭兮易水寒、壯士一去兮不復還」。悲涼決絕的歌聲，使送行的人都激動下淚了。接着筑聲又轉向高昂、慷慨激昂，客人的情緒也轉向高昂，激起對敵人的憤慨，頭髮也直豎起來，就在這慷慨激揚的歌聲中，荊軻頭也不回的走了。易水悲歌就這經過這樣的描寫，成為千古傳誦的詩篇，幾千年來為國犧牲的志士，往往用「易水悲歌」來表現他們為國犧牲的精神，這幅壯烈的圖畫，幾千年來一直激動讀者的心弦。

當然，史記的藝術，還不單是這樣的，司馬遷對於人物性格的刻劃，也有突出的表現，他往往不用正面的描寫手法。而是用參差錯落，穿插變化的技巧來表達，或是通過某一事和某一現象，或者是借用第三者的語言來描述，例如他寫秦始皇，就是借用尉繚和侯生、盧生的批評，對秦始皇作了更深入的刻劃，給予讀者不可磨滅的印象。

繚曰：「秦王為人，蜂準，長目，鷙鳥膺，豺聲。少恩而虎狼心。居約，易出人下；得志，亦輕食人。我布衣，然見我，常身自下我。誠使秦王得志於天下，天下皆為虜矣，不可與久遊。」（秦始皇本紀）

又如：

侯生，盧生相與謀曰：「始皇為人，天性剛戾自用。起諸侯，并天下，意得欲從，以為自古莫己及。……

…。博士雖七十人，特備員弗用。……天下之事無大小皆決於上，上至以衡石量書，日夜有呈，不中呈，不得休息。（仝上）

司馬遷對於兩者不相關的人物，或不相關的情節安排在一起他會很巧妙的構成一篇完整的篇章。如管晏列傳，他在敍述管仲事蹟完了之後，援着要寫晏子列傳，這兩個不相關的人物，很難聯係在一起，但是他在敍述管仲事蹟之後，用一句「後百餘年而有晏子焉」，然後再敍述說晏子姓什麼名什麼，這樣就很自然的把不相干的兩個傳貫串一起了。又譬如他在敍述春申君列傳，說春申君因聽李園的話，把已懷孕的妃子送給楚王，想將來專擅楚國的政權，沒有想到等春申君把妃子送給楚王之後，卻被李園埋伏刀斧手給殺了。本來春申君的事蹟到此已經結束了，但司馬遷卻在後面安排了一段情節說：

是歲，秦始皇帝九年矣，而嫪毐爲亂於秦、覺、夷其三族，而呂不韋廢。

這一小節文字，雖然和春申君的事蹟不相關聯，但作者暗示的力量卻非常強烈。這無非告訴讀者說，你們看，凡是要用不正當手段奪取政權的人，其下場都是不好的，春申君被殺了，呂不韋也被廢了。這大概是司馬遷因襲春秋勸懲作用的手法。史記之所以成爲不朽名著，這種手法也是其中的條件之一。總之，史記是歷史的，又是文學的，是經濟史，又是文化史，無論在那一方面說，它都是佔着重要的地位。

二

和史記相提並論的歷史散文是漢書，後人把「史漢」並稱。漢書是班固繼續其父彪的著述而成的。班固字孟堅，扶風安陵（長安咸陽縣）人，九歲就能寫文章，誦詩賦，長大之後，博通九流百家之言。班氏在漢朝，世代都是名臣，家學淵源。起初，史記所記載，年代到漢武帝爲止，太初以後，缺而未錄。雖然以後劉向劉歆父子以及諸爲事者像揚雄、馮商等相繼撰述，到哀、平間爲止，但言語鄙俗，不能和以前所寫的相提並論，又因爲劉歆、揚雄褒揚新朝不合歷史要求，班彪於是採集前史遺事，旁貫異聞，作後傳六十五篇，班固以他父親所寫未盡一家，又斟酌前史、潛精研思、繼承父業。還沒有寫完，有人上書明帝，告班固私改國史，有詔繫京兆獄，幸得他弟弟超上書陳述「班固是續父親著作，不敢改易舊書」，明帝才沒有把他治罪，後召爲校書郎、蘭台令史，勠力著述。後因大將軍竇憲出征匈奴，以班固爲中護軍。永和四年，竇憲因專橫被誅，班固也被株連，死在洛陽獄中。未完成的漢書，頗爲散亂，沒有人能夠綜理，而且八表及天文志還沒完成。班固有妹妹班昭（曹大姑），博學能文，和帝就命昭就東觀藏書閣，繼續完成。後人還說其中一部分是馬續的手筆，後漢書列女傳曹世叔妻（班昭）傳說：

兄固著漢書，其八表及天文志未及竟而卒，和帝詔昭就東觀藏書閣踵而成之。……時漢書始出，多未能通者，同郡馬融伏於閣下，從昭受讀，後又詔兄續繼昭成之。

但沒有說明八表及天文志，到底那些是班昭所寫，那些是馬續的手筆，沒有明白記載。惟據司馬彪說：「明帝使班固敍漢書，而馬續述天文志」，這樣說，馬續只是述天文志而已。但是後漢書班固傳說：

固自永平中始受詔，潛精積思二十餘年，至建初中乃成，當世甚重其書，學者莫不諷誦焉。

建初是章帝年號，建初共有九年，建初之後有元和四年，章和二年，章帝之後爲和帝，班固之死，在和帝永元四年上距成書之時，有十四、五年之久，學者既已諷誦其書，大概不是沒有完成的著作，則班昭、馬續繼成，不可盡信。大概是班固的八表及天文志已粗具規模，還沒有定稿，後因坐竇憲事而卒，不及最後審定，所以和帝詔昭完成之，馬續善九章算術，博觀群籍，所以又命續參校異同以成定本。

漢書起自高祖，終於孝平帝王莽之誅，十有二世，二百三十年，綜其行事，旁貫五經，計十二帝紀、八表，十志，七十列傳，共八十餘萬言，一百篇，隋書經籍志稱漢書一百十五卷，通志藝文略及四庫總目都稱漢書一百二十卷，那是因爲顏師古集說時，鑒於卷帙繁重，析爲子卷。

漢書創立斷代爲史，後世正史，陳陳相因，沒有改變過，但體例則因襲史記，僅改世家爲列傳，其餘一仍舊慣，惟史記稱本紀，漢書名紀，內容方面史記於高祖本紀後，繼以呂后本紀，漢書於呂后紀之前立惠帝紀，因孝惠在位七年，雖政出母后，但名號尚存，揆之春秋義法，不能不書之惠帝紀。史記立項羽本紀、陳涉世家、漢書統改爲列傳，這是斷代史一定的義例。八表中以古今人表後世討論的最多，其中包羅億載，旁貫百家，分之以三科，定之以九等，始自上上，終於下下，書以漢爲名，表則綜胲古今，不知斷限，劉知幾頗批評其缺失，對於人物的排列，漫無標準，強爲差等，例如：泚太子丹的賓客，高漸離居首，列爲四等，荆軻次之，列爲五等，秦舞陽列爲六等。所以鄭樵批評說：

> 史記一書，功在十表，猶衣裳之有冠冕，水木之有本源，班固不能旁通，卻以古今人物，強立差等。

不過，以古今人物研究漢代事跡，固無用處，然以極小篇幅，將古今多少人物，評列無遺，極便觀覽，苟援引其例作種種人表，尤便學者，總之漢書在體例上雖模仿史記，但是史料之整理潤色，苦心之經營，亦爲後世所公認。

在史傳文學上說，漢書也有不少寫得非常傳神的傳記，如寫朱買臣傳，在失意和得意時不同的精神面貌，以及別人對他不同的待遇，從那些具體的描寫中，刻劃出世態炎涼的現象。寫張禹傳也只通過了張禹自己的行爲生活和談話，寫出了張禹的虛僞狡詐，貪財圖位的醜惡形象。最著名的是蘇武傳，表揚了蘇武堅貞不屈的民族氣節，和高尙的節操，通過了許多具體生動情節的描寫，突出了蘇武視死如歸，不爲利誘，艱苦卓絕的英雄形象。特別是李陵投降後，表現了蘇武始終如一凜然不可犯的嚴正態度，給人留下深刻的印象。儘管李陵動之以情義，誘之以利害，娓娓動聽，但蘇武卻絲毫沒有動搖。所用文字不多，卻文字有力，表示了爲國家寧願肝腦塗地的堅決信念，當蘇武說出：「自分已死久矣，王必欲降武，請畢今日之歡，效死于前。」當李陵聽了，不禁自慚形穢而喟然嘆息說：「嗟呼！義士，陵與衞律，上通于天。」前後對照，使蘇武寧死不屈的精神更顯突出了。

雖然，一般說來漢書敍事不及史記生動，但簡練整飭，詳贍嚴密，有自己的特點。漢書中附錄了大量的辭賦和散文，這也是爲後世文章家愛好的原因，但也因此影響了對人物集中的描寫。

三

漢代除了史傳散文外，還有政論文章，也很發達。其原因是漢代君主想要網羅當代社會的人才，因此天下士子都努力發表對政策的意見，結果形成當時特別的一種議論文體。這種文體雖然是受戰國縱橫家以口舌游說諸侯的影響，但是漢代士子發表政治的意見，卻是對天子的對策和奏議，在形式上和內容上都有點不同。

這種文體，文、景之世最盛，有賈誼、鼂錯、賈山、鄒陽、枚乘等人；在武帝的時候，有董仲舒、公孫弘；

在宣帝時有劉向；都是此中的高手。後漢時可以和賈誼、鼂錯、董仲舒、劉向等人相提並論的，殆不可見。

總而言之，兩漢的散文，是有很高的成就，一方面，它出現了像司馬遷那樣卓越的文學大師，在先秦諸子散文和歷史散文的基礎上，創造了富有自己的時代特色和自己的個性特色的文體，給後世無比的深刻影響。另方面，漢代的政論文，也在先秦散文基礎上發展起來一種新的散文體，它對後世政論文的發展，也有很大的影響。我們可以看到漢代的散文，無論在敍事或說理方面，無論是在塑造歷史人物或描寫社會現實方面，都較先秦的散文有很大的進步，它表明了漢代散文作家的思想和寫作技巧，都有很大的發展，也表明了我國散文的新成就。

第四章　樂府與民歌

一、樂府的由來

「樂府」原是官府的名稱，後來也成爲民歌的代稱。而樂府詩就是泛指民間歌謠而言。其後文人大量仿製此種民歌，遂成爲詩體的一種，它與「古體詩」、「近代詩」三者，構成我國古典詩歌主要的形態和體裁。

探討「樂府」一辭的由來，它原是秦時少府的屬官。漢書百官公卿表說：「少府、秦官，掌山海池澤之稅以給供養。……屬官有尚書、符節、太醫、太官、湯官、導官、樂府……。」漢初，在官制上仍因襲秦制，歷經惠、文、景三世，都沒有更張。所以史記樂書說：高祖崩，令沛得以四時歌儛宗廟。孝惠、孝文、孝景無所增更，於樂府習常隸舊而已。」不過秦時的樂府與漢時的樂府，其職司則已大不相同。到了惠帝時，任夏侯寬爲「樂府令」，據漢書禮樂志說：「孝惠二年，使樂府令夏侯寬備其簫管，更名安世樂。」

到武帝時，朝廷宗廟祭禮的制度已確定，因爲祭禮要用音樂和舞蹈，於是在元鼎六年（西元前一一一）正式成立樂府官署，以便於採集民間的歌謠，加以增飾，供朝廷祭禮宴享時所需用的音樂。於是樂府更張，「樂府」一辭才爲一般人所通用。它的含義已不僅是官署，而更是民間歌謠的代稱。據漢書禮樂志所載：

> 至武帝定郊祀之禮，祠太一於甘泉，祭后土於汾陰，乃立樂府。采詩夜誦，有趙、代、秦、楚之謳，以李延年爲協律都尉，多擧司馬相如等數十人造爲詩賦，略論律呂，以合八音之調，作十九章之歌。

又漢書藝文志載：

> 自孝武立樂府而采歌謠，於是有代、趙之謳，秦、楚之風，皆感於哀樂，緣事而發，亦可以觀風俗，知厚薄云。

又漢書李延年傳說：

> 延年善歌，爲新變聲，是時上方興天地諸祀，欲造樂，令司馬相如等作詩頌。延年輒承意絃歌所造詩，爲之新聲曲。

漢武帝所以會擴大樂府之編制，實在是爲了祭祀天地時的大量需要，所以他的採集方法有二：或採民間歌謠入樂；或以文人詩頌入樂。已不是孝惠帝時專掌郊廟，朝會等貴族樂章之樂府令可比。當時採詩的範圍包括趙、代、秦、楚各地，相當於今日的：

趙——河北南部、山西東部、河南黃河以北地區。

代——河北蔚縣北。

秦——陝西、甘肅一帶。

楚——湖北、湖南、安徽、江蘇、浙江、四川巫山以東、廣東蒼梧以北等地。

這採詩之舉，是繼周代太師採集詩經之後的一件大事。從此，民間歌曲得以寫定，而文人亦與民間文學接觸，相互激起了新的精神與生命。

可惜西漢時的樂府民歌都沒有妥善的保存下來，這與哀帝的不喜歡此種俗樂，而加以撤減樂府之官有極大關係。據漢書禮樂志載：

是時（成帝）鄭聲尤甚。黃門名倡丙疆，景武之屬，富顯於世。貴戚五侯、定陵、富平、外戚之家，淫侈過度，至與人主爭女樂。哀帝自爲定陶王時疾之，又性不好音，及即位，下詔曰：『……孔子不云乎，「放鄭聲，鄭聲淫？」其罷樂府官！郊祭樂及古兵法武樂在經，非鄭、衞之樂者，條奏別屬他官。』丞相孔光、大司空何武奏：『……大凡八百二十九人，其三百八十八人不可罷，可領屬大樂；其四百四十一人不應經法，或鄭、衞之聲，皆可罷。』奏可。然百姓漸漬日久，又不制雅樂有以相變，豪富吏民，湛沔自若。

他把樂府官，自八百二十九人裁減去四百多人，只留下部分掌管郊廟宴享樂章的人，這對保存民歌，自是一大打擊，加之年代久遠，西漢作品亡佚殆盡。到了東漢，雖仍未恢復武帝時樂府規模。但樂府民歌並未中斷，如宋鄭樵通志樂略載：

及明帝定四品；一曰大予樂，郊廟上陵用之。二曰雅頌樂，辟雍享射用之。三曰黃門鼓吹樂，天子宴群臣用之。四曰短簫鐃歌，軍中用之。

其鐃歌中即有戰城南，有所思，上邪等民歌在內，加上文人的仿作，所以東漢時代的樂府詩，今日流傳保存者，均甚可觀。

二、樂府詩的分類

關於樂府詩的分類，西漢時是依採集的地區而分，有趙、代、秦、楚之謳，分類不很顯著。而東漢時，明帝時依用樂的性質與禮儀的配合等關係，而有「四品」之分類。（見前引）他的分類純以貴族立場爲據，所以來自民間之相和、清商等歌辭均未見品列。舊題唐吳兢撰樂府古題要解分樂府爲八類；有相和歌、拂舞歌、白紵歌、鐃歌、橫吹曲、清商曲、雜曲、琴曲。其後代有因革，至宋鄭樵通志樂略以古今樂章分隸正聲、別聲、遺聲三者，又區別甚多類目，益加精細。到南宋郭茂倩編樂府詩集一百卷，總括歷代樂府歌辭，上起唐虞，下迄五代，共分十二類；包括了時代、用樂性質、發生區域、樂曲的流變等，較前均詳備。其分類如下：

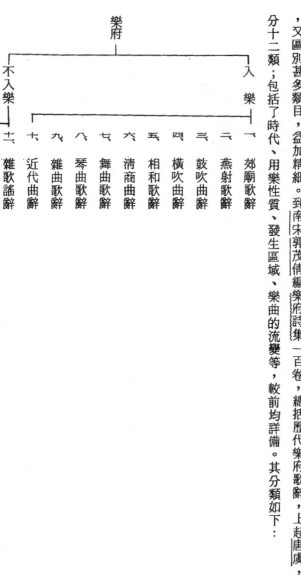

樂府
- 入樂
  - 一、郊廟歌辭
  - 二、燕射歌辭
  - 三、鼓吹曲辭
  - 四、橫吹曲辭
  - 五、相和歌辭
  - 六、清商曲辭
  - 七、舞曲歌辭
  - 八、琴曲歌辭
  - 九、雜曲歌辭
  - 十、近代曲辭
- 不入樂
  - 十一、雜歌謠辭
  - 十二、新樂府辭

郭氏的分類，在時代上過於久遠，在取材上眞僞不分。故近人馮沅君的中國詩史篇四樂府章中曾加修改。其論點爲：

第一，應删去僞託的琴曲。鄭樵說：

琴曲所言者，何嘗有是事？琴之始也，有聲無辭。但善音之人，欲寫其幽懷隱思，而無所憑依，故取古人之悲憂不遇之事，而命以操。……顧彼亦豈欲爲此誣罔之事乎？正爲彼之意向如此，不得不如此，不說無以暢其胸中也。（通志卷四十九、樂略一）

崔述也說：

琴錄之文，詞意淺近，不惟非聖人之言，亦不類三代時語，乃後人聞相傳有此事而擬作者耳。唐韓子亦嘗有擬拘幽操，近世琴譜亦有稱爲文王所自作者。但此幸有韓詩存，少知讀書者，猶得辨其非實。若傳之日久，不幸而韓詩亡，則雖大儒亦必爲實矣。彼琴錄所載，亦如是而已矣。（豐鎬考信錄卷二）

第二，應删去與雜曲重複的近代曲。郭茂倩說：

近代曲者，亦雜曲也。以其出於隋唐之世，故謂之近代曲也。（樂府詩集卷七十九）

第三，應該删去不入樂的雜歌謠。郭茂倩說：

若斯之類並徒歌也。爾雅曰，『徒歌謂之謠。』……韓詩章句曰，『無章曲曰謠。』（樂府詩集卷八十三）

漢樂府本有些是趙、代、秦、楚之謳，經李延年等略論律呂，方成樂章。所以宋書（卷二十一樂志三）說相和歌原是『漢世街陌謳謠』，而晉書（卷二十三樂志下）也說吳聲歌『始皆徒歌，既而被之弦管』。則雜歌謠是樂府的原料而非樂府本身，至爲明顯，最好是分開。

第四，應該刪去新樂府。郭茂倩說：

新樂府者，皆唐世之新歌也。以其辭實樂府而未常被於聲，故曰新樂府也。（樂府詩集卷九十）

這是自相矛盾的話。既然『未常被於聲』，那便與徒詩無異。詩人或者自題曰樂府，其實與樂府異，故當與雜歌謠同樣分開。因此郭茂倩所分十二類，只剩八類了。

三、樂府詩的內容

馮氏所分漢代樂府的八類，又可依其性質合爲三組；一是貴族特製的樂府。二是外國輸入的樂府。三是民間採來的樂府。現分述其內容於下：

(一) 貴族特製的樂府：

1. 郊廟歌：漢郊廟歌有五種，其中有四種作於高祖時：宗廟樂、房中祠樂、昭容樂、禮容樂。據漢書卷二十二禮樂志說：

高祖時，叔孫通因秦樂人制宗廟樂……。又有房中祠樂，至秦名曰壽人。凡樂，樂其所生，禮不忘本。高祖樂楚聲，故房中樂楚聲也。孝惠二年，使樂府令夏侯寬備其簫管，更名曰安世樂。……高祖六年，又作昭容樂，禮容樂。昭容者，猶古之昭夏也，主出武德舞。禮容者，主出文始五行舞。舞人無樂者，將至至尊之前，不敢以樂也；出用樂者，言舞不失節，能以樂終也。大氐皆因秦舊事焉。

其中昭容、禮容作於高祖六年（西元前二〇一）餘二種年代未詳。而其中除房中祠樂外，其餘三種今已亡佚。房中祠樂前文曾說到孝惠二年時改名安世樂。而在漢書中則又合二者而稱「安世房中歌十七章」。後漢書桓帝本紀延熹八年，唐章懷太子注「房祀」說，「房，謂祠堂也。」可見它是用於宗廟。作者唐山夫人，是高祖姬，姓唐山，生卒年及事蹟均不詳。因爲作者是女子，所以後人有誤會爲「閨房之樂」的。如梁啓超說：

因歌名房中，又成於婦人之手，後世望字生義，或指爲閨房之樂。此種誤解，蓋自漢末已然。魏明帝時，侍中繆襲奏言，『往昔議者，以房中歌后妃之德。……省讀漢安世歌，說「神來燕饗」，「嘉薦令儀」，無有二南后妃風化天下之言。……宜改曰享神歌。』今案：襲說甚是，房中歌蓋宗廟樂章，故發端有『大孝備矣』之文。然雖經繆襲辨明，而後世沿譌者仍不少。鄭樵依違其說，乃曰：『房中樂者，婦人禱祠於房中也。』可謂瞎說。『房』本古人宗廟陳主之所，這樂在陳主房奏，故以『房中』爲名。後來『房』字意義變遷，作爲閨房專用，故有此誤解耳。（中國之美文及其歷史、飲冰室文集之七十四）

十七章之內容，多爲標榜孝道，分別於下：

豐草葽，女蘿施，善如何？誰能回？大莫大，成教德，長莫長，被無極。

大海蕩蕩水所泊，高賢愉愉民所懷，大山崔，百卉殖。民何貴？貴有德。

這種風格極近楚辭，如國殤：

操吳戈被犀甲，車錯轂兮短兵接，旌蔽日兮敵若雲，矢交墜兮士爭先。

與第一首所引相較，僅多一「兮」字而已。又如招魂：

美人既醉，朱顏酡只，娭光眇視，目曾波只。天地四方，多賊姦只，像設君室，靜閑安只。

與所引第二首，亦多相近之處。

另一種郊祀歌則作於武帝之時。漢書佞幸傳說：

是時上方與天地諸祠，欲造樂，令司馬相如等作詩頌。延年輒承意弦歌所造詩，爲之新聲曲。

又禮樂志說：

以李延年爲協律都尉，多擧司馬相如等數十人造爲詩賦，略論律呂，以合八音之調，作十九章之歌。以正月上辛，用事甘泉圜丘，使童男女七十人俱歌。昏祠至明，夜常有神光如流星，止集于祠壇。

此十九章郊祀歌，但天馬實爲二章，共二十首，全載於漢書禮樂志，今載錄篇目如下：

(1)練時日　(2)帝臨　(3)青陽　(4)朱明　(5)西顥　(6)玄冥　(7)惟泰元　(8)天地　(9)日出入　(10)天馬「太一況」章　(11)天馬「天馬徠章」　(12)天門　(13)景星　(14)齊房　(15)后皇　(16)華爗爗　(17)五神　(18)朝隴首　(19)象載瑜　(20)赤蛟。

而史記樂書則僅載天馬二章，字句亦異。或爲樂工所增刪。如史記所引第一首爲：

太一貢兮天馬下，霑赤汗兮沫流赭。騁容與兮跇萬里，分安匹兮龍與友。」而漢書所引天馬第一章則爲：「太一況，天馬下，霑赤汗，沫流赭。志俶儻，精權奇。籋浮雲，晻上馳。體容與，迣萬里，今安匹，龍爲友。」

其中不同處最可注意的是漢書刪去了「兮」字。足見它們受楚辭體影響之深。所以郊祀歌中除四言的帝臨、青陽、朱明、西顥、玄冥、惟泰元、齊房、后皇八首外，餘均爲騷體，當有「兮」字。然究爲李延年抑或班固所刪改，就難斷定了，但決非司馬相如等人的原作，則可斷言。現擧第一首練時日爲例，並都加上「兮」字，以見它與楚辭的相近似處。

練時日兮侯有望，焫膋蕭兮延四方。九重開兮靈之游，垂惠恩兮鴻祜休。靈之車兮結玄雲，駕飛龍兮羽旄紛。靈之下兮若風馬，左蒼龍兮右白虎。靈之來兮神哉沛，先以雨兮般裔裔。靈之至兮慶陰陰，相放悲兮震澹心。靈已坐兮五音飭，虞至旦兮承靈億；牲繭栗兮粢盛香，尊桂酒兮賓八鄉。靈安留兮吟青黃，徧觀此兮眺瑤臺。衆嫭並兮綽奇麗，顏如荼兮兆逐靡，被華文兮廁霧縠，曳阿錫兮佩珠玉。俠嘉夜兮茝蘭芳，澹容與兮獻嘉觴。

又如日出入；（也加兮字）

日出入兮安窮？時世兮不與人同：故春非我春兮夏非我夏，秋非我秋兮多非我多。泊如四海之池兮，徧觀是邪謂何？吾知所樂兮獨樂六龍。六龍之調兮使我心若，訾黃其何不徠下？

其風格與楚辭中的九歌、招魂都是極為相似的。

2. 燕射歌：詩已全亡。郭茂倩在樂府詩集中，把它分成三類；一是「燕饗」之樂，是「親四方賓客」的；二是「大射」之樂，是「親故舊朋友」的；三是「食舉」之樂，是「親宗族兄弟」的。

3. 舞曲：宋書樂志一論舞曲的應用道：

前世樂飲，酒酣，必起自舞，詩云『屢舞僊僊』是也。宴樂必舞，但不宜屢爾；譏在屢舞，不譏舞也。漢武帝樂飲，長沙定王舞又是也。魏晉以來，尤重以舞相屬，所屬者代起舞，猶若飲酒以捂相屬也。謝安舞以屬桓嗣是也。近世以來，此風絕矣。

郭茂倩在樂府詩集中分舞曲爲二：

自漢以後，樂舞寖盛，故有雅舞，有雜舞。雅舞用之於郊廟朝饗，雜舞用之宴會。

但是郭在二者之後，又附有「散樂」一種，故舞曲實爲三種。雅舞用於郊廟朝饗，所以多爲詞臣所特製；而雜舞則『始皆出自方俗，後寖陳於殿庭』（樂府詩集卷五十三）至於散樂，「卽漢書所謂黃門名倡丙疆景武之屬是也。漢有黃門鼓吹，天子所以宴群臣。然則雅樂之外，又有宴私之樂焉。……秦漢以來又有雜伎，其變非一，各爲百戲，亦總謂之散樂。可見散樂是有表演動作的，是戲劇的雛形，所以郭氏把它列於舞曲之後。

漢代的雅舞有八種，高祖時有武德、文始、五行三種；文、景、宣帝時有四時、昭德、盛德三種。光武時有雲翹、育命二種。以上八種歌辭全佚。後來明帝時又有一種議而未行的大武舞。後漢東平王劉蒼曾作了一篇擬武德舞歌詩，今尚存。文體模仿周頌，毫無價值。雜舞共有五種。巴渝、槃、鞞三種，歌辭已亡佚，見存的兩種是公莫舞和鐸舞。公莫舞也卽巾舞，歌辭已「訛異不可解」。鐸舞中有聖人制禮樂一篇，「聲辭雜寫，不復可辨」散舞見存者有俳歌辭一篇。南齊書及古今樂錄均有載錄，但文字頗多歧異，文辭也甚難解。

㈡　外國輸入的樂府：

1.　鼓吹曲：鼓吹曲的輸入，據漢書敍傳上說：「始皇之末，班壹避地於樓煩，致馬牛羊數千羣。值漢初定，與民無禁。當孝惠高后時，以財雄邊，出入弋獵旌旗鼓吹。」可見它是從胡地傳入的。樂府詩集說：

橫吹曲，其始亦謂之鼓吹，馬上奏之，蓋軍中之樂也。北狄諸國，皆馬上作樂，故自漢以來，北狄樂總歸鼓吹署。其後分爲二部；有簫笳者爲鼓吹，用之朝會道路，亦以給賜，漢武帝時南越七郡皆給鼓吹是也。

有鼓角者爲橫吹，用之軍中，馬上所奏者是也。

可見鼓吹有廣狹二義。鼓吹曲辭，今存鐃歌。樂府詩集引古今樂錄說：

漢鼓吹鐃歌十八曲，字多訛誤。一曰朱鷺，二曰思悲翁，三曰艾如張，四曰上之回，五曰擁離，六曰戰城南，七曰巫山高，八曰上陵，九曰將進酒，十曰君馬黃，十一曰芳樹，十二曰有所思，十三曰雉子班，十四曰聖人出，十五曰上邪，十六曰臨高臺，十七曰遠如期，十八曰石留。又有務成、玄雲、黃爵、釣竿亦漢曲也，其辭亡。

而今存十八曲中，也有全可解者，如戰城南、上邪、有所思等。就其內容看，已不盡然是軍歌。故清人莊述祖說：

「短簫鐃歌之爲軍樂，特其聲耳；其辭不必皆序戰陳（陣）之事。」（漢鐃歌句解）近人余冠英也謂：

「大約鐃歌本來有聲無辭，後來陸續補進歌辭，所以時代不一，內容龐雜。其中有敍戰陣，有紀祥瑞，有表武功，也有關涉男女私情的。有武帝時的詩，也有宣帝時的詩，有文人製作，也有民間歌謠。」（樂府詩選注）

十八曲中，就文學價值而論，自是言情之作爲最佳，今舉例如下；

「上邪！我欲與君相知，長命無絕衰。山無陵，江水爲竭，冬雷震震，夏雨雪，天地合，乃敢與君絕！」（上邪）

「有所思，乃在大海南。何用問遺君？雙珠瑇瑁簪，用玉紹繚之。聞君有他心，拉雜摧燒之。摧燒之，當

風揚其灰。從今以往，勿復相思！相思與君絕！雞鳴狗吠，兄嫂當知之。妃呼豨！秋風肅肅晨風颸，東方須臾高，知之。」（有所思）

「戰城南，死郭北，野死不葬烏可食。爲我謂烏：且爲客豪！野死諒不葬，腐肉安能去子逃！水深激激，蒲葦冥冥，梟騎戰鬥死，駑馬徘徊鳴。梁築室，何以南，何以北，禾黍不穫君何食？願爲忠臣安可得！思子良臣，良臣誠可思：朝行出攻，暮不夜歸！」（戰城南）

或爲情歌，或敍征戰，所表露的情感，都極爲眞摯動人，坦率堅決。這都是上乘之作。

2. 橫吹曲：關於橫吹曲的輸入，據古今注說：

「橫吹，胡曲也。張博望入西域，傳其法於西京，惟得摩訶、兜勒二曲。」其歌辭今已全亡。

(三) 民間採來的樂府

1. 相和歌：宋書樂志說：

相和，漢舊曲也。絲竹更相和，執節者歌。

樂府詩集引古今樂錄說：

凡相和，其器有笙、笛、節鼓、琴、瑟、琵琶、箏七種。

葉慶炳先生中國文學史說：

按琴、瑟爲雅樂器，琵琶爲胡樂器，餘皆爲俗樂器。絲竹合鳴，雅俗並奏，故謂之相和歌辭。

樂府詩集把相和歌辭列爲九類；有相和六引、相和曲、吟歎曲、四弦曲、平調曲、清調曲、瑟調曲、楚調曲、大曲均應屬之清商曲。杜佑通典說：「清商三調，並漢氏以來舊曲。」唐書樂志說：「平調、清調、瑟調，皆周房中樂之遺聲，漢世謂之三調。」則平、清瑟之爲清商明甚。又唐志說：「楚調者，漢房中樂也。高祖樂楚聲，故房中樂，楚聲也。側調者生於楚調。」至於宋志所載大曲十五曲，一部分爲瑟調，一部分爲楚調，可見瑟調、楚調與大曲關係密切，當然同爲清商曲了。那麼，相和歌中就只賸下相和引、相和曲、吟歎曲、四弦曲四種。據古今樂府所載，相和引與四弦曲今古辭並亡。吟歎曲中只存王子喬一曲。而相和曲本十七曲，復合爲十三曲，而今有辭者唯江南、東光、薤露、蒿里、雞鳴、烏生、平陵東七曲。其中最値得注意的是江南與烏生。今抄錄於下：

「江南可採蓮，蓮葉何田田！魚戲蓮葉間：魚戲蓮葉東，魚戲蓮葉西，魚戲蓮葉南，魚戲蓮葉北。」（江南）

這是一首很質樸自然的民歌，歌辭簡單明瞭，如果配合樂曲吟唱，一定非常動聽。又如烏生；

烏生八九子，端坐秦氏桂樹間。唶！我秦氏，家有遊遨蕩子，工用睢陽彊，蘇合彈。左手持彊彈，兩丸出入烏東西。唶！我一丸，即發中烏身。烏死魂魄飛揚上天。阿母生烏子時，乃在南山巖石間。唶！我人民，安知烏子處？蹊徑窈窕安從通？白鹿乃在上林西苑中，射工尙復得白鹿脯。唶！我黃鵠摩天極高飛，後宮內尙復得烹煑之。鯉魚乃在洛水深淵中，釣鉤尙得鯉魚口。唶！我人民生各各有壽命，死生何須復道前後！

這是一首禽言詩，藉寓言體裁，以諷刺手法，訴說烏被傷害的痛苦，感情強烈而激動。

2. 清商曲：據宋書樂志所載，漢清商經　荀勗撰舊詞施用者　，分平調、清調、瑟調、大曲及楚調五種。此外，樂府古題要解以吟歎曲王昭君列入清商。又樂府詩集說：「側調者，生於楚調。」又說：「傷歌行，側調曲也。」可見漢樂府清商曲辭應分七類。（見中國詩史樂府篇）

(1) 平調曲，古今樂錄說：

王僧虔大明三年宴樂技錄，平調有七曲：一曰長歌行，二曰短歌行，三曰猛虎行，四曰君子行，五曰燕歌行，六曰從軍行，七曰鞠歌行。……其器有笙、笛、筑、瑟、琴、箏、琵琶七種。

樂府詩集所載古辭，只有長歌行、君子行及猛虎行。其中以長歌行最佳，今引於下：

青青園中葵，朝露待日晞。陽春布德澤，萬物生光輝。常恐秋節至，焜黃華葉衰。百川東到海，何時復西歸。少壯不努力，老大徒傷悲。

(2) 清調曲，古今樂錄說：

王僧虔技錄，清調有六曲：一、苦寒行，二、豫章行，三、董逃行，四、相逢狹路間行，五、塘上行，六、秋胡行。

……其器有笙、笛——下聲弄、高弄。遊弄——篪、節、琴、瑟、箏、琵琶八種。

樂府詩集載有豫章行、董逃行、相逢行各一首。其中以相逢行爲突出，今錄於下：

相逢狹路間，道隘不容車。不知何年少。夾轂問君家。君家誠易知，易知復難忘。黃金爲君門，白玉爲君堂。堂上置樽酒，作使邯鄲倡。中庭生桂樹，華燈何煌煌！兄弟兩三人，中子爲侍郎。五日一來歸，道上自生光。黃金絡馬頭，觀者盈道傍。入門時左顧，但見雙鴛鴦。鴛鴦七十二，羅列自成行。音聲何噰噰，鶴鳴東西廂。大婦織綺羅，中婦織流黃。小婦無所爲，挾瑟上高堂。丈夫且安坐，調絲方未央。

(3) 瑟調曲，古今樂錄說：

王僧虔技錄，瑟調曲有善哉行、隴西行、折楊柳行、西門行、東門行、東西門行、却東西門行、順東西門行、飲馬行、上留田行、新城安樂宮行、婦病行、孤子生行、放歌行、大牆上蒿行、野田黃雀行、釣竿行、臨高台行、長安城西行、武舍之中行、雁門太守行、艷歌何嘗行、艷歌福鍾行、艷歌雙鴻行、煌煌京洛行、帝王所居行、門有車馬客行、牆上難用趨行、日重光行、蜀道難行、櫂歌行、有所思行、蒲坂行、採梨橘行、白楊行、胡無人行、青龍行、公無渡河行。……其器有笙、笛、節、琴、瑟、箏、琵琶七種。

茲選東門行及飲馬行爲例：

「出東門，不顧歸。來入門，悵欲悲。盎中無斗米儲，還視桁上無縣衣。拔劍出門去，兒母牽衣啼。他家但願富貴，賤妾與君共餔糜，共餔糜，上用倉浪天故，下爲黃口小兒。今時清廉，難犯教言，君復自愛莫爲非。今時清廉，難犯教言，君復自愛莫爲非。行！吾去爲遲。平愼行，望君歸。」（東門行）

「靑靑河畔草，綿綿思遠道。遠道不可思，夙昔夢見之。夢見在我旁，忽覺在他鄉。他鄉各異縣，展轉不相見，枯桑知天風，海水知天寒。入門各自媚，誰肯相爲言。客從遠方來，遺我雙鯉魚。呼兒烹鯉魚，中有尺素書。長跪讀素書，書中竟何如？上言加餐飯，下言長相憶。」（飲馬行）

(4) 楚調曲，古今樂錄說：

「王僧虔技錄，楚調曲有白頭吟行、泰山吟行、梁甫吟行、怨詩行。其器有笙、笛弄、節、琴、箏、琵琶、瑟七種。」（白頭吟入大曲）

樂府詩集中只載怨詩行一首，今錄於下：

「天德悠且長，人命一何促。百年未幾時，奄若風吹燭。嘉賓難再遇，人命不可續。齊度遊四方，各繫太山錄。人間樂未央，忽然歸東嶽。當須盪中情，遊心恣所欲。」

(5)　大曲：宋書樂志載，大曲十五曲，一曰東門，二曰西山，三曰羅敷，四曰西門，五曰默默，六曰園桃，七曰白鵠，八曰碣石，九曰何嘗，十曰置酒，十一曰爲樂，十二曰夏門，十三曰王者布大化，十四曰洛陽令，十五曰白頭吟。而其中西山與默默同爲折楊柳行，白鵠與何嘗同爲艷歌行，碣石與夏門同爲步出夏門行，故實爲十二曲。今舉艷歌羅敷行（陌上桑）與白頭吟爲例：

「日出東南隅，照我秦氏樓。秦氏有好女，自名爲羅敷。羅敷喜蠶桑，採桑城南隅，青絲爲籠係，桂枝爲籠鈎。頭上倭墮髻，耳中明月珠。湘綺爲下帬，紫綺爲上襦。行者見羅敷，下擔捋髭鬚。少年見羅敷，脫帽著帩頭。耕者忘其犂，鋤者忘其鋤。來歸相怨怒，但坐觀羅敷。使君從南來，五馬立踟躕。使君遣吏往，問是誰家姝。秦氏有好女，自名爲羅敷。羅敷年幾何？二十尚不足，十五頗有餘。使君謝羅敷：寧可共載不？羅敷前致詞：使君一何愚！使君自有婦，羅敷自有夫。東方千餘騎，夫婿居上頭。何用識夫婿？白馬從驪駒。青絲繫馬尾，黃金絡馬頭。腰中鹿盧劍，可值千萬餘。十五府小吏。二十朝大夫。三十侍中郎，四十專城居。爲人潔白晰，鬑鬑頗有鬚，盈盈公府步，冉冉府中趨，坐中數千人，皆言夫婿殊（陌上桑）

「皚如山上雪，皎如雲間月。聞君有兩意，故來相決絕。今日斗酒會，明旦溝水頭。躞蹀御溝上，溝水東西流。淒淒復淒淒，嫁娶不須啼。願得一心人，白頭不相離。竹竿何嫋嫋，魚尾何簁簁！男兒重意氣，何

用錢刀爲！」（白頭吟）

3. 雜曲歌：樂府詩集說：「漢、魏之世，歌詠雜興，而詩之流，乃有八名：曰行，曰引，曰歌，曰謠，曰吟，曰詠，曰怨，曰歎。皆詩人六義之餘也。至其協聲律，播金石，而總謂之曲。」這是就雜曲歌辭的體裁而言。又說：「雜曲者，歷代有之。或心志之所存，或情思之所感，或宴遊歡樂之所發，或憂愁憤怨之所興，或敍離別悲傷之懷，或言征戰行役之苦，或緣於佛、老，或出自夷虜：兼收備載，故總謂之雜曲。」這又就雜曲的內容而言。據樂府詩集所載，稱爲「古辭」的有十二曲：蜨蝶行、驅車上東門行，傷歌行，悲歌行，前緩聲歌，東飛伯勞歌，西洲曲，長干曲，焦仲卿妻，枯魚過河泣，冉冉孤生行，樂府。其言漢人作的有六曲：阮瑀駕出北郭門行，辛延年羽林郎，宋子侯董嬌饒，馬援武溪深行，張衡同聲歌，繁欽定情詩。又棗下何纂纂附說引古辭一首，合前共十九首。其中部分採自民間歌謠，部分爲文人作品。尤其文人之作，寫作技巧極爲進步，且均爲成熟之五言體，對漢代五言詩之醞釀，幫助甚大。今引例數首於下：

「悲歌可以當泣。遠望可以當歸。思念故鄉。鬱鬱纍纍。欲歸家無人。欲渡河無船。心思不能言，腸中車輪轉。」（悲歌行）

「昔有霍家奴，姓馮名子都，依倚將軍勢，調笑酒家胡。胡姬年十五，春日獨當壚，長裾連理帶，廣袖合歡襦，頭上藍田玉，耳後大秦珠。兩鬟何窈窕，一世良所無；一鬟五百萬，兩鬟千萬餘。不意金吾子，娉婷過我廬。銀鞍何煜爚，翠蓋空踟躕。就我求清酒，絲繩提玉壺；就我求珍肴，金盤鱠鯉魚。貽我靑銅鏡，結我紅羅裾，不惜紅羅裂，何論輕賤軀。男兒愛後婦；女子重前夫。人生有新故，貴賤不相踰。多謝金

吾子，私愛徒區區。」（辛延年羽林郎）

四 「樂府」在文學史上的價值

胡適在白話文學史上曾強調「樂府」這制度在文學史上很有關係。它在文學史上所創造的價值大約有以下幾項：

一、民間歌曲因此得了寫定的機會。

二、民間的文學因此有機會同文人接觸，文人從此不能不受民歌的影響。

三、文人感覺民歌的可愛，有時因爲音樂的關係不能不把民歌更改添減，使他協律；有時因爲文學上的衝動，文人忍不住要模倣民歌，因此他們的作品便也往往帶着「平民化」的趨勢，因此便添了不少的白話或近於白話的詩歌。

這三種關係，自漢至唐，繼續存在。故民間的樂歌收在樂府的，叫做「樂府」；而文人模倣民歌做的樂歌，也叫做「樂府」；而後來文人模倣古樂府作的不能入樂的詩歌，也叫做「樂府」或「新樂府」。

他接着又說：「樂府是平民文學的徵集所，保存館。這些平民的歌曲層出不窮地供給了無數新花樣，新形式，新體裁；引起了當代的文人的新興趣，使他們不能不愛玩，不能不佩服，不能不模倣。漢以後的韻文的文學所以能保存得一點生氣，一點新生命，全靠有民間的歌曲，時時供給活的體裁和新的風趣。」這話是很對的。

第五章　五七言詩的興起

第一節　五言詩的興起

一、起於枚、李說的不可信

五言詩的興起，究竟是否在西漢？在中國詩歌發展史上，是個極爲重要的問題。所以自古以來，討論的意見紛紜。其中有些誤記、附會和傳說是先需要澄清和排除的；傳說五言詩起源於枚乘與李陵的兩種說法，最爲有力，但卻不甚可信。現辨析如下：

㈠　起於枚乘說　劉勰文心雕龍明詩篇說：「古詩佳麗，或稱枚叔。孤竹一篇則傅毅之辭，比采而推，兩漢之作乎？」他所稱的「古詩」，就是古詩十九首。叔是枚乘的字。不過他的態度是比較游離的。到了徐陵編玉臺新詠時，把古詩十九首中的西北有高樓、東城高且長、行行重行行、青青河畔草、庭中有奇樹、迢迢牽牛星、明月何皎皎、涉江採芙蓉等八首，再加蘭若生春陽一首，題爲「枚乘雜詩」。更斷然把藝術成就已很高的古詩十九首中的部分詩篇著作權，遽歸枚乘。

關於這個說法，前人有一些疑問提出：

(1) 梁、蕭統編文選，題古詩十九首時，並未列作者的姓名。而李善注也說：「古詩，蓋不知作者。或云枚乘，疑不能明也。」對起源枚乘的說法業已存疑。後鍾嶸詩品中也只說枚乘「辭賦競爽，而吟詠靡聞。」可見蕭、鍾二人都未採信古詩出於枚乘的說法。

(2) 漢書枚乘傳及藝文志詩賦略中，僅載錄了他的賦，而絕無詩篇，並且與他同時的文人，如司馬相如、東方朔等，也都沒有五言詩的載錄。因爲文學體裁的興起，是一種風氣，一種潮流，不可能同時代中，只有一人獨自創作。更何況題爲枚乘的古詩，已經相當成熟。

(3) 陸機曾擬作此九首，但也不題「擬枚乘」。可見陸機也不認爲它們是枚乘的作品。

假如枚乘當時，已能創作如此成熟的五言詩，何以至建安時才產生影響，成就輝煌。何以文、景時代後又忽然會中斷，直到東漢末年，才再興盛起來，這在文學演變的趨勢上，是甚不合理的。所以以上這些疑問，若得不到圓滿的解釋，則五言詩起源於枚乘的說法是很難令人信服的。

(二) 起於李陵、蘇武說　蕭統在文選中著錄有李陵與蘇武詩「良時不再至，離別在須臾」等三首，又有蘇武古詩「骨肉緣枝葉，結交亦相因」等四首，都是成熟的五言詩。而鍾嶸的詩品也說：「逮漢李陵，始著五言之目。」南齊書文學傳論也說：「少卿（李陵字）離辭，五言才骨，難與爭騖。」唐皎然詩式也說：「其五言周時已見濫觴。及乎成篇，則始於李陵、蘇武二子。」

關於這個說法，前人也有一些疑問提出：

(1) 漢書卷廿四李陵與蘇武本傳以及藝文志中，都未提及二人有五言詩作品。蘇武傳中，僅載有李陵的別歌一首。歌辭是：

徑萬里兮度沙幕，爲君將兮奮匈奴，路窮絕兮矢刃摧，士衆滅兮名已隤，老母已死，雖欲報恩將安歸？

純然是首當時流行的楚辭體，而歌辭內容與李陵的處境，正相脗合。所以何以李、蘇二人未有五言作品這一疑點，劉勰早已發現。他在文心雕龍明詩篇說：「至成帝品錄，三百餘篇，朝章國采，亦云周備，而辭人遺翰，莫見五言。所以李陵、班婕妤見疑於後代。」

(2)　文選中所收有關李陵、蘇武的詩，內容上本有問題。清梁章鉅文選旁證引翁方綱語說：

史載陵與武別，陵起舞作歌『徑萬里兮』五句，此當日眞詩也，何嘗有『携手上河梁』之事乎？卽以河梁一首言之，其曰：『安知非日月，弦望自有時。』此云離別之後，或尙可冀其會合耳。不思武旣南歸，決無再北之理；而陵曰：『丈夫不能再辱。』亦自知決無生還之期。此則『日月』『弦望』爲虛辭矣。又云：『嘉會難再遇，三載爲千秋。』蘇、李二子之留匈奴，皆在天漢初年，其相別則在始元五年，是二子同居者十八九年之久，安得僅云三載嘉會乎？

而且蘇軾答劉沔都曹書（東坡全集）中也說：「李陵、蘇武贈別長安，而詩有江、漢之語；及陵與武書，詞句儇淺；正齊梁間小兒所擬作，決非西漢文。」

(3)　洪邁容齋隨筆卷十四李陵詩說：「文選李陵、蘇武詩，東坡云後人所擬。余觀李詩云：『獨有盈觴酒』，盈，惠帝諱。漢法觸諱有罪。不應陵敢用。東坡之言可信也。」日知錄卷廿三，「已祧不諱」條也說：「李陵詩『獨有盈觴酒』，枚乘詩『盈盈一水間』，二人皆在武、昭之世而不避諱，又可知其爲後人之擬作，而不出於西京矣。」

此外班婕妤的怨歌行，通篇五言，技巧已經十分成熟。文選及玉臺新詠中均有載錄；

新裂齊紈素，皎潔如霜雪，裁爲合歡扇，團團似明月。出入君懷袖，動搖微風發。常恐秋節至，涼風奪炎熱，棄捐篋笥中，恩情中道絕。

而且徐陵玉臺新詠所收詩的前面，有一篇短序說：「昔漢成帝班婕妤失寵，供養於長信宮，乃作賦自傷，幷爲怨詩一首。」其時代已屬成帝，較之枚、李爲晚。但李善注引歌辭時但稱「古辭」，而劉勰也表示懷疑，恐怕也爲後人擬作。其他如卓文君的白頭吟，宋書樂志、太平御覽和樂府詩集都只說「古辭」，至西京雜記始首記其事，但亦未著其辭。至宋末黃鶴註杜詩，才以雜記之事，傅會宋志之辭，後來馮惟訥的古詩紀因之，當然它也是僞託了。

二、五言詩醞釀於西漢

以上二說既不能成立，那五言詩究竟應當起於何時？必當據可信的史料重新推斷與觀察。於是我們發現可確定爲西漢時代而類似五言詩的作品，都不純淨，也乏韻味，無論在技巧與情境上，都依然幼稚。可見西漢時代，五言詩還是在醞釀、試驗的時期。今就史料中所見，抄錄於下：

漢書五行志所載，成帝時的歌謠：

邪徑敗良田，讒口亂善人，桂樹華不實，黃爵巢其顚。故爲人所羨。今爲人所憐。

又漢書所載，永始、元延間的尹賞歌：

安所求子死？桓東少年場。生時諒不謹，枯骨後何葬？

又禹貢傳中所載，武帝時的俗諺：

何以孝悌爲？財多而光榮。何以禮義爲？史書而仕宦。何以謹愼爲？勇猛而臨官。

又外戚傳中的李延年佳人歌：

北方有佳人，絕世而獨立，一顧傾人城，再顧傾人國。寧不知傾城與傾國，佳人難再得。

又戚夫人歌：

子爲王，母爲虜。終日舂薄暮，相與死爲伍。相離三千里，當誰使告女。

這些詩或爲童謠，或爲格言，嚴格地說是不成其爲詩的。這些資料使我們發現，在成帝時代的五言詩，尙且停留在這種草創的狀況，而竟然要去相信文、景時代就能產生像枚乘，而武帝時代就能產生像李陵、蘇武那般成熟的五言詩，豈非自欺！

三、五言詩成立於東漢

一切新文學的來源，似乎都來自民間，到了東漢，由於樂府、民歌的盛行，在這種活潑生命的激盪下，使五言詩的發展，得到了不少助益。若把樂府與古詩作個比較，其道理就不難明白。例如相和歌辭瑟調曲西門行的本辭是：

出西門，步念之：今日不作樂，當待何時？逮爲樂，逮爲樂，當及時。何能愁怫鬱，當復待來茲？釀美酒，炙肥牛，請呼心所歡，可用解憂愁。人生不滿百，常懷千歲憂。晝短苦夜長，何不秉燭遊？遊行去去如雲除，弊車羸馬爲自儲。

詩中雖然三、四、五言雜用，但仍是以五言爲基礎，結構內容上純然是民歌本色。但一經文人之手的潤飾，就把長短句式改成整齊句法的五言詩了。如古詩十九首中的第十五首，顯然就是從樂府中脫胎而出的，今也抄錄於下

生年不滿百，常懷千歲憂。晝短苦夜長，何不秉燭遊？爲樂當及時，何能待來茲？愚者愛惜費，但爲後世嗤。仙人王子喬，難可與等齊。

姑不論樂府與五言詩的演變情形，就這二首詩內容中所反映出的思想，也該是東漢時歷經喪亂後的作品了。

再就遠溯漢代樂府詩發展的情形看，漢樂府略可分爲三組；第一組是貴族特製的樂府，如郊廟歌，燕射歌與舞曲等。它的時代較早，其中五言的成分，幾乎沒有。第二組是外國輸入的樂府，如鼓吹曲和橫吹曲等，時代較第一組爲晚，已經頗雜有不少的五言詩句。如上陵：

上陵何美美，下津風以寒。問客從何來？言從水中央。桂樹爲君船，青絲爲君笮，木蘭爲君櫂，黃金錯其間。

第三組是民間採來的樂府，如相和歌、清商曲與雜曲等。此組時代最晚，絕大部分是東漢的作品。而五言的成分也最多。例如相和歌中的雞鳴：

舍後有方池，池中雙鴛鴦；鴛鴦七十二，羅列自成行；鳴聲何啾啾，聞我殿東廂。

又如清商曲中的飲馬行：

客從遠方來，遺我雙鯉魚；呼兒烹鯉魚，中有尺素書；長跪讀素書，書中竟何如？上有加餐食，下有長相

憶。

我們將樂府詩中五言詩演進的歷程，與樂府範圍以外的演進作一比較，就不難論定五言詩成立於東漢是較可信的。

五言詩發展到東漢時，作品中有姓名可考的。其中應亨是第一位，他是汝南（今河南汝南附近）人。作品存者有贈四王冠詩，前有自序說：

「永平四年，外弟王景系兄弟四人並冠，故貽之詩。」詩的內容是；

濟濟四令弟，妙年踐二九。今月惟吉日，成服加元首。人咸飾其容，鮮能離塵垢。雖無兕觥爵，杯醮傳旨酒。

雖全篇五言，內容卻十分空洞，離成熟顯然有一段距離。直到班固的詠史，才代表着五言詩的正式成立。其詩說：

三王德彌薄，惟後用肉刑。太倉令有罪，就逮長安城。自恨身無子，困急獨煢煢。少女痛父言，死者不可生。上書詣闕下，思古歌雞鳴。憂心摧折裂。晨風揚激聲。聖漢孝文帝，惻然感至情，百男何憒憒，不如一緹縈。

這是首歌詠孝女緹縈救父的故事詩。鍾嶸詩品批評它：「質木無文」。許學夷詩源辨體也說：「班固詠史，質木無文，當爲五言之始；盖先質木，後完美。」可見在藝術技巧方面，它的成就並不高，與古詩十九首相比，還差了一大截。不過它畢竟具有文學發展上的價值，開未來風氣之先。

班固以後，五言詩的創作，逐漸風靡。有張衡的同聲歌，秦嘉的留郡贈婦詩，趙壹的刺世疾邪賦末所附的秦客之詩與魯生之歌，蔡邕的飲馬長城窟（此篇或作無名氏古辭）及翠鳥，酈炎的見志，孔融的雜詩，繁欽的定情詩，高彪的清誡，蔡琰的悲憤詩等。在技巧上都是超過詠史的成功五言詩作品。其時代已居東漢末期。今舉數例如下：

「邂逅承際會，得充君後房。情好新交接，恐慄若探湯。不才勉自竭，賤妾職所當。綢繆主中饋，奉禮助烝嘗。思爲莞蒻席，在下蔽匡牀。願爲羅衾幬，在上衞風霜。洒掃清枕席，鞮芬以狄香。重戶結金扃，高下華燈光。衣解巾粉卸，列圖陳枕張。素女爲我師，儀態盈萬方。衆夫所希見，天老教軒皇。樂莫斯夜樂，沒齒焉可忘。」（張衡同聲歌）

「人生譬朝露，居世多屯蹇。憂艱常早至，歡會常苦晚。念當奉時役，去爾日遙遠。遣車迎子還，空往復空返。省書情悽愴，臨食不能飯。獨坐空房中，誰與相勸勉。長夜不能眠，伏枕獨展轉。憂來如循環，匪席不可捲。」（秦嘉贈婦詩）

由這些成功的詩篇再承續下去的，就是建安時代前後，五言詩的成熟時期，發揚出了耀眼的光采。然其醞釀時期不得不推及西漢，而成立期則應歸之於東漢末年。

四、五言詩的巨製——古詩十九首

最能代表東漢後期五言詩成熟期的作品，當首推古詩十九首。劉勰文心雕龍明詩篇說：「觀其結體散文，直而不野，婉轉附物，怊悵切情，實五言之冠冕也。」詩品也說：「文溫以麗，意悲而遠，驚心動魄，可謂幾乎一字千金。」凡此批評都着重在十九首文字的樸實與情感的淳厚，完全表現了一種純樸自然的藝術造境。

推究這些作品的著成時代，把它列爲東漢的理由很多，歸納資料，重要的有下列數端：

(1) 西漢遺留下來的作品中，絕少成熟的五言詩。故十九首這般成熟的作品，應非西漢人之作。（見文心雕龍）

(2) 十九首用字，有觸西漢皇帝的諱。如詩中「盈」字爲孝惠帝諱。而詩中有「盈盈一水間」、「盈盈樓上女」、「馨香盈懷袖」等處犯諱，知其爲後人擬作。（見顧炎武日知錄）

(3) 十九首中有檃括樂府詩而成的作品，如西門行，當然就不該是西漢之作品。（見玉臺新詠跋朱彝尊說）

(4) 「促織」之名，不見於爾雅、方言等書，到漢末的緯書中始見此名。故十九首不是西漢人之作。（徐中舒說見五言詩發生時期的討論）

(5) 西漢時有「代馬」、「飛鳥」對擧的成語，但並不工切。東漢則有「胡馬」、「越鳥」、「胡馬」、「越燕」對擧者，均較工穩，而十九首中既用「胡馬」、「越鳥」爲對，知其非西漢人作品。（同上）

(6) 洛陽的「洛」，在西漢人書中多作雒。據魏略及博物志謂，漢於五行屬火，故改「洛」爲「雒」。魏屬土，水得土而流，土得水而柔，故又復原字。則「洛」字爲兩漢人所諱，不應用，而古詩有「遊戲宛與洛」，可知必作於漢魏。（胡懷琛說見古詩十九首志疑）

但也有人懷疑古詩十九首中之「明月皎夜光」一首是西漢人的作品。現引該詩於下：

明月皎夜光，促織鳴東壁。玉衡指孟冬，衆星何歷歷？白露沾野草，時節忽復易。秋蟬鳴樹間，玄鳥逝安適？昔我同門友，高舉振六翮；不念携手好，棄我如遺跡。南箕北有斗，牽牛不負軛。良無磐石固，虛名復何益？

詩中有「玉衡指孟冬」之句，文選李善注：「春秋運斗樞曰：『北斗七星，第五曰玉衡。』淮南子曰：『孟冬之月，招搖指申。』然上云促織，下云秋蟬，明是漢之孟多，非夏之孟多矣。漢書曰：『高祖十月至霸上，故以十月爲歲首。』漢之孟多，今之七月矣。」後人往往就此定該詩爲西漢太初改曆以前的作品。

然據近人辨析，李善的見解，實在犯了兩大錯誤。

(1) 王先謙於漢書高祖本紀補注中說：「秦二世二年及此元年，皆先言十月，次十一月，次十二月，次正月，俱謂建寅之月爲正月也。秦曆以十月爲歲首，漢太初曆以正月爲歲首。漢太初曆以正月爲歲首，歲首雖異，而以建寅之月爲正月則同。太初元年正曆，但改歲首，未嘗改月號也。」

從王先謙的辯證可知，所謂改曆，只是歲首不同而已。十月雖爲歲首，論季節仍是孟多，改曆前的孟多十月，改曆後仍爲孟多十月，不但月號不改，四季也不移。

(2) 詩中「玉衡指孟冬」句既與「衆星何歷歷」連文，顯然應是指時辰而非時令。因爲此首詩的時令已在「秋蟬鳴樹間」句中指明。所以近人金克木根據天文常識，認爲「斗綱」既在不同時間以北斗的三個不同星爲指針，自然可以反過來從不同星宿所指的方位去看夜間的時刻。所以他說：

「玉衡指孟冬」正是用這種指時刻的說法。詩已經一再明白說是秋天，又說半夜該指秋（申酉、西）的已指到冬（亥、北）了，這不是已過了夜半的兩三時辰之後麼？若指孟秋（申）這時已經天明了；若是季秋，還離夜半不久（一個時辰）；若是仲秋，就剛在夜半與天明之間，所以看來仲秋說似較爲近理。

又說：

「我的結論是：由全詩已說秋天，可知『玉衡指孟多』是說一日的時刻而不是說一年的節令。就時刻說，孟秋或仲秋的下弦月時（陰曆二十二、三日）或後一、二日，夜半與天明之間，玉衡正指孟多（亥、西北），同時月皎星明。」（見國文月刊六十三期古詩「玉衡指孟多」試解）

從以上二條論見看，這首詩與太初改曆毫無關係，當然更不能藉改曆來推斷它爲西漢之作了。由此益證古詩十九首自當爲作於東漢後期無疑。

再就古詩十九首的內容看，它代表了東漢末葉一群無名作家所反映的時代苦悶心聲。東漢末年，時局動盪不安，人民生活艱困貧瘠，加上內有宦官、外戚的爭權，外有黃巾、黑山的肆虐，連年不斷的兵禍、屠殺、饑荒、瘟疫，使百姓妻離子散，家破人亡，對人生感到幻滅與無常，對思想信仰，傳統的維繫力量，一概否定。誠如沈德潛說詩晬語所說：

古詩十九首，不必一人之辭，一時之作。大率逐臣棄婦，朋友闊絕，遊子他鄉，死生新故之感。或寓言，或顯言，或反覆言。初無奇闢之思，驚險之句，而西京古詩，皆在其下。

所以古詩十九首，就其內容大致可以分成二類：一是敘述亂離現象的詩，有夫婦的分離，遊子他鄉、朋友闊絕等，畫面極爲悽涼、悲慘；一爲剖露個人信仰及理想的詩，從虛無幻滅中，透露出求神仙長生，講藥石導養的暫時解脫與麻痺。第一類的作品。如；

行行重行行，與君生別離。相去萬餘里，各在天一涯。道路阻且長，會面安可知。胡馬依北風，越鳥巢南枝。相去日已遠，衣帶日已緩。浮雲蔽白日，遊子不顧返。思君令人老，歲月忽已晚。棄捐勿復道，努力加餐飯。

這是一首思婦之詞。先追敍初別，再說路遠會難，以傾訴相思之苦，末段更強作解慰語。陸時雍說：「此詩含情之妙，不見其情；畜意之深，不知其意。」對詩中含蓄淳厚之美，一語點破。又如：

青青河畔草，鬱鬱園中柳。盈盈樓上女，皎皎當窗牖。娥娥紅粉粧，纖纖出素手。昔爲倡家女，今爲蕩子婦。蕩子行不歸，空床難獨守。

這是一首寫一倡家出身的思婦，在春日寂寞時，登樓遣悶的作品。首二句寫春天景色，次四句寫女子的容態姿首；末四句寫女子的身世和愁怨的情緒。詩人對倡女的身世十分同情。又如：

涉江採芙蓉，蘭澤多芳草。采之欲遺誰？所思在遠道。還顧望舊鄉，長路漫浩浩。同心而離居，憂傷以終老。

這又是一首描寫游子思鄉的詩。描述客居遠方，思念親友而不得見，想採芙蓉芳草以見贈，但路途遙遠，連這一分思念之意也不易表達，繼爲憂傷終老而已。又如：

庭中有奇樹，綠葉發華滋。攀條折其榮，將以遺所思。馨香盈懷袖，路遠莫致之。此物何足貴，但感別經時。

這也是首思婦懷念遊子的詩。佈局與前一首相同，全詩通過庭樹開花，攀枝折花而含蓄地寫出女子心中強烈的思念之情。第二類的作品。如；

青青陵上柏，磊磊澗中石。人生天地間，忽如遠行客。斗酒相娛樂，聊厚不爲薄。驅車策駑馬，遊戲宛與洛。洛中何鬱鬱，冠帶自相索。長衢羅夾巷，王侯多第宅。兩宮遙相望，雙闕百餘尺。極宴娛心意，戚戚何所迫！

這是一首憂時傷己的感興詩，詩中表現了人生短促，及時行樂的消極態度。並藉京城權貴的盡情歡娛享樂，來烘托詩人的不平與傷感。又如：

迴車駕言邁，悠悠涉長道。四顧何茫茫，東風搖百草。所遇無故物，焉得不速老？盛衰各有時，立身苦不早。人生非金石，豈能長壽考？奄忽隨物化，榮名以爲寶。

這是一首說理詩。詩人從悠遠渺茫的人生閱歷中，體驗到事物的盛衰有時；人生的富貴長短有定。全詩流露出無盡的無奈與消極。又如；

驅車上東門，遙望郭北墓。白楊何蕭蕭，松柏夾廣路。下有陳死人，杳杳卽長暮。潛寐黃泉下，千載永不寤。浩浩陰陽移，年命如朝露。人生忽如寄，壽無金石固。萬歲更相送，聖賢莫能度。服食求神仙，多爲藥所誤。不如飲美酒，被服紈與素。

這又是一首流露着頹廢與享樂思想的詩。詩人感慨人生必有死，聖賢也不能免。所以服食求仙只是徒傷身體，不如飲美酒，服紈素，圖個眼前的快活。又如；

生年不滿百，常懷千歲憂。晝短苦夜長，何不秉燭遊！爲樂當及時，何能待來茲。愚者愛惜費，但爲後世嗤。仙人王子喬，難可與等期。

這也是一首寫人生短促，及時行樂而充滿着頹唐思想的詩，主旨和前一首相類。詩中也諷刺了求仙者的愚昧。

以上所舉詩篇，不論它是敍述亂離的現象，抑或頹廢的人生態度，它們的韻味大略相同；它們都表現了同一時代的詩風。這種思想在東漢安、順、桓、靈之間，因政局的變亂而萌生，至建安之世而普遍，至魏晉而大盛，「所以千餘年來中國文學，都帶悲觀消極的氣象，十九首的作者怕不能不負點責任哩！」（用梁啓超中國之美文及其歷史語）

五、敍事詩的發展

漢代五言詩發展上的另一項成就，是敍事詩的發展成熟。在中國的詩歌史上，抒情詩的創作自詩經以後，一直有很好的成績，而敍事詩則一向貧乏。雖然詩經中也曾出現了生民、公劉、綿綿瓜瓞、皇矣、大明等幾篇，敍述民族英雄的歷史與傳說，稍具備了敍事詩的雛形，但不久即成絕響。直到東漢末期，民歌中活潑的樂章，像孤兒行、病婦行、東門行等，才唱出了五言敍事詩的先聲。而班固的詠史，才算完成了第一首敍事詩。以後作品漸多，技巧愈趨成熟，五言敍事詩，才不斷的湧現。如上山採蘼蕪；

上山採蘼蕪，下山逢故夫。長跪問故夫：新人復何如？新人雖言好，未若故人姝。顏色類相似，手爪不相如。新人從門入，故人從閤去。新人工織縑，故人工織素。織縑日一匹，織素五丈餘，將縑來比素，新人不如故。

這首詩在玉臺新詠中作古詩，而在太平御覽中題爲古樂府，可見古詩與樂府在最初是不容易分的。全詩藉一個棄婦的道白，反映出一齣家庭的悲劇。詩中雖沒透露小夫婦仳離的原因，但女子的溫柔淳厚，男子的略含悔恨，給人的印象是極深刻動人的。尤其詩中運用了簡短的對話，十分突出。再如樂府中的艷歌羅敷行一首（一名陌上桑），藝術手法就更爲進步了。

日出東南隅，照我秦氏樓。秦氏有好女，自名爲羅敷。羅敷善蠶桑，採桑城南隅。青絲爲籠系，桂枝爲籠鉤。頭上倭墮髻，耳中明月珠。緗綺爲下裙，紫綺爲上襦。行者見羅敷，下擔捋髭鬚。少年見羅敷，脫帽著帩頭。耕者忘其犁，鋤者忘其鋤。來歸相怨怒，但坐觀羅敷。使君從南來，五馬立踟躕。使君遣吏往，問是誰家姝。秦氏有好女，自名爲羅敷。羅敷年幾何？二十尚不足，十五頗有餘。使君謝羅敷，寧可共載不？羅敷前致辭，使君一何愚。使君自有婦，羅敷自有夫。東方千餘騎，夫壻居上頭。何用識夫壻？白馬從驪駒。青絲繫馬尾，黃金絡馬頭。腰中鹿盧劍，可值千萬餘。十五府小吏，二十朝大夫。三十侍中郎，四十專城居。爲人潔白皙，鬑鬑頗有鬚。盈盈公府步，冉冉府中趨。坐中數千人，皆言夫壻殊。

這首樂府詩在崔豹古今注裡還有個故事：

陌上桑出秦氏女子。秦氏邯鄲人，有女名羅敷，爲邑人千乘王仁妻。王仁後爲越王家令。羅敷出採桑於陌上，越王登臺見而悅之，因引酒欲奪焉。羅敷乃彈箏作陌上桑歌以自明。

這故事未必可靠，所以這首詩也未必是羅敷自作。然而詩中對羅敷美貌的描寫，或直敍，或襯托，均極生動活潑，顯得具體而眞實，是此首詩藝術技巧上成功之處、尤其末段用極力鋪陳夫壻的美貌、富足與地位，而實際上卻藉此掩飾了情竇初開少女的情懷與驚懼，手法是相當細膩的。

從以上所舉的故事詩中，我們不難發現，因爲它們具有故事的結構，生動的對白，感人的情節、個性突出的男女主角，顯明的主題。所以敘事詩之能爲大衆接受而愛好，是有其道理的。

由這些短篇敘事詩的不斷進步演進，到了建安期間，終於誕生了兩篇不朽的長篇敘事大作。一篇是蔡琰的悲憤詩，一篇是無名氏的孔雀東南飛，成爲五言敘事詩的雙璧。現分述如下：

蔡琰字文姬，是陳留（今河南）蔡邕（死於獻帝初平三年西元一九〇年）的女兒，博學有才辯，又妙解音律。先嫁給河東衞仲道，夫死無子，回到父家居住。獻帝初平中，遭兵亂而流離。後來在興平間（一九四—一九五），被胡騎擄去，沒於南匈奴左賢王部伍中，爲王妃十二年，生了兩個兒子。曹操與蔡邕十分友善，痛心蔡邕的無嗣，於是派使者以金璧把她贖回中國。重嫁給同鄉董祀。她回國後感傷亂離之苦，與別子之痛。追懷前塵，作了悲憤詩二章。一爲五言體，一是楚辭體。都載錄在後漢書本傳中。另外有胡笳十八拍，見於樂府詩集琴曲歌辭，也是楚辭體。它應是唐人僞托，並非蔡琰所作，早成定論。

至於二篇悲憤詩；楚辭體的文字非常渾樸、簡練，很着意於練句造語，詩篇一開始就自歎薄祜遭患、門戶孤單，自身被執以北，再續寫北方之事。與蔡琰的際遇相合。而詩的風格體裁，也與當代詩風相合；加之蔡琰受乃父辭賦方面的教化，而善作辭賦體的詩歌，也極合理。所以此篇應爲琰作無疑。另外一篇五言體的悲憤詩，蘇軾曾有懷疑之詞。他說：「文姬之流離，必在父死之後。董卓既誅，伯喈乃遇禍；今此詩乃云爲董卓所驅虜入胡，尤知其非眞也。」（東坡全集題跋）想東坡的懷疑是因爲後漢書列女傳曾說：「興平（一九四—一九五）中，天下喪亂，文姬爲胡騎所獲，沒於南匈奴左賢王。」而董卓是在初平三年（一九二）伏誅，蔡邕亦因之被王允所殺。所以蘇氏推斷文姬被掠，應在卓、邕死後。不過據清人沈欽韓、何焯的考證，文姬的被虜入胡，應在初平年間，而列女傳所載「興平」年，則是指文姬入南匈奴之年。那麼文姬的入胡，實在卓、邕死前。今錄沈、何二人的解釋於后：

「南匈奴傳：靈帝崩，天下大亂。於扶羅單于將數千騎與白波賊合寇河內諸郡。魏志：初平三年，太祖擊匈奴於夫羅于內黃，大破之。四年春，袁術引軍入陳留，屯對丘。黑山餘賊及於夫羅等佔之。據史則匈奴曾寇陳留，文姬所以沒也。玩文姬詩詞，則其被掠在山東牧守興兵討卓，卓劫帝入長安，遣將徐榮、李蒙四出侵掠，文姬爲羌胡所得，後乃流落至南匈奴也。時邕尚在，故有『感時念父母』之語：其贖歸也，家門滅絕，故有『既至家人盡』語。此當爲初平年事，得之『興平』，非也。興平則李、郭之亂，非董卓矣。」（沈欽韓後漢書疏證）

「董卓傳：卓以牛輔子婿，素所親信，使以兵屯陝輔。分遣其校尉李傕、郭汜、張濟擊破河南尹朱儁於中平，（該役在初平二年）因略陳留，潁川諸縣，殺掠男女，所遇無復遺類。文姬流離，當在此時。」（何焯義門讀書記）

如此，則詩中的時代已無矛盾。這首詩寫得極爲生動、眞摯；對家國破亡之悲；骨肉離散之憤，有露骨的敍述。今抄錄於後；

漢季失權柄，董卓亂天常，志欲圖篡弒，先害諸賢良，逼迫遷舊都，擁主以自彊。海內興義師，欲共討不祥。卓衆來東下，金甲耀日光。平土人脆弱，來兵皆胡羌。獵野圍城邑，所向悉破亡。斬截無孑遺，尸骸相撐拒。馬邊縣男頭，馬後載婦女，長驅西入關，迴路險且阻。還顧邈冥冥，肝脾爲爛腐。所略有萬計，不得令屯聚。或有骨肉俱，欲言不敢語。失意幾微間，輒言斃降虜。要當以亭刄，我曹不活女。豈敢惜性命，不堪其詈罵。或便加棰杖，毒痛參并下。旦則號泣行，夜則悲吟坐。欲死不能得，欲生無一可。彼蒼者何辜？乃遭此戹禍。邊荒與華異，人俗少義理。處所多霜雪，胡風春夏起。翩翩吹我衣，肅肅入我耳。感時念父母，哀歎無窮已。有客從外來，聞之常歡喜。迎問其消息，輒復非鄉里。邂逅徼時願，骨肉來迎己。己得自解免，當復棄兒子。天屬綴人心，念別無會期。存亡永乖隔，不忍與之辭。兒前抱我頸，問母欲何之？人言母當去，豈復有還時！阿母常仁惻，今何更不慈？我尚未成人，奈何不顧思？見此崩五內，恍惚生狂癡，號泣手撫摩，當發復回疑。兼有同時輩，相送告離別，慕我獨得歸，哀叫聲摧裂。馬爲立踟躕，車爲不轉轍。觀者皆歔欷，行路亦嗚咽。去去割情戀！遄征日遐邁。悠悠三千里，何時復交會？念我出腹子，胸臆爲摧敗。既至家人盡，又復無中外。城郭爲山林，庭宇生荊艾。白骨不知誰，縱橫莫覆蓋。出門無人聲，豺狼號且吠。煢煢對孤景，怛咤靡肝肺。登高遠眺望，魂神忽飛逝。奄若壽命盡，旁人相寬大。爲復彊視息，雖生何聊賴？託命於新人，竭心勗自厲。流離成鄙賤，常恐復捐廢。人生幾何時？懷憂終年歲！

漢代另一首膾炙人口，家喻戶曉的五言敘事詩，當屬充滿民歌本色的「孔雀東南飛」。它首載於徐陵的玉臺新詠，原題是「古詩爲焦仲卿妻作」；郭茂倩樂府詩集則把它收入雜曲歌辭。詩前還有一篇序，說：

漢末建安中，廬江府小吏焦仲卿妻劉氏，爲仲卿母所遣，自誓不嫁；其家逼之，乃沒水而死。仲卿聞之。亦自縊於庭樹。時人傷之，爲詩云爾。

據序文看，作者雖不詳，但故事發生的「年代、人物、地點」都記載的很清楚。而且寫作的動機是「時人傷之」，可見這件悲劇在當時一定轟動一時。而作者有意藉它來達成警世的作用，所以詩的結尾是「多謝後世人，戒之愼勿忘」。這首詩玉臺新詠把它列在繁欽、曹丕之間，自然認定它是建安時代作品。但是到了近代有梁啓超的懷疑論見。他說：

「我國古詩從三百篇到漢魏的五言，大率情感主於溫柔敦厚，而資料都是現實的。像孔雀東南飛一類的作品，起於六朝，前此卻無有。佛本行讚譯成四本，原來只是一首詩。……六朝名士幾於人人共讀。那種熱烈的情感和豐富的想像，輸入我們詩人的心靈中當然不少。孔雀東南飛一類的長篇敍事詩，也必接受其影響的罷。」（印度與中國文化親屬之關係）

後來陸侃如附和梁說，更舉詩中「新婦入青廬」句，而引唐段成式酉陽雜俎禮異篇說：「北朝婚禮，青布幔爲屋，在門內外，謂之青廬，於此交拜迎婦。」以爲「青廬」是北朝婚俗，「四角龍子幡」句，說是南朝風尚；認此詩出自六朝。（見孔雀東南飛考證）

關於梁氏的懷疑，胡適與劉大杰都提出反駁；胡適認爲孔雀東南飛，並沒受到佛教影響的痕跡；劉氏也以梁氏的說法完全出於想像。他們以爲「黃泉下相見」之句，是中國舊宗教的觀念，與佛教的「輪迴」、「超度」、「來世」的意識無關。胡氏以爲佛本行讚等譯出後，對六朝人不會發生多大的影響。劉氏也認爲孔雀東南飛只是一首純粹的寫實的敍事詩，所描寫的只是一些平凡的家庭瑣事，那裡有佛教文學那種豐富的想像力？而且文體也是當時流行的五言詩，與蔡琰的悲憤詩完全相似，不能說六朝前無有。（見胡適白話文學史，劉大杰中國文學發展

史）

至於陸侃如的「青盧」說，劉大杰也有辯正。他說：

「『青盧』之俗，雖盛行於北朝，但漢末已有之。世說新語假譎篇云：『魏武少時，嘗與袁紹好爲遊俠。觀人新婚，因潛入主人園中，夜呼叫云：有偷兒賊。青廬中人皆出觀。』這種有力的證據，是無法推翻的。龍子幡是否爲漢制，雖不可考，但我們却無法證明這種風尚在南朝以前就沒有。如果只用這些事實來證明孔雀東南飛是出於六朝，我們是不能承認的。」（中國文學發展史）

但是胡、劉二氏都認爲孔雀東南飛中間曾有增刪之處，迄南北朝梁、陳時，才定型。這首詩王世貞批評它說：「孔雀東南飛，質而不俚，亂而能整，敍事如畫，敍情若訴，長篇之聖也。」（藝苑卮言）在藝術的觀點看，是很恰當的，今將全詩抄錄於下：

孔雀東南飛，五里一徘徊。十三能織素，十四學裁衣。十五彈箜篌，十六誦詩書，十七爲君婦，心中常苦悲。君既爲府吏，守節情不移。賤妾留空房，相見常日稀。雞鳴入機織，夜夜不得息。三日斷五匹，大人故嫌遲，非爲織作遲，君家婦難爲。妾不堪驅使，徒留無所施。便可白公姥；及時相遣歸。府吏得聞之，堂上啓阿母：兒已薄祿相，幸復得此婦。結髮同枕席，黃泉共爲友。共事二三年，始爾未爲久。女行無偏斜，何意致不厚？阿母謂府吏：何乃太區區。此婦無禮節，舉動自專由。吾意久懷忿，汝豈得自由！東家有賢女，自名秦羅敷。可憐體無比，阿母爲汝求。便可速遣之，遣之愼莫留。府吏長跪告：伏惟啓阿母。今若遣此婦，終老不復取。阿母得聞之，搥床便大怒：小子無所畏，何敢助婦語。吾已失恩義，會不相從許。府吏默無聲，再拜還入戶。舉言謂新婦，哽咽不能語：我自不驅卿，逼迫有阿母。卿但暫還家，吾今且報府。不久當歸還，還必相迎取。以此下心意，愼勿違吾語。新婦謂府吏：勿復重紛紜，往昔初陽歲，謝家來貴門。奉事循公姥，進止敢自專？晝夜勤作息，伶俜縈苦辛。謂言無罪過，供養卒大恩。仍更被驅遣，何言復來還？妾有繡腰襦，葳蕤自生光。紅羅復斗帳，四角垂香囊。箱簾六七十，綠碧青絲繩。物物各自異，種種在其中。人賤物亦鄙，不足迎後人。留待作遺施，於今無會因。時時爲安慰，久久莫相忘。雞鳴外欲曙，新婦起嚴妝。著我繡裌裙，事事四五通。足下躡絲履，頭上玳瑁光。腰若流紈素，耳著明月璫。指如削葱根，口如含珠丹。纖纖作細步，精妙世無雙。上堂謝阿母，母聽怒不止：昔作女兒時，生小出野里、本自無教訓，兼愧貴家子。受母錢帛多，不堪母驅使。今日還家去，念母勞家裡。却與小姑別，淚落連珠子：新婦初來時，小姑始扶床。今日被驅遣，小姑如我長。勤心養公姥，好自相扶將。初七及下九，嬉戲莫相忘。出門登車去，涕落百餘行。府吏馬在前，新婦車在後。隱隱何甸甸，俱會大道口。下馬入車中，低頭共耳語：誓不相隔卿，且暫還家去，吾今且赴府。不久當還歸，誓天不相負。新婦謂府吏：感君區區懷。君既若見錄，不久望君來，君當作磐石，妾當作蒲葦。蒲葦紉如絲，磐石無轉移。我有親父兄，性行暴如雷。恐不任我意，逆以煎我懷。舉手長勞勞，二情同依依。入門上家堂，進退無顏儀。阿母大拊掌：不圖子自歸！十三教汝織，十四能裁衣。十五彈箜篌，十六知禮儀。十七遣汝嫁，謂言無誓違。汝今何罪過，不迎而自歸？蘭芝慚阿母：兒實無罪過。阿母大悲摧。還家十餘日，縣令遣媒來。云有第三郎，窈窕世無雙。年始十八九，便言多令才。阿母謂阿女：汝可去應之。阿女含淚答：蘭芝初還時，府吏見丁寧，結誓不別離。今日違情義，恐此事非奇。自可斷來信，徐徐更謂之。阿母白媒人：貧賤有此女，始適還家門。不堪吏人婦，豈合令郎君？幸可廣問訊，不得便相許。媒人去數日，尋遣丞請還。說有蘭家女，承籍有宦官。云有第五郎，嬌逸未有婚。遣丞為媒人，主簿通語言。直說太守家，有此令郎君。既欲結大義，故遣來貴門。阿母謝媒人：女子先有誓，老姥豈敢言。阿兄得聞之，悵然心中煩。舉言謂阿妹：作計何不量？先嫁得府吏，後嫁得郎君。否泰如天地，足以榮汝身。不嫁義郎體，其往欲何云？蘭芝仰頭答：理實如兄言。謝家事夫壻，中道還兄門，處分適兄意，那得自任專？雖與府吏要，渠會永無緣。登即相許和，便可作婚姻。媒人下床去，諾諾復爾爾。還部白府君：下官奉使命，言談大有緣。府君得聞之，心中大歡喜。視曆復開書：便利此月內，六合正相應，良吉三十日，今已二十七，卿可去成婚。交語速裝束，絡繹如浮雲。青雀白鵠舫，四角龍子幡，婀娜隨風轉，金車玉作輪。躑躅青驄馬，流蘇金鏤鞍。齎錢三百萬，皆用青絲穿。雜綵三百匹，交廣市鮭珍。從人四五百，鬱鬱登郡門。阿母謂阿女：適得府君書，明日來迎汝。何不作衣裳，莫令事不舉。阿女默無聲，手巾掩口啼，淚落便如瀉。移我琉璃榻，出置前窗下。左手持刀尺，右手執綾羅。朝成繡裌裙，晚成單羅衫。晻晻日欲暝，愁思出門啼。府吏聞此變，因求假暫歸。未至二三里，摧藏馬悲哀。新婦識馬聲，躡履相逢迎。悵然遙相望，知是故人來。舉手拍馬鞍，嗟歎使心傷。自復別我後，人事不可量。果不如先願，又非君所詳。我有親父母，逼迫兼弟兄。以我應他人，君還何所望？府吏謂新婦：賀卿得高遷。磐石方且厚，可以卒千年。蒲葦一時紉，便作旦夕間。卿當日勝貴，吾獨向黃泉。新婦謂府吏：何意出此言？同是被逼迫？君爾妾亦然。黃泉下相見，勿違今日言。執手分道去，各各還家門。生人作死別，恨恨那可論！念與世間辭，千萬不復生。府吏還家去，上堂拜阿母：今日大風寒，寒風摧樹木，嚴霜結庭蘭。兒今日冥冥，令母在後單，故作不良計，勿復怨鬼神。命如南山石，四體康且直。阿母得聞之，零淚應聲落。汝是大家子，仕宦於臺閣。愼勿爲婦死，貴賤情何薄？東家有賢女，窈窕艷城郭。阿母爲汝求，便復在旦夕。府吏再拜還，長歎空房中，作計乃爾立。轉頭向戶裡，漸見愁煎迫。其日牛馬嘶，新婦入青廬。奄奄黃昏後，寂寂人定初。我命絕今日，魂去尸長留。攬裙脫絲履，擧身赴清池。府吏聞此事，心知長別離。徘徊庭樹下，自掛東南枝。兩家求合葬，合葬華山傍。東西植松柏，左右種梧桐。枝枝相覆蓋，葉葉相交通。中有雙飛鳥，自名爲鴛鴦。仰頭相向鳴，夜夜達五更。行人駐足聽，寡婦起傍徨。多謝後世人，戒之愼勿忘。

第二節　七言詩的興起

一、楚聲的轉變

考察詩歌中，七言句的來源，詩經中已存在，如秦風黃鳥的「交交黃鳥止于桑」，小雅小旻的「如彼築室于道謀」，魯頌有駜的「君子有穀詒孫子」等等，所以劉勰在文心雕龍章句篇曾有「七言，雜出詩、騷。」之語。不過，顯然那只是七言句，並無全篇。而眞正七言詩的形成，則不得不歸功於楚辭了。像九歌中的山鬼、國殤等，都有近於七言詩的趨勢。如山鬼：

「若有人兮山之阿，被薜荔兮帶女羅。既含睇兮又宜笑，子慕予兮善窈窕。乘赤豹兮從文貍，辛夷車兮結桂旗。被石蘭兮帶杜衡，折芳馨兮遺所思。余處幽篁兮終不見天，路險難兮獨後來。表獨立兮山之上，雲容容兮而在下。杳冥冥兮羌晝晦，東風飄兮神靈雨。（中略十一句）風颯颯兮木蕭蕭，思公子兮徒離憂。」

像這類詩，只要把句中的「兮」字改換成「實」字，卽可成爲一首成功的七言詩。又如楚辭中之招魂體，雖表面看似四言，但如果合併而删去「些」字，則又都是七言了。所以梁啓超在中國之美文及其歷史論曹丕燕歌行說：「七言詩的發達，實際上比五言爲更早。而初期的七言，大率皆每句押韻，如楚辭的招魂，自『魂兮歸來，入脩門些』以下，若每句將『些』删去，便是一七言長篇。」到了漢代，楚風鼎盛，像唐山夫人的房中祠樂中『大海蕩蕩水所歸，高賢愉愉民所懷。太山崔，百卉殖。民何貴？貴有德。』一首，上二句偶成七言，下二句保留楚歌體。又如漢書烏孫傳所載烏孫公主之作『吾家嫁我兮天一方，遠託異國兮烏孫王』云云六句，雖然也是楚歌體，但若除去「兮」字，則成七言詩。再如項王的垓下歌：「力拔山兮氣蓋世！時不利兮騅不逝！騅不逝兮可奈何！虞兮虞兮奈若何！」高帝的大風歌：「大風起兮雲飛揚，威加海內兮歸故鄉，安得猛士兮守四方。」這些都是漢代七言詩的濫觴。

到了武帝時有秋風辭、瓠子歌。司馬相如有琴歌二首等，也都是帶有濃厚楚聲形態的七言詩。今引秋風辭和琴歌一首於下：

「秋風起兮白雲飛，草木黃落兮雁南歸。蘭有秀兮菊有芳，懷佳人兮不能忘。汎樓船兮濟汾河，橫中流兮揚素波。簫鼓鳴兮發棹歌，歡樂極兮哀情多，少壯幾時兮奈老何！」（秋風辭）

「鳳兮鳳兮歸故鄉，遨遊四海求其凰。時未遇兮無所將。何悟今夕兮升斯堂。有艷淑女在閨房，室邇人遐毒我腸。何緣交頸爲鴛鴦，胡頡頏兮其翺翔。」（琴歌）

從以上所擧例子，正可看出漢正格的七言詩，應是起源於楚辭。梁啓超說：「從楚辭到七言，其勢甚順。」由楚辭形式中，删去「兮」字，就能成爲七言。同様地七言詩到了唐代詩人的詩篇中，還保留楚聲。如李白的七古「夢遊天姥吟留別」中，用楚辭體處仍甚多。如：「熊咆龍吟殷巖泉，慄深林兮驚層巔。雲青青兮欲雨，水澹澹兮生煙……霓爲衣兮風爲馬，雲之君兮紛紛而來下；虎鼓瑟兮鸞回車，仙之人兮列如麻。」足見，楚聲對七言詩影響之既鉅且深了。

至於七言詩的正式成立，則要到東漢的張衡。

二、七言詩的成立與張衡

張衡字平子，南陽西鄂（今河南南陽縣附近）人。生於章帝建初三年（七八），死在順帝永和四年（一三九）是位有名的天文學家，做過太史公，造渾天儀，候風地動儀，精確異常。他在文學方面的成就是善寫辭賦，所作有西京賦、東京賦、南都賦、週天大象賦、思玄賦、冢賦、髑髏賦等；又曾倣枚乘、東方朔等有七辯、應問之作。然而在文學界，能使他不朽的，乃在他的四愁詩。詩前有篇序，說：

「張衡不樂久處機密，陽嘉中，出爲河間相。時國王驕奢，不遵法度，又多豪右幷兼之家。衡下車治威嚴，能內察屬縣，姦猾行巧刼，皆密知名，下吏收捕，盡服，擒諸豪俠，游客悉惶懼逃出境。郡中大治，爭訟息，獄無繫囚。時天下漸弊，鬱鬱不得志，爲四愁詩。依屈原以美人爲君子，以珍寶爲仁義，以水深雪雰爲小人。思以道術相報貽於時君，而懼讒邪不得以通。其辭曰：」

當然這篇序未必出於張衡之手，而對於本篇寓意的解釋，是可以參考的。此詩之所以不朽，在於它有獨創的格調，清新的音節，眞摯的感情。故而能成爲七言詩成立期的代表作。今抄錄於下；

我所思兮在太山，欲往從之梁父艱，側身東望涕霑翰。美人贈我金錯刀，何以報之英瓊瑤，路遠莫致倚逍遙，何爲懷憂心煩勞！

我所思兮在桂林，欲往從之湘水深，側身南望涕霑襟。美人贈我金琅玕，何以報之雙玉盤。路遠莫致倚惆悵，何爲懷憂心煩傷！

我所思兮在漢陽，欲往從之隴坂長，側身西望涕霑裳。美人贈我貂襜褕，何以報之明月珠。路遠莫致倚踟躕，何爲懷憂心煩紆。

我所思兮在雁門，欲往從之雪紛紛。側身北望涕霑巾。美人贈我錦繡段，何以報之青玉案。路遠莫致倚增歎，何爲懷憂心煩惋。

這篇四愁詩，共分四章，每章七句，每句七言，這樣整齊的七言詩在當時，尤其是文人的作品中，是非常少見的。不過，它每章的第一句，都還保存着楚辭體的形式，句中都帶有「兮」字，所以尚非全篇。因此七言詩的成熟，就不得不推到曹丕的燕歌行。

燕歌行有兩篇，都是七言，今舉一首於下：

秋風蕭瑟天氣涼，草木搖落露爲霜。群燕辭歸雁南翔，念君客遊思斷腸。慊慊思歸戀故鄉，何爲淹留寄他方。賤妾煢煢守空房，憂來思君不敢忘，不覺淚下霑衣裳。援琴鳴絃發清商，短歌微吟不能長。明月皎皎照我床，星漢西流夜未央。牽牛織女遙相望，爾獨何辜限河梁。

這已經是完完整整，不雜任何楚聲的七言詩了。但奇怪的是與曹丕同時代文人，都沒有類似的作品。曹植的離友詩二首，雖然是七字一句，但還是不脫楚辭體，陳琳的飲馬長城窟行，是五、七言雜用的樂府。就是到兩晉，這種作品很少，直到南北朝，才逐漸發展起來。

三、柏梁臺詩

在前文的敍述中，我們都避開了「柏梁臺詩」，因爲它的著成時代，一向是文學史上爭論不休的問題。據唐、歐陽詢主編「藝文類聚」中，卷五十六詩賦部載，這首詩原文，現抄錄於下：

漢孝武皇帝元封三年，作柏梁臺，詔群臣二千石，有能爲七言者，乃得上座。

皇帝曰：日月星辰和四時。

梁王曰：驂駕駟馬從梁來。

大司馬曰：郡國士馬羽林材。

丞相曰：總領天下誠難治。

大將軍曰：和撫四夷不易哉。

御史大夫曰：刀筆之吏臣執之。

太常曰：撞鐘擊鼓聲中詩。

宗正曰：宗室廣大日益滋。
衞尉曰：周衞交戟禁不時。
光祿勳曰：總領從官柏梁臺。
廷尉曰：平理清讞決嫌疑。
太僕曰：脩飾輿馬侍駕來。
大鴻臚曰：郡國吏功差次之。
少府曰：乘輿御物主治之。
大司農曰：陳粟萬石揚其箕。
執金吾曰：徼道宮下隨討治。
左馮翊曰：三輔盜賊天下危。
右扶風曰：盜阻南山爲民災。
京兆尹曰：外家公主不可治。
詹事曰：椒房率更領其材。
典屬國曰：蠻夷朝賀常會期。
太匠曰：柱枅欂櫨相枝持。
太官令曰：枇杷橘栗桃李梅。

上林令曰：走狗逐兔張罘罳。

郭舍人曰：齧妃女脣甘如飴。

東方朔曰：迫窘詰屈幾窮哉。

這首「詩」的作者共二十六人，每人作一句七言，除郭舍人和東方朔外，其餘二十四人都各署爵位或官銜。在內容上，武帝和群臣多就自己的職分而詠，有的還寄寓規諫之意。只有東方朔的「迫窘詰屈幾窮哉」是出之於詼諧。此「詩」序上說是作在武帝元封三年。然顧炎武日知錄，沈德潛古詩源等已考證它為後人擬作。今引顧氏之說於下：

「漢武柏梁臺詩，本出三秦紀。云是元封三年作。而考之於史，則多不符。按史記及漢書孝景紀：中六年夏四月。梁王薨。諸侯王表：梁孝王武立三十五年薨。孝景後元年，共王買嗣，七年薨。建元五年，平王襄嗣，四十年薨。文王三傳同。又按：孝武紀：元鼎二年春，起柏梁臺。是為梁平王之二十二年，而孝王之薨，至此已二十九年。又七年，始為元封三年。又按：平王襄，元朔中，以與大母爭樽。公卿請廢為庶人。天子曰：梁王襄無良師傅，故陷不義。乃削梁八城；梁餘尚有十城。又按：平王襄之十年為元朔二年，來朝，其三十六年，為太初四年。來朝，皆不當元封時。又按：百官公卿表：郎中令，武帝太初元年更名光祿勳。典客，景帝中六年更名大行令，武帝太初元年更名大鴻臚。治粟內史，景帝後元年，更名大農令，武帝太初元年更名大司農。中尉，武帝太初元年更名執金吾。內史，景帝二年，分置左（右）內史。右內史，武帝太初元年更名京兆尹；左內史更名左馮翊。立爵中尉，景帝中六年更名都尉，武帝太初元年更名右扶風。凡此六官，皆太初以後之名，不應預書於元封之時。又按：孝武紀：太初元年冬十一月乙酉，柏梁臺災。夏五月，正歷，以正月爲歲首，定官名。則是柏梁既災之後，又半歲而始改官名；而大司馬大將軍青，則薨於元封五年，距此已二年矣。反覆考證，無一合者，蓋是後人擬作。剽取武帝以來官名，及梁孝王世家：乘輿駟馬之事以合之。而不悟時代之乖舛也。按世家：梁孝王二十九年十月，入朝。景帝使持節乘輿駟馬，迎梁孝王於闕下。臣瓚曰：天子副車駕駟馬。此一時異數，平王安得有此？」（日知錄卷二十一）

顧氏的證據翔實，論點有力。於是後來研究文學史的學者，頗多採用其說，如梁啓超著中國之美文及其歷史，陳鐘凡著中國韻文通論、劉大杰著中國文學發史、日人青木正兒著中國韻文概說（隋樹森譯）等等都採信其說，以爲柏梁臺詩爲後人的僞作。但是，也有反對顧氏看法的，有紀昀四庫全書總目卷一八六古文苑提要、丁福保全漢三國晉南北朝詩緒言、逯欽立漢詩別錄柏梁臺詩、李曰剛七言起於漢武柏梁考辨（見文風第六期）方祖燊漢詩研究、漢武帝柏梁臺詩考。現引方氏對「顧氏考證」的剖析與辨正如下：

第(1)點，顧氏根據史、漢孝景紀、漢書諸侯王表、文三王傳，指證「梁王」有梁孝王武、梁共王買、梁平王襄三人。並進一步說明漢武作柏梁臺詩的元封三年，是正當梁平王襄的時候。按：顧氏這點只是考定柏梁臺詩中第二句「梁王曰」的這個「梁王」是梁平王襄罷了。這個問題，本來沒有什麼好討論。

第(2)點，顧氏是在說明梁平王襄曾經獲罪削城；他目的大概是要反證梁平王因曾經獲罪，所以不可能有「驂駕駟馬從梁來」這種事。按：梁平王的獲罪，在元朔中，下距元封三年，已遠隔十八年。無論什麼罪愆也都過去；何況他獲罪後，仍保存十城，爲王如故，並沒有削籍爲民：所以這對於梁平王元封時能不能來朝參加柏梁宴詩的事，可說看不出有什麼影響。這點考證，實在沒有什麼意義。

第(3)點，顧氏考定梁平王襄來朝的年代，是在元朔，在太初，不在元封時候。按：顧氏這點是根據史記卷十七漢興以來諸侯年表的記載而考定的。認爲梁平王來朝的年代不在元封，那自然就不可能參加柏梁宴詩的這件事。這點考證，雖甚有力；但是仍然不足以證明元封三年梁王沒有入朝的事實。這裡有兩點，可以反證他這個觀點不夠作依據的理由：

(a)是史記漢興以來諸侯年表的本身，可能有錯誤。

(b)史記的作者司馬遷對諸侯王入朝的小事，是否一一記入，而無遺漏，也是一個問題。

第(4)點，顧氏根據漢書百官公卿表考定柏梁臺詩所用的「光祿勳、大鴻臚、大司農、執金吾、京兆尹、左馮翊、右扶風」；都是太初元年（西元前一〇四）以後的官名。他的意思認爲元封三年（西元前一〇八）的作品，不應該有這種預書後來官名的現象。按：顧氏這條考證，似乎堅強有力。但是我們要注意一點：柏梁詩每句上的官名，並不是詩的本文；若是本文如此不符，就無法否定顧氏之說了；它只是附帶注明作者的文字。這種文字，可能由作詩者自己注上，也可能是後人追注上的。根據上文「藝文類聚中的柏梁臺詩」一節研究結果，句上注明作者官位的文字，並不是作詩者所自注，而是稍後編東方朔別傳作者錄柏梁臺詩時所追注的。

第(5)點，顧氏根據漢書武帝紀的記載，考定柏梁臺火災年代，武帝改定官名的年代，大司馬大將軍衞青過世的年代等等關係，他的意思大概在假設：要是三秦記將柏梁作詩的年代—元封三年，記載錯誤，如「元封」是

「太初」之誤，那麼官名的問題自然就不存在了。按：顧氏這點考證，就在證明這種年代「刊誤記錯」的假想，是不可能存在的。原因是柏梁臺早於改定官名前半年燒燬了，同時參加宴詩的大司馬大將軍衞青也早於改官名前二年過世了。但這點考證，無關宏旨，所以這兒不加討論。

第(6)點，可以說是顧氏考證的結論。……以及史記世家記載梁孝王「乘輿駟馬」的事來附會梁平王。……按……史記梁孝王世家紀載：「二十九年十月，梁王入朝。景帝使使持節乘輿駟馬迎梁王於闕下。」……這和梁平王「驂駕駟馬從梁來」的從「梁國」而來，完全是兩回事，毫不相干。就是梁孝王武，漢天子也未曾派使者專往梁國迎接他來京啊。……梁王這句詩的意思，不過說他自己從梁國來的情形：三個人坐着一輛四馬高車來。……顧氏這點將梁孝王的「景帝使使持節乘輿駟馬，迎梁王于闕下」與梁平王的「驂駕駟馬從梁來」兩件事，混爲一談，可說失察之極。顧氏考證，這點可說最無道理。

方氏根據以上六點辨正，推翻顧炎武的說法，仍將柏梁詩的創作時代定在武帝時。

不過我以爲不管兩派的主張，孰是孰非。但從柏梁臺聯句寫作的動機上看，也並非是有意作七言詩體的創作。我們前已言及，獨句的七言，在詩經、楚辭，甚或先秦諸子散文中已極爲普遍，所以這種一人只寫一句的聯句形式，是否就能承認它是成熟的七言體，我看大有問題，況且寫第一句的皇帝，當時若偶用五言，這柏梁臺詩的面目不就全然改觀了嗎？所以我還是把它放在篇末，想是比較妥當吧！

第三編　魏晉南北朝文學

第一章　建安詩歌與正始詩歌

第一節　建安詩歌

東漢從桓帝以後，王室日漸衰微，宦官與外戚交相干政和互相傾軋，造成了政治的極端黑暗和腐敗，終於釀成了黃巾之亂，導致了東漢帝國分崩離析瓦解滅亡的命運。黃巾之亂被平定之後，接著是軍閥割據，互相混戰，兵連禍結，爭結延綿，使社會經濟遭受到嚴重的破壞摧殘，人民生活遭受到極度的荼毒傷害，曹操在蒿里行裏說：「白骨露於野，千里無雞鳴。」王粲在七哀詩裏說：「出門無所見，白骨蔽平原。」就是當時悽慘景象的眞實寫照。這種混亂的局面，一直到建安十四年曹操、劉備、孫權三分天下的大勢已定之後，才稍稍得到安定。

建安是漢獻帝在董卓脅迫之下，由長安遷回洛陽所改稱的年號，自西元一九六年起至二二〇年曹丕篡位止，共計二十五年。這個時期的政治大權，完全操在曹操的手裏，漢獻帝名存實亡；當時的文學領袖，也是曹氏父子，他們不但提倡文學，獎勵文學，而且都愛好文學，有很特出的創作才華；再者如建安七子，除孔融以外，也都是曹家的幕客：因此，建安雖然是漢獻帝的年號，但是「建安文學」毫無疑問的應該屬於曹魏的範疇。至於東吳與西蜀，作家與作品都很少，無足稱述。

建安時期是我國文學發展史上的一個重要時期，一時出現了大量的作家與作品，尤其在詩歌方面，產生了許多優秀的篇章，曹氏父子的提倡，功不可沒。文心雕龍時序篇說：「魏武以相王之尊，雅愛詩章，文帝以副君之重，妙善辭賦，陳思以公子之豪，下筆琳琅。並體茂英逸，故俊才雲蒸。仲宣（王粲）委質於漢南，孔璋（陳琳）歸命於河北，偉長（徐幹）從宦於青土，公幹（劉楨）徇質於海隅，德璉（應瑒）綜其斐然之思，元瑜（阮瑀）展其翩翩之樂。文蔚、休伯之儔，于叔、德祖之侶，傲雅觴豆之前，雍容袵席上。灑筆以成酣歌，和墨以籍談笑。」詩品也說：「曹氏父子篤好斯文，平原兄弟（曹植封平原侯）蔚爲文棟。劉楨、王粲爲其羽翼。次有攀龍托鳳，自致於屬車者，蓋將百計。彬彬之盛，大備於時矣。」上有曹氏父子的提倡獎勵，下有建安七子等人的響應附和，於是造成了建安文學的極盛時代。

建安時期的文學作品，尤其是詩歌，能在我國文學史上取得重要的地位，並且獲得後人的崇高評價，最主要的在思想內容方面能夠繼承漢代樂府民歌的寫實傳統，相當深刻地反映了漢末社會的動亂現實。此蓋由於曹氏父子和依附他們的文人都目擊當時空前的災亂景象，有的甚至親身遭受流離之苦，以他們文人的特有的敏銳觸覺，自不能不深有所感而形之於吟詠了。同時，他們也都是一些有政治理想抱負的人，而新的政治環境也提供了施展才能的有利條件，因此，在他們的詩歌中，也常常表現了及時建立功業的雄心和拯世濟物的宏願。文心雕龍時序篇說：「觀其時文，雅好慷慨，良由世積亂離，風衰俗怨，幷志深而筆長，故梗概而多氣也。」正指出了建安詩歌的這一個特色。這種傑出的成就，形成了後來稱爲「建安風骨」的傳統，對於我國以後詩歌的發展，有著深刻良好的影響。

建安詩歌在形式方面，可以說是各體兼具，有古詩體、樂府體，有三言、四言、六言、以至七言，也有楚辭體、雜言體等，其中有短歌也有長調。值得我們注意的有三點：一是樂府歌辭的製作。建安時代，樂府聲調大多失傳，於是詩人就利用樂府舊題，改作新辭，新辭的內容與原作無關，文字比較整齊華美，篇幅也加長了，少的一百多字，長的多至二、三百字。二是五言詩的進一步發展，從此開始興盛。三是七言詩也在這時奠定了基礎。

再就建安詩歌的寫作技巧而言，這時期的詩人已經注意到修辭潤飾，諸如用字的獨創，對偶的增多與工整，描寫的細膩與刻畫的盡致，提高了詩歌創作的藝術性。

一、曹操　曹丕

曹操（西元一五五～二二〇）字孟德，小字阿瞞，沛國譙（今安徽亳縣）人。漢靈帝時太尉曹嵩之子。他從小機警過人，有權謀。二十歲舉孝廉。平定黃巾之亂和討伐董卓，他都曾率兵參與。在連年轉戰中，也壯大了自己的力量。董卓死後，獻帝由長安返回洛陽，洛陽殘破，曹操遂迎獻帝都許，這是建安元年（西元一九六）的事。從此「挾天子以令諸侯」，成爲北方實際的統治者。建安十三年（西元二〇八）自爲丞相，南征荊州，和劉備、孫權的聯軍戰於赤壁，大敗而歸。十八年（西元二一二）進位魏公，二十一年（西元二一六）進爵魏王，立下了他兒子曹丕稱帝的基礎。二十五年（西元二二〇）正月，死於洛陽，活了六十六歲。

曹操不但是漢末一位傑出的政治家和軍事家，也是一位卓越而受人推崇的詩人。他以政治上的領導地位，加上他個人對文學的愛好與修養，網羅了當時許多出色的文士，造成了「彬彬之盛」的建安文學局面，開創了文學上的新風氣。

曹操詩今存二十餘首，全部都是樂府歌辭，以四言的最多，其次是五言。三國志魏志武帝紀裴注引曹瞞傳說：「太祖爲人佻易無威重，好音樂；倡優在側，常以日達夕。」晉書樂志也說：「漢自東京大亂，絕無金石之樂；樂章亡絕，不可復知。及魏武平荊州，獲漢雅樂郎河南杜夔能識舊法，以爲軍謀祭酒，使創定雅樂。」可見他對於樂府的愛好。當時詩人大都受漢樂府的影響，而曹操尤甚。不過他的樂府詩雖然沿用漢樂府的舊題，却并不因襲古辭古意，而是「用樂府題目自作詩」（清方東樹語），「借樂府寫時事」（清沈德潛古詩源），繼承了漢樂府反映社會現實的精神。譬如他的蒿里行：

關東有義士，興兵討群凶。初期會盟津，乃心在咸陽。軍合力不齊，躊躇而雁行。勢利使人爭，嗣還自相戕。淮南弟稱號，刻璽於北方。鎧甲生蟣蝨，萬姓以死亡。白骨露於野，千里無鷄鳴。生民百遺一，念之斷人腸。

漢獻帝初平元年（西元一九〇）春，關東（函谷關以東）各州郡起兵討伐董卓，推勃海太守袁紹爲盟主。但是會師之後，關東州郡都各有打算，觀望不前，甚至互相殘殺火併。這首詩除了眞實地反映了上述情況外，並對人民的苦難，流露了深切的同情。明鍾惺說：「漢末實錄，眞詩史也。」（古詩歸）清方東樹說：「此用樂府題，敍漢末時事。所以然者，以所詠喪亡之哀，足當挽歌也。」（昭昧詹言）

苦寒行與却東西門行則反映了動亂中的軍旅征戍生活，茲舉前一首爲例：

北上太行山，艱哉何巍巍！羊腸坂詰屈，車輪爲之摧。樹木何蕭瑟，北風聲正悲。熊羆對我蹲，虎豹夾路啼。谿谷少人民，雪落何霏霏！延頸長歎息，遠行多所懷。我心何怫鬱，思欲一東歸。水深橋梁絕，中路正徘徊。迷惑失故路，薄暮無宿棲。行行日已遠，人馬同時飢。擔囊行取薪，斧冰持作糜。悲彼東山詩，悠悠使我哀。

這首詩是曹操在建安十一年（西元二〇六）征高幹時所作。幹是袁紹的外甥，投降曹操後又反，當時屯兵在壺關口（今山西長治東南）。曹操從鄴城（今河南臨漳縣西）出兵，取道太行山，其時在正月。詩中描寫在嚴寒氣候中山路行軍的艱苦，歷歷如見。

短歌行是他詩中最膾炙人口的佳作：

「對酒當歌，人生幾何？譬如朝露，去日苦多。慨當以慷，幽思難忘。何以解憂？唯有杜康。青青子衿，悠悠我心。但爲君故，沈吟至今。呦呦鹿鳴，食野之苹。我有嘉賓，鼓瑟吹笙。明明如月，何時可掇？憂從中來，不可斷絕。越陌度阡，枉用相存。契濶談讌，心念舊恩。月明星稀，烏鵲南飛，繞樹三匝，何枝可依？山不厭高，海不厭深。周公吐哺，天下歸心。」

開頭八句表現了詩人對時光易逝功業未就的深沈感慨，繼而抒發思念賢才、求賢若渴的心情，最後吐露了延攬人才以完成統一大業的宏偉懷抱。全詩蒼涼悲壯，沈鬱古樸，有濃厚的抒情成分。其中襲用詩經成句，順當自然，使人毫不覺得，可見作者的才氣高超。此外，他的龜雖壽：「老驥伏櫪，志在千里，烈士暮年，壯心不已。」雄心躍於紙背，表現了他進取不懈老當益壯的胸懷。詩品說「曹公古直，甚有悲涼之句」，當是指這一類詩說的。

曹操的樂府詩中，還有一些寫景的作品，如：

> 東臨碣石，以觀滄海。水何澹澹，山島竦峙。樹木叢生，百草豐茂。秋風蕭瑟，洪波湧起。日月之行，若出其中。星漢燦爛，若出其裏。（碣石篇觀滄海）
>
> 孟冬十月，北風徘徊。天氣肅清，繁霜霏霏。鵾鷄晨鳴，鴻雁南飛。鷙鳥潛藏，熊羆窟棲。（同前冬十月）
>
> 鄉土不同，河朔隆寒。流澌浮漂，舟船難行。錐不入地，豐籟深奧。水竭不流，冰堅可蹈。（同前河朔寒）

以上三首，前者寫大海雄偉宏壯的景色，波瀾壯濶，有呑吐宇宙的氣象。後二首寫塞北隆冬之景，水竭冰堅，天地肅殺，一股嚴寒之氣，逼人而來，都是寫景的佳作。

曹操的詩，脫胎於樂府，但能夠建立他自己的獨特風格。他的詩極爲本色，直言暢論，不加雕飾，而沈雄蒼涼之氣，貫通全篇。讀其詩如見其人，胡應麟詩藪說他「雄才崛起，無論用兵，即其詩豪邁縱横，籠罩一世」，敖陶孫詩評評他的詩：「如幽燕老將，氣韵沈雄」，都是很恰當的評論。

曹操的樂府詩，除了幾首遊仙詩像氣出唱、精列、秋胡行在思想上藝術上都不高之外，其他的都是借用舊題目作新詩，抒寫時事，上承漢樂府「緣事而發」（漢書藝文志）的精神，下開杜甫「即事名篇」的新題新事樂府和白居易新樂府運動的先河，建立了我國樂府詩的優良傳統。另外，四言詩從三百篇以後，很少佳作，曹操所創作的像短歌行等優美動人的篇章，頗有復興之象，但畢竟大勢已去，難與五言詩的主流對抗，雖然後來嵇康、陶潛也有一些好的四言作品，但以後也就式微中絕了。

曹丕（西元一八七～二二六）字子桓，曹操的次子。丕生性穎悟，史書說他「年八歲能屬文，有逸才，遂博貫古今經傳諸子百家之書」（三國志魏志文帝紀裴注引魏書）。建安十六年（二一一），爲五官中郎將、副丞相。二十二年（二一七），立爲魏太子。二十五年（二二〇）操卒，丕廢漢獻帝自立，改元黃初，做了七年皇帝。

曹丕詩現存完整者約四十首，四言、五言、六言、七言、雜言各種形式都有，其中樂府詩計二十三首，另外的是古詩。樂府詩多半是模擬之作，如短歌行、善哉行等模擬詩經；臨高台、豔歌何嘗行等則爲模擬漢樂府。都是標古題、襲古意、擬古辭的作品，和他的父親曹操借古題述時事不同。他的詩，就內容而論，以描寫男女愛情和遊子思婦題材的作品寫得比較好，如雜詩、于清河見挽船士新婚與妻別、燕歌行、清河作等；以體裁而論，以五言詩和七言詩成就較高。舉例如下：

漫漫秋夜長，烈烈北風涼。展轉不能寐，披衣起彷徨。彷徨忽已久，白露沾我裳。俯視清水波，仰看明月光。天漢回西流，三五正縱橫。草蟲鳴何悲，孤雁獨難翔。鬱鬱多悲思，綿綿思故鄉。願飛安得翼，欲濟河無梁。向風長歎息，斷絕我中腸。（雜詩二首之一）

寫遊子思鄉之情，婉約悱惻，很能感人，顯然受到古詩十九首的影響，明王世貞藝苑巵言說：「子桓之雜詩二首，可入十九首，不能辨也。」是不錯的。

秋風蕭瑟天氣涼，草木搖落露爲霜。群燕辭歸雁南翔，念君客游多思腸。慊慊思歸戀故鄉，君何淹留寄他方？賤妾煢煢守空房，憂來思君不敢忘，不覺淚下沾衣裳。援琴鳴弦發清商，短歌微吟不能長。明月皎

皎照我牀，星漢西流夜未央。牽牛織女遙相望，爾獨何辜限河梁？（燕歌行）

寫思婦在秋夜懷念遠方的丈夫，語言雖然淺顯，表情却很眞摯。我國最早的七言詩，舊傳爲漢武帝時的柏梁臺詩，通篇是七言，但是經過顧炎武（日知錄）沈德潛（古詩源）的考證，證明是後人僞作。東漢張衡的四愁詩，每首起句的第四字均用「兮」字，不能算是純粹的七言詩，現存最早的完整的七言詩，就是曹丕的兩首燕歌行了。對七言詩這種體裁的形成，曹丕是有貢獻的。不過曹丕此詩逐句押韵，音節不免單調，可見七言詩在當時還是新起的形式。到了劉宋時代的鮑照，它才在藝術上趨於成熟。

曹丕的詩，一反其父的雄渾悲壯之風，而婉約多姿，纏綿悱惻。所以清陳祚明說：「子桓筆姿輕俊，能轉能藏，是其所優。轉則變宕不恆，藏則含蘊無盡。其源出於十九首，淡逸處彌佳，樂府雄壯之調，非其本長。」（采菽堂古詩選）沈德潛也說：「子桓詩有文士氣，一變乃父悲壯之習矣。要其便娟婉約，能移人情。」（古詩源）

二、曹植

在建安作家中，成就最大也最受後人推崇的，自然是被詩品稱爲「建安之傑」的曹植了。他流傳下來的作品，詩有八十多首，辭賦、散文完整的與殘缺不全的共四十餘篇，也較建安時期其他作家爲多。

曹植（西元一九二～二三二）字子建，是曹丕的同母弟。他自小聰明穎出，十幾歲便誦讀了詩論和辭賦數十萬言。作文下筆成章，進見對答如流，很得曹操的喜愛。建安十六年（二一一）受封平原侯，十九年封臨淄侯。這時期他所過的是無憂無慮的日子，飲宴賦詩，與建安七子並馳於文壇，時人號爲繡虎。曹操曾幾次想立他爲太子，但是由於他「任性而行，不自雕勵，飲酒不節」（三國志魏志陳思王傳），加上曹丕的權詐陷害，使曹操改變了主意。建安二十五年，曹丕代漢自立，改元黃初，對曹植施行壓抑和迫害，先殺了曹植的好友丁儀、丁廙等，並且把他調離京師，使就封國，以削弱他的勢力。黃初二年（二二一）被貶爲安鄉侯，由於 太后的哭訴，改封爲鄄城侯。三年立爲鄄城王，四年徙封爲雍丘王。黃初六年（二二五）曹丕東征回來，經過雍丘的時候，特地去看他，談笑甚歡，兄弟間的感情稍有恢復，爲此曹植曾經感激得流淚。可惜好景不長，第二年曹丕就病死了。丕子叡繼卽帝位，改元太和。曹叡對曹植的態度是冷漠而不信任的，而且採用他父親的老辦法，不斷調動曹植的封地，使他惶惑不安，心生恐懼。太和元年徙封浚儀，二年還封雍丘，三年徙封東阿，六年改封陳王。所以從曹丕爲帝以後，曹植的生活，名爲王侯，實則囚徒，太和六年冬十一月，終於在憂傷憤懣中抑鬱死去，只活了四十一歲。

曹植「生乎亂，長乎軍」，早年隨曹操南征北戰，培植了強烈的功名事業心。另一方面，他又深受時代風氣的熏陶，養成了一種放縱不羈的性格，對世俗禮教採取蔑視的態度。這種拯世濟物的理想和恃才傲物的性格，貫徹在他一生的思想行動中，並且成爲了他作品的基本精神。

曹植作品的基本精神雖然是前後一致的，但由於生活環境的變遷，前後期作品也存著顯著的不同。曹植的生活可以分成兩個階段：前期是他自成年到二十八、九歲曹操未死以前那段青年時期。在這段時期中，他很得父親寵愛，是標準的公子王孫，過的是飲宴玩樂、無憂無慮的生活。這一時期的作品，有表現宴遊之樂的，如公讌：「公子愛敬客，終宴不知疲。清夜遊西園，飛蓋相追隨。」侍太子坐：「清醴盈金觴，肴饌縱橫陳。齊人進奇樂，歌者出西秦。翩翩我公子，機巧忽若神。」箜篌引：「置酒高殿上，親友從我遊。中廚辦豐膳，烹羊宰肥牛。

秦箏何慷慨，齊瑟和且柔。陽阿奏奇舞，京洛出名謳。樂飲過三爵，緩帶傾庶羞。」這些詩毫無疑問的是他早年遊樂生活的寫照。

曹植的詩中有一些贈友的詩。如贈徐幹、贈王粲、贈丁儀、贈丁廙，也都是這一時期的作品。詩中陳述對朋友的希望，勸勉、鼓勵與安慰，情意深厚感人。

曹植一生所熱烈追求的是「勠力上國，流惠下民，建永世之業，流金石之功」（與楊德祖書）。這種理想抱負，在他早期的詩歌中就有突出的表現，可以薤露、白馬、名都、鰕䱇等篇爲代表。薤露篇說：「願得展功勤，輸力於明君。懷此王佐才，慷慨獨不群。」這是詩人報效國家、建立功業的雄心壯志的公開宣示。白馬篇中熱情讚美「幽幷遊俠兒」的武藝高超、勇敢機智、忠勇愛國，篇末說：「羽檄從北來，厲馬登高隄。長驅蹈匈奴，左顧凌鮮卑。棄身鋒刃端，性命安可懷？父母且不顧，何言子與妻？名編壯士籍，不得中顧私。捐軀赴國難，視死忽如歸。」這一位英姿煥發，輕生重義、不惜犧牲、充滿愛國情操的邊塞青年，正是詩人的自況。作者在名都篇中諷刺了那些但知鬥鷄、走馬爲樂，不能立功報國而虛度大好時光的京洛少年。在鰕䱇篇中，詩人用對比的手法，指摘了唯利是圖的小人，揭示了自己崇高的雄心壯志：

鰕䱇游潢潦，不知江海流。燕雀戲藩柴，安識鴻鵠遊？世士此誠明，大德因無儔。駕言登五嶽，然後小陵丘。俯視上路人，勢利惟是謀。讎高念皇家，遠懷柔九州。撫劍而雷音，猛氣縱橫浮。汎泊徒嗷嗷，誰知壯士憂！

曹植此一時期的詩歌，很少反映漢末軍閥混戰、人民痛苦的現實，這是受到他的年齡與生活環境的限制。只有在送應氏第一首中，因爲送別友人應瑒、應璩兄弟，連帶寫到洛陽的殘破景象，但是表現還不夠深刻。

曹丕即位以後，也就是曹植不幸的後期生活的開始。他先後受到曹丕、曹叡種種的壓迫與打擊，表面上維持著一個王侯的身分，實際上是一個動輒得咎的待罪之臣。曹丕先殺了他的朋友丁儀、丁廙，使他精神上受到很大的威脅，接著貶了他的官爵，他在謝初封安鄉侯表裏說：「奉詔之日，且懼且悲。」說出他誠惶誠恐的心情，這種心情以後更無休止。世說新語文學篇說：「文帝嘗令東阿王七步中作詩，不成者行大法，應聲便爲詩曰：『煑豆持作羹，漉菽以爲汁。萁在釜下燃，豆在釜中泣。本自同根生，相煎何太急？』帝深有慚色。」這個故事未必是眞，但頗能表現他當時的處境。曹植的後期詩歌也主要是表現這種心情與處境。他在流離顚沛中更淸楚地正視了現實，生活經驗也隨著豐富起來，因此作品反映生活的深度和廣度都比以前大大進了一步，在藝術上也更爲成熟。許多傑出的詩歌，如贈白馬王彪、雜詩六首、野田黃雀行、吁嗟篇、七哀詩等都是這一時期的產物。

贈白馬王彪是曹植後期的一篇重要作品。黃初四年（二二三），他和曹彰、曹彪一同去京師朝會，恐怕曹丕忌恨不諒，脫去王服，背著刑具，赤脚入宮謝罪，曹丕猶嚴峻不假辭色。後來曹彰在京暴斃，死得不明不白。他同曹彪同返封地時，又被有司所阻，不許同行，使他悲憤萬分，於是寫下了這首詩送給曹彪。全詩共分七章，情感異常沈痛，音調十分悽緊。詩中如第一章的「伊洛廣且深，欲濟川無梁。汎舟越洪濤，怨彼東路長。顧瞻戀城闕，引領情內傷。」中述離京的怨憤。第二章的「霖雨泥我塗，流潦浩縱橫。中逵絕無軌，改轍登高岡」，敘寫旅途的艱苦。第三章是情感奔放的高潮：「鬱紆將何念？親愛在離居。本圖相與偕，中更不克俱。鴟梟鳴衡軛，豺狼當路衢。蒼蠅間黑白，讒巧令親疏。」這裏面有哀傷，有詛咒，有諷刺，眞是無限辛酸。第六章中他安慰曹彪說：「丈夫志四海，萬里猶比鄰。恩愛苟不虧，在遠分日親。」顯然的，他已預見兄弟將永無再見的機會，所以在第七章中說：「離別永無會，執手將何時？」最後祇有「收淚卽長路，援筆從此辭」了。這首詩的抒情藝術水準甚高，將豐富複雜的感情，通過轆轤體的形式，珠聯而下，緊湊而有層次，表情激越悲憤，迴蕩全詩，讀之動人心魄，所以丁晏說：「七章實卽一章，長歌當哭，其聲動心。」（詮評）

如吁嗟篇詩人以轉蓬自喻，表達自己的飄泊之苦和骨肉離別的悲哀，顯然是針對「十一年中而三徙都」的事實而發。

吁嗟此轉蓬，居世何獨然！長去本根逝，宿夜無休閒。東西經七陌，南北越九阡。卒遇回風起，吹我入雲間。自謂終天路，忽然下沈泉。驚飇接我出，故歸彼中田？當南而更北，謂東而反西。宕若當何依，忽亡而復存。飄颻周八澤，連翩歷五山。流轉無恆處，誰知吾苦艱？願爲中林草，秋隨野火燔。糜滅豈不痛，願與株荄連。

末尾兩句說：「被野火燒成灰燼難道不痛苦嗎？但是我寧願毀滅，也願和本根相連。」可以想見詩人的生不如死的沈痛悲苦。雜詩之二也寄託了相同的喻意。

到了曹叡做皇帝的時候，死亡的威脅減輕了。他那「戮力上國，流惠下民」的理想，又積極活躍起來。詩人曾經不止一次地上表給曹叡，希望朝廷委以實際的軍職，使他效命前驅，雖死不恨。但是曹叡始終對他疏遠冷淡，不加理睬。雜詩六首中的第五首：「遠遠將何之？吳國爲我仇。……閑居非吾志，甘心赴國憂。」第六首：「烈士多悲心，小人媮自閒。國讎亮不塞，甘心思喪元。」就是詩人壯烈雄心的吐露。

詩品說曹植詩「骨氣奇高，詞采華茂」，沈約宋書說他「以情緯文，以文被質」，很能概括曹植的特色與成就。曹植一生抱有建功立業的理想雄心，雖然遭遇種種挫折打擊，但壯志不衰，轉多憤激之情，所以詩歌內容充滿追求與反抗，富有氣勢和力量，形成了「骨氣奇高」和「以情緯文」的特色。

曹植的詩，和曹操、曹丕一樣，是脫胎於漢樂府和古詩十九首等作品的，但有更多的發展和創造。他是建安詩人中最講究藝術表現的，詩歌到了他的手裏，逐步趨向華美，注意辭藻、對仗等，這就造成了「詞采華茂」和「以文被質」的特色。他的詩善用比喻，不僅多而貼切，並且有全篇用比的，如野田黃雀行以少年救雀喻解救受難者，吁嗟篇以轉蓬喻轉徙流離的生活，七哀詩以女無所歸喻懷才不遇等。他的詩又注意鍊字和對偶。鍊字的如「凝霜依玉除，清風飄飛閣」（贈丁儀）中的「依」字「飄」字，「秋蘭被長坂，朱華冒綠池」（公讌）中的「被」字「冒」字。對仗的如「白日曜青天，時雨靜飛塵」，「東西經七陌，南北越九阡」，再如「鰕䱇游潢潦，不知江海流。燕雀戲藩柴，安識鴻鵠遊。」由兩句上下對，進而爲四句的隔句對。曹植詩又工於起調，善爲警句，如「高臺多悲風，朝日照北林」（雜詩六首其一），「驚風飄白日，忽然歸西山」（贈徐幹），起首兩句有籠罩全詩，突出詩的氣氛與情緒的作用。這種遣辭方法，顯然是從民歌起興句得到啓發，不同的是它和全詩有著密切的聯繫。這種詩一開頭就能給人強烈的印象，無怪沈德潛要說「陳思最工起調」了。曹植的警句也有放在篇中或篇末的，如「江介多悲風，淮泗馳急流」（雜詩六首其五），「汎泊徒嗷嗷，誰知壯士憂」（鰕䱇篇）皆能使全詩增色。同時，曹植的詩往往用第一人稱作結，如「閒居非吾志，甘心赴國憂」（雜詩六首其五），「去去莫復道，沈憂令人老」（雜詩六首其二），造成了一種「文已盡而情無窮」的藝術效果，使人讀後動心低徊不已。

曹植在這方面的成就，提高了詩歌的藝術性，但也漸開雕琢詞藻的風氣。不過他絕少使用典故和奇字，更不堆砌辭藻去掩飾內容的貧乏，不是後來形式主義作品所能比擬的。

曹植的詩，內容充實，情感熱烈，題材廣大，字句精工。五言詩在建安時雖已成熟，但到了曹植筆下，有了更進一步的發展。在五言詩的發展歷史上，他是具有重要地位的。

三、建安七子與蔡琰

建安時代的作家除了曹氏父子之外，最著名的是建安七子。「七子」之名出於曹丕典論論文：「今之文人，魯國孔融文舉、廣陵陳琳孔璋、山陽王粲仲宣、北海徐幹偉長、陳留阮瑀元瑜、汝南應瑒德璉、東平劉楨公幹，斯七子者，於學無所遺，於辭無所假，咸以自騁驥騄於千里，仰齊足而並馳。」七子中，孔融在政治上爲曹操的反對派，後來爲曹操所殺。其餘人都是曹氏父子的僚屬，他們的出身經歷雖然各不相同，但均曾經歷漢末動亂困苦的生活，也都有一定的政治抱負，想依附曹氏父子有所作爲，所以他們的作品皆能反映動亂現實，表現建功立業的精神，具有建安文學的共同特徵。

孔融（西元一五三～二〇八）字文舉，魯國（今山東曲阜）人。他文學上的主要成就在散文方面。詩今存八首，寫得比較好的是五言雜詩二首。第一首慷慨言志。第二首悼念殤子，其中說：「褰裳上墟丘，但見蒿與薇。白骨歸黃泉，肌體乘塵飛。生時不識父，死後知我誰？孤魂游窮暮，飄颻安所依？人生圖嗣息，爾死我念追。俛仰內傷心，不覺淚沾衣。人生自有命，但恨生日希。」頗爲沈痛。

陳琳（？～二一七）字孔璋，廣陵（今江蘇江都縣東北）人。曾經爲袁紹掌管書記，後來歸附曹操。他和阮瑀，都以擅長草擬公事文書有名當時。詩僅存四首，以飲馬長城窟行最有價值：

飲馬長城窟，水寒傷馬骨。往謂長城吏；「愼莫稽留太原卒！」「官作自有程，擧築諧汝聲。」「男兒寧當格鬭死，何能怫鬱築長城！」長城何連連！連連三千里。邊城多健少，內舍多寡婦。作書與內舍：「便嫁莫留住。善事新姑嫜，時時念我故夫子。」報書往邊地：「君今出語一何鄙！」「身在禍難中，何爲稽留他家子？生男愼莫擧，生女哺用脯。君獨不見長城下，死人骸骨相撐拄！」「結髮行事君，慊慊心意關。明知邊地苦，賤妾何能自久全？」

借用秦代修築長城的史事，揭露了當時苛重的徭役所造成的人民妻離子散的痛苦。全篇採用生動的對話形式，眞切地表達了人物內心的情緒，具有鮮明的民歌色彩。

王粲（西元一七七～二一七）字仲宣，山陽高平（今山東鄒縣西南）人。十七歲往荆州避難，依附劉表十五年。後歸曹操，作過丞相掾、軍謀祭酒、侍中等。建安二十一年從征吳，第二年病卒於道。他是「七子」中成就最高的作家，劉勰稱他爲「七子之冠冕」（文心雕龍才略篇）。存詩二十六首，其中四言八首，雜言三首，五言十五首。五言最多，亦最佳。王粲的詩歌，大致可以分成兩類，一類卽詩品所謂「文秀而質羸」的，多爲讌樂歌頌之作。另外一類則情調悲涼，沈鬱頓挫，蓋由於「遭亂流寓，自傷情多」（謝靈運語），「述親歷之狀，故無不沈切」（陳祚明古詩選）。此一類作品，或描述漢末的離亂現象，或抒發個人的人生感慨，都逼眞深切，是王粲詩歌中的佳作。如七哀詩三首，寫干戈喪亂，民生痛苦，哀楚動人。尤其第一首描繪關中遭受戰禍的慘況，不啻一幅有聲有色、有血有淚的難民圖：

西京亂無象，豺虎方遘患。復棄中國去，委身適荊蠻。親戚對我悲，朋友相追攀。出門無所見，白骨蔽平原。路有飢婦人，抱子棄草間。顧聞號泣聲，揮涕獨不還。「未知身死處，何能兩相完？」驅馬棄之去，不忍聽此言。南登霸陵岸，回首望長安。悟彼下泉人，喟然傷心肝。

這是詩人從長安避亂到荊州時所作。「出門」二句，揭露了當時軍閥連年混戰，由於殺戮和飢餓所造成的人民死亡衆多的慘象。以下六句，寫飢婦人拋棄親子，使人怵目驚心。「未知身死處，何能兩相完」，短短的十個字，包含著人民多少的血淚。吳淇說：「單舉婦人棄子而言之者，蓋人當亂離之際，一切皆輕，最難割者骨肉，而慈母於幼子尤甚。寫其重者，他可知矣。」（文選纂注）作者突出了飢婦棄子的描寫，深刻地點明了當時人民遭受災難的嚴重，也表現了詩人的眞切同情。藝術手法是相當高明的。第二首寫作者久客荊州懷鄉思歸之情，與登樓賦的內容相似，大概作於同時。第三首寫邊地荒寒，人民苦於爭戰。方東樹說：「（七哀詩）蒼涼悲慨，才力豪健，陳思而下，一人而已。」（昭昧詹言）給予了相當高的評價。

王粲的詩風和曹植有著相同的傾向，就是字句的美化和對偶句法的增多，如：

曲池揚素波，列樹敷丹榮。（雜詩）

幽蘭吐芳烈，芙蓉發紅暉。（雜詩四首其二）

山岡有餘映，巖阿增重陰。（七哀詩三首其二）

已開兩晉、南朝雕琢華彩的風氣。

劉楨（　？　～二一七）字公幹，東平（今山東東平縣）人。曾經做過丞相掾屬。在當時和王粲齊名，也以詩歌見長。曹丕與吳質書說：「其五言詩之善者，妙絕時人。」詩品也說：「自陳思以下，楨稱獨步。」他的詩挺拔清健，注重氣勢，不講究雕琢辭藻，可惜流傳下來的作品只有十五首。贈從弟三首是他的代表作，分別以蘋藻、松柏、鳳凰喻其從弟，希望他能堅貞自守，不因外力壓迫而改變本性，其實也是作者的自況。其中第二首寫得尤其好：

亭亭山上松，瑟瑟谷中風。風聲一何盛，松枝一何勁。冰霜正慘悽，終歲常端正。豈不罹凝寒？松柏有本性。

徐幹（西元一七一～二一七）字偉長，北海（今山東壽光縣東南）人。曾經做過司空軍謀祭酒掾屬、五官中郎將文學。三國志魏志裴松之注引先賢行狀說他「清玄體道」，「輕官忽祿，不耽世樂」。他的詩今存九首，以抒情見長。室思六首，均寫女子對於遠方愛人的思念和盼望，如第三首中的「自君之出矣，明鏡暗不治。思君如流水，何有窮已時？」語極自然，而一往情深。沈德潛說：「後人擬者多矣，總遜其自然。」（古詩源）

阮瑀（？～二一二）字元瑜，陳留尉氏（今河南開封）人。年輕時曾從蔡邕學習，所以解音律，能鼓琴。曾任曹操司空軍謀祭酒，與陳琳共同掌管記室；當時軍國書檄，多出其手。他的詩今存十二首，以七哀與駕出北郭門行寫得較好。後者寫一個孤兒遭受後母虐待的痛苦，可以和漢樂府孤兒行參看。

應瑒（？～二一七）字德璉，汝南（今河南汝南縣）人。曾任丞相掾屬，後為五官中郎將文學。今存詩九首，以侍五官中郎將建章臺集詩一詩較佳，其他無甚出色。

與「七子」同時並在詩歌創作上大放光彩的是女作家蔡琰。琰字文姬（列女傳作昭姬），陳留圉（今河南杞縣南）人。約生於漢靈帝熹平（西元一七二～一七八）年間，卒年不詳。他是蔡邕的女兒，博學多才，精通音律。幼年時因其父被誣陷獲罪，全家充軍，在外流浪十餘年。十六歲嫁河東衞仲道，不久因夫亡無子，回家寡居。漢末天下喪亂，蔡琰被胡兵所擄。輾轉淪落於南匈奴（今山西地方）。在南匈奴滯留十二年，嫁給胡人，生了兩個兒子。曹操與蔡邕友善，憐邕無子，用重金將蔡琰贖回，再嫁給陳留董祀。後來董祀犯罪當死，蔡琰蓬頭赤脚求見曹操，語言清辯，情意酸楚，在座公卿名士皆深受感動，他的丈夫因而得到赦免。曹操命他筆錄蔡邕的文章，他憑著記憶，錄出四百餘篇，文無遺誤。

現在流傳下來題爲蔡琰的作品共有三篇：悲憤詩五言、騷體各一首（俱載於後漢書董祀妻傳），和胡笳十八拍一首（見樂府詩集琴曲歌辭）。胡笳十八拍大致可以斷定是僞作，騷體悲憤詩的眞僞尚有爭論，五言悲憤詩無論就詩的風格與史實而言，出於蔡琰的手筆，應屬可信。

五言悲憤詩是建安文壇上的一篇傑作。全詩長達五百四十字，敍述作者在喪亂中的不幸遭遇，像這樣的長篇敍事詩，前此文人作品中是沒有的。蔡琰以一才女，有高度的文化教養，而一生坎坷，遭遇悲慘，所以詩中充滿痛苦與辛酸，字字句句皆是血淚凝成。

漢季失權柄，董卓亂天常。志欲圖篡弑，先害諸賢良。逼迫遷舊邦，擁主以自彊。海內興義師，欲共討不詳。卓衆來東下，金甲耀日光。平土人脆弱，來兵皆胡羌。獵野圍城邑，所向悉破亡。斬截無孑遺，尸骸相撐拒。馬邊懸男頭，馬後載婦女。長驅西入關，迥路險且阻。還顧邈冥冥，肝脾爲爛腐。所略有萬計，不得令屯聚。或有骨肉俱，欲言不敢語。失意幾微間，輒言「斃降虜，要當以亭刃，我曹不活汝。」豈敢惜性命，不堪其詈罵。或便加棰杖，毒痛參並下。旦則號泣行，夜則悲吟坐。欲死不能得，欲生無一可。彼蒼者何辜，乃遭此厄禍？

邊荒與華異，人俗少義理。處所多霜雪，胡風春夏起。翩翩吹我衣，肅肅入我耳。感時念父母，哀歎無終已。有客從外來，聞之常歡喜。迎問其消息，輒復非鄉里。邂逅徼時願，骨肉來迎己。己得自解免，當復棄兒子。天屬綴人心，念別無會期。存亡永乖隔，不忍與之辭。兒前抱我頸，問「母欲何之？人言母當去，豈復有還時？阿母常仁惻，今何更不慈？我尚未成人，奈何不顧思！」見此崩五內，恍惚生狂痴。號泣手撫摩，當發復回疑。兼有同時輩，相送告離別。慕我獨得歸，哀叫聲摧裂。馬爲立踟躕，車爲不轉轍。觀者皆歔欷，行路亦嗚咽。

去去割情戀，遄征日遐邁。悠悠三千里，何時復交會？念我出腹子，胸臆爲摧敗。既至家人盡，又復無中外。城郭爲山林，庭宇生荊艾。白骨不知誰，從橫莫覆蓋。出門無人聲，豺狼號且吠。煢煢對孤景，怛咤糜肝肺。登高遠眺望，魂神忽飛逝。奄若壽命盡，旁人相寬大。爲復彊視息，雖生何聊賴？託命於新人，竭心自勗厲。流離成鄙賤，常恐復捐廢。人生幾何時，懷憂終年歲。

全詩一百零八句，可以分爲三大段：開頭四十句敘述遭遇被虜的原因和被虜入關途中的苦楚；以下四十句敘述在胡地的生活和聽到被贖消息悲喜交集以及和胡子分別時的慘痛；最後二十八句敘述歸途中想念兒子的悲痛，歸後家破人亡的悽慘，及再嫁後的奮勉與憂懼。全詩雖寫個人的不幸遭遇，却概括反映了東漢末年政治紊亂、內禍外患、人間普偏的流離失所妻離子散的悲苦，更表明了作者對於命運的呼號與控訴。

作者善於鑄造形象鮮明突出的概括語句，以繪出觸目驚心的鏡頭。如「馬邊懸男頭，馬後載婦女」，可以想見胡兵殘忍嗜殺、虜掠淫暴的猙獰面目。「或有骨肉俱，欲言不敢言」，「欲死不能得，欲生無一可」，描繪出被害者迫於淫威，雖骨肉同行，亦噤若寒蟬，求生無路，求死無門的悲慘情景。能夠生歸故國固然可喜，但拋棄親子則人間慘事孰甚於此？「阿母常仁惻，今何更不慈？我尚未成人，奈何不顧思！」幼子何辜？遭此不幸，怎不令慈母「見此崩五內，恍惚生狂痴」，所以「號泣手撫摩，當發復回疑」了。作者把他這種矛盾無奈的心理，通過了血淚交凝的詩句表現出來，讀之動人心魂。沈德潛評這首詩說：「激昂酸楚，讀去如驚蓬坐振，沙礫自飛，在東漢人中力量最大。」是很恰當的評論。

漢樂府中開始大量出現敍事詩，像十五從軍征、孤兒行等都是以詩中人物自敍身世遭遇。悲憤詩正是從精神到藝術手法都接受了這一傳統影響的產物。而且它對我國以後反映現實的詩歌有著顯然的影響，張玉穀以為唐代杜甫詠懷、北征諸詩就是接受這一影響的產品（古詩賞析），是很中肯的見解。

第二節　正始詩歌

魏末自曹叡養子齊王芳繼位改元正始（西元二四〇～二四六）起，到陳留王曹奐咸熙二年（西元二六五）禪位於晉，凡二十五年。這個時期在政治上是司馬氏掌握了實際的軍政大權，向魏王朝展開了激烈的奪權鬥爭，以殘酷的血腥屠殺排除異己，造成了非常黑暗、恐怖的局面。

在思想方面是儒學衰微，名教破壞，崇尚老莊，玄學興起。儒學在漢代雖曾盛極一時，但自竄入陰陽五行的謬說和讖緯符命的怪論以後，經術既流於支離破碎，哲學成了迷信的宗教。有頭腦的讀書人，對於這種學術狀態自然是不能滿意的。發展到了魏晉，儒學呈現著極衰微的現象。魚豢魏略儒宗傳序說：「從初平（漢獻帝年號，西元一九〇～一九三）之元至建安之末，天下分崩，人懷苟且，綱紀既衰，儒學尤甚。……正始中，有詔議圜丘普延學士，是時郎官及司徒領吏二萬餘人，雖復分布，在京師者尚見萬人，而應書與議者，略無幾人，又是時朝堂公卿以下四百餘人，其能操筆者，未有十人，多皆相從飽食而退。嗟乎！學業沈隕，乃至於此。」（全三國文）從初平到正始，短短六十年，儒學竟然衰微到這種地步。同時，依附儒學而存在的名教，這時淪爲司馬氏的工具，變成束縛人、壓制人的桎梏，亦爲人所蔑視厭惡。有些人甚至走上極端，行爲放誕，驚世駭俗。

漢末清議之士，因批評政治招致了黨錮之禍，接着魏代漢，晉謀代魏，又大肆殺戮異己。在這種情形下，清議逐漸轉變爲清談，崇尚虛無、消極避世的道家思想有了迅速的發展。到了正始年間，何晏、王弼以老莊思想解釋儒家經典，並注老子，興起了玄學，道家思想更爲風行。

正始文學就是在這樣的政治現實和思想背景下的產物。多數作品，由於政治上的恐怖壓迫和文人逃避現實的心理，不如建安作家那樣富有現實性。所以文心雕龍明詩篇說：「正始明道，詩雜仙心。何晏之徒，率多浮淺。惟嵇志清峻，阮旨遙深，故能標焉。」所謂「明道」、「仙心」，即指詩歌受老莊玄學的影響，內容多爲道家虛無之言。傑出的詩人如阮籍、嵇康，他們的作品雖然貫串著老莊的思想，但對現實的不滿與反抗仍然是主要傾向，所以在基本精神上還是繼承了「建安風骨」的傳統的。

正始時代文人有所謂竹林七賢，三國志魏志王粲傳注引魏氏春秋曰：

「嵇康居河內之山陽縣，與之遊者未嘗見其喜慍之色。與陳留阮籍、河內山濤、河南向秀、籍兄子咸、瑯琊王戎、沛人劉伶，相與友善，遊於竹林，號爲七賢。」

七賢中山濤、向秀、王戎、阮咸四人無詩流傳，劉伶祇有北芒客舍五言詩一首。何晏存詩二首，一爲擬古（雙鵠比翼遊），一爲失題（轉蓬去其根），的確浮淺不足稱。作爲正始代表作家是阮籍、嵇康。

阮籍（西元二一〇～二六三）字嗣宗，陳留尉氏（今河南開封）人，建安七子之一阮瑀的兒子。他原來是儒家的信徒，喜愛詩書，有政治上的抱負，詠懷詩第十五首中說：「昔年十四五，志尚好詩書，被褐懷珠玉，顏閔相與期。」在第三十九首中，他又吐露了「壯士何慷慨，志欲滅八荒」的雄心和「忠爲百世榮，義使令名彰」的志節。但是在魏晉交替之際的那種政治黑暗、恐怖，視屠殺爲平常的環境中，不但沒有發展抱負實踐理想的可能，連自身的安全也沒有保障，於是轉而崇尚老莊，反對禮法，縱酒佯狂，行爲放誕。晉書阮籍傳說他「本有濟世志，屬魏晉之際，天下多故，名士少有全者，籍由是不與世事，遂酣飲爲常。」他的「不與世事」、「酣飲爲常」，不過是對現實的消極反抗和遠禍保身的手段罷了，詩人的內心實在是非常痛苦的。晉書又說他「時率意獨駕，不由徑路，車迹所窮，輒慟哭而反」，可見詩人內心傷鬱之深。

阮籍的主要成就是詩歌，八十二首詠懷詩是他的代表作品。這些詩全是五言（讀書敏求記　謂又有四言詠懷詩十三首，今僅存三首），非一時之作，眞實地反映了詩人一生中複雜的思想感情。如第一首：

夜中不能寐，起坐彈鳴琴。薄帷鑒明月，清風吹我襟。孤鴻號外野，翔鳥鳴北林。徘徊將何見，憂思獨傷心。

寫夜中不寐，憂思徬徨之情，表現了生活在黑暗現實中的內心苦悶。「徘徊將何見」？似乎看不到任何希望和出路，詩人只有「憂思獨傷心」了。第十七首說：

> 獨坐空堂上，誰可與親者？出門臨永路，不見行車馬。登高望九州，悠悠分曠野。孤鳥西北飛，離獸東南下。日暮思親友，晤言用自寫。

空堂獨坐，誰是可與歡者？出門、登高，更形寂寞，誰是詩人的知音？這首詩深刻地表達了詩人不合於世、孤獨苦悶的心情。

在魏晉易代之際，最刺激詩人心靈的是政治的恐怖，人命的不保。第三首寫道：

> 嘉樹下成蹊，東園桃與李。秋風吹飛藿，零落從此始。繁華有憔悴，堂上生荆杞。驅馬舍之去，去上西山趾。一身不自保，何況戀妻子。凝霜被野草，歲暮亦云已。

頭六句用植物的春盛夏衰作比，說到堂上生荆杞，象徵曹魏政權由盛而衰，非常形象化。「一身」兩句說自己尚無自全之計，何必還眷戀妻子。深刻地表現了詩人的惴惴不安、憂惶恐懼。

阮籍雖然有懼禍的思想，但對暴虐的現實政治，仍然表現了他的守正不阿的品格。例如第十六首：

> 徘徊蓬池上，還顧望大粱。綠水揚洪波，曠野莽茫茫。走獸交橫馳，飛鳥相隨翔。是時鶉火中，日月正相望。朔風厲嚴寒，陰氣下微霜。羈旅無儔匹，俛仰懷哀傷。小人計其功，君子道其常。豈惜終憔悴，詠言著斯章。

詩人用朔風微霜喻司馬氏的肆暴，用走獸飛鳥喻小人的奔走馳騖，用羈旅無儔喻自己的孤獨寡合。何焯據詩中所言的時序，推定此詩是「指司馬師廢齊王事」，應該可信。由此可知當時的局勢是何等惡劣，詩人的處境是何等艱危，但詩人堅定的表示不學計功的小人，而要做守常的君子。

阮籍不僅對司馬氏的殘暴統治不滿，對曹魏王室的荒淫腐朽也進行了揭露。例如第三十一首：

駕言發魏都，南向望吹臺。簫管有遺音，梁王安在哉！戰士食糟糠，賢者處蒿萊。歌舞曲未終，秦兵已復來。夾林非吾有，朱宮生塵埃。軍敗華陽下，身竟為土灰。

這首詩完全是借古事來諷刺時政。王室的流連聲色，士兵的困苦，賢者的不用，都是魏末晉初的現實。結尾大膽地指出了這必將導致滅亡的命運。第十一首「湛湛長江水」表現了同樣的主題。

詠懷詩除了上述的積極內容外，也有不少作品表現了詩人意志消沈、畏禍保身、遊仙遁世的消極思想。如第四、三十二、六十等首。

天馬出西北，由來從東道。春秋非有託，富貴焉能保。清露被蘭皋，凝霜沾野草。朝為媚少年，夕暮成醜老。自非王子喬，誰能常美好。

朝陽不再盛，白日忽西幽。去此若俛仰，如何似九秋。人生若塵露，天道邈悠悠。齊景升丘山，涕泗紛交流。孔聖吟長川，惜哉忽若浮。去者余不及，來者吾不留。願登太華山，上與松子遊。漁父知世患，乘流泛輕舟。

儒者通六藝，立志不可干。違禮不為動，非法不肯言。渴飲清泉流，饑食天一簞。歲時無以祀，衣服常苦寒。屣履詠南風，縕袍笑華軒。信道守詩書，義不受一餐。烈烈褒貶辭，老氏用長歎！

阮籍處在政治高壓之下，雖然滿腔的憤懣不平，而不能直接吐說，往往多用比興，言在此而意在彼，隱約曲折地表現思想內容。所以顏延年說：「阮公身事亂朝，常恐遇禍，因茲詠懷。雖志在刺譏，而又多隱避，百代之下，難以情測。」詩品將阮籍列在上品，說：「詠懷之作，可以陶性靈，發幽思。言在耳目之內，情寄八荒之表。洋洋乎會於風雅，使人忘其鄙近，自致遠大。頗多感慨之詞，厥旨淵放，歸趣難求。」這種象徵表現法是環境的影響，出於不得已。沈德潛說詩晬語所謂「遭阮公之時，自應有阮公之詩也」。

阮籍詠懷詩繼承了風雅和古詩十九首，大量比興手法的使用，則又顯然受楚辭的影響。他的集子沒有一首樂府詩，他是建安以來第一個全力作五言詩的人，而且創造了獨特的風格。他並不刻意雕琢，而作品自然壯麗。他豐富了五言詩的藝術技巧，使之更爲成熟。

阮籍這種以詠懷爲題的抒情詩，對後世作家有很大影響。晉代陶淵明的飲酒，北周庾信的擬詠懷，唐代陳子昂的感遇，李白的古風，這些成組的詠懷之作，顯然都是繼承阮籍這一傳統的。

嵇康（二二三～二六三）字叔夜，譙國銍（今安徽宿縣西）人。他崇尚老莊，恬靜寡欲，喜歡養生服食之事；但另外一方面却尙奇任俠，剛腸嫉惡，富有正義感和反抗性。他反對虛僞的禮教和禮法之士，公開發表「非湯武而薄周孔」的離經叛道、非薄聖人的言論；他蔑視權貴，曾經當面奚落過司馬昭的心腹鍾會；他對於當時政治的黑暗深爲不滿，他反對司馬氏，固然跟他是魏氏姻親有關（其妻爲魏宗室長樂亭主），但根本的原因是他深恨司馬氏殘暴的統治。他在太師箴中揭露「季世」的情況是：「憑尊恃勢，不友不師。宰割天下，以奉其私。……

驕盈肆志，阻兵擅權，矜威縱虐，禍崇丘山。刑本懲暴，今以脅賢。昔爲天下，今爲一身。」其實就是對司馬統治的痛斥。後來終於不見容於司馬氏，被誣害處死。

阮籍以五言專，嵇康以四言著。嵇康詩今存五十三首，有二十五首是四言；其餘五言十一首，六言十首，樂府七首，騷體一首，數量與成就都趕不上四言；他是曹操以後的四言詩健者。

文心雕龍明詩篇說：「嵇志清峻」。嵇康的詩，既有高潔的志趣，也有憤世的激情。有時清遠，有時峻切。例如酒會詩：

淡淡流水，淪胥而逝。汎汎柏舟，載浮載滯。微嘯清風，鼓檝容裔。放櫂投竿，優游卒歲。（七首之一）

表現一種清逸脫俗的境界。又如贈兄秀才公穆入軍：

息徒蘭圃，秣馬華山。流磻平皋，垂綸長川。目送歸鴻，手揮五絃。俯仰自得，游心太玄。嘉彼釣叟，得魚忘筌。郢人逝矣，誰與盡言。（十九首之十四）

乘風高遊，遠登靈丘。託好松喬，攜手俱遊。朝登太華，夕宿神州。彈琴詠詩，聊以忘憂。（十九首之十六）

嵇康也有些詩顯露了憤世嫉俗的峻切感情，如答二郭。尤其是因呂安事牽連入獄後所寫的憂憤詩，敘述了他託好老莊不附流俗的志趣和耿直的性格，雖然也責備自己，「惟此褊心，顯明臧否」，以致「謗議沸騰」，「頻致怨憎」，但他並不改變素志。詩中提到「窮達有命，亦有何求」？一切付之命運，不計及後果。最後表示要「

采薇山阿，散髮巖岫」，仍然是和司馬氏不合作的意思。全詩直抒懷抱，情不能已，表現了峻切的風格。所以詩品說：「嵇詩頗似魏文，過以峻切，訐直露才，傷淵雅之致。然託喻清遠，良有鑒裁，亦未失高流矣。」

第二章　兩晉詩歌

司馬氏與曹魏爭奪政權的鬥爭到西元二六五年司馬炎代魏做了皇帝，建立了兩晉王朝，而告結束。西元二八〇年，滅亡了東吳，中國分裂的局面，至此又告統一。但是這種安定並沒有維持多久，司馬炎一死，諸王爭權奪利，演成了「八王之亂」，前後混亂達十六年之久，中原地區又一次遭受兵燹的浩刼；而國力也大大削弱，西北一帶外族，紛紛乘機入侵，結果是懷帝、愍帝相繼被虜，於是西晉便滅亡了。到了東晉，雖偏安一時，中經王敦、蘇峻、桓玄之亂，造成了劉裕篡位的機會，西元四二〇年代晉自立，結束了一百多年的東晉王朝的統治。

就像漢末和魏晉之際一樣，在篡奪爭權的殘酷鬥爭中，許多文人被殺戮了。自西晉以來，張華、石崇、陸機、陸雲、潘岳、劉琨、郭璞等人都不得善終，人命賤如土芥，令人恐懼寒心。許多文人爲了遠害全身，對現實採取了消極的態度，故意裝聾作啞寄情酒色，或拂塵以談道佛，或隱田園以樂山水，謀所以苟全性命，而不求聞達了。

太康元年，西晉王朝頒布了占田制，使士族可以依據官品合法地佔有大量土地。同時，九品中正制日益發展成爲保障士族特權的工具，造成「上品無寒門，下品無士族」的嚴重情況，確立了極不合理的門閥制度。士族壟斷了政治、經濟以至文化特權。貧寒出身的人，在政治上根本沒有施展才能的機會。到了東晉，士族的政治與經濟力量更加膨脹，門閥制度也發展到了頂點，士族公然編訂「百家譜」，不與「雜類」通婚，士、庶的界限越來越嚴格，地位相差越來越懸殊。這些士族佔有優越的政治地位和社會地位，在雄厚的物質基礎上，過著苟安享樂的生活。他們爲了保障自己的既得利益，不僅無意於收復北方失地，反而對愛國志士的北伐行動橫加阻撓，使之無法成功。

在思想方面，崇尚老莊，清談玄理的風氣有更進一步的發展。士族分子一方面利用老莊的任誕思想支持自己不受任何拘束的縱欲享樂生活，一方面又從老莊超然物外的思想中尋求苟安生活中的恬靜心境，同時還以清談高妙的玄理點綴風雅，炫耀才華，掩飾精神的空虛。其次是道教與佛學的傳佈。道家與道教名詞相近，但在本質上顯然不同。前者是哲學，後者是迷信的宗教。道教的形成始於漢末，一面結合了當時的陰陽迷信的思想，一面襲取當時輸入的佛教形式，漸漸組合起來。佛教初來中國，因爲多係口傳，眞義尚難爲人了解，於是和當日流行的道教，彼此混雜，互相推演。那個時候，道佛兩教還處在混淆的狀態中。後來佛經有了翻譯，佛教眞義漸漸顯明，逐步與道教分馳走上自立的發展之途。同時，道教在民間也日益流行，基礎日趨穩固。到了兩晉，道教的傳佈已不限於民間，連高級知識份子，也不免受到感染。此時的佛教也日漸興盛，佛寺增多，佛經大量翻譯，並且佛學與玄學相輔而行，大爲清談之士所愛好，名士與僧人開始結交；到了東晉，此風日盛，僧人加入清談，士子研究佛理。在這種情況下，玄學與佛學的發展，又進展到一個新階段。

兩晉文學變化的趨勢，自然離不開上述政治、社會、思想發展的影響。西晉時期，雖然建安的餘音尚在，風力卻大大削弱。大多數作家的作品，由於缺乏眞實的情感和深刻的內容，轉而偏重形式和技巧，把文學推上了形式主義的道路。正如劉勰所說：「采縟於正始，力柔於建安。」（文心雕龍明詩）「體情之制日疏，逐文之篇愈盛。」（文心雕龍情采）晉初詩人傅玄、張華已表現出這樣的傾向，到了太康時期的陸機、潘岳發展到了嚴重階段。這個時期只有左思、劉琨、郭璞等少數詩人表現了特出的成就。從西晉末年開始，由於清談玄理風氣的盛行，詩壇漸爲玄言詩所統治。這種詩在內容上是「世極迍邅而辭意夷泰」，嚴重脫離現實，在藝術上則「理過其辭，淡乎寡味」，失去了藝術的形象性和生動性。玄言詩代表詩人如孫綽、許詢等的創作皆「平典似道德論」，都是枯燥乏味的說教。玄言詩流行達百年之久，直到晉末傑出的詩人陶淵明出現，才爲空虛的東晉文壇帶來有內容有價值的作品。陶淵明的詩沖淡自然，純是眞性情的流露。他不雕琢字句，而簡潔雋永，極爲工妙。

第一節　晉初詩人

傅玄（二一七—二七八）字休奕，北地泥陽（今甘肅寧縣東南）人。博學能文，勤於著述。爲官剛正，勇於諍諫。史稱他「性剛勁亮直」，「謇謇當朝」，「使臺閣生風，貴戚斂手」。

傅玄的詩十之八九是樂府體，其中有些是歌功頌德的朝庭樂章，絕無內容；有些是純機械的模擬之作，亦不精采；但也有一部分作品是精神面貌都逼近漢樂府民歌的，如豫章行苦相篇：

苦相身爲女，卑陋難再陳。男兒當門戶，墮地自生神。雄心志四海，萬里望風塵。女育無欣愛，不爲家所珍。長大逃深室，藏頭羞見人。垂淚適他鄉，忽如雨絕雲。低頭和顏色，素齒結朱脣。跪拜無復數，婢妾如嚴賓。情合同雲漢，葵藿仰陽春。心乖甚水火，百惡集其身。玉顏隨年變，丈夫多好新。昔爲形與影，今爲胡與秦。胡秦時相見，一絕踰參辰。

詩的前半描寫女子未嫁時的情形，下半描寫嫁後的處境，反映了社會重男輕女和女子因此而受到的痛苦，具有深刻的現實意義。其他如秋胡行表現了秋胡妻忠於愛情的貞烈；秦女休行描寫了龐烈婦復仇的勇敢；墻上難爲趨歌頌了貧士的美德，諷刺了貴族的驕奢。都有針砭社會的意義。

傅玄的一些以男女愛情爲題材的詩寫得較好，如雜言：

雷隱隱，感妾心；傾耳聽，非車音。

短短十二個字，把一個思婦期盼良人歸來的如癡入迷的情態，表現得傳神之至。此外，如西長安行、車遙遙、吳楚歌、昔思君等也都是好作品。傅玄這一類詩善用比興，構思新巧，語言簡樸，情致深婉。

傅玄的詩歌，雖然有一些機械模擬之作，助長了形式主義的發展，是他的缺點；但大體上，他的詩學習漢魏，不力求華艷，氣調比較雄健。

張華（二三二—三〇〇）字茂先，范陽方城（今河北固安縣南）人。出身貧苦，少年時曾經以牧羊爲生。晉武帝時他因伐吳有功，被封爲廣武侯。惠帝時曾官太子少傅、侍中中書監。爲官忠勤正直，史稱其「盡忠輔弼，彌縫補缺，雖當闇主虐后之朝，而海內晏然，華之功也。」後因拒絕參與趙王倫和孫秀的篡奪陰謀而遭殺害。他博聞強記，著博物志十卷。他愛好人才，獎掖後進，二陸一左，皆受其賞拔。

張華的詩追求排偶和妍麗，堆砌典故和辭藻，詩品評他「其體華艷」，「巧用文字，務爲妍冶」，頗能說明他的詩的一般風格。他的樂府詩往往能夠針砭當時的社會，例如遊獵篇、輕薄篇，揭露貴族生活的放蕩與驕奢，在思想上繼承了漢樂府的精神。但是由於用典和偶句太多；缺少變化，不免顯得呆板和平弱，減低了感人的力量。

情詩五首，都是寫夫婦離別後的思慕之情，眞實動人，表現上也比較樸實，沒有繁縟的堆砌毛病。下面擧其中第三第五兩首：

清風動帷簾，晨月照幽房。佳人處遐遠，蘭室無容光。襟懷擁虛景，輕衾覆空牀。居歡惜夜促，在戚怨宵長。撫枕獨嘯歎，感慨心內傷。

游目四野外，逍遙獨延佇。蘭蕙緣清渠，繁華蔭綠渚。佳人不在茲，取此欲誰與？巢居知風寒，穴處識陰雨。不曾遠別離，安知慕儔侶？

第二節　太康詩人

晉武帝滅吳的那一年，改元太康（二八〇—二八九），三國紛爭的局面至此結束，天下重歸統一。此時在政治上開始了一個短暫的小康局面，也是西晉文壇比較繁榮的時代，出現了許多作家。詩品說：「太康中，三張、二陸、兩潘、一左，勃爾復興，踵武前王，風流未沫，亦文章之中興也。」三張爲張載、張協、張亢兄弟，二陸爲陸機、陸雲兄弟，兩潘爲潘岳、潘尼叔侄，左爲左思。當時的文學有兩種傾向：一是模擬前人的作品，沒有眞實的內容；一是追求辭藻的華美和對偶的工整，走向形式主義。代表這種詩風的是陸機和潘岳。

陸機（二六一—三○三）字士衡，吳郡（今江蘇吳縣）人。祖父陸遜爲吳丞相，父陸抗爲吳大司馬。機少有異才，文章冠世。二十歲作文賦，是我國文學批評史上一篇重要文獻。那一年吳亡於晉，機與弟雲隱居華亭舊里閉門讀書，十年不仕，博得時人很高的稱譽。太康末年，與陸雲到洛陽，甚受張華的器重。曾經做過祭酒、太子洗馬、著作郎等官職。晉惠帝太安二年，成都王穎等起兵討長沙王義，任命他爲後將軍，河北大都督，兵敗，被誣遇害，弟陸雲也同時被殺。

陸機詩今存一○四首，多於同時作家。其中模擬古人的作品約佔半數，再除去奉制、應酬、代作之類，眞正包含作者自己生活感受的詩就很少了。所以陸機的詩雖然多於同時作家，但大都感興不深，缺乏動人的內容。他的詩有兩個顯著的特點：一是專務排偶，愛雕琢辭藻，結果流於堆砌呆板，繁冗乏力。如「清川含藻景，高岸被華舟。馥馥香袖揮，冷冷纖指彈。悲歌吐清響，雅舞播幽蘭。」（日出東南隅行）「南望泣玄渚，北邁涉長林。谷風拂修樽，油雲翳高岑。亹亹孤獸騁，嚶嚶思鳥吟。」（赴洛）都是辭藻華美，對仗工整，但可以說沒有什麼思想內容可言。本來追求文學形式之美，也是作者所當努力經營的，但是應該在不犧牲內容的原則下，力求出之自然；如果雕琢過甚，轉而傷及內容，那就是本末倒置了。陸機的這種作品，無疑地加速了形式主義的發展。沈德潛說：「士衡以名將之後，破國亡家，稱情而言，必多哀怨。乃詞旨敷淺，但工塗澤，復何貴乎！」又說：「意欲逞博而胸少慧珠，筆又不足以擧之，遂開出排偶一家。西京以來空靈矯健之氣不復存矣。降自梁、陳、專工對仗，邊幅復狹，令閱者白日欲臥，未必非士衡爲之濫觴也。」（並見古詩源）是很切當的批評。

陸機詩第二個特點是機械的模擬前人。模擬有兩種：一種是師法前人的意思，加以點染變化，往往也可能有佳作出現；另一種是襲取前人的辭意，亦步亦趨，不出前人的範圍，就是機械模擬了。陸機的擬古詩十二首是模仿古詩十九首的，雖曾名重一時，但意不出原詩，只略爲變換詞句而已。

赴洛道中作二首是陸機詩中較好的作品，詩中描寫行役途中所見和客子的哀傷心情，景中有情，不太雕琢辭藻。今錄其第二首：

遠遊越山川，山川修且廣，振策陟崇丘，案轡遵平莽。夕息抱影寐，朝徂銜思往。頓轡倚嵩巖，側聽悲風響。清露墜素輝，明月一何朗。撫枕不能寐，振衣獨長想。

潘岳（二四七—三〇〇）字安仁，滎陽中牟（今河南中牟縣東）人。少時被鄉里目爲奇童，二十幾歲才名就已很大。他熱心仕進，趨附勢利，但宦途並不得意。晉惠帝時權臣賈謐門下有二十四友之目，「岳爲其首」，與石崇諂事最甚。趙王倫執政時，他被趙王的親信孫秀害死。

潘岳與陸機齊名，詩品將潘、陸都列在上品，評之曰：「陸才如海，潘才如江。」其實兩人的詩都缺乏深厚的內容，鍾嶸的品第，未免過甚。潘詩的藝術表現特點之一是詞采華艷，所以孫綽說：「潘文爛若披錦」；其次是鋪敍過多，往往平緩繁冗而缺少含蓄。不過把他的詩也間有深情流注，能眞切感人的，如悼亡詩三首，即以感情眞摯動人而有名。其第一首云：

荏苒冬春謝，寒暑忽流易。之子歸窮泉，重壤永幽隔。私懷誰克從，淹留亦何益。僶俛恭朝命，迴心反初役。望廬思其人，入室想所歷。幃屏無髣髴，翰墨有餘迹。流芳未及歇，遺掛猶在壁。悵怳如或存，周惶仲驚惕。如彼翰林鳥，雙棲一朝隻。如彼遊川魚，比目中路析。春風緣隙來，晨霤承檐滴。寢息何時忘，沈憂日盈積。庶幾有時衰，莊缶猶可擊。

後人寫哀念亡妻的詩，也都以「悼亡」爲題，是受了潘岳的影響。

第三節 左思

左思（二五〇？—三〇五？）字泰沖（泰向作太，此據左棻墓誌），齊國臨淄（今山東臨淄附近）人。生卒年不能詳考，大約生於魏廢帝時代，卒於西晉末年。左思出身寒微，晉武帝時妹妹棻以才名被選入宮，全家遷居京師。武帝泰始（二六五—二七二）中，曾官秘書郎。惠帝元康初（二九一），賈謐當權，思與潘、陸等俱預二十四友之列，他曾經爲賈謐講漢書。永康元年（三〇〇）謐被誅，思遂退居宜春里，專心典籍。次年齊王冏召爲記室，辭疾不就。太安（三〇二—三〇三）中全家去京師，數歲而死。

代表太康時代文學主要傾向的是陸機與潘岳，代表當時文學最高成就的是左思，他的詩流傳下來的很少，今存十四首，除悼離、贈妹二首爲四言，係送妹棻入宮而外，其餘都是五言。

左思有很高的才學與建功立業的雄心，但是在當時門閥制度的壟斷下，高官要職都爲世族子弟所把持，出身寒微的他是永遠無法實現他的理想與抱負的。於是詩人把他報國立功的雄心、托足無門的悲哀、以及對於門閥制度的痛恨和士族權貴的蔑視，一一表現於詩歌。所以他的詩內容充實，意氣豪邁，筆力充沛，絕少雕琢，突出於時人之上。

文心雕龍才略篇說：「左思奇才，業深覃思。盡銳於三都，拔萃於詠史，無遺力矣。」詠史詩八首是左思的代表作，這八首詩題目雖叫做詠史，卻非專詠古人古事，而是借古人古事以寫自己的懷抱和批評當時的社會。這些詩非是一時所寫，它反映了詩人由積極的熱心用世到消極的放棄仕進的思想轉變過程。詠史詩第一首說：

弱冠弄柔翰，卓犖觀群書。著論準過秦，作賦擬子虛。邊城苦鳴鏑，羽檄飛京都。雖非甲胄士，疇昔覽穰苴。長嘯激清風，志若無東吳。鉛刀貴一割，夢想騁良圖。左眄澄江湘，右盼定羌胡。功成不受爵，長揖歸田廬。

晉武帝時西北羌胡和東南吳國不斷侵犯邊境，咸寧五年（二七九）晉伐吳，詔書有「孫皓犯境，夷虜擾邊，……上下戮力以南夷句吳，北威戎狄」等語。這首詩大概就是在這個背景下產生的。詩人雖然有要為國立功的雄偉抱負，但絕不是為了追求個人的名利爵賞。「功成不受賞，長揖歸田廬」，表明了詩人高尚的志節。第三首 的「吾希段干木，偃息藩魏君。吾慕魯仲連，談笑卻秦軍。當世貴不羈，遭難能解紛。功成恥受賞，高節卓不群。……」寄託了同樣的意思。雖然詩人只求報國有路，並不貪圖富貴，但因他出身寒微，在當時腐朽的門閥制度下，是一點兒的可能都沒有的。因此，他對門閥制度加以揭露和抨擊：

鬱鬱澗底松，離離山上苗。以彼徑寸莖，蔭此百尺條。世胄躡高位，英俊沈下僚。地勢使之然，由來非一朝。金張藉舊業，七葉珥漢貂。馮公豈不偉，白首不見招。（第二首）

「世胄」四句吐盡了詩人的憤慨和無奈。

年輕的詩人抱著滿腔的熱情和崇高的理想初到京師，投身於賈謐門下，未必沒有依附權貴以實現自己抱負的幻想；但殘酷的現實教育了他，使他明白門第是條永遠無法越過的鴻溝，他的幻想破滅了。於是他毅然地宣告了與豪門貴族決裂的態度。

皓天舒白日，露景耀神州。列宅紫宮裡，飛宇若雲浮。峨峨高門內，藹藹皆王侯。自非攀龍客，何為欻來游？被褐出閶闔，高步追許由。振衣千仞岡，濯足萬里流。（第五首）

「振衣千仞岡，濯足萬里流」是左思的名句，塑造了一個志節高尚不阿附權貴的隱者的形象。

荊軻飲燕市，酒酣氣益震。哀歌和漸離，謂若傍無人。雖無壯士節，與世亦殊倫。高眄邈四海，豪右何足陳！貴者雖自貴，視之若埃塵。賤者雖自賤，重之若千鈞。（第六首）

刻畫荊軻慷慨悲歌，睥睨四海的神情 藉以表示對豪門貴族的蔑視。荊軻為市中豪俠，與大賢段干木、高士魯仲連相比，雖非理想中的壯士，但比那些尸位素餐的貴人，其間顯然有千鈞和塵埃的差別。

詠史詩從東漢班固發端以來，大抵是一詩詠一事，木質少華彩，缺乏真摯動人的情感。左思的詠史，其實是詠懷，故能感情充沛，有極大感染人的力量。並且作法與前人不同，錯綜變化，不只一端，張玉穀說：「太沖詠史，初非呆衍史事，特借史事以詠己之懷抱也。或先述己意，而以史事證之；或先述史事，而以己意斷之；或止述己意，而史事暗合；或止述史事，而己意默寓。」（古詩賞析）沈德潛說：「太沖詠史，不必專詠一人，專詠一事。己有懷抱，借古人事以抒寫之，斯為千秋絕唱。後人粘著一事，明白斷案，此史論，非詩格也。」（說詩晬語）所以左思的詠史詩，無論在思想上藝術上成就均甚高。對後世詠史詩的發展，產生了良好的影響。

詩品謂左思詩：「文典以怨，頗爲精切，得諷諭之致」，顯然指詠史詩而言，評論非常恰當。詩品又說他「雖野於陸機，而深於潘岳」。「野」與「文」相對，鍾嶸稱陸詩「體美詞贍」，而以爲左詩缺少雕飾，故謂之「野」。這種觀點，代表了南朝文人重視辭藻追求形式主義的風尚，與當時人對陶淵明「歎其質直」，都是一種時代的偏見。左思情深才大，胸次浩放，落落寫來，灑然成章。他是以才情御文，雖有雕飾，而沒有刻鏤的痕跡；雖也多用對偶，但沒有平板生硬的弊病。沈德潛在說詩晬語裏說：「鍾嶸評左詩謂『野於陸機，而深於潘岳』，此不知太沖者也。太沖胸次高曠，而筆力又復雄邁，陶冶漢、魏，自製偉詞，故是一代作手，豈潘、陸輩所能比埒！」在太康詩人中，無疑的，他是成就最高的一人。

第四節　劉琨、郭璞

太康之後，詩史上有所謂永嘉時期。永嘉是晉懷帝的年號（三〇七—三一二），正是五胡亂華，中原紛擾的時代。永嘉五年匈奴人劉聰陷洛陽，懷帝被虜，七年遇害，愍帝即位，改元建興，四年，長安不守，帝爲劉曜所弒。瑯琊王睿乃即晉王位於建康，改元建武（三一七），次年稱帝，是爲東晉。正始時代的清談玄風在太康時曾一度消沈，到了永嘉時又告復盛。詩家喜歡在作品中談玄說理，興起了玄言詩。檀道鸞續晉陽秋云：「正始中，王弼、何晏好老莊玄勝之談，而世遂貴焉。至過江，佛理尤盛，故郭璞五言始會合道家之言而韻之。許詢與孫綽轉相祖尚，又加以三世（釋氏說過去、現在、未來）之辭，而詩、騷之體盡矣。」詩品序云：「永嘉時貴黃、老，稍尙虛談。于時篇什，理過其辭，淡乎寡味。爰及江表，微波尙傳，孫綽、許詢、桓（溫）、庾（亮）諸公詩，皆平典似道德論，建安風力盡矣。先是郭景純用儁上之才，變創其體；劉越石仗淸剛之氣，贊成厥美。然彼衆我寡，未能動俗。」西晉的淸談尙不超越老、莊的範圍；東晉的名理，在老、莊之外又增加佛理。詩歌的內容也是抒寫這些，豈能不「淡乎寡味」呢？孫、許、桓、庾諸人的玄言詩，如同偈語，實在不足以言詩了。當時詩壇可以稱道的，只有劉琨、郭璞二家而已。

劉琨（二七〇—三一七）字越石，中山魏昌（今河北無極縣東北）人。出身士族，少時有詩名。早年生活思想浮華放蕩，旣好老、莊，又耽聲色，這正是當時一般士大夫的習尙。與石崇、陸機、潘岳等人以文章事權貴賈謐，亦在「二十四友」之列。後來在西晉末年家國危難中成爲愛國志士。晉懷帝永嘉元年（三〇七）出仕幷州（今山西一帶）刺史，召募流亡與劉淵、劉聰對抗。兵敗，父母遇害。愍帝建興三年（三一五）受命都督幷、冀、幽三州軍事，又爲石勒所敗。敗後投奔幽州刺史鮮卑人段匹磾，相約共扶晉室。後因他的兒子劉羣得罪段匹磾，劉琨牽連被囚，不久就被縊殺，年四十八。

他曾和祖逖同爲司州主簿，同被同寢，聞雞起舞。這個故事後代極爲傳誦，成爲愛國青年的楷模。他後來聽說祖逖被用破敵，在與朋友的信中曾說：「吾枕戈待旦，志梟叛逆，常恐祖生先我著鞭。」表現了他報國唯恐後人的雄心壯志。

關於他前後思想的轉變，他在答盧諶書中自敍得很淸楚：

「昔在少壯，未嘗檢括，遠慕老、莊之齊物，近嘉阮生之放曠。怪厚薄何從而生，哀樂何由而至。自頃輈張，困於逆亂，國破家亡，親友凋殘。負杖行吟，則百憂俱至；塊然獨坐，則哀憤兩集。……然後知聃、周之爲虛誕，嗣宗之爲妄作也。」

原來愛慕老、莊放誕不羈的貴家子，在慘痛現實的重重折磨下覺醒了，轉變爲一位傷時憂國的志士。他的詩今僅存三首，都是後期的作品，表現了極強烈的愛國思想，格調非常悲壯。如扶風歌：

朝發廣莫門，暮宿丹水山。左手彎繁弱，右手揮龍淵。顧瞻望宮闕，俯仰御飛軒。據鞍長歎息，淚下如流泉。繫馬長松下，發鞍高岳頭。烈烈悲風起，泠泠澗水流。揮手長相謝，哽咽不能言。浮雲爲我結，歸鳥爲我旋。去家日已遠，安知存與亡。慷慨窮林中，抱膝獨摧藏。麋鹿遊我前，猨猴戲我側。資糧既乏盡，薇蕨安可食。攬轡命徒侶，吟嘯絕巖中。君子道微矣，夫子故有窮。惟昔李騫期，寄在匈奴庭。忠信反獲罪，漢武不見明。我欲竟此曲，此曲悲且長。棄置勿重陳，重陳令心傷。

這詩爲作者於永嘉元年（三〇七）由洛陽赴任并州刺史時所作。晉書劉琨傳：「琨在路上表曰：『九月末得發，道險山峻，胡寇塞路。輒以少擊衆，冒險而進，頓伏艱危，辛苦備嘗。即日達壺口關。臣有涉州疆，目覩困乏，流移四散，十不存二，攜老扶弱，不絕於路。及其在者，鬻賣妻子，生相捐棄，死亡委危，白骨橫野，哀呼之聲，感傷和氣。羣胡數萬，周匝四山，動足遇掠，開目覩寇。……』琨募得千餘人，轉鬥至晉陽（并州州治，今山西太原縣）。府寺焚毀，僵屍蔽地，其有存者，飢羸無復人色。荊棘成林，豺狼滿道。」詩中先寫離開故國的深沉悲哀；次寫道路中的困苦情況；最後用李陵的典故，感慨忠信見疑，抗敵無援，表現了詩人憂危忠憤的心情。

劉琨在并州招撫流亡，儲備戰士，很有成績；但因爲馭內不周，被奸人所乘，敗於劉聰，父母遇害。他在答盧諶四言詩中云：「橫厲糾紛，羣妖競逐，火燎神州，洪流華域。彼黍離離，彼稷育育。哀我皇晉，痛心在目。」又云：「威之不建，禍延凶播。忠隕于國，孝愆于家。斯罪之積，如彼山河。斯釁之深，終莫能磨。」國仇家恨，悲憤交集，熱血至性，溢於言表。

劉琨在被段匹磾囚禁的時候，又寫了重贈盧諶一詩：

握中有玄璧，本自荊山璆。惟彼太公望，昔在渭濱叟。鄧生何感激，千里來相求。白登幸曲逆，鴻門賴留侯。重耳任五賢，小白相射鈎。苟能隆二伯，安問黨與讎？中夜撫枕歎，想與數子遊。吾衰久矣夫，何其不夢周？誰云聖達節，知命故不憂？宣尼悲獲麟，西狩涕孔丘。功業未及建，夕陽忽西流。時哉不我與，去乎若雲浮。朱實隕勁風，繁英落素秋。狹路傾華蓋，駭駟摧雙輈。何意百鍊鋼，化為繞指柔！

詩的前半列舉史事，一方面表明自己扶助王室的志願，段如果能繼續為晉出力，可以不計較私怨；另外一方面希望盧諶有所作為，把自己援救出來。後半慨歎自己的不幸：功業未就，時不我與，身陷縲紲，不能自奮。表現了「英雄末路，萬緒悲涼」（沈德潛古詩源）的感慨。

詩品稱劉琨「善為悽戾之辭，自有清拔之氣。琨既體良才，又罹厄運，故善敘喪亂，多感恨之詞」。文心雕龍才略篇謂：「劉琨雅壯而多風」。都是很中肯的批評。

郭璞（二七六—三二四）字景純，河東聞喜（今山西聞喜縣）人。他博學高才，好經學，精通古文奇字，注釋過爾雅、山海經、楚辭等書。又善天文五行卜筮之術。王敦謀反，他借卜筮諫阻，因而被殺。年四十九。

郭璞詩今存二十二首，其中十四首遊仙詩是他的代表作。詩品評他說：「憲章潘岳，文體相輝，彪炳可玩。始變永嘉平淡之體，故稱中興第一。翰林以爲詩首。但游仙之作，詞多慷慨，乖遠玄宗。其云『奈何虎豹姿』，又云『戢翼棲榛梗』，乃是坎壈詠懷，非列仙之趣也。」前半盛讚郭詩富於華采。自永嘉以來，玄言詩盛行，爲詩「理過其辭」，過於抽象，以致「淡乎寡味」。郭璞棄「平淡之體」，轉而注重藻繪，使他的詩具有豐富生動的形象和華采豪俊的語言，藝術性遠超過一般玄言詩。文心雕龍才略篇說：「景純艷逸，足冠中興。」意思和詩品相同。後半則指出郭璞的游仙詩，實際上是詠懷之作。陳祚明采菽堂古詩選說：「景純本以仙姿游於方內，其超越恆情，乃在造語奇傑，非關命意。游仙之作，明屬寄託之詞，如以『列仙之趣』求之，非其本旨矣。」劉熙載藝概也說：「（郭景純）游仙詩假棲遯之言，而激烈悲憤，自在言外。」這些說法，只說對了一半。游仙詩的來源很早，秦博士有仙眞人詩，漢樂府中也有這類作品，建安、正始時期不斷有人繼作。游仙詩中明顯地有不同的兩種傾向：一是正格，專寫想像中的仙山靈域，追蹤赤松子、王子喬等神仙雲遊方外，不食人間煙火，如李善所說：「凡游仙之篇，皆所以滓濊塵網，錙銖纓紱，餐霞倒景，餌玉玄都。」（文選注）一是變格，借游仙以表示對現實的不滿與反抗，如曹植、阮籍的某些作品。郭璞的游仙詩，這兩種傾向都有。一些名爲游仙而實屬詠懷的作品，的確可以和阮籍詠懷、左思詠史同看；但也有一些純是游仙的，文心雕龍才略篇說郭璞「仙詩亦飄飄而凌雲矣」，就是指的這一類純爲游仙之作而言。下引郭璞游仙詩二首，前一首實爲詠懷，後一首則是純粹的游仙詩。它們都具備了詞采高華，形象生動的特色。

逸翮思拂霄，迅足羨遠遊。清源無增瀾，安得運吞舟？珪璋雖特達，明月難闇投。潛穎怨青陽，陵苕哀素秋。悲來惻丹心，零淚緣纓流。（其五）

翡翠戲蘭苕，容色更相鮮。綠蘿結高林，蒙籠蓋一山。中有冥寂士，靜嘯撫清弦。放情凌霄外，嚼蘂挹飛泉。赤松臨上遊，駕鴻乘紫煙。左挹浮丘袖，右拍洪崖肩，借問蜉蝣輩，寧知龜鶴年。（其三）

郭璞游仙詩中的詠懷之作，反映了一定的現實內容。如上引第五首「清源」四句，感慨才士生不逢時。第一首說：「京華游俠窟，山林隱遁棲。朱門何足榮，未若托蓬萊。」對朱門貴族表現了輕蔑。他的四言詩答賈九州愁詩說：「顧瞻中宇，一朝分崩。天網既紊，浮鯢横騰。」「庶晞河清，混焉未澄。」「亂離方炦，憂虞匪歇。」表現出對國族淪亡的憂憤和期盼時局澄清的願望。但由於政治黑暗，世亂方殷，所以在詩末表現了懼禍避世的消極思想：「未若遺榮，閟情丘壑。逍遙永年，抽簪散髮。」這和劉琨在艱危動亂的現實衝激下，體認到老、莊思想的虛誕，從一個放蕩的士族公子，轉變成愛國抗戰的志士，顯然不同，其高下也顯然可分了。

第五節　陶淵明

陶淵明（三六五—四二七）（這是根據蕭統陶淵明傳、晉書及宋書的六十三歲舊說，後人對於他的年壽生卒，尚有許多不同的主張）一名潛，字元亮，世稱靖節先生，潯陽柴桑（今江西九江西南）人。

他是晉大司馬陶侃的曾孫。陶侃在晉明帝太寧三年（三二五）都督荆湘等州的軍事，因爲討判臣蘇峻，有很大的功勞，被封長沙郡公。雖然功蓋當世，但行爲卻極其謙冲，晚年時更深以滿盈自懼，上表辭職，把皇上賞賜給他的東西和一切軍械統統繳還。從此歸隱，不再過問政治。可見他的曾祖父是一位非常淡泊明志的人。

他的祖父茂、父親逸，都做過太守。祖父是一個天性純厚的讀書人，父親又是恬淡沖虛，把窮達得失看得很開的人物。外祖父孟嘉，做過征西大將軍，爲人謙虛有量，溫文爾雅，做事但求順心，和陶淵明的曾祖父以至父親，正是一流人物。

陶淵明接受了父系和母系的遺傳，形成了他那達觀而任自然的性格。加以後天環境的影響，更使他把這種性格發展到最高峯。

儘管他的先人都做過大官，但因爲都是淡泊名利，所以都沒有錢剩下，而且他的父親又死得很早，更使他在少年時候開始過著貧困的生活，但他並不以此爲苦，卻能從讀書中去找尋樂趣。這因爲他本來就是恬淡的人，自幼受過優良的儒家傳統教育，深深懂得「固窮節」的緣故。

陶淵明的早年也曾豪氣干雲，有過建功樹名的遠大抱負和理想。他在晚年有許多回憶少年時豪情的詩，不是說：「憶我少壯時，無樂自欣豫。猛志逸四海，騫翮思遠翥」（雜詩其五）；就是說：「丈夫志四海，我願不知老」（雜詩四）；不是說：「刑天舞干戚，猛志固常在」（讀山海經其十）；就是說：「少時壯且厲，撫劍獨行遊」（擬古其八）。但是他這種超逸四海的「猛志」，在當時門閥士族把持政治的腐朽環境下，是沒有可能實踐的。因此他在闖遍了「張掖至幽州」之後，仍然是「不見相知人」，不得不慨歎「吾行欲何求」（以上並見雜詩其八）和「知音苟不全，已矣何所悲」（詠貧士其一）了。

陶淵明的曾祖父陶侃雖以軍功最得晉朝的高官，但本身並非門閥士族，在當時就被譏罵爲「小人」和「溪狗」，到了陶淵明時代，連這樣的家世也沒落了，他自然得不到社會的重視。當時在政治上「據上品者非公侯之子孫，則當塗之昆弟也」（晉書段灼傳）。這些大貴族官僚與貴戚，「或假財色以交炳權，或因時運以佻榮位，或以婚姻而連貴戚，或弄毁譽以合威柄。器溢志盈，態發病出，黨成交廣，道通步高。……所未及者，則低眉掃地以奉望之。居其下者，作威作福以控御之。」（抱朴子疾謬）。眞是醜態百出，昏天黑地，把政治搞得黑暗腐敗到極點。同時，終東晉一代，當權的大臣們不斷地爭權奪利，互相傾軋和殘殺，直到東晉滅亡，沒有一天安寧。就拿陶淵明生活的主要時期來說，便經歷了司馬道子、元顯的專權，王國寶的亂政，王恭、殷仲堪的起兵，桓玄的奪位，以及劉裕的代晉自立。這樣客觀的現實，對陶淵明的生活態度和思想變化自然有著深刻的影響。

陶淵明一生只做過四次小官，第一次是當州祭酒，第二次是當鎭軍參軍，第三次是當建威參軍，最後一次是當彭澤令。每一次當官的時間都很短，大概斷斷續續幹了差不多十年。彭澤令是個小小的主官，參軍只是個幫閒的幕僚，州祭酒更微不足道，都談不到甚麼抒展抱負。作官需要圓滑應付，需要矯揉造作；而陶淵明卻是個耿介任眞的人，他的個性與作官簡直是背道而馳，不要說那些幕僚小吏，就是給他一個方面大員，他也準幹不了多久呢！除了當州祭酒之外，他每次出去作官都有詩文留下，記述當時的心情。這些作品都有喪失自由之慨，懷念家國之思。至於當州祭酒所以沒有詩文留下，可能是初入仕途，感慨未深的緣故。

陶淵明在第二次出仕當鎭軍參軍的時候，寫下了下面的詩：

弱齡寄事外，委懷在琴書。被褐欣自得，屢空常晏如。時來苟冥會，宛轡憩通衢。投策命晨裝，暫與園田疏。眇眇孤舟逝，綿綿歸思紆。我行豈不遙，登降千里餘。目倦川途異，心念山澤居。望雲慚高鳥，臨水愧游魚。眞想初在襟，誰謂形跡拘。聊且憑化遷，終返班生廬。（始作鎭軍參軍經曲阿作）

這首詩是他二十七、八歲寫的，寫他在離家赴任途中，對田園隱居生活的懷念。詩的末尾坦白指出：這次作官不過暫時順應環境，並非本願，將來還是要返回田園的。鎮軍參軍大概作了三、四年的光景，便不幹了。有一次他奉命出差到京都，回程中遇風，被困於規林地方，作了兩首詩，其中說：「靜念園林好，人間良可辭。當年詎有幾，縱心復何疑？」（庚子歲五月從都還阻風於規林之二）意思是說：想來想去還是呆在家鄉好，這官兒實在可以不幹。盛年不再，縱心順性地選擇自己應走的路，還有什麼疑惑呢？

他第三次出仕爲建威參軍，大概是在晉義熙元年乙巳（四〇五），他在乙巳歲三月爲建威參軍使都經錢溪一詩中也有「園林日夢想，安得久離析」的話。

同年八、九月間，他由於叔父陶夔的援引，出爲彭澤令。這是他所當過的最大的官職；可是只做了八十幾天，便憤而辭職。爲什麼？因爲官兒當的愈大，失去的自由也愈多。他在辭官後所作的歸去來辭的序文中把辭官的原因說得非常明白：「質性自然，非矯厲所得，飢凍雖切，違己交病。」「違己」就是違背自己的理想、意志和良心去生活，這是人生最痛苦不過的事。挨飢受凍，固然足以使肉體感覺痛楚，但比起精神上的苦難，仍是輕微的，可以忍受的。

歸隱的田園以後的陶淵明，身心都恢復自由了，眞是快樂無窮。他作了歸園田居詩五首，最能代表這時期的生活和心情。其中第一首云：

少無適俗韻，性本愛丘山。誤落塵網中，一去已十年（已原作三，此據李辰多教授說改）。羈鳥戀舊林，池魚思故淵。開荒南野際，守拙歸田園。方宅十餘畝，草屋八九間。楡柳蔭後簷，桃李羅堂前。曖曖遠人村，依依墟里煙。狗吠深巷中，雞鳴桑樹顛。戶庭無塵雜，虛室有餘閒。久在樊籠裡，復得返自然。

前六句詩人自敍歸田的原因，以下細致地描寫了純樸、幽美的田園風光，字裏行間流露了作者由衷的喜愛。所以最後說：「久在樊籠裡，復得返自然。」這是重獲自然的歡呼，官場猶如「塵網」，更若「樊籠」，他誤落進去已經十年了，心情一直都在痛苦矛盾之中，如今一旦衝了出來，心情該是多麼的快樂！第三首云：

種豆南山下，草盛豆苗稀。晨興理荒穢，帶月荷鋤歸。道狹草木長，夕露沾我衣。衣沾不足惜，但使願無違。

陶淵明隱居田園，親身參預耕作，從這首詩裏，我們看到一個帶著月色，從草木叢生的小徑上荷鋤歸來的田父的形象；我們也體會到作者恬淡自喜的心情。

農村中安靜的環境和美好的景色，深深吸引著詩人，他從簡樸的生活中找到了樂趣。

孟夏草木長，遶屋樹扶疏。衆鳥欣有托，吾亦愛吾廬。既耕亦已種，時還讀我書。窮巷隔深轍，頗迴故人車。歡然酌春酒，摘我園中蔬。微雨從東來，好風與之俱。汎覽周王傳，流觀山海圖。俯仰終宇宙，不樂復何如。（讀山海經十三首之一）

草木疏扶，衆鳥有托，微雨東來，好風同至，詩人從這些平凡的事物中，得到了心靈的滿足，深深地覺得喜悅。詩人的田園生活是非常豐富而多趣的，這裏有志同道合的朋友談天賞文：

昔欲居南村，非爲卜其宅。聞多素心人，樂與數晨夕。懷此頗有年，今日從茲役。敝廬何必廣，取足蔽牀蓆。鄰曲時時來，抗言談在昔。奇文共欣賞，疑義相與析。（移居二首之一）

有樸實的農民共話桑麻：

野外罕人事，窮巷寡輪鞅。白日掩荆扉，虛室絕塵想。時復墟曲中，披草共來往。相見無雜言，但道桑麻長。桑麻日已長，我土日已廣。常恐霜霰至，零落同草莽。（歸園田居二首之二）

有知趣的故人攜酒共醉：

故人賞我趣，挈壺相與至。班荆坐松下，數斟已復醉。父老雜亂言，觴酌失行次。不覺知有我，安知物爲貴。悠悠迷所留，酒中有深味。（飲酒二十之十四）

生活自由了，心靈也回復到那無羈的自然狀態，詩人把全部精神寄託到耕田、讀書或是遊山玩水上面，完全陶醉在偉大的自然之中了。慢慢的，他的心超脫於物欲之外，與大自然融成一片，而忘掉物我之分了。

結廬在人境，而無車馬喧。問君何能爾，心遠地自偏。採菊東籬下，悠然見南山。山氣日夕佳，飛鳥相與還。此中有眞意，欲辨已忘言。（飲酒二十之五）

這詩表現出物卽是我，我卽是物的「無我」的境界。「無我」的先決條件是虛靜，也就是詩中所說的「心遠」，就是把自己的心遠離那些俗人俗事，把塵俗思想完全從腦子裡排除出來，達到一種空靈的狀態，正好讓自然塡補進來。所謂「悠然」的韻味，便是如此產生的。

陶淵明在東籬下採菊的時候，菊便進駐了他的心，也就是說他的心裡面，除了菊以外，再沒有別的東西了。等到菊採得差不多了，偶然間抬起頭來，那日夕相見的南山，便悠然進入眼簾；因爲來得悠然，使他不自覺地忘了那菊花，敞開心扉，讓那南山塡補進來。他看見山間雲嵐飄浮，使覺得自由自在；看見飛鳥歸巢，卻彷彿自己也尋著了歸宿。詩人一會兒化作菊花，一會兒變成南山，一會兒卻又彷彿是雲嵐與飛鳥。每一次轉變，都成於一瞬之間，但卻來得非常自然，產生了無上美感。這種美感是不可名狀的；即使可以名狀，但是於自己的心靈已整個融入自然之中，到底還要爲誰名狀呢？那實在再無此必要了。所以說：「此中有眞意，欲辨已忘言。」

陶淵明還有一些詩描寫他的田園生活的貧困狀況。怨詩楚調示龐主薄鄧治中說：「夏日長抱飢，寒夜無被眠。造夕思雞鳴，及晨願烏遷。」他甚至窮至乞食，在乞食詩中他說：「飢來驅我去，不知竟何之。行行至斯里，叩門拙言辭。」但是，詩人並沒有被貧窮打倒，他並不覺得痛苦，而是甘之如飴的。他認爲只要心靈獲得自由，只要能活在自由的空氣中，那麼，一切肉體上的痛苦便都微不足道了。所以他說：「豈不實苦辛，所懼非飢寒。貧富常交戰，道勝無戚顏。」（詠貧士七首之五）人生的快樂，就存在於對理想的不斷追求和實踐中。理想戰勝現實，便是最快樂的事情了。

陶淵明的偉大，就在他畢生都在追求著和堅持著一個「眞」字。這「眞」便是任自然的「眞」，愛自由的「眞」，人性的「眞」。他不僅是晉代的一位第一流詩人，就是在整個中國文學史上，也很少人能和他相比。他的詩歌所以能夠成就卓越，取得崇高的地位，也全在於「眞」，陳繹曾說他「情眞、景眞、事眞、意眞」（詩譜）。他的詩差不多每一首都富有眞情實感，沒有矯揉造作之辭；都是在不得不形諸筆墨時才寫出來的，吐露出作者的肺腑之言。他的筆端飽含著詩人自己長期的生活經驗，作品中往往體現出詩人自己的性格，有些詩句把作者的聲音笑貌生動地躍現在紙上。這就是鍾嶸詩品所說的「每觀其文，想其人德」。其人眞，其文眞，作者與作品密切地契合在一起。

從前人論陶詩，往往用「平淡」、「樸素」、「自然」等話來概括其風格。這確實指出了陶詩的一個重要特色。陶淵明的詩很少用典，也不用心雕琢辭藻，但使人感到非常親切和眞實。這些樸素的詩句，看起來作者似乎全不費力，但實際上卻包含了高度的匠心。作者如果沒有高妙的駕馭語言的能力，就不可能用平易的詞句，生動地顯示事物的形象。陶淵明的詩不是沒有繩削，但繩削到自然處，只見平淡之妙，而沒有釜鑿的痕跡。這正是作者的天才和工力所在。朱子語類說：「陶淵明詩平淡出於自然，後人學他平淡，便相去遠矣。」是很正確的看法。

陶淵明詩歌的另一個特出優點是繼承了漢魏詩歌「氣象混沌，難以句摘」（嚴羽滄浪詩話）的作風，講究通篇的渾厚，不去斤斤追求一兩句名句。他的詩不是沒有好句，只是因爲通篇都好，顯不出那幾句突出了。此外，簡潔和富有含蓄也是陶詩的重要優點。陶淵明的詩都是短的抒情之作，絕少冗長的描寫，更沒有空泛的議論，往往有「言有盡而意無窮」的效果。

陶淵明的作品起初並未受到重視，因爲當時正是雕琢綺靡之風盛行之際，陶詩的樸素、自然的風格、自然很難爲人欣賞。到了梁、陳時期，鍾嶸、蕭統才開始重視他，但還是十分有限的。鍾嶸詩品將他列爲中品，蕭統文選選錄他的作品不過寥寥數篇。但是從唐朝以後，卻越來越得到人們的喜愛、推崇。例如李白說：「何時到彭澤，狂歌五柳前。」杜甫說：「焉得思如陶謝手。」白居易說：「常愛陶彭澤，文思何高玄。」晏殊說：「寧從陶令野，不作孟郊新。」陸游說：「我詩慕淵明，恨不造其微。」元好問說：「君看陶集中，飲酒與歸田。此翁豈作詩，眞寫胸中天。」由此可見他予後人影響的深遠和在文學史上的崇高重要了。

第三章　南北朝詩歌

從西元四二〇年劉裕伐晉到西元五八九年陳滅於隋，共一百六十九年，南方經歷了宋、齊、梁、陳四個朝代，史稱南朝。這個時期的文學趨勢，是兩晉華豔綺靡文風的進一步的發展，形成了形式主義文學的興起與大盛。詩歌，駢文和辭賦，都朝著這個方向發展。此種形式主義文學的大行其道，分析它的原因，有下面幾點：

一、經濟繁榮，人才集中。　南朝雖然經歷了宋、齊、梁、陳四個朝代，但每個朝代的取得政權，並沒有發生大規模的戰爭殺伐，而是利用禪讓的把戲，因此社會還能保持相當的安定，經濟也就有了進一步發展。農業產量增加，商業發達，貿易活躍，並出現許多經濟繁榮的都市，如建康、京口、江陵、襄陽等。史載建康「貢使商旅，方舟萬計」，「市廛列肆，埒於二京」，可見一斑。繁華的都市，吸引了許多文士。加之自東晉以來，人口大量南移，才俊之士多集中於江左。杜佑通典說：「永嘉之後，帝室東遷，衣冠避難，多所萃止。藝文儒術，斯為至盛。」不過，此時期的知識份子，大都沒有崇高的理想和偉大的抱負，他們滿足於苟安的現狀，貪圖享樂的生活。因此，社會的安定，經濟的繁榮，雖然提供了詩人文士創作的環境，但由於他們生活空虛，思想浮淺，於是只好在雕章琢句上下功夫。鋪采摛文，刻意求美。於是文學走上形式主義的道路。

二、君主貴族對於文學的愛好與提倡。　南朝的君主和諸侯王大半愛好文學，不少都是以提倡文學，招攬文士著稱，有的本身還能創作和批評。於是「天下向風，人自藻飾」，產生了大量作家與作品。梁裴子野雕蟲論序說：

「宋明帝博好文章，才思朗捷。嘗讀書奏，號稱七行俱下。每有禎祥及行幸宴集，輒陳詩展義，且以命朝臣，其戎士武夫則請託不暇，困於課限，或買以應詔焉。於是天下向風，人自藻飾，雕蟲之藝，盛於時矣。」

又南史文學傳說：

「自中原沸騰，五馬南渡，綴文之士，無乏於時。降及梁朝，其流彌盛。蓋由時主儒雅，篤好文章，故才秀之士，煥乎俱集。於時武帝每所臨幸，輒命群臣賦詩。其文之善者賜以金帛，是以縉紳之士，咸知自勵。」

但是在這種空氣下，南朝文學只能繼續向形式主義道路發展。梁元帝說：「至於文者，惟須綺縠紛披，宮徵靡曼，脣吻遒會，情靈搖蕩。」形式主義的要求是很明顯的。

三、儒學衰微與清談玄虛風尚的繼續。　儒學從東漢末年開始衰微，老、莊哲學日益風行。到南北朝時，佛教大盛，與道家思想相輔而行，儒學更是銷沉寂寞。在天下一統的政權下，儒學往往盛行；而南北朝是變亂割據的局面，儒學自然難以重振。梁武帝雖然崇尚經學，表面上儒家好像有復興的轉機，但實際上却不是這樣。趙翼說：「至梁武帝始崇尚經學，儒術由之稍振。然談義之習已成，所謂經學者，亦皆以為談辯之資。……是當時雖從事於經義，亦皆口耳之學，開堂升座，以才辯相爭勝，與晉人清談無異。特所談者不同耳。況梁時所談，亦不專講五經，武帝嘗於重雲殿自講老子。……則梁時五經之外，仍不廢老、莊，且又增佛義。晉人虛偽之習，依然未改，且又甚焉。風氣所趨，積重難返；直至隋平陳之後，始掃除之。」（二十二史劄記，六朝清談之習）可見梁武帝的崇尚經學，和兩漢的尊儒實大不同。從東漢末年一直到唐初，儒學一直衰微，在學術思想和社會道德上都失去指導和監督的地位。好的影響是文學擺脫了儒學的控制，純文學得以自由發展；壞的影響則是風俗敗壞，道德淪亡，社會上充滿淫靡虛浮的風氣，尤其是君主貴族，淫奢無度到了極點。

四、文學觀念的進步。　魏晉時期，已不斷有文學批評和文學理論的著作出現，如曹丕典論論文、陸機文賦，摯虞文章流別論等。到了南朝，文學已能獨立成一個部門，與儒學分庭抗禮。宋文帝立儒、道、文、史四館，宋明帝分儒、道、文、史、陰陽五科，就是很好的證明。宋范曄著後漢書在儒林傳外又單立文苑傳，可見他對於文學作家的重視。蕭統編文選不錄經、史、諸子的文章，而以文學作品爲準。南朝時所發生的文、筆之辨，更是一場文學界限的爭論；雖然各家的看法還不能完全一致，但隱然已有純文學和雜文學的分別。劉勰、鍾嶸更創作了文心雕龍和詩品兩部文學批評巨著。這些，無疑都對文學發展有著促進的作用。由於作者文學觀念進步，在創作時自會更注意藝術技巧的表現，力求精美。

五、聲律說的興起。　我國詩歌自建安以來，漸重詞藻、對偶、用事，晉陸機更注意到聲音的諧調。到了齊、梁時代，由於受佛經轉讀的影響，發現了漢語的四聲，接著沈約把四聲用到詩歌的聲律上，提出「四聲八病」之說。於是詩文的韻律漸漸形成，平仄的講求嚴密，當日的作品，出現了新的面貌。南史陸厥傳：「永明時，盛爲文章。吳興沈約、陳郡謝朓、瑯琊王融以氣類相推轂，汝南周顒善識聲韻，沈約等文皆用宮商。將平上去入四聲以此制韻，有平頭、上尾、蜂腰、鶴膝。五字之中，音韻悉異，兩句之內，角徵不同，不可增減，世呼爲永明體。」永明體作品的外形與聲律更趨華美完備，但內容貧乏，加重了形式主義的發展。

齊、梁時代是我國詩體發生重要變化的時期。聲律說的興起，使作家致力於形式及聲律的追求，帶動了詩體發生演變。首先是五言詩開始換韻。東漢、魏、晉的作品，除了蔡邕飲馬長城窟行、古詩行行重行行等很少數的例外，都是一韻到底。到了沈約、柳惲諸人，五言詩開始換韻，有兩句一換韻的，也有四句一換韻的，前者如沈約的擬青青河畔草，後者如柳惲的江南曲。韻的變換，使詩的韻律更爲活潑，以增加節奏之美。

其次是七言古詩的製作，作家與作品增多了，也開始有了變化。魏、晉詩人七言作品極少，到南北朝時七古開始流行，鮑照、沈約、蕭衍、蕭綱等人都有創作。曹丕兩首燕歌行都是一韻到底，而南北朝的七言古詩，則多有換韻的情形。

其三是長短句詩體的產生。詩中長短句的雜用，產生甚早，在詩經、楚辭和漢、魏、兩晉樂府詩中就有了。但那些長短句的使用，只是一種自然的安排，並沒有形成一種固定的格律。到了南朝，有規律的長短體出現了。如江南弄，沈約有四首，蕭衍有七首，蕭綱有三首，字數體裁完全相同，可知在當時已是一種定體，決不是長短句的偶然雜用。梁啓超說：「凡屬於江南弄之詞，皆以七字三句，三字四句組織成篇。七字三句，句句押韻；三字四句，隔句押韻。第四句『舞春心』即覆疊第三句之末三字，如憶秦娥調第二句末三字『秦樓月』也。似此嚴格的一字一句，按譜填詞，實與唐末之倚聲新詞無異。」（中國之美文及其歷史詞之起源）此外，沈約六憶詩四首，劉孝綽雜憶詩，隋煬帝效劉孝綽雜憶詩兩首，都是三字一句，五字五句；梁僧法雲三洲歌二首，都用「五、七、三、五」四句；梁徐勉的迎客曲，送客曲，都用「三、三、七、三、三、七」六句。這種長短句定格的作品，實爲詞的濫觴。

其四是新體詩的產生。「新體詩」指永明以後微有格律，類似絕句及類似律詩的作品。類似絕句的又或稱「小詩」。五言四句的詩歌形式，漢代樂府中就已經有了，如枯魚過河泣。後來曹植、陸機、傅玄、潘尼、張載、郭璞等，都有此種作品，不過質量上都不高。南朝時代，受了民歌影響，其體漸盛，謝靈運、鮑照，謝惠連，湯惠休等人都有試作。到了永明時期，五言小詩達到了成熟的階段。王儉、王融、謝朓、沈約的作品中，五言小詩的數量增多了，藝術也更進步。到了梁、陳時期，形成了這種新詩體的興盛，在梁武帝、簡文帝、陳後主的作品中，五言小詩成爲他們的代表作。七言四句的小詩發生較遲，最早的當是湯惠休的秋思引，詩云：「秋寒依依風過河，白露蕭蕭洞庭波。思君末光光已滅，眇眇悲望如思何？」形體已具，而無技巧韵味可言。到蕭衍、蕭綱父子，試作的人日多，漸漸發達進步起來。

唐人的律詩，一方面講求平仄韵律，同時中間兩聯必須對偶工整。律詩是唐詩中的重要部分，這種體裁也是在南北朝時期經過嘗試製作，達到快要成熟的階段。謝莊的侍宴蒜山，侍東耕二首已具備五律雛形。自永明時期聲律說興起以後，王融、謝朓、沈約、范雲等人都在嘗試創作這種新體詩，經過梁簡文帝蕭綱的大量製作，到何遜、陰鏗、徐陵、庾信諸人手中，五言律詩可以說快要達到完全成熟階段。至於七律，發達較遲，作者亦少。庾信的烏夜啼，初具七律的形體；完全成熟則是唐代以後的事了。由此看來，南北朝時代的詩歌形式，是上承漢、魏，下開唐、宋，我國各種古典詩歌的形體，都在這時期中，經過許多詩人的嘗試努力而漸漸達於完成，在我國詩史上，具有重要的承先啓後的地位。

除了以上所說的詩歌形式外，此一時期的詩歌內容，也有新的表現。首先是山水詩取代了玄言詩。這個變化使詩歌內容從枯淡無味的談玄說理中解脫出來，把自然界的美景引進到詩歌中去，一新人的耳目。其次是梁、陳時期宮體詩的勃興。這種詩歌專以描繪女色爲主，詩風浮豔綺靡，內容淺薄無聊，反映了當時帝王貴族生活的荒淫靡爛。

此外，在南朝文學中，產生於建業和荆州一帶的民歌（吳歌、西曲）特別值得珍視。它們形式短小，風格清新，感情浪漫眞摯，極爲可喜。

西晉亡後，北方進入五胡十六國時期，經過了一百多年的混戰攻伐，直到北魏太武帝統一了北方，才結束了這種混亂的局面。後來北魏分裂爲東、西魏，又分別爲北齊北周所伐，最後爲隋朝所統一。史稱這一段歷史爲北朝。其先，五胡雜居內地，已漸漢化；晉室南遷以後，士人淪陷於胡境的，不得不忍痛與胡人合作，在學術上，沒有南渡名士那種清談的習氣，大抵遵守儒家舊制，所以儒術經學較爲發達。至於文學，北朝的文人創作遠不如南朝。五胡十六國時期，幾乎沒有什麼文學作品可言。北魏以後，開始出現一些作家，如溫子昇、邢劭、魏收等。但他們受南朝文學影響，也染有淫靡綺豔之風，缺乏特色。直到庾信由南而北，才爲北朝文學打開局面。北朝的文人詩歌，較之南朝大爲遜色；但北朝的民歌却足可以和南朝民歌分庭抗禮。北朝民歌思想內容豐富，感情爽直坦率，語言樸素無華，風格豪放剛健，和南朝民歌形成鮮明的對比。

第一節　謝靈運和山水詩

山水詩的勃興於宋初，它的原因可分三方面來說。第一，山水景物的描寫，從來詩歌中就有，不過都是爲了抒情敍事的需要服務，不是詩歌的主體。自魏、晉以來流行的遊仙與玄言詩，尤其與山水有密切的關係，但是在這些詩裏的山水景物，或者是描寫仙居靈境的背景襯托，或者作爲談玄說理的印證點綴，也都不是主要的寫作題材。遊仙詩，玄言詩流行既久，令人乏味厭倦，於是詩人轉而集中力量刻畫山水景物，減弱仙佛玄理的分量，逐漸地形成了山水詩在文壇上主要的地位。第二，魏、晉以來，文人名士和山水比較接近。有些因爲政治紊亂，隱居田園山野以遠害全身；有些因爲喜歡談禪說佛，不斷尋訪古寺名刹與佛徒交往。他們日夕登山臨水，於是山水美景盡入篇章。第三，江南山明水秀，景色佳麗，非北方可比，所以在北方不甚注意山水的詩人，到了南方爲美好的景色吸引，就不禁大做其山水詩了。

東晉末年殷仲文、謝混的詩裏，山水成分已逐漸增多。到了劉宋的謝靈運，他全力刻畫山水，把山水景物作詩歌寫作的主要題材，成爲山水詩的大家。

謝靈運（三八五—四三三）小名客兒，祖籍陳郡陽夏（今河南太康附近），世居會稽（今浙江紹興）。他出身於東晉大族，是謝玄的孫子，十八歲襲封康樂公。劉宋代晉，降公爵爲侯。宋少帝時，出爲永嘉太守，不久辭官，歸隱會稽。文帝時，爲臨川內史，元嘉十年因謀反被殺。

謝靈運出生旬日，他的父親謝瑍去世，家人因爲子孫難得，把他送往錢唐杜明師家寄養。十五歲以前就在山明水秀的錢唐度過，這段童年生活對他的愛好山水風景應當有很大的啓發作用。他熱衷政治，也頗爲自負，「自謂才能宜參權要」。到了劉宋時代，他的特權地位受到威脅，政治欲望不能滿足，轉而寄情山水。他在作永嘉太守時，就肆意遨遊山水，民間聽訟，不復關懷。後來乾脆辭官回會稽，大建別墅，鑿山浚湖，經常帶領從衆數百人到處探奇訪勝。這種豐富的遊歷經驗，對於他寫作山水詩自然大有助益。

謝靈運的山水詩，絕大部分是他作永嘉太守以後寫的。在這些詩裏，他用富麗精工的語言，描繪了永嘉、會稽等地的自然景色。如石壁精舍還湖中作：

> 昏旦變氣候，山水含清暉。清暉能娛人，游子憺忘歸。出谷日尚早，入舟陽已微。林壑斂暝色，雲霞收夕霏。菱荷迭映蔚，蒲稗相因依。披拂趨南徑，愉悅偃東扉。慮澹物自輕，意愜理無違。寄言攝生客，試用此道推。

謝靈運遊名山志說：「湖（巫湖）三面悉高山，枕水渚山。溪澗凡有五處。南第一谷，今在所謂石壁精舍。」這詩寫他從石壁精舍回來，傍晚經巫湖泛舟的景色。頭六句寫石壁遊觀的樂趣，中六句寫湖中所見的晚景，末四句寫一天遊覽生活中所體會到的理趣，仍脫不掉玄言詩的影響。「林壑」以下四句，刻畫細致，觀察入微，而貴在能出於自然。又如他的遊南亭：

> 時竟夕澄霽，雲歸日西馳。密林含餘清，遠峰隱半規。久痗昏墊苦，旅館眺郊歧。澤蘭漸被徑，芙蓉始發池。未厭青春好，已覩朱明移。戚戚感物歎，星星白髮垂。藥餌情所止，衰疾忽在斯。逝將候秋水，息景偃舊崖。我志誰與亮，賞心惟良知。

這詩前半描寫晚春黃昏雨止天清的景色，後半感傷時光流逝，年華漸老。全詩由景及情，自然生動，達到情景交融的效果。是謝詩中少有的佳構。

謝靈運善用客觀的手法描摹自然實景。由於他遊覽的山水很多，觀察自然景物很仔細，又能精心鍛鍊，鑄造新詞，形容刻畫力求工巧神似。因此，讀他的詩如面對佳景，有山光水色逼眼而來的感覺。文心雕龍明詩篇謂宋初山水詩「儷采百字之偶，爭價一句之奇，情必極貌以寫物，辭必窮力而追新」，正可說明謝靈運的寫作態度。大大的改變了東晉以來「理過其辭，淡乎寡味」的詩風，給當時詩壇帶來了新鮮的氣息，也開闢了南朝詩歌崇尚聲色的新局面。他的缺點是過求精工，不免失之雕琢，只能得到山水的形貌，而缺少高遠的意境，同時又喜歡用典，講求對偶，在詩中還不能完全擺脫談玄說理，失去了通篇的完整。所以他的詩常有佳句，而通篇全佳者不多見。詩品說他「名章迥句，處處間起。麗典新聲，絡繹奔會」，又說他「尚巧似而逸蕩過之，頗以繁蕪爲累」，是不錯的。散見各篇的爲人傳誦的名句如：

野曠沙岸淨，天高秋月明。（初去郡）

池塘生春草，園柳變鳴禽。（登池上樓）

明月照積雪，朔氣勁且哀。（歲暮）

春晚綠野秀，巖高白雲屯。（入彭蠡湖口）

都能寫景入微，文字清新，令人賞愛。

總之，謝靈運以傑出的山水描寫，扭轉了淡乎寡味的玄言詩風，開創了山水詩派。自他以後，南朝的謝朓、何遜、唐朝的孟浩然、王維等許多山水詩人相繼出現，以優美的山水詩篇豐富了詩歌的園地。謝靈運又是一個用全力雕章琢句的詩人，這方面也爲齊、梁以後的新體詩打下了一定的基礎。

顏延之（三八四—四五六）字延年，瑯琊臨沂（東晉僑置，今南京附近）人。少孤貧。好讀書，無所不覽。喜飲酒，不護細行。他和謝靈運在當時是齊名的詩人，號稱「顏謝」，其實他的天才和成就遠不及謝靈運。他的詩今存三十一首，多爲應制贈和之作。他的詩過分雕琢，又好用典故，結果字句晦澁，缺乏情趣。詩品說：「湯惠休曰：『謝詩如芙蓉出水，顏詩如錯彩鏤金。』顏終身病之。」南史顏延之傳說：「延之嘗問鮑照己與靈運優劣。照曰：『謝五言如初發芙蓉，自然可愛。君詩鋪錦列繡，亦雕繪滿眼。』」顏的不如謝，當時人已有定評。

五君詠五首是顏延之作品中比較突出的。這五首五言詩，分別以竹林七賢中的阮籍、嵇康、劉伶、阮咸和向秀爲題材，借古人古事來抒證自己懷抱。不太雕琢堆砌，較能表達作者的感情。王世貞藝苑卮言說：「延年五君，忽自秀於它作。」另外他的北使洛，感慨中原殘破，是一首比較有內容的作品。

第二節 鮑照

鮑照（四一四？——四六六）字明遠，東海（今江蘇漣水縣北）人，家居建康（今南京）。他出身寒庶，少有文學才情。臨川王劉義慶爲江州刺史時，照獻詩言志，得到賞識，任命他做國侍郎。孝武帝遷爲中書舍人。後臨海王子頊鎮荆州，照爲前軍參軍。子頊謀反賜死，照爲亂兵所殺。

他和謝靈運、顏延之同時，都以詩著稱，合稱爲「元嘉三大家」。他的成就不但高出顏延之，連謝靈運也趕不上，是我國文學史上傑出的詩人之一。

鮑照家世貧賤，自稱「北州衰淪，身地孤賤」（侍郎上疏），生活在門閥士族統治的社會裏，處處受到歧視和壓抑，一生都不得意。所以鍾嶸詩品說「嗟其才秀人微，故取湮當代」。由於生活環境和社會地位與謝靈運不同，創作也走上了不同的道路。謝靈運以富艷精工的山水詩爲人所推崇讚賞，鮑照則以「文甚遒麗」的古樂府聞名於詩壇。

鮑照的詩今存約二百多首，大致可分爲兩類：一類是擬古樂府所作的五、七言詩，有八十多首；另一類則是風格接近元嘉詩風的作品。

鮑照的優秀詩篇大多數都是樂府詩，他繼承和發揚了漢樂府的優秀傳統，廣泛地反映了社會的各種現實。他的樂府詩，尤其是七言和雜言的，筆調自由放縱，辭句贍麗明快，風格蒼勁雄俊。擬行路難十八首是他傑出的代表作品。這十八首詩，不專詠一事，未必作於一時，但都表現出强烈的不滿現實的情緒。例如：

奉君金卮之美酒，瑇瑁玉匣之雕琴，七綵芙蓉之羽帳，九華蒲萄之錦衾。紅顏零落歲將暮，寒光宛轉時欲沈。願君裁悲且減思，聽我抵節行路吟。不見柏梁銅雀上，寧聞古時清吹音？

爲時光易逝，徒悲無益，勸人且聽人生不平的高歌。此詩是十八首中的第一首，顯然是序詩。「願君裁悲且減思，聽我抵節行路吟」，作者的一腔憂憤，一開始就透露了出來。又如：

瀉水置平地，各自東西南北流。人生亦有命，安能行歎復坐愁！酌酒以自寬，舉杯斷絕歌路難。心非木石豈無感？吞聲躑躅不敢言！（其四）

對案不能食，拔劍擊柱長歎息。丈夫生世會幾時，安能蹀躞垂羽翼？棄置罷官去，還家自休息。朝出與親

辭，菲還在親側。弄兒床前戲，看婦機中織。自古聖賢盡貧賤，何況我輩孤且直。（其六）

前一首雖然沒有寫出他所愁歎的是什麼，但我們從他的吞聲躑躅之中，已深深感到他胸中的一股悲憤不平之氣。王夫之說：「言愁不及所事，正自古今悽斷。」在後一首詩裏，這種悲憤不平之氣，一開始就在對案不食，拔劍擊柱之中爆發出來，他寧肯棄置罷官，也不願蹀躞垂翼，受人壓抑，這就是他所以憤慨不平的內容。這兩首詩表現了鮑詩情感激越，情調高昂的特色。從這兩首詩裏，我們見出了一個才高、氣盛、傲岸、耿介的詩人在貴族統治社會壓抑下的無可奈何之情。又如：

中庭五株桃，一株先作花。陽春妖冶二三月，從風簸蕩落西家。西家思婦見悲惋，零淚霑衣撫心歎：初我送君出戶時，何言淹留節迴換？床席生塵明鏡垢。纖腰瘦削髮蓬亂。人生不得長稱意，惆悵徙倚至夜半。（其八）

剉蘗染黃絲，黃絲歷亂不可治。我昔與君始相值，爾時自謂可君意。結帶與君言，死生好惡不相置。今朝見我顏色衰，意中索寞與先異。還君金釵玳瑁簪，不忍見之益愁思。（其九）

前一首寫夫婦久別，婦人獨居的惆悵；後一首寫男人變心，婦人決絕的悲憤。詩中主人翁的獨居愁苦以及強烈的反抗態度，和詩人的孤獨不偶及對現實的深刻不滿，基本精神上是一致的。故而造成極大的感染力，扣動讀者的心弦。又如：

君不見少壯從軍去，白首流離不得還。故鄉窅窅日夜隔，音塵斷絕阻河關。朔風蕭條白雲飛，胡笳哀急邊氣寒。聽此愁人兮奈何！登山遠望得留顏。將死胡馬跡，能見妻子離。男兒生世轗軻欲何道！綿憂摧抑起

長歎。（其十四）

表現了稽留邊塞的士卒思鄉難歸的愁苦。其他的如「璇閨玉墀上椒蘭」，對愛情不自由的婦女表示了深刻的同情，「春禽喈喈旦暮鳴」，則通過過客和士卒的對話，曲折地表達了征人思家的痛苦；「君不見柏梁台」、「諸君莫歎貧」等篇則流露了聽天由命，及時行樂的思想。

總之，鮑照的十八篇擬行路難，思想內容既豐富深刻，感情也强烈奔放；表現手法，有時是直抒胸臆，有時則純用比興；所用的七言、雜言詩體，靈活而多變化；文字華采瑰麗，音節激昂頓挫；是我國文學史上大放光芒的傑出詩篇。

除了擬行路難以外，鮑照的樂府詩還有許多突出的作品。如代東武吟、代出自薊北門行、代放歌行、代結客少年場行都是有內容，思想性很强的好詩。

至於樂府詩以外的其他詩篇，雖然也有少數用典雕琢較少而樸實可誦的作品，但多數過於追求新奇，雕琢詞彙過甚，不免有纖巧晦澀的毛病。這說明了鮑照在作傳統的五言詩時，還不能擺脫時尚的影響。

七言詩從曹丕的燕歌行之後，幾成絕響。直到鮑照，他利用這種體裁創作了大量的突出作品，並且以豐富的內容充實了這種形式，以高超的藝術技巧改造了這種形式，變逐句用韵爲隔句用韵，而且可以自由換韵。爲七言詩的進一步發展樹立了榜樣，開拓了寬廣的道路。自他以後，七言體就在南北朝的文人詩歌中日益繁榮起來了。

鮑照的樂府詩，尤其是七言，對唐代李白、高適、岑參等詩人產生了很大的影響。他們的七言歌行，豪邁雄放，顯然是淵源於鮑照。

第三節　謝朓和「永明體」

漢語平、上、去、入四聲的發現，對我國文學發展具有重要的意義。沈約等人根據四聲和雙聲疊韵來研究詩句中調、韵、聲的配合，指出作詩必須避免平頭、上尾、蜂腰、鶴膝、大韵、小韵、正紐、旁紐等八種音律上的毛病。沈約的詩歌理論是：

「夫五色相宜，八音協暢，由乎玄黃律呂，各適物宜。欲使宮羽相變，低昂舛節，若前有浮聲，則後須切響。一簡之內，音韵盡殊；兩句之中，輕重悉異。妙達此旨，始可言文。」（宋書謝靈運傳論）

雖然在沈約本人的作品中，並沒有完全做到他自己的主張；但是這種有意地運用聲律來寫詩，在詩歌史上的確是前所未有的。沈約等所發現的詩歌音律，和晉宋以來詩歌中對偶的形式互相結合，就形成了「永明體」的新體詩。這種新體詩是我國詩歌從較自由的「古體」過渡到格律嚴整的「近體」的一個重要階段。

本來詩歌的創作注意音律和嚴整，並不是壞事，甚至可以說是文學藝術的進步。但是如果一味講求形式而忽視作品的思想內容，斤斤推敲音律，仔細刻畫雕鏤，就是本末倒置了。永明作家大多不免此種弊病，因此頗爲後人所非議。只有謝朓，是這個時代比較優秀的詩人。

謝朓（四六四——四九九）字玄暉，陳郡陽夏（今河南太康附近）人，高祖拔爲謝安之弟，祖述爲吳興太守，祖母爲范曄之姊，父緯爲散騎侍郎，母爲宋長城公主。他和謝靈運一樣，是一個貴族子弟。他少好學，有文名，加以美風姿，性豪放，時人都喜與之交遊。他最初作南齊諸王幕下的參軍、功曹、文學等官職，曾得隨王蕭子隆、竟陵王蕭子良的賞識，後來爲明帝掌中書詔誥。西元四九五年出任宣城太守，故世稱謝宣城。後回朝任尚書吏部郎，不幸東昏侯廢立之際，因反覆不決，致下獄死。

謝朓的詩，一面運用新起的聲律，一面繼承著謝靈運的山水詩風。他的好詩，大部分是山水詩。他吸收了謝靈運作品中對自然細緻觀察與逼眞描繪的優點，避免它的晦澀、平板之弊，也較少繁蕪詞句和玄言成分，因此他的詩具有清新、秀麗的特色。例如有名的晚登三山還望京邑：

灞涘望長安，河陽視京縣。白日麗飛甍，參差皆可見。餘霞散成綺，澄江靜如練。喧鳥覆春洲，雜英滿芳甸。去矣方滯淫，懷哉罷歡宴。佳期悵何許，淚下如流霰。有情知望鄉，誰能鬒不變？

描寫登山臨江所見春晚景色，非常生動。「餘霞散成綺，澄江靜如練」二句，極爲後人傳誦。又如之宣城郡出新林浦向板橋：

江路西南永，歸流東北騖。天際識歸舟，雲中辨江樹。旅思倦搖搖，孤遊昔已屢。既懽懷祿情，復協滄洲趣。囂塵自茲隔，賞心於此遇。雖無玄豹姿，終隱南山霧。

這詩是作者出任宣城太守途中所作，詩先寫江行所見遠景，表現了詩人寧靜和諧的心境。次寫得官外郡的可喜，既可以遠隔囂塵，又可以遠害全身。「既懽懷祿情，復協滄州趣」二句，模仿謝靈運「久露干祿請，始果遠遊諸」詩句而成。王夫之說：「語有全不及情而情自無限者，……『天際識歸舟，雲間辨江樹』，隱然一含情凝眺之人，呼之欲出。從此寫景，乃爲活景。」（古詩評選）這等詩句的好處在於寫景眞切而又融合了作者的情懷。

謝朓的詩和謝靈運一樣，也有「有句無篇」的缺點。鍾嶸詩品說他「一章之中，自有玉石。然秀章奇句，往往警遒」。他詩中膾炙人口的名句很多，如：

日華川上動，風光草際浮。（和徐都曹出新亭渚）

遠樹曖阡阡，生煙紛漠漠。魚戲新荷動，鳥散餘花落。（遊東田）

窗中列遠岫，庭際俯喬林。日出衆鳥散，山暝孤猿吟。（郡內高齋閑望答呂法曹）

停琴佇涼月，滅燭聽歸鴻。（移病還園示親屬）

朝光映紅蕚，微風吹好音。（和何議曹郊遊）

由於作者細心琢磨，使得這些句子在整個詩篇中顯得突出，相比之下，其他句子就不免平弱了。謝朓又工於起調，善於起句，如下列這些詩的起句：

大江流日夜，客心悲未央。（暫使下都夜發新林至京邑贈西府同僚）

朔風吹飛雨，蕭條江上來。（觀朝雨）

飛雪天山來，飄聚繩欞外。（答王世子）

滄波不可望，望極與天平。（和劉西曹望海臺）

氣勢雄放，使詩一開頭就給人鮮明和强烈的印象。這種手法顯然是受了曹植的影響。可惜他的筆力較弱，後半篇往往不能相稱。所以詩品說他「善自發詩端，而末篇多躓，此意銳而才弱也」。發調太高，難以爲繼，固然是由於「意銳才弱」；但作者囿於當時詩風，不能避免駢儷和典故，也是重要的原因。

此外，謝脁還有一些小詩，造語自然，情味雋永，音韻和諧。如：

夕殿下珠簾，流螢飛復息。長夜縫羅衣，思君此何極！（玉階怨）

落日高城上，餘光入繐帷。寂寂深松晚，寧知琴瑟悲。（銅雀悲）

綠草蔓如絲，雜樹紅英發。無論君不歸，君歸芳已歇。（王孫遊）

佳期期未歸，望望下鳴機。徘徊東陌上，月出行人稀。（同王主簿有所思）

這些詩顯然是模仿南朝樂府民歌，而在藝術表現上有所提高。小詩在民間醞釀了二百年，到謝脁手裏才算正式成立，唐人的絕句就是在這個基礎上繼續發展的，這是謝脁在詩歌史上重要的貢獻。嚴羽說：「謝脁之詩，已有全篇似唐人者。」應當是指這些小詩而說的。如玉階怨，沈德潛就說：「竟是唐人絕句，在唐人中爲最上者。」王孫遊一首，放在王維集中，幾乎也可以亂眞。

唐代一些著名詩人很愛賞謝脁的詩，尤其是李白，他屢次在詩中稱道他：「蓬萊文章建安骨，中間小謝又清發。」（宣城謝脁樓餞別校書叔雲）「解道澄江淨如練，令人長憶謝玄暉。」（金陵城西樓月下吟）「明發新林浦，空吟謝脁詩。」（新林阻風寄友人）「諾謂楚人重，詩傳謝脁清。」（送儲邕之武昌）「我吟謝脁詩上語，朔風颯颯吹飛雨，謝脁已沒青山空，後來繼之有殷公。」（酬殷明佐）可見其傾慕之情。所以清王士禎論詩絕句說：「白紵青山魂魄在，一生低首謝宣城。」

第四節　梁陳詩人和宮體詩

詩歌發展到梁、陳時代，在格律、聲調方面繼續有所進展，詩人和作品的數量愈來愈多，但是詩歌的思想內容也愈來愈貧乏空虛了。這個時代比較優秀的詩人是江淹、吳均、何遜和陰鏗。

江淹（四四四——五〇五）字文通，濟陽考城（今河南考城）人。歷仕宋、齊、梁三朝，晚年被封爲醴陵侯。他少年時以文章顯名，晚年才思減退，世稱「江郎才盡」。詩品評他「詩體總雜，善於摹擬」。他的集子中公開說明模擬別人的就有雜體三十首、學魏文章、效阮公詩十五首等。由於作者對於前人詩歌下過很深工夫，努力用心揣摩，因此這些作品的確做到面貌酷似，有時幾可亂眞。例如雜體三十首分別摹擬了自漢至宋的三十個詩人的代表作，頗能體會和表達不同詩人的風格和特色。其中陶徵君田居一首：

種苗在東皐，苗生滿阡陌。雖有荷鋤倦，濁酒聊自適。日暮巾柴車，路闇光已夕。歸人望煙火，稚子候簷隙。問君亦何爲，百年會有役。但願桑麻成，蠶月得紡績。素心正如是，開逕望三益。

深得陶詩的意境。不過這些擬作，究竟缺乏藝術的獨創性。值得一提的，他的努力學習古人作品，也產生了好的一面影響，就是使他擺脫了一些綺麗的時風。他的若干作品，雖然也藻飾精工，但不過分，下面所舉望荆山一首，就流麗可誦：

奉詔至江漢，始知楚塞長。南關繞桐柏，西嶽出魯陽。寒郊無留影，秋日懸清光。悲風撓重林，雲霞肅川漲。歲晏君如何，零淚霑衣裳。玉柱空掩露，金尊坐含霜。一聞苦寒奏，更使豔歌傷。

吳均（四六九——五二〇）字叔庠，吳興故鄣（今浙江安吉縣西北）人。出身貧寒，性格耿直。他曾學鮑照寫過行路難以及從軍出塞等類七言、雜言樂府，但成績並不很好。他作品中較好的是自永明時代提倡的新體詩，無論形式和音調的技巧，都較謝朓等進步，如下面二首，都較能表現出一種清新的詩趣：

君留朱門裏，我至廣江濆。城高望猶見，風多聽不聞。洗蘋方繞繞，落葉尚紛紛。無由得共賞，山川間白雲。（發湘州贈親故別）

山際見來煙，竹中窺落日。鳥向簷上飛，雲從窗裏出。（山中雜詩）

何遜（？——五一八）字仲言，東海郯（今山東郯城縣西）人。八歲能賦詩，弱冠舉秀才。沈約愛讀他的詩，曾說：「吾每讀卿詩，一日三復，猶不能已。」梁元帝將他和小謝並論：「詩多而能者沈約，少而能者謝朓、何遜。」何遜的作品不多，但詩句秀美、意境清新，善於刻畫離情和描繪山水。他的詩作風與謝朓相近，而格調比永明作家更接近唐詩。

暮煙起遙岸，斜日照安流。一同心賞夕，暫解去鄉憂。野岸平沙合，連山近霧浮。客悲不自已，江上望歸舟。（慈姥磯）

客心已百念，孤游重千里。江暗雨欲來，浪白風初起。（相送）

沈德潛評前一首說：「己不能歸而望他舟之歸，情事黯然。」（古詩源）看江波浩蕩，歸舟漸遠，自己的一片思鄉之情和離家之悲也隨著歸舟的漸行漸遠而綿延無窮了。結尾兩句產生了有不盡之思的藝術效果，耐人尋味。他有一些寫景名句，如「薄雲巖際出，初日波中上」（入西塞示南府同僚），「游魚亂水葉，輕燕逐風花」（贈王左丞），「岸花臨水發，江燕繞檣飛」（贈諸游舊），「露濕寒塘草，月映清淮流」（與胡興安夜別）等，表現了觀察自然的細緻和選擇語言的精當，這纔承了大、小謝山水詩的優良作風。

陰鏗（生卒年不詳）字子堅，武威姑藏（今甘肅武威附近）人。是陳代著名的詩人。他工五言詩，風格接近何遜，也以寫景見長。例如：

大江一浩蕩，離悲足幾重。潮落猶如蓋，雲昏不作峰。遠戍唯聞鼓，寒山但見松。九十方稱半，歸途詎有蹤。（晚出新亭）

陰鏗的新體詩，已經很接近唐律。杜甫與李十二白同尋范十隱居詩說：「李侯有佳句，往往似陰鏗。」解悶十二絕句說：「熟知二謝將能事，頗學陰、何苦用心。」陰鏗和何遜對於杜甫的創作，是產生了啓發的作用的。

齊、梁間，宮體詩勃興，取代了山水詩的主流地位。梁書簡文帝本紀謂簡文帝「雅好題詩，其序曰：『余七歲有詩癖，長而不倦。』然傷於輕豔，當時號曰『宮體』。」「宮體」的名稱，就由此而來。宮體詩的內容以描寫婦女爲主，描寫婦女的容貌、姿態，旁及婦女所使用的物件以及所居住的場所。這種專以描寫婦女的詩歌，是前此我國文學中所沒有的。宮體詩使用最豔麗的詞句，和諧的音律，藝術的表現非常精巧。

宮體詩所以盛行於這個時代，是由於幾個因素的配合促成的。首先是當日君主貴族生活的荒淫放蕩，提供了宮體文學滋長的環境。自宋至隋的二百年間，君主臣僚都是荒於酒色，流連聲伎，生活腐敗無耻到了極點。

宋武與南郡王義宣諸女淫亂，義宣因此發怒，遂舉兵反。義宣敗後，帝又密取其女入宮，假姓殷氏，拜爲淑儀。殷卒，帝命謝莊作哀册文。（宋書義宣傳與殷淑儀傳）

上常宮內大集，而裸婦人而觀之，以爲懽笑。后以扇障面，獨無所言。帝怒曰：外舍家寒乞，今共爲笑

樂，何獨不覩？（宋書王皇后傳）

齊廢帝爲潘妃起神仙永壽玉壽三殿，皆飾以金壁。又鑿金爲蓮花，使潘妃行其上曰，步步生蓮花也。（齊書本紀）

陳後主自居臨春閣，張貴妃居結綺閣，龔孔二貴嬪居望仙閣，並複道交相往來。又有王李二美人，張薛二淑媛，袁昭儀、何婕妤、江修容等七人並有寵，遞代以遊其上。以宮人有文學者袁大捨等爲女學士，後主每引賓客，對貴妃等遊宴，則使諸貴人及女學士與狎客共賦新詩，互相贈答，採其尤豔麗者，以爲曲詞，被以新聲。選宮女有容色者，以千百數，令習而歌之。分部迭進，持以相樂，其曲有玉樹後庭花、臨春樂等，大指所歸，皆美張貴妃、孔貴嬪之容色也。（陳書後主沈皇后傳）

煬帝不解音律，略不關懷。後大製豔篇，辭極淫綺。今樂正白明達造新聲，創萬歲樂……及十二時等曲。掩抑摧藏，哀音斷絕，帝悅之無已。（隋書音樂志）

南朝的君主貴族又都愛好文學，有的還能創作，文學在他們的倡導與影響下，自然就走上淫靡的道路了。宮體文學正是當日宮廷貴族淫侈頹廢生活的表現。

其次是受到東晉以來江南樂府民歌的影響。樂府詩集說「豔曲興於南朝」。東晉以來產生於江南的吳歌及西曲，都是敍述男女戀情的豔曲，其中有些還含有較濃厚的色情成分。此種民間情詩一旦與文人貴族相接觸，極合他們的口味，賞愛之餘，加以模倣。於是香豔的宮體詩大量產生。

影響宮體詩勃起的第三個因素是宋、齊的山水和詠物詩。宋、齊詩人描寫景物，著重客觀的寫眞，觀察細致，刻畫精工，所謂「情必極貌以寫物，辭必窮力而追新」（文心雕龍明詩），「體物爲妙，功在密附，故巧言切狀，如印之印泥」（文心雕龍物色）。齊、梁以後，詩人寫作的對象逐漸縮小範圍，從模山範水而吟詠眼前器物，宮體詩人更把他們的寫作興趣集中於歌女舞伎，描繪女性的姿容，甚至從人體各部份如頭髮、眉眼、口唇、腕臂、腰肢、足趾、肌膚等處做具體細微的刻劃。所以說，從山水詠物詩到宮體詩，題材對象有大與小之異，有人與物的不同，但注重客觀的寫實，「巧構形似」的表現方法是一致的。

這種文學在宋、齊時代已經發端，沈約、王融的作品裏，已有專寫女人情態顏色的豔詩。到了梁代，在蕭氏父子的手裏，發展到極盛的狀況。

蕭衍（四六四——五四九）字叔達，蘭陵（今江蘇武進附近）人。他是齊高帝的族弟，博學有文武才略。原來是齊竟陵王八友之一，後受禪爲梁武帝。在位四十八年（五〇二——五四九），太清三年，侯景陷臺城，帝爲所執持，憂憤疾卒。蕭衍的帝王生活極爲清儉，不近聲色，晚年更篤信佛教。他起初聽說徐摛作宮體詩，曾經加以責讓；但是流風所尚，他自已的作品竟也不免這個格調。下面看他二首子夜歌：

閨中花如繡，簾上露如珠。欲知有所思，停織復踟躕。（子夜夏歌）

寒閨動黻帳，密筵重錦席。賣眼拂長袖，含笑留上客。（子夜多歌）

蕭綱（五〇三——五五一）字世纘，梁武帝第三子，昭明太子蕭統的同母弟。衍死，即帝位，是爲簡文帝，但在位僅兩年四個月，復爲侯景所害。

蕭綱提倡文學，酷愛賦詩，在藩時，引納徐摛、庾肩吾等文人；及爲太子，又選摛子徐陵、肩吾子信等爲學士。他不但帶頭寫豔情詩，並且還提出公開的理論主張：「立身之道與文章異，立身先須謹重，文章且須放蕩。」（誡當陽公大心書）在他的大力提倡和宮廷文人的附和扇揚下，宮體詩風就統制了當時的詩壇。

蕭綱所作的宮體詩，無論數量之多與作風之大胆，都遠過於他的父親蕭衍和其弟蕭繹。作品的內容，從它的題目就可以想知。如：見內人作臥具、贈麗人、詠內人晝眠、詠美人觀畫、美人晨粧、傷美人、倡婦怨情、夜聽妓等，甚至還有描寫男色的，如孌童，色情淫蕩到了極點。所以明代陸時雍詩鏡總論說：「簡文詩多滯色膩情，讀之如半醉憨情，懨懨欲倦。」下面舉兩首爲例：

北窗聊就枕，南簷日未斜。攀鈎落綺障，插捩舉琵琶。夢笑開嬌靨，眠鬟壓落花。簟文生玉腕，香汗浸紅紗。夫婿恒相伴，莫誤是倡家。（詠內人晝眠）

北窗向朝鏡，錦帳復斜縈。嬌羞不肯出，猶言粧未成。散黛隨眉廣，燕脂逐臉生。試將持出衆，定得可憐名。（美人晨粧）

姑且不論它的思想內容，僅就它的表現技巧來說，它描寫細緻，情辭婉轉，藻繪華麗，音韻調諧，有很高的藝術成就，不是因爲內容淫靡而可以一筆抹殺的。

蕭繹（五〇八——五五四）字世誠，蕭衍的第七個兒子。綱死繼位，是爲梁元帝。在位未及三年，西魏攻陷江陵，繹出降，不久被害。

蕭繹所作宮體詩數量不及蕭綱，以委婉巧麗取勝，較少色情意味。如：

高樓三五夜，流影入丹墀。先時留上客，夫婿美容姿。粧成理蟬鬢，笑罷斂蛾眉。衣香知步近，釧動覺行

遲。如何舞館樂，翻見歌梁悲。猶懸北窗幌，未捲南軒帷。寂寂空郊暮，非復少年時。（登顏園故閣）

徐陵（五〇七——五八三）字孝穆，東海郯（今山東郯城縣）人。歷仕梁、陳兩代。在梁時多半任職東宮及諸王官屬，以撰寫應制詩文為務，他詩中的一些宮體，大概作於這個時期。「相看不得語，密意眼中來」（洛陽道之二），「念君今不見，誰為抱腰看」（長相思）「低鬟向綺席，舉袖拂花黃」（詠舞）都是出色當行的宮體詩句。

徐陵也寫過一些具有北方邊塞情調的詩歌，如出自薊北門行、關山月等，語言樸實簡潔，令人一新耳目。他在律體試作方面，也有很好的表現。如：

征途愁轉旆，連騎慘停鑣。朔氣陵疎水，江風送上潮。青雀離帆遠，朱鳶別路遙。唯有當秋月，夜夜上河橋。（秋日別庾正員）

風格上已接近唐人律詩，在推動律體的發展上有一定的作用。

宮體詩發展到陳後主（名叔寶，五五三——六〇四）、江總（五一九——五九四）時代，內容越發淫靡，詞句更為淫豔，體格日趨卑弱，茲各舉他們的詩一首為例：

麗宇芳林對高閣，新妝豔質本傾城。映戶凝嬌乍不進，出帷含態笑相還。妖姬臉似花含露，玉樹流光照後庭。（陳叔寶玉樹後庭花）

南飛烏鵲北飛鴻，弄玉蘭香時會同。誰家可憐出窗牖，春心百媚勝楊柳。銀床金屋掛流蘇，寶鏡玉釵橫珊瑚。年時二八新紅臉，宜笑宜歌羞更斂。風光一去杳不歸，衹為無雙惜舞衣。（江總東飛伯勞歌）

第五節　北朝詩人

西晉末年，五胡亂華，中原成了混戰的場所，知識分子大都南渡，直到北魏統一以前，北方很少有文學作品流傳下來。西元四九三年北魏孝文帝拓跋宏遷都洛陽，推行漢化，禁止胡語胡服，興辦太學，提倡儒家思想，留在北地的文人才漸被重用。北魏末至北齊時期，出現了號稱「北朝三才」的溫子昇（四九五——五四六）、邢邵（四九六——？）和魏收（五〇六——五七二）。顏氏家訓文章篇說：「邢子才、魏收俱有重名，時俗準的，以爲師匠。邢賞服沈約而輕任昉，魏愛慕任昉而毀沈約，每於談讌，辭色以下，鄴下紛紜，各爲朋黨。」可知他們的詩文基本上學習南朝作家，沒有什麼特色。他們的詩歌現存者不多，各錄一首：

封疆在上地，鐘鼓自相和。美人當窗舞，妖姬掩扇歌。（溫子昇安定侯曲）

綺羅日減帶，桃李無顏色。思君君未歸，歸來豈相識。（邢邵思公子）

春風婉轉入曲房，兼送小苑百花香。白馬金鞍去未返，紅妝玉筯下成行。（魏收挾琴歌）

詩風綺靡華豔，顯然受到南朝宮體詩的影響。

北朝詩壇的荒涼情況，直到庾信，王褒等南朝詩人北來以後才有了改善。庾信、王褒在南朝原來也是寫豔情詩的，這時受到政治環境的壓迫，羈留異國，不能歸去。一方面深感亡國之痛，懷鄉之苦，情懷抑鬱，感慨遂深；一方面受到北方比較剛健文風的影響。於是詩歌表現了不同的面貌，創造了新的風格。

庾信（五一三——五八一）字子山，南陽新野（今河南新野）人。梁代著名宮廷詩人庾肩吾的兒子，十五歲作昭明太子蕭統的東宮侍讀，十九歲作蕭綱的東宮抄撰學士。庾氏父子與當時也在東宮任職的徐摛、徐陵父子，都是蕭綱所倡導的宮體詩重要作家，當時號稱「徐庾體」。侯景之亂，他任建康令，全軍潰退，潛奔江陵。梁元帝承聖三年（五五四）奉命出使西魏，不久西魏陷江陵，遂被留長安，屈仕敵國。其後西魏亡於北周，梁禪於陳。庾信又仕北周，官至大將軍開府儀同三司。官位雖高，但由於國破家亡，羈旅北地，內心非常痛苦。後來陳、周通好，南北流寓之士，各許還其舊鄉。惟庾信與王褒，因爲北周愛惜他們的文才，不肯遣還。隋文帝開皇元年，終於老死北方。

周文帝子滕王逌序庾子山集云：「昔在揚都，有集十四卷。值太清罹亂，百不一存。及到江陵，又有三卷，即重遭軍火，一字無遺。今之所撰，止入魏以來，爰洎皇代，凡所著述，合二十卷。」北史也記載庾信文集二十卷，但是隋書經籍志稱二十一卷。這增多的一卷，當是隋文帝平陳以後所搜輯的南朝舊作。庾信在南朝時的作品，大多不脫綺靡柔弱的風氣，內容狹窄，帶有宮體詩的色彩，只有少數的寫景詩，還有些清新可喜的意境。

庾信出使北朝被留不得南返，靦顏事敵，雖然宦途得意，但內心是感到非常屈辱和痛苦的。這種遭遇和經歷使他的創作發生了變化。他後期作品的內容大多抒發鄉關故國之思和一己身世的感傷，形成了一種沈鬱、蒼勁、悲涼的風格。杜甫說：「庾信文章老更成，凌雲健筆意縱橫。」（戲爲六絕句）又說：「庾信平生最蕭瑟，暮年詩賦動江關。」（詠懷古跡五首）就是指他這一時期作品而言。擬詠懷二十七首是庾信後期詩歌的代表作，內容豐富而深刻。如第三首：

俎豆非所習，帷幄復無謀。不言班定遠，應爲萬里侯。燕客思遼水，秦人望隴頭。倡家遭強聘，質子值仍留。自憐才智盡，空傷年鬢秋。

作者慨歎自己不能像班定遠立功異域，反而遭致羈留，身陷異國，空傷年華老去。「倡家遭強聘，質子值仍留」兩句，表現了他被迫出仕北朝的羞愧與怨憤。又如第十首：

悲歌渡遼水，弭節出陽關。李陵從此去，荊卿不復還。故人形影滅，音書兩俱絕。遙看塞北雲，懸想關山雪。遊子河梁上，應將蘇武別。

第二十六首也說：「秋風蘇武別，寒水送荊軻。」都以李陵、荊軻自比，表達了自己不能南歸的惆悵。「遙看塞北雲，懸想關山雪」兩句，寄寓了作者無限的故國之思。作者在第十一首中，追述了梁元帝江陵覆敗的慘劇：

搖落秋爲氣，淒涼多怨情。啼苦湘水竹，哭壞杞梁城。天亡遭憤戰，日蹙值愁兵。直虹朝映壘，長星夜落營。楚歌饒恨曲，南風多死聲。眼前一杯酒，誰論身後名。

詩中先寫江陵敗亡以後的淒涼悲慘景象；然後倒敘梁軍的覆敗，認爲是天意如此，不可挽回；最後兩句寫梁朝君臣只顧享歡樂，不顧國家安危，反襯出上面所講的天意，實際上是人謀不臧，作者的心情極爲沈痛。又如第十八首：

尋思萬戶侯，中夜忽然愁。琴聲遍屋裏，書卷滿牀頭。雖言夢蝴蝶，定自非莊周。殘月如初月，新秋似舊秋。露泣連珠下，螢飄碎火流。樂天乃知命，何時能不憂！

作者偷生異國，中夜醒來，自覺功業無望，感嘆書生無用，自己既不能像莊生般的曠達，怎麼能不憂傷呢！「殘月如初月，新秋似舊秋」以及「胡笳落淚曲，羌笛斷腸歌」（第七首）、「其覺乃于于，其憂惟悄悄」（第十九首）、「其面雖可熱，其心長自寒」（第二十首）、「獨憐生意盡，空驚槐樹衰」（第二十一首）、「昏昏如坐霧，漫漫疑行海」（第二十四首）等詩句，把作者居生不樂、長日多憂的生活和情懷，非常深刻地表現了出來。

從上面所引幾首詩就可以看出作者喜歡用典，長於駢儷，但他運用得巧妙自然，靈活多變，且又是出之於作者眞情的流露，所以氣脈流暢，沒有使人感到故意雕琢的毛病。有些典故用得好，引發了讀者聯想，增强了藝術的效果。但是也有些詩由於用典太僻，或堆砌過甚，以致語意晦澁。

此外，和張侍中述懷、傷王司徒褒兩首五言長篇和率爾成詠、慨然成詠等詩，也表現了與擬詠懷同樣的心情。

庾信的五言小詩寫得極好，例如：

玉關道路遠，金陵信使疏。獨下千行淚，開君萬里書。（寄王琳）

故人倘思我，及此平生時。莫待山陽路，空聞吹笛悲。（寄徐陵）

陽關萬里道，不見一人歸。惟有河邊雁，秋來南向飛。（重別周尙書二首之二）

這些詩形象生動，音節和諧，短短二十個字，表現了作者深沈的感慨。

劉熙載說：「庾子山燕歌行開唐初七古，烏夜啼開唐七律。其他體爲唐五絕，五律、五排所本者，尤不可勝舉。」（藝概詩概）指出了庾信在詩歌的形式和格律發展上的貢獻。在他的詩歌中，如對宴齊使、寄徐陵、秋日，在聲律上已暗合唐代的五律和五絕，秋夜望單飛雁、代人傷往二首則是唐人七絕的先驅。

庾信是南北朝最後的一位傑出詩人，他在詩歌上的成就，深受唐代詩人杜甫的重視。

王褒（約五一三——五七六）字子淵，瑯琊臨沂（山東臨沂縣）人。他原來也是梁朝的宮廷詩人，西魏陷江陵，被俘擄到了長安，被留，終身未能南返。他和庾信同以文學受到西魏和北周朝廷的重視，優待。周武帝時做宜州刺史，卒於官。王褒到了北方以後，詩風改變，寫了不少關於邊塞和從軍的樂府詩，但最有名的，是渡河北：

秋風吹木葉，還似洞庭波。常山臨代郡，亭障繞黃河。心悲異方樂，腸斷隴頭歌。薄暮臨征馬，失道北山河。

這首詩寫作者北渡黃河，看到秋天的景色，因而勾起了羈旅之悲和思鄉之情。詩中具有一種蒼涼的情調。

第四章　南北朝樂府及民歌

民歌產自民間，是人民心聲的流露，最眞摯，也最動人。它的歌聲辭意，反映了一時代，一區域人們的生活情形和民族特性，使我們了解到那個時地的人民的喜怒哀樂，產生了一種血肉相連的眞切感受。它在文學史中，永遠是個性最鮮明，最具有撼人力量的作品。我國的民歌，繼詩經國風、漢代樂府之後，發展到南北朝時期，又呈現了新的面貌，它不僅在內容方面，反映了新的社會現實；而且也創造了新的藝術形式和風格。一般說來，它篇制短小，除了少數七言或雜言的作品以外，大多是五言四句的形式，同時抒情多於敘事。

地域的不同，對於文學有一定的影響，我們從詩經中的十五國風，已可看出；左傳襄公二十九年便有一段季札觀樂縱論各國風詩不同的文字。我國南北文學的不同，也是地域使然；詩經中沒有楚風，楚辭中沒有整首四言的詩歌，便是顯著的例子。南北朝時期，由於南北的長期對立，北朝兼在異族統治之下、政治、經濟、文化以及民族風尚、自然環境等都大不相同，因而南北民歌也呈現出不同的色彩和情調。隋書文學傳序說：「江左宮商發越，貴於淸綺，河朔詞義貞剛，重乎氣質。」樂府詩集說：「艷曲興於南朝，胡音生於北俗。」都扼要地說明了這種不同。

第一節　南朝樂府民歌

南朝樂府民歌，以樂府詩集清商曲辭中的吳歌和西曲爲主，前者計三百五十五首，後者一百七十六首。吳歌，就是吳地的民歌，流行在長江下游及五湖間，六朝人稱它爲吳聲歌曲；西曲，是長江中游和漢水之間的民歌，又稱西曲歌。這些民歌的歌詞，在內容上有一共同的特點，就是幾乎全是情歌。這些情歌大多爲女性身分的唱詞，有些就是女子的作品，且有成於妓女婢妾之手的，但也有一些是借用模仿女性口吻的。大抵吳歌是六朝人抒發情愛的戀歌，歌詞纏綿悱惻，吐抒自然，寫兒女相思離別之情，柔情千種。所謂「郎歌妙意曲，儂亦吐芳詞」（子夜歌），小兒女們在採桑採蓮，摘菱弄潮的時候，男女情歌對答，流露出一派江南的情調。這些作品，簡短綺麗，出於天籟，具有濃厚的鄉土氣息。西曲在內容上，都帶有濃厚的商業氣息。他們也唱戀歌，也有千種柔情，然而多描寫舞榭妓聲，瓊筵歡逐的情景，以及楚山夏水，江頭送客的離情別緒。就像莫愁樂所唱的：

聞歡下揚州，相送楚山頭。探手抱腰看，江水斷不流。

江南稱愛人爲「歡」，莫愁樂是因爲石城有個善歌謠的女子叫莫愁的，當時人便以她所唱的那首有「妾莫愁」和聲的歌，稱爲莫愁樂。據唐書樂志載：「石城，在竟陵。」是晉羊祜所築的城，即今湖北省鐘祥縣。這首莫愁樂的歌詞，是說一個女子送她的「歡」下揚州（指建業，不是廣陵的揚州），在漢水的岸邊送他下船，臨行前抱住情人的腰，探頭看漢水，盼望浼浼的流水能因她的別情而中斷不流。西曲中所描寫的商旅隨波逐利，飲酒留情，有別樣的情趣。但不論寫歡情，寫別情，都表得熱烈而浪漫。

吳歌和西曲所以在題材內容上比較狹窄，局限於情歌這個範圍，大致有下面幾個原因，首先是地域的影響，樂府詩集卷四十四說：

「晉書樂志曰：『吳歌雜曲，並出江南。東晉以來，稍有增廣。其始皆徒歌，既而被之絃管。』蓋自永嘉渡江之後，下及梁陳，咸都建業，吳聲歌曲，起於此也。」

卷四十七說：

西曲歌出於荆（今湖北江陵縣）、郢（今湖北宜昌縣）、樊（今湖北襄陽和樊城）、鄧（今河南鄧縣）之間，而其聲節送和．與吳歌亦異，故其方俗謂之西曲云。

據此可知吳歌發生於江東，也就是長江下游以及太湖一帶古吳地的所在地，而以南朝的京都建業爲中心。換句話說，在今日的江蘇浙江一帶，以南京爲中心。西曲的產地則在荆楚樊鄧一帶，以雍州的襄陽、荆州的江陵（卽今湖北省襄陽縣和江陵縣）爲中心。如果從西曲中所提到的地點來看，包括今日的四川、湖南、湖北、河南、安徽、江西等地方，也就是長江中游和漢水一帶。這些地方，山靑水綠，風景秀麗，花嬌人媚，兒女多情，男女相誘，發爲情歌，歌聲清商發越，歌詞綺靡華豔。他們看見春景之美，自然有「春林花多媚，春鳥意多哀」（子夜春歌）的句子；看見江水浮舟，自然有「布帆百餘幅，環環在江津」（石城樂）的句子；被戀情所困，自然有「天下人何限，慊慊只爲汝」（華山畿）的情思，流入歌中。於是壟頭採桑，便有採桑歌；澤畔採蓮弄舟，便有採蓮曲、江南弄；溪頭流留，接歡送子，便有前溪歌、桃葉歌；男女長歌互答，傾吐慕情，便有子夜歌、懊儂曲、讀曲歌的產生。

其次是經濟發達，都市繁榮。東晉以後，長江流域的經濟得到發展，宋初和齊初時期更是安定繁盛，商業通暢，貿易頻繁，形成了許多繁華的都市。吳歌發生的中心建業，是吳、東晉、宋、齊、梁、陳的京都，文物昌盛，商賈仕宦叢集，秦淮河畔的商女，聲歌不輟。西曲流行地區的荆、郢、樊、鄧，也都是長江、漢水流域的重要城市，交通便利，商業發達。商旅往來，旅途勞頓，他們需要歌舞聲色來娛樂，於是歌妓娼女便應時而生。李延壽南史循吏傳描寫宋文帝時城市中歌舞盛行的情況是：「凡百戶之鄉，有市之邑，歌謠舞蹈，觸處成羣。」又描寫齊永明（武帝）時的情況是：「都邑之盛，士女昌逸，歌聲舞節，袨服華妝，桃花綠水之間，秋月春風之下，無往非適。」可以想見當時的盛況。南朝民歌的產生，是有着安定富庶的生活和繁榮的社會做爲背景的。宋、梁時，吳地人士，把荆、雍的江陵和襄陽視爲樂土（見舊唐書音樂志），朱自清在中國歌謠的歷史中說：

> 荆、郢、樊、鄧所以成樂土者，最大的原因，是由於商業繁盛的結果，於是西曲差不多就完全成爲商業化。我們看西曲歌的石城樂、烏夜啼、莫愁樂、襄陽樂、三洲歌、那呵灘、潯陽樂，差不多都是描寫商人的戀愛。

吳歌和西曲，尤其是西曲大多是都市商業化下的產品，這就限定了它內容的狹隘性。

第三個原因是民俗的因素。我國從東漢以後，歷魏、晉、南北朝間，方俗多信鬼神。祭祀的風氣，江南人尤甚。據史籍的記載，南人多設淫祠。所謂淫祠，就是雜神的廟祠。禮記曲禮說：「非其所祭而祭之，名曰淫祀。」由於南人多設淫祠，祭拜雜神，於是楚、越巫風道術頗爲流行。祭祀時，不免要絃歌鼓舞以娛神；而且男女雜處不以爲怪，因此言情的歌謠自然風行。這種民俗的傳統，對於吳歌的多爲男女戀歌，也發生了推波助瀾的影響。

魏、晉、南北朝時期政治動盪，社會不安，佛道思想盛行，在亂世中，人民常以幻想、鬼神來填補心靈的空虛，民間自然流傳一些神仙鬼怪的故事來附應，於是遊仙詩盛行於魏、晉，神鬼、志怪的筆記小說，流行於當時，文學中充滿了浪漫神秘的色彩。在這種風氣下，鬼歌子夜的傳說產生了（見宋書樂志），有關神仙鬼怪的歌也產生了。像吳歌中二十五首的華山畿，便含有濃厚的神秘色彩，其中一首說：

華山畿，君既爲儂死，獨生爲誰施？歡若見憐時，棺木爲儂開。

歌詞裏又說：

未敢便相許，夜聞儂家論，不持儂與汝。

這很淸楚地指出男女兩情相悅，但是女方家長反對這頭婚事，造成了悲劇。但這悲劇卻被濃厚的神秘氣氛所美化了。

第四是由於鄉土音樂的影響。江南水澤魚米之鄉，謀生容易，民性活潑而多情，故民間多歌謠，而且歌聲淸揚婉轉，這也是江南樂歌的特色。六朝時，吳、楚等地，歌聲不輟，時人稱爲「南音」，並且遐邇聞名，如龍笛曲的和聲云：「江南音，一唱直千金。」唐劉禹錫的採菱行云：「一曲南音此地聞，長安北望三千里。」江南的女子，當她們結伴採桑、採蓮、採菱，面對着蒼翠田野，漫瀾水澤，發抒心頭的思念，哼着小調，自然便是情歌，有時男女和答，於是愈唱愈大膽了，充滿了浪漫調情的氣氛。

第五個原因是政治的因素。六朝的帝王宗室、世族文士，大都喜愛民間的情歌俗樂，我們讀王導、庾亮、桓溫、謝石、王恭、謝安諸人的傳，便可知道他們愛好聲律，妓樂不廢。如晉書謝安傳：

「初謝安愛好聲律，朞功之慘，不廢妓樂，頗以成俗。」

晉書王恭傳：

「道子（會稽王）嘗集朝士置酒於東府，尙書令謝石因醉爲委巷之歌。恭正色曰：『居端右之重，集藩王之第，而肆淫聲，欲令群下何所取則？』石深銜之。」

高門豪第，王孫貴族，每於宴飲之際，酒酣耳熱之時，往往歌「委巷之歌」，「肆淫聲」，「不廢妓樂」。他們不但愛好這些民間的風情小調，而且自己能唱；唱民間的小調還不過癮，於是自己動手仿作。像孫綽的碧玉歌，王獻之的桃葉歌，王廞的長史變歌，沈充的前溪歌等都是。自己唱，當然是偶一遣興爲之，主要還是叫歌女樂伎來表演，於是像子夜、碧玉、桃葉、桃根、莫愁等善歌的女子，自然應運而生了。

宋、齊以後，帝王世族，溺於聲樂愈甚，更是公開的演唱。南史王儉傳載：

帝（齊高帝）幸樂遊宴集，謂儉曰：「卿好音樂，孰與朕同。」儉曰：「沐浴唐風，事兼比屋，亦既在齊，不知肉味。」帝稱善。後幸華林宴集，使各効伎藝。褚彥回彈琵琶，王僧虔、柳世隆彈琴，沈文季歌子夜來，張敬兒舞。

君臣宴集，有人彈琴，有人歌子夜，有人舞蹈，君臣同樂，唱江南小調，成爲風尙。在這樣的氣氛下，情歌豔曲自然更加流行了。

第六，吳歌和西曲是經由南朝樂署的采集而保存下來的，它的數量雖然超過漢樂府很多，但散失不存的却可能更多。這些散失的部分，我們想有兩個可能：一是在當時就不曾被樂署采集，這些流行在民間的歌謠，日子久了自然失傳；另外一些，則可能是有意的不被選入，因爲民歌中的情歌最能動人，最具吸引力，最能引起大衆的闕情，也是最精采的部分，加之南朝的帝王貴戚、世族文士無不喜愛，爲了迎合他們的趣味，滿足他們聲色之樂的要求，豔曲情歌自然多方採集。而凡是不合這個標準的，自然就在擯棄之列了。

「局縮肉，數横目，中國當敗吳當復。」（江南童謠，見晉書五行志）

「寧飲建業水，不食武昌魚；寧還建業死，不止武昌居。」（孫皓初童謠，見宋書五行志）

前者不滿晉的滅吳，後者反對皇帝的遷都，不合他們的味口，南朝樂府就不採選。因此，被採集的吳歌和西曲，也就局限於情歌這個範圍了。

下面討論吳歌和西曲的內容並比較它們的異同。吳歌和西曲同屬六朝的清商曲，又同樣是長江流域的民歌，在表現的方式上，同樣以五言四句做基本句法。但在發生的時代上，有着前後，吳歌發生在三國吳時，盛行於晉、宋、齊間；西曲發生於晉代，盛行於宋、齊、梁間。在產生的地域上，也略有不同，吳歌產生於長江下游和太湖一帶，以建業爲中心；西曲產生於長江中游和漢水之間，以江陵襄陽爲中心。江南吳、楚兩地，人民的生活方式不盡相同，詩歌的題材，因地理環境的不同，也有差異。但共同的特點，是作品都屬於熱情洋溢的情歌。詩人就他們平日所見聞的事物情景來入篇，詠湖山之勝，寫人物，都邑之美，寓情其中，歌唱的題材是多方面的，廣泛地反映了戀愛生活中的憂喜得失，離合變化。其中寫相思之情的：

夜長不得眠，明月何灼灼。想聞歡喚聲，虛應空中諾。（子夜歌）

明月照桂林，初花錦繡色。誰能不相思，獨在機中織？（子夜春歌）

自從別郎後，臥宿頭不舉。飛龍落藥店，骨出只爲汝。（讀曲歌）

音信闊弦朔，方悟千里遙。朝霜語白日，知我爲歡消。（讀曲歌）

——以上吳歌

遠望千里煙，隱當在歡家。欲飛無兩翅，當奈獨思何！（烏夜啼）

蹔出後園看，見花多憶子。烏鳥雙雙飛，儂歡今何在？（江陵樂）

春蠶不應老，晝夜常懷絲。何惜微軀盡，纏綿自有時。（作蠶絲）

——以上西曲

寫送別之情的：

聞歡去北征，相送直瀆浦。只有淚可出，無復情可吐。（丁督護歌）

相送勞勞渚，長江不應滿，是儂淚成許。（華山畿）

——以上吳歌

布帆百餘幅，環環在江津。執手雙淚落，何時見歡還？（石城樂）

巴陵三江口，蘆荻齊如麻。執手與歡別，痛切當奈何！（烏夜啼）

送歡板橋彎，相待三山頭。遙見千幅帆，知是逐風流。（三洲歌）

陌頭征人去，閨中女下機。含情不能言，送別沾羅衣。（襄陽蹋銅蹄）

聞歡下揚州，相送江津彎，願得篙櫓折，交郎到頭還。（那呵灘）

送郎乘艇子，不作遭風慮。橫篙擲去槳，願倒逐流去。（楊判兒）

寫相悅之情的：

宿昔不梳頭，絲髮披兩肩。婉伸郎膝上，何處不可憐。（子夜歌）

憐歡敢喚名？念歡不呼字。連喚歡復歡，兩誓不相棄。（讀曲歌）

打殺長鳴雞，彈去烏臼鳥。願得連冥不復曙，一年都一曉！（讀曲歌）

黃葛生爛漫，誰能斷葛根？寧斷嬌兒乳，不斷郎殷勤。（前溪歌）

芳萱初生時，知是無憂草。雙眉畫未成，那能就郎抱。（讀曲歌）

——以上西曲

湘東酃醁酒，廣州龍頭鐺。玉樽金鏤椀，與郎雙杯行。（三洲歌）

陽春二三月，諸花盡芳盛。持底喚歡來，花笑鶯歌詠。（西烏夜飛）

——以上吳歌

寫傷棄之情的：

常慮有二意，歡今果不齊。枯魚就濁水，長與清流乖。（子夜歌）

儂作北辰星，千年無轉移。歡行白日心，朝東莫還西。（子夜歌）

人傳歡負情，我自未常見。三更開門去，始知子夜變。（子夜變歌）

我與歡相憐，約誓底言者？常歎負情人，郎今果成詐。（懊儂歌）

——以上西曲

寫猜疑之情的：

——以上吳歌

自從別歡來，何日不相思？常恐秋葉零，無復蓮條時。（子夜秋歌）

淵冰厚三尺，素雪覆千里。我心如松柏，君情復何似？（子夜冬歌）

憂思出門倚，逢郎前溪度。莫作流水心，引新都捨故。（前溪歌）

千葉紅芙蓉，照灼綠水邊。餘花任郎摘，愼莫罷儂蓮。（讀曲歌）

寫婚事遭家人反對之情的：

——以上吳歌

懊惱奈何許！夜聞家中論，不得儂與汝。（懊儂歌）

未敢便相許！夜聞儂家論，不持儂與汝。（華山畿）

華山畿，君既爲儂死，獨生爲誰施？歡若見憐時，棺木爲儂開。（華山畿）

寫客旅之情的：

——以上吳歌

辭家遠行去，儂歡獨離居。此日無啼音，裂帛作還書。（烏夜啼）

朝發襄陽城，暮至大堤宿。大堤諸女兒，花豔驚郎目。（襄陽樂）

人言襄陽樂，樂作非儂處。乘星冒風流，還儂揚州去。（襄陽樂）

——以上西曲

以上所舉的例子已經夠多，還有寫行役、嫠婦、傷逝、傷悼、遊樂、狎邪諸情的，就不再舉例了。總之，吳歌、西曲大都是熱情浪漫的情歌，而情非一種，思有萬端，感觸不同，表現也就不一樣。從以上所摘錄的詞句來看，吳歌中多小兒女的愛情戀歌，歌詞中抒寫相思，纏綿而婉轉；抒寫情人的相悅相樂，則癡情、天眞而熱烈；但寫得更動人的是對男子負心背約的猜疑和哀怨，從歌詞中，我們不僅可以看出女子的堅貞愛情，也可以看出她們在男女不平等的社會裏所遭遇的不幸。他如戀愛婚姻的不自由，以及嫠婦哀思、感傷遲暮等情，也都是些悲苦之歌。整的來說，吳歌語詞纏綿婉孌而多哀苦之思，這是它的特點。西曲卻多商旅的戀歌，商旅尋歡逐樂，隨處留情，因此描寫江頭送別的情景特別多，此外抒寫相思、遊樂、客旅諸情，其中也有不少好的情歌，但所表現的不像吳歌那麼纏綿哀苦，這便是西曲的特色。

吳歌和西曲多數是女性口吻的歌唱，從歌辭中也可以看出兩地女性身分和性格的差異。大致說，前者多天眞的癡情少女，她們豔麗而柔弱，充滿嬌羞之情；後者多爲樂伎歌女，她們浪漫而熱情，表現較爲大膽。

吳歌、西曲中所描寫的景色，大致爲江南明麗的景色，春嬌花媚，帆動江渚。所不同的，在吳歌中，建業的麗宇連苑，御道靑幡雜在林蔭間，春林花多媚，沼澤蓮荷豔；而荆、楚則多爲風帆百餘幅，江岸蘆荻飛，港埠、城樓、客舍、險灘、引船上灘的情景。詩人所見的景物不同，或因景抒情，或以景托情，便截取眼前的景物來入篇。

總之，吳歌和西曲的內容，不外乎表現男女的愛情生活，這是它的唯一特色。詩人們在歌辭中，生動地唱出青春男女彼此間思慕懷念之情，唱出會面時天眞愉快的神情，唱出別離時的依戀痛苦的情緒，也唱出對方變心時的悲恨哀怨的情意。在這些民歌中，大多數爲女子的唱詞，她們把愛情看作生命的全部，遭遇到挫折、阻礙、憂悶、傷心時，便一一發抒到歌唱中。因此，吳歌和西曲多哀苦離愁的調子。

樂府詩集清商曲辭中尙有神弦歌十八首，這是江南（建業附近）民間弦歌以娛神的祭歌。據晉書夏統傳載，當時祭神，多用女巫，「并有國色，善歌舞」，神弦歌大概就是由女巫來唱的。神弦歌所祀之神，大都是地方性的鬼神，來歷多不可考，如開天門的蘇林，閉地戶的趙尊，水濱有嬌女神，有白石郎道君。只有蔣侯神，傳說是吳將蔣子文死復所化，女神青溪小姑是他的三妹。和楚辭九歌相似，神弦歌也具有人神戀愛的特色。白石郎第二首道：

積石如玉，列松如翠。郎豔獨絕，世無其二。

白石是建業附近的山名，白石郎大概就是此山之神。歌詞中贊歎這位男神的容貌豔美無雙，流露「女悅男神」的意味。青溪小姑則表現爲「男悅女神」：

開門白水，側近橋梁。小姑所居，獨處無郎。

這些歌實際上都與情歌無異。朱熹評九歌說：「比其類則宜爲三頌之屬，而論其詞則反爲國風再變之鄭衞。」（楚辭集注楚辭辯正）正指出了民間祭歌這個共同的特徵。

在藝術形式方面，吳歌和西曲的特點首先是體裁短小，絕大多數都是五言四句的整齊句法，其他有五言三句、五句、六句、八句和七言二句、四句、六句、八句和四言四句的，也有三言五言或五言七言組成的長短體，但是數量都不多。

其次是語言清新自然，音韻婉轉流麗，比喻巧妙豐富，想像活潑生動。大子夜歌說：「歌謠數百種，子夜最可憐：慷慨吐清音，明轉出天然。」其實 除了子夜歌，其他的民歌也有這種語言和音韻上的優點 。子夜歌：「儂作北辰星，千年無轉移。歡行白日心，朝東暮還西。」前溪歌：「憂思出門倚，逢郎前溪度。莫作流水心，引新都捨故。」北辰星就是北極星，是永遠不會移動的，用來比喻自己的愛情專一，永遠不變；而以朝東暮西的白日，引新捨故的流水，來比喻男子愛情易變靠不住。詩人常常拿平常習見的事物，隨口唱出做比，眞是非常巧妙。子夜歌：「夜長不得眠，明月何灼灼。想聞歡喚聲，虛應空中諾。」讀曲歌：「折楊柳。百鳥園林啼，道歡不離口。」詩中主人翁想「歡」想出了神，彷彿聽見他的呼喚，不自覺地就空自答應。又因爲自己整個的心都繫在「歡」的身上，似乎園中百鳥，都在叫着他。讀曲歌：「打殺長鳴鷄，彈去烏臼鳥。願得連冥不復曙，一年都一曉。」情人相處在一起，歡娛嫌短，於是產生了「連冥不曙」、「一年一曉」的天眞幻想。像這些生動活潑的想像，在文人的作品中，是寫不出來的。

第三是雙關語的大量使用。雙關語是一種諧聲的隱語，有一底一面。約可分爲「異字諧音雙關語」、「同字別義雙關語」兩大類。

(一) 異字諧音雙關語——取同音字作諧音雙關的，如：

以「絲」諧「思」

春蠶不應老，晝夜常懷絲。（作蠶絲）

以「蓮」諧「憐」：

果得一蓮時，流離嬰辛苦。（子夜歌）

以「藕」諧「偶」

色同心復同，藕異心無異。（子夜夏歌）

以「題」諧「啼」，以「碑」諧「悲」：

石闕晝夜題，碑淚常不燥。（華山畿）

以「芙蓉」諧「夫容」：

霧露隱芙蓉，見蓮不分明。（子夜歌）

以「梧子」諧「吾子」：

桐樹不結花，何由得梧子？（懊儂歌）

以「博子」諧「薄子」：

投瓊著局上，終日走博子。（子夜歌）

以「負星」諧「負心」：

晝背作天圖，子將負星歷。（讀曲歌）

其他尙有以「走」諧「咒」，以「雉」諧「涕」，以「縫」諧「逢」，以「箭」諧「見」，以「蹄」諧「啼」，以「髻」諧「計」，以「油」諧「由」，以「棋」諧「期」諸例。

(二) 同字別義雙關語——以同字作諧隱雙關的，如：

以布匹的「匹」諧匹偶的「匹」：

空織無經緯，求匹理自難。（子夜歌）

以關門的「關」諧關懷的「關」：

攡門不安橫，無復相關意。（子夜歌）

以藥物的「散」或琴曲的「散」諧聚散的「散」：

合散無黃連，此事復何苦？（讀曲歌）

百弄任郎作，唯莫廣陵散。（讀曲歌）

以藥物的「骨」，諧消瘦出「骨」：

飛龍落藥店，骨出只為汝。（讀曲歌）

以風吹水流的「風流」諧情愛的「風流」：

遙見千幅帆，知是逐風流。（三洲歌）

以黃蘗的「苦心」諧情人的「苦心」：

黃蘗向春生，苦心隨日長。（子夜春歌）

以物的「同心」諧情人的「同心」：

不愛獨枝蓮，只惜同心藕。（讀曲歌）

以蠶絲的「纏綿」諧情絲的「纏綿」：

何惜微軀盡，纏綿自有時。（作蠶絲）

其他尚有以布匹的「匹」諧性情的「匹疏」；以厚薄的「薄」諧薄情或輕薄的「薄」；以果子的「子」諧歡子的「子」；以草木的「華」諧人的浮「華」；以消融的「消」諧消瘦的「消」；以草木的「纏繞」諧情愛的「纏繞」；以鳥類的「成雙」諧男女的「成雙」；以事物的「清白」諧己身的「清白」；以水的「倒寫」諧情的「倒寫」等例。

還有一些雙關語是利用同義語構成的，如「霧露隱芙蓉，見蓮不分明」（子夜歌），「芙蓉」和「蓮」是同義語，芙蓉隱藏在霧露中，自然看不清楚，所以下句點明「見蓮不分明」，而「芙蓉」又諧「夫容」，「蓮」又諧「憐」。又如「石闕生口中，銜碑不得語」（讀曲歌），「石闕」和「碑」是同義語，又以「碑」諧「悲」。更複雜一些的如「風吹黃蘗藩，惡聞苦離聲」（石城樂），黃蘗是苦味的樹，用來雙關「苦」，「藩」和「籬」同義，這樣上句就隱含「苦籬聲」三字，然後以「苦籬聲」諧「苦離聲」，而在下句點明：

諧隱雙關語的使用，在吳歌中要比西曲來得普遍，尤其在子夜歌、懊儂歌、華山畿、讀曲歌中用得最多。這類比喻的技巧，極其活潑生動，一方面增加了表情的委婉含蓄，一方面也顯示了民歌作者的豐富想像。

第四是使用夸飾的技巧，在江南民歌中也有驚人的妙構。如華山畿云：

啼著曙，淚落枕將浮，身沈被流去。

相送勞勞渚，長江不應滿，是儂淚成許！

寫夜啼淚浮枕，長江水滿是儂淚，與李白的「白髮三千丈，離愁似箇長」，李後主的「問君能有幾多愁？恰似一江春水向東流」，有異同工之妙。在六朝的民歌中，這些神來之筆，卻出自民間委巷小民之手，如果不是爲眞情所動，怎會有此精妙的佳構呢？

第五個特點是南朝民歌中多男女贈答的歌詞，吳歌中比西曲多，也許因爲西曲中舞曲多的緣故，不着興對口。余冠英漢魏六朝詩論叢有吳聲歌曲裏的男女贈答一文，其中所收的男女贈答的例子不少。如子夜歌：

男唱：落日出前門，瞻矚見子度；冶容多姿鬢，芳香已盈路。

女答：芳是香所爲，冶容不敢當；天不奪人願，故使儂見郎。

又如子夜冬歌：

男唱：昔別春草綠，今還墀雪盈！誰知相思老，玄鬢白髮生。

女答：寒鳥依高樹，枯林鳴悲風；爲歡顦顇盡，那得好顏容！

樂府詩集雜曲歌辭中有一首西洲曲，它的作者無法肯定，樂府詩集和詩紀都作「古辭」，玉臺新詠以爲江淹作，但宋本不載，明、清人的古詩選本或以爲晉辭，或以爲梁武帝作。它大概是經過文人潤色加工的江南民歌，可能產生於梁代。

這是一首篇幅比較長的閨情詩，內容是一個少女傾訴她的四季相思之情。詩中並沒有明白寫出春夏秋冬等字樣，而是利用「折梅」、「采蓮」、「望飛鴻」等有季節性特徵的人物活動來表現，技巧非常高明。全詩五言，一百六十字，基本上是四句一換韻，像是許多五言絕句聯綴而成，並且運用民歌慣用的「接字」法，首尾相接，蟬聯而下，「續續相生，連跗接萼，搖曳無窮，情味愈出」（沈德潛古詩源）。結句「南風知我意，吹夢到西洲」，表達了有餘不盡之思，范雲閨思詩：「幾回明月夜，飛夢到郎邊。」李白的名句：「春風復無情，吹我夢魂散」、「我寄愁心與明月，隨風直到夜郎西」，都是從此化出的。西洲曲可以說代表着南朝民歌在藝術發展上的最高成就。

第二節　北朝樂府民歌

北朝樂府民歌以樂府詩集所載梁鼓角橫吹曲爲主，雜曲歌辭和雜歌謠辭中也有一些。由於六朝時南北民歌的不同，吳歌、西曲被視爲「南音」，梁鼓角橫吹曲則被爲「北歌」。吳歌、西曲發生在江南，大抵爲吳越、荆楚一帶的民歌，歌辭綺靡，歌聲清越哀苦，故有「江南音，一唱直千金」的美譽。而梁鼓角橫吹曲發生在北地，五胡亂華後，胡人入主中原，於是流行在燕趙河渭間的民歌，多爲胡人騎在馬上所唱的牧歌，所以歌詞有云：「我是虜家兒，不解漢兒歌。」北歌歌詞樸質，歌聲慷慨悲涼，與江南民歌有別。

梁鼓角橫吹曲，屬橫吹曲。橫吹曲是漢以來軍中馬上所奏的樂歌，本來是採自北狄胡人騎在馬上所唱的牧歌。漢代設有「鼓吹署」以收集北狄胡人的民歌，便稱爲橫吹曲。樂府詩集二十一解釋橫吹曲說：

橫吹曲，其始亦謂之鼓吹，馬上奏之，蓋軍中之樂也。北狄諸國，皆馬上作樂，故自漢以來，北狄樂摠歸「鼓吹署」，其後分爲二部：有簫笳者爲鼓吹，用之朝會道路，亦以給賜，漢武帝時南越七郡，皆給鼓吹是也。有鼓角者爲橫吹，用之軍中馬上所奏者是也。

後人便以「鼓角橫吹」連用了。但是爲什麼在「鼓角橫吹曲」前冠以「梁」字呢？因「鼓角橫吹曲」是北歌，而保存這項民歌的却是南朝的梁。這是梁朝樂府署所收集的北歌，所以便稱爲「梁鼓角橫吹曲」。

梁鼓角橫吹曲現存六十多首，除了木蘭詩是一首長篇的敍事詩外，五言四句的共佔四十五首之多，其次便是四言、七言和雜言的小詩。和南朝民歌一樣，篇幅短小也是它的特色。

南朝的吳歌、西曲都是「天音妙絕」的抒情小詩，熱情洋溢，委婉動人，又有男女贈答的歌詞，又大量使用諧隱雙關語，這是梁鼓角橫吹曲中所沒有的。捉搦歌云：

誰家女子能行步，反著裌蟬後裙露；天生男女共一處，願得兩個成翁嫗。

北歌道情，直爽明朗，不比南音那麼委婉綺靡，男女共一處，便直截了當地說出願望，願能兩個結爲夫婦。其他像折楊柳枝歌，更是率眞：

門前一株棗，歲歲不知老；阿婆不嫁女，那得孫兒抱？

又地驅歌云：

驅羊入谷，白羊在前；老女不嫁，蹋地喚天。

都是描寫女子思春，想早日出嫁的歌辭。直率坦白，天眞爽朗。如果換成南方民歌，便要說「晝夜理機紓，知欲早成匹」（子夜夏歌），借織布的「匹」來諧隱夫婦成匹偶，決不像北人那樣的口快心直。南方女子蠶桑織布，北方女子則驅羊牧馬，生活方式不同，借物起興也就不一樣了。地驅歌又云：

側側力力，念君無極。枕郎左臂，隨郎轉側。

這首歌和吳歌碧玉歌「碧玉破瓜時，相爲情顛倒。感郎不羞郎，回身就郎抱」在內容上很相似，描寫豔情都很大膽，但我們讀來，仍然可感到它們不同的風味。前者想念情人，就說「念君無極」，而「枕郎左臂，隨郎轉側」，也是爽快直道。後者說「相爲情顛倒」，就透露出纏綿的意思來，而嘴上雖說「不羞」，却更反托出那種嬌羞無奈之情。

梁鼓角横吹曲除了寫男女的情歌外，也寫北國大漠的風光，胡人縱馬放牧的樂趣，北人豪健尙勇的精神，以及戰爭的殘酷和人民的疾苦等，甚至連「小丈夫」的民俗，也記錄在歌詞中。

北方的自然景觀異於江南，北歌中看不到春嬌花媚、菱豔荷鮮、波光帆影，而是大漠走馬、草原無際的景色，如：

放馬大澤中，草好馬著臕；牌子鐵裲襠，鉅鉾鸐尾條。（企喩歌）

敕勒川，陰山下，天似穹廬，籠蓋四野。天蒼蒼，野茫茫，風吹草低見牛羊。（敕勒歌）

敕勒歌收在樂府詩集雜歌謠辭中，郭茂倩說：「其歌本鮮卑語，易爲齊言，故其句長短不齊。」這首歌畫出了大草原遼濶蒼茫的景象。

放牧縱馬，草野吹笛，追殺野牛野羊，也是北方民歌中描寫的內容：

靑靑黃黃，雀石頹唐；槌殺野牛，押殺野羊。（地驅歌）

放馬兩泉澤，忘不著連羈，擔鞍逐馬走，何見得馬騎？（折楊柳歌）

上馬不捉鞭，反折楊柳枝；蹀座吹長笛，愁殺行客兒。（折楊柳歌）

我國北方人向來剛健武勇，故「燕趙多慷慨悲歌之士」，尤其在南北朝時期，征戰不歇，尙勇精神，尤爲北歌歌辭中所樂道，下面兩首就表現了豪健的氣慨：

男兒欲作健，結伴不須多；鷂子經天飛，羣雀兩向波。（企喻歌）

健兒須快馬，快馬須健兒；跳跋黃塵下，然後別雄雌。（折楊柳歌）

把英雄好漢比做經天飛的鷂子，那些「羣雀」安知「鷂子」的志向呢？健兒騎快馬，奔走於沙塞廣漠，然後別個高下。於是大刀快馬，便是典型的豪傑，人人欽羡，像琅琊王歌所說的：

新買五尺刀，懸著中梁柱；一日三摩娑，劇於十五女。

懀馬高纏鬃，遙知身是龍；誰能騎此馬，唯有廣平公。

英雄尙武，愛惜寶刀甚於愛惜美女；快馬高鬃，一看便知是千里馬，於是像廣平公姚弼這樣驍勇善戰的人物，便被大家視爲英雄。

魏、晉、南北朝間，南北對峙，北方長期處於兵荒馬亂，諸族混戰，爭戰頻繁，於是戰爭的殘酷荼毒，人民逃亡流離的痛苦，也都是北方歌謠中表現的題材。如慕容垂歌：

慕容攀牆視，吳軍無邊岸；我身分自當，枉殺牆外漢。

慕容垂爲鮮卑族，曾爲苻堅的冠軍將軍，苻堅敗後，垂自稱燕王，史稱後燕。慕容垂曾進攻苻丕（氐族）於鄴城，丕被逼降晉，晉派劉牢之救丕，慕容垂被擊敗，退守新城。胡應麟詩藪說：「秦人（氐族人民）蓋因此作歌嘲之（垂）。」這說法是可信的。當時少數民族（尤其是鮮卑族）的統治者，爲保存自己的實力，往往利用非本族人在前衝鋒陷陣，甚至迫使漢人和漢人作戰。詩中的「吳軍」卽指「晉軍」，「我」是代慕容垂自稱，藉以嘲笑他的卑鄙怯懦，「漢」指那些無辜犧牲的漢人。在這樣野蠻的大混戰中，兄弟手足也往往由於割據者的驅迫而處於互相攻殺的敵對地位，如隔谷歌：

兄在城中弟在外，弓無弦，箭無括，食糧乏盡若爲活？救我來！救我來！

下面兩首，前一首反映戰爭造成人民大量死亡的慘狀，後一首寫出了老兵退役還鄉的悲慘情況：

男兒可憐蟲，出門懷死憂。尸喪狹谷中，白骨無人收。（企喻歌）

十五從軍征，八十始得歸。道逢鄉里人，家中有阿誰？（紫騮馬歌）

爲了躲避戰爭禍亂，不少人四散奔竄逃命；同時在每一次戰爭中，不論勝負，各族統治者都照例大量擄掠人口。因此，大批的人被迫流離他鄉，轉徙道路，而在北朝的民歌中，也就產生了不少反映流亡生活的懷土思鄉之作。

這些歌都流露出一種絕望的悲哀和憤激，不同於一般遊子詩。如：

高高山頭樹，風吹葉落去。一去數千里，何當還故處？（紫騮馬歌）

琅琊復琅琊，琅琊大道王。鹿鳴思長草，愁人思故鄉。（琅琊王歌）

西上隴坂，羊腸九回。山高谷深，不覺脚酸。手攀弱枝。足踰弱泥。（隴頭流水歌）

寫得最悲壯動人的是隴頭歌三首：

隴頭流水，流離山下。念吾一身，飄然曠野。

朝發欣城，暮宿隴頭。寒不能語，舌卷入喉。

隴頭流水，鳴聲幽咽。遙望秦川，心肝斷絕！

隴頭卽隴山，在秦州，卽今陝西省西北甘肅省東部一帶的山脈，山脈綿亙在陝西隴縣寶雞及甘肅鎭原清水秦安等地。秦川，指關中，也就是長安一帶。這三首隴頭歌，描寫人們流離道路、思念故鄉的情景和傷感，悲涼欲絕。

梁鼓角横吹曲中另一些民歌，反映了人民的飢寒和貧困，像雀勞利歌：

雨雪霏霏雀勞利，長嘴飽滿短嘴飢。

又如幽州馬客吟：

快馬常苦瘦，勦兒常苦貧。黃禾起羸馬，有錢始作人。

前者用「長嘴」和「短嘴」爲喩來諷刺，後者就乾脆叫出「有錢始作人」的氣憤話。

長期頻繁的戰爭，造成壯丁的大量喪亡，於是有寡婦再嫁，老婦配少男的現象，同時莊稼人人手不足，爲少子迎娶壯女爲媳，故北方有「小丈夫」的民俗。

燒火燒野，野鴨飛上天。童男娶寡婦，壯女笑殺人。（紫騮馬歌）

東山看西水，水流磐石間。公死姥更嫁，孤兒甚可憐。（琅琊王歌）

寡婦的再嫁，又造成了孤兒的無依無靠，令人同情。

六十多首的梁鼓角横吹曲，大致爲五、七言小詩，只有木蘭詩一首例外。木蘭詩是一首長篇敍事的樂府詩，它與孔雀東南飛是我國詩歌史上的「雙璧」，都是民間詩人所創造的傑作。木蘭詩的句法也以五言爲主，但其中雜有少數七言、九言的句法，整齊中有變化，所以胡應麟詩藪說：「五言之贍，極於焦仲卿妻；雜言之贍，極於木蘭。」把它視爲雜言。內容是敍述一個女子名叫木蘭的，遇國內徵兵，她的父親也被徵召，但因年老不能應召，於是木蘭改扮男裝，代父從軍，在沙場轉戰十二年，立了戰功，同行的伙伴，竟然沒有發現她是女郎。陳智匠古今樂錄說：「木蘭，不知名。」又詩中稱「可汗」，所以這一首詩產生的時代，最早不會早於東晉明帝（西元三二三年）時，即北魏柔然社崙稱「可汗」以前，最晚不會晚於陳光大二年（西元五六八年），即智匠撰古今樂錄之年代，因此木蘭詩是四世紀到六世紀的產物。詩中有燕山、黑水、黃河、朔氣、明駝、可汗的辭彙，產生的區域當在北魏，我們可以推斷它是一首流傳於北方的民歌。至於篇中「萬里赴戎機，關山度若飛。朔氣傳金柝，寒光照鐵衣。將軍百戰死，壯士十年歸」六句，頗類唐人的風調，可能是經過隋唐文士的加工潤色。

北史李安世傳所載李波小妹歌說：「李波小妹字雍容，褰裳逐馬如卷蓬。左射右射必疊雙。婦女尚如此，男子安可逢！」北方女子勁健武勇，和南方女子的嬌柔纖弱大異其趣，所以能產生像木蘭這樣勇敢的女性。作者藉木蘭代父從軍的故事，通過木蘭的自我犧牲精神、堅強勇敢和高潔純樸的胸襟，集中地表現了我國北方女性的高貴品質。

第三節　南北朝樂府民歌的影響

南北朝樂府民歌繼承了國風和漢樂府的優良傳統，和現實生活發生緊密的聯繫，尤其北歌，這個特色更顯明。在當時祇重形式忽視內容的文學環境中，是非常可貴的。

在詩的體裁方面，南北朝民歌開闢了一條抒情小詩的新道路，就是五、七言絕句體。我們從江南的吳歌、西曲這方面觀察，發展的線索就看的更清楚。吳歌和西曲純然是一種地方性的民歌，它最早流行於吳地，晉室東遷以後，逐漸由長江下游擴展到長江中游和漢水之間，由於商旅的往來，吳歌便直接影響到荆楚一帶的民歌，促成西曲的興盛。於是這些俗豔小曲，便流行於整個江南，綺靡豔詞，和六朝人綺靡唯美的文藝思潮相吻合，因而受到六朝廣大人士的愛好。從四世紀到六世紀間，吳歌西曲並不局限於委巷小民所作，當時不論帝王、皇子、重臣、詞臣、宮女、女學士，甚至歌女、婢妾、和尙都揷手其間，文人詞士的參與製作，更不待言了。較早的如晉代的石崇、陸機、陸雲、孫綽都有五言四句小詩的創作。後來以寫 山水詩著稱的宋謝靈運，他的東陽谿中贈答詩，便是採用吳歌中行歌互答的體式。鮑照也有吳歌三首。齊永明詩人謝朓和沈約，皆曾創作子夜式的小詩。他如徐陵、江總等人，他們的作品，多少帶有江南民歌的色彩。六朝文人這類小詩的勃興，顯然是受到吳歌西曲的影響所致。不過，小詩在六朝文人的手中，還是一種嘗試，到了唐代，便由附庸而成爲大國，導致了近體詩的成立興盛。唐人近體詩包括了五、七言絕句和律詩。絕句爲四句構成的小詩，律詩爲兩首絕句的拼合，其中四句必須構成兩聯對仗的句法。六朝民歌五、七言四句的小詩和唐人的絕句，在形式上沒有太大的差別。如子夜秋歌和李白的靜夜思：

秋風入窗裏，羅帳起飄颺。仰頭看明月，寄情千里光。（子夜秋歌）

床前明月光，疑是地上霜。舉頭望明月，低頭思故鄉。（李白靜夜思）

形式都是五言四句的格式，只是押韻、平仄上稍爲不同。七言小詩是從五言小詩伸展而來的，西曲中有七言兩句的句法，到齊梁間文人仿作的民歌，已有七言四句、七言六句、七言八句的形式，但仍以七言四句的爲多。總之，唐人的絕句，濫觴於六朝樂府民歌，路線是很清楚的。並且絕句名稱的由來，也源於南北朝，或稱「斷句」，清趙翼在陔餘叢考中考證精闢，其中「絕句」條云：

楊伯謙云：「五言絕句，初唐變六朝子夜體也。七言絕句，初唐尙少，中唐漸甚。然梁簡文夜望單雁一首，已是七絕云。今按南史宋晉熙王昶奔魏，在道慷慨爲「斷句」，詩曰：「白雲滿鄣來，黃塵半天起。關山四面絕，故鄉幾千里。」梁元帝降魏，在幽逼時製詩四絕，其一曰：「南風且絕阻，西陵最可悲。今日還蒿里，終非封禪時。」曰「斷句」，曰「絕句」，則宋梁時已稱絕句也。」

斷句同於絕句，就是聯句未成的意思。劉昶的一首斷句給絕句的名稱留下線索，而絕句的由來，是初唐變子夜體而形成的，已成定論。至於六朝民歌影響唐人律詩的建立，痕跡不及絕句那麼顯著，但律詩是由兩首絕句拼合而成的，在形式上依然繼承了六朝民歌的傳統格式而加以變化。庾信仿製的烏夜啼，是一首七言八句排律形式的詩。排律是每兩句成一聯，各自對仗而成。由排律演變成律詩，線索也極清楚。

在表現藝術方面，民歌的語言活潑生動，清新自然，影響文人的製作，使他們走向大衆化、口語化的道路。唐代詩人李白、杜甫、白居易提煉口語融化入詩，都有很好的成績。此外，南朝民歌大量使用諧讔雙關語的方式，也對後代文學產生莫大的影響。唐代張祜、劉禹錫、溫庭筠、陸龜蒙等詩人都善於運用雙關語入詩，如溫庭筠的添聲楊柳枝辭：

井底點燈深燭伊，共郎長行莫圍棋。玲瓏骰子安紅豆，入骨相思知不知？

以「燭」諧「囑」，以「圍棋」諧「違期」，紅豆又名相思子，骰子嵌紅豆，故云「入骨相思」，用來雙關情人的「入骨相思」，手法非常巧妙。又如李商隱的名句：「春蠶到死絲方盡，蠟炬成灰淚始乾。」其中「絲」諧「思」，增加了不少情趣。這些都是受六朝民歌的影響，所造成的巧妙手法。

南朝的民歌多言兒女之情，幾乎全是談情說愛的「豔曲」，這對於梁陳「宮體詩」的形成和盛行，也產生了一定的影響。

第五章　魏晉南北朝的賦、駢文與散文

第一節　魏晉的賦

魏晉文學以詩歌爲代表，賦已經失去了在漢代那樣統治文壇的地位；但是這種文體並沒有衰滅，仍然有許多作家在繼續創作，作品的數量並不比兩漢少。祇不過受了時代風氣的影響，它在形式與內容上都有了改變，呈現著與漢賦不同的面貌。第一是篇幅短小，除了陸機文賦、潘岳西征、左思三都、郭璞江賦等幾篇寥寥可數的長篇鉅製外，像漢賦那種舖張堆砌的長篇很少人寫了。這個時期的賦以短賦爲主。第二是題材擴大，脫出了漢賦以宮殿、遊獵、山川、京城爲主的範圍。舉凡登臨、憑弔、悼亡、傷別、遊仙、招隱、豔情、山水等各種題材無不入賦，抒情、說理、詠物、敍事各種體製都有，尤其以詠物賦最多。第三是字句清麗，音律和諧。這和建安以後詩歌注重辭藻、音律，日趨華美的發展是一致的。第四是大多數的作品中，具有作家獨特的個性，流露了眞實的情感。

曹魏時期的代表作家，是曹植與王粲。曹植少時就擅作詩賦，他最早的作品是作於建安十五年（二一〇）的登臺賦。那年他十九歲，曹操在鄴城新建銅雀臺落成，命諸子登臺作賦。曹植援筆立成，文字秀麗，工整圓勻，使曹操大爲驚異。曹植生平作賦共四十七篇，大都是短章，非常有情趣。例如他的慰子賦：

彼凡人之相親，小離別而懷戀；況中殤之愛子，乃千秋而不見。入空室而獨倚，對牀幃而切歎。人亡而物在，心何忍而復觀。日晼晚而既沒，月代照而舒光。仰列星以至晨，夜霑露而含霜。惟逝者之日遠，愴傷心而絕腸。

短短八十幾個字，用平淺的文字，抒寫自己喪子的哀痛，情味眞切感人。

洛神賦是曹植賦中最有名的作品。黃初四年（二二三）作者由京師回轉封地，由於任城王曹彰的死亡，自己和白馬王曹彪又受到小人的讒言不准同路東歸，心情十分悲憤痛苦。他在行到洛水邊上，想到從前宓妃投水而死，成爲洛水之神。這宓妃是一個很完美的女人，而命運卻很乖舛，正好拿來作爲象徵，來比擬自己。於是便寫成了這篇有名的洛神賦。這篇賦表現了作者豐富的想像力，深厚的情感，和圓熟的文字技巧。這一篇纏綿悱惻而又浪漫熱烈的作品，具有很高的藝術成就。全文比較長，下面選錄描寫宓妃容貌、姿態和裝束的一段：

其形也：翩若驚鴻，婉若遊龍。榮曜秋菊，華茂春松。髣髴兮若輕雲之蔽日，飄颻兮若流風之迴雪。遠而望之，皎若太陽升朝霞，迫而察之，灼若芙蕖出淥波。襛纖得衷，修短合度。肩若削成，腰如約素。延頸秀項，皓質呈露。芳澤無加，鉛華弗御。雲髻峨峨，修眉聯娟，丹脣外朗，皓齒內鮮，明眸善睞，靨輔承權。瓌姿豔逸，儀靜體閑。柔情綽態，媚於語言。奇服曠世，骨像應圖。披羅衣之璀粲兮，珥瑤碧之華琚。戴金翠之首飾，綴明珠以耀軀。踐遠遊之文履，曳霧綃之輕裾。微幽蘭之芳藹兮，步踟躕於山隅。

王粲的登樓賦向來爲人所傳誦，是他賦中的名篇。這是他滯留荊州時登襄陽城樓所作。其中寫思鄉之情：

覽斯宇之所處兮，實顯敞而寡仇。挾清漳之通浦兮，倚曲沮之長洲。背墳衍之廣陸兮，臨皐隰之沃流。北彌陶牧，西接昭丘。華實蔽野，黍稷盈疇。雖信美而非吾土兮，曾何足以少留！

荆襄雖好，終非故土。作者眼見異鄉風物之美，更增加了自己的思鄉懷土之情。賦中也表現了對於天下澄清的願望，希冀在清平的政治下，自己能做一番事業：

惟日月之逾邁兮，俟河清其未極。冀王道之一平兮，假高衢而騁力。懼匏瓜之徒懸兮，畏井渫之莫食。

作者在這篇賦裏，把抒情和寫景交互來寫。第一段從「登茲樓以四望兮」到「曾何足以少留」，先寫景，後抒情。第二段從「遭紛濁而遷逝兮」到「豈窮達而異心」，以及最後一段，則是先抒情，再寫景，然後再抒情。這種寫景和抒情結合的寫法，使作者的情感表現得更委婉、深刻、動人，爲後人寫景抒情小賦留下了範例。這篇賦語言明白曉暢，絕無漢賦舖陳堆砌的習氣。

西晉時期的作家如傅玄、傅咸、成公綏、張華、陸機、陸雲、潘岳、潘尼、左思等，俱以賦名。其中的代表人物是陸機與潘岳。

陸機今存三十篇，大都六言，亦雜用四言。陸機賦的特點，是駢儷化的進一步發展，有些賦已經成爲駢四儷六的雛形。他最有名的作品文賦，是我國文學批評史上的重要文獻。下面是他的歎逝賦的首段：

伊天地之運流，紛升降而相襲。日望空以駿驅，節循虛而警立。嗟人生之短期，孰長年之能執？時飄忽其不再，老晼晚其將及。懟瓊蘂之無徵，恨朝霞之難挹。望湯谷以企予，惜此景之屢戢。悲夫！川閱水以成川，水滔滔而日度。世閱人而爲世，人冉冉而行暮。人何世而弗新？世何人之能故？野每春其必華，草無朝而遺露。經終古而常然，率品物其如素。譬日及之在條，恒雖盡而弗寤。感傷歲月流逝，人世易往，寫得頗爲動人。

潘岳的賦文辭清綺，富於情韻。有賦二十一篇，西征、笙、射雉、秋興、閑居等都是爲世所傳誦的作品。他又「善爲哀誄之文」，懷舊、寡婦兩賦都以善敍哀情著稱。如後者說：「夜漫漫以悠悠兮，寒淒淒以凜凜。氣憤薄而乘胸兮，涕交橫而流枕。亡魂逝而永遠兮，時歲忽其遒盡。容貌儡以頓顇兮，左右淒其相慜。感三良之殉秦兮，甘捐生而自引。鞠稚子於懷抱兮，羌低徊而不忍。獨指景而心誓兮，雖形成而志隕。」寫寡婦思念亡夫，寧願捨身相殉，但是稚子在懷，心所不忍。作者把這種死生兩難，雖生猶死的感情，曲折深刻地表達了出來。

左思的三都賦，雖然在當時很受人推崇重視，洛陽爲之紙貴；但基本上仍是模仿漢賦，只是內容力求眞實，避免誇飾，文學的價值不高。

總的來說，陸機和潘岳在賦上的成就，比他們的詩要高，左思則剛好相反。

東晉初年道佛思想盛行，文人喜歡談玄說理。這種風氣影響於詩的，是產生了「淡乎寡味」的玄言詩；影響於賦的是使它增加了一種平淡淸遠的自然風味。結果的不同，當然是因爲詩長於抒情，拿來說理，究竟不相宜。孫綽（三〇一—三八〇）的天台山賦，從前人稱它是有仙心佛意之作。它並不是以描寫天台山爲主，而是借天台來談玄理；但是其中對於山水自然的描寫，表現了過人的技巧。如：

跨穹隆之懸磴，臨萬丈之絕冥。踐莓苔之滑石，搏壁立之翠屏。攬樛木之長蘿，援葛藟之飛莖。……既克隮於九折，路威夷而修通。恣心目之寥朗，任緩步之從容。藉萋萋之纖草，蔭落落之長松。覿翔鸞之裔裔，聽鳴鳳之嗈嗈。過靈溪而一濯，疏煩想於心胸。……陟降信宿，迄于仙都。雙闕雲竦以夾路，瓊台中天而懸居。珠闕玲瓏於林間，玉堂陰映於高隅。

此種刻畫細密，描摹工巧的寫景之作，在魏晉人中，別爲一格。後來謝靈運的山水文學，是沿著這一系統發展下去的。

陶淵明作賦不多，傳世的只有感士不遇賦、歸去來辭、閑情賦三篇。感士不遇賦抒發對士不遇的感慨，詩人在序中說：「自眞風告退，大僞斯興，閭閻懈廉退之節，市朝驅易進之心。懷正志道之士，或潛玉於當年；潔己清操之人，或沒世以徒勤。」對於現實的黑暗，有一定的抨擊作用。賦的末尾說：「寧固窮以濟意，不委曲而累己；既軒冕之非榮，豈緼袍之爲恥。誠謬會以取拙，且欣然而歸止；擁孤襟以畢歲，謝良價於朝市。」表現了詩人耿介不阿的品格和固窮篤志的素願。

歸去來辭全篇用白描的手法，用最淡樸的文字，描寫作者「復得返自然」的喜悅以及對田園生活的熱愛，從中表現了他的高潔志趣。這篇文章向來膾炙人口，得到後世很高的評價。歐陽修說：「晉無文章，惟陶淵明歸去來辭而已。」李格非說：「歸去來辭沛然如肺腑中流出，殊不見有斧鑿痕。」

陶淵明的閑情賦的「閑」字，應該解釋爲「防閑」的意思，不可通作「閒」講。「閑情」是防止情，不使它放縱亂來，也就是要「發乎情，止乎禮義」。蕭統說：「白璧微瑕，惟在閑情一賦」，是誤解了淵明作這篇賦的眞正用意，賦中最精采的是寫「十願」的一段：

願在衣而爲領，承華首之餘芳；悲羅襟之宵離，怨秋夜之未央。願在裳而爲帶，束窈窕之纖身；嗟溫涼之異氣，或脫故而服新。願在髮而爲澤，刷玄鬢於頹肩；悲佳人之屢沐，從白水以枯煎。願在眉而爲黛，隨瞻視以閒揚；悲脂粉之尙鮮，或取毀於華妝。願在莞而爲席，安弱體於三秋；悲文茵之代御，方經年而見求。願在絲而爲履，附素足以周旋；悲行止之有節，空委棄於牀前。願在晝而爲影，常依形而西東；悲高樹之多蔭，慨有時而不同。願在夜而爲燭，照玉容於兩楹；悲扶桑之舒光，奄滅景而藏明。願在竹而爲扇，含淒飈於柔握；悲白露之晨零，顧襟袖以緬邈。願在木而爲桐，作膝上之鳴琴；悲樂極以哀來，終推我而輟音。

作者通過他豐富而奇特的幻想，表現了男士對於美人一往情深的纏綿情意。

第二節　魏晉的散文

這一時期的散文，和詩賦比較起來，是比較消沈的。兩漢散文發展到漢末，文風漸變，大都趨向駢偶化，注重辭藻，追求形式。魏晉時期的作品在某種程度上改正了這種偏差，表現出自然通脫、清新雋永的風格，數量雖然不多，但有自己的特色。

建安時代的散文，仍然以曹氏父子和建安七子爲傑出。

曹操的散文，就如他的詩一樣，文如其人，極爲本色。它有兩樣特點：一個是文字樸素簡潔，把要說的話自由地抒寫出來。魏志說他「運籌演謀，鞭撻宇內，覽申商之法術，該韓白之奇策」。法家的文章多半嚴密精簡，詞氣有力。顯然地，曹操不但在治國上喜用刑名之術，他的文章也受到影響。第二個是曹操的文章含蓄著一種悲涼雄壯之氣，這和他一生的英雄事業有著密切的關連。如孫子兵法序：

操聞上古有弧矢之利，論語曰：「足食足兵」，尚書八政曰：「師」，易曰：「師貞丈人吉」，詩曰：「王赫斯怒，爰整其旅」。黃帝、湯武咸用干戚，以濟世也。司馬法曰：「人故殺人，殺之可也。」恃武者滅，恃文者亡，夫差、偃王是也。

文字非常精簡，口吻也極合曹操的身份。又如他的讓縣自明本志令，用簡樸的文筆，把自己一生的心事披肝瀝胆地傾吐出來，氣魄雄偉，沈鬱中有鋒稜。

曹丕的散文修飾安閑，以清麗勝，與他父親的秉筆直書，以才氣勝，作風大有不同。與吳質書、又與吳質書兩封書信，是很有名的抒情散文。信中說：

昔年疾疫，親故多罹其災：徐、陳、應、劉一時俱逝，痛可言邪！昔日遊處，行則接輿，止則接席，何曾須臾相失！每至觴酌流行，絲竹並奏，酒酣耳熱，仰而賦詩；當此之時，忽然不自知樂也。謂百年己分，可長共相保；何圖數年之間，零落略盡，言之傷心。又說：

年行已長大，所懷萬端，時有所慮，至通夜不瞑。志意何時復類昔日？已成老翁，但未白頭耳！光武言：「年三十餘，在兵中十歲，所更非一。」吾德不及之，年已與之齊矣。以犬羊之質，服虎豹之皮；無衆星之明，假日月之光；動見瞻觀，何時易乎？恐永不復得爲昔日遊也。少壯眞當努力，年一過往，何可攀援，古人思秉燭夜遊，良有以也。（與吳質書）

悼念亡友，自傷年逝，淒楚感人，而文筆清新流暢，一直爲人們所愛讀。他還著有典論一書，可惜大部份篇章都已散佚或殘缺不全，存留下來比較完整的只有自敍和論文兩篇。自敍中歷述瑣事，而能使人不厭其繁，可見作者善於敍事的技巧。論文在我國文學批評史上，是一篇有啓示作用的文獻。

曹植不但是一位偉大的詩人，在散文方面，他也有很好的成就。和他的父兄比較，他的文章和曹操的作風相近，也是以才氣勝，不過文中所表現的作者個性更鮮明，情感更眞摯。他的文章駢偶成分比較多，但零散錯落有致，整齊中富有變化，所以並不呆板平弱。他也比較重視詞藻，但由於有眞情貫注其間，所以也不顯得雕琢。與吳季重書，與楊德祖書是兩篇很有名的散文書札。後一篇抒發懷抱，譏彈時人，筆鋒犀利。文末說：「吾雖薄德，位爲蕃侯，猶庶幾戮力上國，流惠下民，建永世之業，流金石之功，豈徒以翰墨爲勳績，辭賦爲君子哉！若吾志未果，吾道不行，則將采庶官之實錄，辨時俗之得失，定仁義之衷，成一家之言。雖未能藏之於名山，將以傳之同好。非要之皓首，豈今日之論乎？其言之不慚，恃惠子之知我也」表現了作者建功樹名的理想和自視甚高的性格。

求自試表和求通親表，是曹植上魏明帝曹叡的兩道表章。前者要求朝廷給他建功立業的機會：「臣聞士之生世，入則事父，出則事君；事父尙於榮親，事君貴於興國。故慈父不能愛無益之子，仁君不能畜無用之臣。」「方今天下一統，九州晏如，顧西尙有違命之蜀，東有不臣之吳，使邊境未得稅甲，謀士未得高枕者，誠欲混同宇內，以致太和也。」「伏見先帝武臣宿兵，年耆卽世者有聞矣。雖賢不乏世，宿將舊卒，猶習戰也。竊不自量，志在效命，庶立毛髮之功，以報所受之恩。若使陛下出不世之詔，效臣錐刀之用，使得西屬大將軍，當一校之隊；若東屬大司馬，統偏師之任；必乘危蹈險，騁舟奮驪，突刄觸鋒，爲士卒先。……雖身分蜀境，首懸吳闕，猶生之年也。」「臣竊感先帝早崩，威王棄代，臣獨何人，以堪長久！常恐先朝露，塡溝壑，墳土未乾，而身名並滅。」作者的急切用世之心，表露無遺。後者對於自己遭受猜忌和壓抑提出了強烈的抗議。他說：

臣伏自思惟，豈無錐刀之用。及觀陛下之所拔授，若臣爲異姓，竊自料度，不後於朝士矣。……每四節之會，塊然獨處，左右唯僕隸，所對唯妻子，高談無所與陳，發義無所與展，未嘗不聞樂而拊心，臨觴而歎息也。臣伏以爲犬馬之誠，不能動人，譬人之誠，不能動天。崩城隕霜，臣初信之，以臣心況，徒虛語爾！

情詞激越，表現了作者悲憤已極的心情。

七子中的孔融，作品流傳下來的很少，只有一些詩和散文。他的散文，辭藻華麗，駢儷的成分也較同時作家的作品爲多；但他能以氣運詞，造成很強的氣勢。曹丕說他「體氣高妙」，劉勰說他「氣盛於爲筆」，張溥說他「詩文豪氣直上」，都指出了這一特點。論盛孝章書和薦禰衡表是他的代表作品。

陳琳和阮瑀擅長應用文，以書檄有名當時。他們的散文舖張揚厲，縱橫馳騁，具有縱橫家的特色。又都喜歡徵引史事，修飾詞藻，運用排比對偶的句法。曹丕稱讚他們：「琳、瑀之章表書記，今之雋也。」(典論論文)「孔璋章表殊健，殊爲繁富。」「元瑜書記翩翩，致足樂也。」(與吳質書)陳琳的爲袁紹檄豫州、阮瑀的爲曹公作書與孫權，是兩篇很有名的書檄文。

徐幹著中論二十篇，時人推重。中論的思想大致上原本經訓，不出儒家的範圍，而文字則比較質樸。曹丕說

「偉長獨懷文抱質，恬淡寡欲，有箕山之志，可謂彬彬君子者矣；著中論二十餘篇，成一家之言，辭意典雅，足傳於後，此子爲不朽矣。」（與吳質書）

正始時期的代表詩人阮籍與嵇康，在散文的表現上，也各具特色。阮籍的大人先生傳，通過一個虛構的人物，對當時的統治，尤其是虛僞的禮法制度和那些虛僞的禮法之士，加以激烈的斥責和無情的諷刺。

> 且汝獨不見夫蝨之處於褌中，逃乎深縫，匿乎壞絮，自以爲吉宅也。行不敢離縫際，動不敢出褌襠，自以爲得繩墨也。饑則囓人，自以爲無窮食也。然炎邱火流，焦邑滅都，群蝨死於褌中而不能出，汝君子之處區內，亦何異夫蝨之處褌中乎！

比喻巧妙生動，罵得痛快淋漓，筆鋒可以說辛辣之至。全文韵散間雜，奇偶相生，使氣騁辭，鋪張揚厲。這篇文章顯然受了莊子、楚辭、漢賦的影響。

嵇康的性格峻急剛烈，富於正義感和反抗性。他反對虛僞的禮法，痛心政治的黑暗。他憤世嫉俗，桀傲不群，孤高自賞，不同流俗，這些在他的散文中有（比詩歌）更顯明的表現。他的聲無哀樂論，說理縝密透辟；難自然好學論、管蔡論，立論與傳統不同，表現了他獨立自主的思想。嵇康最有名的一篇散文，是與山巨源絕交書。他在這封信裡，固然是責備山濤不應該推薦他出來作官，但是基本上還是表現了他對當時腐朽黑暗的司馬氏政權的不滿與反抗。他在信中列舉不能出仕的原因有「必不堪者七，甚不可者二」：

> 人倫有禮，朝廷有法，自惟至熟，有必不堪者七，甚不可者二。臥喜晚起，而當關呼之不置，一不堪也。抱琴行吟，弋釣草野，而吏卒守之，不得妄動，二不堪也。危坐一時，痺不得搖，性復多蝨，把搔無已，而當裹以章服

> ，揖拜上官，三不堪也。素不便書，又不喜作書，而人間多事，堆案盈几，不相酬答，則犯教傷義，欲自勉強，則不能久，四不堪也。不喜弔喪，而人道以此為重，已為未見恕者所怨，至欲見中傷者；雖瞿然自責，然性不可化，欲降心順俗，則詭故不情，亦終不能獲無咎無譽如此，五不堪也。不喜俗人，而當與之共事，或賓客盈坐，鳴聲聒耳，囂塵臭處，千變百伎，在人目前，六不堪也。心不耐煩，而官事鞅掌，機務纏其心，世故繁其慮，七不堪也。又每非湯、武而薄周、孔，在人間不止此事，會顯世教所不容，此甚不可一也。剛腸疾惡，輕肆直言，遇事便發，此甚不可二也。以促中小心之性，統此九患，不有外難，當有內病，寧可久處人間邪？

他又說：

> 少加孤露，母兄見驕，不涉經學。性復疏嬾，筋駑肉緩，頭面常一月十五日不洗；不大悶癢，不能沐也。每常小便而忍不起，令胞中略轉，乃起耳。又縱逸來久，情意傲散，簡與禮相背，嬾與慢相成，而為儕類漸寬，不攻其過。又讀莊、老，重增其放。故使榮進之心日頹，任實之情轉篤。此由禽鹿，少見馴育，則服從教制；長而見羈，則狂顧頓纓，赴蹈湯火，雖飾以金鑣，饗以嘉肴，逾思長林而志在豐草也。

全文嘻笑怒罵，鋒利灑脫，很能表現他的性格。鍾嶸批評他「過為峻切，訐直露才，傷淵雅之致」（詩品），劉勰批評他「師心以遺論」（文心雕龍才略篇），都是指他的散文而說的。

吳、蜀的文學，不如曹魏之盛。但是蜀漢諸葛亮的出師表，一向得到後人很高的評價。作者在文中所表現的對於先帝的感恩，國家的忠誠，以及對於後主的殷切期望，懇摯深切，叫人感動。稍後的李密、字令伯，蜀漢後主時做過尚書郎，又好幾次代表蜀漢出使東吳，當時很有才名。蜀亡以後，晉武帝徵召他作官，但他因為祖母年老多病，不忍遠離，上表懇辭，這就是有名的陳情表。作者在表中先敘述幼年遭遇孤苦，全靠祖母撫養，才得以成立；接著說朝廷屢次徵召，而祖母又病情沈重，無人奉養，進退兩難；然後又說自己的不奉召，並非重視名節，實在因爲祖母年邁病危，沒有自己就餘年不保；最後懇求皇帝准許所請。全文情辭婉轉，所以晉武帝讀表之後，很受感動，特地賞賜他奴婢二人，又叫地方政府供給他祖母的生活所需，成全他終養祖母的孝心。李格非說：「諸葛亮孔明出師表、李令伯陳情表，皆沛然從肺腑中流出，殊不見斧鑿痕，尤爲一時之瑰寶。」這兩篇文章，情感眞摯，文字樸實，向來爲後人所欣賞、傳誦。東吳方面，如陸凱諫吳皓疏、諫吳主皓不遵先帝二十事的縱橫騁詞，諸葛恪與丞相陸遜書、上孫奮牋的明敏條達，也都是可以一讀的文章。

兩晉的散文，值得我們注意的，是那些文字清新流麗的短篇作品。它們或寫性靈，或抒懷抱，或描寫山水，或問候故人，都能表現雋永的風味，使人賞心悅目。今舉王羲之和陶淵明的作品爲例。

王羲之（三二一—三七九）字逸少，瑯琊臨沂人。做過參軍、長史、寧遠將軍、江州刺史、右軍將軍、會稽內史等官職。他長於書法，有書聖的美譽。蘭亭集序是他的代表作。下面舉他十七帖中的一段短文：

計與足下別，廿六年於今。雖時書問，不解濶懷。省足下先後二書，但增慨歎。頃積雪凝寒，五十年中所無。想頃如常，冀來夏秋間，或復得足下問耳。比者悠悠，如何可言。

這種文字，信筆寫來，純出自然，不事雕飾，而情味雋永，令人喜愛。十七帖是羲之著名的草書，可惜大半多屬斷簡。像上文的完整無缺，很值得珍貴。

陶淵明的散文名著有桃花源記、五柳先生傳等。在現實中，並沒有桃花源這個地方，不過因爲當時社會紊亂黑暗，政治暴虐無道，人民生活痛苦，所以作者假設一個理想的和平快樂的世界，來表現對於現實的失望與不滿。本文雖然出於幻想，但是描摹極具眞實感，使人讀了爲之欣然神往。五柳先生傳就是作者爲自己寫的傳記：

先生不知何許人也，亦不詳其姓氏。宅邊有五柳樹，因以爲號焉。閑靜少言，不慕榮利。好讀書，不求甚解；每有會意，便欣然忘食。性嗜酒，家貧不能常得。親舊知其如此，或置酒而招之。造飲輒盡，期在必醉，既醉而退，曾不吝情去留。環堵蕭然，不蔽風日，短褐穿結，簞瓢屢空，晏如也。常著文章自娛，頗示己志。忘懷得失，以此自終。

贊曰：黔婁之妻有言，不戚戚於貧賤，不汲汲於富貴。味其言茲若人之儔乎？銜觴賦詩，以樂其志。無懷氏之民歟？葛天氏之民歟？

短短的兩小段文字，把一個清靜恬淡、詩酒爲樂、消遙自適、安貧樂道的淵明先生生動眞實地呈現在我們的眼前。作者的表現手法，實在高明。

第三節　南北朝的駢文

什麼叫做駢文？日人兒島獻吉郎說：「四六文既非純粹之散文，又非完全之韵文，乃似文非文，似詩非詩，介於韵文散文之間，有不離不卽之關係者，故稱之爲律語或駢文。」（中國文學概論）從形式上看，駢文和散文的不同，有以下幾個特徵：一、多用對句，二、以四字和六字的句調作基本，三、力圖音調的諧和，四、繁用典故，五、務求文辭的華美。它和韻文的不同，則是句尾不必押韻。如果駢文有韻脚押韻的，就是駢賦了。這種文體，起初並沒有「駢文」的名稱。梁簡文帝與湘東王論文書說：「若以今文爲是，則昔賢爲非；若昔賢可稱，則今體宜棄。」他所說的「今文」「今體」，自然指駢體文。駢文的得名，大概始於柳宗元乞巧文「駢四儷六，錦口繡心」之語。

我國文字是一個一個方塊字，一字一音，非常容易形成對偶的句法。所以先秦、西漢的文章，雖然用的是散體，但是對偶整齊的句子，仍時時可見。不過這種現象，完全出於自然，作者在爲文時，根本沒有駢散的觀念，當駢就駢，當散就散，完全看事實的需要和行文的方便而定。駢文形成一種文體，是從東漢以後慢慢發展起來的。東漢班固、蔡邕等人的文章，講求句法的整齊，雖然只是爲了修辭的需要，還沒有形成固定的格式，但是已可視爲駢文的先河。魏、晉時期，作者更注意文章的形式美，像曹植的七啓，陸機的豪士賦序等文，不但詞采華茂，對偶工整，而且繁用典故，多四、六言的句法，駢體文的形式已經漸漸完成了。到了南北朝時期，駢文進入了全盛時代，成爲文章的正宗。這一時期駢文的形式技巧比魏、晉時代更加精密了。在句法上，不僅講求對偶，而且把偶句分類歸納爲言對、事對、正對、反對等等類型，加以探討研究。句的字數也漸漸趨向整齊的駢四儷六。在聲律上，雖不像詩歌那樣有「八病」的限制，但也要求平仄配合。其他如用典、比喻、夸飾、物色等技巧也非常注意。

駢文的對偶和四六句法，能使文章產出整齊的美感；用典容易引起聯想，並且使文章變得典雅；協調平仄能增強語言的聲音美。但是過分追求形式整齊，語句對偶，就往往使文章單調板滯，影響內容的表達。南北朝時代就有不少作家，只追求文章的形式美，而創作了大量內容平庸和貧乏的駢文和駢賦，這些形式主義的作品，在文學上沒有多高的價值。但是，駢文不是沒有好作品，如果不爲它的格式所困，仍然可以言之有物，既能細膩地寫景，又能婉轉地抒情，也能精密地說理。南北朝的駢文作品中，確實有一些是有文采的，表現了比較深刻的內容和獨創的風格。

鮑照的蕪城賦，是作者憑弔廣陵（今江蘇揚州）的作品。錢仲聯說：「考宋文帝元嘉二十七年冬十二月，北魏太武帝南犯，兵至瓜步，廣陵太守劉懷之逆燒城府船乘，盡帥其民渡江。孝武帝大明三年四月，竟陵王誕據廣陵反；七月，沈慶之討平之，殺三千餘口。是十年之間，廣陵兩遭兵禍，照蓋有感於此而賦。」（鮑參軍集注）賦中將廣陵的繁華和遭亂後的荒涼作了鮮明的對比。作者的用意在暴露軍閥禍亂所帶給地方的荼毒，並且暗示統治者們富貴煊赫不能常保，打破了他們「將萬祀而一君」的夢想。賦中於廣陵亂後荒蕪的景象有深刻動人的描寫：

澤葵依井，荒葛罥塗。壇羅虺蜮，階鬬麏鼯。木魅山鬼，野鼠城狐，風嗥雨嘯，昏見晨趨。飢鷹厲吻，寒鴟嚇雛。伏虣藏虎，乳血飧膚。崩榛塞路，崢嶸古馗。白楊早落，塞草前衰。稜稜霜氣，蔌蔌風威。孤蓬自振，驚沙坐飛。灌莽杳而無際，叢薄紛其相依。通池既已夷，峻隅又以頹。直視千里外，唯見起塵埃。凝思寂聽，心傷已摧。

登大雷岸與妹書，是鮑照在元嘉十六年從建康到大雷的旅途中寫給妹令暉的家信，信中描寫了作者在旅途中所看到的自然景色及其感受。文筆瑰麗奇崛，寫景生動傳神。例如其中寫廬山的一節：

西南望廬山，又特驚異。其壓江潮，峯與辰漢相接。上常積雲霞，雕錦縟。若華夕曜，巖澤氣通，傳明散綵，赫似絳天。左右青靄，表里紫霄。從嶺而上，氣盡金光，半山以下，純爲黛色。信可以神居帝郊，鎮控湘、漢者也。

描寫廬山的形體奇異，色彩豐富，如同一幅五彩精工的山水畫圖。

鮑照有一篇飛蛾賦，只有短短七十五個字，除了「拔身幽草下，畢命在此堂」兩句以外，其他都是四、六句法。賦中讚美飛蛾「本輕死以邀得，雖糜爛其何傷。豈學山南之文豹，避雲霧而巖藏」。表現了作者追求理想，不顧苟全的性格。

孔稚珪的北山移文，是南北朝駢文中最爲人傳誦的作品之一。

孔稚珪（四四八—五〇一）字德璋，會稽山陰（今浙江紹興）人。少有文采，辭章清拔。仕齊曾任記室參軍，都官尚書等職。史傳稱他不樂世務，愛山水，門庭之內，草萊不剪。

北山移文是作者寫來諷刺假隱士周顒的。周顒是一個外表好像恬淡，其實是非常熱衷名利的假隱士。起初隱居北山（卽今南京東北之鍾山），後來却應詔做起官來了。當他做海塩令任滿回京時，作者寫了本文嘲諷他。文中寫周顒初隱時的僞裝清高和奉詔後的醜態，用強烈的對比，諷刺得深刻有力：

其始至也，將欲排巢父，拉許由，傲百氏，蔑王侯，風情張日，霜氣横秋。或歎幽人長往，或怨王孫不遊。談空空於釋部，覈玄玄於道流。務光何足比，涓子不能儔。

及其鳴騶入谷，鶴書赴隴，形馳魄散，志變神動。爾乃眉軒席次，袂聳筵上；焚芰製而裂荷衣，抗塵容而走俗狀。風雲悽其帶憤，石泉咽而下愴。望林巒而有失，顧草木而如喪。

這一篇文章全用擬人化的寫法，借山靈的口吻，揭發了周顒的虛偽。作者使山岳、林澗、草木、雲霞都充滿嬉笑怒罵的聲音和姿態，以表示對於俗士的譏諷和覺得羞辱。這種別出心裁的構想，非常特出。全文用辭工整而秀麗，運典也非常圓達，虛字的轉接呼應，尤其靈活。

江淹是南朝最優秀的駢文作家之一，向來與鮑照齊名。他的代表作品恨賦和別賦，是兩篇主題和題材很新穎別致的駢賦。它們既不像傳統詠物賦專事體物圖貌，也不同於唐宋以後的文賦完全抒寫個人的情志，而是把詩歌中詠史和代言的傳統引入辭賦之中。恨賦寫歷史上著名的帝王、名將、美人、才士「飲恨呑聲」的死亡，取材和漢魏以來詠史詩傳統非常接近，在構思上和他擬古的雜體詩也有接近之處。別賦寫顯宦、劍客、軍士、夫婦、情侶等不同身份的人們「黯然銷魂」的離別，取材構思又和樂府的代言體相近。

這兩篇賦都有濃厚的感傷情調，作者也的確能夠把握不同人物的顯著特色和個別的心理狀態，來描繪他們的愁恨和離情別緒。例如恨賦寫明君的死，著重她遠赴絕域，歸國無期，終於埋骨異域的遺恨；寫馮敬通的死，則著重才士不遇知音，有志難伸，齎志以沒的痛苦。

若夫明妃去時，仰天太息。紫臺稍遠，關山無極。搖風忽起，白日西匿。隴雁少飛，代雲寡色。望君王兮何期，終蕪絕兮異域。

至乃敬通見抵，罷歸田里。閉關却掃，塞門不仕。左對孺人，右顧稚子。脫略公卿，跌宕文史。齎志沒地，長懷無已。

別賦在藝術上比恨賦更爲成熟，或刻畫臨別的銜涕神傷，或描寫別後的四季相思。或慷慨悲歌，或纏綿往復。都同樣寫得參差錯落，丰富多變。文詞富麗高華，音韵鏗鏘優美，句法錯綜變化。它最突出的長處，是借景物的描繪，烘托出動人的離情別緒。如：

> 或乃邊郡未和，負羽從軍。遼水無極，雁山參雲。閨中風暖，陌上草薰。日出天而曜景，露下地而騰文。鏡朱塵之照爛，襲靑氣之烟熅。攀桃李兮不忍別，送愛子兮霑羅裙。

又如：

> 下有芍藥之詩，佳人之歌，桑中衞女，上宮陳娥。春草碧色，春水淥波，送君南浦，傷如之何！至乃秋露如珠，秋月如珪，明月白露，光陰往來。與子之別，思心徘徊。

具有濃厚的抒情氣氛，非常富有感染力。

丘遲（四六三—五〇八）字希範，吳興烏程（今浙江吳興）人。齊時任殿中郎，梁時官至司徒從事中郎。他的與陳伯之書，是一篇很有名的駢文書信。陳伯之齊末爲江州刺史，曾經抗擊過梁武帝，降梁後仍官原職，後來又率部投魏。丘遲這封信是勸他再度降梁。信中以江南美景、故國之思激發陳伯之歸梁的一節，歷來爲人們所傳誦：

> 暮春三月，江南草長，雜花生樹，群鶯亂飛。見故國之旗鼓，感生平於疇日，撫弦登陴，豈不愴恨！所以廉公之思趙將，吳子之泣西河，人之情也。將軍獨無情哉？

陶弘景（四五二—五三六）字通明，丹陽秣陵（今江蘇江寧縣）人。好道術，愛山水。梁時隱居句曲山。梁武帝遇有朝廷大事，常前往諮詢。因此時人稱他爲「山中宰相」。他和吳均的幾篇短札也是歷來傳誦的寫景名作：

山川之美，古來共談。高峯入雲，清流見底。兩岸石壁，五色交輝。青林翠竹，四時俱備。曉霧將歇，猿鳥亂鳴；夕日欲頹，沈鱗競躍。實是欲界之仙都。自康樂以來，未復有能與其奇者。（陶弘景答謝中書書）

風煙俱淨，天山共色，從流飄蕩，任意東西。自富陽至桐廬，一百許里，奇山異水，天下獨絕。水皆縹碧，千丈見底；游魚細石，直視無礙。急湍甚箭，猛浪若奔。夾岸高山，皆生寒樹。負勢競上，互相軒邈，爭高直指，千百成峯。泉水激石，泠泠作響。好鳥相鳴，嚶嚶成韻。蟬則千轉不窮，猿則百叫無絕。鳶飛戾天者，望峯息心；經綸世務者，窺谷忘返。橫柯上蔽，在晝猶昏；疏條交映，有時見日。（吳均與宋元思書）

風格清新挺拔，文字淺白流麗，沒有浮豔氣息，駢體中夾有散句，整齊中富變化之美。

徐陵和庾信在駢文上是齊名的作家。徐陵的駢文，主要是些詔令、奏議、書信等應用文字，不是純粹的文學作品。比較有名的玉臺新詠序，雖然辭藻華麗，內容却無非是描寫婦女的體態，不出宮體詩的情調。他在詩賦駢文上的成就，無疑地都不能和庾信相比。

庾信是南北朝駢賦、駢文成就最高的作家。他早年在梁的作品如春賦、燈賦、鏡賦、鴛鴦賦、蕩子賦等，辭藻華美，音律和諧，但思想空泛，缺乏深刻的內容。入北以後，由於憂念家國，感懷身世，悲憤酸苦，百感交集，於是一變已往綺靡纖弱的風格。這時的作品，表現出一種深沈的憂鬱，哀怨的愁情，加上受到北方特有地方色彩的影響，於是更顯出一種蒼茫剛健的情調。例如他的小園賦，寫屈仕異國欲爲隱士而不得的痛苦心情，其中說：

> 草無忘憂之意，花無長樂之心。鳥何事而逐酒，魚何情而聽琴。……荆軻有寒水之悲，蘇武有秋風之別。關山則風月悽愴，隴水則肝腸斷絕。龜言此地之寒，鶴訝今年之雪。百齡兮倏忽，光華兮已晚。不雪雁門之踦，先念鴻陸之遠。非淮海兮可變，非金丹兮能轉。不暴骨於龍門，終低頭於馬坂。

深深地表達了他抑鬱寡歡的心情和欲歸不得的悽楚。又如枯樹賦中說：

> 況復風雲不感，羈旅無歸。未能採葛，還成食薇。沈淪窮巷，蕪沒荆扉。既傷搖落，彌嗟變衰。……昔年種柳，依依漢南。今看搖落，悽愴江潭。樹猶如此，人何以堪！

用比興的手法，表達了自己奉命出使，不能爲國家效力，屈節仕魏的苦衷，更傾訴了暮年羈旅的濃厚鄉愁。情辭悽愴，非常感人。又如傷心賦，作者傷悼子女的「苗而不秀」，同時也抒發了國破家亡，身在異邦的悲痛，文中說：

> 況乃流寓秦川，飄颻播遷。從官非官，歸田不田。對玉關而羈旅，坐長河而暮年。已觸目於萬恨，更傷心於九泉。

「從官非官，歸田不田」兩句表現了作者身在北地，心羈南朝的沈痛感慨。

哀江南賦是代表庾信駢文成就最高的作品，作者以個人的身世、經歷和時事相穿插，寫成了這篇可目之爲「賦史」的長篇傑作。賦的前面有序，也是用駢文寫的，它概括了全篇大意，並說明創作這篇賦的動機。

> 信年始二毛，卽逢喪亂，藐是流離，至於暮齒。燕歌遠別，悲不自勝；楚老相逢，泣將何及。畏南山之雨

，忽踐秦庭；讓東海之濱，遂餐周粟。下亭漂泊，高橋羇旅。楚歌非取樂之方，魯酒無忘憂之用。追為此賦，聊以記言。不無危苦之辭，惟以悲哀為主。

作者遭逢世亂，心懷憂苦，所以有此悲歌慷慨之作。序的末尾又說：

嗚呼！山嶽崩頹，既履危亡之運；春秋迭代，必有去故之悲。天意人事，可以悽愴傷心者矣！況復舟楫路窮，星漢非乘槎可上；風飈道阻，蓬萊無可到之期。窮者欲達其言，勞者須歌其事。陸士衡聞而撫掌，是所甘心；張平子見而陋之，固其宜矣！

說明自己已經日暮途窮，沒有生歸江南的希望，所以寫這篇賦來抒發衷情，就是被人恥笑，也是心甘情願的。

作者在這篇賦裏，追敘了他的家世和他前半生的經歷。追敘了梁武帝時代的承平盛況。詳述了從侯景之亂、建康淪亡、梁元帝偏安江陵、為西魏所滅，以及梁敬帝被陳霸先篡位等一系列的梁朝衰亡。其中描寫西魏攻破江陵後，百姓被俘擄到北方途中的景象，尤為感人：

水毒秦涇，山高趙陘。十里五里，長亭短亭。飢隨蟄燕，暗逐流螢。秦中水黑，關上泥青。於時瓦解冰泮，風飛電散。渾然千里，淄澠一亂。雪暗如沙，冰橫似岸。逢赴洛之陸機，見離家之王粲。莫不聞隴水而掩泣，向關山而長歎。

把百姓跋涉山川、流離道路、捱餓受飢，尤其是遭受北方風雪冰霜摧殘的痛苦，深刻地呈現出來。

這篇用宋玉招魂「目極千里傷春心，魂兮歸來哀江南」的名句做題目，十分動人。作者一方面哀感江南故國的淪亡，一方面心傷自己的終老異國不能南歸，他的沈痛的懷念故國的感情，在這篇賦裏充份地表現了出來。孫元晏詩說：「苦心詞賦向誰談，論落咸陽志豈甘！可惜多才庾開府，一生惆悵憶江南。」

近人瞿兌之評此賦在技術方面有三個特點（見中國駢文概論）：

一是用韻的諧美。比如：「君在交河，妾在清波，石望夫而愈遠，山望子而逾多。」比江淹、鮑照而又進一層，使全篇文字呈一種流利輕巧的音節。

一是用典的貼切。比如：「孫策以天下爲三分，衆纔一旅；項籍用江東之子弟，人惟八千。」

一是排偶之中夾以散行。比如：「見被髮於伊川，知百年而爲戎矣。」又如：「伯兮叔兮，同見戮於猶子。」不獨內容，連形式都變得參差不齊，使全篇文字一點不覺得呆板，但覺其自然。

總之，駢文到了庾信手裏，不但境界擴大，使內容更深更廣，在形式上也變化多姿，更富於靈動之美。

第四節　南北朝的散文

由於文學觀念的進步，特別是文學形式技巧的發展，南北朝的作家開始探索文學與非文學的區別。昭明太子蕭統編輯文選，不選經、史、諸子的文章，就是認爲它們不屬於文學的範圍。文學範圍以內的作品，當時又區分爲「文」和「筆」兩類，劉勰文心雕龍總術篇說：「今之常言，有文有筆，以爲無韻者筆也，有韻者文也。」梁元帝蕭繹金樓子立言篇說：「至如不便爲詩如閻纂，善爲章奏如伯松，若是之流，泛謂之筆。吟詠風謠，流連哀思者謂之文。……筆，退則非謂成篇，進則不云取義，神其巧惠，筆端而已。至如文者，惟須綺縠紛披，宮徵靡晏，脣吻遒會，情靈搖蕩。」大致說，當時所謂的「文」，指詩賦駢文；當時所謂的「筆」，則指散文而言。南北朝時期的詩賦駢文有高度的發展，當時的作家也莫不傾其心力才華於這方面的創作，相形之下，散文不免顯得消沈。自來討論南北朝文學的，對於散文也往往忽略。但事實上，在當時史傳、地理等學術著作中，我們還可以看到一些比較質樸的敍事、抒情、寫景的散文作品。祇是這些作品，在不同程度上受到駢文的影響，和魏晉以前的散文，有著不同的風格。

范曄（三九七—四四五）字蔚宗，順陽（今河南淅川）人。博涉經史，好爲文章，通曉音律。宋文帝時曾任宣城太守、左衞將軍、太子詹事等官職，後因與孔熙先謀立彭城王義康，事洩被殺。他刪創整理從東漢至宋初十幾家東漢史籍，寫成了後漢書九十卷。這部書從創作價值來說，雖然遠不及史記、漢書，但是整理剪裁的功績，並不在班固之下。史書裏有文苑列傳，從他開始，表現了當時重視文學的新風氣，也爲後來的史書立下了範例。其書中有一些人物傳記，寫得眞切動人。如范滂傳，對范滂嫉惡如仇的個性、剛介嚴正的行事，有詳實的描寫。其中寫范滂被殺前訣別母親和兒子的對話，悲涼慷慨：

其母就與之訣。滂白母曰：「仲博孝敬，足以供養。滂從龍舒君歸黃泉，存亡各得其所。惟大人割不可忍之恩，勿增感戚。」母曰：「汝今得與李杜齊名，死亦何恨？既有令名，復求壽考，可兼得乎？」滂跪受教，再拜而辭。顧謂其子曰：「吾欲使汝爲惡，則惡不可爲；使汝爲善，則我不爲惡！」行路聞之，莫不流涕。

又如范式傳，描寫范式和張劭的友誼：

范式字巨卿，山陽金鄉人也，一名氾。少遊太學，為諸生，與汝南張劭為友——劭字元伯——二人並告歸鄉里，式謂元伯曰：「後二年，當還，將過拜尊親，見孺子焉。」乃共剋期日；後期方至，元伯具以白母，請設饌以候之，母曰：「二年之別，千里結言，爾何相信之審邪？」對曰：「巨卿信士，必不乖違！」母曰：「若然，當為爾醞酒。」至其日，巨卿果到，升堂拜飲，盡歡而別，——式仕為郡功曹。後元伯寢疾篤，同郡郅君章殷子徵晨夜省視之，元伯臨盡歎曰：「恨不見吾死友！」子徵曰：「吾與君章，盡心於子，是非死友，復欲誰求？」元伯曰：「若二子者，吾生友耳，山陽范巨卿，所謂死友也。」尋而卒，式忽夢見元伯，玄冕垂纓，屣履而呼曰：「巨卿！吾以某日死，當以爾時葬，永歸黃泉，子未我忘，豈能相及！」式怳然覺寤，悲歎泣下，具告太守，請往奔喪；太守雖心不信，而重違其情，許之。式便服朋友之服，投其葬日，馳往赴之。式未及到，而喪已發引，既至壙，將窆而柩不肯進；其母撫之曰：「元伯！豈有望邪？」遂停柩。移時，乃見有素車白馬，號哭而來，其母望之曰：「是必范巨卿也。」巨卿既至，叩喪言曰：「行矣元伯，死生路異，永從此辭！」會葬者千人，咸為揮涕，式因執紼而引，柩於是乃前；式遂留止冢次，為修墳樹，然後乃去。

文中所表現的朋友間相知相重、信諾不二、生死不渝的情感，令人讀後深為感動。作者又善於敘事，班超傳敘述班超一生在西域的奮鬥，其中寫班超的機智、班超的勇敢、班超在西域所經歷的許多大小戰鬥，最後寫班超歸國以迄死亡，文章雖然長，但繁而不蕪，不會叫人讀了生厭。昆陽之戰，劉秀以數千士卒擊潰了王莽四十萬大軍，奠定了漢室復興的基礎，是我國歷史上以少勝多，扭轉大局的有名戰役之一。作者在光武紀中描寫這一次戰役，並沒有用太多的筆墨，而是要言不繁，簡單扼要，却能形容盡致，使人讀來如身歷其境。

作者以一個歷史家的立場寫這一部書，除了記載史實以外，也寓託了他褒貶世風、匡正人心的用意。清代史學家王鳴盛稱讚後漢書的優點在於「貴德義，抑勢利；進處士，黜奸雄。論儒學則深美康成（鄭玄），褒黨錮則推崇李（膺）杜（密）。宰相多無述，而特表逸民；公卿不見采，而惟尊獨行。」就肯定了它在這一方面的價值。就文章來說，筆勢的擒縱開合，詞采的麗密精煉，和史記、漢書相比，也有不同的特色。

南朝自齊梁以後，散文日漸微。北朝在這時却出現了兩部頗有文學價值的學術著作，就是酈道元的水經注和楊衒之的洛陽伽藍記。

酈道元（？—五二七）字善長，范陽涿鹿（今河北涿縣）人。作過州刺史，御史中尉等官職。他自幼好學，歷覽奇書，博聞強記。他的水經注是爲漢代桑欽（一說是晉代郭璞）的水經一書所作的注釋。他曾經宦遊冀州、魯陽、穎川、東荊州等地，又曾經隨魏文帝巡幸長城、陰山，所至「訪瀆搜渠」，有實地探訪觀察的經歷；又繁徵博引，博采漢魏以來許多山川土風、歷史掌故的文獻。故每述一河道，必詳其源流，以及沿岸的山川景物、風土人情和故事傳說。古代的許多神話、逸聞，往往賴以保存。他的注釋，實際上已經超出「注」的範圍以外。在我國所有文學作品中，以注解古書而「注」的本身却成爲傑出不朽的名著，此爲絕無僅有的一部。書中稱五胡十六國的君主都直用其名，稱劉裕爲「劉公」、「宋武王」，稱晉軍則爲「王師」，表現了作者愛國的思想。他熱烈歌頌西門豹、李冰等興修水利、造福民生的歷史人物，對秦始皇築長城所造成的人民悲慘遭遇作了深刻地揭露，表現了他關懷人民、反對暴政的思想。最特出的，是作者以精美的文筆，描寫我國各種不同的雄奇秀媚的山川形象，非常突出，使它不僅具有地理上、歷史上的價值，也取得了文學上的傑出成就。例如有名的江水注中關於三峽的描寫：

> 自三峽七百里中，兩岸連山，略無闕處。重巖疊嶂，隱天蔽日，自非亭午夜分，不見曦月。至於夏水襄陵，沿泝阻絕。或王命急宣，有時朝發白帝，暮到江陵，其間千二百里，雖乘奔御風，不以疾也。春冬之時，則素湍綠潭，迴清倒影。絕巘多生怪柏，懸泉瀑布，飛漱其間，清榮峻茂，良多趣味。每至晴初霜旦，林寒澗肅，常有高猿長嘯，屬引淒異，空谷傳響，哀轉久絕。故漁歌曰「巴東三峽巫峽長，猿鳴三聲淚沾裳！」

描寫巫峽兩岸高峻的山勢，夏天奔騰湍急的江水，以及峽中四季景色氣氛的變化，非常雋永傳神。其他如河水注中孟門山一段，寫黃河的宏偉氣勢：「崩浪萬尋，懸流千丈，渾洪贔怒，鼓若山騰。」濟水注中寫大明湖上嫵媚風光，「左右楸桐，負日俯仰。目對魚鳥，水木明瑟。」濕水注中陽城淀一節，寫兒童們乘舟采菱折芰的生活：「或單舟采菱，或疊舸折芰，長歌陽春，愛深綠水。掇拾者不言疲，謠詠者自流響。」景色不同，情調亦異，可以看出作者多方面的寫景才華。作者擅長用簡潔的語句，刻畫山水的形貌，非常精工，顯然受到自謝靈運以來的山水文學和駢文修辭精細的影響。他在描繪山水景物的時候，喜歡用整齊的四言句法，雜以長短不等的散句，增加了文字參差錯綜之美，似乎更能與外在的環境相配合。

唐代柳宗元，宋代蘇軾的山水遊記，都曾經受到他的影響。

楊衒之（生卒年不詳），北平（今河北定縣）人。曾作過北魏的撫軍府司馬，北齊的期城郡守等官職。北魏自西元四九五年遷都洛陽以後，朝野崇信佛教，「王侯貴臣，棄象馬如脫屣；士庶豪家，舍資財若遺跡」，大量捐貲興建佛寺。當極盛時代，「京都表裏，凡有一千餘寺」。西元五三四年孝靜帝被高歡逼迫遷都鄴城以後，這些佛寺大半都在兵火中毀滅了。西元五四七年，楊衒之因行役重過洛陽，見「城郭崩毀，宮室傾覆。寺觀灰燼，廟塔丘墟」，「恐後世無聞，故撰斯記」。作者寫這部書的目的，企圖通過佛寺的盛衰，寄托他對於北魏淪亡的哀悼。書中對佛寺座落的方位，營造的形制，周遭的環境，建築的精美，都極力加以描繪。其中有許多相當精采動人的文字，如寫永寧寺的九級浮圖：「至於高風永夜，寶鐸和鳴，鏗鏘之聲，聞及十餘里。」使人感到一種肅穆莊嚴的氣氛。又如寫瑤光寺的靈芝釣臺：「累木爲之，出於海中，去地二十丈。風生戶牖，雲起梁棟。丹楹刻桷，圖寫列仙。刻石爲鯨魚，背負釣台，既如從地踊出，又似空中飛下。」使這座構造非常奇特的建築，十分具象地呈現在讀者眼前。

這本書雖然主要在記載洛陽的佛寺，但也在一定程度上反映了北魏的政治、經濟、文化情況和社會面貌，揭露了王侯貴族的腐化墮落。例如高陽王寺及法雲寺兩節中，就生動地揭發了高陽王元雍、河間王元琛的奢侈，章武王元融的貪婪、陳留侯李崇的鄙吝。作者善於用簡短文字敘述故事，法雲寺中寫劉白墮能釀酒一段，極有趣味

> 河東人劉白墮善能釀酒。季夏六月，時暑赫羲，以甖貯酒，曝於日中，經一旬，其酒不動，飲之香美而醉，經月不醒。京師朝貴多出郡登藩，遠相餉饋，踰于千里，以其遠至，號曰「鶴觴」，亦名「騎驢酒」。永熙年中，南青州刺史毛鴻賓齎酒之藩，逢路賊，盜飲之即醉，皆被擒獲，因復命「擒奸酒」。游俠語曰

：「不畏張弓拔刀，唯畏白墮春醪。」

書中還記載了許多宗教神怪故事，反映了當時嚴重的迷信風氣。這部書文字基本是散文，但比水經注更多駢儷成分。四庫全書總目提要說：「其文穠麗秀逸，煩而不厭，可與酈道元水經注肩隨。」事實上，無論是從地理上或文學上的成就來看，洛陽伽藍記都要比水經注差一等的。

第六章　魏晉南北朝的小說

我國的小說發展較遲，到魏晉南北朝才粗具規模。莊子外物篇說：「飾小說以干縣令，其於大道亦遠矣。」這是把淺薄瑣碎的言論叫做小說。漢代桓譚說：「小說家合殘叢小語，近取譬喻，以作短書，治身理家，有可觀之辭。」（文選李善注引新論）這是把不同於高文典策的短章寓言雜記叫做小說。其含義皆和我們今天說的小說不盡相同。漢書藝文志說：「小說家者流，蓋出於稗官，街談巷語，道聽塗說者之所造也。」班固對小說所下的定義，和桓譚相近，而指出小說的產生，是來自民間的口頭傳說。

小說的產生，有著長時期的發展過程，最早可以溯源到古代的神話和歷史傳說。神話故事以神為中心，歷史傳說雖然有現實人物為根據，也往往被塗上神異的色彩。它們是我國志怪小說的源頭。我國先秦古籍中保存神話最多的是山海經，穆天子傳中也有一些。魏晉志怪小說神異記，十洲記就是摹仿山海經；漢武帝故事、漢武帝內傳中講武帝與西王母故事，則顯然是從穆天子傳中穆王「賓于西王母」的情節發展而來。另外，我國先秦史書如左傳，國語、戰國策等，都具體記述人物的言行；先秦子書如論語、孟子，莊子等，也有許多人物言行的記載，它們對魏晉以後記錄人物瑣事的小說有直接的啓發和影響。

漢書藝文志諸子略著錄小說家書十五種，一千三百八十篇。這些書現在都已亡佚，從太平御覽所引的鬻子，大戴禮記保傅篇所引的靑史子幾條遺文來看，或言戰事，或言禮制，也都不能算是小說。在漢人的著作中，被稱爲雜史的吳越春秋和越絕書，雖然記敘人物、故事大都有史實根據，但作者添加了許多想像與附會，情節曲折，描寫細膩，已富有小說的意味。

我國小說發展到魏晉南北朝時期，開始興盛，產生許多作品。就它們的內容說，大致上可分爲談鬼神怪異的「志怪小說」和記載人物軼聞瑣事的「軼事小說」兩類。

第一節　志怪小說

魏晉南北朝時期志怪小說的大量產生，與當時神仙方術之說的盛行，道佛兩教廣泛的傳佈，因而形成的濃厚的宗教迷信思想有密切的關係。中國小說史略說：「中國本信巫，秦漢以來，神仙之說盛行，漢末又大暢巫風，而鬼道愈熾；會小乘佛教亦入中土，漸見流傳。凡此，皆張皇鬼神，稱道靈異，故自晉迄隋，特多鬼神志怪之書。其書有出于文人者，有出于教徒者。文人之作，雖非如釋道二家，意在自神其教；然亦非有意爲小說，蓋當時以爲幽明雖殊途，而人鬼乃皆實有，故其敍述異事，與記載人間常事，自視固無誠妄之別矣。」清楚地說明了當時志怪小說興盛的社會原因。

魏晉南北朝的志怪小說，數量很多，現在保存下來的完整與不完整的尚有三十餘種。這些小說的內容，十分龐雜，粗略地說來，可以分爲三類：

一、炫耀地理博物的瑣聞。神異經，十洲記、漢武洞冥記，博物志等，皆以記述遠方的山川異物爲主、也攙雜一些神仙道術之事。

神異經一卷，題東方朔撰。據後人的考證，凡現存的所謂漢人小說，沒有一種眞正出於漢人之手，都是晉以後文人方士的作品，假託古籍來自重衒人。神異經這部書的作者，當然不是東方朔。它模仿山海經，但多記載奇異之物，對於山川道里則比較省略。有注解，題張華撰，也是僞作。

十洲記一卷，亦題東方朔撰，記漢武帝向東方朔詢問西王母所說的祖洲、瀛洲、玄洲、炎洲、長洲、元洲、流洲、生洲、鳳洲、麟洲、聚窟洲等十洲所有的物名，也多模仿山海經。

漢武洞冥記四卷，題後漢郭憲撰。全書六十則，都講神仙道術和遠方怪異之事。序說：「漢武帝明俊特異之主，東方朔因滑稽以匡諫，洞心於道教，使冥迹之奧，昭然顯著。今籍舊史之所不載者，聊以聞見，撰洞冥記四卷，成一家之書。」可見書名叫做「洞冥」的因由。隋志著錄這部書，作者只稱「郭氏」並沒有名字。西晉末年的郭璞，喜愛神仙方術之事，又注釋過山海經，穆天子傳等書，有關他的怪誕傳說很多，所以六朝人虛構神仙故事，往往稱「郭氏」來影射他。題名郭憲所作，始於劉昫的唐書，不知所據。

博物志十卷，晉張華撰。這部書分類記載殊方奇異之物以及古代的瑣聞雜事，由於它的材料大多是從古書中摘錄出來的，並沒有什麼新異之處。

二、夸飾正史以外的歷史傳聞。漢武帝故事、漢武帝內傳、拾遺記等都可以列在這一類。

漢武帝故事今存一卷，雜記漢武帝生前死後的瑣事，其中雖然很多神仙怪異的記載，但又表現出並不相信仙人方士的態度，文字也很簡潔雅馴，應該是出於文人之手的作品。隋志著錄二卷，不題撰人，宋晁公武郡齋讀書志才說「世言班固作」，又說：「唐張柬之書洞冥記後云：漢武故事，王儉造也。」可見他也並不眞的相信班固曾經寫過這部書，但是後人却據此就把它定爲班固所作了。

上嘗輦至郎署，見一老翁，鬚鬢皓白，衣服不整。上問曰，「公何時爲郎？何其老也？」對曰，「臣姓顏名駟，江都人也，以文帝時爲郎。」上問曰，「何其老而不遇也？」駟曰，「文帝好文而臣好武，景帝好老而臣尚少，陛下好少而臣已老：是以三世不遇。」上感其言，擢拜會稽都尉。

這一段記載，頗具有諷刺的意味。

漢武帝內傳一卷，也是記載漢武帝初生到崩葬的故事，內容雖然多爲淺薄荒誕之說，但文筆繁麗華艷，已開唐人傳奇小說的先河。作者的想像力異常豐富，其中描繪漢武帝會見西王母的一段，非常精采。西王母是我國最有名的神話人物，原來是個人面獸身的怪物，山海經西山經說：「西王母其狀如人，豹尾虎齒而善嘯，蓬髮戴勝，是司天之厲及五殘。」大荒西經中的描寫也差不多。但是這樣一個可怕的怪物，在漢武帝內傳中却完全不一樣了：

到夜二更之後，忽見西南如白雲起，鬱然直來，逕趨宮庭，須臾轉近。聞雲中簫鼓之聲，人馬之響。半食頃，王母至也。縣投殿前，有似鳥集，或駕龍虎，或乘白麟，或乘白鶴，或乘軒車，或乘天馬，群仙數千，光曜庭宇。既至，從官不復知所在，唯見王母乘紫雲之輦，駕九色斑龍。別有五十天仙，………咸住階下。王母唯扶二侍女上殿。侍女年可十六七，服靑綾之袿，容眸流盼，神姿淸發，眞美人也！王母上殿，東向坐，著黃金褡褟，文采鮮明，光儀淑穆，帶靈飛大綬，腰佩分景之劍，頭上太華髻、載太眞晨嬰之冠，履玄瓊鳳文之舄，視之可年三十許，修短得中，天姿掩藹，容顏絕世，眞靈人也！

人面獸身虎齒豹尾的西王母，變成了一位「三十許」「容顏絕世」的女仙人，這正是魏晉人浪漫精神的表現。此書宋時尚不題撰人，宋史藝文志注說：「不知作者。」明朝以後，才和漢武帝故事並冒稱班固所作。文中很多用十洲記和漢武帝故事的話，可知產生的時代比較更晚了。

拾遺記十卷，前九卷記述庖羲至東晉間事，末卷記海外的靈境仙山。書中雖多言怪異，然極少因果報應之說。文字流麗，富於幻想。其中記漢武帝見西王母及命方士召李夫人亡魂的片段，很生動有趣。此書舊題晉隴西王嘉撰，梁蕭綺錄。王嘉其人，見晉書藝術列傳，字子年，能預言。苻堅徵他做官，不就。約在西元三九〇年時，被姚萇所殺。胡應麟筆叢以爲此書「蓋卽綺撰而託之王嘉」者。

三、講說鬼神怪異的迷信故事。搜神記，寃魂志、續齊諧記、列異傳、搜神後記等，它們或用災異變怪的故事來附會政治現象，或用鬼神作祟的迷信來推斷人的吉凶禍福。宋齊以來，佛法盛行，又產生了冥詳記，幽明錄等書，宣揚佛經佛像的威靈和奉佛茹素的好處，目的在證明鬼神的不虛，以使人產生畏敬虔信的心理。

在魏晉南北朝的志怪小說中，干寶的搜神記成就最高，是這一類小說的代表。干寶（生卒年不詳）字令升，新蔡（今河南新蔡）人。晉元帝時召爲著作郎，曾領國史，著晉紀三十卷，當時稱爲良史。他性好陰陽術數，留心鬼神之事，著搜神記二十卷，以「發明神道之不誣」（自序）。如其中的阮瞻篇：

阮瞻字千里，素執無鬼論，物莫能難，每自謂此理足以辨正幽明。忽有客通名詣瞻，寒溫畢，聊談名理，客甚有才辨，瞻與之言良久，及鬼神之事，反復甚苦，客遂屈，乃作色曰，「鬼神古今聖賢所共傳，君何

得獨言無？卽僕便是鬼！」於是變爲異形，須臾消滅。瞻默然，意色大惡，歲餘而卒。（卷十六）

顯然是在證明鬼神的眞實存在。搜神記中最精采的部分，是一些動人的民間故事傳說，雖然它們所敍述的，還是一些神怪的題材，帶有幻異的色彩，但基本上反映了人民的思想和願望，表現了他們的好惡愛憎。

干將莫邪的故事最早見於吳越春秋和越絕書，又見於列異傳，它們的記述都比較簡單，不如搜神記的描寫生動。它記干將和莫邪爲楚王作劍，三年方成，楚王大怒，把干將殺死。他的兒子赤長大以後，立志要替父親報仇。楚王也知道了這件事，就懸千金的重賞緝殺他。後來赤遇見了一位見義勇爲的山中客，於是自刎而死，把頭交給山中客去領賞，請他趁機刺殺楚王。故事的最後一段，寫山中客持頭見楚王，令人驚心動魄：

> 客持頭往見楚王，王大喜。客曰：「此乃勇士頭也，當於湯鑊煮之。」王如其言煮頭，三日三夕不爛。頭踔出湯中，瞋目大怒。客曰：「此兒頭不爛，願王自往臨視之，是必爛也。」王卽臨之。客以劍擬王，王頭隨墜湯中，客亦自擬己頭，頭復墜湯中。三首俱爛，不可識別，乃分其湯肉葬之，故通名三王墓。

這個故事揭露了暴君的酷虐無道，寫出了干將的兒子爲父報仇至死不移的孝行，表現了山中客豪俠的義行和沈著的機智。有正確的主題，不同於一般迷信神怪之說。

韓憑夫婦是寫宋康王霸佔韓憑的妻子何氏，逼得韓憑夫婦先後自殺的悲劇。暴露了宋康王的荒淫和殘暴，歌頌了韓憑夫婦生死不渝的愛情，尤其是何氏不受威逼利誘的剛强意志。何氏死後留下遺書，要求與韓憑合葬，康王不允，却提出了「爾夫婦相愛不已，若能使冢合，則吾弗阻也」這樣一個荒唐的說辭，結果：

> 宿昔之間，便有大梓木生於二冢之端，旬日而大盈抱，屈體相就，根交於下，枝錯於上。又有鴛鴦，雌雄

各一，恒棲樹上，晨夕不去，交頸悲鳴，音聲感人，宋人哀之，遂號其木曰相思樹。這個頗富詩意的幻想，代表了人民美好的願望，一直傳誦在民間。敦煌石室所藏寫本中有一篇唐代的韓朋賦，也寫這個故事，而更為曲折生動。

吳王小女是一個戀愛故事，表現了青年男女生死不渝的愛情。吳王夫差有女叫做紫玉，喜愛童子韓重，私許婚姻，吳王不允，紫玉憤怒而死。後來韓重到紫玉墓前痛哭，紫玉魂靈出現，和他在墓中結為夫婦，並贈送他一顆徑寸明珠做信物，叫他去見吳王。吳王以為韓重發冢盜寶，揑造謠言，將要治罪。玉曰：「無憂！今歸白王。」王妝梳，忽見玉，驚愕悲喜，問曰：「爾緣何生？」玉跪而言曰：「昔諸生韓重來求玉，大王不許。玉名毀義絕，自致身亡。重從遠還，聞玉已死，故齎牲幣詣冢弔唁。感其篤終，輒與相見，因以珠遺之，不為發冢。願勿推治。」夫人聞之，出而抱之。玉如煙然。從韓重、紫玉遭受愛情不能自主的痛苦中，反映了青年男女對於自由戀愛，婚姻自主的渴望。「王道平」和「河間男女」也是這一類型的故事。

搜神記中的民間傳說故事，上述幾篇是最有名的。其他如李寄斬蛇，寫一個女孩子為地方除害的勇敢行為；東海孝婦，寫孝婦被官府枉殺的寃曲；鄧元義婦，寫兒媳遭受姑嫜的凌逼；都反映了一定的主題。

寃魂志一卷（一名北齊還寃志，兩唐志作三卷），北齊顏之推撰。顏之推（約西元五二九—五九一）字介，琅琊臨沂（今山東臨沂）人。初仕梁，梁元帝江陵敗亡後，輾轉奔竄北齊，官至平原太守。後仕周、隋。好學博覽，閱歷深廣。他篤信佛教，顏氏家訓中的歸心篇，就大談因果之理。寃魂志採用上自春秋下至晉、宋間經史上的事例來證明報應的不爽，文字質樸曲雅。中國小說史略說：「（寃魂志）引經史以證報應，已開混合儒釋之端矣。」

續齊諧記一卷，梁吳均撰。宋代散騎侍郎東陽无疑有齊諧記七卷，見隋志著錄，現已亡佚，這部書是它的續編。其中記陽羨書生入鵝籠中事，非常詭幻奇特：

陽羨許彥於綏安山行，遇一書生，年十七八，臥路側，云脚痛，求寄鵝籠中。彥以爲戲言，書生便入籠，籠亦不更廣，書生亦不更小，宛如與雙鵝並坐，鵝亦不驚。彥負籠而去，都不覺重。前行息樹下，書生乃出籠謂彥曰：「欲爲君薄設。」彥曰：「善」。乃口中吐出一銅奩子，奩子中具諸餚饌。………酒數行，謂彥曰：「向將一婦人自隨。今欲暫邀之。」彥曰：「善」。又於口中吐一女子，年可十五六，衣服綺麗，容貌殊絕，共坐宴。俄而書生醉臥，此女謂彥曰：「雖與書生結妻，而實懷外心，向亦竊將一男子同行，書生既眠，暫喚之，君幸勿言。」彥曰：「善」。女子于口中吐出一男子，年可二十三四，亦穎悟可愛，乃與彥敍寒溫。書生臥欲覺，女子口中吐一錦行障遮書生，書生乃留女子共臥。男子謂彥曰：「此女雖有情，心亦不盡，向復竊將一女人同行，今欲暫見之，願君勿洩。」彥曰：「善」。男子又于口中吐一婦人年可二十許，共讌酌，戲談甚久，聞書生動聲，男子曰：「二人眠已覺。」因取所吐女人，還納口中。須臾，書生處女乃出謂彥曰：「書生欲起」。乃吞向男子，獨對彥坐。然後書生起謂彥曰：「暫眠遂久，君獨坐，當悒悒耶？日又晚，當與君別」。遂吞其女子，諸器皿悉納口中，留大銅盤可二尺廣，與彥別曰：「無以藉君，與君相憶也。」彥大元中爲蘭臺令史，以銅盤餉侍中張散；散看其銘題，云是永平三年作。

中國小說史略說：「此類思想，蓋非中國所固有，段成式已謂出於天竺，酉陽雜俎續集貶誤篇云：『釋氏譬喻經云，昔梵志作術，吐出一壺，中有女子與屏，處作家室。梵志少息，女復作術，吐出一壺，中有男子，復與共臥。梵志覺，次第互吞之，柱杖而去。余以吳均嘗覽此事，訝其說以為怪也。』所云釋氏經者，即舊雜譬喻經，吳時康僧會譯，今尚存；而此一事，則復有他經為本，如觀佛三昧海經卷一說觀佛苦行時白毫相云：『天見毛內有百億光，其光微妙，不可具宣。于其光中，現化菩薩，皆修苦行，如此不異。菩薩不小，毛亦不大。』當又為梵志吐壺相之淵源矣。魏晉以來，漸譯釋典，天竺故事亦流傳世間，文人喜其穎異，於有意或無意中用之，遂蛻化為國有，如晉人荀氏作靈鬼志，亦記道人入籠子中事，尚云來自外國，至吳均記，乃為中國之書生。」

吳均此作，雖事有本，但情節較富變化，描寫也很細致生動。

列異傳三卷，隋志題魏文帝撰，兩唐志題張華撰，作者究竟是誰，已經不可考，或者兩人都不是；但宋裴松之三國志注，後魏酈道元水經注已引用此書，應該是魏、晉人的作品無疑。這部書已經亡佚，惟古籍中多有徵引，根據它的遺文來看，也是「以序鬼物奇怪之事」（隋志）為主。如：

神仙麻姑降東陽蔡經家，手爪長四寸。經意曰：「此女子實好佳手，願得以搔背。」麻姑大怒。忽見經頓地，兩目流血。（太平御覽三百七十）

武昌新縣北山上有望夫石，狀若人立者。相傳云，昔有貞婦，其夫從役，遠赴國難，婦攜幼子，餞送此山，立望而形化為石。（太平御覽八百八十八）

後者寫出了徭役所帶給人民的痛苦。

搜神後記十卷，題陶潛撰。中國小說史略說：「其書今具存，亦記靈異變化之事如前記，陶潛曠達，未必拳拳於鬼神，蓋僞託也。」

冥祥記十卷，王琰撰。王琰（生卒年不詳、約西元四七〇年前後在世）太原人，幼在交阯，受五戒。於宋大明七年（西元四六三）及齊建元元年（四七九）兩度受於觀音金像的靈異，因作此記。書已亡佚，但保存在法苑珠林及太平廣記中的遺文尚有不少，內容多爲敍述佛像佛經的靈異，可知它是一本宣傳佛教的書。

幽明錄三十卷，宋劉義慶撰。書也已經亡佚，但見於他書徵引的很多。內容大概和搜神記差不多，記述許多神奇鬼怪的故事。如焦湖廟祝一則：

宋世焦湖廟有一柏枕，或云玉枕，枕有小坼。時單父縣人楊林爲賈客，至廟祈求。廟巫謂曰：「君欲好婚否？」林曰：「幸甚。」巫卽遣林近枕邊。因入坼中，遂見朱樓瓊室，有趙太尉在其中，卽嫁女與林，生六子，皆爲秘書郎。歷數十年，並無思歸之志。忽如夢覺，猶在枕旁。林愴然久之。（太平廣記卷二百八十三）

幽明錄中劉晨阮肇共入天臺山一則，記載一個人仙戀愛的故事，在民間非常流傳。這本書似是編集前人的作品而成，不是劉義慶的自作。唐時盛行，劉知幾史通說「晉書多取之。」劉義慶的作品還有宣驗記三十卷，世說新語八卷。

引起我們興趣的是，在當日迷信思想盛行的社會裏，在道教，佛教編造大量鬼故事來嚇人的時候，却也出現了一些不怕鬼的故事，表現了民間對於鬼的幽默態度。例如：

南陽宗定伯年少時，夜行逢鬼，問曰，「誰？」鬼曰，「鬼也。」鬼曰，「卿復誰？」定伯欺之，言我亦鬼也。鬼問欲至何所，答曰欲至宛市，鬼言我亦欲至宛市。共行數里，鬼言步行大亟，可共迭相擔也。定伯曰大善。鬼便先擔定伯數里，鬼言卿大重，將非鬼也？定伯復言，我新死，故重耳。定伯因復擔鬼，鬼略無重。如是再三。定伯復言，我新死，不知鬼悉何所畏忌？鬼曰，唯不喜人唾……行欲至宛市，定伯便擔鬼至頭上，急持之。鬼大呼，聲咋咋索下。不復聽之，徑至宛市中，著地化爲一羊。便賣之。恐其便化，乃唾之，得錢千五百。（太平御覽八八四引列異傳）

搜神記中有好幾篇類似這樣的記載。幽明錄中的阮德如篇（太平御覽八八三引），記阮德如在廁所裏見到了一個「長丈餘，色黑而眼大」的鬼，並不害怕，笑著對鬼說：「人言鬼可憎，果然。」鬼就羞慚而退。像這樣的鬼倒頗知趣可喜了。

志怪小說對後世有很大的影響，唐代的傳奇就是在這個基礎上發展起來的。沈旣濟的枕中記，李公佐的南柯太守傳，就淵源於幽明錄的焦湖廟祝以及搜神記中盧汾夢入蟻穴的故事。我國宋代以後，以筆記的形式記神怪內容的小說，如宋徐鉉的稽神錄、洪邁的夷堅志，金元好問的續夷堅志，明瞿佑的剪燈新話，清蒲松齡的聊齋志異，紀昀的閱微草堂筆記，都和這時的志怪小說有一脈相承的關係。宋人平話中的「烟粉靈怪」故事也受到它的影響。如生死交范張雞黍，西湖三塔記等，就出自搜神記中相同題材的故事。志怪小說也給後世的戲曲和小說提供了豐富的素材：羅貫中的三國演義，馮夢龍的三言，都吸取了搜神記的若干材料；關漢卿的竇娥冤，馬致遠的劉晨阮肇誤入桃源，湯顯祖的邯鄲記、南柯記，則是搜神記「東海孝婦」、幽明錄「劉晨阮肇共入天臺山」、「焦湖廟祝」及搜神記「盧汾夢入蟻穴」的進一步發展。

第二節　軼事小說

魏晉南北朝小說除了志怪的內容以外，記錄人物軼聞瑣事的小說也很盛行，這和當時社會品評人物的清談風尚有密切的關係。中國小說史略說：「漢末士流，已重品目，聲名成毀，決於片言。魏晉以來，乃彌以標格語言相尚，惟吐屬則流於玄虛，舉止則故爲疏放，與漢之惟俊偉堅卓爲重者，甚不侔矣。………世之所尚，因有撰集，或者掇拾舊聞，或者記述近事，雖不過叢殘小語，而俱爲人間言動，遂脫志怪之牢籠也。」扼要地說明了軼事產生和興盛的原因。

魏晉的軼事小說，較早的有託名漢劉歆的西京雜記，據唐書經籍志著錄，實爲西晉葛洪所撰。葛洪（生卒年不詳）字稚川，丹陽句容（今江蘇句容縣）人。喜好神仙導引之術。晉惠帝太安年間，官伏波將軍，因爲平賊有功封關內侯。干寶與他是好友，推崇他「才堪國史」。他聽說交阯地方出產丹砂，就請求做勾漏令，行至廣州，爲刺史所留，就留在羅浮山煉丹。年八十一，兀然若睡而卒。

西京雜記的內容很龐雜，記述西漢的宮室制度，風俗習慣以及一些怪異的傳說，人物軼聞只是其中的一部分，文筆則頗爲簡潔典雅。王嬙一篇，寫毛延壽索賄不得，故意把王嬙的圖像畫醜，使她不能得到漢元帝的召幸，最後遠嫁匈奴。這個故事，是後世戲曲小說常常描寫的題材。鷫鸘裘一篇，寫司馬相如和卓文君在成都當壚賣酒、使卓王孫覺得羞恥，而分錢財給他們。寫得很生動，在民間極爲流傳。

純粹寫人物言行軼事的小說，最早的作品是東晉裴啓的語林，後來有郭澄之的郭子、宋劉義慶的世說新語、梁沈約的俗說、殷芸的小說等。其中世說新語是一部集大成的著作，保存的也比較完整，其他的原書都已亡佚，只有一些遺文保存在類書中。

世說新語的編撰人劉義慶（西元四〇三—四四四），彭城（今江蘇銅山縣）人，是劉宋王朝的宗室，襲封臨川王。宋書臨川烈武王道規傳說他「爲性簡素，寡嗜欲。愛好文義，文辭雖不多，然足爲宗室之表。……招聚文學之士，近遠必至。」世說新語可能就是他和手下文人雜采衆書編纂潤色而成。書原來是八卷，梁代劉孝標作注時，擴充爲十卷，趙宋初年，此書頗多譌亂，晏殊曾經加以校定，去其重複，後來又經董弅的刪定，刻成三卷的本子，流傳至今。書名原來叫做世說，梁、陳以後或稱爲世說新書，至於世說新語的名稱，最早見於唐代劉知幾的史通（見四部備要蒲氏重校本雜說中），而流行於宋代，從此以後，就成爲它的定名。劉孝標爲它所作的注非常淵博，引用古書多達四百餘種，更加豐富了這部書的內容。而且這四百多種書，大部分現在都已經亡佚，劉注所保存的這些資料，非常可貴。

世說新語主要記載漢末至東晉間文人名士的言行軼事，尤詳於東晉。全書按內容分類繫事，計有德行，言語、政事，文學等三十六篇。它的大部分篇幅是描寫「魏晉風度」、「名士風流」，作者以一種欣賞讚美的態度，描述了魏晉以來一些人的高超方正的行爲、放盪不羈的舉止、曠達不凡的胸襟、秀美雋爽的姿容、散朗飄逸的風神，以及機警多鋒或者簡約有味的言語等，如：

荀巨伯遠看友人疾，値胡賊攻郡；友人語巨伯曰：「吾今死矣，子可去！」巨伯曰：「遠來相視，子令吾去；敗義以求生，豈荀巨伯所行邪？」賊既至，謂巨伯曰：「大軍至，一郡盡空，汝何男子，而敢獨止？」巨伯曰：「友人有疾，不忍委之，寧以我身代友人命！」賊相謂曰：「我輩無義之人，而入有義之國。」遂班軍而還。一郡並獲全。（德行）

王含作廬江郡，貪濁狼籍。王敦護其兄，故於衆坐稱：「家兄在郡定佳，廬江人士咸稱之。」時何充爲敦主簿，在坐，正色曰：「充卽廬江人，所聞異於此！」敦默然。旁人爲之反側，充晏然神意自若。（方正）

張季鷹縱任不拘，時人號爲江東步兵。或謂之曰：「卿乃可縱適一時，獨不爲身後名邪？」答曰：「使我有身後名，不如卽時一桮酒！」（任誕）

王子猷居山陰，夜大雪，眠覺，開室，命酌酒，四望皎然。因起彷徨，詠左思招隱詩；忽憶戴安道。時戴在剡，卽便夜乘小船就之，經宿方至，造門不前而返。人問其故？王曰：「吾本乘興而行，興盡而返，何必見戴！」（任誕）

過江諸人，每至暇日，輒相邀出新亭，藉卉飲宴。周侯中坐而歎曰：「風景不殊，舉目有江河之異！」皆相視流淚。唯王丞相愀然變色曰：「當共勠力王室，克復神州，何至作楚囚相對泣邪？」（言語）

張季鷹辟齊王東曹掾，在洛，見秋風起，因思吳中菰菜、蓴羹、鱸魚膾，曰：「人生貴得適意爾！何能羈宦數千里以要名爵？」遂命駕便歸。俄而齊王敗，時人皆謂爲見機。（識鑒）

嵇康身長七尺八寸，風姿特秀。見者歎曰：「蕭蕭肅肅，爽朗清舉。」或云：「肅肅如松下風，高而徐引。」山公曰：「嵇叔夜之為人也，巖巖若孤松之獨立；其醉也，傀俄若玉山之將崩。」（容止）

裴令公有儁容姿，一旦有疾至困，惠帝使王夷甫往看；裴方向壁臥，聞王使至，强回視之。王出，語人曰：「雙眸閃閃，若巖下電；精神挺動，體中故小惡。」（容止）

公孫度目邴原：「所謂雲中白鶴，非燕雀之網所能羅也。」（賞譽）

王戎云：「太尉神姿高徹，如瑤林瓊樹，自然是風塵外物。」（賞譽）

孔文舉年十歲，隨父到洛；時李元禮有盛名，為司隸校尉；詣門者皆儁才清稱，及中表親戚乃通。文舉至門，謂吏曰：「我是李府君親。」既通，前坐。元禮問曰：「君與僕有何親？」對曰：「昔先君仲尼，與君先人伯陽，有師資之尊；是僕與君奕世為通好也。」元禮及賓客莫不奇之。太中大夫陳煒後至，人以其語語之。煒曰：「小時了了，大未必佳！」文舉曰：「想君小時必當了了！」煒大踧踖。（言語）

顧悅與簡文同年，而髮蚤白。簡文曰：「卿何以先白？」對曰：「蒲柳之姿，望秋而落；松柏之質，凌霜猶茂。」（言語）

衞洗馬初欲渡江，形神慘悴；語左右云：「見此芒芒，不覺百端交集；苟未免有情，亦復誰能遣此！」（言語）

竺法深在簡文坐，劉尹問：「道人何以游朱門？」答曰：「君自見其朱門，貧道如游蓬戶。」（言語）

大體說來，劉義慶所極力肯定的言行就是這些。不過對於嵇康、阮籍等人蔑視禮法的狂放不拘的言行，並不太稱許，所以把它們列在簡傲，任誕等篇中。又在德行篇中記樂廣批評王平子、胡母彥國等人脫衣裸體的放蕩行爲時說：「名教中自有樂地，何爲乃爾也？」也可以看出作者的立場。

在世族崇淸談遺落世事的風氣裏，世說新語也記錄了一些看重事功，反對淸談的事例。如：

丞相（王導）嘗夏月至石頭看庾公（庾冰），庾公正料事；丞相云：「暑，可小簡之。」庾公曰：「公之遺事，天下亦未以爲允。」（政事）

王（濛），劉（惔）與深公共看何驃騎（充），驃騎看文書不顧之。王謂何曰：「我今故與深公來相看，望卿擺撥常務，應對共言；那得方低頭看此邪？」何曰：「我不看此，卿等何以得存？」諸人以爲佳。（政事）

世說新語有一些記載，暴露了豪門士族窮奢極欲的生活，如汰侈篇記石崇和王愷鬥富的情形：

王君夫以粭糒澳釜，石季倫用蠟燭作炊；君夫作紫絲布步障碧綾裏四十里，石崇作錦布障五十里以敵之；石以椒爲泥泥屋，王以赤石脂泥壁。

石崇與王愷爭豪，並窮綺麗，以飾輿服。武帝，愷之甥也，每助愷，嘗以一珊瑚樹，高二尺許賜愷，枝柯扶疎，世罕其比。愷以示崇。崇視訖，以鐵如意擊之，應手而碎。愷既惋惜，又以爲疾己之寶，聲色方厲。崇曰：「不足恨，今還卿。」乃命左右悉取珊瑚樹有三尺四尺，條榦絕俗，光采溢目者六七枚；如愷許比者甚衆。愷惘然自失。

石崇的豪富連帝王家都比不上，而大肆揮霍的奢侈舉動更令人吃驚。又有一些記載暴露了貴族豪門的凶殘暴虐：

石崇每要客燕集，常令美人行酒，客飲酒不盡者使黃門交斬美人。王丞相與大將軍嘗共詣崇，丞相素不能飲，輒自勉彊，至於沈醉。每至大將軍，固不飲，以觀其變。已斬三人，顏色如故，尚不肯飲。丞相讓之。大將軍曰：「自殺伊家人，何預卿事！」（汰侈）

石崇的凶暴，王敦的殘忍，眞是駭人聽聞。儉嗇篇中有幾則關於王戎的記載，其人的貪婪鄙吝，也頗使人驚異：

司徒王戎，既貴且富，區宅僮牧，膏田水碓之屬，洛下無比。契疏鞅掌，每與夫人燭下散籌算計。

王戎有好李，常賣之，恐人得種，恒鑽其核。

王戎女適裴頠，貸錢數萬，女歸，戎色不悅，女遽還錢，乃懌。

這些記載，都有助於我們對那個時代士族階層另一面的了解。

世說新語在藝術上具有較高的價值。中國小說史略說它「記言則玄遠冷峻，記行則高簡瑰奇」，道出了本書藝術上的總特性。

世說新語善長通過人物行為的細節描繪，來突出他的性格，效果非常動人，如：

王藍田性急，嘗食雞子，以筯刺之，不得，便大怒，舉以擲地；雞子於地圓轉未止，仍下地以屐齒蹍之，又不得，瞋甚；復於地取內口中，齧破卽吐之。（忿狷）

通過王藍田吃雞子的幾個小動作，把他急躁易怒的性格，繪聲繪色地刻畫出來了。世說新語記人物的言行時，能夠活現人物的精神語態如：

王丞相拜揚州，賓客數百人並加霑接，人人有悅色；唯有臨海一客姓任，及數胡人未洽。公因便還，到過

> 任邊云：「君出，臨海便無復人。」任大喜悅。因過胡人前彈指云：「蘭闍，蘭闍。」群胡同笑，四坐並懽。（政事）

文字並不多，但把王導的善於周旋，使滿座皆歡的情況，活現在紙上。

世說新語還善於用對比的手法，來突出人物的性格的不同，如德行篇記管寧割席的故事：

> 管寧，華歆共園中鋤菜，見地有片金，管揮鋤與瓦石不異，華捉而擲去之。又嘗同席讀書，有乘軒過門者，寧讀書如故，歆廢書出看。寧割席分坐曰：「子非吾友也！」

又如雅量篇記桓溫欲殺謝安、王坦之：

> 桓公伏甲設饌，廣延朝士，因此欲誅謝安、王坦之。王甚遽，問謝曰：「當作何計？」謝神意不變，謂文度曰：「晉阼存亡，在此一行！」相與俱前。王之恐狀，轉見於色；謝之寬容，愈表於貌；望階趨席，方作「洛生詠」，諷「浩浩洪流」。桓選其曠遠，乃趣解兵。王謝舊齊名，於此始判優劣。

管，華品格的高下，謝，王器度的優劣，表面上無所臧否，而骨子裏却有褒貶。這種「皮裏陽秋」的手法，世說新語中運用的相當巧妙。

世說新語的文字以簡麗含蓄，雋永傳神取勝。明胡應麟少室山房筆叢說：「讀其語言，晉人面目氣韻，恍然生動，而簡約玄澹，眞致不窮。」就其中一些優秀篇章的藝術成就說，這評語是確切的。

世說新語是我國記敘軼聞雋語的筆記小說的前驅，也是後世小品文的典範，對後世的文學有深遠的影響。唐王方慶的續世說新語，宋王讜的唐語林，孔平仲的續世說，明何良俊的何氏語林，李紹文的明世說新語，焦竑的類林，馮夢龍的古今譚概，清吳肅公的明語林，章撫公的漢世說，李清的女世說、顏從喬的僧世說，王晫的今世說，汪琬的說鈴等，都是模仿它的作品。世說新語中有許多故事或成爲詩文中的典故，或成爲戲劇家小說家創作的素材。如元關漢卿的玉鏡臺、秦簡夫的剪髮待賓、明楊愼（或題許時泉）的蘭亭會等戲，都是從世說新語中的故事發展出來的；禰衡擊鼓罵曹、周處除三害的故事，至今還常在舞台上演出。而楊修解「黃絹幼婦」之辭，曹操叫士兵「望梅止渴」和曹植七步成詩等故事，也都爲羅貫中寫進三國演義而成爲生動的情節。其他如「謝女詠雪」、「子猷訪戴」等故事，都成了後世詩文常用的典故。

魏晉南北朝時期，還產生了一些記述詼諧言行而富有諷刺意味的笑話小說，如笑林，解頤，啓顏錄等，是後來笑林廣記一類的淵源。

笑林是我國最早的笑話集，所記都是當時流行的笑話，原書三卷，已經亡佚，在太平廣記等書中還可以看到二十多則。作者邯鄲淳，一名竺，字子禮，潁川人。少有異才，漢桓帝元嘉元年（西元一五一）曾爲曹娥作碑文，操筆立成，無所點定，於是有名於當時。魏文帝黃初初（約二二一）曾官博士給事中，時年已九十餘。

魯有執長竿入城門者，初，豎執之不可入，橫執之不可入，計無所出。俄有老父至曰：「吾非聖人，但見事多矣，何不鋸中截而入！」遂依而截之。（太平廣記二六二引）

甲與乙爭鬥，甲齧下乙鼻。官史欲斷之，甲稱乙自齧落。吏曰：「夫人鼻高而口低，豈能就齧之乎？」甲曰：「他踏床子就齧之。」（同上）

解頤二卷，楊松玢撰，書已亡佚，遺文亦一字不存。

啓顏錄二卷，侯白撰。侯白（生卒年不詳）字君素，魏郡人。好學有捷才，好爲詼諧雜說，人多愛狎之。隋文帝時曾於秘書修國史，文帝每次想升他的官，都以爲他「不勝官」而止。後來給他五品食，月餘而死。時人都傷其薄命。啓顏錄今已亡佚，但太平廣記中引用甚多，看它的遺文，上取子史中的舊文，近記一己的言行，所記事情比較浮淺，又喜歡用鄙言調謔人，不免流於輕薄。它和笑林相比，文字內容都有雅俗的不同。笑林是專供士大夫的賞玩而作，啓顏錄則已進入平民文學之林了。

嚴格的說，魏晉南北朝的小說還不能說是眞正的小說，因爲眞正的小說，應該具備完整的故事，嚴密的佈局，正確的主題，人物的刻畫以及文學的趣味等條件，缺一不可。但是沒有魏晉南北朝的醞釀，就不可能出現唐以後小說的光輝燦爛的局面，它引導啓發的功勞，是非常重要的。

第四編　隋唐五代文學

第一章　隋代文學

第一節　隋代文學概述

隋文帝楊堅本是北周的一名大臣，封爲隋公。後廢北周君主自立，改國號爲隋。他在開皇九年（五八九），滅陳，結束了分崩離亂四百年之久的南北朝，統一了中國。於是開啓了隋唐大統一的盛世。但隋代的國祚太短，僅歷文帝、煬帝、恭帝三世，到宇文化及弒煬帝、恭帝降唐，旋亡（六一八），前後共二十九年。

隋代文學，上承南北朝宮體文學的餘緒，猶存浮華輕靡的文風。在當時文壇上雖有轉變的趨勢，由於隋文帝崇尚樸質，厭惡浮華，他想轉變六朝唯美的風尚，但當時的作家，大半是南北朝的舊人，受南朝文風的影響至鉅，一時不容易改革文風。就以李諤爲例來說吧，當時他想配合隋文帝的提倡簡樸文風，嘗上書論文體，想糾正輕薄爲文的風氣。他在上隋文帝書上說：

「江左齊梁，其弊彌甚。貴賤賢愚，惟務吟咏，遂復遺理存異，尋虛逐微。競一韻之奇，爭一字之巧。連篇累牘，不出月露之形；積案盈箱，唯是風雲之狀。世俗以此相高，朝廷據茲擢士；祿利之路既開，愛尚之情愈篤。於是閭里童昏，貴游總丱，未窺六甲，先製五言。至如羲皇舜禹之典，伊傅周孔之說，不復關心，何曾入耳。」

他極力排斥南朝華靡文風的不是，主張淸新剛健、懷經抱質的文章，可是他的這篇上書，也是用華麗的駢體文寫成的。因此，隋文帝雖想矯正當時文體輕薄的風氣，但效果不大，僅止於官府的詔令公文而已，對當時的文體並沒有多大的改變。

到隋煬帝（楊廣）時，他個人喜愛南方文學，把北方剛貞之氣與南方綺靡之風融和，於是淸綺的文風又生，隋代文學，便籠罩在梁、陳金粉文學的風氣下，不易轉變。隋書文學傳云：

「高祖（指楊堅）初統萬機，每念斲彫爲樸，發號施令，咸去浮華。然時俗詞藻，猶多淫麗，故憲臺執法，屢飛霜簡。煬帝初，習藝文，有非輕側之論，曁乎卽位，一變其風，其與越公書、建東都詔、冬至受朝詩，及擬飲馬長城窟，並存雅體，歸於典制，雖意在驕淫，而詞無浮蕩，故當時綴文之士，遂得依而取正焉。」（卷七十六）

這是隋代文學的概說。雖然文帝有意轉變文風，但南朝輕靡的文風尙在，一時難以排除浮華；繼而煬帝又崇尙宮體之類的金粉文學，於是隋朝一代文學，又籠罩在六朝唯美文學的風氣下，缺少新時代的氣象。

隋末，大儒王通極力排除南朝文學，認爲「古之文也約以達，今之文也繁以塞」，而主張文章必須貫道濟義。他在中說天地篇云：

「子曰：學者，博誦云乎哉，必也貫乎道。文者，苟作云乎哉，必也濟乎義。」

並且在事君篇中，大事指責六朝作家爲「小人」，他說：

「謝靈運小人哉！其文傲；君子則謹。沈休文小人哉！其文治；君子則典。鮑照江淹，古之狷者也，其文急以怨。吳筠孔珪，古之狂者也，其文怪以怒。謝莊王融，古之纖人也，其文碎。徐陵庾信，古之夸人也，其文誕。」

王通只是以儒家的眼光來批評唯情唯美的六朝文學，因此六朝的作家沒有一個合乎貫道濟義的標準，便被責爲狂狷小人了。王通，隋書無傳，爲唐初王績的哥哥，在舊唐書王績傳中提到：「通，字仲淹，隋大業中名儒，號文中子。」著有中說十卷。王通是隋代的思想家，不是文學家，他雖然有「貫道濟義」的理論，但沒有作品來實踐他的理想，因此在當時文壇上並未起作用，一直到中唐韓愈的崛起，才被人注意，而視爲古文運動的先驅之一。

隋代二十九年的歷史中，在文學上的成就，只有詩歌較爲出色而已，至於駢文，也缺乏大家，大抵國祚太短的緣故吧！

第二節　隋代詩歌

隋代詩歌，以樂府詩爲主流，他們的作品，繼承六朝長江流域的民歌之後，題材仍以戀歌爲主。詩人的作品，除了在文帝時寫了一些邊塞詩以外，大都是模仿江南的淸商曲，寫些吳聲歌曲、西曲歌之類的樂府舊題，依然翻不出梁陳宮體詩的範疇。

隋文帝不好詩歌，但他的兒子煬帝（五六九—六一六），卻尚侈靡，好遊樂，所以詩歌，尤趨豔麗，曾仿陳後主所作的春江花月夜，有詩二首：

暮江平不動，春花滿正開；流波將月去，潮水帶星來。

夜露含花氣，春潭瀁月暉；漢水逢遊女，湘川值兩妃。

隋煬帝的性情，與陳後主相近，浮華奢侈，所行無道。卽位後，大興土木，開運河，南巡至江都。他曾作江都宮樂府歌：

揚州舊處可淹留，臺榭高明復好遊；風亭芳樹迎早夏，長皋麥隴送餘秋。淥潭桂檝浮靑雀，果下金鞍躍紫騮；綠觴素蟻流霞飲，長袖淸歌樂戲州。

這是一首七言律體的詩，開初唐沈宋體律化的先聲。

隋初，詩人好作邊塞詩，如楊素、薛道衡、虞世基、盧思道等，均有是作，一時給隋代詩歌帶來新風氣。但他們只是當和答的樂府詩來寫，而不是塞外生活的寫照，缺乏眞實的生活體驗，於是這類邊塞詩僅算是樂府詩的一格罷了。隋代著名的詩人，除了上述的四人外，尚有王胄、虞茂、許善心等詩人。今擇其可爲代表的數家於下：

楊素（五四四—六〇六），字處道，弘農華陰人。他是隋代的開國大臣，與盧思道、薛道衡等原是北朝的詩人。入隋後曾任右僕射，掌朝政，大業初，爲尚書令。他曾領兵塞上，與突厥作戰，而寫出塞兩首，其一爲：

漢虜未和親，憂國不憂身。……荒塞空千里，孤城絕四鄰；樹寒偏易古，草衰恆不春。交河明月夜，陰山苦霧辰。雁飛南入漢，水流西咽秦。風霜久行役，河朔備艱辛。薄暮邊聲起，空飛胡騎塵。

詩中寫邊塞之景，河朔戍守的艱辛，是隋代邊塞詩中，頗爲出色的作品。其後又有入塞、長安道等作，是行旅的詩。他與薛道衡、虞世基等友善，出塞詩並得到他們的酬和。晚年尚有贈薛播州（指薛道衡）十四首，敍述自己的身世，末以感念知音的相遇爲結，北史稱其詩「詞氣穎拔，風韻秀上」。薛道衡未及奉和，未幾，楊素已卒。

薛道衡（五三九—六〇九），字玄卿，河東汾陰（今山西省榮河縣北）人。曾仕北齊北周，入隋，任內史，襄州總管、播州刺史等職，因論時政迕逆煬帝，被害。他是隋代最出色的詩人，昔昔鹽一詩，稱譽當時：

垂柳覆金隄，蘼蕪葉復齊；水溢芙蓉沼，花飛桃李蹊。採桑秦氏女，織錦竇家妻。關山刖蕩子，風月守空閨。恆斂千金笑，長垂雙玉啼。盤龍隨鏡隱，彩鳳逐帷低。飛魂同夜鵲，倦寢憶晨雞。暗牖懸蛛網，空梁落燕泥。前年過代北，今歲往遼西。一去無消息，那能惜馬蹄。

昔昔鹽是樂府題，相當於夕夕豔，也就是夜夜曲的意思。詩中借思婦懷念征人，是齊梁宮體詩的風格。其次，他的小詩很清麗。如人日思歸：

入春纔七日，離家已二年；人歸落雁後，思發在花前。

又如夏晚：

流火稍西傾，夕影遍曾城；高天澄遠色，秋氣入蟬聲。

不論道情寫景。如子夜歌、華山畿之類，都能截然而絕，猶有餘意。

虞世基（？—六一六），字茂世，會稽餘姚（今浙江省紹興縣）人。與弟虞世南並有才名，文章婉麗。曾作出塞兩首，以和楊素，詩中有「懍懍邊風急，蕭蕭征馬煩。雪暗天山道，冰塞交河源。霧烽黯無色，霜旗凍不翻。耿介倚長劍，日落風塵昏」等句，寫塞上的景色，邊城的苦寒，守邊的壯志，也有悲壯的氣象。他的小詩，如初渡江、零落桐、晚飛烏等，有南朝清商曲的餘韻。

其次，如王胄、丁六娘的小詩，帶有江南民歌的色彩，穠麗可愛。例如：

柳黃知節變，草綠識春歸；復道含雲影，重簷照日輝。

御柳長條翠，宮槐細葉開；還得聞春曲，便逐鳥聲來。（王胄棗下何纂纂二首）

長途望無已，高山斷還續；意歌此念時，氣絕不成曲。（王胄燉煌樂）

裙裁孔雀羅，紅綠相參對。映以蛟龍錦，分明奇可愛。粗細君自知，從郎索衣帶。

爲性愛風光，偏憎良夜促。曼眼腕中嬌，相看無厭足。懽情不耐眠，從郎索花燭。（丁六娘十索四首中的一二首）

隋朝詩人中，約可分爲兩大類，如楊素、薛道衡、盧思道等，生活在北方，也在北朝任過官職，入隋後，雖受南朝文風的影響，但所作古詩較多，偶流於綺靡，也較清麗。如虞世基、何妥、王胄等，本生在江南，也在南朝任職，入隋後，依然保持輕側浮豔的色彩，而缺少清新剛健的氣息。然而就整個詩風而言，仍是唯美文風當令，僅隋初的一些邊塞詩，帶來一些清新剛健之風而已，而隋代詩歌，只能算齊梁詩進入唐詩的過渡。

第二章 唐代詩歌（上）

第一節 唐代文學概述

唐朝從高祖（李淵）的開國（西元六一八），到昭宣帝（李祚）的被廢（西元九〇七），唐亡，其間共兩百八十九年；也就是由七世紀初葉，到十世紀初葉，史家稱這段時期爲唐代。

唐朝是個空前隆盛的時代，由高祖取得帝位，經太宗（李世民）的完成帝業，高宗（李治）、玄宗（李隆基）的經營，前後出現了貞觀和開元之治，是我國歷史上有名的盛世，可與漢代的文景之治相輝映。觀唐代興盛的原因，是唐太宗把北方的吏治武力和南方的文學結合，造成更高、更合理的政權。隨着唐代政治的休明，社會經濟的繁榮，國力強大，從太宗到玄宗的東征西討，所向無敵，勢力所及，使西域諸國，紛紛歸附。於是盛唐的版圖，東北至朝鮮半島，西至葱嶺以西的中亞，南至印度支那，北至蒙古，是當時世界上最大最富強的帝國。唐朝在邊境上設置了六個都護府，使邊境安靖，促進了胡漢民族的融和，文化的交流，造成唐代的文教與武治，都達到全面繁榮昌盛的階段。從唐人的應制詩和邊塞詩，「九天閶闔開宮殿，萬國衣冠拜冕旒。」（王維和賈舍人早朝大明宮之作）「摐金伐鼓下榆關，旌旆逶迤碣石間。」（高適燕歌行）可以看出唐代盛世博大的氣象。

唐玄宗末葉，由於國家太平日久，玄宗對於朝政的措施日漸鬆懈；加以寵幸楊貴妃，造成楊國忠的弄權，官軍兩度的征南詔遭到敗績，折兵十餘萬。天寶十四載（西元七五五），安祿山以藩鎭的勢力，擁兵近二十萬，趁機叛亂，直撲長安，使官軍無法抵禦，遭致長安的淪陷。唐室經安史之亂後，昔日的光輝，便趨於沒落。

唐代經安史之亂的破壞，國力受損甚鉅，前後經九年，總算將安史之亂平定。但唐室借外兵以平內亂，招致代宗時回紇、吐蕃的入寇。於是民生凋弊，社會制度遭到破壞。到了憲宗時，藩鎭的勢力總算剷平，外患也漸次平息，中唐呈現中興的氣象。在文學藝術上，也配合了時代的潮流，要求道德的重整，社會秩序的恢復，於是在散文方面，有韓愈、柳宗元的古文運動；在詩歌方面，有李紳、白居易、元稹等的新樂府運動。他們針對時代的需要，提出載道文學的理想，要求作品合乎寫實、諷諭的精神，以佐助教化，改革社會的風氣。他們一方面尋繹傳統文學的根源，另一方面開展新文學的枝葉，造成中唐文學的新風氣、新面貌。

在古文運動的影響下，促成中唐傳奇小說的興盛。唐人傳奇小說，淵源於六朝的志怪小說。初、盛唐時期的傳奇，並不發達；到了中唐，受古文運動的鼓蕩，視野開濶，不再偏限於神怪志異的範圍，無論是歷史故事，傳奇人物，或是文人和妓女的愛情故事，士子追求功名的夢想和反省，都可進入傳奇小說的題材中。加以中唐以後，都市的繁榮，社會生活的複雜，文人更積極地表現了現實生活的色彩，造成唐人傳奇小說內容的多樣性，而使我國短篇小說的發展，更趨於成熟。

唐代之所以富盛和強大，在思想上，除了肯定儒家學術思想的地位外，對於道教和佛教，也能加以融和、接納。唐代的宰相名臣，多長於儒學經術，而帝王皇室，對道教、佛教的提倡，也不遺餘力。因此，王侯皇族、官員文士，與女冠道士或女尼和尚往來的，也很普遍。在民間佛教的盛行，寺廟中時有講唱民間故事或佛經故事的風氣，於是產生了變文。清光緒二十五年（西元一八九九），敦煌變文的發現，使後人瞭解唐代民間講唱文學的特質。

其次，唐代都市的繁榮，音樂特別發達，青樓茶館流行的歌曲，街陌里閭的夷歌胡樂，甚爲盛行。隨着唐代對外交通的頻繁，商旅所到之處，歌聲亦隨之傳播。因此唐代的聲詩特別發達，無形中支持了唐詩的繁榮；同時，民間歌唱的曲子詞，也影響了詞的發生。今人發現的敦煌曲子詞五百多首，便是中晚唐時期流行民間的歌謠，它不但反映了唐代民間生活的一般現象，而對於詞的發生，有着更深遠的影響。

晚唐時期，由於黨爭和藩鎮割據的局面越來越嚴重，文化經濟逐步遭到破壞，當時的進士文人，也走上浮華輕薄的風氣，於是綺靡的文風再開。而民間賦稅的加重，經濟枯竭，於是流寇蠭起，黃巢之亂，終於致唐室傾覆。藩鎭節度使的割據，於是造成五代十國的紛爭，又使中國陷於離亂之中。

唐代畢竟是個盛世，由於國力的強大，在藝術上的表現，氣象旁礴，成就非凡，不論是長安的建築，敦煌的壁畫，千佛山的雕刻，唐人的飲食、服飾，以及唐代的詩歌、古文、傳奇小說、傳經俗講的變文等，至今猶爲世人所共珍。這些藝術作品，表現了唐人的智慧和無比的創造力，如日月光華，永照千古。

第二節　唐詩興盛的原因和社會背景

唐代是我國詩歌的黃金時代。唐詩精美，人人喜愛，是我國最好的文學遺產之一，也是世界文學的瓌寶，詩歌是文學之花，造成唐詩的繁花簇錦的原因，固然是文學本身發展的結果；另一方面，也是決定於文學發展的社會基礎和歷史條件。探討唐詩興盛的因素，約有數端，今分述如下：

㈠文體的因素：唐代詩人輩出，詩體也是自由的、多樣的。由於詩體的自由和多樣，使詩人們複雜的情感，豐富的想像，不同的生活，才能跑到詩裏去。唐人繼承漢魏六朝詩的體式和精神，又開拓了詩體的領域，於是無論古體詩、近體詩、樂府詩，都得到高度的發展。

在古體詩方面，唐人並不放棄古人作詩的方法，仍大量製作古體詩，漢魏六朝的五言古詩，可說是已居成熟的階段，就如梁鍾嶸詩品所說的：

「夫四言文約意廣，取效風騷，便可多得，每苦文繁而意少，故世罕習焉。五言居文詞之要，是衆作之有滋味者也。」

唐人承受前人作詩的風格和精神，加以發揮，由於應試的關係，文人更是普遍地寫五言古詩，當時便有「丹霄路在五言中」的諺語。在唐代詩人中，如初唐四傑、李白、杜甫、王維、韋應物等，都不乏五古優秀的作品，孟浩然的五古清新脫俗，劉長卿更有「五言長城」的美譽。大抵唐人沿前朝的詩體向前再推進一步，因此五言古詩流行於初唐和盛唐。其次，唐人在七言古詩上的努力，得到新的發展，他們在詩界新領域上的成就，更是超越前代。在魏晉南北朝間，七言詩不及五言詩那麼流行，到隋唐後，七言詩才被詩人大量的製作，於是七言古詩成熟於唐代。

與古體詩相對待的是近體詩。近體詩的形成，是由齊永明間沈約和周顒的「聲律說」所引起，寫詩著重四聲八病，雙聲疊韻等技巧的運用，加以受六朝清商曲—吳歌與西曲的影響，造成小詩的勃興，所以在六朝末葉，絕句和律詩已略具雛型。清王闓運的八代詩選卷十二至十四，專選齊到隋百餘年中稍有格律的詩，名之爲「新體詩」。在王闓運前兩百年，王夫之的古詩評選中，第三卷名之爲「小詩」，第六卷名之爲「近體」，可視爲「新體詩」名稱的演進。「小詩」爲絕句的前身，「近體」爲律詩的前身，而「新體詩」實已包括了小詩和近體。

入唐後，詩壇仍承齊梁的餘風，有以「綺錯婉媚爲本」的上官體，在詩苑類格上載有上官儀的「詩有六對」說：

「一曰正名對，天地日月是也；二曰同類對，花葉草芽是也；三曰連珠對，蕭蕭赫赫是也；四曰雙聲對，黃槐綠柳是也；五曰疊韻對，傍徨放曠是也；六曰雙擬對，春樹秋池是也。」

文心雕龍的四對，以及上官儀的六對，對律詩的形成不無影響。其後繼起的，是沈佺期、宋之問，初唐四傑等人，他們脫離了宮庭貴族文學的領域，使詩歌的內容，走向民間眞實情感的抒吐，由於清新剛健的詩風，掩蓋了齊梁綺靡的餘緒，開拓了唐詩三百年的盛業，建立新體詩的格律，其功是不可磨滅的。所以律詩在沈、宋時，已成定體，到盛唐才由五言推展成爲七言，然後在李白、杜甫的手中，律詩才臻於成熟完備的境域。

在樂府詩方面，樂府詩，又稱歌行體。唐詩發展到盛唐，各體已具，且波瀾壯濶。唐代民間歌謠興盛，樂府詩也特別發達，文人仿製民間歌謠的作品也特別多，促成了唐詩的鼎盛。大曆、元和年間的詩人，若想在詩壇上立一席地位，不得不另闢蹊徑，於是沿着陳子昂的「漢魏風骨」到杜甫的「因事立題」，然後到元和年間，元稹、白居易等提倡「歌詩合爲事而作」的新樂府運動，便應運而生。其次劉禹錫、張籍、王建等，也是這一運動中的重要作家。新樂府是從樂府舊題中蛻變而成的新詩體，它有三大特色：第一是採用新題，卽事名篇。第二是寫時事而有所諷諭。第三是不入樂的歌行體，只可徒誦。中唐的新樂府運動，再度給唐詩帶來新的高潮、新的境界。

唐人在詩體上的表現，是多樣性的、自由性的、開放性的，他們除了完成五言、七言的古體詩外，更完成了在字數、句數、平仄、用韻上均有一定規則的五言、七言絕句和律詩，以區別於古體詩，名之爲近體詩。同時他們向民歌吸取養分，用樂府詩來寫古詩或絕律，更開展了新樂府，在詩體上開闢了新天地。

詩歌的本身，也有生命，由於詩體本身的發展，促成了唐詩的興盛，唐詩繼承了漢魏六朝的餘風，更展現了輝煌的生命，不管古體、近體、樂府、歌謠、五言、七言，繁絃雜管，都得到完美的發展。進而下開五代、兩宋的詩風，使我國詩歌淵遠流長，萬世不竭。

㈡音樂的因素：唐人是愛好歌唱的民族，也是充滿活力的民族，他們借歌聲表現多彩的生活、博大的胸襟，利用歌聲，展望未來的世界，開拓心靈的宇宙。一般人提到唐詩，都偏重在文字意義上的探究，而忽略了音樂的成分。本來詩歌就是「音樂文學」，文字的部分，是詩歌中的曲辭，音樂的部分，是詩歌中的曲調，兩者密切的結合在一起，而構成綜合性的藝術。讀唐人崔令欽的敎坊記，宋王灼的碧雞漫志，敦煌發現的敦煌曲子詞，才明瞭民間的俗樂、民歌，才是唐詩的根源；民間的歌謠，人們普遍的愛好音樂，是一股無比的力量，支持着唐詩的繁榮和壯大。

據唐書音樂志的記載，唐代在民族音樂的基礎上，繼承了六朝的舊曲，還大量吸收外來的音樂，建立了十部樂曲，包括清商樂、西涼樂、天竺樂、高麗樂、胡旋樂、龜茲樂、安國樂、疏勒樂、康國樂、高昌樂，統稱爲「燕樂」。燕樂便是流傳朝野的俗樂，用於燕饗、助興的娛樂品，與用於廟堂祭祀的雅樂相對待。在十部曲中，清商樂是本土發生的歌謠，其中淵源於前朝的俗樂舊曲，在宋郭茂倩樂府詩集卷四十四至卷五十一中，仍收錄有唐人的仿作，如李白的子夜四時歌、張若虛的春江花月夜、白居易的烏夜啼、張祜的讀曲歌，都是沿用六朝的舊曲而作的詩。西涼樂以下，皆爲胡樂，胡樂曲調優美，大受朝野人士所喜愛，就如杜甫閣夜詩所說的：「野哭千家聞戰伐，夷歌幾處起漁樵。」儘管吐蕃入寇，夷歌胡樂到處可聞，連漁夫樵父也在吟唱夷歌。

在敦煌曲子詞中，有望遠行、送征衣、秋夜長之類的歌曲；教坊記中，有歎疆場、胡渭州、怨黃沙、遐方怨之類的歌曲，很容易聯想到唐詩中有很多的閨怨詩和邊塞詩，在詩歌的內容上，固然表現了生活的一面，在詩歌的音樂上，確實是受了胡樂的鼓蕩，寫下不少的優美的詩篇。如王昌齡、王之渙、李益、盧綸、馬戴、許渾等詩家，便是以寫邊塞詩而稱著的，他們的絕句小詩，有些是跟音樂結合在一起，在當時便被傳唱不已。其他如李白、王建、劉方平、王昌齡、張祜等詩家，寫了不少的閨怨、夜思、宮詞等詩篇，他們做了思婦、宮女、征人家屬的代言人，我想這些小調，必然流傳在怨婦苦女的口中，所以音樂的普遍，助長了唐詩的繁盛。

同時，唐代的王公貴戚，像六朝的貴族一樣，家中都蓄有樂工聲伎，這種蓄伎的風氣，在唐代士大夫的家中，也都很普遍。像朝廷中設有「教坊」，玄宗更有「梨園」，這是大場面的，樂工歌伎數百人。一般官宦之家，蓄養幾個聲伎，那是「司空見慣」的事，劉禹錫有泰娘歌，杜牧有杜秋娘詩、張好好詩，都是記載士大夫家中歌女的身世和遭遇。像泰娘這種歌女，開始在韋尙書家，其後轉到張遜刺史家，色衰[illegible]便流落民間，劉禹錫在武陵碰到她。又如尤袤的全唐詩話卷二所記載，白居易家中有歌女樊素、小蠻兩人，樊[illegible]善歌，小蠻善舞，所以白居易詩中有「櫻桃樊素口，楊柳小蠻腰」的句子。本事詩上記載，劉禹錫因喜歡李司空家的歌女，李司空便把她贈送給劉禹錫。本事詩的原文是這樣：

「劉尙書禹錫罷和州，爲主客郎中，集賢學士李司空罷鎭在京，慕劉名，嘗邀至第中，厚設飲饌。酒酣，命妙妓歌以送之。劉於席上賦詩曰：『䯼鬌梳頭宮樣妝，春風一曲杜韋娘。司空見慣渾閑事，斷盡江南刺史腸。』李因以妓贈之。」

這樣一來，劉禹錫的家，也有歌女了。他們寫好的詩，也就可以先讓自家的歌女試唱，然後再傳唱出去。

唐代民間歌謠興盛，宮庭宴樂亦多作新聲，樂府詩集卷七十九到卷八十二，有「近代曲辭」一類，便是收集隋唐以來的新聲。其中有民歌，文人仿作的樂府，如竹枝詞、楊柳枝、浪淘沙等歌謠；有胡歌，如涼州詞、伊州、婆羅門等；有宮庭宴飲的樂歌，如何滿子、清平調、回波樂、千秋樂等。就如敦煌曲子詞望遠行云：「行人南北盡歌謠。」劉禹錫竹枝詞云：「人來人去唱歌行。」朝野之間，歌樂流行，文人的詩，不僅可以朗誦，且能合樂，可以絃歌，也可以吟唱。因此，唐代音樂的興盛，助長了唐詩的興盛。

㈢政治的因素：唐代的帝王，雅好詩歌，造成群臣文士的如響斯應，於是詩歌盛極一時，在全唐詩中，尙錄有太宗、玄宗的詩各一卷，太宗的詩近百首，玄宗的詩六十餘首，其中不少賜群臣或與群臣宴飲所賦的詩。其他如高宗、肅宗、文宗、宣宗等，均有不少詩篇。至於群臣應制的篇什，在各家的詩中，更是屢見不鮮。

關於君臣賦詩的事，文獻的記載亦多。如全唐詩話卷一云：

「帝（指太宗）嘗作宮體詩，使虞世南賡和，世南曰：『聖作誠工，然體非雅正，上有所好，下必有甚焉，恐此詩一傳，天下風靡，不敢奉詔。』帝曰：『朕試卿爾。』」

又唐詩紀事卷三云：

「中宗正月晦日幸昆明池賦詩，群臣應制百餘篇。帳殿前結綵樓，命昭容選一首爲新翻御製曲。從臣悉集其下，須臾紙落如飛，各認其名而懷之。既進，唯沈（佺期）、宋（之問）二詩不下。又移時，一紙飛墜，競取而觀，乃沈詩也。」

唐太宗是個喜愛詩歌的帝王，他的媳婦武后，也是個愛好詩歌的君主，於是種下唐詩興盛的因，到玄宗時，更推波助瀾。促成唐詩繁榮的果。其後，肅宗、代宗、德宗、文宗、宣宗、昭宗等唐代帝王，也很重視詩歌。如王維死後，代宗曾關心他詩集的編纂；白居易和元稹，因詩歌得到憲宗、穆宗的賞識；白居易的逝世，宣宗曾賦詩悼念。文宗喜愛五言詩，特置詩學士七十二人，這些事實，說明了帝王提倡詩歌的熱心，眞是不遺餘力，使臣子文士普遍重視詩歌的寫作了。

其次，科舉的獎掖，使文士努力於詩的創作，也是促使唐詩的繁榮因素之一。唐代以聲律六藝取士，因此詩和儒學，成爲唐代文學的特色。唐太宗設弘文館，招納賢士，如房玄齡、虞世南、杜如晦、陸德明、孔穎達、許敬宗等，稱爲弘文館學士，其後，唐代錄士，多試以詩賦，甚至文宗曾親自出題，也就可知詩賦在科舉上的重要性了。

新唐書選擧志上記載：

「先是進士試詩賦，及時務策五道、明經策三道。太和八年，禮部復罷進士議論，而試詩賦，文宗從內出題，以試進士，謂侍臣曰：『吾患文格浮薄，昨自出題，所試差勝。』」

由於群臣的贈答，文士的酬唱，詩歌一道，便成唐代文人的專長。久而久之，蔚成風氣。如全唐詩序云：「蓋唐當開國之初，卽用聲律取士，聚天下才智英傑之彥，悉從事於六藝之學，以爲進身之階，則習之者固已專且勤矣，而又堂陛之唱和，友朋之贈處，與夫登臨讌集之卽事感懷，勞人遷客之逐物萬興，一擧而託之於詩，雖窮達殊途，而以言乎攄寫性情，則其致一也。」

我國一向重視詩歌，唐人尤甚，故將詩賦列爲考試進身的科目之一，這是世界各國所未曾實施過的制度，而在我國，確確實實重視詩敎，故自童子始，卽課以詩歌，在唐代詩人中，早慧的作家不少，如王維、白居易、李賀等在少年時代，便以詩名噪一時，這些都是由於政治的因素，刺激天下英才之士，致力於詩歌的寫作，蔚成唐詩的繁富。

㈣社會的因素：唐代的社會，是個普遍重視詩歌的時代，任何階層人士都會寫詩。就數量而言，已夠驚人，宋計有功撰唐詩紀事，所錄凡一千一百五十家，淸康熙年間所編纂的全唐詩，已有詩人兩千兩百餘家，錄詩四萬八千九百餘首，何況這數量，還不是完備的紀錄，敦煌發現的曲子詞，尙不計算在內。就作者的身分而言，其中包括社會各階層人士，有帝王、妃子、宮女、官員、文士、商人、隱士、漁樵、和尙、道士、尼姑、優伶、歌伎等，形形色色，不一而足，甚至連狐鬼、神怪，也都有詩，唐代的社會，可說是充滿了詩的風氣，而詩歌的創作、傳唱，已不是文人的專利品，在傳奇小說中，也經常引用詩歌，敦煌的俗講變文、曲子詞，或其他文學作品中，也大量運用五言、七言詩作為唱詞。這種現象，已說明唐代的詩歌，存在於民間的任何階層，被人們深深地喜愛着。

唐代的版圖遼濶，又有貞觀、開元之治，在盛唐時，文教武治並隆，論內治，則物阜民豐，天下安寧，論外略，則戎狄綏服，恩威遠播，於是盛唐詩人，氣象雄渾，視野博大，他們的詩，氣勢呑日月，情志滿山河，非衰勢的文學可比，加以西域諸國的入貢歸附，胡漢民族的融和，文化的交流，使唐代的詩歌，增加了四方的異彩。其後天寶安史之亂，以及中唐、晚唐藩鎮的擾亂，一部分詩人，向社會實況中，尋覓題材，卻都能供給詩人們以絕好的抒情和敍事的資料。所以社會的盛衰變動，也促使唐詩輝煌的發展。

唐代的社會，經濟繁榮，商業發達，商旅仕宦，往來繁多，於是秦樓楚館林立，歌聲不輟，人們一遇節日，更是宴樂笙歌不已。胡震亨唐詩談叢卷三：

「唐時風習豪奢，如上元山棚，誕節舞馬，賜酺，縱觀萬衆同樂，更民閒愛重節序，好修故事，綵縷達於王公，粔籹不廢俚賤，文人紀賞年華，槪入歌詠。……凡此三節，百官游讌，多是長安、萬年兩縣，有司供設，或徑賜金錢給費，選妓攜酒，幄幕雲合，綺羅雜沓，車馬駢闐，飄香墮翠，盈滿於路。朝士詞人，有賦，翼日卽流傳京師。當時倡酬之多，詩篇之盛，此亦其一助也。」

從這段記載，可知唐人宴飲歌舞之盛，助長了唐詩的發展。

其次，天下承平之世，文學只是用來粉飾太平的工具，如宮詞、應制詩、贈答酬唱之類，缺少社會寫實的價值。當國家遭到動亂，人們遷徙流離，於是可歌可泣的事情發生，政治局勢的變遷，社會經濟的衰竭，都成爲詩人寫詩的好題材。唐室自天寶以來，天下幾無寧日，由於戰爭，於是有高適、王昌齡、王之渙、李頎、盧綸等的邊塞詩；由於離亂，人們生活秩序遭到破壞，於是有杜甫、張籍、元稹、白居易、皮日休、陸龜蒙等寫實詩。這些是受社會形態的變遷，而促使唐詩由詩人一己情懷的描寫，轉變爲關心群體的遭遇，發爲悲天憫人的懷抱，因此描寫的範圍日益擴展，開拓了多樣性的詩境。

(五)文化的因素：唐代是個胡漢民族融和的時代，也是南北文化調和的時代。溯自北魏孝文帝遷都洛陽始，北方的政權和文化，便落於鮮卑族的手中。孝文帝竭力提倡漢化，讓鮮卑人入河南籍，並與漢人通婚，申言鮮卑族爲黃帝的後裔，與漢民族同出一家。北魏政權後分裂爲東、西魏，西魏蘇綽提倡復古，朝廷文告，仿照尚書的體制，使胡漢文化融和。後由西魏的政權演化爲宇文泰、宇文覺的北周政權，再由北周政權演變爲楊堅的隋代政權，以至唐代政權。所以唐代政權，係出於北方鮮卑族的系統。

唐代李淵統一中國後，南北民族的融和，南北文化的調和，使唐代結合成新民族、新文化。大抵新民族的文化，充滿活力和生機，在文學上容易大放異彩。中國中原傳統的溫柔敦厚的古典文學，注入了胡民族爽朗驃悍性格的疏曠風格，加以長江以南魚米水鄉的開發，注入了南人浪漫神秘的色彩，使唐詩的風格複雜，氣勢雄渾，內容開濶。這些現象，都是因隋唐的統一，幾百年來胡漢民族文化融和所致。梁啓超說：

五胡亂華的時候，西北有幾個民族加進來，漸漸成了中華民族的新份子，他們民族的特色，自然也有一部分溶化在諸夏民族的裏面。不知不覺間便令我們的文學頓增活氣，這是文學史上的重要關鍵，不可不知。

（中國韻文裏頭所表現的情感）

又說：

唐朝的文學用溫柔敦厚的底子，加入許多慷慨悲歌的新成分，不知不覺使鉛華靡曼，參以伉爽直率，卻又不是北朝粗獷一路。（同上）

我國詩歌向以溫柔敦厚的詩教爲傳統，唐詩由於文化的因素，顯示了博大輝煌的氣象。胡漢民族的融和，文化的交流，使唐人充滿了樂觀進取的精神。唐代詩人中，仍以出生在黃河流域一帶的詩人居多，如王維、王昌齡、白居易，是太原人；李白、李益，是隴西人；韋應物、杜牧，是京兆人；岑參、韓愈，是南陽人；杜甫，河南鞏縣人；李商隱，懷州河內人。他們具有清峻剛健的性格，由於他們也有的到過江南，融和了南方水澤柔嫵寬和的色彩，造成唐詩內容的多樣性，多彩多姿，變化不已。

其次，唐代儒、道、佛三種思想的均勢發展，使唐詩在境界上開拓不少，這是心靈世界的追求，展現了不同心態的詩歌。平時多指陳子昂、杜甫爲儒家思想；李白、孟浩然爲道家思想；王維、白居易爲佛教思想。但詩人的生活有所變動，思想也隨着變化，且佛道二者，常連合在一起。在詩人的作品中，也往往有兼備各種不同思想的現象，純然專主一種思想，似不能成立。像李白少年豪俠，有縱橫之氣，中年以後，近乎游仙。杜甫有憂時憂國之思，晚年恬淡，則近乎田園。白居易爲志在兼濟的寫實詩人，元和年間，倡新樂府運動，晚居洛陽香山，參禪佛理。王維早年亦有濟世之願，安史之亂後，性好佛道。故杜甫有「詩聖」之稱，李白有「詩仙」之譽，王維有「詩佛」之號。然儒、道、佛三種不同的思想，給唐詩帶來不同的境界，但仍有殊途同歸的趨向，詩中都讚美自然，熱愛自然，流露着回歸大自然的意願。

以上所述數端，雖未必完備，然促使唐詩興盛的重要因素，當在其中矣。文體、音樂的因素，與唐詩的音韻格律有關；政治、社會、文化的因素，與唐詩的內容有關。然唐詩如繁花盛開，各展其綺麗之態，使後人讚誦不已。

第三節　初唐詩歌

一、唐詩的分期與唐詩的四季

詩的本身，具有生命；唐詩的發展，也不例外。唐詩繼承了漢魏六朝的餘風，更開創了輝煌的生命，不管古體詩、近體詩、樂府歌詩、五言七言，繁絃雜管，都有可傳誦的千古絕唱。同時下開五代、兩宋的詩風，使我國詩歌淵遠流長，波瀾壯濶。

前人對唐詩的分期，大都採用宋嚴羽滄浪詩話的說法，他在「詩體」中分唐詩爲五體：

唐初體　唐初猶襲陳隋之體。

盛唐體　景雲以後，開元天寶諸公之詩。

大曆體　大曆十才子之詩。

元和體　元白諸公。

晚唐體

其後，明人高棅的唐詩品彙，便將「大曆體」、「元和體」合併，視爲「中唐」，於是把唐詩分爲「初唐」、「盛唐」、「中唐」、「晚唐」四個時期。

初唐的詩，唯美而豔麗，有六朝金粉的餘習，但經陳子昂的提倡復古載道，詩的領域從此拓寬。於是盛唐諸家的詩，如繁花燦開，便不偏於緣情綺靡的一途，有寫江山遼濶的、邊塞悲壯的詩，有寫山水淸麗的、田園淡泊的詩；林野放嘯，廊廟浩歌，浪漫如李白，寫實如杜甫，反映了唐人生活的面面觀。繼而中唐元稹、白居易的新樂府運動，啓開了平易近人的詩風，使唐詩再出現高潮；大曆十才子的努力，也開拓了個人抒寫情志的途徑。晚唐唯美文風所扇，詩近纖巧，如杜牧、李商隱的綺靡小詩，也能絲絲入扣，動人心絃。

今人吳經熊博士著英文本唐詩四季一書，主張將唐詩分爲春夏秋冬四季。他說：

「我認爲唐詩的境界有春夏秋冬四季之分。代表春季的，有初唐的一些詩人，以及王維和李白。代表夏季的，如杜甫，以及描述戰爭的一些詩人。代表秋季的，包括白居易、韓愈，以及和他們兩人常在一起吟唱的詩人。代表冬季的，如李商隱、杜牧、溫庭筠、許渾、韓偓，以及另外幾位次要的詩人。雖然季節之間，是互相連貫，不易劃分的，但就其全面來看，也是歷歷分明的。我不打算替這四季多作界說，只希望讀者們在親自度過這四季後，能和我心有戚戚焉。」

這是經過一番深切的體會所悟出的道理，表面看來，與嚴羽、高棅的唐詩分期相似，其實，這是對唐詩重新點醒，賦予它新的生命。

二、唐詩選本與全唐詩

由於唐詩的繁富，歷代唐詩的選本不少，重要的，有唐人令狐楚的唐歌詩，殷璠的河岳英靈集，高仲武的中興閒氣集，韋穀的才調集等。其後，宋代王安石的唐百家詩選，洪邁的萬首唐人絕句詩。明代李攀龍的唐詩選，高棅的唐詩品彙，陸時雍的唐詩鏡。清代王士禎的唐賢三昧集、唐人萬首絕句選、十種唐詩選，蘅塘退士孫洙的唐詩三百首，唐汝詢的唐詩解，沈德潛的唐詩別裁集等，眞是多如繁英，美不勝收。民國以來，更有高步瀛的唐宋詩擧要，許文雨的唐詩集解。在這些選本中，也都能曲盡唐詩的精粹，籠括唐詩的精華。

至於唐代詩人單行的別集也不少，如陳子昂的陳伯玉集、王維的王右丞集、元結的元次山集、李白的李太白集、杜甫的杜工部集、白居易的白氏長慶集、李商隱的李義山集等，這些個別的集子，可供研究唐詩一家詩之資料。若想籠括唐代詩學及詩篇，可以參閱清康熙年間所敕編的全唐詩。

全唐詩是清人收集唐詩最完備的一部總集，由曹雪芹的祖父曹寅任總主編，當時動員的翰林不下數百人，歷時十年始告完成。完成的年月是在康熙四十六年（一七〇七）四月十六日，康熙皇帝還特別爲此書寫了一篇序：

「詩至唐而衆體悉備，亦諸法畢賅，故稱詩者，必視唐人爲標準。如射之就彀率，治器之就規矩焉。蓋唐當開國之初，卽用聲律取士，聚天下才智英傑之彥，悉從事於六義之學，以爲進身之階，則習之者固已專且勤矣。」

並說明全唐詩打破分期的界限，收錄的篇數和家數。又說：

「朕茲發內府所有全唐詩，命諸詞臣，合唐音統籤諸編，參互校勘，蒐補缺遺，略去初、盛、中、晚之名，一依時代分置次第。其人有通籍登朝，歲月可考者，以歲月先後爲斷；無可考者，則援據詩中所詠之事，與所同時之人繫焉。得詩四萬八千九百餘首，凡二千二百餘人，釐爲九百卷。於是唐三百年詩人之菁華，咸采擷薈萃於一編之內，亦可云大備矣。」（御製全唐詩序）

今坊間印行的全唐詩，有藝文版和明倫版，爲今人研究唐詩不可或缺的資料。

三、初唐詩家及其作品

所謂初唐，是指唐高祖李淵的開國，自武德元年（六一八）起，到睿宗李旦先天末年（七一二）止。

初唐的詩，大抵可分爲兩大類：一是齊梁陳隋宮體詩的延續。初唐大臣如虞世南、李百藥等，是隋朝的遺臣，他們所寫的詩，帶有前朝華靡的餘風；其後又有沈宋體、上官體的流行，講究詩歌的聲律對仗，使近體詩在格律上得以完成；接着初唐四傑的推波逐瀾，這種華靡的詩風，竟成爲初唐詩的主流。一是反對綺靡的隱逸詩和復古詩，隱逸詩人如王績、王梵志、寒山子等，他們的詩不重格律，一反浮華的色彩，而以純樸的性情，山水的清音見稱，開展初唐自然詩的途徑。其次，爲提倡復古的詩，陳子昂倡「漢魏風骨」，要求詩歌要有寄興，發揮寫實、諷諭的精神，以排斥輕側浮華的詩風，是初唐詩中的一大特色。

初唐期間，一般的帝王和大臣，都是齊梁文學的愛好者，唐太宗是個雅好詩歌的帝王，他的媳婦武后，也是愛好詩歌的君主，因此帝王和群臣宴樂賦詩，屢見於記載，如唐詩記事卷一云：

貞觀六年九月，帝幸慶善宮，帝生時故宅也。因與貴臣宴，賦詩。起居郎請平宮商，被之管絃，命曰功成慶善樂，使童子八佾爲九功之舞，大宴會，與破陣樂偕奏於庭。

又全唐詩話卷一云：

帝嘗作宮體詩，使虞世南賡和。世南曰：「聖作誠工，然體非雅正。上有所好，下必有甚焉，恐此詩一傳，天下風靡，不敢奉詔。」帝曰：「朕試卿爾。」

唐太宗寫了一首宮體詩，要虞世南和他，虞世南拒絕，認爲宮體詩體非雅正，其實他們在這種風氣下，心裏仍然愛好這些詩。唐太宗還下令讓魏徵、房玄齡、虞世南等編北堂書鈔、藝文類聚、文館詞林等類書，便於文人蒐查詞藻典故之用。

㈠繼承前朝宮體詩的作家：以陳隋遺臣臺閣重臣如虞世南、魏徵、李百藥爲代表；其次爲沿續齊梁聲律，使律體完成的「上官體」和「沈宋體」；最後爲發展成初唐綺彩的「初唐四傑」。

虞世南（五五八～六三八），是隋朝虞世基的弟弟，在隋任秘書郎。入唐後，累官弘文館學士、秘書監等職。太宗稱他的德行、忠直、博學、文詞、書翰爲五絕。他的從軍行、擬飲馬長城窟、出塞諸作，是隨太宗東征西討時所寫的寫實詩；其他多侍宴、奉和、應詔的詩，中婦織流黃一詩：「寒閨織素錦，含怨斂雙蛾。綜新交縷澀，經脆斷絲多。衣香逐舉袖，釧動應鳴梭。還恐裁縫罷，無信達交河。」有六朝詩的餘緒。

李百藥（五六五～六四八），字重規，定州安平（今河北省饒陽縣西）人。隋時，襲父爵，爲太子通事舍人。入唐，太宗重其名，拜中書舍人。他長於五言詩，所作渡漢江、秋晚登古城、郢城懷古、晚渡江津諸篇，頗有古意。然詠蟬、詠螢火示情人、雨後諸篇，也很婉麗。

唐初，詩壇仍承齊梁的餘風，有以「綺錯婉媚爲本」的上官體。上官體是陝州（今河南省陝縣）人上官儀（六一六～六六四）所創，他是繼虞世南之後，得到太宗、高宗所寵信的詩人。舊唐書本傳（卷八十）說他「工於五言詩，好以綺錯婉媚爲本，儀既貴顯，故當時人多學其體者，時人謂之上官體」。今全唐詩僅收錄他的詩二十首，多應制奉和的詩。如八詠應制中的「翡翠藻輕花，流蘇媚浮影。瑤笙燕始歸，金堂露初晞。風隨少女至，虹共美人歸」，純然是金玉滿堂，美人新妝且歌舞的宮體詩。

在宋李淑的詩苑類格上載有上官儀的詩有六對：

「一曰正名對，天地日月是也；二曰同類對，花葉草芽是也；三曰連珠對，蕭蕭赫赫是也；四曰雙聲對，黃槐綠柳是也；五曰疊韻對，徬徨放曠是也；六曰雙擬對，春樹秋池是也。」

文心雕龍鍊字的四對，以及上官體的六對，對律詩的形成不無影響。加上上官儀的孫女上官婉兒（六六四～七一〇）在武后中宗時，掌詔命，作詩壇的盟主，評品詩賦。因此上官儀和上官婉兒所倡的上官體，對律詩的成立，有直接的貢獻。

繼上官儀之後，在武后時出現的宮庭詩人，有「文章四友」，他們是李嶠、蘇味道、崔融、杜審言。其中以杜審言的成就較高。

李嶠（六四四～七一三），字巨川，趙州贊皇（今河北省臨城縣北）人。天寶末，唐玄宗登花萼樓，梨園子弟歌李嶠的汾陰行至末節：「山川滿目淚沾衣，富貴榮華能幾時？不見祗今汾水上，唯有年年秋雁飛。」玄宗聽到此，感傷自己的年事已高，因爲淒然落淚，並讚歎道：「李嶠是眞正的才子。」（見唐詩紀事）他長於詠物，在集中，無論日、月、星、風、笙、簫、歌、舞，都可入詩，共有一百二十首，可稱爲唐代第一位的詠物詩人。

杜審言（六四五～七〇六），字必簡，世籍襄陽，父依藝爲河南鞏縣令，因家居鞏縣，是爲鞏縣人。是杜甫的祖父，善寫五言詩，工書翰，但性情高傲。舉進士後，出任隰城縣尉，後爲洛陽丞。武后時，爲著作佐郎。中宗時，爲國子監主簿，修文館直學士。他雖多和答應制的詩，但居宮庭的時間不長，他在贈崔融二十韻中說：「十年俱薄宦，萬里各他方。雲天斷書札，風土異炎涼。」遊宦在外的時間長，故他在遊宦間所寫的詩，足以代表他的詩的特色。例如：

遲日園林悲昔遊，今春花鳥作邊愁；獨憐京國人南竄，不似湘江水北流。（渡湘江）

獨有宦遊人，偏驚物候新。雲霞出海曙，梅柳渡江春。淑氣催黃鳥，晴光轉綠蘋。忽聞歌古調，歸思欲霑巾。（和晉陵陸丞早春遊望）

前首寫渡湘江，感中原京國之人常遭南放，過湘水歎湘水不北流，故聞春鳥而哀傷。次首和友人「早春遊望」的詩，寫宦遊的人，對節候的轉變特別敏感，「雲霞」、「淑氣」兩聯對句，寫景出色。

接着，又有「沈宋體」。在武后時，以寫宮庭詩而見稱的，有沈佺期和宋之問，他們在律詩形式上的成就，是「回忌聲病，約句准篇」，奠定了律詩的固定模式。新唐書宋之問傳云：

「漢建安後迄江左，詩律屢變，至沈約庾信，以音韻相婉附，屬對精密。及宋之問、沈佺期又加靡，回忌聲病，約句準篇，如錦繡成文，學者宗之，號曰沈宋。語曰：『蘇李居前，沈宋比肩。』」

律詩走上講究平仄用韻，篇句定型，是源自於沈約周顒的四聲八病，加以齊梁以來小詩的流行，到沈、宋時，才成定型。

沈佺期（六五〇～七一三），字雲卿，相州內黃（今河南省內黃縣）人。宋之問（六五六～七一三），字延清，虢州弘農（今河南省靈寶縣）人。他們傾心媚附張易之，由於善寫應制詩，得武后的賞賜，然世人譏其無行。後張易之敗，均遭到貶謫，而他們的作品，也在這時才有眞正優秀的詩篇出現：

獨遊千里外，高臥七盤西。曉月臨窗近，天河入戶低。芳春平仲綠，清夜子規啼。浮客空留聽，褒城聞曙雞。（沈佺期夜宿七盤嶺）

盧家少婦鬱金堂，海燕雙棲玳瑁梁。九月寒砧催木葉，十年征戍憶遼陽。白狼河北音書斷，丹鳳城南秋夜長。誰謂含愁獨不見？更教明月照流黃。（沈佺期古意呈補闕喬知之）

鷲嶺鬱岧嶢，龍宮鎖寂寥。樓觀滄海日，門對浙江潮。桂子月中落，天香雲外飄。捫蘿登塔遠，刳木取泉遙。霜薄花更發，冰輕葉未凋。夙齡尚遐異，搜對滌煩囂。待入天臺路，看余度石橋。（宋之問靈隱寺）

鄉心新歲切，天畔獨潸然。老至居人下，春歸在客先。嶺猿同旦暮，江柳共風煙。已似長沙傅，從今又幾年。（宋之問新年作）

沈宋二家的詩，在律詩上的貢獻，是建立律詩的格律；他們的詩依然帶有濃厚的齊梁浮豔的色彩，但他們在語言上的精鍊，氣勢上的貫串，已比齊梁詩更進一步。明胡應麟詩藪上評道：「五言律體兆自梁陳，唐初四子靡縟相矜，時或拗澀，未爲正始。神龍以還，卓然成調。沈宋蘇李合軌於前，王孟高岑並馳於後，新製迭出，古體似矣。實詞章改革之大機，氣運推遷之一會也。」

最足以代表初唐的詩人，要算初唐四傑了。初唐四傑包括王勃、楊烱、盧照鄰、駱賓王四人，他們在高宗到武后初年期間，以文章齊名於天下，都是年輕的詩人。杜甫在戲爲六絕句中，推崇他們道：

王、楊、盧、駱當時體，輕薄爲文哂未休；爾曹身與名俱裂，不廢江河萬古流。

他們的詩依然沿續六朝唯美的宮體詩風格，被譏爲「輕薄爲文」的「當時體」，但他們在詩歌的題材、內容上，有所探索和開拓，奠立了在初唐詩歌上的地位，比起上官體、沈宋體，更具代表性。初唐宮庭浮華文學的流行，是由於帝王和大臣們的提倡，而四傑雖生長在這種文風中，但他們畢竟是民間的年輕詩人，他們想擺脫齊梁浮華的習氣，寫下眞生活、眞感情的詩歌。

王勃（六五〇～六七五），字子安，絳州龍門（今山西省稷山縣）人。六歲能文章，九歲讀顏師古漢書注，便指出其中的錯誤，撰指瑕十卷。龍朔元年（六六一），僅十二歲，以神童被舉薦於朝廷。麟德元年（六六六），年十五，對策高第，授朝散郎。當時諸王喜愛鬥雞，勃戲作檄英王雞文，高宗讀後，大爲生氣，便廢了他的官職。於是王勃遠遊江漢。後來，他的父親因得罪貶爲交趾令（今越南北部），上元二年（六七五），王勃跟父親到交趾去，八月過淮陰，九月到洪州（今江西省南昌市），十一月到南海（今廣東省廣州市），渡海溺水，驚悸致病而卒，年二十六。今有王子安集十六卷傳世，共有詩八十九首。

王勃是王通的孫子，王績的侄孫，少年英氣，便以詩文名世，然不爲朝廷所重用，流落在野，所作詩，清綺之中帶有剛健之氣，比之一般初唐詩人的浮華作品，已無脂粉味。例如他的普安建陰題壁：

江漢深無極，梁岷不可攀。山川雲霧裏，遊子幾時還。

雖有思歸之心，但詩境壯濶。又如山中：

長江悲已滯，萬里念將歸。況復高風晚，山山黃葉飛。

他最著名的詩，是送杜少府之任蜀州，杜少府，指姓杜的縣尉，生平不詳。唐代劍南道蜀州，府治在晉原縣，即今四川省崇德縣。該詩如下：

城闕輔三秦，風煙望五津。與君離別意，同是宦遊人。海內存知己，天涯若比鄰。無爲在歧路，兒女共霑巾。

曹植有「丈夫志四海，萬里猶比鄰」的句子，王勃更能推陳出新，變成「海內存知己，天涯若比鄰」，面目爲之一新，成爲千古傳誦的名句。

此外，他的秋夜長、採蓮曲、臨高臺、江南弄、滕王閣詩，在七言雜言詩體上有所探索和創造。如滕王閣詩：

滕王高閣臨江渚，珮玉鳴鑾罷歌舞。畫棟朝飛南浦雲，珠簾暮捲西山雨。閒雲潭影日悠悠，物換星移幾度秋。閣中帝子今何在？檻外長江空自流。

楊炯（六五〇～六九三），陝西華陰人，曾爲崇文館學士，盈川縣令，性情簡傲，炯聞時人以四傑稱，便自言道：「吾愧在盧前，恥居王後。」其實他在四傑中，詩篇數量最少，成就也不高，有盈川集。其中幾首邊塞詩和五律較爲出色。如從軍行：

烽火照西京，心中自不平。牙璋辭鳳闕，鐵騎繞龍城。雪暗凋旗畫，風多雜鼓聲。寧爲百夫長，勝作一書生。

盧照鄰（六三七～六八九），字昇之，幽州范陽（今北平市）人。他一生不得志，做過幾任小官。生性狷介，厭世悲觀，自號幽憂子。辭官後，居太白山，服丹藥中毒，臥病十餘年，自沈潁水而死。所作結客少年場行、失群雁、行路難、長安古意等詩，爲五、七言歌行體，辭情奔放，尤以行路難、長安古意二首，足以代表他的詩風。

君不見長安城北渭橋邊，枯木橫槎臥古田。昔日含紅復含紫，常時留霧亦留煙。春景春風花似雪，香車玉輿恆闐咽。若箇遊人不競攀，若箇娼家不來折。娼家寶袜蛟龍帔，公子銀鞍千萬騎。黃鶯一一向花嬌，青鳥雙雙將子戲。……（行路難）

長安大道連狹斜，青牛白馬七香車。玉輦縱橫過主第，金鞭絡繹向侯家。龍銜寶蓋承朝日，鳳吐流蘇帶晚霞。百丈游絲爭繞樹，一群嬌鳥共啼花。啼花戲蝶千門側，碧樹銀臺萬種色。複道交窗作合歡，雙闕連甍垂鳳翼。梁家畫閣天中起，漢帝金莖雲外直。樓前相望不相知，陌上相逢詎相識？……（長安古意）

這些描寫長安富貴者的車駕、宮室，以及歌姬、舞女的繁華生活，而自己卻是一介書生，守着寂寞的一牀書，故長安古意結束時，是「寂寂寥寥揚子居，年年歲歲一牀書。獨有南山桂花發，飛來飛去襲人裾」。不禁使人想起人生的矛盾和空虛，比起齊梁宮體只寫輕豔浮華，卻是有深刻的另一層意義。

駱賓王（六四〇～六八四），婺州義烏（今浙江省義烏縣）人。作過長安縣主簿，臨海縣丞。武后稱制時，曾參加徐敬業起兵，共討武后，寫下著名的討武曌檄。後敬業事敗，駱賓王遂亡命他鄉，不知所終。中宗時，詔求其文，得數百篇，今有駱臨海集十卷傳世。由於他的詩好用數字作對仗，時人稱爲「算博士」。

駱賓王擅長寫七言歌行體，他的帝京篇可與盧照鄰的長安古意相媲美。由於他曾戍守過邊城，也寫了不少的邊塞詩：

城上風威冷，江中水氣寒。戎衣何日定，歌舞入長安。（在軍登城樓）

平生一顧重，意氣溢三軍。野日分戈影，天星合劍文。弓絃抱漢月，馬足踐胡塵。不求生入塞，唯當死報君。（從軍行）

寫邊塞豪情，壯志效命，非虛幻之作，全憑實際的生活而作眞實的報導。此外尚有邊夜有懷、邊城落月等詩，邊塞風光入詩，別有異國情調。至於他的在獄詠蟬，更是膾炙人口：

西陸蟬聲唱，南冠客思侵。那堪玄鬢影，來對白頭吟。露重飛難進，風多響易沈。無人信高潔，誰爲表予心。

借詠蟬來表露自己的心跡，「露重飛難進，風多響易沈。」一語雙關，有絃外之音。

在初唐四傑的作品中，已由齊梁的宮體擴大了寫作的題材，由宮庭閨閣推展到市井街陌，甚至擴展至鄉野邊塞。由於初唐的上官儀、沈宋等，他們生活在宮庭，所寫的詩，自然以宮體爲範圍，只是在格律上要求謹嚴，使律詩得以成立；然四傑的詩，他們是靑年詩人，由於他們年少而才高，官小而名大，他們生活在市井鄉野，遊宦四海，征戍邊城，雖然浮華的文風下，依然有活生生的一面，因此他們的詩，已擺脫了宮庭詩有限的境界，走上江山遼濶的天地，使唐詩得到康莊的啓步，爲唐詩奠下恢宏的基礎。故陸時雍詩鏡總論云：「王勃高華，楊炯雄厚，照鄰清藻，賓王坦易，子安其最傑乎？調入初唐，時帶六朝錦色。」

(二)反對宮體浮華詩的作家：初唐期間，反對六朝綺靡文風的詩人，主要的有隱逸詩人王績，復古詩人陳子昂。其次，王梵志，寒山子等，都是追隨王績的詩風而有所開展，他們受佛道的影響，唾棄六朝金粉的色澤，投向自然，然過於眞樸，而落於俚俗或說理，多少亦有矯枉過正的缺失。

王績（五八五～六四四），字無功，自號東皋子，絳州龍門（今山西省稷山縣）人。是王通的弟弟，隋大業末年，任六合縣丞，因嗜酒被辭官。入唐，在武德初，待詔門下省。歸田後，常以嵇康阮籍陶淵明自比，服膺老莊，玩世不恭，居東皋著書，過隱逸的生活。他反對宮庭綺豔的詩，而寫沖淡樸質的自然詩，開創了唐代吟詠田園詩的先聲。平生好酒，詩中常借酒抒寫憤世之情。如醉後：

阮籍醒時少，陶潛醉日多；百年何足度，乘興且長歌。

他長於寫田園景色和農家閒淡的詩，比之同時虞世南、李百藥、魏徵的宮庭詩，畢竟有新鮮明媚之感。

北場芸藿罷，東皋刈黍歸。相逢秋月滿，更値夜螢飛。（秋夜喜遇王處士）

東皋薄暮望，徙倚欲何依。樹樹皆秋色，山山唯落暉。牧人驅犢返，獵馬帶禽歸。相顧無相識，長歌懷采薇。（野望）

野望一詩，是王績的代表作，也是初唐山水田園詩的第一聲。

其次，爲王梵志（約五九〇～六六〇），清敕編的全唐詩不錄王梵志的詩，今巴黎國家圖書館所收藏的敦煌卷，有王梵志詩三殘卷。

他的詩不講格律，用語俚俗，時帶嘲笑的口吻，類似偈語；有時也帶有勸世的意味，勉人爲善：

黃金未是寶，學問勝珍珠。丈夫無伎藝，虛霑一世人。

世無百年人，強作千年調。打鐵作門限，鬼見拍手笑。

城外土饅頭，餡食在城裏。一人喫一箇，莫嫌沒滋味。

吾有十畝田，種在南山坡。青松四五樹，綠豆兩三窠。熱卽池中浴，涼便岸上歌。遨遊自取足，誰能禁我何？

他的詩沒有標題，內容有勸世的、有諷世的，不外對幻滅的人生加以嘲諷反省；一洗初唐浮華詩風，追尋心靈的絕對自由，然詩雖口語俚俗而有深度，讀之能發人深省。今據太平廣記卷八十二「王梵志」條記載，說他是隋末初唐時人，所以將他列在初唐。

初唐隱逸詩人，除王績、王梵志外，尚有寒山子。寒山子生卒年代不可考，約爲貞觀時的高士。今據閭丘胤（全唐詩作閭丘均）的寒山詩集序云：寒子山是個瘋狂之士，隱居在天台山的寒巖，時來國清寺，寺中有拾得、豐干二僧，掌廚房之事，經常將寺中的剩飯菜貯於竹筒中，讓寒山子帶走。寒山子捨棄世俗，著破布裘、樺皮冠，詠嘯於寒巖林野，或歌或笑，是個純然忘世的寒巖隱士。他的詩跟王梵志的作品有共同的特徵，喜歡用禪門偈語，但比王梵志的詩，更具率眞和美感。例如：

吾心似秋月，碧潭清皎潔。無物堪比倫，教我如何說？

人間寒山道，寒山路不通。夏天冰未釋，日出霧朦朧。似我何由届，與君心不同。君心若似我，還得到其中。

自樂平生道，煙蘿石洞間。野情多放曠，長伴白雲閑。有路不通世，無心孰可攀。石牀孤夜坐，圓月上寒山。

五言五百篇，七字七十九。三字二十一，都來六百首。一例書巖石，自誇云好手。若能會我詩，眞是如來母。

寒山詩集中約收三百十餘首，但從他的詩句所述，將近六百首。由於寒山子將他的詩寫在山巖石壁、柴門野樹上，失傳的自然不少。寒山詩有禪味，用梵語入字，時現空靈孤寂之境，他在三十歲後，便避世居寒巖中，讀佛經參禪理，不與世人交往，於是他能將眞空與妙有，理趣與情趣融攝在詩境中，造成寒山詩的特色，是唐代第一個以禪入詩的詩人。

陳子昂（六六一～七〇二），字伯玉，梓州射洪（今四川省射洪縣）人。生長在富有的家庭，從小具有任俠使氣的性格，曾閉門讀書，立下宏遠的抱負。當他初來京都考進士，無人知其名，正好長安街上有人賣名琴，陳子昂以千金之價買下，並約衆人於次日在此彈奏。第二天，陳子昂當衆毀琴，傳發他的詩文稿，於是一日之間名噪京城。二十四歲中了進士，上書論政，得武后的重視，擢麟臺正字，因居母喪去官，服終，擢右拾遺。陳子昂曾兩度出塞，一次在二十六歲，到過西北；一次在三十六歲，從武攸宜伐契丹，到過燕京一帶。後聞父在家鄉受縣令段簡所辱，解官歸里，武承嗣指使縣令加以迫害，寃死獄中，年四十二。今有陳伯玉文集傳世，有詩一百二十餘首。

在初唐詩壇，正流行浮華的宮庭詩或格律詩時，陳子昂卻獨力提倡復古。他提「漢魏風骨」，主張詩歌要合乎古人的寫實和諷諭的精神，要求對詩歌有所改革，是初唐詩人中，極具進取觀念的詩人。他與東方虬的修竹篇序中說：

> 文章道弊，五百年矣，漢魏風骨，晉宋莫傳，然而文獻有可徵者。僕嘗暇時觀齊梁間詩，彩麗競繁，而興寄都絕，每以永歎，思古人，常恐逶迤頹靡，風雅不作，以耿耿也。一昨於解三處見明公詠孤桐篇，骨氣端翔，音情頓挫，光英朗練，有金石聲。遂用洗心飾視，發揮幽鬱，不圖正始之音，復覩於茲，可使建安作者，相視而笑。

東方虬的孤桐篇和陳子昂的修竹篇，都是詠物而有所託諷的古體詩，與輕靡的宮體詩異趣。陳子昂借和答詩，道出對詩歌的看法，認為齊梁以來的詩，太過於濃豔，缺乏「興寄」，希望恢復「漢魏風骨」，具有「骨氣端翔，音情頓挫」的詩歌。

陳子昂在詩歌上，致力於漢魏風骨的提倡。所謂「漢魏風骨」或「建安風力」，不外是反對形式主義的齊梁詩，這些只重詞藻的華麗，不重內容、不重寫實的作品，只能算是「彩麗競繁」的詩篇；他崇尚梁劉勰文心雕龍的文學理論，其中有「風骨」、「比興」兩篇，進而恢復古人的寫作精神，重視文章內容的寫實性和諷諭性，因此打出漢魏風骨的標幟，反對當時的華靡詩風。舊唐書本傳云：「唐興，文章承徐庾餘風，天下祖尚，子昂始變雅正。」韓愈薦士詩云：「國朝盛文章，子昂始高蹈。」說明了子昂在詩壇的地位和對後世文學的影響。

他的詩，以感遇詩三十八首、薊丘覽古七首和登幽州臺歌等爲最出色。感遇詩是寫實性很強的詩篇，非一時一地之作，內容有詠史，有抒懷，有託物寄情，對現實有所揭發和諷刺；也有感歎人事的無常，含有佛老的思想，顯然受阮籍詠懷詩和左思詠史詩的影響。例如他感懷身世的詩：

蘭若生春夏，芊蔚何青青。幽獨空林色，朱蕤冒紫莖。遲遲白日晚，嫋嫋秋風生。歲華盡搖落，芳意竟何成？

本爲貴公子，平生實愛才。感時思報國，拔劍起蒿萊。西馳丁零塞，北上單于臺。登山見千里，懷古心悠。誰言未忘禍，磨滅成塵埃。

前首如離騷，借香草比喻君子，有懷才不遇，感傷遲暮；後首寫出身遭遇，爲國守邊，有激昂慷慨之情，是唐代邊塞詩的特色。

至於陳子昂的代表作，要推登幽州臺歌了。這是他隨建安王武攸宜出征契丹時所寫的。據他的朋友盧藏用在陳氏別傳中說：

子昂體弱多疾，感激忠義，常欲奮身以答國士。自以官在近侍，又參預軍謀，不可見危而惜身苟容。他日又進諫，言甚切至，建安謝絕之，乃署以軍曹。子昂不合，因箝默下列，但兼掌書記而已。因登薊北樓，感昔樂生、燕昭之事，賦詩數首。乃泫然流涕而歌曰：「前不見古人，後不見來者；念天地之悠悠，獨愴然而涕下！」時人莫不知也。

陳子昂在薊丘覽古中，再次提到燕昭王用賢容才，使樂毅、郭隗等得以施展才學，爲國所用，立下功業。而子昂感生不逢時，無法實現自己的抱負，故有登幽州臺歌孤絕之境。同時這首詩，也說明了陳子昂在初唐提倡「漢魏風骨」的詩，在舉世滔滔寫宮體詩的時代，自然感到孤掌難鳴，這種孤絕之境，只能等待李白、杜甫、白居易、韓愈等出現時才得到共鳴。總之，他在初唐時，提出復古作爲詩歌革新的理論，其實所稱復古，是新古典的啓機，不是擬古或保守的觀念，跟中唐時韓柳的古文運動，同具新古典的新精神。

第四節　盛唐詩歌

所謂盛唐，是從玄宗開元元年（七一三）起，到肅宗寶應末年（七六二）止。

盛唐時代是唐詩的全盛時期。考盛唐詩所以興盛的原因：一爲樂府歌辭的流行；二爲開元天寶盛世，國力強大，胡漢文化的交流，詩人流露了盛唐的氣象；三爲儒道佛三教的融合，使唐人生活視野遼濶，而詩的境界呈多樣性；四爲天寶末葉的離亂，社會的動蕩，民生的疾苦，使詩人面對現實的題材，加以描寫，擴大了詩歌的領域。由於種種因素，交滙成盛唐詩壯濶的波瀾。

唐代從太宗到玄宗，國力強盛，東征西討，聲威遠播，四方夷邦，都來歸順。如契丹、突厥、高昌、吐谷渾、吐蕃，入貢稱臣；甚至占婆（即林邑）、眞臘（今柬埔寨）、扶南（今泰國東部）、婆利（今婆羅洲）、訶陵（今爪哇）、室利佛逝（今蘇門答臘）等二十餘國，也來歸順。於是造成胡漢文化的交流，民族的融和，使唐代的民族更爲活躍，人民充滿了樂觀進取的精神，故盛唐的邊塞詩，便反映了活潑進取的精神。由於胡漢文化的交流，在音樂上尤爲顯著，於是歌舞興盛，胡樂大量輸入，唐太宗高宗和武后之時，設置都護府以統馭邊疆各部族，玄宗時，又沿邊域改置十節度使。當時的都護府和節度使除了進貢當地的特產外，並將當地的樂歌舞曲也獻給朝廷，作爲宮庭的娛樂品，如婆羅門舞、霓裳羽衣曲、菩薩蠻隊，便是顯著的例子。胡樂曲調優美，大受朝野人士的喜愛，因此詩人據此作詩，傳唱人人之口。胡適之在白話文學史第十二章中，提及盛唐詩興盛的關鍵，在於樂府歌辭的流行。他說：

盛唐是詩的黃金時代。但後世講文學史的人，都不能明白盛唐的詩所以特別發展的關鍵在什麼地方。盛唐的詩關鍵在樂府歌辭。第一步是詩人仿作樂府。第二步是詩人沿用樂府古題而自作新辭，但不拘原意，也不拘原聲調。第三步是詩人用古樂府民歌的精神來創作新樂府。在這三步之中，樂府民歌的風趣與文體。不知不覺地浸潤了、影響了、改變了詩體的各方面，遂使這個時代的詩，在文學史上放一大異彩。

詩歌與音樂有密切的關係，胡樂的流行，改變了詩歌的形式和內容，初唐詩承前朝小樂府的餘緒，開展了絕句和律體，經上官體、沈宋體的調平仄、講對仗，於是律體成立，而初唐綺靡浮華之風，進入盛唐後，已漸次轉變成浪漫的詩風，如賀知章、包融、張旭、張若虛、蘇頲、張說等，便是承宮體文學的餘緒而開展，到李白時轉變爲狂放不羈的浪漫詩派；其次，有王維、孟浩然、儲光羲、丘爲、祖詠、綦毋潛、裴廸、劉長卿等，繼王績的道路，開拓了盛唐時的山水詩和田園詩，他們以歌詠自然爲主，而形成了自然詩派；其次，爲青年的詩人，出入於邊塞，許身爲國，唱出了悲壯豪健的邊塞詩，主要的詩人，有王昌齡、高適、岑參、王之渙、王翰、李頎、崔顥等作家，形成了邊塞詩派；其次，盛唐名相，如張九齡、姚崇、宋璟、張說等，他們以儒家的寫實觀念來寫詩，由於太平盛世，作品落於應制或歌頌，缺乏動人的感情。天寶末葉，社會經安史之亂，生民塗炭，於是有元結、沈千運、杜甫、張籍等關心民間疾苦，寫下可歌可泣的詩篇，於是社會寫實詩流行，形成了寫實詩派。綜觀盛唐詩風的流轉，歸納爲浪漫詩、自然詩、邊塞詩、寫實詩等流派，敍述如下。

一、浪漫詩派

初唐詩歌，沿南朝華靡浮豔之風，雖有陳子昂創言復古，追求建安風骨，但對當時的詩壇，並未形成重大的影響。進入盛唐，如李華、蕭穎士等，仍承初唐宮體詩的風格，多寫宮詞或應制的詩；但賀知章、包融、張旭、張若虛等「吳中四士」，他們正當太平盛世，絕少留意政治的內在危機與社會的現實問題，而著重人生理想的追求。加以佛道思想的流行，他們結合了長安一帶的青年詩人，使氣任俠，飲酒狎妓，修道訪仙，過清狂放達的生活，他們在尋求心靈的絕對自由，輕視禮法，他們的生活，便如杜甫在飲中八仙歌所說的，終日與酒爲伍：

知章（賀知章）騎馬似乘船，眼花落井水底眠。汝陽（汝陽王璡）三斗始朝天，道逢麴車口流涎，恨不移封向酒泉！左相（李適之，天寶元年任左丞相）日興費萬錢，飲如長鯨吸百川，銜杯樂聖稱避賢。宗之（齊國公崔宗之）瀟灑美少年，舉觴白眼望青天，皎如玉樹臨風前。蘇晉（左庶子）長齋繡佛前，醉中往往愛逃禪。李白斗酒詩百篇，長安市上酒家眠，天子呼來不上船，自稱臣是酒中仙。張旭三杯草聖傳，脫帽露頂王公前，揮毫落紙如雲煙。焦遂五斗方卓然，高談雄辯驚四筵。

其中有親王，有宰相，有佛教徒，有道士，有詩人，有書法家，他們大都是失意的人，酒和詩，使他們結合在一起，遂形成浪漫詩派。浪漫詩家除吳中四士外，尚有崔成輔、崔宗之、任華、吳筠、魏萬、崔曙等，而以李白爲巨擘。

吳中四士，新唐書劉晏傳：「包佶父融，集賢院學士，與賀知章、張旭、張若虛有名當時，號吳中四士。」這四人的詩，是盛唐始開浪漫詩派的重要作品，他們懷有才華，但不爲世所重用，都厭惡規律的生活，棄禮俗，而追求人生的至美，心靈的絕對自由，而近於游仙。

賀知章（六五九～七四四），字季眞，晚號四明狂客，會稽（今浙江省紹興市）人。少年便有詩名，與李白、張旭等喝酒吟詩，善談論笑謔。武朝證聖初（六九五）擢進士第，累遷禮部侍郎，兼集賢院學士。天寶三年，請爲道士，還鄉里，享年八十六。全唐詩共收他的詩十三首，而回鄉偶書二首，堪稱絕唱：

少小離家老大回，鄉音難改鬢毛衰。兒童相見不相識，笑問客從何處來。

離別家鄉歲月多，近年人事半銷磨。唯有門前鏡湖水，春風不改舊時波。

張旭，字伯高，蘇州吳（今江蘇省蘇州市）人。嗜酒，每大醉，亂跑狂叫，酒後下筆寫草書更能傳神，世號「張顛」，又號「草聖」。曾任常熟尉。時人以李白的詩，裴旻的劍舞，張旭的草書，視爲三絕。在全唐詩中張旭的詩僅存六首，舊唐書李白傳附有張旭的小傳。如桃花谿：

隱隱飛橋隔野煙，石磯西畔問漁船。「桃花盡月隨流水，洞在清谿何處邊？」

包融的詩，亦僅存八首，多寫山水之景而帶有游仙觀念。他的送國子張主簿，是一首好詩：

湖岸纔初解，鶯啼別離處。遙見舟中人，時時一回顧。坐悲芳歲晚，花落青軒樹。春夢隨我心，悠揚逐君去。

在四十之中，張若虛的詩，詞語最美且富玄趣。張若虛，揚州人。今存詩二首，春江花月夜便是他傳世的代表作：

春江潮水連海平，海上明月共潮生。灩灩隨波千萬里，何處春江無月明。江流宛轉繞芳甸，月照花林皆似霰。空裏流霜不覺飛，汀上白沙看不見。江天一色無纖塵，皎皎空中孤月輪。江畔何人初見月？江月何年初照人？人生代代無窮已，江月年年望相似。不知江月待何人，但見長江送流水。白雲一片去悠悠，青楓浦上不勝愁。誰家今夜扁舟子，何處相思明月樓？可憐樓上月徘徊，應照離人妝鏡臺。玉戶簾中卷不去，擣衣砧上拂還來。此時相望不相聞，願逐月華流照君。鴻雁長飛光不度，魚龍潛躍水成文。昨夜閒潭夢落花，可憐春半不還家。江水流春去欲盡，江潭落月復西斜。斜月沈沈藏海霧，碣石瀟湘無限路。不知乘月幾人歸，落月搖情滿江樹。

這是一首閨怨的詩，寫春夜懷人，情致纏綿，然詞采綺靡細膩，有六朝金粉的遺風。

盛唐浪漫詩人李白（七〇一～七六二），是我國詩壇上數一數二的大詩人。世以李杜並稱而不能定其高下，然如以才情橫溢，倜儻絕俗論，則李白實爲李唐以來第一人。

李白，相傳他的母親因夢見長庚入懷而生他，所以字太白。祖籍隴西成紀（今甘肅省天水縣附近），他自稱系出隴西漢將李廣之後，見贈張相鎬詩：「本家隴西人，先爲漢邊將。」爲涼武昭王暠的九世孫。先世在隋末，因罪流徙西域碎葉，李白五歲時，隨父遷居四川綿州彰明縣的青蓮鄉，因自號青蓮居士。見唐人李陽冰唐翰林李太白詩序所載。

李白的少年和青年時代，便在四川渡過，他自云「五歲誦六甲」，又云「十五游神仙」、「十五好劍術」、「十五觀奇書，作賦凌相如」，可知他興趣廣而多才藝。二十歲以後，他開始漫遊蜀中，跟那些俠客道士遊岷山、峨眉，過着放任自在的生活。

開元十四年，李白二十六歲，他爲了實現他的政治理想，離開四川，過著漫遊、求仕的生活。他在代壽山答孟少府移文書上說：「奮其智能，願爲輔弼，使寰區大定，海縣清一。」又說：「仗劍去國，辭親遠游。」由於他的生性曠放不羈，不屑於參加科舉考試，因此他想憑其文章才華，採游說方式，得到權貴的舉薦；或通過隱居學道的方式，由於聲名高，可以直步青雲，合乎當時所謂的「終南捷徑」，由隱居而出仕，於是他到過漢水襄陽，過洞庭，上廬山，東到金陵、揚州，先後北遊洛陽、龍門、嵩山、太原等地，又東游齊魯，南到江浙，足跡幾乎走遍大江南北。李白在雲夢娶了故相許圉如的孫女爲妻，在并州結識了唐代名將郭子儀。後來到山東任城，和孔巢父等六人隱居徂徠山、竹溪，終日放歌酣飮，號稱「竹溪六逸」。

天寶元年，李白四十二歲。他在浙江結識了道士吳筠，一同住在嵊縣，由於十餘年的遊歷，他的詩名也日益盛大。由於吳筠的推薦，唐玄宗下詔徵他入京，他在南陵別兒童入京詩云：「仰天大笑出門去，我輩豈是蓬蒿人！」可知他當時是多麼喜悅。李白初到長安，太子賓客賀知章讀了他的詩，歎爲天上謫仙，於是聲名愈著。玄宗召見時，命他爲翰林供奉。他在長安住了三年，仍不改他那種狂放不羈的生活。因爲玄宗愛他的才華，所以很受寵遇，曾有龍巾拭吐，御手調羹的故事。有一次，他喝醉了酒，竟讓皇帝的寵信高力士爲他脫靴，皇上的愛妃楊玉環爲他捧硯，至今傳爲風流韻事。李白那首清平調，便是在這時寫成的。由於李白性情傲岸，行爲放蕩，不像是個臺閣廊廟之材，所以雖得玄宗的賞識，卻招致權臣的讒謗，始終沒有獲得高官厚爵。因此他在天寶三年春，上書請還，離開了長安。在洛陽他遇見了杜甫，成爲好友，杜甫與李十二同尋范十隱居云：「醉眠秋共被，攜手日同行。」可知他們結下深厚的友誼。次年，李白和杜甫分手，南遊江浙，從此，他再度過着漂泊流浪的生活。

這次他浪跡大江南北，漫無定處，生活漸形潦倒。他在詩中歎道：「萬里無主人，一身獨爲客。」「欲邀擊筑悲歌飲，正值傾家無酒錢。」這時他嘗到現實人生的炎涼滋味，所以他感慨道：「一朝謝病遊江海，疇昔相知幾人在？」同時人在落魄時，骨肉的親情，鄉里的懷念，不禁油然而生，放達如李白，竟也寫出「何年是歸日，雨淚下孤舟」感傷的詩句來。但是李白的性格畢竟是狂放的、豪邁的，一旦生活稍爲改善，他又興緻勃勃地飲酒作樂起來。他在客中行一詩中，就欣然自得地說：「蘭陵美酒鬱金香，玉椀盛來琥珀光。但使主人能醉客，不知何處是他鄉。」從這首詩裏，可以看李白的眞性情。

天寶十四載（七五五），安祿山反，李白由宣城避地剡中，不久隱居廬山，李璘（永王）起兵，招李白爲幕府僚佐。後因李璘和他的哥哥李亨（肅宗）爭奪帝位失敗，李白獲罪當誅，幸虧郭子儀出面相救，才得到減刑。詔令放逐夜郎（今貴州桐梓一帶），幸而中途遇大赦，得放歸。這年是乾元二年，李白五十八歲。他經江夏、岳陽、潯陽至金陵。上元二年，李白六十一歲，聞李光弼率大軍征討史朝義，請纓殺敵，因病折回。次年，寶應元年，李白病死在他的族叔當塗令李陽冰家。初葬采石磯，後人遵詩人遺志，改葬青山，享年六十二。

綜觀李白的一生，或縱酒高歌，或擊劍習武，或隱居修道，或傲嘯朝廷，或遭困遇赦，或浪跡天涯，可謂多彩多姿。而作品之中，有的悽惻纏綿，有的熱情洋溢，有的高逸空靈，有的揮毫落紙，有排山倒海之勢。無論五言七言，樂府歌行，律詩絕句，到他的手裏，都顯得揮灑自如，氣象萬千。連有詩聖之稱的杜甫，也對他由衷地讚美道：「筆落驚風雨，詩成泣鬼神。」他的詩，不但驚風雨、泣鬼神，使人讀來，直如星月懸空，可仰視而不可攀擬，但覺玄黃交錯，落英繽紛，稱之爲「詩仙」，不爲過也。

李白的詩集，首次由當塗令李陽冰整理成帙，凡十卷。詩集前有李陽冰的序，說明李白病篤時，把稿交給他。序上說：

陽冰試絃歌於當塗，心非所好，公遐不棄我，乘扁舟而相顧臨。當掛冠，公又疾亟，草藁萬卷，手集未修，枕上授簡，俾余爲序。論關雎之義，始愧卜商；明春秋之辭，終慚杜預。自中原有事，公避地八年，當時著述十喪其九，今所存者，皆得之他人焉。時寶應元年十一月乙酉也。

其後北宋樂史，增收李白詩爲二十卷，又錄賦序表讚書頌等文章爲別集十卷。今有分類補註李太白詩三十卷，商務四部叢刊本。全唐詩收李白詩九百七十五首，又補遺二十六首。

李白的詩，古風五十九首，樂府歌行一百四十九首，其餘皆爲古體或近體詩，而近體詩不多，七律只有八首。可見李白以磊落之才，不願受格律的限制而多作古體詩或樂府歌行的詩。他的古風，氣勢豪邁，落筆天縱。如：

大雅久不作，吾衰竟誰陳。王風委蔓草，戰國多荊榛。龍虎相啖食，兵戈逮狂秦。正聲何微茫，哀怨起騷人。揚馬激頹波，開流蕩無垠。廢興雖萬變，憲章亦已淪。自從建安來，綺麗不足珍。聖代復元古，垂衣貴清眞。群才屬休明，乘運共躍鱗。文質相炳煥，衆星羅秋旻。我志在刪述，垂輝映千春。希聖如有立，絕筆於獲麟。

李白倡言復古，主張大雅王風，而視建安以來的詩，雖綺靡而不足珍貴。他的詩集魏晉六朝詩之大成，而開盛唐浪漫詩的蹊徑，是李白詩的一大特色。

其次，他擅長於寫古體和樂府歌行體的詩，詩中才情橫溢，不可拘攣，氣勢之盛，有如「黃河之水天上來」之概，是李白詩的又一特色。如：

棄我去者、昨日之日不可留，亂我心者、今日之日多煩憂。長風萬里送秋雁，對此可以酣高樓。蓬萊文章建安骨，中間小謝又清發。俱懷逸興壯思飛，欲上青天覽日月。抽刀斷水水更流，舉杯銷愁愁更愁。人生在世不稱意，明朝散髮弄扁舟。（宣州謝朓樓餞別校書叔雲）

君不見、黃河之水天上來，奔流到海不復回？君不見、高堂明鏡悲白髮，朝如青絲暮成雪？人生得意須盡歡，莫使金樽空對月。天生我材必有用，千金散盡還復來。烹羊宰牛且爲樂，會須一飲三百杯。岑夫子，丹丘生，將進酒，君莫停。與君歌一曲，請君爲我側耳聽：鐘鼓饌玉不足貴，但願長醉不願醒。古來聖賢皆寂寞，惟有飲者留其名。陳王昔時宴平樂，斗酒十千恣讙謔。主人何爲言少錢？徑須沽取對君酌。五花馬，千金裘，呼兒將出換美酒，與爾同銷萬古愁。（將進酒）

其次，李白詩多抒寫自我與游仙，詩中常帶有俠情和仙氣，富於創造性，運用神話、幻想與誇飾的手法，造成神秘浪漫的色彩，是李白詩的又一特色。如他的蜀道難：「噫吁戲，危乎高哉！蜀道之難難於上青天。」寫蜀道天棧的陰峻橫絕，暗示仕途之艱險橫阻如登青天。又如廬山謠：「我本楚狂人，鳳歌笑孔丘。手持綠玉杖，朝別黃鶴樓。五嶽尋仙不辭遠，一生好入名山遊。」寫尋仙脫俗之情，自然流麗。夢遊天姥吟留別：「我欲因之夢吳越，一夜飛渡鏡湖月。……」整段寫夢境，純然是神遊之筆。最令人歎絕的，是他的月下獨酌：

花間一壺酒，獨酌無相親。舉杯邀明月，對影成三人。月既不解飲，影徒隨我身。暫伴月將影，行樂須及春。我歌月徘徊，我舞影零亂。醒時同交歡，醉後各分散。永結無情遊，相期邈雲漢。

由一人獨飲，對影邀月卻成三人，寂靜之境，寫來竟如此熱鬧，滿篇類似酒話醉語，卻十分清醒。

李白愛道士，學神仙，練丹受籙，追求現世的快樂與官能之滿足；另一面則爲消極避世的觀念，故其作品中常表現矛盾複雜的心境和性格。他的詩，變化多端，多歧多樣，濃而豔，淡而靜，頹而悲；就內容言，有詠懷、詠史、游仙、哲理、田園、山水、飲酒、懷古、登高、宮體，幾乎無所不包，無所不能，是其詩的另一特色。例如：

峨眉山月半輪秋，影入平羌江水流。夜發清溪向三峽，思君不見下渝州。（峨眉山月歌）

舊苑荒臺楊柳新，菱歌清唱不勝春。只今惟有西江月，曾照吳王宮裏人。（蘇臺覽古）

衆鳥高飛盡，孤雲獨去閒。相看兩不厭，只有敬亭山。（獨坐敬亭山）

風吹柳花滿店香，吳姬壓酒喚客嘗。金陵子弟來相送，欲行不行各盡觴。請君試問東流水，別意與之誰短長？（金陵酒肆留別）

李白詩無論寫情道景，說理詠懷，都能活潑舒暢，如春江活水，緜延不斷。清方東樹昭味詹言卷十二評其詩

：「太白飛仙，不可妄學，易使流於狂徂熟濫，放失規矩。…當希其發想超曠，落筆天縱，章法承接，變化無端，不可以尋常胸臆摸測。如列子御風而行，如龍跳天門，虎臥鳳閣，威鳳九苞，祥麟獨角。」李白堪稱我國詩壇中的第一天才詩人，他的成就，是繼屈原之後，在浪漫主義詩歌發展上，引起新的高潮。

二、自然詩派

自然詩包括田園和山水詩，以吟詠自然的景色、事物和田家、山林生活爲主，是我國隱逸文學中最具文學價值的作品。我國田園詩，肇啓於詩經的豳風七月，開創於東晉陶淵明，詩品批評他的詩爲「文體省靜，殆無長語，篤意眞古，辭興婉愜。古今隱逸詩人之宗也」。山水詩淵源於屈原的涉江、悲回風，然以山水名家，始自劉宋謝靈運，文心雕龍明詩篇云：「老莊告退，山水方滋。」所以我國山水文學，直到南朝謝靈運謝朓才開拓出來，才有眞正的山水詩。其後，受齊、梁、陳、隋宮體詩的衝擊，而山水田園詩，幾成爲絕響。到了初唐，王績的自然詩，才接上陶謝詩的路線，使沈寂已久的田園、山水詩，得以繼續發展。

盛唐時，隱逸的風氣也很盛行，因此自然詩也跟着興盛起來。細察隱逸風氣盛行的原因有三：一爲佛道思想的流行，文士想一舉成名，有所謂「終南捷徑」的路子。唐室姓李，與道家開創人李耳同姓，故皇室特重道家，崇尚神仙道術，甚至王侯公主，也多獻身其間，成爲道士或女冠。因此有些文人也參與其間，修道煉丹，隱逸名山，等待朝廷的召辟，加以重用，像吳筠、李白等，便是以逸士、道士之名而被召入宮中，委以官職，於是當時有「終南捷途」的諺語。二爲唐人以科第取士，但唐人一向重視進士而輕視明經。因此明經科及第的，往往有些年輕的學子，而進士科大半是年紀較大的，甚至四五十歲才中第的，也不足爲奇。唐代的進士是那樣的難以考中，難怪民間的諺語有云：「三十老明經，五十少進士。」（見王保定摭言）意思是說，三十歲考上明經科，算是老的了，而五十歲考上進士，還算是年輕的。由於進士的難以考中，不少士子的落第，追求功名的幻滅，產生隱逸的念頭。三爲天寶年間，宰相李林甫、楊國忠的慵蔽，招致安祿山之亂，由於政局社會的不平，造成文士避世歸隱的傾向。而文士隱逸的風氣很盛，田園山水詩自然也跟着興盛起來。主要的作家，以王維、孟浩然、儲光義、劉長卿爲主，其次還有常建、劉愼虛、丘爲、裴廸、祖詠等詩人。

孟浩然（六八九～七四○），襄陽（今湖北省襄陽縣）人。他和王維友善，同爲盛唐著名的田園山水詩人，世有「王孟」之稱。孟浩然一生過着隱居的生活，四十歲以前，隱居在襄陽附近的鹿門山，閉門苦讀，灌園種竹。那年，他感到老守空山不能稱心，便來到長安，想應進士第。他曾在太學賦詩，有「微雲淡河漢，疏雨滴梧桐」（見王士源孟浩然集序）句，在座的都敬佩他的才華，這時他的詩名已很顯著了。

據新唐書記載，王維當時在朝，有意要擧薦孟浩然給玄宗，不料玄宗讀他的歸終南山詩，其中有「不才明主棄，多病故人疏」句，大爲不快，因此擧薦不成，所以孟浩然到長安來，本想求仕，後來進士沒考取，官也沒得到，便悶悶不樂地離開長安。他在留別王維詩上說：

寂寂竟何待，朝朝空自歸。欲尋芳草去，惜與故人違。當路誰相假，知音世所稀。祇應守寂寞，還掩故園扉。

從這首詩中，可知當時他的心情確實懊惱極了。於是他到江淮吳越等地漫遊了一段時日，寫了一些遊覽記遊的詩，如宿建德江、江上思歸、宿桐廬江寄廣陵舊遊、晚泊潯陽望廬山等，便是這時寫成的。例如江上思歸：

木落雁南渡，北風江上寒。我家襄水曲，遙隔楚雲端。鄉淚客中盡，孤帆天際看。迷津欲有問，平海夕漫漫。

這是思鄉之作，江上淒寒的景色，襯托了詩人懷歸的心情。不久，他回到故鄉，再過着隱逸的生活。後張九齡罷相，出爲荆州長史，孟浩然曾在張九齡幕下做了幾年事，便又歸隱。開元二十八年，王昌齡過襄陽，特地去拜訪孟浩然，兩人相見甚歡，不久孟浩然背疽病復發，尋病卒，享年五十二。今有孟浩然集傳世。王維過郢州時，曾在刺史亭上畫孟浩然的像，以追悼他的朋友，後人便稱該亭爲「孟亭」。

孟浩然的詩，約兩百六十二首，以五古和五律爲主，七言的詩只有十餘首。他一輩子過的是鄉村的生活，他的詩，便以大自然爲背景，致力於自然山水、鄉村園林的描寫，造成恬淡、閑適的境界。這種詩風是繼承陶淵明、謝靈運一脈的風尚的，在唐代文學鼎盛的時代裏，王維、孟浩然、儲光羲、裴廸、丘爲諸家的提倡，王孟一派的自然詩，便成了盛唐詩運中的一股強流。

大抵孟浩然的詩以主觀爲主，詩中灌以一己之情，時有活潑鮮明之景跳躍於詩句之間，王維詩以客觀爲主，詩中融以禪境，且所用詩語華麗，故王維詩之成就，在孟浩然之上。然孟浩然純樸之情，寫鄉村自得的生活，是王維詩所不及的。

孟浩然的作品，大概可分爲兩個時期：四十歲前的作品，表現隱者的心境而摻雜着思慕榮華富貴的念頭，所以在平靜的詩境中，常帶有好奇和憤慨的情調，正如他所說的「欲濟無舟楫，端居耻聖明。坐觀垂釣者，空有羨魚情」（望洞庭湖贈張丞相）。這種羨魚的心情，就是他前期作品最好的寫照。四十歲以後的作品，便是純淨的山水詩，含有隱逸的幽情，他所寫的都是襄陽附近的名勝，如鹿門山、峴山、魚梁州、萬山、高陽池等。例如：

山寺鳴鐘晝已昏，魚梁渡頭爭渡喧。人隨沙岸向江村，余亦乘舟歸鹿門。鹿門月照開煙樹，忽到龐公棲隱處。巖扉松徑長寂寥，惟有幽人自來去。（夜歸鹿門歌）

垂釣坐盤石，水清心亦閒。魚行潭樹下，猿掛島藤間。游女昔解佩，傳聞於此山。求之不可得，沿月櫂歌還。（萬山潭作）

白描淡寫，風骨自異。其他如夏日南亭懷辛大、秋登蘭山寄張五、登鹿門山等，也都是淡而深遠的筆調，充滿了和平和與世無爭的理想。

其次，孟浩然筆下的田園詩，也有獨特會心之處，如過故人莊：

故人具雞黍，邀我至田家。綠樹村邊合，青山郭外斜。開軒面場圃，把酒話桑麻。待到重陽日，還來就菊花。

又如游精思觀回王白雲在後：

出谷未停午，到家日已曛。回瞻下山路，但見牛羊群。樵子暗相失，草蟲寒不聞。衡門猶未掩，佇立待夫君。

都是淳樸的田家語，卻富濃厚的山村氣息。他對交往的朋友，也流露着純潔高貴的友情。所以他的詩讀起來，不覺有山水清音，悠然自遠的感覺，農樵逸士，閒話桑麻的鄉情。同時，他的小詩春曉：

春眠不覺曉，處處聞啼鳥。夜來風雨聲，花落知多少？

這首意境鮮明，用語淺近，與李白的靜夜思是同樣爲人人傳誦的唐詩。

孟浩然比李白、王維大十二歲，他是初唐進入盛唐時期著名的詩人，也是山水田園詩重要的詩家，因此盛唐的大詩家都很敬仰他。李白贈孟浩然曾云：「吾愛孟夫子，風流天下聞。」杜甫解悶詩也說：「復憶襄陽孟浩然，新詩句句俱堪傳。」而王維的漢江臨汎也是送給他的：「襄陽好風日，留醉與山翁。」一代大詩人尚且如此推重，難怪後人更要推崇備至了。

王維（七〇一～七六一），字摩詰，太原祁（今山西省祁縣）人。「維摩詰」是佛在世時的一個大弟子，他著有維摩經。王維把維摩詰截成兩節作爲他的名與字，是他以維摩詰自況。王維是個早慧詩人，少年時的作品就已出色，十五歲作過秦王墓，十七歲作九月九日憶山東兄弟，十八歲作洛陽女兒行，十九歲作桃源行。在十九歲那年，他入京應舉，中解頭。集異記記載：他喜彈琵琶，假扮伶工，託岐王帶他到公主府，見了公主後，他獻了一闋鬱輪袍，並出示所作詩文，公主看了大爲驚奇，立刻命宮婢傳看，並把他舉薦給試官，舉爲解頭。王維不僅能詩，而且精通書畫和音樂。

開元九年，王維二十一歲中了進士，作大樂丞。他在京都這段期間，很得諸侯王如寧王、薛王、岐王等豪貴們所賞識，而早期的詩，也多半寫些遊宴、行獵，或應制奉和的詩。作那首少年行，便是寫長安少年遊俠行樂的情景：

> 新豐美酒斗十千，咸陽遊俠多少年。相逢意氣爲君飲，繫馬高樓垂柳邊。

不久，他因伶人舞黃獅子事，被貶爲濟州司庫參軍。開元十八年，王維三十歲，這年他的妻子去世，從此他不再娶，性好靜，尙佛道，時與方外人士交往。開元二十年，王維隨王禕、裴耀卿出征，討契丹。回京後，得張九齡的擧薦，出任右拾遺。開元二十四年，張九齡罷相，王維也開始過半官半隱的生活。他在四十歲時，最初隱居在終南山別墅，對現實社會和功名利祿，漸漸失去了興趣，而嚮往道家的養性全眞和佛家的出世觀念。他在詩上說：

> 中歲頗好道，晚家南山陲。興來每獨往，勝事空自知。行到水窮處，坐看雲起時。偶然値林叟，談笑無還期。

但他的官職，卻由監察御史、吏部郎中，提升爲給事中。天寶年間，王維第二次隱居的地點，在藍田輞川，得到宋之問的別墅。舊唐書文苑傳記載王維：

> 晚年長齋，不衣文綵。得宋之問藍田別墅，在輞口，輞水周於舍下，別漲竹洲花塢。與道友裴廸，浮舟往來，彈琴賦詩，嘯詠終日。嘗聚其田園所爲詩，號輞川集。

王維卜居輞川，是由於中年以後好道，另一原因是奉養他的母親崔氏，因崔氏奉佛，愛過山林幽靜的生活；王維自喪妻後，一直跟母親住在一起，母子相依爲命。於是王維每退朝之後，便焚香獨坐，以誦禪爲事。

天寶末，安祿山反，長安淪陷，王維不及逃出，被俘。他服藥下痢，假稱瘖病，被囚在寺中。亂平，他以附賊罪下獄，幸虧他有一首凝碧詩，表露他對朝廷的忠誠，減輕了他的罪。後來朝廷恢復他的官職。乾元二年，轉爲尙書右丞，卒於官，有王右丞集傳世。

據清趙殿成王右丞集箋注本，王維詩共四百三十二首，如依全唐詩或須溪本，僅三百八十六首。研究王維的詩，以開元二十八年，王維四十歲爲分期。四十歲以前，他的詩多爲送別詩和邊塞詩。他所交往的朋友，大半是道士、僧侶和寒士，如崔興宗、丘爲、盧象、裴迪、孟浩然等。在他的送別詩中，卻有悽清遼闊的情境。如送邢桂州：

鐃吹喧京口，風波下洞庭。赭圻將赤岸，擊汰復揚舲。日落江湖白，潮來天地青。明珠歸合浦，應逐使臣星。

又如送孟六歸襄陽：

杜門不復出，久與世情疏。以此爲良策，勸君歸舊廬。醉歌田舍酒，笑讀古人書。好是一生事，無勞獻子虛。

王維在開元二十年和二十五年嘗出塞，於是也寫了一些豪情干雲的邊塞詩，或寫塞外風光，或寫少年豪情，或寫征戍之苦，或寫老將英勇，流露出英雄本色和愛國的熱情。例如他的燕支行、老將行、隴頭吟、隴西行、從軍行等便是。今錄他的使至塞上爲例：

單車欲問邊，屬國過居延。征蓬出漢塞，歸雁入胡天。大漠孤煙直，長河落日圓。蕭關逢侯騎，都護在燕然。

王維四十歲後，過半官半隱的生活，曾隱居在終南山，後隱居在藍田輞川，於是多寫田園詩和山水詩，表現了他的閑淡和高逸的詩境。例如他的渭川田家：

斜陽照墟落，窮巷牛羊歸。野老念牧童，倚杖候荊扉。雉雊麥苗秀，蠶眠桑葉稀。田父荷鋤至，相見語依依。卽此羨閑逸，悵然吟式微。

王維的渭川田家寫田家薄暮的景象，和王績的野望，情調相似。尤其他晚年時，在輞口別墅中，與裴廸浮舟往來，彈琴賦詩，所寫的輞川集，最爲出色。他在自序上說：

余別業在輞川山谷，其遊止有孟城坳，華子岡，文古館，斤竹嶺，鹿柴，木蘭柴，茱萸沜，宮槐陌，臨湖亭，南垞，欹湖，柳浪，欒家瀨，金屑泉，白石灘，北垞，竹里館，辛夷塢，漆園，椒園等；與裴廸閑暇各賦絕句云。

以上都是輞川附近的地點，各有一首五言絕句加以描寫，合起來便是個整體，給人一種幽閒清逸的情趣，今擇其中的幾首爲例：

華鳥去不窮，連山復秋色。上下華子岡，惆悵情何極。（華子岡）

空山不見人，但聞人語響。返景入深林，復照青苔上。（鹿柴）

獨坐幽篁裏，彈琴復長嘯。深林人不知，明月來相照。（竹里館）

此外他的皇甫嶽雲溪雜題五首，也類似輞川集的詩境：

人閒桂花落，夜靜春山空。月出驚山鳥，時鳴春澗中。（鳥鳴澗）

日日採蓮去，洲長多暮歸。弄篙莫濺水，畏溼紅蓮衣。（蓮花塢）

綜觀王維詩的特色有四：㈠田園詩與山水詩的融合，使恬靜的田家生活與雄奇壯濶的自然景物結合，造成盛唐自然詩的特色。如「渡頭餘落日，墟里上孤煙」。「明月松間照，清泉石上流」等，塑景優美，他攝取陶謝詩的優點集於一身。㈡「詩中有畫」。王維不但是詩人，同時是南宗畫派的大家，他的畫受北宗大師李思訓的影響，學其用金粉設色，並開創潑墨山水畫的新途徑。而王維將畫畫的技巧，移置於詩中，不論塑景造境，經營位置，設色對比，都能使詩中充滿了詩趣和畫趣。蘇東坡摩詰藍田煙雨圖中，批評王維的詩和畫：「味摩詰之詩，詩中有畫；觀摩詰之畫，畫中有詩。」㈢音樂感特別強烈。王維本是音樂家，與詩畫合爲「三好」。讀他的詩，可以感受到音韻之美，例如他贈別的抒情絕句渭城曲：「渭城朝雨浥輕塵，客舍青青柳色新。勸君更盡一杯酒，西出陽關無故人。」在唐人送別時，已傳唱爲「陽關三疊」。他如「紅豆生南國」、「清風明月苦相思」，在安史亂後，被人傳唱江南的情歌。㈣以禪入詩的新境界。王維好佛道，他把佛家的禪意、禪趣、禪境帶入詩中。他用佛家語入詩，並寫禪門的行誼碑塔，所以他的詩充滿了禪典和禪迹。同時，他的詩充滿了「空靈」、「脫俗」、「閒淡」、「幽靜」的境界，便是禪趣、禪意、禪境介入詩境的明證，以達喪我忘我的境界，與自然合爲一體。所以在他的詩中，多寫「白雲」、「明月」、「清泉」之景，以表現禪趣和禪意，並多用「白」、「青」、「黃」、「綠」等顏色字，以見清新脫俗之情。殷璠批評他的詩說：「詞秀調雅，意新理愜，在泉成珠，著壁成繪。」堪稱盛唐自然詩的第一大家，並有「詩佛」之稱。所以他的詩，在盛唐期間，影響至鉅。

儲光羲（七〇七—七六〇），山東兗州人。開元十四年進士，當了幾年太祝。在唐代，太祝是掌祭祀，爲人祈求福祥的官，後人便稱他爲儲太祝。然而仍不滿於這種職位，在登戲馬臺作云：「少年自言未得意，日暮蕭條登古臺。」他道出不得志的苦悶，而幻想着要當個踴躍捐軀，建樹元勳的英雄。事實上他只是替人祈福的太祝罷了。因此一氣之下，他辭官退隱到終南山，去享受田家隱逸的生活，而日與樵父、農夫爲友。所以他的詩的特色、便是致力於田家生活的描寫。在他的心靈中理想的世界，是洋溢着和平閑適的農村社會。

他著名的作品，像樵父詞、漁父詞、牧童詞、采蓮詞、采菱詞、田家雜興等，都是以農村的人物景象爲素材，而交織成一幅農村的快樂圖。下面的一首詩，便是他的田家雜興八首中的一首：

梧桐蔭我門，薜荔網我屋。迢迢兩夫婦，朝出暮還宿。稼穡既自種，牛羊還自牧。日旰懶耕鋤，登高望川陸。空山足禽獸，墟落多喬木。白馬誰家兒，聯翩相馳逐。

儲光羲的詩，除了表現田家的和平快樂外，還流露着純眞活潑的情趣，他很能抓住片刻的感觸和情感，加以抒寫。像他的江南曲：「日暮長江裏，相邀歸渡頭。落花如有意，來去逐船流。」就是渡頭的春水，落花的隨舟，本是無意的流動，然而在詩人的眼裏，卻充滿了情趣。再如他的釣魚灣：「垂釣綠灣春，春深杏花亂。潭清疑水淺，荷動知魚散。日暮待情人，維舟綠楊岸。」簡潔數語，把暮春垂釣，待人綠楊岸的情景，鈎畫入微。

儲光羲的詩是學陶淵明的風格，而得其眞樸，如他的「敝廬既不遠，日暮徐徐歸。」「一徑入寒竹，小橋穿野花。」這類佳句，很能點出閑適的景象。他的詩雖與孟浩然、王維同爲自然詩派，然而在詩情的表現，偏重在田園生活的描寫，卻別有異趣。

後來他復出爲世所用，被徵爲監察御史。不久，安祿山反，他受安祿山的僞官。賊平後，下獄，被貶至馮翊，尋卒，年約五十餘。全唐詩錄有他的詩兩百十三首。

其他如王建、丘爲、祖詠、裴廸等詩人，亦爲盛唐自然詩派出色的詩人。大抵詩人喜愛自然，詩人與自然結爲良友，因爲自然能使他們的作品充實、高潔而活潑，達情景交融的境界。在盛唐詩家中，像孟浩然的歸隱鹿門山，王維的隱居輞口，儲光羲的退隱終南山，都是使他們的生活與自然契合。由於他們深入山村林野，過着田園逸士的生活，所以他們的作品，便以自然的景象作爲抒寫的素材，加以融入不同的情感和思想，表現了盛唐自然詩不同的情趣和境界。

三、邊塞詩派

盛唐的邊塞詩，就像是一百二十面鉦鼓，震撼着平沙莽莽的沙漠那樣的懾人魂魄。他們以歌詠戰爭爲主體，歌詠邊塞的風光，歌詠俠客的豪情，不再似飲馬長城窟、隴西行、苦寒行那些前朝樂府舊題的淒愴哀苦。唐人的邊塞詩充滿了豪興和激情，表現了盛唐博大的胸襟，固然其中也有反映戰爭殘酷、黯然思鄉的一面，但畢竟洋溢着樂觀進取，立功沙塞的雄心。

細察盛唐邊塞詩特盛的原因：㈠沿隋代初唐邊塞詩不斷增多的風氣，開拓盛唐邊塞詩樂觀進取的風貌。㈡盛唐國力強大，玄宗繼太宗、高宗之後，擴展疆域，於是青年投身其間，自然寫下不少的邊塞詩。㈢邊塞詩淵源於長城的小調，唐代胡樂夷歌流行，於是詩人受邊城小調的感染，而多作七言歌行體的邊塞詩。㈣一部分仕途失意的文人，把立功塞上作爲求取功名的新途徑。㈤塞外風景殊異，黃沙、孤城、衰草、胡塵、羌笛、邊月，引發他們創作的靈感，於是盛唐邊塞詩特盛。其中主要的詩人，有高適、岑參、王昌齡、王之渙、李頎、王翰等作家，同時，他們除了邊塞詩外，其他內容的詩，也有不少優秀的作品。

高適（七〇二—七六五），字達夫，滄州渤海（今河北省滄縣）人。二十歲曾至長安，求仕不遇。於是北上薊門，漫遊燕趙，想在邊塞上尋求立功的機會，也沒能找到出路。壯年時，在梁宋（今河南開封、商丘）一帶，過隱跡博徒，混跡漁樵的生活。開元二十六年，正好有一位從張守珪出塞歸來的詩人，寫了一首燕歌行。高適讀後，想起以前在薊門漫遊的情景，也寫了一首燕歌行來和他，於是這首「漢家煙塵在東北」，便盛傳一時。天寶初，高適已四十餘歲，還是個布衣，當時李邕在滑州作刺史，有盛名，李白、杜甫和高適都去拜見，彼此都成了朋友。後高適去河西，爲河西節度使哥舒翰掌書記，安祿山亂，朝廷召翰討賊，卽拜適爲左拾遺，轉監察御史。由此官運亨通，蜀亂後，爲蜀、彭二州刺史，遷西川節度使。廣德元年，以征吐蕃無功，召還爲刑部侍郎，左散騎常侍，封渤海縣侯。永泰元年卒。今有高常侍集傳世，約兩百二十餘首。

他的詩長於寫邊塞，用七言的歌行體來表達，受宋鮑照詩的影響很深。他是個疏獷的詩人，務功名，尙節義，好言王覇大略，在塞下曲曾豪邁地說：「萬里不惜死，一朝得成功。畫圖麒麟閣，入朝明光宮。大笑向文士，一經何足窮。古人昧此道，往往成老翁。」舊唐書說他「年過五十，始留意詩什」，是錯誤的。因爲他二十餘歲，便北上薊門，寫了不少優秀的詩，如他的薊中作：

策馬自沙漠，長驅登塞垣。邊城何蕭條，白日黃雲昏。一到征戰處，每愁胡虜翻。豈無安邊書，諸將已承恩。惆悵孫吳事，歸來獨閉門。

又如自薊北歸：

驅馬薊門北，北風邊馬哀。蒼茫遠山口，豁達胡天開。五將已深入，前軍止半廻。誰憐不得意，長劍獨歸來。

只是他在薊北沒有受人注意，悶悶不得意，後來他任封丘尉，作封丘縣詩，仍是那副疏獷之態。詩上云：「我本漁樵孟諸野，一生自是悠悠者。乍可狂歌草澤中，寧堪作吏風塵下？祇言小邑無所爲，公門百事皆有期。拜迎官長心欲破，鞭撻黎庶令人悲。……」同時他也不滿官吏的作威作福。所以他在薊門大梁之間，寫實中常流露諷諭憤慨之情。他邊塞詩的代表作爲燕歌行：

漢家煙塵在東北，漢將辭家破殘賊。男兒本自重橫行，天子非常賜顏色。摐金伐鼓下楡關，旌旆逶迤碣石間。校尉羽書飛瀚海，單于獵火照狼山。山川蕭條極邊土，胡騎憑陵雜風雨。戰士軍前半死生，美人帳下猶歌舞！大漠窮秋塞草腓，孤城落日鬭兵稀。身當恩遇常輕敵，力盡關山未解圍。鐵衣遠戍辛勤久，玉筯應啼別離後。少婦城南欲斷腸，征人薊北空回首。邊庭飄颻那可度？絕域蒼茫更何有。殺氣三時作陣雲，寒聲一夜傳刁斗。相看白刃血紛紛，死節從來豈顧勳？君不見沙場征戰苦？至今猶憶李將軍。

從這首詩裏，我們可以感覺出來一種濃烈的熱情、力量、生氣，和隱藏在作品後面的那種雄放的胸懷。

高適曾兩度出塞，去過遼陽，又到過河西，對邊塞生活有深刻的體會。於是他的邊塞詩，常熱情地描述安定邊防的理想，對戰爭抱着樂觀的精神。他的詩慷慨豪放，氣象萬千，給邊塞詩帶來激揚奮發的色彩。唐殷璠河嶽英靈集評他的詩：「多胸臆語，兼有氣骨，故朝野通賞其文。」

岑參（七一五—七七〇），河南南陽人。早歲孤貧，發憤勤學，三十歲，登天寶三年的進士，擔任過兵曹參軍。然而這差事不能使他稱心，因爲他是個雄心勃勃富有進取的青年，他希望能爲國家立下不朽的功勳，所以他三十五歲以前的作品，不是寫一些山水田園詩，便是寫些心志鬱鬱未伸的抱怨。他在初授官題高冠草堂詩裏說：

「三十始一命，宦情都欲闌。自憐無舊業，不敢恥微官。澗水呑樵路，山花醉藥欄。祇緣五斗米，孤負一漁竿。

」又如江上春歎有這幾句：「終日不得志，出門何所之。從人覓顏色，自歎弱男兒。」他看不慣爲五斗米折腰的惡習，仰他人的鼻息，更感歎自己年屆而立，還不能有所建樹。

天寶八載，岑參第一次出塞，來到龜茲（今新疆庫車），在安西四鎮節度使高仙芝幕府掌書記。雖然官職不高，然而戈壁的熱情，塞外的戰爭，燃起了他生命的熱點。從此，他不再寫傷春怨秋的句子，也不再寫晦澀頹喪的詩篇，面對着塞上的風雲旗鼓，塞外的酷熱嚴寒，風沙飛石，萬騎奔馳在關道沙塞間，開拓了漢唐的事業。天寶十年，岑參回到長安，他首次出塞，在龜茲住了三年。

岑參第二次出塞，是在天寶十三載（七五四），他已四十歲，這次他出任安西北庭節度使封常清的判官。唐代盛世，由於西域諸國，如吐谷渾、高昌、回紇、西突厥等，都歸順唐朝，而焉耆、龜茲、于闐、疏勒等要塞，都屬安西四鎮節度使所管轄，朝廷並在安西、北庭設有都護府。因此，他經常隨從封常清將軍往來安西（龜茲）、輪臺、焉耆和北庭（今新疆廸化）之間，參與守邊破敵謀略的工作。而輪臺是個大綠洲，水草豐美，又是安西和北庭的中站，他們在輪臺停留的機會也就多了。天寶十三載的秋天，在一次戰役中，他寫了一首輪臺歌奉送封大夫出師西征：

輪臺城頭夜吹角，輪臺城北旄頭落。羽書昨夜過渠黎，單于已在金山西。戍樓西望煙塵黑，漢兵屯在輪臺北。上將擁旄西出征，平明吹笛大軍行。四邊伐鼓雪海湧，三軍大呼陰山動。虜塞兵氣連雲屯，戰場白骨纏草根。劍河風急雪片濶，沙口石凍馬蹄脫。亞相（指封將軍）勤王甘苦辛，誓將報主靜邊塵。古來青史誰不見？今見功名勝古人。

不久，金山以西又結集數千匈奴騎兵，這次來勢洶洶，十分可怕。封將軍決定採用夜間突擊的奇謀，因為九月的輪臺，朔風怒吼，又飄大雪，匈奴本想以惡劣的天氣作掩護，來偷襲唐軍，沒料到封將軍反用其計，將大軍調到走馬川以西，突擊胡軍。在這次戰役中，岑參隨行，寫下他傑出的邊塞詩走馬川行奉送出師西征：

君不見，走馬川行雪海邊，平沙莽莽黃入天。輪臺九月風夜吼，一川碎石大如斗，隨風滿地石亂走。匈奴草黃馬正肥，金山西見煙塵飛，漢家大將西出師。將軍金甲夜不脫，半夜軍行戈相撥，風頭如刀面如割。馬毛帶雪汗氣蒸，五花連錢旋作冰。幕中草檄硯冰凝，虜騎聞之應膽慴。料知短兵不敢接，車師西門佇獻捷。

天寶末，唐室內政雖極紊亂，但在安西邊塞，兵力依然強大，士氣高昂，於是連戰皆捷，而岑參也因此寫了不少出征的詩。如北庭西郊候封大夫受降回軍獻上，敍述他自己，「側身佐戎幕，斂衽事邊陲。自隨定遠侯，亦着短後衣。近來能走馬，不弱幽幷兒。」其他如白雪歌、熱海行，都充滿了西域的情調。他把所到過的地方，交織上豐富的情感，流露於詩篇，他到過酒泉、敦煌、梁州，看過佛經中奇異的優鉢羅花，看過沙漠中的綠洲，「黃沙磧裏人種田」，也欣賞過胡地的美人兒學漢人的裝扮，「側垂高髻挿金鈿」。他到過天山、輪臺、雪海、交河，那兒有「鐵門關西月如練」、「颯颯胡沙迸人面」、「闌干陰崖千丈冰」、「胡人向月吹胡笳」，他更到過新疆最熱的吐谷番，那一首火山雲歌送別，便是描寫那地方炎熱的情景。

岑參詩的特色，便是善於運用樂府歌行體，把異域的風沙冰雪，胡笳琵琶，將軍戰士，旌旗烽火等寫入詩篇，表現他多彩多姿的生活，抒寫出沙場征戰，壯士懷歸的豪情，我們可以用俊、逸、奇、悲、壯五個字，來說明他的詩的精神。他開拓了盛唐邊塞詩的詩境，不再是哀苦的長城歌謠的形態，開創了雄奇瑰麗的浪漫色彩，與高適的作品相輝映，世稱「高岑」。清劉大勤師友詩傳續錄論高岑兩人的詩風：

問：高岑似微不同，或高優於岑乎?

答：唐人齊名，如沈宋、王孟、錢劉、元白、皮陸，皆約略相似，唯李杜、高岑迥別，高悲壯而厚，岑奇逸而峭。

岑參的詩，造意奇逸、俊峭，又能表現悲壯之境，是其特色。今再舉他最流行的兩首短詩：

強欲登高去，無人送酒來。遙憐故園菊，應傍戰場開。（行軍九日思長安故園）

故園東望路漫漫，雙袖龍鍾淚不乾。馬上相逢無紙筆，憑君傳語報平安。（逢入京使）

後來他離開關西，爲嘉州刺史，所以後人稱他爲岑嘉州。晚年入蜀，依杜鴻漸，便死於蜀，享年五十六歲，全唐詩收有他的詩四百零三首。

王昌齡（六九八—七五七），字少伯，京兆（今陝西省長安市）人。登開元十五年進士，補秘書郎。二十二年中宏詞科，調汜水尉，後任江寧丞，因事貶龍標尉，世稱王江寧或王龍標。後棄官隱居江夏，安史之亂後，被刺史閭丘曉所殺害，下場很悲慘。

王昌齡的邊塞詩，跟高適岑參的詩不同。王昌齡善寫七言絕句或樂府歌行體的詩，內容表現戰士的立功志氣或思鄉的心情，寄旨遙深；而高岑多用七言古詩寫邊塞的風光和豪情。全唐詩收有他的詩一百六十六首，並評道昌齡詩緒密而思清。與高適、王之渙齊名。

他的代表作，是多首七絕的從軍行，表現愛國志士的豪情：

琵琶起舞換新聲，總是關山離別情。撩亂邊愁聽不盡，高高秋月照長城。

青海長雲暗雪山，孤城遙望玉門關。黃沙百戰穿金甲，不破樓蘭終不還。

寫邊愁，寫塞色，塑景極美，激越悲涼的情景中，含有壯濶的境界。尤其他的出塞，被後人視爲七言絕句的壓卷好詩：

秦時明月漢時關，萬里長征人未還。但使龍城飛將在，不教胡馬度陰山。

首句以秦漢的關塞明月起興，次云，萬里長征的壯士，至今尚未歸來。轉結兩句，盼國有良將如漢朝守邊的飛將軍李廣，那麼邊境自寧，便可不再有出塞的事。明王世貞全唐詩說：「李于鱗言唐人絕句，當以秦時明月漢時關壓卷，余始不信，以太白集中有極二妙者，旣而思之，若落意解，當別有所取；若以有意無意，可解不可解間求之，不免此詩第一耳。」

同時，王昌齡宮體閨怨的詩也寫得很好。唐人寫宮詞，是當時流行的聲詩，往往傳唱於街陌里巷之間。例如

閨中少婦不知愁，春日凝妝上翠樓。忽見陌頭楊柳色，悔教夫婿覓封侯。（閨怨）

奉帚平明金殿開，暫將團扇共徘徊。玉顏不及寒鴉色，猶帶昭陽日影來。（長信怨）

他的邊塞詩和宮體閨怨詩，在七絕上開拓了新道路，使後人諷讀，千古猶新。明陸時雍詩鏡總論贊道：「王龍標

七言絕句，自是唐人騷語，深情苦恨，襞積重重，使人測之無端，玩之無盡。」在唐人七絕中，能跟他比肩的，只有李白一人。

王之渙　并州（今山西省太原市）人。與兄之咸、之賁都有文名。天寶間，跟王昌齡、高適、崔國輔等聯吟，名動一時，由於他瞧不起科舉功名，因此他的生平，無可稽考。他可能是個落魄不羈，飲酒縱樂的浪漫詩人。然而他的絕句，全唐詩雖僅收錄到六首，卻首首堪傳。

像他題河中府鸛雀樓詩：「白日依山盡，黃河入海流。欲窮千里目，更上一層樓。」鸛雀樓故址在今山西省蒲縣西南，首次兩句使用視覺意象，將登樓所見的景色，寫入詩中，後兩句點出心靈中的感悟，用「更上一層樓」具體的形象，暗示心靈上的提升，是最具精闢的慧語。

又如他的涼州詞二首：

黃河遠上白雲間，一片孤城萬仞山。羌笛何須怨楊柳，春風不度玉門關。

單于北望拂雲堆，殺馬登壇祭幾迴。漢家天子今神武，不肯和親歸去來。

涼州詞又名出塞。詩中的孤城便指涼州城，在今甘肅省秦安縣一帶，在唐時已屬邊陲，城外的荒漠，便是胡人牧馬出沒的地方。千餘年來，由於文人筆墨的渲染，認爲邊塞是悽涼悲壯、人煙絕少的所在，這種觀念，一直到清代左宗棠開發新疆時，才被打破。湘人楊昌濬寫了一首頌左文襄的詩：

大將西征尚未還，湖湘子弟滿天山。新栽楊柳三千里，引得春風度玉關。

很明顯地，這首詩是針對王之渙的涼州詞而寫的，不但說明了左宗棠開墾新疆的成就，也正說明了我民族歷來經營邊疆的苦心。所以玉門關外一望無垠的錦繡河山，早已成爲我歷代青年躍馬驅敵，施展雄才的好地方。

唐人薛用弱的集異記，有一段記載王昌齡、高適、王之渙在旗亭飲酒的故事。宋人的碧雞漫志、唐詩紀事也記載此事。大意是說：當他們三人在旗亭飲酒時，亭上來了十幾個伶人，他們準備飲酒唱詩作樂。這時王昌齡便對高適、王之渙說：「我輩各有詩名，然不分軒輊，今日不妨以他們所唱的作標準，看各人作品被唱到的多少，來定個高下。」一會兒，一個伶人唱道：「寒雨連江夜入吳，平明送客楚山孤。洛陽親友如相問，一片冰心在玉壺。」於是王昌齡在牆上畫了一橫：「一絕句。」接着又一伶人唱道：「開篋淚沾臆，見君前日書。夜臺何寂寞，猶是子雲居。」高適也在牆上畫了一橫。接着又一伶人唱道：「奉帚平明金殿開，暫將團扇共徘徊。玉顏不及寒鴉色，猶帶昭陽日影來。」王昌齡高興地又在牆上畫了一橫。這時王之渙心裏急了，便指那群伶人中最美的一個，說道：「如果她出來唱詩，一定是唱我所寫的。不然的話，我的詩便不及二位了。」接着，那最漂亮的伶人出來唱詩，所唱的果然是王之渙的涼州詞，於是三人大笑不已。在旁的伶人感到奇異，後來問明白了，才知道剛才所詠的詩，便是他們三人所寫的，便邀他們一塊參加飲酒作樂。

從這段旗亭畫壁的故事裏，我們可以得到幾點啓示：

第一、唐人的絕句小詩，是可以歌唱的，是謂「聲詩」。詩與音樂結合，它的生命力將更活潑而充實。

第二、唐詩既可作爲朝野宴飲，大衆娛樂的歌曲，因此唐詩能更普遍地流傳，成爲一般人所喜愛的大衆文學。

第三、開元天寶間，風俗奢靡，胡樂盛行，在群處宴飲的風氣下，所唱的詩多爲翡翠蘭苕、圓熟可愛的小詩，其中宮詞爲多。而高適、岑參、王昌齡、王之渙諸人的作品風格相近，內容大抵以戰爭、邊塞爲題材，表現出熱情、進取、享樂的人生觀。

第四、高適岑參長於用七古樂府來寫邊塞；而王昌齡、王之渙擅於用七絕樂府來寫邊塞，盛唐詩境的遼濶，詩體的多樣，各盡其長，各有千秋。

其次，如李頎的古意、古從軍行，崔顥的贈王威古，王瀚的涼州詞，劉灣的出塞曲，也都是傳誦一時的邊塞詩。

四、寫實詩派

盛唐期間的寫實詩，是因社會的急遽變動，而帶來的另一種詩境，詩人在苦難的時代裏，反映了骨肉離散，人民轉死溝壑，受饑寒，受災難的眞實一面，與自然詩派、浪漫詩派、邊塞詩派道路不同，而偏重於寫實、諷諭的道路。蓋天寶末年，前有安史之亂，後有吐番的入寇，長安淪陷，天子蒙塵，民生塗炭，於是詩人以悲天憫人的懷抱，憂民救世的胸襟，寫下一些可歌可泣的社會寫實的詩篇。他們所取材的，是關心政治的得失，社會的治亂，兵戈傜役的罪惡，饑餓貧窮的煎熬，是社會現實的暴露，是民間疾苦的呼籲。起先是元結、沈千運、孟雲卿等七人的篋中集，反映了這種趨向，繼而是杜甫集其大成。

杜甫（七一二—七七〇），是我國最偉大詩人之一，他的詩，沈鬱頓挫，氣魄磅礴，能「窮盡筆力，如太史公記傳」（見宋葉夢得石林詩話），與李白齊名，世人稱杜甫爲「詩聖」，李白爲「詩仙」，是我國數一數二的大詩人。

杜甫，字子美，是晉杜預的十三世孫，杜預本京兆杜陵人，所以杜甫自稱「杜陵野老」。後杜預的少子遷居襄陽，因此唐書便說杜甫是襄陽人。他的曾祖在鞏縣任縣令，河南鞏縣便成了杜甫的家鄉。祖父杜審言，任膳部員外郎，父杜閑，任奉天令。舊唐書文苑傳、新唐書文藝傳都收有杜甫的傳略。

杜甫小時聰慧過人，他出身於奉儒守官的家庭，二十歲時，結束了書齋式的生活，過他壯遊式的生活，遊歷了江浙一帶，到過姑蘇、鏡湖等名勝，還希望能乘船去日本。二十四歲時，入京考進士，沒及第，於是他離開長安，在齊魯間流浪了八九年，和李白、高適、蘇源明等在一起喝酒賦詩，打獵取樂，從他的望嶽一詩，可以看出他的胸襟壯志：

岱宗夫如何？齊魯青未了。造化鍾神秀，陰陽割昏曉。盪胸生層雲，決眥入歸鳥。會當凌絕頂，一覽衆山小。

在他十餘年的壯遊中，無形中受大川名山鍾秀的感染，並接受了傳統文化的熏陶，使他的心胸和視野擴大不少。天寶六年，他來長安應詔，想找個職位，作天狗賦，又三年，進鵰賦。天寶十一年，他四十一歲，又進三大禮賦，說明自己的身世才學，希望朝廷能錄用他。後來，玄宗只命宰相試他的文章，授給河西尉，他不赴任，再改授率府參軍。在他中年這段期間，由於生活的艱苦，於是他體會到現實生活的一面，使他的詩走上寫實的道路。他看到宮庭豪貴的淫侈生活，而民間卻屢遭傜役兵禍的洗刼，他寫下麗人行和兵車行。天寶十四年，杜甫四十四歲，那年十一月，他自長安回到寓居陝西奉先的家，由於貧困，使家人受凍餒，到家時，幼兒已饑死。他能無感慨嗎？那首「朱門酒肉臭，路有凍死骨」的自京赴奉先詠懷五百字，便是這時產生的。這年十二月，安祿山攻入洛陽。

天寶十五年六月，潼關失守，不久，長安亦破。這年五月，杜甫自奉先往白水，依舅家崔少府，六月，又自白水往鄜州。這時，玄宗幸蜀，陝西、河南、山西一帶，便捲入戰火之中。七月，杜甫聽到肅宗在甘肅靈武卽位，便自鄜州（今陝西鄜縣）奔往，遂陷賊中，他那首月夜，便是這時寫成的：

今夜鄜州月，閨中只獨看。遙憐小兒女，未解憶長安。香霧雲鬟濕，清輝玉臂寒。何時倚虛幌，雙照淚痕乾。

他懷念鄜州的家人，從兩地看月的情景中，寫到淪陷後的長安，再想到鄜州月露下的妻子，又切望全家團聚，表達了夫婦間眞摯的情感。

至德二年，安祿山造反的第二年，杜甫仍滯留長安。春天來了，他對國家無限的憂慮，對家人殷切的想念，寫下春望、哀江頭、哀王孫。四月，他才從長安脫險，來到靈武，拜見了肅宗，肅宗命他爲左拾遺。他那首「麻鞋見天子，衣袖露兩肘」的述懷，便是他四十六歲時寫的。不久，杜甫爲營救房琯的罷相，不料觸怒肅宗，又免了官，放回鄜州，八月，回到羌村，看到他的家人，那首羌村，便是記載此事。他著名的三吏、三別，便是在這前後幾年中寫成的，也是他寫實作品最豐收的幾年。

乾元元年（七五八），史思明變亂，杜甫入四川，在成都浣花溪旁築草堂，開始他「漂泊西南」的生活。代宗廣德二年（七六四），嚴武再鎭蜀，表薦杜甫爲節度參謀，並檢校工部員外郎，後人因稱「杜工部」。一年後，嚴武卒，他也丟官，從此他又像沙鷗似的浪跡天涯。在這期間，他寫了茅屋爲秋風所破歌、聞官軍收河南河北、又呈吳郎、諸將、秋興、歲晏行等成熟的作品。

杜甫在四川漂泊了八、九年，在湖北、湖南漂泊了兩三年，在大曆五年（七七〇）多，他到耒陽（湖南衡陽東南），遇到洪水，斷糧十天，後來縣令派船接他回來，以致食傷，當晚暴卒。死時才五十九歲。舊唐書文苑傳記載杜甫的死：

> 甫嘗遊嶽廟，爲暴水所阻，旬日不得食。耒陽聶令知之，自棹舟迎甫而還，永泰二年，啗牛肉白酒，一夕而卒於耒陽。

傳中說杜甫卒於「永泰二年」是錯誤的。宋人呂大防的杜工部年譜及蔡興宗的杜工部年譜重編，魯訔撰的杜甫年譜，都斷爲大曆五年。

今存杜甫詩約一千四百餘首，李白詩約一千首，從作品的數量來看，不算是最多的作家，唐代詩人中，作品最多的是白居易，約三千首左右，但他們的成就，已是我國詩壇上的瑰寶。

杜甫一生經歷過玄宗、肅宗、代宗三代，眼看國家由全盛時期進入危難時期，生活的貧苦，使他嘗遍饑寒的滋味；時代的動亂，使他體會到悲歡離合的至情。他以人間的至愛，抒唱出自己的見聞和遭遇，他以悲天憫人的懷抱，發揮儒者人溺己溺的精神，因此他的詩充滿了友愛和同情，他是一個寫實詩人，也是個愛國詩人，他在赴奉先詠懷五百字中云：「窮年憂黎元，歎息腸內熱。」又在歲暮中云：「濟時敢愛死，寂寞壯心驚。」又在茅屋爲秋風所破歌中云：「安得廣廈千萬間，大庇天下寒士俱歡顏。」這種憂時憂民憂國的詩人，用詩篇記錄下當時社會眞實的一面，所以後人稱他的詩爲「詩史」。下面便是他的幾首重要的詩：

天寶年間，楊國忠兄妹弄權，炙手可熱，杜甫在麗人行中揭發了他們奢侈荒淫的面目：

三月三日天氣新，長安水邊多麗人。態濃意遠淑且眞，肌理細膩骨肉勻。繡羅衣裳照暮春，蹙金孔雀銀麒麟。頭上何所有？翠微㔩葉垂鬢脣。背後何所見？珠壓腰衱穩稱身。就中雲幕椒房親，賜名大國虢與秦。紫駝之峯出翠釜，水精之盤行素鱗。犀筯饜飫久未下，鸞刀縷切空紛綸。黃門飛鞚不動塵，御廚絡繹送八珍。簫鼓哀吟感鬼神，賓從雜遝實要津。後來鞍馬何逡巡，當軒下馬入錦茵。楊花雪落覆白蘋，靑鳥飛去銜紅巾。炙手可熱勢絕倫，愼莫近前丞相嗔。

又如三吏：新安吏、潼關吏、石壕吏；三別：新婚別、垂老別、無家別，都是以安史之亂做背景所寫的詩史。今以石壕吏爲例：

暮投石壕村，有吏夜捉人。老翁踰牆走，老婦出看門。吏呼一何怒，婦啼一何苦。聽婦前致詞：「三男鄴城戍。一男附書至，二男新戰死，存者且偷生，死者長已矣！室中更無人，惟有乳下孫。有孫母未去，出入無完裙。老嫗力雖衰，請從吏夜歸。急應河陽役，猶得備晨炊。」夜久語聲絕，如聞泣幽咽。天明登前途，獨與老翁別。

寫杜甫投宿石壕村，那晚正遇到公差來抓伕，那老大爺爬牆躲了出去，老大娘出門招呼。公差多麼神氣，老大娘苦苦哀求，並道出一段悽涼的遭遇，最後連那老大娘也被抓走，眞是慘不忍讀。

杜甫除了寫「卽事名篇」的樂府歌行體，以反映當時的眞實生活外，他長於七律，使唐朝的七言律體臻於成熟的境地。如詠懷古跡五首，秋興八首，聞官軍收河南河北，都是千錘百鍊的作品。今舉秋興八首中的第三首爲例：

千家山郭靜朝暉，一日一作日日江樓坐翠微。信宿漁人還汎汎，清秋燕子故飛飛。匡衡抗疏功名薄，劉向傳經心事違。同學少年多不賤，五陵衣馬自輕肥。

晚年他居浣花村，作品閒逸樸質，然詩人的純眞之心猶未減，他的又呈吳郎一首，對前來打棗的窮苦寡婦，道出了無限同情之心：

堂前撲棗任西鄰，無食無兒一婦人。不爲困窮寧有此？只緣恐懼轉須親。即防遠客雖多事，便插疏籬卻甚眞。已訴徵求貧到骨，正思戎馬淚盈巾。

杜甫詩云：「讀書破萬卷，下筆如有神。」（奉贈韋左丞丈）又云：「文章千古事，得失寸心知。」（偶題）。又云：「爲人性僻耽佳句，語不驚人死不休。」（江上値水如海勢聊短述）又云：「陶冶性靈存底物，新詩改罷自長吟。」（解悶）從杜甫的詩句中，可窺見杜甫寫詩的奧秘，發現他寫作的經驗和技巧。

「讀書破萬卷」，杜甫認爲要想把詩寫好，先得博覽群書，下筆才能別開生面。從他的詩句中，知道他是怎樣地勤學。他喜愛宋玉的辭賦，並謂「風流儒雅亦吾師」；他喜愛徐陵、庾信的文章，取其清新、老成的特色；他喜愛鮑照的作品，取其俊逸縱橫的筆力；他陶冶在六朝人的詩篇中，勸勉他的兒子宗武，要「熟精文選理」，將昭明文選視爲精讀的要籍。這些都說明了杜甫寫詩，是從傳統的作品中，吸取精華，從前人的寫作技巧中，攝取經驗，所以黃庭堅答洪駒父書稱杜甫的詩：「無一字無來處。」

「文章千古事，得失寸心知。」杜甫在盛唐時期，能使詩歌的堂廡擴大，以寫實主義的創作精神，對唐詩的發展，直接產生推動作用。他和浪漫詩人交往而不寫浪漫主義的詩，他和隱逸詩人交往而不寫田園山水的詩，他的作品是入世的，關心大衆的生活，國家的安危，不以一己的情懷作爲寫作的對象。他往來於京都河洛，在大江南北漂泊，體會了山川鍾靈的秀麗，觀察了民間生活的疾苦，蘊育了對人們、對河山、對社稷的熱愛，流露出「仁政愛民」和「匡時濟世」的情操。杜甫詩的偉大，在於他與生民結合爲一體，與社稷、時代成一氣。所以他的詩，被推崇爲「詩史」。杜甫認爲致力於文章寫作，是千古的事業，與曹丕的「蓋文章，經國之大業，不朽之盛事」，看法一致。至於題材的選擇，情意的表達，全憑直覺與直觀。文學是藝術的一種，不是科學，科學重分析，文學重直觀，而寸心便是把握直觀和直覺感受的樞紐，其得失好壞，全憑一己之心來衡量。於是「露從今夜白，月是故鄉明」（月夜憶舍弟），「風月自清夜，江山非故園」（日暮），是他對景物的直觀所寫下的佳句。同樣是白露、明月、清風、江山，使他在直覺的感受上，和故鄉的迥然不同。他如：「紈袴不餓死，儒冠多誤身」（奉贈韋左丞丈），「朱門酒肉臭，路有凍死骨」（自京赴奉先詠懷五百字），是對社會的直觀。「窗含西嶺千秋雪，門泊東吳萬里船」（絕句四首），「老妻畫紙成棋局，稚子敲針作釣鈎」（江村），是對生活情趣的直觀。唯有獨具慧眼的大作家，才能寫下不朽的詩篇。

「語不驚人死不休」，說明杜甫寫詩的用心，尤其在絕律中，鍛句鍊字，是何等地重要。詩中的鍛句鍊字，也得與整首詩配合，要求詩的整體性。字句的鍛鍊，只是使一首詩題得凸出，引入入勝，決非隻言慧語便可成詩。好比皇冠上的明珠，皇冠是整首詩，而那顆明珠，便是詩中警句或佳字所凸出的效果。如杜詩中顏色字的使用，如「盤出高門行白玉，菜傳纖手送青絲」（立春），「朱簾繡柱圍黃鶴，錦纜牙檣起白鷗」（秋興八首之六）。詩眼的所在，即在詩句中以一字爲工巧的，如「星垂平野濶，月湧大江流」（旅夜書懷）中的「垂」和「湧」字，便是詩眼。重言的使用，如「留連戲蝶時時舞，自在嬌鶯恰恰啼」（江畔獨步尋花），「時時」、「恰恰」是重言，用恰恰形容黃鶯的啼聲，新鮮而傳神。數字的使用，多數與少數造成對比，如「萬里淸江上，三峯落日低」（畏人）。借字對的使用，如「酒債尋常行處有，人生七十古來稀」（曲江），以「尋常」對「七十」，便是絕妙。如「遙憐小兒女，未解憶長安」（月夜），是流水對，意思一貫相承。雙關意的使用，如「正是江南好風景，落花時節又逢君」（江南逢李龜年），用落花時節暗示李龜年的落魄失意，也隱射自己的失時。倒裝句的使用，如「香稻啄餘鸚鵡粒，碧梧棲老鳳凰枝」（秋興八首之八），應是「鸚鵡啄香稻餘粒，鳳凰棲碧梧老枝」，但倒裝後，神采十倍。

杜甫寫詩在排遣憂悶，陶冶性靈。從他詩集中所使用的標題來看，早年所用的標題是「遣興」、「遣懷」，晚年之後，所用的是「遣憂」、「遣悶」、「遣憤」。這是一項小統計，從抒感到排遣憂悶，也可以看出杜詩的風格，由早期的輕快到晚期的凝重，達到辣手作文章的境界。杜甫每完成一首詩，都要吟讀再三，加以修改。所謂「得失寸心知」、「新詩改罷自長吟」，確是杜甫寫詩的經驗，是有方法和途徑可循的，這樣看來，杜甫的詩句，眞是做到「字字不閑」。

杜甫的詩，在盛唐的末期，開寫實詩的途徑，上溯自風騷之旨，近接陳子昂漢魏風骨；下開「卽事名篇」的新樂府，中唐的新樂府運動，便是以杜甫爲宗師，宋代江西詩派，也是學杜甫，形成寫實文學中最重要的詩家。故後世推崇杜甫爲「詩聖」。

其次爲元結、沈千運等篋中集的一批詩人，也是「欲救時離」的詩人，主張詩歌是救世勸俗的。元結作繫樂府十二首，便是針對時事而發的，且將俗話口語寫入詩中，例如他的農臣怨：

農臣何所怨，乃欲干人主。不識天地心，徒說昆蟲苦。巡迴宮闕傍，其意無由吐。一朝哭都市，淚盡歸田畝。謠頌若采之，此言當可取。

其他如憫荒詩，春陵行、賊退示官吏等也是寫實之作。

第三章　唐代詩歌（下）

第一節　中唐詩歌

如果說初唐的詩像春花嬌豔，那沈宋上官，以及王楊盧駱的詩，便是輕豔如桃李；盛唐的詩像夏花明麗，那王孟的自然詩素淨如白蓮，高岑的邊塞詩鮮豔如沙漠的仙人掌花，浪漫如李白，寫實如杜甫，那該是牡丹、玫瑰、鬱金香，成串成球的花團簇錦了。中唐的詩似秋花楓葉，那韋應物柳宗元的詩，是秋風中的黃花落葉，孤芳峭僻，元白的新樂府有如傲霜的菊花，韓愈賈島孟郊枯澀如苕華，是內斂性的孤芳。那晚唐的詩，便是冬花，杜牧、李商隱的詩，有如雪中之梅，皮日休、陸龜蒙的詩，有如素蘭。唐詩四季花開，各盡其態，總之：唐代將近三百年，是四季花開的花海。

所謂中唐，是指代宗廣德元年（七六三）至敬宗寶曆二年（八二六）之間，約六十餘年，其間主要的詩人爲大曆十才子，以及元和年間的新樂府詩人，其次便是自然詩、邊塞詩和艱澀派散文化的詩。中唐的詩，繼盛唐之後而不衰竭，是中唐元和年間的新樂府運動，接上杜甫寫實諷諭的道路，而開展平易近人的詩風，支持了唐詩另一次的高潮。因此中唐詩最大的特色：一、是走新樂府爲時爲事的寫實詩，如元白諸人的詩便是。二是走散文化的詩，艱澀如韓愈，推敲寒瘦如賈島、孟郊。三是由於國家的動亂和王室的衰微，這期間的詩，多少帶有傷感的情調，如大曆十才子，以及韋應物、劉長卿、柳宗元諸人的詩便是。儘管各人的詩有其特色，同時也替唐詩開闢了另一蹊徑。

一、中唐的自然詩

中唐的自然詩，是繼盛唐王維孟浩然的山水田園詩的途徑而繼續發揮。其間主要的詩人，當推劉長卿、韋應物、柳宗元三人。

劉長卿（七〇九—七八〇？），字文房，河間（今河北省河間縣）人。唐玄宗開元二十一年（七三三）進士。肅宗至德年間曾任監察御史，爲吳仲孺所誣害，下蘇州獄，貶潘州南邑尉。後有人爲他辯白，遂移睦州司馬，終隨州刺史，世稱劉隨州，著有劉隨州集。今全唐詩收有他的詩五百零七首。

唐詩紀事介紹劉長卿：「以詩馳名上元、寶應間。」他長於寫五言近體詩，唐人權德輿稱他爲「五言長城」。如從年代來看，他比杜甫大三歲，所以清閻若璩的潛丘劄記，便把他列入盛唐詩人中。如從詩的風格而言，後人將他列入「大曆十才子」中，便視爲中唐詩人了。管世銘的讀雪山房唐詩鈔所列大曆十才子，是以劉長卿爲首，其次是錢起、郎士元、李嘉祐、皇甫冉、司空曙、韓翃、盧綸、李端、李益。當時的人談到詩人，都說：「前有沈、宋、王、杜，後有錢、郎、劉、李。」劉長卿聽了大不以爲然。他說：「李嘉祐和郎士元怎能同我並提而論？」言下大有出類拔萃之慨。事實上，劉長卿的詩，也的確有過人之處。

劉長卿寫過安史之亂的寫實詩，也寫過邊塞詩，但他最大的特色，是在山水田園詩上的成就。由於他的生活環境缺乏變化，因此在詩境上也比較單純，唐人高仲武中興間氣集批評他的詩：「大抵十首以上，語意稍同。」這是他的缺點。

他寫自然詩沿王維的路線，塑景很美，但多文人悲感的調子。例如：

古臺搖落後，秋日望鄉心。野寺人來少，雲峯水隔深。夕陽依舊壘，寒磬滿空林。惆悵南朝事，長江獨至今。（秋日登吳公臺上寺遠眺）

荒村帶返照，落葉飛紛紛。古路無行客，寒山獨見君。野橋經雨斷，澗水向田分。不爲憐同病，何人到白雲。（碧澗別墅喜皇甫侍御相訪）

三年謫宦此棲遲，萬古惟留楚客悲。秋草獨尋人去後，寒林空見日斜時。漢文有道恩猶薄，湘水無情弔豈知？寂寂江山搖落處，憐君何事到天涯？（長沙過賈誼宅）

文人悲秋，自古而然，然在寂寞寥落之時，去想像繁華盛日，自然有一種無可奈何的淒清，劉長卿的詩境，大抵如此。

韋應物（七三七—七九〇？），京兆長安人。天寶末葉，以三衞郎侍玄宗，行爲不檢，後改悔，折節讀書。永泰年間出任洛陽丞，轉京兆功曹。建中年間，出任江州、滁州、蘇州等地的刺史，故稱爲「韋江州」或「韋蘇州」。全唐詩收有他的詩五百六十三首。

韋應物的詩，不論寫情寫景，都很眞摯感人，當他女兒出嫁時，他寫了一首送楊氏女，因爲女兒嫁給楊氏，可知他中年喪偶後，父女三人相依爲命，一旦分離，依依之情，全流露於詩中：

永日方慼慼，出行復悠悠。女子今有行，大江泝輕舟。爾輩況無恃，撫念益慈柔。幼爲長所育，兩別泣不休。對此結中腸，義往難復留。自小闕內訓，事姑貽我憂。賴茲託令門，仁卹庶無尤。貧儉誠所尚，資從豈待周！孝恭遵婦道，容止順其猷。別離在今晨，見爾當何秋？居閑始自遣，臨感忽難收。歸來視幼女，零淚緣纓流。

韋應物因中年喪偶後，性情突變爲孤僻，於是詩風轉爲閑淡冷峭，他把潔身自愛、樂天知命的觀念，寫到山水田園詩中，流露出自然淳樸的詩境。同時他喜歡焚香靜坐，跟道士來往，造成詩歌中清澹的風味，在唐人自然詩派中，與王維、孟浩然、柳宗元同爲山水田園詩的大家。例如寄全椒山中道士：

今朝郡齋冷，忽念山中客；澗底束荊薪，歸來煮白石。欲持一瓢酒，遠慰風雨夕。落葉滿空山，何處尋行跡？

所以白居易在與元九書中評韋應物的詩：「高雅閑淡，自成一家之體。」同樣他的田園詩也可與王維的渭川田家，孟浩然的過故人莊相媲美。如秋郊作：

清露澄境遠，旭日照林初。一望秋山淨，蕭條形迹疏。登原忻時稼，采菊行故墟。方願沮溺耦，淡泊守田廬。

他的五言詩，寫景抒情很美，繪畫性的意味很濃，跟選材布景有關，如淮上喜會梁川故人：

江漢曾爲客，相逢每醉還。浮雲一別後，流水十年間。歡笑情如舊，蕭疏鬢已斑。何因不歸去？淮上對秋山。

尤其是他的滁州西澗，更是膾炙人口：

獨憐幽草澗邊生，上有黃鸝深樹鳴；春潮帶雨晚來急，野渡無人舟自橫。

他的性情高潔，跟他一起酬唱的，有顧況、劉長卿、丘丹、皎然等詩人。詩風和王維相近，以描寫山水田園爲主，且帶有感傷頹廢的意味。明胡震亨康音癸籤評彙云：「唐初承襲梁隋，陳子昂獨開古雅之源，張子壽首創清澹之派。盛唐繼起，孟浩然、王維、儲光羲、常建、韋應物本曲江之清澹，而益以風神者。高適、岑參、王昌齡、李頎、孟雲卿，本子昂之古雅，而加以氣骨者也。」

柳宗元（七七三—八一九），字子厚，河東解縣（今山西省永濟縣附近）人。他是唐朝出色的思想家和散文家，與韓愈提倡古文運動，尤其是他的山水遊記和寓言小品，堪稱雙絕。他的詩，清新峭拔，以描寫自然景物爲主，今有詩一百六十一首，並有柳先生文集傳世。

柳宗元的山水詩，大半在永州或柳州寫的，他因遭貶謫，自放於山水間，因此他的詩是寄情於山水間，放嘯於山巔水涯，以此自樂。由於他的心境困厄苦悶，加以永州的山水異於中原，於是所塑造之境，無論寫境或造境，都有孤絕冷峭之情。如他爲世人傳誦的江雪，便是個例子：

千山鳥飛絕，萬徑人蹤滅；孤舟簑笠翁，獨釣寒江雪。

全詩造境巧妙，猶有一幅山水圖畫，淒清孤絕，從「絕」、「滅」、「孤」、「獨」等字烘托出來。又如他的溪居：

久爲簪組累，幸此南夷謫。閑依農圃鄰，偶似山林客。曉耕翻露草，夜榜響溪石。來往不逢人，長歌楚天碧。

此詩題作溪居，指居永州的愚溪。柳宗元被貶到永州（湖南零陵縣），因而領悟到人世的險惡，有超然出塵之想，所以借題發揮，實在有歸隱山林的心志。後六句寫溪居生活，給人一種寧靜之感。清沈德潛唐詩別裁云：「愚溪諸詠，處運蹇困厄之際，發清夷淡泊之音，不怨而怨，怨而不怨，行間言外，時或遇之。」柳宗元以古文名家，故詩名爲文名所掩，其實他的山水詩，可與王、孟、韋、劉諸家相比肩。今錄他在柳州時所寫的詩如下：

宦情羈思共悽悽，春半如秋意轉迷；山城過雨百花盡，榕葉滿庭鶯亂啼。（柳州二月榕葉落盡偶題）

荒山秋日午，獨上意悠悠；如何望鄉處，西北是融州。

二、白居易和新樂府運動

白居易是中唐時最偉大的詩人，在元和、長慶年間，他和元稹共同開創長律、新樂府和諷諭詩的新境界，使唐詩經盛唐的極盛之後，依然能展現另一個高潮。在我國詩史上，爲社會寫實詩和新樂府運動，寫下輝煌的一頁。時人稱元稹、白居易的詩爲「元和體」或「長慶體」，他們兩人在詩壇上，同時享譽，號稱「元、白」。太和、開成以後，元稹去世，白居易跟劉禹錫和唱，結爲詩客，時人稱爲「劉、白」。

白居易（七七二—八四六），下邽（今陝西省渭南縣）人。五六歲時便學做詩，十六歲來到長安，去拜謁顧況，顧況讀他的賦得古原草送別詩有「野火燒不盡，春風吹又生」句，大爲激賞。白居易二十歲後，更加發憤苦讀，以至口舌成瘡，手肘成胝。二十九歲登進士第，三十一歲又應吏部試，中甲科，任秘書省校書郎，因而認識元稹。元和元年，白居易三十五歲，應制登第，補盩厔縣尉，作長恨歌。次年，入爲翰林學士，遷左拾遺，作秦中吟十首，並與李紳、元稹等提倡新樂府運動，於是新樂府五十首，便是在任左拾遺這個時期寫成的。元和六年，白居易四十歲，母陳氏卒，守喪期間，作歸田詩、效陶潛體詩，喪服滿後，入朝，授太子左贊善大夫。自任左拾遺以來，爲諫官，常寫諷諭詩，六年間，共作諷諭詩一百五十首。辭諫官後，諷諭詩也就少寫了。

元和十年，白居易四十四歲，因上疏遭謗，貶爲江州（今江西省九江市）司馬。十二月致書給元稹，便是那篇有名的與元九書。次年，作琵琶行。元和十二年，作廬山草堂記。白居易在江州，前後共四年，元和十三年（八一八），十二月才升任忠州刺史。元和十五年，白居易四十九歲，被召回長安，遇李宗閔與李德裕爭權，他自動要求外放，出任杭州太守。在杭州時，興修水利，西湖白堤，便是白居易所修築的。唐敬宗寶曆元年（八二五），他改任蘇州刺史。此後曾任秘書監、河南尹、太子少傅等職，閑居洛陽履道里，作醉吟先生傳。並修香山寺，自號香山居士。唐武宗會昌六年卒，享年七十五。宣帝曾以詩弔白居易：

綴玉聯珠六十年，誰教冥路作詩仙。浮雲不繫名居易，造化無爲字樂天。童子解吟長恨曲，胡兒能唱琵琶篇。文章已滿行人耳，一度思卿一愴然。

可知他的詩在生前便受人重視，被人傳誦，著有白氏長慶集，共兩千一百九十一首。白氏長慶集是白居易五十三歲時，元稹在越州時，把白居易在江州時所編的詩文集，再加以增補而編成的。今存白居易詩約三千八百餘篇，是唐代詩人中，作品最多的一家。

白居易在詩方面的成就是多方面的，他將自己的詩分成四類：即諷諭詩、閑適詩、感傷詩、雜律詩。他主張詩歌在於「救濟人病」、「裨補時闕」，並提出「文章合爲時而著，歌詩合爲事而作」的文學理論。白居易最重視諷諭詩，而反對寫輕豔綺靡的宮體詩。白居易的諷諭詩，大抵能做到微言以通諷諭，用暗示或象徵表達詩旨，如慈烏夜啼、燕詩示劉叟，借慈烏失母之痛，引發人們的孝思；寫乳燕的成長，一旦羽翼豐滿，背離父母，暗示人們別忘了反哺之恩。有時用直敍時事，借風謠以補察時政，如賀雨詩、孔戡詩、秦中吟、登樂遊原望詩、宿紫閣村詩，以及新樂府五十首等便是。

白居易的諷諭詩，共一百七十三首。其中最著名的，要算秦中吟十首和新樂府五十首。秦中吟是白居易在貞元元和年間，在長安時寫成的，該詩序上說：

貞元元和之際，予在長安，聞見之間，有足悲者，因直歌其事，命爲秦中吟。

秦中吟每首都有子題：爲議婚、重賦、傷宅、傷友、不致仕、立碑、輕肥、五絃、歌舞、買花。買花一首，寫長安富貴人家競相購買牡丹花，而結語一聯，尤具諷諭，其詩如下：

帝城春欲暮，喧喧車馬度。共道牡丹時，相隨買花去。貴賤無常價，酬値看花數。灼灼百朵紅，戔戔五束素。上張幄幕庇，旁織笆籬護。水灑復泥封，移來色如故。家家習爲俗，人人迷不悟。有一田舍翁，偶來買花處。低頭獨長歎，此歎無人喻。一叢深色花，十戶中人賦。

白居易的十首秦中吟，等於向昏慵的公侯大人作良心的挑戰，揭發他們糜爛的生活，難怪「聞秦中吟，則權豪貴近者，相目而變色矣。」

白居易的新樂府，是在元和四年，任諫官時所寫成的，也有一篇小序說明：

凡九千二百五十二言，斷爲五十篇。篇無定句，句無定字，繫於意，不繫於文。首句標其目，卒章顯其志，詩三百之義也。其辭質而徑，欲見之者易喻也；其言直而切，欲聞之者深誡也；其事覈而實，使采之者傳信也；其體順而肆，可以播於樂章歌曲也。總而言之：爲君、爲臣、爲民、爲物、爲事而作，不爲文而作也。

白居易說明了他寫新樂府的目的，是繼承詩經言志的精神，爲時事而作。同時，跟白居易在一起提倡新樂府的詩人，有李紳、元稹、張籍、王建等作家。所謂新樂府，便是新題樂府的簡稱，與舊題樂府不同，是針對時事而發的歌行體。

新樂府運動發生的背景，是唐代貞元、元和年間，從表面來看，國家雖然統一，社會也較安定，但從內政來看，藩鎭的割據，宦官的專權，戰亂時起，賦稅繁重；從外交來看，安史亂後，吐蕃回紇的寇邊，造成中唐時的國力不及盛唐之盛。因此，一些有爲的青年，他們一面致力於朝政的革命，另一面借詩歌的力量，對現實的批評，希望給社會帶來新風氣。新樂府運動，便在這種環境下應運而生。

新樂府運動是從元和四年展開的。當時李紳寫成新樂府二十首，元稹和李紳的新樂府十二首，然後白居易作新樂府五十首，都是在元和四年寫成的。

新題樂府有幾個特色：第一，它從舊題樂府中脫胎出來，不受樂府古題的限制，能隨作者心意，自創新題。第二，新樂府以寫時事爲主，恢復樂府詩諷諭的功能，以應「歌詩合爲事而作」的宗旨。第三，樂府本是合樂的詩歌，但新樂府已是文人刻意所寫的詩，意義性高於音樂性，已不能合樂，只能隨口徒誦，不能被於管絃。

今日李紳的二十首新樂府已失傳。李紳，字公垂，是元、白的好友。在唐詩紀事上，載有他的憫農詩兩首，可以窺見他所寫的諷諭詩，是怎樣的風格：

春種一粒粟，秋收萬顆子；四海無閑田，農夫猶餓死。

鋤禾日當午，汗滴禾下土；誰知盤中飧，粒粒皆辛苦。

白居易的新樂府，每首也都有諷諭的主題。例如：

立部伎：刺雅樂之替也。

上陽白髮人：愍怨曠也。

新豐折臂翁：戒邊功也。

賣炭翁：苦宮市也。

母別子：刺喜新厭舊也。

西涼伎：刺封疆之臣也。

今擧賣炭翁爲例，賣炭翁的主題是苦宮市也。所謂「宮市」，是由宮庭派出去的宦官，到市中去購物，名爲購物而實奪之。這種情形受害的地區，只限於長安，且直接涉及皇帝和宦官的利益，一般臣子看出這弊端，也多三緘其口。韓愈曾有諫宮市之弊，而觸怒德宗，被貶爲陽山令，白居易的賣炭翁，也提出受害者，是些貧苦無告的老百姓：

賣炭翁，伐薪燒炭南山中。滿面塵灰煙火色，兩鬢蒼蒼十指黑。賣炭得錢何所營？身上衣裳口中食。可憐身上衣正單，心憂炭賤願天寒。夜來城上一尺雪，曉駕炭車輾冰轍。牛困人飢日已高，市南門外泥中歇。

翩翩兩騎來者誰？黃衣使者白衫兒。手把文書口稱敕，廻車叱牛牽向北。一車炭，千餘斤，官使驅將惜不得。半匹紅紗一丈綾，繫向牛頭充炭值。

白居易的新樂府五十首，主旨在諷諭，而諷諭的句子，往往擺在每首詩的末了幾句，這是他寫諷諭詩的技巧，得自詩經的手法。其次，新樂府討論時事的地方很多，可供今人研究中唐社會的一般情形，如從「立部伎」可知唐朝宮庭雅樂的情形，而太常部伎分「坐部伎」、「立部伎」兩種，其演奏的伎藝也不同。「胡旋女」可知康居國胡舞輸入中原的情形。他如「時世妝」可知中唐女子的化妝方式。近人陳寅恪的元白詩箋證稿，其中有專章討論「新樂府」，可供參考。

與白居易一起倡新樂府運動的詩人，有元稹、李紳、張籍、王建等。他們的詩，也以諷諭、寫時事爲主，且用詞口語而俚俗，是爲新樂府的特色。如元稹的田家詞：

六十年來兵簇簇，月月食糧車轆轆。一月官軍收海服，驅牛駕車食牛肉。歸來收得牛兩角，重鑄鋤犁作斤劚。姑舂婦擔去輸官，輸官不足歸賣屋。願官早勝讎早覆，農死有兒牛有犢，誓不遣官軍糧不足！

這種活潑的口語詩，又傳神，又深入，諷刺官軍勝敵不足，害民有餘。

又如張籍的詩，也多寫民間疾苦的詩，他又窮又瞎，視力不好，官居太祝，故有「窮瞎張太祝」之稱。今舉他的野老歌爲例：

老農家貧在山住，耕種山田三四畝。苗疏稅多不得食，輸入官倉化爲土。歲暮鋤犁傍空室，呼兒登山收橡實。西江賈客珠百斛，船中養犬長食肉。

這類詩的寫作技巧，都有共同的模式，即末兩句與前面所寫的事，正好造成強烈的對比，這在新樂府中隨時可見。

新樂府的精神，是繼續詩經的傳統，在寫實和諷諭，漢樂府開拓了「緣事而發」的道路，其後陳子昂的「漢魏風骨」，便是上接古人寫詩的傳統精神，至杜甫，更闢「即事名篇」的途徑，使元白等中唐寫實詩人，承杜甫的詩風，而立「新樂府」之名，造成新樂府運動。此後新樂府的影響，直到晚唐，餘音仍在，皮日休、陸龜蒙的唱和，皮日休的「正樂府」，陸龜蒙的「樂府雜詠」，仍然是走白居易「新樂府」的路線。比起晚唐李商隱、溫庭筠、段成式「三十六體」（見舊唐書李商隱傳）的唯美詩風，又是另一種趣味。

三、元稹和劉禹錫

跟白居易在一起唱和的詩人中，值得介紹的，有元稹和劉禹錫。

元稹（七七九—八三一），字微之，洛陽人，排行第九，友輩都喚他元九。他比白居易小七歲，是明經科出身的，二十四歲那年，與白居易同時參加吏部的甄試中榜，兩人同時被分發在秘書省任校書郎。元稹擅於寫抒情詩和愛情詩，他在二十四歲以前，曾有過「曾經滄海難爲水」的初戀，會眞記的故事，便是他的自傳。類似這種香豔的愛情詩，在他的元氏長慶集中，隨時可見。首先看他的鶯鶯詩：

殷紅淺碧舊衣裳，取次梳頭闇淡妝。夜合帶煙籠曉日，牡丹經雨泣殘陽。低迷隱笑原非笑，散漫清香不似香。頻動橫波嬌不語，等閒教見小兒郎。

詩中描寫鶯鶯的服飾是淡妝，所著衣裳是殷紅淺綠色的，秀髮梳起綰成花髻，臉部淡妝，低迷淺笑，清香若有似無，轉動著眸子，只閒著等候小兒郎的來到。這種淡妝，與貞元末年女子流行的服飾相同。就如元稹敘詩寄樂天書所云：「近世婦人暈淡眉目，綰約頭鬢，衣服修廣之度及匹配色澤，尤劇怪豔。」其中所說的「近世」，指貞元末到元和初年之間。至於元稹的春曉，是二十年後，猶不忘初戀時，在寺中兩情繾綣的情景。該詩是：

半欲天明半未明，醉聞花氣睡聞鶯；娃兒撼起鐘聲動，二十年前曉寺情。

元稹的離思，更是纏綿感人，一往情深。其中共五首，今擇兩首：

紅羅著壓逐時新，杏子花紗嫩麴塵。第一莫嫌材地弱，些些紕縵最宜人。

曾經滄海難為水，除卻巫山不是雲。取次花叢懶迴顧，半緣修道半緣君。

元稹二十四歲時，與工部尚書韋夏卿的女兒韋叢結婚，韋叢是個賢淑的女子，她嫁給元稹時，元稹還沒成名。元和元年，任右拾遺，次年，出為河南縣尉，這時正是他在仕途上直步青雲時，不幸韋叢在元和四年（八〇九）去世，元稹不能趕回長安親覲下葬，這年元稹三十一歲，因作悼亡詩，遣悲懷三首尤為稱著。不久，遷監察御史，與李紳、白居易酬和，作新樂府十二首，提倡新樂府運動。他在樂府古題序中，稱揚杜甫「即事名篇，無復倚傍」的詩，反對「沿襲古題」，而主張「刺美見事」。

元稹和白居易是好友，從貞元到太和三十年間，他們寫諷諭詩、新樂府，相互贈答的長律，在當時有「元和體」詩之稱。新唐書元稹傳云：

稹尤長於詩，與居易名相埒，天下傳諷，號「元和體」。

又白居易重寄微之詩：「制從長慶辭高古，詩到元和體變新。」其下白居易自注云：「微之長慶初知制誥，文格高古，始變俗體，繼者效之也。衆稱元白爲千字律詩，或號元和格。」白居易自稱元和體是放棄高古的風格，而寫些俚俗近人的千字律詩。大抵白居易和元稹在元和年間（八〇六－八二〇）所作詩，其中以諷諭詩（包括新樂府）和雜律詩二者所佔數量最多，同時白居易也重視詩的諷諭性，所以「元和體」當指「長律」和「諷諭詩」。元稹在白氏長慶集序上也補充說明：

> 予始與樂天同校秘書之名，多以詩章相贈答。會予譴掾江陵，樂天猶在翰林，寄予百韻律詩及雜體，前後數十章。是後各佐江通，復相酬寄，巴蜀江楚間洎長安少年，遞相倣傚，競作新詞，自謂爲元和體詩。

今人謂「元和體」，是指元稹和白居易所寫的平易近人，老嫗都解的詩。其實應更進一步說明：是元白二人，在元和年間所作的數十韻或百韻的「長律」，如和答詩和連昌宮詞、琵琶行、長恨歌之類；以及俚俗易知、補察時政的「諷諭詩」，使天下士子，群起摹仿，而造成了新的詩風，稱爲「元和體」。今人陳寅恪元白詩箋證稿有「元和體詩」一節，討論此體，認爲元和體可分爲兩類：其一爲次韻相酬的長篇排律，其一爲杯酒光景間的小碎篇章，此類實亦包括元稹的所謂「豔體詩」中的短篇在內。其實陳氏將「豔體詩」包括在元和體中，不甚恰當。因爲元稹的豔詩卽愛情詩，多在元和以前寫成的。白居易在元和年間，很少寫豔詩或愛情詩，故豔詩不應包括在「元和體詩」中。

劉禹錫（七七二－八四二），字夢得，彭城（今江蘇省徐州）人。貞元九年（七九三）進士，不久，登宏辭科而出任監察御史。因得王叔文的舉薦，得入禁中，當時劉禹錫執政，聲氣極廣，據說每天所收的信有幾千封，他都一一答覆，每日黏貼信封要用麵粉一斗。後來王叔文失敗，坐貶連州刺史，在往連州道上，再貶爲朗州司馬。劉禹錫在朗州居留了十年。他曾利用民歌民謠而改作新詞；所以武陵一帶的夷歌，多半經劉禹錫改寫過的。

到了元和十年（八一五），劉禹錫四十四歲，才被召囘京都，遊玄都觀，寫了一首戲贈看花諸君子：

紫陌紅塵拂面來，無人不道看花囘。玄都觀裏桃千樹，盡是劉郎去後栽。

詩中用桃花桃樹暗示新貴，帶有譏諷意味，使權貴們不悅，又被貶爲播州刺史，幸得裴度奏議說他的母親年老，才改授連州刺史。他那首插田歌，便是在連州寫成的：

岡頭花草齊，燕子東西飛。田塍望如線，白水光參差。農婦白紵裙，農父綠蓑衣。齊唱郢中歌，嚶儜如竹枝。但聞怨響音，不辨俚語詞。……

元和十四年，他再被召囘京都，又寫了一首再遊玄都觀：

百畝庭中半是苔，桃花開盡菜花開；種桃道士歸何處？前度劉郎今又來。

諷刺意味，比前首更濃。其後再徙夔、和二州。

太和二年囘京，裴度舉薦他爲禮部郎中，集賢殿直學士。度罷相，劉禹錫出爲蘇州刺史，後遷太子賓客，因此世人稱他爲「劉賓客」。晚年，他和白居易交往甚密，因爲他們是同年，又愛好仿民歌來作詩。白居易還稱誇他的金陵五題，寫得空靈超越。金陵五題是懷古的詩，包括石頭城、烏衣巷、臺城、生公講堂、江令宅五首。今舉其前兩首：

山圍故國周遭在，潮打空城寂寞囘；淮水東邊舊時月，夜深還過女牆來。

朱雀橋邊野草花，烏衣巷口夕陽斜；舊時王謝堂前燕，飛入尋常百姓家。

此外他的西塞山懷古，也負盛名：

王濬樓船下益州，金陵王氣黯然收。千尋鐵鎖沈江底，一片降旛出石頭。人世幾回傷往事，山形依舊枕寒流。從今四海爲家日，故壘蕭蕭蘆荻秋。

劉禹錫的長處，是他到一個地方，便能吸收當地的民謠民歌譜以新詞，摻揉俚語，使他的詩歌帶有濃厚的地方色彩；而內容情采上又活潑開朗，他著名的竹枝詞、楊柳枝詞、浪淘沙各九首，後又有竹枝詞兩首，爲世人傳誦，今擇竹枝詞兩首，以見一斑：

楊柳青青江水平，聞郎江上唱歌聲。東邊日出西邊雨，道是無晴卻有晴。

山上區區桃李花，雲間烟火是人家。銀釧金釵來負水，長刀短笠去燒畬。

前首是一首極富情趣的情歌，仿吳歌格，用「晴」與「情」同音而雙關，另一首是極樸素的山歌，寫建平一帶的夷民，女人挑水，男人開畬的情景。其次，他的浪淘沙，也是仿民歌的成分而寫成的：

濯錦江邊兩岸花，春風吹浪正淘沙。女郎剪下鴛鴦錦，將向中流匹晚霞。

劉禹錫的詩，全唐詩收有七百七十二首，今有劉賓客集傳世。明胡震亨唐音癸籤評彙三云：「禹錫有詩豪之目，其詩氣該今古，詞總華實，運用似無甚過人，卻都愜人意，語語可歌，眞人情之最豪者。」從這裏我們也得到一些啓示：詩歌要大衆化，必須與民歌民謠結合；同時，唐詩的可唱性，在劉禹錫的集中隨處可見，詩與音樂結合，成爲唐人的聲詩。

四、韓愈和一些推敲詩人

中唐詩歌最大的成就是在新樂府運動，使詩歌走上寫實和諷諭的道路，而詩語平易，取大衆口語入詩，益與民歌結合，造成唐詩再一次的繁榮。其次是重視詩歌的創作技巧，並以散文的方式入詩，韓愈便是開創散文入詩的第一人，因盛唐詩人已將寬廣的抒情道路走完，中唐詩人不得不另闢蹊徑，才能超越前人，故韓愈詩的散文化，使宋人沿此道路，造成宋詩主議論的新局面。其次如孟郊、賈島、李賀等詩人，則重鍊句，故有推敲詩人之稱。

韓愈（七六八—八二四），字退之，河陽（今河南孟縣）人。他是唐代古文運動的盟主，同時，他的詩也具有古文的特色。他肯定文章的價值在道統，無論散文也罷，詩歌也罷，當以載道爲前題。

在貞元年間，他的詩也是寫實的，對社會的現象表示關心。例如他的琴操十首，贊揚孔子周公文王之德，提倡儒學，而在謝自然詩、送靈師詩等表現了排斥佛、道等異端。如謝自然詩：

果州南充縣，寒女謝自然。童騃無所識，但聞有神仙。輕生學其術，乃在金泉山。繁華榮慕絕，父母慈愛捐。凝心感魑魅，恍惚難具言。………

借寒女謝自然的遭遇，以排除神怪迷信。又如汴州亂、歸彭城等詩，反映了當時藩鎮割據，叛兵亂將的事實。大致表現了詩人的儒家思想，借詩歌來佐助教化，改革社會。

元和以後，他的詩走上奇崛險怪的道路，他用許多心血，去探索詩歌的新風格、新形式。跟他在一起唱和的有孟郊，在他的作品中，他們寫了長篇聯句詩近十首，而在詩句中爭奇鬥險。他試用辭賦的筆調，寫下南山詩。並用排比句子，描寫南山四時的景象以及山勢的奇絕，其間並用怪字，如寫四時異象：「春陽潛沮洳，濯濯吐深秀。巖巒雖崔崒，軟弱類含酎。」這種刻字鏤句的特色，是韓愈詩開中唐推敲詩派的第一人。今舉韓愈山石詩爲例：

山石犖确行徑微，黃昏到寺蝙蝠飛。升堂坐階新雨足，芭蕉葉大梔子肥。僧言古壁佛畫好，以火來照所見稀。鋪牀拂席置羹飯，疏糲亦足飽我飢。夜深靜臥百蟲絕，淸月出嶺光入扉。天明獨去無道路，出入高下窮煙霏。山紅澗碧紛爛漫，時見松櫪皆十圍。當流赤足蹋澗石，水聲激激風吹衣。人生如此自可樂，豈必局束爲人鞿？嗟哉吾黨二三子，安得至老不更歸？

這首寫山景的詩，並無深意，但卻似一篇遊記，是古文手筆。其次像石鼓歌、謁衡嶽廟等詩，都是這類風格，偏重寫作技巧的表現，而顯示遣句造辭的才華，同時也擴大了詩的領域。其實他的小詩也寫得圓熟可愛。如早春呈水部張十八助教：

天街小雨潤如酥，草色遙看近卻無；最是一年春好處，絕勝煙柳滿皇都。

韓愈的詩，開中唐議理、講才學、重雕章鍊字追險的途徑，使中唐一些詩人走上艱澀派的新境界，是其優點，也是其缺點。但影響所及，延至宋詩的主義理，可謂深矣。

孟郊（七五一—八一四），字東野，湖州武康（今浙江省武康縣）人。年輕時，隱居嵩山，性情耿介，少與人來往。後入長安，屢試不第，他一生困窮，貞元十五年（七九九），已四十九歲了，才登進士第。四年後，才被派任溧陽縣尉，垂老擔任末吏，間關道遠，失意可知。臨行前韓愈寫了一篇送孟東野序送他。後任河南水陸轉運從事、試協律郎等小官，卒年六十四。

他的詩，也反映了自己窮愁的生活，不平的心境，曾有「惡詩皆得官，好詩抱空山」的感慨，如贈崔純亮詩云：「食薺腸中苦，強歌聲無歡；出門卽有礙，誰謂天地寬。」愁苦可知。他的詩刻畫精煉，大抵苦思推敲而成，流於艱澀冷僻，與盧仝、劉義、韓愈、賈島諸人稱交，風格亦相近，同爲怪誕派詩人，世稱「孟寒賈瘦」。韓愈賞識他，孟郊死後，曾有詩稱讚道：「孟郊死葬北邙山，日月星辰頓覺閒。天恐文章中斷絕，再生賈島在人間。」眞可算是知音了，著有孟東野集。有詩四百九十首傳世。

他那首遊子吟，便是在赴任溧陽縣尉時所作的，他自注云：「迎母溧上作。」溧陽，在今江蘇省宜興縣西。原詩如下：

慈母手中線，遊子身上衣，臨行密密縫，意恐遲遲歸。誰言寸草心，報得三春暉。

此詩頌揚母愛的偉大，爲千古的名篇，比起其他枯寒淒冷的詩，要更爲動人。又如他的秋懷：

秋月顏色冰，老客志氣單。冷露滴夢破，峭風梳骨寒。席上印病紋，腸中轉愁盤。疑懷無所憑，虛聽多無端。梧桐枯崢嶸，聲響如哀彈。

大概中唐以後，稍厭繁華，詩境漸趨澹靜。然孟郊因窮困頓躓，詩多愁苦。唐晉癸籤評孟郊詩云：「孟郊詩思苦奇澀，有理致。郊詩劌目鉥心，神施鬼設，間見層出。東野五言琢削，不暇苦吟而成觀。」頗能道出孟郊詩的特色。

賈島（七八八—八四三），字浪仙，范陽（今北平附近）人。早年貧困不能自給，只好出家爲僧，法名無本。後來韓愈勸他還俗，並跟他在一起研究詩文，不幸屢次考進士，未能及第。文宗皇帝時，做了一陣子長江主簿，世人稱他爲賈長江。他一生清貧，死後家中一無長物，只僅下一隻病驢和一張古琴而已。

他的作風和孟郊、韓愈相近，作詩的態度非常刻苦認眞。大凡才份不高的人，要想使作品驚人駭俗，就得嘔盡心血，一字一句上做推敲的工夫。說到「推敲」，便是賈島寫詩的故事。他在進京應考時，在驢上吟了兩句詩：「鳥宿池邊樹，僧推月下門。」於是一時拿不定主意，倒底用「推」字，或是「敲」字好呢？因此後人稱這派詩人爲「推敲詩人」。賈島自己也說過：「兩句三年得，一吟雙淚流。知音如不賞，歸臥故山秋。」他的詩是苦心經營，可算是「苦吟詩人」。他的劍客一詩，也很動人：

十年磨一劍，霜刃未曾試。今日把示君，誰有不平事？

雖是寫劍客，其實也是寫詩人。詩窮而後工，拿孟郊賈島作例，是很確當的，由於他們一生困窮，詩如其人，世人稱其詩爲「孟寒賈瘦」。

第二節　晚唐詩歌

從文宗太和元年（八二七）以後，到唐的亡國（九〇六），其間將近八十年，文學史上稱為晚唐時期。晚唐的文藝思潮，又流露出綺靡的文風，具有纖巧幽深、險僻冷豔的特色。從中唐韓愈之後，開孟寒賈瘦的詩重技巧和形式主義，延伸到李賀的嘔瀝心血之作。於是晚唐的唯美詩，從李賀、杜牧的發端到李商隱、溫庭筠、段成式的三十六體，形成晚唐冷豔詩風的主流。細察其形成此風的原因，約有數端：一為晚唐黨爭甚烈，牛李黨之爭，使朝中的政策不能貫徹到地方，造成藩鎮的坐大，引發了僖宗時的黃巢之亂。詩人逃避現實，於是寫實諷諭的詩風，漸次式微。二為晚唐進士浮華，流連青樓樂妓不以為怪，於是豔情小詩，杯觥之間的情歌，宮體豔詩再次流行。三為三十六體被人推崇，流露出傷感的色彩，空虛的慨歎。然而在唯美的風尚下，尚有一批隱逸詩人，他們承中唐白居易新樂府的精神，仍然表現了寫實和諷諭詩的特色，如皮日休、陸龜蒙、杜荀鶴、聶夷中等，將晚唐的離亂，寫下一些眞實生活的記錄。

一、從李賀到李商隱

李賀（七九〇—八一六），字長吉，生於河南昌谷，是唐代宗室鄭王的後裔。唐才子傳記載李賀寫詩的方式，每天一大早便騎着馬出門，身邊還跟着一個背錦囊的小書僮，李賀遇到甚麼感觸，立刻寫下詩句，然後放在錦囊中，等到黃昏歸來，他的母親先讓婢女檢查囊裏所得的詩句多少，如果得句多，便責罵小書僮道：「這是我兒要嘔出心血才得來的。」如果得句少，便很高興。到了晚上，李賀再從錦囊中取出日間所得詩句，修改成篇。他這種寫詩的神秘經驗，嘔出心血的辛苦，已是家喻戶曉的故事。

李賀寫詩是從外在的尋求，獲得靈感。他是走賈島孟郊重視寫作技巧的路線，所不同的是賈孟二人一生困窮，而李賀是皇室的後裔，生活優裕，因此賈孟的詩，有淒寒苦瘦的哀歎，道其心中的塊壘，李賀的詩便多寫貴公子的生活，如酬答、追和何謝銅雀妓、貴公子夜闌曲、梁公子、相勸酒、少年樂等詩。就如他在花遊曲序所說的：「寒食，諸王妓遊，賀入座，因采梁簡文帝詩調，日牽如此。」他的詩中，多依六朝樂府舊題作詩，而偏於綺靡冷豔，重鍊字繪意的寫作技巧。如秋來：

桐風驚心壯士苦，衰燈絡緯啼寒氣。誰看青簡一編書，不遣花蟲粉空蠹。思牽今夜腸應直，雨冷香魂弔書客。秋墳鬼唱鮑家詩，恨血千年土中碧。

又如酬答二首：

金魚公子夾衫長，密裝腰鞓割玉方。行處春風隨馬尾，柳花偏打內家香。

雍州二月梅池春，御水郊靜暖白蘋。試問酒旗歌板地，今朝誰是拗花人。

李賀的作品，深受晚唐詩人的崇拜，李商隱有李賀小傳，杜牧有李長吉詩序，都推崇他是絕代才華，宋人嚴羽在滄浪詩話中稱他爲鬼仙，明胡震亨唐音癸籤：「李長吉天才奇曠，又深南北朝樂府古辭，得其怨鬱博豔之趣，故能鏤剔異藻，成此變聲。」宋景文稱李賀爲鬼才，都是中的之言。遺憾的是他僅活了二十七歲。他的死有白玉樓赴召的傳說，不外對天才者早夭的婉惜而已。

杜牧（八〇三—八五二），字牧之，京兆萬年（今陝西省西安縣）人。他和李賀一樣，是一個風流倜儻的才子，出身於世宦之家。杜牧是宰相杜佑的孫子，二十六歲舉進士，因秉性剛直，受人排擠，在江西、宣歙、淮南諸使做了十年幕僚。三十六歲遷爲京官，受宰相李德裕排斥，出爲黃州、池州、睦州、湖州刺史，晚年任中書舍人。

杜牧的詩雖爲軟香偎紅、綺麗婉約的唯美作品，但時時表現了憂國愛民的思想感情。他的河湟一詩，就心朝廷無力收復河湟一帶的失土：

元載相公曾借箸，憲宗皇帝亦留神。旋見衣冠就東市，忽遺弓劍不西巡。牧羊驅馬雖戎服，白髮丹心盡漢臣。惟有涼州歌舞曲，流傳天下樂閑人。

由於回紇的入侵，西域河湟諸地無力收復，再看朝中文武官員耽於安樂，能不慨嘆嗎？他的那首泊秦淮，頗得風人之旨：

烟籠寒水月籠沙，夜泊秦淮近酒家。商女不知亡國恨，隔江猶唱後庭花。

同時，他擅於詠史以託諷，比起中唐時元白新樂府的直接鋪陳，更委婉更具文藝性。如過華清宮三絕句：

長安回望繡成堆，山頂千門次第開。一騎紅塵妃子笑，無人知是荔枝來。

新豐綠樹起黃埃，數騎漁陽探使回。霓裳一曲千峯上，舞破中原始下來。

萬國笙歌醉太平，倚天樓殿月分明。雲中亂拍祿山舞，風過重巒下笑聲。

世人的沈醉酣歌使詩人感慨不已，借楊貴妃的故事，對晚唐帝王豪貴的荒亂有所諷刺。其他一些詠史詩，也頗具特色，如金谷園的寫綠珠：「日暮東風怨啼鳥，落花猶似墮樓人。」題烏江亭的寫項羽：「江東子弟多才俊，捲土重來未可知。」赤壁的寫周瑜：「東風不與周郎便，銅雀春深鎖二喬。」題桃花夫人廟的寫息夫人：「細腰宮裏露桃新，脈脈無言度幾春。」都是膾炙人口的名篇。

杜牧早年爲幕僚時，多寫青樓歌姬及都市生活的詩，在我國詩歌中，專寫都市詩的，尚屬少見，而杜牧在這方面的開拓，也有他了不起的貢獻。如：

娉娉嫋嫋十三餘，豆蔻梢頭二月初　春風十里揚州路，捲上珠簾總不如。（贈別）

青山隱隱水迢迢，秋盡江南草未凋。二十四橋明月夜，玉人何處教吹簫。（寄揚州韓判官）

落魄江湖載酒行，楚腰纖細掌中輕。十年一覺揚州夢，贏得青樓薄倖名。（遣懷）

杜牧的七言絕句，抒情寫景，巧麗無比，且繪畫性很濃。例如：

千里鶯啼綠映紅，水村山郭酒旗風。南朝四百八十寺，多少樓台烟雨中。（江南春）

遠上寒山石徑斜，白雲深處有人家。停車坐愛楓林晚，霜葉紅於二月花。（山行）

顏色字的使用，多用紅豔青綠的字眼，構成熱鬧穠豔的場面，是其詩中的特色。至於他的一首歎花：

自恨尋芳到已遲，昔年曾見未開時。如今風擺花狼藉，綠葉成陰子滿枝。

相傳爲他做了幾任刺史後，朝廷遷他任司勳員外郎，他卻寧願求得湖州刺史一職。因爲在十四年前，杜牧曾遊湖州，愛上一位未滿二十歲的少女，相約十年後再相見。想不到十四年後杜牧來任湖州刺史，不幸那位年輕的女子，這時已是兒女成羣了。用這故事來解釋歎花，愈見詩的寬度和多義性。杜牧著有樊川文集二十卷傳世。有詩五百二十四首。後人為了拿他和杜甫區別起見，稱他為「小杜」。

李商隱（八一三—八五六），字義山，號玉谿生，懷洲河內（今河南省沁陽縣）人。十九歲時，便以奇才為世人所重。當時河陽節度使令狐楚愛他的才氣，召致幕下，與他的孩子令狐綯在一起。儘管李商隱的詩寫得好，但在科場中卻失利過，他的野菊詩，便是寫落第的心境：

苦竹園南椒塢邊，微香冉冉淚涓涓。已悲節物同寒雁，忍委勞心共暮蟬，細路獨來當此夕，清樽相伴省他年。紫雲新苑移花處，不取霜栽近御筵。

他拿野菊自比，雖然微香傲霜，仍不能身近御筵。二十五歲那年，經令狐綯推薦，才擢為進士。次年，李黨的涇原節度使王茂元愛其才，辟為書記，並把女兒許配給他。因此牛黨的人罵他背恩，而令狐綯以為李商隱忘其家恩，便與他謝絕往來。過了幾年，令狐綯當政為相，而李商隱屢次陳情，綯終不予理會。此後牛黨執政，他一直受到排擠，在各藩鎮的幕府中，過着清苦的幕僚生活，潦倒至死。

李商隱為人耿直，在牛李黨爭時，兩不討好，使他一生坎坷，他有些詩是感時抒憤而寫的。他常感懷才不遇，抑鬱難伸，更不幸的是他的妻子王氏，也在中途去世，命運困蹇，以至於此。

王安石曾稱贊李商隱的安定城樓詩，這是他二十六歲的作品：

迢遞高城百尺樓，綠楊枝外盡汀洲。賈生年少虛垂淚，王粲春來更遠遊。永憶江湖歸白髮，欲迴天地入扁舟。不知腐鼠成滋味，猜意鵷雛竟未休。

末了用莊子語，指鴟得腐鼠，鵷雛飛過，以為鵷雛要搶它的腐鼠。這是他任書記時，有大志，想以賈誼王粲自比，然世事國是多艱，怕終老於江湖之上而壯志未酬，而世人不解，以爲貪戀「腐鼠」，眞是燕雀安知鴻鵠之志呢！在太和九年（七五〇），甘露事變，宰相王涯、李訓，謀誅宦官，反而事敗，宦官殺死宰相王涯等幾千人，其後，李商隱寫了有感兩首，又作重有感，表示憤慨。

王帳東旗得上遊，安危須共主君憂。竇融表已來關石，陶侃軍宜次石頭。豈有蛟龍愁失水？更無鷹隼與高秋。晝號夜哭兼幽顯，早晚星關雪涕收。

由於黨爭，由於宦官，再加上身世的遭遇，使詩人不得不將他所寫的詩，委婉隱曲，不敢直陳。他的詠史詩，便是一個很好的例證，借史事而有所託諷。例如：

靑雀西飛竟未迴，君王長在集靈臺；侍臣最有相如渴，不賜金莖露一杯。（漢宮詞）

宣室求賢訪舊臣，賈生才調更無倫；可憐夜半虛前席，不問蒼生問鬼神。（賈生）

紫泉宮殿鎖烟霞，欲取蕪城作帝家。玉璽無緣歸日角，錦帆應是到天涯。于今腐草無螢火，終古垂楊有暮鴉。地下若逢陳後主，豈宜重問後庭花。（隋宮）

前兩首諷游仙，後一首諷荒亂奢侈。但晚唐的政治、社會，已是暗淡低沈的末世，無法挽救，從李商隱的登樂遊原絕句，可以窺見：

向晚意不適，驅車登古原。夕陽無限好，只是近黃昏。

這首詩的好處，便在於多義性，夕陽的西下，暗示個人桑榆晚景，也暗示大唐帝國的沈淪。

李商隱的詩，最爲人所傳誦的是「無題」詩，這些抒情性極高的愛情詩，穠豔多情，帶有濃厚的浪漫和神秘的色彩，他善用神話故事，使情意婉曲而纏綿；他善用象徵或暗示的手法，使情韻耐人尋味而有絃外之音，他確是在唐人的愛情詩中，啓開了新的道路，比起前人所寫的宮體、豔詩，要超越得多而更具藝術性，奠立了他在晚唐詩人中第一大家的地位。今試讀他的幾首無題詩：

相見時難別亦難，東風無力百花殘。春蠶到死絲方盡，蠟炬成灰淚始乾。曉鏡但愁雲鬢改，夜吟應覺月光寒。蓬山此去無多路，青鳥殷勤爲探看。

颯颯東風細雨來，芙蓉塘外有輕雷。金蟾齧鎖燒香入，玉虎牽絲汲井迴。賈氏窺簾韓掾少，宓妃留枕魏王才。春心莫共花爭發，一寸相思一寸灰。

他所寫的無題詩，情濃意切，七律尤爲人所傳誦，其實五律的無題，也輕倩可愛：

照梁初有情，出水舊知名。裙衩芙蓉小，釵茸翡翠輕。錦長書鄭重，眉細恨分明。莫近彈碁局，中心最不平。

初來小苑中，稍與瑣闈通。遠恐芳塵斷，輕憂豔雪融。只知防皓露，不覺逆尖風。迴首雙飛燕，乘時入綺櫳。

前首寫少女明豔，如芙蓉出水，又復多情，末兩句用「吳歌格」，用棋坪的中心不平，諧隱心中因愛恨的瓜葛而不平。次首寫少女初通消息，願如雙燕入簾櫳。

其次，李商隱的詩，繼中唐艱澀詩之後，時有晦澀難解的詩，然綺靡中而有綺情，使人玩賞不已。或謂李商隱與女冠宋華陽姊妹有戀情，或謂與宮女有慕情，故詩意晦澀不明；或謂李商隱寫弔亡詩，由於悲劇的情節，悲凉的遭遇，詩中流露着淒美的感傷。如嫦娥詩：

雲母屏風燭影深，長河漸落曉星沈；嫦娥應悔盜靈藥，碧海青天夜夜心。

前兩句寫身世的孤寂，後兩句寫心靈的孤絕，借嫦娥而顯示孤絕的心境。又如錦瑟：

錦瑟無端五十絃，一絃一柱思華年。莊生曉夢迷蝴蝶，望帝春心託杜鵑。滄海月明珠有淚，藍田日暖玉生烟。此情可待成追憶，只是當時已惘然。

這是李義山詩集中的第一首，相當於詩集的「代序」，不外回憶往事的總總切切。這類純情的詩，眞摯感人，使人愈讀愈深愛，難怪元好問論詩絕句云：「詩家總愛西崑好，獨恨無人作鄭箋。」感歎後世沒有像鄭玄這樣的人，來替李商隱的詩作詳細的解釋。

二、晚唐新樂府詩人

晚唐時代，政治、社會的不穩定，於是有些詩人，繼承白居易新樂府運動的精神，而寫些「惟歌生民病」的詩，但他們或避世隱逸，或居下僚，對社會的眞實面更爲瞭解，於是把他們日常所見，寫入詩歌，儘管辭句淺俗，也別有佳趣，也是唐詩的尾聲。其中主要的作家，有皮日休、聶夷中、杜荀鶴、陸龜蒙、羅隱、鄭嵎、韋莊、司空圖等人。

皮日休（八三四？—八八三），字逸少，後字襲美，襄陽人。他出身寒微，早年隱居在襄陽的鹿門山，懿宗咸通八年（八七九）登進士第，約三十四歲。第二年遊蘇州，爲蘇州刺史崔璞軍事判官，與陸龜蒙結爲金蘭，日夕唱和，後入朝任著作郎，太常博士等職。廣明元年（八八〇）爲昆陵郡（今江蘇省武進縣）副使，陷黃巢賊中。

黃巢入長安，他做了翰林學士。黃巢敗，被殺。著有皮子文藪，全唐詩收有他的詩三百九十七首。

皮日休編皮子文藪，是在咸通七年（八七八），所以他的詩文集行世，是在登進士第的前一年。他所崇拜的詩人是李白、杜甫和白居易，尤其對白居易的文學理論，尤加推崇。他的正樂府序云：「樂府蓋古聖王采天下之詩，欲以知國之利病民之休戚者也。得之者命司樂氏之於塤篪。和之以管籥，詩之美也，聞之足以勸乎功；詩之刺也，聞之足以戒乎政。……故嘗有可悲可懼者，時宜於詠歌總十篇，故命曰正樂府詩。」皮日休的正樂府，便是承新樂府的路線，認爲詩歌在補闕時政，佐助教化。於是他的正樂府便在反映生民的疾苦。如橡媼歎：

秋深橡子熟，散落榛蕪岡。傴僂黃髮媼，拾之踐晨霜。移時始盈掬，盡日方滿筐。幾曝復幾蒸，用作三冬糧。山前有熟稻，紫穗襲人香。細穫亦精舂，粒粒如玉璫。持之納于官，私室無倉箱。如何一石餘，只作五斗量？狡吏不畏刑，貪官不避贓，農時作私債，農畢歸官倉。自多及于春，橡實誑飢腸。吾聞田成子，詐仁猶自王。吁嗟逢橡媼，不覺淚沾裳。

其他如農父謠、賤貢士、哀隴民等，也是對官吏的貪暴，民間受兵禍的痛苦，作眞實抽樣的描寫。

其次，晚唐詩人流行雙關語的風人詩，皮日休也有此作，如魯望風人詩三首之一：

刻石書離恨，因成別後碑；莫言春繭薄，猶且萬里絲。

「碑」諧「悲」，「絲」諧「思」。這類雙關語的情詩，在溫庭筠、張祜的作品，尤爲常見，亦富詩趣。例如：

窗外山魈立，知渠脚不多。三更機底下，摸着是誰梭。（張祜讀曲歌五首之一）

一尺深紅蒙麴塵，天生舊物不如新。合歡桃核終堪恨，裏許元來別有仁。

井底點燈深燭伊，共郎長行莫圍棋。玲瓏骰子安紅豆，入骨相思知不知。（溫庭筠新添聲楊枝辭二首）

前首言山魈爲獨脚鬼，故知其脚不多，來往不密，「梭」諧「疏」，究竟是誰疏遠了對方呢？用雙關語道情，越見深情。次二首，言情人的喜新厭舊，恐心中另有人，以桃核中的「仁」，諧心上「人」。又「燭」諧「囑」，井底點燈——深燭伊，歇後雙關語。「圍棋」，諧「違棋」，指違婚期。骰子安紅豆——入骨相思，歇後雙關語。這類風人體的情詩，詩意寬，極富情趣而又深情，是晚唐詩的另一特色。

聶夷中（八三七—？），字坦之，河東（今山西省永濟縣）人。他的傷田家頗爲著名：

二月賣新絲，五月糶新穀。醫得眼前瘡，剜卻心頭肉。我願君王心，化作光明燭。不照綺羅筵，只照逃亡屋。

晚唐社會的不安定，民生疾苦，詩中隱約可見。聶夷中的詩，今僅存三十七首。

杜荀鶴（八四六—九〇四），字彥之，池州石埭（今安徽省石埭縣）人。出身寒微，屢次落第，四十六歲始成進士。他處在晚唐最混亂的時代，寫動亂的詩，雖嫌俚俗，但不失爲寫實之作。如亂後逢村叟：

經亂衰翁居破村，村中何事不傷魂。因供寨木無桑柘，爲點鄉兵絕子孫。還似平寧徵賦稅，未嘗州縣略安存。至今雞犬皆星散，日落前山獨倚門。

杜荀鶴也是個苦吟詩人，他的送無可上人，有「獨行潭底影，數息樹邊身」句，也跟賈島的「兩句三年得，一吟雙淚流」，同一機杼。杜荀鶴今有三百二十六首詩傳世。

其他如韋莊有秦婦吟一首，是長篇的故事詩，報導黃巢之亂被虜的婦女種種的遭遇，是歷史眞相的記錄；該詩為敦煌卷中唯一的長詩，長達一千三百六十八字，是現存唐詩中篇幅最長的詩。又鄭嵎的詩，全唐詩中只收錄一首，他的這首津陽門，寫安祿山之亂，以及唐玄宗和楊貴妃的故事，也是一首故事詩，比白居易的長恨歌，元稹的連昌宮詞更具寫實性，雖僅一首詩傳世，已不朽了。

司空圖（八三七—九〇八），字表聖，河中虞鄉（今山西省虞縣）人。咸通末年進士，官中書舍人。黃巢之亂時，隱居中條山王官谷中，唐亡後，不食而死。他的詩，近於王維的山水詩，全唐詩共收有他的詩三百七十首。如山中：

凡鳥愛喧人靜處，閒雲似妬月明時。世間萬事非吾事，只愧秋來未有詩。

又如他的河湟有感：

一自蕭關起戰塵，河湟隔斷異鄉春。漢兒盡作胡兒語，卻向城頭罵漢人。

亡國之痛，如杜鵑泣血，字字是淚。

司空圖最大的成就不在詩，而在他的詩論，著有二十四品。他將唐人所開拓的詩境，分為二十四種不同的境界：雄渾、沖淡、纖穠、沈著、高古、典雅、洗煉、勁健、綺麗、自然、含蓄、豪放、精神、縝密、疏野、清奇、委曲、實境、悲慨、形容、超詣、飄逸、曠達、流動。在他的詩論中，提出詩要具有「味外之旨」、「韻外之致」，因此把「辨味」視為詩歌創作和批評的主要原則。其後繼承他的詩論的，有宋人嚴羽的滄浪詩話，清人王士禎的漁洋詩話，都是依據他的詩論而加以發揮。如王士禎在香祖筆記卷八中云：「表聖論詩有二十四品，予最喜『不著一字，盡得風流』八字。又云『采采流水，蓬蓬遠春』二語。」此外，袁枚更著續二十四品，也是仿司空圖的二十四品，用四言韻語來論詩。

第四章　唐代古文運動

第一節　古文運動發生的原因

一、古文的名稱

「古文」一詞，是和「駢文」相對待的。在秦漢時代，文人寫文章，是駢散不分。由於我國的文字，一字一形，一字一音，可奇可偶，用奇則爲散文，用偶則爲駢文，奇偶並用，音韻自然。自東漢以後，文人崇尚華靡，所寫賦辭，漸趨於儷詞駢語，措辭穠縟，流風所及，始有駢文的形式發生，到六朝時，是爲極盛。中唐期間的一次文學運動，便是提倡散文，反對當時駢文的一次運動。

所謂「古文」，簡單地說，就是散文，它異於六朝的儷辭駢體，唐人稱爲古文。原來古文有兩種含義：一是指古代的文字，如漢武帝時魯恭王擴建孔子廟，在孔壁中所得的古書，與當時通行的隸書不同，稱爲古文。另一含義，是指古代的散文，這是中唐的作家用以區別「時文」的，時文是駢文，而古文是指秦漢時用散文形式所寫的各種文章。後來他們把自己寫的散文也稱爲古文；但在實質上，唐人的古文和經學史上的古文含義，是截然不同的兩個概念。

唐人稱古文，是用來區別時文（即駢文）的，而這類散文，可以自由抒寫，不受形式上的限制，也不必講求整齊美觀的對偶形式。在內容上，要求有充實的意義性，也就是具有古代道統的意義。且看韓愈題歐陽生哀辭後所說的古文：

愈之為古文，豈獨取其句讀不類於今者邪？思古人而不得見，學古道則欲兼通其辭，通其辭者本志乎古道者也。

韓愈對古文的解釋：一為古文是在句讀上異於「時文」，即古文是散文的句法，不受四六、對仗的限制；一為古文要載有「古道」。所謂古道，是指古人寫文章重寫實和諷諭的精神，這是儒家的傳統文學觀，重視「文道合一」的觀念，以「道」來充實「文」的內容。而「道」是指甚麼？韓愈在原道中又說：

博愛之謂仁，行而宜之之謂義，由是而之焉之謂道。

所以後人提到古文，便指載有古道的散文。而古道在仁義，合乎儒學濟世的文章，便是古文。

因此，韓柳的古文運動與當時的儒學復古運動有關係；韓愈「文道合一」的主張，是為了宣揚儒學，而進行文體的改革，用樸質實用的散文，來代替浮華空泛的駢文，無疑地這項提倡，得到廣大文士的支持。進而促進了古文運動蓬勃的發展。

駢文和古文的區別，我們不妨各舉一篇實例來加以說明。滕王送一匹馬給庾信，庾信寫了一封謝啓，是用駢文寫的：

某啓：奉敎垂賚烏騮馬一匹。柳谷未開，翻逢紫燕；陵源猶遠，忽見桃花。流電爭光，浮雲連影。張敞畫

眉之暇，直走章臺；王濟飲酒之歡，長驅金埒。謹啓。（謝滕王賚馬啓）

文中的紫燕、桃花、流電、浮雲都是馬名。駢文用四六爲句，還要講究平仄、對仗、用典，這類文章發展到齊梁時，可謂極盛。而這封謝啓，辭藻甚美，但內容空洞，大意是說你送我一匹馬，從此我便可以騎著它到各處去溜覽。而文中用了一大堆典故，如柳谷是張掖產馬的地方，陵源是桃花源，與桃花馬雙關，張敞爲漢京兆尹，下朝後走馬章臺街，王濟是晉人，因特愛馬，用金錢圍成矮牆養馬。

再看王用的兒子王沼送一匹馬給韓愈，韓愈寫了一篇謝狀，是用古文寫的：

右今日品官唐國珍到臣宅，奉宣進止，緣臣與王用撰神道碑文，令臣領受用男沼所與臣馬一匹，并鞍銜及白玉腰帶一條者。臣才識淺薄，詞藝荒蕪，所撰碑文不能備盡事迹，聖恩弘獎，特令中使宣諭，并令臣受領人事物等。承命震悚，再欣再躍，無任榮耀之至，謹附狀陳謝以聞。謹狀。

在這篇散文中，把王沼送馬給他的原因說得很清楚，並承皇上派唐國珍到韓愈家，讓他收下這匹馬。散文的特色便在敍述事情，一清二楚，不像駢文在賣弄典實。以上兩篇雖然是同一內容的應酬文章，但在寫法上便迥然不同。

二、古文運動發生的原因

唐代古文運動，除了要求從形式上反對駢文對於文字的拘束限制外，還要求從思想內容上反對駢文的空疏和浮華。所以古文除了具有古代散文的含義外，還有古代道統的含義。尋繹唐代古文運動發生的原因，在於唐代的文人，對六朝以來，尤其對齊梁的過於重形式主義的文學，加以批評，並提出繼承優良傳統的建設性理論，以復古爲革新的主張，無論在詩歌、散文方面，都是這種趨向。

初唐陳子昂首先在詩歌提出復古的理論，他批評六朝的詩歌，只是「彩麗競繁，而興寄都絕」的作品，因此，他提出「建安風骨」的主張。在散文方面，齊梁以來駢文的發展達到登峰造極的成就，無形中阻礙了散文的發展，於是經過陳子昂、蕭穎士、李華、元結、柳冕等古文家的創作和提倡，仍未能轉移文壇的風氣，一直要到中唐韓愈、柳宗元的提倡古文，才造成全面性的影響，於是文質並重的古文，再度被文士所喜愛。今就古文運動發生的原因歸納於下：

㈠社會背景的變遷：大抵大一統的時代，儒家思想往往被再度的肯定，於是在文體上出現了新的面貌。自晉室南遷江左，胡人入主中原，十六國分合，凡百餘年，漢人備受塗炭。魏統一北方（三九六），孝文帝慕華風，重文教，始有北朝文學的建立。我國北方，向來重實際，不尚浮華，爲文始樸質不華。南朝自劉裕滅晉（四二〇），歷宋、齊、梁、陳，衣冠文士，屢逢離亂，棄經典而追新，視儒術爲鄙俗，於是文章流於雕琢，辭藻趨於華靡，駢儷之文大行。隋的統一，國運太短，唐代繼起，是爲治世，於是唐代文學，盡棄六朝的鉛華，重振儒家的教化，這是社會時代的變遷，造成中唐時古文運動的發生。

爲甚麼古文運動不發生在初唐或盛唐，却發生在大曆貞元年間的中唐呢？是因初唐時六朝唯美的文風尚未消退，金粉文學仍然盛行；到盛唐時，佛、道思想大爲盛行，在政治上，思想界，依然造成混亂的現象，所以儒家的道統思想並未擡頭。天寶末葉，唐室遭到嚴重的動搖，於是在位有重視儒學經學，希望借儒家的修齊治平的道理，來整頓離亂後的局面。因此從大曆到元和年間，文壇上發生了兩個大的運動，一是韓柳的古文運動，一是元白的新樂府運動，都是强調文道合一、文教合一的重要性，以儒學爲治國的根本之道，視文章爲佐助教化，匡時補闕的工具。故中唐期間，儒學思想被重視，舊唐書文藝傳云：

> 唐大曆貞元間，美才輩出，擩嚌道眞，涵詠聖涯。於是韓愈倡之，柳宗元、李翺、皇甫湜等和之，排逐百家，法度森嚴，抵轢晉魏，上軋漢周，唐之文完然爲之一王法，此其極也。

他們反對駢文，用古文寫樸質實用的文章，蔚然成爲風氣，韓柳的提倡，立刻得到文人的支持，因此古文運動得以推展。

㈡文體本身的轉變：任何一種文體，本身也都有生命。古文和駢文是相對待的文體，一爲行散，一爲行偶。古文行於周秦漢，其間雖偶有駢散互用的現象，但散句居多。東漢以來，文章趨於華靡，辭賦衍爲儷句，於是駢儷行偶的文章大行，歷六朝而彌盛。到了唐代初葉，文人的篇章，仍是崇尚行偶。故駢文發生於東漢，形成於魏晉，極盛於齊梁，而衰微於初唐盛唐。駢文到了中唐，已是缺乏生命、性靈的文體，於是在文體本身的轉變，也要求有新的文體來替代舊文體，所以古文應運而生。王國維人間詞話上說：

> 文體通行既久，染指遂多，自成習套，豪傑之士，亦難於其中自出新意，故遁而作他體以自解脫，一切文體之所以始盛終衰者，皆由於此。

王國維的這段話，說明一切文體的所以始盛而終衰的過程，是一種自然律。而唐代古文的再度興盛，固然是接上秦漢的傳統散文，但唐人的古文，畢竟和秦漢的古文不同，它含有唐人的時代精神，所以說韓柳的古文運動雖是[illegible]崇秦漢的古文，但畢竟是一種新古典主義的寫實精神，不是純然的復古運動。

駢文的流行，從東漢到初唐，最少也有四百多年，其間文士染指已久，繪章雕句，浮辭濫調，已不足以滿足人心，於是轉變的機緣已成熟，古文運動遂得以發生。

㈢古文家的批評和倡導：駢文在講求聲韻對偶的和諧整齊，用辭講究典麗雅贍，對於社會活的日益複雜，人事的變化日益擴大，於是駢文成了表達思想、反映現實的障礙。駢文這類文體，已不能容納唐人的生活形態，因此有復古之說，提倡散文，用載道的寫實文學，來代替綺靡的駢文。

唐代的古文運動，是借助於儒學的復古運動，來開展對古典文學重新的體認和肯定；所以這項文學運動，不是開倒車，是一種新古典運動，含有繼往開來的意義。

韓愈和柳宗元的聯手提倡，促成古文運動的明朗化，所以韓柳是唐代古文運動的盟主，而在韓柳以前，尚有很多古文家在默默提倡，他們也提出古文主張，慢慢形成了完整的古文理論。入唐後，遂建立了載道的文學觀，其間重要作家的批評與倡導，都對唐代的古文運動有推波逐瀾的貢獻。今逐一介紹如下：

一、**蘇綽**：早在六世紀中葉，西魏文帝大統十年（五四四），便要求以古文代替駢文，掌握政權的宇文泰（北周的開國君）和蘇綽，便提倡用尚書的文體，來發佈文誥，替代駢文。次年，蘇綽仿尚書寫了一篇皇帝祭廟的大誥。周書序云：

文帝嘗患文章浮藻，使綽爲大誥以勸，而卒能變一時士大夫之制作。然則勢在人上而欲鼓舞其下者，奚患不成？雖然非文帝之智，有以得以己，而蘇綽之守，外不詘於人，則未可必其能然也。

蘇綽的倡導後雖未成效，却是開古文主張的先河。

二、李諤：在隋文帝（楊堅）時，也感慨時文過於講求浮華，連篇累牘，不外吟風弄月，於是要求改變文風，使歸於樸質。於是李諤配合文帝的意志，以實用為觀點而批評駢文的無用。北史李諤傳云：

> 諤以時文尚輕薄，流宕忘反，上書曰：「江左齊梁，其弊彌甚，貴賤賢愚，唯務吟詠，遂復遺理存異，尋虛逐微，競一韻之奇，爭一字之巧。連篇累牘，不出月露之形；積案盈箱，唯是風雲之狀。世俗以此相高，朝廷據茲擢士。祿利之路既開，愛尚之情愈篤。……至如羲皇舜禹之典，伊傅周孔之說，不復關心，何嘗入耳。……故文筆日繁，其政日亂，良由棄大聖之規模，構無用以為用也。

李諤評擊時文的缺點，而陳舜禹之典，周孔之說，以儒家學說的實用文學來代替月露風雲之篇。但隋文帝之後，煬帝崇尚浮華，於是樸實的文風又告淹沒。

三、王通：隋末唐初，王通撰中說，是為文中子。他主張文為貫道濟義的工具。他極力排斥六朝唯美文學的不是，建立道統的文學。他說：

> 學者博誦云乎哉，必也貫乎道；文者苟作云乎哉，必也濟乎義。（天地篇）
>
> 古君子志於道，據於德、依於仁，而後藝可遊也。（事君篇）

甚至他責六朝文人為小人，如謝靈運、沈約、鮑照、江淹等，均受其鄙視，而倡教化實用的文學理論。王通只是個理學家，他攻擊六朝華靡的文風，但不能振溺於一時。

入唐後，接著還有一些古文家竭力提倡，他們的努力雖不能成功於當時，卻影響於後，故今人追求韓柳的古文運動，便以他們為唐代古文運動的先驅。

四、陳子昂：他是唐代第一位倡言復古的文人，他主張向漢魏作家學習，提出「漢魏風力」、「建安風骨」，跟韓愈的「非三代、兩漢之書不敢觀」（答李翊書），稍為不同。陳子昂是在詩歌方面要求改革，在古文方面，只等等蕭穎士、李華、柳冕諸人的崛起加以提倡了。

五、蕭穎士和李華：唐玄宗時，有古文家蕭穎士（七一七—七六八），蘭陵（今山東）人，李華（七一五—七六六），贊皇（今河北）人，他們提倡古文。蕭穎士重經術，在贈韋司業書中說：「經術之外，略不嬰心。」李華也有宗經之論，他在贈禮部尚書崔孝公集序上說：「文章本乎作者，而哀樂繫乎時，本乎作者，六經之志也；樂文武而哀幽厲也。」他寫文章反對緣情，而主張宗經。他有弔古戰場文一文，為後人所傳誦。

六、柳冕：在柳冕之前，尚有獨孤及、元結、梁肅諸人，倡言復古崇經，梁肅是獨孤及的弟子，倡文氣說，是後世古文家重文氣之所本。柳冕約大曆、貞元間人，字敬叔，河東（今山西省永濟）人，他主張文章本於教化，倡文教合一，儒道合一的理論。他說：

文章本於教化，形於治亂，繫於國風。故在君子之心為志，形君子之言為文，論君子之道為教。（與徐給事論文書）

君子之儒，必有其道，有其道必有其文，道不及文則德勝，文不及道則氣衰。（答荊南裴尚書論文書）

這些古文家都特別强調儒家道德觀，而忽略了文學的藝術性，但在韓柳之前，已初步奠定了古文理論：一方面在文章的思想內容上建立一項新標準，另一方面在形式體裁上，也樹立了與時文不同的新風格。所以韓柳的提倡古文運動，馬上得到文士的回響，造成中唐時期重要的一項文學運動。因此，蘇綽、李諤、王通、陳子昂、蕭穎士、李華、梁肅、柳冕等古文家，是唐代古文運動的先驅。

第二節　古文運動的領導者韓愈和柳宗元

在唐代大曆貞元年間（七六六—八〇四），古文運動的時機已漸臻於成熟，由於韓柳以前的古文家努力的倡導，古文已逐次擡頭，使駢文不再是文壇上風行的文體，而散文再度被世人所看重，至韓柳提倡古文，於是古文運動得以成功，散文便成爲中唐的文學主流。

在史籍上也記載古文運動的情形。舊唐書韓愈傳云：「大曆貞元之間，文字多爲古學，效揚雄董仲舒之述作，而獨孤及梁肅最稱淵奧，儒林推重。愈從其徒遊，銳意鑽仰，欲自振於一代。」新唐書韓愈傳云：「惟愈爲之，沛然若有餘，其徒李翺、李漢、皇甫湜從而效之。」方望溪書柳文後云：「柳子厚文，惟讀魯辨諸子，記柳州近治山水諸篇，縱心獨往，一無所依籍，乃信可肩隨退之。」從這些記錄，可知韓愈和柳宗元在中唐期間，不論提倡古文或創作古文，在當時文壇上，已蔚爲風氣，使散文躍居文壇的主流。韓愈和柳宗元提出「文以載道」的主張，留了許多優美的作品，世人便以「韓、柳」並稱。於是一般文人洗去江左綺靡的習氣，轉而效韓柳的古文，變駢文爲散文，使韓柳成爲當時文壇的盟主。

一、韓愈的古文理論及作品

韓愈（七六八—八二四），字退之，河南河陽（今河南省孟縣）人。先世是昌黎人，故撰文自稱韓昌黎。他三歲時父母去世，由兄嫂鄭氏撫養長大。從小生長在貧困的環境裏，更加發奮，六經百家的書，無不精曉。二十五歲登進士第，便積極提倡古文。後來擔任過四門博士，監察御史的職務，因上書諫宮市之弊，觸怒德宗，被貶陽山縣令。後召回任國子博士，刑部侍郎等職。元和十四年正月，愈上表諫迎佛骨，觸怒憲宗，貶爲潮州刺史，時年五十二。晚年召爲國子祭酒，卒於長安京兆尹任內，年五十七，謚爲文，世稱韓文公。

韓愈的古文理論：韓愈的古文主張，多半保留在應答弟子或時人的書信中，今歸納其理論如下：

㈠文以載道：志道或明道是古文運動的理論基礎。他宗奉儒家一貫的傳統，認爲文章在佐助教化，讀古人的典籍，在效法聖賢的長處，要「行之乎仁義之途，游之乎詩書之源」。寫文章時，應該宣揚聖賢的精神，文以載道，不作毫無補益於社會人群的文章。他所謂的古道，文以載道的理論，見諸於篇章：

愈之所志於古者，不惟其辭之好，好其道焉耳。（答李秀才書）

吾所謂道也，非向所謂老與佛之道也。堯以是傳之舜，舜以是傳之禹，禹以是傳之湯，湯以是傳之文、武、周公，文、武、周公傳之孔子，孔子傳之孟軻，軻之死不得其傳焉。（原道）

始者，非三代兩漢之書不敢觀，非聖人之志不敢存。……行之乎仁義之途，游之乎詩書之源，無迷其途，無絕其源，終吾身而已矣。（答李翊書）

文者，貫道之器也。（李漢韓昌黎集序）

他主張古文與道統必須結合，文的作用在載道，道是文章的主體，有思想內容；而文是表達道的工具，表達的技巧，在於作法。

㈡古文根源：文貴有實，言必合乎古道，因此想寫好古文，必攝取古人文章的精華。韓愈論古文的根源如下：

沈浸醲郁，含英咀華，作爲文章，其書滿家。上規姚姒，渾渾無涯；周誥殷盤，佶屈聱牙；春秋謹嚴，左氏浮誇；易奇而法，詩正而葩；下逮莊騷，太史所錄，子雲相如，同工異曲：先生之於文，可謂閎其中而肆其外矣。（進學解）

夫所謂文者，必有諸其中，是故君子愼其實。實之美惡，其發也不掩，本深而末茂，形大而聲宏，行峻而言厲，心醇而氣和，昭晰者無疑，優游者有餘。體不備，不可以爲成人，辭不足，不可以爲成文。（答尉遲生書）

韓愈已明確指出古文的根源在於六經，如尚書的渾厚古樸，春秋的謹嚴，左傳的華采，易經的變化而有法則，詩經的眞情而辭雅；其他如莊子楚辭，史記漢賦，都有可取的地方，也印證了他所說的非三代兩漢之文不敢觀。同時，文章還貴於有實，不作空泛無實的文章。

㈢古文作法：韓愈的古文理論，並不是純然重道而不重文，因此也强調文藝性的重要。他在答陳生書上說：「愈之志在古道，又甚好其言辭。」同時，他反對時文的空疏，提出他的創作經驗和技巧。今分析其古文作法如下：

⑴物不平則鳴：古文是表現眞實的生活，不作無病呻吟。他在送孟東野序上說：「大凡物不得其平則鳴，草木之無聲，風撓之鳴，水之無聲，風蕩之鳴。其躍也，或激之；其趨也，或梗之；其沸也，或炙之。金石之無聲，或擊之鳴。人之於言也亦然，有不得已者而後言，其歌也有思，其哭也有懷。」

(2)文窮而後工：古文不外是宣洩其情志，惟有遭到困頓，才能發為感人的作品，所以文章也是苦悶的象徵；反之，心中無塊壘可吐，氣滿志得，必然會江郎才盡，文辭枯澀，無動人的情意。在他的荊潭唱和詩序云：「夫和平之音淡薄，而愁思之聲要妙，懽愉之辭難工，而窮苦之言易好也。是故文章之作，恒發於羈旅漠野，至若王公貴人，氣滿志得，非性能而好之，則不暇以為。」

(3)唯陳言之務去：六朝駢文，至唐已多陳腔濫調，且去古人載道的宗旨太遠，大抵文學創作，貴有新意，所用辭句，不落窠臼。他在答李翊書中說：「當其取於心而注於手也，惟陳言之務去。」

(4)重文氣：古文家特重文氣，韓愈也不例外，文氣包括才氣和辭氣兩種，才氣是得自於天，是天賦的，如曹丕典論論文所云：「雖在父兄，不能移於子弟。」辭氣是指文章結構，著重布局和辭意的貫連，以達前呼後應，首尾圓合的效果。歷代對文氣的說法，多以水來比喻，不外說明文章組織和結構的重要。他在答李翊書上說：「氣，水也，言，浮物也，水大，而物之浮者大小畢浮，氣之與猶是也。氣盛，則言之短長與聲之高下者皆宜。」留意文章的組織，使內容緊湊，氣勢萬千。

韓愈不但在古文的理論上，提出一套完整的道理，他在作品上，配合了他自已的文論，使他在唐代古文運動中，居於領導的地位。他長於議論，像原道、原性、原毀、原鬼、原人、師說、諱辯等篇，被後世古文家奉為圭臬。他的書信也寫得不少，如與孟東野書、答李翊書、答尉遲生書、答劉正夫書等，措辭造語立意，能極盡變化的能事。又如他的贈序之作，送李愿歸盤谷序、送孟東野序、送董邵南序，都是精悍有力、寓意深遠的文章。今舉送董邵南序為例：

燕趙古稱多感慨悲歌之士，董生舉進士，連不得志于有司，懷抱利器，鬱鬱適茲土；吾知其必有合也。董生勉乎哉。

夫以子之不遇時，苟慕義彊仁者皆愛惜焉；矧燕趙之士，出乎其性者哉！然吾嘗聞：風俗與化移易，吾惡知其今不異於古所云邪？聊以吾子之行卜之也。董生勉乎哉！

吾因子有所感矣，爲我弔望諸君之墓，而觀於其市，復有昔時屠狗者乎？爲我謝曰：「明天子在上，可以出而仕矣！」

又如他的碑志哀祭的作品，其中有許多傑出的文章，如祭十二郎文、柳子厚墓志銘，但也有諛墓的文章。他的雜著，寓言的有圬者王承福傳、毛穎傳，是開傳奇文學的先河。記敍小品，有畫記，用七百多字，將一幅畫中的人物、馬匹、野獸、各種兵器，作精細的描寫，甚爲出色。自嘲的，有進學解、送窮文。雜說四篇，其中說馬一篇，寓意深長：

世有伯樂，然後有千里馬。千里馬常有，而伯樂不常有，故雖有名馬，祇辱於奴隸人之手，駢死於槽櫪之間，不以千里稱也。馬之千里者，一食或盡粟一石，食馬者不知其能千里而食也；是馬也，雖有千里之能，食不飽，力不足，才美不外見，且欲與常馬等不可得，安求其能千里也？策之不以其道，食之不能盡其材，鳴之而不能通其意，執策而臨之曰：「天下無馬。」嗚呼，其眞無馬耶？其眞不知馬也。

韓愈的性情剛毅耿介，他的仕途雖算平坦，也遭到兩次的貶謫，由於他的詩文能有如此的造詣，也是因他的秉性和遭遇所致。他死後，門人李漢將他一生的作品編輯成昌黎先生集，收有古文約三百多餘，並在序中介紹韓愈提倡古文的經過：開始時大家都譏笑他，然而他的意志愈爲堅定，後來人家讀了他的散文，才欽佩他、仿效他，而散文才逐漸風行起來。當時出於韓門的弟子，有李翺、皇甫湜、沈亞之、李德裕、孫樵、李漢等人，皆在散文或傳奇小說上，能有所成就。唐代古文運動不始於韓愈，然而唐代古文運動的推展，却以韓愈爲主要領導人。宋蘇軾在潮州韓文公廟碑中，稱譽韓愈爲「文起八代之衰，道濟天下之溺」的古文鬥士。

二、柳宗元的古文理論及作品

唐代提倡古文運動最有成就的古文家，除了韓愈以外，便要算柳宗元。尤其是他的山水遊記和寓言小品，是我國文壇上獨一無二的傑出作品。

柳宗元（七七三—八一九），字子厚，河東（今山西省永濟縣）人。二十一歲中進士。他在乞巧文中指當時流行的「時文」，是「駢四儷六，錦口繡心」的文章，所以駢文、四六文一詞，最早見於柳宗元的文中。他反對駢文，跟韓愈並肩提倡古文，改革文壇華靡的文風，於是他們成了好友。當他三十歲時，任監察御史，在政治上主張革新，重任用賢能。後來，他參與王叔文黨輔佐順宗皇帝革新朝政，沒想到順宗在位不到一年，便因病重而退位；接著李純當了皇帝，就是憲宗，憲宗受宦官和舊勢力的包圍，開革了王叔文這批人；柳宗元也牽連在內，被貶爲邵州刺史，那年，他才三十三歲。當他正在邵州的途中，又貶了一次，改爲永州司馬。永州在今湖南零陵縣，在唐代尚是個荒僻瘴癘之地，然山水秀麗，所以柳宗元的山水小品，大抵在永州寫成的。

永州的山水雖能排遣他一時的憂悶，但獉獠之鄉，終非久居之所。況且他年過三十六還沒有妻室子嗣，想在邊區找個合適的女子，確實不易。當他居永州第五年，曾接到京兆尹許孟容的信，他覆了一封很長的信，也說得很沈痛。他希望許孟容能幫他洗雪前罪，再調回長安，可是他謫居永州，一住就是十年。

元和九年（八一四），他喜出望外地被召回長安，他想或許還能得到朝廷的錄用。於是有一天他請卜者替他解夢，他說：「我姓柳，昨夜夢見柳樹倒地，不知是吉是凶？」卜者說：「柳仆，可能出任柳州的州牧，沒有凶兆。」第二年春，柳宗元果然被任爲柳州刺史。這年他四十三歲。

他到柳州後，人生經驗豐富，他著名的寓言小品，如種樹郭橐駝傳、黔之驢、捕蛇者說、梓人傳等，大半是在後期完成的。雖然他身在邊陲，文名却滿天下，當時嶺南的文士，都不遠千里到柳州（今廣西）來向他學習古文。並且他在柳州立下良好的政風。元和十四年（八一九），他的身體多病，常恐詩文不能傳世，便把草稿寄給他的朋友劉禹錫，並且說：「我怕老死於此，敢把遺稿來累故人。」那年十一月八日，柳宗元便病死在柳州，時年四十七。

柳宗元的古文理論：柳宗元的古文主張，他是以道作爲文章的基石，而道是指文章的思想性和眞實的內容。唐古文家所指的道，是儒家傳統的道，擴而大之，是指文章的主體，要具有眞實的內容，與駢文的空洞無物不同。今歸納柳宗元的古文理論數端如下：

㈠文以明道：文以明道跟載道、貫道意義是相同的。他在報崔黯秀才論文書上說：「聖人之言，期以明道。」又在答韋中立論師道書：「始吾幼且少，爲文章，以辭爲工。及長，乃知文者以明道。」

㈡辭令褒貶，導揚諷諭：柳宗元認爲文章的效用，在褒貶是非，能發人深省，具有導揚諷諭的功能。楊評事文集後序云：「文之用，辭令褒貶，導揚諷諭而已」。又說：「文有二道，辭令褒貶，本乎著述者也；導揚諷諭；本乎比興者也。」

㈢五本六參：柳宗元的古文根源，在本原於五經，旁通子史，故有五本六參的論點。他在答韋中立書上說：「本之書以求其質，本之詩以求其恒，本之禮以求其宜，本之春秋以求其斷，本之易以求其動；此吾所以取道之原也。參之穀梁氏以厲其氣，參之孟荀以暢其文，參之莊老以肆其端，參之國語以博其趣，參之離騷以致其幽，參之太史公以著其潔，此吾所以旁推交通而以爲之文也。」

㈣四懼六欲：柳宗元認爲古文的作法，有不懼六欲，不外盡心盡力來寫文章，使主題明朗，結構完整。他在答韋中立書云：「吾每爲文章，未嘗敢以輕心掉之，懼其剽而不足也；未嘗敢以怠心易之，懼其弛而不嚴也；未嘗敢以昏氣出之，懼其昧沒而雜也；未嘗敢以矜氣作之，懼其偃蹇而驕也。抑之欲其奧，揚之欲其明，疏之欲其通，廉之欲其節，激而發之欲其清，固而存之欲其重；此吾所以羽翼夫道也。」他指出寫文章的態度，不能有輕心、怠心昏氣、矜氣的現象，而要做到奧、明、通、節、清、重，以達到清新高潔的境界。

柳宗元的詩文稿由劉禹錫幫他編次而傳世，他的古文約有四百餘篇，是繼酈道元之後，寫山水散文的能手。同時，他長於用寓言來諷諭，含意和寄託都很深遠，耐人尋味。他在永州所寫的永州八記：始得西山宴遊記、鈷鉧潭記、鈷鉧潭西小邱記、至小邱西小石潭記、袁家渴記、石渠記、石澗記、小石城山記，爲後世古文家，奉爲雜記類古文的準則。今選鈷鉧潭西小邱記爲例：

得西山後八日，尋山口西北道二百步，又得鈷鉧潭。西二十五步，當湍而浚者爲魚梁。梁之上有邱焉，生竹樹。其石之突怒偃蹇，負土而出，爭爲奇狀者，殆不可數：其嶔然相累而下者，若牛馬之飲於溪，其衝然角列而上者，若熊羆之登於山。邱之小不能一畝，可以籠而有之。

問其主，曰：「唐氏之棄地，貨而不售。」問其價，曰：「止四百。」予憐而售之。李深源元克己時同遊，皆大喜，出自意外。即更取器用，剷刈穢草，伐去惡木，烈火而焚之。嘉木立，美竹露，奇石顯。由中以望，則山之高，雲之浮，溪之流，鳥獸之遨遊，擧熙熙然迴巧獻技，以效茲邱之下。枕席而臥，則清冷之狀與目謀，瀯瀯之聲與耳謀，悠然而虛者與神謀，淵然而靜者與心謀。不匝旬而得異地者二，雖古好事之士，或未能至焉。

噫！以茲邱之勝，致之灃鎬鄠杜，則貴游之士爭買者，日增千金而愈不可得。今棄是州也，農夫漁父，過而陋之。價四百，連歲不能售；而我與深源克己獨喜得之，是其果有遭乎。書於石，所以賀資邱之遭也。

全篇寫鈷鉧潭西的小邱山景色，尤其形容上上的怪石，眞是傳神之筆。次寫嘉木、美竹、浮雲、溪流、鳥獸，使遊者莫不神爽。末以美土而不能售抒感，大有懷才而被棄於野的浩歎。

其次，柳宗元的寓言小品，有三戒：臨江之麋、黔之驢、永州之鼠，羆說、蝜蝂傳、謫龍說、種樹郭槖駝傳、梓人傳、捕蛇者說諸篇，亦有諷刺警世的含義，然筆觸冷峻，字裏行間有嫉俗憤世的激情。今擧蝜蝂傳爲例：

蝜蝂者，善負小蟲也。行遇物，輒持取，仰其首負之。背愈重，雖困劇不止也。其背甚澀，物積因不散，卒躓仆不能起。人或憐之，爲去其負，苟能行，又持取如故。又好上高，極其力不已，至墜地死。

用愛負物爬高的小蟲，比喻無才能貪厭無度的墨吏，只知日思高位大祿，以至壓死或拼命爬高而摔死。他的三戒最爲有名，今已成日常使用的成語。其他如論說類的散文如天說、非國語、封建論、六逆論等，也頗爲人所稱道。

柳宗元的散文停蓄深博，得國語韓非子之長，韓愈在柳子厚墓誌銘上稱揚他的文章：「其文學辭章，必不能自力以致，必傳於後，如今無疑也。」只是柳宗元的遭遇不好，材不爲世所用，道不能行於時，是可慨歎的。

第三節　唐代古文運動的成就

唐代古文運動，從陳子昂提出復古的口號，主張恢復漢魏風骨，到韓愈、柳宗元打出志道、明道的旗幟，古文運動已經成功地將散文的地位提高，代替風行已久的駢文，於是散文再度被用來寫各種的文章。其他參與提倡古文的作家不少，在韓柳之前的，有李華、蕭穎士、元結、獨孤及、柳冕、孟郊、梁肅、裴度、李觀等人；在韓柳之後的，有白居易、劉禹錫、呂溫、樊宗師、歐陽詹、張籍、皇甫湜、李翺、沈亞之、李德裕、李漢、孫樵、吳武陵、陸龜蒙、皮日休、羅隱、劉蛻等人。但韓愈和柳宗元是唐代古文運動主要的推動者，也是唐代的古文大家，他們的作品震古鑠今，自有其不朽的價值。

一、唐代文體的三變

新唐書文藝傳序說：「李唐有天下三百年，文章無慮三變。」其所說的三變，是六朝的文體，進入唐代後，一變爲王勃、楊炯的清雅駢文；再變爲張說、蘇頲的雍和華貴的駢文；三變爲韓愈、柳宗元的古文。換言之，唐代的散文，是從中唐的大曆、貞元年間開始，這是文體的大革新，到元和、大和年間，散文大爲流行。到晚唐時，又被唯美的西崑體所淹沒。考唐代古文流行僅數十年的原因，是韓愈和柳宗元居位不高，又屢遭貶謫。幸好韓愈大量收受弟子，使古文的門戶擴大，而柳宗元流宦永州前後十年，以帶罪之身，不顧收受弟子，但他致力於古文的創作，爲古文立下典範的佳作，影響後世甚鉅。韓愈的古文，他在進學解中自評道：「先生之於文，可謂閎於中而肆其外矣。」閎中肆外，這是韓愈古文的特色。「閎於中」，故能謹嚴，「肆其外」，故能奇崛。在他的弟子中，得謹嚴優點的，有李翺、李漢、沈亞之等人；得奇崛優點的，有皇甫湜、孫樵、樊宗師等人。李肇國史補云：「元和之後，文筆則學奇於韓愈，學澀於宗師。」而柳宗元的山水、寓言小品，都是獨樹一幟。這是中唐以來，散文風格的溉貌和趨勢。

二、唐代古文運動的成就

我國古代散文的發展，從周秦到唐代，其間約可分爲三個階段：第一階段是先秦諸子的散文，以思想爲主，那時百家爭鳴，各顯異彩，如孟子的雄厚，莊子的變化奇肆，荀子的謹嚴，韓非子的深峭。第二階段是兩漢史傳的散文，司馬遷的史記，班固的漢書，對人物、史事的記載，立下傳記散文不朽的典範。第三階段是韓愈、柳宗元的散文，無論是議論、抒情、詠物、傳記、寫景，都能曲盡其妙，就如韓愈所說的：「沈浸醲郁，含英咀華。」（進學解）柳宗元所說的：「漱滌萬物，牢籠百態。」（愚溪詩序）任何事物情節，都能入篇，且富文學價值。

唐代古文運動的成就，可分古文理論的建立和古文創作的成就二者：

㈠古文理論的建立：唐代古文家提出復古的理論，其實是新古典主義的文學理論，承受傳統的文學觀，開創更開闊的散文途徑，以排斥六朝以來，偏重唯美主義、形式主義的駢文。他們重視散文的實用性和寫實性的功能，必須和教化道統結合在一起，同時也要跟日常生活結合在一起，這樣的散文，才有生命，才有價值。

因此，無論是陳子昂的「漢魏風骨」，梁肅的文氣以導辭，柳冕的「文章本於教化」，韓愈、柳宗元的「志道」、「明道」，以至於「貫道」，都是主張文道一元，文教合一的文學理論。今歸納唐代古文家的古文理論如下：

1. 文者，貫道之器。道是教化的本源，讀古人書，是因文見道；發為製作，是以文載道。
2. 讀古人的作品，目的在師古，師其文章的立意，並非抄襲擬古。
3. 創立樸質、醇簡、自然的作品；擯棄六朝穠縟、駢儷、雕琢的陳言。
4. 文章貴有實，作品是表現生活的，不作無病呻吟。所以說：「物不平則鳴，」「為文窮而後工，」「文章合為時而著。」
5. 注重文章的組織結構，強調氣勢文理，講求古文義法。

(二)古文創作的成就：韓愈有古文三百餘篇傳世，柳宗元有古文四百餘篇傳世，這是唐代古文運動在古文創作上最大的成就。韓柳之前的古文家，在理論上都有所建樹，但他們缺乏作品支持他們的理論，所以未能造成深厚的影響力。韓柳之所以成為古文大家，便是他們在古文創作上，立下不朽的地位。韓柳之後的古文家，他們的作品，多不及韓柳，但依然有可觀賞的佳作，如李翺的復性論、高愍女碑、楊烈婦傳等，沈亞之的傳記，由寓言小品，轉為傳奇小說，如秦夢記、異夢錄、湘中怨等，皇甫湜的答案生書、顧況集序等，白居易的荔枝圖說、廬山草堂記等，劉禹錫的陋室銘，都是流傳極廣，膾炙人口的散文。

唐代古文運動在古文創作上的成就，可綜合下列數端：

1. 廓清當時浮靡的文學，建立新生、活潑、實用的文學。

2. 新文體的建立，取代六朝駢體。

3. 作品多方的嘗試，無論說理議論、傳記詠物、敍事抒情、寫景書信或雜著，都能曲盡其妙，有卓越的成就。

4. 此期作品的特色，在謹嚴奇崛、雄深雅健。

所以唐代的古文運動，不僅改變了當時的文風，使散文代替駢體的流行，同時帶來傳奇小說的興盛，使六朝志怪的小說，轉變爲唐人寫人事的短篇小說。而唐代的古文運動，更影響到宋代歐陽修等的古文運動，以及明清的古文運動，使我國的散文，開拓更恢闊、更康莊的大道。

第五章　唐代傳奇小說

第一節　唐代傳奇發生的原因

大凡文學家，都具有對人生透徹的體會，他們的作品，不外反映生活，表現人生的孤獨和醜惡，或彰明人生的和諧和美麗。尤其是小說家，在這方面的感受更爲強烈，他們以犀利的筆，剖析人生，揭開社會的種種現象，向人間訴說愛與恨的糾葛，他們報導動人的遭遇，進而反映人生，刻畫人性。

在我國早期的小說中，只是記載一些神話和傳說，後來用寓言或小故事來說明一件道理，像孟子莊子中的「齊人有一妻一妾」、「狙公養狙」之類。漢魏以後史學中的傳記興盛，用傳記來記錄人類活動的史實，文人也用傳記體，寫些虛構式的內傳、外傳或神奇的事物，其中帶有濃厚的神怪成分，於是志怪筆記流行於漢魏六朝，其中記人事的筆記小品，最出色的要算宋劉義慶的世說新語。觀我國的小說發源雖早，但一直停留在筆記、叢談的階段，眞正以寫人事，創造人物的小說，始於唐人的傳奇。所以唐人的傳奇小說，是我國短篇小說的開始。

所謂「傳奇」，有說奇志異的意思，本出於稗官野史，與史官的傳記，同時並行。「傳奇」一辭，始於晚唐裴鉶的傳奇一書，自此宋人稱唐人的小說爲傳奇。明胡應麟少室山房筆叢云：「變異之談，盛于六朝，然多是傳錄舛訛，未必盡幻設語；至唐人乃作意好奇，假小說以寄筆端。」所以唐人的傳奇，是指作意好奇的小說而言。

唐代傳奇，承漢魏六朝志怪小說的途徑而有新的開展，尤其在社會性或人生面的描寫，走上寫實的道路，是受中唐文藝思潮的影響，今尋繹其發生的原因，綜合數點如下：

㈠ 受古文運動的鼓蕩：唐代古文運動，是一提倡散文寫實的運動，用散文來反映當時的生活面和各種社會問題，於是唐人傳奇，受古文運動的鼓蕩，在中唐期間，如百花爭放而發達起來。由於古文家的傳記作品，擴大至寓言中幻設的人物、事物，如韓愈的圬者王承福傳、毛穎傳，柳宗元的種樹郭橐駝傳、三戒：臨江之麋、黔之驢、永州之鼠，其傳中人，都是如漢賦中的虛有其人，或用寓言來託諷的，這些幻設的故事，作意好奇的作品，便因古文運動的衝激，用散文來寫社會現象，甚至有些古文家也是傳奇的作家。如韓愈的弟子沈亞之，便是一位出色的小說家。他著有異夢錄、馮燕傳、李紳傳等。今存唐人的筆記甚多，在大曆之前的，有張鷟的朝野僉載、崔令欽的教坊記，在大曆之後的，有柳完元的龍城錄、李德裕的次柳氏舊聞、牛僧孺的玄怪錄、薛用弱的集異記、段成式的酉陽雜俎、黑疾志、支諾臯、孫棨的北里志、釋道世法苑珠林、范攄的雲溪友議等。所以中唐以後，傳奇作家輩出，作品成帙成卷，而傳奇之作，有說是古文運動的副產品。

㈡ 受唐人「溫卷」風氣的影響：唐人科舉，有「溫卷」的風氣。所謂溫卷，是考生與主考官藉文章來酬答，以增加主考官對考生的印象，於是考生在考前向主考官投刺、投文章，便稱爲溫卷。宋趙彥衞雲麓漫鈔記載：

唐世舉人，先借當時顯人以姓名達主司，然後投獻所業，踰數日又投，謂之溫卷。如幽怪錄、傳奇等皆是也。蓋此等文備衆體，可見史才、詩筆、議論。

當時考生有投名片、投詩文給主考官的風氣，所投的文章要兼備各體，表現考生在史才、詩筆、議論各方面才能，又要引起主考官閱讀的興趣於是傳奇的作品，應運而生。如元稹二十四歲沒中舉前所作的會眞記，便是一篇典型的溫卷作品，其中備有記、有詩、又有議論，也是一篇言情的傳奇。

唐人溫卷的作品被記錄下來的不多，宋尤袤的全唐詩話記載朱慶餘投詩給張水部（張籍），可知溫卷也有投詩的：

> 慶餘遇水部郎中張籍，知音，索慶餘新舊篇，擇留二十六章，置之懷袖而推讚之。時人以籍重名，皆繕錄諷詠，遂登科。慶餘作閨意一篇（近試呈張水部），以獻曰：「洞房昨夜停紅燭，待曉堂前拜舅姑。妝罷低聲問夫婿，畫眉深淺入時無？」籍酬之曰：「越女新妝出鏡心，自知明豔更沈吟。齊紈未是時人貴，一曲菱歌敵萬金。」由是朱之詩名，流於海內矣。

由於考生可以投詩文給主考官，又要使所投的詩文能吸引主考官，當然文中所寫的以作意好奇，才能引人入勝，因此唐人溫卷的風氣，促使傳奇小說興盛。

㈢ 經濟的繁榮與市人小說的產生：唐代傳奇發展，得到社會的變動，經濟的繁榮所支持，都市人們需要娛樂性的文章，因此傳奇便因應城市人的需要，而產生了「市人小說」。段成式酉陽雜俎續集云：

> 予太和末，因弟生日，觀雜戲，有市人小說，呼扁鵲作褊鵲。

唐代已有說「三分」，「說一枝花話」的市人小說流行於民間，在李商隱的驕兒詩：「或謔張飛胡（胡是指面黝黑，張飛胡指黑張飛），或笑鄧艾吃（口吃）。」便是說三分的例子；關於長安一枝花的故事，流傳在中唐時，元稹在酬翰林白學士代書一百韻「光陰聽話移」下，自注云：「嘗于新昌宅聽說一枝花話，自寅至巳，猶未畢詞也。」關於長安一枝花是敍述一公子至長安應試，遇到妓女所發生的故事，後來白居易的弟弟白行簡便寫成李娃傳。由於中唐時除了古文運動使文體採自由的散體便於記事外，又有新樂府運動使文人面對現實，於是文人利用市人小說，寫些社會上流傳的故事，便成唐人的傳奇。如白居易寫唐明皇和貴妃的故事爲長恨歌，他的朋友陳鴻便用這項素材，寫成長恨歌傳。同樣的元稹有李娃行的詩，白行簡便作李娃傳，形成了唐代傳奇是詩與散文的結合，用以敍事與抒情結合的特殊文體，而其中有些素材，直接來自於唐人的市人小說。因此唐人城市的興起，市人需要娛樂性的文章，加以文人由於藩鎭的專橫，黨爭之烈，也帶來特殊的遭遇，他們將這些見聞際遇，寫到傳奇之中。

㈣　唐人科擧的幻滅：唐代儒、道、佛三教同時流行，儒家思想是入世的，唐人重經學，其間的名相如魏徵、張九齡、李百藥、裴度等，都以儒者自居，而科擧亦考經術和策論；然唐代帝王姓李，因老子姓李，故老子一書盛行，道教也被重視，佛教也是唐代皇室和庶民所共仰，且佛道甚盛行，皇室公主入爲女尼、女冠的不少，同時文人爲釋爲道士的也不乏其人。佛道爲出世的思想，帶有濃厚的浪漫色彩。唐代士子，不是從明經科出仕，便是從進士科爲官，所以科擧是唐代文士主要的出路。但科擧名額有限，登科的機會不多，非人人可就功名，如李白是走「終南捷徑」，孟浩然四十歲猶未能考上進士而歸隱，孟郊四十九歲才登進士，遲暮之年才得一小官。所以李白的蜀道難，以詩喻仕途的艱難，難於上靑天。然而文士爲追逐功名，每每失敗，甚至於幻滅。在追求功名幻滅之後，於是有所醒覺，撰寫傳奇小說，用以自諷，亦用以諷世，或借小說以渲洩衷情，如沈旣濟的枕中記，李公佐的南柯太守傳，便是借盧生、淳于棼的入夢，點醒人間的榮華富貴也是一場夢罷了。這些作品，便是以考生爲背景所發生動人的傳奇。因此唐人爲了科擧所造成的幻滅，由儒而入佛道，造成唐人傳奇小說的多面性。

(五) 俗文學的擡頭：這是文體本身的發展，我國小說從秦漢的寓言，到魏晉南北朝的神怪志異小說筆記，到唐人記人事、道人生，用以勸善諷世的傳奇，是小說文體本身不斷地拓展，它配合了文藝思潮的轉變和趨向，在內容上和形式上也有所改變。大抵中唐以來，俗文學的流行，如元白詩的大衆化，趨於平易近人。又如唐代講唱文學的流行，敦煌變文、俗賦、話本，通俗詞文的普遍，造成俗文學的興盛。而傳奇小說，也是俗文學的一種，不過是文人茶餘酒後的助談而加以記錄下來的作品，它不似唐詩和古文那樣的莊重典雅，它是屬於大衆文學，取材也是來自民間的。

唐人傳奇，是我國最早的短篇小說。它在文學史上，佔有光輝燦爛的一頁。傳奇作家們，喜歡把親身的經歷和見聞，利用廣濶的想像、豐富的情感、洗鍊的散文，加以情節上的變化和安排，使人間的一切，顯得更美麗、光明。宋人洪邁在容齋隨筆中，把傳奇與唐詩並擧，他說：「唐人小說，不可不熟，小小事情，悽惋欲絕，洵有神遇而不自知者，與詩律可稱一代之奇。」

第二節　唐代傳奇的內容及其發展

唐代傳奇小說，大都收在宋初李昉等編的太平廣記中，其他如太平御覽、文苑英華、全唐文等類書總集，也收錄了一些唐人的傳奇。

關於唐人傳奇的分類，太平廣記分神仙、女仙、道術、方士、異人、異僧、釋證、報應、徵應、定數、貢舉、驍勇、文章等，實在太過於瑣碎；唐代叢書則約略分神怪、戀愛、豪俠三類。神怪包括古鏡記、白猿傳、柳毅傳、枕中記、南柯太守傳、秦夢記等；戀愛包括離魂記、章臺柳、李娃傳、霍小玉傳、長恨歌傳、會眞記等；豪俠包括謝小娥傳、紅線傳、崑崙奴傳、虬髯客傳、紅拂傳等。儘管怎樣分類，有時不免落於牽強。

介紹唐人傳奇的內容和發展，分三個階段來說明：

一、初唐、盛唐時期的傳奇

從李淵的開國，到玄宗、肅宗時期，這期間的傳奇，脫離不了六朝神怪志異的形態，而且作品也很少。他們沿襲六朝志怪小說的途徑發展，缺乏新的意識和新的觀念，因此唐人傳奇的精華，不在此期。今將此階段主要的作品介紹如下：

王度的古鏡記，描寫他獲得一面古鏡於侯生，這面鏡子，不但可以降妖伏魔，伏獸顯靈，還能替人治病。全篇由十二段獨立的小故事連綴而生。王度是王通的弟弟，他的傳奇作品，今僅存此一篇。

無名氏的補江總白猿傳，寫梁將歐陽紇的妻子，被山中的白猿刼走，歐陽紇率兵入山，殺白猿，救回妻子；但妻子已孕，周歲生子，貌似猿猴。然此子聰悟過人，同時也表現了夫妻的摯情。

張鷟的游仙窟，這篇傳奇本來已失傳，近世由日本再傳回中國。這是一篇寫豔情的傳奇，長達萬餘字，體近駢儷，是唐人傳奇最長的一篇。內容是作者自敍奉使河源，途中投宿仙窟，與神女十娘、五娘邂逅的故事。張鷟爲武后時人，他尙有朝野僉載一書，專記一些瑣碎小故事。

二、中唐時期的傳奇

從代宗到敬宗，是爲中唐，這期的傳奇最豐富，內容也是多樣式的，由於古文運動和新樂府運動發生在這時期，傳奇受此期的文學運動的鼓蕩，作品的內容大爲改變以寫實爲主。今擧重要的作品如下：

㈠ 寫虛幻人生的：

沈既濟的枕中記，這是一篇反映唐代士子追逐功名幻滅後的一種覺醒，也可以說是唐人寫「夢」的傳奇。唐人傳奇中的夢，不指愛情，而指人生。枕中記是寫盧生在邯鄲道上，在客棧中遇到道士呂翁的故事，呂翁見盧生困頓，遂借枕給盧生，生遂入夢，夢娶清河崔氏，登顯貴，爲宰相，子孫滿堂而死。盧生醒來，旅舍主人蒸黃粱尙未熟，因悟人間榮華事，亦不過如此。今引其末段：

盧生欠伸而寤，見方偃於邸中，顧呂翁在旁，主人蒸黃粱尙未熟，觸類如故，蹶然而興曰：「豈其夢寐耶？」翁笑謂曰：「人世之事，亦猶是矣。」生憮然良久。謝曰：「夫寵辱之數，得喪之理，生死之情，盡知之矣。此先生所以窒吾欲也，敢不受敎。」再拜而去。

沈既濟 蘇州吳人，著有建中實錄，傳奇枕中記、任氏傳兩篇。枕中記是受宋劉義慶幽明錄中焦湖廟祝的啓發而成的。任氏傳寫韋崟的貧友鄭生與狐女任氏相愛的故事。

李公佐的南柯太守傳，這篇的思想內容，與枕中記同類，反映唐人追求功名的幻滅。南柯太守傳受晉干寶搜神記盧汾夢入蟻穴的影響，但在主題上卻大不相同，搜神記所寫在神怪，而南柯太守傳卻寫富貴如夢。該篇內容寫淳于棼醉後入夢，爲槐安國駙馬的故事。結句引李肇的贊言：「貴極祿位，權傾國都，達人視此，蟻聚何殊？」這個故事的寓意有二：第一是諷刺當時那些竊居高位者，一生奔波營鑽，也不過像一羣螞蟻的熙熙攘攘。第二是表現了作者「人世虛幻」的人生觀。這正是中國文化受佛教影響以後的產物，在當時一般人，在事業上受了挫折以後，便以消極的逃避來麻醉自己，上焉者出世高蹈，下焉者便採袖手旁觀的態度。這種出世的人生觀，對啓發心靈世界的開拓，有莫大的裨益，但不是一種可資採取的正當人生態度。

李公佐　字顓蒙，隴西人，曾中過進士。他除了南柯太守傳外，尚有古岳瀆經，創造了「神變奮迅」的神猿，後演變爲西遊記中的悟空。以及廬江馮媼傳、謝小娥傳。

(二) 寫愛情故事的：

李朝威的柳毅傳，寫落第書生柳毅途經涇河，遇見洞庭女牧羊荒郊，龍女自述在涇河夫家備受虐待，要求柳毅傳信到洞庭湖。爲叔錢塘君所知，出兵討伐，吞了她的丈夫。因感柳毅傳書之德，以龍女嫁之。後相偕朝洞庭徙居南海。這則故事，是受佛教因果報應的影響寫成的傳奇，帶有濃厚的浪漫色彩，極富戲劇性。

蔣防的霍小玉傳，是寫歌妓霍小玉和進士李益的愛情悲劇。李益因母親已爲他訂婚於盧氏，他不敢拒，遂和小玉斷絕。小玉因念李益成病，將家產變賣，連最心愛的紫玉釵也典當。後與李益見面，數其負心而卒。今擇此段如下：

> 玉乃側身轉面，斜視生良久，遂舉杯酒酹地曰：「我爲女子，薄命如斯；君是丈夫，負心若此！韶顏稚齒，飲恨而終。慈母在堂，不能供養，綺羅絃管，從此永休！徵黃黃泉，皆君所致。李君，李君，今當永訣

，我死之後，必爲厲鬼，使君妻妾，終日不安。」乃引左手握生臂，擲杯於地，長慟號哭，數聲而絕。

元稹的會眞記，又名鶯鶯傳，是唐人描寫愛情故事而流傳最廣的傳奇。寫出身寒微的張生，在赴京應考途中，結織了名門閨秀崔鶯鶯，然而在功名的壓力下，他犧牲了愛情。加以鶯鶯是個不露才、自怨自艾的女子，在環境和性格雙重不可能結合下，奠定了這篇纏綿悱惻感人肺腑的不朽悲劇。今擇其中段：

俄而紅娘捧崔氏而至。至則嬌羞融冶，力不能運支體。曩時端莊，不復同矣。是夕，旬有八日也。斜月晶瑩，幽輝半床。張生飄飄然，且疑神仙之徒，不謂從人間至矣。有頃，寺鐘鳴，天將曉，紅娘促去。崔氏嬌啼宛轉，紅娘又捧之而去，終夕無一言。張生辨色而興，自疑曰：「豈其夢邪？」及明，靚妝在臂，香在衣，淚光熒熒然，猶瑩於席而已。……

元稹的會眞記是其自傳，然其所創造的人物張生和鶯鶯成爲才子佳人的典型。他在情節的處理上，用悲劇作結，這類才子佳人的戀愛故事，深得文人的喜愛，宋以後據此改寫的作品不少。

白行簡的李娃傳，是寫滎陽公子某生，到長安應舉，眷戀上妓女李娃，後因資財耗盡，被李娃的姥姥所逐，流落街頭，淪爲歌手。正好他的父親也到長安來，遇見了，怒責他不成才，有辱門楣，痛打他幾死，後幸被人救起，做了乞丐。一日，他行乞到李娃處，李娃感念舊情，留住了他，並勉勵他上進，登入科第。不久，出任參軍，路過劍南，使父子再度相逢，重敍天倫。

這篇人間的悲喜劇，情節複雜，主題在揭示人間的汚穢，足以埋葬一個人的聰明才智，只有純潔眞摯的情感，才是使人誠心悅服的：不管是男女的愛情，或是父子舐犢之情，都是像日月一樣明潔。所以作者在篇末贊揚李娃的美德，至於某生的先苦後甘，也是人生由墮落到省悟奮發的寫照。這篇是依據當時流行長安的一則眞實故事寫成的。也就是「長安一枝花」的故事。

白行簡是白居易的弟弟，進士及第。他還有三夢記和七首詩傳世。三夢記是記述三則夢事，而人間的事實，竟與夢中所見相吻合。今引李娃傳中之一段：

一旦大雪，生爲凍餒所驅，冒雪而出，乞食之聲甚苦，聞見者莫不悽惻。時雪方甚，人家外戶多不發。至安邑東門，循理垣北轉第七八，有一門獨啓左扉，卽娃之第也。生不知之，遂連聲疾呼：「饑凍之甚。」音響悽切，所不忍聽。娃自閣中聞之，謂侍兒曰：「此必生也，我辨其音矣。」連步而出，見生枯瘠疥厲，殆非人狀。娃意感焉。乃謂曰：「豈非某郞也？」生憤懣絕倒，口不能，頷頤而已。娃前抱其頸，以繡襦擁而歸於西廂，失聲長慟曰：「令子一朝及此，我之罪也。」絕而復蘇。

陳玄祐的離魂記，寫張倩娘與王宙相愛的故事。張倩娘與王宙相愛甚深，她的父親想將倩娘嫁給別人，她不願，宙也悲恨訣別。夜半，他忽見倩娘追蹤而至，相處五年，生二子，倩娘思念父母，於是偕夫歸衡州，兩人同到倩娘父家，誰知倩娘臥病在家，未嘗出門，臥病的倩娘聞和宙同來的倩娘至，便起牀相迎，二女相合爲一體，乃知和宙同來的爲倩娘之魂。今擇其中的一節：

夜方半，宙不眠，忽聞岸上有一人行聲甚速，須臾至船。問之，乃倩娘徒行跣足而至。宙驚喜發狂，執手問其從來。泣曰：「君厚意如此，寢相感。今將奪我此志，又知君深情不易，思將殺身奉報，是以亡命來奔。」宙非意所望，欣躍特甚。遂匿倩娘於船，連夜遁去，倍道兼行，數月至蜀。

寫純情至愛，情節離奇動人。陳玄祐生平無可考，他的傳奇，也僅此一篇，但已不朽。

㈢ 寫歷史故事的：

以歷史故事爲題材的傳奇小說，成就不及寫愛情故事的傳奇，且數量亦少。今舉數篇爲代表：郭湜的高力士傳，曹鄴的梅妃傳，姚汝能的安祿山事迹，以及無名氏的李林甫外傳，都是寫唐明皇和妃子的歷史傳奇，由於開元的盛事，到天寶末葉之亂，同一皇帝，始盛終衰，其衰蓋由小人導致荒淫誤國，所以中唐傳奇作家，愛說玄宗故事，然後雜以神話，使更具傳奇性。在這些傳奇中，最出色的要算陳鴻的長恨歌傳和東城老父傳。

陳鴻 字大亮，居里生平不詳，大約爲貞元元和間人，一生愛好文學，而他的幾篇著名的傳奇，便是得力於他的史學基礎。陳鴻在陝西時，和王質夫、白居易遊仙遊寺，閒談開元天寶遺事，對玄宗寵愛楊貴妃，招致變亂，大爲感慨。不久，白居易便以「天長地久有時盡，此恨綿綿無絕期」爲題旨，寫成了長恨歌。詩成，並由陳鴻寫了一篇傳奇。

傳奇的特色，除了說奇志異外，辭藻富麗，構想玄奇。如長恨歌傳對玄宗初見楊貴妃時，是這樣描寫的：

鬢髮膩理，纖穠中度，擧止閑冶，如漢武帝李夫人。別疏湯泉，詔賜藻瑩，既出水，體弱力微，若不任羅綺。

再看方士到玉妃太眞院會見貴妃時的那段仙境，更是寫得優美：

於時雲海沈沈，洞天日曉，瓊戶重闔，悄然無聲。方士屛息斂足，拱手門下。久之，而碧衣延入，且曰：

「玉妃出。」見一人冠金蓮，披紫綃，珮紅玉，曳鳳舄，左右侍者七八人，揖方士，問「皇帝安否？」次問天寶十四載已還事。言訖，憫然。

大抵歷史小說，是借歷史上的人物和史實作爲寫作的題材，在不歪曲史實下，加以變化情節，使它達到小說的效用，發揮作者所要表達的意思。像陳鴻的長恨歌傳，便是見到當時裙帶政治的不合理，所謂「生女勿悲酸，生男勿喜歡；男不封侯女作妃，看女卻爲門上楣」，加以諷刺。他不滿玄宗的疏曠淫樂，所以說：「意者不但感其事，亦欲懲尤物，窒亂階，垂於將來者也。」希望後人讀罷，作爲殷鑑。

陳鴻的另一篇歷史傳奇東城老父傳，是寫神童賈昌，因善於鬥雞，被玄宗賞識，富貴一時。後因安祿山兵起改名換姓，遁入佛門。所以當時有歌謠云：「生兒不用識文字，鬥雞走馬勝讀書。」這正反映出玄宗的淫亂，貴妃以姿色得寵，賈昌以鬥雞承歡，都越過了政治的常軌。作者只從正面描述，側面卻影射著當日政治的黑暗。此外相傳陳鴻尚有眭仁蒨傳，是一篇寫鬼怪的傳奇，脫不了六朝志怪的道路。

三、晚唐時期的傳奇

從敬宗以後，至唐的失國，是爲晚唐。晚唐的傳奇，多搜奇志異，且收集成集，如牛僧孺的玄怪錄，薛用弱的集異記、段成式的酉陽雜俎、牛肅的紀聞、裴鉶的傳奇等，又傾向於六朝神怪志異的遺風，寫實的內容漸次消失，這與晚唐唯美文風有關。其間較具代表性的傳奇，多爲豪俠或愛情故事的傳奇。

杜光庭的虬髯客傳，是寫李靖以一布衣謁見楊素。素身旁一執紅拂妓，夜亡奔靖。兩人途中逢虬髯客，妓認客爲兄，意氣相得。虬髯客本有爭天下之志，後見李世民，壯志乃消，於是出資給李靖，讓李靖佐李世民（太宗），而自己到海外去。此篇描寫風塵俠客的豪情，如虬髯客、紅拂、李靖，可謂風塵三俠。

袁郊的紅線傳，是寫紅線女阻止了田承嗣想吞併潞州薛嵩的陰謀。紅線是潞州節度使薛嵩的青衣，善彈琴，又通經史，聞田承嗣想吞併潞州，紅線以飛行術夜往承嗣牀頭盜取金合，薛嵩再派人送還，承嗣驚懼，乃復修好。事後，紅線離去，嵩苦留不得，遂賦詩送別，其詩曰：「採菱歌怨木蘭舟，送客魂消百尺樓。還似洛妃乘霧去，碧天無際水空流。」於是紅線女俠爲世人所傳誦。

唐人所寫俠客，多是爲人解難，而功成退隱，其中再雜以愛情，使俠情小說成爲典型。晚唐俠情傳奇，也反映了藩鎭割據，相互爭伐的事實。

裴鉶的崑崙奴和聶隱娘，這兩篇也是寫豪俠的故事。崑崙奴是寫一個武藝高超的老奴，幫助少主竊取豪門的姬妾，成全了他們的愛情。聶隱娘是寫女俠聶隱娘爲刺客的故事，情節複雜，也反映了藩鎭明爭暗鬥的事實。

薛調的無雙傳，是晚唐傳奇作家中最出色的一篇愛情小說。大意是寫一對青年男女王仙客和劉無雙悲歡離合的故事。由於兵亂，使王劉失散，無雙被召入後宮，仙客悲痛欲絕，因訪俠士古押衙，訴說其事。半年後，忽傳守園陵的一個宮女死了，仙客往視，乃是無雙，號哭不已。夜半，古生抱無雙屍至，灌以藥，遂得復生。於是兩人逃去，而古生卻自殺以示滅口。今引其中一節：

一日，扣門，乃古生送書。書云：「茅山使者回，且來此。」仙客奔馬去，見古生。……後累日，忽傳說曰：「有高品過，處置園陵宮人。」仙客心甚異之。令塞鴻探所殺者，乃無雙也。仙客號哭，乃歎曰：「

本望古生，今死矣，爲之奈何！」流涕欷歔，不能自已。是夕更深，聞叩門甚急。及開門，乃古生也。領一篤子入，謂仙客曰：「此無雙也，今死矣。心頭微暖，後日當活，微灌湯藥，切須靜密。」言訖，仙客把入閣子中，獨守之。至明，遍體有暖氣。見仙客，哭一聲遂絕。救療至夜，方愈。

這是描寫離亂中夫妻失散，途中得俠客救助，始得團聚的愛情故事，也說明了晚唐的離亂給民間帶來禍害。晚唐的俠情傳奇，是一大特色，但與中唐的傳奇相比較，作品的內容，不及中唐傳奇的多樣性。

第三節　唐代傳奇小說的影響

唐代傳奇小說，是古文運動開展後的新文體，傳奇作家們，使用散文的方式寫民間的遭遇和各種奇聞軼事，其中反映了現實生活的眞面目。儘管傳奇具有寓教化於娛樂，或是託意深遠，有所諷諭，都在在使我國小說的發展，更臻於成熟的階段。因此我國寫人事的短篇小說，實始於唐人的傳奇。今就其在我國文學史上的影響，略述於下：

㈠　唐人傳奇，開我國寫實短篇小說之始。唐以前的小說，多屬於神怪志異，少觸及眞實生活的層面，縱有一些寫人事的小品，也僅是短短數語的筆記，對情節、人物的描寫，都未能達到小說應具備的形態和功能。而唐人的傳奇，已具小說的形態和功能，使小說脫離散文的範疇而獨立門戶，與詩歌、散文、戲劇，同爲文學中重要的一環。

㈡ 唐人傳奇，在寫實文學上有很高的成就，影響所及，開宋以後市人小說和寫實小說的蹊徑。唐人傳奇在寫士子應舉的各種遭遇，甚爲出色，如枕中記、南柯太守傳，寫追求功名的幻滅；會眞記、李娃傳，寫唐代士子對愛情與功名的矛盾，形成了才子佳人的小說，也是宋以後小說中所常見的題材。

㈢ 唐人傳奇，在人物性格的創造，立下典型。如俠客的塑造，有虬髯客、李靖、紅線、古生、聶隱娘等，都是爲人排難解困的豪客俠女，他們功成不居的恩義，使人懷念。其次，唐人傳奇中，對娼妓、婢妾人物的贊頌，替我國小說中塑造了不少典型的女子，如霍小玉、李娃、步飛煙、紅拂、崔鶯鶯、倩娘、劉無雙等，都是楚楚可愛的忠潔女子。使後世小說在中國典型女子的塑造，創下不少的人物，如京本通俗小說中碾玉觀音裏的秀秀，，三言中的杜十娘、花魁娘子、浮生六記中的芸娘，聊齋志異中的聶娘，以及紅樓夢中的金陵十二釵，在小說人物性格的創造上，立下標準的典型。

㈣ 唐人傳奇對詩歌的影響，往往一些傳奇的題材，作爲詩人詠誦的對象，如長恨歌傳與長恨歌同時傳世，李紳根據會眞記而作鶯鶯歌，宋人趙令畤更寫成鼓子詞的商調蝶戀花，沈亞之的馮燕傳，寫意氣任俠的馮燕，司空圖據此而作馮燕歌，宋人曾布衍爲水調七篇。其他因唐人傳奇的流傳而寫成的詩歌，或爲詩歌中的成語，更是常見。如梅妃所作的一斛珠：「柳葉雙眉久不描，殘妝和淚汚紅綃；長門自是無梳洗，何必珍珠慰寂寥。」又如許堯佐章臺柳傳中的章臺柳：「章臺柳，章臺柳，昔日青青今在否？縱使長條似舊垂，也應攀折他人手。」韓偓撰的海山記、迷樓記、開河記，寫隋煬帝的軼事，而李商隱作隋宮：「紫泉宮殿鎖煙霞，欲取蕪城作帝家。玉璽無緣歸日角，錦帆應是到天涯。於今腐草無螢火，終古垂楊有暮鴉，地下若逢陳後主，豈宜重問後庭花。」所以唐人的傳奇，使詩歌中詩語的使用增加張力和華采，使詩歌描寫的題材擴大。

㈤　唐人的傳奇，給予後代的戲曲增加不少寫作的題材，甚至明清的戲曲也稱「傳奇」，影響所及，尤爲可見。唐人傳奇小說中，好題材，後人一再改寫，只是情節增繁，刻畫更爲細膩，然亦有主題加以改變的，以配合後代的時代精神。所以唐人的傳奇小說，對元明清的雜劇戲曲影響最大。例如沈既濟的枕中記，衍爲元馬致遠的黃粱夢、明湯顯祖的邯鄲記；李公佐的南柯太守傳，衍爲明湯顯祖的南柯記；李朝威的柳毅傳，衍爲元尙仲賢的柳毅傳書，清李漁的蜃中樓；蔣防的霍小玉傳，衍爲明湯顯祖的紫釵記；元稹的會眞記，衍爲金董解元的弦索西廂、元王實甫的崔鶯鶯待月西廂記（俗稱北西廂）、關漢卿的續西廂記、明李日華的南西廂、清薛既揚的後西廂，後世各種西廂，不下數十種，眞可稱得上汗牛充棟。白行簡的李娃傳，衍爲元石君寶的曲江池、明薛近兗的繡襦記；陳玄祐的離魂記，衍爲元鄭德輝的倩女離魂；裴鉶的聶隱娘，衍爲清尤侗的黑白衞；薛調的無雙傳，衍爲明陸采的明珠記；杜光庭的虬髯客傳，衍爲明張鳳翼的紅拂記，凌初成的虬髯翁；陳鴻的長恨歌傳，衍爲元白樸的梧桐雨、清洪昇的長生殿；袁郊的紅線傳，衍爲元關漢卿的紅線女。

唐人的傳奇小說，對後世文學的影響很大，元明清的劇作家，喜歡取唐人的傳奇作爲改編戲曲的材料，這也是鑑於優良的題材，有一寫再寫的價値，正如現代著名的小說，多被改編成電影劇本而搬上銀幕。唐人的傳奇，除了它在短篇小說上的文學地位外，它還能帶給人們在生活上、思想上更多的啓示。

第六章　唐代通俗文學

清光緒二十五年（一八九九），敦煌莫高窟寺院內石窟的發現，是世界文化史上的一件大事。在這石窟內收藏的古代資料極爲豐富，包括宗教、文字、圖籍、雕塑等，從出土的抄本上年代來看，最早的是西元四五八年，最晚的是九九五年，共有兩萬多卷，世人稱爲「敦煌卷」。

據姜亮夫「敦煌——偉大文化的寶庫」一書云：莫高窟寺院住的多是紅喇嘛，誦的是番經，自王道士來了以後，誦的是道經，作中原語，於是請他抄經的人漸多。在光緒二十五年四月，他在甬道上抄經，工作之餘，用芨草燃火點烟，順手把餘草插在泥牆上，才發覺泥牆內中空，於是發現牆後是個石窟。至於「敦煌莫高窟藝術」一書則說，王道士到達敦煌莫高窟後，把自己化緣和替人做法事所得來的銀子，僱人清除寺院甬道上的積沙，豈料沙子清除後，牆壁失去支撑力，裂開一道縫，於是發現了石窟。

敦煌石窟發現後的六年間，其中主要的資料，多被英、法、德、日等刦走，據說斯坦因對王道士威迫利誘，便刦走了六千餘件，現收藏在英國倫敦不列顛圖書館中；伯希和也刦走不少，巴黎國家圖書館所藏的敦煌卷便是。等到清廷出面阻撓時，敦煌石室的精品，多已被刦走，今北平圖書館所藏的，則是當時剩下來的。

在兩萬多卷的敦煌卷中，有關唐代俗文學的資料，最多的是敦煌變文和敦煌曲子詞，此外尚有俗賦、話本、詞文等，其文學藝術的格調不高，但都代表了唐代民間話本和講唱文學，以及民間歌謠的形態。從這些珍貴的原始資料中，我們再度接觸到唐人的通俗文學。今分敦煌變文和曲子詞兩項分別採述於後。

第一節　敦煌變文

一　變文的名稱

「變文」是寺院的僧侶，向聽衆講述一些佛教的故事，用通俗的文體，透過講一段、唱一段的講唱方式，宣傳佛經中神變的故事。畫佛經中神變故事的圖畫，叫做「變相」，這類通俗的講唱文學，稱爲「變文」。

變文產生的原因，是佛教的流行，僧侶對俗家講經，是爲俗講；僧侶在教內講經，是爲僧講。由於俗講的流行，造成變文的興盛。變文既爲講唱文學，講述的部分，多用散文鋪述，偶爾也用駢文，唱述的部分，多用齊言的七言詩，也用三、四、五、六言的句子，因此變文是散文和韻文混合的文體，形式自由，用口語入詩入文，故靈活生動，引人入勝。大抵變文是佛教傳經的通俗文學，類似今日基督教的佈道大會，有證道有唱聖詩，講與唱混合，使聽道的人，不致於感到沈悶。

由於敦煌變文的發現，使人明瞭唐代僧侶宣傳佛教的方式，以及俗講、僧講不同的內容。趙璘因話錄提到文漵和尚講變文的情形：「愚夫冶婦樂聞其說，聽者塡咽寺舍。」又韓愈華山女詩：「街東街西講佛經，撞鐘吹螺鬧宮庭。」記載僧侶講佛經的地點在寺廟前或街頭巷尾，而聽衆之多，塡滿街巷寺院，講述者還打鐘吹螺，張掛圖表，熱鬧異常。五代韋穀選的才調集有吉師老看蜀女轉昭君變詩：「翠眉顰處楚邊月，畫卷開時塞外雲。」可知俗講王昭君變文時，還有圖畫。所以僧侶轉唱講俗變文時，有俗講和僧講的分別，依據敦煌卷的資料，如孟姜女變文、王昭君變文、董永變文等是俗講，而妙法蓮華經講經文、維摩詰經講經文、父母恩重經講經文等是僧講。僧講的趣味性較少，偏重經義的探述，而俗講的趣味性較高，聽衆熱鬧的場面，不亞於今日的佈道大會。唐代僧侶轉講變文，有講有唱，還有畫片樂器爲助，是我國現存的講唱文學中最可信也最完整的資料。

二　變文的內容

敦煌變文的內容，據王重民所輯的敦煌變文共錄有七十八種。依內容的性質來分，可分爲三類：演述佛事的變文，演述史事或民間故事的變文，以及俗賦、話本、詞文等演述雜事的俗文學。

㈠演述佛事的變文：其中多爲僧侶經講時所留下的資料，有長興四年中興殿應聖節講經文、金剛般若波羅蜜經講經文、佛說阿彌陀經講經文，妙法蓮華經講經文、維摩詰經講經文，佛說觀彌勒菩薩上生兜率天經講經文等。

在當時要講變文時，先念唱一些詩篇，稱爲「押座文」。押座文較短，目的在安定在座聽衆的情緒，類似後來話本的「入話」，彈詞的「開篇」，是開場白之類的詩文。如維摩經押座文：

頂禮上方香積世，妙喜如來化相身，
示有妻兒眷屬徒，心淨常修於梵行。
智力神通難可測，手擒日月動須彌。
我佛如來在奄園，宣說甚深普集教。……

這是開場白的定場詩，接下來才開講經文。往往先引佛經經文一段，然後用散文講解經文的含義，最後再用五、七言詩句唱一段，如此週而復始，是講唱變文的方式。如維摩詰經講經文中的一節：

經：「是身如聚沫，………如泡、夢、影，……是身如雷電……。」（引佛經經文）

是身如聚沫，譬如水中聚沫如河，撮摩以手觸之，自然後壞。是身如泡者，亦如水上浮漚，念念之間，即當壞滅。……是身如浮雲，須臾變，乃至念念不移。（用散文講述經義）

是身如聚沫，不可能摩撮。將喻一生身，誰人得免脫。……惠虛假，只貪才，早晚曾將智惠開，更怕會中還不悟，說伊四大處唱將來。（再詩句吟唱經義）

這是經講變文的方式，先引佛經一段，然後加以講述，接著用詩句吟唱，使人聽了之後，對經文的了悟，更爲深刻。

在俗講中，也有講述佛教故事的變文，如降魔變文、地獄變文、大目乾連冥間救母變文等，這些變文，主要在宣傳佛教教義，說明因果報應，人生無常、地獄輪迴等觀念。如大目乾連冥間救母變文中的一節：

目連言訖，更往前行。須臾之間，至一地獄。啓言獄主；「此箇獄中，有一青提夫人已否？」獄主報言：「青提夫人，是和尚阿孃？」目連啓言：「是慈母。」獄主報和尚曰：「三年已前，有一青提夫人，亦到此間獄中。被阿鼻地獄牒上索將，今見在阿鼻地獄中。」目連悶絕倒，良久氣通，漸漸前行，即逢守道羅剎問處：

目連行步多愁惱，刀劍路傍如野草。側身遙聞地獄間，風大一時聲號號。爲憶慈親腸欲斷，前路不婁行即到。忽然逢著夜叉王，按劍坐地當大道。……

這則目連救母變文，便是講唱目連和尚到地獄尋母救母的故事，其中對各種地獄的描寫，雖是佛經故事，却充實了宗教神秘玄想的色彩。其他俗講佛教故事的變文，有太子成道變文、八相變、破魔變文等。

㈡演述史事或民間故事的變文：這類變文，多寫僧侶們俗講時所講述的內容，借歷史故事或民間故事來附會佛教的教義。無形中，從這些俗講的變文中，可知當時流行民間的傳統，或當時社會發生的重大事件，從其中流露出民間的意識，帶有強烈的寫實性。這一類的變文，也最富文學上的價值。如演述歷史故事的變文，有伍子胥變文、漢將王陵變、李陵變文等；演述民間故事的變文，有孟姜女變文、王昭君變文、董永變文等；演述當時發生事件的變文，有張義潮變文、張淮深變文等。

伍子胥變文是講唱楚平王奪子妻爲妃，並殺害忠良伍奢及其子尚。伍奢的次子子胥，因得浣紗女漁夫的救助，始得逃至吳國。後佐吳王伐楚，時楚平王已卒，因擒楚昭王，爲父兄報仇。反映了忠良之後，必能洗雪前冤的民間意識。又如孟姜女變文，今存殘卷，講唱孟姜女尋夫，哭倒長城的故事：

> 哭之已畢，心神哀失，懊惱其夫，掩從亡沒。歎此貞心，更加憤鬱，髑髏無數，死人非一，骸骨縱橫，憑何取實。咬指取血，灑長城以表丹心，選其夫骨。
>
> 姜女哭道何取此，玉貌散在黃沙裏。爲言墳隴有標題，攘攘髑髏若箇是？嗚呼哀哉難簡擇，見即令人愁思起，一一撿取自看之，咬指取血從頭試。……

至於張義潮變文、張淮深變文，講唱唐末沙州將領張義潮等，領導軍民趕退吐蕃和回鶻的故事。

這類講唱歷史或民間故事的變文，甚至報導當時發生的大事，不外敎忠敎孝，激發國人愛國愛親的思想，其中佛敎的敎義淡薄，然爲善獲報的觀念，却隱伏在字裏行間。

㈢敦煌俗賦、話本、詞文：敦煌卷中有一部分不屬於變文，也雜在一起的俗文學，今也收輯在敦煌變文一書中。俗賦有韓朋賦、晏子賦、燕子賦等。類似俗賦的，有孔子項託相問書、茶酒論。韓朋賦寫韓朋到宋國做官，得其妻貞夫的書信，不愼將書信遺失在殿前，被宋王拾得。宋王讀後，却甚愛韓朋妻，因派梁伯去接貞夫入宮。後韓朋被宋王折磨死，貞夫求見韓朋墳，後亦失踪。宋王因奪庶人之妻，枉殺賢良，不久亦遭滅亡。韓朋賦的本事，搜神記亦有記載，而唐人的韓朋賦，文采增華，類似傳奇。晏子賦寫晏子使梁，梁王譏晏子醜陋短小，結果反爲晏子所諷刺。燕子賦寫黃雀奪燕巢，燕子向鳳凰控訴，後黃雀被判罪，此爲寓言的作品，是誹諧文之類。

一般文學史中，以爲話本始於宋代，其實唐代已有。敦煌卷中有廬山遠公話、韓擒虎話本、葉淨能話、唐太宗入冥記等。廬山遠公話是寫惠遠和尙持一部涅盤經，迢迢來到廬山修道的故事。葉淨能話是寫道士葉淨能的故事，這是一篇宣揚道敎的話本，他不但懲處了强佔張令妻子的岳神，同時還帶唐明皇遊月宮，全篇充滿浪漫神秘的色彩。這些唐人的話本，所寫的故事，情節至爲曲折，是開宋人話本的先聲。

其次，敦煌變文中收有詞文，如下女夫詞、蘇武李陵執別詞、季布罵陣詞文等。所謂詞文，是通俗的長篇敍事詩。如下女夫詞是男女對口的詩，寫一少年夜訪女郎家，用詩句對話道情，帶有濃厚的浪漫色彩，其開端爲：

（兒家初發言）：賊來須打，客來須看，報道姑嫂，出來相看。

女答：門門相對，戶戶相當，通問刺史，是何祇當？

兒答：心遊方外，意遂恒娥。日爲西至，更闌至此。人先馬乏，暫欲停留，幸願姑嫂，請垂接引！

女答：更深月朗，星斗齊明，不審何方貴客，侵夜得至門庭？

全篇用男女對答寫成，其中多用唐人俗話，如「兒」指兒郎，「女」指女郎，「姑嫂」指姑娘。蘇武李陵執別詞，是寫李陵將後來看蘇武，臨走時，蘇武在塞外送別李陵的一段情節。季布罵陣詞文，是寫季布在陣上罵退漢王，漢王滅楚後，懸賞搜捕季布，季布逃亡，每每絕處逢生。此篇詞文長達四千四百多字，是唐人最長的敘事詩。

敦煌變文，是現存唐代俗文學中最珍貴的資料之一，其內容有講唱佛經的故事和民間的故事，然所使用的題材，文體是多樣性的，變化也多。它保留了民間文學使用活語言、活題材的特性；同時，從這些作品中，可探索話本、詞文、彈詞等講唱文學的演變和文學上的地位，表現了民間俗文學富於想像，充滿浪漫色彩等特徵。

三、變文對後世文學的影響

敦煌變文的發現，使我們了解唐人俗文學的概貌。這些資料，是我國現存最早的民間講唱文學，無論在形式上或內容上，都可以做爲探索民間文學發展的線索，尤其對宋元的話本、詞文、詞話、鼓詞、諸宮調等講唱文學，以及對雜劇，南劇等戲曲，借此資料，尋繹出它們的淵源，因此可知唐人的變文對後世文學的影響至鉅。

就變文的內容而言，固然它是宣揚佛教的教義，但僧侶們爲了迎合大衆的喜歡，在題材上，便吸收了歷史故事和民間的通俗故事。從民間意識的觀點，表現了人們愛憎的態度，表彰忠孝節義的民族魂。就變文的形式而言，開場白用「押座文」來平壓聽衆的喧鬧，使現場靜下來，然後用散文或駢文的方式，來講述動人的情節，再用韻文將講述的情節重複一遍。其間的變化，是活用各種文體的優點，以達講唱文學最高的效果，與一般靜態的或只用一種文體來表達情意的作品，是迥然不同的。

今就敦煌變文和敦煌的話本、俗賦、詞文等資料，對後世文學的影響，條舉如下：

㈠唐代講唱變文一類的話本，並不限於寺院道觀，也流行於民間，爲唐人所喜愛。這類唐人的俗講，爲宋代說話人，開闢了一條俗講文學的道路。所以宋人的話本，淵源唐代，如唐人的韓擒虎話本、廬山遠公話，便是宋人平話的前身。

㈡講唱變文時，先來一段「押座文」，用詩句來壓場；這跟後世的話本、章回小說，有「入話」，用一首詩或一闋詞做爲開場白，是很相似的。同時，彈詞的「開篇」，戲曲中人物的入場有「定場詩」，也是淵源於變文的押座文。

㈢變文中講述人物或重要情節時，有細膩的特寫，尤其對神的降臨，對他的衣著有詳盡的描寫，對後世戲曲，章回小說在人物的刻畫，情節的特寫，在寫作技巧上，有啓示的作用。

㈣後世小說中，往往寫豔情時，不直接描寫，用一段優美的駢文帶過，便是取法於變文。

㈤變文中一段散文，一段韻文，雜錯其間；在後代戲曲中，往往「唱」、「白」兼用，在章回小說中，往往在鋪敘情節中，突然雜入一首詩詞，便是比照變文的方式，留下講唱文學的痕跡。

㈥寶卷、彈詞、諸宮調等講唱文學，便是變文的嫡派文學。

第二節　敦煌曲子詞與唐代民歌

敦煌卷中，除了變文以外，另一珍貴的資料，是敦煌曲子詞——唐人的民間歌謠。

民間歌謠在文學史上，永遠是鮮明的一頁。其間所使用的語言，是活的語言；所表現的情感，是率眞的情感。民歌更重要的一個特點，是表現強烈而獨特的民族性，於是民歌最能反映民間眞實的遭遇，也最能傳達大衆的心聲。歷代民間的歌聲不絕，但被記錄下來的，實在有限，宋郭茂倩的樂府詩集一百卷，的確保存了不少民間雜歌謠辭，自漢代以迄於宋代，對民間歌謠的保存，其功不可沒。其次，淸康熙年間所敕編的全唐詩，也收集了一小部分的唐代民歌。由於光緖年間，敦煌卷的發現，其中有關唐人的俚曲小調不少，後人稱這些俚曲小調爲「敦煌曲」或「敦煌曲子詞」，今有王重民的雲謠集、潘重規的敦煌雲謠集新書、任二北的敦煌曲校錄、饒宗頤的敦煌曲等，便是輯錄該項的資料，而這項資料，已超過樂府詩集和全唐詩所有的全部。由於敦煌曲子詞的發現，使唐崔令欽的教坊記和宋王灼的碧雞漫志所記錄的唐曲，得到佐證。敦煌曲子詞所包括的年代，從唐朝到五代，其間的俗樂民歌都兼備，是今人硏究唐代民歌不可缺少的原始資料。

一、現存唐人民歌資料的來源

今人硏究唐人民歌，資料的來源約有三方面：第一方面，是從史籍和唐人的詩文集中，去收集唐人的民歌。例如新唐書五行志上記載，唐高宗永淳元年（六八二），洛陽一帶久雨成災，洛水淹淹沒了天津、中橋、立德、弘毅、景行等村坊，於是民歌中便反映民間遭受災難的苦楚。永淳中民謠：

新禾不入箱，新麥不登場。迨及八九月，狗吠空垣牆。

雖簡短數語，却包含了多少辛酸。從舊唐書高宗本紀的一段記載，便可看出：「永淳元年五月，自丙午，連日澍雨，洛水溢壞天津及中橋、立德、弘敎、景行諸坊，溺居民千餘家。六月，關中初雨，麥苗澇損，後旱，京兆岐隴，螟蝗食苗並盡，加以民多疫癘，死者枕藉於路。」

此外，像陳鴻長恨歌傳中的楊氏謠：「生女勿悲酸，生男勿喜歡；男不封侯女作妃，看女却爲門上楣。」東城老父傳中的神雞童謠：「生兒不用識文字，鬥雞走馬勝讀書。賈家小兒年十三，富貴榮華代不如。……」便反映當時民間對唐玄宗的寵幸楊貴妃，以及沈溺於鬥雞走馬，賜幸十三歲的鬥雞童賈昌，感到不滿。

第二方面資料的來源，在郭茂倩樂府詩集中，卷八十一爲「近代曲辭」，卷八十九爲「雜歌謠辭」，卷九十一至卷一百爲「新樂府」，其中收錄有唐代的民間歌謠，以及文人樂府。就以歌謠發生的地點來看，有邊地的胡歌，像涼州詞、伊州歌、破陣樂等便是，有宮庭的新歌，像何滿子、清平樂、熱戲樂等便是；有民間的謠歌，像竹枝詞、楊柳枝、浪淘沙、漁歌子等便是。今舉涼州詞爲例，歌詞共三首，其二爲：

朔風吹葉雁門秋，萬里煙塵昏戍樓；征馬長思青海北，胡笳夜聽隴山頭。

涼州在今甘肅省秦安縣一帶，唐時是邊陲，爲胡人牧馬出沒的地方。唐王之渙、耿緯、張籍、薛逢都有仿製的樂府涼州詞，而王之渙的那首「黃河遠上」，尤爲出色。

第三方面，是敦煌莫高窟石室中發現的俚曲小調，這項資料最爲豐富，也最眞實可靠。據任二北的敦煌曲校錄，共輯錄唐人民歌五十六調，五百四十五首，大都是邊地的胡樂和民間的俗歌謠辭，其中尙有一些佛曲和道曲。由於敦煌曲的發現，使唐崔令欽撰的教坊記得到引證；同時，盛唐流行於民間、宮廷的俗樂，也得以進一步的瞭解。任二北敎坊記箋訂弁言說明敎坊記與敦煌曲的關係：

五十餘年前，敦煌石室之偉大發現，亦卽唐代民間文藝資料，空前瑰麗而豐富之發現也。其波瀾震盪所及，竟使寂寂無聞千餘年久，勢將陳死以終之崔令欽敎坊記，忽然獲得活躍之生機，頓起許多現實之作用，事誠始料所不及。蓋本事（指敎坊記）所載曲名，向祇空名而已，今在敦煌曲方面，竟發現若干原調之始辭，而在敦煌曲方面，有此等曲辭，本無從揣得時代者，賴本書之早已列其調名，竟能指出其時代之大概；彼此相互倚重，在詞曲史上，遂大現異彩！」

所以敦煌曲子詞的發現，不但使今人明瞭唐代民歌的面貌，也有助於探討詞——長短句的起源。

二、唐代民歌的內容

唐代民歌所表現的題材是多方面的，從民歌的題材，內容，可以探討它發生的時代和社會背景，以及歌詞中，有關生活的、思想的、民俗的反映。今舉數則歌謠爲例：

以邊塞爲題材的民歌，由於敦煌曲子詞發現的地點在敦煌，因此這類的民歌資料最多。唐人感受了大沙漠的印象，長城雄偉的氣勢，由恐怖到豪壯，這遼濶的關城沙塞，便蘊有了他們偉大的詩境。如歌頌英雄事蹟的民歌，有舊唐書薛仁貴傳的「薛仁貴軍中歌」：

將軍三箭定天山，壯士長歌入漢關。

據新唐書記載，唐高宗顯慶四年（六五九），薛仁貴率兵打敗九姓突厥於天山，自此西突厥衰弱，不復更爲邊患。軍中唱此民歌，以頌揚薛仁貴將軍的英勇。

又如全唐詩中無名氏的哥舒歌，也是歌頌英雄的歌謠，歌詞是：

北斗七星高，歌舒夜帶刀；至今窺牧馬，不敢過臨洮。

這是流行西塞的民歌。臨洮，長城最西的一個關塞，即今甘肅省岷縣。天寶六年（七四七），哥舒翰因抗拒吐蕃有功，其後任安西節度使，使西南的吐蕃、高昌、突厥等遊牧民族，不敢跨過長城的臨洮關來。因此西塞人歌此曲，以頌揚哥舒翰的功德。而盛唐邊塞詩興盛，如王昌齡、岑參、高適、王之渙等作品，是受民間樂府歌謠的影響，是很顯著的。

以羈旅爲題材的民歌，全唐詩有無名氏的雜詩：

近寒食雨草萋萋，著麥苗風柳映堤；等是有家歸未得，杜鵑休向耳邊啼。

是遊子客旅所感發的思鄉曲。敦煌曲中的雀踏枝，也是羈旅民歌，歌詞是：

獨坐更深人寂寂，憶念家鄉，路遠關山隔。塞雁飛來無消息，教兒牽斷心腸憶。　仰告三光珠淚滴，教他耶娘，甚處傳書覓。自嘆宿緣作他邦客，辜負尊親虛勞力。

又如雲謠集中的鳳歸雲：

征夫數載，萍寄他邦。去便無消息，累換星霜。月下愁聽砧杵，擬塞雁行。孤眠鸞帳裏，枉勞魂夢，夜夜飛颺。想君薄行，更不思量。誰爲傳書與，表妾衷腸。倚牖無言垂血淚，闇祝三光。萬般無那處，一爐香盡，又更添香。

前首是客子思歸的歌謠，後首是閨閣婦女，思念征夫萍寄他鄉的歌詞：

以宮庭爲題材的民歌，唐代宮庭的怨歌，以何滿子最爲稱著，相傳開元中有一個囚犯叫何滿子的，始創此調。樂府詩集卷八十：「唐白居易曰：何滿子，開元中滄州歌者，臨刑進此曲以贖死，竟不得免。」後來何滿子成爲宮妃們抒怨的宮詞，然本辭已不傳，今有張祜的宮詞云：「故國三千里，深宮二十年；一聲何滿子，雙淚落君前。」敦煌曲中，有無名氏的何滿子四首，內容已不是宮詞，而是思婦征夫的怨歌，今錄兩首如下：

秋水澄澄深復深，喻如賤妾歲寒心；江頭寂寞無音信，薄暮惟聞塞鳥吟。

金河一去路千千，欲到天邊更有天，馬上不知時曆變，回來未半早經年。

何滿子本是發生在宮庭的怨歌，後來流行民間，由於曲調哀苦，征夫思婦利用這個調子，塡以新詞，作爲思人抒怨的歌謠。

以愛情爲題材的民歌，是民歌中最率眞，也最動人的歌謠，唐代民間的情歌，也不例外。如雲謠集中的拋毬樂：

珠淚紛紛濕綺羅，少年公子負恩多。當初姊姊分明道，莫把眞心過與他。仔細思量著，淡薄知聞解好麼。

又如敦煌曲子詞中的菩薩蠻：

枕前發盡千般願，要休且待青山爛；水面上秤錘浮，直待黃河徹底枯。白日參辰現，北斗迴南面，休卽未能休，且待三更見日頭。

這些都是唐代民歌中的神品，發自於眞摯的心。

以民俗爲題材的歌謠，在童謠中，雖短短數語，可以窺見民間的風尚，如武則天時，京都女子流行穿長複裙於是有武后時童謠：

紅絲複裙長，千里萬里香。

又天寶初，楊貴妃得寵，她常帶假髮，穿黃裙，於是民間也崇尚這種裝束。天寶初謠云：

義髻拋河裏，黃裙逐水流。

民間衣著裝扮的時尚，尤以女子爲甚，常從一二貴夫人的裝著而蔚成風氣，因此在俚曲歌謠中，便記載下來，流傳後世，使後人也得知當時的風尚。

三、　唐代民歌的成就及影響

唐人的詩可以吟唱，是唐詩與民間歌謠結合，造成唐代的「聲詩」特別發達。所謂聲詩，便是可以歌唱的詩，文人詩與音樂結合的，如清平調、金縷衣、竹枝詞、陽關三疊之類；而民間歌謠大部分是合樂的，自然也是聲詩，如拋毬樂、楊柳枝、菩薩蠻、木蘭花、水調詞等之類。其實民間文藝的趨向，正代表著當時的文藝思潮和文人的風尚。因此，唐代民歌和民間樂府的富盛，直接影響唐詩的繁榮，做了唐詩的醇化作用。近人由於敦煌卷的發現，重新看到唐代民間文藝的原始資料，才瞭解唐詩的輝煌成果，是因民間音樂、歌謠的輝煌成就，做了唐詩繁盛的基石。

敦煌曲子詞的發現，使崔令欽教坊記一書，得以還魂，使郭茂倩樂府詩集中的「雜曲歌辭」和「近代曲辭」更明朗而充實。於是唐人在歌舞、雜伎、百戲的成就，再度展現在我們的眼前，下開後代詞曲、戲曲、講唱文學的新途徑。近人對唐代樂府民歌的成就，評價很高的，可以下列二家爲代表：胡適白話文學史云：

盛唐是詩的黃金時代。但後世講文學史的人，都不能明白盛唐的詩，所以特別發展的關鍵在甚麼地方。盛唐的詩關鍵在樂府歌辭。第一步是詩人仿作樂府。第二步是詩人沿用樂府古題而自作新辭，但不拘原意，也不拘原聲調。第三步是詩人用古樂府民歌的精神來創作新樂府。在這三步之中，樂府民歌的風趣與文體不知不覺地浸潤了，影響了，改變了詩體的各方面，遂使這個時代的詩，在文學史上放一大異彩。

其次任二北教坊記箋訂弁言云：

> 夫唐玄之「教坊」，非漢武之「樂府」比也，初無「採詩夜誦」之職志，乃遠近之聲，自然而集，其中一部分所含人民性之强，較之漢書藝文志述漢武樂府之語，「感於哀樂，緣事而發，亦可以觀風俗、知厚薄」者，並無多讓，甚且過之，學者殊不可忽矣。

這些對唐代民歌的評價有雙重的價值：第一，唐代民歌的成就，影響唐詩的繁榮。第二，唐人生活的反映，不論文治、武功、禮俗、宗教、經濟、民情、風俗等，都可以從歌謠中，獲得唐人生活的實情，所以它的另一成就，在於唐人生活、民俗的記錄和存眞。

今就唐人民歌對文學上的影響，條擧如下：

㈠唐代民歌的興盛，支持了唐詩的繁榮。使唐代的聲詩，也就是詩與歌的結合，構成「音樂文學」，是唐詩的一大特色。使後世的詞、曲一脈相承，詩與音樂的結合，更加密切。

㈡由於敦煌曲子詞的發現，證實了詞的起源，比唐代最早從事詞創作的作家，如李白、白居易、劉禹錫、張志和等的年代還要早些。證明了從詩到詞演變的痕跡，主要是音樂的關係所引起的。

㈢唐代民歌中，有道曲和佛曲，道曲如衆仙樂、臨江仙、洞仙歌、女冠子等，佛曲如獻天花、散花樂、悉曇頌、五更轉、十二時等，對後世佛、道教所構成的宗教文學，有啓示的作用。

㈣唐代民歌上承六朝清商樂短歌的特色，融和胡樂，給予唐詩生命的茁壯，啓廸了詞、曲的生機。

〔三版附記〕潘重規教授近年重新校錄英、法兩國所藏的敦煌變文，以王重民所輯的敦煌變文爲底本，就原卷加以訂正補充，成敦煌變文集新書兩册，爲研究敦煌變文者所必備。全書已由中國文化大學中文研究所出版。

第七章　唐五代詞

第一節　詞的起源和唐詞的發展

詞，又名長短句。探討詞的起源，與音樂有密切的關係。詞是合樂的音樂文學，在唐代，胡樂的大量輸入，曲調繁多，加以民間的歌謠也很發達，於是民間詩人倚聲填詞，在胡漢樂曲的融和下，產生了新體詩——詞，或稱曲子詞。詞就是歌詞，是合樂的長短句，它的發生，與唐人的聲詩同源，故後人謂詞，是「詩餘」，便是這個道理。

關於詞的起源，在時代上的說法尚不一致，一般文學史上，都以爲起源於中唐。如果我們從唐人崔令欽的教坊記和近人發現的敦煌曲子詞等資料來看，詞的起源，當可提前到初唐、盛唐時期，舊唐書音樂志云：「自開元以來，歌者雜用胡夷、里巷之曲。」所以早期的詞，是流傳民間的俚曲小調，像拋毬樂、漁歌子、水調歌等，而胡樂的流行，也有些好聽的曲調，像菩薩蠻、蘇幕遮、霓裳羽衣曲等，開始時是傳唱於樂工、歌伎之口，後擴展至市井詩人和文人也加入，於是倚聲填詞，便成人人喜愛的新體詩。

一、詞的起源

詞的起源，源於唐曲子詞，詞與樂的關係，比詩更爲顯著，考其興起的原因，可綜合爲數端：

㈠唐人歌謠中，有和送聲，由於齊言的詩，加入和送聲，在歌唱時，便成爲長短句。全唐詩詞下注云：「唐人樂府，原用律絕等詩，雜和聲歌之，其并和聲作實字，長短其句，以就曲拍者爲塡詞。」所以齊言詩因歌唱時，加入和聲，便成長短句，是因音樂的曲譜所致，便成爲詞。如唐玄宗的好時光，本是五言律詩：

> 寶髻宜宮樣，臉嫩體紅香。眉黛不須畫，天教入鬢長。莫倚傾國貌，嫁取有情郎。彼此當年少，莫負好時光。

在樂工伶人演唱時，加上和聲，如「偏」、「蓮」、「張敞」、「箇」等字，便成爲活潑的長短句：

> 寶髻偏宜宮樣。蓮臉嫩，體紅香。眉黛不須張敞畫，天教入鬢長。莫倚傾國貌，嫁取箇，有情郎。彼此當年少，莫負好時光。

玄宗的「好時光」，後已成詞牌之一，由詩到詞，是因爲音樂上的加工，使詞具有豔麗的特質。

㈡唐詩中的小詩可歌，是爲聲詩。聲詩的普遍流行，促成詞的興起。唐人的絕律本來是可以合樂的，當詩句不能很好配合樂曲時，往往就增減詩中的字句來合樂，像拋毬樂、浪淘沙、雨霖鈴等，本來是七言絕句體，後來便演變爲長短句的詞調。宋胡仔苕溪漁隱叢話云：

> 唐初歌曲，多是五七言詩，以小秦王爲最早，即七言絕句也。如清平調、渭城曲、欸乃曲、竹枝、楊柳枝、浪淘沙、采蓮子、八拍蠻，則其體同，其律不同。

就以破陣樂爲例，破陣樂是秦王破陣樂的簡稱，亦稱小秦王，是唐太宗爲秦王時，產生於軍中的民歌，頌揚秦王作戰的英勇。樂府詩集及全唐詩「樂章」均收有五言四句的破陣樂一首：

受律辭元首，相將討叛臣；咸歌破陣樂，共賞太平人。

今敦煌曲校錄所收的破陣子四首，已是雙疊的長短句。換言之，便是詞了：

蓮臉柳媚羞暈，青絲罷攏雲。煖日和風花帶媚，畫閣雕梁燕語新，捲簾恨去人。寂寞長垂珠淚，焚香禱盡靈神。應是瀟湘紅粉戀，不念當初羅帳恩，抛兒虛度春。

由破陣樂到破陣子，這是曲調名的改變，同時由齊言詩演變爲長短句，其間的變化，是由魏徵等將破陣樂改爲舞曲，又經高宗、玄宗、文宗三次修訂，已爲「大曲」。今詞牌中的破陣子，便是從秦王破陣樂演變來的。

㈢ 詞中的「小令」一詞，是淵源於唐人的「酒令」。唐代社會繁榮，茶樓酒肆林立，朝野行樂，歌曲流行，其中有很多歌曲是酒令。酒令是勸酒侑酒時所唱的小調或令語，所以詞中小篇的稱「小令」，便是與「酒令」的小調有關。詞起源於青樓茶肆的歌曲，而小令是指五十九字以內的小曲。花蕊夫人宮詞：「新翻酒令著詞章，侍宴初聞憶卻忙。」指席間初聽到的新酒令，要倚聲塡入新詞，在很短的時間內，不容易記起歌詞、令語。又宋劉攽中山詩話：「古人多歌舞飲酒，唐太宗每歌，屬羣臣。長沙王亦小舉袖曰：『國小，不足以回旋。』張燕公詩云：『醉後懽更好，全勝未醉時。動容皆是舞，出語總成詩。』李白云：『要須回舞袖，拂盡五松山。醉後涼風起，吹人舞袖還。』」又曰：「唐人飲酒，以令爲罰。……白傅詩云：『醉翻襴衫抛小令。』今人以絲管歌謳爲令者，即白傅所謂。」從這段記載，說明唐人席間行酒令的情景，要當場吟詩入曲，倚聲塡詞。例如教坊記中的木蘭花、抛毬樂便是酒令。唐詞有溫庭筠的木蘭花，五代時稱玉樓春，牛嶠有玉樓春；宋詞中，張先有偸聲木蘭花、柳永有木蘭花慢，金元諸宮調有高平的木蘭花，元北曲有雙調減字木蘭花、宋元明南曲中，有南呂慢詞木蘭花。可知後世的「木蘭花」、「玉樓春」、「減字木蘭花」等，都是唐代木蘭花酒令的遺聲。

㈣唐人有養伎之風，歌伎所唱歌曲，往往依聲塡詞，於是詞興起。胡適在詞的起源上說：「塡詞有三個動機：一，樂曲有調而無詞，文人作歌詞塡進去，使此調更容易流行。二，樂曲本已有了歌詞，但作於不通文藝的伶人倡女，其詞不佳，不能滿人意；於是文人給他另作新詞，使美調得美詞，而流行更久遠。三，詞盛行之後，長短句的體裁漸得文人的公認，成爲一種新詩體，於是文人常用長短句體作新詞。」

唐人喜愛倚聲而塡以新詞，而初期的詞，便如沈義父樂府指迷所說的：「秦樓楚館所歌之詞，多是教坊樂工及鬧井做賺人所作。」是流行於青樓酒肆的歌曲，一直到文人加入詞的創作，才改變了詞的內容和風格。因此，詞的發生，在初唐、盛唐時已存在，且與音樂有連帶的關係，因詞的發生是先有曲調，後來文人倚聲塡詞。

二、唐代詞的發展

唐代的詞，最初產生於民間，據唐人崔令欽所著的教坊記，記錄當時流行的歌曲，約三百四十三種。其中便有不少的曲調如長相思、西江月、謁金門、菩薩蠻等，與後代的詞調相同。崔令欽撰寫教坊記的年代，是在唐玄宗開元二年（七一四），足證盛唐時在宮庭、在民間，詞已產生了。近來敦煌曲子詞的發現，這些民間的俚俗小調，便是唐代最早流傳民間的詞。

敦煌曲子詞所代表的年代，包括了唐和五代，但其中也不乏初盛唐的作品。雖然這些無名氏的作品，難以推斷它發生的年代，但從風格、內容來看，是早期民間的詞，是無可置疑的。例如敦煌曲子詞中的望江南：

天上月，遙望似一團銀。夜久更闌風漸緊，爲奴吹散月邊雲，照見負心人。

又如虞美人：

金釵頭上綴芳菲，海棠花一枝，剛被蝴蝶遶人飛，拂下深深紅蕊落，污奴衣。

這些纖穠輕豔的詞，保有歌者之詞的本色，但語言通俗而生動，保存民間文學的特徵。又如「枕前發盡千般願」的那首菩薩蠻，據任二北敦煌曲初探考證，認爲是歷史上最早的菩薩蠻，且文學的造詣極高。從民間流傳的詞，可知在盛唐時代，詞已發生。

在唐代文人的詞，較早的，要算沈佺期的囘波樂，林大椿編的全唐五代詞，亦視此篇爲詞，是席間傳唱的酒令。其詞句爲：

囘波爾似佺期，流向嶺外生歸。身名已蒙齒錄，袍笏未復牙緋。

囘波樂是上巳曲水流觴的酒令，創調極早，教坊記也載有此調。唐孟棨本事詩載：「沈佺期以罪謫，遇恩復官秩，朱紱未復。嘗內宴，羣臣皆歌囘波樂，撰詞起舞。因是多求遷擢。佺期曰：『囘波爾似佺期……』中宗即以緋魚賜之。」

其次，如唐玄宗的好時光，在前段已引述，已是詞的風貌，無可置疑。又如賀知章的柳枝：

碧玉妝成一樹高，萬條垂下綠絲條。不知細葉誰裁出，二月春風似剪刀。

是七言的詩句，但充滿了華麗輕豔的辭句，是詞的韻味，而與詩的沖淡稍有不同。

最引人爭論的是李白的詞，前人對李白的詞沒有異議，所謂「詞中有三李：李白、李後主、李清照。」五四以來，一般持懷疑主義者，以爲李白的詞，是後人託僞之作。今細尋李白的時代，是有能力寫出菩薩蠻、憶秦娥之類的詞，今將其最膾炙人口的兩首詞，列擧如下：

平林漠漠煙如織，寒山一帶傷心碧。暝色入高樓，有人樓上愁。　玉階空佇立，宿鳥歸飛急。何處是歸程，長亭更短亭。（菩薩蠻）

簫聲咽，秦娥夢斷秦樓月。秦樓月，年年柳色，灞陵傷別。　樂遊原上淸秋節，咸陽古道音塵絕。音塵絕，西風殘照，漢家陵闕。（憶秦娥）

「菩薩蠻」一詞，是唐人對外國婦女的通稱。後用作樂曲名，一爲歌曲，見敎坊記及杜陽雜編；一爲舞曲，見杜陽雜編及宋史樂志。

至於菩薩蠻的創調時代，任二北敎坊記箋訂曾云，其說法有四：

(1)杜陽雜編與南部新書的說法，以爲宣宗時，女蠻國入貢之人作菩薩裝，乃有此名。此說與懿宗朝李可及所作的菩薩蠻隊舞情形相合，是菩薩蠻的舞曲，非指歌曲。

(2)日人中村久四郎說，認爲菩薩蠻是阿剌伯回敎徒語，並有「本速蠻」、「鋪速滿」、「鋪逑蠻」等的譯音。此仍宋、元時事，與唐代無關。

(3)近人楊憲益說，菩薩蠻是驃苴蠻、符詔蠻的異譯，其調爲古緬甸樂，開元、天寶間傳入中國，李白有辭。此說可取。

(4)唐許棠奇男子傳及太平廣記「吳保安」條引記聞，皆述天寶十二載，郭仲翔從南詔之菩薩蠻洞逃歸。是證唐代菩薩蠻是佛曲。

從以上四種說法，可知菩薩蠻創調在盛唐，是古緬甸佛曲，由南詔傳入中國。今人所編文學史多引杜陽雜編所說的：「大中初，女蠻國貢雙龍犀。……其國人危髻金冠，纓絡被體，故謂之菩薩蠻。當時倡優，遂製菩薩蠻曲，文士亦往往聲其詞。」大中是唐宣宗的年號（八四七－八五九），去開元、天寶（七一三－七五五）約百餘年，因此不敢相信李白（七〇一－七六二）能作菩薩蠻詞。今依楊憲益的說法，盛唐時已有此曲調，且崔令欽的教坊記已收錄有菩薩蠻的曲調，便證明李白作菩薩蠻有此可能。教坊記成書的年代是開元二年（七一四），李白原爲氐人，小時學過此調，開元十三年，李白二十五歲，曾流落在襄漢間，於湖南鼎州滄水驛樓，題下此詞。因此李白作菩薩蠻並不足爲疑。

其次，李白作憶秦娥，北宋李之儀有憶秦娥的和韻，見全宋詞，因此北宋李之儀時已證憶秦娥爲李白所作，後人隨意加以懷疑，實在缺乏有力之證據。

李白之後，從事詞創作的詩人，有韋應物、張志和、王建、白居易、劉禹錫諸人，而詞至晚唐，作者更多，且有專集。今列舉李白以後的詞，都是詩人嘗試詞的創作：

河漢，河漢，曉掛秋城漫漫。愁人起望相思，江南塞北別離。離別，離別，河漢雖同路絕。（韋應物調笑）

西塞山前白鷺飛，桃花流水鱖魚肥。青箬笠，綠簑衣。斜風細雨不須歸。（張志和漁歌子）

團扇，團扇，美人竝來遮面。玉顏憔悴三年，誰復商量管絃。絃管，絃管，春草昭陽路斷。（王建宮中調笑）

江南好，風景舊曾諳。日出江花紅勝火，春來江水綠如藍，能不憶江南？（白居易憶江南）

汴水流，泗水流，流到瓜洲古渡頭，吳山點點愁。　思悠悠，恨悠悠，恨到歸時方始休，月明人倚樓。（白居易長相思）

斑竹枝，斑竹枝，淚痕點點寄相思，楚客欲聽瑤瑟怨，瀟湘深夜月明時。（劉禹錫瀟湘神）

春去也，多謝洛陽人，弱柳從風疑舉袂，叢蘭裛露似霑巾，獨坐亦含嚬。（劉禹錫憶江南）

大抵中唐的詞，清新婉麗，具有民歌的活潑性，又具詩人的詩趣情采，所以每首小令，各有千秋。如韋應物調笑令寫邊塞離愁，張志和漁歌子寫漁樵無牽無愁的情趣，王建宮中調笑寫閨怨，白居易劉禹錫的詞，從民歌中攝取精華，尤具清新、明朗、活潑的特色。這些詞的詞藻、意境，可以和盛唐諸人的自然詩相媲美，而詞的長短不齊的句法，富有音樂性的韻律，尤易表現生動委婉的情致，所以到了晚唐五代，引發了無數文人創作的熱情。

晚唐詞人，也都是詩人，他們從事新體詩——詞的創作，已蔚成風氣。加以晚唐社會，風氣浮華，他們追逐聲色之娛，倚聲塡詞，於是詞成爲軟紅偎香的脂粉文學，女性化文學。他們所塡寫的詞，流行於靑樓舞榭、北里教坊之間，內容不外閨怨、春愁、離情、別恨，情意柔嬈而極盡穠麗香豔之能事，不失北里倡風的本色。其間重要的詞人如溫庭筠、韋莊、和凝等，他們的作品均收列於花間集中

第二節　溫庭筠和花間詞人

一、花間鼻祖溫庭筠

晚唐詞家，以溫庭筠爲大家。後蜀趙崇祚編花間集，收晚唐至後蜀廣政三年（九四〇）間詞家的作品，凡十八家，是我國最早的一本詞的總集。在花間集裏，溫庭筠的詞，排在第一家，共收有六十六首，也是該集中所收

作品最多的一家，因此後人尊他爲「花間鼻祖」。

溫庭筠（八二〇—八七〇），本名歧，字飛卿，太原祁（今山西省祁縣）人。他從小喜愛音樂，吳歌楚辭，隨口吟唱，跟劉禹錫、李德裕學過詩文。劉禹錫的長處，是能採集民間歌謠而作新詞，因此劉禹錫對他的影響很大。他雖面貌醜陋，但才思敏捷，曾經以八叉手而成賦，與七步成詩的曹植，同享文壇奇名。

溫庭筠在科場的遭遇，和他的朋友李商隱相似，屢中副榜，出任禮部員外郎。由於他的家庭是唐代的開國功臣，屢遭宦官迫害，使他痛恨宦官，參加甘露之變，事後流亡，唐武宗時，由李德裕執政，李德裕因畏懼宦官，反而貶溫庭筠爲隨城尉。由於他長期出入秦樓楚館，舊唐書本傳說他「能逐弦吹之音，爲側豔之詞」，爲當時士大夫所不齒，終身潦倒，晚年曾任方城尉和國子監助教，後棄官放浪江湖之間而終。

他的詩寫得不少，全唐詩收有九卷。他的詩受樂府的影響很大，像夜宴謠、蓮浦謠、江南曲、吳苑行等，多以歌謠詞曲爲主。但他在文學上的成就，並不以詩得名，而是以詞見稱。他的詞有握蘭、金荃二集，今已不傳。今所能看的，是散見在花間、尊前及全唐詩末所附詞等集中，約有六十餘首。在這些作品中，又以十三首的菩薩蠻尤爲出色。相傳宣宗愛好菩薩蠻的詞調，宰相令狐綯便請溫庭筠代寫數闋以進，並告訴溫庭筠不可以告訴別人，可是溫庭筠事後立刻告訴別人那些詞是他寫的，使令狐綯很失面子。下面便是他的菩薩蠻：

小山重疊金明滅，鬢雲欲度香顋雪。懶起畫蛾眉，弄妝梳洗遲。　照花前後鏡，花面交相映，新帖繡羅襦，雙雙金鷓鴣。

夜來皓月纔當午，重簾悄悄無人語。深處麝烟長，臥時留薄妝。　當年還自惜，往事那堪憶。花落月明殘，錦衾知曉寒。

前首寫美人晏起梳妝的詞，後首寫美人遲暮之感的詞，用辭鮮豔，抒寫美人的體態，以及情緒的變化，細膩而微妙。如合以琵琶簫管吟唱，於明月庭院之間，更是清絕逸嫵，詞的特色，便在於此。

又如他的更漏子，也是寫閨閣的怨情：

柳絲長，春雨細，花外漏聲迢遞。驚塞雁，起城烏，畫屏金鷓鴣。　香霧薄，透簾幕，惆悵謝家池閣。紅燭背，繡簾垂，夢長君不知。

又如望江南：

梳洗罷，獨倚望江樓，過盡千帆皆不是，斜暉脈脈水悠悠，腸斷白蘋洲。

晚唐的詞，與晚唐綺靡文風相扇，加以詞本身是歌樓妓館的歌曲，自然離不了紙醉金迷的生活，所唱的不外是小兒女的離情別意。劉熙載的藝概評他的詞：「溫飛卿詞精妙絕人，然類不出乎綺怨。」而人間詞話評道：「畫屏金鷓鴣，飛卿語也，其詞品似之。」

二、西蜀詞人

花間集成書的年代在後蜀廣政三年（九四〇），去溫庭筠已七十年，其中所收詞家，共十八家，代表五代西蜀主要詞人，包括溫庭筠、皇甫松、韋莊、薛昭蘊、牛嶠、張泌、毛文錫、牛希濟、歐陽炯、和凝、顧夐、孫光憲、魏承班、鹿虔扆、閻選、尹鶚、毛熙震、李珣等人。

五代是個紛爭的時代（九〇七—九七四），其間共五次更換朝代，政治動亂，社會不安，然而只有西蜀和江南，較少受兵災的破壞，仍能維持小康繁華的局面，因此五代詞人，多結集在西蜀和江南。西蜀以王建爲中心，發展較早，江南以南唐二主爲中心，伸張在後。由於王建、南唐二主是當時的帝王，他們對詞的熱愛，使得朝野人士，更是推波助瀾，風靡一時。

在花間集中所收十八家詞，約五百首，從歐陽炯所作的花間集序中，知道當時朝廷和文人苟安的心理，借奢侈浮華的生活，麻醉自己，於是歌館舞榭林立，豔詞大爲流行。其序文上說：

楊柳大堤之句，樂府相傳。芙蓉曲渚之篇，豪家自製。莫不爭高門下，三千玳瑁之簪。競富樽前，數十珊瑚之樹。則有綺筵公子，繡幌佳人，遞葉葉之花牋，文抽麗錦，舉纖纖之玉指，拍按香檀。不無清絕之辭，用助嬌嬈之態。自南朝之宮體，扇北里之倡風，何止言之不文，所謂秀而不實。……因集近來詩客曲子詞五百首，分爲十卷，以炯粗預知音，辱請命題，仍爲敍引。昔郢人有歌陽春者，號爲絕唱，乃命之爲花間集。

五代人稱詞爲「曲子詞」，而詞以豔麗爲主，花間集五百首，風格相同。與溫庭筠齊名的是韋莊，花間集中收有四十七首。

韋莊（八三六—九一〇），字端己，陝西杜陵人。十歲時，他的家從長安遷來下邽，因仰慕白居易，詩詞亦深受白居易的影響。韋莊困窮半輩子，四十五歲那年，他入京考進士，遇黃巢之亂，使他弟妹失散。第二年，才尋得弟妹，於是帶着家人離開長安，住到洛陽來。在這幾年間，他親眼看到戰亂中，生民塗炭，骨肉分離，於是他借一個陷匪三年逃亡出來的秦婦，口述一些驚人駭聞的事實，寫下長達一千六百餘字的秦婦吟，因而人們稱他爲「秦婦吟秀才」。

韋莊沒有詞集，他的詩集名浣花集，因此稱他的詞爲浣花詞。但他的詩集中並沒有秦婦吟。一直到清光緒二十五年，敦煌卷的發現，其中有秦婦吟一詩，始再度傳世。秦婦吟是以「中和癸卯春三月，洛陽城外花如雪」起首的，那年他正四十八歲，在洛陽寫成的。

後來他流落到江南來，十年間，他到過很多地方，江南的景物，使他流連忘返，但有時不免有鄉關之思，使他寫了不少的詞，其中五首聯章的菩薩蠻，便是這時寫成的，今錄其兩首如下：

紅樓別夜堪惆悵，香燈半掩流蘇帳，殘月出門時，美人和淚辭。　琵琶金翠羽，絃上黃鶯語。勸我早歸家，綠窗人似花。

人人盡說江南好，遊人只合江南老。春水碧於天，畫船聽雨眠。　壚邊人似月，皓腕凝霜雪。未老莫還鄉，還鄉須斷腸、

這幾首菩薩蠻便是他的自述，雖然困窮潦倒，卻無半點窮酸氣味，這與他疏曠的秉性有關，不因落魄而自傷。

又如他的謁金門和女冠子：

空相憶，無計得傳消息。天上嫦娥人不識，寄書何處覓。　新睡覺來無力，不忍把伊書跡。滿院落花春寂寂，斷腸芳草碧。（謁金門）

四月十七，正是去年今日。別君時，忍淚佯低面。含羞半斂眉。　不知魂已斷，空有夢相隨。除卻天邊月，沒人知。（女冠子）

這些纖巧綺靡的詞，在布局、用語上，表現清婉深秀的特色，比起溫庭筠那種豔麗濃抹的風尚，要清新明朗多了。因此王國維在人間詞裏，以「畫屏金鷓鴣」評溫庭筠的詞，「絃上黃鶯語」評韋莊的詞，最爲恰當。

韋莊五十八歲再度入京應試，又遭落第。次年，卽唐昭宗乾寧元年，總算進士及第，已是白髮斑斑的老進士

了。不久，他出任校書郎，奉命入四川，遷爲左補闕。在四川，投入王建幕下，爲掌書記。後朱溫篡唐，韋莊勸王建稱帝，是爲西蜀。韋莊也做了蜀國的宰相。因西蜀富庶，詞人結集，所以他晚期的作品，也流於浪漫綺麗，比起他早期的詞，大異其趣。

花間詞人中，尚有幾家詞，也頗出色。如牛希濟的生查子：

> 春山烟欲收，天澹星低小。殘月臉邊明，別淚臨清曉。　語已多，情未了，回首猶重道：記得綠羅裙，處處憐芳草。

小巧綺麗，多情處，像民歌中的小調。又如顧夐的訴衷情：

> 永夜抛人何處去，絕來音。香閣掩，眉斂，月將沈，爭忍不相尋，怨孤衾。換我心，爲你心，始知相憶深。

抒情明快，尤以末句數語，爲人所稱道。又如孫光憲的思帝鄉：

> 如何，遣情情更多。永日水晶簾下，斂羞蛾。六幅羅裙窣地，微行曳碧波。看盡滿池疏雨，打團荷。

小令抒情，雋永可愛，江南風物，兒女多情，盡入小詞中，金玉羅衣，翡翠鴛鴦，有濃厚的脂粉味。

花間詞人的特色，有下列幾點：

㈠溫庭筠開香豔小令的蹊徑，王士禎花草蒙拾中稱他是「花間鼻祖」。使五代西蜀詞人，追尋此詞風加以發展，成爲花間詞派的特色。

㈡花間詞以小令見稱，詞句輕豔綺靡，內容多爲戀情，並以小女子的口吻道述，是女性化文學的典型。

㈢西蜀富庶，朝野浮華，故花間詞多反映宮庭的生活，是鳳歌鸞舞的脂粉文學。

㈣溫詞穠豔，韋詞疏淡，其他如牛希濟、顧敻、孫光憲等人的詞，猶有民間俚巷小調之風，保有曲子詞的風格，均是歌者之詞。

第三節　李煜和南唐詞人

五代詞人，多結集在西蜀和南唐，是因五代十國天下動亂不已，惟有西蜀和江南，稍爲安定，亂世文人，逃避現實，多沈溺於醉飲笙歌之中，倚聲塡詞，於是豔詞大作。西蜀詞家，以溫庭筠、韋莊爲代表，並有花間集一書傳世，世稱花間詞人。南唐詞人，以馮延巳、中主李璟、後主李煜爲代表，而李煜在詞的成就上最高，因此詞曲，便成了五代文學上唯一的特色。

南唐在李昪的統治下，以金陵爲政治中心，而金陵、揚州本是長江下游的大都會，經濟文物之盛，自六朝以來，經隋唐的經營，愈加興盛。當時中原之士，避亂於此的不少，加以中主、後主愛好文學，於是南唐文物，在五代中，堪稱第一。宋陳世修在陽春集序中云：「金陵盛時，內外無事，朋僚親舊，或當宴集，多運藻思，爲樂府新詞。俾歌者倚絲竹歌之，所以娛賓而遣興也。」但到南唐中主李璟的後期，便受周、宋的威脅而日趨艱難，於是他們的詞中，也多少感染上哀傷的情調。

一、南唐詞人

馮延巳（九〇三—九六〇），字正中，廣陵（今江蘇省揚州市）人。少年時，便以書法樂曲出名，早年，他與李璟在廬山書堂一起讀書，到二十八歲，便投身在李璟幕下，當時李璟還沒登帝王座，在朝時，談及小時攜手同遊的情景，加以彼此都喜愛塡詞，使他們間的情誼更深。李璟踐帝王位，是爲元帝，世人稱爲南唐中主，任馮延巳爲戶部侍郎。四十二歲任相。有詞集陽春集。

中主在位，喜好詞曲宴樂，在宮庭上經常以彈絲吹竹，清歌豔舞，來娛賓客。於是文臣更是個個以詞曲附會風雅，一時，塡詞的風氣大開。有一次，馮延巳寫就一闋謁金門，描寫少女思春，百般寥賴的情景，立刻便流傳於宮庭。其詞如下：

風乍起，吹皺一池春水。閒引鴛鴦香徑裏，手挼紅杏蕊。　鬥鴨闌干獨倚，碧玉搔頭斜墜。終日望君君不至，擧頭聞鵲喜。

中主聽了，便對馮延巳說：「風乍起，吹皺一池春水，干卿何事？」延巳答道：「未如陛下『小樓吹徹玉笙寒』特高妙也。」（見南唐書）「小樓吹徹玉笙寒」是中主浣溪沙中的佳句。在朝的官員，都致力於詞的創作，國勢的陵夷，便不待說了。

旋因馮延巳的弟弟延魯率兵伐閩，敗績。馮延巳引罪罷相，這時他已四十五歲。次年爲太子太傅，太子李煜，也喜愛詞曲。一次，他們遊於庭院，共賦後庭花一闋，詞云：

玉樹後庭前，瑤草妝鏡邊：去年花不老，今年月又圓。莫教偏和月和花，天教長少年。

詞辨上說是兩人共作，但一看便知是馮延巳自傷春光老去，這時李煜才十來歲，庭院的花開月圓，對他不會有太多的感觸，但對這位老相公，怎能不對景傷懷呢？

馮延巳的詞，宋陳世修編輯的陽春集，共收有詞一百二十闋。他的詞與韋莊的風格相近，也是以平易見長，然而在抒情寫意上，比韋莊的更曲折、更深遠。例如：

幾日行雲何處去，忘卻歸來，不道春將暮。百草千花寒食路，香車繫在誰家樹。　淚眼倚樓頻獨語，雙燕飛來，陌上相逢否？撩亂春愁如柳絮，悠悠夢裏無尋處。（鵲踏枝）

馬嘶人語春風岸，芳草綿綿。楊柳橋邊，落日高樓酒旆懸。　舊愁新恨知多少，目斷遙天。獨立花前，更聽笙歌滿畫船。（采桑子）

王國維在人間詞話裏，對延巳的詞評道：「雖不失五代風格，而堂廡特大，開北宋一代風氣。」雖然他在政治上沒有什麼建樹，但他在詞風上，卻敲開了北宋一代的詞運。

李璟（九一六—九六一），是李昪的長子，南唐保大元年，昪卒，即帝位，是爲中主。由於他在軍政上缺乏才略，所以他父親開創下來的基業，不到十幾年，便趨式微。後期奉表稱臣於周，苟延殘息而已。他的詞，今傳世的僅存四首。如：

菡萏香銷翠葉殘，西風愁起綠波間。還與韶光共憔悴，不堪看。　細雨夢回雞塞遠，小樓吹徹玉笙寒。多少淚珠無限恨，倚闌干。（攤破浣溪沙）

玉砌花光錦繡明，朱扉長日鎮長扃。夜寒不去寢難成，爐香煙冷自亭亭。　殘月秣陵砧，不傳消息但傳情。黃金窗下忽然驚，征人歸日二毛生。（望遠行）

不外離愁別恨，但感傷的情調因局勢的下轉也增深。

二、南唐後主李煜

南唐後主李煜（九三七—九七八），是中主李璟的第六子，初名從嘉，字重光，生於南唐昇元元年七月七日十八歲時，迎娶大他一歲的大周后為妻。太周后，小名娥皇，是南唐功臣的女兒，精於音律，尤工琵琶，對李煜來說，眞是相得益彰。由於李煜的幾個哥哥，都先後去世，二十五歲那年，便被立為太子。同年七月，中主崩駕，李煜登上王位，始改名為煜，世人稱他為南唐後主。

當時，南唐已處於附庸的地位，每年向宋室納貢，才得苟安，然宮庭間，仍以塡詞傳唱為樂。一日，大周后得霓裳羽衣曲的殘譜，配以琵琶，後主倚聲塡詞，取臨風閣為背景，寫就玉樓春一闋，那種江南春暖，宮娥粉妝吹竹的情景：

晚妝初了明肌雪，春殿嬪娥魚貫列。鳳簫吹斷水雲間，重按霓裳歌遍徹。臨風誰更飄香屑，醉拍闌干情未切。歸時休放燭花紅，待踏馬蹄清夜月。

這種嬪娥貫列，笙簫歌舞的情景，使人想到一片昇平享樂的宮庭生活。

況且大周后丰姿卓約，風雅解歌，使得李後主的文學生涯，增多不少。從他的一斛珠，可以窺見他們夫婦生活的情趣，原詞如下：

晚妝初過，沈檀輕注些兒箇，向人微露丁香顆。一曲清歌，暫引櫻桃破。羅袖裛殘殷色可，杯深旋被香醪涴。繡牀斜凭嬌無那，爛嚼紅茸，笑向檀郎唾。

寫大周后的嬌那，向人微露舌尖撒嬌，一曲清歌，以及美人醇酒的樂趣，是培養塡詞的好環境。

數年後，大周后的妹妹小周后，趁姐姐生病時，悄然入宮，與李後主幽會，小周后小後主十三歲，從李後主的菩薩蠻，可以看出她與李後主幽會的情景：

花明月暗飛輕霧，今宵好向郎邊去。剗襪步香堦，手提金縷鞋。　畫堂南畔見，一向偎人顫：「奴爲出來難，教君恣意憐。」

這是一闋最好的豔詞，也是李後主的自白。寫小周后怕人知曉，提著鞋，躡步過庭階，來和後主會晤，那種少女深情顫懼的心理，刻畫入妙。

像他這樣的帝王，龍臥晏起，依香塡詞，是最出色的詞家，卻是最失敗的政治家。後來這事被大周后曉得，但是對自己的妹妹，還有甚麼話可說呢？加以大周后有病，一氣之下，便香消玉殞了，死時才二十九歲。三年後，後主才立小周后爲國后。

宋開寶七年（九七四），李後主三十八歲，宋太祖派曹彬率兵攻伐江南，李後主乞兵契丹，未果。第二年，曹彬攻陷金陵，李後主肉袒出降，但宮中圖籍文物，卻付之一炬。那年冬，李後主帶宮屬四十五人，隨曹彬北上，下船時，回頭望金陵，泣不成聲。從此一代君王，作了他人階下囚。他有一闋破陣子，追述離京的感觸：

四十年來家國，三千里地山河。鳳閣龍樓連霄漢，玉樹瓊珠作烟蘿，幾曾識干戈。　一旦歸爲臣虜，沈腰潘鬢消磨。最是倉皇辭廟日，教坊猶奏別離歌，垂淚對宮娥。

就是離京北上，做了俘虜，教坊仍爲他奏別離歌，後主心碎，卻揮淚對宮娥，詞人純眞良善的本質，流露無遺。到汴梁時，已屆四十歲。他待罪明德樓，由於遭國亡家破，使他領略到人生的另一面，往日甜美的生活，常浮現腦際，作了強烈的對照。因而沈思之餘，感觸愈大，塡詞益工，像他著名的小詞，都是晚期傑出的作品。

多少恨，昨夜夢魂中，還似舊時遊上苑，車如流水馬如龍，花月正春風。（望江南）

林花謝了春紅，太匆匆。無奈朝來寒雨、晚來風。　胭脂淚，留人醉，幾時重。自是人生長恨、水長東。（相見歡）

往事只堪哀，對景難排。秋風庭院蘚侵階，一任珠簾閒不捲，終日誰來。　金鎖已沉埋，壯氣蒿萊。晚涼天淨月華開，想得玉樓瑤殿影、空照秦淮。（浪淘沙）

簾外雨潺潺，春意闌珊。羅衾不耐五更寒，夢裏不知身是客，一晌貪歡。　獨自莫凭闌，無限江山，別時容易見時難。流水落花春去也，天上人間。（浪淘沙）

無言獨上西樓，月如鈎。寂寞梧桐深院、鎖清秋。　剪不斷，理還亂，是離愁。別是一般滋味、在心頭。（烏夜啼）

他三十八歲以後的詞，纏綿悲切，這是亡國所致，與三十八歲前寫宮中豔麗的詞，迥然不同。所以他的詞分前期和後期，以亡國那年分界。在他四十二歲的七夕生日，又邀歌女宴慶，唱他所寫的虞美人：

春花秋月何時了，往事知多少。小樓昨夜又東風，故國不堪回首月明中。　雕闌玉砌應猶在，只是朱顏改。問君能有幾多愁，恰似一江春水向東流。（虞美人）

一樣的春秋，卻是兩般滋味，天上、人間，前日帝王今日囚，這種寂寞深愁，豈是一江春水所能比擬？宋太宗聽到「故國不堪回首」，大怒，便遣人遺藥給李煜，七月八日，李煜便被毒死。這是人間最慘的悲劇，像李後主這樣純眞良善的詞人，他的下場，竟是如此。

李後主的詞，傳世的共四十七首。人間詞話曾云：「詞人者，不失其赤子之心者也。故生於深宮之中，長於婦人之手，是後主爲人君所短處，亦卽爲詞人所長處。」又評他的詞：「溫飛卿之詞，句秀也。韋端己之詞，骨秀也。李重光之詞，神秀也。詞至李後主而眼界始大，感慨遂深，遂變伶工之詞而爲士大夫之詞。」

南唐詞人，除馮延巳、中主李璟、後主李煜外，其他如成彥雄、許岷、歐陽彬等，他們的詞被選於尊前集中，或一首兩首，不足以成家。今綜合南唐詞的特色，條舉如下：

(一) 南唐詞人較西蜀詞人晚出，然所作詞，仍是歌者之詞，女性化文學。

(二) 五代詞以小令爲主，不出五七言詩的綜合使用。然李後主詞，時有九言、十一言的詞句，突破五七言句組合的範疇。

(三) 南唐詞人的作品，已由伶歌的詞轉化爲個人抒寫遭遇的詞。

(四) 詞的境界，開始擴大，遂開北宋一代詞風。